TONGBIAN
GAOZHONG
YUWEN JIAOKESHU

统编高中语文教科书
指定阅读书系

ZHIDING YUEDU
SHUXI

高一必修下册

LIAOZHAI ZHIYI

（清）蒲松龄 ◎ 著

聊斋志异

长江出版传媒 ｜ 长江文艺出版社

图书在版编目（ＣＩＰ）数据

聊斋志异 / （清）蒲松龄著. -- 武汉：长江文艺出版社，2020.1
（统编高中语文教科书指定阅读书系）
ISBN 978-7-5702-1352-8

Ⅰ.①聊… Ⅱ.①蒲… Ⅲ.①笔记小说－中国－清代 Ⅳ.①I242.1

中国版本图书馆 CIP 数据核字(2019)第 252946 号

责任编辑：施柳柳　　　　　　　　　责任校对：毛　娟
封面设计：天行云翼·宋晓亮　　　　责任印制：邱　莉　杨　帆

出版：长江出版传媒　长江文艺出版社
地址：武汉市雄楚大街 268 号　　　　邮编：430070
发行：长江文艺出版社
http://www.cjlap.com
印刷：武汉珞珈山学苑印刷有限公司

开本：640 毫米×970 毫米　　1/16　印张：35.75　插页：1 页
版次：2020 年 1 月第 1 版　　　2020 年 1 月第 1 次印刷
字数：630 千字

定价：42.00 元

《聊斋志异》导读

陈文新

　　《聊斋志异》是清代作家蒲松龄的代表作。蒲松龄(1640—1715),字留仙,一字剑臣,别号柳泉居士,淄川(今山东淄博)人。其祖辈有蒲生池、蒲生汶等人登第入仕。其父蒲槃,因年逾二十尚未考上秀才,加之家境贫困,遂弃儒从商。蒲松龄于十九岁时以县、府、道三个第一名"补博士弟子员,文名籍籍诸生间"(张元《柳泉蒲先生墓表》)。后屡试不第,其中康熙二十六年(1687)乡试,系因"越幅被黜"。康熙五十一年(1712),以七十二岁高龄,援例补岁贡生。在漫长的应试岁月中,他主要靠做幕宾和坐馆为生:康熙九年(1670)入宝应知县孙蕙幕,次年辞职还乡;康熙十二年(1673)始,在本邑王敷政家坐馆;康熙十四年(1675)至唐梦赉家做西宾;康熙十七年(1678)到刑部侍郎高珩家坐馆;次年到本邑大族毕际有家坐馆,宾主甚相得。康熙二十七年(1688)暮春,在毕家与神韵派领袖王士祯相识。约在康熙四十八年(1709),才离开毕家还乡。

　　康熙元年(1662),蒲松龄二十二岁时开始撰写狐鬼故事。康熙十八年(1679)春,四十岁的蒲松龄初次将手稿集结成书,名为《聊斋志异》,由高珩作序。此后屡有增补。直至康熙三十九年(1700)前后和康熙四十六年(1707),该书还有少量补作。《聊斋志异》的写作历时四十余年,倾注了蒲松龄大半生精力。早期抄本甚多,现存的主要有雍正年间抄本六卷四百八十五篇,题名《异史·聊斋焚余存稿》(1990年中国书店影印本)、蒲氏手稿本半部(1955年北京文学古籍刊印社影印本)、乾隆十六年(1751)铸雪斋抄本十二卷(1974年上海人民出版社影印本、1979年上海古籍出版社标点排印本)、1963年山东周村发现的二十四卷抄本等。乾隆三十一年(1766)青柯亭刻本凡十六卷,由浙江严州知府赵起杲会同图书经营者鲍廷博,据几种规模不一的抄本编校而成,抽掉了三十余篇片言只语的作品,删改了一些有碍时忌的词句。张友鹤会校会注会评本(1962年中华书局上海编辑所排印本、1978年上海古籍出版社重印本)系据蒲氏后裔所藏半部手稿、前出之辑佚本和铸雪斋抄本整理而成,收入全部篇目,结束了青柯亭本独行的历史。其他重要版本还有任笃行全校集注会评本(2000年齐鲁书社排印本)、赵伯陶详注新评本(2016年人民文学出版社排印本),篇目次第大体恢复了《聊斋志异》手稿八册的面貌。

《聊斋志异》包括传奇、志怪等约五百篇作品,奠定了蒲松龄在中国文言小说史尤其是传奇小说史上的崇高地位。其文体主要包括两种类型,一部分接近于六朝志怪,篇幅短小,一部分接近于唐人传奇,篇幅曼长。纪昀曾从文体的角度批评《聊斋志异》"一书而兼二体",鲁迅《中国小说史略》则称之为"拟晋唐小说"。但无论是短章还是长篇,都重视细节描写,故鲁迅又说《聊斋志异》"用传奇法而以志怪",所谓"用传奇法",即注重文采与细节。

《聊斋志异》是蒲松龄的个人创作,其特征是具有鲜明的抒情色彩。蒲松龄《聊斋自志》说:"才非干宝,雅爱搜神;情类黄州,喜人谈鬼。……集腋为裘,妄续幽冥之录;浮白载笔,仅成孤愤之书。"蒲松龄自觉地以《聊斋志异》书写"孤愤",尤为集中于三个侧面:以恋爱题材寓知己之感;以纯真的人际关系展现不含机心的人性境界;以隐逸题材倡导操守的砥砺。

蒲松龄的一部分恋情小说,采用比兴手法书写期待知己的情怀,融入了个人的审美理想和现实感受,如《连城》《乔女》《瑞云》等。蒲松龄一生饱受科举考试的折磨,其内心的沮丧和悲愤,不但宣泄于诗词之中,也在《司文郎》《叶生》《贾奉雉》等传奇体小说中喷薄而出。《叶生》"借福泽为文章吐气,使天下知半生沦落,非战之罪也",《司文郎》讽刺考官一窍不通,《贾奉雉》调侃越是拙劣的文章越是可以高中,无不宣泄出其科举失意的悲愤。而蒲松龄的这些表达知己之感的小说,则常常是对其现实缺憾的补偿。《连城》的宗旨,如冯镇峦所评:"知己是一篇眼目。"少负才名的乔大年以其诗受到史孝廉之女连城的赏识,遂视之为知己,不仅割胸肉救连城一命,甚至在连城病逝后,甘愿与之同死。蒲松龄在文末感叹道:"一笑之知,许之以身,世人或议其痴;彼田横五百人,岂尽愚哉?此知希之贵,贤豪所以感结而不能自已也。顾茫茫海内,遂使锦绣才人,仅倾心于蛾眉之一笑也。悲夫!"从表达知己之感的角度看,其恋情题材小说还有一个特点:纯真美丽的女性是衡量男子价值的重要尺度,只有"绝慧""工诗"而又怀才不遇的"狂生"才有可能得到少女们的青睐。这样的情节安排,意在对作家自我的才情在虚构的故事中予以认可。比如《香玉》。牡丹花精香玉最初惧怕黄生,只因见了黄生题的一首精致的五绝,便主动相就。但明伦就此评道:"可知是诗符摄得来。骚士究竟占便宜。""骚士占便宜"确乎是《聊斋志异》情节设计的一个特点，小说中那些花妖狐魅幻化成的少女，如婴宁、小谢、小翠、白秋练等，常常是作为"骚士"的知己而出现的。

不含机心、真率旷达是蒲松龄向往的人性境界。蒲松龄对世态人情有深入的体察，他不仅在诗文中大量表达了他的感悟，也在小说作品中一再加以呈现，如《席方平》《公孙九娘》《促织》《田七郎》等。《席方平》借阴司写人间官吏贪赃枉法，虐待无辜，《公孙九娘》写朝廷大肆株连所造成的惨痛悲剧，《促织》写皇帝嗜好"促织之戏"给平民百姓带来的灾难，《田七郎》写贫贱者因不得不报恩而发生的悲剧，从不同侧面展示了世态人情的复杂和作者的思考。而蒲松龄对不含机心、真率旷达的人性境界的描绘，不仅表达了他的理想，也因此有其现实的针对性。《黄英》中的马子才，在知晓妻子黄英的菊精身份后，不仅无丝毫疑忌，反而"益爱敬之"，所以能始终保持幸福的家庭。与马子才的旷达形成对照，《葛巾》中的常大用，却生性多疑。他根据种种疑点判断葛巾、玉版可能是"花妖"，于是多方试探。葛巾、玉版痛感在猜疑中无法共同生活，遂离之而去，他们所生的儿子也化为虚无。蒲松龄借此表明："不含机心"者，与狐鬼精魅也能融洽相处；反之则会酿成悲剧。

蒲松龄对于"拙"的人格有特别的好感。所谓"拙"，指的是宁折不弯、固守节操的品质。以"拙"于逢迎为人格的立足点，《聊斋志异》的隐逸题材，常与品格的砥砺联系在一起，而并非引导读者出世。《长清僧》写了一个因借躯还魂导致人生境遇大为改变的故事。道行高洁的长清僧，死后灵魂飘出，至河南界，适逢某故绅子从马上摔下身亡，魂与尸"相值"，"翕然而合"，又活过来了。灵魂是"长清僧"的，而身体则是"故绅子"的。"长清僧"只要稍"巧"一点，以"故绅子"的身份出现，那么，妻妾、奴婢、财产，一切都理所当然属于他了。但"长清僧"不屑于这些，他守定本来面貌，一口咬定："我僧也。"后仍回到山东长清县那座僧寺去了。这个故事着力突出的是"拙"的人格力量，其象征意义具有广泛的针对性：凡能在世俗的名利之前固守节操的仁人志士，凡是具有"富贵不能淫，威武不能屈，贫贱不能移"的浩然之气的人，不妨说都有守"拙"的信念存于胸中。中国士大夫重视名节的传统已渗透到蒲松龄的心灵深处，并外化为小说中的人物塑造。

《聊斋志异》具有鲜明的创作特征。首先是"用传奇法，而以志怪"，继承唐代的若干传奇小说集如《玄怪录》《传奇》等的传统而发扬光大，在描绘非人间题材时，既瑰异，又真切，委曲细腻，如在眼前一般。也就是鲁迅在《中国小说史略》中所揭示的：《聊斋志异》虽亦如当时同类之书，不外

3

记神仙鬼狐精魅故事，然描写委曲，叙次井然，用传奇法，而以志怪，变幻之状，如在目前。"传统的"志怪"以"粗陈梗概"为正宗写法，传奇则注重现场感，致力于经营细节，蒲松龄将志怪题材与"传奇法"结合，遂创作出了许多令人耳目一新的名篇。其二，《聊斋志异》在人物形象的塑造方面也取得了高度成就。或集中笔墨突出人物性格的一个方面，略及其余，将单一与丰满有机结合，如《婴宁》；或在各种对比中刻画人物性格，如真假阿绣（《阿绣》）、真假方氏（《张鸿渐》）的对比等；或借助于梦境、幻境将人物心理具体化，如《王子安》；或用富于特征的行动揭示人物内心世界，如《娇娜》写孔生因贪近娇姿唯恐手术结束等。这类手法的灵活运用，使《聊斋志异》在塑造人物形象时精彩纷呈。其三，蒲松龄还是一位杰出的语言大师，在醇雅的文言中，注入了生活的新鲜与清纯。其叙述描写语言，往往能逼真地展现生活一角的面貌；其人物语言高度个性化，口吻惟妙惟肖。在某些作品中，作者还有意引入口语、谚语，如"世无百年不散之筵""一日夫妻，百日恩义""丑妇终须见姑嫜"等，虽以文言的面貌出现，仍不失生活的亲切感。其四，《聊斋志异》有不少作品诗情浓郁。作者善于将他所热爱、歌颂的人物和美好的事物加以诗化。如《黄英》中的陶黄英姐弟实是菊花的化身，他们售菊致富，"聊为我家彭泽解嘲"；陶渊明典故的引入，顿使小说诗意盎然。《聊斋志异》经常通过环境气氛的渲染烘托来创造意境。《宦娘》中优美的琴声，烘托出鬼女宦娘那风雅不俗的精神世界；《婴宁》中婴宁天真爽朗的笑声，以及总是伴随着她的鲜花，"乱山合沓，空翠爽肌，寂无人行，止有鸟道"的生存环境，烘染出婴宁天真无邪的性格。《荷花三娘子》《葛巾》《香玉》分别写荷花的神韵、牡丹花的风雅、白牡丹的性情，把对每一种花的独特审美感受融入对一女性的生意盎然的描绘之中，虚实相生，达到了内在生命与外在情趣的合一。《白秋练》《宦娘》《花姑子》《西湖主》《连琐》等篇也都意象丰满，余韵悠然。

为方便读者无障碍阅读，本书对文中重复出现的部分重要或生僻的字词亦重复注释。疏漏之处，祈望方家指正。

陈文新，武汉大学文学院博士生导师，教育部长江学者特聘教授、教育部哲学社会科学重大课题攻关项目首席专家，享受国务院政府特殊津贴。主编有《中国文学编年史》，著有《传统小说与小说传统》《文言小说审美发展史》等多部。

目　录

第六卷

第九卷

第十卷

第十一卷

第十二卷

附录

聊斋自志

　　披萝带荔①,三闾氏②感而为骚;牛鬼蛇神,长爪郎③吟而成癖。自鸣天籁,不择好音,有由然矣。松落落秋萤之火,魑魅争光;逐逐野马之尘,魍魉见笑。才非干宝,雅爱搜神④;情类黄州⑤,喜人谈鬼。闻则命笔,遂以成编。久之,四方同人又以邮筒相寄,因而物以好聚,所积益夥。甚者:人非化外,事或奇于断发之乡⑥;睫在眼前,怪有过于飞头之国。遄飞逸兴,狂固难辞;永托旷怀,痴且不讳。展如之人⑦,得毋向我胡卢⑧耶?然五父衢⑨头,或涉滥听;而三生石上,颇悟前因。放纵之言,有未可概以人废者。松悬弧⑩时,先大人梦一病瘠瞿昙⑪,偏袒入室,药膏如钱,圆黏乳际。寤而松生,果符墨志。且也,少羸多病,长命不犹。门庭之凄寂,则冷淡如僧;笔墨之耕耘,则萧条似钵。每搔头自念:勿亦面壁人⑫果吾前身耶?盖有漏根因,未结人天之果;而随风荡堕,竟成藩溷⑬之花。茫茫六道,何可谓无其理哉!独是子夜荧荧,灯昏欲蕊;萧斋瑟瑟,案冷疑冰。集腋为裘,妄续幽冥之录;浮白⑭载笔,仅成孤愤之书。寄托如此,亦足悲矣!嗟乎!惊霜寒雀,抱树无温;吊月秋虫,偎阑自热。知我者,其在青林黑塞⑮间乎!

---

　　①披萝带荔:语出楚辞《九歌·山鬼》:"若有人兮山之阿,披薜荔兮带女萝。" ②三闾氏:指屈原,名平,战国时楚国诗人,曾任楚怀王左徒,三闾大夫。 ③长爪郎:唐代诗人李贺的别称。 ④搜神:指东晋干宝所著《搜神记》。 ⑤黄州:指宋人苏轼,字子瞻,号东坡居士,曾被贬为黄州团练副使。据宋人叶梦得《避暑录话》载,苏轼在黄州日与人聚谈,强人说鬼,或辞无有,便说:"姑妄言之。" ⑥断发之乡:蛮荒之地。 ⑦展如之人:诚实的人。 ⑧胡卢:形容笑的样子。 ⑨五父衢:古地名,在今山东省曲阜市东南。 ⑩悬弧:出生。古代风俗,家中生男,就在门左边挂一张弓,后因称生男为"悬弧"。 ⑪瞿昙:泛指僧人。 ⑫面壁人:泛指僧人。 ⑬藩溷(hùn):篱笆与厕所。 ⑭浮白:饮酒。 ⑮青林黑塞:化用唐代杜甫《梦李白》诗"魂来枫林青,魂返关塞黑"之句。

1

第一卷

考城隍

　　予姊丈之祖宋公，讳焘，邑廪生①。一日，病卧，见吏人持牒②，牵白颠马来，云："请赴试。"公言："文宗③未临，何遽得考？"吏不言，但敦促之。公力疾乘马从去，路甚生疏，至一城郭，如王者都。移时入府廨，宫室壮丽。上坐十余官，都不知何人，惟关壮缪④可识。檐下设几、墩各二，先有一秀才坐其末，公便与连肩。几上各有笔札。俄题纸飞下，视之有八字，云："一人二人，有心无心。"二公文成，呈殿上。公文中有云："有心为善，虽善不赏；无心为恶，虽恶不罚。"诸神传赞不已。召公上，谕曰："河南缺一城隍，君称其职。"公方悟，顿首泣曰："辱膺宠命⑤，何敢多辞？但老母七旬，奉养无人，请得终其天年，惟听录用。"上一帝王像者，即命稽母寿籍⑥。有长须吏，捧册翻阅一过，白："有阳算九年。"共踌躇间，关帝曰："不妨令张生摄篆⑦九年，瓜代⑧可也。"乃谓公："应即赴任，今推仁孝之心，给假九年。及期，当复相召。"又勉励秀才数语。二公稽首⑨并下。秀才握手，送诸郊野，自言长山⑩张某。以诗赠别，都忘其词，中有"有花有酒春常在，无烛无灯夜自明"之句。

　　公既骑，乃别而去。及抵里，豁若梦寤。时卒已三日。母闻棺中呻吟，扶出，半日始能语。问之长山，果有张生，于是日死矣。后九年，母果卒。营葬既毕，浣濯入室而没。其岳家居城中西门里，忽见公镂膺朱幩⑪，舆马甚众，登其堂，一拜而行。相共惊疑，不知其为神。奔询乡中，则已殁矣。

---

①邑廪(lǐn)生：指本县县学廪膳生员，即由国家给以膳食补助的生员。生员，俗称秀才。
②牒：官府公文。　③文宗：清代对县级学官提督学政的誉称。　④关壮缪：即关羽，蜀汉后主景耀三年追封为"壮缪侯"，南宋高宗建炎二年追赠"壮缪武安王"。　⑤辱膺宠命：敬辞，意谓承蒙任命。　⑥寿籍：生死簿。　⑦摄篆：代理官职。篆，此处指官印。　⑧瓜代："及瓜而代"的简称，此处指任职期满换人接替，本指来年瓜熟时派人接替。　⑨稽首：叩头至地，是古代的一种跪拜礼。
⑩长山：旧县名，治所在今山东省邹平以东、淄川以北偏西。　⑪镂膺朱幩(fén)：此处形容马具华美。镂膺，指马胸前的金属雕花饰带。朱幩，缠在马口两旁的红绸。

公有自记小传，惜乱后无存，此其略耳。

耳中人

谭晋玄，邑诸生①也。笃信导引之术②，寒暑不辍。行之数月，若有所得。一日，方趺坐③，闻耳中小语如蝇，曰："可以见矣。"开目即不复闻；合眸定息，又闻如故。谓是丹将成，窃喜。自是每坐辄闻。因思俟其再言，当应以觇④之。一日，又言。乃微应曰："可以见矣。"俄觉耳中习习然，似有物出。微睨之，小人长三寸许，貌狞恶如夜叉状，旋转地上。心窃异之，姑凝神以观其变。忽有邻人假物，扣门而呼。小人闻之，意张皇，绕屋而转，如鼠失窟。谭觉神魂俱失，复不知小人何所之矣。遂得颠疾，号叫不休，医药半年，始渐愈。

尸变

阳信⑤某翁者，邑之蔡店人。村去城五六里，父子设临路店，宿行商。有车夫数人，往来负贩，辄寓其家。

一日昏暮，四人偕来，望门投止，则翁家客宿邸满。四人计无复之⑥，坚请容纳。翁沉吟，思得一所，似恐不当客意。客言："但求一席厦宇，更不敢有所择。"时翁有子妇新死，停尸室中，子出购材木未归。翁以灵所室寂，遂穿衢导客往。

入其庐，灯昏案上。案后有搭帐衣⑦，纸衾⑧覆逝者。又观寝所，则复室中有连榻⑨。四客奔波颇困，甫就枕，鼻息渐粗。惟一客尚朦胧，忽闻灵床上察察有声。急开目，则灵前灯火照视甚了：女尸已揭衾起，俄而下，渐入卧室。面淡金色，生绢抹额。俯近榻前，遍吹卧客者三。客大惧，恐将及己，潜引被覆首，闭息忍咽以听之。未几，女果来，吹之如诸客。觉出房去，即闻纸衾声。出首微窥，见僵卧犹初矣。客惧甚，不敢作声，阴以足踏诸客。而诸客绝无少动。顾念无计，不如着衣以窜。才起振衣⑩，而察察之声又作。客惧，复伏，缩首衾中。觉女复来，连续吹数数始去。少间，闻灵床作响，知其

①诸生：明清时代经考试取入府、州、县学的生员，通称诸生，俗谓秀才。 ②笃（dǔ）信：深信。导引之术：即导气引体，我国古代的一种养生术。 ③趺（fū）坐：结跏趺坐，俗谓盘腿打坐。 ④觇（chān）：察看。 ⑤阳信：旧县名，治所在今山东省阳信县。 ⑥计无复之：指没有别的办法可想。 ⑦搭帐衣：指灵堂中遮隔灵堂的帷幛。 ⑧纸衾（qīn）：指覆盖尸体的纸被。 ⑨连榻：通铺。 ⑩振衣：抖动衣服，指欲穿衣。

复卧。乃从被底渐渐出手得裤①，遽就著之，白足②奔出。尸亦起，似将逐客。比其离帏，而客已拔关③出矣。尸驰从之。客且奔且号，村中人无有警者。欲叩主人之门，又恐迟为所及，遂望邑城路极力窜去。至东郊，瞥见兰若④，闻木鱼声，乃急挝⑤山门。道人⑥讶其非常，又不即纳。旋踵，尸已至，去身盈尺，客窘益甚。门外有白杨，围四五尺许，因以树自幛。彼右则左之，彼左则右之。尸益怒。然各寖倦⑦矣。尸顿立，客汗促气逆，庇树间。尸暴起，伸两臂隔树探扑之。客惊仆，尸捉之不得，抱树而僵。

道人窃听良久，无声，始渐出。见客卧地上，烛之，死，然心下丝丝有动气。负入，终夜始苏。饮以汤水而问之，客具以状对。时晨钟已尽，晓色迷濛，道人觇树上，果见僵女，大骇，报邑宰⑧。宰亲诣质验，使人拔女手，牢不可开。审谛之，则左右四指并卷如钩，入木没甲。又数人力拔，乃得下。视指穴，如凿孔然。遣役探翁家，则以尸亡客毙，纷纷正哗。役告之故。翁乃从往，舁⑨尸归。客泣告宰曰："身四人出，今一人归，此情何以信乡里？"宰与之牒，赍送以归。

喷水

莱阳宋玉叔先生为部曹⑩时，所僦⑪第，甚荒落。一夜，二婢奉太夫人宿厅上，闻院内扑扑有声，如缝工之喷水者。太夫人促婢起，穴窗⑫窥视，见一老妪，短身驼背，白发如帚，冠一髻，长二尺许；周院环走，疏急⑬作鹤步，行且喷，水出不穷。婢愕返白，太夫人亦惊起，两婢扶窗下聚观之。妪忽逼窗，直喷棂⑭内，窗纸破裂，三人俱仆，而家人不之知也。

东曦⑮既上，家人毕集，叩门不应，方骇。撬扉入，见一主二婢骈死一室。一婢膈⑯下犹温，扶灌之，移时而醒，乃述所见。先生至，哀愤欲死。细穷没处，掘深三尺余，渐露白发。又掘之，得一尸，如所见状，面肥肿如生。令击之，骨肉皆烂，皮内尽清水。

---

①裤(kù)：裤。②白足：光脚。③拔关：抽出门闩。关，此指门闩。④兰若：梵语"阿兰若"的省称，此处指寺院。⑤挝(zhuā)：敲打。⑥道人：此处指和尚。宋人叶梦得《避暑录话》记载，晋宋间和尚、道士通称道人。⑦寖(jìn)倦：渐渐疲倦。寖，同"浸"。⑧邑宰：指县令。⑨舁(yú)：抬。⑩部曹：指主事、郎中等内阁各部属官。⑪僦(jiù)：租赁。⑫穴窗：捅破窗纸。⑬疏急：指行走时疾徐有致的样子。⑭棂(líng)：旧时房室的窗格。⑮曦：日光。⑯膈(gé)：通"膈"，指胸口。

瞳人语

长安①士方栋，颇有才名，而佻脱②不持仪节。每陌上见游女，辄轻薄尾缀之。

清明前一日，偶步郊郭。见一小车，朱茀绣幰③，青衣④数辈，款段以从。内一婢，乘小驷，容光绝美。稍稍近觇之，见车幔洞开，内坐二八女郎，红妆艳丽，尤生平所未睹。目炫神夺，瞻恋弗舍，或先或后，从驰数里。忽闻女郎呼婢近车侧，曰：“为我垂帘下。何处风狂儿郎，频来窥瞻！”婢乃下帘，怒顾生曰：“此芙蓉城七郎子新妇归宁，非同田舍娘子，放教秀才胡觑！”言已，掬辙土飏生。

生眯目不可开。才一拭视，而车马已渺。惊疑而返，觉目终不快，倩人启睑拨视，则睛上生小翳⑤。经宿益剧，泪簌簌不得止。翳渐大，数日厚如钱，右睛起旋螺⑥，百药无效。懊闷欲绝，颇思自忏悔。闻《光明经》能解厄，持一卷浼人教诵。初犹烦躁，久渐自安。旦晚无事，惟跌坐捻珠。持之一年，万缘俱净。

忽闻左目中小语如蝇，曰：“黑漆似，叵耐杀人⑦！”右目中应云：“可同小遨游，出此闷气。”渐觉两鼻中蠕蠕作痒，似有物出，离孔而去。久之乃返，复自鼻入眶中。又言曰：“许时不窥园亭，珍珠兰遽枯瘠死！”生素喜香兰，园中多种植，日常自灌溉，自失明，久置不问。忽闻此言，遽问妻：“兰花何使憔悴死？”妻诘其所自知，因告之故。妻趋验之，花果槁矣，大异之。静匿房中以俟之，见有小人自生鼻内出，大不及豆，营营然竟出门去。渐远，遂迷所在。俄，连臂归，飞上面，如蜂蚁之投穴者。如此二三日。又闻左言：“隧道迂，还往甚非所便，不如自启门。”右应云：“我壁子厚，大不易。”左曰：“我试辟，得与而俱。”遂觉左眶内隐似抓裂。有顷开视，豁见几物。喜告妻，妻审之，则脂膜破小窍，黑睛荧荧，才如劈椒。越一宿，幛尽消；细视，竟重瞳⑧也。但右目旋螺如故。乃知两瞳人合居一眶矣。生虽一目眇⑨，而较之双目者殊更了了⑩。由是益自检束，乡中称盛德焉。

异史氏曰：“乡有士人，偕二友于途，遥见少妇控驴出其前，戏而吟曰：‘有美人兮！’顾二友曰：‘驱之！’相与笑骋。俄追及，乃其子妇，心赧⑪气丧，默不复语。友伪为不知也者，评骘⑫殊亵。士人忸怩，吃吃而言曰：‘此长男

---

①长安：旧地名，即今陕西省西安市。 ②佻脱：轻佻。 ③朱茀(fú)绣幰(xiǎn)：红色的车帘，绣花的车帷。 ④青衣：此处代指婢女。 ⑤翳：眼角膜上长出的障碍视线的白斑。 ⑥旋螺：指眼翳加厚，呈螺旋状。 ⑦叵(pǒ)耐：指不可容忍，可恨。 ⑧重(chóng)瞳：一个眼睛里有两个瞳孔。 ⑨眇(miǎo)：失明。 ⑩了了：清晰。 ⑪赧(nǎn)：惭愧。 ⑫评骘(zhì)：评定。

妇也。'各隐笑而罢。轻薄者往往自侮,良可笑也。至于眯目失明,又鬼神之惨报矣。芙蓉城主不知何神,岂菩萨现身耶? 然小郎君生辟门户,鬼神虽恶,亦何尝不许人自新哉!"

画壁

江西孟龙潭,与朱孝廉①客都中。偶涉一兰若②,殿宇禅舍,俱不甚弘敞,惟一老僧挂褡其中。见客入,肃衣出迓③,导与随喜④。殿中塑志公像,两壁画绘精妙,人物如生。东壁画散花天女,内一垂髫⑤者,拈花微笑,樱唇欲动,眼波将流。朱注目久,不觉神摇意夺,恍然凝想;身忽飘飘如驾云雾,已到壁上。见殿阁重重,非复人世。一老僧说法座上,偏袒⑥绕视者甚众;朱亦杂立其中。少间,似有人暗牵其裾。回顾,则垂髫儿,嫦然⑦竟去。履即从之,过曲栏,入一小舍,朱次且⑧不敢前。女回首,摇手中花遥遥作招状,乃趋之。舍内寂无人,遽拥之,亦不甚拒,遂与狎好。既而闭户去,嘱勿咳。夜乃复至。

如此二日。女伴共觉之,共搜得生,戏谓女曰:"腹内小郎已许大,尚发蓬蓬学处子耶?"共捧簪珥⑨,促令上鬟。女含羞不语。一女曰:"妹妹姊姊,吾等勿久住,恐人不欢。"群笑而去。生视女,鬟云高簇,鬓凤低垂,比垂髫时尤艳绝也。四顾无人,渐入猥亵,兰麝熏心,乐方未艾。忽闻吉莫靴⑩铿铿甚厉,缧锁锵然,旋有纷嚣腾辨之声。女惊起,与生窃窥,则见一金甲使者,黑面如漆,绾锁挈槌,众女环绕之。使者曰:"全未?"答言:"已全。"使者曰:"如有藏匿下界人即共出首,勿贻伊戚。"又同声言:"无。"使者反身鹗顾,似将搜匿。女大惧,面如死灰,张皇谓朱曰:"可急匿榻下。"乃启壁上小扉,猝遁去。朱伏,不敢少息。俄闻靴声至房内,复出。未几,烦喧渐远,心稍安;然户外辄有往来语论者。朱跼蹐⑪既久,觉耳际蝉鸣,目中火出,景状殆不可忍;惟静听以待女归,竟不复忆身之何自来也。

时孟龙潭在殿中,转瞬不见朱,疑以问僧。僧笑曰:"往听说法去矣。"问:"何处?"曰:"不远。"少时,以指弹壁而呼:"朱檀越⑫! 何久游不归?"旋见壁间画有朱像,倾耳伫立,若有听察。僧又呼曰:"游侣久待矣!"遂飘忽自壁而下,灰心木立,目瞪足软。孟大骇,从容问之。盖方伏榻下,闻叩声如

---

①孝廉:此处指举人。 ②兰若:梵语"阿兰若"的省称,此处指寺院。 ③肃衣出迓(yà):整理衣服出迎。迓,迎接。 ④随喜:佛教语,此处指游览寺院。 ⑤垂髫(tiáo):此处指尚未束发的少女。 ⑥偏袒:此处指僧人。僧人身穿袈裟,袒露右肩,故称偏袒。 ⑦嫦(chǎn)然:笑的样子。 ⑧次且(zī jū):犹豫不进的样子。 ⑨簪珥:发簪和耳饰。 ⑩吉莫靴:指用吉莫皮制成的靴子。 ⑪跼蹐(jú jí):困顿窘迫而蜷曲的样子。 ⑫檀越:梵语音译,即"施主"。

雷，故出房窥听也。共视拈花人，螺髻翘然，不复垂髫矣。朱惊拜老僧，而问其故。僧笑曰："幻由人生，贫道何能解！"朱气结而不扬，孟心骇叹而无主。即起，历阶而出。

异史氏曰："'幻由人生'，此言类有道者。人有淫心，是生亵境；人有亵心，是生怖境。菩萨点化愚蒙，千幻并作，皆人心所自动耳。老婆心①切，惜不闻其言下大悟，披发入山也。"

山魈②

孙太白尝言：其曾祖肄业③于南山柳沟寺。麦秋旋里，经旬始返。启斋门，则案上尘生，窗间丝满。命仆粪除④，至晚始觉清爽可坐。乃拂榻，陈卧具，扃扉⑤就枕，月色已满窗矣。辗转移时，万籁俱寂。忽闻风声隆隆，山门豁然作响，窃谓寺僧失扃。注念间，风声渐近居庐，俄而房门辟矣。大疑之。思未定，声已入屋。又有靴声铿铿然，渐傍寝门。心始怖。俄而寝门辟矣。忽视之，一大鬼鞠躬塞入，突立榻前，殆⑥与梁齐。面似老瓜皮色，目光睒闪⑦，绕室四顾，张巨口如盆，齿疏疏长三寸许，舌动喉鸣，呵喇之声，响连四壁。公惧极，又念咫尺之地，势无所逃，不如因而刺之。乃阴抽枕下佩刀，遽拔而斫之，中腹，作石缶声。鬼大怒，伸巨爪攫公。公少缩。鬼攫得衾，捽⑧之，忿忿而去。公随衾堕，伏地号呼。家人持火奔集，则门闭如故；排窗入，见公状，大骇。扶曳登床，始言其故。共验之，则衾夹于寝门之隙。启扉检照，见有爪痕如箕，五指着处皆穿。

既明，不敢复留，负笈⑨而归。后问僧人，无复他异。

咬鬼

沈麟生云：其友某翁者，夏月昼寝，朦胧间见一女子搴⑩帘入，以白布裹首，缞服⑪麻裙，向内室去。疑邻妇访内人者，又转念，何遽以凶服入人家？正自皇惑，女子已出。细审之，年可三十余，颜色黄肿，眉目蹙蹙然，神情可畏。又逡巡⑫不去，渐逼近榻。遂伪睡以观其变。无何，女子摄衣登床，压腹上，觉如百钧重。心虽了了，而举其手，手如缚；举其足，足如痿⑬也。急欲号

---

①老婆心：佛家指禅师反复叮咛，急切诲人之心。 ②山魈(xiāo)：传说中的山怪。 ③肄(yì)业：修习课业。 ④粪除：清扫。 ⑤扃(jiōng)扉：此处指从室内关上门闩。 ⑥殆(dài)：差不多。 ⑦睒(shǎn)闪：形容目光闪烁的样子。 ⑧捽(zuó)：抓，揪。 ⑨负笈(jí)：背着书箱。 ⑩搴(qiān)：掀起。 ⑪缞(cuī)服：丧服。 ⑫逡巡(qūn xún)：徘徊。 ⑬痿：身体某部分萎缩或失去机能。

救,而苦不能声。女子以喙嗅翁面,颧鼻眉额殆遍。觉喙冷如冰,气寒透骨。翁窘急中,思得计:待嗅至颐颊①,当即因而啮之。未几果及颐。翁乘势力龁②其颧,齿没于肉。女负痛身离,且挣且啼。翁龁益力。但觉血液交颐,湿流枕畔。相持正苦,庭外忽闻夫人声,急呼有鬼,一缓颊而女子已飘忽遁去。夫人奔入,无所见,笑其魇梦之诬。翁述其异,且言有血证焉。相与检视,如屋漏之水,流溇枕席。伏而嗅之,腥臭异常。翁乃大吐。过数日,口中尚有余臭云。

捉狐

孙翁者,余姻家清服之伯父也。素有胆。一日昼卧,仿佛有物登床,遂觉身摇摇如驾云雾。窃意无乃压狐③耶?微窥之,物大如猫,黄毛而碧嘴,自足边来。蠕蠕伏行,如恐翁寤④。逡巡附体,着足,足痿;着股,股软。甫及腹,翁骤起,按而捉之,握其项。物鸣,急莫能脱。翁亟呼夫人,以带絷其腰,乃执带之两端,笑曰:"闻汝善化,今注目在此,看作如何化法。"言次,物忽缩其腹,细如管,几脱去。翁乃大愕,急力缚之,则又鼓其腹,粗于碗,坚不可下。力稍懈,又缩之。翁恐其脱,命夫人急杀之。夫人张皇四顾,不知刀之所在,翁左顾示以处。比回首,则带在手如环然,物已渺矣。

荞⑤中怪

长山⑥安翁者,性喜操农功。秋间荞熟,刈⑦堆陇畔。时近村有盗稼者,因命佃人乘月辇运登场,俟其装载归,而自留逻守。遂枕戈露卧。目稍瞑,忽闻有人践荞根咋咋作响。心疑暴客⑧,急举首,则一大鬼,高丈余,赤发鬡⑨须,去身已近。大怖,不遑他计,踊身暴起,狠刺之。鬼鸣如雷而逝。恐其复来,荷戈而归。迎佃人于途,告以所见,且戒勿往。众未深信。越日⑩,曝麦于场,忽闻空际有声,翁骇曰:"鬼物来矣!"乃奔,众亦奔。移时复聚,翁命多设弓弩以俟之。翌日⑪,果复来,数矢齐发,物惧而遁。二三日竟不复来。

麦既登仓,禾黐杂遝⑫,翁命收积为垛,而亲登践实之,高至数尺。忽遥

---

①颐颊:腮颊。 ②龁(hé):咬。 ③压狐:睡梦之中感到胸闷气促,俗称"压狐子"。压狐,或作"魇狐"。 ④寤(wù):睡醒。 ⑤荞(qiáo):古同"荞",荞麦。 ⑥长山:旧县名,治所在今山东省邹平以东、淄川以北偏西。 ⑦刈(yì):收割。 ⑧暴客:强盗。 ⑨鬡(níng)须:乱蓬蓬的胡须。 ⑩越日:次日。 ⑪翌(yì)日:次日。 ⑫禾黐(jiē)杂遝(tà):形容荞麦秸秆散乱在地的样子。

望骇曰："鬼物至矣!"众急觅弓矢,物已奔翁。翁仆,龁①其额而去。共登视,则去额骨如掌,昏不知人。负至家中,遂卒。后不复见。不知其为何怪也。

宅妖

长山李公,大司寇②之侄也。宅多妖异。尝见厦有春凳③,肉红色,其修润。李以故无此物,近抚按之,随手而曲,殆如肉软,骇而却走。旋回视,则四足移动,渐入壁中。又见壁间倚白梃,洁泽修长。近扶之,腻然而倒,委蛇④入壁,移时始没。

康熙十七年,王生浚升设帐其家。日暮,灯火初张,生着履卧榻上。忽见小人,长三寸许,自外入。略一盘旋,即复去。少顷,荷二小凳来,设堂中,宛如小儿辈用梁黐心所制者。又顷之,二小人舁⑤一棺入,长四寸许,停置凳上。安厝⑥未已,一女子率厮婢数人来,率细小如前状。女子衰衣⑦,麻练束腰际,布裹首,以袖掩口,嘤嘤而哭,声类巨蝇。生睥睨⑧良久,毛发森立,如霜被于体。因大呼,遽走,颠床下,摇战莫能起。馆中人闻声毕集,堂中人物杳然矣。

王六郎

许姓,家淄之北郭⑨,业渔。每夜携酒河上,饮且渔。饮则酹⑩酒于地,祝云:"河中溺鬼得饮。"以为常。他人渔,迄无所获,而许独满筐。

一夕方独酌,有少年来,徘徊其侧。让之饮,慨与同酌。既而终夜不获一鱼,意颇失。少年起曰:"请于下流⑪为君驱之。"遂飘然去。少间复返,曰:"鱼大至矣。"果闻唼呷⑫有声。举网而得数头,皆盈尺。喜极,申谢。欲归,赠以鱼,不受,曰:"屡叨佳酝,区区何足云报。如不弃,要当以为长⑬耳。"许曰:"方共一夕,何言屡也? 如肯永顾,诚所甚愿,但愧无以为情。"询其姓字,曰:"姓王,无字,相见可呼王六郎。"遂别。明日,许货鱼益利,沽酒。晚至河干,少年已先在,遂与欢饮。饮数杯,辄为许驱鱼。

---

①龁(hé):咬。 ②大司寇:先秦官职,清代俗称刑部尚书为大司寇。 ③春凳:一种长凳,板面较宽。 ④委蛇(wēi yí):同"逶迤",形容曲折而进的样子。 ⑤舁(yú):抬。 ⑥安厝(cuò):停枢等待安葬。 ⑦衰(cuī)衣:丧服。 ⑧睥睨(pì nì):窥视。 ⑨淄之北郭:指淄川县北郊。淄,今山东省淄川县。 ⑩酹(lèi):洒酒于地以祭鬼神。 ⑪下流:河流的下游。 ⑫唼呷(shà xiā):指鱼吃食的声音。 ⑬要当:应当。长:长久。

如是半载。忽告许曰:"拜识清扬①,情逾骨肉,然相别有日矣。"语甚凄楚。惊问之,欲言而止者再,乃曰:"情好如吾两人,言之或勿讶耶?今将别,无妨明告:我实鬼也。素嗜酒,沉醉溺死,数年于此矣。前君之获鱼,独胜于他人者,皆仆之暗驱以报酹奠耳。明日业满②,当有代者,将往投生。相聚只今夕,故不能无感。"许初闻甚骇,然亲狎既久,不复恐怖。因亦欷歔,酌而言曰:"六郎饮此,勿戚也。相见遽违,良足悲恻;然业满劫脱③,正宜相贺,悲乃不伦。"遂与畅饮。因问:"代者何人?"曰:"兄于河畔视之,亭午,有女子渡河而溺者,是也。"听村鸡既唱,洒涕而别。明日,敬伺河边,以觇其异。果有妇人抱婴儿来,及河而堕。儿抛岸上,扬手掷足而啼。妇沉浮者屡矣,忽淋淋攀岸以出,藉地少息,抱儿径去。当妇溺时,意良不忍,思欲奔救;转念是所以代六郎者,故止不救。及妇自出,疑其言不验。抵暮,渔旧处,少年复至,曰:"今又聚首,且不言别矣。"问其故,曰:"女子已相代矣;仆怜其抱中儿,代弟一人,遂残二命,故舍之。更代不知何期。或吾两人之缘未尽耶?"许感叹曰:"此仁人之心,可以通上帝矣。"由此相聚如初。

数日,又来告别,许疑其复有代者,曰:"非也。前一念恻隐,果达帝天。今授为招远县邬镇土地,来日赴任。倘不忘故交,当一往探,勿惮修阻。"许贺曰:"君正直为神,甚慰人心。但人神路隔,即不惮修阻,将复如何?"少年曰:"但往勿虑。"再三叮咛而去。许归,即欲制装东下,妻笑曰:"此去数百里,即有其地,恐土偶不可以共语。"许不听,竟抵招远。问之居人,果有邬镇。寻至其处,息肩逆旅④,问祠所在。主人惊曰:"得无客姓为许?"许曰:"然。何见知?"又曰:"得无客邑为淄?"曰:"然。何见知?"主人不答遽出。俄而丈夫抱子,媳女窥门,杂沓而来,环如墙堵。许益惊。众乃告曰:"数夜前,梦神言:淄川许友当即来,可助以资斧⑤。祗候⑥已久。"许亦异之,乃往祭于祠而祝曰:"别君后,寤寐⑦不去心,远践曩⑧约。又蒙梦示居人,感篆中怀。愧无腆⑨物,仅有卮酒⑩,如不弃,当如河上之饮。"祝毕焚钱纸。俄见风起座后,旋转移时,始散。至夜,梦少年来,衣冠楚楚,大异平时,谢曰:"远劳顾问,喜泪交并。但任微职,不便会面,咫尺河山,甚怆于怀。居人薄有所赠,聊酬凤好。归如有期,尚当走送。"居数日,许欲归,众留殷恳,朝请暮邀,日更数主。许坚辞欲行。众乃折柬抱襆⑪,争来致赆⑫,不终朝,馈遗盈橐⑬。苍头稚子毕集,祖送出村。欻⑭有羊角风起,随行十余里。许再拜曰:"六郎

①清扬:对人容颜的颂称,指眉目清秀,也泛指人美好的仪容、风采。 ②业满:佛家语,指因果业报已经完结。 ③劫脱:脱离劫难。 ④息肩:栖止休息。逆旅:客舍,旅店。 ⑤资斧:路费。 ⑥祗候:恭候。 ⑦寤寐:醒与睡,指日夜。 ⑧曩(nǎng):以前。 ⑨腆(tiǎn):丰厚,美好。 ⑩卮(zhī)酒:杯酒。卮,古代盛酒的一种器皿。 ⑪折柬抱襆(fú):拿着礼单,抱着礼品。襆,包袱。 ⑫致赆(jìn):以礼物送行。赆,临别时赠送给远行人的路费、礼物。 ⑬橐(tuó):口袋。 ⑭欻(xū):忽然。

珍重！勿劳远涉。君心仁爱，自能造福一方，无庸故人嘱也。"风盘旋久之，乃去。村人亦嗟讶而返。

许归，家稍裕，遂不复渔。后见招远人问之，其灵应如响云。或言：即章丘石坑庄。未知孰是。

异史氏曰："置身青云，无忘贫贱，此其所以神也。今日车中贵介①，宁复识戴笠人哉？余乡有林下者，家甚贫。有童稚交，任肥秩②，计投之必相周顾。竭力办装，奔涉千里，殊失所望；泻囊货骑，始得归。其族弟甚谐，作月令嘲之云：'是月也，哥哥至，貂帽解，伞盖不张，马化为驴，靴始收声。'念此可为一笑。"

偷桃

童时赴郡试③，值春节。旧例，先一日，各行商贾，彩楼鼓吹赴藩司④，名曰"演春"。余从友人戏瞩。是日游人如堵。堂上四官，皆赤衣，东西相向坐，时方稚，亦不解其何官，但闻人语哜嘈⑤，鼓吹聒耳。忽有一人率披发童，荷担而上，似有所白；万声汹动，亦不闻其为何语，但视堂上作笑声。即有青衣人大声命作剧。其人应命方兴，问："作何剧？"堂上相顾数语，吏下宣问所长。答言："能颠倒生物。"吏以白官。少顷复下，命取桃子。术人应诺，解衣覆笥⑥上，故作怨状，曰："官长殊不了了！坚冰未解，安所得桃？不取，又恐为南面者怒，奈何！"其子曰："父已诺之，又焉辞？"术人惆怅良久，乃曰："我筹之烂熟：春初雪积，人间何处可觅？惟王母园中，四时常不凋谢，或有之。必窃之天上，乃可。"子曰："嘻！天可阶而升乎？"曰："有术在。"乃启笥，出绳一团，约数十丈，理其端，望空中掷去；绳即悬立空际，若有物以挂之。未几，愈掷愈高，渺入云中；手中绳亦尽。乃呼子曰："儿来！余老惫，体重拙，不能行，得汝一往。"遂以绳授子，曰："持此可登。"子受绳，有难色，怨曰："阿翁亦大愦愦⑦！如此一线之绳，欲我附之以登万仞之高天，倘中道断绝，骸骨何存矣！"父又强鸣拍之，曰："我已失口，追悔无及，烦儿一行。倘窃得来，必有百金赏，当为儿娶一美妇。"子乃持索，盘旋而上，手移足随，如蛛趁丝，渐入云霄，不可复见。久之，坠一桃，如碗大。术人喜，持献公堂。堂上传示良久，亦不知其真伪。忽而绳落地上，术人惊曰："殆矣！上有人断吾绳，儿将焉托！"移时，一物坠，视之，其子首也。捧而泣曰："是必偷桃，为监

---

①贵介：地位尊贵者。　②肥秩：肥缺。　③郡试：此处指考试童生的府试。　④藩司：此处指布政使衙门。　⑤哜嘈(jì cáo)：形容声音嘈杂。　⑥笥(sì)：一种方形竹器，多用于盛饭或衣物。　⑦愦愦(kuì kuì)：昏庸，糊涂。

者所觉。吾儿休矣!"又移时,一足落;无何①,肢体纷坠,无复存者。术人大悲,一一拾置笥中而阖之,曰:"老夫止此儿,日从我南北游。今承严命,不意罹此奇惨!当负去瘗②之。"乃升堂而跪,曰:"为桃故,杀吾子矣!如怜小人而助之葬,当结草以图报耳。"坐官骇诧,各有赐金。术人受而缠诸腰,乃扣笥而呼曰:"八八儿,不出谢赏,将何待?"忽一蓬头童首抵笥盖而出,望北稽首,则其子也。以其术奇,故至今犹记之。后闻白莲教能为此术,意此其苗裔③耶?

种梨

　　有乡人货梨于市,颇甘芳,价腾贵。有道士破巾絮衣,丐于车前,乡人咄之,亦不去,乡人怒,加以叱骂。道士曰:"一车数百颗,老衲止丐其一,于居士亦无大损,何怒为?"观者劝置劣者一枚令去,乡人执不肯。肆中佣保④者,见喋聒⑤不堪,遂出钱市⑥一枚,付道士。道士拜谢,谓众曰:"出家人不解吝惜。我有佳梨,请出供客。"或曰:"既有之,何不自食?"曰:"我特需此核作种。"于是掬梨大啖,且尽,把核于手,解肩上镵⑦,坎地深数寸纳之,而覆以土。向市人索汤沃灌,好事者于临路店索得沸瀋⑧,道士接浸坎上。万目攒视,见有勾萌出,渐大;俄成树,枝叶扶苏;倏而花,倏而实,硕大芳馥,累累满树。道士乃即树头摘赐观者,顷刻向尽。已,乃以镵伐树,丁丁良久,方断;带叶荷肩头,从容徐步而去。

　　初,道士作法时,乡人亦杂立众中,引领注目,竟忘其业。道士既去,始顾车中,则梨已空矣,方悟适所俵散⑨,皆己物也。又细视车上一靶⑩亡,是新凿断者。心大愤恨。急迹之,转过墙隅,则断靶弃垣下,始知所伐梨本,即是物也,道士不知所在。一市粲然⑪。

　　异史氏曰:"乡人愦愦,憨状可掬,其见笑于市人,有以哉。每见乡中称素封⑫者,良朋乞米,则怫然⑬,且计曰:'是数日之资也。'或劝济一危难,饭一茕独⑭,则又忿然,又计曰:'此十人、五人之食也。'甚而父子兄弟,较尽锱铢⑮。及淫博迷心,则顷囊不吝;刀锯临颈,则赎命不遑。诸如此类,正不胜道,蠢尔乡人,又何足怪。"

---

①无何:不久。　②瘗(yì):掩埋,埋葬。　③苗裔:子孙后代。　④佣保:指店铺雇佣的杂役人员。　⑤喋聒(dié guō):多言扰耳,啰嗦。　⑥市:购买。　⑦镵(chán):古代的一种挖土工具。　⑧沸瀋(shěn):滚开的汤汁。　⑨俵(biào)散:散发。　⑩靶:此处指车把。　⑪粲然:大笑的样子。　⑫素封:无官爵封邑而富比封君的人。　⑬怫(fú)然:愤怒的样子。　⑭茕(qióng)独:孤独无依的人。　⑮锱铢(zī zhū):喻指微少的钱财。锱、铢,皆为古代极小的重量单位。

劳山道士

邑有王生,行七,故家子①。少慕道,闻劳山多仙人,负笈往游。登一顶,有观宇,甚幽。一道士坐蒲团上,素发垂领,而神光爽迈。叩而与语,理甚玄妙。请师之,道士曰:"恐娇情不能作苦。"答言:"能之。"其门人甚众,薄暮毕集,王俱与稽首,遂留观中。

凌晨,道士呼王去,授一斧,使随众采樵。王谨受教。过月余,手足重茧②,不堪其苦,阴有归志。一夕归,见二人与师共酌,日已暮,尚无灯烛。师乃剪纸如镜,粘壁间,俄顷月明辉室,光鉴毫芒。诸门人环听奔走。一客曰:"良宵胜乐,不可不同。"乃于案上取酒壶,分赉③诸徒,且嘱尽醉。王自思:七八人,壶酒何能遍给?遂各觅盎盏,竞饮先釂④,惟恐樽尽,而往复挹⑤注,竟不少减。心奇之。俄一客曰:"蒙赐月明之照,乃尔寂饮,何不呼嫦娥来?"乃以箸掷月中。见一美人自光中出,初不盈尺,至地遂与人等。纤腰秀项,翩翩作"霓裳舞"。已而歌曰:"仙仙乎!而还乎!而幽我于广寒乎!"其声清越,烈如箫管。歌毕,盘旋而起,跃登几上,惊顾之间,已复为箸。三人大笑。又一客曰:"今宵最乐,然不胜酒力矣。其饯我于月宫可乎?"三人移席,渐入月中。众视三人,坐月中饮,须眉毕见,如影之在镜中。移时,月渐暗,门人燃烛来,则道士独坐,而客杳矣。几上肴核尚存;壁上月,纸圆如镜而已。道士问众:"饮足乎?"曰:"足矣。""足,宜早寝,勿误樵苏。"众诺而退。王窃欣慕,归念遂息。

又一月,苦不可忍,而道士并不传教一术。心不能待,辞曰:"弟子数百里受业仙师,纵不能得长生术,或小有传习,亦可慰求教之心。今阅两三月,不过早樵而暮归。弟子在家,未谙此苦。"道士笑曰:"吾固谓不能作苦,今果然。明早当遣汝行。"王曰:"弟子操作多日,师略授小技,此来为不负也。"道士问:"何术之求?"王曰:"每见师行处,墙壁所不能隔,但得此法足矣。"道士笑而允之。乃传一诀,令自咒毕,呼曰:"入之!"王面墙不敢入。又曰:"试入之。"王果从容入,及墙而阻。道士曰:"俯首辄入,勿逡巡!"王果去墙数步,奔而入,及墙,虚若无物,回视,果在墙外矣。大喜,入谢。道士曰:"归宜洁持,否则不验。"遂助资斧⑥遣之归。

抵家,自诩遇仙,坚壁所不能阻,妻不信。王效其作为,去墙数尺,奔而入;头触硬壁,蓦然而踣⑦。妻扶视之,额上坟起,如巨卵焉。妻揶揄之。王

①故家子:世宦之家的子弟。　②重(chóng)茧:手脚上的厚茧。　③分赉(lài):分赐。
④釂(jiào):喝完杯中酒。　⑤挹(yì):倒。　⑥资斧:路费。　⑦踣(bó):跌倒。

渐忿,骂老道士之无良而已。

异史氏曰:"闻此事,未有不大笑者,而不知世之为王生者,正复不少。今有伧父①,喜疢毒而畏药石②,遂有舐痈吮痔③者,进宣威逞暴之术,以迎其旨,绐④之曰:'执此术也以往,可以横行而无碍。'初试未尝不小效,遂谓天下之大,举可以如是行矣,势不至触硬壁而颠蹶不止也。"

长清僧

长清⑤僧,道行高洁,年八十余犹健。一日,颠仆不起,寺僧奔救,已圆寂矣。僧不自知死,魂飘去,至河南界。河南有故绅子,率十余骑,按鹰猎兔。马逸,坠毙。僧魂适值,翕然而合,遂渐苏。厮仆环问之,张目曰:"胡至此!"众扶归。入门,则粉白黛绿者,纷集顾问。大骇曰:"我僧也,胡至此!"家人以为妄,共提耳⑥悟之。僧亦不自申解,但闭目不复有言。饷以脱粟则食,酒肉则拒。夜独宿,不受妻妾奉。数日后,忽思少步。众皆喜。既出,少定,即有诸仆纷来,钱簿谷籍,杂请会计。公子托以病倦,悉谢绝之。惟问:"山东长清县,知之否?"共答:"知之。"曰:"我郁无聊赖,欲往游瞩,宜即治任。"众谓:"新瘳⑦,未应远涉。"不听,翼日遂发。

抵长清,视风物如昨。无烦问途,竟至兰若。弟子数人见贵客至,伏谒甚恭。乃问:"老僧焉往?"答云:"吾师曩已物化⑧。"问墓所,群导以往,则三尺孤坟,荒草犹未合也。众僧不知何意。既而戒马欲归,嘱曰:"汝师戒行之僧,所遗手泽,宜恪守,勿俾损坏。"众唯唯。乃行。

既归,灰心木坐,了不勾当家务。居数月,出门自遁,直抵旧寺,谓弟子曰:"我即汝师。"众疑其谬,相视而笑。乃述返魂之由,又言生平所为,悉符。众乃信,居以故榻,事之如平日。后公子家屡以舆马来,哀请之,略不顾瞻。又年余,夫人遣纪纲⑨至,多所馈遗,金帛皆却之,惟受布袍一袭而已。友人或至其乡,敬造之。见其人默然诚笃,年仅三十,而辄道其八十余年事。

异史氏曰:"人死则魂散,其千里而不散者,性定故耳。余于僧,不异之乎其再生,而异之乎其入纷华靡丽之乡,而能绝人以逃世也。若眼睛一闪,而兰麝熏心,有求死而不得者矣,况僧乎哉!"

---

①伧(cāng)父:粗俗、鄙贱之人。 ②喜疢(chèn)毒而畏药石:喜好疾病而害怕治病的药石。疢,热病,泛指病。 ③舐痈(yōng)吮痔:亦作"吮疽舐痔",指以口吸痈疽,以舌舔痔疮而祛其毒,形容卑劣地奉承人。痈,毒疮。 ④绐(dài):欺诈,欺骗。 ⑤长清:旧县名,治所在今山东省济南市长清区。 ⑥提耳:扯着耳朵,喻指教导开悟。 ⑦瘳(chōu):病愈。 ⑧物化:死亡。 ⑨纪纲:泛指仆人。

蛇人

东郡①某甲，以弄蛇为业。尝蓄驯蛇二，皆青色，其大者呼之大青，小曰二青。二青额有赤点，尤灵驯，盘旋无不如意。蛇人爱之，异于他蛇。期年②，大青死，思补其缺，未暇遑③也。一夜，寄宿山寺。既明，启笥，二青亦渺，蛇人怅恨欲死。冥搜亟呼，迄无影兆。然每至丰林茂草，辄纵之去，俾得自适，寻复返；以此故，冀其自至。坐伺之，日既高，亦已绝望，怏怏遂行。出门数武，闻丛薪错楚④中，窸窣作响。停趾愕顾，则二青来也。大喜，如获拱璧⑤。息肩路隅，蛇亦顿止。视其后，小蛇从焉。抚之曰："我以汝为逝矣。小侣而所荐耶？"出饵饲之，兼饲小蛇。小蛇虽不去，然瑟缩不敢食。二青含哺之，宛似主人之让客者。蛇人又饲之，乃食。食已，随二青俱入笥中。荷去教之，旋折辄中规矩，与二青无少异，因名之小青。衔技四方，获利无算。

大抵蛇人之弄蛇也，止以二尺为率，大则过重，辄便更易。缘二青驯，故未遽弃。又二三年，长三尺余，卧则笥为之满，遂决去之。一日，至淄邑东山间，饲以美饵，祝而纵之。既去，顷之复来，蜿蜒笥外。蛇人挥曰："去之！世无百年不散之筵。从此隐身大谷，必且为神龙，笥中何可以久居也？"蛇乃去。蛇人目送之。已而复返，挥之不去，以首触笥，小青在中，亦震震而动。蛇人悟曰："得毋欲别小青也？"乃发笥，小青径出，因与交首吐舌，似相告语。已而委蛇⑥并去。方意小青不还，俄而踽踽独来，竟入笥卧。由此随在物色，迄无佳者，而小青亦渐大，不可弄。后得一头亦颇驯，然终不如小青良。而小青粗于儿臂矣。

先是，二青在山中，樵人多见之。又数年，长数尺，围如碗，渐出逐人，因而行旅相戒，罔敢出其途。一日，蛇人经其处，蛇暴出如风，蛇人大怖而奔。蛇逐益急，回顾已将及矣。而视其首，朱点俨然，始悟为二青。下担呼曰："二青，二青！"蛇顿止。昂首久之，纵身绕蛇人，如昔弄状。觉其意殊不恶，但躯巨重，不胜其绕；仆地呼祷，乃释之。又以首触笥，蛇人悟其意，开笥出小青。二蛇相见，交缠如饴糖状，久之始开。蛇人乃祝小青曰："我久欲与汝别，今有伴矣。"谓二青曰："原君引之来，可还引之去。更嘱一言：深山不乏食饮，勿扰行人，以犯天谴⑦。"二蛇垂头，似相领受。遽起，大者前，小者后，过处林木为之中分。蛇人伫立望之，不见乃去。此后行人如常，不知二蛇何

---

①东郡：旧郡名，辖今河南省聊城县一带。 ②期(jī)年：一周年。 ③暇遑：空闲。 ④丛薪错楚：灌木丛中。薪，柴草。楚，一种灌木。 ⑤拱璧：大璧，喻指极为珍贵的物品。 ⑥委蛇(wēi yí)：同"逶迤"，形容曲折而进的样子。 ⑦天谴：上天的责罚。

往也。

异史氏曰："蛇，蠢然一物耳，乃恋恋有故人之意，且其从谏也如转圜。独怪俨然而人也者，以十年把臂之交，数世蒙恩之主，转思下井复投石焉；又不然则药石相投，悍然不顾，且怒而仇焉者，不且出斯蛇下哉。"

斫①蟒

胡田村胡姓者，兄弟采樵，深入幽谷。遇巨蟒，兄在前，为所吞；弟初骇欲奔，见兄被噬，遂怒出樵斧斫蟒首。首伤而吞不已。然头虽已没，幸肩际不能下。弟急极无计，乃两手持兄足，力与蟒争，竟曳兄出。蟒亦负痛去。视兄，则鼻耳俱化，奄将气尽。肩负以行，途中凡十余息，始至家。医养半年，方愈。至今面目皆瘢痕，鼻耳惟孔存焉。噫！农人中，乃有悌弟②如此哉！或言："蟒不为害，乃德义所感。"信然！

犬奸

青州贾③某，客于外，恒经岁不归。家蓄一白犬，妻引与交，犬习为常。一日，夫至，与妻共卧。犬突入，登榻，啮贾人竟死。后里舍稍闻之，共为不平，鸣于官。官械妇，妇不肯伏，收④之。命缚犬来，始取妇出。犬忽见妇，直前碎衣作交状。妇始无词。使两役解部院⑤，一解人而一解犬。有欲观其合者，共敛钱赂役，役乃牵聚令交。所止处，观者常数百人，役以此网利焉。后人犬俱寸磔⑥以死。呜呼！天地之大，真无所不有矣。然人面而兽交者，独一妇也乎哉？

异史氏为之判曰："会于濮上，古所交讥；约于桑中，人且不齿。乃某者，不堪雌守⑦之苦。浪思苟合之欢。夜叉伏床，竟是家中牝⑧兽；捷卿⑨入窦，遂为被底情郎。云雨台前，乱摇续貂之尾；温柔乡里，频款曳象之腰。锐锥处于皮囊，一纵股而脱颖；留情结于镞⑩项，甫饮羽而生根。忽思异类之交，直属匪夷之想。尨⑪吠奸而为奸，妒残凶杀，律难治以萧曹⑫；人非兽而实兽，奸秽淫腥，肉不食于豺虎。呜呼！人奸杀，则拟女以刚；至于狗奸杀，阳

---

①斫(zhuó)：用刀斧等砍。　②悌(tì)弟：指敬爱兄长的弟弟。　③青州：旧府名，治所在今山东省青州市。贾(gǔ)：商人。　④收：拘捕入狱。　⑤部院：此处指巡抚衙门。　⑥寸磔：碎解肢体，古代的一种酷刑。　⑦雌守：退守无为。此处喻指女子贞洁自守。　⑧牝(pìn)：雌。　⑨捷卿：此处指犬。　⑩镞(zú)：箭头。　⑪尨(máng)：多毛的狗。　⑫萧曹：西汉丞相萧何、曹参的合称，此处以"萧曹"之律指代国法。

世遂无其刑。人不良，则罚人作犬，至于犬不良，阴曹应穷于法。宜支解以追魂魄，请押赴以问阎罗。"

雹神

王公筠仓①，莅任楚中，拟登龙虎山谒天师。及湖，甫登舟，即有一人驾小艇来，使舟中人为通。公见之，貌修伟，怀中出天师刺②，曰："闻驺从③将临，先遣负弩。"公讶其预知，益神之，诚意而往。

天师治具相款。其服役者，衣冠须鬣，多不类常人，前使者亦侍其侧。少间，向天师细语，天师谓公曰："此先生同乡，不之识耶？"公问之。曰："此即世所传雹神李左车④也。"公愕然改容。天师曰："适言奉旨雨雹，故告辞耳。"公问："何处？"曰："章丘。"公以接壤关切，离席乞免。天师曰："此上帝玉敕，雹有额数，何能相徇？"公哀不已。天师垂思良久，乃顾而嘱曰："其多降山谷，勿伤禾稼可也。"又嘱："贵客在坐，文去勿武。"神出至庭中，忽足下生烟，氤氲匝地⑤。俄延逾刻，极力腾起，才高于庭树；又起，高于楼阁。霹雳一声，向北飞去，屋宇震动，筵器摆簸。公骇曰："去乃作雷霆耶！"天师曰："适戒之，所以迟迟；不然平地一声，便逝去矣。"公别归，志其月日，遣人问章丘。是日果大雨雹，沟渠皆满，而田中仅数枚焉。

狐嫁女

历城殷天官⑥，少贫，有胆略。邑有故家之第，广数十亩，楼宇连亘⑦。常见怪异，以故废无居人。久之，蓬蒿渐满，白昼亦无敢入者。会公与诸生饮，或戏云："有能寄此一宿者，共醵⑧为筵。"公跃起曰："是亦何难！"携一席往。众送诸门，戏曰："吾等暂候之，如有所见，当急号。"公笑云："有鬼狐，当捉证耳。"遂入，见长莎蔽径，蒿艾如麻。时值上弦⑨，幸月色昏黄，门户可辨。摩娑数进，始抵后楼。登月台，光洁可爱，遂止焉。西望月明，惟衔山一线耳。坐良久，更无少异，窃笑传言之讹。席地枕石，卧看牛女⑩。

---

①王公筠仓：指明人王孟震，号筠仓，淄川人。 ②刺：名帖，古人拜访时通姓名用的名片。 ③驺（zōu）从：古代达官显贵出行时的骑马侍从。 ④李左车：汉初人，后被尊称为"雹神"。 ⑤氤氲（yīn yūn）匝地：指烟气笼罩。匝，遍地。 ⑥殷天官：殷士儋，字正甫，历城（今山东省济南市）人，曾任吏部右侍郎。天官，《周礼》所载官名，后世称吏部为天官。 ⑦连亘（gèn）：连绵不绝。 ⑧醵（jù）：集资饮酒。 ⑨上弦：农历每月初七、初八，在地球上看到的月亮呈月牙形，其弧在右侧，称"上弦"。 ⑩牛女：牵牛星与织女星的合称。

一更向尽，恍惚欲寐。楼下有履声，籍籍①而上。假寐②睨之，见一青衣人，挑莲灯，猝见公，惊而却退。语后人曰："有生人在。"下问："谁也？"答云："不识。"俄一老翁上，就公谛视，曰："此殷尚书，其睡已酣。但办吾事，相公倜傥，或不叱怪。"乃相率入楼，楼门尽辟。移时，往来者益众。楼上灯辉如昼。公稍稍转侧，作嚏咳。翁闻公醒，乃出，跪而言曰："小人有箕帚女③，今夜于归④。不意有触贵人，望勿深罪。"公起，曳之曰："不知今夕嘉礼，惭无以贺。"翁曰："贵人光临，压除凶煞，幸矣。即烦陪坐，倍益光宠。"公喜，应之。入视楼中，陈设绮丽。遂有妇人出拜，年可四十余。翁曰："此拙荆⑤。"公揖之。俄闻笙乐聒耳，有奔而上者，曰："至矣！"翁趋迎，公亦立俟。少间，笼纱一簇，导新郎人。年可十七八，丰采韶秀。翁命先与贵客为礼。少年目公。公若为傧⑥，执半主礼。次翁婿交拜，已，乃即席。少间，粉黛云从，酒戴雾霈⑦，玉碗金瓯，光映几案。酒数行，翁唤女奴请小姐来。女奴诺而入，良久不出。翁自起，搴帏促之。俄婢媪辈拥新人出，环佩璆然⑧，麝兰散馥。翁命向上拜。起，即坐母侧。微目之，翠凤明珰，容华绝世。既而酌以金爵，大容数斗。公思此物可以持验同人，阴内袖中。伪醉隐几，颓然而寝。皆曰："相公醉矣。"居无何，闻新郎告行，笙乐暴作，纷纷下楼而去。已而主人敛酒具，少一爵，冥搜⑨不得。或窃议卧客。翁急戒勿语，惟恐公闻。移时，内外俱寂。公始起。暗无灯火，惟脂香酒气，充溢四堵。视东方既白，乃从容出。探袖中，金爵犹在。及门，则诸生先候，疑其夜出而早入者。公出爵示之。众骇问，公以状告。共思此物非寒士所有，乃信之。

后公举进士，任肥丘。有世家朱姓宴公，命取巨觥，久之不至。有细奴掩口与主人语，主人有怒色。俄奉金爵劝客饮。谛视之，款式雕文，与狐物更无殊别。大疑，问所从制。答云："爵凡八只，大人为京卿时，觅良工监制。此世传物，什袭⑩已久。缘明府辱临，适取诸箱簏，仅存其七，疑家人所窃取，而十年尘封如故，殊不可解。"公笑曰："金杯羽化矣。然世守之珍不可失。仆有一具，颇近似之，当以奉赠。"终筵归署，拣爵持送之。主人审视，骇绝。亲诣谢公，诘所自来，公为历陈颠末⑪。始知千里之物，狐能摄致，而不敢终留也。

①籍籍：纷乱交错的样子。 ②假寐：不脱衣服小睡一下。 ③箕帚：畚箕和扫帚，皆扫除用具。此处用于谦称自家女儿。 ④于归：女子出嫁。 ⑤拙荆：旧时用于对人谦称自己的妻子。 ⑥傧：傧相，代表主人迎客和赞礼的人。 ⑦酒戴(zì)雾霈：形容酒肴热气腾腾的样子。戴，大块肉。 ⑧璆(qiú)然：形容玉佩相击的声音。 ⑨冥搜：专心搜寻。 ⑩什袭：亦作"十袭"，把物品重重包裹起来，形容珍贵。 ⑪颠末：始末，事情自始至终的过程。

娇娜

孔生雪笠，圣裔①也。为人蕴藉②，工诗。有执友令天台③，寄函招之。生往，令适卒。落拓不得归，寓菩陀寺，佣为寺僧抄录。寺西百余步有单先生第，先生故公子，以大讼萧条，眷口寡，移而乡居，宅遂旷焉。

一日大雪崩腾，寂无行旅。偶过其门，一少年出，丰采甚都。见生，趋与为礼，略致慰问，即屈降临。生爱悦之，慨然从入。屋宇都不甚广，处处悉悬锦幕，壁上多古人书画。案头书一册，签曰《琅嬛琐记》。翻阅一过，皆目所未睹。生以居单第，以第主，即亦不审官阀④。少年细诘行踪，意怜之，劝设帐授徒。生叹曰："羁旅之人，谁作曹丘⑤者？"少年曰："倘不以驽骀⑥见斥，愿拜门墙⑦。"生喜，不敢当师，请为友。便问："宅何久锢？"答曰："此为单府，曩以公子乡居，是以久旷。仆，皇甫氏，祖居陕。以家宅焚于野火，暂借安顿。"生始知非单。当晚谈笑甚欢，即留共榻。

昧爽⑧，即有僮子炽炭火于室。少年先起入内，生尚拥被坐。僮入，白："太翁来。"生惊起。一叟入，鬓发皤然，向生殷谢曰："先生不弃顽儿，遂肯赐教。小子初学涂鸦，勿以友故，行辈视之也。"已，乃进锦衣一袭，貂帽、袜、履各一事。视生盥栉⑨已，乃呼酒荐馔。几、榻、裙、衣，不知何名，光彩射目。酒数行，叟兴辞，曳杖而去。餐讫，公子呈课业，类皆古文词，并无时艺⑩。问之，笑云："仆不求进取也。"抵暮，更酌曰："今夕尽欢，明日便不许矣。"呼僮曰："视太公寝未？已寝，可暗唤香奴来。"僮去，先以绣囊将琵琶至。少顷一婢入，红妆艳艳。公子命弹湘妃，婢以牙拨勾动，激扬哀烈，节拍不类凡闻。又命以巨觥行酒，三更始罢。次日，早起共读。公子最慧，过目成咏，二三月后，命笔警绝。相约五日一饮，每饮必招香奴。一夕，酒酣气热，目注之。公子已会其意，曰："此婢乃为老父所豢养。兄旷邈无家，我凤夜代筹久矣，行当为君谋一佳偶。"生曰："如果惠好，必如香奴者。"公子笑曰："君诚'少所见而多所怪'矣。以此为佳，君愿亦易足也。"居半载，生欲翱翔郊郭，至门，则双扉外扃⑪，问之，公子曰："家君恐交游纷意念，故谢客耳。"生亦安之。

时盛暑溽热，移斋园亭。生胸间肿起如桃，一夜如碗，痛楚呻吟。公子

①圣裔：孔子的后世子孙。②蕴藉：宽厚而有涵养。③执友：志同道合的朋友。令天台：指担任天台县令。天台，旧县名，治所在今浙江省天台县。④官阀：官阶、门第。⑤曹丘：汉代曹丘生大力称赞季布，使之扬名。后世遂以"曹丘"或"曹丘生"代称引荐者。⑥驽骀：能力低劣的马，喻指才能低下。⑦拜门墙：拜为老师。门墙，师门的代称。⑧昧爽：拂晓。⑨盥栉（guàn zhì）：梳洗。⑩时艺：即八股文，又称时文。⑪扃（jiōng）：关门。

19

朝夕省视,眠食俱废。又数日,创剧,益绝食饮。太翁亦至,相对太息。公子曰:"儿前夜思先生清恙①,娇娜妹子能疗之,遣人于外祖母处呼令归。何久不至?"俄僮入白:"娜姑至,姨与松姑同来。"父子即趋入内。少间,引妹来视生。年约十三四,娇波流慧,细柳生姿。生望见艳色,嚬呻顿忘,精神为之一爽。公子便言:"此兄良友,不啻②同胞也,妹子好医之。"女乃敛羞容,揄长袖,就榻诊视。把握之间,觉芳气胜兰。女笑曰:"宜有是疾,心脉动矣。然症虽危,可治;但肤块已凝,非伐皮削肉不可。"乃脱臂上金钏安患处,徐徐按下之。创突起寸许,高出钏外,而根际余肿,尽束在内,不似前如碗阔矣。乃一手启罗衿,解佩刀,刃薄于纸,把钏握刃,轻轻附根而割,紫血流溢,沾染床席。生贪近娇姿,不惟不觉其苦,且恐竣割事,偎傍不久。未几割断腐肉,团团然如树上削下之瘿③。又呼水来,为洗割处。口吐红丸,如弹大,着肉上,按令旋转。才一周,觉热火蒸腾;再一周,习习作痒;三周已,遍体清凉,沁入骨髓。女收丸入咽,曰:"愈矣!"趋步出。生跃起走谢,沉痼④若失。而悬想容辉,苦不自已。

自是废卷痴坐,无复聊赖。公子已窥之,曰:"弟为兄物色,得一佳耦。"问:"何人?"曰:"亦弟眷属。"生凝思良久,但云:"勿须也!"面壁吟曰:"曾经沧海难为水,除却巫山不是云。"公子会其旨,曰:"家君仰慕鸿才,常欲附为婚姻。但止一少妹,齿太稚。有姨女阿松,年十八矣,颇不粗陋。如不见信,松姊日涉园亭,伺前厢,可望见之。"生如其教,果见娇娜偕丽人来,画黛弯蛾,莲钩蹴凤,与娇娜相伯仲⑤也。生大悦,求公子作伐。公子异日自内出,贺曰:"谐矣。"乃除别院,为生成礼。是夕,鼓吹阗咽⑥,尘落漫飞,以望中仙人,忽同衾幄,遂疑广寒宫殿,未必在云霄矣。合卺⑦之后,甚惬心怀。

一夕,公子谓生曰:"切磋之惠,无日可以忘之。近单公子解讼归,索宅甚急,意将弃此而西。势难复聚,因而离绪萦怀。"生愿从之而去。公子劝还乡闾,生难之。公子曰:"勿虑,可即送君行。"无何,太翁引松娘至,以黄金百两赠生。公子以左右手与生夫妇相把握,嘱闭目勿视。飘然履空,但觉耳际风鸣,久之,曰:"至矣。"启目,果见故里。始知公子非人。喜叩家门,母出非望,又睹美妇,方共忻慰。及回顾,则公子逝矣。松娘事姑孝,艳色贤名,声闻遐迩。

后生举进士,授延安司李⑧,携家之任。母以道远不行。松娘生一男,名小宦。生以忤直指,罢官,罣碍⑨不得归。偶猎郊野,逢一美少年,跨骊驹,频

①清恙:称人疾病的敬语。 ②不啻:无异于。 ③瘿(yǐng):树木因受到真菌或害虫的刺激而形成的瘤状物。 ④沉痼(gù):积久难治的重疾。 ⑤相伯仲:不相上下。 ⑥阗(tián)咽:喧闹的样子。 ⑦合卺(jǐn):旧时婚礼的一种仪式,剖瓠为瓢,新郎、新娘各执一瓢饮酒。卺,一种瓠瓜。此处借指成婚。 ⑧司李:即"司理",宋代各州掌狱讼的官员。明清两代用以称各府推官。⑨罣碍:官员因事罢官,须在其原任所等候处罚,不得离开。

频瞻视。细看,则皇甫公子也。揽辔停骖,悲喜交至。邀生去,至一村,树木浓昏,荫翳天日。入其家,则金沤浮钉,宛然世家。问妹子,已嫁;岳母,已亡。深相感悼。经宿别去,偕妻同返。娇娜亦至,抱生子掇提而弄曰:"姊姊乱吾种矣。"生拜谢曩德。笑曰:"姊夫贵矣。创口已合,未忘痛耶?"妹夫吴郎亦来谒拜。信宿乃去。

一日,公子有忧色,谓生曰:"天降凶殃,能相救否?"生不知何事,但锐自任。公子趋出,招一家俱入,罗拜堂上。生大骇,亟问。公子曰:"余非人类,狐也。今有雷霆之劫。君肯以身赴难,一门可望生全;不然,请抱子而行,无相累。"生矢共生死。乃使仗剑于门,嘱曰:"雷霆轰击,勿动也!"生如所教。果见阴云昼暝,昏黑如醫。回视旧居,无复闬闳①,惟见高冢岿然,巨穴无底。方错愕间,霹雳一声,摆簸山岳,急雨狂风,老树为拔。生目眩耳聋,屹不少动。忽于繁烟黑絮之中,见一鬼物,利喙长爪,自穴攫一人出,随烟直上。瞥睹衣履,念似娇娜。乃急跃离地,以剑击之,随手堕落。忽而崩雷暴裂,生仆,遂毙。

少间,晴霁,娇娜已能自苏。见生死于旁,大哭曰:"孔郎为我而死,我何生矣!"松娘亦出,共舁②生归。娇娜使松娘捧其首,先以金簪拨其齿;自乃撮其颐,以舌度红丸入,又接吻而呵之。红丸随气入喉,格格作响,移时,豁然而苏。见眷口,恍如梦悟。于是一门团圆,惊定而喜。生以幽旷不可久居,议同旋里。满堂交赞,惟娇娜不乐。生请与吴郎俱,又虑翁媪不肯离幼子。终日议不果。忽吴家一小奴,汗流气促而至。惊致研诘,则吴郎家亦同日遭劫,一门俱没。娇娜顿足悲伤,涕不可止。共慰劝之。而同归之计遂决。

生入城,勾当数日,遂连夜趣装。既归,以闲园寓公子,恒返关之;生及松娘至,始发扃。生与公子兄妹,棋酒谈宴,若一家然。小宦长成,貌韶秀,有狐意。出游都市,共知为狐儿也。

异史氏曰:"余于孔生,不羡其得艳妻,而羡其得腻友也。观其容,可以疗饥;听其声,可以解颐。得此良友,时一谈宴,则'色授魂与',尤胜于'颠倒衣裳'矣。"

僧孽

张某暴卒,随鬼使去见冥王。王稽簿,怒鬼使误捉,责令送归。张下,私浼③鬼使,求观冥狱。鬼导历九幽,刀山、剑树,一一指点。末至一处,有一僧

---

①闬闳(hàn hóng):住宅大门。　②舁(yú):抬。　③浼(měi):恳求,央求。

扎股穿绳而倒悬之，号痛欲绝。近视，则其兄也。张见之惊哀，问："何罪至此？"鬼曰："是为僧，广募金钱，悉供淫赌，故罚之。欲脱此厄①，须其自忏。"张既苏，疑兄已死。时其兄居兴福寺，因往探之。入门，便闻其号痛声。入室，见疮生股间，脓血崩溃，挂足壁上，宛然冥司倒悬状。骇问其故。曰："挂之稍可，不则痛彻心腑。"张因告以所见。僧大骇，乃戒荤酒，虔诵经咒。半月寻愈。遂为戒僧。

异史氏曰："鬼狱茫茫，恶人每以自解，而不知昭昭之祸，即冥冥之罚也。可勿惧哉！"

妖术

于公者，少任侠，喜拳勇，力能持高壶，作旋风舞。崇祯间，殿试②在都，仆疫不起，患之。会市上有善卜者，能决人生死，将代问之。既至未言，卜者曰："君莫欲问仆病乎？"公骇应之。曰："病者无害，君可危。"公乃自卜，卜者起卦，愕然曰："君三日当死！"公惊诧良久。卜者从容曰："鄙人有小术，报我十金，当代禳③之。"公自念生死已定，术岂能解；不应而起，欲出。卜者曰："惜此小费，勿悔！勿悔！"爱公者皆为公惧，劝罄橐④以哀之。公不听。

候忽至三日，公端坐旅舍，静以觇之，终日无恙。至夜，阖户挑灯，倚剑危坐。一漏向尽，更无死法。意欲就枕，忽闻窗隙窣窣有声。急视之，一小人荷戈入；及地，则高如人。公捉剑起急击之，飘忽未中。遂遽小，复寻窗隙，意欲遁去。公疾斫之，应手而倒。烛之，则纸人，已腰断矣。公不敢卧，又坐待之。逾时一物穿窗入，怪狞如鬼。才及地，急击之，断而为两，皆蠕动。恐其复起，又连击之，剑剑皆中，其声不软。审视，则土偶，片片已碎。于是移坐窗下，目注隙中。久之，闻窗外如牛喘，有物推窗棂，房壁震摇，其势欲倾。公惧覆压，计不如出而斗，遂劐然⑤脱扃，奔而出。见一巨鬼，高与檐齐；昏月中见其面黑如煤，眼闪烁有黄光；上无衣，下无履，手弓而腰矢。公方骇，鬼则弯矣。公以剑拨矢，矢堕；欲击之，则又弯矣。公急跃避，矢贯于壁，战战有声。鬼怒甚，拔佩刀，挥如风，望公力劈。公猱进，刀中庭石，石立断。公出其股间，削鬼中踝，铿然有声。鬼益怒，吼如雷，转身复剁。公又伏身入；刀落，断公裙。公已及胁下，猛斫之，亦铿然有声，鬼仆而僵。公乱击之，声硬如柝。烛之，则一木偶，高大如人。弓矢尚缠腰际，刻画狰狞；剑击处，皆有血出。公因秉烛待旦。方语鬼物皆卜人遣之，欲致人于死，以神

---

①厄：灾难。 ②殿试：科举考试中的最高一级。 ③禳(ráng)：指通过祈祷消除灾殃。 ④罄橐(qìng tuó)：竭尽囊中所有，指倾其所有。 ⑤劐(huò)然：象声词。

其术也。

次日，遍告交知，与共诣卜所。卜人遥见公，瞥不可见。或曰："皆翳形术①也，犬血可破。"公如其言，戒备而往。卜人又匿如前。急以犬血沃立处，但见卜人头面，皆为犬血模糊，目灼灼如鬼立。乃执付有司②而杀之。

异史氏曰："尝谓买卜为一痴。世之讲此道而不爽于生死者几人？卜之而爽，犹不卜也。且即明明告我以死期之至，将复如何？况借人命以神其术者，其可畏尤甚耶！"

野狗

于七之乱③，杀人如麻。乡民李化龙，自山中窜归。值大兵宵进，恐罹④炎昆⑤之祸，急无所匿，僵卧于死人之丛，诈作尸。兵过既尽，未敢遽出。忽见阙头断臂之尸，起立如林。内一尸断首犹连肩上，口中作语曰："野狗子来，奈何？"群尸参差而应曰："奈何！"俄顷，蹶然尽倒，遂无声。

李方惊颤欲起，有一物来，兽首人身，伏啮人首，遍吸其脑。李惧，匿首尸下。物来拨李肩，欲得李首。李力伏，俾不可得。物乃推覆尸而移之，首见。李大惧，手索腰下，得巨石如碗，握之。物俯身欲龁，李骤起大呼，击其首，中嘴。物嗥如鸱⑥，掩口负痛而奔，吐血道上。就视之，于血中得二齿，中曲而端锐，长四寸余。怀归以示人，皆不知其何物也。

三生

刘孝廉，能记前身⑦事。与先文贲兄为同年⑧，尝历历言之。自言一世为搢绅⑨，行多玷。六十二岁而殁，初见冥王，待如乡先生礼，赐坐，饮以茶。觑冥王盏中，茶色清彻，己盏中，浊如胶。暗疑迷魂汤得勿此乎？乘冥王他顾，以盏就案角泻之，伪为尽者。俄顷，稽前生恶录，怒，命群鬼掳下，罚作马。即有厉鬼縶去。行至一家，门限甚高，不可逾。方趑趄⑩间，鬼力楚之，痛甚而蹶。自顾，则身已在枥下⑪矣。但闻人曰："骊马生驹矣，牡⑫也。"心甚明了，但不能言。觉大馁，不得已，就牝马求乳。逾四五年间，体修伟。甚

---

①翳(yì)形术：隐身法。　②有司：官吏。　③于七之乱：指清顺治年间山东于七领导的抗清起义。　④罹(lí)：遭受。　⑤炎昆：比喻同归于尽。　⑥鸱：一种猫头鹰。　⑦前身：前世。　⑧先文贲(bì)兄：指蒲松龄族兄蒲兆昌。同年：明清科举考试中，乡试、会试同榜登科者。　⑨搢绅：指士大夫。　⑩趑趄(zī jū)：徘徊，此处指疑惧不前。　⑪枥下：马槽下。　⑫牡(mǔ)：雄性。

畏挞楚，见鞭则惧而逸。主人骑，必覆障泥，缓辔徐徐，犹不甚苦；惟奴仆圉人①，不加鞯装以行，两踝夹击，痛彻心腑。于是愤甚，三日不食，遂死。

至冥司，冥王查其罚限未满，责其规避，剥其皮革，罚为犬。意懊丧，不欲行。群鬼乱挞之，痛极而窜于野。自念不如死，愤投绝壁，颠莫能起。自顾，则身伏窦中，牝犬舐而腓字②之，乃知身已复生于人世矣。稍长，见便液亦知秽，然嗅之而香，但立念不食耳。为犬经年，常忿欲死，又恐罪其规避。而主人又豢养，不肯戮。乃故啮主人脱股肉，主人怒，杖杀之。

冥王鞫状，怒其狂狷③，笞数百，俾作蛇。囚于幽室，暗不见天。闷甚，缘壁而上，穴屋而出。自视，则身伏茂草，居然蛇矣。遂矢志不残生类，饥吞木实。积年余，每思自尽不可，害人而死又不可，欲求一善死之策而未得也。一日卧草中，闻车过，遽出当路，车驰压之，断为两。

冥王讶其速至，因蒲伏自剖。冥王以无罪见杀，原之，准其满限复为人，是为刘公。公生而能言，文章书史，过辄成诵。辛酉举孝廉。每劝人：乘马必厚其障泥；股夹之刑，胜于鞭楚也。

异史氏曰："毛角之俦④，乃有王公大人在其中。所以然者，王公大人之内，原未必无毛角者在其中也。故贱者为善，如求花而种其树；贵者为善，如已花而培其本：种者可大，培者可久。不然，且将负盐车，受羁馽，与之为马；不然，且将啖便液，受烹割，与之为犬；又不然，且将披鳞介，葬鹤鹳，与之为蛇。"

狐入瓶

万村石氏之妇，崇于狐，患之，而不能遣。扉后有瓶，每闻妇翁来，狐辄遁匿其中。妇窥之熟，暗计而不言。一日，窜入，妇急以絮塞瓶口，置釜中，燂⑤汤而沸之。瓶热，狐呼曰："热甚！勿恶作剧。"妇不语，号益急，久之无声。拔塞而验之，毛一堆，血数点而已。

鬼哭

谢迁之变⑥，宦第皆为贼窟。王学使七襄⑦之宅，盗聚尤众。城破兵入，

---

①圉(yǔ)人：此处指养马的人。 ②腓字(féi zì)：庇护喂养。腓，通"庇"。字，哺乳。 ③狂狷(zhì)：凶猛。 ④毛角之俦：指兽类。 ⑤燂：烧热。 ⑥谢迁之变：指清顺治年间山东谢迁领导的抗清起义。 ⑦王学使七襄：指明末王昌胤，号七襄，崇祯十年(1637)进士，因其降清后曾任提督北直学政，故称"学使"。

扫荡群丑,尸填墀①,血至充门而流。公入城,打尸涤血而居。往往白昼见鬼,夜则床下磷飞,墙角鬼哭。一日,王生皥迪,寄宿公家,闻床底小声连呼:"皥迪!"已而声渐大,曰:"我死得苦!"因哭,满庭皆哭。公闻,仗剑而入,大言曰:"汝不识我王学院耶?"但闻百声嗤嗤,笑之以鼻。公于是设水陆道场,命释道忏度之。夜抛鬼饭,则见磷火荧荧,随地皆出。先是,阍人②王姓者疾笃,昏不知人事者数日矣。是夕,忽欠伸若醒,妇以食进。王曰:"适主人不知何事,施饭于庭,我亦随众啖噉。食已方归,故不饥耳。"由此鬼怪遂绝。岂钹铙钟鼓③,焰口瑜伽④,果有益耶?

异史氏曰:"邪怪之物,惟德可以已之。当陷城之时,王公势正烜赫,闻声者皆股栗,而鬼且揶揄之。想鬼物逆知其不令终耶?普告天下大人先生:出人面犹不可以吓鬼,愿无出鬼面以吓人也!"

真定女

真定⑤界,有孤女,方六七岁,收养于夫家。相居一二年,夫诱与交而孕。腹膨膨而以为病,告之母。母曰:"动否?"曰:"动。"又益异之。然以其齿太稚,不敢决。未几,生男。母叹曰:"不图⑥拳母,竟生锥儿!"

焦螟

董侍读默庵⑦家为狐所扰,瓦砾砖石,忽如雹落,家人相率奔匿,待其间歇,乃敢出操作。公患之,假作庭孙司马⑧第移避之。而狐扰犹故。

一日,朝中待漏,适言其异。大臣或言:关东道士焦螟,居内城,总持敕勒之术,颇有效。公造庐而请之。道士朱书符,使归粘壁上。狐竟不惧,抛掷有加焉。公复告道士。道士怒,亲诣公家,筑坛作法。俄见一巨狐,伏坛下,家人受虐已久,衔恨綦甚,一婢近击之,婢忽仆地气绝。道士曰:"此物猖獗,我尚不能遽服之,女子何轻犯尔尔。"既而曰:"可借鞫狐词⑨亦得。"戟指⑩咒移时,婢忽起,长跪。道士诘其里居。婢作狐言:"我西域产,入都者

①墀(chí):台阶上面的空地,亦指台阶。 ②阍(hūn)人:守门人。 ③钹铙钟鼓:此处指水陆道场中所用的四种法器。 ④焰口瑜伽:此处指水陆道场中超度亡灵的佛事,又称"瑜伽焰口"。 ⑤真定:即正定,治所在今河北省正定县。 ⑥不图:不料。 ⑦董侍读默庵:董讷,字默庵,康熙时曾任侍读学士,故称"侍读"。 ⑧怍庭孙司马:孙光祀,字怍庭,曾任兵部右侍郎。司马,周代官名,此处用以指代孙光祀官职。 ⑨借鞫(jū)词:指借婢女之口,审讯出狐的供词。鞫,审讯犯人。 ⑩戟指:伸出食指和中指指人,其形如戟。

十八辈。"道士曰："辇毂①下，何容尔辈久居？可速去！"狐不答。道士击案怒曰："汝欲梗吾令耶？再若迁延，法不汝宥！"狐乃蹙怖作色，愿谨奉教。道士又速之。婢又仆绝，良久始苏。俄见白块四五团，滚滚如球，附檐际而行，次第追逐，顷刻俱去。由是遂安。

叶生

淮阳叶生者，失其名字。文章词赋，冠绝当时；而所如②不偶，困于名场。会关东丁乘鹤来令是邑，见其文，奇之；召与语，大悦。使即官署，受灯火；时赐钱谷恤其家。值科试，公游扬于学使，遂领冠军。公期望綦③切，闱④后，索文读之，击节称叹。不意时数限人，文章憎命，及放榜时，依然铩羽。生嗒丧而归，愧负知己，形销骨立，痴若木偶。公闻，召之来而慰之；生零涕不已。公怜之，相期考满入都，携与俱北。生甚感佩。辞而归，杜门不出。无何，寝疾⑤。公遗问不绝；而服药百裹，殊罔所效。

公适以忤上官免，将解任去。函致之，其略云："仆东归有日；所以迟迟者，待足下耳。足下朝至，则仆夕发矣。"传之卧榻。生持书啜泣，寄语来使："疾革难遽瘥⑥，请先发。"使人返白。公不忍去，徐待之。

逾数日，门者忽通叶生至。公喜，迎而问之。生曰："以犬马病，劳夫子久待，万虑不宁。今幸可从杖履。"公乃束装戒旦。抵里，命子师事生，夙夜与俱。公子名再昌，时年十六，尚不能文。然绝慧，凡文艺三两过，辄无遗忘。居之期岁，便能落笔成文。益之公力，遂入邑庠。生以生平所拟举业，悉录授读，闱中七题，并无脱漏，中亚魁。公一日谓生曰："君出余绪，遂使孺子成名。然黄钟长弃⑦若何！"生曰："是殆有命！借福泽为文章吐气，使天下人知半生沦落，非战之罪⑧也，愿亦足矣。且士得一人知己，可无憾，何必抛却白纻，乃谓之利市哉！"公以其久客，恐误岁试，劝令归省。生惨然不乐，公不忍强，嘱公子至都，为之纳粟⑨。公子又捷南宫⑩，授部中主政，携生赴监，与共晨夕。逾岁，生入北闱⑪，竟领乡荐⑫。会公子差南河典务，因谓生曰："此去离贵乡不远。先生奋迹云霄，锦还为快。"生亦喜。择吉就道，抵淮阳界，命仆马送生归。

①辇毂(niǎn gǔ)：皇帝的车舆，此处代指京城。②所如：所遇，此处指科举。③綦(qí)：极、很。④闱(wéi)：科举时代的试院。此处指秋闱，即明清科举考试中的乡试。⑤寝疾：卧病在床。⑥瘥(chài)：病愈。⑦黄钟长弃：喻指贤才被长期埋没。⑧非战之罪：喻指功名未就，不是文章庸劣，而是命运使然。⑨纳粟：明清科举制度准许通过捐纳钱财的方式成为国子监监生，谓之"纳粟"。⑩南宫：指礼部会试。⑪北闱：此处指顺天府乡试。⑫领乡荐：乡试中式，考中举人。

见门户萧条,意甚悲恻。逡巡至庭中,妻携簸具以出,见生,掷具骇走。生凄然曰:"今我贵矣!三四年不觌①,何遂顿不相识?"妻遥谓曰:"君死已久,何复言贵?所以久淹君枢者,以家贫子幼耳。今阿大亦已成立,将卜窀穸②,勿作怪异吓生人。"生闻之,怅然惆怅。逡巡入室,见灵枢俨然,扑地而灭。妻惊视之,衣冠履舄③如脱委焉。大恸,抱衣悲哭。子自塾中归,见结驷于门,审所自来,骇奔告母。母挥涕告诉。又细询从者,始得颠末。从者返,公子闻之,涕堕垂膺。即命驾哭诸其室;出橐④为营丧,葬以孝廉礼。又厚遗其子,为延师教读。言于学使,逾年游泮⑤。

异史氏曰:"魂从知己,竟忘死耶?闻者疑之,余深信焉。同心倩女,至离枕上之魂;千里良朋,犹识梦中之路。而况茧丝蝇迹,吐学士之心肝;流水高山,通我曹之性命者哉!嗟乎!遇合难期,遭逢不偶。行踪落落,对影长愁;傲骨嶙嶙,搔头自爱。叹面目之酸涩,来鬼物之揶揄。频居康了⑥之中,则须发之条条可丑;一落孙山之外,则文章之处处皆疵。古今痛哭之人,卞和惟尔;颠倒逸群之物,伯乐伊谁?抱刺于怀,三年灭字;侧身以望,四海无家。人生世上,只须合眼放步,以听造物之低昂而已。天下之昂藏沦落如叶生者,亦复不少,顾安得令威复来,而生死从之也哉?噫!"

四十千

新城⑦王大司马,有主计仆⑧,家称素封。忽梦一人奔入,曰:"汝欠四十千,今宜还矣。"问之,不答,径入内去。既醒,妻产男。知为夙孽⑨,遂以四十千捆置一室,凡儿衣食病药,皆取给焉。过三四岁,视室中钱,仅存七百。适乳姥抱儿至,调笑于侧,仆呼之曰:"四十千将尽,汝宜行矣!"言已,儿忽颜色蹙变,项折目张;再抚之,气已绝矣。乃以余资置葬具而瘗之。此可为负欠者戒也。

昔有老而无子者问诸高僧。僧曰:"汝不欠人者,人又不欠汝者。乌得子?"盖生佳儿,所以报我之缘;生顽儿,所以取我之债。生者勿喜,死者勿悲也。

---

①觌(dí):相见。　②卜窀穸(zhūn xī):选择墓穴,即安葬。窀穸,墓穴。　③舄(xì):鞋子。④出橐(tuó):出资。橐,口袋。　⑤游泮(pàn):明清时,指考取生员。泮,古代学官前的水池。⑥康了⑥:科举落第。　⑦新城:旧县名,治所在今山东省桓台县。　⑧主计仆:主管财务收支账目的仆人。　⑨夙孽:前世冤孽。

成仙

文登①周生,与成生少共笔砚②,遂订为杵臼交③。而成贫,故终岁依周。论齿,则周为长,呼周妻以嫂。节序登堂,如一家焉。周妻生子,产后暴卒,继聘王氏,成以少故,未尝请见之。一日,王氏弟来省姊,宴于内寝。成适至,家人通白,周坐命邀之,成不入,辞去。周追之而还,移席外舍。

甫坐,即有人白别业之仆,为邑宰重笞者。先是,黄吏部家牧佣,牛蹊周田,以是相诉。牧佣奔告主,捉仆送官,遂被笞责。周因诘得其故,大怒曰:"黄家牧猪奴,何取尔! 其先世为大父④服役;促得志,乃无人耶!"气填吭臆,忿而起,欲往寻黄。成捉而止之,曰:"强梁世界,原无皂白。况今日官宰,半强寇不操矛弧者耶?"周不听。成谏止再三,至泣下,周乃止。怒终不释,转侧达旦,谓家人曰:"黄家欺我,我仇也,姑置之。邑令朝廷官,非势家官,纵有互争,亦须两造,何至如狗之随嗾⑤者? 我亦呈治其佣,视彼将何处分。"家人悉怂恿之,计遂决。以状赴宰,宰裂而掷之,周怒,语侵宰。宰惭恚,因逮系之。

辰后⑥,成往访周,始知入城讼理。急奔劝止,则已在囹圄⑦矣。顿足无所为计。时获海寇三名,宰与黄略嘱之,使捏⑧周同党。据词申黜顶衣⑨,搒掠酷惨。成入狱,相顾凄酸。谋叩阙⑩。周曰:"身系重犴⑪,如鸟在笼,虽有弱弟,止堪供囚饭耳。"成锐身自任。曰:"是予责也。难而不急,乌用友也!"乃行。周弟赆之,则去已久矣。至都,无门入控。相传驾将出猎,成预隐木市中。俄驾过,伏舞哀号,遂得准。驿送而下,着部院审奏。时阅十月余,周已诬服论辟⑫。院接御批,大骇,复提躬谳。黄亦骇,谋杀周。因略监,绝其饮食,弟来馈问,苦禁拒之。成又为赴院声屈,始蒙提问,业已饥饿不起。院台怒,杖毙监者。黄大怖,纳数千金,嘱为营脱,以是得朦胧题免。宰以枉法拟流。

周放归,益肝胆成。成自经讼系,世情灰冷,招周偕隐。周溺少妇,辄迂笑之。成虽不言,而意甚决。别后,数日不至。周使探诸其家,家人方疑其在周所;两无所见,始疑。周心知其异,遣人踪迹之,寺观岩壑,物色殆遍。时以金帛恤其子。

---

①文登:旧县名,治所在今山东省文登市。 ②共笔砚:同学。 ③杵臼(chǔ jiù)交:不计贫贱的交谊。杵、臼,均为舂捣用具。 ④大父:祖父。 ⑤嗾(sǒu):指使狗时口中所发出的声音。 ⑥辰后:辰时以后。辰,辰时,早7时至9时之间。 ⑦囹圄(líng yǔ):监狱。 ⑧捏:捏造证据陷害。 ⑨黜顶衣:革除生员资格。黜,革除。顶衣,即"衣顶",此处指生员冠服。 ⑩叩阙:此处指向朝廷申诉鸣冤。 ⑪犴(àn):牢狱。 ⑫论辟:判处死刑。

又八九年，成忽自至，黄巾氅服，岸然道貌。周喜把臂曰："君何往，使我寻欲遍？"成笑曰："孤云野鹤，栖无定所。别后幸复顽健。"周命置酒，略通间阔，欲为变易道装。成笑不语。周曰："愚哉！何弃妻孥犹敝屣也①？"成笑曰："不然。人将弃予，其何人之能弃。"问所栖止，答在劳山上清宫。既而抵足寝，梦成裸伏胸上，气不得息，讶问何为，殊不答。忽惊而寤，呼成不应。坐而索之，杳然不知所往。定移时，始觉在成榻，骇曰："昨不醉，何颠倒至此耶！"乃呼家人。家人火之，俨然成也。周固多髭，以手自捋，则疏无几茎。取镜自照，讶曰："成生在此，我何往？"已而大悟，知成以幻术招隐。意欲归内，弟以其貌异，禁不听前。周亦无以自明，即命仆马往寻成。

数日，入劳山，马行疾，仆不能及。休止树下，见羽客②往来甚众。内一道人目周，周因以成问。道士笑曰："耳其名矣，似在上清。"言已，径去。周目送之，见一矢之外，又与一人语，亦不数言而去。与言者渐至，乃同社生。见周，愕曰："数年不晤，人以君学道名山，与尚游戏人间耶？"周述其异。生惊曰："我适遇之，而以为君也。去无几时，或亦不远。"周大异，曰："怪哉！何自己面目觌面而不之识？"仆寻至，急驰之，竟无踪兆。一望寥阔，进退难以自主。自念无家可归，遂决意穷追。而怪险不复可骑，遂以马付仆归，逶迤自往。遥见一童独立，趋近问程，且告以故。童自言为成弟子，代荷衣粮，导与俱行。星饭露宿，逴行殊远。三日始至，又非世之所谓上清。时十月中，山花满路，不类初冬。童入报，成即出，始认己形。执手而入，置酒宴语。见异彩之禽，驯人不惊，声如笙簧，时来鸣于座上，心甚异之。然尘俗念切，无意留连。地下有蒲团二，曳与并坐。至二更后，万虑俱寂，忽似瞥然一瞬，身觉与成易位。疑之，自捋额下，则于思③者如故矣。既曙，浩然思返。成固留之。越三日，乃曰："迄少寐息，早送君行。"甫交睫，闻成呼曰："行装已具矣。"遂起从之。所行殊非旧途。觉无几时，里居已在望中。成坐候路侧，俾自归。周强之不得，因踽踽至家门。叩不能应，思欲越墙，觉身飘似叶，一跃已过。凡逾数重垣，始抵卧室，灯烛荧然，内人未寝，哝哝与人语。舐窗一窥，则妻与一厮仆同杯饮，状甚狎亵。于是怒火如焚，计将掩执，又恐孤力难胜。遂潜身脱扃而出，奔告成，且乞为助。成慨然从之，直抵内寝。周举石挝门，内张皇甚。撾愈急，内闭益坚。成拨以剑，划然顿辟。周奔入，仆冲户而走。成在门外，以剑击之，断其肩臂。周执妻拷讯，乃知被收时即与仆私。周借剑决其首，胃④肠庭树间。乃从成出，寻途而返。

蓦然忽醒，则身在卧榻，惊而言曰："怪梦参差，使人骇惧！"成笑曰："梦者兄以为真，真者乃以为梦。"周愕而问之。成出剑示之，溅血犹存。周惊怛

---

①妻孥：妻子儿女。敝屣：破旧的鞋子，喻指没有价值的东西。 ②羽客：道士。 ③于思：形容胡子极多的样子。 ④胃(juàn)：悬挂。

欲绝,窃疑成诪①为幻。成知其意,乃促装送之归,茬苒至里门,乃曰:"畴昔之夜,倚剑而相待者,非此处耶!吾厌见恶浊,请还待君于此。如过晡不来,予自去。"周至家,门户萧索,似无居人。还入弟家。弟见兄,双泪交坠,曰:"兄去后,盗夜杀嫂,刳肠去,酷惨可悼。于今官捕未获。"周如梦醒,因以情告,戒勿究。弟错愕良久。周问其子,乃命老妪抱至。周曰:"此襁褓物,宗绪所关,弟善视之。兄欲辞人世矣。"遂起,径去。弟涕泗②追挽,笑行不顾。至野外见成,与俱行。遥回顾,曰:"忍事最乐。"弟欲有言,成阔袖一举,即不可见。怅立移时,痛哭而返。周弟朴拙,不善治家人生产,居数年,家益贫。周子渐长,不能延师,因自教读。一日早至斋,见案头有函书,缄封甚固,签题"仲氏③启",审之,为兄迹。开视,则虚无所有,只见爪甲一枚,长二指许,心怪之。以甲置砚上,出问家人所自来,并无知者。回视,则砚石灿灿,化为黄金,大惊。以试铜铁,皆然。由此大富。以千金赐成氏子,因相传两家有点金术云。

新郎

江南梅孝廉耦长,言其乡孙公,为德州宰,鞫④一奇案。初,村人有为子娶妇者,新人入门,戚里毕贺。饮至更余,新郎出,见新妇炫装,趋转舍后,疑而尾之。宅后有长溪,小桥通之。见新妇渡桥径去,益疑。呼之不应。遥以手招婿,婿急趁之。相去盈尺,而卒不可及。行数里,入村落。妇止,谓婿曰:"君家寂寞,我不惯住。请与郎暂居妾家数日,便同归省。"言已,抽簪叩扉轧然,有女童出应门。妇先入,不得已,从之。既入,则岳父母俱在堂上,谓婿曰:"我女少娇惯,未尝一刻离膝下,一旦去故里,心辄戚戚。今同郎来,甚慰系念。居数日,当送两人归。"乃为除⑤室,床褥备具,遂居之。

家中客见新郎久不至,共索之。室中惟新妇在,不知婿之何往。由是遐迩⑥访问,并无耗息。翁媪零涕,谓其必死。将半载,妇家悼女无偶,遂请于村人父,欲别醮⑦女。村人父益悲,曰:"骸骨衣裳,无所验证,何知吾儿遂为异物⑧!纵其奄丧,周岁而嫁,当亦未晚,胡为如是急耶!"妇父益衔之,讼于庭。孙公怪疑,无所措力,断令待以三年,存案,遣去。

村人子居女家,家人亦大相忻待⑨。每与妇议归,妇亦诺之,而因循不即行。积半年余,中心徘徊,万虑不安。欲独归,而妇固留之。一日合家遑遽,

①诪(zhōu)张:欺诳。 ②涕泗:眼泪和鼻涕。 ③仲氏:二弟。仲,兄弟排行次序第二。
④鞫(jū):审问。 ⑤除:打扫。 ⑥遐迩:远近。 ⑦别醮(jiào):改嫁。 ⑧异物:指人已死去。
⑨忻(xīn)待:高兴地款待。

似有急难。仓卒谓婿曰："本拟三二日遣夫妇偕归，不意仪装未备，忽遭闵凶①。不得已，先送郎还。"于是送出门，旋踵即返，周旋言动，颇甚草草。方欲觅途，回视院宇无存，但见高冢，大惊。寻路急归。至家，历述端末，因与投官陈诉。孙公拘妇父谕之，送女于归，使合卺②焉。

灵官

朝天观道士某，喜吐纳之术③，有翁假寓④观中，适同所好，遂为玄友。居数年，每至郊祭时，辄先旬日而去，郊后乃返。道士疑而问之。翁曰："我两人莫逆⑤，可以实告，我狐也。郊期至，则诸神清秽，我无所容，故行遁耳。"

又一年，及期而去，久不复返，疑之。一日忽至，因问其故。答曰："我几不复见子矣！曩欲远避，心颇怠，视阴沟甚隐，遂潜伏卷瓮下。不意灵官粪除⑥至此，瞥为所睹，愤欲加鞭，余惧而逃。灵官追逐甚急。至黄河上，濒将及矣。大窘无计，窜伏溷⑦中。神恶其秽，始返身去。既出，臭恶沾染，不可复游人世。乃投水自濯讫，又蛰隐穴中，凡百日，垢浊始净。今来相别，兼以致嘱：君亦宜隐身他去，大劫将来，此非福地也。"言已，辞去，道士依言别徙。未几而有甲申之变⑧。

王兰

利津⑨王兰，暴病死，阎王覆勘，乃鬼卒之误勾也。责送还生，则尸已败。鬼惧罪，谓王曰："人而鬼也则苦，鬼而仙也则乐。苟乐矣，何必生？"王以为然。鬼曰："此处一狐，金丹成矣，窃其丹吞之，则魂不散，可以长存。但凭所之，罔不如意。子愿之否？"王从之。鬼导去，入一高第，见楼阁渠然⑩，而悄无一人。有狐在月下，仰首望空际。气一呼，有丸自口中出，直上入月中；一吸，复落，以口承之，则又呼之；如是不已。鬼潜伺其侧，俟其吐，急掇于手，付王吞之。狐惊，胜气相尚，见二人在，恐不敌，愤恨而去。

王与鬼别，至其家，妻子见之，咸惧却走。王告以故，乃渐集。由此在家寝处如平时。其友张某者，闻而省之，相见话温凉。因谓张曰："我与若家世

---

①忽遭(gòu)闵凶：忽然遭遇灾祸。闵，忧。　②合卺(jǐn)：旧时婚礼的一种仪式，剖瓠为瓢，新郎、新娘各执一瓢饮酒。卺，一种瓠瓜。此处借指成婚。　③吐纳之术：道家的一种养生术。　④假寓：借住。　⑤莫逆：指彼此意气交投、交谊深厚。　⑥粪除：清扫。　⑦溷(hùn)：厕所。　⑧甲申之变：指明崇祯十七年甲申(1644)，李自成攻入北京，崇祯帝自缢。次年，清军进入北京。　⑨利津：旧县名，治所在今山东省利津县。　⑩渠然：高大深广的样子。

夙贫，今有术，可以致富，子能从我游乎？"张唯唯。王曰："我能不药而医，不卜而断。我欲现身，恐识我者相惊怪，附子而行，可乎？"张又唯唯。于是即日趣装，至山西界。遇富室有女，得暴疾，眩然瞀瞑①，前后药禳②既穷。张造其庐，以术自炫。富翁止此女，甚珍惜之，能医者，愿以千金相酬报。张请视之，从翁入室，见女瞑卧，启其衾，抚其体，女昏不觉。王私告张曰："此魂亡也，当为觅之。"张乃告翁："病虽危，可救。"问："需何药？"俱言："不须。女公子魂离他所，业③遣神觅之矣。"约一时许，王忽来，具言已得。张乃请翁再入，又抚之。少顷，女欠伸，目遽张。翁大喜，抚问。女言："向戏园中，见一少年郎，挟弹弹雀，数人牵骏马，从诸其后。急欲奔避，横被阻止。少年以弓授儿，教儿弹。方羞诃之，便携儿马上，累骑④而行。笑曰：'我乐与子戏，勿羞也。'数里入山中，我马上号且骂，少年怒，推堕路旁，欲归无路。适有一人捉儿臂，疾若驰，瞬息至家，忽若梦醒。"翁神之，果赆千金。王宿与张谋，留二百金作路用，余尽摄⑤去，款门而付其子。又命以三百馈张氏，乃复还。次日与翁别，不见金藏何所，益奇之，厚礼而送之。

　　逾数日，张于郊外遇同乡人贺才。才饮赌，不事生业，其贫如丐。闻张得异术，获金无算，因奔寻之。王劝，薄赠令归。才不改故行，旬日荡尽，将复寻张。王已知之，曰："才狂悖⑥，不可与处，只宜赂之使去，纵祸犹浅。"逾日才果至，强从与俱。张曰："我固知汝复来。日事酗赌，千金何能满无底窦⑦？诚改若所为，我百金相赠。"才诺之，张泻囊授之。才去，以百金在橐，赌益豪。益之狭邪游，挥洒如土。邑中捕役疑而执之，质于官，拷掠酷惨。才实告金所自来。乃遣隶押才捉张。创剧，毙于途。魂不忘于张，复往依之，因与王会。一日，聚饮于烟墩，才大醉狂呼，王止之不听。适巡方御史过，闻呼搜之，获张。张惧，以实告。御史怒，笞而牒于神。夜梦金甲人告曰："查王兰无辜而死，今为鬼仙。医亦神术，不可律以妖魅。今奉帝命，授为清道使。贺才邪荡，已罚窜铁围山。张某无罪，当宥之。"御史醒而异之，乃释张。张制装旋里。囊中存数百金，敬以一半送王家。王氏子孙以此致富焉。

鹰虎神

　　郡城⑧东岳庙，在南郭⑨。大门左右，神高丈余，俗名"鹰虎神"，狰狞可

---

①瞀瞑（mào míng）：昏厥。　②禳（ráng）：指通过祈祷消除灾殃。　③业：已经。　④累骑：二人共骑一马。　⑤摄：以法术搬运。　⑥狂悖：狂妄悖逆。　⑦无底窦：无底洞。　⑧郡城：此处指济南府治所历城县。　⑨南郭：南面的外城。郭，外城。

畏。庙中道士任姓,每鸡鸣,辄起焚诵。有偷儿预匿廊间,伺道士起,潜入寝室,搜括财物。奈室无长物,惟于荐①底得钱三百,纳腰中。拔关②而出,将登千佛山。南窜许时,方至山下。见一巨丈夫,自山上来,左臂苍鹰,适与相遇。近视之,面铜青色,依稀似庙门中所习见者。大恐,蹲伏而战。神诧曰:"盗钱安往?"偷儿益惧,叩不已。神揪令还入庙,使倾所盗钱,跪守之。道士课毕,回顾,骇愕。盗历历自述。道士收其钱而遣之。

王成

王成,平原故家子。性最懒,生涯日落,惟剩破屋数间,与妻卧牛衣③中,交谪④不堪。

时盛夏燠热⑤。村外故有周氏园,墙宇尽倾,惟存一亭。村人多寄宿其中,王亦在焉。既晓,睡者尽去;红日三竿,王始起,逡巡欲归。见草际金钗一股,拾视之,镌有细字云:"仪宾府制。"王祖为衡府仪宾,家中故物,多此款式,因把钗踌躇。欻⑥一妪来寻钗。王虽贫,然性介,遽出授之。妪喜,极赞盛德,曰:"钗值几何,先夫之遗泽也。"问:"夫君伊谁?"答云:"故仪宾王柬之也。"王惊曰:"吾祖也,何以相遇?"妪亦惊曰:"汝即王柬之之孙耶!我乃狐仙。百年前与君祖缱绻⑦,君祖殁,老身遂隐。过此遗钗,适入子手,非天数耶!"王亦曾闻祖有狐妻,信其言,便邀临顾。妪从之。

王呼妻出见,负败絮,菜色黯焉。妪叹曰:"嘻!王柬之之孙,乃一贫至此哉!"又顾败灶无烟,曰:"家计若此,何以聊生?"妻因细述贫状,呜咽饮泣。妪以钗授妇,使姑质钱市⑧米,三日外请复相见。王挽留之。妪曰:"汝一妻犹不能存活,我在,仰屋而居,复何裨益?"遂径去。王为妻言其故,妻大怖。王诵其义,使姑事之⑨,妻诺。愈三日果至,出数金,籴⑩粟麦各一石。夜与妇宿短榻。妇初惧之,然察其意殊拳拳⑪,遂不之疑。

翌日,谓王曰:"孙勿惰,宜操小生业,坐食乌可长也!"王告以无资。妪曰:"汝祖在时,金帛凭所取;我以世外人,无需是物,故未尝多取。积花粉之金四十两,至今犹存。久贮亦无所用,可将去悉以市葛⑫,刻日赴都,可得微息。"王从之,购五十余端以归。妪命趣装,计六七日可达燕都。嘱曰:"宜勤勿惰,宜急勿缓,迟之一日,悔之已晚!"王敬诺,囊货就路。中途遇雨,衣履浸濡。王生平未历风霜,委顿不堪,因暂休旅舍。不意淙淙彻暮,檐雨如绳;

---

①荐:褥垫。 ②拔关:抽出门闩。 ③牛衣:用麻或草织的给牛保暖的护被。 ④交谪:互相埋怨。 ⑤燠(yù)热:炎热,闷热。 ⑥欻(xū):忽然。 ⑦缱绻(qiǎn quǎn):形容感情深厚、难舍难分。 ⑧市:买。 ⑨姑事之:像侍奉婆母一样对待狐妪。 ⑩籴(dí):买进谷物。 ⑪拳拳:形容眷爱的样子。 ⑫葛:葛布,一种厚实并有明显横菱纹的丝织物。

过宿,泞益甚。见往来行人,践淖没胫①,心畏苦之。待至亭午,始渐燥,而阴云复合,雨又滂沱。信宿乃行。将近京,传闻葛价翔贵,心窃喜。入都,解装客店,主人深惜其晚。先是,南道初通,葛至绝少。贝勒府购致甚急,价顿昂,较常可三倍。前一日,方购足,后来者并皆失望。主人以故告王。王郁郁不乐。越日,葛至愈多,价益下,王以无利不肯售。迟十余日,计食耗烦多,倍益忧闷。主人劝令贱卖,改而他图。从之,亏资十余两,悉脱去。早起,将作归计,起视囊中,则金亡矣。惊告主人,主人无所为计。或劝鸣官,责主人偿。王叹曰:"此我数也,于主人何干?"主人闻而德之,赠金五两,慰之使归。

自念无以见祖母,踯躅内外,进退维谷。适见斗鹑者,一赌数千;每市一鹑,恒百钱不止。意忽动,计囊中资,仅足贩鹑,以商主人,主人亟怂恿之。且约假寓饮食,不取其值。王喜,遂行。购鹑盈儋,复入都。主人喜,贺其速售。至夜,大雨彻曙,天明,衢水如河,淋零犹未休也。居以待晴,连绵数日,更无休止。起视笼中,鹑渐死。王大惧,不知计之所出。越日死愈多,仅余数头,并一笼饲之。经宿往窥,则一鹑仅存。因告主人,不觉涕堕,主人亦为扼腕。王自度金尽罔归,但欲觅死,主人劝慰之。共往视鹑,审谛之曰:"此似英物。诸鹑之死,未必非此之斗杀之也。君暇亦无事,请把之,如其良也,赌亦可以谋生。"王如其教。

既驯,主人令持向街头赌酒食。鹑健甚,辄赢。主人喜,以金授王,使复与子弟决赌,三战三胜。半年蓄积二十金,心益慰,视鹑如命。

先是,大亲王好鹑,每值上元②,辄放民间把鹑者入邸相角。主人谓王曰:"今大富宜可立致,所不可知者,在子之命矣。"因告以故,导与俱往。嘱曰:"脱败,则丧气出耳。倘有万分一,鹑斗胜,王必欲市之,君勿应;如固强之,惟予首是瞻,待首肯而后应之。"王曰:"诺。"至邸,则鹑人肩摩③于墀下。顷之,王出御殿。左右宣言:"有愿斗者上。"即有一人把鹑趋而进。王命放鹑,客亦放。略一腾踔,客鹑已败。王大笑。俄顷登而败者数人。主人曰:"可矣。"相将俱登。王相之,曰:"睛有怒脉,此健羽也,不可轻敌。"命取铁喙者当之。一再腾跃,而王鹑铩羽。更选其良,再易再败。王急命取宫中玉鹑。片时把出,素羽如鹭,神骏不凡。王成意馁,跪而求罢,曰:"大王之鹑神物也,恐伤吾禽,丧吾业矣。"王笑曰:"纵之,脱斗而死,当厚尔偿。"成乃纵之。玉鹑直奔之。而玉鹑方来,则伏如怒鸡以待之。玉鹑健喙,则起如翔鹤以击之。进退颉颃④,相持约一伏时。玉鹑渐懈,而其怒益烈,其斗益急。未几,雪毛摧落,垂翅而逃。观者千人,罔不叹羡。王乃索取而亲把之,自啄至

①淖:烂泥。胫:小腿。 ②上元:元宵节。 ③肩摩:肩膀相摩,形容人多拥挤。 ④颉颃(xié háng):形容鸟儿上下翻飞,此处借以形容两只鹌鹑腾跃搏斗的样子。

爪，审周一过，问成曰："蟋可货否？"答曰："小人无恒产，与相依为命，不愿售也。"王曰："赐尔重值，中人之产①可致。颇愿之乎？"成俯思良久，曰："本不乐置；顾大王既爱好之，苟使小人得衣食业，又何求？"王请直，答以千金。王笑曰："痴男子！此何珍宝，而千金直也？"成曰："大王不以为宝，臣以为连城之璧不过也。"王曰："如何？"曰："小人把向市中，日得数金，易升斗粟，一家十余口食指，无冻馁，是何宝如之？"王曰："予不相亏，便与二百金。"成摇首。又增百数。成目视主人，主人色不动，乃曰："承大王命，请减百价。"王曰："休矣！谁肯以九百易一蟋者！"成囊蟋欲行。王呼曰："蟋人来，实给六百，肯则售，否则已耳。"成又目主人，主人仍自若。成心愿盈溢，惟恐失时，曰："以此数售，心实怏怏。但交而不成，则获戾②滋大。无已，即如王命。"王喜，即秤付之。成囊金拜赐而出。主人怼曰："我言如何，子乃急自鬻也！再少靳③之，八百金在掌中矣。"成归，掷金案上，请主人自取之，主人不受。又固让之，乃盘计饭直而受之。王治装归。至家，历述所为，出金相庆。妪命置良田三百亩，起屋作器，居然世家。早起，使成督耕、妇督织。稍惰，辄诃之。夫妇相安，不敢有怨词。过三年，家益富，妪辞欲去。夫妇共挽之，至泣下。妪亦遂止。旭旦候之④，已杳然矣。

异史氏曰："富皆得于勤，此独得于惰，亦创闻也。不知一贫彻骨，而至性不移，此天所以始弃之而终怜之也。懒中岂果有富贵乎哉！"

青凤

太原耿氏，故大家，第宅弘阔。后凌夷⑤，楼舍连亘，半旷废之，因生怪异，堂门辄自开掩，家人恒中夜骇哗。耿患之，移居别墅，留一老翁门焉。由此荒落益甚，或闻笑语歌吹声。

耿有从子⑥去病，狂放不羁，嘱翁有所闻见，奔告之。至夜，见楼上灯光明灭，走报生。生欲入觇其异，止之，不听。门户素所习识，竟拨蒿蓬，曲折而入。登楼，初无少异。穿楼而过，闻人语切切。潜窥之，见巨烛双烧，其明如昼。一叟儒冠南面坐，一媪相对，俱年四十余。东向一少年，可二十许。右一女郎，才及笄耳。酒胾⑦满案，围坐笑语。生突入，笑呼曰："有不速之客一人来！"群惊奔匿。独叟诧问："谁何人人闺闼⑧？"生曰："此我家也，君占之。旨酒自饮，不邀主人，毋乃太吝？"叟审谛之，曰："非主人也。"生曰：

---

①中人之产：中等人家的财产。 ②获戾(lì)：获罪。 ③靳：此处指惜售，坚持要价。 ④旭旦：日出的时候。候：问安。 ⑤凌夷：衰败。 ⑥从子：侄子。 ⑦胾(zì)：大块的肉。 ⑧闺闼(tà)：妇女所居的内室。

"我狂生耽去病,主人之从子耳。"叟致敬曰:"久仰山斗!"乃揖生入,便呼家人易馔,生止之。叟乃酌客。生曰:"吾辈通家①,座客无庸见避,还祈招饮。"叟呼:"孝儿!"俄少年自外入。叟曰:"此豚儿②也。"揖而坐,略审门阀。叟自言:"义君姓胡。"生素豪,谈论风生,孝儿亦倜傥;倾吐间,雅相爱悦。生二十一,长孝儿二岁,因弟之。叟曰:"闻君祖纂《涂山外传》,知之乎?"答曰:"知之。"叟曰:"我涂山氏之苗裔也。唐以后,谱系犹能忆之;五代而上无传焉。幸公子一垂教也。"生略述涂山女佐禹之功,粉饰多词,妙绪泉涌。叟大喜,谓子曰:"今幸得闻所未闻。公子亦非他人,可请阿母及青凤来共听之,亦令知我祖德也。"孝儿入帏中。少时媪偕女郎出,审顾之,弱态生娇,秋波流慧,人间无其丽也。叟指媪曰:"此为老荆③。"又指女郎:"此青凤,鄙人之犹女④也。颇慧,所闻见辄记不忘,故唤令听之。"生谈竟而饮,瞻顾女郎,停睇不转。女觉之,俯其首。生隐蹑莲钩⑤,女急敛足,亦无愠怒。生神志飞扬,不能自主,拍案曰:"得妇如此,南面王不易也!"媪见生渐醉,益狂,与女俱去。生失望,乃辞叟出。而心萦萦,不能忘情于青凤也。

至夜复往,则兰麝犹芳,凝待终宵,寂无声咳。归与妻谋,欲携家而居之,冀得一遇。妻不从。生乃自往,读于楼下。夜方凭几,一鬼披发入,面黑如漆,张目视生。生笑,拈指研墨自涂,灼灼然相与对视,鬼惭而去。次夜更深,灭烛欲寝,闻楼后发扃,辟之閛然⑥。急起窥觇,则扉半启。俄闻履声细碎,有烛光自房中出。视之,则青凤也。骤见生,骇而却退,遽阖双扉。生长跪而致词曰:"小生不避险恶,实以卿故。幸无他人,得一握手为笑,死不憾耳。"女遥语曰:"惓惓深情,妾岂不知?但吾叔闺训严谨,不敢奉命。"生固哀之,曰:"亦不敢望肌肤之亲,但一见颜色足矣。"女似肯可,启关出,捉其臂而曳之。生狂喜,相将入楼下,拥而加诸膝。女曰:"幸有夙分⑦;过此一夕,即相思无益矣。"问:"何故?"曰:"阿叔畏君狂,故化厉鬼以相吓,而君不动也。今已卜居他所,一家皆移什物赴新居,而妾留守,明日即发矣。"言已,欲去,云:"恐叔归。"生强止之,欲与为欢。方持论间,叟掩入。女羞惧无以自容,俯手依床,拈带不语。叟怒曰:"贱辈辱我门户!不速去,鞭挞且从其后!"女低头急去,叟亦出。生尾而听之,诃诟万端,闻青凤嘤嘤啜泣。生心意如割,大声曰:"罪在小生,与青凤何与!倘宥青凤,刀锯铁钺,愿身受之!"良久寂然,乃归寝。自此第内绝不复声息矣。生叔闻而奇之,愿售以居,不较直。生喜,携家口而迁焉。居逾年,甚适,而未尝须臾忘青凤也。

会清明上墓归,见小狐二,为犬逼逐。其一投荒窜去;一则皇急道上,望

---

①通家:指彼此世代交谊深厚,如同一家。 ②豚儿:对人谦称自己的儿子。 ③老荆:老人对人谦称自己的妻子,犹言"老妻"。 ④犹女:侄女。 ⑤莲钩:形容女子缠足的小脚。 ⑥閛(pēng)然:形容门扇开关的声音。 ⑦夙分(fèn):宿缘,前世注定的缘分。

见生,依依哀啼,翦耳①辑首,似乞其援。生怜之,启裳衿,提抱以归。闭门,置床上,则青凤也。大喜,慰问。女曰:"适与婢子戏,遭此大厄。脱非郎君,必葬犬腹。望无以非类见憎。"生曰:"日切怀思,系于魂梦。见卿如得异宝,何憎之云!"女曰:"此天数也,不因颠覆,何得相从?然幸矣,婢子必言妾已死,可与君坚永约耳。"生喜,另舍居之。

积二年余,生方夜读,孝儿忽入。生辍读,讶诘所来,孝儿伏地怆然曰:"家君有横难,非君莫救。将自诣恳,恐不见纳,故以某来。"问:"何事?"曰:"公子识莫三郎否?"曰:"此吾年家子②也。"孝儿曰:"明日将过,倘携有猎狐,望君留之也。"生曰:"楼下之羞,耿耿在念,他事不敢预闻。必欲仆效绵薄,非青凤来不可!"孝儿零涕曰:"凤妹已野死三年矣。"生拂衣曰:"既尔,则恨滋深耳!"执卷高吟,殊不顾瞻。孝儿起,哭失声,掩面而去。生如青凤所,告以故。女失色曰:"果救之否?"曰:"救则救之;适不之诺者,亦聊以报前横耳。"女乃喜曰:"妾少孤,依叔成立。昔虽获罪,乃家范③应尔。"生曰:"诚然,但使人不能无介耳。卿果死,定不相援。"女笑曰:"忍哉!"次日,莫三郎果至,镂膺虎韔④,仆从甚赫。生门逆之⑤。见获禽甚多,中一黑狐,血殷毛革。抚之,皮肉犹温。便托裘敝,乞得缀补。莫慨然解赠,生即付青凤,乃与客饮。客既去,女抱狐于怀,三日而苏,展转复化为叟。举目见凤,疑非人间。女历言其情。叟乃下拜,惭谢前愆⑥,喜顾女曰:"我固谓汝不死,今果然矣。"女谓生曰:"君如念妾,还祈以楼宅相假,使妾得以申返哺⑦之私。"生诺之。叟赧然⑧谢别而去。入夜,果举家来,由此如家人父子,无复猜忌矣。生斋居,孝儿时共谈宴。生嫡出子渐长,遂使傅之,盖循循善教,有师范焉。

画皮

太原王生,早行,遇一女郎,抱襆⑨独奔,甚艰于步,急走趁之,乃二八姝丽。心相爱乐,问:"何夙夜踽踽独行?"女曰:"行道之人,不能解愁忧,何劳相问。"生曰:"卿何愁忧?或可效力,不辞也。"女黯然曰:"父母贪赂⑩,鬻妾朱门。嫡妒甚,朝詈而夕楚辱之,所弗堪也,将远遁耳。"问:"何之?"曰:"在亡之人,乌有定所。"生言:"敝庐不远,即烦枉顾。"女喜,从之。生代携襆物,

---

①翦(tà)耳:形容耳朵下垂、畏惧驯服的样子。 ②年家子:科举同年家的子侄。 ③家范:治家的规范、法度、风教。 ④镂膺虎韔(chàng):形容本人和坐骑都非常威武华贵。镂膺,指马胸前的金属雕花饰带。虎韔:虎皮制的弓袋。 ⑤逆之:迎接。 ⑥前愆(qiān):以前的过失。 ⑦返哺:指乌鸦长成,能觅食喂养母乌。借喻子女孝养父母。 ⑧赧(nǎn)然:羞愧的样子。 ⑨襆:包袱。 ⑩贪赂:贪财。

导与同归。女顾室无人，问："君何无家口？"答云："斋耳。"女曰："此所良佳。如怜妾而活之，须秘密勿泄。"生诺之。乃与寝合。使匿密室，过数日而人不知也。生微告妻。妻陈，疑为大家媵妾，劝遣之，生不听。

　　偶适市，遇一道士，顾生而愕。问："何所遇？"答言："无之。"道士曰："君身邪气萦绕，何言无？"生又力白。道士乃去，曰："惑哉！世固有死将临而不悟者！"生以其言异，颇疑女；转思明明丽人，何至为妖，意道士借魇禳①以猎食者。无何，至斋门，门内杜，不得入，心疑所作，乃逾垝垣②，则室门已闭。蹑足而窗窥之，见一狞鬼，面翠色，齿巉巉③如锯，铺人皮于榻上，执彩笔而绘之；已而掷笔，举皮，如振衣状，披于身，遂化为女子。睹此状，大惧，兽伏而出。急追道士，不知所往。遍迹之，遇于野，长跪求救。道士曰："请遣除之。此物亦良苦，甫能觅代者，予亦不忍伤其生。"乃以蝇拂④授生，令挂寝门。临别，约会于青帝庙。生归，不敢入斋，乃寝内室，悬拂焉。一更许，闻门外戢戢有声，自不敢窥，使妻窥之。但见女子来，望拂子不敢进，立而切齿，良久乃去。少时复来，骂曰："道士吓我，终不然，宁入口而吐之耶！"取拂碎之，坏寝门而入，径登生床，裂生腹，掬生心而去。妻号。婢入烛之，生已死，腔血狼藉。陈骇涕不敢声。

　　明日，使弟二郎奔告道士。道士怒曰："我固怜之，鬼子乃敢尔！"即从生弟来。女子已失所在。既而仰首四望，曰："幸遁未远。"问："南院谁家？"二郎曰："小生所舍也。"道士曰："现在君所。"二郎愕然，以为未有。道士问曰："曾否有不识者一人来？"答曰："仆早赴青帝庙，良不知，当归问之。"去，少顷而返，曰："果有之，晨间一妪来，欲佣为仆家操作，室人⑤止之，尚在也。"道士曰："即是物矣。"遂与俱往。仗木剑，立庭心，呼曰："孽鬼！偿我拂子来！"妪在室，惶遽无色，出门欲遁，道士逐击之。妪仆，人皮划然而脱，化为厉鬼，卧嗥如猪。道士以木剑枭其首。身变作浓烟，匝地作堆。道士出一葫芦，拔其塞，置烟中，飗飗然如口吸气，瞬息烟尽。道士塞口入囊。共视人皮，眉目手足，无不备具。道士卷之，如卷画轴声，亦囊之，乃别欲去。

　　陈氏拜迎于门，哭求回生之法。道士谢不能。陈益悲，伏地不起。道士沉思曰："我术浅，诚不能起死。我指一人，或能之。"问："何人？"曰："市上有疯者，时卧粪土中，试叩而哀之。倘狂辱夫人，夫人勿怒也。"二郎亦习知之，乃别道士，与嫂俱往。见乞人颠歌道上，鼻涕三尺，秽不可近。陈膝行而前。乞人笑曰："佳人爱我乎？"陈告以故。又大笑曰："人尽夫也，活之何为！"陈固哀之。乃曰："异哉！人死而乞活于我，我阎罗耶？"怒以杖击陈，陈忍痛受之。市人渐集如堵。乞人咯痰唾盈把，举向陈吻曰："食之！"陈红涨

---

　　①魇（yǎn）禳：指用法术、符咒消除灾厄。　②垝垣（guǐ yuán）：坏墙。垣，外墙。　③巉巉（chán chán）：形容牙齿长而尖利的样子。　④蝇拂：拂尘，古代驱蝇除尘用具。　⑤室人：妻妾。

于面,有难色;既思道士之嘱,遂强啖焉。觉入喉中,硬如团絮,格格而下,停结胸间。乞人大笑曰:"佳人爱我哉!"遂起,行已不顾。尾之,入于庙中。迫而求之,不知所在,前后冥搜,殊无端兆,惭恨而归。既悼夫亡之惨,又悔食唾之羞,俯仰哀啼,但愿即死。方欲展血敛尸,家人伫望,无敢近者。陈抱尸收肠,且理且哭。哭极声嘶,顿欲呕,觉鬲①中结物,突奔而出,不及回首,已落腔中。惊而视之,乃人心也,在腔中突突犹跃,热气腾蒸如烟然。大异之。急以两手合腔,极力抱挤。少懈,则气氤氲②自缝中出,乃裂缯帛急束之。以手抚尸,渐温,覆以衾裯③。中夜启视,有鼻息矣。天明,竟活。为言:"恍惚若梦,但觉腹隐痛耳。"视破处,痂结如钱,寻愈。

异史氏曰:"愚哉世人!明明妖也,而以为美。迷哉愚人!明明忠也,而以为妄。然爱人之色而渔之,妻亦将食人之唾而甘之矣。天道好还,但愚而迷者不悟耳。哀哉!"

贾儿

楚某翁,贾④于外。妇独居,梦与人交,醒而扪之,小丈夫也。察其情,与人异,知为狐。未几,下床去,门未开而已逝矣。入暮,邀庖媪伴焉。有子十岁,素别榻卧,亦招与俱。夜既深,媪、儿皆寐,狐复来,妇喃喃如梦语。媪觉,呼之,狐遂去。自是,身忽忽若有亡。至夜遂不敢息烛,戒子睡勿熟。夜阑,儿及媪倚壁少寐,既醒,失妇,意其出遗⑤,久待不至,始疑。媪惧,不敢往觅。儿执火遍照之,至他室,则母裸卧其中。近扶之,亦不羞缩。自是遂狂,歌哭叫詈⑥,日万状。夜厌与人居,另榻寝,儿、媪亦遣去。儿每闻母笑语,辄起火之。母反怒诃儿,儿亦不为意,因共壮⑦儿胆。然嬉戏无节,日效杇者⑧,以砖石叠窗上,止之不听。或去其一石,则滚地作娇啼,人无敢气触之。过数日,两窗尽塞,无少明,已,乃合泥涂壁孔,终日营营,不惮其劳。涂已,无所作,遂把厨刀霍霍磨之。见者皆憎其顽,不以人齿。儿宵分⑨隐刀于怀,以瓢覆灯,伺母呓语,急启灯,杜门声喊。久之无异,乃离门,扬言诈作欲搜状。欻⑩有一物,如狸,突奔门隙。急击之,仅断其尾,约二寸许,湿血犹滴。初,挑灯起,母便诟骂,儿若弗闻。击之不中,懊恨而寝。自念虽不即戮,可以幸其不来。及明,视血迹逾垣而去。迹之,入何氏园中。至夜果绝,儿窃喜;但母痴卧如死。

①鬲(gé):通"膈",胸腔与腹腔之间的膈膜,此处借指胸腔。 ②氤氲(yīn yūn):弥漫的样子。 ③衾裯(qīn chóu):指被褥床帐等卧具。 ④贾(gǔ):经商。 ⑤出遗:外出便溺。 ⑥詈(lì):骂。 ⑦共壮:人们一起称赞。 ⑧杇(wū)者:泥瓦匠。 ⑨宵分:夜半。 ⑩欻(xū):忽然。

未几，贾人归，就榻问讯。妇谩骂，视若仇。儿以状对，翁惊，延医药之，妇泻药诟骂。潜以药入汤水杂饮之，数日渐安。父子俱喜，一夜睡醒，失妇所在，父子又觅得于别室。由是复颠，不欲与夫同室处。向夕，竟奔他室。挽之，骂益甚。翁无策，尽扃他扉。妇奔去，则门自辟，翁患之，驱禳备至，殊无少验。

儿薄暮潜入何氏园，伏莽中，将以探狐所在。月初升，乍闻人语。暗拨蓬科，见二人来饮，一长鬣奴捧壶，衣老棕色。语俱细隐，不甚可辨。移时闻一人曰："明日可取白酒一瓻①来。"顷之俱去，惟长鬣独留，脱衣卧石上。审顾之，四肢皆如人，但尾垂后部。儿欲归，恐狐觉，遂终夜伏。未明又闻二人以次复来，唧唧入竹丛中。儿乃归。翁问所往，答："宿阿伯家。"适从父入市，见帽肆挂狐尾，乞翁市之。翁不顾，儿牵父衣，娇聒之。翁不忍过拂，市焉。父贸易廛②中，儿戏弄其侧，乘父他顾，盗钱去，沽白酒，寄肆廊。有舅氏城居，素业猎，儿奔其家。舅他出。妗③诘母疾，答云："连日稍可。又以耗子啮衣，怒涕不解，故遣我乞猎药耳。"妗检椟，出钱许，裹付儿。儿少之。妗欲作汤饼啖儿，儿觑室无人，自发药裹，窃盈掬而怀之。乃趋告妗，俾勿举火④，"父待市中，不遑食也"。遂去，隐以药置酒中，遨游市上，抵暮方归。父问所在，托在舅家。

儿自是日游廛肆间。一日，见长鬣人亦杂侪中。儿审之确，阴缀⑤系之。渐与语，诘其里居，答言："北村。"亦询儿，儿伪云："山洞。"长鬣怪其洞居。儿笑曰："我世居洞府，君固否耶？"其人益惊，便诘姓氏。儿曰："我胡氏子。曾在何处，见君从两郎，顾忘之耶？"其人熟审之，若信若疑。儿微启下裳，少少露其假尾，曰："我辈混迹人中，但此物犹在，为可恨耳。"其人问："在市欲何为？"儿曰："父遣我沽。"其人亦以沽告。儿问："沽未？"曰："吾侪多贫，故常窃时多。"儿曰："此役亦良苦，耽惊忧。"其人曰："受主人遣，不得不尔。"因问："主人伊谁？"曰："即曩所见两郎兄弟也。一私北郭王氏妇，一宿东村某翁家。翁家儿大恶，被断尾，十日始瘥，今复往矣。"言已，欲别，曰："勿误我事。"儿曰："窃之难，不若沽之易。我先沽寄廊下，敬以相赠。我囊中尚有余钱，不愁沽也。"其人愧无以报。儿曰："我本同类，何靳⑥些须？暇时，尚当与君痛饮耳。"遂与俱去，取酒授之，乃归。

至夜，母竟安寝，不复奔。心知有异，告父同往验之，则两狐毙于亭上，一狐死于草中，喙津津尚有血出。酒瓶犹在，持而摇之，未尽也。父惊问："何不早告？"儿曰："此物最灵，一泄，则彼知之。"翁喜曰："我儿，讨狐之陈平也⑦。"于是父子荷狐归。见一狐秃半尾，刀痕俨然。自是遂安。而妇瘠

①瓻(chī)：一种陶质的酒器。　②廛(chán)：集市。　③妗(jìn)：舅母。　④举火：生火做饭。
⑤阴缀：暗中跟随。　⑥靳：吝惜。　⑦讨狐：灭狐。陈平：西汉开国功臣，史载其善用奇计。

殊甚,心渐明了,但益之嗽,呕痰数升,寻愈。北郭王氏妇,向祟于狐;至是问之,则狐绝而病亦愈。

翁由此奇儿,教之骑射。后贵至总戎①。

蛇癖

予乡②王蒲令之仆吕奉宁,性嗜蛇。每得小蛇,则全吞之,如啖葱状;大者,以刀寸寸断之,始掬以食。嚼之铮铮,血水沾颐③。且善嗅,尝隔墙闻蛇香,急奔墙外,果得蛇盈尺。时无佩刀,先啮其头,尾尚蜿蜒于口际。

---

①总戎:总兵,武职官名。 ②予乡:我的家乡。此处指蒲松龄家乡淄川县蒲家庄(今属山东省淄博市淄川区)。 ③颐:下巴。

第二卷

金世成

金世成，长山①人，素不检。忽出家作头陀，类颠，啖②不洁以为美。犬羊遗秽于前，辄伏啖之。自号为佛。愚民妇异其所为，执弟子礼者以万千计。金诃使食矢③，无敢违者。创殿阁，所费不赀④，人咸乐输⑤之。邑令南公恶其怪，执而笞之，使修圣庙⑥。门人竞相告曰："佛遭难！"争募救之。宫殿旬月而成，其金钱之集，尤捷于酷吏之追呼也。

异史氏曰："予闻金道人，人皆就其名而呼之，谓为'今世成佛'。品至啖秽，极矣。笞之不足辱，罚之适有济，南令公处法何良也！然学宫圮⑦而烦妖道，亦士大夫之羞矣。"

董生

董生，字遐思，青州之西鄙人。冬月薄暮，展被于榻而炽炭焉。方将篝灯，适友人招饮，遂扃户⑧去。至友人所，坐有医人，善太素脉，遍诊诸客。末顾王生九思及董曰："余阅人多矣，脉之奇无如两君者，贵脉而有贱兆，寿脉而有促征⑨，此非鄙人所敢知也。然而董君实甚。"共惊问之。曰："某至此亦穷于术，未敢臆决，愿两君自慎之。"二人初闻甚骇，既以模棱语，置不为意。

半夜，董归，见斋门虚掩，大疑。醺中自忆，必去时忙促，故忘扃键。入室，未遑爇⑩火，先以手入衾中，探其温否。才一探入，则腻有卧人，大惊，敛

---

①长山：旧县名，治所在今山东省邹平以东、淄川以北偏西。　②啖(dàn)：吃。　③矢：通"屎"。　④不赀(zī)：无从计量，亦作"不訾"。　⑤输：捐献。　⑥圣庙：对孔庙的尊称。　⑦圮(pǐ)：塌坏。　⑧扃(jiōng)户：关闭门户。　⑨促征：生命短促的征兆。　⑩爇(ruò)：点燃。

手。急火之①，竟为姝丽，韶颜稚齿，神仙不殊。狂喜，戏探下体，则毛尾修然。大惧，欲遁。女已醒，出手捉生臂，问："君何往？"董益惧，战栗哀求，愿乞怜恕。女笑曰："何所见而畏我？"董曰："我不畏首而畏尾。"女又笑曰："君误矣。尾于何有？"引董手，强使复探，则髀肉如脂，尻骨童童②。笑曰："何如？醉态朦胧，不知伊何，遂诬人若此。"董固喜其丽，至此益惑，反自咎适然之错，然疑其所来无因。女曰："君不忆东邻之黄发女乎？屈指移居者已十年矣。尔时我未笄③：君垂髫也。"董恍然曰："卿周氏之阿琐耶？"女曰："是矣。"董曰："卿言之，我仿佛忆之。十年不见，遂苗条如此。然何遽能来？"女曰："妾适④痴郎四五年，翁姑⑤相继逝，又不幸为文君⑥。剩妾一身，茕⑦无所依。忆孩时相识者惟君，故来相见就。入门已暮，邀饮者适至，遂潜隐以待君归。待之既久，足冰肌粟，故借被以自温耳，幸勿见疑。"董喜，解衣共寝，意殊自得。月余，渐羸⑧瘦，家人怪问，辄言不自知。久之，面目益支离，乃惧，复造善脉者诊之。医曰："此妖脉也。前日之死征验矣，疾不可为也。"董大哭，不去。医不得已，为之针手灸脐，而赠以药。嘱曰："如有所遇，力绝之。"董亦自危。既归，女笑要⑨之。佛然曰："勿复相纠缠，我行且死！"走不顾。女大惭，亦怒曰："汝尚欲生耶！"至夜，董服药独寝，甫交睫，梦与女交，醒已遗矣。益恐，移寝于内，妻、子夹守之。梦如故，窥女子已失所在。积数日，董吐血斗余而死。

　　王九思在斋中，见一女子来，悦其美而私之。诘所自，曰："妾遐思之邻也。渠⑩旧与妾善，不意为狐惑而死。此辈妖气可畏，读书人宜慎相防。"王益佩之，遂相欢待。居数日，迷罔病瘠，忽梦董曰："与君好者狐也。杀我矣，又欲杀我友。我已诉之冥府，泄此幽愤。七日之夜，当炷香室外，勿忘却。"醒而异之。谓女曰："我病甚，恐委沟壑，或劝勿室⑪也。"女曰："命当寿，室亦生；不寿，勿室亦死也。"坐与调笑，王心不能自持，又乱之，已而悔之，而不能绝。及暮，插香户上，女来，拔弃之。夜又梦董来，让⑫其违嘱。次夜；暗嘱家人，俟寝后潜炷香室外。女在榻上忽惊曰："又置香也。"王言不知。女急起得香，又折灭之。入曰："谁教君为此者？"王曰："或室人忧病，听巫家厌禳耳。"女彷徨不乐。家人潜窥香灭，又炷之。女忽叹曰："君福泽良厚。我误害遐思而奔子，诚我之过，我将与彼就质于冥曹。君如不忘凤好，勿坏我皮囊也。"逡巡下榻，仆地而死。烛之，狐也。犹恐其活，遽呼家人，剥其革而悬焉。王病甚，见狐来曰："我诉诸法曹⑬。法曹谓董君见色而动，死当其罪；但咎我不当惑人，追金丹去，复令还生。皮囊何在？"曰："家人不知，已脱之

---

①火之：点亮灯火察看。　②尻：脊椎骨末端。童童：形容光秃的样子。　③未笄：未成年。笄，旧时女子年满十五成年，束发及笄。　④适：出嫁。　⑤翁姑：公婆。　⑥文君：卓文君，此处借指新寡。　⑦茕（qióng）：孤独。　⑧羸（léi）：瘦弱。　⑨要：通"邀"，邀请。　⑩渠：他。　⑪勿室：不要娶妻，此处指不要接近女色。　⑫让：责让，责备。　⑬法曹：此处指阴曹地府中掌管刑法的官吏。

矣。"狐惨然曰:"余杀人多矣。今死已晚;然忍哉君乎!"恨恨而去。王病几危,半年乃瘥①。

龁石

新城②王钦文太翁家,有圉人③王姓,初入劳山学道,久之,不火食④,惟啖松子及白石。遍体生毛。既数年,念母老归里,渐复火食,犹啖石如故。向日视之,即知石之甘苦酸咸,如啖芋然。母死,复入山,今又十七八年矣。

庙鬼

新城诸生王启后者,方伯⑤中宇公象坤曾孙。见一妇人入室,貌肥黑不扬。笑近坐榻,意甚亵。王拒之,不去。由此坐卧辄见之,而意坚定,终不摇。妇怒,批其颊有声,而亦不甚痛。妇以带悬梁上,捽⑥与并缢。王不觉自投梁下,引颈作缢状。人见其足离地,挺然立当中,即亦不能死。自是病颠,忽曰:"彼将与我投河矣。"望河狂奔,曳之乃止。如此百端,日常数作,术药罔效。一日忽见有武士绗锁而入,怒叱曰:"朴诚者汝何敢扰!"即絷⑦妇项,自椽中出。才至窗外,妇不复人形,目电闪,口血赤如盆。忆城隍庙中有泥鬼四,绝类其一焉。于是病若失。

陆判

陵阳⑧朱尔旦,字小明,性豪放,然素钝,学虽笃,尚未知名。一日文社众饮,或戏之云:"君有豪名,能深夜负十王殿左廊下判官来。众当醵⑨作筵。"盖陵阳有十王殿,神鬼皆木雕,妆饰如生。东庑有立判,绿面赤须,貌尤狰恶。或夜闻两廊下拷讯声,入者,毛皆森竖,故众以此难朱。朱笑起,径去。居无何,门外大呼曰:"我请髯宗师至矣!"众起。俄负判入,置几上,奉觞酹⑩之三。众睹之,瑟缩不安于坐,仍请负去。朱又把酒灌地,祝曰:"门生

①瘥(chài):病愈。 ②新城:旧县名,治所在今山东省桓台县。 ③圉(yǔ)人:此处指养马的人。 ④火食:吃熟食。 ⑤方伯:殷周时代一方诸侯之长,后泛指地方长官。明清时代称布政使为"方伯"。 ⑥捽(zuó):抓,揪。 ⑦絷(zhí):拴捆、拘捕。 ⑧陵阳:旧县名,治所在今安徽省青阳县陵阳镇。 ⑨醵(jù):集资饮酒。 ⑩酹(lèi):洒酒于地以祭鬼神。

狂率不文，大宗师谅不为怪。荒舍匪遥，合乘兴来觅饮，幸勿为畛畦①。"乃负之去。次日众果招饮，抵暮，半醉而归，兴未阑，挑灯独酌。

忽有人搴帘入，视之，则判官也。起曰："噫，吾殆将死矣！前夕冒渎，今来加斧锧②耶？"判启浓髯微笑曰："非也。昨蒙高义③相订，夜偶暇，敬践达人之约。"朱大悦，牵衣促坐，自起涤器爇火。判曰："天道温和，可以冷饮。"朱如命，置瓶案上。奔告家人治肴果，妻闻大骇，戒勿出。朱不听，立俟治具以出，易盏交酬，始询姓氏。曰："我陆姓，无名字。"与谈典故，应答如响。问："知制艺④否？"曰："妍媸亦颇辨之。阴司诵读，与阳世亦略同。"陆豪饮，一举十觥。朱因竟日饮，遂不觉玉山倾颓，伏几醺睡。比醒，则残烛昏黄，鬼客已去。自是三两日辄一来，情益洽，时抵足卧。朱献窗稿⑤，陆辄红勒之，都言不佳。一夜，朱醉先寝，陆犹自酌。忽醉梦中，脏腹微痛。醒而视之，则陆危坐床前，破腔出肠胃，条条整理。愕曰："夙无仇怨，何以见杀？"陆笑云："勿惧！我与君易慧心耳。"从容纳肠已，复合之，末以裹足布束朱腰。作用毕，视榻上亦无血迹，腹间觉少麻木。见陆置肉块几上，问之。曰："此君心也。作文不快，知君之毛窍塞耳。适在冥间，于千万心中，拣得佳者一枚，为君易之，留此以补缺数。"乃起，掩扉去。天明解视，则创缝已合，有线而赤者存焉。自是文思大进，过眼不忘。数日又出文示陆，陆曰："可矣。但君福薄，不能大显贵，乡、科而已。"问："何时？"曰："今岁必魁。"未几，科试冠军，秋闱⑥果中魁元。同社中诸生素揶揄之，及见闱墨⑦，相视而惊，细询始知其异。共求朱先容，愿纳交陆。陆诺之。众大设以待之。更初，陆至，赤髯生动，目炯炯如电。众茫乎无色，齿欲相击，渐引去。朱乃携陆归饮，既醺，朱曰："湔⑧肠伐胃，受赐已多。尚有一事相烦，不知可否？"陆便请命。朱曰："心肠可易，面目想亦可更。山荆⑨，予结发人，下体颇亦不恶，但面目不甚佳丽。欲烦君刀斧，如何？"陆笑曰："诺！容徐以图之。"过数日，半夜来叩门。朱急起延入，烛之，见襆裹一物。诘之，曰："君曩所嘱，向艰物色。适得美人首，敬报君命。"朱拨视，颈血犹湿。陆力促急入，勿惊禽犬。朱虑门户夜扃。陆至，以手推扉，扉自开。引至卧室，见夫人侧身眠。陆以头授朱抱之，自于靴中出白刃如匕首，按夫人项，着力如切腐状，迎刃而解，首落枕畔。急于朱怀，取美人首合项上，详审端正，而后按捺。已而移枕塞肩际，命朱瘗首静所⑩，乃去。朱妻醒，觉颈间微麻，面颊甲错，搓之，得血片。甚骇，呼婢汲盥。婢见面血狼藉，惊绝，濯之盆水尽赤。举手则面目全非，又骇极。夫人引镜自照，错愕不能自解，朱入告之。因反覆细视，则长眉掩鬓，笑靥承

———
①畛畦(zhěn qí)：田间小路，借指隔阂。　②锧(zhì)：砧板。　③高义：盛情。　④制艺：即八股文，又称"时文"。　⑤窗稿：古时习作的文稿。　⑥秋闱：乡试。　⑦闱墨：明清乡试、会试后，主考官将中式试卷选编成书，称"闱墨"。　⑧湔(jiān)：洗。　⑨山荆：旧时对人谦称自己的妻子。　⑩瘗(yì)：埋葬。静所：僻静的地方。

45

颧,画中人也。解领验之,有红线一周,上下肉色,判然而异。

先是,吴侍御有女甚美,未嫁而丧二夫,故十九犹未醮①也。上元游十王殿时,游人甚杂,内有无赖贼窥而艳之,遂阴访居里,乘夜梯入,穴寝门,杀一婢于床下,逼女与淫,女力拒声喊,贼怒而杀之。吴夫人微闻闹声,叫婢往视,见尸骇绝。举家尽起,停尸堂上,置首项侧,一门啼号,纷腾终夜。诘旦②启衾,则身在而失其首。遍挞诸婢,谓所守不坚,致葬犬腹。侍御告郡,郡严限捕贼,三月而罪人弗得。渐有以朱家换头之异闻吴公者。吴疑之,遣媪探诸其家;入见夫人,骇走以告吴公。公视女尸故存,惊疑无以自决。猜朱以左道杀女,往诘朱。朱曰:“室人梦易其首,实不解其何故?谓仆杀之,则冤也。”吴不信,讼之。收家人鞠之,一如主言,郡守不能决。朱归,求计于陆。陆曰:“不难,当使伊女自言之。”吴夜梦女曰:“儿为苏溪杨大年所杀,无与朱孝廉。彼不艳其妻,陆判官取儿首与之易之,是儿身死而头生也。愿勿相仇。”醒告夫人,所梦同。乃言于官。问之果有杨大年。执而械之,遂伏其罪。吴乃诣朱,请见夫人,由此为翁婿。乃以朱妻首合女尸而葬焉。

朱三入礼闱,皆以场规③被放,于是灰心仕进。积三十年,一夕,陆告曰:“君寿不永矣。”问其期,对以五日。“能相救否?”曰:“惟天所命,人何能私?且自达人观之,生死一耳,何必生之为乐,死之为悲?”朱以为然,即制衣衾棺椁。既竟,盛服而没。翌日,夫人方扶枢哭,朱忽冉冉自外至。夫人惧。朱曰:“我诚鬼,不异生时。虑尔寡母孤儿,殊恋恋耳。”夫人大恸,涕垂膺,朱依依慰解之。夫人曰:“古有还魂之说,君既有灵,何不再生?”朱曰:“天数不可违也。”问:“在阴司作何务?”曰:“陆判荐我督案务④,受有官爵,亦无所苦。”夫人欲再语,朱曰:“陆判与我同来,可设酒馔。”趋而出。夫人依言营备。但闻室中笑语,亮气高声,宛若生前。半夜窥之,窅然⑤已逝。

自是三数日辄一来,时而留宿缱绻,家中事就便经纪。子玮方五岁,来辄提抱;至七八岁,则灯下教读。子亦慧,九岁能文,十五入邑庠⑥,竟不知无父也。从此来渐疏,日月至焉而已。又一夕来,谓夫人曰:“今与卿永诀矣。”问:“何往?”曰:“承帝命为太华卿,行将远赴,事烦途隔,故不能来。”母子持之哭。曰:“勿尔!儿已成立,家计尚可存活,岂有百岁不拆之鸾凤耶!”顾子曰:“好为人,勿堕父业。十年后一相见耳。”径出门去,于是遂绝。

后玮二十五举进士,官行人。奉命祭西岳,道经华阴,忽有舆从羽葆,驰冲卤薄。讶之。审视车中人,其父也。下车哭伏道左。父停舆曰:“官声好,我瞑目矣。”玮伏不起。朱促舆行,火驰不顾。去数步,回望,解佩刀遣人持赠。遥语曰:“佩之则贵。”玮欲追从,见舆马人从,飘忽若风,瞬息不见。痛

①醮:嫁。　②诘旦:清晨。　③场规:科举考试的考场规则。　④案务:文书方面的事务。
⑤窅(yǎo)然:形容幽深遥远的样子。　⑥邑庠(xiáng):县学。

恨良久。抽刀视之，制极精工，镌字一行，曰："胆欲大而心欲小，智欲圆而行欲方。"玮后官至司马。生五子，曰沉，曰潜，曰汋，曰浑，曰深。一夕梦父曰："佩刀宜赠浑也。"从之。浑仕为总宪，有政声。

异史氏曰："断鹤续凫，矫作者妄；移花接木，创始者奇。而况加凿削于心肝，施刀锥于颈项者哉？陆公者，可谓媸皮裹妍骨矣。明季至今，为岁不远，陵阳陆公犹存乎？尚有灵焉否也？为之执鞭，所忻慕焉。"

婴宁

王子服，莒①之罗店人，早孤。绝慧，十四入泮②。母最爱之，寻常不令游郊野。聘萧氏，未嫁而夭，故求凰未就也。

会上元，有舅氏子吴生，邀同眺瞩，方至村外，舅家仆来招吴去。生见游女如云，乘兴独游。有女郎携婢，拈梅花一枝，容华绝代，笑容可掬。生注目不移，竟忘顾忌。女过去数武③，顾婢子笑曰："个儿郎目灼灼似贼！"遗花地上，笑语自去。生拾花怅然，神魂丧失，怏怏遂返。至家，藏花枕底，垂头而睡，不语亦不食。母忧之，醮禳④益剧，肌革锐减。医师诊视，投剂发表，忽忽若迷。母抚问所由，默然不答。适吴生来，嘱秘诘之。吴至榻前，生见之泪下，吴就榻慰解，渐致研诘，生具吐其实，且求谋画。吴笑曰："君意亦痴！此愿有何难遂？当代访之。徒步于野，必非世家，如其未字⑤，事固谐矣；不然，拼以重赂，计必允遂。但得痊瘳，成事在我。"生闻之，不觉解颐。吴出告母，物色女子居里。而探访既穷，并无踪迹。母大忧，无所为计。然自吴去后，颜顿开，食亦略进。数日吴复来，生问所谋。吴绐⑥之曰："已得之矣。我以为谁何人，乃我姑之女，即君姨妹，今尚待聘。虽内戚有婚姻之嫌，实告之，无不谐者。"生喜溢眉宇，问："居何里？"吴诡曰："西南山中，去此可三十余里。"生又嘱再四，吴锐身自任而去。

生由是饮食渐加，日就平复。探视枕底，花虽枯，未便雕落，凝思把玩，如见其人。怪吴不至，折柬⑦招之，吴支托不肯赴招。生恚怒，悒悒不欢。母虑其复病，急为议姻；略与商榷，辄摇首不愿，惟日盼吴。吴迄无耗，益怨恨之。转思三十里非遥，何必仰息他人？怀梅袖中，负气自往，而家人不知也。伶仃独步，无可问程，但望南山行去。约三十余里，乱山合沓⑧，空翠爽肌，寂无人行，止有鸟道。遥望谷底丛花乱树中，隐隐有小里落。下山入村，见舍

①莒：古国名，后为州县，今山东省莒县。　②入泮：进入县学为生员。古代学官前有泮水，故称泮宫。　③数武：不远处，没有多远。武，半步。古代六尺为步，半步为武，泛指脚步。　④醮禳（jiào ráng）：设醮禳解，即设坛祈祷神灵解除灾祸。　⑤字：女子许亲。　⑥绐（dài）：欺骗。　⑦折柬：裁纸写信。　⑧合沓：重叠。

宇无多,皆茅屋,而意甚修雅。北向一家,门前皆丝柳,墙内桃杏尤繁,间以修竹,野鸟格磔①其中。意其园亭,不敢遽入。回顾对户,有巨石滑洁,因坐少憩。俄闻墙内有女子,长呼:"小荣!"其声娇细。方伫听间,一女郎由东而西,执杏花一朵,俯首自簪;举头见生,遂不复簪,含笑拈花而入。审视之,即上元途中所遇也。心骤喜,但念无以阶进。欲呼姨氏,顾从无还往,惧有讹误。门内无人可问,坐卧徘徊,自朝至于日昃,盈盈望断,并忘饥渴。时见女子露半面来窥,似讶其不去者。忽一老媪扶杖出,顾生曰:"何处郎君,闻自辰刻来,以至于今。意将何为?得勿饥也?"生急起揖之,答云:"将以探亲。"媪聋聩不闻。又大言之。乃问:"贵戚何姓?"生不能答。媪笑曰:"奇哉!姓名尚自不知,何亲可探?我视郎君亦书痴耳。不如从我来,啖以粗粝②,家有短榻可卧。待明朝归,询知姓氏,再来探访。"生方腹馁③思啖,又从此渐近丽人,大喜。从媪入,见门内白石砌路,夹道红花,片片坠阶上,曲折而西,又启一关,豆棚花架满庭中。肃客入舍,粉壁光如明镜,窗外海棠枝朵,探入室中,裀藉几榻,罔不洁泽。甫坐,即有人自窗外隐约相窥。媪唤:"小荣!可速作黍。"外有婢子嗷声而应。坐次,具展宗阀④。媪曰:"郎君外祖,莫姓吴否?"曰:"然。"媪惊曰:"是吾甥也!尊堂,我妹子。年来以家婆贫⑤,又无三尺之男,遂至音问梗塞。甥长成如许,尚不相识。"生曰:"此来即为姨也,匆遽遂忘姓氏。"媪曰:"老身秦姓,并无诞育,弱息⑥亦为庶产⑦。渠母改醮,遗我鞠养。颇亦不钝,但少教训,嬉不知愁。少顷,使来拜识。"未几,婢子具饭,雏尾盈握。媪劝餐已,婢来敛具。媪曰:"唤宁姑来。"婢应去。良久,闻户外隐有笑声。媪又唤曰:"婴宁,汝姨兄在此。"户外嗤嗤笑不已。婢推之以入,犹掩其口,笑不可遏。媪嗔目曰:"有客在,咤咤叱叱,是何景象?"女忍笑而立,生揖之。媪曰:"此王郎,汝姨子。一家尚不相识,可笑人也。"生问:"妹子年几何矣?"媪未能解;生又言之。女复笑,不可仰视。媪谓生曰:"我言少教诲,此可见矣。年已十六,呆痴如婴儿。"生曰:"小于甥一岁。"曰:"阿甥已十七矣,得非庚午属马者耶?"生首应之。又问:"甥妇阿谁?"答曰:"无之。"曰:"如甥才貌,何十七岁犹未聘?婴宁亦无姑家⑧,极相匹敌。惜有内亲之嫌。"生无语,目注婴宁,不遑他瞬。婢向女小语云:"目灼灼,贼腔未改!"女又大笑,顾婢曰:"视碧桃开未?"遽起,以袖掩口,细碎连步而出。至门外,笑声始纵。媪亦起,唤婢襆被⑨,为生安置。曰:"阿甥来不易,宜留三五日,迟迟送汝归。如嫌幽闷,舍后有小园,可供消遣;有书可读。"次日至舍后,果有园半亩,细草铺毡,杨花糁⑩径。有草舍三楹,花木四合其所。穿

---

①格磔(zhé):鸟鸣声。 ②粗粝(lì):糙米,指粗劣的食物,此处为自谦之语。 ③馁(něi):饥饿。 ④宗阀:宗族家世。 ⑤婆(jù)贫:贫穷。 ⑥弱息:幼弱的女儿。 ⑦庶产:庶出,妾所生的儿女。 ⑧姑家:指婆家。 ⑨襆被:用包袱包裹衣被,此处指整理卧具。 ⑩糁:碎米屑,此处指散落。

花小步，闻树头苏苏有声，仰视，则婴宁在上，见生来，狂笑欲堕。生曰："勿尔，堕矣！"女且下且笑，不能自止。方将及地，失手而堕，笑乃止。生扶之，阴捘其腕。女笑又作，倚树不能行，良久乃罢。生俟其笑歇，乃出袖中花示之。女接之，曰："枯矣！何留之？"曰："此上元妹子所遗，故存之。"问："存之何益？"曰："以示相爱不忘。自上元相遇，凝思成病，自分化为异物；不图得见颜色，幸垂怜悯。"女曰："此大细事，至戚何所靳惜？待郎行时，园中花，当唤老奴来，折一巨捆负送之。"生曰："妹子痴耶？"女曰："何便是痴？"生曰："我非爱花，爱拈花之人耳。"女曰："葭莩①之情，爱何待言。"生曰："我所为爱，非瓜葛之爱，乃夫妻之爱。"女曰："有以异乎？"曰："夜共枕席耳。"女俯首思良久，曰："我不惯与生人睡。"语未已，婢潜至，生惶恐遁去。少时，会母所，母问："何往？"女答以园中共话。媪曰："饭熟已久，有何长言，周遮②乃尔。"女曰："大哥欲我共寝。"言未已，生大窘，急目瞪之。女微笑而止。幸媪不闻，犹絮絮究诘。生急以他词掩之，因小语责女。女曰："适此语不应说耶？"生曰："此背人语。"女曰："背他人，岂得背老母？且寝处亦常事，何讳之？"生恨其痴，无术可悟之。

　　食方竟，家人捉双卫③来寻生。先是，母待生久不归，始疑。村中搜觅已遍，竟无踪兆，因往寻吴。吴忆暴言，因教于西南山村行觅。凡历数村，始至于此。生出门，适相值，便入告媪，且请偕女同归。媪喜曰："我有志，匪伊朝夕。但残躯不能远涉，得甥携妹子去，识认阿姨，大好！"呼婴宁，宁笑至。媪曰："大哥欲同汝去，可装束。"又饷家人酒食，始送之出，曰："姨家田产丰裕，能养冗人。到彼且勿归，小学诗礼，亦好事翁姑。即烦阿姨择一良匹与汝。"二人遂发。至山坳回顾，犹依稀见媪倚门北望也。

　　抵家，母睹妹丽，惊问为谁。生以姨妹对。母曰："前吴郎与儿言者，诈也。我未有姊，何以得甥？"问女，女曰："我非母出。父为秦氏，没时，儿在襁中，不能记忆。"母曰："我一姊适秦氏，良确。然殂谢④已久，那得复存？"因审诘面庞、志赘⑤，一一符合。又疑："是矣！然亡已多年，何得复存？"疑虑间，吴生至，女避入室。吴询得故，惘然久之，忽曰："此女名婴宁耶？"生然之。吴极称怪事。问所自知，吴曰："秦家姑去世后，姑丈鳏居，祟于狐，病瘵死。狐生女名婴宁，绷卧床上，家人皆见之。姑丈没，狐犹时来。后求天师符粘壁上，狐遂携女去。将勿此耶？"彼此疑参，但闻室中嗤嗤，皆婴宁笑声。母曰："此女亦太憨。"吴生请面之。母入室，女犹浓笑不顾。母促令出，始极力忍笑，又面壁移时，方出。才一展拜。翻然遽入，放声大笑。满室妇女，为之粲然。

①葭莩(jiā fú)：芦苇内壁的薄膜，此处指亲戚。　②周遮：啰嗦多语。　③捉双卫：牵着两头驴子。卫，驴子的别称。　④殂(cú)谢：去世。　⑤志赘：痣和疣。

　　吴请往觇其异，就便执柯①。寻至村所，庐舍全无，山花零落而已。吴忆葬处，仿佛不远，然坟垅湮没，莫可辨识，诧叹而返。母疑其为鬼，入告吴言，女略无骇意。又吊其无家，亦殊无悲意，孜孜憨笑而已。众莫之测，母令与少女同寝止，昧爽②即来省问，操女红精巧绝伦。但善笑，禁之亦不可止。然笑处嫣然，狂而不损其媚，人皆乐之。邻女少妇，争承迎之。母择吉③为之合卺④，而终恐为鬼物，窃于日中窥之，形影殊无少异。

　　至日，使华装行新妇礼，女笑极不能俯仰，遂罢。生以憨痴，恐泄漏房中隐事；而女殊密秘，不肯道一语。每值母忧怒，女至，一笑即解。奴婢小过，恐遭鞭楚，辄求诣母共话；罪婢投见，恒得免。而爱花成癖，物色遍戚党；窃典金钗，购佳种，数月，阶砌藩溷⑤，无非花者。庭后有木香一架，故邻西家，女每攀登其上，摘供簪玩。母时遇见，辄诃之，女卒不改。一日，西人子见之，凝注倾倒。女不避而笑。西人子谓女意属己，心益荡。女指墙底笑而下，西人子谓示约处，大悦。及昏而往，女果在焉。就而淫之，则阴如锥刺，痛彻于心，大号而踣⑥。细视非女，则一枯木卧墙边，所接乃水淋窍也。邻父闻声，急奔研问，呻而不言；妻来，始以实告。爇火烛窥，见中有巨蝎，如小蟹然，翁碎木，捉杀之。负子至家，半夜寻卒。邻人讼生，讦发⑦婴宁妖异。邑宰素仰生才，稔知其笃行士，谓邻翁讼诬，将杖责之，生为乞免，遂释而出。母谓女曰："憨狂尔尔，早知过喜而伏忧也。邑令神明，幸不牵累；设鹘突⑧官宰，必逮妇女质公堂，我儿何颜见戚里？"女正色，矢不复笑。母曰："人罔不笑，但须有时。"而女由是竟不复笑，虽故逗之，亦终不笑；然竟日未尝有戚容。

　　一夕，对生零涕。异之。女哽咽曰："曩以相从日浅，言之恐致骇怪。今日察姑及郎，皆过爱无有异心，直告或无妨乎？妾本狐产。母临去，以妾托鬼母，相依十余年，始有今日。妾又无兄弟，所恃者惟君。老母岑寂山阿，无人怜而合厝⑨之，九泉辄为悼恨。君倘不惜烦费，使地下人消此怨恫，庶养女者不忍溺弃。"生诺之，然虑坟冢迷于荒草。女言无虑。刻日，夫妇舆榇而往。女于荒烟错楚中，指示墓处，果得媪尸，肤革犹存。女抚哭哀痛。舁⑩归，寻秦氏墓合葬焉。是夜，生梦媪来称谢，寤而述之。女曰："妾夜见之，嘱勿惊郎君耳。"生恨不邀留。女曰："彼鬼也。生人多，阳气胜，何能久居？"生问小荣，曰："是亦狐，最黠。狐母留以视妾，每摄饵相哺，故德之常不去心；昨问母，云已嫁之。"由是岁值寒食，夫妇登秦墓，拜扫无缺。女逾年，生一子，在怀抱中，不畏生人，见人辄笑，亦大有母风云。

---

　　①执柯：做媒。　②昧爽：拂晓。　③择吉：选择吉日。　④合卺(jǐn)：旧时婚礼的一种仪式，剖瓠为瓢，新郎、新娘各执一瓢饮酒。卺，一种瓠瓜。此处指成婚。　⑤藩溷(hùn)：篱笆和厕所。　⑥踣(bó)：跌倒。　⑦讦(jié)发：告讦举发。　⑧鹘突：糊涂。　⑨合厝(cuò)：合葬。厝，指停柩，将棺材停放待葬。　⑩舁(yú)：抬。

异史氏曰:"观其孜孜憨笑,似全无心肝者。而墙下恶作剧,其黠孰甚焉! 至凄恋鬼母,反笑为哭,我婴宁何常憨耶。窃闻山中有草,名'笑矣乎',嗅之,则笑不可止。房中植此一种,则合欢、忘忧,并无颜色矣。若解语花,正嫌其作态耳。"

聂小倩

宁采臣,浙人,性慷爽,廉隅①自重。每对人言:"生平无二色。"适赴金华,至北郭,解装兰若。寺中殿塔壮丽,然蓬蒿没人,似绝行踪。东西僧舍,双扉虚掩,惟南一小舍,扃键如新。又顾殿东隅,修竹拱把;阶下有巨池,野藕已花。意甚乐其幽杳。会学使案临,城舍价昂,思便留止,遂散步以待僧归。日暮,有士人来,启南扉,宁趋为礼,且告以意。士人曰:"此间无房主,仆亦侨居。能甘荒落,且暮惠教,幸甚!"宁喜,藉藁②代床,支板作几,为久客计。是夜月明高洁,清光似水,二人促膝殿廊,各展姓字。士人自言:"燕姓,字赤霞。"宁疑为赴试者,而听其音声,殊不类浙。诘之,自言:"秦人。"语甚朴诚。既而相对词竭,遂拱别归寝。

宁以新居,久不成寐。闻舍北喁喁③,如有家口。起,伏北壁石窗下,微窥之,见短墙外一小院落,有妇可四十余;又一媪衣緅绯,插蓬沓④,鲐背⑤龙钟,偶语月下。妇曰:"小倩何久不来?"媪曰:"殆好至矣。"妇曰:"将无向姥姥有怨言否?"曰:"不闻;但意似蹙蹙。"妇曰:"婢子不宜好相识。"言未已,有十七八女子来,仿佛艳绝。媪笑曰:"背地不言人,我两个正谈道,小妖婢悄来无迹响,幸不訾着短处。"又曰:"小娘子端好是画中人,遮莫老身是男子,也被摄去。"女曰:"姥姥不相誉,更阿谁道好?"妇人女子又不知何言。宁意其邻人眷口,寝不复听;又许时,始寂无声。

方将睡去,觉有人至寝所,急起审顾,则北院女子也。惊问之,女笑曰:"月夜不寐,愿修燕好。"宁正容曰:"卿防物议,我畏人言。略一失足,廉耻道丧。"女云:"夜无知者。"宁又咄之。女逡巡若复有词。宁叱:"速去! 不然,当呼南舍生知。"女惧,乃退。至户外忽返,以黄金一锭置褥上。宁掇掷庭墀,曰:"非义之物,污我囊橐!"女惭出,拾金自言曰:"此汉当是铁石。"

诘旦,有兰溪生携一仆来候试,寓于东厢,至夜暴亡。足心有小孔,如锥刺者,细细有血出,俱莫知故。经宿,一仆死,症亦如之。向晚燕生归,宁质

①廉隅:棱角,喻指举止端方。 ②藉藁(gǎo):铺蒿草。 ③喁喁(yú yú):形容说话的声音。 ④蓬沓:发饰名,即银栉。 ⑤鲐(tái)背:指老人。古人认为老人身上生斑,形如鲐鱼背之纹,是高寿之征。

之，燕以为魅。宁素抗直，颇不在意。宵分①，女子复至，谓宁曰："妾阅人多矣，未有刚肠如君者。君诚圣贤，妾不敢欺。小倩，姓聂氏，十八夭殂，葬于寺侧，被妖物威胁，历役贱务，腆颜向人，实非所乐。今寺中无可杀者，恐当以夜叉来。"宁骇求计。女曰："与燕生同室可免。"问："何不惑燕生？"曰："彼奇人也，固不敢近。"又问："迷人若何？"曰："狎昵我者，隐以锥刺其足，彼即茫若迷，因摄血以供妖饮。又惑以金，非金也，乃罗刹②鬼骨，留之能截取人心肝。二者，凡以投时好耳。"宁感谢，问戒备之期，答以明宵。临别泣曰："妾堕玄海③，求岸不得。郎君义气干云，必能拔生救苦。倘肯囊妾朽骨，归葬安宅，不啻再造。"宁毅然诺之。因问葬处，曰："但记白杨之上，有乌巢者是也。"言已出门，纷然而灭。

明日恐燕他出，早诣邀致。辰后具酒馔，留意察燕。既约同宿，辞以性癖耽寂。宁不听，强携卧具来，燕不得已，移榻从之，嘱曰："仆知足下丈夫，倾风良切。要有微衷，难以遽白。幸勿翻窥箧襆，违之两俱不利。"宁谨受教。既各寝，燕以箱箧置窗上，就枕移时，齁如雷吼。宁不能寐。近一更许，窗外隐隐有人影。俄而近窗来窥，目光睒闪。宁惧，方欲呼燕，忽有物裂箧而出，耀若匹练，触折窗上石棂，飙然一射，即遽敛入，宛如电灭。燕觉而起，宁伪睡以觇之。燕捧箧检征，取一物，对月嗅视，白光晶莹，长可二寸，径韭叶许。已而数重包固，仍置破箧中。自语曰："何物老魅，直尔大胆，致坏箧子。"遂复卧。宁大奇之，因起问之，且告以所见。燕曰："既相知爱，何敢深隐。我剑客也。若非石棂，妖当立毙；虽然，亦伤。"问："所缄何物？"曰："剑也。适嗅之，有妖气。"宁欲观之。慨出相示，荧荧然一小剑也。于是益厚重燕。

明日，视窗外，有血迹。遂出寺北，见荒坟累累，果有白杨，乌巢其颠。迨营谋既就，趣装④欲归。燕生设祖帐，情义殷渥⑤，以破革囊赠宁，曰："此剑袋也。宝藏可远魑魅。"宁欲从受其术。曰："如君信义刚直，可以为此，然君犹富贵中人，非此道中人也。"宁托有妹葬此，发掘女骨，敛以衣衾，赁舟而归。宁斋临野，因营坟葬诸斋外，祭而祝曰："怜卿孤魂，葬近蜗居，歌哭相闻，庶不见凌于雄鬼。一瓯浆水饮，殊不清旨，幸不为嫌！"祝毕而返，后有人呼曰："缓待同行！"回顾，则小倩也。欢喜谢曰："君信义，十死不足以报。请从归，拜识姑嫜⑥，媵御⑦无悔。"审谛之，肌映流霞，足翘细笋，白昼端相，娇丽尤绝。遂与俱至斋中。嘱坐少待，先入白母。母愕然。时宁妻久病，母戒勿言，恐所骇惊。言次，女已翩然入，拜伏地下。宁曰："此小倩也。"母惊顾

---

①宵分：夜半。　②罗刹（chà）：梵语音译，佛教中指恶鬼。　③玄海：深渊，苦海。　④趣（cù）装：速整行装。　⑤殷渥：情义殷切深厚。　⑥姑嫜（zhāng）：古代女子对丈夫的母亲和父亲的称呼。　⑦媵（yìng）御：指姬妾。

不遑。女谓母曰："儿飘然一身，远父母兄弟。蒙公子露覆，泽被发肤，愿执箕帚①，以报高义。"母见其绰约可爱，始敢与言，曰："小娘子惠顾吾儿，老身喜不可已。但生平止此儿，用承桃绪②，不敢令有鬼偶。"女曰："儿实无二心。泉下人既不见信于老母，请以兄事，依高堂，奉晨昏，如何？"母怜其诚，允之。即欲拜嫂，母辞以疾，乃止。女即入厨下，代母尸饔③。入房穿榻，似熟居者。日暮，母畏惧之，辞使归寝，不为设床褥。女窥知母意，即竟去。过斋欲入，却退，徘徊户外，似有所惧。生呼之。女曰："室有剑气畏人。向道途中不奉见者，良以此故。"宁悟为革囊，取悬他室。女乃人，就烛下坐；移时，殊不一语。久之，问："夜读否？妾少诵《楞严经》，今强半遗忘。浼求一卷，夜暇，就兄正之。"宁诺。又坐，默然，二更向尽，不言去。宁促之。愀然曰："异域孤魂，殊怯荒墓。"宁曰："斋中别无床寝，且兄妹亦宜远嫌。"女起，颦蹙欲啼，足俀儴而懒步，从容出门，涉阶而没。宁窃怜之，欲留宿别榻，又惧母嗔。女朝旦朝母，捧匜沃盥④，下堂操作，无不曲承母志。黄昏告退，辄过斋头，就烛诵经。觉宁将寝，始惨然出。

先是，宁妻病废，母劬⑤不堪；自得女，逸甚，心德之。日渐稔，亲爱如己出，竟忘其为鬼，不忍晚令去，留与同卧起。女初来未尝饮食，半年渐啜稀酏⑥。母子皆溺爱之，讳言其鬼，人亦不知辨也。无何，宁妻亡，母隐有纳女意，然恐于子不利。女微知之，乘间告曰："居年余，当知儿肝膈⑦。为不欲祸行人，故从郎君来。区区无他意，止以公子光明磊落，为天人所钦瞩，实欲依赞三数年，借博封诰，以光泉壤。"母亦知无恶意，但惧不能延宗嗣。女曰："子女惟天所授。郎君注福籍，有亢宗⑧子三，不以鬼妻而遂夺也。"母信之，与子议。宁喜，因列筵告戚党。或请观新妇，女慨然华妆出，一堂尽眙⑨，反不疑其鬼，疑为仙。由是五党诸内眷，咸执贽以贺，争拜识之。女善画兰、梅，辄以尺幅酬答，得者藏什袭⑩以为荣。

一日，俯颈窗前，怊怅若失。忽问："革囊何在？"曰："以卿畏之，故缄致他所。"曰："妾受生气已久，当不复畏，宜取挂床头。"宁诘其意，曰："三日来，心怔忡无停息，意金华妖物，恨妾远遁，恐旦晚寻及也。"宁果携革囊来。女反复审视，曰："此剑仙将盛人头者也。敝败至此，不知杀人几何许！妾今日视之，肌犹粟粟。"乃悬之。次日又命移悬户上。夜对烛坐，欻⑪有一物，如飞鸟至。女惊匿夹幕间。宁视之，物如夜叉状，电目血舌，睒闪⑫攫拿而前，至门却步，逡巡久之，渐近革囊，以爪摘取，似将抓裂。囊忽格然一响，大

①执箕帚：拿着簸箕和笤帚，此处喻指做妻妾。 ②桃(tiāo)绪：世代相承的统绪，即传宗接代。桃，远祖的庙。 ③尸饔(shī yōng)：执掌炊食劳作事务。尸，主掌。饔，熟食。 ④捧匜(yí)沃盥：侍奉盥洗。匜，古代盥器。 ⑤劬(qú)：过分劳苦。 ⑥酏(yǐ)：粥。 ⑦肝膈：肺腑，喻指内心。 ⑧亢宗：光耀门楣。 ⑨眙(chì)：瞪目惊视。 ⑩什袭：亦作"十袭"，把物品重重包裹起来，形容珍贵。 ⑪欻(xū)：忽然。 ⑫睒(shǎn)闪：形容目光闪烁的样子。

可合簎,恍惚有鬼物,突出半身,揪夜叉入,声遂寂然,囊亦顿索如故。宁骇诧,女亦出,大喜曰:"无恙矣!"共视囊中,清水数斗而已。

后数年,宁果登进士。举一男。纳妾后,又各生一男,皆仕进有声。

义鼠

杨天一言:见二鼠出,其一为蛇所吞;其一瞪目如椒①,意似甚恨怒,然遥望不敢前。蛇果腹②蜿蜒入穴,方将过半,鼠奔来,力嚼其尾,蛇怒,退身出。鼠故便捷,欻然遁去,蛇追不及而返。及入穴,鼠又来,嚼如前状。蛇入则来,蛇出则往,如是者久。蛇出,吐死鼠于地上。鼠来嗅之,啾啾如悼息③,衔之而去。友人张历友为作《义鼠行》。

地震

康熙七年六月十七日戌刻,地大震。余适客稷下④,方与表兄李笃之对烛饮。忽闻有声如雷,自东南来,向西北去。众骇异,不解其故。俄而几案摆簸,酒杯倾覆,屋梁椽柱,错折有声。相顾失色。久之,方知地震,各疾趋出。见楼阁房舍,仆而复起,墙倾屋塌之声,与儿啼女号,喧如鼎沸。人眩晕不能立,坐地上,随地转侧。河水倾泼丈余,鸡鸣犬吠满城中。逾一时许,始稍定。视街上,则男女裸聚,竞相告语,并忘其未衣也。后闻某处井倾仄,不可汲,某家楼台南北易向,栖霞山裂,沂水陷穴,广数亩。此真非常之奇变也。

有邑人⑤妇,夜起溲溺⑥,回则狼衔其子。妇急与狼争。狼一缓颊,妇夺儿出,携抱中,狼蹲不去。妇大号,邻人奔集,狼乃去。妇惊定作喜,指天画地,述狼衔儿状,己夺儿状。良久,忽悟一身未着寸缕,乃奔。此与地震时男女两忘者,同一情状也。人之惶急无谋,一何⑦可笑!

海公子

东海古迹岛,有五色耐冬花,四时不凋。而岛中古无居人,人亦罕到之。

---

①椒:花椒。 ②果腹:吃饱肚子。 ③悼息:哀悼叹息。 ④稷下:战国齐国国都临淄(今山东淄博市)稷门附近。 ⑤邑人:同乡之人。 ⑥溲溺(sōu niào):小便。 ⑦一何:多么。

登州①张生,好奇,喜游猎,闻其佳胜,备酒食,自棹扁舟而往。

至则花正繁,香闻数里,树有大至十余围者。反复留连,甚慊所好。开尊自酌,恨无同游。忽花中一丽人来,红裳眩目,略无伦比。见张,笑曰:"妾自谓兴致不凡,不图②先有同调。"张惊问:"何人?"曰:"我胶娼也,适从海公子来。彼寻胜翱翔,妾以艰于步履,故留此耳。"张方苦寂,得美人,大悦,招坐共饮。女言辞温婉,荡人心志,张爱好之。恐海公子来不得尽欢,因挽与乱。女忻从之。

相狎未已,忽闻风肃肃,草木偃折有声。女急推张起,曰:"海公子至矣。"张束衣愕顾,女已失去。旋见一大蛇,自丛树中出,粗于巨桶。张惧,障身大树后,冀蛇不睹。蛇近前,以身绕人并树,纠缠数匝,两臂直束胯间,不可少屈。昂其首,以舌刺张鼻。鼻血下注,流地上成洼,乃俯就饮之。张自分③必死,忽忆腰中佩荷囊,内有毒狐药,因以二指夹出,破裹堆掌上。又侧颈自顾其掌,令血滴药上,顷刻盈把。蛇果就掌吸饮。饮未及尽,遽伸其体,摆尾若霹雳声,触树,树半体崩落,蛇卧地如梁而毙矣。张亦眩莫能起,移时④方苏,载蛇而归。大病月余方瘥。疑女子亦蛇精也。

丁前溪

丁前溪,诸城⑤人,富有钱谷,游侠好义,慕郭解之为人。御史行台按访之。丁亡去,至安丘遇雨。避身逆旅⑥。雨日中不止。有少年来,馆谷⑦丰隆。既而昏暮,止宿其家,莝⑧豆饲畜,给食周至。问其姓字,少年云:"主人杨姓,我其内侄也。主人好交游,适他出,家惟娘子在。贫不能厚客给,幸能垂谅。"问:"主人何业?"则家无资产,惟日设博场⑨,以谋升斗⑩。次日,雨仍不止,供给弗懈。至暮,锉刍⑪,刍束湿,颇极参差。丁怪之。少年曰:"实告客,家贫无以饲畜,适娘子撤屋上茅耳。"丁益异之,谓其意在得直。天明,付之金,不受;强付,少年持入。俄出仍以反⑫客,云:"娘子言:我非业此猎食者。主人在外,尝数日不携一钱,客至吾家,何遂索偿乎?"丁赞叹而别。嘱曰:"我诸城丁某,主人归,宜告之。暇幸见顾。"数年无耗。

值岁大饥,杨困甚,无所为计,妻漫劝诣丁,从之。至诸城,通姓名于门者,丁茫不忆,申言⑬始忆之。躧履⑭而出,揖客入,见其衣敝踵决⑮,居之温

---

①登州:旧府名,治所在今山东省蓬莱市。 ②不图:不料。 ③自分:自料。 ④移时:经历一段时间。 ⑤诸城:旧县名,治所在今山东省诸城市。 ⑥逆旅:客舍,旅店。 ⑦馆谷:食宿款待。 ⑧莝(cuò):铡碎的草。 ⑨博场:赌场。 ⑩升斗:此处喻指微薄的收入。 ⑪锉(cuò)刍:铡切草料。刍,喂牲畜的草。 ⑫反:通"返",归还。 ⑬申言:一再陈说。 ⑭躧(xǐ)履:趿拉着鞋子。 ⑮衣敝踵决:衣服破旧,鞋子露着脚后跟,形容十分贫困。

室,设筵相款,宠礼异常。明日为制冠服,表里温暖。杨义之,而内顾①增忧,褊心不能无少望,居数日殊不言赠别。杨意甚亟②,告丁曰:"顾不敢隐,仆来时米不满升。今过蒙推解③,固乐;妻子如何矣!"丁曰:"是无烦虑,已代经纪④矣。幸舒意少留,当助资斧⑤。"走伻⑥招诸博徒,使杨坐而乞头⑦,终夜得百金,乃送之还。归见室人,衣履鲜整,小婢侍焉。惊问之,妻言:"自君去后,次日即有车徒赍送布帛米粟,堆积满屋,云是丁客所赠。又婢十指⑧,为妾驱使。"杨感不自已。由此小康,不屑旧业矣。

异史氏曰:"贫而好客,饮博浮荡者优为之,最异者,独其妻耳。受之施而不报,岂人也哉? 然一饭之德不忘,丁其有焉。"

海大鱼

海滨故无山。一日,忽见峻岭重叠,绵亘数里,众悉骇怪。又一日,山忽他徙,化而乌有。相传海中大鱼,值清明节,则携眷口往拜其墓,故寒食时多见之。

张老相公

张老相公,晋人。适将嫁女,携眷至江南,躬市奁妆⑨。舟抵金山,张先渡江,嘱家人在舟勿烸⑩膻腥。盖江中有鼋⑪怪,闻香辄出,坏舟吞行人,为害已久。张去,家人忘之,炙肉舟中。忽巨浪覆舟,妻女皆没。

张回棹,悼恨欲死。因登金山谒寺僧,询鼋之异,将以仇鼋。僧闻之,骇言:"吾侪⑫日与习近,惧为祸殃,惟神明奉之;祈勿怒,时斩牲牢,投以半体,则跃吞而去。谁复能相仇哉!"张闻,顿思得计。便招铁工起炉山半,治赤铁重百余斤。审知所常伏处,使二三健男子,以大钳举投之,鼋跃出,疾吞而下。少时波涌如山;顷之浪息,则鼋死已浮水上矣。行旅寺僧并快之,建张老相公祠,肖像其中,以为水神,祷之辄应。

---

①内顾:身在外而对家事的顾念。 ②亟:急。 ③推解:推食解衣,形容在生活上关心他人。 ④经纪:此处指安排。 ⑤资斧:路费。 ⑥走伻(bēng):此处指派遣仆人。伻,使者。 ⑦乞头: 即"抽头",指在赌场中向赢家讨取头钱。 ⑧十指:十个手指,指一个人。 ⑨躬市奁(lián)妆:亲自为女儿置办嫁妆。奁,古代汉族女子存放梳妆用品的镜箱。 ⑩烸(bó):煎炸或用火烘烤。 ⑪鼋(yuán):大鳖。 ⑫吾侪(chái):我辈。

水莽草

水莽，毒草也。蔓生似葛，花紫类扁豆，误食之，立死，即为水莽鬼。俗传此鬼不得轮回①，必再有毒死者始代之。以故楚中桃花江一带，此鬼尤多云。

楚人以同岁生者为同年，投刺相谒，呼庚兄庚弟，子侄呼庚伯，习俗然也。有祝生造②其同年某，中途燥渴思饮。俄见道旁一媪，张棚施饮，趋之。媪承迎入棚，给奉甚殷。嗅之有异味，不类茶茗，置不饮，起而出。媪止客，急唤："三娘，可将好茶一杯来。"俄有少女，捧茶自棚后出。年约十四五，姿容艳绝，指环臂钏，晶莹鉴影。生受盏神驰，嗅其茶，芳烈无伦，吸尽复索。觑媪出，戏捉纤腕，脱指环一枚。女赪颊③微笑，生益惑。略诘门户。女云："郎暮来，妾犹在此也。"生求茶叶一撮，并藏指环而去。至同年家，觉心头作恶，疑茶为患，以情告某。某骇曰："殆矣！此水莽鬼也！先君死于是。是不可救，奈何？"生大惧，出茶叶验之，真水莽草也。又出指环，兼述女子情状。某悬想曰："此必寇三娘也！"生以其名确符，问何故知。曰："南村富室寇氏女夙有艳名，数年前误食水莽而死，必此为魅。"或言受魅者若知鬼之姓氏，求其故裆煮服可痊。某急诣寇所，实告以故，长跪哀恳。寇以其将代女死故，靳④不与。某忿而返。以告生，生亦切齿恨之，曰："我死，必不令彼女脱生！"某舁⑤之归，将至家门而卒。母号啼，葬之。遗一子甫周岁。妻不能守柏舟节⑥，半年改醮⑦去。母留孤自哺，劬瘁⑧不堪，朝夕悲啼。一日方抱儿哭室中，生悄然忽入，母大骇，挥涕问之。答云："儿地下闻母哭，甚怆于怀，故来奉晨昏耳。儿虽死，已有家室，即同来分母劳，母其勿悲。"母问："儿妇何人？"曰："寇氏坐听儿死，儿深恨之。死后欲寻三娘，而不知其处，近遇庚伯，始相指示。儿往，则三娘已投生任侍郎家，儿驰去，强捉之来。今为儿妇，亦相得，颇无苦。"移时门外一女子入，华妆艳丽，伏地拜母。生曰："此寇三娘也。"虽非生人，母视之，情怀差慰。生便遣三娘操作，三娘雅⑨不习惯，然承顺殊怜人。由此居故室，遂留不去。女请母告诸家。生意欲勿告，而母承女意，卒告之。寇家媪翁，闻而大骇，命车疾至，视之果三娘，相向哭失声。女劝止之。媪视生家良贫，意甚悼。女曰："人已鬼，又何厌贫？祝郎母子，情意拳拳⑩，儿固已安之矣。"因问："茶媪谁也？"曰："彼倪姓。自惭不能惑

---

①轮回：生死轮回，佛教语。　②造：即造访，拜访。　③赪颊：脸红。　④靳：吝惜。　⑤舁(yú)：抬。　⑥柏舟节：夫死不改嫁的节操。　⑦改醮(jiào)：再嫁。　⑧劬(qú)瘁：劳累。劬，过分劳苦。　⑨雅：素常。　⑩拳拳：恳切。

行人,故求儿助之耳。今已生于郡城卖浆者之家。"因顾生曰:"既婿矣,而不拜岳,妾复何心?"生乃投拜。女便入厨下,代母执炊供客。翁媪视之怆心,既归,即遣两婢来,为之服役;金百斤、布帛数十匹,酒胾①不时馈送,小阜祝母矣。寇亦时招归宁。居数日,辄曰:"家中无人,宜早送儿还。"或故稽之,则飘然自归。翁乃代生起夏屋②,营备臻至。然生终未尝至翁家。

一日村中有中水莽草毒者,死而复苏,竞传为异。生曰:"是我活之也。彼为李九所害,我为之驱其鬼而去之。"母曰:"汝何不取人以自代?"曰:"儿深恨此等辈,方将尽驱除之,何屑为此?且儿事母最乐,不愿生也。"由是中毒者,往往具丰筵祷祝其庭,辄有效。

积十余年母死。生夫妇哀毁,但不对客,惟命儿缞麻擗踊③,教以礼义而已。葬母后又二年余,为儿娶妇。妇,任侍郎之孙女也。先是,任公妾生女数月而殇。后闻祝生之异,遂命驾其家,订翁婿焉。至是,遂以孙女妻其子,往来不绝矣。一日谓子曰:"上帝以我有功人世,策为'四渎④牧龙君'。今行矣。"俄见庭下有四马,驾黄幨车,马四股皆鳞甲。夫妻盛装出,同登一舆。子及妇皆泣拜,瞬息而渺。是日,寇家见女来,拜别翁媪,亦如生言。媪泣挽留。女曰:"祝郎先去矣。"出门遂不复见。其子名鹗,字离尘,请寇翁,以三娘骸骨与生合葬焉。

造畜

魇昧⑤之术,不一其道,或投美饵⑥,绐⑦之食之,则人迷罔,相从而去,俗名曰"打絮巴",江南谓之"扯絮"。小儿无知,辄受其害。又有变人为畜者,名曰"造畜"。此术江北犹少,河以南辄有之。扬州旅店中,有一人牵驴五头,暂絷枥⑧下,云:"我少旋即返。"兼嘱:"勿令饮啖。"遂去。驴暴日中,蹄啮殊喧。主人牵着凉处,驴见水奔之,遂纵饮之。一滚尘,皆化为妇人。怪之,诘其所由,舌强⑨而不能答。乃匿诸室中。既而驴主至,系五羊于院中,惊问驴之所在。主人曳客坐,便进餐饮,且云:"客姑饭,驴即至矣。"主人出,悉饮五羊,辗转化为童子。阴⑩报郡,遣役捕获,遂械杀之。

---

①酒胾(zì):酒和大块的肉。　②夏屋:大屋。　③缞(cuī)麻擗(pǐ)踊:身着丧服,极尽悲哀。缞麻,粗麻布丧服。擗踊,用手拍胸,以脚顿地,形容极度悲哀。　④四渎:长江、黄河、淮河、济水的合称。　⑤魇昧(yǎn mèi):指用药物之类使人神志迷糊。　⑥美饵:美味的食物。　⑦绐(dài):欺骗。　⑧絷(zhí):拴。枥:马槽。　⑨舌强:舌根僵硬,活动不灵。　⑩阴:暗地里。

凤阳士人

凤阳一士人,负笈①远游。谓其妻曰:"半年当归。"十余月,竟无耗问②,妻翘盼綦③切。一夜才就枕,纱月摇影,离思萦怀,方反侧间,有一丽人,珠鬟绛帔,搴帷而入,笑问:"姊姊得无欲见郎君乎?"妻急起应之。丽人邀与共往,妻惮修阻,丽人但请无虑。即挽女手出,并踏月色,约行一矢之远。觉丽人行迅速,女步履艰涩,呼丽人少待,将归着复履。丽人牵坐路侧,自乃捉足,脱履相假。女喜着之,幸不凿枘④。复起从行,健步如飞。

移时见士人跨白骡来,见妻大惊,急下骑,问:"何往?"女曰:"将以探君。"又顾问丽人伊谁。女未及答,丽人掩口笑曰:"且勿问讯。娘子奔波非易。郎君星驰夜半,人畜想当俱殆⑤。妾家不远,且请息驾,早旦而行,不晚也。"顾数武之外,即有村落,遂同行,入一庭院,丽人促睡婢起供客,曰:"今夜月色皎然,不必命烛,小台石榻可坐。"士人絷骞檐梧⑥,乃即坐。丽人曰:"履大不适于体,途中颇累赘否?归有代步,乞赐还也。"女称谢付之。

俄顷设酒果,丽人酹曰:"鸾凤久乖,圆在今夕,浊醪⑦一觞,敬以为贺。"士人亦执盏酬报。主客笑言,履舄⑧交错。士人注视丽者,屡以游词相挑。夫妻乍聚,并不寒暄一语。丽人亦眉目流情,而妖言隐谜。女惟默坐,伪为愚者。久之,渐醺,二人语益狎。又以巨觥劝客,士人以醉辞,劝之益苦。士人笑曰:"卿为我度一曲,即当饮。"丽人不拒,即以牙杖抚提琴而歌曰:"黄昏卸得残妆罢,窗外西风冷透纱。听蕉声,一阵一阵细雨下。何处与人闲磕牙?望穿秋水,不见还家,潸潸泪似麻。又是想他,又是恨他,手拿着红绣鞋儿占鬼卦⑨。"歌竟,笑曰:"此市井之谣,有污君听。然因流俗所尚,姑效颦耳。"音声靡靡,风度狎亵,士人摇惑,若不自禁。少间丽人伪醉离席,士人亦起,从之而去。久之不至。婢子乏疲,伏睡廊下。女独坐,块然无侣,中心愤恚,颇难自堪。思欲遁归,而夜色微茫,不忆道路。辗转无以自主,因起而觇之。甫近窗,则断云零雨之声,隐约可闻。又听之,闻良人⑩与己素常猥亵之状,尽情倾吐。女至此手颤心摇,殆不可遏,念不如出门窜沟壑以死。愤然方行,忽见弟三郎乘马而至,遽便下问。女具以告。三郎大怒,立与姊回,直入其家,则室门扃闭,枕上之语犹喁喁也。三郎举巨石抛击窗棂,三五碎断。内大呼曰:"郎君脑破矣!奈何!"女闻之大哭,谓弟曰:"我不谋与汝杀郎君,

①负笈(jí):背着书箱。 ②耗问:音讯。 ③綦(qí):极,很。 ④凿枘(záo ruì):方枘圆凿,形容格格不入,不相容、不适宜。凿,卯眼。枘,榫头。 ⑤殆:疲惫。 ⑥骞(jiǎn):此处指士人所骑白骡。檐梧:屋檐下的廊柱。 ⑦浊醪(láo):浊酒。 ⑧舄(xì):鞋子。 ⑨鬼卦:古代女子用鞋占卜丈夫能否归家的游戏。 ⑩良人:古代女子对丈夫的称呼。

今且若何?"三郎撑目①曰:"汝呜呜促我来;甫能消此胸中恶,又护男儿,怒弟兄,我不贯②与婢子供指使!"返身欲去。女牵衣曰:"汝不携我去,将何之?"三郎挥姊仆地,脱体而去。女顿惊窹,始知其梦。

越日,士人果归,乘白骡。女异之而未言。士人是夜亦梦,所见所遭,述之悉符,互相骇怪。既而三郎闻姊夫自远归,亦来省问。语次③,问士人曰:"昨宵梦君,今果然,亦大异。"士人笑曰:"幸不为巨石所毙。"三郎愕然问故,士以梦告。三郎大异之。盖是夜,三郎亦梦遇姊泣诉,愤激投石也。三梦相符,但不知丽人何许耳。

耿十八

新城④耿十八,病危笃⑤,自知不起。谓妻曰:"永诀在旦晚耳,我死后,嫁守由汝,请言所志。"妻默不语。耿固问之,且云:"守固佳,嫁亦恒情。明言之,庸何伤?行⑥与子诀,子守我心慰,子嫁我意断也。"妻乃惨然曰:"家无儋石⑦,君在犹不给,何以能守?"耿闻之,遽捉妻臂作恨声曰:"忍哉!"言已而没,手握不可开。妻号。家人至,两人攀指力擘之,始开。

耿不自知死,出门,见小车十余辆,辆各十人,即以方幅书名字贴车上。御人见耿,促登车。耿视车中已有九人,并己而十,又视粘单上己名最后。车行咋咋,响震耳际,亦不知何往。俄至一处,闻人言曰:"此思乡地也。"闻其名疑之。又闻御人偶语云:"今日劁⑧三人。"耿又骇。及细听其言,悉阴间事,乃自悟曰:"我岂作鬼物耶?"顿念家中无复可悬,惟老母腊高⑨,妻嫁后缺于奉养。念之,不觉涕涟。又移时,见有台,高可数仞,游人甚夥⑩,囊头械足之辈,呜咽而下上,闻人言为"望乡台"。诸人至此,俱踏辕下,纷然竞登。御人或挞之,或止之,独至耿,则促令登。登数十级,始至颠顶。翘首一望,则门闾庭院宛在目前。但内室隐隐,如笼烟雾。凄恻不自胜。

回顾,一短衣人立肩下,即以姓氏问耿,耿俱以告。其人亦自言为东海匠人,见耿零涕,问:"何事不了于心?"耿又告之。匠人谋与越台而遁,耿惧冥追,匠人固言无妨;耿又虑台高倾跌,匠人但令从己。遂先跃,耿果从之,及地,竟无恙,喜无觉者。视所乘车犹在台下。二人急奔,数武⑪,忽自念名字粘车上,恐不免执名之追,遂反身近车,以手指涂去己名始复奔,哆口夽

---

①撑目:瞪眼。 ②贯:通"惯",习惯。 ③语次:交谈之间。 ④新城:旧县名,治所在今山东省桓台县。 ⑤危笃:指病势危重。 ⑥行:将,将要。 ⑦儋(dàn)石:儋受一石,故称儋石,用以计量谷物,此处借指少量米粟。儋,石罂,一种小口大腹陶器。 ⑧劁(zhá):铡断。 ⑨腊高:年事已高。 ⑩夥(huǒ):多。 ⑪数武:不远处,没有多远。武,半步。古代六尺为步,半步为武,泛指脚步。

息①,不敢少停。

少间入里门,匠人送诸其室。瞢睹己尸,醒然而苏。觉乏疲躁渴,骤呼水。家人大骇,与之水,饮至石余。乃骤起,作揖拜伏。既而出门拱谢,方归。归则僵卧不转。家人以其行异,疑非真活,然渐觇之,殊无他异。稍稍近问,始历历言本末。问:"出门何故?"曰:"别匠人也。""饮水何多?"曰:"初为我饮,后乃匠人饮也。"投之汤羹,数日而瘳②。由此厌薄其妻,不复共枕席。

珠儿

常州③民李化,富有田产,年五十余无子,一女名小惠,容质秀美,夫妻最怜爱之。十四岁暴病夭殂④,冷落庭帏,益少生趣。始纳婢,经年余生一子,视如拱璧,名之珠儿。儿渐长,魁梧可爱,然性绝痴,五六岁尚不辨菽麦,言语蹇涩。李亦好而不知其恶。会有眇⑤僧募缘于市,辄知人闺阃,于是相惊以神,且云能生死祸福人。几十百千,执名一索,无敢违者。诣李募百缗⑥,李难之。给十金不受,渐至三十金。僧厉色曰:"必百金,缺一文不可!"李怒,收金而去。僧忿然起曰:"勿悔!勿悔!"无何,珠儿心暴痛,巴刮床席,色如土灰。李俱,将八十金诣僧求救。僧笑曰:"多金大不易!然山僧何能为?"李回而儿已死。李怆甚,以状诉邑宰。宰拘僧讯鞫,亦辨给无情词。答之,似击鞔⑦革。令搜其身,得木人二、小棺一、小旗帜五。宰怒,以手叠诀举示之。僧乃惧,自投无数。宰不听,杖杀之。李叩谢而归。

时已曛暮⑧,与妻坐床上。忽一小儿,倥偬⑨入室,曰:"阿翁行何疾?极力不能得追。"视其体貌,当得七八岁。李惊,方将诘问,则见其若隐隐现,恍惚如烟雾,宛转间已登榻。李推下之,堕地无声。曰:"阿翁何乃尔!"瞥然复登。李惧,与妻俱奔。儿呼阿父、阿母,呕哑不休。李入妾室,急阖其扉,还顾,儿已在膝下。李骇问何为。答曰:"我苏州人,姓詹氏。六岁失怙恃⑩,不为兄嫂所容,逐居外祖家。偶戏门外,为妖僧迷杀桑树下,驱使如伥鬼,冤闭穷泉,不得脱化。幸赖阿翁昭雪,愿得为子。"李曰:"人鬼殊途,何能相依?"儿曰:"但除斗室,为儿设床褥,日浇一杯冷浆粥,余都无事。"李从之。儿喜,遂独卧室中。

晨来出入户庭,如家生。闻妾哭子声,问:"珠儿死几日矣?"答以七日。

---

①哆口坌息:张口喘气。坌(bèn):涌出。　②瘳(chài):病愈。　③常州:旧府名,治所在今江苏省常州市。　④夭殂(cú):早死。　⑤眇:瞎了一只眼,后亦指两眼俱瞎。　⑥百缗(mín):一百串钱。缗,穿钱用的绳子,指成串的钱,一千文为一缗。　⑦鞔(mán):把皮革蒙在鼓框上。　⑧曛(xūn)暮:黄昏以后。　⑨倥偬(kǒng rǒng):惶急。　⑩怙恃(hù shì):父母。

曰:"天严寒,尸当不腐。试发冢起视,如未损坏,儿当活之。"李喜,与儿去,开穴验之,躯壳如故。方深切怛①,回视,儿失所在。异之,异尸归,方置榻上,目已瞥动,少顷呼汤,汤已而汗,汗已遂起。群喜珠儿复生,又加之慧黠便利,迥异平昔。但夜间僵卧,毫无气息,共转侧之,冥然若死。众大愕,谓其复死;天将明,始若梦醒。群就问之,答云:"昔从妖僧时,有儿等二人,其一名呼哥子。昨追我父不及,盖在后与哥子作别耳。今在冥司,与姜员外作义嗣,夜分,固来邀儿戏。适以白鼻骗②送儿归。"母因问:"在阴司见珠儿否?"曰:"珠儿已转生矣。渠与阿翁无父子缘,不过金陵严子方,来讨百十千债负耳。"初,李贩于金陵,欠严货价未偿,而严翁死,此事无人知者。李闻之大骇。

母问:"儿见惠姊否?"儿曰:"不知。再去当访之。"又二三日,谓母曰:"姊在阴司大好,嫁得楚江王小郎子。珠翠满头髻。一出门,便十百作呵殿声。"母曰:"何不一归宁③?"曰:"人既死,与骨肉无关切。倘有人细述前生,方豁然动念耳。昨托姜员外,夤缘④见姊,姊姊呼我坐珊瑚床上,与言父母悬念,渠都如眠睡。儿云:'姊在时,喜绣并蒂花,剪刀刺手爪,血渍绫子上,姊就刺作赤水云。今母犹挂床头壁,顾念不去心。姊忘之乎?'姊始凄感,云:'会须白郎君,归省阿母。'"母问其期,答言不知。一日谓母:"姊行且至,仆从大繁,当多备浆酒。"少间奔入室曰:"姊来矣!"移榻中堂,曰:"姊姊且憩坐,少悲啼。"诸人悉无所见。儿率人焚纸酹饮于门外,反曰:"骗从⑤暂令去矣。姊言:'昔日所覆绿被,曾为烛花烧一点如豆大,尚在否?'"母曰:"在。"即启箧出之。儿曰:"姊命我陈旧闺中。乏疲,且小卧,翌日再与阿母言。"东邻赵氏女,故与惠为绣阁交。是夜忽梦惠幪头紫帔来相望,言笑犹如平生。且言:"我今异物,父母觌面⑥,不啻⑦河山。将借妹子与家人共语,勿须惊恐。"质明⑧,方与母言。忽仆地闷绝。逾刻方醒,向母曰:"小惠与我姊别几年矣,顿鬒鬒⑨白发生!"母骇曰:"儿病狂耶?"女拜别即出。母知其异,从之。直达李所,抱母哀啼。母惊,不知所谓。女曰:"儿昨归,颇委顿,未遑⑩一言。儿不孝,中途弃高堂⑪,劳父母哀念,罪莫大焉!"母顿悟,乃哭。已而问曰:"闻儿今贵,甚慰母心。但汝栖身王家,何遂能来?"女曰:"郎君与儿极燕好,姑舅亦相抚爱,颇不谓妒丑。"惠生时好以手支颐,女言次,辄作故态,神情宛似。未几珠儿奔入,曰:"接姊者至矣。"女乃起,拜别泣下,曰:"儿去矣。"言讫,复踣⑫,移时乃醒。

后数月,李病剧,医药无效。儿曰:"且夕恐不救也!"二鬼坐床头,一执

①切怛(dāo dá):悲痛。 ②骗(guā):一种黑嘴的黄马。 ③归宁:多指已嫁女子回娘家看望父母。 ④夤(yín)缘:拉拢关系。 ⑤骗(zōu)从:古代达官显贵出行时的骑马侍从。 ⑥觌(dí)面:见面。觌,相见。 ⑦不啻(chì):无异于。 ⑧质明:天刚亮的时候。 ⑨鬒鬒(sān sān):头发散乱的样子。 ⑩未遑:没有时间顾及。 ⑪高堂:父母。 ⑫踣(bó):跌倒。

铁杖子,一挽芝麻绳,长四五尺许,儿昼夜哀之不去。母哭,乃备衣衾。既暮,儿趋入曰:"杂人妇,且退去,姊夫来视阿翁。"俄顷,鼓掌大笑。母问之,曰:"我笑二鬼,闻姊夫来,俱匿床下如龟鳖。"又少时,望空道寒暄,问姊起居。既而拍手曰:"二鬼奴哀之不去,至此大快!"乃出之门外,却回,曰:"姊夫去矣。二鬼被锁马鞅上。阿父当即无恙。姊夫言:归白大王,为父母乞百年寿也。"一家俱喜。至夜病良已,数日寻瘳①。

延师教儿读,儿甚慧,十八岁入邑庠,犹能言冥间事。见里中病者,辄指鬼祟所在,以火熏之,往往得瘳①。后暴病,体肤青紫,自言鬼神责我泄露,由是不复言。

小官人

太史某翁,忘其姓氏,昼卧斋②中,忽有小卤簿③,出自堂陬④。马大如蛙,人细如指。小仪仗以数十队。一官冠皂纱⑤,着绣襆⑥,乘肩舆⑦,纷纷出门而去。公心异之,窃疑睡眼之讹。顿见一小人返入舍,携一毡包,大如拳,竟造床下。白言:"家主人有不腆之仪⑧,敬献太史。"言已,对立,即又不陈其物。少间又自笑曰:"戋戋⑨微物,想太史亦无所用,不如即赐小人。"太史颔之。欣然携之而去。后不复见。惜太史中馁⑩,不曾诘所来。

胡四姐

尚生,泰山人,独居清斋。会值秋夜,银河高耿。明月在天,徘徊花阴,颇存遐想。忽一女子逾垣⑪来,笑曰:"秀才何思之深?"生就视,容华若仙。惊喜拥入,穷极狎昵。自言胡氏,名三姐。问其居第,但笑不言。生亦不复置问,惟相期永好而已。自此临无虚夕。一夜与生促膝灯幕,生爱之,瞩盼不转。女笑曰:"眈眈视妾何为?"曰:"我视卿如红药⑫碧桃,虽竟夜视勿厌也。"三姐曰:"妾陋质,遂蒙青盼如此,若见吾家四妹,不知如何颠倒。"生益倾动,恨不一见颜色,长跽哀请。

逾夕,果偕四姐来。年方及笄⑬,荷粉露垂,杏花烟润,嫣然含笑,媚丽欲绝。生狂喜,引坐。三姐与生同笑语,四姐惟手引绣带,俯首而已。未几三

①瘳(chōu):病愈。 ②斋:书斋,书房。 ③卤簿:旧时官员的仪仗。 ④陬(zōu):角落。 ⑤皂纱:乌纱。 ⑥绣襆(fú):此处当指明清官服,即"补服"。 ⑦肩舆:轿子。 ⑧不腆之仪:微薄的礼物,谦词。 ⑨戋戋(jiān):微少。 ⑩中馁:心中害怕。 ⑪逾垣:翻墙。 ⑫红药:芍药。 ⑬及笄:旧时女子年满十五成年,束发及笄。

姐起别，妹欲从行，生曳之不释，顾三姐曰："卿卿烦一致声。"三姐乃笑曰："狂郎情急矣! 妹子一为少留。"四姐无语，姊遂去。二人备尽欢好，既而引臂替枕，倾吐生平，无复隐讳。四姐自言为狐，生依恋其美，亦不之怪。四姐因言："阿姊狠毒，业杀三人矣，惑之无不毙者。妾幸承溺爱，不忍见灭亡，当早绝之。"生惧，求所以处①。四姐曰："妾虽狐，得仙人正法，当书一符粘寝门，可以却之。"遂书之。既晓三姐来，见符却退，曰："婢子负心，倾意新郎，不忆引线人矣。汝两人合有夙分，余亦不相仇，但何必尔?"乃径去。数日四姐他适，约以隔夜。

是日，生偶出门眺望，山下故有榆林，苍莽中出一少妇，亦颇风韵。近谓生曰："秀才何必沾沾恋胡家姊妹? 渠又不能以一钱相赠。"即以一贯授生，曰："先持归，贳②良酝，我即携小肴馔来，与君为欢。"生怀钱归，果如所教。少间妇果至，置几上燔鸡、咸彘肩③各一，即抽刀子缕切为胾。釂酒④调谑，欢洽异常。继而灭烛登床，狎情荡甚。既明始起，方坐床头，捉足易舄，忽闻人声。倾听，已入帏幕，则胡姊妹也。妇乍睹，仓惶而遁，遗舄于床。二女遂叱曰："骚狐! 何敢与人同寝处!"追去，移时始返。四姐怨生曰："君不长进，与骚狐相匹偶，不可复近!"遂悻悻欲去。生惶恐自投，情词哀恳; 三姊从旁解免，四姐怒稍释，由此相好如初。

一日，有陕人骑驴造门，曰："吾寻妖物，匪伊朝夕⑤，乃今始得之。"生父以其言异，讯所由来。曰："小人日泛烟波，游四方，终岁十余月，常八九离桑梓，被妖物盅杀吾弟。归甚悼恨，誓必寻而殄灭之。奔波数千里，殊无迹兆，今在君家。不剪，当有继吾弟而亡者。"时生与女密迩，父母微察之，闻客言大惧，延入令作法。出二瓶。列地上，符咒良久，有黑雾四团，分投瓶中。客喜曰："全家都到矣。"遂以猪脬⑥裹瓶口，缄封甚固。生父亦喜，坚留客饭。

生心恻然，近瓶窃听，闻四姐在瓶中言："坐视不救，君何负心?"生意感动。急启所封，而结不可解。四姐又曰："勿须尔! 但放倒坛上旗，以针刺脬作空，予即出矣。"生如其言。果见白气一丝，自孔中出，凌霄而去。客出，见旗垂地，大惊曰："遁矣! 此必公子所为。"摇瓶俯听，曰："幸止亡其一。此物合不死，犹可赦。"乃携瓶别去。

后生在野，督佣刈麦，遥见四姐坐树下。生就近之，执手慰问。且曰："别后十易春秋，今大丹已成。但思君之念未忘，故复一拜问。"生欲与偕归。女曰："妾今非昔比，不可以尘情染，后当复见耳。"言已，不知所在。又二十年余，生适独居，见四姐自外至，生喜与语。女曰："我今名列仙籍，不应再履

---

①求所以处：求问应对的方法。　②贳(shì)：买。　③彘(zhì)肩：猪肘。　④釂(shī)酒：斟酒。　⑤匪伊朝夕：不是一朝一夕，指为时已久。匪，通"非"。　⑥猪脬(pāo)：猪尿脬。脬，膀胱。

尘世。但感君情,特报撤瑟之期①。可早处分后事,亦勿悲忧。妾当度君为鬼仙,亦无苦也。"乃别而去。至日,生果卒。尚生乃友人李文玉之戚好,尝亲见之。

祝翁

济阳②祝村有祝翁者,年五十余,病卒,家人入室理缞绖③,忽闻翁呼甚急。群奔集灵寝,则见翁已复活,群喜慰问。翁但谓媪曰:"我适去,拚④不复还。行数里,转思抛汝一副老皮骨在儿辈手,寒热仰人,亦无复生趣,不如从我去。故复归,欲偕尔同行也。"咸以其新苏妄语,殊未深信。翁又言之。媪云:"如此亦善。但方生,如何使死?"翁挥之曰:"是不难。家中俗务,可速料理。"媪笑不去,翁又促之。乃出户外,延数刻而入,绐之曰:"处置安妥矣。"翁命速妆,媪不去,翁催益急。媪不忍拂其意,遂裙妆以出,媳女皆匿笑。翁移首于枕,手拍令卧。媪曰:"子女皆在,双双挺卧,是何景象?"翁捶床曰:"并死有何可笑!"子女见翁躁急,共劝媪姑从其言。媪如言,并枕僵卧,家人又共笑之。俄时媪笑容忽敛,又渐而两眸俱合,久之无声,俨如睡去。众始近视,则肤已冰而鼻无息矣。视翁亦然,始共惊怛⑤。康熙二十一年,翁弟妇佣于毕刺史之家,言之甚悉。

异史氏曰:"翁其夙有畸行⑥与?泉路茫茫,去来由尔,奇矣!且白头者欲其去,则呼令去,抑何其暇也!人当属纩⑦之时,所最不忍诀者,床头之昵人耳。苟广其术,则卖履分香,可以不事矣。"

猪婆龙⑧

猪婆龙产于西江⑨,形似龙而短,能横飞,常出沿江岸扑食鹅鸭。或猎得之,则货其肉于陈、柯。此二姓皆友谅⑩之裔,世食婆龙肉,他族不敢食也。一客自江右来,得一头,絷舟中。一日泊舟钱塘,缚稍懈,忽跃入江。俄顷,波涛大作,估舟⑪倾沉。

①撤瑟之期:死期。撤瑟,撤去琴瑟,使病者安静。 ②济阳:旧县名,治所在今山东省济阳县。 ③缞绖(cuī dié):丧服。缞,丧服,以麻布条披于胸前。绖,丧服所用的麻带。 ④拚(pàn):豁出去,下决心。 ⑤惊怛:惊恐。 ⑥畸行:此处当指超凡脱俗的行为。 ⑦属纩(zhǔ kuàng):临终。 ⑧猪婆龙:即"鼍",亦称"扬子鳄"。 ⑨西江:指长江中下游。 ⑩友谅:指陈友谅,元末农民起义军领袖。 ⑪估舟:商船。

某公

陕右①某公,辛丑②进士,能记前身。尝言前生为士人,中年而死,死后见冥王判事,鼎铛油镬③,一如世传。殿东隅设数架,上搭猪羊犬马诸皮。簿吏呼名,或罚作马,或罚作猪,皆裸之,于架上取皮被④之。俄至公,闻冥王曰:"是宜作羊。"鬼取一白羊皮来,捺⑤覆公体。吏白:"是曾拯一人死。"王捡籍覆视,示曰:"免之。恶虽多,此善可赎。"鬼又褫⑥其毛革,革已粘体,不可复动,两鬼捉臂按胸,力脱之,痛苦不可名状。皮片断裂,不得尽脱,既脱,近肩处犹粘羊皮大如掌。公既生,背上有羊毛丛生,薅去复出。

快刀

明末,济属⑦多盗,邑各置兵,捕得辄杀之。章丘盗尤多。有一兵佩刀甚利,杀辄导窾⑧。一日捕盗十余名,押赴市曹。内一盗识兵,逡巡告曰:"闻君刀最快,斩首无二割。求杀我!"兵曰:"诺。其谨依⑨我,无⑩离也。"盗从之刑处,出刀挥之,豁然头落。数步之外,犹圆转,而大赞曰:"好快刀!"

侠女

顾生金陵人,博于材艺,而家綦⑪贫。又以母老,不忍离膝下,惟日为人书画,受贽⑫以自给。行年二十有五,伉俪⑬犹虚。对户旧有空第,一老妪及少女税居⑭其中,以其家无男子,故未问其谁何。

一日,偶自外入,见女郎自母房中出,年约十八九,秀曼都雅,世罕其匹,见生不甚避,而意凛如也。生入问母。母曰:"是对户女郎,就吾乞刀尺,适言其家亦止一母。此女不似贫家产。问其何为不字⑮,则以母老为辞。明日当往拜其母,便风以意,倘所望不著,儿可代养其老。"明日造其室,其母一聋

①陕右:指陕西。②辛丑:当指清顺治十八年(1661)。③鼎铛(dāng)油镬(huò):此处指传说中阴司地府的蒸煮、油炸等刑具。鼎铛,泛指器器。油镬,油锅。④被:同"披"。⑤捺(nà):用手向下按。⑥褫(chǐ):剥除。⑦济属:指济南府所辖地区。⑧导窾(kuǎn):将刀引入骨节之间的空隙处,此处形容一刀便能断头。窾,骨节中的空处。⑨谨依:此指紧紧跟随。⑩无:不要。⑪綦(qí):极,很。⑫贽:礼物。此指酬劳。⑬伉俪:配偶,此处指妻子。⑭税居:租赁房室。⑮字:许嫁。

媪耳。视其室并无隔宿粮,问所业,则仰女十指。徐以同食之谋试之,媪意似纳,而转商其女;女默然,意殊不乐。母乃归。详其状而疑之曰:"女子得非嫌吾贫乎?为人不言亦不笑,艳如桃李,而冷如霜雪,奇人也!"母子猜叹而罢。

一日,生坐斋头,有少年来求画,姿容甚美,意颇儇佻。诘所自,以"邻村"对。嗣后三两日辄一至。稍稍稔熟,渐以嘲谑,生狎抱之亦不甚拒,遂私焉。由此往来昵甚。会女郎过,少年目送之,问为谁,对以"邻女"。少年曰:"艳丽如此,神情何可畏?"少间,生入内,母曰:"适女子来乞米,云不举火者经日矣。此女至孝,贫极可悯,宜少周恤之。"生从母言,负斗米款门,达母意。女受之,亦不申谢。日尝至生家,见母作衣履,便代缝纫,出入堂中,操作如妇。生益德之。每获馈饵,必分给其母,女亦略不置齿颊①。

母适疽②生隐处,宵旦号咷。女时就榻省视,为之洗创敷药,日三四作。母意甚不自安,而女不厌其秽。母曰:"唉!安得新妇如儿,而奉老身以死也!"言讫悲哽,女慰之曰:"郎子大孝,胜我寡母孤女什百矣。"母曰:"床头蹀躞③之役,岂孝子所能为者?且身已向暮,旦夕犯雾露,深以祧续④为忧耳。"言间,生入,母泣曰:"亏娘子良多,汝无忘报德。"生伏拜之。女曰:"君敬我母,我勿谢也,君何谢焉?"于是益敬爱之。然其举止生硬,毫不可干。

一日,女出门,生目注之,女忽回首,嫣然而笑。生喜出意外,趋而从诸其家,挑之亦不拒,欣然交欢。已,戒生曰:"事可一而不可再。"生不应而归。明日又约之,女厉色不顾而去。日频来,时相遇,并不假以词色。少游戏之,则冷语冰人。忽于空处问生:"日来少年谁也?"生告之。女曰:"彼举止态状,无礼于妾频矣。以君之狎昵,故置之。请更寄语:再复尔,是不欲生也已!"生至夕,以告少年,且曰:"子必慎之,是不可犯!"少年曰:"既不可犯,君何私犯之?"生白其无。曰:"如其无。则猥亵之语,何以达君听哉?"生不能答。少年曰:"亦烦寄告:假惺惺勿作态;不然,我将遍播扬。"生甚怒之,情见于色,少年乃去。一夕方独坐,女忽至,笑曰:"我与君情缘未断,宁非天数。"生狂喜而抱于怀,欻⑤闻履声籍籍,两人惊起,则少年推扉入矣。生惊问:"子胡为者?"笑曰:"我来观贞洁人耳。"顾女曰:"今日不怪人耶?"女眉竖颊红,默不一语,急翻上衣,露一革囊,应手而出,而尺许晶莹匕首也。少年见之,骇而却走。追出户外,四顾渺然。女以匕首望空抛掷,戛然有声,灿若长虹,俄一物堕地作响。生急烛之,则一白狐身首异处矣。大骇。女曰:"此君之娈童也。我固恕之,奈渠定不欲生何!"收刃入囊。生曳令入,曰:

---

①齿颊:牙齿与腮颊,引申为言语。 ②疽(jū):疮肿。 ③床头蹀躞(dié xiè):在病床前侍奉父母。蹀躞:小步行走。 ④祧(tiāo)续:即祧绪。世代相承的统绪,即传宗接代。祧,远祖的庙。 ⑤欻(xū):忽然。

"适妖物败意,请俟来宵。"出门径去。

次夕,女果至,遂共绸缪。诘其术,女曰:"此非君所知。宜须慎秘,泄恐不为君福。"又订以嫁娶,曰:"枕席焉,提汲①焉,非妇伊何也?业夫妇矣,何必复言嫁娶乎?"生曰:"将勿憎吾贫耶?"曰:"君固贫,妾富耶?今宵之聚,正以怜君贫耳。"临别嘱曰:"苟且之行,不可以屡。当来我自来,不当来相强无益。"后相值,每欲引与私语,女辄走避。然衣绽炊薪②,悉为纪理,不啻妇也。

积数月,其母死,生竭力葬之。女由是独居。生意孤寝可乱,逾垣入,隔窗频呼,迄不应。视其门,则空室扃焉。窃疑女有他约。夜复往,亦如之。遂留佩玉于窗间而去之。越日,相遇于母所。既出,而女尾其后曰:"君疑妾耶?人各有心,不可以告人。今欲使君无疑,乌得可?然一事烦急为谋。"问之,曰:"妾体孕已八月矣,恐旦晚临盆③。'妾身未分明',能为君生之,不能为君育之。可密告母觅乳媪,伪为讨螟蛉④者,勿言妾也。"生诺,以告母。母笑曰:"异哉此女!聘之不可,而顾私于我儿。"喜从其谋以待之。又月余,女数日不至,母疑之,往探其门,萧萧闭寂。叩良久,女始蓬头垢面自内出。启而入之,则复扃之。入其室,则呱呱者在床上矣。母惊问:"诞几时矣?"答云:"三日。"捉绷席⑤而视之,则男也,且丰颐而广额⑥。喜曰:"儿已为老身育孙子,伶仃一身,将焉所托?"女曰:"区区隐衷,不敢掬示老母。俟夜无人,可即抱儿去。"母归与子言,窃共异之。夜往抱子归。

更数夕,夜将半,女忽款门入,手提革囊,笑曰:"我大事已了,请从此别。"急询其故,曰:"养母之德,刻刻不去诸怀。向云'可一而不可再'者,以相报不在床第也。为君贫不能婚,将为君延一线之续。本期一索而得,不意信水⑦复来,遂至破戒而再。今君德既酬,妾志亦遂,无憾矣。"问:"囊中何物?"曰:"仇人头耳。"检而窥之,须发交而血模糊。骇绝,复致研诘。曰:"向不与君言者,以机事不密,惧有宣泄。今事已成,不妨相告:妾浙人。父官司马,陷于仇,彼籍⑧吾家。妾负老母出,隐姓名,埋头项,已三年矣。所以不即报者,徒以有母在;母去,又一块肉累腹中,因而迟之又久。囊夜出非他,道路门户未稔,恐有讹误耳。"言已出门,又嘱曰:"所生儿,善视之。君福薄无寿,此儿可光门闾。夜深不得惊老母,我去矣!"方凄然欲询所之,女一闪如电,瞥尔间遂不复见。生叹惋木立,若丧魂魄。明以告母,相为叹异而已。

后三年,生果卒。子十八举进士,犹奉祖母以终老云。

---

①提汲:从井中提水,此处喻指操持家务。 ②衣绽炊薪:缝衣做饭。 ③临盆:分娩。 ④螟蛉(míng líng):养子。 ⑤绷席:婴儿的包被。 ⑥丰颐:下巴丰满,广额:额头宽阔。 ⑦信水:妇人月经。 ⑧籍:抄家。

异史氏曰:"人必室有侠女,而后可以畜娈童也。不然,尔爱其艾猳①,彼爱尔娄猪②矣!"

酒友

车生者,家不中赀③而耽饮,夜非浮三白④不能寝也,以故床头樽常不空。一夜睡醒,转侧间,似有人共卧者,意是覆裳堕耳。摸之,则茸茸有物,似猫而巨,烛之,狐也,酣醉而大卧。视其瓶则空矣。因笑曰:"此我酒友也。"不忍惊,覆衣加臂,与之共寝,留烛以观其变。半夜狐欠伸,生笑曰:"美哉睡乎!"启覆视之,儒冠⑤之俊人也。起拜榻前,谢不杀之恩。生曰:"我癖于曲蘖⑥,而人以为痴;卿,我鲍叔⑦也。如不见疑,当为糟丘之良友。"曳登榻复寝。且言:"卿可常临,无相猜。"狐诺之。生既醒,则狐已去。乃治旨酒一盛,专伺狐。

抵夕,果至,促膝欢饮。狐量豪善谐,于是恨相得晚。狐曰:"屡叨良酝,何以报德?"生曰:"斗酒之欢,何置齿颊⑧!"狐曰:"虽然,君贫士,杖头钱⑨大不易,当为君少谋酒资。"明夕来告曰:"去此东南七里道侧有遗金,可早取之。"诘旦而往,果得二金,乃市佳肴,以佐夜饮。狐又告曰:"院后有窖藏宜发之。"如其言,果得钱百余千,喜曰:"囊中已自有,莫漫愁沽矣。"狐曰:"不然。辙中水胡可以久掬?合⑩更谋之。"异日谓生曰:"市上荞价廉,此奇货可居。"从之,收荞四十余石,人咸非笑之。未几大旱,禾豆尽枯,惟荞可种;售种息十倍,由此益富,治沃田二百亩。但问狐,多种麦则麦收,多种黍则黍收,一切种植之早晚皆取决于狐。日稔密,呼生妻以嫂,视子犹子焉。后生卒,狐遂不复来。

莲香

桑生名晓,字子明,沂州⑪人。少孤⑫,馆于红花埠。桑为人静穆自喜,日再出,就食东邻,余时坚坐而已。东邻生戏曰:"君独居,不畏鬼狐耶?"笑答曰:"丈夫何畏鬼狐?雄来吾有利剑,雌者尚当开门纳之。"邻生归与友谋,

---

①艾猳(jiā):老而美好的公猪。 ②娄猪:母猪。 ③中赀:家产丰厚。 ④浮三白:饮三杯酒。白,原指罚酒的杯,后泛指酒、酒杯。 ⑤儒冠:头上戴着儒生的帽子。 ⑥曲蘖(niè):酒母。 ⑦鲍叔:指春秋时齐国大夫鲍叔牙,与齐相管仲相友善。此处以鲍叔牙喻知己。 ⑧齿颊:牙齿与腮颊,引申为言语。 ⑨杖头钱:买酒钱。 ⑩合:应当。 ⑪沂州:旧州名,治所在今山东省临沂市。 ⑫孤:幼年失去父亲。

梯妓于垣而过之，弹指叩扉。主窥问其谁，妓自言为鬼。生大惧，齿震震有声，妓逡巡自去。邻生早至主斋，生述所见，且告将归。邻生鼓掌曰："何不开门纳之？"生顿悟其假，遂安居如初。

积半年，一女子夜来叩斋，生意友人之复戏也，启门延入，则倾国之姝。惊问所来。曰："妾莲香，西家妓女。"埠上青楼故多，信之。息烛登床，绸缪甚至。自此，三五宿辄一至。

一夕独坐凝思，一女子翩然入。生意其莲，承逆①与语。觌面殊非，年仅十五六，挦袖垂髫②，风流秀曼，行步之间，若还若往。大愕，疑为狐。女曰："妾良家女，姓李氏。慕君高雅，幸能垂盼。"生喜，握其手，冷如冰，问："何凉也？"曰："幼质单寒，夜蒙霜露，那得不尔。"既而罗襦衿解，俨然处子。女曰："妾为情缘，葳蕤③之质，一朝失守，不嫌鄙陋，愿常侍枕席。房中得毋有人否？"生云："无他，止一邻娼，顾亦不常至。"女曰："当谨避之。妾不与院中人等，君秘勿泄。彼来我往，彼往我来可耳。"鸡鸣欲去，赠绣履一钩，曰："此妾下体所着，弄之足寄思慕。然有人慎勿弄也！"受而视之，翘翘如解结锥，心甚爱悦。越夕无人，便出审玩。女飘然忽至，遂相款呢。自此每出履，则女必应念而至。异而诘之。笑曰："适当其时耳。"

一夜莲来，惊曰："郎何神气萧索？"生言："不自觉。"莲便告别，相约十日。去后，李来恒无虚夕。问："君情人何久不至？"因以相约告。李笑曰："君视妾何如莲香美？"曰："可称两绝，但莲卿肌肤温和。"李变色曰："君谓双美，对妾云尔。渠④必月殿仙人，妾定不及。"因而不欢。乃屈指计十日之期已满，嘱勿漏，将窃窥之。次夜莲香果至，笑语甚洽。及寝，大骇曰："殆矣！十日不见，何益羸损⑤？保无他遇否？"生询其故。曰："妾以神气验之，脉拆拆⑥如乱丝，鬼症也。"次夜李来，生问："窥莲香何似？"曰："美矣。妾固谓世间无此佳人，果狐也。去，吾尾之，南山而穴居。"生疑其妒，漫应之。

逾夕戏莲香曰："余固不信，或谓卿狐者。"莲亟问："是谁所云？"笑曰："我自戏卿。"莲曰："狐何异于人？"曰："惑之者病，甚则死，是以可惧。"莲香曰："不然。如君之年，房后三日精气可复，纵狐何害？设旦旦而伐之，人有甚于狐者矣。天下病尸瘵鬼⑦，宁皆狐蛊死耶？虽然，必有议我者。"生力白其无，莲诘益力。生不得已，泄之。莲曰："我固怪君羸也。然何遽至此？得勿非人乎？君勿言，明宵当如渠窥妾者。"是夜李至，才三数语，闻窗外嗽声，急亡去。莲入曰："君殆矣！是真鬼物！昵其美而不速绝，冥路近矣！"生意

---

①承逆：迎接。　②挦(duǒ)袖垂髫(tiáo)：双肩削弱，头发下垂，此处指少女。　③葳蕤(wēi ruí)：草名，此处形容娇嫩柔弱。　④渠：她。　⑤羸损：疲惫瘦弱的样子。　⑥拆拆：此处指脉象散乱。　⑦病尸瘵(zhài)鬼：指患不治之症而死的人。

其妒,默不语。莲曰:"固知君不忘情,然不忍视君死。明日当携药饵,为君以除阴毒。幸病蒂尤浅,十日恙当已。请同榻以视痊可。"次夜果出刀圭药①啖生。顷刻,洞下②三两行,觉脏腑清虚,精神顿爽。心虽德之,然终不信为鬼。莲香夜夜同衾偎生,生欲与合,辄止之。数日后肤革充盈。欲别,殷殷嘱绝李,生谬应之。

及闭户挑灯,辄捉履倾想,李忽至。数日隔绝,颇有怨色。生曰:"彼连宵为我作巫医,请勿为怼③,情好在我。"李稍怿。生枕上私语曰:"我爱卿甚,乃有谓卿鬼者。"李结舌良久,骂曰:"必淫狐之惑君听也!若不绝之,妾不来矣!"遂呜呜饮泣。生百词慰解,乃罢。

隔宿莲香至,知李复来,怒曰:"君必欲死耶!"生笑曰:"卿何相妒之深?"莲益怒曰:"君种死根,妾为若除之,不妒者将复何如?"生托词以戏曰:"彼云前日之病,为狐祟耳。"莲乃叹曰:"诚如君言,君迷不悟,万一不虞,妾百口何以自解?请从此辞。百日后当视君于卧榻中。"留之不可,怫然④径去。

由是与李夙夜必偕。约两月余,觉大困顿。初犹自宽解,日渐羸瘠,惟饮饘粥⑤一瓯。欲归就奉养,尚恋恋不忍遽去。因循数日,沉绵不可复起。邻生见其病惫,日遣馆僮馈给食饮。生至是始疑李,因请李曰:"吾悔不听莲香之言,以至于此!"言讫而瞑。移时复苏,张目四顾,则李已去,自是遂绝。生羸卧空斋,思莲香如望岁。

一日方凝想间,忽有搴⑥帘入者,则莲香也。临榻哂曰:"田舍郎,我岂妄哉!"生哽咽良久,自言知罪,但求拯救。莲曰:"病入膏肓,实无救法。姑⑦来永诀,以明非妒。"生大悲曰:"枕底一物,烦代碎之。"莲搜得履,持就灯前,反复展玩。李女欻入,卒见莲香,返身欲遁。莲以身闭门,李窘急不知所出。生责数之,李不能答。莲笑曰:"妾今始得与阿姨面相质。昔谓郎君旧疾,未必非妾致,今竟何如?"李俯首谢过。莲曰:"佳丽如此,乃以爱结仇耶?"李即投地⑧陨泣,乞垂怜救。莲遂扶起,细诘生平。曰:"妾,李通判⑨女,早夭,瘗于墙外。已死春蚕,遗丝未尽。与郎偕好,妾之愿也;致郎于死,良非素心。"莲曰:"闻鬼物利人死,以死后可常聚,然否?"曰:"不然!两鬼相逢,并无乐处。如乐也,泉下少年郎岂少哉!"莲曰:"痴哉!夜夜为之,人且不堪,而况于鬼!"李问:"狐能死人,何术独否?"莲曰:"是采补者流,妾非其类。故世有不害人之狐,断无不害人之鬼,以阴气盛也。"生闻其语,始知鬼狐皆真,幸习常见惯,颇不为骇。但念残息如丝,不觉失声大痛。莲顾问:

①刀圭药:用刀圭称量的中药。刀圭,古时量取药末的用具。 ②洞下:腹泻。 ③怼(duì):怨恨。 ④怫(fú)然:恼怒的样子。 ⑤饘(zhān)粥:黏而稠的粥。 ⑥搴(qiān):揭起,撩起。 ⑦姑:才。 ⑧投地:伏地,下拜。 ⑨通判:官名,明清设于知府之下,分管粮运、农田、水利等事务。

"何以处郎君者?"李怃然逊谢①。莲笑曰:"恐郎强健,醋娘子要食杨梅也。"李敛衽曰:"如有医国手,使妾得无负郎君,便当埋首地下,敢复腼然于人世耶!"莲解囊出药,曰:"妾早知有今,别后采药三山②,凡三阅月,物料始备,疗蛊至死,投之无不苏者。然症何由得,仍以何引,不得不转求效力。"问:"何需?"曰:"樱口中一点香唾耳。我一丸进,烦接口而唾之。"李晕生颐颊,俯首转侧而视其履。莲戏曰:"妹所得意惟履耳!"李益惭,俯仰若无所容。莲曰:"此平时熟技,今何吝焉?"遂以丸纳生吻,转促逼之,李不得已唾之。莲曰:"再!"又唾之。凡三四唾,丸已下咽。少间腹殷然如雷鸣,复纳一丸,自乃接唇而布以气。生觉丹田火热,精神焕发。莲曰:"愈矣!"李听鸡鸣,彷徨别去。莲以新瘥,尚须调摄,就食非计,因将户外反关,伪示生归,以绝交往,日夜守护之。李亦每夕必至,给奉殷勤,事莲犹姊,莲亦深怜爱之。

居三月,生健如初,李遂数夕不至;偶至,一望即去。相对时亦悒悒不乐。莲常留与共寝,必不肯。生追出,提抱以归,身轻若刍灵③。女不得遁,遂着衣偃卧,踹其体不盈二尺。莲益怜之,阴使生狎抱之,而撼摇亦不得醒。生睡去,觉而索之,已杳。后十余日更不复至。生怀思殊切,恒出履共弄。莲曰:"窈娜如此,妾见犹怜,何况男子!"生曰:"昔日弄履则至,心固疑之,然终不料其鬼。今对履思容,实所怆恻。"因而泣下。

先是,富室张姓有女子燕儿,年十五,不汗而死。终夜复苏,起顾欲奔。张扃户,不得出。女自言:"我通判女魂。感桑郎眷注,遗舄④犹存彼处。我真鬼耳,锢我何益?"以其言有因,诘其至此之由。女低徊反顾,茫不自解。或有言桑生病归者,女执辨其诬。家人大疑。东邻生闻之,逾垣往窥,见生方与美人对语。掩入逼之,张皇间已失所在。邻生骇诘。生笑曰:"向固与君言,雌者则纳之耳。"邻生述燕儿之言。生乃启关,将往侦探,苦无由。张母闻生果未归,益奇之。故使佣媪索履,生遂出以授。燕儿得之喜。试着之,鞋小于足者盈寸,大骇。揽镜自照,忽恍然己之借躯以生也者,因陈所由。母始信之。女镜面大哭曰:"当日形貌,颇堪自信,每见莲姊,犹增惭怍。今反若此,人也不如其鬼也!"把履号咷,劝之不解。蒙衾僵卧,食之,亦不食,体肤尽肿;凡七日不食,卒不死,而肿渐消;觉饥不可忍,乃复食。数日,遍体瘙痒,皮尽脱。晨起,睡舄遗堕,索着之,则硕大无朋矣。因试前履,肥瘦吻合,乃喜。复自镜,则眉目颐颊,宛肖生平,益喜。盥栉见母,见者尽眙。

莲香闻其异,劝生媒通之,而以贫富悬邈,不敢遽进。会媪初度⑤,因从其子婿行,往为寿。媪睹生名,故使燕儿窥帘认客。生最后至,女骤出捉袂,欲从与俱归。母诃谯之,始惭而入。生审视宛然,不觉零涕,因拜伏不起。

---

①逊谢:谢罪。 ②三山:传说中的海上三神山,即方丈、蓬莱、瀛洲。 ③刍灵:古时送葬所扎的草人。 ④舄(xì):鞋子。 ⑤初度:生日。

媪扶之，不以为侮。生出，浼女舅执柯，媪议择吉赘生。生归告莲香，且商所处。莲怅然良久，便欲别去，生大骇泣下。莲曰："君行花烛于人家，妾从而往，亦何形颜？"生谋先与旋里①而后迎燕，莲乃从之。生以情白张。张闻其有室，怒加诮让。燕儿力白之，乃如所请。至日生往亲迎，家中备具颇甚草草。及归，则自门达堂，悉以罽毯②贴地，百千笼烛，灿列如锦。莲香扶新妇入青庐，搭面既揭，欢若生平。莲陪卺饮，因细诘还魂之异。燕曰："尔日抑郁无聊，徒以身为异物，自觉形秽。别后愤不归墓，随风漾泊。每见生人则羡之。昼凭草木，夜则信足浮沉。偶至张家，见少女卧床上，近附之，未知遂能活也。"莲闻之，默默若有所思。

逾两月，莲举一子。产后暴病，日就沉绵。捉燕臂曰："敢以孽种相累，我儿即若儿。"燕泣下，姑慰藉之。为召巫医，辄却之。沉痼③弥留，气如悬丝，生及燕儿皆哭。忽张目曰："勿尔！子乐生，我乐死。如有缘，十年后可复得见。"言讫而卒。启衾将敛，尸化为狐。生不忍异视，厚葬之。子名狐儿，燕抚如己出。每清明必抱儿哭诸其墓。后生举于乡，家渐裕，而燕苦不育。狐儿颇慧，然单弱多疾。燕每欲生置媵④。一日，婢忽白："门外一妪，携女求售。"燕呼入，卒见，大惊曰："莲姊复出耶！"生视之，真似，亦骇。问："年几何？"答云："十四。"聘金几何？"曰："老身止此一块肉，但俾得所，妾亦得啖饭处，后日老骨不至委沟壑，足矣。"生优价而留。燕握女手入密室，撮其额而笑曰："汝识我否？"答言："不识。"诘其姓氏，曰："妾韦姓。父徐城卖浆者，死三年矣。"燕屈指停思，莲死恰十有四载。又审视女仪容态度，无一不神肖者。乃拍其顶而呼曰："莲姊，莲姊！十年相见之约，当不欺吾！"女忽如梦醒，豁然曰："咦！"熟视燕儿。生笑曰："此'似曾相识燕归来'也。"女泫然⑤曰："是矣。闻母言，妾生时便能言，以为不祥，犬血饮之，遂昧宿因。今日始如梦寤。娘子其耻为鬼之李妹耶？"共话前生，悲喜交至。一日，寒食，燕曰："此每岁妾与郎君哭姊日也。"遂与亲登其墓，荒草离离，木已拱矣。女亦太息。燕谓生曰："妾与莲姊，两世情好，不忍相离，宜令白骨同穴。"生从其言，启李冢得骸，舁⑥归而合葬之。亲朋闻其异，吉服临穴，不期而会者数百人。余庚戌⑦南游至沂，阻雨休于旅舍。有刘生子敬，其中表亲，出同社王子章所撰《桑生传》，约万余言，得卒读。此其崖略⑧耳。

异史氏曰："嗟乎！死者而求其生，生者又求其死，天下所难得者非人身哉？奈何具此身者，往往而置之，遂至腼然而生不如狐，泯然而死不如鬼。"

---

①旋里：返回故乡。　②罽(jì)毯：毛毯。罽，一种毛织物。　③沉痼(gù)：积久难治的重疾。　④置媵：纳妾。　⑤泫然：流泪的样子。　⑥舁(yú)：抬。　⑦庚戌：此处指清康熙九年(1670)。　⑧崖略：大概。

阿宝

　　粤西①孙子楚，名士也。生有枝指②；性迂讷，人诳之，辄信为真。或值座有歌妓，则必遥望却走。或知其然，诱之来，使妓狎逼之，则赪颜③彻颈，汗珠珠下滴，因共为笑。遂貌其呆状相邮传，作丑语而名之"孙痴"。

　　邑大贾某翁，与王侯埒富④，姻戚皆贵胄。有女阿宝，绝色也，日择良匹，大家儿争委禽妆⑤，皆不当翁意。生时失俪⑥，有戏之者，劝其通媒，生殊不自揣，果从其教。翁素耳其名而贫之。媒媪将出，适遇宝，问之，以告。女戏曰："渠去其枝指，余当归⑦之。"媪告生。生曰："不难。"媒去，生以斧自断其指，大痛彻心，血益倾注，滨死。过数日始能起，往见媒而示之。媪惊，奔告女；女亦奇之，戏请再去其痴。生闻而哗辨，自谓不痴，然无由见而自剖。转念阿宝未必美如天人，何遂高自位置如此？由是曩⑧念顿冷。

　　会值清明，俗于是日妇女出游，轻薄少年亦结队随行，恣其月旦⑨。有同社数人强邀生去。或嘲之曰："莫欲一观可人否？"生亦知其戏己，然以受女揶揄故，亦思一见其人，忻然随众物色之。遥见有女子憩树下，恶少年环如墙堵。众曰："此必阿宝也。"趋之，果宝也。审谛之，娟丽无双。少倾人益稠。女起，遽去。众情颠倒，品头题足，纷纷若狂；生独默然。及众他适，回视生犹痴立故所，呼之不应。群曳之曰："魂随阿宝去耶？"亦不答。众以其素讷，故不为怪，或推之，或挽之以归。至家直上床卧，终日不起，冥如醉，唤之不醒。家人疑其失魂，招于旷野，莫能效。强拍问之，则朦胧应云："我在阿宝家。"及细诘之，又默不语，家人惶惑莫解。初，生见女去，意不忍舍，觉身已从之行，渐傍其衿带间，人无呵者。遂从女归，坐卧依之，夜辄与狎，甚相得。然觉腹中奇馁⑩，思欲一返家门，而迷不知路。女每梦与人交，问其名，曰："我孙子楚也。"心异之，而不可以告人。生卧三日，气休休若将澌灭⑪。家人大恐，托人婉告翁，欲一招魂其家。翁笑曰："平昔不相往还，何由遗魂吾家？"家人固哀之，翁始允。巫执故服、草荐以往。女诘得其故，骇极，不听他往，直导入室，任招呼而去。巫归至门，生榻上已呻。既醒，女室之香奁什具，何色何名，历言不爽。女闻之，益骇，阴⑫感其情之深。

　　生既离床寝，坐立凝思，忽忽若忘。每伺察阿宝，希幸一再进之。浴佛

---

　　①粤西：约为今广西壮族自治区一带。　②枝（qí）指：骈指。俗称"六指"。　③赪（chēng）颜：脸红。　④埒（liè）富：同样富有。　⑤委禽妆：订婚送聘礼。　⑥失俪：丧妻。　⑦归：出嫁。　⑧曩（nǎng）：以往，从前。　⑨恣其月旦：肆意评论。　⑩奇馁：特别饥饿。　⑪休休：通"咻咻"，形容喘气声。澌灭：消失。　⑫阴：暗地里。

节①，闻将降香水月寺，遂早旦往候道左，目眩睛劳。日涉午，女始至，自车中窥见生，以搀手搴帘，凝眺不转。生益动，尾从之。女忽命青衣来诘姓字。生殷勤自展，魂益摇。车去始归。归复病，冥然绝食，梦中辄呼宝名，每自恨魂不复灵。家旧养一鹦鹉，忽毙，小儿持弄于床。生自念：倘得身为鹦鹉，振翼可达女室。心方注想，身已翩然鹦鹉，遽飞而去，直达宝所。女喜而扑之，锁其肘，饲以麻子。大呼曰："姐姐勿锁！我孙子楚也！"女大骇，解其缚，亦不去。女祝曰："深情已篆②中心。今已人禽异类，姻好何可复圆？"鸟云："得近芳泽，于愿已足。"他人饲之不食，女自饲之则食；女坐则集其膝，卧则依其床。如是三日，女甚怜之。阴使人瞯生，生则僵卧气绝已三日，但心头未冰耳。女又祝曰："君能复为人，当誓死相从。"鸟云："诳我！"女乃自矢③。鸟侧目若有所思。少间，女束双弯④，解履床下，鹦鹉骤下，衔履飞去。女急呼之，飞已远矣。

女使妪往探，则生已寤。家人见鹦鹉衔绣履来，堕地死，方共异之。生既苏即索履，众莫知故。适妪至，入视生，问履所自。生曰："是阿宝信誓物。借口相覆，小生不忘金诺也。"妪反命，女益奇之，故使婢泄其情于母。母审之确，乃曰："此子才名亦不恶，但有相如之贫。择数年得婿若此，恐将为显者笑。"女以履故，矢不他。翁媪从之，驰报生。生喜，疾顿瘳。翁议赘诸家。女曰："婿不可久处岳家。况郎又贫，久益为人贱。儿既诺之，处蓬茅而甘藜藿⑤，不怨也。"生乃亲迎成礼，相逢如隔世欢。

自是家得奁妆小阜，颇增物产。而生痴于书，不知理家人生业。女善居积，亦不以他事累生，居三年家益富。生忽病消渴，卒。女哭之痛，泪眼不晴，至绝眠食，劝之不纳，乘夜自经。婢觉之，急救而醒，终亦不食。三日集亲党，将以殓生。闻棺中呻以息，启之，已复活。自言："见冥王，以生平朴诚，命作部曹。忽有人白：'孙部曹之妻将至。'王稽鬼录，言：'此未应便死。'又白：'不食三日矣。'王顾谓：'感汝妻节义，姑赐再生。'因使驭卒控马送余还。"由此体渐平。值岁大比，入闱⑥之前，诸少年玩弄之，共拟隐僻之题七，引生僻处与语，言："此某家关节，敬秘相授。"生信之，昼夜揣摩制成七艺，众隐笑之。时典试者虑熟题有蹈袭弊，力反常经，题纸下，七艺皆符。生以是抢魁⑦。明年举进士，授词林⑧。上闻异，召问之，生具启奏，上大嘉悦。后召见阿宝，赏赉有加焉。

异史氏曰："性痴则其志凝，故书痴者文必工，艺痴者技必良。世之落拓而无成者，皆自谓不痴者也。且如粉花荡产，卢雉倾家，顾痴人事哉！以是

---

①浴佛节：即佛诞节，中国汉族地区相传农历四月初八日为释迦牟尼诞辰。 ②篆：铭刻。 ③自矢：自誓。 ④束双弯：指缠足。 ⑤藜藿(lí huò)：野菜，此处指粗劣的饭菜。 ⑥入闱：此处指参加乡试。 ⑦抢魁：被选拔为第一名。 ⑧词林：翰林或翰林院的别称。

知慧黠而过,乃是真痴,彼孙子何痴乎!"

九山王

曹州①李姓者,邑诸生,家素饶,而居宅故不甚广,舍后有园数亩,荒置之。一日有叟来税屋②,出直③百金,李以无屋为辞。叟曰:"请受之,但无烦虑。"李不喻其意,姑受之,以觇其异。越日,村人见舆马眷口入李家,纷纷甚夥,共疑李第无安顿所,问之。李殊不自知,归而察之,并无迹响。过数日叟忽来谒,且云:"庇宇下已数晨夕,事事都草创④,起炉作灶,未暇一修客子礼。今遣儿女辈作黍,幸一垂顾。"李从之,则入园中,欻见舍宇华好,崭然一新;入室陈设芳丽,酒鼎沸于廊下,茶烟袅于厨中。俄而行酒荐馔,备极甘旨,时见庭下少年人,往来甚众;又闻儿女喁喁,幕中作笑语声;家人婢仆,似有数十百口。李心知其狐,席终而归,阴怀杀心。每入市,市硝硫积数百斤,暗布园中殆满。骤火之,焰亘霄汉,如黑灵芝,燔臭灰眯不可近,但闻鸣啼噪动之声,嘈杂聒耳。既熄入视,则死狐满地,焦头烂额者不可胜计。方阅视间,叟自外来,颜色惨怆,责李曰:"夙无嫌怨,荒园报岁百金非少;何忍遂相族灭? 此奇惨之仇,无不报者!"忿然而去。疑其掷砾为殃,而年余无少怪异。

时顺治初年,山中群盗窃发,啸聚万余人,官莫能捕。生以家口多,日忧离乱。适村中来一星者⑤,自号"南山翁",言人休咎⑥,了若目睹,名大噪,李召至家,求推甲子。翁愕然起敬,曰:"此真主也!"李闻大骇,以为妄;翁正容固言之。李疑信半焉,乃曰:"岂有白手受命而帝者乎?"翁谓:"不然。自古帝王,类多起于匹夫,谁是生而天子者?"生惑之,前席而请。翁毅然以"卧龙"自任。请先备甲胄数千具,弓弩数千事。李虑人莫之归。翁曰:"臣请为大王连诸山,深相结。使哗言者谓大王真天子,山中士卒,宜必响应。"李喜,遣翁行。发藏镪⑦,造甲胄。翁数日始还,曰:"借大王威福,加臣三寸舌,诸山莫不愿执鞭靮⑧,从麾下⑨。"浃旬⑩之间,果归命者数千人。于是拜翁为军师,建大纛⑪,设彩帜若林,据山立栅,声势震动。邑令率兵来讨,翁指挥群寇大破之。令惧,告急于兖。兖兵远涉而至,翁又伏寇进击,兵大溃,将士杀伤者甚众。势益震,党以万计,因自立为"九山王"。翁患马少,会都中解马赴江南,遣一旅要路篡取之。由是"九山王"之名大噪。加翁为"护国大将

---

①曹州:旧州府名,治所在今山东省菏泽市。 ②税屋:租赁房屋。 ③直:同"值",指租价。
④草创:创建。 ⑤星者:星相术士。 ⑥休咎:善恶吉凶。 ⑦藏镪(qiǎng):埋藏的金钱。镪,钱贯,引申为钱。 ⑧靮(dí):马缰绳。 ⑨麾下:同"麾下"。 ⑩浃(jiá)旬:一旬,即十天。 ⑪纛(dào):大旗。

军"。高卧山巢，公然自负，以为黄袍之加，指日可俟矣。东抚以夺马故，方将进剿，又得兖报，乃发精兵数千，与六道合围而进。军旅旌旗，弥满山谷。"九山王"大惧，召翁谋之，则不知所往。"九山王"窘急无术，登山而望曰："今而知朝廷之势大矣!"山破被擒，妻孥①戮之。始悟翁即老狐，盖以族灭报李也。

异史氏曰："夫人拥妻子，闭门科头②，何处得杀？即杀，亦何由族哉？狐之谋亦巧矣。而壤无其种者，虽溉不生；彼其杀狐之残，方寸已有盗根，故狐得长其萌而施之报。今试执途人而告之曰：'汝为天子!'未有不骇而走者。明明导以族灭之为，而犹乐听之，妻子为戮，又何足云？然人听匪言也，始闻之而怒，继而疑，又既而信，迨③至身名俱殒，而始悟其误也，大率类此矣。"

遵化署狐

诸城④邱公为遵化道，署中故多狐，最后一楼，绥绥者⑤族而居之，以为家。时出殃人，遣之益炽。官此者惟设牲裓之，无敢迕。邱公莅任，闻而怒之。狐亦畏公刚烈，化一妪告家人曰："幸白大人：勿相仇。容我三日，将携细小避去。"公闻，亦默不言。次日，阅兵已，戒勿散，使尽扛诸营巨炮骤入，环楼千座并发。数仞之楼，顷刻摧为平地，革肉毛血，自天雨而下。但见浓尘毒雾之中，有白气一缕，冒烟冲空而去，众望之曰："逃一狐矣。"而署中自此平安。

后二年，公遣干仆赍⑥银如干数赴都，将谋迁擢⑦。事未就，姑窖藏于班役⑧之家。忽有一叟诣阙⑨声屈，言妻子横被杀戮；又讦⑩公克削军粮，贿缘当路，现顿⑪某家，可以验证。奉旨押验。至班役家，冥搜⑫不得，叟惟以一足点地。悟其意，发之，果得金；金上镌有"某郡解"字。已而觅叟，则失所在。执乡里姓名以求其人，竟亦无之。公由此罹难。乃知叟即逃狐也。

异史氏曰："狐之祟人，可诛甚矣。然服而舍之，亦以全吾仁。公可云疾之已甚者矣。抑使关西为此，岂百狐所能仇哉!"

---

①妻孥：妻子儿女。 ②科头：不戴冠帽，形容随便散漫的样子。 ③迨(dài)：等待。 ④诸城：旧县名，治所在今山东省诸城市。 ⑤绥绥者：此处指狐。 ⑥赍(jī)：携带。 ⑦迁擢(zhuó)：升职。 ⑧班役：差役。 ⑨诣阙：到京城。阙，宫阙，此处指朝廷。 ⑩讦(jié)：举发。 ⑪顿：放置。 ⑫冥搜：专心搜寻。

张诚

豫①人张氏者，其先齐②人，明末齐大乱，妻为北兵掠去。张常客豫，遂家焉。娶于豫，生子讷。无何，妻卒，又娶继室牛氏，生子诚。牛氏悍甚，每嫉讷，奴畜之，啖以恶草具。使樵，日责柴一肩，无则挞楚诟诅，不可堪。隐畜③甘脆饵诚，使从塾师读。

诚渐长，性孝友，不忍兄劬④，阴劝母；母弗听。一日讷入山樵，未终，值大风雨，避身岩下，雨止而日已暮。腹中大馁⑤，遂负薪归。母验之少，怒不与食。饥火烧心，入室僵卧。诚自塾中来，见兄嗒然⑥，问："病乎？"曰："饿耳。"问其故，以情告。诚愀然便去，移时怀饼来饵兄。兄问其所自来。曰："余窃面倩邻妇为之，但食勿言也。"讷食之。嘱弟曰："后勿复然，事泄累弟。且日一啖，饥当不死。"诚曰："兄故弱，乌能多樵！"次日食后，窃赴山，至兄樵处。兄见之，惊问："将何作？"答曰："将助樵采。"问："谁之遣？"曰："我自来耳。"兄曰："无论弟不能樵，纵或能之，且犹不可。"于是速之归。诚不听，以手足断柴助兄。且云："明日当以斧来。"兄近止之。见其指已破，履已穿⑦，悲曰："汝不速归，我即以斧自刭死！"诚乃归。兄送之半途，方复回樵。既归，诣塾嘱其师曰："吾弟年幼，宜闭之。山中狼多。"师曰："午前不知何往，业夏楚⑧之。"归谓诚曰："不听吾言，遭笞责矣！"诚笑曰："无之。"明日怀斧又去，兄骇曰："我固谓子勿来，何复尔？"诚不应，刈薪且急，汗交颐不少休。约足一束，不辞而返。师又责之，乃实告之。师叹其贤，遂不之禁。兄屡止之，终不听。

一日与数人樵山中，欻⑨有虎至，众惧而伏，虎竟衔诚去。虎负人行缓，为讷追及，讷力斧之，中胯。虎痛狂奔，莫可寻逐，痛哭而返。众慰解之，哭益悲。曰："吾弟，非犹夫人之弟；况为我死，我何生焉！"遂以斧自刎其项。众急救之，入肉者已寸许，血溢如涌，眩瞀殒绝⑩。众骇，裂之衣而约之，群扶以归。母哭骂曰："汝杀吾儿，欲劙⑪颈以塞责耶！"讷呻云："母勿烦恼，弟死，我定不生！"置榻上，创痛不能眠，惟昼夜依壁坐哭。父恐其亦死，时就榻少哺之，牛辄诟责，讷遂不食，三日而毙。村中有巫走无常者，讷途遇之，缅诉衷苦。因询弟所，巫言不闻，遂反身导讷去。至一都会，见一皂衫人自城

---

①豫：河南旧时为豫州之地，故而别称为"豫"。　②齐：今山东省泰山以北黄河流域与胶东半岛一带，为战国齐国故地。　③隐畜：暗藏。　④劬（qú）：过分劳苦。　⑤大馁（něi）：非常饥饿。　⑥嗒（tà）然：沮丧的样子。　⑦穿：此处指鞋子被磨穿。　⑧业：已经。夏（jiǎ）楚，同"檟楚"，此处指用棍棒等进行体罚。　⑨欻（xū）：忽然。　⑩眩瞀（mào）殒绝：昏死过去。眩瞀，眼睛昏花。殒绝，昏厥。　⑪劙（lí）：割。

中出，巫要遮①代问之。皂衫人于佩囊中检牒审顾，男妇百余，并无犯而张者。巫疑在他牒。皂衫人曰："此路属我，何得差逮。"讷不信，强巫入内城。城中新鬼、故鬼往来憧憧，亦有故识，就问，迄无知者。忽共哗言："菩萨至！"仰见云中有伟人，毫光彻上下，顿觉世界通明。巫贺曰："大郎有福哉！菩萨几十年一入冥司拔诸苦恼，今适值之。"便捽讷跪。众鬼囚纷纷籍籍，合掌齐诵慈悲救苦之声，哄腾震地。菩萨以杨柳枝遍洒甘露，其细如尘；俄而雾收光敛，遂失所在。讷觉颈上沾露，斧处不复作痛。巫乃导与俱归，望见里门，始别而去。讷死二日，豁然竟苏，悉述所遇，谓诚不死。母以为撰造之诬，反诟骂之。讷负屈无以自伸，而摸创痕良瘥②。自力起，拜父曰："行将穿云入海往寻弟，如不可见，终此身勿望返也。愿父犹以儿为死。"翁引空处与泣，无敢留之，讷乃去。

　　每于冲衢③访弟耗，途中资斧断绝，丐而行。逾年达金陵，悬鹑百结④，伛偻道上。偶见十余骑过，走避道侧。内一人如官长，年四十已来，健卒骏马，腾踔前后。一少年乘小驷，屡视讷。讷以其贵公子，未敢仰视。少年停鞭少驻，忽下马，呼曰："非吾兄耶！"讷举首审视，诚也，握手大痛失声。诚亦哭曰："兄何漂落以至于此？"讷言其情，诚益悲。骑者并下问故，以白官长。官命脱骑⑤载讷，连辔⑥归诸其家，始详诘之。初，虎衔诚去，不知何时置路侧，卧途中经宿，适张别驾自都中来，过之，见其貌文，怜而抚之，渐苏。言其里居，则相去已远，因载与俱归。又药敷伤处，数日始痊。别驾无长君，子之。盖适从游瞩也。诚具为兄告。言次，别驾入，讷拜谢不已。诚入内捧帛衣出进兄，乃置酒燕叙。别驾问："贵族在豫，几何丁壮？"讷曰："无有。父少齐人，流寓于豫。"别驾曰："仆亦齐人。贵里何属？"答曰："曾闻父言属东昌辖。"惊曰："我同乡也！何故迁豫？"讷曰："明季清兵入境，掠前母去。父遭兵燹⑦，荡无家室。先贾于西道，往来颇稔，故止焉。"又惊问："君家尊何名？"讷告之。别驾瞠而视，俯首若疑，疾趋入内。无何，太夫人出。共罗拜已，问讷曰："汝是张炳之之孙耶？"曰："然。"太夫人大哭，谓别驾曰："此汝弟也。"讷兄弟莫能解。太夫人曰："我适汝父三年，流离北去，身属黑固山⑧半年，生汝兄。又半年固山死，汝兄补秩⑨旗下迁此官。今解任矣。每刻刻念乡井，遂出籍，复故谱。屡遣人至齐，殊无所觅耗，何知汝父西徙哉！"乃谓别驾曰："汝以弟为子，折福死矣！"别驾曰："曩问诚，诚未尝言齐人，想幼稚不忆耳。"乃以齿序：别驾四十有一，为长；诚十六，最少；讷二十二，则伯而仲

---

①要（yāo）遮：中途拦截。　②瘥（chài）：病愈。　③冲衢：交通要道。　④悬鹑百结，形容衣衫褴褛的样子。因鹌鹑毛斑尾秃，故用以借喻破烂的衣服。百结，形容衣服上多有补缀。⑤脱骑：指解下一匹马。　⑥连辔（pèi）：骑马同行。　⑦兵燹（xiǎn）：形容因兵乱而造成的焚毁破坏等灾难。⑧固山：满语音译，为加于爵位或官职前的美称。　⑨补秩：补缺。秩，官吏的俸禄，此处指官吏的职级。

矣,别驾得两弟,甚欢,与同卧处,尽悉离散端由,将作归计。太夫人恐不见容。别驾曰:"能容则共之,否则析之。天下岂有无父之国?"

于是鬻①宅办装,刻日西发。既抵里,讷及诚先驰报父。父自讷去,妻亦寻卒;块然②一老鳏,形影自吊。忽见讷人,暴喜,恍恍以惊;又睹诚,喜极不复作言,潸潸以涕。又告以别驾母子至,翁辍泣愕然,不能喜,亦不能悲,蚩蚩以立。未几,别驾入,拜已;太夫人把翁相向哭。既见婢媪厮卒,内外盈塞,坐立不知所为。诚不见母,问之,方知已死,号嘶气绝,食顷始苏。别驾出资建楼阁,延师教两弟。马腾于厩,人喧于室,居然大家矣。

异史氏曰:"余听此事至终,涕凡数堕。十余岁童子,斧薪助兄,慨然曰:'王览固再见乎!'于是一堕。至虎衔诚去,不禁狂呼曰:'天道愦愦如此!'于是一堕。及兄弟猝遇,则喜而亦堕。转增一兄,又益一悲,则为别驾堕。一门团圞,惊出不意,喜出不意,无从之涕,则为翁堕也。不知后世亦有善涕如某者乎?"

汾州狐

汾州③判朱公者,居廨④多狐。公夜坐,有女子往来灯下,初谓是家人妇,未遑⑤顾瞻;及举目,竟不相识,而容光艳绝。心知其狐,而爱好之,遽呼之来,女停履笑曰:"厉声加人,谁是汝婢媪耶?"朱笑而起,曳坐谢过。遂与款密,久如夫妻之好。忽谓曰:"君秩当迁,别有日矣。"问:"何时?"答曰:"目前。但贺者在门,吊者即在闾,不能官也。"三日迁报果至,次日即得太夫人⑥讣音。公解任,欲与偕旋。狐不可,送之河上,强之登舟。女曰:"君自不知,狐不能过河也。"朱不忍别,恋恋河畔。女忽出,言将一谒故旧。移时归,即有客来答拜。女别室与语。客去乃来,曰:"请便登舟,妾送君渡。"朱曰:"向言不能渡,今何以渡?"曰:"曩所谒非他,河神也。妾以君故特请之。彼限我十天往复,故可暂依耳。"遂同济。至十日,果别而去。

巧娘

广东有搢绅傅氏,年六十余,生一子,名廉,甚慧,而天阉⑦,十七岁,阴才

---

①鬻(yù):卖。 ②块然:孤独。 ③汾州:旧府名,治所在今山西省汾阳市。 ④居廨(xiè):所居官署。 ⑤未遑:来不及顾及。 ⑥太夫人:此处指朱公的母亲。 ⑦天阉:此处指男子性器官发育不全,无生殖能力。

如蚕。遐迩闻知，无以女女者①。自分宗绪已绝，昼夜忧怛，而无如何。

廉从师读。师偶他出，适门外有猴戏者，廉视之，废学焉。度师将至而惧，遂亡去。离家数里，见一素衣女郎，偕小婢出其前。女一回首，妖丽无比，莲步蹇缓②，廉趋过之。女回顾婢曰："试问郎君，得无欲如③琼乎?"婢果呼问，廉诘其何为，女曰："倘之琼也，有尺书一函，烦便道寄里门。老母在家，亦可为东道主。"廉出本无定向，念浮海亦得，因诺之。女出书付婢，婢转付生。问其姓名居里，云："华姓，居秦女村，去北郭三四里。"生附舟便去。至琼州北郭，日已曛暮④，问秦女村，迄无知者。望北行四五里，星月已灿，芳草迷目，旷无逆旅⑤，窘甚。见道侧墓，思欲傍坟栖止，大惧虎狼，因攀树猱升⑥，蹲踞其上。听松声谡谡，宵虫哀奏，中心忐忑，悔至如烧。

忽闻人声在下，俯瞰之，庭院宛然，一丽人坐石上，双鬟挑画烛，分侍左右。丽人左顾曰："今夜月白星疏，华姑所赠团茶，可烹一盏，赏此良夜。"生意其鬼魅，毛发直竖，不敢少息。忽婢子仰视曰："树上有人!"女惊起曰："何处大胆儿，暗来窥人!"生大惧，无所逃隐，遂盘旋下，伏地乞宥。女近临一睇，反嗔为喜，曳与并坐。睨之，年可十七八，姿态艳绝，听其言亦土音。问："郎何之?"答云："为人作寄书邮。"女曰："野多暴客⑦，露宿可虞。不嫌蓬荜，愿就税驾⑧。"邀生入。室惟一榻，命展婢两被其上。生自惭形秽，愿在下床。女笑曰："佳客相逢，女元龙何敢高卧?"生不得已，遂与共榻，而惶恐不敢自舒。未几女暗中以纤手探入，轻捻胫股，生伪寐若不觉知。又未几启衾入，摇生，迄不动，女便下探隐处。乃停手怅然，悄悄出衾去，俄闻哭声。生惶愧无以自容，恨天公之缺陷而已。女呼婢篝⑨灯。婢见啼痕，惊问所苦。女摇首曰："我叹吾命耳。"婢立榻前，耽望颜色。女曰："可唤郎醒，遣放去。"生闻之，倍益惭怍，且惧宵半，茫茫无所之。

筹念间，一妇人排闼⑩入。婢曰："华姑来。"微窥之，年约五十余，犹风格。见女未睡，便致诘问，女未答。又视榻上有卧者，遂问："共榻何人?"婢代答："夜一少年郎寄此宿。"妇笑曰："不知巧娘谐花烛。"见女啼泪未干，惊曰："合卺之夕，悲啼不伦，将勿郎君粗暴也?"女不言，益悲。妇欲捋衣视生，一振衣，书落榻上。妇取视，骇曰："我女笔意也!"拆读叹咤。女问之。妇云："是三姐家报，言吴郎已死，茕无所依，且为奈何?"女曰："彼固云为人寄书，幸未遣之去。"妇呼生起，究询书所自来，生备述之。妇曰："远烦寄书，当何以报?"又熟视生，笑问："何迕巧娘?"生言："不自知罪。"又诘女，女叹曰：

---

①无以女女者：没人把女儿嫁给他。后一"女"字用作动词，指"以女妻人"。 ②蹇(jiǎn)缓：行走迟缓。 ③得无：莫非。如：往，去。 ④曛暮：黄昏。 ⑤逆旅：客舍，旅店。 ⑥猱(náo)升：攀缘而上。猱，猿类，善爬树。 ⑦暴客：盗贼。 ⑧税驾：指解下驾车的马，停车，有休息或归宿之意。 ⑨篝(gōu)：置灯于笼中，此处指点灯。 ⑩排闼(tà)：推门。闼，小门。

"自怜生适阉寺，没奔椓人①，是以悲耳。"妇顾生曰："慧黠儿，固雄而雌者耶？是我之客，不可久溷他人。"遂导生入东厢，探手于裤而验之。笑曰："无怪巧娘零涕。然幸有根蒂，犹可为力。"挑灯遍翻箱簏，得黑丸授生，令即吞下，秘嘱勿哗，乃出。生独卧筹思，不知药医何症。将比五更，初醒，觉脐下热气一缕直冲隐处，蠕蠕然似有物垂股际，自探之，身已伟男。心惊喜，如乍膺九锡②。

椽色才分③，妇即入室，以炊饼纳生，叮嘱耐坐，反关其户。出语巧娘曰："郎有寄书劳，将留招三娘来与订姊妹交。且复闭置，免人厌恼。"乃出门去。生回旋无聊，时近门隙，如鸟窥笼。望见巧娘，辄欲招呼自呈，惭讷而止。延及夜分，妇始携女归。发扉曰："闷煞郎君矣！三娘可来拜谢。"途中人逡巡入，向生敛衽。妇命相呼以兄妹，巧娘笑曰："姊妹亦可。"并出堂中，团坐置饮。饮次，巧娘戏问："寺人亦动心佳丽否？"生曰："跛者不忘履，盲者不忘视。"相与粲然。巧娘以三娘劳顿，迫令安置。妇顾三娘，俾与生俱。三娘羞晕不行。妇曰："此丈夫而巾帼者，何畏之？"敦促偕去。私嘱生："阴为吾婿，阳为吾子，可也。"生喜，捉臂登床，发硎④新试，其快可知，既于枕上问女："巧娘何人？"曰："鬼也。才色无匹，而时命蹇落。适毛家小郎子，病阉，十八岁而不能人，因邑邑不畅，赍恨如冥。"生惊，疑三娘亦鬼。女曰："实告君，妾非鬼，狐耳。巧娘独居无耦，我母子无家，借庐栖止。"生大愕。女云："无惧，虽故鬼狐，非相祸者。"由此日共谈宴。虽知巧娘非人，而心爱其娟好，独恨自献无隙。生蕴藉，善谀噱⑤，颇得巧娘怜。一日华氏母子将他往，复闭生室中。生闷气，绕室隔扉呼巧娘；巧娘命婢历试数钥，乃得启。生附耳请间，巧娘遣婢去，生挽就寝榻，偎向之，女戏掬脐下，曰："惜可儿此处阙然。"语未竟，触手盈握。惊曰："何前之渺渺，而遽累然！"生笑曰："前羞见客，故缩，今以诮谤难堪，聊作蛙怒耳。"遂相绸缪。已而恚⑥曰："今乃知闭户有因。昔母子流荡栖无所，假庐居之。三娘从学刺绣，妾曾不少秘惜。乃妒忌如此！"生劝慰之，且以情告，巧娘终衔之。生曰："密之！华姑嘱我严。"语未及已，华姑掩入，二人皇遽方起。华姑瞋目，问："谁启扉？"巧娘笑逆自承。华益怒，聒絮不已。巧娘故哂曰："阿姥亦大笑人！是丈夫而巾帼者，何能为？"三娘见母与巧娘苦相抵⑦，意不自安，以一身调停两间，始各拗怒⑧为喜。巧娘言虽愤烈，然自是屈意事三娘。但华姑昼夜闲防，两情不得自展，眉目含情而已。

一日，华姑谓生曰："吾儿姊妹皆已奉事君，念居此非计，君宜归告父母，

---

①椓(zhuó)人：阉人，宦官。　②乍膺：刚刚接受。九锡：古代天子赐予诸侯、大臣的九种器物，是一种最高礼遇。　③椽(líng)色才分：此处指天色微明，刚刚天亮。椽，旧时房室的窗格。　④发硎(xíng)：新磨过的刀刃。硎，磨刀石。　⑤谀噱：诣笑，此处或指善于逗乐以讨好他人。　⑥恚(huì)：恨，怒。　⑦相抵：互相抵触，争辩。　⑧拗怒：抑制怒气。

早订永约。"即治装促生行。二女相向，容颜悲恻。而巧娘尤不可堪，泪滚滚如断贯珠，殊无已时。华姑排止之，便曳生出。至门外，则院宇无存，但见荒冢。华姑送至舟上，曰："君行后，老身携两女僦①屋于贵邑。倘不忘凤好，李氏废园中，可待亲迎。"生乃归。时傅父觅子不得，正切焦虑，见子归，喜出非望。生略述崖末②，兼至华氏之订。父曰："妖言何足听信？汝尚能生还者，徒以阉废故。不然，死矣！"生曰："彼虽异物，情亦犹人，况又慧丽，娶之亦不为戚党笑。"父不言，但嗤之。生乃退而技痒，不安其分，辄私婢，渐至白昼宣淫，意欲骇闻翁媪。一日为小婢所窥，奔告母，母不信，薄观③之，始骇。呼婢研究，尽得其状。喜极，逢人宣暴，以示子不阉，将论婚于世族。生私白母："非华氏不娶。"母曰："世不乏美妇人，何必鬼物？"生曰："儿非华姑，无以知人道，背之不祥。"傅父从之，遣一仆一妪往觇④之。出东郭四五里，寻李氏园。见败垣竹树中，缕缕有饮烟。妪下乘，直造其闼，则母子拭几濯溉，似有所伺。妪拜致主命。见三娘，惊曰："此即吾家小主妇耶？我见犹怜，何怪公子魂思而梦绕之。"便问阿姊。华姑叹曰："是我假女⑤，三日前忽殂谢⑥去。"因以酒食饷妪及仆。妪归，备道三娘容止，父母皆喜。末陈巧娘死耗，生恻恻欲涕。至亲迎之夜，见华姑亲问之。答云："已投生北地矣。"生歔欷久之。迎三娘归，而终不能忘情巧娘，凡有自琼来者，必召见问之。或言秦女墓夜闻鬼哭，生诧其异，入告三娘。三娘沉吟良久，泣下曰："妾负姊矣！"诘之，答云："妾母子来时，实未使闻。兹之怨啼，将无是姊？向欲相告，恐彰母过。"生闻之，悲已而喜。即命舆，宵昼兼程，驰诣其墓，叩墓木而呼曰："巧娘！巧娘！某在斯！"俄见女郎捧婴儿，自穴中出，举首酸嘶⑦，怨望无已；生亦涕下。探怀问谁氏子，巧娘曰："是君之遗孽也，诞三月矣。"生叹曰："误听华姑言，使母子埋忧地下，罪将安辞！"乃与同舆，航海而归。抱子告母。母视之，体貌丰伟，不类鬼物，益喜。二女谐和，事姑孝。后傅父病，延医来。巧娘曰："疾不可为，魂已离舍。"督治冥具，既竣而卒。儿长，绝肖父，尤慧，十四游泮。

高邮翁紫霞，客于广而闻之。地名遗脱，亦未知所终矣。

吴令

吴令某公，忘其姓字，刚介⑧有声。吴俗最重城隍之神，木肖之⑨，衣以

---

①僦(jiù)：租赁。　②崖末：始末。　③薄观：靠近察看。　④觇(chān)：察看。　⑤假女：义女。　⑥殂(cú)谢：去世。　⑦酸嘶：悲泣。　⑧刚介：刚强耿介。　⑨木肖之：指用木头雕刻成城隍的形象。

锦,藏机如生。值神寿节,则居民敛资为会,辇游通衢。建诸旗幢,杂卤簿,森森部列,鼓吹行且作,阗阗①咽咽然,一道相属②也。习以为俗,岁无敢懈。公出,适相值,止而问之,居民以告;又诘知所费颇奢。公怒,指神而责之曰:"城隍实主一邑。如冥顽无灵,则淫昏之鬼,无足奉事。其有灵,则物力宜惜,何得以无益之费,耗民脂膏?"言已,曳神于地,笞之二十。从此习俗顿革。

公清正无私,惟少年好戏。居年余,偶于廨中梯檐探雀鷇③,失足而堕,折股,寻卒。人闻城隍祠中,公大声喧怒,似与神争,数日不止。吴人不忘公德,集群祝而解之,别建一祠祠公,声乃息。祠亦以城隍名,春秋祀之,较故神尤著。吴至今有二城隍云。

口技

村中来一女子,年二十有四五,携一药囊,售其医④。有问病者,女不能自为方,俟暮夜问诸神。晚洁斗室,闭置其中。众绕门窗,倾耳寂听;但窃窃语,莫敢咳。内外动息俱冥。至夜许,忽闻帘声。女在内曰:"九姑来耶?"一女子答云:"来矣。"又曰:"腊梅从九姑耶?"似一婢答云:"来矣。"三人絮语间杂,刺刺不休⑤。俄闻帘钩复动,女曰:"六姑至矣。"乱言曰:"春梅亦抱小郎子来耶?"一女曰:"拗⑥哥子!呜呜不睡,定要从娘子来。身如百钧重,负累煞人!"旋闻女子殷勤声,九姑问讯声,六姑寒暄声,二婢慰劳声,小儿喜笑声,一齐嘈杂。即闻女子笑曰:"小郎君亦大好耍,远迢迢抱猫儿来。"既而声渐疏,帘又响,满室俱哗,曰:"四姑来何迟也?"有一小女子细声答曰:"路有千里且溢,与阿姑走尔许时始至。阿姑行且缓。"遂各各道温凉声,并移坐声,唤添坐声,参差并作,喧繁满室,食顷始定。即闻女子问病。九姑以为宜得参,六姑以为宜得芪⑦,四姑以为宜得术⑧。参酌移时,即闻九姑唤笔砚。无何,折纸戢戢然,拔笔掷帽丁丁然,磨墨隆隆然;既而投笔触几,震笔作响,便闻撮药包裹苏苏然。顷之,女子推帘,呼病者授药并方。反身入室,即闻三姑作别,三婢作别,小儿哑哑,猫儿唔唔,又一时并起。九姑之声清以越,六姑之声缓以苍,四姑之声娇以婉,以及三婢之声,各有态响,听之了了可辨。群讶以为真神。而试其方亦不甚效。此即所谓口技,特借之以售其术耳。然亦奇矣!

---

①阗阗(tián tián):形容声音洪大。 ②相属:相连。 ③雀鷇(kòu):幼雀。 ④售其医:施展其医术。 ⑤刺刺不休:话语不断。 ⑥拗(niù):性格固执,不驯服。 ⑦芪:中药名,黄芪。 ⑧术:中药名,有白术、苍术等种类。

昔王心逸尝言："在都偶过市廛①，闻弦歌声，观者如堵。近窥之，则见一少年曼声度曲。并无乐器，惟以一指捺②颊际，且捺且讴，听之铿铿，与弦索无异。"亦口技之苗裔也。

狐联

焦生，章丘③石虹先生之叔弟也。读书园中，宵分④有二美人来，颜色双绝。一可十七八，一约十四五，抚几展笑。焦知其狐，正色拒之。长者曰："君鬑如戟，何无丈夫气？"焦曰："仆生平不敢二色⑤。"女笑曰："迂哉！子尚守腐局⑥耶？下元鬼神，凡事皆以黑为白，况床笫⑦间琐事乎？"焦又咄之。女知不可动，乃云："君名下士，妾有一联，请为属对，能对我自去：戊戌同体，腹中止欠一点。"焦凝思不就。女笑曰："名士固如此乎？我代对之可矣：己巳连踪，足下何不双挑。"一笑而去。

潍水狐

潍邑李氏有别第，忽一翁来税居⑧，岁出直⑨金五十，诺之。既去无耗，李嘱家人别租。翌日翁至，曰："租宅已有关说，何欲更僦他人？"李白所疑。翁曰："我将久居是，所以迟迟者，以涓吉⑩在十日之后耳。"因先纳一岁之直，曰："终岁空之，勿问也。"李送出，问期，翁告之。

过期数日，亦竟渺然。及往觇之，则双扉内闭，炊烟起而人声杂矣。讶之，投刺往谒。翁趋出，逆⑪而入，笑语可亲。既归，遣人馈遗其家；翁犒赐丰隆。又数日，李设筵邀翁，款洽甚欢。问其居里，以秦中⑫对。李讶其远，翁曰："贵乡福地也。秦中不可居，大难将作。"时方承平⑬，置未深问。越日，翁折柬报居停之礼，供帐饮食，备极侈丽。李益惊，疑为贵官。翁以交好，因自言为狐。李骇绝，逢人辄道。邑搢绅闻其异，日结驷于门，愿纳交翁，翁无不偓佺接见。渐而郡官亦时还往。独邑令⑭求通，辄辞以故。令又托主人先容，翁辞。李诘其故。翁离席近客而私语曰："君自不知，彼前身为驴，今虽俨然民上，乃饮粻而亦醉⑮者也。仆固异类，羞与为伍。"李乃托词告令，谓狐

---

①市廛（chán）：集市，店铺集中的市区。 ②捺（nà）：按压。 ③章丘：旧县名，治所在今山东省章丘市。 ④宵分：夜半。 ⑤二色：指纳妾或有外遇。 ⑥腐局：陈腐观念。 ⑦床笫（zǐ）：此处指枕席之间。 ⑧税居：租赁房屋。 ⑨直：值，指租金。 ⑩涓吉：选择吉日。 ⑪逆：迎接。 ⑫秦中：即"关中"，指今陕西中部。 ⑬承平：太平。 ⑭邑令：县令。 ⑮饮粻（duī）而亦醉：吃蒸饼也会醉倒，形容其人贪财，不知廉耻。

畏其神明故不敢见。令信之而止。此康熙十一年事,未几秦罢兵燹,狐能前知,信矣。

异史氏曰:"驴之为物庞然也。一怒则蹶趹①嗥嘶,眼大于盎,气粗于牛,不惟声难闻,状亦难见。倘执束刍而诱之,则帖耳辑首,喜受羁勒矣。以此居民上,宜其饮粝而亦醉也。愿临民②者以驴为戒,而求齿于狐,则德日进矣。"

红玉

广平③冯翁有一子,字相如,父子俱诸生。翁年近六旬,性方鲠④,而家屡空⑤。数年间,媪与子妇又相继逝,井臼⑥自操之。一夜,相如坐月下,忽见东邻女自墙上来窥。视之,美;近之,微笑;招以手,不来亦不去。固请之,乃梯而过,遂共寝处。问其姓名,曰:"妾邻女红玉也。"生大爱悦,与订永好,女诺之。夜夜往来,约半年许。翁夜起闻女子含笑语,窥之见女,怒,唤生出,骂曰:"畜产⑦所为何事!如此落寞,尚不刻苦,及学浮荡耶?人知之,丧汝德,人不知,促汝寿!"生跪自投,泣言知悔。翁叱女曰:"女子不守闺戒,既自玷,而又以玷人。倘事一发,当不仅贻寒舍羞!"骂已,愤然归寝。女流涕曰:"亲庭⑧罪责,良足愧辱!我二人缘分尽矣!"生曰:"父在,不得自专。卿如有情,尚当含垢为好。"女言辞决绝,生乃洒涕。女止之曰:"妾与君无媒妁之言,父母之命,逾墙钻隙,何能白首?此处有一佳耦,可聘也。"告以贫。女曰:"来宵相俟,妾为君谋之。"次夜女果至,出白金⑨四十两赠生。曰:"去此六十里,有吴村卫氏,年十八矣,高其价,故未售也。君重啖之,必合谐允。"言已别去。

生乘间语父,欲往相之,而隐馈金不敢告。翁自度无资,以是故止之。生又婉言:"试可乃已。"翁颔之。生遂假仆马,诣卫氏。卫故田舍翁,生呼出引与闲语。卫知生望族,又见仪采轩豁,心许之,而虑其靳于资。生听其词意吞吐,会其旨,倾囊陈几上。卫乃喜,浼邻生居间,书红笺⑩而盟焉,生入拜媪。居室逼侧⑪,女依母自幛。微睨之。虽荆布之饰,而神情光艳,心窃喜。卫借舍款婿,便言:"公子无须亲迎。待少作衣妆,即合舁送去。"生与期而归。诡告翁,言卫爱清门,不责资。翁亦喜。至日卫果送女至。女勤俭,有顺德,琴瑟甚笃。逾二年举一男,名福儿。会清明抱子登墓,遇邑绅宋氏。

---

①蹶趹(dì guì):用蹄踢。 ②临民:治理百姓。 ③广平:旧府名,治所在今河北省永平县。 ④方鲠:方正耿直。 ⑤屡空:经常贫困。 ⑥井臼:从井汲水,以白舂米,泛指操持家务。 ⑦畜产:畜生。 ⑧亲庭:父亲。 ⑨白金:银子。 ⑩红笺:此处指婚书。 ⑪逼侧:狭窄。

宋官御史，坐行赇①免，居林下，大煽威虐。是日亦上墓归，见女艳之，问村人知为生配。料冯贫士，诱以重赂冀可摇，使家人风示之。生骤闻，怒形于色。既思势不敌，敛怒为笑，归告翁。翁大怒，奔出，对其家人，指天画地，诟骂万端。家人鼠窜而去。宋氏亦怒，竟遣数人入生家，殴翁及子，汹若沸鼎。女闻之，弃儿于床，披发号救。群篡舁②之，哄然便去。父子伤残，吟呻在地，儿呱呱啼室中。邻人共怜之，扶之榻上。经日，生杖而能起；翁忿不食，呕血，寻毙。生大哭，抱子兴词，上至督抚，讼几遍，卒不得直。后闻妇不屈死，益悲。冤塞胸吭，无路可伸。每思要路刺杀宋，而虑其扈从繁，儿又罔托。日夜哀思，双睫为之不交。忽一丈夫吊诸其室，虬髯阔颔，曾与无素③。挽坐欲问邦族。客遽曰："君有杀父之仇，夺妻之恨，而忘报乎？"生疑为宋人之侦，姑伪应之。客怒，眦欲裂，遽出曰："仆以君人也，今乃知不足齿之伧④！"生察其异，跪而挽之，曰："诚恐宋人话⑤我。今实布腹心：仆之卧薪尝胆者，固有日矣。但怜此褓中物，恐坠宗祧。君义士，能为我杵臼⑥否？"客曰："此妇人女子之事，非所能。君所欲托诸人者，请自任之；所欲自任者，愿得而代庖焉。"生闻，崩角⑦在地，客不顾而出。生追问姓字，曰："不济，不任受怨；济，亦不任受德。"遂去。生惧祸及，抱子亡去。至夜，宋家一门俱寝，有人越重垣入，杀御史父子三人，及一媳一婢。宋家具状告官。官大骇。宋执谓相如，于是遣役捕生，生遁不知所之，于是情益真。宋仆同官役诸处冥搜，夜至南山，闻儿啼，踪得之，系缧而行。儿啼愈嗔，群夺儿抛弃之，生冤愤欲绝。见邑令，问："何杀人？"生曰："冤哉！某以夜死，我以昼出，且抱呱呱者，何能逾垣杀人？"令曰："不杀人，何逃乎？"生词穷，不能置辩。乃收诸狱。生泣曰："我死无足惜，孤儿何罪？"令曰："汝杀人子多矣，杀汝子何怨？"生既褫革⑧，屡受梏惨，卒无词，令是夜方卧，闻有物击床，震震有声，大惧而号。举家惊起，集而烛之；一短刀铦利⑨如霜，剁床入木者寸余，牢不可拔。令睹之，魂魄丧失。荷戈遍索，竟无踪迹。心窃馁，又以宋人死，无可畏惧，乃详诸宪，代生解免，竟释生。

生归，瓮无升斗，孤影对四壁。幸邻人怜馈食饮，苟且自度。念大仇已报，则辗然⑩喜；思惨酷之祸几于灭门，则泪潸潸堕；及思半生贫彻骨，宗支不续，则于无人处大哭失声，不复能自禁。如此半年，捕禁益懈。乃哀邑令，求判还卫氏之骨。及葬而归，悲怛⑪欲死，辗转空床，竟无生路。忽有款门⑫者，凝神寂听，闻一人在门外，哝哝与小儿语。生急起窥觇，似一女子。扉初启，便问："大冤昭雪，可幸无恙！"其声稔熟，而仓卒不能追忆。烛之，则红玉

①行赇（qiú）：行贿。②篡舁（yú）：强行抢夺抬走。③无素：素无交往。④伧：伧夫，指粗鄙之辈。⑤话（tiǎn）：试探，诱取。⑥杵臼：指公孙杵臼，春秋时晋人，与程婴一起保护赵氏孤儿。⑦崩角：叩响头。⑧褫（chǐ）革：剥夺生员冠服，革除功名。⑨铦（xiān）利：锋利。⑩辗（chǎn）然：笑的样子。⑪悲怛（dá）：哀痛。怛，忧伤，悲苦。⑫款门：敲门。

也。挽一小儿，嬉笑跨下。生不暇问，抱女呜哭，女亦惨然。既而推儿曰："汝忘尔父耶？"儿牵女衣，目灼灼视生。细审之，福儿也。大惊，泣问："儿那得来？"女曰："实告君，昔言邻女者，妄也，妾实狐。适宵行，见儿啼谷中，抱养于秦。闻大难既息，故携来与君团聚耳。"生挥涕拜谢，儿在女怀，如依其母，竟不复识父矣。天未明，女即遽起，问之，答曰："奴欲去。"生裸跪床头，涕不能仰。女笑曰："妾诳君耳。今家道新创，非夙兴夜寐不可。"乃剪莽拥篲①，类男子操作。生忧贫乏，不自给。女曰："但请下帷读，勿问盈歉，或当不殍饿死。"遂出金治织具，租田数十亩，雇佣耕作。荷镵诛茅②，牵萝补屋，日以为常。里党闻妇贤，益乐资助之。约半年，人烟腾茂，类素封家。生曰："灰烬之余，卿白手再造矣。然一事未就安妥，如何？"诘之，答曰："试期已迫，巾服③尚未复也。"女笑曰："妾前以四金寄广文④，已复名在案。若待君言，误之久矣。"生益神之。是科遂领乡荐。时年三十六，腴田连阡，夏屋渠渠⑤矣。女袅娜如随风欲飘去，而操作过农家妇。虽严冬自苦，而手腻如脂。自言二十八岁，人视之，常若二十许人。

异史氏曰："其子贤，其父德，故其报之也侠。非特人侠，狐亦侠也。遇亦奇矣！然官宰悠悠，竖人毛发，刀震震入木，何惜不略移床上半尺许哉？使苏子美读之，必浮白⑥曰：'惜乎击之不中！'"

龙

北直⑦界有堕龙入村，其行重拙，入某绅家。其户仅可容躯，塞而入。家人尽奔。登楼哗噪，铳炮⑧轰然。龙乃出。门外停贮潦水，浅不盈尺。龙入，转侧其中，身尽泥涂，极力腾跃，尺余辄堕。泥蟠三日，蝇集鳞甲。忽大雨，乃霹雳拏空⑨而去。

房生与友人登牛山，入寺游瞩。忽橡间一黄砖堕，上盘一小蛇，细裁如蚓。忽旋一周如指，又一周已如带。共惊，知为龙，群趋而下。方至山半，闻寺中霹雳一声，天上黑云如盖，一巨龙夭矫其中，移时而没。

章丘小相公庄，有民妇适野，值大风，尘沙扑面。觉一目眯，如含麦芒，揉之吹之，迄不愈。启睑⑩而审视之，睛固无恙，但有赤线蜿蜒于肉分。或曰："此蛰龙也。"妇忧惧待死。积三月余，天暴雨，忽巨霆一声，裂眦而去，妇

①剪莽拥篲（huì）：剪除杂草，持帚清扫。莽，密生的草。篲，扫帚。②荷镵（chán）诛茅：扛起掘土工具，铲除茅草。镵，古代一种掘土工具。③巾服：此处指生员冠服，代指生员资格。④广文：此处指儒学教官。⑤夏屋：大屋。渠渠：深广。⑥浮白：饮酒。⑦北直：即"北直隶"。明成祖朱棣以北平为"北直隶"，相当于今河北省、北京市、天津市及河南、山东等省部分地区。⑧铳（chòng）炮：火炮。⑨拏（ná）空：凌空。⑩睑（jiǎn）：眼皮。

无少损。

袁宣四言："在苏州,值阴晦,霹雳大作。众见龙垂云际,鳞甲张动,爪中抟一人头,须眉毕见;移时,入云而没。亦未闻有失其头者。"

林四娘

青州道①陈公宝钥,闽人。夜独坐,有女子搴帏②入,视之,不识,而艳绝,长袖宫装。笑云："清夜兀③坐,得勿寂耶?"公惊问何人,曰:"妾家不远,近在西邻。"公意其鬼,而心好之。捉袂挽坐,谈词风雅,大悦。拥之不甚抗拒,顾曰:"他无人耶?"公急阖户,曰:"无。"促其缓裳,意殊羞怯,公代为之殷勤。女曰:"妾年二十,犹处子也,狂将不堪。"狎亵既竟,流丹浃席。既而枕边私语,自言"林四娘"。公详诘之,曰:"一世坚贞,业为君轻薄殆尽矣。有心爱妾,但图永好可耳,絮絮何为?"无何,鸡鸣,遂起而去。

由此夜夜必至,每与阖户雅饮。谈及音律,辄能剖悉宫商④,公遂意其工于度曲⑤。曰:"儿时之所习也。"公请一领雅奏。女曰:"久矣不托于音,节奏强半遗忘,恐为知者笑耳。"再强之,乃俯首击节,唱"伊""凉"之调,其声哀婉。歌已,泣下。公亦为酸恻,抱而慰之曰:"卿勿为亡国之音,使人悒悒。"女曰:"声以宣意,哀者不能使乐,亦犹乐者不能使哀。"两人燕昵⑥,过于琴瑟。既久,家人窃听之,闻其歌者,无不流涕。

夫人窥见其容,疑人世无此妖丽,非鬼必狐,惧为厌蛊,劝公绝之。公不能听,但固诘之。女愀然曰:"妾,衡府⑦宫人也,遭难而死十七年矣,以君高义,托为燕婉,然实不敢祸君。倘见疑畏,即从此辞。"公曰:"我不为嫌,但燕好若此,不可不知其实耳。"乃问宫中事,女缅述津津可听。谈及式微⑧之际,则哽咽不能成语。女不甚睡,每夜辄起诵《准提》《金刚》诸经咒。公问:"九原⑨能自忏耶?"曰:"一也。妾思终身沦落,欲度⑩来生耳。"

又每与公评骘⑪诗词,瑕辄疵之,至好句则曼声娇吟。意绪风流,使人忘倦。公问:"工诗乎?"曰:"生时亦偶为之。"公素其赠。笑曰:"儿女之语,乌足为高人道。"居三年。一夕,忽惨然告别,公惊问之,答云:"冥王以妾生前无罪,死犹不忘经咒,俾⑫生王家。别在今宵,永无见期。"言已,怆然;公亦泪下。乃置酒相与痛饮,女慷慨而歌,为哀曼之音,一字百转,每至悲处,辄

---

①青州道:此处指青州海防道。 ②搴(qiān)帏:撩起帷幕。 ③兀(wù):兀自,独自。 ④宫商:古代"五音"(宫、商、角、徵、羽)中的宫音、商音,后人用以泛指音乐。 ⑤度曲:指作词曲,唱曲。 ⑥燕昵:亲昵,亲热。 ⑦衡府:此处指青州衡王府,明宪宗第七子朱祐楎,封于青州(今山东益都县),为衡王,传五世六王,明亡,国除。 ⑧式微:衰败。 ⑨九原:春秋时晋国卿大夫的墓地,后泛指墓地;亦指九泉,黄泉,地下。 ⑩度:度脱,超度解脱。 ⑪评骘(zhì):评定。 ⑫俾:使。

便呜咽。数停数起,而后终曲,饮不能畅。乃起,逡巡欲别;公固挽之,又坐少时。鸡声忽唱,乃曰:"必不可以久留矣。然君每怪妾不肯献丑,今将长别,当率成①一章。"索笔构成,曰:"心悲意乱,不能推敲,乖音错节,慎勿出以示人。"掩袖而出,公送诸门外,湮然没。公怅悼良久。视其诗,字态端好,珍而藏之。诗曰:"静锁深宫十七年,谁将故国问青天?闲看殿字封乔木,泣望君王化杜鹃。海国波涛斜夕照,汉家箫鼓静烽烟。红颜力弱难为厉,惠质心悲只问禅。日诵菩提千百句,闲看贝叶②两三篇。高唱梨园歌代哭,请君独听亦潸然。"诗中重复脱节,疑有错误。

①率成:指不假思考,仓促成篇。率,率然,不假思考。 ②贝叶:佛经。

第三卷

江中

王圣俞南游,泊舟江心,既寝,视月明如练①,未能寐,使童仆为之按摩。忽闻舟顶如小儿行,踏芦席作响,远自舟尾来,渐近舱户。虑为盗,急起问童,童亦闻之。问答间,见一人伏舟顶上,垂首窥舱内。大愕,按剑②呼诸仆,一舟俱醒。告以所见。或疑错误。俄响声又作。群起四顾,渺然无人,惟疏星皎月,漫漫江波而已。众坐舟中,旋见青火如灯状,突出水面,随水浮游,渐近舡③则火顿灭。即有黑人骤起屹立水上,以手攀舟而行。众噪曰:"必此物也!"欲射之。方开弓,则遽伏水中不可见矣。问舟人,舟人曰:"此古战场,鬼时出没,其无足怪。"

鲁公女

招远④张于旦,性疏狂不羁,读书萧寺⑤。时邑令鲁公,三韩⑥人,有女好猎。生适遇诸野,见其风姿娟秀,着锦貂裘,跨小骊驹,翩然若画。归忆容华,极意钦想;后闻女暴卒,悼叹欲绝。

鲁以家远,寄灵寺中,即生读所。生敬礼如神明,朝必香,食必祭,每酹⑦而祝曰:"睹卿半面,长系梦魂,不图玉人,奄然物化。今近在咫尺,而邈若河山,恨如何也!然生有拘束,死无禁忌,九泉有灵,当姗姗而来,慰我倾慕。"日夜祝之几半月。一夕挑灯夜读,忽举首,则女子含笑立灯下,生惊起致问。女曰:"感君之情,不能自己,遂不避私奔之嫌。"生大喜,遂共欢好。自此无

---

①练:白绢。 ②按剑:手扶剑把,预示击剑之势。 ③舡(chuán):船。 ④招远:旧县名,治所在今山东省招远市。 ⑤萧寺:佛寺。 ⑥三韩:原指古代朝鲜半岛南部三部族(马韩、辰韩、弁韩),此处泛指辽东地区。 ⑦酹(lèi):洒酒于地以祭鬼神。

虚夜。谓生曰："妾生好弓马，以射獐杀鹿为快，罪孽深重，死无归所。如诚心爱妾，烦代诵《金刚经》一藏数，生生世世不忘也。"生敬受教，每夜起，即枢前捻珠①讽诵。偶值节序，欲与偕归，女忧足弱，不能跋履②。生请抱负以行，女笑从之。如抱婴儿，殊不重累，遂以为常，考试亦载与俱，然行必以夜。生将赴秋闱③，女曰："君福薄，徒劳驰驱。"遂听其言而止。

积四五年，鲁罢官，贫不能舆其榇④，将就窆之⑤，苦无葬地。生及自陈："某有薄壤近寺，愿葬女公子。"鲁公喜。生又力为营葬。鲁德之而莫解其故。鲁去，二人绸缪如平日。一夜侧倚生怀，泪落如豆，曰："五年之好，于今别矣！受君恩义，数世不足以酬！"生惊问之。曰："蒙惠及泉下人，经咒藏满，今得生河北卢户部家。如不忘今日，过此十五年，八月十六日，烦一往会。"生泣下曰："生三十余年矣，又十五年，将就木焉，会将何为？"女亦泣曰："愿为奴婢以报。"少间曰："君送妾六七里，此去多荆棘，妾衣长难度。"乃抱生项，生送至通衢，见路旁车马一簇，马上或一人，或二人；车上或三人、四人、十数人不等；独一钿车⑥，绣缨朱帏⑦，仅一老媪在焉。见女至，呼曰："来乎？"女应曰："来矣。"乃回顾生云："尽此，且去！勿忘所言。"生诺。女行近车，媪引手上之，展轸即发，车马阗咽而去。

生怅怅而归，志时日于壁。因思经咒之效，持诵益虔。梦神人告曰："汝志良嘉，但须要到南海去。"问："南海多远？"曰："近在方寸地。"醒而会其旨，念切菩提，修行倍洁。三年后，次子明、长子政，相继擢高科。生虽暴贵，而善行不替。夜梦青衣人邀去，见宫殿中坐一人如菩萨状，逆之曰："子为善可喜，惜无修龄⑧，幸得请于上帝矣。"生伏地稽首。唤起，赐坐，饮以茶，味芳如兰。又令童子引去，使浴于池。池水清洁，游鱼可数，入之而温，掬之有荷叶香。移时渐入深处，失足而陷，过涉灭顶。惊寤，异之。由此身益健，目益明。自捋其须，白者尽簌簌落；又久之，黑者亦落。面纹亦渐舒。至数月后，颔秃⑨童面，宛如十五六时。辄兼好游戏事，亦犹童。过饰边幅⑩，二子辄匡救之。

未几夫人以老病卒，子欲为求继室于朱门。生曰："待吾至河北来而后娶。"屈指已及约期，遂命仆马至河北。访之，果有卢户部。先是，卢公生一女，生而能言，长益慧美，父母最钟爱之。贵家委禽⑪，女辄不欲，怪问之，具述生前约。共计其年，大笑曰："痴婢！张郎计今年已半百，人事变迁，其骨已朽。纵其尚在，发童而齿豁矣⑫。"女不听。母见其志不摇，与卢公谋，戒

①捻珠：手捻佛珠。②跋履：指旅途辛劳奔波。③秋闱(wéi)：乡试。④舆：以车运载。榇(chèn)：棺材。⑤就窆(biǎn)之：指就地埋葬。窆，下葬。⑥钿(diàn)车：用金宝嵌饰的车子。⑦朱帏(xiān)：红色的车帷。帏：车上的帷幔。⑧修龄：长寿。⑨颔(hàn)秃：下巴光滑，没有胡须。⑩过饰边幅：过于注重自己的服容态。边幅，布帛的边缘。⑪委禽：下聘礼。⑫发童：头秃无发。齿豁：豁通"龆"，齿缺。

阍人①勿通客,过期以绝其望。未几生至,阍人拒之,退返旅舍,怅恨无所为计。闲游郊郭,因循而暗访之。女谓生负约,涕不食。母言:"渠不来,必已狙谢。即不然,背盟之罪,亦不在汝。"女不语,但终日卧。卢患之,亦思一见生之为人,乃托游遨,遇生于野。视之,少年也,讶之。班荆②略谈,甚倜傥。公喜,邀至其家。方将探问,卢即遽起,嘱客暂独坐,匆匆入内告女。女喜,自力起,窥审其状不符,零涕而返,怨父欺罔,公力白其是,女无言,但泣不止。公出,意绪懊丧,对客殊不款曲③。生问:"贵族有为户部者乎?"公漫应之。首他顾,似不属客。生觉其慢,辞出。女啼数日而卒。

生夜梦女来,曰:"下顾者果君耶?年貌舛异④,觌⑤面遂致违隔。妾已忧愤死。烦向土地祠速招我魂,可得活,迟则无及矣。"既醒,急探卢氏之门,果有女亡二日矣。生大恸,进而吊诸其室,已而以梦告卢。卢从其言,招魂而归,启其衾,抚其尸,呼而祝之,俄闻喉中略略有声。忽见朱樱乍启,坠痰块如冰,扶移榻上,渐复吟呻。卢公悦,肃客出,置酒宴会。细展官阀,知其巨家,益喜,择吉成礼。居半月携女而归,卢送至家,半年乃去。夫妇居室俨如小耦,不知者多误以子妇为姑嫜⑥者焉。卢公逾年卒。子最幼,为豪强所中伤,家产几尽。生迎养之,遂家焉。

道士

韩生,世家也。好客,同村徐氏常饮于其座。会宴集,有道士托钵⑦门外,家人投钱及粟皆不受,亦不去,家人怒归不顾。韩闻击剥⑧之声甚久,询之家人,以情告。言未已,道士竟入,韩招之坐。道士向主客皆一举手,即坐。略致研诘,始知其初居村东破庙中。韩曰:"何日栖鹤⑨东观,竟不闻知,殊缺地主之礼。"答曰:"野人新至无交游,闻居士挥霍,深愿求饮焉。"韩命举觞。道士能豪饮。徐见其衣服垢敝,颇偃蹇⑩,不甚为礼。韩亦海客⑪遇之。道士倾饮二十余杯,乃辞而去。自是每宴会道士辄至,遇食则食,遇饮则饮,韩亦稍厌其频。饮次,徐嘲之曰:"道长日为客,宁不一作主?"道士笑曰:"道人与居士等,惟双肩承一喙耳。"徐惭不能对。道士曰:"虽然,道人怀诚久矣,会当竭力作杯水之酬。"饮毕,嘱曰:"翌午⑫幸赐光宠。"次日相邀同往,疑其不设。行去,道士已候于途,且语且步,已至庙门。入门,则院落一新,连阁云蔓。大奇之,曰:"久不至此,创建何时?"道士答:"竣工未久。"

---

①阍(hūn)人:看门人。 ②班荆:铺荆坐地,一般指朋友相遇,共坐谈心。 ③款曲:殷勤应酬。 ④舛(chuǎn)异:不符合。舛,错,违背。 ⑤觌:相见。 ⑥姑嫜:公婆。 ⑦托钵:化缘。 ⑧击剥:敲门声。 ⑨栖鹤:对道士宿止之处的敬称。 ⑩偃蹇(yǎn jiǎn):骄横,傲慢。 ⑪海客:居无定所的江湖人。 ⑫翌午:次日中午。

比入其室,陈设华丽,世家所无。二人肃然起敬。甫坐,行酒下食,皆二八狡童①,锦衣朱履。酒馔芳美,备极丰渥。饭已,另有小进。珍果多不可名,贮以水晶玉石之器,光照几榻。酸以玻璃盏,围尺许。道士曰:"唤石家姊妹来。"童去少时,二美人入,一细长如弱柳,一身短,齿最稚;媚曼双绝。道士即使歌以侑酒②。少者拍板而歌,长者和以洞箫,其声清细。既阕,道士悬爵促釂③,又命遍酌。顾问:"美人久不舞,尚能之否?"遂有僮仆展氍毹④于筵下,两女对舞,长衣乱拂,香尘四散。舞罢,斜倚画屏。韩、徐二人心旷神飞,不觉醺醉。

道士亦不顾客,举杯饮尽,起谓客曰:"姑烦自酌,我稍憩,即复来。"即去。南屋壁下,设一螺钿之床,女子为施锦裀,扶道士卧。道士乃曳长者共寝,命少者立床下为之爬搔。韩、徐睹此状颇不平。徐乃大呼:"道士不得无礼"往将挠之,道士急起而遁。见少女犹立床下,乘醉拉向北榻,公然拥卧。视床上美人,尚眠绣榻。顾韩曰:"君何太迂?"韩乃径登南榻,欲与狎亵,而美人睡去,拨之不转;因抱与俱寝。天明酒梦俱醒,觉怀中冷物冰人,视之,则抱长石卧青阶下。急视徐,徐尚未醒,见其枕遗屙⑤之石,酣寝败厕中。蹶起,互相骇异。四顾,则一庭荒草,两间破屋而已。

胡氏

直隶有巨家欲延师⑥,忽一秀才踵门⑦自荐,主人延之。词语开爽,遂相知悦。秀才自言胡氏,遂纳贽馆之。胡课业良勤,淹洽⑧非下士等。然时出游,辄昏夜始归,扃闭俨然,不闻款叩而已在室中矣。遂相惊以狐。然察胡意固不恶,优重之,不以怪异废礼。

胡知主人有女,求为姻好,屡示意,主人伪不解。一日胡假⑨而去。次日有客来谒,挚黑卫⑩于门,主人逆而入。年五十余,衣履鲜洁,意甚恬雅。既坐,自达,始知为胡氏作冰⑪。主人默然良久,曰:"仆与胡先生,交已莫逆,何必婚姻?且息女已许字矣,烦代谢先生。"客曰:"确知令媛待聘,何拒之深?"再三言之,而主人不可,客有惭色,曰:"胡亦世族,何遽不如先生?"主人直告曰:"实无他意,但恶非其类耳。"客闻之怒,主人亦怒,相侵益亟。客起抓主人,主人命家人杖逐之,客乃遁。遗其驴,视之毛黑色,批耳修尾,大物

①狡童:姣美的少年。 ②侑(yòu)酒:劝酒。 ③悬爵促釂(jiào):举杯劝饮。釂,干杯。 ④氍毹(qú shū):毛织的毡席或地毯,旧时演戏多用来铺在地上。 ⑤遗屙:排泄屎尿。 ⑥直隶:相当于今河北省、北京市、天津市及河南、山东等省部分地区。师:聘请。 ⑦踵(zhǒng)门:登门。踵,脚后跟。 ⑧淹洽(yān qià):渊博,深通。 ⑨假:告假。 ⑩黑卫:黑驴。卫,驴的别名。 ⑪作冰:做媒。冰,冰人,媒人。

也。牵之不动,驱之则随手而蹶①,喓喓②然草虫耳。

主人以其言忿,知必相仇,戒备之。次日果有狐兵大至,或骑,或步,或戈,或弩,马嘶人沸,声势汹汹。主人不敢出,狐声言火屋,主人益惧。有健者率家人噪出,飞石施箭,两相冲击,互有夷伤。狐渐靡,纷纷引去。遗刀地上,亮如霜雪,近拾之,则高粱叶也。众笑曰:"技止此耳。"然恐其复至,益备之。明日众方聚语,忽一巨人自天而降,高丈余,身横数尺,挥大刀如门,逐人而杀。群操矢石乱击之,颠踣③而毙,则刍灵④耳。众益易之。狐三日不复来,众亦少懈。主人适登厕,俄见狐兵张弓挟矢而至,乱射之,集矢于臀。大惧,急喊众奔斗,狐方去。拔矢视之,皆蒿梗。如此月余,去来不常,虽不甚害,而日日戒严,主人患苦之。

一日胡生率众至,主人身出,胡望见,避于众中,主人呼之,不得已,乃出。主人曰:"仆自谓无失礼于先生,何故兴戎?"群狐欲射,胡止之。主人近握其手,邀入故斋,置酒相款,从容曰:"先生达人,当相见谅。以我情好,宁不乐附婚姻?但先生车马、宫室,多不与人同,弱女相从,即先生当知其不可。且谚云:'瓜果之生摘者,不适于口。'先生何取焉?"胡大惭。主人曰:"无伤,旧好故在。如不以尘浊见弃,在门墙之幼子年十五矣,愿得坦腹⑤床下。不知有相若者吾?"胡喜曰:"仆有弱妹少公子一岁,颇不陋劣,以奉箕帚如何?"主人起拜,胡答拜。于是酬酢甚欢,前隙俱忘,命罗酒浆,遍犒从者,上下欢慰。乃详问居里,将以奠雁,胡辞之。日暮继烛,醺醉乃去。由是遂安。

年余,胡不至,或疑其约妄,而主人坚持之。又半年胡忽至,既道温凉已,乃曰:"妹子长成矣。请卜良辰,遣事翁姑。"主人喜,即同定期而去。至夜果有舆马送新妇至,奁妆丰盛,设室中几满。新妇见姑嫜,温丽异常,主人大喜。胡生与一弟来送女,谈吐俱风雅,又善饮。天明乃去。新妇且能预知年岁丰凶,故谋生之计皆取则焉。胡生兄弟以及胡媪,时来望女,人人皆见之。

戏术

有桶戏者,桶可容升,无底中空,亦如俗戏。戏人以二席置街上,持一升入桶中,旋出,即有白米满升倾注席上,又取又倾,顷刻两席皆满。然后一一量入,毕而举之犹空桶。奇在多也。

---

①蹶:跌倒。 ②喓喓:虫鸣声。 ③颠踣(diān bó):跌倒。 ④刍灵:用草扎成的人、马,古代用以殉葬。 ⑤坦腹:用晋代王羲之"东床坦腹"之典故,指做胡生家的女婿。

利津①李见田，在颜镇闲游陶场②，欲市巨瓮，与陶人争直③，不成而去。至夜，窑中未出者六十余瓮，启视一空。陶人大惊，疑李，踵门求之。李谢不知，固哀之，乃曰："我代汝出窑，一瓮不损，在魁星楼下非与？"如言往视，果一一俱在。楼在镇之南山，去场三里余。佣工运之，三日乃尽。

丐僧

济南④一僧，不知何许人。赤足衣百衲，日于芙蓉、明湖诸馆，诵经抄募⑤。与以酒食钱粟皆弗受，叩所需又不答。终日未尝见其餐饭。或劝之曰："师既不茹⑥荤酒，当募山村僻巷中，何日日往来于膻闹⑦之场？"僧合眸讽诵，睫毛长指许，若不闻。少旋又语之，僧遽张目厉声曰："要如此化！"又诵不已。久之自出而去，或从其后，固诘其必如此之故，走不应。叩之数四，又厉声曰："非汝所知！老僧要如此化！"积数日，忽出南城，卧道侧如僵，三日不动。居民恐其饿死，贻累近郭，因集劝他徙。欲饭，饭之；欲钱，钱之，僧瞑然不动，群摇而语之。僧怒，于衲中出短刀，自剖其腹，以手入内理肠于道，而气随绝。众骇告郡，藁葬⑧之。异日为犬所穴，席见；踏之似空，发视之，席封如故，犹空茧然。

伏狐

太史某为狐所魅，病瘠⑨。符禳⑩既穷，乃乞假归，冀可逃避。太史行而狐从之，大惧，无所为谋。一日止于涿⑪，门外有铃医⑫自言能伏狐，太史延之入。投以药，则房中术也。促令服讫，入与狐交，锐不可当。狐辟易，哀而求罢，不听，进益勇。狐展转营脱，苦不得去。移时无声，视之，现狐形而毙矣。

昔余乡某生者，素有嫪毒⑬之目，自言生平未得一快意。夜宿孤馆四无邻，忽有奔女，扉未启而已入，心知其狐，亦欣然乐就狎之。衿襦甫解，贯革直入。狐惊痛，啼声吱然，如鹰脱鞲⑭，穿窗而出去。某犹望窗外作狎昵声，

---

①利津：旧县名，治所在今山东省利津县。　②陶场：烧制陶器的工场。　③直：值，价格。　④济南：旧府名，治所在今山东省济南市。　⑤诵经抄募：诵经化缘。　⑥茹：吃。　⑦膻闹：膻腥喧闹。　⑧藁（gǎo）葬：草草埋葬。　⑨病瘠：指因精气亏损而导致的瘦弱之症。　⑩符禳（ráng）：用符咒禳解邪祟。　⑪涿：旧县名，治所在今河北省涿州市。　⑫铃医：走方郎中。　⑬嫪毒（lào ǎi）：战国末期秦国人，与秦王嬴政之母私通，事败被杀。后世用以代称善淫者。　⑭鞲（gōu）：古代射箭时戴的皮质臂套。

哀唤之，冀其复回，而已寂然矣。此真讨狐之猛将也！宜榜门驱狐，可以为业。

蛰龙

於陵曲银台公，读书楼上。值阴雨晦暝，见一小物有光如荧、蠕蠕而行，过处则黑如蚰迹，渐盘卷上，卷亦焦。意为龙，乃捧卷送之至门外，持立良久，蠖曲①不少动。公曰："将无谓我不恭？"执卷返，仍置案上，冠带长揖送之。方至檐下，但见昂首乍伸，离卷横飞，其声嗤然，光一道如缕。数步外，回首向公，则头大于瓮，身数十围矣。又一折反，霹雳震惊，腾霄而去。回视所行处，盖曲曲自书笥②中出焉。

苏仙

高公明图知郴州时③，有民女苏氏浣衣于河，河中有巨石，女踞其上。有苔一缕，绿滑可爱，浮水漾动，绕石三匝。女视之心动。既归而娠，腹渐大，母私诘之，女以情告，母不能解。数月竟举一子，欲置隘巷④，女不忍也，藏诸椟⑤而养之。遂矢志不嫁，以明其不二也。然不夫而孕，终以为羞。

儿至七岁，未尝出以见人，儿忽谓母曰："儿渐长，幽禁何可长也？去之不为母累。"问所之。曰："我非人种，行将腾霄昂壑⑥耳。"女泣询归期。答曰："待母属纩⑦，儿始来。去后倘有所需，可启藏儿椟索之，必能如愿。"言已，拜母竟去。出而望之，已杳矣。女告母，母大奇之。女坚守旧志，与母相依，而家益落。偶缺晨炊，仰屋无计。忽忆儿言，往启椟，果得米，赖以举火。自是有求辄应。逾三年母病卒，一切葬具皆取给于椟。

既葬，女独居三十年，未尝窥户⑧。一日邻妇乞火者，见其兀坐⑨空闺，语移时始去。居无何，忽见彩云绕女舍，亭亭如盖，中有一人盛服立，审视则苏女也。回翔久之，渐高不见。邻人共疑之，窥诸其室，见女靓妆凝坐，气则已绝。众以其无归⑩，议为殡殓。忽一少年入，丰姿俊伟，向众申谢。邻人向亦窃知女有子，故不之疑。少年出金葬母，值二桃于墓，乃别而去。数步之

①蠖(huò)曲：即"蠖屈"，形容像尺蠖一样的屈曲之形。蠖，昆虫名，尺蠖的简称。②书笥(sì)：书箱。③郴州：旧州名，治所在今河北省郴州市。④置隘巷：指抛弃孩子。隘巷：小巷子。⑤椟(dú)：柜子、匣子。⑥腾霄昂壑：飞腾云霄，下临润壑。⑦属纩(zhǔ kuàng)：临终。属，附着。纩，新绵，古人用新绵置于临死者鼻前，察看其是否断气。⑧窥户：闭门不出。⑨兀坐：独坐。⑩无归：未出嫁。

外,足下生云,不可复见。后桃结实甘芳,居人谓之"苏仙桃",树年年华茂,更不衰朽。官是地者,每携实以馈亲友。

李伯言

李生伯言,沂水①人,抗直有肝胆。忽暴病,家人进药,却之曰:"吾病非药饵可疗。阴司阎罗缺,欲吾暂摄其篆②耳。死勿埋我,宜待之。"是日果死。

驺从导去,入一宫殿,进冕服,隶胥③祗候甚肃。案上簿书丛沓。一宗:江南某,稽生平所私良家女八十二人,鞫之佐证不诬,按冥律宜炮烙④。堂下有铜柱,高八九尺,围可一抱,空其中而炽炭焉,表里通赤。群鬼以铁蒺藜挞驱使登,手移足盘而上,甫至顶,则烟气飞腾,崩然一响如爆竹,人乃堕;团伏移时,始复苏。又挞之,爆堕如前。三堕,则匝地如烟而散,不复能成形矣。

又一起:为同邑王某,被婢父讼盗占生女,王即李姻家。先是一人卖婢,王知其所来非道,而利其直廉,遂购之。至是王暴卒。越日其友周生遇于途,知为鬼,奔避斋中。王亦从入。周惧而祝,问所欲为。王曰:"烦作见证于冥司耳。"惊问:"何事?"曰:"余婢实价购之,今被误控,此事君亲见之,惟借季路一言,无他说也。"周固拒之,王出曰:"恐不由君耳。"未几周果死,同赴阎罗质审。李见王,隐存左袒⑤意。忽见殿上火生,焰烧梁栋。李大骇,侧足立,吏急进曰:"阴曹不与人世等,一念之私不可容。急消他念,则火自熄。"李敛神寂虑,火顿灭。已而鞫状,王与婢父反复相苦;问周,周以实对;王以故犯论答。答讫,遣人俱送回生,周与王皆三日而苏。

李视事毕,舆马而返。中途见阙头断足者数百辈,伏地哀鸣。停车研诘,则异乡之鬼,思践故土,恐关隘阻隔,乞求路引⑥。李曰:"余摄任三日已解任矣,何能为力?"众曰:"南村胡生,将建道场⑦,代嘱可致。"李诺之。至家,驺从都去,李乃苏。

胡生字水心,与李善,闻李再生,便诣探省。李遽问:"清醮⑧何时?"胡讶曰:"兵燹⑨之后,妻孥瓦全,向与室人作此愿心,未向一人道也,何知之?"李具以告。胡叹曰:"闺房一语遂播幽冥,可惧哉!"乃敬诺而去。次日如王所,王犹惫卧。见李,肃然起敬,申谢佑庇。李曰:"法律不能宽假。今幸无恙乎?"王云:"已无他症,但答疮脓溃耳。"又二十余日始痊,臀肉腐落,瘢痕

---

①沂水:旧县名,治所在今山东省沂水县。 ②摄其篆:代理其官职。篆,官印。 ③隶胥:官署中的小吏。 ④炮烙(páo luò):传为殷纣王所用酷刑,把人绑在烧红的铜柱上烫死。 ⑤左袒:偏袒一方。 ⑥路引:古代由官府颁发的通行凭证。 ⑦道场:此处指佛教、道教中规模较大的诵经礼拜仪式,如"水陆道场"等。 ⑧清醮:谓道士设坛祈祷。 ⑨兵燹(xiǎn):形容因战乱而造成的焚毁破坏等灾难。

如杖者。

异史氏曰："阴司之刑惨于阳世,责亦苛于阳世。然关说不行,则受残酷者不怨也。谁谓夜台①无天日哉? 第恨无火烧临民之堂廨②耳!"

黄九郎

何师参,字子萧,斋于苕溪之东,门临旷野。薄暮偶出,见妇人跨驴来,少年从其后。妇约五十许,意致清越;转视少年,年可十五六,丰采过于姝丽③。何生素有断袖之癖④,睹之,神出于舍,翘足目送,影灭方归。

次日早伺之,落日冥蒙,少年始过。生曲意承迎,笑问所来。答以"外祖家"。生请过斋少憩,辞以不暇,固曳之,乃入;略坐兴辞,坚不可挽。生挽手送之,殷嘱便道相过,少年唯唯而去。生由是凝思如渴,往来眺注,足无停趾。

一日,日衔半规⑤,少年欻至,大喜要入,命馆童⑥行酒。问其姓字,答曰:"黄姓,第九。童子无字。"问:"过往何频?"曰:"家慈在外祖家,常多病,故数省之。"酒数行,欲辞去;生捉臂遮留,下管钥⑦。九郎无如何,赪颜复坐,挑灯共语,温若处子,而词涉游戏,便含羞面向壁。未几引与同衾,九郎不许,坚以睡恶为辞。强之再三,乃解上下衣,着裤卧床上。生灭烛,少时移与同枕,曲肘加髀⑧而狎抱之,苦求私昵。九郎怒曰:"以君风雅士故与流连,乃此之为,是禽处而兽爱之也!"未几晨星荧荧,九郎径去。生恐其遂绝,复伺之,踯躅凝盼,目穿北斗。

过数日九郎始至,喜逆⑨谢过,强曳入斋,促坐笑语,窃幸其不念旧恶。无何,解屦登床,又抚哀之。九郎曰:"缠绵之意已镂肺膈,然亲爱何必在此?"生甘言纠缠,但求一亲玉肌,九郎从之。生俟其睡寐,潜就轻薄,九郎醒,揽衣遽起,乘夜遁去。生邑邑若有所失,忘啜废枕⑩,日渐委悴,惟日使斋童逻侦⑪焉。

一日,九郎过门即欲径去,童牵衣入之。见生清癯,大骇,慰问。生实告以情,泪涔涔随声零落。九郎细语曰:"区区之意,实以相爱无益于弟,而有害于兄,故不为也。君既乐之,仆何惜焉?"生大悦。九郎去后病顿减,数日平复。九郎果至,遂相缱绻。曰:"今勉承君意,幸勿以此为常。"既而曰:"欲有所求,肯为力乎?"问之,答曰:"母患心痛,惟太医齐野王先天丹可疗。君

---

①夜台:坟墓,借指阴间。 ②堂廨:官署。 ③姝丽:美女。 ④断袖之癖:指癖好男宠。 ⑤日衔半规:太阳半落西山。半规,半圆,指半边落日。 ⑥馆童:书童。 ⑦管钥:亦作"筦钥",即锁匙,此处代指锁门。 ⑧髀(bì):大腿。 ⑨逆:迎接。 ⑩忘啜废枕:不食不眠。 ⑪逻侦:巡逻侦察。

与善,当能求之。"生诺之,临去又嘱。生入城求药,及暮付之。九郎喜,上手称谢。又强与合。九郎曰:"勿相纠缠。请为君图一佳人,胜弟万万矣。"生问:"谁何?"九郎曰:"有表妹美无伦,倘能垂意,当执柯斧①。"生微笑不答,九郎怀药便去。

三日乃来,复求药。生恨其迟,词多诮让。九郎曰:"本不忍祸君,故疏之。既不蒙见谅,请勿悔焉。"由是燕会无虚夕。凡三日必一乞药,齐怪其频,曰:"此药未有过三服者,胡久不瘳?"因裹三剂并授之。又顾生曰:"君神色黯然,病乎?"曰:"无。"脉之,惊曰:"君有鬼脉,病在少阴,不自慎者殆矣!"归语九郎。九郎叹曰:"良医也!我实狐,久恐不为君福。"生疑其诳,藏其药不以尽予,虑其弗至也。居无何,果病。延齐诊视,曰:"曩不实言,今魂气已游墟莽②,秦缓③何能为力?"九郎日来省侍,曰:"不听吾言,果至于此!"生寻死,九郎痛哭而去。

先是,邑有某太史,少与生共笔砚,十七岁擢翰林。时秦藩④贪暴,而赂通朝士,无有言者。公抗疏劾其恶,以越俎⑤免。藩升是省中丞⑥,日伺公隙。公少有英称,曾邀叛王青盼,因购得旧所往来札胁公,公惧,自经;夫人亦投缳⑦死。公越宿忽醒,曰:"我何子萧也。"诘之,所言皆何家事,方悟其借躯返魂。留之不可,出奔旧舍。抚疑其诈,必欲排陷之,使人索千金于公。公伪诺,而忧闷欲绝。

忽通九郎至,喜共话言,悲欢交集,既欲复狎,九郎曰:"君有三命耶?"公曰:"余悔生劳,不如死逸。"因诉冤苦,九郎悠忧以思,少间曰:"幸复生聚。君旷无偶,前言表妹慧丽多谋,必能分忧。"公欲一见颜色。曰:"不难。明日将取伴老母,此道所经,君伪为⑧弟也兄者,我假渴而求饮焉,君曰'驴子亡',则诺也。"计已而别。

明日亭午,九郎果从女郎经门外过,公拱手絮絮与语,略睨女郎,娥眉秀曼,诚仙人也。九郎索茶,公请入饮。九郎曰:"三妹勿讶,此兄盟好,不妨少休止。"扶之而下,系驴于门而入。公自起沦茗⑨,因目九郎曰:"君前言不足以尽。今得死所矣!"女似悟其言之为己者,离榻起立,嘤喔而言曰:"去休!"公外顾曰:"驴子其亡!"九郎火急驰出。公拥女求合。女颜色紫变,窘若囚拘,大呼九兄,不应。曰:"君自有妇,何丧人廉耻也?"公自陈无室。女曰:"能矢山河⑩,勿令秋扇见捐⑪,则惟命是听。"公乃誓以皦日⑫。女不复拒。事已,九郎至,女色然怒让之。九郎曰:"此何子萧,昔之名士,今之太史。与

①执柯斧:做媒。 ②墟莽:废墟榛莽,荒野。 ③秦缓:春秋时秦国良医。 ④秦藩:秦地藩台,指陕西布政使。 ⑤越俎:即"越俎代庖"。 ⑥中丞:明清巡抚的代称。 ⑦投缳:义同"自经",指自缢。 ⑧伪为:假称。 ⑨沦(yuè)茗:煮茶。 ⑩矢山河:对着山河起誓。 ⑪秋扇见捐:秋凉以后,扇子就被抛弃。比喻女子被丈夫或情人遗弃。捐,舍弃。 ⑫皦(jiǎo)日:明亮的太阳。

兄最善,其人可依。即闻诸妗氏①,当不相见罪。"日向晚,公邀遮不听去,女恐姑母骇怪,九郎锐身自任,跨驴径去。居数日,有妇携婢过,年四十许,神情意致雅似三娘。公呼女出窥,果母也。瞥睹女,怪问:"何得在此?"女惭不能对。公邀入,拜而告之。母笑曰:"九郎稚气,胡再不谋?"女自入厨下,设食供母,食已乃去。公得丽偶颇快心期,而恶绪萦怀,恒戚戚有忧色。女问之,公缅述颠末。女笑曰:"此九兄一人可得解,君何忧?"公诘其故,女曰:"闻抚公溺声歌而比顽童②,此皆九兄所长也。投所好而献之,怨可消,仇亦可复。"公虑九郎不肯,女曰:"但请哀之。"越日公见九郎来,肘行而逆之,九郎惊曰:"两世之交,但可自效,顶踵所不敢惜,何忽作此态向人?"公具以谋告,九郎有难色。女曰:"妾失身于郎,谁实为之? 脱令中途凋丧,焉置妾也?"九郎不得已,诺之。

公阴与谋,驰书与所善之王太史,而致九郎焉。王会其意,大设,招抚公饮。命九郎饰女郎,作天魔舞③,宛然美女。抚惑之,亟请④于王,欲以重金购九郎,惟恐不得当。王故沉思以难之。迟之又久。始将公命以进。抚喜,前隙顿释。自得九郎,动息不相离,侍妾十余视同尘土。九郎饮食供具如王者,赐金万计。半年抚公病,九郎知其去冥路近也,遂辇金帛,假归⑤公家。既而抚公薨,九郎出资,起屋置器,畜婢仆,母子及妗并家焉。九郎出,舆马甚都⑥,人不知其狐也。

余有笑判,并志之:

男女居室,为夫妇之大伦;燥湿互通,乃阴阳之正窍。迎风待月,尚有荡检之讥;断袖分桃,难免掩鼻之丑。人必力士,鸟道乃敢生开;洞非桃源,渔篙宁许误人? 今某从下流而忘返,舍正路而不由。云雨未兴,辄尔上下其手;阴阳反背,居然表里为奸。华池置无用之乡,谬说老僧入定;蛮洞乃不毛之地,遂使眇帅称戈。系赤兔于辕门,如将射戟;探大弓于国库,直欲斩关。或是监内黄鳝⑦,访知交于昨夜;分明王家朱李,索钻报于来生。彼黑松林戎马顿来,固相安矣;设黄龙府潮水忽至,何以御之? 宜断其钻刺之恨,兼塞其送迎之路。

金陵女子

沂水⑧居民赵某,以故自城中归,见女子白衣哭路侧,甚哀。睨之,美;悦

---

①妗氏:舅母。九郎之舅母,即三娘之母。 ②比(pì):亲近。顽童:此处指娈(luán)童。
③天魔舞:元顺帝时的一种宫廷舞蹈,以宫女十六人赞佛而舞。 ④亟请:一再请求。 ⑤假归:告假而归。 ⑥都:华美。 ⑦黄鳝:即黄鳝。 ⑧沂水:旧县名,治所在今山东省沂水县。

之，凝注不去，女垂涕曰："夫夫也，路不行而顾我！"赵曰："我以旷野无人，而子哭之恸，实怆于心。"女曰："夫死无路，是以哀耳。"赵劝其复择良匹。曰："渺此一身，其何能择？如得所托，媵之①可也。"赵忻然自荐，女从之。赵以去家远，将觅代步。女曰："无庸。"乃先行、飘若仙奔。至家，操井臼②甚勤。

积二年余，谓赵曰："感君恋恋，猥相从，忽已三年，今宜且去。"赵曰："曩言无家，今焉往？"曰："彼时漫为是言耳，何得无家？身父货药金陵。倘欲再晤，可载药往，可助资斧。"赵经营，为赁③舆马。女辞之，出门径去，追之不及，瞬息遂杳。

居久之，颇涉怀想，因市药诣金陵。寄货旅邸，访诸衢市，忽药肆一翁望见，曰："婿至矣。"延之入，女方浣裳庭中，见之不言亦不笑，浣不辍。赵衔恨遽出，翁又曳之返，女不顾如初。翁命治具④作饭，谋厚赠之。女止之曰，"渠福薄，多将不任；宜少慰其苦辛，再检十数医方与之，便吃著不尽矣。"翁问所载药，女云："已售之矣，直在此。"翁乃出方付金，送赵归。

试其方，有奇验。沂水尚有能知其方者。以蒜臼接茅檐雨水，洗瘊赘⑤，其方之一也，良效。

汤公

汤公名聘，辛丑进士。抱病弥留⑥，忽觉下部热气，渐升而上，至股则足死，至腹则股又死，至心，心之死最难。凡自童稚以及琐屑久忘之事，都随心血来，一一潮过。如一善，则心中清净宁帖；一恶，则懊憹⑦烦燥，似油沸鼎中，其难堪之状，口不能肖似。犹忆七八岁时，曾探雀雏而毙之，只此一事，心头热血潮涌，食顷方过。直待平生所为，一一潮尽，乃觉热气缕缕然，穿喉入脑自顶颠出，腾上如炊，逾数十刻期，魂乃离窍，忘躯壳矣。

而渺渺无归，漂泊郊路间。一巨人来，高几盈寻⑧，掇拾之纳诸袖中。入袖，则叠肩压股，其人甚夥，薅脑闷气，殆不可过。公顿思惟佛能解厄，因宣佛号，才三四声，飘堕袖外。巨人复纳之，三纳三堕，巨人乃去之。

公独立彷徨，未知何往之善。忆佛在西土，乃遂西。无何，见路侧一僧趺坐⑨，趋拜问途。僧曰："凡士子生死录⑩，文昌及孔圣⑪司之，必两处销名，乃可他适。"公问其居，僧示以途，奔赴。无几至圣庙，见宣圣⑫南面坐，拜祷

①媵(yìng)之：与人做妾。　②井臼：从井汲水，以臼舂米，泛指操持家务。　③赁(shì)：租赁。　④治具：备办酒食，设宴。　⑤瘊赘(hóu zhuì)：疣赘。　⑥弥留：本指久病不愈，后多指病将重死。　⑦懊憹(ào náo)：懊恼，烦闷。　⑧寻：古代长度单位，八尺为一寻。　⑨趺(fū)坐：结跏趺坐，俗谓盘腿打坐。　⑩生死录：即俗谓"生死簿"。　⑪文昌：文昌帝君，道教神名。孔圣：孔子。　⑫宣圣：孔子。

如前。宣圣言："名籍之落,仍得帝君。"因指以路,公又趋之。见一殿阁如王者居,俯身入,果有神人,如世所传帝君像。伏祝之,帝君检名曰："汝心诚正,宜复有生理。但皮囊腐矣,非菩萨①莫能为力。"因指示令急往,公从其教。俄见茂林修竹,殿宇华好。入,见螺髻庄严,金容满月,瓶浸杨柳,翠碧垂烟。公肃然稽首,拜述帝君言。菩萨难之,公哀祷不已,旁有尊者②白言："菩萨施大法力,撮土可以为肉,折柳可以为骨。"菩萨即如所请,手断柳枝,倾瓶中水,合净土为泥,拍附公体。使童子携送灵所,推而合之。棺中呻动,霍然病已,家人骇然集,扶而出之。计气绝已断七③矣。

阎罗

莱芜④秀才李中之,性直谅不阿。每数日辄死去,僵然如尸,三四日始醒。或问所见,则隐秘不泄。时邑有张生者,亦数日一死。语人曰："李中之,阎罗⑤也,余至阴司亦其属曹⑥。"其门殿对联,俱能述之。或问:"李昨赴阴司何事?"张曰:"不能具述,惟提勘⑦曹操,笞二十。"

异史氏曰:"阿瞒一案,想更数十阎罗矣。畜道、剑山,种种具在,宜得何罪,不劳挹取⑧;乃数千年不决,何也?岂以临刑之囚,快于速割,故使之求死不得也?异已!"

连琐

杨于畏,移居泗水之滨,斋临旷野,墙外多古墓,夜闻白杨萧萧,声如涛涌。夜阑秉烛,方复凄断,忽墙外有人吟曰:"玄夜凄风却倒吹,流萤惹草复沾帏。"反复吟诵,其声哀楚。听之,细婉似女子。疑之。明日视墙外并无人迹,惟有紫带一条遗荆棘中,拾归置诸窗上。向夜二更许,又吟如昨。杨移杌⑨登望,吟顿辍。悟其为鬼,然心向慕之。

次夜,伏伺墙头,一更向尽,有女子珊珊自草中出,手扶小树,低首哀吟。杨微嗽,女忽入荒草而没。杨由是伺诸墙下,听其吟毕,乃隔壁而续之曰:"幽情苦绪何人见?翠袖单寒月上时。"久之寂然,杨乃入室。方坐,忽见丽

---

①菩萨:此处特指观世音菩萨。 ②尊者:佛教语,梵语"阿梨耶",也泛指具有较高的德行、智慧的僧人。 ③断七:旧时人死后,每隔七天做一次佛事,至七七四十九天而止,称"断七"。 ④莱芜:旧县名,治所在今山东省莱芜市。 ⑤阎罗:阎罗王,亦称"阎王爷"。 ⑥属曹:司官。 ⑦提勘:提取审问犯人。 ⑧挹取:汲取。 ⑨杌(wù):凳子。

者自外来，敛衽①曰："君子固风雅士，妾乃多所畏避。"杨喜，拉坐。瘦怯凝寒，若不胜衣，问："何居里，久寄此间？"答曰："妾陇西②人，随父流寓。十七暴疾殂谢，今二十余年矣。九泉荒野，孤寂如鹜。所吟乃妾自作以寄幽恨者，思久不属，蒙君代续，欢生泉壤。"杨欲与欢，蹙然曰："夜台朽骨，不比生人，如有幽欢，促人寿数，妾不忍祸君子也。"杨乃止。戏以手探胸，则鸡头之肉，依然处子。又欲视其裙下双钩。女俯首笑曰："狂生太罗唣矣！"杨把玩之，则见月色锦袜，约彩线一缕；更视其一，则紫带系之。问："何不俱带？"曰："昨宵畏君而避，不知遗落何所。"杨曰："为卿易之。"遂即窗上取以授女。女惊问何来，因以实告。女乃去线束带。既翻案上书，忽见《连昌宫词》，慨然曰："妾生时最爱读此。今视之殆如梦寐！"与谈诗文，慧黠可爱，剪烛西窗，如得良友。自此每夜但闻微吟，少顷即至。辄嘱曰："君秘勿宣。妾少胆怯，恐有恶客见侵。"杨诺之。两人欢同鱼水，虽不至乱，而闺阁之中，诚有甚于画眉者。女每于灯下为杨写书，字态端媚。又自选宫词百首，录诵之。使杨治棋枰③，购琵琶，每夜教杨手谈。不则挑弄弦索④，作"蕉窗零雨"之曲，酸人胸臆；杨不忍卒听，则为"晓苑莺声"之调，顿觉心怀畅适。挑灯作剧，乐辄忘晓，视窗上有曙色，则张皇遁去。

一日薛生造访，值杨昼寝。视其室，琵琶、棋枰俱在，知非所善。又翻书得宫词，见字迹端好，益疑之。杨醒，薛问："戏具何来？"答："欲学之。"又问诗卷，托以假诸友人。薛反复检玩，见最后一叶细字一行云："某月日连琐书。"笑曰："此是女郎小字，何相欺之甚？"杨大窘，不能置词。薛诘之益苦，杨不以告。薛卷挟，杨益窘，遂告之。薛求一见，杨因述所嘱。薛仰慕殷切，杨不得已，诺之。夜分女至，为致意焉。女怒曰："所言伊何？乃已喋喋向人！"杨以实情自白，女曰："与君缘尽矣！"杨百词慰解，终不欢，起而别去，曰："妾暂避之。"明日薛来，杨代致其不可。薛疑支托，暮与窗友二人来，淹留不去，故挠之，恒终夜哗，大为杨生白眼⑤，而无如何。众见数夜杳然，寖⑥有去志，喧嚣渐息。忽闻吟声，共听之，凄婉欲绝。薛方倾耳神注，内一武生王某，掇巨石投之，大呼曰："作态不见客，那甚得好句。呜呜恻恻，使人闷损！"吟顿止，众甚怨之，杨恚愤，见于词色。次日始共引去。杨独宿空斋，冀女复来而殊无影迹。逾二日女忽至，泣曰："君致恶宾，几吓煞妾！"杨谢过不遑⑦，女遽出，曰："妾固谓缘分尽也，从此别矣。"挽之已渺。由是月余，更不复至。杨思之，形销骨立，莫可追挽。一夕方独酌，忽女子搴帏入。杨喜极，曰："卿见宥耶？"女涕垂膺，默不一言。亟问之，欲言复忍，曰："负气去，又急

<hr />

①敛衽(liǎn rèn)：指整理衣襟，以示恭敬。　②陇西：今甘肃一带。　③棋枰：棋盘。　④弦索：弦乐器上的弦，代指弦乐器，此处当指琵琶。　⑤白眼：露出眼白，以示鄙薄或厌恶。　⑥寖(jìn)：逐渐。　⑦谢过不遑：忙不迭地告罪。

而求人，难免愧恧①。"杨再三研诘，乃曰："不知何处来一龌龊隶，逼充媵妾。顾念清白裔，岂屈身舆台②之鬼？然一线弱质，乌能抗拒？君如齿妾在琴瑟之数③，必不听自为生活。"杨大怒，愤将致死，但虑人鬼殊途，不能为力。女曰："来夜早眠，妾邀君梦中耳。"于是复共倾谈，坐以达曙。

女临去嘱勿昼眠，留待夜约。杨诺之，因于午后薄饮，乘醺登榻，蒙衣偃卧。忽见女来，授以佩刀，引手去。至一院宇，方阖门语，闻有人搦石挝门④。女惊曰："仇人至矣！"杨启户骤出，见一人赤帽青衣，猬毛绕喙⑤。怒咄之。隶横目相仇，言词凶谩。杨大怒，奔之。隶捉石以投，骤如急雨，中杨腕，不能握刃。方危急间，遥见一人，腰矢野射。审视之，王生也。大号乞救。王生张弓急至，射之，中股；再射之，殪。杨喜感谢，王问故，具告之。王自喜前罪可赎，遂与共入女室。女战惕羞缩，遥立不作一语。案上有小刀长仅尺余，而装以金玉，出诸匣，光芒鉴影。王叹赞不释手。与杨略话，见女惭惧可怜，乃出，分手去。杨亦自归，越墙而仆，于是惊寤，听村鸡已乱鸣矣。觉腕中痛甚；晓而视之，则皮肉赤肿。亭午王生来，便言夜梦之奇。杨曰："未梦射否？"王怪其先知。杨出手示之，且告以故。王忆梦中颜色，恨不真见。自幸有功于女，复请先容。夜间，女来称谢。杨归功王生，遂达诚恳。女曰："将伯之助⑥，义不敢忘，然彼起起，妾实畏之。"既而曰："彼爱妾佩刀，刀实妾父出使粤中，百金购之。妾爱而有之，缠以金丝，瓣以明珠。大人怜妾夭亡，用以殉葬。今愿割爱相赠，见刀如见妾也。"次日杨致此意，王大悦。至夜女果携刀来，曰："嘱伊珍重，此非中华物也。"由是往来如初。

积数月，忽于灯下笑而向杨，似有所语，面红而止者三。生抱问之，答曰："久蒙眷爱，妾受生人气，日食烟火，白骨顿有生意。但须生人精血，可以复活。"杨笑曰："卿自不肯，岂我故惜之？"女云："交接后，君必有念余日⑦大病，然药之可愈。"遂与为欢。既而着衣起，又曰："尚须生血一点，能拚⑧痛以相爱乎？"杨取利刃刺臂出血，女卧榻上，便滴脐中。乃起曰："妾不来矣。君记取百日之期，视妾坟前有青鸟鸣于树头，即速发冢。"杨谨受教。出门又嘱曰："慎记勿忘，迟速皆不可！"乃去。

越十余日，杨果病，腹胀欲死。医师投药，下恶物如泥，浃辰⑨而愈。计至百日，使家人荷锸⑩以待。日既夕，果见青鸟双鸣。杨喜曰："可矣！"乃斩

①愧恧(nù)：惭愧。　②舆台：舆和台，古代奴隶社会中两个较低的等级名称，后泛指奴仆与操贱役者。　③齿妾在琴瑟之数：指"视我为妻"。齿，列。琴瑟，喻夫妻。　④搦(nuò)石挝(zhuā)门：拿着石头砸门。搦，握持。挝，击，敲打。　⑤猬毛绕喙：嘴边长满了刺猬毛般的硬须。猬毛，刺猬的毛。　⑥将(qiāng)伯之助：指别人对自己的帮助。伯，对男子的敬称。　⑦念余日：二十九日。念，廿。　⑧拚(pàn)：舍弃，不顾惜。　⑨浃辰(jiā chén)：十二天。古人以干支纪日，称自子至亥一周十二日为"浃辰"。　⑩锸(chā)：一种掘土工具。

105

荆发圹①，见棺木已朽，而女貌如生。摩之微温。蒙衣舁②归，置暖处，气咻咻然，细于属丝。渐进汤酏③，半夜而苏。每谓杨曰："二十余年如一梦耳。"

单道士

韩公子，邑世家。有单道士，工作剧④，公子爱其术，以为座上客。单与人行坐，辄忽不见。公子欲传其法，单不肯。公子固恳之，单曰："我非吝吾术，恐坏吾道也。所传而君子则可，不然，有借此以行窃者矣。公子固无虑此，然或出见美丽而悦，隐身入人闺闼⑤，是济恶而宣淫也。不敢从命。"公子不能强，而心怒之，阴与仆辈谋挞辱之。恐其遁匿，因以细灰布麦场上，思左道能隐形，而履处必有印迹，可随印处急击之。于是诱单往，使人执牛鞭立挞之。单忽不见，灰上果有履迹，左右乱击，顷刻已迷。

公子归，单亦至。谓诸仆曰："吾不可复居矣！向劳服役，今且别，当有以报。"袖中出旨酒一盛，又探⑥得肴一簋。并陈几上；陈已复探，凡十余探，案上已满。遂邀众饮，俱醉，一一仍内袖中。韩闻其异，使复作剧。单于壁上画一城，以手推挝，城门顿辟。因将囊衣箧物，悉掷门内，乃拱别曰："我去矣！"跃身入城，城门遂合，道士顿杳。

后闻在青州市上，教儿童画墨圈于掌，逢人戏抛之，随所抛处，或面或衣，圈辄脱去，落印其上。又闻其善房中术，能令下部吸烧酒，尽一器。公子尝面试之。

白于玉

吴青庵筠，少知名。葛太史见其文，每嘉叹之，托相善者邀至其家，领⑦其言论风采。曰："焉有才如吴生而长贫贱者乎？"因俾邻好致⑧之曰："使青庵奋志云霄⑨，当以息女奉巾栉⑩。"时太史有女绝美，生闻大喜，确自信。既而秋闱被黜⑪，使人谓太史："富贵所固有，不可知者迟早耳，请待我三年，不成而后嫁。"于是刻志益苦。

一夜月明之下，有秀才造谒，白皙短须，细腰长爪。诘所来，自言："白氏，字于玉。"略与倾谈，豁人心胸。悦之，留同止宿。迟明⑫欲去，生嘱便道

---

①发圹(kuàng)：掘开墓穴。　②舁(yú)：抬。　③酏(yǐ)：薄粥。　④工作剧：擅长幻术。　⑤闺闼(tà)：妇女所居的内室。　⑥探：掏取。　⑦领：领略。　⑧俾：使。致：致意，转达。　⑨奋志云霄：指发奋立志在科举考试中取得功名。　⑩奉巾栉：侍奉梳洗，是以女许婚的谦词。　⑪秋闱被黜：乡试落选。　⑫迟明：黎明，天快亮的时候。

频过。白感其情殷，愿即假馆，约期而别。至日，先一苍头①送炊具来，少间白至，乘骏马如龙。生另舍舍之。白命奴牵马去。

遂共晨夕，忻然相得。生视所读书，并非常所见闻。亦绝无时艺②。讶而问之，白笑曰："士各有志，仆非功名中人也。"夜每招生饮，出一卷授生，皆吐纳之术，多所不解，因以迂缓置之。他日谓生曰："曩所授，乃《黄庭》之要道，仙人之梯航。"生笑曰："仆所急不在此，且求仙者必断绝情缘，使万念俱寂，仆病未能也。"白问："何故？"生以宗嗣为虑，白曰："胡久不娶？"笑曰："'寡人有疾，寡人好色。'"白亦笑曰："'王请无好小色。'所好何如？"生具以情告。白疑未必真美，生曰："此遐迩所共闻，非小生之目贱也。"白微哂而罢。

次日忽促装③言别，生凄然与语，刺刺④不能休。白乃命童子先负装行，两相依恋。俄见一青蝉鸣落案间，白辞曰："舆已驾矣，请自此别。如相忆，拂我榻而卧之。"方欲再问，转瞬间白小如指，翩然跨蝉背上，嘲哳而飞，杳入云中。生乃知其非常人，错愕良久，怅怅自失。

逾数日，细雨忽集，思白綦切。视所卧榻，鼠迹碎琐，慨然扫除，设席即寝。无何。见白家童来相招，忻然从之。俄有桐凤⑤翔集，童捉谓生曰："黑径难行，可乘此代步。"生虑细小不能胜任，童曰："试乘之。"生如所请，宽然殊有余地，童亦附其尾上。戛然一声，凌升空际。未几见一朱门，童先下，扶生亦下。问："此何所？"曰："此天门也。"门边有巨虎蹲伏，生骇惧，童一身障之。见处处风景，与世殊异。童导入广寒宫，内以水晶为阶，行人如在镜中。桂树两章，参空合抱。花气随风，香无断际。亭宇皆红窗，时有美人出入，冶容秀骨，旷世并无其俦。童言："王母宫佳丽尤胜。"然恐主人伺久，不暇留连，导与趋出。移时见白生候于门，握手入，见檐外清水白沙，涓涓流溢，玉砌雕阑，殆疑桂阙⑥。甫坐，即有二八妖鬟，来荐香茗。少间，命酌，有四丽人，敛衽鸣珰⑦，给事⑧左右。才觉背上微痒，丽人即纤指长甲，探衣代搔。生觉心神摇曳，罔所安顿。既而微醺，渐不自持，笑顾丽人，兜搭与语，美人辄笑避。白令度曲侑觞⑨，一衣绛绡者，引爵向客，便即筵前，宛转清歌。诸丽者笙管敖曹，呜呜杂和。既阕⑩，一衣翠裳者，亦酌亦歌。尚有一紫衣人，与一淡白软绡者，吃吃笑，暗中互让不肯前。白令一酌一唱，紫衣人便来把盏，生托接杯，戏挠纤腕。女笑失手，酒杯倾堕。白谯诃⑪之，女拾杯含笑，俯首细语云："冷如鬼手馨，强来捉人臂。"白大笑，罚令自歌且舞。舞已，衣

淡白者又飞一觥①，生惊不能釂②，女捧酒有愧色，乃强饮之。细视四女，风致翩翩，无一非绝世者。遂谓主人曰："人间尤物，仆求一而难之，君集群芳，能令我真个销魂否?"白笑曰："足下意中自有佳人，此何足当巨眼之顾?"生曰："吾今乃知所见之不广也。"白乃尽招诸女，俾自择，生颠倒不能自决。白以紫衣人有把臂之好，遂使襆被奉客。既而衾枕之爱，极尽绸缪。生索赠，女脱金腕钏付之。忽童入曰："仙凡路殊，君宜即去。"女急起，遁去。生问主人，童曰："早诣待漏③，去时嘱送客耳。"生怅然从之，复寻旧途。将及门，回视童子，不知何时已去。虎哮骤起，生惊窜而去，望之无底，而足已奔堕。

一惊而寤，则朝暾④已红。方将振衣⑤，有物腻然坠褥间，视之，钏也。心益异之。由是前念灰冷，每欲寻赤松游⑥，而尚以胤续⑦为忧。过十余月，昼寝方酣，梦紫衣姬自外至，怀中绷⑧婴儿曰："此君骨肉。天上难留此物，敬持送君。"乃寝诸床，牵衣覆之。匆匆欲去。生强与为欢。乃曰："前一度为合卺，今一度为永诀，百年夫妇尽于此矣。君倘有志，或有见期。"生醒，见婴儿卧袱褥间，绷以告母。母喜，佣媪哺之，取名梦仙。

生于是使人告太史，自己将隐，令别择良匹，太史不肯，生固以为辞。太史告女，女曰："远近无不知儿身许吴郎矣。今改之，是二天⑨也。"因以此意告生。生曰："我不但无志于功名，兼绝情于燕好。所以不即入山者，徒以有老母在。"太史又以商女，女曰："吴郎贫我甘其藜藿⑩，吴郎去我事其姑嫜，定不他适!"使人三四返，迄无成谋，遂诹日备车马妆奁媵⑪于生家。生感其贤，敬爱臻至⑫。女事姑孝，曲意承顺，过贫家女。逾二年，母亡，女质奁作具⑬，罔不尽礼。

生曰："得卿如此吾何忧! 顾念一人得道，拔宅飞升。余将远逝，一切付之于卿。"女坦然，殊不挽留，生遂去。女外理生计，内训孤儿，井井有法。梦仙渐长，聪慧绝伦。十四岁，以神童领乡荐，十五入翰林。每褒封，不知母姓氏，封葛母一人而已。值霜露之辰，辄问父所，母具告之，遂欲弃官往寻。母曰："汝父出家今已十有余年，想已仙去，何处可寻?"

后奉旨祭南岳。中途遇寇。窘急中，一道人仗剑入，寇尽披靡，围始解。德之。馈以金不受。出书一函，付嘱曰："余有故人与大人同里，烦一致寒暄。"问："何姓名?"答曰："王林。"因忆村中无此名，道士曰："草野微贱，贵官自不识耳。"临行出一金钏：曰："此闺阁物，道人拾此无所用处，即以奉

---

①飞一觥(gōng)：即"飞觥"，指酒席间频频传递酒杯，劝酒。飞，传递。②釂(jiào)：饮尽杯中酒。③待漏：古代百官黎明入朝，等待朝见皇帝。此处指朝见玉帝。④朝暾(tūn)：朝阳。⑤振衣：抖动衣服，指欲穿衣。⑥寻赤松游：寻仙。赤松，赤松子，传说中的仙人。⑦胤续：泛指子孙后代。⑧绷：婴儿的包被，此处指用布包裹婴儿。⑨二天：女子改嫁，或指女子的第二个丈夫。⑩藜藿(lí huò)：藜和藿，泛指粗劣的饭菜。⑪媵：嫁。⑫臻至：极好。⑬质奁作具：抵押妆奁，为婆母治葬具。

报。"视之嵌镂精绝。

怀归以授夫人,夫人爱之,命良工依式配造,终不及其精巧。遍问村中,并无王林其人者。私发其函,上云:"三年鸾凤,分拆各天;葬母教子,端赖卿贤。无以报德,奉药一丸;剖而食之,可以成仙。"后书"琳娘夫人妆次"。读毕不解何人,持以告母。母执书以泣。曰:"此汝父家报也。琳,我小字。"始恍然悟"王林"为拆白谜①也,悔恨不已。又以钏示母,母曰:"此汝母遗物。而翁在家时,尝以相示。"又视丸如豆大,喜曰:"我父仙人,啖此必能长生。"母不遽吞,受而藏之。

会葛太史来视甥②,女诵吴生书,便进丹药为寿。太史剖而分食之,顷刻精神焕发。太史时年七旬,龙钟颇甚,忽觉筋力溢于肤革,遂弃舆而步,其行健速,家人坌息③始能及焉。逾年都城有回禄之灾④,火终日不熄,夜不敢寐,毕集庭中,见火势拉杂,寝及邻舍,一家徊徨,不知所计。忽夫人臂上金钏戛然有声,脱臂飞去。望之大可数亩。团覆宅上,形如月阑,钏口降东南隅,历历可见。众大愕。俄顷火自西来,近阑则斜越而东。追火势既远,窃意钏亡不可复得,忽见红光乍敛,钏铮然堕足下。都中延烧民舍数万间,左右前后并为灰烬,独吴第无恙。惟东南一小阁化为乌有,即钏口漏覆处也。葛母年五十余,或见之,犹似二十许人。

夜叉国

交州徐姓,泛海为贾,忽被大风吹去。开眼至一处,深山苍莽。冀有居人,遂缆船而登,负糗腊⑤焉。方入,见两崖皆洞口,密如蜂房;内隐有人声。至洞外,伫足一窥,中有夜叉二,牙森列戟,目闪双灯,爪劈生鹿而食。惊散魂魄,急欲奔下,则夜叉已顾见之,辍食执人。二物相语,如鸟兽鸣,争裂徐衣,似欲啖噬。徐大惧,取囊中糗糒⑥,并牛脯进之。分啖甚美。复翻徐囊,徐摇手以示其无,夜叉怒,又执之。徐哀之曰:"释我。我舟中有釜甑可烹饪。"夜叉不解其语,仍怒。徐再与手语,夜叉似微解。从至舟,取具入洞,束薪燃火,煮其残鹿,熟而献之。二物啖之喜。夜以巨石杜门⑦,似恐徐遁,徐曲体遥卧,深惧不免。天明二物出,又杜之。少顷携一鹿来付徐,徐剥革,于深洞处取流水,汲煮数釜。俄有数夜叉至,群集吞啖讫,共指釜,似嫌其小。过三四日,一夜叉负一大釜来,似人所常用者。于是群夜叉各致狼麋。既

---

①拆白谜:亦称"拆白道字",指用离析字形来说话表意的一种修辞格式。 ②甥:女儿的子女,外孙。 ③坌(bèn)息:呼吸急促,喘粗气。坌,喷涌。 ④回禄之灾:火灾。回禄,古代神话传说中的火神。 ⑤糗腊(qiǔ xī):干粮和干肉。糗,干粮,用炒熟的米麦捣成的细粉。腊,晒干的肉。 ⑥糗糒(qiǔ bèi):干粮。 ⑦杜门:把门堵上。杜,堵塞。

109

熟,呼徐同啖。居数日,夜叉渐与徐熟,出亦不施禁锢,聚处如家人。徐渐能察声知意,辄效其音,为夜叉语。夜叉益悦,携一雌来妻徐。徐初畏惧莫敢伸,雌自开其股就徐,徐乃与交,雌大欢悦。每留肉饵徐,若琴瑟之好。

一日,诸夜叉早起,项下各挂明珠一串,更番出门,若伺贵客状。命徐多煮肉,徐以问雌,雌云:"此天寿节①。"雌出谓众夜叉曰:"徐郎无骨突子。"众各摘其五,并付雌。雌又自解十枚,共得五十之数,以野苎为绳,穿挂徐项。徐视之,一珠可直百十金。俄顷俱出。徐煮肉毕,雌来邀去,云:"接天王。"至一大洞广阔数亩,中有石滑平如几,四圈俱有石坐,上一坐蒙一豹革,余皆以鹿。夜叉二三十辈,列坐满中,少顷。大风扬尘,张皇都出。见一巨物来,亦类夜叉状,竟奔入洞,踞坐鹗顾②。群随入,东西列立,悉仰其首,以双臂作十字交。大夜叉按头点视。问:"卧眉山众尽于此乎?"群哄应之。顾徐曰:"此何来?"雌以"婿"对,众又赞其烹调。即有二三夜叉,奔取熟肉陈几上,大夜叉掬啖尽饱,极赞嘉美,且责常供。又顾徐云:"骨突子何短?"众曰:"初来未备。"物于项上摘取珠串,脱十枚付之,俱大如指顶,圆以弹丸,雌急接代徐穿挂,徐亦交臂作夜叉语谢之。物乃去,蹑风而行,其疾如飞。众始享其余食而散。

居四年余,雌忽产,一胎而生二雄一雌,皆人形不类其母。众夜叉皆喜其子,辄共拊弄。一日皆出攫食,惟徐独坐,忽别洞来一雌欲与徐私,徐不肯。夜叉怒,扑徐蹐地上。徐妻自外至,暴怒相搏,龁断其耳。少顷其雄亦归,解释令去。自此雌每守徐,动息不相离。又三年,子女俱能行步,徐辄教以人言,渐能语,啁啾之中有人气③焉,虽童也,而奔山如履坦途,与徐依依有父子意。

一日雌与一子一女出,半日不归,而北风大作。徐恻然念故乡,携子至海岸,见故舟犹存,谋与同归。子欲告母,徐止之。父子登舟,一昼夜达交。至家妻已醮。出珠二枚,售金盈兆,家颇丰。子取名彪,十四五岁,能举百钧,粗莽好斗。交帅见而奇之,以为千总④。值边乱,所向有功,十八为副将。

时一商泛海,亦遭风,飘至卧眉,方登岸,见一少年,视之而惊。知为中国人,便问居里,商以告。少年曳入幽谷一小石洞,洞外皆丛棘,且嘱勿出。去移时,挟鹿肉来啖商。自言:"父亦交人。"商问之,而知为徐,商在客中尝识之。因曰:"我故人也。今其子为副将。"少年不解何名。商曰:"此中国之官名。"又问:"何以为官?"曰:"出则舆马,入则高堂,上一呼而下百诺,见者

①天寿节:此处指夜叉王的生日。五代后周及金、元等朝,称天子生日为"天寿节"。 ②踞坐鹗顾:叉开两腿傲慢地坐着,像鱼鹰一般瞋目四顾。踞坐,两腿伸直叉开而坐,在古代被视为一种傲慢尊大的姿态。鹗,鱼鹰,一种猛禽。 ③人气:人类的气质。 ④千总:武官名。清代绿营兵编制,营以下为汛,千总为其领兵官,正六品。

侧目视,侧足立,此名为官。"少年甚歆动①。商曰:"既尊君②在交,何久淹此?"少年以情告。商劝南旋,曰:"余亦常作是念。但母非中国人,言貌殊异,且同类觉之必见残害,用是辗转。"乃出曰:"待北风起,我来送汝行。烦于父兄处,寄一耗问③。"商伏洞中几半年。时自棘中外窥,见山中辄有夜叉往还,大惧,不敢少动。一日北风策策,少年忽至,引与急窜。嘱曰:"所言勿忘却。"商应之。又以肉置几上,商乃归。

径抵交,达副总府,备述所见。彪闻而悲,欲往寻之。父虑海涛妖薮,险恶难犯,力阻之。彪抚膺痛哭,父不能止。乃告交帅,携两兵至海内。逆风阻舟,摆簸海中者半月。四望无涯,咫尺迷闷,无从辨其南北。忽而涌波接汉,乘舟倾覆,彪落海中,逐浪浮沉。久之被一物曳去,至一处竟有舍宇。彪视之,一物如夜叉状。彪乃作夜叉语,夜叉惊讯之,彪乃告以所往。夜叉喜曰:"卧眉我故里也,唐突可罪! 君离故道已八千里。此去为毒龙国,向卧眉非路。"乃觅舟来送彪。夜叉在水中,推行如矢,瞬息千里,过一宵已达北岸,见一少年临流瞻望。彪知山无人类,疑是弟,近之,果弟,因执手哭。既而问母及妹,并云健安。彪欲偕往,弟止之,仓忙便去。回谢夜叉,则已去。未几母妹俱至,见彪俱哭。彪告其意,母曰:"恐去为人所凌。"彪曰:"儿在中国甚荣贵,人不敢欺。"归计已决,苦逆风难度。母子方徊徨间,忽见布帆南动,其声瑟瑟。彪喜曰:"天助吾也!"相继登舟,波如箭激,三日抵岸,见者皆奔。彪向三人脱分袍裤。抵家,母夜叉见翁怒骂,恨其不谋,徐谢过不遑④。家人拜见家主母,无不战栗。彪劝母学作华言,衣锦,厌粱肉,乃大欣慰。母女皆男儿装,类满制。数月稍辨语言,弟妹亦渐白皙。

弟曰豹,妹曰夜儿,俱强有力。彪耻不知书,教弟读,豹最慧,经史一过辄了。又不欲操儒业,仍使挽强弩,驰怒马,登武进士第,聘阿游击女,夜儿以异种无与为婚。会标下⑤袁夺备失偶,强妻之。夜儿开百石弓,百余步射小鸟,无虚落。袁每征辄与妻俱,历任同知将军,奇勋半出于闺门。豹三十四岁挂印,母尝从之南征,每临巨敌,辄擐甲执锐⑥,为子接应,见者莫不辟易⑦。诏封男爵。豹代母疏辞,封夫人。

异史氏曰:"夜叉夫人,亦所罕闻,然细思之而不罕也。家家床头有个夜叉在。"

---

①歆动:欣喜动心。 ②尊君:义同"令尊",旧时对人父亲的敬称。 ③耗问:音讯。 ④谢过不遑:道歉不迭,指连声道歉。 ⑤标下:部下。 ⑥擐(guān)甲执锐:身穿甲胄,手拿武器。擐,穿。 ⑦辟易:退避。

小髻

长山①居民某，暇居，辄有短客②来，久与扳谈③。素不识其生平，颇注疑念。客曰："三数日，将便徙居，与君比邻矣。"过四五日，又曰："今已同里，旦晚可以承教。"问："乔居何所？"亦不详告，但以手北指。自是日辄一来，时向人假器具，或吝不与，则自失之。群疑其狐，村北有古冢，陷不可测，意必居此，共操兵杖往。伏听之，久无少异。一更向尽，闻穴中戢戢然，似数十百人作耳语。众寂不动。俄而尺许小人连遘④而出，至不可数。众噪起，并击之。杖杖皆火，瞬息四散。惟遗一小髻⑤如胡桃壳然，纱饰而金线，嗅之，骚臭不可言。

西僧

两僧自西域来，一赴五台，一卓锡⑥泰山。其服色⑦言貌，俱与中国殊异。自言："历火焰山，山重重，气熏腾若炉灶，凡行必于雨后，心凝目注，轻迹步履之；误蹴山石，则飞焰腾灼焉。又经流沙河，河中有水晶山，峭壁插天际，四面莹彻，似无所隔。又有隘，可容单车；二龙交角对口把守之。过者先拜龙；龙许过，则口角自开。龙色白，鳞鬣⑧皆如晶然。"僧言："途中历十八寒暑矣。离西土者十有二人，至中国仅存其二。西土传中国名山四：一泰山，一华山，一五台，一落伽也。相传山上遍地皆黄金，观音、文殊犹生。能至其处，则身便是佛，长生不死。"

听其所言状，亦犹世人之慕西土也。倘有西游人，与东渡者中途相值，各述所有，当必相视失笑，两免跋涉矣。

老饕⑨

邢德，泽州⑩人，绿林之杰也，能挽强弩，发连矢，称一时绝技。而生平落

---

①长山：旧县名，治所在今山东省邹平以东、淄川以北偏西。　②短客：身材矮小的来客。
③扳（pān）谈：攀谈，交谈。　④连遘：接连。　⑤髻：盘在头顶或脑后的发结。　⑥卓锡：指僧人投宿。卓，悬挂。锡，锡杖。　⑦服色：此处指服饰的款式。　⑧鳞鬣（liè）：指龙的鳞片与鬣毛。
⑨老饕：形容贪财或贪食者。饕餮（tāo tiè）：传说中的一种凶恶贪食的野兽。　⑩泽州：治所在今山西省晋城市。

拓，不利营谋①，出门辄亏其资。两京大贾往往喜与邢俱，途中恃以无恐。

会冬初，有二三估客，薄假以资，邀同贩鬻②，邢复自罄③其囊，将并居货。有友善卜，因诣之，友占曰："此爻为'悔'，所操之业，即不母而子亦有损焉。"邢不乐，欲中止，而诸客强速之行。至都，果符所占。

腊④将半，匹马出都门，自念新岁无资，倍益怏闷。时晨雾蒙蒙，暂趋临路店，解装觅饮。见一颁白叟⑤，共两少年，酌北牖下。一僮侍，黄发蓬蓬然。邢于南座，对叟休止⑥。僮行觞，误翻柈具⑦，污叟衣。少年怒，立摘其耳。捧巾持帨⑧，代叟揩试。既见僮手拇，俱有铁箭镮，厚半寸，每一镮，约重二两余。食已，叟命少年于革囊中探出镪⑨物，堆累几上，称秤握算，可饮数杯时，始缄裹完好。少年于枥中牵一黑跛骡来，扶叟乘之，僮亦跨羸马相从，出门去。两少年各腰弓矢，捉马俱出。

邢窥多金，穷睛旁睨，馋焰若炙。辍饮，急尾之。视叟与僮犹款段于前，乃下道斜驰出叟前，紧衔关弓⑩，怒相向。叟俯脱左足靴，微笑云："而不识得老饕也？"邢满引一矢去。叟仰卧鞍上，伸其足，开两指如钳，夹矢住。笑曰："技但止此，何须而翁手敌？"邢怒，出其绝技，一矢刚发，后矢继至。叟手掇一，似未防其连珠，后矢直贯其口，踣然而堕，衔矢僵眠。僮亦下。邢喜，谓其已毙，近临之。叟吐矢跃起，鼓掌曰："初会面，何便作此恶剧？"邢大惊，马亦骇逸，以此知叟异，不敢复返。走三四十里，值方面纲纪⑪，囊物赴都；要取⑫之，略可千金，意气始得扬。方疾骛间，闻后有蹄声；回首，则僮易跛骡来，驶若飞。叱曰："男子勿行！猎取之货，宜少瓜分。"邢曰："汝识'连珠箭邢某'否？"僮云："适已承教矣。"邢以僮貌不扬，又无弓矢，易之。一发三矢，连遝不断，如群隼⑬飞翔。僮殊不忙迫，手接二，口衔一。笑曰："如此技艺，辱莫煞人！乃翁偬遽⑭，未暇寻得弓来，此物亦无用处，请即掷还。"遂于指上脱铁镮，穿矢其中，以手力掷，呜呜风鸣。邢急拨以弓，弦适触铁镮，铿然断绝，弓亦绽裂。邢惊绝，未及觑避，矢过贯耳，不觉翻坠。僮下骑，便将搜括。邢以弓卧拨之，僮夺弓去，拗折为两；又折为四，抛置之。已，乃一手握邢两臂，一足踏邢两股；臂若缚，股若压，极力不能少动。腰中束带双叠，可骈三指许，僮以一手捏之，随手断如灰烬。取金已，乃超乘⑮，作一举手，致声"孟浪"，霍然径去。

邢归，卒为善士。每向人述往事不讳。此与刘东山事盖仿佛焉。

---

①营谋：经商谋利。　②贩鬻(fàn yù)：贩卖。　③罄：尽。　④腊：腊月，农历十二月。　⑤颁白叟：指须发斑白的老人。颁，通"斑"。　⑥休止：入座。　⑦柈具：盛菜肴的盘子。　⑧帨(shuì)：巾。　⑨镪：钱贯，引申为钱。　⑩紧衔关弓：勒住马，拉开弓。　⑪方面纲纪：地方长官的仆人。方面，主持一方军政事务的官员。纲纪，管理一家事务的仆人，亦可用作奴仆的美称。　⑫要(yāo)取：拦路抢劫。　⑬隼(sǔn)：鸟类的一科，亦名"鹘"。　⑭偬遽(zǒng jù)：仓促。　⑮超乘：原指跃身上车，此处指跃上骡背。

连城

乔生，晋宁①人，少负才名。年二十余，犹偃蹇②，为人有肝胆。与顾生善，顾卒，时恤其妻子。邑宰③以文相契重；宰终于任，家口淹滞不能归，生破产扶柩，往返二千余里。以故士林益重之，而家由此益替。

史孝廉有女字连城，工刺绣，知书，父娇爱之。出所刺《倦绣图》，征少年题咏，意在择婿。生献诗云："慵鬟高髻绿婆娑，早向兰窗绣碧荷。刺到鸳鸯魂欲断，暗停针线蹙双蛾④。"又赞挑绣之工云："绣线挑来似写生，幅中花鸟自天成。当年织锦非长技，幸把回文感圣明。"女得诗喜，对父称赏，父贫之。女逢人辄称道；又遣媪矫父命，赠金以助灯火。生叹曰："连城我知己也！"倾怀结想，如饥思啖。

无何，女许字于盐贾⑤之子王化成，生始绝望，然梦魂中犹佩戴之。未几，女病瘵⑥，沉痼⑦不起。有西域头陀⑧，自谓能疗，但须男子膺肉一钱，捣合药屑。史使人诣王家告婿，婚笑曰："痴老翁，欲我剜心头肉也！"使返。史乃言于人曰："有能割肉者妻之。"生闻而往，自出白刃，刲⑨膺授僧。血濡袍裤，僧敷药始止。合药三丸，三日服尽，疾若失。史将践其言，先告王。王怒，欲讼官。史乃设筵招生，以千金列几上。曰："重负大德，请以相报。"因具白背盟之由。生怫然曰："仆所以不爱膺肉者，聊以报知己耳。岂货肉哉！"拂袖而归。女闻之，意良不忍，托媪慰谕之，且云："以彼才华，当不久落。天下何患无佳人？我梦不祥，三年必死，不必与人争此泉下物也。"生告媪曰："'士为知己者死'，不以色也。诚恐连城未必真知我，但得真知我，不谐⑩何害？"媪代女郎矢诚自剖。生曰："果尔，相逢时，当为我一笑，死无憾！"媪既去。逾数日，生偶出，遇女自叔氏归，睨之，女秋波转顾，启齿嫣然。生大喜曰："连城真知我者！"

会王氏来议吉期，女前症又作，数月寻死。生往临吊，一痛而绝。史舁⑪送其家。生自知已死，亦无所戚，出村去，犹冀一见连城。遥望南北一道，行人连续如蚁，因亦混身杂迹其中。俄顷，入一廨署⑫，值顾生，惊问："君何得来？"即把手将送令归。生太息，言："心事殊未了。"顾曰："仆在此典牍，颇得委任，倘可效力，不惜也。"生问连城，顾即导生旋转多所，见连城与一白衣女郎，泪睫惨黛，藉坐廊隅。见生至，骤起似喜，略问所来。生曰："卿死，仆

---

①晋宁：旧县名，治所在今云南省晋宁县。②偃蹇（yǎn jiǎn）：困顿窘迫，此处指科举不得志。③邑宰：县令。④双蛾：女子的双眉。⑤盐（cuó）贾：盐商。⑥瘵（zhài）：痨病，即肺病。⑦沉痼（gù）：积久难治的重疾。⑧头陀：梵文音译，多指行脚乞食僧人。⑨刲（kuī）：割。⑩不谐：不成，此处指婚事不成。⑪舁（yú）：抬。⑫廨（xiè）署：官署。

何敢生!"连城泣曰:"如此负义人,尚不吐弃之,身殉何为?然已不能许君今生,愿矢来世耳。"生告顾曰:"有事君自去,仆乐死不愿生矣。但烦稽连城托生何里,行与俱去耳。"顾诺而去,白衣女郎问生何人,连城为缅述之,女郎闻之,若不胜悲。连城告生曰:"此妾同姓,小字宾娘,长沙史太守女。一路同来,遂相怜爱。"生视之,意态怜人。方欲研问,而顾已返,向生贺曰:"我为君平章①已确,即教小娘子从君返魂,好否?"两人各喜。方将拜别,宾娘大哭曰:"姊去,我安归?乞垂怜救,妾为姊捧帨耳。"连城凄然,无所为计,转谋生。生又哀顾,顾难之,峻辞以为不可,生固强之。乃曰:"试妾为之。"去食顷②而返,摇手曰:"何如!诚万分不能为力矣!"宾娘闻之,宛转娇啼,惟依连城肘下,恐其即去。惨怛无术,相对默默,而睹其愁颜戚容,使人肺腑酸柔。顾生愤然曰:"请携宾娘去,脱有愆尤③,小生拚身受之!"宾娘乃喜从生出,生忧其道远无侣。宾娘曰:"妾从君去,不愿归也。"生曰:"卿大痴矣!不归,何以得活也?他日至湖南勿复走避,为幸多矣。"适有两媪摄牒④赴长沙,生属宾娘,泣别而去。

途中,连城行蹇缓,里余辄一息;凡十余息,始见里门。连城曰:"重生后,惧有反覆,请索妾骸骨来,妾以君家生,当无悔也。"生然之。偕归生家。女惕惕⑤若不能步,生伫待之。女曰:"妾至此,四肢摇摇,似无所主。志恐不遂,尚宜审谋,不然生后何能自由?"相将入侧厢中。默定少时,连城笑曰:"君憎妾耶?"生惊问其故。赧然曰:"恐事不谐,重负君矣。请先以鬼报也。"生喜,极尽欢恋。因徘徊不敢遽出,寄厢中者三日。连城曰:"谚有之:'丑妇终须见姑嫜。'戚戚于此,终非久计。"乃促生入,才至灵寝,豁然顿苏。家人惊异,进以汤水。生乃使人要史来,请得连城之尸,自言能活之。史喜,从其言。方舁入室,视之已醒。告父曰:"儿已委身乔郎矣,更无归理。如有变动,但仍一死!"史归,遣婢往役给奉。王闻,具词申理,官受赂,判归王。生愤懑欲死,亦无奈之。连城至王家,忿不饮食,惟乞速死,室无人,则带悬梁上。越日,益惫,殆将奄逝。王惧,送归史;史复舁归生。王知之,亦无如何,遂安焉。连城起,每念宾娘,欲遣信探之,以道远而艰于往。一日,家人进曰:"门有车马。"夫妇出视,则宾娘已至庭中矣。相见悲喜。太守亲诣送女,生延入。太守曰:"小女子赖君复生,誓不他适,今从其志。"生叩谢如礼。孝廉亦至,叙宗好⑥焉。生名年,字大年。

异史氏曰:"一笑之知,许之以身,世人或议其痴。彼田横五百人岂尽愚哉!此知希之贵,贤豪所以感结而不能自已也。顾茫茫海内,遂使锦绣才人,仅倾心于峨眉之一笑也。悲夫!"

---

①平章:商量办理。 ②食顷:一顿饭的时间。 ③脱有愆(qiān)尤:万一有罪责。 ④摄牒:携带公文。 ⑤惕惕:忧惧害怕的样子。 ⑥叙宗好:共叙同宗同姓的情谊。

霍生

文登①霍生,与严生少相狎,长相谑也,口给交御②。惟恐不工。霍有邻妪,曾与严妻导产,偶与霍妇语,言其私处有两赘疣③,妇以告霍。霍与同党者谋,窥严将至,故窃语云:"某妻与我最昵。"众不信。霍因捏造端末,且云:"如不信,其阴侧有双疣。"严止窗外,听之既悉,不入径去。至家,苦掠其妻;妻不服,搒益残。妻不堪虐,自经④死。霍始大悔,然亦不敢向严而白其诬矣。

严妻既死,其鬼夜哭,举家不得宁焉。无何,严暴卒,鬼乃不哭。霍妇梦女子披发大叫曰:"我死得良苦,汝夫妻何得欢乐耶!"既醒而病,数日寻卒。霍亦梦女子指数诟骂,以掌批其吻。惊而寤,觉唇际隐痛,扪之高起,三日而成双疣,遂为痼疾⑤。不敢大言笑,启吻太骤,则痛不可忍。

异史氏曰:"死能为厉,其气冤也。私病加于唇吻,神而近于戏矣。"

邑王氏,与同窗某狎。其妻归宁,王知其驴善惊,先伏丛莽中,伺妇至,暴出,驴惊妇堕,惟一僮从,不能扶妇乘。王乃殷勤抱控甚至,妇亦不识谁何。王扬扬以此得意,谓僮逐驴去,因得私其妇于莽中,述祖⑥裤履甚悉。某闻,大惭而去。少间,自窗隙中见某一手握刃,一手捉妻来,意甚怒恶。大惧,逾垣而逃。某从之,追二三里地不及,始返。王尽力极奔,肺叶开张,以是得吼疾,数年不愈焉。

汪士秀

汪士秀,庐州⑦人,刚勇有力,能举石舂,父子善蹴鞠⑧。父四十余,过钱塘没⑨焉。

积八九年,汪以故诣湖南,夜泊洞庭。时望月东升,澄江如练。方眺瞩间,忽有五人自湖中出,携大席平铺水面,略可半亩。纷陈酒馔,馔器磨触作响,然声温厚不类陶瓦。已而三人践席坐,二人侍饮。坐者一衣黄,二衣白。头上巾皆皂色,峨峨然下连肩背,制绝奇古,而月色微茫,不甚可晰。侍者俱褐衣,其一似童,其一似叟也。但闻黄衣人曰:"今夜月色大佳,足供快饮。"

---

①文登:旧县名,治所在今山东省文登市。 ②口给交御:指开玩笑、斗嘴。口给,口才敏捷。交御,互相应答、言语交锋。 ③赘疣:肉瘤。 ④自经:上吊自杀。 ⑤痼疾:久治不愈的疾病。 ⑥祖(rí):贴身的内衣。 ⑦庐州:旧府名,治所在今安徽省合肥市。 ⑧蹴鞠(cù jū):亦作"蹴毬",我国古代一种类似足球的运动。 ⑨没:溺水而亡。

白衣者曰:"此夕风景,大似广利王①宴梨花岛时。"三人互劝,引釂竞浮白②。但语略小,即不可闻,舟人隐伏,不敢动息。汪细审侍者叟,酷类父,而听其言,又非父声。

二漏将残,忽一人曰:"趁此明月,宜一击球为乐。"即见僮汲水中,取一圆出,大可盈抱,中如水银满贮,表里通明。坐者尽起。黄衣人呼叟共蹴之。蹴起丈余,光摇摇射人眼。俄而訇③然远起,飞堕舟中。汪技痒,极力踏去,觉异常轻软。踏猛似破,腾寻丈④,中有漏光,下射如虹,蚩然疾落。又如经天之彗,直投水中,滚滚作沸泡声而灭。席中共怒曰:"何物生人,败我清兴!"叟笑曰:"不恶不恶,此吾家流星拐⑤也。"白衣人嗔其语戏,怒曰:"都方厌恼,老奴何得作欢?便同小乌皮捉得狂子来;不然,胫股当有椎吃也!"汪计无所逃,即亦不畏,捉刀立舟中。候见僮叟操兵来,汪注视真其父也,疾呼:"阿翁!儿在此!"叟大骇,相顾凄断。僮即反身去。叟曰:"儿急作匿。不然,都死矣!"言未已,三人忽已登舟,面皆漆黑,睛大于榴,攫叟出。汪力与夺,摇舟断缆。汪以刀截其臂落,黄衣者乃逃。一白衣人奔汪,汪剁其颅,堕水有声,哄然俱没,方谋夜渡,旋见巨喙出水面,深若井。四面湖水奔注,砰砰作响。俄一喷涌,则浪接星斗,万舟簸荡。湖人大恐。舟上有石鼓二,皆重百斤,汪举一以投,激水雷鸣,浪渐消。又投其一,风波悉平。汪疑父为鬼,叟曰:"我固未尝死也。溺江者十九人,皆为妖物所食,我以蹴圆⑥得全。物得罪于钱塘君,故移避洞庭耳。三人鱼精,所蹴鱼胞⑦也。"父子聚喜,中夜击棹而去。天明,见舟中有鱼翅,径四五尺许,乃悟是夜间所断臂也。

商三官

故诸葛城,有商士禹者,士人也,以醉谑忤邑豪,豪嗾⑧家奴乱捶之,舁⑨归而死。禹二子,长曰臣,次曰礼。一女曰三官。三官年十六,出阁有期,以父故不果。两兄出讼,终岁不得结。婿家遣人参母,请从权⑩毕姻事,母将许之。女进曰:"焉有父尸未寒而行吉礼⑪?彼独无父母乎?"婿家闻之。惭而止。

无何,两兄讼不得直,负屈归,举家悲愤。兄弟谋留父尸,张再讼之本。三官曰:"人被杀而不理,时事可知矣。天将为汝兄弟专生一阎罗包老耶?

---

①广利王:南海海神的封号。 ②浮白:饮酒。 ③訇(hōng):大声。 ④寻丈:泛指八尺到一丈之间的长度。寻,八尺。 ⑤流星拐:蹴鞠的一种脚法。 ⑥蹴圆:即"蹴鞠"。 ⑦鱼胞:鱼鳔。 ⑧嗾(sǒu):指使狗时口中所发出的声音,此处指教唆,指使。 ⑨舁(yú):抬。 ⑩从权:变通行事。 ⑪吉礼:此处指婚礼。

骨骸暴露,于心何忍矣。"二兄服其言,乃葬父。葬已,三官夜遁,不知所往。母惭怍①,惟恐婿家知,不敢告族党,但嘱二子冥冥②侦察之。几半年,杳不可寻。

会豪诞辰,招优为戏,优人孙淳,携二弟子往执投。其一王成,姿容平等,而音词清彻,群赞赏焉。其一李玉,貌韶秀如好女,呼令歌,辞以不稔③,强之,所度曲半杂儿女俚谣,合座为之鼓掌。孙大惭,白主人:"此子从学未久,只解行觞耳,幸勿罪责。"即命行酒。玉往来给奉,善觑主人意向,豪悦之。酒阑人散,留与同寝,玉代豪拂榻解履,殷勤周至。醉语狎之,但有展笑,豪惑益甚。尽遣诸仆去,独留玉。玉伺诸仆去,阖扉下楗④焉。诸仆就别室饮。

移时,闻厅事中格格有声,一仆往觇之,见室内冥黑,寂不闻声。行将旋踵⑤,忽有响声甚厉,如悬重物而断其索。亟问之,并无应者。呼众排阖⑥入,则主人身首两断;玉自经死,绳绝堕地上,梁间颈际,残绠俨然。众大骇,传告内闼⑦,群集莫解。众移玉尸于庭,觉其袜履虚若无足。解之,则素乌如钩,盖女子也。益骇。呼孙淳诘之,淳骇极,不知所对,但云:"玉月前投作弟子,愿从寿主人,实不知从来。"以其服凶⑧,疑是商家刺客。暂以二人逻守之。女貌如生;抚之,肢体温软,二人窃谋淫之。一人抱尸转侧,方将缓其结束,忽脑如物击,口血暴注,顷刻已死。其一大惊,告众,众敬若神明焉,且以告郡。郡官问臣及礼,并言:"不知;但妹亡去,已半载矣。"俾往验视,果三官。官奇之,判二兄领葬,敕豪家勿仇。

异史氏曰:"家有女豫让⑨而不知,则兄之为丈夫者可知矣。然三官之为人,即萧萧易水,亦将羞而不流,况碌碌与世浮沉者耶!愿天下闺中人,买丝绣之,其功德当不减于奉壮缪⑩也。"

于江

乡民于江,父宿田间,为狼所食。江时年十六,得父遗履,悲恨欲死。夜俟母寝,潜持铁槌去,眠父所,冀报父仇。少间一狼来,逡巡嗅之,江不动。无何,摇尾扫其额,又渐俯首舐其股,江迄不动。既而欢跃直前,将龁其领。江急以锤击狼脑,立毙。起置草中。少间,又一狼来,如前状,又毙之。以至中夜,杳无至者。

---

①惭怍:惭愧。 ②冥冥:暗中。 ③稔(rěn):熟悉。 ④下楗(jiàn):插上门闩。 ⑤旋踵:掉转脚跟,此处指转身。 ⑥排阖:推开门扇。 ⑦内闼(tà):内门,此处指内眷。 ⑧服凶:身穿丧服。 ⑨豫让:春秋战国时期晋国著名刺客。 ⑩壮缪:指关羽,蜀汉后主景耀三年追封为"壮缪侯",南宋高宗建炎二年追赠"壮缪武安王"。

忽小睡，梦父曰："杀二物，足泄我恨。然首杀我者，其鼻白；此都非是。"江醒，坚卧以伺之。既明，无所复得。欲曳狼归，恐惊母，遂投诸眢井①而归。至夜复往，亦无至者。如此三四夜。忽一狼来，啮其足，曳之以行。行数步，棘刺肉，石伤肤。江若死者，狼乃置之地上，意将龁腹，江骤起锤之，仆；又连锤之，毙。细视之，真白鼻也。大喜，负之以归，始告母。母泣从去，探眢井，得二狼焉。

异史氏曰："农家者流，乃有此英物耶！义烈发于血诚，非直②勇也。智亦异焉。"

小二

滕邑③赵旺，夫妻奉佛，不茹荤血，乡中有"善人"之目。家称小有④。一女小二，绝慧美，赵珍爱之。年六岁，使与兄长春，并从师读，凡五年而熟五经焉。同窗丁生，字紫陌，长于女三岁，文采风流，颇相倾爱。私以意告母，求婚赵氏。赵期以女字⑤大家，故弗许。

未几，赵惑于白莲教；徐鸿儒既反，一家俱陷为贼。小二知书善解，凡纸兵豆马⑥之术，一见辄精。小女子师事徐者六人，惟二称最，因得尽传其术。赵以女故，大得委任。时丁年十八，游滕泮矣，而不肯论婚，意不忘小二也，潜亡去，投徐麾下。女见之喜，优礼逾于常格。女以徐高足，主军务；昼夜出入，父母不得闲。

丁每宵见，尝斥绝诸役，辄至三漏。丁私告曰："小生此来，卿知区区之意否？"女云："不知。"丁曰："我非妄意攀龙，所以故，实为卿耳。左道⑦无济，止取灭亡。卿慧人，不念此乎？能从我亡，则寸心诚不负矣。"女怃然为间，豁然梦觉，曰："背亲而行，不义，请告。"二人入陈利害。赵不悟，曰："我师神人，岂有舛错？"女知不可谏，乃易髻而髫⑧。出二纸鸢，与丁各跨其一；鸢肃肃展翼，似鹣鹣之鸟，比翼而飞。质明，抵莱芜界。女以指拈鸢项，忽即敛堕，遂收鸢。更以双卫，驰至山阴里，托为避乱者，僦屋而居。二人草草出，啬于装，薪储不给，丁甚忧之。假粟比舍，莫肯贷以升斗。女无愁容，但质簪珥。闭门静对，猜灯谜，忆亡书，以是角低昂；负者，骈二指击腕臂焉。

西邻翁姓，绿林之雄也。一日猎归，女曰："富以其邻，我何忧？暂假千金，其与我乎！"丁以为难。女曰："我将使彼乐输也。"乃剪纸作判官状置地

---

①眢(yuān)井：干枯的井。　②非直：不仅。　③滕邑：旧县名，治所在今山东省滕州市。④小有：稍有一些，此处指薄有资财。　⑤字：许嫁。　⑥纸兵豆马：剪纸为马，撒豆成兵。⑦左道：旁门左道。　⑧易髻而髫：将少女发式改为妇人发髻。

下，覆以鸡笼。然后握丁登榻，煮藏酒，检《周礼》为觞政；任言是某册第几叶，第几行，即共翻阅。其人得食旁、水旁、酉旁者饮，得酒部者倍之。既而女适得"酒人"，丿以巨觥①引满促釂。女乃祝曰："若借得金来，君当得饮部。"丁翻卷，得"鳖人"。女大笑曰："事已谐矣！"滴漉授爵②。丁不服。女曰："君是水族，宜作鳖饮。"方喧竞所，闻笼中戛戛，女起曰："至矣。"启笼验视，则布囊中有巨金累累充溢。丁不胜愕喜。后翁家媪抱儿来戏，窃言："主人初归，篝灯夜坐。地忽暴裂，深不可底。一判官自内出，言：'我地府司隶也。太山帝君会诸冥曹，造暴客恶录③，须银灯千架，架计重十两；施百架，则消灭罪愆④。'主人骇惧，焚香叩祷，奉以千金。判官茬苒而入，地亦遂合。"夫妻听其言，故啧啧诧异之。

而从此渐购牛马，蓄厮婢，自营宅第。里中无赖子窥其富，纠诸不逞，逾垣劫丁。丁夫妇始自梦中醒，则编菅蓺照⑤，寇集满屋。二人执丁，又一人探手女怀。女袒而起，戟指而呵曰："止，止！"盗十三人，皆吐舌呆立，痴若木偶。女始着裤下榻，呼集家人，一一反接⑥其臂，逼令供吐明悉。乃责之曰："远方人埋头⑦涧谷，冀得相扶持，何不仁至此！缓急人所时有，窘急者不妨明告，我岂积殖自封者哉？豺狼之行，本合尽诛，但吾所不忍；姑释去，再犯不宥！"诸盗叩谢而去。居无何，鸿儒就擒，赵夫妇妻子俱被夷诛。生赍⑧金往赎长春之幼子以归。儿时三岁，养为己出，使从姓丁，名之承祧。于是里中人渐知为白莲教戚裔。适蝗害稼，女以纸鸢数百翼放田中，蝗远避，不入其陇，以是得无恙。里人共嫉之，群首于官，以为鸿儒余党。官睒其富，肉视之，收丁；丁以重赂啖令，始得免。

女曰："货殖之来也苟，固宜有散亡。然蛇蝎之乡，不可久居。"因贱售其业而去之，止于益都之西鄙。女为人灵巧，善居积，经纪过于男子。尝开琉璃厂，每进工人而指点之。一切棋灯，其奇式幻采，诸肆莫能及，以故直昂得速售。居数年，财益称雄。而女督课婢仆严，食指数百无冗口⑨。暇辄与丁烹茗着棋，或观书史为乐。钱谷出入，以及婢仆业，凡五日一课，妇自持筹，丁为之点籍唱名数焉。勤者赏赉有差，惰者鞭挞罚膝立。是日，给假不夜作，夫妻设肴酒，呼婢辈度俚曲为笑。女明察如神，人无敢欺。而赏辄浮于其劳，故事易办。村中二百余家，凡贫者俱量给资本，乡以此无游惰。值大旱，女令村人设坛于野，乘舆野出，禹步⑩作法，甘霖倾注，五里内悉获沾足。

①觥(gōng)：古代饮酒器，用兽角、木或青铜制成，此处指酒杯。②滴漉(lù)：水往下流动的声音，此处用以形容缓缓倒酒的声音。爵：指酒杯。③暴客：盗贼。恶录：指记录恶行的簿子。④罪愆：罪过。⑤编菅(jiān)：本指用茅草编的草苫，此处指茅草束成的火把。蓺：点燃。⑥反接：反绑双手。⑦埋头：此处指隐居。⑧赍(jī)：怀抱着，带着。⑨食指：指人口，一人十指，为一口。冗口：吃闲饭者，闲人。⑩禹步：巫师、道士在祷神仪礼中常用的一种步法动作。

人益神之。女出未尝障面,村人皆见之,或少年群居,私议其美,及觌面①逢之,俱肃肃无敢仰视者。每秋日,村中童子不能耕作者,授以钱,使采荼蓟②,几二十年,积满楼屋。人窃非笑之。会山左③大饥,人相食。女乃出菜,杂粟赡饥者,近村赖以全活,无逃亡焉。

异史氏曰:"二所为,殆天授,非人力也。然非一言之悟,骈死已久。由是观之,世抱非常之才,而误入匪僻④以死者,当亦不少,焉知同学六人中,遂无其人乎?使人恨不为丁生耳。"

庚娘

金大用,中州⑤旧家子也。聘尤太守女,字庚娘,丽而贤,逑好⑥甚敦。以流寇之乱,家人离邅⑦,金携家南窜。途遇少年,亦偕妻以逃者,自言广陵王十八,愿为前驱。金喜,行止与俱。至河上,女隐告金曰:"勿与少年同舟,彼屡顾我,目动而色变,中叵测也。"金诺之。王殷勤觅巨舟,代金运装,劬劳⑧臻至,金不忍却。又念其携有少妇,应亦无他。妇与庚娘同居,意度亦颇温婉。王坐舡头上与橹人倾语,似甚熟识戚好。

未几,日落,水程迢递,漫漫不辨南北。金四顾幽险,颇涉疑怪。顷之,皎月初升,见弥望皆芦苇。既泊,王邀金父子出户一豁⑨,乃乘间挤金入水;金有老父,见之欲号,舟人以篙筑之,亦溺;生母闻声出窥,又筑溺之。王始喊救。母出时,庚娘在后,已微窥之。既闻一家尽溺,即亦不惊,但哭曰:"翁姑俱没,我安适归!"王入劝:"娘子勿忧,请从我至金陵,家中田庐颇足赡给,保无虞也。"女收涕曰:"得如此,愿亦足矣。"王大悦,给奉良殷。既暮,曳女求欢,女托体姅⑩,王乃就妇宿。

初更既尽,夫妇喧竞,不知何由。但闻妇曰:"若所为,雷霆恐碎汝颅矣!"王乃挞妇。妇呼云:"便死休!诚不愿为杀人贼妇!"王吼怒,捽妇出。便闻骨董一声,遂哗言妇溺矣。未几,抵金陵,导庚娘至家,登堂见媪,媪讶非故妇。王言:"妇堕水死,新娶此耳。"归房,又欲犯。庚娘笑曰:"三十许男子,尚未经人道耶?市儿初合卺,亦须一杯薄浆酒;汝家沃饶,当即不难。清醒相对,是何体段⑪?"王喜,具酒对酌。庚娘执爵,劝酬殷恳。王渐醉,辞不饮。庚娘引巨碗,强媚劝之,王不忍拒,又饮之。于是酣醉,裸脱促寝。庚娘撤器灭烛,托言溲溺⑫,出房,以刀入,暗中以手索王项,王犹捉臂作昵声。庚

---

①觌(dí)面:见面。觌,相见。 ②荼蓟:两种野菜。荼,即苦菜。蓟,一种多年生草本植物,分大蓟、小蓟两种。 ③山左:山东。 ④匪僻:邪恶。 ⑤中州:河南省的古称。 ⑥逑好:指夫妻情谊。 ⑦离邅(tí):远离家乡。邅,远。 ⑧劬(qú)劳:勤劳,劳苦。 ⑨一豁:豁目,指望远散心。 ⑩姅(bàn):指女性月经、生育、小产等。 ⑪体段:体统。 ⑫溲溺(sōu nì):小便。

娘力切之,不死,号而起;又挥之,始殪。媪仿佛有闻,趋问之,女亦杀之。王弟十九觉焉。庚娘知不免,急自刎,刀钝不可入,启户而奔,十九逐之,已投池中矣。呼告居人,救之已死,色丽如生。共验王尸,见窗上一函,开视,则女备述其冤状。群以为烈,谋敛资作殡。天明,集视者数千人,见其,容皆朝拜之。终日间得金百,于是葬诸南郊。好事者为之珠冠袍服,瘗藏①丰满焉。

初,金生之溺也,浮片板上,得不死。将晓,至淮上,为小舟所救。舟盖富民尹翁,专设以拯溺者。金既苏,诣翁申谢。翁优厚之。留教其子。金以不知亲耗,将往探访,故不决。俄曰:"捞得死叟及媪。"金疑是父母,奔验果然。翁代营棺木。生方哀恸,又白:"拯一溺妇,自言金生其夫。"生挥涕惊出,女子已至,殊非庚娘,乃十八妇也。向金大哭,请勿相弃。金曰:"我方寸已乱,何暇谋人?"妇益悲。尹审其故,喜为天报,劝金纳妇。金以居丧②为辞,且将复仇,惧细弱作累。妇曰:"如君言,脱庚娘犹在,将以报仇居丧去之耶?"翁以其言善,请暂代收养,金乃许之。卜葬翁媪,妇缞绖哭泣,如丧翁姑。

既葬,金怀刃托钵,将赴广陵,妇止之曰:"妾唐氏,祖居金陵,与豺子同乡,前言广陵者诈也。且江湖水寇,半伊同党,仇不能复,只取祸耳。"金徘徊不知所谋。忽传女子诛仇事,洋溢河渠,姓名甚悉。金闻之一快,然益悲,辞妇曰:"幸不污辱。家有烈妇如此,何忍负心再娶?"妇以业有成说,不肯中离,愿自居于媵妾。会有副将军袁公,与尹有旧,适将西发,过尹;见生,大相知爱,请为记室。无何,流寇犯顺,袁有大勋;金以参机务,叙劳,授游击以归。夫妇始成合卺之礼。

居数日,携妇诣金陵,将以展庚娘之墓。暂过镇江,欲登金山。漾舟中流,欸一艇过,中有一妪及少妇,怪少妇颇类庚娘。舟疾过,妇自窗中窥金,神情益肖。惊疑不敢追问,急呼曰:"看群鸭儿飞上天耶!"少妇闻之。亦呼云:"馋獍儿欲吃猫子腥耶!"盖当年闺中之隐谲也。金大惊,反棹近之,真庚娘。青衣扶过舟,相抱哀哭,伤感行旅。唐氏以嫡礼见庚娘。庚娘惊问,金始备述其由。庚娘执手曰:"同舟一话,心常不忘,不图吴越一家③矣。蒙代葬翁姑,所当首谢,何以此礼相向?"乃以齿序,唐少庚娘一岁,妹之。

先是,庚娘既葬,自不知历几春秋。忽一人呼曰:"庚娘,汝夫不死,尚当重圆。"遂如梦醒,扪之四面皆壁,始悟身死已葬,只觉闷闷,亦无所苦。有恶少窥其葬具丰美,发冢破棺,方将搜括,见庚娘犹活,相共骇惧。庚娘恐其害己,哀之曰:"幸汝辈来,使我得睹天日。头上簪珥,悉将去,愿鬻④我为尼,更可少得直。我亦不泄也。"盗稽首曰:"娘子贞烈,神人共钦。小人辈不

---

①瘗(yì)藏:殉葬品。 ②居丧:服丧。 ③吴越:春秋时两诸侯国名,累世为敌,屡屡交战,故后世借"吴越"称敌对双方。 ④鬻(yù):卖。

过贫乏无计,作此不仁。但无漏言幸矣。何敢鬻作尼!"庚娘曰:"此我自乐之。"又一盗曰:"镇江耿夫人寡而无子,若见娘子必大喜。"庚娘谢之。自拔珠饰悉付盗,盗不敢受,固与之,乃共拜受。遂载去,至耿夫人家,托言舡风所迷。耿夫人,巨家,寡媪自度。见庚娘大喜,以为己出。适母子自金山归也,庚娘缅述其故。金乃登舟拜母,母款之若婿。邀至家,留数日始归。后往来不绝焉。

异史氏曰:"大变当前,淫者生之,贞者死焉。生者裂人眦①,死者雪人涕②耳。至如谈笑不惊,手刃仇雠,千古烈丈夫中,岂多匹俦③哉!谁谓女子,遂不可比踪彦云也?"

宫梦弼

柳芳华,保定④人,财雄一乡,慷慨好客,座上常百人;急人之急,千金不靳⑤;宾友假贷⑥常不还。惟一客宫梦弼,陕人,生平无所乞请,每至,辄经岁,词旨清洒,柳与寝处时最多。柳子名和,时总角⑦,叔之,宫亦喜与和戏。每和自塾归,辄与发贴地砖,埋石子,伪作埋金为笑。屋五架,掘藏几遍。众笑其行稚,而和独悦爱之,尤较诸客昵。后十余年,家渐虚,不能供多客之求,于是客渐稀,然十数人彻宵谈宴,犹是常也。年既暮,日益落,尚割亩得直⑧以备鸡黍。和亦挥霍,学父结小友,柳不之禁。无何,柳病卒,至无以治凶具⑨。宫乃自出囊金,为柳经纪。和益德之,事无大小,悉委宫叔。宫时自外入,必袖瓦砾,至室则抛掷暗陬,更不解其何意。和每对宫忧贫,宫曰:"子不知作苦之难。无论无金;即授汝千金,可立尽也。男子患不自立,何患贫?"一日,辞欲归。和泣嘱速返,宫诺之,遂去。和贫不自给,典质渐空。日望宫至,以为经理,而宫灭迹匿影,去如黄鹤矣。

先是,柳生时,为和论亲于无极黄氏,素封⑩也,后闻柳贫,阴有悔心。柳卒,讣告之,即亦不吊;犹以道远曲原⑪之。和服除⑫,母遣自诣岳所,定婚期,冀黄怜顾。比至,黄闻其衣履敝穿,斥门者不纳。寄语云:"归谋百金可复来,不然,请自此绝。"和闻言痛哭。对门刘媪,怜而进之食,赠钱三百,慰令归。母亦哀愤无策,因念旧客负欠者十常八九,俾择富贵者求助焉。和曰:"昔之交我者,为我财耳,使儿驷马高车,假千金,亦即匪难。如此景象,谁犹念曩恩,忆故好耶?且父与人金资,曾无契保,责负亦难凭也。"母固强

①裂人眦:令人恨得眼眶睁裂。眦,目眶。 ②雪人涕:使人悲伤挥泪。 ③匹俦(chóu):匹敌,并列。 ④保定:旧府名,治所在今河北省保定市。 ⑤靳:吝惜。 ⑥假贷:借贷。 ⑦总角:指童年。 ⑧割亩得直:出卖田地换钱。 ⑨凶具:棺材。 ⑩素封:无官爵封邑而富比封君的人。 ⑪曲原:曲意原谅。 ⑫服除:服丧期满。

之，和从教，凡二十余日不能致一文。惟优人李四旧受恩恤，闻其事，义赠一金。母子痛哭，自此绝望矣。

黄女年已及笄，闻父绝和，窃不直之。黄欲女别适，女泣曰："柳郎非生而贫者也。使富倍他日，岂仇我者所能夺乎？今贫而弃之，不仁！"黄不悦，曲谕百端，女终不摇。翁妪并怒，且夕唾骂之，女亦安焉。无何，夜遭寇劫，黄夫妇炮烙几死，家中席卷一空。荏苒三载，家益零替。有西贾闻女美，愿以五十金致聘。黄利而许之，将强夺其志。女察知其谋，毁装涂面，乘夜遁去，丐食于途。阅两月始达保定，访和居址，直造其家。母以为乞人妇，故咄之，女呜咽自陈，母把手泣曰："儿何形骸至此耶！"女又惨然而告以故，母子俱哭。便为盥沐，颜色光泽，眉目焕映，母子俱喜。然家三口，日仅一啖，母泣曰："吾母子固应尔；所怜者，负吾贤妇！"女笑慰之曰："新妇在乞人中，稔其况味，今日视之，觉有天堂地狱之别。"母为解颐①。

女一日入闲舍中，见断草丛丛，无隙地；渐入内室，尘埃积中，暗陬有物堆积，蹴之连足，拾视皆朱提②。惊走告和，和同往验视，则宫往日所抛瓦砾，尽为白金③。因念儿时，常与瘗石室中，得毋皆金？而故地已典于东家，急赎归。断砖残缺，所藏石子俨然露焉，颇觉失望，及发他砖，则灿灿皆白镪④也。顷刻间数巨万矣。由是赎田产，市奴仆，门庭华好过昔日。因自奋曰："若不自立，负我宫叔！"刻志下帷，三年中乡选。

乃躬赍白金，往酬刘媪。鲜衣射目，仆十余辈皆骑怒马如龙。媪仅一屋，和便坐榻上。人哗马腾，充溢里巷。黄翁自女失亡，西贾逼退聘财，业已耗去殆半，售居宅始得偿，以故困窘如和曩日。闻旧婿烜耀，闭户自伤而已。媪沽酒备馔款和，因述女贤，且惜女遁。问和："娶否？"和曰："娶矣。"食已，强媪往视新妇，载与俱归。至家，女华妆出，群婢簇拥若仙。相见大骇，遂叙往旧，殷问父母起居。居数日，款洽优厚，制好衣，上下一新，始送令返。

媪诣黄许报女耗，兼致存问，夫妇大惊。媪劝往投女，黄有难色。既而冻馁难堪，不得已如保定。既到门，见闳闳⑤峻丽，阍人⑥怒目张，终日不得通，一妇人出，黄温色卑词，告以姓氏，求暗达女知。少间，妇出，导入耳舍，曰："娘子极欲一觐，然恐郎君知，尚候隙也。翁几时来此？得毋饥否？"黄因诉所苦。妇人以酒一盛、馔二簋，出置黄前；又赠五金，曰："郎君宴房中，娘子恐不得来。明旦宜早去，勿为郎闻。"黄诺之。早起趣装，则管钥未启，止于门中，坐袱囊以待。忽哗主人出，黄将敛避，和已睹之，怪问谁何，家人悉无以应。和怒曰："是必奸宄⑦！可执赴有司。"众应声出，短缏⑧绷系树间，

---

①解颐：开颜欢笑。　②朱提：山名。在今云南省昭通县境，盛产白银，世称"朱提银"。③白金：白银。　④白镪：白银。　⑤闳闳(hàn hóng)：住宅大门。　⑥阍人：守门人。　⑦奸宄(guǐ)：奸邪作乱的歹徒。　⑧缏：绳索。

黄惭惧不知置词。未几，昨夕妇出，跪曰："是某舅氏。以前夕来晚，故未告主人。"和命释缚。妇送出门，曰："忘嘱门者，遂致参差。娘子言：相思时，可使老夫人伪为卖花者，同刘媪来。"黄诺，归述于妪。妪念女若渴，以告刘媪，媪果与俱至和家。凡启十余关，始达女所。女着帔顶髻，珠翠绮纨，散香气扑人；嘤咛一声，大小婢媪，奔入满侧，移金椅床，置双夹膝①。慧婢瀹茗②，各以隐语道寒暄，相视泪荧。至晚，除室安二媪；袱褥温软，并昔年富时所未经。居三五日，女意殷渥。媪辄引空处，泣白前非。女曰："我子母有何过不忘？但郎忿不解，防他闻也。"每和至，便走匿。一日方促膝，和遽入，见之，怒诟曰："何物村妪，敢引身与娘子接坐！宜撮鬓毛令尽！"刘媪急进曰："此老身瓜葛，王嫂卖花者，幸勿罪责。"和乃上手谢过。即坐曰："姥来数日，我大忙，未得展叙。黄家老畜产尚在否？"笑云："都佳，但是贫不可过。官人大富贵，何不一念翁婿情也？"和击桌曰："曩年非姥怜赐一瓯粥，更何得旋乡土！今欲得而寝处之，何念焉！"言致忿际，辄顿足起骂。女恚③曰："彼即不仁，是我父母，我迢迢远来，手皴瘃④，足趾皆穿，亦自谓无负郎君。何乃对子骂父，使人难堪？"和始敛怒，起身去。黄妪愧丧无色，辞欲归，女以二十金私付之。

既归，旷绝音问，女深以为念。和乃遣人招之，夫妻至，惭作无以自容。和谢曰："旧岁辱临，又不明告，遂是开罪良多。"黄但唯唯。和为更易衣履。留月余，黄心终不自安，数告归。和遗白金百两，曰："西贾五十金，我今倍之。"黄汗颜受之。和以舆马送还，暮岁称小丰焉。

异史氏曰："雍门泣后，朱履杳然，令人愤气杜门，不欲复交一客。然良朋葬骨，化石成金，不可谓非慷慨好客之报也。闺中人坐享高奉，俨然如嫔嫱⑤，非贞异如黄卿，孰克当此而无愧者乎？造物之不妄降福泽也如是。"

乡有富者，居积取盈，搜算入骨。窖镪数百，惟恐人知，故衣败絮、啖糠秕以示贫。亲友偶来，亦曾无作鸡黍之事。或言其家不贫，便瞋目作怒，其仇如不共戴天。暮年，日餐榆屑一升，臂上皮摺垂一寸长，而所窖终不肯发。后渐尪羸⑥。濒死，两子环问之，犹未遽告；迨觉果危急，欲告子，子至，已舌蹇不能声，惟爬抓心头，呵呵而已。死后，子孙不能具棺木，遂藁葬焉。呜呼！若窖金而以为富，则大帑⑦数千万，何不可指为我有哉？愚已！

---

①夹膝：旧时置于床席间用以放置手足的竹质取凉用具。　②瀹(yuè)茗：煮茶。　③恚(huì)：恨，怒。　④皴瘃(cūn zhú)：皮肤开裂，生冻疮。　⑤嫔嫱：宫中女官，天子诸侯的姬妾。　⑥尪羸(wāng léi)：瘦弱。　⑦大帑(tǎng)：储藏金帛的国库。

鸲鹆

王汾滨言:其乡有养八哥者,教以语言,甚狎习,出游必与之俱,相将数年矣。一日将过绛州①,去家尚远,而资斧已罄,其人愁苦无策。鸟云:"何不售我? 送我王邸,当得善价,不愁归路无资也。"其人云:"我安忍。"鸟言:"不妨。主人得价疾行,待我城西二十里大树下。"其人从之。

携至城,相问答,观者渐众。有中贵②见之,闻诸王。王召入,欲买之。其人曰:"小人相依为命,不愿卖。"王问鸟:"汝愿住否?"言:"愿住。"王喜,鸟又言:"给价十金,勿多予。"王益喜,立畀③十金,其人故作懊悔状而去。王与鸟言,应对便捷。呼肉啖之。食已,鸟曰:"臣要浴。"王命金盆贮水,开笼令浴。浴已,飞檐间,梳翎抖羽,尚与王喋喋不休。顷之羽燥,翩跹而起,操晋音曰:"臣去呀!"顾盼已失所在。王及内侍仰面咨嗟④,急觅其人,则已渺矣。后有往秦中者,见其人携鸟在西安市上。毕载积先生记。

刘海石

刘海石,蒲台⑤人,避乱于滨州⑥。时十四岁,与滨州生刘沧客同函丈⑦,因相善,订为昆季⑧。无何,海石失怙恃⑨,奉丧而归,音问遂阙。沧客家颇裕,年四十,生二子,长子吉,十七岁,为邑名士,次子亦慧。沧客又内⑩邑中倪氏女,大嬖⑪之。后半年,长子患脑痛卒,夫妻大惨。无几何,妻病又卒;逾数月,长媳又死,而婢仆之丧亡,且相继也。沧客哀悼,殆不能堪。

一日方坐愁间,忽闻人通海石至。沧客喜,急出门迎以入。方欲展寒温,海石忽惊曰:"兄有灭门之祸,不知耶?"沧客愕然,莫解所以。海石曰:"久失闻问,窃疑近况,未必佳也。"沧客泫然,因以状对,海石歔欷,既而笑曰:"灾殃未艾,余初为兄吊也。然幸而遇仆,请为兄贺。"沧客曰:"久不晤,岂近精'越人术'耶?"海石曰:"是非所长,阳宅风鉴,颇能习之。"沧客喜,便求相宅。导海石入,内外遍观之,已而请睹诸眷口。沧客从其教,使子媳婢妾俱见于堂,沧客一一指示。

---

①绛州:治所在今山西省新绛县。 ②中贵:此指王府中的宦官。 ③畀(bì):交付。 ④咨嗟:叹息。 ⑤蒲台:旧县名,治所在今山东省博兴县。 ⑥滨州:治所在今山东省滨州市滨城区。 ⑦同函丈:指同塾读书。函丈,指学塾中师、生座位相距一丈。⑧订为昆季:结为异性兄弟。昆季,指兄弟,长为昆,幼为季。⑨失怙恃(hù shì):失去父母。 ⑩内(nà):纳,此处指纳妾。 ⑪嬖:宠爱。

至倪，海石仰天而视，大笑不已。众方惊疑，但见倪女战栗无色，身暴缩短仅二尺余。海石以界方①击其首，作石缶声。海石揪其发检脑后，见白发数茎，欲拔之，女缩项跪啼，言即去，但求勿拔。海石怒曰："汝凶心尚未死耶？"就项后拔去之。女随手而变，黑色如狸。众大骇，海石掇纳袖中，顾子妇曰："媳受毒已深，背上当有异，请验之。"妇羞，不肯袒示。刘子固强之，见背上白毛长四指许。海石以针挑去，曰："此毛已老，七日即不可救。"又顾刘次子，亦有毛才二指。曰："似此可月余死耳。"沧客以及婢仆并刺之。曰："仆适不来，一门无噍类②矣。"问："此何物？"曰："亦狐属。吸人神气以为灵，最利人死。"沧客曰："久不见君，何能神异如此！无乃仙乎？"笑曰："特从师习小技耳，何遽云仙。"问其师，答云："山石道人。适此物，我不能死之，将归献俘于师。"言已，告别。觉袖中空空，骇曰："亡之矣！尾末有大毛未去，今已遁去。"众俱骇然。海石曰："领毛已尽，不能作人，止能化兽，遁当不远。"于是入室而相其猫，出门而嗾③其犬，皆曰无之。启圈笑曰："在此矣。"沧客视之多一豕，闻海石笑，遂伏，不敢少动。提耳捉出，视尾上白毛一茎，硬如针。方将检拔，而豕转侧哀鸣，不听拔。海石曰："汝造孽既多，拔一毛犹不肯耶？"执而拔之，随手复化为狸。纳袖欲出，沧客苦留，乃为一饭。问后会，曰："此难预定。我师立愿宏深，常使我等遨世上，拔救众生，未必无再见时。"

及别后，细思其名，始悟曰："海石殆仙矣！'山石'合一'岩'字，盖吕祖④讳也。"

谕鬼

青州⑤石尚书茂华，为诸生时，郡门外有大渊⑥，不雨亦不涸。邑中获大寇数十名，刑于渊上。鬼聚为祟，经过者辄曳入。一日，有某甲正遭困厄，忽闻群鬼惶窜曰："石尚书至矣！"未几，公至，甲以状告。公以垩灰⑦题壁示云："石某为禁约事：照得厥念无良，致婴⑧雷霆之怒；所谋不轨，遂遭斧钺之诛。只宜返闶阆之心，争相忏悔；庶几洗髑髅之血，脱此沉沦。尔乃生已极刑，死犹聚恶。跳踉而至，披发成群；踯躅以前，搏膺⑨作厉。黄泥塞耳，辄逞鬼子之凶；白昼为妖，几断行人之路！彼丘陵三尺外，管辖由人；岂乾坤两大中，凶顽任尔？谕后各宜潜踪，勿犹怙恶。无定河边之骨，静待轮回；金闺梦

①界方：亦称"戒尺""戒方"，可用于镇纸，旧时塾师用以体罚学童。 ②噍类(jiào)：此处指活人。 ③嗾(sǒu)：指使狗时口中所发出的声音。 ④吕祖：吕岩，字洞宾，唐末道士，传说中的"八仙"之一。 ⑤青州：治所在今山东省青州市。 ⑥大渊：深水潭。 ⑦垩灰：石灰。 ⑧婴：遭受。 ⑨搏膺：捶胸。

里之魂,还践乡土。如蹈前愆①,必贻后悔!"自此鬼患遂绝,渊亦寻干。

泥鬼

余乡唐太史济武②,数岁时,有表亲某,相携戏寺中。太史童年磊落,胆即最豪,见庑③中泥鬼睁琉璃眼,甚光而巨,爱之,阴以指抉取,怀之而归。既抵家,某暴病不语;移时忽起,厉声曰:"何故掘吾睛!"噪叫不休。众莫之知,太史始言所作。家人乃祝曰:"童子无知,戏伤尊目,行奉还也。"乃大言曰:"如此,我便当去。"言讫仆地遂绝,良久而苏。问其所言,茫不自觉。乃送睛仍安鬼眶中。

异史氏曰:"登堂索睛,土偶何其灵也。顾太史抉睛,而何以迁怒于同游?盖以玉堂④之贵,而且至性觥觥⑤,观其上书北阙,拂袖南山,神且惮之,而况鬼乎?"

梦别

王春李先生之祖,与先叔祖玉田公交最好。一夜梦公至其家,黯然相语。问:"何来?"曰:"仆将长往,故与君来别耳。"问:"何之?"曰:"远矣。"遂出。送至谷中,见石壁有裂罅⑥,便拱手作别,以背向罅,逡巡倒行而入,呼之不应,因而惊寤。及明以告太公敬一,且使备吊具,曰:"玉田公捐舍⑦矣!"太公请先探之,信,而后吊之。不听,竟以素服往,至门,则提幡挂矣。呜呼!古人于友,其死生相信如此,丧舆待巨卿而行,岂妄哉!

犬灯

韩光禄大千⑧之仆夜宿厦间,见楼上有灯,如明星。未几,荧荧飘落,及地化为犬。睨之,转舍后去,急起,潜尾之,入院中化为女子。心知其狐,还卧故所。俄,女子自后来,仆阳寐⑨以观其变。女俯而撼之,仆伪作醒状,问其为谁,女不答。仆曰:"楼上灯光非子也耶?"女曰:"既知之,何问焉?"遂

---

①前愆(qiān):以前的过失。 ②唐太史济武:唐梦赉,字济武,清顺治六年(1649)进士,曾授翰林院检讨一职,故以"太史"称之。 ③庑(wǔ):堂下周围的走廊、廊屋。 ④玉堂:此处指翰林院。 ⑤觥觥:刚直的样子。 ⑥裂罅(xià):裂缝。 ⑦捐舍:捐弃宅舍;去世的讳称。 ⑧韩光禄大千:韩茂椿,字大千,曾被封光禄寺署丞。 ⑨阳寐:假装睡着。

共宿之。昼别宵会，以为常。

主人知之，使二人夹仆卧；二人既醒，则身卧床下，亦不觉堕自何时。主人益怒，谓仆曰："来时，当捉之来；不然则有鞭楚！"仆不敢言，诺而退，因念：捉之难，不捉惧罪，展转无策。忽忆女子，一小红衫密着其体，未肯暂脱，必其要害，执此可以胁之。夜来女至，问："主人嘱汝捉我乎？"曰："良有之。但我两人情好，何肯此为？"及寝，阴搠其衫，女急啼，力脱而去。从此遂绝。后仆自他方归，遥见女子坐道周①，至前则举袖障面。仆下骑呼曰："何作此态？"女乃起握手曰："我谓子已忘旧好矣。既恋恋有故人意，情尚可原。前事出于主命，亦不汝怪也。但缘分已尽，今设小酌，请入为别。"时秋初，高粱正茂。女携与俱入，则中有巨第。系马而入，厅堂中酒肴已列。甫坐，群婢行炙②。日将暮，仆有事，欲覆主命，遂别。既出，则依然田陇耳。

番僧

释体空言：在青州③见二番僧，像貌奇古，耳缀双环，被黄布，须发鬈如④。自言从西域来。闻太守重佛，谒之，太守遣二隶，送诣丛林⑤，和尚灵崿，不甚礼之。执事者见其人异，私款之，止宿焉。或问："西域多异人，罗汉得毋有奇术否？"其一辗然笑，出手于袖，掌中托小塔，高裁盈尺，玲珑可爱。壁上最高处，有小龛，僧掷塔其中，蠹然端立，无少偏倚。视塔上有舍利放光，照耀一室。少间，以手招之，仍落掌中。其一僧乃祖臂，伸左肱⑥，长可六七尺，而右肱缩无有矣；转伸右肱，亦如左状。

狐妾

莱芜⑦刘洞九，官汾州⑧，独坐署中，闻亭外笑语渐近，入室则四女子：一四十许，一可三十，一二十四五已来，末后一垂髫者，并立几前，相视而笑。刘固知官署多狐，置不顾。少间，垂髫者出一红巾，戏抛面上，刘拾掷窗间，仍不顾。四女一笑而去。

一日，年长者来，谓刘曰："舍妹与君有缘，愿无弃葑菲⑨。"刘漫应之，女遂去。俄偕一婢，拥垂髫儿来，俾与刘并肩坐。曰："一对好凤侣，今夜谐花

---

① 道周：路旁。　② 行炙：上菜。　③ 青州：旧府名，治所在今山东省青州市。　④ 鬈如：毛发卷曲的样子。　⑤ 丛林：此处指寺院。　⑥ 肱（gōng）：手臂。　⑦ 莱芜：旧县名，治所在今山东省莱芜市。　⑧ 汾州：旧府名，治所在今山西省汾阳市。　⑨ 葑（fēng）菲："葑""菲"均是菜名，"葑"即芜菁，又名蔓菁；"菲"即萝卜。常用为鄙陋之人或有一德可取之谦辞。

烛。勉事刘郎，我去矣。"刘谛视，光艳无俦，遂与燕好。诘其行迹，女曰："妾固非人，而实人也。妾，前官之女，盅于狐，奄忽以死，窆①园内，众狐以术生我，遂飘然若狐。"刘因以手探尻②际，女觉之哭曰："君将无谓狐有尾耶？"转身云："请试扪之。"自此，遂留不去，每行坐，与小婢俱，家人俱尊以小君礼。婢媪参谒，赏赉其丰。

值刘寿辰，宾客烦多，共三十余筵，须庖人甚众；先期牒拘，仅一二到者。刘不胜恚。女知之，便言："勿忧。庖人既不足用，不如并其来者遣之。妾固短于才，然三十席亦不难办。"刘喜，命以鱼肉姜椒，悉移内署。家中人但闻刀砧声繁不绝。门内设以几，行炙者置柈其上③，转视，则肴俎已满。托去复来，十余人络绎于道，取之不绝。末后，行炙人来索汤饼。内言曰："主人未尝预嘱，咄嗟何以办？"既而曰："无已，其假之。"少顷，呼取汤饼，视之三十余碗，蒸腾几上。客既去，乃谓刘曰："可出金资，偿某家汤饼④。"刘使人将直去。则其家失汤饼，方共惊疑；使至，疑始解。一夕夜酌，偶思山东苦醵，女请取之。遂出户去，移时返曰："门外一罂，可供数日饮。"刘视之，果得酒，真家中瓮头春也。

越数日，夫人遣二仆如汾。途中一仆曰："闻狐夫人犒赏优厚，此去得赏金，可买一裘。"女在署已知之，向刘曰："家中人将至。可恨伧奴⑤无礼，必报之。"仆甫入城，头大痛，至署，抱首号呼，共拟进医药。刘笑曰："勿须疗，时至当自瘥。"众疑其获罪小君。仆自思：初来未解装，罪何由得？无所告诉，漫膝行而哀之。帘中语曰："尔谓夫人则已耳，何谓狐也？"仆乃悟，叩不已。又曰："既欲得裘，何得复无礼？"已而曰："汝愈矣。"言已，仆病若失。仆拜欲出，忽自帘中掷一裹出，曰："此一羔羊裘也，可将去。"仆解视，得五金。刘问家中消息，仆言都无事，惟夜失藏酒一罂，稽其时日，即取酒夜也。群惮其神，呼之"圣仙"，刘为绘小像。

时张道一为提学使，闻其异，以桑梓谊⑥诣刘，欲乞一面，女拒之。刘示以像，张强携而去。归悬座右，朝夕祝之云："以卿丽质，何之不可？乃托身于鬖鬖⑦之老！下官殊不恶于洞九，何不一惠顾？"女在署，忽谓刘曰："张公无礼，当小惩之。"一日张方祝，似有人以界方⑧击额，崩然甚痛。大惧，反卷。刘诘之，使隐其故而诡对。刘笑，曰："主人额上得毋痛否？"使不能欺，以实告。

无何，婿亓生来，请觐之，女固辞之，亓请之坚。刘曰："婿非他人，何拒之深？"女曰："婿相见，必当有以赠之。渠⑨望我奢，自度不能满其志，故适

①窆(biǎn)：埋葬。　②尻(kāo)：脊椎骨末端。　③行炙：上菜。柈(pán)：同"盘"，盘子。　④汤饼：水煮的面食。　⑤伧(cāng)奴：指奴仆。伧，旧时讥人粗俗、鄙贱。　⑥桑梓谊：同乡之谊。　⑦鬖鬖(sān sān)：形容毛发下垂的样子。　⑧界方：亦称"戒尺""戒方"，可用于镇纸，旧时塾师用以体罚学童。　⑨渠：他。

不欲见耳。"既固请之,乃许以十日见。及期,亓入,隔帘揖之,少致存问。仪容隐约,不敢审谛。即退,数步之外,辄回眸注盼。但闻女言曰:"阿婿回首矣!"言已,大笑,烈烈如鸮鸣。亓闻之,胫股皆软,摇摇然如丧魂魄。既出,坐移时,始稍定。乃曰:"适闻笑声,如听霹雳,竟不觉身为己有。"少顷,婢以女命,赠亓二十金。亓受之,谓婢曰:"圣仙日与丈人居,宁不知我素性挥霍,不惯使小钱耶?"女闻之曰:"我固知其然。囊底适罄;向结伴至汴梁,其城为河伯占据,库藏皆没水中,入水各得些须,何能饱无餍之求?且我纵能厚馈,彼福薄亦不能任。"

女凡事能先知,遇有疑难与议,无不剖。一日并坐,忽仰天大惊曰:"大劫将至,为之奈何!"刘惊问家口,曰:"余悉无恙,独二公子可虑。此处不久将为战场,君当求差远去,庶免于难。"刘从之,乞于上官,得解饷云贵间。道里辽远,闻者吊之,而女独贺。无何,姜瓖叛,汾州没为贼窟。刘仲子①自山东来,适遭其变,遂被其害。城陷,官僚皆罹干难,惟刘以公出得免。

盗平,刘始归。寻以大案罣误②,贫至饔飧③不给;而当道者又多所需索,因而窘忧欲死。女曰:"勿忧,床下三千金,可资用度。"刘大喜,问:"窃之何处?"曰:"天下无主之物,取之不尽,何庸窃乎!"刘借谋得脱归,女从之。后数年忽去,纸裹数事留赠,中有丧家挂门之小幡,长二寸许,群以为不祥。刘寻卒。

雷曹

乐云鹤、夏平子二人,少同里,长同斋,相交莫逆。夏少慧,十岁知名。乐虚心事之。夏相规不倦;乐文思日进,由是名并著。而潦倒场屋④,战辄北⑤。无何,夏遘疫⑥而卒,家贫不能葬,乐锐身自任之。遗襁褓子及未亡人,乐以时恤诸其家,每得升斗必析而二之,夏妻子赖以活。于是士大夫益贤乐。乐恒产无多,又代夏生忧内顾,家计日蹙。乃叹曰:"文如平子尚碌碌以没,而况于我?人生富贵须及时,戚戚终岁,恐先狗马填沟壑,负此生矣,不如早改图也。"于是去读而贾。操业半年,家资小泰。

一日,客金陵,休于旅舍,见一人颀然而长,筋骨隆起,彷徨坐侧,色黯淡,有戚容。乐问:"欲得食耶?"其人亦不语。乐推食食之,则以手掬啖⑦,顷刻已尽;乐又益以兼人⑧之馔,食复尽。遂命主人割豚胁⑨,堆以蒸饼,又

---

①仲子:次子。 ②罣(guà)误:指官吏因过失或被人牵连而受到贬黜责罚。 ③饔飧(yōng sūn):饭食。饔,早餐。飧,晚餐。 ④场屋:科举考场。 ⑤北:失败。 ⑥遘(gòu)疫:染上瘟疫。遘,遇遇。 ⑦掬啖:以手捧食。 ⑧兼人:超过别人,一人顶两人。 ⑨豚胁:猪肋肉。

尽数人之餐。始果腹而谢曰:"三年以来,未尝如此饫饱。"乐曰:"君固壮士,何飘泊若此?"曰:"罪婴天谴,不可说也。"问其里居,曰;"陆无屋,水无舟,朝村而暮郭也。"乐整装欲行,其人相从,恋恋不去。乐辞之,告曰:"君有大难,吾不忍忘一饭之德。"乐异之,遂与偕行。途中曳与同餐,辞曰:"我终岁仅数餐耳。"益奇之。次日渡江,风涛暴作,估舟尽覆,乐与其人悉没江中。俄风定,其人负乐踏波出,登客舟,又破浪去。少时挽一舟至,扶乐入,嘱乐卧守,复跃入江,以两臂夹货出,掷舟中,又入之;数入数出,列货满舟。乐谢曰:"君生我,亦良足矣,敢望珠还①哉!"检视货财,并无亡失。益喜,惊为神人,放舟欲行,其人告退,乐苦留之,遂与共济。乐笑云:"此一厄也,止失一金簪耳。"其人欲复寻之。乐方劝止,已投水中而没。惊愕良久,忽见含笑而出,以簪授乐曰:"幸不辱命。"江上人罔不骇异。

乐与归,寝处共之,每十数日始一食,食则啖嚼无算。一日又言别,乐固挽之。适昼晦欲雨,闻雷声。乐曰:"云间不知何状?雷又是何物?安得至天上视之,此疑乃可解。"其人笑曰:"君欲作云中游耶?"少时乐倦甚,伏榻假寐。既醒,觉身摇摇然不似榻上,开目则在云气中,周身如絮。惊而起,晕如舟上,踏之软无地。仰视星斗,在眉目间。遂疑是梦。细视星嵌天上,如莲实之在蓬也,大者如瓮,次如瓿②,小如盎盂。以手撼之,大者坚不可动,小星摇动似可摘而下者;遂摘其一藏袖中。拨云下视,则银河苍茫,见城郭如豆。愕然自念:设一脱足,此身何可复向?俄见二龙夭矫,驾缦车来,尾一掉,如鸣牛鞭。车上有器,围皆数丈,贮水满之。有数十人,以器掬水,遍洒云间。忽见乐,共怪之。乐审所与壮士在焉,语众云:"是吾友也。"因取一器授乐令洒。时苦旱,乐接器排云,遥望故乡,尽情倾注。未几谓乐曰:"我本雷曹③,前误行雨,罚谪三载。今天限已满,请从此别。"乃以驾车之绳万丈掷前,使握端缒下。乐危之;其人笑言:"不妨。"乐如其言,飗飗然瞬息及地。视之,则堕立村外,绳渐收入云中,不可见矣。

时久旱,十里外雨仅盈指,独乐里沟浍④皆满。归探袖中,摘星仍在。出置案上,黯黝如石,入夜则光明焕发,映照四壁。益宝之,什袭⑤而藏。每有佳客,出以照饮。正视之,则条条射目。一夜,妻坐对握发,忽见星光渐小如萤,流动横飞。妻方怪咤,已入口中,咯之不出,竟已下咽。愕奔告乐,乐亦奇之。既寝,梦夏平子来,曰:"我少微星也。因先君失一德,促余寿龄。君之惠好,在中不忘。又蒙自上天携归,可云有缘。今为君嗣,以报大德。"乐三十无子,得梦甚喜。自是妻果娠,及临蓐⑥,光辉满室,如星在几上时,因名

①珠还:喻指货物失而复得。 ②瓿(bù):古代的一种小瓮,青铜或陶制,用以盛酒或水。③雷曹:即俗谓"雷公"。 ④沟浍(kuài):田间水渠。 ⑤什袭:亦作"十袭",把物品重重包裹起来,形容珍贵。 ⑥临蓐(rù):临产,分娩。

"星儿"。机警非常，十六岁及进士第。

异史氏曰："乐子文章名一世，忽觉苍苍之位置我者不在是，遂弃毛锥①如脱屣，此与燕颔投笔者何以少异？至雷曹感一饭之德，少微酬良朋之知，岂神人之私报恩施哉？乃造物之公报贤豪耳。"

赌符

韩道士，居邑中之天齐庙②。多幻术，共名之"仙"。先子③与最善，每适城，辄造之。一日，与先叔赴邑，拟访韩，适遇诸途。韩付钥曰："请先往启门坐，少旋我即至。"乃如其言。诣庙发扃④，则韩已坐室中。诸如此类。

先是，有敝族人嗜博赌，因先子亦识韩。值大佛寺来一僧，专事樗蒲⑤，赌甚豪。族人见而悦之，罄资往赌，大亏。心益热，典质田产复往，终夜尽丧。邑邑不得志，便道诣韩，精神惨淡，言语失次。韩问之，具以实告。韩笑曰："常赌无不输之理。倘能戒赌，我为汝覆之。"族人曰："倘得珠还合浦⑥，花骨头当铁杵碎之！"韩乃以纸书符，授佩衣带间。嘱曰："但得故物即已，勿得陇复望蜀也。"又付千钱约赢而偿之。族人大喜而往。僧验其资，易之，不屑与赌。族人强之，请一掷为期⑦，僧笑而从之。乃以千钱为孤注，僧掷之无所胜负，族人接色，一掷成采。僧复以两千为注。又败。僧渐增至十余千，明明枭色⑧，呵之，皆成卢雉⑨，计前所输，顷刻尽覆。阴念再赢数千亦更佳，乃复博，则色渐劣。心怪之，起视带上则符已亡矣，大惊而罢。载钱归庙，除偿韩外，追而计之，并末后所失，适⑩符原数也。已乃愧谢失符之罪，韩笑曰："已在此矣。固嘱勿贪，而君不听，故取之。"

异史氏曰："天下之倾家者，莫速于博，天下之败德者亦莫甚于博。入其中者，如沉迷海，将不知所底矣。夫商农之人，俱有本业；诗书之士，尤惜分阴。负耒横经⑪，固成家之正路；清谈薄饮，犹寄兴之生涯。尔乃狎比淫朋，缠绵永夜。倾囊倒箧，悬金于崦嵫之天；呼雉呵卢⑫，乞灵于淫昏之骨，盘旋五木⑬，似走圆珠；手握多章，如擎团扇。左觑人而右顾己，望穿鬼子之睛；阳示弱而阴用强，费尽魍魉之技。门前宾客待，犹恋恋于场头⑭；舍上火烟生，尚眈眈于盆里。忘餐废寝，则久入成迷；舌敝唇焦，则相看似鬼。迨夫全军

---

①毛锥：毛笔的别称，此处借指科举功名。　②邑中：此处指淄川县城内。天齐庙：供奉泰山神的庙宇。　③先子：亡父。　④发扃(jiōng)：开门。　⑤樗蒲(chū pú)：亦作"摴蒲"，古代一种博戏，后世亦指赌博。　⑥珠还合浦：此处指将输掉的钱财重新赢回来。　⑦期：限，限度。　⑧枭色：博戏胜采名。　⑨卢雉：卢、雉，均为博戏胜采名。　⑩适：恰好。　⑪负耒(lěi)横经：负犁读经，形容农耕中不忘读书。　⑫呼雉呵卢：赌博时高声大叫，希望得彩获胜。　⑬五木：古代一种博具，以斫木为子，共五子。　⑭场头：赌场。

尽没,热眼空窥。视局中则叫号浓焉,技痒英雄之臆;顾囊底而贯索空矣,灰寒壮士之心。引颈徘徊,觉白手之无济;垂头萧索,始玄夜以方归。幸交谪之人眠,恐惊犬吠;苦久虚之腹饿,敢怨羹残。既而鬻子质田,冀珠还于合浦;不意火灼毛尽,终捞月于沧江。及遭败后我方思,已作下流之物;试问赌中谁最善,群指无裤之公①。甚而枵腹②难堪,遂栖身于暴客③;搔头莫度,至仰给于香奁。呜呼!败德丧行,倾财亡身,孰非博之一途致之哉!

阿霞

文登④景星者,少有重名,与陈生比邻而居,斋隔一短垣。一日陈暮过荒落之墟,闻女子啼松柏间,近临则树横枝有悬带,若将自经⑤。陈诘之,挥涕而对曰:"母远出,托妾于外兄。不图狼子野心,畜我不卒。伶仃如此,不如死!"言已复泣。陈解带,劝令适人,女虑无可托者。陈请暂寄其家,女从之。既归,挑灯审视,丰韵殊绝,大悦,欲乱之,女厉声抗拒,纷纭之声达于间壁。景生逾垣来窥,陈乃释女。女见景生,凝目停睇,久乃奔去。二人共逐之,不知去向。

景归,阖户欲寝,则女子盈盈自房中出。惊问之,答曰:"彼德薄福浅,不可终托。"景大喜,诘其姓氏。曰:"妾祖居于齐,以齐为姓,小字阿霞。"人以游词,笑不甚拒,遂与寝处,斋中多友人来往,女恒隐闭深房。过数日,曰:"妾姑去,此处烦杂困人甚。继今,请以夜卜。"问:"家何所?"曰:"正不远耳。"遂早去,夜果复来,欢爱綦⑥笃。又数日谓景曰:"我两人情好虽佳,终属苟合。家君宦游西疆,明日将从母去,容即乘间禀命,而相从以终焉。"问:"几日别?"约以旬终。既去,景思斋居不可常,移诸内又虑妻妒,计不如出妻。志既决,妻至辄诟厉,妻不堪其辱,涕欲死。景曰:"死恐见累,请早归。"遂促妻行。妻啼曰:"从子十年未尝失德,何决绝如此!"景不听,逐愈急,妻乃出门去。自是垩壁⑦清尘,引领翘待,不意信杳青鸾,如石沉海。妻大归后,数浼⑧知交,请复于景,景不纳,遂适夏侯氏。夏侯里居,与景接壤,以田畔之故,世有隙。景闻之,益大恚恨。然犹冀阿霞复来,差足自慰。

越年余并无踪绪。会海神寿,祠内外士女云集,景亦在。遥见一女甚似阿霞,景近之,入于人中;从之,出于门外;又从之,飘然竟去,景追之不及,恨悒而返。后半载适行于途,见一女郎着朱衣,从苍头,鞚黑卫⑨来,望之,霞

①无裤之公:形容输得一无所有者。 ②枵(xiāo)腹:空腹,指饿肚子。 ③暴客:盗贼。 ④文登:旧县名,治所在今山东省文登市。 ⑤自经:上吊自杀。 ⑥綦(qí):极,很。 ⑦垩(è)壁:粉刷墙壁。 ⑧浼(měi):央求,恳求。 ⑨鞚(kòng):驾驭。黑卫:黑驴。

也。因问从人："娘子为谁？"答言："南村郑公子继室。"又问："娶几时矣？"曰："半月耳。"景思得毋误耶？女郎闻语，回眸一睇，景视，真阿霞也。见其已适他姓，愤填胸臆，大呼："霞娘！何忘旧约？"从人闻呼主妇，欲奋老拳。女急止之，启幨纱谓景曰："负心人何颜相见？"景曰："卿自负仆，仆何尝负卿？"女曰："负夫人甚于负我！结发者如是而况其他？向以祖德厚，名列桂籍①，故委身相从。今以弃妻故，冥中削尔禄秩，今科亚魁王昌，即替汝名者也。我已归郑姓，无劳复念。"景俯首帖耳，口不能道一词。视女子，策蹇②去如飞，怅恨而已。

是科景落第，亚魁果王氏昌名，景以是得薄幸名。四十无偶，家益替③，恒趁食于亲友家。偶诣郑，郑款之，留宿焉。女窥客，见而怜之，问郑曰："堂上客非景庆云耶？"问所自识，曰："未适君时，曾避难其家，亦深得其豢养。彼行虽贱而祖德未斩，且与君为故人，亦宜有绨袍之义。"郑然之，易其败絮，留以数日。夜分欲寝，有婢持金二十余两赠景。女在窗外言曰："此私贮，聊酬凤好，可将去，觅一良匹。幸祖德厚，尚足及子孙；无复丧检，以促余龄。"景感谢之。既归，以十余金买缙绅家婢，甚丑悍。举一子，后登两榜。郑官至吏部郎。既没，女送葬归，启舆则虚无人矣，始知其非人也。噫！人之无良，舍其旧而新是谋，卒之卵覆而鸟亦飞，天之所报亦惨矣！

李司鉴

李司鉴，永年④举人也，于康熙四年九月二十八日，打死其妻李氏。地方报广平，行永年查审。司鉴在府前，忽于肉架上夺一屠刀，奔入城隍庙登戏台上对神而跪。自言："神责我不当听信奸人，在乡党⑤颠倒是非，着我割耳。"遂将左耳割落，抛台下。又言："神责我不应骗人钱财，着我割指。"遂将左指剁去。又言："神责我不当奸淫妇女，使我割肾。"遂自阉，昏迷僵仆。时总督朱云门题参革褫⑥究拟，已奉谕旨，而司鉴已伏冥诛矣。邸抄⑦。

五羖大夫

河津⑧畅体元，字汝玉，为诸生时，梦人呼为"五羖大夫⑨"，喜为佳兆。

---

①桂籍：科举及第者的名籍。　②蹇(jiǎn)：此处指驴。　③替：衰落。　④永年：旧县名，治所在今河北省永年县。　⑤乡党：乡里、家乡；乡族朋友。　⑥革褫：即"褫革"，指剥夺冠服，革除功名。　⑦邸抄：邸报，亦作"邸钞"。　⑧河津：旧县名，治所在今山西省河津市。　⑨五羖大夫：指春秋时秦国大夫百里奚。羖(gǔ)，羊。

及遇流寇之乱，尽剥其衣，夜闭置空室。时冬月寒甚，暗中摸索，得数羊皮护体，仅不至死。质明，视之，恰符五数。哑然自笑神之戏已也。后以明经授雒南①知县。毕载绩先生志。

毛狐

　　农子马天荣年二十余，丧偶，贫不能娶。芸②田间，见少妇盛妆，践禾越陌而过，貌赤色，致亦风流。马疑其迷途，顾四野无人，戏挑之，妇亦微纳。欲与野合，笑曰："青天白日，宁宜为此，子归掩门相候，昏夜我当至。"马不信，妇矢之。马乃以门户向背③俱告之，妇乃去。夜分果至，遂相悦爱。觉其肤肌嫩甚，火之，肤赤薄如婴儿，细毛遍体，异之。又疑其踪迹无据，自念得非狐耶？遂戏相诘，妇亦自认不讳。马曰："既为仙人，自当无求不得。既蒙缱绻，宁不以数金济我贫？"妇诺之。次夜来，马索金，妇故愕曰："适忘之。"将去，马又嘱。至夜，问："所乞或勿忘也？"妇笑，请以异日。愈数日，马复索，妇笑向袖中出白金二铤④，约五六金，翘边细纹，雅可爱玩。马喜，深藏于楼。积半岁，偶需金，因持示人。人曰："是锡也。"以齿龁之，应口而落。马大骇，收藏而归。至夜妇至，愤致诮让，妇笑曰："子命薄，真金不能任也。"一笑而罢。

　　马曰："闻狐仙皆国色，殊亦不然。"妇曰："吾等皆随人现化。子且无一金之福，落雁沉鱼，何能消受？以我陋质固不足以奉上流，然较之大足驼背者，即为国色。"过数月，忽以三金赠马，曰："子屡相索，我以子命不应有藏金。今媒聘有期，请以一妇之资相馈，亦借以赠别。"马自白无聘妇之说，妇曰："一二日自当有媒来。"马问："所言姿貌何如？"曰："子思国色，自当是国色。"马曰："此即不敢望。但三金何能买妇？"妇曰："此月老注定，非人力也。"马问："何遽言别？"曰："戴月披星，终非了局。使君自有妇，搪塞何为？"天明而去，授黄末一刀圭⑤，曰："别后恐病，服此可疗。"

　　次日，果有媒来，先诘女貌，答："在妍媸⑥之间。""聘金几何？""约四五数。"马不难其价，而必欲一亲见其人。媒恐良家子不肯炫露，既而约与俱去，相机因便。既至其村，媒先往，使马候诸村外。久之来曰："谐矣！余表亲与同院居，适往见女，坐室中，请即伪为谒表亲者而过之，咫尺可相窥也。"马从之。果见女子坐室中，伏体于床，情人爬背。马趋过，掠之以目，貌诚如媒言。及议聘，并不争直，但求一二金装女出阁。马益廉之⑦，乃纳金并酬媒

---

　　①雒南：旧县名，治所在今陕西省洛南县。　②芸：除草。　③门户向背：门户朝向，即住宅方位。④铤：通"锭"。　⑤刀圭：古时量取药末的用具。　⑥妍媸：美与丑。　⑦廉之：指认为聘金低廉。

氏及书券者①,计三两已尽,亦未多费一文。择吉迎女归,入门,则胸背皆驼,项缩如龟,下视裙底,莲舡②盈尺。乃悟狐言之有因也。

异史氏曰:"随人现化,或狐女之自为解嘲;然其言福泽,良可深信。余每谓:非祖宗数世之修行,不可以博高官;非本身数世之修行,不可以得佳人。信因果者,必不以我言为河汉③也。"

翩翩

罗子浮,邠④人,父母俱早世,八九岁,依叔大业。业为国子左厢⑤,富有金缯而无子,爱子浮若己出。十四岁为匪人诱去,作狭邪游,会有金陵娼,侨寓郡中,生悦而惑之。娼返金陵,生窃从遁去。居娼家半年,床头金尽,大为姊妹行⑥齿冷,然犹未遽绝。无何,广疮溃臭,沾染床席,逐而出。丐于市,市人见辄遥避。自恐死异域,乞食西行,日三四十里,渐至邠界。又念败絮脓秽,无颜入里门,尚趑趄⑦近邑间。日就暮,欲趋山寺宿,遇一女子,容貌若仙,近问:"何适?"生以实告。女曰:"我出家人,居有山洞,可以下榻,颇不畏虎狼。"生喜从去。入深山中,见一洞府,入则门横溪水,石梁驾之。又数武,有石室二,光明彻照,无须灯烛。命生解悬鹑⑧,浴于溪流,曰:"濯之,疮当愈。"又开幛拂褥促寝,曰:"请即眠,当为郎作裤。"乃取大叶类芭蕉,剪缀作衣,生卧视之。制无几时,折迭床头,曰:"晓取着之。"乃与对榻寝。生浴后,觉疮痒无苦,既醒摸之,则痂厚结矣。诘旦⑨将兴,心疑蕉叶不可着,取而审视,则绿锦滑绝。少间,具餐,女取山叶呼作饼,食之果饼;又剪作鸡、鱼烹之,皆如真者。室隅一罂,贮佳酝,辄复取饮,少减,则以溪水灌益之。数日,疮痂尽脱,就女求宿。女曰:"轻薄儿!甫能安身,便生妄想!"生云:"聊以报德。"遂同卧处,大相欢爱。

一日,有少妇笑入曰:"翩翩小鬼头快活死!薛姑子好梦,几时做得?"女迎笑曰:"花城娘子,贵趾久弗涉,今日西南风紧,吹送也!小哥子抱得未?"曰:"又一小婢子。"女笑曰:"花娘子瓦窑⑩哉!那弗将来?"曰:"方鸣之,睡却矣。"于是坐以款饮。又顾生曰:"小郎君焚好香也。"生视之,年二十有三四,绰有余妍,心好之。剥果误落案下,俯地假拾果,阴捻翘凤。花城他顾而笑,若不知者。生方恍然神夺,顿觉袍裤无温,自顾所服悉成秋叶,几骇绝。

①书券者:写婚书的人。 ②莲舡:形容女子鞋大如船。 ③河汉:银河,喻指浮夸而不可信的空话。 ④邠:邠州,治所在今陕西省彬县。 ⑤国子左厢:明清时国子监祭酒的别称。 ⑥姊妹行(háng):姊妹们,指妓女们。 ⑦趑趄(zī jū):徘徊,此处指疑惧不前。 ⑧悬鹑:破烂的衣服。 ⑨诘旦:清晨。 ⑩瓦窑:指只生女孩的妇人。旧时称生女为"弄瓦"。

危坐移时,渐变如故。窃幸二女之弗见也。少顷酬酢①间,又以指搔纤掌。花城坦然笑谑,殊不觉知。突突怔忡间,衣已化叶,移时始复变。由是惭颜息虑,不敢妄想。花城笑曰:"而家小郎子,大不端好!若弗是醋葫芦娘子,恐跳迹入云霄去。"女亦哂曰:"薄幸儿,便值得寒冻杀!"相与鼓掌。花城离席曰:"小婢醒,恐啼肠断矣。"女亦起曰:"贪引他家男儿,不忆得小江城啼绝矣。"花城既去,惧贻诮责,女卒晤对②如平时。居无何,秋老风寒,霜零木脱,女乃收落叶,蓄旨御冬。顾生肃缩,乃持襆掇拾洞口白云为絮复衣,着之温暖如襦,且轻松常如新绵。

逾年生一子,极惠美,日在洞中弄儿为乐。然每念故里,乞与同归。女曰:"妾不能从。不然,君自去。"因循二三年,儿渐长,遂与花城订为姻好。生每以叔老为念。女曰:"阿叔腊故大高③,幸复强健,无劳悬耿。待保儿婚后,去住由君。"女在洞中,辄取叶写书,教儿读,儿过目即了。女曰:"此儿福相,放教入尘寰,无忧至台阁。"未几,儿年十四,花城亲诣送女,女华妆至,容光照人。夫妻大悦。举家宴集。翩翩扣钗而歌曰:"我有佳儿,不羡贵官。我有佳妇,不羡绮纨。今夕聚首,皆当喜欢。为君行酒,劝君加餐。"既而花城去,与儿夫妇对室居。新妇孝,依依膝下,宛如所生。生又言归,女曰:"子有俗骨,终非仙品。儿亦富贵中人,可携去,我不误儿生平。"新妇思别其母,花城已至。儿女恋恋,涕各满眶。两母慰之曰:"暂去,可复来。"翩翩乃剪叶为驴,令三人跨之以归。

大业已归老林下,意侄已死,忽携佳孙美妇归,喜如获宝。入门,各视所衣悉蕉叶,破之,絮蒸蒸腾去,乃并易之。后生思翩翩,偕儿往探之,则黄叶满径,洞口路迷,零涕而返。

异史氏曰:"翩翩、花城,殆仙者耶?餐叶衣云何其怪也!然帏幄诽谑,狎寝生雏④,亦复何殊于人世?山中十五载,虽无'人民城郭⑤'之异,而云迷洞口,无迹可寻,睹其景况,真刘阮⑥返棹时矣。"

黑兽

闻李太公敬一言:"某公在沈阳,宴集山颠⑦,俯瞰山下,有虎衔物来,以爪穴地,瘗⑧之而去。使人探所瘗,得死鹿,乃取鹿而掩其穴。少间,虎导一黑兽至,毛长数寸,虎前驱,若邀尊客。既至穴,兽眈眈蹲伺。虎探穴失鹿,

---

①酬酢(chóu zuò):宾主互相敬酒。 ②晤对:会面交谈。 ③腊故大高:固然年事已高。腊高,年事已高,年老。 ④狎寝生雏:指同床共枕生儿育女。 ⑤人民城郭:此处引用传说中丁令威学仙归来"城郭如故人民非"之典,感叹物是人非。 ⑥刘阮:南朝宋刘义庆《幽明录》中人物刘晨、阮肇二人的合称,二人曾于天台山遇仙。 ⑦山颠:山巅,即山顶。 ⑧瘗(yì):掩埋,埋葬。

战伏不敢少动。兽怒其诳,以爪击虎额,虎立毙,兽亦径去。"

异史氏曰:"兽不知何名。然问其形,殊不大于虎,而何延颈受死,惧之如此其甚哉?凡物各有所制,理不可解。如猕最畏猱①,遥见之,则百十成群,罗而跪,无敢遁者。凝睛定息,听猱至,以爪遍揣其肥瘠,肥者则以片石志颠顶。猕戴石而伏,悚若木鸡,惟恐堕落。猱揣志已,乃次第按石取食,余始哄散。余尝谓贪吏似猱,亦且揣民之肥瘠而志之,而裂食之;而民之戢耳②听食,莫敢喘息,蚩蚩③之情,亦犹是也。可哀也夫!"

---

①猕:猕猴。猱:金丝猴。　②戢(jí)耳:形容卑屈驯服的样子。戢,收敛。　③蚩蚩:形容敦厚或无知。

第四卷

余德

武昌①尹图南，有别第②，尝为一秀才税③居，半年来亦未尝过问。一日遇诸其门，年最少，而容仪裘马，翩翩甚都。趋与语，却又蕴藉可爱。异之，归语妻，妻遣婢托遗问以窥其室。室有丽姝，美艳逾于仙人。一切花石服玩，俱非耳目所经。尹不测其何人，诣门投谒，适④值他出。翼日却来拜答，展其刺呼，始知余姓德名。语次，细审官阀，言殊隐约，固诘之，则曰："欲相还往，仆不敢自绝。应知非寇窃通逃者，何须必知来历。"尹谢之。命酒款宴，言笑甚欢。向暮，有昆仑捉马挑灯，迎导以去。

明日，折简报主人。尹至其家，见屋壁俱用明光纸裱，洁如镜，金狻猊⑤爇异香，一碧玉瓶插凤尾孔雀羽各二，各长二尺余；一水晶瓶，浸粉花一树，不知何名，亦高二尺许，垂枝覆几外；叶疏花密，含苞未吐；花状似湿蝶敛翼，蒂即如须。筵间不过八簋⑥，丰美异常。即命童子击鼓催花为令。鼓声既动，则瓶中花颤颤欲折，俄而蝶翅渐张，既而鼓歇，渊然一声，蒂须顿落，即为一蝶飞落尹衣。余笑起，飞一巨觥，酒方引满，蝶亦飏去。顷之，鼓又作，两蝶飞集余冠。余笑云："作法自毙矣。"亦引二觥。三鼓既终，花乱堕，翩翩而下，惹袖沾衿。鼓童笑来指数：尹得九筹，余得四筹。尹已薄醉，不能尽筹，强引三爵，离席亡去。由是益奇之。

然其为人寡交与，每阖门居，不与国人⑦通吊庆。尹逢人辄宣，闻其异者争交欢余，门外冠盖相望。余颇不耐，忽辞主人去。去后，尹入其家，空庭洒扫无纤尘，烛泪堆掷青阶下，窗间零帛断绵，指印宛然。惟舍后遗一小白石缸，可受石许。尹携归，贮水养朱鱼，经年水清如初贮，后为佣保移石，误碎

---

①武昌：旧府名，治所在今湖北省武汉市。 ②别第：正宅以外的宅邸。 ③税：租赁。④适：恰好。 ⑤金狻猊(suān ní)：一种金属香炉。 ⑥簋(guǐ)：一种古代食器，圆口，双耳。 ⑦国人：原指居住在首都的人，此处指居住在大邑的人。

之,水蓄并不倾泻。视之缸宛在,扣之虚软。手入其中,水随手泄,出其手则复合,冬月不冰。一夜忽结为晶,鱼游如故。尹畏人知,常置密室,非子婿不以示也。久之渐播,索玩者纷错于门。腊月忽解为水,阴湿满地,鱼亦渺然,其旧缸残石犹存。忽有道士踵门①求之,尹出以示,道士曰:"此龙宫蓄水器也。"尹述其破而不泄之异。道士曰:"此缸之魂也。"殷殷然乞得少许。问其何用,曰:"以屑合药,可得永寿。"予一片,欢谢而去。

杨千总

毕民部公即家起备兵洮岷时②,有千总③杨花麟来迎。冠盖在途,偶见一人遗便路侧。杨关弓欲射之,公急呵止。杨曰:"此奴无礼,合小怖之。"乃遥呼曰:"遗屙者,奉赠一股会稽藤簪④绾髻子。"即飞矢去,正中其髻,其人急奔,便液污地。

瓜异

康熙二十六年六月,邑西村民圃中,黄瓜上复生蔓,结西瓜一枚,大如碗。

青梅

白下⑤程生,性磊落,不为畛畦⑥。一日,自外归,缓其束带,觉带沉沉,若有物堕,视之,无所见。宛转间,有女子从衣后出,掠发微笑,丽甚。程疑其鬼,女曰:"妾非鬼,狐也。"程曰:"倘得佳人,鬼且不惧,而况于狐!"遂与狎。二年生一女,小字青梅。每谓程:"勿娶,我且为君生子。"程遂不娶,亲友共诮姗⑦之。程志夺⑧,聘湖东王氏。狐闻之大怒,就女乳之,委于程曰:"此汝家赔钱货,生之杀之俱由尔,我何故代人作乳媪乎!"出门径去。

---

①踵门:登门。　②毕民部公:毕自严,字景曾,淄川人,明万历二十年(1592)进士,崇祯年间曾任户部尚书。民部,户部的别称。洮岷:指洮州卫(治所在今甘肃省临潭县东新城)、岷州卫(治所在今甘肃省赋县)。　③千总:低级武官名,职在把总之上,守备之下。　④会稽藤簪:用会稽藤类植物所制的簪子,此处代指以会稽竹为箭杆制成的竹箭。　⑤白下:古地名,后用为南京的别称。　⑥不为畛畦(zhěn qí):心胸坦荡。畛畦,田间小路,引申为界限、隔阂。　⑦诮(qiào)姗:讥笑。　⑧志夺:志气丧失,改变主意。

青梅长而慧,貌韶秀,酷肖其母。既而程病卒,王再醮①去。青梅寄食于堂叔。叔荡无行,欲鬻②以自肥。适有王进士者,方候铨③于家,闻其慧,购以重金,使从女阿喜服役。喜年十四,容华绝代,见梅忻悦,与同寝处。梅亦善候伺,能以目听,以眉语,由是一家俱怜爱之。

邑有张生字介受,家屡贫,无恒产,税居王第。性纯孝,制行不苟,又笃于学。青梅偶至其家,见生据石啖糠粥,入室与生母絮语,见案上具豚蹄焉。时翁卧病,生入,抱父而私④,便液污衣,翁觉之而自恨。生掩其迹,急出自濯,恐翁知。梅以此大异之。归述所见,谓女曰:"吾家客非常人也。娘子不欲得良匹则已,欲得良匹,张生其人也。"女恐父厌其贫。梅曰:"不然,是在娘子。如以为可,妾潜告使求伐⑤焉。夫人必召商之,但应之曰'诺'也,则谐矣。"女恐终贫为天下笑。梅曰:"妾自谓能相天下士,必无谬误。"明日往告张媪,媪大惊,谓其言不祥。梅曰:"小姐闻公子而贤之也,妾故窥其意以为言。冰人往,我两人祖焉,计合允遂。纵其否也,于公子何辱乎?"媪曰:"诺。"乃托侯氏卖花者往。夫人闻之而笑以告王,王亦大笑。唤女至,述侯氏意。女未及答,青梅亟赞其贤,决其必贵。夫人又问曰:"此汝百年事。如能啜糠覈⑥也,即为汝允之。"女俯首久之,顾壁而答曰:"贫富命也。倘命之厚则贫无几时,而不贫者无穷期矣。或命之薄,彼锦绣王孙,其无立锥者岂少哉?是在父母。"初,王之商女也,将以博笑,及闻女言,心不乐:"汝欲适张氏耶?"女不答;再问,再不答。怒曰:"贱骨了不长进!欲携筐作乞人妇,宁不羞死!"女涨红气结,含涕引去,媒亦遂奔。

青梅见不谐,欲自谋。过数日,夜诣生,生方读,惊问所来,词涉吞吐。生正色却之,梅泣曰:"妾良家子,非淫奔者,徒以君贤,故愿自托。"生曰:"卿爱我,谓我贤也。昏夜之行,自好者不为,而谓贤者为之乎?夫始乱之而终成之,君子犹曰不可,况不能成,役此何以自处?"梅曰:"万一能成,肯赐援拾否?"生曰:"得人如卿又何求?但有不可如何者三,故不敢轻诺耳。"曰:"若何?"曰:"不能自主,则不可如何;即能自主,我父母不乐,则不可如何;即乐之,而卿之身直必重,我贫不能措,则尤不可如何。卿速退,瓜李之嫌可畏也!"梅临去,又嘱曰:"倘君有意,乞共图之。"生诺。

梅归,女诘所往,遂跪而自投。女怒其淫奔,将施扑责。梅泣白无他,因以实告。女叹曰:"不苟合,礼也;必告父母,孝也;不轻然诺,信也;有此三德,天必祐之,其无患贫也已。"既而曰:"子将若何?"曰:"嫁之。"女笑曰:"痴婢能自主乎?"曰:"不济,则以死继之。"女曰:"我必如所愿。"梅稽首而拜之。又数日谓女曰:"曩⑦而言之戏乎,抑果欲慈悲耶?果尔,尚有微情,

①再醮(jiào):改嫁。 ②鬻(yù):卖。 ③候铨(quán):听候选授官职。 ④私:小便。
⑤求伐:求人做媒。 ⑥糠覈:即"糠籺",指粗劣的食物。 ⑦曩(nǎng):以前。

并祈垂怜焉。"女问之,答曰:"张生不能致聘,婢又无力可以自赎,必取盈焉,嫁我犹不嫁也。"女沉吟曰:"是非我之能为力矣。我曰嫁且恐不得当,而曰必无取直焉,是大人所必不允,亦余所不敢言也。"梅闻之,泣下,但求怜拯,女思良久,曰:"无已,我私蓄数金,当倾囊相助。"梅拜谢,因潜告张。张母大喜,多方乞贷,共得如千数,藏待好音。会王授曲沃宰①,喜乘间告母曰:"青梅年已长,今将莅任,不如遣之。"夫人固以青梅太黠,恐导女不义,每欲嫁之,而恐女不乐也,闻女言甚喜。逾两日,有佣保妇白张氏意,王笑曰:"是只合偶婢子,前此何妄也!然鬻媵高门,价当倍于曩昔。"女急进曰:"青梅待我久,卖为妾,良不忍。"王乃传语张氏,仍以原金署券②,以青梅嫔于生。

入门,孝翁姑,曲折承顺,尤过于生,而操作更勤,餍糠秕不为苦。由是家中无不爱重青梅。梅又以刺绣作业,售且速,贾人候门以购,惟恐弗得。得资稍可御穷。且劝勿以内顾误读,经纪皆自任之。因主人之任,往别阿喜。喜见之,泣曰:"子得所矣,我固不如。"梅曰:"是何人之赐,而敢忘之?然以为不如婢子,是促婢子寿③。"遂泣相别。

王如晋,半载,夫人卒,停枢寺中。又二年,王坐行赇④免,罚赎万计,渐贫不能自给,从者逃散。是时疫大作,王染疾卒。惟一媪从女,未几媪亦卒,女伶仃益苦。有邻媪劝之嫁,女曰:"能为我双葬亲者,从之。"媪怜之,赠以斗米而去。半月复来,曰:"我为娘子极力,事难合也:贫者不能为葬,富者又嫌子为陵夷嗣⑤。奈何!尚有一策,但恐不能从也。"女曰:"若何?"曰:"此间有李郎欲觅侧室,倘见姿容,即遣厚葬,必当不惜。"女大哭曰:"我搢绅裔而为人妾耶!"媪无言遂去,日仅一餐,延息待贾,居半年益不可支。一日媪至,女泣告曰:"困顿如此,每欲自尽,犹恋恋而苟活者,徒以有两枢在。己将转沟壑,谁收亲骨者?故思不如依汝言也。"媪即导李来,微窥女,大悦。即出金营葬,双椟⑥具举。已,乃载女去,入参冢室⑦。冢室故悍妒,李初未敢言妾,但托买婢。及见女,暴怒,杖逐而出,不听入门。女披发零涕,进退无所。有老尼过,邀与同居,喜从之。至庵中拜求祝发⑧,尼不可,曰:"我视娘子非久卧风尘者,庵中陶器脱粟,粗可自支,姑寄此以待。时至,子自去。"居无何,市中无赖窥女美,每打门游语为戏,尼不能止。女号泣欲自尽。尼往求吏部某公揭示严禁,恶少始稍敛迹。后有夜穴寺壁者,尼惊呼始去。因复告吏部,捉得首恶者,送郡笞责,始渐安。

又年余有贵公子过,见女惊绝,强尼通殷勤,又以厚赂啖尼。尼婉语之曰:"渠簪缨胄⑨,不甘媵御⑩。公子且归,迟迟当有以报命。"既去,女欲乳

---

①曲沃:旧县名,治所在今山西省曲沃县。宰:此处指县令。 ②原金署券:依照原先买来的身价签赎身契。 ③促婢子寿:令我短寿。促寿,缩短寿命。 ④行赇(qiú):行贿。 ⑤陵夷嗣:衰败人家的后嗣。 ⑥椟(huì):小棺材。 ⑦冢室:正妻。 ⑧祝发:削发出家。 ⑨渠:他。簪缨胄:官宦人家的后代。 ⑩媵御(yìng):姬妾。

药①死。夜梦父来,疾首曰:"我不从汝志,致汝至此,悔之已晚。但缓须臾勿死,夙愿尚可复酬。"女异之。天明盥已,尼望之而惊曰:"睹子面浊气尽消,横逆不足忧也。福且至,勿忘老身。"语未既,闻扣户声。女失色,意必贵家奴。尼启扉果然。骤问所谋,尼笑语承迎,但请缓以三日。奴述主言,事若无成,俾尼自复命。尼唯唯敬应,谢令去。女大悲,又欲自尽,尼止之。女虑三日复来,无词可应。尼曰:"有老身在,斩杀自当之。"

次日方晡,暴雨翻盆,忽闻数人挝户大哗。女意变作,惊怯不知所为。尼冒雨启关②,见有肩舆停驻,女奴数辈捧一丽人出,仆从煊赫,冠盖甚都③。惊问之,云:"是司李④内眷,暂避风雨。"导入殿中,移榻肃坐。家人妇群奔禅房,各寻休憩。入室见女,艳之,走告夫人。无何雨息,夫人起,请窥禅室。尼引入,睹女艳绝,凝眸不瞬,女亦顾盼良久。夫人非他,盖青梅也。各失声哭,因道行踪,盖张翁病故,生起复⑤后,连捷⑥授司李。生先奉母之任,后移诸眷口。女叹曰:"今日相看,何啻霄壤!"梅笑曰:"幸娘子挫折无偶,天正欲我两人完聚耳。倘非阻雨,何以有此邂逅?此中具有鬼神,非人力也。"乃取珠冠锦衣,催女易妆。女俯首徘徊,尼从中赞劝。女虑同居其名不顺,梅曰:"昔日自有定分,婢子敢忘大德!试思张郎,岂负义者?"强妆之,别尼而去。抵任,母子皆喜。女拜曰:"今无颜见母。"母笑慰之。因谋涓吉⑦合卺,女曰:"庵中但有一丝生路,亦不肯从夫人至此。倘念旧好,得受一庐,可容蒲团足矣。"梅笑而不言。及期,抱艳妆来,女左右不知所可。俄闻乐鼓大作,女亦无以自主。梅率婢媪强衣之,挽扶而出,见生朝服而拜,遂不觉盈盈而自拜也。梅曳入洞房,曰:"虚此位以待君久矣。"又顾生:"今夜得报恩,可好为之。"返身欲去。女捉其裾,梅笑曰:"勿留我,此不能相代也。"解指脱去。

青梅事女谨,莫敢当夕⑧,而女终惭沮不自安。于是母命相呼以夫人。梅终执婢妾礼,罔敢懈。三年,张行取入都,过庵,以五百金为尼寿,尼不受,强之,乃受二百金,起大士祠,建王夫人碑。后张仕至侍郎。程夫人举二子一女,王夫人四子一女。张上书陈情,俱封夫人。

异史氏曰:"天生佳丽,固将以报名贤,而世俗之王公,乃留以赠绔袴,此造物所必争也。而离离奇奇,致作合者无限经营,化工⑨亦良苦矣。独是青夫人能识英雄于尘埃,誓嫁之志,期以必死,曾俨然而冠裳也者,顾弃德行而求膏粱,何智出婢子下哉!"

①乳药:服毒药。②启关:开门。③都:华美。④司李:即"司理",宋代各州掌狱讼的官员。明清两代用以称各府推官。⑤起复:此处指父丧期满参加科举考试。⑥连捷:指科举考试连续中式,一般指乡试中举以后,紧接着考中进士。⑦涓吉:选择吉日。⑧莫敢当夕:原指不敢代替正妻侍寝,此处指青梅以侧室自居,奉阿喜为正室。⑨化工:自然的造化者。

罗刹海市

马骥,字龙媒,贾人子,美丰姿,少倜傥,喜歌舞。辄从梨园子弟,以锦帕缠头,美如好女,因复有"俊人"之号。十四岁,入郡庠,即知名。父衰老,罢贾而归,谓生曰:"数卷书,饥不可煮,寒不可衣,吾儿可仍继父贾。"马由是稍稍权子母①。从人浮海②,为飓风引去,数昼夜至一都会。其人皆奇丑,见马至,以为妖,群哗而走。马初见其状,大惧,迨知国中之骇己也,遂反以此欺国人。遇饮食者则奔而往,人惊遁,则啜其余。

久之入山村,其间形貌亦有似人者,然褴褛如丐。马息树下,村人不敢前,但遥望之。久之觉马非噬人者,始稍稍近就之。马笑与语,其言虽异,亦半可解。马遂自陈所自,村人喜,遍告邻里,客非能搏噬者。然奇丑者望望即去,终不敢前;其来者,口鼻位置,尚皆与中国同,共罗浆酒奉马,马问其相骇之故,答曰:"尝闻祖父言:西去二万六千里,有中国,其人民形象率诡异。但耳食之,今始信。"问其何贫,曰:"我国所重,不在文章,而在形貌。其美之极者,为上卿③;次任民社④;下焉者,亦邀贵人宠,故得鼎烹以养妻子。若我辈初生时,父母皆以为不祥,往往置弃之,其不忍遽弃者,皆为宗嗣耳。"问:"此名何国?"曰:"大罗刹国。都城在北去三十里。"马请导往一观。于是鸡鸣而兴,引与俱去。

天明,始达都。都以黑石为墙,色如墨,楼阁近百尺。然少瓦。覆以红石,拾其残块磨甲上,无异丹砂。时值朝退,朝中有冠盖出,村人指曰:"此相国也。"视之,双耳皆背生,鼻三孔,睫毛覆目如帘。又数骑出,曰:"此大夫也。"以次各指其官职,率狰狞⑤怪异。然位渐卑,丑亦渐杀。无何,马归,街衢人望见之,噪奔跌踬⑥,如逢怪物。村人百口解说,市人始敢遥立。既归,国中咸知有异人,于是搢绅大夫,争欲一广见闻,遂令村人要⑦马。每至一家,阍人⑧辄阖户,丈夫女子窃窃自门隙中窥语,终一日,无敢延见者。村人曰:"此间一执戟郎⑨,曾为先王出使异国,所阅人多,或不以子为惧。"造郎门。郎果喜,揖为上客。视其貌,如八九十岁人。目睛突出,须卷如猬。曰:"仆少奉王命出使最多,独未至中华。今一百二十余岁,又得见上国人物,此不可不上闻于天子。然臣卧林下,十余年不践朝阶,早旦为君一行。"乃具饮馔,修主客礼。酒数行,出女乐十余人,更番歌舞。貌类夜叉,皆以白锦缠

---

①权子母:国家铸钱,以重币为母,轻币为子,权其轻重而使行,有利于民。后世遂称资本经营或借贷生息为"权子母"。 ②浮海:出海。 ③上卿:古官名,周代官制中最尊贵者。 ④民社:指州、县等地方长官。 ⑤狰狞:同"狰狞",形容毛发蓬乱的样子。 ⑥跌踬:跌跌撞撞。 ⑦要:邀请。 ⑧阍(hūn)人:守门人。 ⑨执戟郎:警卫官门的官员。

头,拖朱衣及地。扮唱不知何词,腔拍恢诡①。主人顾而乐之。问:"中国亦有此乐乎?"曰:"有。"主人请拟其声,遂击桌为度一曲。主人喜曰:"异哉!声如凤鸣龙啸,从未曾闻。"

翼日,趋朝,荐诸国王。王忻然下诏,有二三大夫,言其怪状,恐惊圣体,王乃止。郎出告马,深为扼腕。居久之,与主人饮而醉,把剑起舞,以煤涂面作张飞。主人以为美,曰:"请君以张飞见宰相,厚禄不难致。"马曰:"游戏犹可,何能易面目图荣显?"主人强之,马乃诺。主人设筵,邀当路者,令马绘面以待。客至,呼马出见客。客讶曰:"异哉!何前媸而今妍也!"遂与共饮,甚欢。马婆娑歌"弋阳曲",一座无不倾倒。明日交章②荐马,王喜,召以旌节。既见,问中国治安之道,马委曲上陈,大蒙嘉叹,赐宴离宫。酒酣,王曰:"闻卿善雅乐,可使寡人得而闻之乎?"马即起舞,亦效白锦缠头,作靡靡之音。王大悦,即日拜下大夫。时与私宴,恩宠殊异。久而官僚知其面目之假,所至,辄见人耳语,不甚与款洽。马至是孤立,惘然不自安。遂上疏乞休致,不许;又告休沐③,乃给三月假。

于是乘传④载金宝,复归村。村人膝行以迎。马以金资分给旧所与交好者,欢声雷动。村人曰:"吾侪小人受大夫赐,明日赴海市,当求珍玩以报",问:"海市何地?"曰:"海中市,四海鲛人⑤,集货珠宝。四方十二国,均来贸易。中多神人游戏。云霞障天,波涛间作。贵人自重,不敢犯险阻,皆以金帛付我辈,代购异珍。今其期不远矣。"问所自知,曰:"每见海上朱鸟往来,七日即市。"马问行期,欲同游瞩,村人劝使自贵。马曰:"我顾沧海客,何畏风涛?"

未几,果有踵门寄资者,遂与装资入船。船容数十人,平底高栏。十人摇橹,激水如箭。凡三日,遥见水云幌漾之中,楼阁层叠,贸迁⑥之舟,纷集如蚁。少时,抵城下,视墙上砖,皆长与人等,敌楼⑦高接云汉。维舟而入,见市上所陈,奇珍异宝,光明射目,多人世所无。一少年乘骏马来,市人尽奔避,云是"东洋三世子"。世子过,目生曰:"此非异域人。"即有前马者来诘乡籍。生揖道左,具展邦族。世子喜曰:"既蒙辱临,缘分不浅!"于是授生骑,请与连辔。

乃出西城,方至岛岸,所骑嘶跃入水。生大骇失声。则见海水中分,屹如壁立。俄睹宫殿,玳瑁为梁,鲂鳞作瓦,四壁晶明,鉴影炫目。下马揖人。仰视龙君在上,世子启奏:"臣游市廛⑧,得中华贤士,引见大王。"生前拜

---

①恢诡:荒诞怪异。 ②交章:指官员纷纷向皇帝上书奏事。 ③休沐:休息洗沐,即休假。 ④乘传:乘坐驿站的传车。传车:古代驿站的专用车辆。 ⑤鲛人:人鱼。 ⑥贸迁:贩运买卖。 ⑦敌楼:城墙上御敌的城楼。 ⑧市廛(chán):集市,店铺集中的市区。

舞①。龙君乃言:"先生文学士,必能衙官屈宋②。欲烦椽笔赋'海市',幸无吝珠玉。"生稽首受命。授以水晶之砚,龙鬣之毫,纸光似雪,墨气如兰。生立成千余言,献殿上。龙君击节曰:"先生雄才,有光水国矣!"遂集诸龙族,宴集采霞宫。酒炙数行,龙君执爵向客曰:"寡人所怜女,未有良匹,愿累先生。先生倘有意乎?"生离席愧荷③,唯唯而已。龙君顾左右语。无何,宫女数人扶女郎出,佩环声动,鼓吹暴作,拜竟睨之,实仙人也。女拜已而去。少时酒罢,双鬟挑画灯,导生入副宫,女浓妆坐伺。珊瑚之床饰以八宝,帐外流苏,缀明珠如斗大,衾褥皆香软。天方曙,雏女妖鬟,奔入满侧。生起,趋出朝谢。拜为驸马都尉。以其赋驰传诸海。诸海龙君,皆专员来贺,争折简④招驸马饮。生衣绣裳,坐青虬,呵殿⑤而出。武士数十骑,背雕弧,荷白棓⑥,晃耀填拥。马上弹筝,车中奏玉。三日间,遍历诸海。由是"龙媒"之名,噪于四海。

宫中有玉树一株,围可合抱,本莹澈如白琉璃,中有心淡黄色,稍细于臂,叶类碧玉,厚一钱许,细碎有浓阴。常与女啸咏其下。花开满树,状类蒼葡⑦。每一瓣落,锵然作响。拾视之,如赤瑙雕镂,光明可爱。时有异鸟来鸣,毛金碧色,尾长于身,声等哀玉,恻人肺腑。生闻之,辄念故土。因谓女曰:"亡出三年,恩慈间阻,每一念及,涕膺汗背⑧。卿能从我归乎?"女曰:"仙尘路隔,不能相依。妾亦不忍以鱼水之爱,夺膝下之欢。容徐谋之。"生闻之,涕不自禁。女亦叹曰:"此势之不能两全者也!"明日,生自外归。龙王曰:"闻都尉有故土之思,诘旦趣装⑨,可乎?"生谢曰:"逆旅孤臣,过蒙优宠,衔报之思,结于肺腑。容暂归省,当图复聚耳。"入暮,女置酒话别。生订后会,女曰:"情缘尽矣。"生大悲,女曰:"归养双亲,见君之孝,人生聚散,百年犹旦暮耳,何用作儿女哀泣?此后妾为君贞,君为妾义,两地同心,即伉俪也,何必旦夕相守,乃谓之偕老乎?若渝此盟,婚姻不吉。倘虑中馈⑩乏人,纳婢可耳。更有一事相嘱:自奉衣裳,似有佳朕⑪,烦君命名。"生曰:"其女耶,可名龙宫;男耶,可名福海。"女乞一物为信,生在罗刹国所得赤玉莲花一对,出以授女。女曰:"三年后四月八日,君当泛舟南岛,还君体胤⑫。"女以鱼革为囊,实以珠宝,授生曰:"珍藏之,数世吃着不尽也。"天微明,王设祖帐⑬,馈遗甚丰。生拜别出宫,女乘白羊车,送诸海涘。生上岸下马,女致声

①拜舞:下跪叩首之后舞蹈而退,为古代朝拜的礼节。②衙官屈宋:以屈原、宋玉为自己的属官,原为自夸文章好,后也用以称赞别人的文采。③愧荷:感荷,指自愧而又感激。④折简:裁纸写信。⑤呵殿:指古代官员出行,仪卫前喝后殿,喝令行人让道。⑥白棓(bàng):亦作"白棒",大杖。⑦蒼(zhān)葡:梵语音译,即郁金花,或说为栀子花。⑧涕膺汗背:泪流沾胸、汗流决背,形容悲伤与惶恐的情态。⑨诘旦:平明,清晨。趣装:速整行装。⑩中馈:古时称妇女在家主持家务为"主中馈"。⑪佳朕:吉兆,此处指怀孕。⑫体胤:亲生的后代。⑬祖帐:古代送人远行,在郊外路旁为饯别而设的帷帐。此处指送行的酒筵。

珍重,回车便去,少顷便远,海水复合,不可复见。生乃归。

自浮海去,家人无不谓其已死;及至家人皆诧异。幸翁媪无恙,独妻已去帷。乃悟龙女"守义"之言,盖已先知也。父欲为生再婚,生不可,纳婢焉。谨志三年之期,泛舟岛中。见两儿坐在水面,拍流嬉笑,不动亦不沉。近引之,儿哑然捉生臂,跃入怀中。其一大啼,似嗔生之不援己者。亦引上之。细审之,一男一女,貌皆俊秀。额上花冠缀玉,则赤莲在焉。背有锦囊,拆视,得书云:"翁姑俱无恙。忽忽三年,红尘永隔;盈盈一水,青鸟难通,结想为梦,引领成劳。茫茫蓝蔚,有恨如何也!顾念奔月姮娥,且虚桂府;投梭织女,犹怅银河。我何人斯,而能永好?兴思及此,辄复破涕为笑。别后两月,竟得孪生。今已嗰啾怀抱,颇解言笑;觅枣抓梨,不母可活。敬以还君。所贻赤玉莲花,饰冠作信。膝头抱儿时,犹妾在左右也。闻君克践旧盟,意愿斯慰。妾此生不二,之死靡他。奁中珍物,不蓄兰膏;镜里新妆,久辞粉黛。君似征人,妾作荡妇①,即置而不御②,亦何得谓非琴瑟哉?独计翁姑已得抱孙,曾未一觌新妇,揆之情理,亦属缺然。岁后阿姑窀穸③,当往临穴,一尽妇职。过此以往,则'龙宫'无恙,不少把握之期;'福海'长生,或有往还之路。伏惟珍重,不尽欲言。"生反覆省书揽涕。两儿抱颈曰:"归休乎!"生益恸,抚之,曰:"儿知家在何许?"儿啼,呕哑言归。生视海水茫茫,极天无际,雾鬟人渺,烟波路穷。抱儿返棹,怅然遂归。

生知母寿不永,周身物悉为预具,墓中植松槚百余。逾岁,媪果亡。灵舆至殡宫,有女子缞绖④临穴。众惊顾,忽而风激雷轰,继以急雨,转瞬已失所在。松柏新植多枯,至是皆活。福海稍长,辄思其母,忽自投入海,数日始还。龙宫以女子不得往,时掩户泣。一日昼暝,龙女急入,止之曰:"儿自成家,哭泣何为?"乃赐八尺珊瑚一株,龙脑香一帖,明珠百粒,八宝嵌金合一双,为嫁资。生闻之突入,执手啜泣。俄顷,疾雷破屋,女已无矣。

异史氏曰:"花面⑤逢迎,世情如鬼。嗜痂之癖,举世一辙。'小惭小好,大惭大好。'若公然带须眉以游都市,其不骇而走者盖几希矣!彼陵阳痴子,将抱连城玉向何处哭也?呜呼!显荣富贵,当于蜃楼海市中求之耳!"

田七郎

武承休,辽阳⑥人,喜交游,所与皆知名士。夜梦一人告之曰:"子交游

---

①荡妇:荡子之妇。荡子,指辞家远出、羁旅忘返的男子。②置而不御:有夫妻之名却无夫妻之实。③窀穸(zhūn xī):墓穴。④缞绖(cuī dié):丧服。缞,丧服,以麻布条披于胸前。绖,丧服所用的麻带。⑤花面:假面。⑥辽阳:旧州名,今在辽宁省辽阳县。

遍海内，皆滥交耳。惟一人可共患难，何反不识？"问："何人？"曰："田七郎非与？"醒而异之。诘朝，见所与游，辄问七郎。客或识为东村业猎者，武敬谒诸家，以马棰①挝门。

未几，一人出，年二十余，貌目蜂腰，着腻帢②，衣皂犊鼻③，多白补缀，拱手于额而问所自。武展姓氏，且托途中不快，借庐憩息。问七郎，答曰："我即是也。"遂延客入。见破屋数椽，木岐支壁。入一小室，虎皮狼蜕，悬布槛间，更无机榻可坐，七郎就地设皋比④焉。武与语，言词朴质，大悦之。遽贻金作生计，七郎不受；固予之，七郎受以白母。俄顷将还，固辞不受。武强之再四，母龙钟而至，厉色曰："老身止此儿，不欲令事贵客！"武惭而退。归途展转，不解其意。适从人于室后闻母言，因以告武。先是，七郎持金白母，母曰："我适睹公子有晦纹，必罹奇祸。闻之：受人知者分人忧，受人恩者急人难。富人报人以财，贫人报人以义。无故而得重赂，不祥，恐将取死报于子矣。"武闻之，深叹母贤，然益倾慕七郎。

翼日，设筵招之，辞不至。武登其堂，坐而索饮。七郎自行酒，陈鹿脯，殊尽情礼。越日，武邀酬之，乃至。款洽甚欢。赠以金，即不受。武托购虎皮，乃受之。归视所蓄，计不足偿，思再猎而后献之。入山三日，无所猎获。会妻病，守视汤药，不遑操业。浃旬⑤，妻淹忽以死，为营斋葬，所受金稍稍耗去。武亲临唁送，礼仪优渥。既葬，负弩山林，益思所以报武。武探得其故，辄劝勿亟。切望七郎姑一临存，而七郎终以负债为憾，不肯至。武因先索旧藏，以速其来。七郎检视故革，则蠹蚀殃败，毛尽脱，懊丧益甚。武知之，驰行其庭，极意慰解之。又视败革，曰："此亦复佳。仆所欲得，原不以毛。"遂轴鞹⑥出，兼邀同往。七郎不可，乃自归。七郎终以不足报武为念，裹粮入山，凡数夜，忽得一虎，全而馈之。武喜，治具，请三日留，七郎辞之坚，武键庭户使不得出。宾客见七郎朴陋，窃谓公子妄交。武周旋七郎，殊异诸客。为易新服却不受，承其寐而潜易之，不得已而受。既去，其子奉媪命，返新衣，索其敝裻。武笑曰："归语老姥，故衣已拆作履衬矣。"自是，七郎日以兔鹿相贻，召之即不复至。武一日诣七郎，值出猎未返。媪出，跨阃而语曰："再勿引致⑦吾儿，大不怀好意！"武敬礼之，惭而退。半年许，家人忽白："七郎为争猎豹，殴死人命，捉将官里去。"武大惊，驰视之，已械收在狱。见武无言，但云："此后烦恤老母。"武惨然出，急以重金赂邑宰，又以百金赂仇主。月余无事，释七郎归。母慨然曰："子发肤受之武公子耳，非老身所得而爱惜者。但祝公子百年无灾患，即儿福。"七郎欲诣谢武，母曰："往则往耳，见武

①马棰：马鞭。 ②帢（qià）：一种丝织便帽。 ③皂犊鼻：黑色的围裙。犊鼻，一种遮膝围裙，一说短裤。 ④皋比：虎皮。 ⑤浃（jiá）旬：一旬，即十天。 ⑥轴鞹（kuò）：将皮革卷起。 ⑦引致：招引。

公子勿谢也。小恩可谢，大恩不可谢。"七郎见武，武温言慰藉，七郎唯唯。家人咸怪其疏，武喜其诚笃，厚遇之，由是恒数日留公子家。馈遗辄受，不复辞，亦不言报。会武初度，宾从烦多，夜舍履满。武偕七郎卧斗室中，三仆即床下卧。二更向尽，诸仆皆睡去，两人犹刺刺语。七郎背剑挂壁间，忽自腾出匣数寸，铮铮作响，光闪烁如电。武惊起，七郎亦起，问："床下卧者何人？"武答："皆厮仆。"七郎曰："此中必有恶人。"武问故，七郎曰："此刀购诸异国，杀人未尝濡缕①，迄佩三世矣。决首至千计，尚如新发于硎。见恶人则鸣跃，当去杀人不远矣。公子宜亲君子，远小人，或万一可免。"武颔之。七郎终不乐，辗转床席。武曰："灾祥数耳，何忧之深？"七郎曰："我别无恐怖，徒以有老母在。"武曰："何遽至此？"七郎曰："无则更佳。"

盖床下三人：一为林儿，是老弥子②，能得主人欢；一僮仆，年十二三，武所常役者；一李应，最拗拙，每因细事与公子裂眼争，武恒怒之。当夜默念，疑此人。诘旦，唤至，善言绝令去。武长子绅，娶王氏。一日武出，留林儿居守。斋中菊花方灿，新妇意翁出，斋庭当寂，自诣摘菊。林儿突出勾戏，妇欲遁，林儿强挟入室。妇啼拒，色变声嘶。绅奔入，林儿始释手逃去。武归闻之，怒觅林儿，竟已不知所之。过二三日，始知其投身某御史家。某官都中，家务皆委决于弟。武以同袍义，致书索林儿，某弟竟置不发。武益恚，质词邑宰。勾牒虽出，而隶不捕，官亦不问。武方愤怒，适七郎至。武曰："君言验矣。"因与告诉。七郎颜色惨变，终无一语，即径去。武嘱干仆逻察林儿。林儿夜归，为逻者所获，执见武。武掠楚之，林儿语侵武。武叔恒，故长者，恐侄暴怒致祸。劝不如治以官法。武从之，絷赴公庭。而御史家刺书邮至，宰释林儿，付纪纲③以去。林儿意益肆，倡言丛众中，诬主人妇与私。武无奈之，忿塞欲死。驰登御史门，俯仰叫骂，里舍慰劝令归。

逾夜，忽有家人白："林儿被人脔割④，抛尸旷野间。"武惊喜，意稍得伸。俄闻御史家讼其叔侄，遂偕叔赴质。宰不听辨。欲笞恒。武抗声曰："杀人莫须有！至辱詈搢绅，则生实为之，无与叔事。"宰置不闻。武裂眦欲上，群役禁捽之。操杖隶皆绅家走狗，恒又老耄，笞数未半，奄然已死。宰见武叔垂毙，亦不复究。武号且骂，宰亦若弗闻者。遂舁叔归，哀愤无所为计。因思欲得七郎谋，而七郎终不一吊问。窃自念：待伊不薄，何遽如行路人？亦疑杀林儿必七郎。转念果尔，胡得不谋？于是遣人探索其家，至则局蹐寂然，邻人并不知耗。

一日，某弟方在内廨⑤，与宰关说⑥，值晨进薪水，忽一樵人至前，释担抽

①濡缕：沾湿，引申为沾湿范围极小。　②老弥子：受宠多年的娈童。弥子，指春秋时卫灵公的男宠弥子瑕。　③纪纲：泛指仆人。　④脔(luán)割：割成小块的肉。　⑤内廨(xiè)：官署的内舍。　⑥关说：请托游说。

利刃直奔之。某惶急以手格刃,刃落断腕,又一刀始决其首。宰大惊,窜去。樵人犹张皇四顾。诸役吏急阖署门,操杖疾呼。樵人乃自到死。纷纷集认,识者知为田七郎也。宰惊定,始出验,见七郎僵卧血泊中,手犹握刃。方停盖审视,尸忽突然跃起,竟决宰首,已而复踣。衙官捕其母子,则亡去已数日矣。武闻七郎死,驰哭尽哀。咸谓其主使七郎,武破产贿缘当路①,始得免。七郎尸弃原野月余,禽犬环守之。武厚葬之。其子流寓于登,变姓为佟。起行伍,以功至同知将军。归辽,武已八十余,乃指示其父墓焉。

异史氏曰:"一钱不轻受,正一饭不敢忘者也。贤哉母乎!七郎者,愤未尽雪,死犹伸之,抑何其神?使荆卿能尔,则千载无遗恨矣。苟有其人,可以补天网之漏。世道茫茫,恨七郎少也。悲夫!"

产龙

壬戌间,邑邢村李氏妇,夫死,有遗腹,忽胀如瓮,忽束如握。临蓐,一昼夜不能产。视之,见龙首,一见辄缩去。家人惧,有王媪者,焚香禹步②,且挼且咒。未几胞堕,不复见龙,惟数鳞大如盏。继下一女,肉莹彻如晶,脏腑可数。

保住

吴藩未叛时,尝谕将士:有独力能擒一虎者,优以廪禄,号"打虎将"。将中一人,名保住,健捷如猱③。邸中建高楼,梁木初架。住沿楼角而登,顷刻至颠,立脊檩上,疾趋而行,凡三四返;已,乃踊身跃下,直立挺然。

王有爱姬,善琵琶,所御琵琶,以暖玉为牙柱,抱之一室生温,姬宝藏,非王手谕不出示人。一夕宴集,客请一观其异。王适惰,期以翼日。时住在侧,曰:"不奉王命,臣能取之。"王使人驰告府中,内外戒备,然后遣之。住逾十数重垣,始达姬院,见灯辉室中,而门扃锢,不得入。廊下有鹦鹉宿架上,住乃作猫子叫,既而学鹦鹉鸣,疾呼"猫来"。摆扑之声且急,闻姬云:"绿奴可急视,鹦鹉被扑杀矣!"住隐身暗处。俄一女子挑灯出,身甫离门,住已塞入④。见姬守琵琶在几上,住携趋出。姬愕呼"寇至",防者尽起。见住抱琵琶走,逐之不及,攒矢如雨。住跃登树上,墙下故有大槐三十余章,住穿树行

①贿缘当路:拉拢关系,贿赂掌权者。 ②禹步:巫师、道士在祷神仪礼中常用的一种步法动作。 ③猱(náo):猿类,善爬树。 ④塞入:侧身疾入。

秒，如鸟移枝。树尽登屋，屋尽登楼，飞奔殿阁，不啻①翅翎，瞥然不知所在。客方饮，住抱琵琶飞落檐前，门扃如故，鸡犬无声。

公孙九娘

于七一案②，连坐被诛者，栖霞、莱阳③两县最多。一日，俘数百人，尽戮于演武场中，碧血满地，白骨撑天。上官慈悲，捐给棺木，济城工肆，材木一空。以故伏刑东鬼，多葬南郊。

甲寅间，有莱阳生至稷下，有亲友二三人亦在诛数，因市楮帛，酹奠榛墟，就税舍于下院之僧。明日，入城营干，日暮未归。忽一少年，造室来访。见生不在，脱帽登床，着履仰卧。仆人问其谁，合眸不对。既而生归，则暮色朦胧，不甚可辨。自诣床下问之，瞠目曰："我候汝主人，絮絮逼问，我岂暴客耶！"生笑曰："主人在此。"少年即起着冠，揖而坐，极道寒暄，听其音，似曾相识。急呼灯至，则同邑朱生，亦死于七之难者。大骇却走，朱曳之云："仆与君文字之交，何寡于情？我虽鬼，故人之念，耿耿不忘。今有所渎，愿无以异物猜薄之。"生乃坐，请所命。曰："令女甥寡居无偶，仆欲得主中馈④。屡通媒约，辄以无尊长命为辞。幸无惜齿牙余惠⑤。"先是，生有女甥，早失恃，遗生鞠养，十五始归其家。俘至济南，闻父被刑，惊而绝。生曰："渠自有父，何我之求？"朱曰："其父为犹子启榇去⑥，今不在此。"问："女甥向依阿谁？"曰："与邻媪同居。"生虑生人不能作鬼媒。朱曰："如蒙金诺，还屈玉趾。"遂起握生手，生固辞，问："何之？"曰："第行。"勉从与去。

北行里许，有大村落，约数十百家。至一第宅，朱以指弹扉，即有媪出，豁开两扉，问朱："何为？"曰："烦达娘子，云阿舅至。"媪旋反，顷复出，邀生入，顾朱曰："两椽茅舍子大隘，劳公子门外少坐候。"生从之入。见半亩荒庭，列小室二。甥女迎门啜泣，生亦泣，室中灯火荧然。女貌秀洁如生，凝目含涕，遍问妗姑。生曰："具各无恙，但荆人物故⑦矣。"女又呜咽曰："儿少受舅妗⑧抚育，尚无寸报，不图先葬沟渎，殊为恨恨。旧年伯伯家大哥迁父去，置儿不一念，数百里外，伶仃如秋燕。舅不以沉魂可弃，又蒙赐金帛，儿已得之矣。"生以朱言告，女俯首无语。媪曰："公子曩托杨姥三五返，老身谓是大好。小娘子不肯自草草，得舅为政，方此意惬得。"

言次，一十七八女郎，从一青衣遽掩入，瞥见生。转身欲遁。女牵其裾

<hr />

① 不啻：无异于。 ② 于七一案：指清顺治年间山东于七领导的抗清起义。 ③栖霞：旧县名，治所在今山东省栖霞市。莱阳：旧县名，治所在今山东省莱阳市。 ④得主中馈：娶其为妻。主中馈，指妇女在家主持家务。 ⑤齿牙余惠：赞扬别人的话语。 ⑥犹子：侄子。启榇：迁葬。⑦荆人：旧时对妻子的谦称。物故：死亡。 ⑧舅妗：舅母。

152

曰:"勿须尔!是阿舅。"生揖之。女郎亦敛衽。甥曰:"九娘,栖霞公孙氏。阿爹故家子,今亦'穷波斯',落落不称意。且晚与儿还往。"生睨之,笑弯秋月,羞晕朝霞,实天人也。曰:"可知是大家,蜗庐①人焉得如此娟好!"甥笑曰:"且是女学士,诗词俱大高作。昨儿稍得指教。"九娘微哂:"小婢无端败坏人,教阿舅齿冷也。"甥又笑曰:"舅断弦未续,若个小娘子,颇能快意否?"九娘笑奔出,曰:"婢子颠疯作也!"遂去,言虽近戏,而生殊爱好之,甥似微察,乃曰:"九娘才貌无双,舅倘不以粪壤②致猜,儿当请诸其母。"生大悦,然虑人鬼难匹。女曰:"无伤,彼与舅有夙分。"生乃出。女送之,曰:"五日后,月明人静,当遣人往相迓。"生至户外,不见朱。翘首西望。月衔半规,昏黄中犹认旧径。见南面一第,朱坐门石上,起逆曰:"相待已久,寒舍即劳垂顾。"遂携手入,殷殷展谢。出金爵一、晋珠百枚,曰:"他无长物,聊代禽仪③。"既而曰:"家有浊醪,但幽室之物,不足款嘉宾,奈何!"生扲谢而退。朱送至中余,始别。

生归,僧仆集问,隐之曰:"言鬼者,妄也,适友人饮耳。"后五日,朱果来,整履摇箑,意甚欣。方至户,望尘即拜。笑曰:"君嘉礼既成,庆在旦夕,便烦枉步。"生曰:"以无回音,尚未致聘,何遽成礼?"朱曰:"仆已代致之。"生深感荷,从与俱去。直达卧所,则女甥华妆迎笑。生问:"何时于归?"女曰:"三日矣。"朱乃出所赠珠,为甥助妆。女三辞乃受,谓生曰:"儿以舅意白公孙老夫人,夫人作大欢喜。但言老耄无他骨肉,不欲九娘远嫁,期今夜舅往赘诸其家。伊家无男子,便可同郎往也。"朱乃导去。村将尽,一第门开,二人登其堂。俄白:"老夫人至。"有二青衣扶妪升阶。生欲展拜,夫人云:"老朽龙钟,不能为礼,当即脱边幅。"指画青衣,进酒高会。朱乃唤家人,另出肴俎,列置生前;亦别设一壶,为客行觞。筵中进馔,无异人世。然主人自举,殊不劝进。

既而席罢,朱归。青衣导生去,入室,则九娘华烛凝待。邂逅含情,极尽欢昵。初,九娘母子,原解赴都。至郡,母不堪困苦死,九娘亦自到。枕上追述往事,哽咽不成眠。乃口占两绝云:"昔日罗裳化作尘,空将业果恨前身。十年露冷枫林月,此夜初逢画阁春。""白杨风雨绕孤坟,谁想阳台更作云?忽启镂金箱里看,血腥犹染旧罗裙。"天将明,即促曰:"君宜且去,勿惊厮仆。"自此昼来宵往,嬖惑④殊甚。

一夕,问九娘:"此村何名?"曰:"莱霞里。里中多两处新鬼,因以为名。"生闻之欷歔。女悲曰:"千里柔魂,蓬游无底,母子零孤,言之怆恻。幸念一夕恩义,收儿骨归葬墓侧,使百年得所依栖,死且不朽。"生诺之。女曰:

---

①蜗庐:小户人家的住宅。 ②粪壤:已死之人。 ③禽仪:聘礼。 ④嬖(bì)惑:宠爱迷恋。

"人鬼路殊,君不宜久滞。"乃以罗袜赠生,挥泪促别。生凄然出,忉怛①不忍归。因过叩朱氏之门。朱白足出逆;甥亦起,云鬟笼松,惊来省问。生惆怅移时,始述九娘语。女曰:"姁氏不言,儿亦夙夜图之。此非人世,不可久居。"于是相对汍澜,生亦含涕而别。叩寓归寝,展转申旦②。欲觅九娘之墓,则忘问志表。及夜复往,则千坟累累,竟迷村路,叹恨而返。展视罗袜,着风寸断,腐如灰烬,遂治装东旋。

半载不能自释,复如稷门,冀有所遇。及抵南郊,日势已晚,息驾③庭树,趋诣丛葬所。但见坟兆万接,迷目榛荒,鬼火狐鸣,骇人心目。惊悼归舍。失意遨游,返辔遂东。行里许,遥见一女,立丘墓上,神情意致,怪似九娘。挥鞭就视,果九娘。下与语,女径走,若不相识。再逼近之,色作怒,举袖自障。顿呼"九娘",则烟然灭矣。

异史氏曰:"香草沉罗,血满胸臆;东山佩玦,泪渍泥沙。古有孝子忠臣,至死不谅于君父者。公孙九娘岂以负骸骨之托,而怨恧不释于中耶?脾膈间物④,不能掬以相示,冤乎哉!"

促织

宣德间,宫中尚促织⑤之戏,岁征民间。此物故非西产。有华阴⑥令,欲媚上官,以一头进,试使斗而才,因责常供。令以责之里正。市中游侠儿,得佳者笼养之,昂其直,居为奇货。里胥⑦猾黠,假此科敛丁口,每责一头,辄倾数家之产。

邑有成名者,操童子业⑧,久不售⑨。为人迂讷,遂为猾胥报充里正役,百计营谋不能脱。不终岁,薄产累尽。会征促织,成不敢敛户口,而又无所赔偿,忧闷欲死。妻曰:"死何益?不如自行搜觅,冀有万一之得。"成然之。早出暮归,提竹筒铜丝笼,于败堵丛草处探石发穴,靡计不施,迄无济。即捕三两头,又劣弱,不中于款。宰严限追比,旬余,杖至百,两股间脓血流离,并虫不能行捉矣。转侧床头,惟思自尽。

时村中来一驼背巫,能以神卜。成妻具资诣问,见红女白婆,填塞门户。入其室,则密室垂帘,帘外设香几。问者爇香于鼎,再拜。巫从旁望空代祝,唇吻翕辟⑩,不知何词,各各竦立以听。少间,帘内掷一纸出,即道人意中事,无毫发爽。成妻纳钱案上,焚香以拜。食顷,帘动,片纸抛落。拾视之,非字

---

①忉怛(dāo dá):忧伤,悲痛。 ②申旦:自夜达旦,日复一日。 ③息驾:停车休息。 ④脾膈间物:心。 ⑤促织:蟋蟀。 ⑥华阴:旧县名,治所在今陕西省华阴市。 ⑦里胥:此处指乡里办差的小吏。 ⑧童子业:指童生,尚未考取生员者。 ⑨不售:此处指未能考中。 ⑩翕(xī)辟:开合。

而画,中绘殿阁类兰若,后小山下怪石乱卧,针针丛棘,青麻头伏焉;旁一蟆,若将跳舞。展玩不可晓。然睹促织,隐中胸怀,折藏之,归以示成。成反复自念:"得无教我猎虫所耶?"细瞩景状,与村东大佛阁真逼似。乃强起扶杖,执图诣寺后,有古陵蔚起。循陵而走,见蹲石鳞鳞,俨然类画。遂于蒿莱中侧听徐行,似寻针芥,而心、目、耳力俱穷,绝无踪响。冥搜未已,一癞头蟆猝然跃去。成益愕,急逐之,蟆入草间,蹑迹披求,见有虫伏棘根,遽扑之,入石穴中。拨①以尖草不出,以筒水灌之始出。状极俊健,逐而得之。审视:巨身修尾,青项金翅。大喜,笼归,举家庆贺,虽连城拱璧不啻也。土于盆而养之,蟹白栗黄,备极护爱。留待限期,以塞官责。

成有子九岁,窥父不在,窃发盆,虫跃踯径出,迅不可捉。及扑入手,已股落腹裂,斯须就毙。儿惧,啼告母。母闻之,面色灰死,大骂曰:"业根②,死期至矣!翁归,自与汝复算耳!"儿涕而出。未几成入,闻妻言如被冰雪。怒索儿,儿渺然不知所往;既而,得其尸于井。因而化怒为悲,抢呼欲绝。夫妻向隅,茅舍无烟,相对默然,不复聊赖。

日将暮,取儿藁葬,近抚之,气息惙然③。喜置榻上,半夜复苏,夫妻心稍慰。但儿神气痴木,奄奄思睡,成顾蟋蟀笼虚,则气断声吞,亦不复以儿为念,自昏达曙,目不交睫。东曦既驾④,僵卧长愁。忽闻门外虫鸣,惊起觇视,虫宛然尚在,喜而捕之。一鸣辄跃去,行且速。覆之以掌,虚若无物;手裁举,则又超而跃。急趁之,折过墙隅,迷其所往。徘徊四顾,见虫伏壁上。审谛之,短小,黑赤色,顿非前物。成以其小,劣之;惟彷徨瞻顾,寻所逐者。壁上小虫,忽跃落襟袖间,视之,形若土狗,梅花翅,方首长胫,意似良。喜而收之。将献公堂,惴惴恐不当意,思试之斗以觇之。

村中少年好事者,驯养一虫,自名"蟹壳青",日与子弟角,无不胜。欲居之以为利,而高其直,亦无售者。径造庐访成。视成所蓄,掩口胡卢⑤而笑。因出己虫,纳比笼中。成视之,庞然修伟,自增惭怍,不敢与较。少年固强之。顾念:蓄劣物终无所用,不如拼博一笑。因合纳斗盆。小虫伏不动,蠢若木鸡。少年又大笑。试以猪鬃毛撩拨虫须,仍不动。少年又笑。屡撩之,虫暴怒,直奔,遂相腾击,振奋作声。俄见小虫跃起,张尾伸须,直龁敌领。少年大骇,解令休止。虫翘然矜鸣,似报主知。成大喜。方共瞻玩,一鸡瞥来,径进一啄。成骇立愕呼。幸啄不中,虫跃去尺有咫。鸡健进,逐逼之,虫已在爪下矣。成仓卒莫知所救,顿足失色。旋见鸡伸颈摆扑;临视,则虫集冠上,力叮不释。成益惊喜,掇置笼中。

翼日进宰。宰见其小,怒诃成。成述其异,宰不信。试与他虫斗,虫尽

---

①拨(tiàn):轻轻拨动。 ②业根:祸种,孽障。 ③惙然:形容气息虚弱。 ④东曦既驾:指太阳已经升起。 ⑤胡卢:形容笑的样子,一说为喉间发出的笑声。

靡;又试之鸡,果如成言。乃赏成,献诸抚军。抚军大悦,以金笼进上,细疏其能。既入宫中,举天下所贡蝴蝶、螳螂、油利挞、青丝额……一切异状,遍试之,无出其右者。每闻琴瑟之声,则应节而舞,益奇之。上大嘉悦,诏赐抚臣名马衣缎。抚军不忘所自,无何,宰以"卓异"闻。宰悦,免成役;又嘱学使,俾入邑庠①。后岁余,成子精神复旧,自言:"身化促织,轻捷善斗,今始苏耳。"抚军亦厚赉成。不数岁,田百顷,楼阁万椽,牛羊蹄躈各千计。一出门,裘马过世家焉。

异史氏曰:"天子偶用一物,未必不过此已忘;而奉行者即为定例。加之官贪吏虐,民日贴妇卖儿,更无休止。故天子一跬步②,皆关民命,不可忽也。第成氏子以蠹贫,以促织富,裘马扬扬。当其为里正、受扑责时,岂意其至此哉!天将以酬长厚者,遂使抚臣、令尹、并受促织恩荫。闻之:一人飞升,仙及鸡犬。信夫!"

柳秀才

明季③,蝗生青兖④间,渐集于沂,沂令忧之⑤。退卧署幕,梦一秀才来谒,峨冠绿衣,状貌修伟,自言御蝗有策。询之,答云:"明日西南道上有妇跨硕腹牝驴子,蝗神也。哀之,可免。"令异之。治具出邑南。伺良久,果有妇高髻褐帔,独控老苍卫⑥,缓蹇北度。即爇香,捧卮酒,迎拜道左,捉驴不令去。妇问:"大夫将何为?"令便哀求:"区区小治,幸悯脱蝗口。"妇曰:"可恨柳秀才饶舌,泄我密机!当即以其身受,不损禾稼可耳。"乃尽三卮,瞥不复见。

后蝗来飞蔽天日,竟不落禾田,尽集杨柳,过处柳叶都尽。方悟秀才柳神也。或云:"是宰官忧民所感。"诚然哉!

水灾

康熙二十一年,山东旱,自春徂⑦夏,赤地千里。六月十三日小雨,始种粟。十八日大雨后,乃种豆。一日,石门庄有老叟,暮见二羊斗山上,告村人曰:"大水至矣!"遂携家播迁。村人共笑之。无何,雨暴注,平地水深数尺,

---

①俾入邑庠:使其考取生员。俾,使。邑庠,县学。 ②跬(kuǐ)步:本指半步,跨一脚,此处指极微小的行动。 ③明季:明代末年。 ④青兖:指青州、兖州一带,即今山东省中部偏西南地区。 ⑤沂令:沂水县令。沂,沂水县,治所在今山东省沂水县。 ⑥苍卫:黑驴。 ⑦徂(cú):及,至。

居庐尽没。一农人弃其两儿，与妻扶老母奔避高阜。下视村中，汇为泽国，并不复念及两儿。水落归家。一村尽成墟墓，入己门，则一屋独存，见两儿尚并坐床头，嬉笑无恙。咸叹谓夫妇孝感所致。此六月二十二日事也。

康熙二十四年，平阳①地震，人民死者十有七八。城郭尽墟；仅存一舍，则孝子某家也。茫茫大劫中，惟孝嗣无恙，谁谓天公无皂白耶？

诸城某甲

诸城②孙景夏学师言：其邑中某甲，值流寇乱，被杀，首坠胸前。寇退，家人得尸，将舁瘗③之，闻其气缕缕然，审视之，咽不断者盈指。遂扶其头，荷之以归。经一昼夜能呻，以匕箸稍哺饮食，半年竟愈，又十余年，与二三人聚谈，或作一解颐语，众为哄堂，甲亦鼓掌。一俯仰间，刀痕暴裂，头堕血流，共视之已死。父讼笑者，众敛金赂之，乃葬甲。

异史氏曰："一笑头落，此千古第一大笑也。头连一线而不死，直待十年后成一笑狱，岂非二三邻人，负债前生者耶！"

库官

邹平④张华东，奉旨祭南岳⑤，道出江淮间，将宿驿亭。前驱白："驿中有怪异，不可宿。"张弗听，宵分⑥，冠剑而坐，俄闻靴声入，则一颁白叟⑦，皂纱黑带。怪而问之，叟稽首曰："我库官也。为大人典藏有日矣。幸节钺遥临，下官释此重负。"问："库存几何？"答云："二万三千五百金。"公虑多金累缀，约归时盘验，叟唯唯而退。张至南中，馈遗颇丰。及还，宿驿亭，叟复出谒。及问库物，曰："已拨辽东兵饷矣。"深讶其前后之乖。叟曰："人世禄命，皆有额数，锱铢不能增损。大人此行，应得之数已得矣，又何求？"言已竟去。张乃计其所获，与库数适相吻合。方叹饮啄有定⑧，不可妄求也。

①平阳：旧府名，治所在今山西省临汾市。　②诸城：旧县名，治所在今山东省诸城市。③舁瘗(yú yì)：抬尸埋葬。　④邹平：旧县名，治所在今山东省滨州市邹平县。　⑤南岳：指南岳衡山。　⑥宵分：夜半。　⑦颁白叟：指须发斑白的老人。颁，通"斑"。　⑧饮啄：饮水啄食，引申为生活。

酆都御史

酆都①县外有洞,深不可测,相传阎罗署。其中一切狱具,皆借人工。桎梏朽败,辄掷洞口,邑宰即以新者易之,经宿失所在。供应度支,载之经制。

明有御史行台华公,按临酆都,闻之不以为信,欲入洞以决其惑,众云不可。公弗听,乃秉烛入,以二役从。入里许,烛暴灭。视之,阶道阔朗,有广殿十余间,列坐尊官,袍笏②俨然。惟东首虚一座。尊官见公至,降阶而迎,笑问曰:"至矣乎?别来无恙否?"公问:"此何处所?"尊官曰:"此冥府也。"公愕然告退。尊官指虚座曰:"此为君坐,那可复还。"公益惧,固请宽宥,尊官曰:"定数何可逃也!"遂检一卷示公,上注云:"某月日,某以肉身归阴。"公览之,战栗如濯冰水,念母老子幼,泫然流涕。

俄有金甲神人,捧黄帛书至,群拜舞启读已,乃贺公曰:"君有回阳之机矣。"公喜致问。曰:"适③接帝诏,大赦幽冥,可为君委折原例耳。"乃示公途而出,数武④之外,冥黑如漆,不辨行路,公甚窘苦。忽一神将,轩然而入,赤面长髯,光射数尺。公迎拜而哀之,神人曰:"诵佛经可出。"言已而去。公自计经咒多不记忆,惟《金刚经》颇曾习之,乃合掌而诵,顿觉一线光明,映照前路。偶有遗忘,则目前顿黑,定想移时,复诵复明;乃始得出。其二役,则不可问矣。

龙无目

沂水⑤大雨,忽堕一龙,双睛俱无,奄有气息。邑令以八十席覆之,未能周身。为设野祭,犹反覆以尾击地,其声堛然⑥。

狐谐

万福,字子祥,博兴⑦人,幼业儒,家贫而运蹇,年二十有奇,尚不能掇一

---

①酆都:旧县名,治所在今四川省丰都县。　②袍笏:朝服与笏板,此处泛指官服。　③适:刚才。　④数武:不远处,没有多远。武,半步。古代六尺为步,半步为武,泛指脚步。　⑤沂水:旧县名,治所在今山东省沂水县。　⑥堛(bì)然:形容物体着地的声音。堛,土块。　⑦博兴:旧县名,治所在今山东省博兴县。

芹①。乡中浇俗②，多报富户役，长厚者至碎破其家。万适报充役，惧而逃，如济南，税居逆旅③。夜有奔女，颜色颇丽，万悦而私之，问姓氏。女自言："实狐，然不为君祟。"万喜而不疑。女嘱勿与客共，遂日至，与共卧处。凡日用所需，无不仰给于狐。

居无何，二三相识，辄来造访，恒信宿不去。万厌之，而不忍拒，不得已，以实告客。客愿一睹仙容，万白于狐。狐曰："见我何为哉？我亦犹人耳。"闻其声，不见其人。客有孙得言者，善谑，固请见，且曰："得听娇音，魂魄飞越。何吝容华，徒使人闻声相思？"狐笑曰："贤孙子！欲为高曾母作行乐图耶？"众大笑。狐曰："我为狐，请与客言狐典，颇愿闻之否？"众唯唯。狐曰："昔某村旅舍，故多狐，辄出祟行客。客知之，相戒不宿其舍，半年，门户萧索。主人大忧，甚讳言狐。忽有一远方客，自言异国人，望门休止④。主人大悦，甫邀入门，即有途人阴告曰：'是家有狐。'客惧，白主人，欲他徙。主人力白其妄，客乃止。入室方卧，见群鼠出于床下。客大骇，骤奔，急呼：'有狐！'主人惊问。客怒曰：'狐巢于此，何诳我言无？'主人又问：'所见何状？'客曰：'我今所见，细细么么⑤，不是狐儿，必当是狐孙子？'"言罢，座客粲然。孙曰："既不赐见，我辈留勿去，阻尔阳台。"狐笑曰："寄宿无妨。倘有小连犯，幸勿介怀。"客恐其恶作剧，乃共散去，然数日必一来，索狐笑骂。狐谐甚，每一语即颠倒宾客，滑稽者不能屈也。群戏呼为"狐娘子"。

一日。置酒高会，万居主人位，孙与二客分左右座，上设一榻待狐。狐辞不善酒。咸请坐谈，许之。酒数行，众掷骰为瓜蔓之令。客值瓜色，会当饮，戏以觥移上座曰："狐娘子太清醒，暂借一杯。"狐笑曰："我故不饮，愿陈一典，以佐诸公饮。"孙掩耳不乐闻。客皆曰："骂人者当罚。"狐笑曰："我骂狐何如？"众曰："可。"于是倾耳共听。狐曰："昔一大臣，出使红毛国，着狐腋冠见国王。王见而异之，问：'何皮毛，温厚乃尔？'夫臣以狐对。王曰：'此物生平未曾得闻。狐字字画何等？'使臣书空而奏曰：'右边是一大瓜，左边是一小犬。'"主客又复哄堂。

二客，陈氏兄弟，一名所见，一名所闻。见孙大窘，乃曰："雄狐何在，而纵雌狐流毒若此？"狐曰："适一典谈犹未终，遂为群吠所乱，请终之。国王见使臣乘一骡，甚异之。使臣告曰：'此马之所生。'又大异。使臣曰：'中国马生骡，骡生驹驹。'王细问其状。使臣曰：'马生骡，是"臣所见"，骡生驹驹，是"臣所闻"。'"举坐又大笑。众知不敌，乃相约：后有开谑端者，罚作东道主。

①掇（duō）一芹：即"掇芹"，即进学为生员，俗谓考取秀才。②浇俗：即"浇风"，指浮薄的社会风气。③税居：租赁房屋。逆旅：客舍，旅店。④望门休止：指见有人家即去投宿。⑤么么：微小的，微不足道的。

顷之,酒酣,孙戏谓万曰:"一联请君属①之。"万曰:"何如?"孙曰:"妓者出门访情人,来时'万福',去时'万福'。"众属思未对。狐笑曰:"我有之矣。"对曰:"龙王下诏求直谏,鳖也'得言',龟也'得言'。"众绝倒。孙大恚②曰:"适与尔盟,何复犯戒?"狐笑曰:"罪诚在我,但非此不能确对耳。明日设席,以赎吾过。"相笑而罢。狐之诙谐,不可殚述。居数月,与万偕归。及博兴界,告万曰:"我此处有葭莩③亲,往来久梗,不可不一讯。日且暮,与君同寄宿,待旦而行可也。"万询其处,指言"不远"。万疑前此故无村落,姑从之。二里许,果见一庄,生平所未历。狐往叩关,一苍头出应门。入则重门叠阁,宛然世家。俄见主人,有翁与媪,揖万而坐。列筵丰盛,待万以姻娅,遂宿焉。狐早谓曰:"我遽偕君归,恐骇闻听。君宜先往,我将继至。"万从其言,先至,预白于家人。未几,狐至,与万言笑,人尽闻之,而不见其人。逾年,万复事于济,狐又与俱。忽有数人来,狐从与语,备极寒暄。乃语万曰:"我本陕中人,与君有夙因,遂从许时。今我兄弟来,将从以归,不能周事。"留之不可,竟去。

雨钱

滨州④一秀才,读书斋中,有款门⑤者,启视则一老翁,形貌甚古。延入,通姓氏,翁自言:"养真,姓胡,实狐仙。慕君高雅,愿共晨夕。"生故旷达,亦不为怪。相与评驳今古,殊博洽,镂花雕绘,粲于牙齿,时抽经义,则名理湛深,出人意外。生惊服,留之甚久。

一日,密祈翁曰:"君爱我良厚。顾我贫若此,君但一举手,金钱自可立致,何不小周给?"翁默然,少间笑曰:"此大易事。但须得十数钱作母。"生如其请。翁乃与共入密室中,禹步⑥作咒。俄顷,钱有数十百万从梁间锵锵而下,势如骤雨,转瞬没膝,拔足而立又没踝。广丈之舍,约深三四尺余。乃顾生曰:"颇厌⑦君意否?"曰:"足矣。"翁一挥,钱画然而止,乃相与扃户出。生窃喜暴富矣。

顷之入室取用,则阿堵化为乌有,惟母钱十余枚尚在。生大失望,盛气向翁,颇怼其诳。翁怒曰:"我本与君文字交,不谋与君作贼!便如秀才意,只合寻梁上君子交好得,老夫不能承命!"遂拂衣去。

---

①属(zhǔ):连缀,接续。 ②恚(huì):恨,怒。 ③葭莩(jiā fú):芦苇里的薄膜,此处比喻亲戚关系疏远冷淡。 ④滨州:旧州名,治所在今山东省滨州市滨城区。 ⑤款门:敲门。 ⑥禹步:巫师、道士在祷神仪礼中常用的一种步法动作。 ⑦厌:满足。

妾杖击贼

益都①西鄙有贵家某,巨富,蓄一妾颇婉丽,而冢室②凌折之,鞭挞横施,妾奉事惟谨。某怜之,常私语慰抚,妾殊无怨言。一夜数人逾垣入,撞其屋扉几坏。某与妻惶恐惴栗,不知所为。妾起,默无声息,暗摸屋中,得挑水木杖,拔关遽出。群贼乱如蓬麻,妾舞杖动,风鸣钩响,立击四五人仆地,贼尽靡;骇愕乱奔,墙急不得上,倾跌咿哑,亡魂失命。妾拄杖于地,顾笑曰:“此等物事,不直下手打得,亦学作贼!我不杀汝,杀嫌辱我。”悉纵之逸去。某大惊,问曰:“何自能尔?”则“妾父故枪棒师,妾得尽传其术,殆③不啻百人敌也。”妻尤骇甚,悔向之迷于物色。由是善视女,遇之反如嫡,然而妾则终无纤毫失礼。邻妇谓妾曰:“嫂击贼若豚犬,顾奈何俯首受挞楚?”妾曰:“是吾分也,他何敢言。”闻者益贤之。

异史氏曰:“身怀绝技,居数年而人莫知之,一旦捍患御灾,化鹰为鸠,呜呼!射雉既获,内人展笑;握槊方胜,贵主同车④。技之不可以已也如是夫!”

秀才驱怪

长山⑤徐远公,故明诸生,鼎革⑥后,弃儒访道,稍稍学敕勒之术⑦,远近多耳其名。某邑一巨公,具币,致诚款书,招之以骑。徐问:“召某何意?”仆曰:“不知。但嘱小人务屈降临。”徐乃行。至则中亭宴馔,礼遇甚恭,然终不道其相迎之旨。徐因问曰:“实欲何为?幸祛疑抱⑧。”主人辄言:“无事。”但劝杯酒。言词闪烁,殊所不解。谈话之间,不觉向暮,邀徐饮园中。园颇佳胜,而竹树蒙翳,景物阴森,杂花丛丛,半没草莱。抵一阁,覆板之上,悬蛛错缀,似久无人住者。酒数行,天色曛暗,命烛复饮。徐辞不胜酒,主人即罢酒呼茶。诸仆仓皇撤肴器,尽纳阁之左室几上。茶啜未半,主人托故竟去。仆人持烛引宿左室,烛置案上,遽返身去,颇甚草草。徐疑或携襆被来伴,久之,人声杳然,乃自起扃户就寝。

窗外皎月,入室侵床,夜鸟秋虫,一时啾唧,心中怛然,寝不成寐。顷之,

①益都:旧县名,治所在今山东省青州市。 ②冢室:正妻。 ③殆:大概。 ④“握槊方胜”二句,引用唐代丹阳公主及其驸马薛万彻的故事,指蠢夫凭借博戏获胜,也能赢得妻子的喜悦与自豪。握槊,一种古代博戏。贵主,公主。 ⑤长山:旧县名,治所在今山东省邹平以东、淄川以北偏西。 ⑥鼎革:改朝换代,此处指由明入清。 ⑦敕勒之术:驱鬼术,旧时道士画符制鬼必书“敕令”二字以约勒鬼神,故称。 ⑧幸祛疑抱:指希望消除疑虑。

板上橐橐似踏蹴声①，甚厉。俄下护梯，俄近寝门。徐骇，毛发猬立，急引被蒙首，而门已豁然顿开。徐展被角微伺之，见一物，兽首人身，毛周遍体，长如马鬣，深黑色；牙粲群蜂，目炯双炬。及几，伏饴器中剩肴，舌一过，数器辄净如扫。已而趋近榻，嗅徐被。徐骤起，翻被冪②怪头，按之狂喊。怪出不意，惊脱，启外户窜去。徐披衣起遁，则园门外扃，不可得出。缘墙而走，跃逾短垣，则主人马厩。厩人惊，徐告以故，即就乞宿。

将旦，主人使伺徐，不见，大骇。已而出自厩中。徐大怒曰："我不惯作驱怪术，君遣我，又秘不一言，我橐中蓄有如意钩，又不送达寝所，是欲死我也！"主人谢曰："拟即相告，虑君难之，初亦不知橐有藏钩。幸宥十死！"徐终怏怏，索骑归。自是怪绝。后主人宴集园中，辄笑向客曰："我终不忘徐生功也。"

异史氏曰："黄狸黑狸，得鼠者雄。此非空言也。假令翻被狂喊之后，隐其骇惧，公然以怪之绝为己能，则人将谓徐生真神人不可及矣。"

姊妹易嫁

掖县③相国毛公，家素微，其父常为人牧牛。时邑世族张姓，有新阡④在东山之阳。或经其侧，闻墓中叱咤声曰："若等速避去，勿久溷⑤贵人宅！"张闻，亦未深信。既又频得梦警曰："汝家墓地，本是毛公佳城⑥，何得久假此？"由是家数不利。客劝徙葬吉，张乃徙焉。

一日，相国父牧，出张家故墓，猝遇雨，匿身废圹中。已而雨益甚，潦水奔穴，崩淜⑦灌注，遂溺以死。相国时尚孩童。母自诣张，丐咫尺地掩儿父。张问其姓氏，大异之。往视溺死所，俨当置棺处，更骇；乃使就故圹窆⑧焉。且令携若儿来。葬已，母偕儿诣张谢。张一见，辄喜，即留其家，教之读，以齿子弟行⑨。又请以长女妻儿，母谢不敢。张妻云："既已有言，奈何中改！"卒许之。然其女甚薄毛家，怨惭之意时形言色。且曰："我死不从牧牛儿！"及亲迎⑩，新郎入宴，彩舆⑪在门，女方掩袂向隅而哭。催之妆不妆，劝亦不解。俄而新郎告行，鼓乐大作，女犹眼零雨而首飞蓬也。父入劝女，不听，怒逼之，哭益厉，父无奈。家人报新郎欲行，父急出曰："衣妆未竟，烦郎少待。"又奔入视女。往复数番，女终无回意。其父周张欲死，皇急无计。其次女在

---

①橐橐(tuó tuó)：象声词，形容硬物连续碰击声。踏蹴(chǎ cù)：踩踏。　②冪：覆盖。　③掖县：旧县名，治所在今山东省莱州市。　④新阡：新修的墓地。　⑤溷(hùn)：扰。　⑥佳城：喻指墓地。　⑦崩淜(bēng hōng)：水奔涌的声音。　⑧窆(biǎn)：下葬。　⑨齿子弟行(háng)：指将其视同自己的子弟辈看待。齿，排列，收录。　⑩亲迎：古代婚礼"六礼"之一，即新郎至女家迎娶新娘。　⑪彩舆：此处指迎亲的花轿。

侧，因非其姊，苦逼劝之。姊怒曰："小妮子，亦学人喋聒！尔何不从他去？"
妹曰："阿爷原不曾以妹子属毛郎；若以妹子属毛郎，何烦姊姊劝驾耶？"父听
其言慷爽，因与伊母窃议，以次易长。母即向次女曰："连逆婢不遵父母命，
今欲以儿代姊，儿肯行否？"女慨然曰："父母之命，即乞丐不敢辞；且何以见
毛家郎便终身饿莩①死乎？"父母大喜，即以姊妆妆女，仓卒登车径去。入
门，夫妇雅敦好迷。第女素病赤髹②，毛郎稍介意。及知易嫁之说，由是益以
知己德女。

居无何，毛郎补博士弟子，往应乡试。经王舍人庄，店主先一夕梦神曰：
"旦夕有毛解元③来，后且脱汝于厄，可善待之。"以故晨起，专伺察东来客，
及得公，甚喜。供具甚丰，且不索直。公问故，特以梦兆告。公颇自负；私计
女发鬊鬊，虑为显者笑，富贵后当易之。及试，竟落第，偃蹇丧志，赧见主人，
不敢复由王舍，迂道归家。

逾三年再赴试，店主人延候如前。公曰："尔言不验，殊惭祗奉。"主人
曰："秀才以阴欲易妻，故被冥司黜落，岂吾梦不足践耶？"公愕然，问故。主
人曰："别后复梦神告，故知之。"公闻而惕然悔惧，木立若偶。主人又曰："秀
才宜自爱，终当作解首。"入试，果举贤书第一。夫人发亦寻④长，云鬟委绿，
倍增妩媚。

其姊适里中富儿，意气自高。夫荡惰，家渐陵替，贫无烟火。闻妹为孝
廉妇，弥增愧怍，姊妹辄避路而行。未几，良人⑤又卒，家落。毛公又擢进士。
女闻，刻骨自恨，遂忿然废身为尼。及公以宰相归。强遣女行者⑥诣府谒问，
冀有所贻。比至，夫人馈以绮縠罗绢若干匹，以金纳其中。行者携归见师，
师失所望，恚曰："与我金钱，尚可作薪米费，此物我何所须！"遽令送回。公
与夫人疑之，启视，则金具在，方悟见却之意。笑曰："汝师百金尚不能任，焉
有福泽从我老尚书也。"遂以五十金付尼去，且嘱曰："将去作尔师用度。但
恐福薄人难承受耳。"行者归，告其师。师哑然自叹，私念生平所为，率自颠
倒，美恶避就，繄岂由人耶？后王舍店主人以人命逮系囹圄⑦，公乃为力解
释罪。

异史氏曰："张家故墓，毛氏佳城，斯已奇矣。余闻时人有'大姨夫作小
姨夫，前解元为后解元'之戏，此岂慧黠者所能较计耶？呜呼！彼苍者天久
已梦梦，何至毛公，其应如响耶？"

---

①饿莩(piǎo)：饿死的人。 ②赤髹(qiān)：头发稀秃。 ③解元：即下文所谓"解首"，指科举
考试中的乡试第一名。 ④寻：随即。 ⑤良人：古时女子对丈夫的称呼。 ⑥女行者：此处指女性
出家人。 ⑦囹圄(líng yǔ)：监狱。

续黄粱

福建曾孝廉,高捷南宫①时,与二三同年,遨游郭外。闻毗卢禅院,寓一星者,往诣问卜。入揖而坐。星者见其意气扬扬,稍佞谀之。曾摇簊②微笑,便问:"有蟒玉分否?"星者曰:"二十年太平宰相。"曾大悦,气益高。

值小雨,乃与游侣避雨僧舍。舍中一老僧,深目高鼻,坐蒲团上,淹蹇③不为礼。众一举手,登榻自话,群以宰相相贺。曾心气殊高,便指同游曰:"某为宰相时,推张年丈作南抚,家中表为参、游,我家老苍头亦得小千把,余愿足矣。"一座大笑。

俄闻门外雨益倾注,曾倦伏榻间。忽见有二中使,赍天子手诏,召曾太师决国计。曾得意荣宠,亦乌知其非有也,疾趋入朝。天子前席,温语良久,命三品以下,听其黜陟,不必奏闻。即赐蟒服一袭,玉带一围,名马二匹。曾被服稽拜以出。入家,则非旧所居第,绘栋雕榱,穷极壮丽,自亦不解何以遽至于此。然拈须微呼,则应诺雷动。俄而公卿赠海物,伛偻足恭者,叠出其门。六卿来,倒屣而迎;侍郎辈,揖与语;下此者,颔之而已。晋抚馈女乐十人,皆是好女子,其尤者为袅袅,为仙仙,二人尤蒙宠顾。科头休沐④,日事声歌。

一日,念微时尝得邑绅王子良周济,我今置身青云,渠尚磋跎仕路,何不一引手?早旦一疏,荐为谏议,即奉谕旨,立行擢用。又念郭太仆曾睚眦我,即传吕给谏及侍御陈昌等,授以意旨;越日,弹章交至,奉旨削职以去。恩怨了了,颇快心意。偶出郊衢,醉人适触卤簿⑤,即遣人缚付京尹,立毙杖下。接第连阡者,皆畏势献沃产,自此富可埒国⑥。无何而袅袅、仙仙,以次殂谢,朝夕遐想,忽忆曩年见东家女绝美,每思购充媵御,辄以绵薄违宿愿,今日幸可适志。乃使干仆数辈,强纳资于其家。俄顷,藤舆舁至,则较之昔望见时尤艳绝也。自顾生平,于愿斯足。

又逾年,朝士窃窃,似有腹非之者,然揣其意,各为立仗马,曾亦高情盛气,不以置怀。有龙图学士包拯上疏,其略曰:"窃以曾某,原一饮赌无赖,市井小人。一言之合,荣膺圣眷,父紫儿朱⑦,恩宠为极。不思捐躯摩顶,以报万一,反恣胸臆,擅作威福。可死之罪,擢发难数!朝廷名器,居为奇货,量缺肥瘠,为价重轻。因而公卿将士,尽奔走于门下,估计贪缘,俨如负贩,仰

---

①高捷南宫:指会试中试,考中进士。 ②簊(shù):扇子。 ③淹蹇:傲慢。④科头:不戴冠帽,形容随便散漫的样子。休沐:休息洗沐,即休假。⑤卤簿:旧时官员的仪仗。⑥富可埒(liè)国:富可敌国。埒,等同。⑦父紫儿朱:父子均为高官。朱、紫,均为古代高级官员的官服用色。

息望尘,不可算数。或有杰士贤臣,不肯阿附,轻则置之闲散。重则褫以编氓①。甚且一臂不袒,辄许鹿马之奸;片语方干,远窜豺狼之地。朝士为之寒心,朝廷因而孤立。又且平民膏腴,任肆蚕食;良家女子,强委禽妆。沴气②冤氛,暗无天日!奴仆一到,则守令承颜;书函一投,则司院枉法。或有厮养之儿,瓜葛之亲,出则乘传,风行雷动。地方之供给稍迟,马上之鞭挞立至。荼毒人民,奴隶官府,扈从所临,野无青草。而某方炎炎赫赫,怙宠无悔。召对方承于阙下,姜菲③辄进于君前;委蛇才退于自公,声歌已起于后苑。声色狗马,昼夜荒淫;国计民生,罔存念虑。世上宁有此宰相乎!内外骇讹,人情汹汹。若不急加斧锧之诛,势必酿成操、莽之祸。臣拯夙夜抵惧,不敢宁处,冒死列款④,仰达宸听。伏祈断奸佞之头,籍贪冒之产,上回天怒,下快舆情。如果臣言虚谬,刀锯鼎镬,即加臣身。"云云。

疏上,曾闻之,气魄悚骇,如饮冰水。幸而皇上优容,留中不发。又继而科、道、九卿,文章劾奏,即昔之拜门墙、称假父者,亦反颜相向。奉旨籍家,充云南军。子任平阳太守,已差员前往提问。

曾方闻旨惊怛,旋有武士数十人,带剑操戈,直抵内寝,褫其衣冠,与妻并系。俄见数夫运资于庭,金银钱钞以数百万,珠翠瑙玉数百斛,幄幕帘榻之属,又数千事,以致儿襁女舄⑤,遗坠庭阶。曾一一视之。酸心刺目。又俄而一人掠美妾出,披发娇啼,玉容无主。悲火烧心,含愤不敢言。俄楼阁仓库,并已封志,立叱曾出。监者牵罗曳而出,夫妻吞声就道,求一下驷劣车,少作代步,亦不可得。十里外,妻足弱,欲倾跌,曾时以一手相攀引。又十余里,己亦困惫。欻见高山,直插云汉,自忧不能登越,时挽妻相对泣。而监者狞目来窥,不容稍停驻。又顾斜日已坠,尤可投止,不得已,参差蹩蹩⑥而行。比至山腰,妻力已尽。泣坐路隅。曾亦憩止,任监者叱骂。

忽闻百声齐噪,有群盗各操利刃,跳梁而前。监者大骇,逸去。曾长跪告曰:"孤身远谪,囊中无长物。"哀求宥免。群盗裂眦宣言:"我辈皆被害冤民,只乞得佞贼头,他无索取。"曾怒叱曰:"我虽待罪,乃朝廷命官,贼子何敢尔!"贼亦怒,以巨斧挥曾项,觉头堕地作声。

魂方骇疑,即有二鬼来反接其手,驱之行。行逾数刻,入一都会。顷之,睹宫殿,殿上一丑形王者,凭几决罪福。曾前匍伏请命,王者阅卷,才数行,即震怒曰:"此欺君误国之罪,宜置油鼎!"万鬼群和,声如雷霆。即有巨鬼捽至墀下⑦,见鼎高七尺已来,四围炽炭,鼎足皆赤。曾觳觫⑧哀啼,窜迹无路。鬼以左手抓发,右手握踝,抛置鼎中。觉块然一身,随油波而上下,皮肉焦

①褫(chǐ)以编氓:削职为民。褫,革除官职。编氓,编入户籍的平民。 ②沴(lì)气:灾害不祥之气。 ③姜菲:花纹错杂貌,此处喻指谗言。 ④列款:罗列罪状。 ⑤舄(xì):鞋子。 ⑥蹩蹩(bié xiè):形容跛行的样子。 ⑦捽(zuó):抓,揪。墀下:台阶下。 ⑧觳觫(hú sù):形容恐惧颤抖的样子。

灼,痛彻于心,沸油入口,煎烹肺腑。念欲速死,而万计不能得死。约食时,鬼方以巨叉取曾,复伏堂下。王又检册籍,怒曰:"倚势凌人,合受刀山狱!"鬼复捽去。

见　山,不甚广阔,而峻削壁立,利刃纵横,乱如密笋。先有数人胃①肠刺腹于其上,呼号之声,惨绝心目。鬼促曾上,曾大哭退缩。鬼以毒锥刺脑,曾负痛乞怜。鬼怒,捉曾起,望空力掷。觉身在云霄之上,晕然一落,刃交于胸,痛苦不可言状,又移时,身驱重赘,刀孔渐阔,忽焉脱落,四支蠖屈。鬼又逐以见王。王命会计生平卖爵鬻名,枉法霸产,所得金钱几何。即有鬓须②人持筹握算,曰:"二百二十一万。"王曰:"彼既积来,还令饮去!"少间,取金钱堆阶上如丘陵,渐入铁釜,熔以烈火。鬼使数辈,更相以杓灌其口,流颐则皮肤臭裂,入喉则脏腑腾沸。生时患此物之少,是时患此物之多也。半日方尽。王者令押去甘州为女。行数步,见架上铁梁,围可数尺,绾一火轮,其大不知几百由旬③,焰生五采,光耿云霄。鬼挞使登轮。方合眼跃登,则轮随足转,似觉倾坠,遍体生凉。开目自顾,身已婴儿,而又女也。视其父母,则悬鹑④败絮;土室之中,瓢杖犹存。心知为乞人子,日随乞儿托钵,腹辘辘不得一饱。着败衣,风常刺骨。十四岁,鬻与顾秀才备媵妾,衣食粗足自给。而冢室悍甚,日以鞭棰从事,辄用赤铁烙胸乳。幸良人颇怜爱,稍自宽慰。东邻恶少年,忽逾墙来逼与私,乃自念前身恶孽,已被鬼责,今那得复尔。于是大声疾呼,良人与嫡妇尽起,少年始窜去。一日,秀才宿诸其室,枕上喋喋,方自诉冤苦;忽震厉一声,室门大辟,有两贼持刀入,竟决秀才首,囊括衣物。团伏被底,不敢作声。既而贼去,乃喊奔嫡室。嫡大惊,相与泣验。遂疑妾以奸夫杀良人,状白刺史。刺史严鞫,竟以酷刑诬服,律拟凌迟处死,絷赴刑所。胸中冤气扼塞,距踊⑤声屈,觉九幽十八狱,无此黑黯也。

正悲号间,闻游者呼曰:"兄魇耶?"豁然而寤,见老僧犹跏趺座上。同侣竞相谓曰:"日暮腹枵⑥,何久酣睡?"曾乃惨淡而起。僧微笑曰:"宰相之占验否?"曾益惊异,拜而请教。僧曰:"修德行仁,火坑中有青连也。山僧何知焉。"曾胜气而来,不觉丧气而返。台阁之想由此淡焉。后入山,不知所终。

异史氏曰:"梦固为妄,想亦非真。彼以虚作,神以幻报。黄粱将熟,此梦在所必有,当以附之邯郸之后。"

---

①胃(juàn):悬挂。　②鬐(níng)须:蓬松的胡须。　③由旬:梵语音译,古印度度长度单位。一旬的长度,我国古有八十里、六十里、四十里诸说。　④悬鹑:破烂的衣服。　⑤距踊(jù yǒng):跳跃。　⑥腹枵(xiāo):空腹,饿着肚子。

龙取水

俗传龙取江河之水以为雨,此疑似之说耳。徐东痴夜南游,泊舟江岸,见一苍龙自空垂下,以尾揽江水,波浪涌起,随龙身而上。遥望水光闪闪,阔于三尺练。移时,龙尾收去,水亦顿息。俄而大雨倾注,渠道皆平。

小猎犬

山右①卫中堂为诸生时,假斋僧院。苦室中蜚虫②蚊蚤甚多,夜不成寐。食后偃息在床,忽见一小武士,首插雉尾,身高二寸许,骑马大如蜡,臂上青鞲③,有鹰如蝇。自外而入,盘旋室中,行且驶。公方疑注,忽又一人入,装亦如之,腰束小弓矢,牵猎犬如巨蚁。又俄顷,步者、骑者,纷纷来以数百辈,鹰犬皆数百。见有蚊蝇飞起,纵鹰腾击,尽扑杀之。猎犬登床缘壁,搜嗤虮蚤,凡罅④有所伏藏,嗅之无不出者,顷刻之间,决杀殆尽。公伪睡睨之,鹰集犬窜于其身。既而一黄衣人,着平天冠如王者,登别榻,系驷苇篾⑤间。从骑皆下,献飞献走,纷集盈侧,亦不知作何语。无何,王者登小辇,卫士仓皇,各命鞍马,万蹄攒奔,纷如撒菽,烟飞雾腾,斯须散尽。公历历在目,骇诧不知所由。

蹑履外窥,渺无迹响,返身周视,都无所见,惟壁砖遗一细犬。公急捉之,且驯。置砚匣中,反复瞻玩。毛极细茸,项上有一小环。饲以饭颗,一嗅辄去。跃登床簀⑥,寻衣缝,啮杀虮虱。旋复来伏卧。逾宿公疑其已往,视之则盘伏如故。公卧,则登床簀,遇虫辄唼毙,蚊蝇无敢落者。公爱之甚于拱璧。一日昼卧,犬潜伏身畔。公醒转侧,压于腰底。公觉有物,固疑是犬,急起视之,已匾而死,如纸剪成者。然自是壁虫无噍类⑦矣。

棋鬼

扬州⑧督同将军梁公,解组⑨乡居,日携棋酒,游林丘间。会九日登高,

---

①山右:山西。 ②蜚(féi)虫:臭虫。 ③鞲(gōu):古代射箭时戴的皮质臂套。 ④罅(xià):缝隙。 ⑤苇篾(miè):床炕上所铺的苇席与竹篾。 ⑥簀(zé):竹编卧席。 ⑦噍(jiào)类:指活着的或活下来的生物。 ⑧扬州:旧府名,治所在今江苏省扬州市。 ⑨解组:辞官。组,印绶,代指官职、官印。

与客弈,忽有一人来,逡巡局侧,耽玩不去。视之,目面寒俭,悬鹑结①焉,然意态温雅,有文士风。公礼之,乃坐。亦殊撝谦②。分指棋谓曰:"先生当必善此,何不与客对垒?"其人逊谢移时,始即局。局终而负,神情懊热,若不自己。又着③又负,益愤惭。酌之以酒,亦不饮,惟曳客弈。自晨至于日昃④,不遑溲溺。方以一子争路,两互喋聒,忽书生离席悚立,神色惨阻。少间,屈膝向公座,败颡乞救,公骇疑,起扶之曰:"戏耳,何至是?"书生曰:"乞嘱付圉人⑤,勿缚小生颈。"公又异之,问:"圉人谁?"曰:"马成。"先是,公圉役马成者,走无常,十数日一人幽冥,摄牒作勾役。公以书生言异,遂使人往视成,则已僵卧三日矣。公乃叱成不得无礼,瞥见书生即地而灭,公叹咤良久,乃悟其鬼。越日,马成瘥,公召诘之。成曰:"渠湖襄人,癖嗜弈,产荡尽。父忧之,闭置斋中。辄逾垣出,窃引空处,与弈者狎。父闻诟詈,终不可制止,父赍恨死。阎王以书生不德,促其年寿,罚入饿鬼狱,于今七年矣。会东岳凤楼成,下牒诸府,征文人作碑记。王出之狱中,使应召自赎。不意中道迁延,大愆限期。岳帝使直曹问罪于王。王怒,使小人辈罗搜之。前承主人命,故未敢以缧绁⑥系之。"公问:"今日作何状?"曰:"仍付狱吏,永无生期矣。"公叹曰:"癖之误人也如是夫!"

异史氏曰:"见弈遂忘其死;及其死也,见弈又忘其生。非其所欲有甚于生者哉?然癖嗜如此,尚未获一高着,徒令九泉下,有长死不生之弈鬼也。哀哉!"

辛十四娘

广平⑦冯生,少轻脱,纵酒。昧爽⑧偶行,遇一少女,着红帔,容色娟好。从小奚奴,蹑露奔波,履袜沾濡。心窃好之。薄暮醉归,道侧故有兰若⑨,久芜废,有女子自内出,则向丽人也,忽见生来,即转身入。阴思:丽者何得在禅院中?絷驴于门,往觇其异。入则断垣零落,阶上细草如毯。彷徨间,一斑白叟出,衣帽整洁,问:"客何来?"生曰:"偶过古刹,欲一瞻仰。"因问:"翁何至此?"叟曰:"老夫流寓无所,暂借此安顿细小⑩。既承宠降,山茶可以当酒。"乃肃宾入。见殿后一院,石路光明,无复榛莽。入其室,则帝幄床幕,香雾喷人。坐展姓字,云:"蒙叟姓辛。"生乘醉遽问曰:"闻有女公子,未遭良匹，窃不自揣，愿以镜台自献。"辛笑曰："容谋之荆人①。"生即索笔为诗曰："千金觅玉杵，殷勤手自将。云英如有意，亲为捣玄霜。"主人笑付左右。少间，有婢与辛耳语。辛起慰客耐坐，牵幕人，隐约数语，即趋出。生意必有佳报，而辛乃坐与喧噱，不复有他言。生不能忍，问曰："未审意旨，幸释疑抱。"辛曰："君卓荦士，倾风已久，但有私衷，所不敢言耳。"生固请，辛曰："弱息十九人，嫁者十有二。醮命任之荆人，老夫不与焉。"生曰："小生只要得今朝领小奚奴带露行者。"辛不应，相对默然。闻房内嘤嘤腻语，生乘醉搴帘曰："伉俪既不可得，当一见颜色，以消吾憾。"内闻钩动，群立愕顾。果有红衣人，振袖倾鬟，亭亭拈带。望见生入，遍室张皇。辛怒，命数人捽生出。酒愈涌上，倒榛芜中，瓦石乱落如雨，幸不着体。

卧移时，听驴子犹龁草路侧，乃起跨驴，踉跄而行。夜色迷闷，误入涧谷，狼奔鸱叫，竖毛寒心。踟蹰四顾，并不知其何所。遥望苍林中灯火明灭，疑必村落，竟驰投之。仰见高闳，以策挝门，内问曰："何人半夜来此？"生以失路告，内曰："待达主人。"生累足鹄俟。忽闻振管辟扉，一健仆出，代客捉驴。生入，见室甚华好，堂上张灯火。少坐，有妇人出，问客姓氏，生以告。逾刻，青衣数人扶一老妪出，曰："郡君至。"生起立，肃身欲拜。妪止之坐，谓生曰："尔非冯云子之孙耶？"曰："然。"妪曰："子当是我弥甥②。老身钟漏并歇，残年向尽，骨肉之间，殊多乖阔。"生曰："儿少失怙，与我祖父处者，十不识一焉。素未拜省，乞便指示。"妪曰："子自知之。"生不敢复问，坐对悬想。

妪曰："甥深夜何得来此？"生以胆力自矜诩，遂历陈所遇。妪笑曰："此大好事。况甥名士，殊不玷于姻娅，野狐精何得强自高？甥勿虑，我能为若致之。"生谢唯唯。妪顾左右曰："我不知辛家女儿遂如此端好。"青衣人曰："渠有十九女，都翩翩有风格，不知官人所聘行几？"生曰："年约十五余矣。"青衣曰："此是十四娘。三月间，曾从阿母寿郡君，何忘却？"妪笑曰："是非刻莲瓣为高履，实以香屑，蒙纱而步者乎？"青衣曰："是也。"妪曰："此婢大会作意，弄媚巧。然果窈窕，阿甥赏鉴不谬。"即谓青衣曰："可遣小狸奴唤之来。"青衣应诺去。

移时，入白："呼得辛家十四娘至矣。"旋见红衣女子，望妪俯拜。妪曰："后为我家甥妇，勿得修婢子礼。"女子起，娉娉而立，红袖低垂。妪理其鬓发，捻其耳环，曰："十四娘近在闺中作么生？"女低应曰："闲来只挑绣。"回首见生，羞缩不安。妪曰："此吾甥也。盛意与儿作姻好，何便教迷途，终夜窜溪谷？"女俯首无语。妪曰："我唤汝非他，欲为吾甥作伐③耳。"女默默而已。妪命扫榻展祸褥，即为合卺。女腆然曰："还以告之父母。"妪曰："我为汝作冰，有何舛谬？"女曰："郡君之命，父母当不敢违，然如此草草，婢子即

①荆人：旧时对妻子的谦称。　②弥甥：外甥之子。　③作伐：做媒。

死，不敢奉命！”妪笑曰：“小女子志不可夺，真吾甥妇也！”乃拔女头上金花一朵，付生收之。命归家检历，以良辰为定。乃使青衣送女去。听远鸡已唱，遣人持驴送生出。数步外，欻一回顾，则村舍已失，但见松楸浓黑，蓬颗[1]蔽冢而已。定想移时，乃悟其处为薛尚书墓。

薛乃生故祖母弟，故相呼以甥。心知遇鬼，然亦不知十四娘何人。咨嗟而归，漫检历以待之，而心恐鬼约难恃。再往兰若，则殿宇荒凉，问之居人，则寺中往往见狐狸云。阴念：若得丽人，狐亦自佳。至日除舍扫途，更仆眺望，夜半犹寂，生已无望。顷之门外哗然，躧屣出窥，则绣幰[2]已驻于庭，双鬟扶女坐青庐中。妆奁亦无长物，惟两长鬣奴扛一扑满[3]，大如瓮，息肩置堂隅。生喜得佳丽偶，并不疑其异类。问女曰：“一死鬼，卿家何帖服之甚？”女曰：“薛尚书，今作五都巡环使，数百里鬼狐皆备扈从，故归墓时常少。”生不忘蹇修[4]，翼日，往祭其墓。归见二青衣，持贝锦为贺，竟委几上而去。生以告女，女曰：“此郡君物也。”

邑有楚银台之公子，少与生共笔砚，颇相狎。闻生得狐妇，馈遗为馔[5]，即登堂称觞。越数日，又折简来招饮。女闻，谓生曰：“曩公子来，我穴壁窥之，其人猿睛鹰准，不可与久居也。宜勿往。”生诺之。翼日，公子造门，问负约之罪，且献新什[6]。生评涉嘲笑，公子大惭，不欢而散。生归笑述于房，女惨然曰：“公子豺狼，不可狎也！子不听吾言，将及于难！”生笑谢之。后与公子辄相谀噱，前隙渐释。会提学试，公子第一，生第二。公子沾沾自喜，走伻来邀生饮，生辞；频招乃往。至则知为公子初度，客从满堂，列筵甚盛。公子出试卷示生，亲友叠肩叹赏。酒数行，乐奏于堂，鼓吹伧伫，宾主甚乐。公子忽谓生曰：“谚云：‘场中莫论文。’此言今知其谬。小生所以忝出君上者，以起处数语略高一筹耳。”公子言已，一座尽赞。生醉不能忍，大笑曰：“君到于今，尚以为文章至是耶！”生言已，一座失色。公子惭忿气结。客渐去，生亦遁。醒而悔之，因以告女。女不乐曰：“君诚乡曲之儇子[7]也！轻薄之态，施之君子，则丧吾德；施之小人，则杀吾身。君祸不远矣！我不忍见君流落，请从此辞。”生惧而涕，且告之悔。女曰：“如欲我留，与君约：从今闭户绝交游，勿浪饮。”生谨受教。

十四娘为人勤俭洒脱，日以纴织为事。时自归宁，未尝逾夜。又时出金帛作生计，日有赢余，辄投扑满。日杜门户，有造访者辄嘱苍头谢去。

一日，楚公子驰函来，女焚爇不以闻。翼日，出吊于城，遇公子于丧者之家，捉臂苦约，生辞以故。公子使圉人挽辔，拥挤以行。至家，立命洗腆[8]。

---

①蓬颗：长有蓬草的土块，一般指坟上长草的土块，此处借指坟头。 ②绣幰：此处指花轿。 ③扑满：古时一种罐形或匣形的瓦器，用于蓄钱。 ④蹇修：传说中为伏羲氏之臣，此处代指媒人。 ⑤馈遗：馈赠。馔(nuǎn)：古代的一种礼仪，女儿嫁后三日，娘家或亲友送食物给女儿。 ⑥新什：新作的文章。什，篇什。 ⑦儇(xuān)子：指轻薄刁巧的男子。 ⑧洗腆：指置办洁净丰盛的酒食。

继辞凤退。公子要遮无已，出家姬弹筝为乐。生素不羁，向闭置庭中，颇觉闷损，忽逢剧饮，兴顿豪，无复萦念。因而醉酣，颓卧席间。公子妻阮氏，最悍妒，婢妾不敢施脂泽。日前，婢人斋中，为阮掩执，以杖击首，脑裂立毙。公子以生嘲慢故，衔生，日思所报，遂谋醉以酒而诬之。乘生醉寐，扛尸床间，合扉径去。生五更醒解①，始觉身卧几上，起寻枕榻，则有物腻然，绁绊步履。摸之，人也。意主人遣僮伴睡。又蹴之不动，举之而僵，大骇，出门怪呼。厮役尽起，爇之，见尸，执生怒闹。公子出验之，诬生逼奸杀婢，执送广平。隔日，十四娘始知，潸泣曰："早知今日矣！"因按日以金钱遗生。生见府尹，无理可伸，朝夕搒掠，皮肉尽脱。女自诣问，生见之，悲气塞心，不能言说。女知陷阱已深，劝令诬服，以免刑宪。生泣听命。

女还往之间，人咫尺不相窥。归家咨怅，遽遣婢子去。独居数日，又托媒媪购良家女，名禄儿，年及笄，容华颇丽，与同寝食，抚爱异于群小。生认误杀拟绞。苍头得信归，恸述不成声。女闻，坦然若不介意。既而秋决有日，女始皇皇躁动，昼去夕来，无停履。每于寂所，于邑悲哀，至损眠食。一日，日晡②，狐婢忽来。女顿起，相引屏语。出则笑色满容，料理门户如平时。翼日，苍头至狱，生寄语娘子一往永诀。苍头复命，女漫应之，亦不怆恻，殊落落置之；家人窃议其忍。忽道路沸传：楚银台革职，平阳观察奉特旨治冯生案。苍头闻之，喜告主母。女亦喜，即遣入府探视，则生已出狱，相见悲喜。俄捕公子至，一鞫，尽得其情。生立释宁家。归见女，泫然流涕，女亦相对怆楚，悲已而喜，然终不知何以得达上听。女笑指婢曰："此君之功臣也。"生愕问故。

先是，女遣婢赴燕都，欲达宫闱，为生陈冤抑。婢至，则宫中有神守护，徘徊御沟间，数月不得入。婢惧误事，方欲归谋，忽闻今上将幸大同，婢乃预往，伪作流妓。上至勾栏，极蒙宠眷。疑婢不似风尘人，婢乃垂泣。上问："有何冤苦？"婢对曰："妾原籍直隶广平，生员冯某之女。父以冤狱将死，遂鬻妾勾栏中。"上惨然，赐金百两。临行，细问颠末，以纸笔记姓名；且言欲与共富贵。婢言："但得父子团聚，不愿华膴③也。"上颔之，乃去。婢以此情告生。生急起拜，泪眦双荧。居无几何，女忽谓生曰："妾不为情缘，何处得烦恼？君被逮时，妾奔走戚眷间，并无一人代一谋者。尔时酸衷，诚不可以告诉。今视尘俗益厌苦。我已为君蓄良偶，可从此别。"生闻，泣伏不起，女乃止。夜遣禄儿侍生寝，生拒不纳。朝视十四娘，容光顿减；又月余，渐以衰老；半载，黯黑如村妪；生敬之，终不替。女忽复言别，且曰："君自有佳侣，安

---

①醒(chéng)解：酒醒。醒，酒醉神志不清。 ②日晡(bū)：指申时，相当于下午3时至5时。
③华膴(wǔ)：华贵的衣服，丰美的食物。

用此鸠盘①为?"生哀泣如前日。又逾月,女暴疾,绝饮食,羸卧闺闼。生侍汤药,如奉父母。巫医无灵,竟以溘逝。生悲怛欲绝。即以婢赐金,为营斋葬。数日,婢亦去,遂以禄儿为室。逾年,生一子。然比岁不登,家益落。夫妻无计,对影长愁。忽忆堂陬扑满,常见十四娘投钱于中,不知尚在否。近临之,则豉具盐盎,罗列殆满。头头置去,箸探其中,坚不可入。扑而碎之,金钱溢出。由此顿大充裕。

后苍头至太华、遇十四娘,乘青骡,婢子跨蹇②以从,问:"冯郎安否?"且言:"致意主人,我已名列仙籍矣。"言讫不见。

异史氏曰:"轻薄之词,多出于士类,此君子所悼惜也。余尝冒不韪之名,言冤则已迂,然未尝不刻苦自励,以勉附于君子之林,而祸福之说不与焉。若冯生者,一言之微,几至杀身,苟非室有仙人,亦何能解脱囹圄,以再生于当世耶?可惧哉?"

白莲教

白莲教某者,山西人,大约徐鸿儒之徒。左道惑众,堕其术者甚众。一日将他往,堂中置一盆,又一盆覆之,嘱门人坐守,戒勿启视。去后门人启之,见盆贮清水,水上编草为舟,帆樯具焉。异而拨以指,随手倾侧;急扶如故,仍覆之。俄而师来,怒责曰:"何违吾命?"门人立白其无。师曰:"适海中舟覆,何得欺我?"又一夕,烧巨烛于堂上,戒恪守,勿以风灭。漏二滴,师不至,儽然③而殆,就床暂寐,及醒烛已竟灭,急起爇之。既而师入,又责之。门人曰:"我固不曾睡,烛何得息?"师怒曰:"适使我暗行十余里,尚复云云耶?"门人大骇。奇行种种,不可胜书。

后有爱妾与门人通,觉之,隐而不言。遣门人饲豕,门人入圈,立地化为豕,某即呼屠人杀之,货其肉,人无知者。门人父以子不归,过问之,辞以久弗至。门人家各处探访,杳无消息。有同师者隐知其事,泄诸门人之父,父告之邑宰。宰恐其遁,不敢捕治,详请官兵千人围其第,妻子皆就执。闭置槛笼,将以解都④。途经太行山,山中出一巨人,高与树等,目如盘,口如盆,牙长尺许。兵士愕立不敢行。某曰:"此妖也,吾妻可以却之。"甲士脱妻缚,妻荷戈往,巨人怒,吸吞之,众愈骇。某曰:"既杀吾妻,是须吾子。"复出其子,巨人又吞之。众相觑,莫知所为。某泣且怒曰:"既杀吾妻,又杀吾子,情何以甘!非某自往不可也。"众果出诸笼,授之刃而遣之。巨人盛气而逆

①鸠盘:"鸠盘茶"的省称,传说中一种食人精气的鬼类。 ②蹇:驴。 ③儽(léi)然:形容疲困的样子。 ④解都:解送进京。

格斗移时，巨人抓攫入口，伸颈咽下，从容竟去。

双灯

魏运旺，益都①盆泉人，故世族大家也。后式微，不能供读。年二十余，废学，就岳业酤②。一夕独卧酒楼上，忽闻楼下踏蹴声，惊起悚听。声渐近，循梯而上，步步繁响。无何，双婢挑灯，已至榻下。后一年少书生，导一女郎，近榻微笑。魏大愕怪。转知为狐，毛发森竖，俯首不敢睨。书生笑曰："君勿见猜。舍妹与有前因，便合奉事。"魏视书生，锦貂炫目，自惭形秽，觍颜不知所对。书生率婢，遗灯竟去。魏细视女郎，楚楚若仙，心甚悦之。然惭怍不能作游语。女顾笑曰："君非抱本头③者，何作措大④气？"遽近枕席，暖手于怀。魏始为之破颜，捋裤相嘲，遂与狎昵。晓钟未发，双鬟即来引去。复订夜约。至晚女果至，笑曰："痴郎何福，不费一钱，得如此佳妇，夜夜自投到也。"魏喜无人，置酒与饮，赌藏枚，女子十有九赢。乃笑曰："不知妾握枚子，君自猜之，中则胜，否则负。若使妾猜，君当无赢时。"遂如其言，通夕为乐。既而将寝，曰："昨宵衾褥涩冷，令人不可耐。"遂唤婢袱被来，展布榻间，绮縠香软。顷之，缓带交偎，口脂浓射，真不数汉家温柔乡也。自此，遂以为常。

后半年，魏归家，适月夜与妻话窗间，忽见女郎华妆坐墙头，以手相招。魏近就之，女援之，逾垣而出，把手而告曰："今与君别矣。请送我数武，以表半载绸缪之意。"魏惊叩其故，女曰："姻缘自有定数，何待说也。"语次，至村外，前婢挑双灯以待，竟赴南山，登高处，乃辞魏言别。留之不得，遂去。魏伫立彷徨，遥见双灯明灭，渐远不可睹，怏郁而反。是夜山头灯火，村人悉望见之。

捉鬼射狐

李公著明，睢宁⑤令襟卓先生公子也，为人豪爽无馁怯，为新城王季良内弟。季良家多楼阁，往往见怪异。公常暑月寄宿，爱阁上晚凉。或告之异，公笑不听，固命设榻，主人如言。嘱仆辈伴公宿，公辞曰："生平不解怖。"主

---

①益都：旧县名，治所在今山东省青州市。　②就岳业酤：跟随岳父，以卖酒为业。酤，此处指卖酒。　③抱本头者：指啃书本的文人。　④措大：对贫寒读书人的侮称。　⑤睢宁：旧县名，治所在今江苏省睢宁县。

人乃使炷香于炉，请衽何趾①，始息烛覆扉而去。公就枕移时，于月色中，见几上茗碗，倾侧旋转，不坠亦不休。公咄之，铿然立止。又若有人拔香炷，炫摇空际，纵横作花缕。公起叱曰："何物鬼魅敢尔！"裸裼下榻，欲就捉之。以足觅床下，仅得一履，不暇冥搜，赤足挝摇处，炷顿插炉，竟寂无兆。公俯身遍摸暗陬②，忽一物腾击颊上，觉似履状，索之，亦殊不得。乃启覆下楼，呼从人爇火烛之，空无一物，乃复就寝。既明，使数人搜履，翻席倒榻，不知所在。主人为公易履。越日偶一仰首，见一履夹塞椽间，挑拨而下，则公履也。

公益都人，侨居于淄川孙氏第。第綦③阔，皆置闲旷，公仅居其半。南院临高阁，止隔一堵，时见阁扉自启闭，公亦不置念。偶与家人话于庭，阁开门，忽有一小人面北而坐，身不满三尺，绿袍白袜。众指顾之，亦不动。公曰："此狐也。"急取弓矢，对阁欲射。小人见之，哑哑作揶揄之声，遂不复见。公捉刀登阁，且骂且搜，竟无所睹，乃返。异遂绝。公居数年，平安无恙。公长公友三，为余姻家，其所目睹。

异史氏曰："予生也晚，未得奉公杖履。然闻之父老，大约慷慨刚毅丈夫也。观此二事，大概可睹。浩然中存，鬼狐何为之哉！"

蹇偿债

李公著明，慷慨好施。乡人王卓，佣居公家。其人少游惰，不能操农务，家屡贫。然小有技能，常为役务，每赍作厚。时无晨炊，向公哀乞，公辄给以升斗。一日告公曰："小人日受厚恤，三四口幸不饿莩，然何可以久？乞主人贷我绿豆一石作资本。"公忻然授之。卓负去，年余，一无所偿，及问之，豆资已荡然矣。公怜其贫，亦置不索。

公读书萧寺。后三年余，忽梦卓来曰："小人负主人豆直，今来投偿。"公慰之曰："若索尔偿，则平日所负欠者，何可算数？"卓愀然曰："固然。凡人少有所为而受人千金，可不报也。若无端受人资助，升斗且不容昧，况其多哉！"言已竟去。公愈疑。既而家人白公曰："夜牝驴产一驹，且修伟。"公忽悟曰："得毋驹乃王卓耶？"越数日归，见驹，戏呼王卓，驹奔赴，若有知识。自此遂以为名。公乘赴青州，衡府内监见而悦之，愿以重价购之，议直未定。适公以家务，急不可待，遂归。又逾岁，驹与雄马同枥④，龁⑤折胫骨，不可疗。有牛医至公家，见之，谓公曰："乞以驹付小人，朝夕疗养，需以岁月。万一得瘥，得直与公剖分之。"公如所请。后数月，牛医售驴得钱千八百，以半

---

①请衽何趾：旧时待客，询问客人卧息习惯、足之朝向，然后为其设榻。衽，卧席。 ②陬(zōu)：角落。 ③綦(qí)：极、很。 ④枥：马槽。 ⑤龁(hé)：咬。

献公。公受钱顿悟，其数适符豆价也。噫！昭昭之债，而冥冥之偿，此足以劝矣。

头滚

苏孝廉贞下太封公昼卧，见一人头从地中出，其大如斛，在床下旋转不已。惊而中疾，遂以不起。后其次公就荡妇宿，罹杀身之祸，其兆于此耶？

鬼作筵

杜生九畹，内人①病。会重阳，为友人招作茱萸会。早起盥已，告妻所往。冠服欲出，忽见妻昏愦，絮絮若与人言，杜异之，就问卧榻，妻辄"儿"呼之。家人心知其异。时杜有母枢未殡，疑其灵爽②所凭。杜祝曰："得毋吾母耶？"妻骂曰："畜生！何不识尔父！"杜曰："既为吾父，何乃归家祟儿妇？"妻呼小字曰："我专为儿妇来，何反怨恨？儿妇应即死。有四人来勾致，首者张怀玉。我万端哀乞，甫能允遂。我许小馈送，便宜付之。"杜即于门外焚纸钱。妻又曰："四人去矣。彼不忍违吾面目，三日后当治具酬之。尔母年老龙钟，不能料理中馈。及期，尚烦儿妇一往。"杜曰："幽冥殊途，安能代庖？望恕宥。"妻曰："儿勿惧，去去即复返。此为渠事，当毋惮劳。"言已，曰："吾且去。"妻即冥然，良久乃苏。杜问所言，茫不记忆。但曰："适见四人来，欲捉我去。幸阿翁哀请。且解囊赂之，始去。我见阿翁锱袱尚余二锭，欲窃取一锭来，作糊口计。翁窥见，叱曰：'尔欲何为！此物岂尔所可用耶！'我乃敛手，未敢动。"杜以妻病革，疑信相半。越三日，方笑语间，忽瞪目久之，语曰："尔妇綦贪，曩见我白金，便生觊觎，然大要以贫故，亦不足怪。将以妇去，为我敦庖务，勿虑也。"言甫毕，奄然竟毙。约半日许始醒，告杜曰："适阿翁呼我去，谓曰：'不用尔操作，我烹调自有人，只须坚坐指挥足矣。我冥中喜丰满，诸物馔都覆器外，切宜记之。'我诺。至厨下，见二妇操刀砧于中，俱绀帔而绿缘之，呼我以嫂。每盛炙于簋③，必请觇视。曩四人都在筵中。进馔既毕，酒具已列器中。翁乃命我还。"杜大愕异，每语同人。

①内人：此处指妻子。　②灵爽：神灵，神明。　③簋（guǐ）：一种古代食器，圆口，双耳。

175

胡四相公

莱芜①张虚一者,学使张道一之仲兄也,性豪放自纵。闻邑中某宅为狐狸所居,敬怀刺往谒,冀一见之。投刺隙中,移时扉自辟,仆大愕却走,张肃衣敬入,见堂中几榻宛然,而阒寂②无人,揖而祝曰:"小生斋宿而来,仙人既不以门外见斥,何不竟赐光霁?"忽闻空中有人言曰:"劳君枉驾,可谓跫然③足音矣。请坐赐教。"即见两坐自移相向。甫坐,即有镂漆朱盘贮双茗盏,悬目前。各取对饮,吸呷有声,而终不见其人。茶已,继之以酒。细审官阀,曰:"弟姓胡,行四,曰相公,从人所呼也。"于是酬酢议论,意气颇洽。鳖羞鹿脯,杂以芗蓼④。进酒行炙者,似小辈甚夥⑤。酒后思茶,意才动,香茗已置几上。凡有所思,应念即至。张大悦,尽醉而归。自是三数日必一往,胡亦时至张家,俱如主客往来礼。

一日,张问胡曰:"南城中巫媪,日托狐神渔利。不知其家狐君识之否?"曰:"妄耳,实无狐。"少间,张起溲溺,闻小语曰:"适所言南城狐巫,未知何如人。小人欲从先生往观之,烦一言请于主人。"张知为小狐,乃应曰:"诺。"即席请于狐曰:"我欲得足下服役者一二辈,往探狐巫,敬请君命。"狐固言不必,张言之再三,乃许之。既而张出,马自至,如有控者。既骑而行,狐相语于途,曰:"今后先生于道途间,觉有细沙散落衣襟上,便是吾辈从也。"语次入城,至巫家。巫见张生,笑逆曰:"贵人何忽降临?"张曰:"闻尔家狐子大灵应,果否?"巫正容曰:"若个蹀躞语⑥,不宜贵人出得!何便言狐子?恐吾家花姊不欢!"言未已,空中发半砖来,中巫臂,踉蹡欲跌。惊谓张曰:"官人何得抛击老身也?"张笑曰:"婆子盲也!几曾见自己额颅破,冤诬袖手者?"巫错愕不知所出。正回惑间,又一石子落,中巫,颠蹶,秽泥乱坠,涂巫面如鬼。惟哀号乞命。张请恕之,乃止。巫急起奔遁房中,阖户不敢出。张呼与语曰:"尔狐如我狐否?"巫惟谢过。张招之,且仰首望空中,戒勿伤巫,巫始惕惕而出。张笑谕之,乃还。

自此独行于途,觉尘沙淅淅然,则呼狐语,辄应不讹。虎狼暴客,恃以无恐。如是年余,愈与莫逆。尝问其甲子,殊不自记忆,但言:"见黄巢反,犹如昨日。"一夕共话,忽墙头苏然作响,其声甚厉。张异之,胡曰:"此必家兄。"张云:"何不邀来共坐?"曰:"伊道颇浅,只好攫得两头鸡啖,便了足耳。"张

---

①莱芜:旧县名,治所在今山东省莱芜市。 ②阒(qù)寂:静寂。 ③跫(qióng)然:此处形容脚步声。 ④芗蓼(xiāng lù):泛指调味品。芗,指用以调味的紫苏之类的香草。蓼,一种草本植物,味辛,可做调味用。 ⑤夥(huǒ):多。 ⑥蹀躞语:此处指浮漫不庄重的话语。

谓狐曰："交情之好如吾两人，可云无憾；终未一见颜色，大是恨事。"胡曰："但得交好足矣，见面何为？"一日，置酒邀张，且告别。问："将何往？"曰："弟陕中产，将归去矣。君每以对面不觌①为憾，今请一识数载之交，他日可相认耳。"张四顾都无所见。胡曰："君试开寝室门，则弟在焉。"张即推扉一觑，则内有美少年，相视而笑。衣裳楚楚，眉目如画，转瞬之间，不复睹矣。张反身而行，即有履声藉藉随其后，曰："今日释君憾矣。"张依恋不忍别。狐曰："离合自有数，何容介介。"乃以巨觥劝酒。饮至中夜，始以纱烛导张归。明日往探，则空屋冷落而已。

后道一先生为西州学使，张请如晋。因往视弟，愿望颇奢。比归，甚违初意，咨嗟马上，嗒丧②若偶。忽一少年骑青驴，蹑其后。张回顾，见裘马甚丽，意亦骚雅，遂与闲话。少年察张不豫，诘之。张告以故。少年亦为慰藉。同行里许，至歧路中，少年拱手而别，且曰："前途有一人，寄君故人一物，乞笑纳之。"复欲询之，驰马遥去。张莫解所由。又二三里许，见一苍头持小簏子，献于马前，曰："胡四相公敬致先生。"张豁然顿悟。启视，则白镪③满中。及顾苍头，不知所往。

念秧④

异史氏曰：人情鬼蜮，所在皆然；南北冲衢，其害尤烈。如强弓怒马，御人于国门之外者，夫人而知之矣。或有劙囊刺橐⑤，攫货于市，行人回首，财货已空，此非鬼蜮之尤者耶？乃又有萍水相逢，甘言如醴，其来也渐，其入也深。误认倾盖之交⑥，遂罹丧资之祸。随机设阱，情状不一；俗以其言辞浸润，名曰"念秧"。今北途多有之，遭其害者尤众。

余乡王子巽者，邑诸生。有族先生在都为旗籍太史，将往探讯。治装北上，出济南，行数里，有一人跨黑卫⑦，驰与同行，时以闲语相引，王颇与问答。其人自言："张姓。为栖霞隶，被令公差赴都。"称谓撝卑⑧，祗奉殷勤，相从数十里，约以同宿。王在前则策蹇迫及，在后则祗候道左。仆疑之，因厉色拒去，不使相从。张颇自惭，挥鞭遂去。既暮休于旅舍，偶步门庭，则见张就外舍饮。方惊疑间，张望见王垂手拱立，谦若厮仆，稍稍问讯。王亦以泛泛适相值，不为疑，然王仆终夜戒备之。鸡既唱，张来呼与同行，仆咄绝之，乃去。朝暾已上，王始就道。行半日许，前一人跨白卫，约四十许，衣帽整洁，

---

①觌（dí）：相见。　②嗒丧（tà sàng）：失意，丧气。　③白镪（qiǎng）：白银。　④念秧：指以甜言蜜语和貌似忠谨之行做成圈套，诈取行旅之人的财物，也泛指设圈套诱骗他人。　⑤劙（lí）囊刺橐：割破囊袋窃取财物。劙，割。　⑥倾盖之交：指一见如故的朋友。　⑦黑卫：黑驴。　⑧撝（huī）卑：谦恭。

垂首蹇分①,盹寐欲堕。或先或后,因循十余里。王怪问:“夜何作,致迷顿乃尔?”其人闻之,猛然欠伸,言:“青苑人,许姓,临淄令高檠是我中表。家兄设帐于官署,我往探省,少获馈贻。今夜旅舍,误同念秧者宿,惊惕不敢交睫,遂致白昼迷闷。”王故问:“念秧何说?”许曰:“君客时少,未知险诈。今有匪类,以甘言诱行旅,夤缘与同休止,因而乘机骗赚。昨有葭莩亲②,以此丧资斧。吾等皆宜警备。”王颔之。先是,临淄宰与王有旧,曾入其幕,识其门客,果有许姓,遂不复疑。因道寒温,兼询其兄况。许约暮共主人,王诺之。仆终疑其伪,阴与主谋,迟留不进,相失,遂杳。

翼日卓午,又遇一少年,年可十六七,骑健骡,冠服修整,貌甚都。同行久之,未交一言。日既夕,少年忽曰:“前去曲律店不远矣。”王微应之。少年因咨嗟欷歔,如不自胜。王略致诘,少年叹曰:“仆江南金姓。三年膏火③,冀博一第,不图竟落孙山!家兄为部中主政,遂载细小来,冀得排遣。生平不曾践涉,扑面尘沙,使人薅恼。”因取红巾拭面,叹咤不已。听其语,操南音,娇婉若女子。王心好之,稍为慰藉。少年曰:“适先驰出,眷口久望不来,何仆辈亦无至者?日已将暮,奈何!”迟留瞻望,行甚缓。王遂先驱,相去渐远。晚投旅邸,既入舍,则壁下一床,先有客解装其上。王问主人,即有一人入,携之而出,曰:“但请安置,当即移他所。”王视之则许。王止与同舍,许遂止,因与坐谈。少间,又有携装入者,见王、许在舍,返身遽出,曰:“已有客在。”王审视,则途中少年也。王未言,许急起曳留之,少年遂坐。许乃展问邦族,少年又以途中言为许告。俄顷,解囊出资,堆累颇重,秤两余付主人,嘱治肴酒,以供夜话。二人争劝止之,卒不听。

俄而酒炙并陈。筵间,少年论文甚风雅。王问江南闱题,少年悉告之。且自诵其承破,及篇中得意之句。言已,意甚不平,共扼腕之。少年又以家口相失,夜无仆役,患不解牧圉④,王因命仆代摄莝豆⑤,少年深感谢。居无何,忽蹴然曰:“生平蹇滞,出门亦无好况。昨夜逆旅与恶人居,掷骰⑥叫呼,聒耳沸心,使人不眠。”南音呼骰为兜,许不解,固问之,少年手摹其状。许乃笑,于囊中出色一枚,曰:“是此物否?”少年诺。许乃以色为令,相欢饮。酒既阑,许请共掷,赢一东道主,王辞不解。许乃与少年相对呼卢,又阴嘱王曰:“君勿漏言。蛮公子颇充裕,年又雏,未必深解五木诀⑦。我赢些须,明当奉屈耳。”二人乃入隔舍。旋闻轰赌甚闹,王潜窥之,见栖霞隶亦在其中。大疑,展衾自卧。又移时,众共拉王赌,王坚辞不解。许愿代辨枭雉⑧,王又

①蹇(jiǎn)分:此处指歪斜着肢体。②葭莩(jiā fú)亲:远亲。葭莩,芦苇里的薄膜,此处比喻亲戚关系疏远冷淡。③膏火:此处指夜间读书用的灯火。④牧圉(yǔ):饲养牲畜。⑤莝(cuò)豆:此处指喂牲口的草料。莝,铡碎的草。豆,指喂牲口的料豆。⑥掷骰(tóu):掷骰子,即掷色子,博戏的一种。⑦五木诀:指赌博的诀窍。五木,古代一种博具,以斫木为子,共五子。⑧代辨枭雉:指代为参与赌博。枭雉:古代博戏的两种彩名。亦代指博具。

不肯;遂强代王掷。少间,就榻报王曰:"汝赢几筹矣。"王睡梦应之。

忽数人排阖而入,番语啁嗻。首者言佟姓。为旗下逻捉赌者。时赌禁甚严,各大惶恐。佟大声吓王,王亦以太史旗号相抵。佟怒解,与王叙同籍,笑请复博为戏。众果复赌,佟亦赌。王谓许曰:"胜负我不预闻。但愿睡,无相混。"许不听,仍往来报之。既散局,各计筹马,王负欠颇多,佟遂搜王装橐取偿。王愤起相争。金捉王臂,阴告曰:"彼都匪人,其情叵测。我辈乃文字交,无不相顾。适局中我赢得如干数,可相抵。此当取偿许君者,今请易之。便令许偿佟,君偿我。不过暂掩人耳目,过此仍以相还。终不然,以道义之交,遂实取君偿耶?"王故长厚,遂信之。少年出,以相易之谋告佟。乃对众发王装物,估入己橐,佟乃转索许、张而去。

少年遂襆被来,与王连枕,衾褥皆精美。王亦招仆人卧榻上,各默然安枕。久之,少年故作转侧,以下体昵就仆。仆移身避之,少年又近就之。肤着股际,滑腻如脂。仆心动,试与狎,而少年殷勤甚至,衾息鸣动。王颇闻之,虽甚骇怪,终不疑其有他也。昧爽①,少年即起,促与早行。且云:"君蹇疲殆,夜所寄物,前途请相授耳。"王尚无言,少年已加装登骑,王不得已从之。骤行驶,去渐远,王料其前途相待,初不为意。因以夜间所闻问仆,仆以实告。王始惊曰:"今被念秧者骗矣!焉有宦室名士,而毛遂于圉仆?"又转念其谈词风雅,非念秧所能,急追数十里,踪迹殊杳。始悟张、许、佟皆其一党,一局不行,又易一局,务求其必入也。偿债易装,已伏一图赖之机,设其携装之计不行,亦必执前说篡夺而去。为数十金,委绥数百里,恐仆发其事,而以身交欢之,其术亦苦矣。

后数年,又有吴生之事:

邑有吴生字安仁,三十丧偶,独宿空斋。有秀才来与谈,遂相知悦。从一小奴,名鬼头,亦与吴僮报儿善。久而知其为狐。吴远游,必与俱,同室之中,人不能睹。吴客都中,将旋里,闻王生遭念秧之祸,因戒僮警备。狐笑曰:"勿须,此行无不利。"

至涿,一人系马坐烟肆,裘服齐楚②。见吴过,亦起,超乘③从之。渐与吴语,自言:"山东黄姓,提堂户部。将东归,且喜同途不孤寂。"于是吴止亦止,每共食必代吴偿值。吴阳感而阴疑之。私以问狐,狐曰:"不妨。"吴意释。

及晚,同寻寓所,先有美少年坐其中。黄入,与拱手为礼,喜问少年:"何时离都?"答云:"昨日。"黄遂拉与共寓,向吴曰:"此史郎,我中表弟,亦文士,可佐君子谈骚雅,夜话当不寥落。"乃出金资,治具共饮。少年风流蕴藉,

----

①昧爽:拂晓。　②齐楚:穿戴整齐。　③超乘:此处指跃身上马。

遂与吴大相爱悦，饮间，辄目示吴作觯弊①，罚黄，强使醑，鼓掌作笑。吴益悦之。既而更与黄谋赌博，共牵吴，遂各出橐金为质。狐嘱报儿暗锁板扉，嘱曰："倘闻人喧，但寐无哗。"吴诺。吴每掷，小汗则输，大汗则赢。更余，计得二百金。史、黄错橐垂罄，议质其马。

忽闻挝门声甚厉，吴急起，投色于火，蒙被假卧。久之，闻主人觅钥不得，破扃启关，有数人汹汹入，搜捉博者。史、黄并言无有。一人竟捋吴被，指为赌者，吴叱咄之。数人强检吴装。方不能与之撑拒，忽闻门外舆马呵殿声。吴急出鸣呼，众始惧，曳之入，但求无声。吴乃从容苞苴②付主人。卤簿既远，众乃出门去。

黄与史共作惊喜状，取次觅寝，黄命史与吴同榻。吴以腰橐置枕头，方伸被而睡。无何，史启吴衾，裸体入怀，小语曰："爱兄磊落，愿从交好。"吴心知其诈，然计亦良得，遂相偎抱。史极力周奉，不料吴固伟男，大为凿枘，訇呻殆不可任，窃窃哀免。吴固求讫事。手扪之，血流漂杵矣。乃释令归。及明，史愈不能起，托言暴病，请吴、黄先发。吴临别，赠金为药饵之费。途中语狐，乃知夜来卤簿，皆狐所为。黄于途，益谄事吴。暮复同舍，斗室甚隘，仅容一榻，颇暖洁，吴以为狭。黄曰："此卧两人则隘，君自卧则宽，何妨？"食已径去。吴亦喜独宿可接狐友，坐良久，狐不至。倏闻壁上小扉，有指弹之声。吴拔关探视，一少女艳妆遽入，自扃门户，向吴展笑，佳丽如仙。吴喜致研诘，则主人之子妇也。遂与狎，大相爱悦。女忽潸然泣下。吴惊问之，女曰："不敢隐匿，妾实主人遣以饵君者。曩时入室，即被掩执，不知今宵，何久不至？"又呜咽曰："妾良家女，情所不甘。今已倾心于君，乞垂拔救！"吴闻骇惧，计无所出，但遣速去，女惟俯首泣。

忽闻黄与主人捶阖鼎沸，但闻黄曰："我一路祗奉，谓汝为人，何遂诱我弟室！"吴惧，逼女令去。闻壁扉外亦有腾击声。吴仓卒汗流如沈，女亦伏泣。又闻有人劝止主人，主人不听，推门愈急。劝者曰："请问主人，意将何为？如欲杀耶，有我等客数辈，必不坐视凶暴。如两人中有一逃者，抵罪安所辞？如欲质之公庭耶，帷薄不修，适以取辱。且尔宿行旅，明明陷诈，安保女子无异言？"主人张目不能语。吴闻窃感佩，而不知何人。初，肆门将闭，即有秀才共一仆来，就外舍宿。携有香酝③，遍酌同舍，劝黄及主人尤殷。两人辞欲起，秀才牵裾，苦不令去。后乘间得遁，操杖奔吴所。秀才闻喧，始入劝解。吴伏窗窥之，则狐友也，心窃喜。又见主人意稍夺，乃大言以恐之。又谓女子："何默不一言？"女啼曰："恨不如人，为人驱役贱务！"主人闻之，面如死灰。秀才叱骂曰："尔辈禽兽之情，亦已毕露。此客子所共愤者！"黄及主人皆释刀杖，长跪而请。吴亦启户出，顿大怒詈④，秀才又劝止吴，两始

---

①作觯弊：指行酒令时作弊。　②苞苴（bāo jū）：包裹。　③酝：美酒。　④詈（lì）：骂。

和解。

女子又啼，宁死不归。内奔出妪婢，捽女令入。女子卧地，哭益哀。秀才劝重价货吴生，主人俯首曰："作老娘三十年，今日倒绷孩儿，亦复何说。"遂依秀才言。吴固不肯破重资，秀才调停主客间，议定五十金。人财交付后，晨钟已动，乃共促装，载女子以行。女未经鞍马，驰驱颇殆。午间稍息憩，将行，唤报儿，不知所往。日已夕，尚无踪响，颇怀疑讶，遂以问狐。狐曰："无忧，将自至矣。"星月已出，报儿始至。吴诘之，报儿笑曰："公子以五十金肥奸伧①，窃所不平。适与鬼头计，反身索得。"遂以金置几上。吴惊问其故，盖鬼头知女止一兄，远出十余年不返，遂幻化作其兄状，使报儿冒弟行，入门索姊妹。主人惶恐，诡托病殂。二僮欲质官，主人益惧，啖之以金，渐增至四十，二僮乃行。报儿具述其状，吴即赐之。

吴归，琴瑟綦笃。家益富。细诘女子，曩美少年即其夫，盖史即金也。袭一榭绸帔，云是得之山东王姓者。盖其党羽甚众，逆旅②主人，皆其一类。何意吴生所遇，即王子巽连天呼苦之人，不亦快哉！旨哉古言："骑者善堕。"

蛙曲

王子巽言：在都时，曾见一人作剧于市，携木盒作格，凡十有二孔，每孔伏蛙。以细杖敲其首，辄哇然作鸣。或与金钱，则乱击蛙顶，如拊③云锣之乐，宫商④词曲，了了可辨。

鼠戏

一人在长安市上卖鼠戏，背负一囊，中蓄小鼠十余头。每于稠人中，出小木架，置肩上，俨如戏楼状。乃拍鼓板，唱古杂剧。歌声甫动，则有鼠自囊中出，蒙假面，被小装服，自背登楼，人立而舞。男女悲欢，悉合剧中关目⑤。

泥书生

罗村有陈代者，少蠢陋，娶妻某氏，颇丽。自以婿不如人，郁郁不得志。

---

①奸伧：指奸诈粗鄙的小人。　②逆旅：客舍，旅店。　③拊(fǔ)：拍。　④宫商：古代"五音"（宫、商、角、徵、羽）中的宫音、商音，后人用以泛指音乐。　⑤关目：戏曲、小说中的重要情节。

然贞洁自持,婆媳亦相安。一夕独宿,忽闻风动扉开,一书生入,脱衣巾,就妇共寝。妇骇惧,苦拒,而肌肤顿软,听其狎亵而去。自是夜无虚夕。月余,形容枯瘁,母怪问之,初惭怍不欲言,固问,始以情告。母骇曰:"此妖也!"百术禁咒,终不能绝。乃使陈代伏匿室中,操杖以伺。夜分①书生复来,置冠几上,又脱袍服,搭橠架②上。才欲登榻,忽惊曰:"咄咄!有生人气!"急复披衣。代暗中暴起,击中腰胁,塔然作声。四壁张顾,书生已杳。束薪爇照,泥衣一片堕地上,案头泥巾犹存。

土地夫人

鸾桥王炳者,出村,见土地祠中出一美人,顾盼甚殷。试挑之,欢然乐受。狎昵无所,遂期夜奔,炳因告以居址③。至夜果至,极相悦爱。问其姓名,固不以告。由此往来不绝。时炳与妻共榻,美人亦必来与交,妻亦不觉其有人。炳讶问之。美人曰:"我土地夫人也。"炳大骇,亟欲绝之,而百计不能阻。因循半载,病急不起。美人来更频,家人都见之。未几,炳果卒。美人犹日一至,炳妻叱之曰:"淫鬼不自羞!人已死矣,复来何为?"美人遂去,不返。

土地虽小亦神也,岂有任妇自奔者?愦愦④应不至此。不知何物淫昏,遂使千古下谓此村有污贱不谨之神。冤哉!

寒月芙蕖⑤

济南道人者,不知何许人,亦不详其姓氏。冬夏着一单帢衣⑥,系黄绦,无裤襦。每用半梳梳发,即以齿衔髻,如冠状。日赤脚行市上;夜卧街头,离身数尺外,冰雪尽熔。初来,辄对人作幻剧,市人争贻⑦之。有井曲无赖子,遗以酒,求传其术,不许。遇道人浴于河津,骤抱其衣以胁之,道人揖曰:"请以赐还,当不吝术。"无赖者恐其绐⑧,固不肯释。道人曰:"果不相授耶?"曰:"然。"道人默不与语,俄见黄绦化为蛇,围可数握,绕其身六七匝,怒目昂首,吐舌相向,某大愕,长跪,色青气促,惟言乞命。道人乃竟取绦。绦竟非蛇;另有一蛇,蜿蜒入城去。由是道人之名益著。

---

①夜分:夜半。 ②橠(yǐ)架:衣架。 ③居址:住所。 ④愦愦:昏庸,糊涂。 ⑤芙蕖:荷花的别称。 ⑥单帢(jiá)衣:单薄的夹衣。帢,同"袷",夹衣。 ⑦贻:赠送。 ⑧绐(dài):欺骗。

缙绅家闻其异，招与游，从此往来乡先生①门。司、道俱耳其名，每宴集，必以道人从。一日，道人请于水面亭报诸宪②之饮。至期，各于案头得道人速帖，亦不知所由至。诸官赴宴所，道人伛偻出迎。既入，则空亭寂然，几榻未设，或疑其妄。道人启官宰曰："贫道无僮仆，烦借诸扈从，少代奔走。"官共诺之。道人于壁上绘双扉，以手挝之。内有应门者，振管而启。共趋觇望，则见憧憧③者往来于中，屏幔床几，亦复都有。即有人一一传送门外，道人命吏胥辈接列亭中，且嘱勿与内人交语。两相授受，惟顾而笑。顷刻，陈设满亭，穷极奢丽。既而旨酒散馥，热炙腾熏，皆自壁中传递而出，座客无不骇异。亭故背湖水，每六月时，荷花数十顷，一望无际。宴时方凌冬，窗外茫茫，惟有烟绿。一官偶叹曰："此日佳集，可惜无莲花点缀！"众俱唯唯④。少顷，一青衣吏奔白："荷叶满塘矣！"一座皆惊。推窗眺瞩，果见弥望菁葱，间以菡萏。转瞬间，万枝千朵，一齐都开，朔风吹面，荷香沁脑。群以为异。遣吏人荡舟采莲，遥见吏人入花深处，少间返棹，素手来见。官诘之，吏曰："小人乘舟去，见花在远际，渐至北岸，又转遥遥在南荡中。"道人笑曰："此幻梦之空花耳。"无何，酒阑，荷亦凋谢，北风骤起，摧折荷盖，无复存矣。济东观察公甚悦之，携归署，日与狎玩。一日公与客饮。公故有传家美酝，每以一斗为率，不肯供浪饮。是日客饮而甘之，固索倾酿，公坚以既尽为辞。道人笑谓客曰："君必欲满老饕，索之贫道而可。"客请之。道人以壶入袖中，少刻出，遍斟座上，与公所藏无异。尽欢而罢。公疑，入视酒瓻⑤，封固宛然，瓶已罄矣。心窃愧怒，执以为妖，杖之。杖才加，公觉股暴痛，再加，臀肉欲裂。道人虽声嘶阶下，观察已血殷座上。乃止不笞，遂令去。道人遂离济，不知所往。后有人遇于金陵，衣装如故，问之，笑不语。

酒狂

缪永定，江西拔贡生，素酗于酒，戚党⑥多畏避之。偶适族叔家，与客滑稽谐谑，遂共酣饮。缪醉，使酒骂座，忤客；客怒，一座大哗。叔为排解，缪为左袒⑦客，益迁怒叔。叔无计，奔告其家。家人来，扶挟以归。才置床上，四肢尽厥，抚之，奄然气绝。

缪见有皂帽人縶已去。移时至一府署，缥碧为瓦，世间无其壮丽。至墀下，似欲伺见官宰，自思无罪，当是客讼斗殴。回顾皂帽人，怒目如牛，又不

---

①乡先生：年老辞官退隐的人，亦指乡间以教学为生的老人。 ②宪：旧时用为对上司的敬称，此处指上文所提到的诸位司、道员。 ③憧憧（chōng chōng）：形容往来不绝的样子。 ④唯唯：恭敬的应答声。 ⑤酒瓻（chī）：古代陶质盛酒器。 ⑥戚党：亲族。 ⑦左袒：偏袒。

敢问。忽堂上一吏宣言，使讼狱者翼日早候，于是堂下人纷纷散去。缪亦随皂帽人出，更无归着，缩首立肆檐下。皂帽人怒曰："颠酒无赖子！日将暮，各去寻眠食，尔欲何往？"缪战栗曰："我且不知何事，并未告家人，故毫无资斧，庸将焉归？"皂帽人曰："颠酒贼！若酤自啖，便有用度！再支吾，老拳碎颠骨子！"缪垂首不敢声。忽一人自户内出，见缪，诧异曰："尔何来？"缪视之，则其母舅。舅贾氏，死已数载。缪见之，始悟已死，心益悲惧，向舅涕零曰："阿舅救我！"贾顾皂帽人曰："东灵非他，屈临寒舍。"二人乃入。贾重揖皂帽人，且嘱青眼。俄顷出酒食，团坐相饮。贾问："舍甥何事，遂烦勾致？"皂帽人曰："大王驾诣浮罗君，遇令甥醉詈，使我捉得来。"贾问："见王未？"曰："浮罗君会①花子案，驾未归。"又问："阿甥将得何罪？"答曰："未可知也。然大王颇怒此等人。"缪在侧，闻二人言，觳觫②汗下，杯箸不能举。无何，皂帽人起，谢曰："叨盛酌，已经醉矣。即以令甥相付托，驾归，再容登访。"乃去。贾谓缪曰："甥别无兄弟，父母爱如掌上珠，常不忍一诃。十六七岁，每三杯后，喃喃寻人疵，小不合，辄挝门裸骂，犹谓齿稚③。不意别十余年，甥了不长进。今且奈何！"缪伏地哭，懊悔无及。贾曳之曰："舅在此业酤④，颇有小声望，必合极力。适饮者乃东灵使者，舅常饮之酒，与舅颇相善。大王日万几，亦未必便能记忆。我委曲与言，浼以私意释甥去，或可允从。"又转念曰："此事担负颇重，非十万不能了也。"缪谢诺，即就舅氏宿。次日，皂帽人早来觇望。贾请间。语移时，来谓缪曰："谐矣。少顷，即复来。我先罄所有，用压契，余待甥归从容凑致之。"缪喜曰："共得几何？"曰："十万。"曰："甥何处得如许？"贾曰："只金币钱纸百提，足矣。"缪喜曰："此易办耳。"待将停午，皂帽人不至。

缪欲出市上，少游瞩，贾嘱勿远荡，诺而出。见街里贸贩，一如人间。至一所，棘垣峻绝，似是囹圄。对门一酒肆，往来颇夥。肆外一带长溪，黑潦涌动，深不见底。方伫足窥探，闻肆内一人呼曰："缪君何来？"缪急视之，则邻村翁生，乃十年前文字交。趋出握手，欢若平生。即就肆内小酌，各道契阔。缪庆幸中，又逢故知，倾怀尽醮⑤。大醉，顿忘其死，旧态复作，渐絮絮瑕疵翁。翁曰："数年不见，君犹尔耶？"缪素厌人道其酒德，闻言益愤。击桌大骂。翁睨之，拂袖竟出。缪又追至溪头，捋翁帽，翁怒曰："此真妄人！"乃推缪颠堕溪中。溪水殊不甚深，而水中利刃如麻，刺胁穿胫，坚难摇动，痛彻骨脑。黑水杂溲秽，随吸入喉，更不可耐。岸上人观笑如堵，绝不一为援手。

时方危急，贾忽至，望见大惊，提携以归，曰："尔不可为也！死犹弗悟，不足复为人！请仍从东灵受斧锧⑥。"缪大惧，泣拜知罪。贾乃曰："适东灵

---

①会：会同审理。　②觳觫（hú sù）：恐惧得发抖。　③齿稚：年少。　④业酤：以卖酒为业。
⑤醮（jiào）：饮酒干杯。　⑥锧（zhì）：砧板。

至,候汝立券,汝乃饮荡不归,渠迫不能待。我已立券,付千缗①令去,余以旬尽为期。子归,宜急措置,夜于村外旷莽中,呼舅名焚之,此案可结也。"缪悉如命,乃促之行,送之郊外,又嘱曰:"必勿食言,累我无益。"乃示途令归。

时缪已僵卧三日,家人谓其醉死,而鼻息隐隐如悬丝。是日苏,大呕,呕出黑渖②数斗,臭不可闻。吐已,汗湿裯褥,气味熏腾,与吐物无异,身始凉爽。告家人以异。旋觉刺处痛肿,隔夜成疮,犹幸不大溃腐。十日渐能杖行。家人共乞偿冥负,缪计所费,非数金不能办,颇生吝惜,曰:"曩或醉乡之幻境耳。纵其不然,伊以私释我,何敢复使冥王知?"家人劝之,不听。然心惕惕然,不敢复纵饮。里党咸喜其进德,稍稍与共酌。年余,冥报渐忘,志渐肆,故状渐萌。一日饮于子姓之家,又骂座,主人摈斥出,阖户径去。缪噪逾时,其子方知,扶持归家。入室,面壁长跪,自投③无数,曰:"便偿尔负!便偿尔负!"言已仆地,视之,气已绝矣。

---

①千缗(mín):一串钱。缗,穿钱用的绳子,指成串的钱,一千文为一缗。 ②渖(shěn):汁液。
③自投:磕头。

第五卷

阳武侯

阳武侯薛公禄,胶薛家岛人。父薛公最贫,牧牛乡先生家。先生有荒田,公牧其处,辄见蛇兔斗草莱中,以为异,因请于主人为宅兆,构茅而居。后数年,太夫人临蓐①,值雨骤至,适②二指挥使奉命稽海,出其途,避雨户中。见舍上鸦鹊群集,竞以翼覆漏处,异之。既而翁出,指挥问:"适③何作?"因以产告,又询所产,曰:"男也。"指挥又益愕,曰:"是必极贵。不然,何以得我两指挥护守门户也?"咨嗟而去。侯既长,垢面垂鼻涕,殊不聪颖。岛中薛姓,故隶军籍。是年应翁家出一丁口戍辽阳,翁长子深以为忧。时候十八岁,人以太憨生,无与为婚。忽自谓兄曰:"大哥啾唧④,得无以遣戍无人耶?"曰:"然。"笑曰:"若肯以婢子妻我,我当任此役。"兄喜,即配婢。

侯遂携室赴戍所。行方数十里,暴雨忽集。途侧有危崖,夫妻奔避其下。少间雨止,始复行。才及数武⑤,崖石崩坠。居人遥望两虎跃出,逼附两人而没。侯自此勇健非常,丰采顿异。后以军功封阳武侯世爵。

至启、祯间,袭侯某公薨,无子,止有遗腹,因暂以旁支代。凡世封家进御者,有娠即以上闻,官遣媪伴守之,既产乃已。年余,夫人生女。产后,腹犹震动,凡十五年,更数媪,又生男。应以嫡派赐爵,旁支噪之,以为非薛产。官收诸媪,械梏⑥百端,皆无异言。爵乃定。

赵城虎

赵城⑦妪,年七十余,止一子。一日入山,为虎所噬。妪悲痛,几不欲活,

---

①临蓐(rù):临产,分娩。蓐,草垫,草席。 ②适:恰好。 ③适:刚才。 ④啾唧:象声词,此处形容低声说话。 ⑤数武:不远处,没有多远。武,半步。古代六尺为步,半步为武,泛指脚步。 ⑥械梏:泛指刑具,此处指用刑具拷掠。 ⑦赵城:旧县名,治所在今山西省洪洞县赵城镇。

号啼而诉之宰。宰笑曰:"虎何可以官法制之乎?"妪愈号咷,不能制之。宰叱之亦不畏惧,又怜其老,不忍加以威怒,遂给之,诺捉虎。妪伏不去,必待勾牒①出乃肯行。宰无奈之。即问诸役,谁能往之。一隶名李能,醺醉,诣座下,自言:"能之。"持牒下,妪始去。隶醒而悔之,犹谓宰之伪局,姑以解妪扰耳,因亦不甚为意。持牒报缴,宰怒曰:"固言能之,何容复悔?"隶窘甚,请牒拘猎户,宰从之。隶集猎人,日夜伏山谷,冀得一虎庶可塞责。月余,受杖数百,冤苦罔控。遂诣东郭岳庙,跪而祝之,哭失声。

无何,一虎自外来,隶错愕,恐被咥噬,虎入,殊不他顾,蹲立门中。隶祝曰:"如杀某子者尔也,其俯听吾缚。"遂出缧索②絷虎项,虎帖耳受缚。牵达县署,宰问虎曰:"某子尔噬之耶?"虎颔之。宰曰:"杀人者死,古之定律。且妪止一子,而尔杀之,彼残年垂尽,何以生活?倘尔能为若子也。我将赦之。"虎又颔之,乃释缚令去。妪方怨宰之不杀虎以偿子也,迟旦启扉,则有死鹿,妪货其肉革,用以资度。自是以为常,时衔金帛掷庭中。妪从此丰裕,奉养过于其子。心窃德虎。虎来,时卧檐下,竟日不去。人畜相安,各无猜忌。数年,妪死,虎来吼于堂中。妪素所积,绰可营葬,族人共瘗③之。坟垒方成,虎骤奔来,宾客尽逃。虎直赴冢前,嗥鸣雷动,移时始去。土人立"义虎祠"于东郭,至今犹存。

螳螂捕蛇

张姓者,偶行溪谷,闻崖上有声甚厉。寻途登觇,见巨蛇围如碗,摆扑丛树中,以尾击柳,柳枝崩折。反侧倾跌之状,似有物捉制之,然审视殊无所见,大疑。渐近临之,则一螳螂据顶上,以刺刀攫其首,攧④不可去,久之,蛇竟死。视额上革肉,已破裂云。

武技

李超,字魁吾,淄之西鄙⑤人,豪爽好施。偶一僧来托钵,李饱啖之。僧甚感荷,乃曰:"吾少林出也。有薄技,请以相授。"李喜,馆之客舍,丰其给,旦夕从学。三月艺颇精,意甚得。僧问:"汝益乎?"曰:"益矣。师所能者,我已尽能之。"僧笑,命李试其技。李乃解衣唾手,如猿飞,如鸟落,腾跃移时,

---

①勾牒:官府签发的拘捕文书。 ②缧(léi)索:捆绑犯人的绳索。 ③瘗(yì):掩埋,埋葬。
④攧(diān):跌,摔。 ⑤淄之西鄙:淄川县(今山东省淄博市淄川区)西面一带。

诩诩然交叉而立。僧又笑曰:"可矣。子既尽吾能,请一角低昂①。"李忻然,即各交臂作势。既而支撑格拒,李时时蹑僧瑕,僧忽一脚飞掷,李已仰跌丈余。僧抚掌曰:"子尚未尽吾能也。"李以掌致地,惭沮请教。又数日,僧辞去。

李由此以名,遨游南北,罔有其对。偶适历下②,见一少年尼僧弄艺于场,观者填溢。尼告众客曰:"颠倒一身,殊大冷落。有好事者,不妨下场一扑为戏。"如是三言。众相顾,迄无应者。李在侧,不觉技痒,意气而进。尼便笑与合掌。才一交手,尼便呵止曰:"此少林宗派也。"即问:"尊师何人?"李初不言,尼固诘之,乃以僧告。尼拱手曰:"憨和尚汝师耶?若尔,不必交手足,愿拜下风。"李请之再四,尼不可。众怂恿之,尼乃曰:"既是憨师弟子,同是个中人③,无妨一戏。但两相会意可耳。"李诺之。然以其文弱故,易之。又年少喜胜,思欲败之,以要一日之名。方颉颃④间,尼即遽止,李问其故,但笑不言,李以为怯,固请再角。尼乃起。少间李腾一踝去,尼骈五指下削其股,李觉膝下如中刀斧,蹶仆不能起。尼笑谢曰:"孟浪迕客,幸勿罪!"李异归,月余始愈,后年余,僧复来,为述往事。僧惊曰:"汝大卤莽!惹他何为?幸先以我名告之,不然,股已断矣!"

小人

康熙间有术人携一榼⑤,榼藏小人,长尺许。投一钱,则启榼令出,唱曲而退。至掖⑥,掖宰索榼入署,细审小人出处。初不敢言,固诘之,方自述其乡族。盖读书童子,自塾中归,为术人所迷,复投以药,四体暴缩,彼遂携之,以为戏具。宰怒,杖杀术人。

秦生

莱州⑦秦生制药酒,误投毒味,未忍倾弃,封而置之。积年余,夜适思饮,而无所得酒。忽忆所藏,启封嗅之,芳烈喷溢,肠痒涎流,不可制止。取盏将尝,妻苦劝谏。生笑曰:"快饮而死,胜于馋渴而死多矣。"一盏既尽,倒瓶再斟。妻覆其瓶,满屋流溢,生伏地而牛饮之。少时,腹痛口噤,中夜而卒。妻

①一角低昂:一较高下。 ②历下:旧地名,在今山东省济南市。 ③个中人:此中人,此处指习武之人。 ④颉颃(xié háng):原指鸟上下翻飞,此处形容比武时腾挪进退之势。 ⑤榼(kē):泛指盒一类的器物。 ⑥掖:旧县名,治所在今山东省莱州市。 ⑦莱州:旧府名,治所在今山东省莱州市。

号，为备棺木，行入殓。次夜，忽有美人入，身不满三尺，径就灵寝，以瓯水灌之，豁然顿苏。叩而诘之，曰："我狐仙也。适丈夫入陈家，窃酒醉死，往救而归，偶过君家，彼怜君子与己同病，故使妾以余药活之也。"言讫不见。

余友人邱行素贡士，嗜饮。一夜思酒，而无可行沽，辗转不可复忍，因思代以醋。谋诸妇，妇嗤之。邱固强之，乃煨醢以进。壶既尽，始解衣甘寝①。次曰，竭壶酒之资，遣仆代沽。道遇伯弟襄宸，诘知其故，因疑嫂不肯为兄谋酒。仆言："夫人云：'家中蓄醋无多，昨夜已尽其半；恐再一壶，则醋根断矣。'"闻者皆笑之。不知酒兴初浓，即毒药甘之，况醋乎？此亦可以传矣。

鸦头

诸生王文，东昌②人。少诚笃。薄游于楚，过六河，休于旅舍，乃步门外。遇里戚赵东楼，大贾也，常数年不归。见王，相执甚欢，便邀临存③。至其所，有美人坐室中，愕怪却步。赵曳之，又隔窗呼妮子去。王乃入。赵具酒馔，话温凉。王问："此何处所？"答云："此是小勾栏。余因久客，暂假床寝。"话间，妮子频来出入，王局促不安，离席告别，赵强捉令坐。

俄见一少女经门外过，望见王，秋波频顾，眉目含情，仪容娴婉，实神仙也。王素方直，至此惘然若失，便问："丽者何人？"赵曰："此媪次女，小字鸦头，年十四矣。缠头者④屡以重金喋媪，女执不愿，致母鞭楚，女以齿稚哀免。今尚待聘耳。"王闻言，俯首默然痴坐，酬应悉乖。赵戏之曰："君倘垂意，当作冰斧⑤。"王怃然曰："此念所不敢存。"然日向夕，绝不言去。赵又戏请之，王曰："雅意极所感佩，囊涩奈何！"赵知女性激烈，必当不允，故许以十金为助。王拜谢趋出，罄资而至，得五数，强赵致媪，媪果少之。鸦头言于母曰："母日责我不作钱树子，今请得如母所愿。我初学作人，报母有日，勿以区区放却财神去。"媪以女性拗执，但得允从，即甚欢喜。遂诺之，使婢邀王郎。赵难中悔，加金付媪。

王与女欢爱甚至。既，谓王曰："妾烟花下流，不堪匹敌⑥，既蒙缱绻，义即至重。君倾囊博此一宵欢，明日如何？"王泫然悲哽。女曰："勿悲。妾委风尘，实非所愿。顾未有敦笃如君可托者。请以宵遁。"王喜遽起，女亦起。听谯鼓已三下⑦矣。女急易男装，草草偕出，叩主人扉。王故从双卫⑧，托以急务，命仆便发。女以符系仆股并驴耳上，纵辔极驰，目不容启，耳后但闻风

---

①甘寝：睡觉。 ②东昌：旧府名，治所在今山东省聊城市。 ③临存：亲临省问。 ④缠头者：嫖客。 ⑤冰斧：做媒。冰，冰人，媒人。斧，执柯斧，犹言做媒。 ⑥匹敌：匹配，此处指结为夫妇。 ⑦谯鼓已三下：指三更，相当于晚 11 时至次日凌晨 1 时之间。 ⑧双卫：两头驴子。

鸣,平明至汉口,税屋①而止。王惊其异,女曰:"言之,得无惧乎?妾非人,狐耳。母贪淫,日遭虐遇,心所积懑,今幸脱苦海。百里外即非所知,可幸无恙。"王略无疑贰,从容曰:"室对芙蓉,家徒四壁,实难自慰,恐终见弃置。"女曰:"何必此虑。今市货皆可居,三数口,淡薄亦可自给。可鬻驴子作资本。"王如言,即门前设小肆,王与仆人躬同操作,卖酒贩浆其中。女作披肩,刺荷囊②,日获赢余,顾赡甚优。积年余,渐能蓄婢媪,王自是不着犊鼻③,但课督而已。

女一日悄然忽悲,曰:"今夜合有难作,奈何!"王问之,女曰:"母已知妾消息,必见凌逼。若遣姊来吾无忧,恐母自至耳。"夜已央,自庆曰:"不妨,阿姊来矣。"居无何,妮子排闼④入,女笑逆⑤之。妮子骂曰:"婢子不羞,随人逃匿!老母令我缚去。"即出索子絷女颈。女怒曰:"从一者得何罪?"妮子益忿,捽女断衿。家中婢媪皆集,妮子惧,奔出。女曰:"姊归,母必自至。大祸不远,可速作计。"乃急办装,将更播迁⑥。媪忽掩入,怒容可掬,曰:"我固知婢子无礼,须自来也!"女迎跪哀啼,媪不言,揪发提去。王徘徊怆恻,眠食都废,急诣六河,冀得贿赎。至则门庭如故,人物已非,问之居人,俱不知其所徙。悼丧而返。于是俵散客旅,囊资东归。后数年偶入燕都,过育婴堂,见一儿,七八岁。仆人怪似其主,反复凝注之。王问:"看儿何说?"仆笑以对,王亦笑。细视儿,风度磊落。自念乏嗣,因其肖己,爱而赎之。诘其名,自称王孜。王曰:"子弃之襁褓,何知姓氏?"曰:"本师尝言,得我时,胸前有字,书山东王文之子。"王大骇曰:"我即王文,乌得有子?"念必同己姓名者,心窃喜,甚爱惜之。及归,见者不问而知为王生子。孜渐长,孔武⑦有力,喜田猎,不务生产,乐斗好杀,王亦不能钳制之。又自言能见鬼狐,悉不之信。会里中有患狐者,请孜往觇之。至则指狐隐处,令数人随指处击之,即闻狐鸣,毛血交落,自是遂安。由是人益异之。

王一日游市廛,忽遇赵东楼,巾袍不整,形色枯黯。惊问所来,赵惨然请间。王乃偕归,命酒。赵曰:"媪得鸦头,横施楚掠⑧。既北徙,又欲夺其志。女矢志不二,因囚置之。生一男,弃之曲巷;闻在育婴堂,想已长成,此君遗体也。"王出涕曰:"天幸孽儿已归。"因述本末。问:"君何落拓至此?"叹曰:"今而知青楼之好,不可过认真也。夫何言!"先是,媪北徙,赵以负贩从之。货重难迁者,悉以贱售。途中脚直供亿,烦费不资,因大亏损,妮子索取尤奢。数年,万金荡然。媪见床头金尽,旦夕加白眼。妮子渐寄贵家宿,恒数夕不归。赵愤激不可耐,然亦无可如何。适媪他出,鸦头自窗中呼赵曰:"勾栏中原无情好,所绸缪者,钱耳。君依恋不去,将掇⑨奇祸。"赵惧,如梦初

①税屋:租赁房屋。②荷囊:荷包。③犊鼻:一种遮膝围裙,一说短裤。④排闼:推门。⑤逆:迎接。⑥播迁:迁徙。⑦孔武:非常勇猛。⑧楚掠:拷打。⑨掇:招致。

醒。临行，窃往视女，女授书使达王，赵乃归。因以此情为王述之。即出鸦头书，书云："知孜儿已在膝下矣。妾之厄难，东楼君自能面悉。前世之孽，夫何可言！妾幽室之中，暗无天日，鞭创裂肤，饥火煎心，易一晨昏，如历年岁。君如不忘汉上雪夜单衾，迭互暖抱时，当与儿谋，必能脱妾于厄。母姊虽忍，要是骨肉，但嘱勿致伤残，是所愿耳。"王读之，泣不自禁，以金帛赠赵而去。

时孜年十八矣，王为述前后，因示母书。孜怒眦欲裂，即日赴都，询吴媪居，则车马方盈。孜直入，妮子方与湖客饮，望见孜，愕立变色。孜骤进杀之，宾客大骇，以为寇。及视女尸，已化为狐。孜持刀径入，见媪督婢作羹。孜奔近室门，媪忽不见，孜四顾，急抽矢望屋梁射之，一狐贯心而堕，遂决其首。寻得母所，投石破扃，母子各失声。母问媪，曰："已诛之。"母怨曰："儿何不听吾言！"命持葬郊野。孜伪诺之，剥其皮而藏之。检媪箱箧，尽卷金资，奉母而归。夫妇重谐，悲喜交至。既问吴媪，孜言："在吾囊中。"惊问之，出两革以献。母怒，骂曰："忤逆儿！何得为此！"号痛自挞，转侧欲死。王极力抚慰，叱儿瘗①革。孜忿曰："今得安乐所，顿忘挞楚耶？"母益怒，啼不止。孜葬皮反报，始稍释。

王自女归，家益盛。心德赵，报以巨金，赵始知母子皆狐也。孜承奉甚孝；然误触之，则恶声暴吼。女谓王曰："儿有拗筋，不刺去，终当杀身倾产。"夜伺孜睡，潜絷其手足。孜醒曰："我无罪。"母曰："将医尔虐，其勿苦。"孜大叫，转侧不可开。女以巨针刺踝骨侧三四分许，用刀掘断，崩然有声，又于肘间脑际并如之。已乃释缚，拍令安卧。天明，奔候父母，涕泣曰："儿早夜忆昔所行，都非人类！"父母大喜，从此温和如处女，乡里贤之。

异史氏曰："妓尽狐也。不谓有狐而妓者，至狐而鸨②，则兽而禽矣。灭理伤伦，其何足怪？至百折千磨，之死靡他，此人类所难，而乃于狐也得之乎？唐太宗谓魏徵更饶妩媚，吾于鸦头亦云。"

酒虫

长山③刘氏，体肥嗜饮，每独酌，辄尽一瓮。负郭田④三百亩，辄半种黍，而家豪富，不以饮为累也。一番僧见之，谓其身有异疾。刘答言："无。"僧曰："君饮尝不醉否？"曰："有之。"曰："此酒虫也。"刘愕然，便求医疗。曰："易耳。"问："需何药？"俱言不需。但令于日中俯卧，絷手足，去首半尺许，

①瘗(yì)：掩埋，埋葬。②鸨(bǎo)：鸨母，开设妓院的妇人。③长山：旧县名，治所在今山东省邹平以东、淄川以北偏西。④负郭田：近郊良田。负郭，靠近城郭。

置良酝一器。移时燥渴，思饮为极，酒香入鼻，馋火上炽，而苦不得饮。忽觉咽中暴痒，哇有物出，直堕酒中。解缚视之，赤肉长二寸许，蠕动如游鱼，口眼悉备。刘惊谢，酬以金，不受，但乞其虫。问："将何用？"曰："此酒之精，瓮中贮水，入虫搅之，即成佳酿。"刘使试之，果然。刘自是恶酒如仇。体渐瘦，家亦日贫，后饮食至不能给。

异史氏曰："日尽一石，无损其富；不饮一斗，适以益贫。岂饮啄固有数乎哉？或言：'虫是刘之福，非刘之病，僧愚之以成其术。'然欤否欤？"

木雕美人

商人白有功言：在涂口①河上，见一人荷竹簏，牵巨犬二。于簏中出木雕美人高尺余，手自转动，艳妆如生。又以小锦鞯②被犬身，便令跨坐。安置已，叱犬疾奔。美人自起，学解马③作诸剧，镫而腹藏，腰而尾赘，跪拜起立，灵变不诳。又作昭君出塞，别取一木雕儿，插雉尾，披羊裘，跨犬从之。昭君频频回顾，羊裘儿扬鞭追逐，真如生者。

封三娘

范十一娘，曈城祭酒之女，少艳美，骚雅尤绝。父母钟爱之，求聘者辄令自择；女恒少所可。会上元日，水月寺中诸尼作"盂兰盆会"。是日，游女如云，女亦诣之。方随喜间，一女子步趋相从，屡望颜色，似欲有言。审视之，二八绝代姝也。悦而好之，转用盼注。女子微笑曰："姊非范十一娘乎？"答曰："然。"女子曰："久闻芳名，人言果不虚谬。"十一娘亦审里居，女笑曰："妾封氏，第三，近在邻村。"把臂欢笑，词致温婉，于是大相爱悦，依恋不舍。十一娘问："何无伴侣？"曰："父母早逝，家中止一老妪留守门户，故不得来。"十一娘将归，封凝眸欲涕，十一娘亦惘然，遂邀过从。封曰："娘子朱门绣户，妾素无葭莩亲，虑致讥嫌。"十一娘固邀之。答："俟异日。"十一娘乃脱金钗一股赠之，封亦摘髻上绿簪为报。十一娘既归，倾想殊切。出所赠簪，非金非玉，家人都不之识，甚异之。日望其来，怅然遂病。父母讯得故，使人于近村谘访，并无知者。时值重九④，十一娘羸顿无聊。倩侍儿强扶窥园，设褥东篱下。忽一女子攀垣来窥，觇⑤之，则封女也。呼曰："接我以力？"侍儿

①涂口：旧地名，在今山东省济南市北郊。　②鞯(jiān)：垫马鞍的东西。　③解马：马术。
④重九：重阳，农历九月初九日。　⑤觇(chān)：察看。

从之，蓦然遂下。十一娘惊喜，顿起，曳坐褥间，责其负约，且问所来。答云："妾家去此尚远，时来舅家作耍。前言近村者，缘舅家耳。别后悬思颇苦，然贫贱者与贵人交，足未登门，先怀惭怍，恐为婢仆下眼觑，是以不果来。适经墙外过，闻女子语，便一攀望，冀是小姐，今果如愿。"十一娘因述病源，封泣下如雨，因曰："妾来当须秘密。造言生事者，飞短流长，所不堪受。"十一娘诺，偕归同榻，快与倾怀，病寻愈。订为姊妹，衣服履舄①，辄互易着。见人来，则隐匿夹幕间。

积五六月，公及夫人颇闻之。一日，两人方对弈，夫人掩入。谛视，惊曰："真吾儿友也！"因谓十一娘："闺中有良友，我两人所欢，胡不早言？"十一娘因达封意。夫人顾谓三娘曰："伴吾儿，极所忻慰，何昧之？"封羞晕满颊，默然拈带而已。夫人去，封乃告别，十一娘苦留之，乃止。一夕，自门外匆忙奔入，泣曰："我固谓不可留，今果遭此大辱！"惊问之。曰："适出更衣，一少年丈夫，横来相干，幸而得逃。如此，复何面目！"十一娘细诘形貌，谢曰："勿须怪，此妾痴兄。会告夫人，杖责之。"封坚辞欲去。十一娘请待天曙。封曰："舅家咫尺，但须一梯度我过墙耳。"十一娘知不可留，使两婢逾墙送之。行半里许，辞谢自去。婢返，十一娘扶床悲惋，如失伉俪。

后数月，婢以故至东村，暮归，遇封女从老妪来。婢喜，拜问，封亦恻恻，讯十一娘兴居②。婢捉袂曰："三姑过我。我家姑姑盼欲死！"封曰："我亦思之，但不乐使家人知。归启园门，我自至。"婢归告十一娘，十一娘喜，从其言，则封已在园中矣。相见，各道间阔，绵绵不寐。视婢子眠熟，乃起，移与十一娘同枕，私语曰："妾固知娘子未字。以才色门第，何患无贵介婿，然纨袴儿敖不足数，如欲得佳偶，请无以贫富论。"十一娘然之。封曰："旧年邂逅处，今复作道场，明日再烦一往，当令见一如意郎君。妾少读相人书，颇不参差。"昧爽③，封即去，约俟兰若④，十一娘果往，封已先在。眺览一周，十一娘便邀同车，携手出门，见一秀才，年可十七八，布袍不饰，而容仪俊伟。封潜指曰："此翰苑⑤才也。"十一娘略睇之，封别曰："娘子先归，我即继至。"入暮果至，曰："我适物色甚详，其人即同里孟安仁也。"十一娘知其贫，不以为可。封曰："娘子何堕世情哉！此人苟长贫贱者，予当抉眸子，不复相天下士矣。"十一娘曰："且为奈何？"曰："愿得一物，持与订盟。"十一娘曰："姊何草草？父母在，不遂如何？"封曰："妾此为，正恐其不遂耳。志若坚，生死何可夺也？"十一娘必不可。封曰："娘子姻缘已动，而魔劫未消。所以故，来报前好耳。请即别，即以所赠金凤钗，矫命赠之。"十一娘方谋更商，封已出门去。

时孟生贫而多才，意将择耦，故十八犹未聘也。是日，忽睹两艳，归涉冥

①舄(xì)：鞋子。 ②兴居：起居。 ③昧爽：拂晓。 ④兰若：梵语"阿兰若"的省称，此处指寺院。 ⑤翰苑：此处指翰林院。

想。一更向尽，封三娘款门而入。烛之，识为日中所见，喜致诘问。曰："妾封氏，范十一娘之女伴也。"生大悦，不暇细审，遽前拥抱。封拒曰："妾非毛遂，乃曹丘生。十一娘愿缔永好，请倩冰①也。"生愕然不信，封乃以钗示生。生喜不自已，矢曰："劳眷注如此，仆不得十一娘，宁终鳏耳！"封遂去。生诘旦，浼邻媪诣范夫人。夫人贫之，竟不商女，立便却去。十一娘知之，心失所望，深恨封之误己也，而金钗难返，只须以死矢之。

又数日，有某绅为子求婚，恐不谐，浼邑宰作伐。时某方居权要，范公心畏之。以问十一娘，十一娘不乐，母诘之，默默不言，但有涕泪。使人潜告夫人，非孟生不嫁。公闻益怒，竟许某绅家；且疑十一娘有私意于生，遂涓吉②速成礼。十一娘忿不食，日惟耽卧。至亲迎之前夕，忽起，揽镜自妆，夫人窃喜。俄侍女奔曰："小姐自缢死！"举家惊涕，痛悔无所复及。三日遂葬。

孟生自邻媪反命，愤恨欲绝。然遥遥探访，妄冀复挽。察知佳人有主，忿火中烧，万虑俱断矣。未几，闻玉葬香埋，憯③悲丧，恨不从丽人俱死。向晚出门，意将乘昏夜一哭十一娘之墓。欻有一人来，近之，则封三娘。向生道喜曰："喜姻好可就矣。"生泫然曰："卿不知十一娘亡耶？"封曰："我所谓就者，正以其亡。可急唤家人发冢，我有异药能令苏。"生从之，发墓破棺，复掩其穴。生自负尸，与三娘俱归，置榻上，投以药，逾时而苏。顾见三娘，问："此何所？"封指生曰："此孟安仁也。"因告以故，始知复生。封惧漏泄，相将去五十里，避匿山村。

封欲辞去，十一娘乞留作伴，使别院居。因货殉葬之饰，用为资度，亦称小有。封每遇生来辄避去，十一娘从容曰："吾姊妹骨肉不啻也，然终无百年聚。计不如效英皇④。"封曰："妾少得异诀，吐纳可以长生，故不愿嫁耳。"十一娘笑曰："世传养生术，汗牛充栋，行而效者谁也？"封曰："妾所得非人世所知。世所传并非真诀，惟华陀五禽图差为不妄。凡修炼家，无非欲血气流通耳，若得厄逆症，作虎形立止，非其验耶？"十一娘阴与生谋，使伪为出者。入夜，强劝以酒，既醉，生潜入污之。三娘醒曰："妹子害我矣！倘色戒不破，道成当升第一天。今堕奸谋，命耳！"乃起告辞。十一娘告以诚意而哀谢之。封曰："实相告：我乃狐也。缘瞻丽容，忽生爱慕，如茧自缠，遂有今日。此乃情魔之劫，非关人力。再留则魔更生，无底止矣。娘子福泽正远，珍重自爱。"言已而逝。夫妻惊叹久之。

逾年，生乡、会果捷，官翰林。投刺谒范公，公愧悔不见；固请之，乃见。生入，执子婿礼，伏拜甚恭。公大怒，疑生儇薄⑤。生请间，具道情事。公不深信，使人探诸其家，方大惊喜。阴戒勿宣，惧有祸变。又二年，某绅以关节

----

①倩冰：请托媒人。冰，冰人，媒人。　②涓吉：选择吉日。　③憯(sè)然：形容悲恨的样子。
④效英皇：效法女英、娥皇，指二女共侍一夫。　⑤儇(xuān)薄：巧佞轻佻。

发觉,父子充辽海军。十一娘始归宁①焉。

狐梦

余友毕怡庵,倜傥不群,豪纵自喜,貌丰肥,多髭②,士林知名。尝以故至叔刺史公之别业,休憩楼上。传言楼中故多狐。毕每读《青凤传》,心辄向往,恨不一遇。因于楼上摄想凝思,既而归斋,日已寝暮。

时暑月燠热③,当户而寝。睡中有人摇之,醒而却视,则一妇人,年逾四十,而风韵犹存。毕惊起,问为谁,笑曰:"我狐也。蒙君注念,心窃感纳。"毕闻而喜,投以嘲谑。妇笑曰:"妾齿加长矣,纵人不见恶,先自渐沮。有小女及笄,可侍巾栉④。明宵,无寓人于室,当即来。"言已而去。至夜,焚香坐伺,妇果携女至。态度娴婉,旷世无匹。妇谓女曰:"毕郎与有夙缘,即须留止。明旦早归,勿贪睡也。"毕乃握手入帏,款曲备至。事已笑曰:"肥郎痴重,使人不堪。"未明即去。既夕自来,曰:"姊妹辈将为我贺新郎,明日即屈同去。"问:"何所?"曰:"大姊作筵主,此去不远也。"毕果候之。良久不至,身渐倦惰。才伏案头,女忽入曰:"劳君久伺矣。"乃握手而行。奄⑤至一处,有大院落,直上中堂,则见灯烛荧荧,灿若星点。俄而主人至,年近二旬,淡妆绝美。敛衽⑥称贺已,将践席,婢入曰:"二娘子至。"见一女子入,年可十八九,笑向女曰:"妹子已破瓜矣。新郎颇如意否?"女以扇击背,白眼视之。二娘曰:"记儿时与妹相扑为戏,妹畏人数胁骨,遥呵手指,即笑不可耐。便怒我,谓我当嫁僬侥⑦国小王子。我谓婢子他日嫁多髭郎,刺破小吻,今果然矣。"大娘笑曰:"无怪三娘子怒诅也!新郎在侧,直尔憨跳!",顷之,合尊促坐,宴笑甚欢。

忽一少女抱一猫至,年可十二三,雏发未燥⑧,而艳媚入骨。大娘曰:"四妹妹亦要见姊丈耶?此无坐处。"因提抱膝头,取肴果饵之。移时,转置二娘怀中,曰:"压我胫股酸痛!"二姊曰:"婢子许大,身如百钧重,我脆弱不堪;既欲见姊丈,姊丈故壮伟,肥膝耐坐。"乃捉置毕怀。入怀香软,轻若无人。毕抱与同杯饮,大娘曰:"小婢勿过饮,醉失仪容,恐姊丈所笑。"少女孜孜展笑,以手弄猫,猫戛然鸣。大娘曰:"尚不抛却,抱走蚤虱矣!"二娘曰:"请以狸奴为令,执箸交传,鸣处则饮。"众如其教。至毕辄鸣;毕故豪饮,连举数觥,乃知小女子故捉令鸣也,因大喧笑。二姊曰:"小妹子归休!压杀郎

---

①归宁:已嫁女子回娘家看望父母。　②髭(zī):嘴唇上边的胡须。　③燠(yù)热:闷热。　④侍巾栉:侍奉梳洗,此处是以女许婚的谦辞。　⑤奄:忽然。　⑥敛衽(liǎn rèn):指整理衣襟,以示恭敬。　⑦僬侥(jiāo yáo):此处指古代传说中的矮人。　⑧雏发未燥:形容稚气未脱。

君,恐三姊怨人。"小女郎乃抱猫去。

大姊见毕善饮,乃摘髻子①贮酒以劝。视髻仅容升许,然饮之觉有数斗之多。比干视之,则荷盖也。二娘亦欲相酬,毕辞不胜酒。二娘出一口脂合子,大于弹丸,酌曰:"既不胜酒,聊以示意。"毕视之,一吸可尽,接吸百口,更无干时。女在旁以小莲杯易合子去,曰:"勿为奸人所算。"置合案上,则一巨钵。二娘曰:"何预汝事!三日郎君,便如许亲爱耶!"毕持杯向口立尽。把之,腻软;审之,非杯,乃罗袜一钩,衬饰工绝。二娘夺骂曰:"猾婢!何时盗人履子去,怪足冰冷也!"遂起,入室易舄。

女约毕离席告别,女送出村,使毕自归。瞥然醒寤,竟是梦景,而鼻口醺醺,酒气犹浓,异之。至暮女来,曰:"昨宵未醉死耶?"毕言:"方疑是梦。"女曰:"姊妹怖君狂噪,故托之梦,实非梦也。"女每与毕弈,毕辄负。女笑曰:"君日嗜此,我谓必大高着。今视之,只平平耳。"毕求指诲,女曰:"弈之为术,在人自悟,我何能益君?朝夕渐染,或当有益。"居数月,毕觉稍进。女试之,笑曰:"尚未,尚未。"毕出,与所尝共弈者游,则人觉其异,稍咸奇之。

毕为人坦直,胸无宿物,微泄之。女已知,责曰:"无惑乎同道者不交狂生也!屡嘱甚密,何尚尔尔?"怫然欲去。毕谢过不遑,女乃稍解,然由此来寖疏矣。积年余,一夕来,兀坐相向。与之弈,不弈;与之寝,不寝。怅然良久,曰:"君视我孰如青凤?"曰:"殆过之。"曰:"我自惭弗如。然聊斋与君文字交,请烦作小传,未必千载下无爱忆如君者。"曰:"夙有此志。曩②遵旧嘱,故秘之。"女曰:"向为是嘱,今已将别,复何讳?"问:"何往?"曰:"妾与四妹妹为西王母征作花鸟使,不复得来矣。曩有姊行,与君家叔兄,临别已产二女,今尚未醮③;妾与君幸无所累。"毕求赠言,曰:"盛气平,过自寡。"遂起,捉手曰:"君送我行。"至里许,洒涕分手,曰:"彼此有志,未必无会期也。"乃去。

康熙二十一年腊月十九日,毕子与余抵足④绰然堂,细述其异。余曰:"有狐若此,则聊斋笔墨有光荣矣。"遂志之。

布客

长清⑤某,贩布为业,客于泰安。闻有术人工星命之学,诣问休咎。术人推之曰:"运数大恶,可速归。"某惧,囊资北下。途中遇一短衣人,似是隶胥⑥,渐渍与语,遂相知悦,屡市餐饮,呼与共啜。短衣人甚德之,某问所营

①髻子:此处当指旧时女子所戴假发髻。 ②曩:(nǎng)以前。 ③醮(jiào):出嫁。 ④抵足:脚对着脚,指同榻而眠。 ⑤长清:旧县名,今属山东省济南市。 ⑥隶胥:官署中的小吏。

干,答曰:"将适长清,有所勾致。"问为何人,短衣人出牒,示令自审,第一即己姓名。骇曰:"何事见勾?"短衣人曰:"我乃蒿里①人,东四司隶役。想子寿数尽矣。"某出涕求救。鬼曰:"不能。然牒上名多,拘集尚需时日。子速归,处置后事,我最后相招,此即所以报交好耳。"

无何,至河际,断绝桥梁,行人艰涉。鬼曰:"子行死矣,一文亦将不去。请即建桥利行人,虽颇烦费,然于子未必无小益。"某然之,及归,告妻子作周身具②。克日鸠工③建桥。久之,鬼竟不至,心窃疑之。一日,鬼忽来曰:"我已以建桥事上报城隍,转达冥司矣。谓此一节可延寿命。今牒名已除,敬以报命。"某喜感谢。后再至泰山,不忘鬼德,敬赍楮锭④,呼名酬奠。既出,见短衣人匆遽而来曰:"子几祸我!适司君方莅事,幸不闻知。不然,奈何!"送之数武,曰:"后勿复来。倘有事北往,自当迂道过访。"遂别而去。

农人

有农人芸⑤于山下,妇以陶器为饷,食已,置器垄畔,向暮视之,器中余粥尽空。如是者屡。心疑之,因睨注⑥以觇之。有狐来,探首器中。农人荷锄潜往,力击之,狐惊窜走。器囊头,苦不得脱,狐颠蹶,触器碎落,出首,见农人,窜益急,越山而去。

后数年,山南有贵家女,苦狐缠祟,敕勒⑦无灵。狐谓女曰:"纸上符咒,能奈我何!"女绐之曰:"汝道术良深,可幸永好。顾不知生平亦有所畏者否?"狐曰:"我罔所怖。但十年前在北山时,尝窃食田畔,被一人戴阔笠,持曲项兵⑧,几为所戮,至今犹悸。"女告父。父思投其所畏,但不知姓名、居里,无从问讯。会仆以故至山村,向人偶道。旁一人惊曰:"此与予曩年事适相符,将无向所逐狐,今能为怪耶?"仆异之,归告主人。主人喜,即命仆持马招农人来,敬白所求。农人笑曰:"曩所遇诚有之,顾未必即为此物。且既能怪变,岂复畏一农人?"贵家固强之,使披戴如尔日状,入室以锄卓地:咤曰:"我日觅汝不可得,汝乃逃匿在此耶!今相值,决杀不宥!"言已,即闻狐鸣于室。农人益作威怒,狐即哀告乞命,农人叱曰:"速去,释汝。"女见狐捧头鼠窜而去。自是遂安。

---

①蒿里:本为山名,相传在泰山之南,为死者葬所,此处指阴间。 ②周身具:指棺木等丧葬用具。 ③克日:约定日期。鸠(jiū)工:聚集工匠。 ④楮锭:纸锭,纸钱。 ⑤芸:通"耘",除草。 ⑥睨(nì)注:斜着眼睛注视。 ⑦敕勒:指用符箓驱鬼,旧时道士画符制鬼必书"敕令"二字以约勒鬼神,故称。 ⑧曲项兵:此处指锄头。曲项,弯脖。

章阿端

卫辉①戚生，少年蕴藉，有气敢任。时大姓有巨第，白昼见鬼，死亡相继，愿以贱售。生廉其直购居之。而第阔人稀，东院楼亭，蒿艾成林，亦姑废置。家人夜惊，辄相哗以鬼。两月余，丧一婢。无何，生妻以暮至楼亭，既归得疾，数日寻②毙。家人益惧，劝生他徙，生不听。而块然无偶，憭栗自伤。婢仆辈又时以怪异相聒。生怒，盛气襆被，独卧荒亭中，留烛以觇其异。久之无他，亦竟睡去。

忽有人以手探被，反复扪搎③。生醒视之，则一老大婢，挛耳蓬头，臃肿无度。生知其鬼，捉臂推之，笑曰："尊范④不堪承教！"婢惭，敛手蹀躞⑤而去。少顷，一女郎自西北隅出，神情婉妙，闯然至灯下，怒骂："何处狂生，居然高卧！"生起笑曰："小生此间之地主，候卿讨房税耳。"遂起，裸而捉之。女急遁，生先趋西北隅阻其归路，女既穷，便坐床上。近临之，对烛如仙，渐拥诸怀。女笑曰："狂生不畏鬼耶？将祸尔死！"生强解裙襦，则亦不甚抗拒。已而自白曰："妾章氏，小字阿端。误适荡子，刚愎不仁，横加折辱，愤悒夭逝，瘞此二十余年矣。此宅下皆坟冢也。"问："老婢何人？"曰："亦一故鬼，从妾服役。上有生人居，则鬼不安于夜室，适令驱君耳。"问："扪搎何为？"笑曰："此婢三十年未经人道，其情可悯，然亦太不自量矣。要之：馁怯者，鬼益侮弄之，刚肠者不敢犯也。"听邻钟响断，着衣下床，曰："如不见猜，夜当复至。"

入夕果至，绸缪益欢。生曰："室人不幸殂谢⑥，感悼不释于怀。卿能为我致之否？"女闻之益戚，曰："妾死二十年，谁一置念忆者！君诚多情，妾当极力。然闻投生有地矣，不知尚在冥司否。"逾夕告生曰："娘子将生贵人家。以前生失耳环，挞婢，婢自缢死，此案未结，以故迟留。今尚寄药王廊下，有监守者，妾使婢往行贿，或将来也。"生问："卿何闲散？"曰："凡枉死鬼不自投见，阎摩天子⑦不及知也。"二鼓向尽，老婢果引生妻而至。生执手大悲，妻含涕不能言。女别去，曰："两人可话契阔⑧，另夜请相见也。"生慰问婢死事。妻曰："无妨，行结矣。"上床偎抱，款若平生之欢。由此遂以为常。

后五日，妻忽泣曰："明日将赴山东，乖离苦长，奈何！"生闻言，挥涕流离，哀不自胜。女劝曰："妾有一策，可得暂聚。"共收涕询之。女请以钱纸十

---

①卫辉：旧府名，治所在今河南省卫辉市。 ②寻：随即。 ③扪搎（mén sūn）：摸索。 ④尊范：称他人仪容的敬词，此处用为谑称，犹言"尊容"。 ⑤蹀躞：小步行走。 ⑥殂谢：死亡。⑦阎摩天子：即俗谓"阎王爷"。 ⑧契阔：久别的情怀。

提，焚南堂杏树下，持贿押生者，俾缓时日，生从之。至夕妻至，曰："幸赖端娘，今得十日聚。"生喜，禁女勿去，留与连床，暮以暨晓，惟恐欢尽。过七八日，生以限期将满，夫妻终夜哭。问计于女，女曰："势难再谋。然试为之，非冥资百万不可。"生焚之如数。女来，喜曰："妾使人与押生者关说，初甚难，既见多金，心始摇。今已以他鬼代生矣。"自此，白日亦不复去，令生塞户牖，灯烛不绝。

如是年余，女忽病，瞀闷懊憹①，恍惚如见鬼状。妻抚之曰："此为鬼病。"生曰："端娘已鬼，又何鬼之能病？"妻曰："不然。人死为鬼，鬼死为聻②。鬼之畏聻，犹人之畏鬼也。"生欲为聘巫医。曰："鬼何可以人疗？邻媪王氏，今行术于冥间，可往召之。然去此十余里，妾足弱不能行，烦君焚刍马③。"生从之。马方爇，即见婢女牵赤骝，授绥④庭下，转瞬已杳，少间，与一老妪叠骑而来，絷马廊柱。妪入，切女十指。既而端坐，首傝俿作态。仆地移时，蹶而起曰："我黑山大王也。娘子病大笃，幸遇小神，福泽不浅哉！此业鬼为殃，不妨，不妨！但是病有瘳⑤，须厚我供养，金百锭、钱百贯，盛筵一设，不得少缺。"妻一一嗫应。妪又仆而苏，向病者呵叱，乃已。既而欲去。妻送诸庭外，赠之以马，欣然而去。入视女郎，似稍醒。夫妻大悦，抚问之。女忽言曰："妾恐不得再履人世矣。合目辄见冤鬼，命也！"因泣下。越宿，病益沉殆，曲体战栗，若有所睹。拉生同卧，以首入怀，似畏扑捉。生一起，则惊叫不宁。如此六七日，夫妻无所为计。会生他出，半日而归，闻妻哭声，惊问，则端娘已毙床上，委蜕⑥犹存。启之，白骨俨然。生大恸，以生人礼葬于祖墓之侧。

一夜，妻梦中呜咽，摇而问之，答云："适梦端娘来，言其夫为聻鬼，怒其改节泉下，衔恨索命去，乞我作道场。"生早起，即将如教。妻止之曰："度鬼非君所可与力也。"乃起去。逾刻而来，曰："余已命人邀僧侣。当先焚钱纸作用度。"生从之。日方落，僧众毕集，金铙法鼓，一如人世。妻每谓其聒耳，生殊不闻。道场既毕，妻又梦端娘来谢，言："冤已解矣，将生作城隍之女。烦为转致。"

居三年，家人初闻而惧，久之渐习。生不在，则隔窗启禀。一夜，向生啼曰："前押生者，今情弊漏泄，按责甚急，恐不能久聚矣。"数日果疾，曰："情之所钟，本愿长死，不乐生也。今将永诀，得非数乎！"生皇遽求策，曰："是不可为也。"问："受责乎？"曰："薄有所责。然偷生之罪大，偷死之罪小。"言讫不动。细审之，面庞形质，渐就澌灭矣。生每独宿亭中，冀有他遇，终亦寂然，

---

①瞀(mào)闷：目眩晕厥。懊憹(náo)：烦闷。 ②聻(jiàn)：旧时称鬼死为"聻"。③刍马：草扎的纸马。 ④绥：牵马的缰绳。 ⑤瘳(chōu)：病愈。 ⑥委蜕：指自然所付与的躯壳，此处指鬼死后的遗迹。

人心遂安。

馎饦媪

韩生居别墅半载,腊尽始返。一夜,妻方卧,闻人行声。视之,炉中煤火,炽耀甚明。见一媪,可八九十岁,鸡皮橐背,衰发可数。向女曰:"食馎饦①否?"女惧,不敢应。媪遂以铁箸拨火,加釜其上,又注以水,俄闻汤沸。媪撩襟启腰橐,出馎饦数十枚投汤中,历历有声。自言曰:"待寻箸来。"遂出门去。女乘媪去,急起捉釜倾簀②后,蒙被而卧。少刻,媪至,逼问釜汤所在。女大惧而号,家人尽醒,媪始去。启簀照视,则土鳖虫数十,堆累其中。

金永年

利津③金永年,八十二岁无子;媪亦七十八岁,自分④绝望。忽梦神告曰:"本应绝嗣,念汝贸贩平准,予一子。"醒以告媪。媪曰:"此真妄想。两人皆将就木,何由生子?"无何,媪腹震动,十月,竟举一男。

花姑子

安幼舆,陕之拨贡生,为人挥霍好义,喜放生,见猎者获禽,辄不惜重直买释之。会舅家丧葬,往助执绋。暮归,路经华岳,迷窜山谷中,心大恐。一矢之外,忽见灯火,趋投之。数武中,欻⑤见一叟,伛偻曳杖,斜径疾行。安停足,方欲致问,叟先诘谁何。安以迷途告,且言灯火处必是山村,将以投止。叟曰:"此非安乐乡。幸老夫来,可从去,茅庐可以下榻。"安大悦,从行里许,睹小村。叟扣荆扉,一妪出,启关曰:"郎子来耶?"叟曰:"诺。"

既入,则舍宇湫隘⑥。叟挑灯促坐,便命随事具食。又谓妪曰:"此非他,是吾恩主。婆子不能行步,可唤花姑子来酾酒⑦。"俄女郎以馔具入,立叟侧,秋波斜盼。安视之,芳容韶齿,殆类天仙。叟顾令煨酒。房西隅有煤炉,女郎入房拨火。安问:"此女公何人?"答云:"老夫章姓。七十年止有此

---

①馎饦(bó tuō):汤饼的别名,古代一种水煮的面食。 ②簀(zé):竹编卧席。 ③利津:旧县名,治所在今山东省利津县。 ④自分:自料,自以为。 ⑤欻(xū):忽然。 ⑥湫(jiǎo)隘:低下狭小。 ⑦酾(shāi)酒:滤酒,斟酒。

女。田家少婢仆，以君非他人，遂敢出妻见子，幸勿哂也。"安问："婿何家里？"答言："尚未。"安赞其惠丽，称不容口。叟方谦挹，忽闻女郎惊号。叟奔入，则酒沸火腾。叟乃救止，诃曰："老大婢，濡猛①不知耶！"回首，见炉旁有蜀心②插紫姑未竟，又诃曰："发蓬蓬许，裁如婴儿！"持向安曰："贪此生涯，致酒腾沸。蒙君子奖誉，岂不羞死！"安审谛之，眉目袍服，制甚精工。赞曰："虽近儿戏，亦见慧心。"

斟酌移时，女频来行酒，嫣然含笑，殊不羞涩。安注目情动。忽闻妪呼，叟便去。安觑无人，谓女曰："睹仙容，使我魂失。欲通媒妁，恐其不遂，如何？"女抱壶向火，默若不闻，屡问不对。生渐入室，女起，厉色曰："狂郎入闼③，将何为！"生长跪哀之。女夺门欲去，安暴起要遮，狎接朦脑④。女颤声疾呼，叟匆遽入问。安释手而出，殊切愧惧。女从容向父曰："酒复涌沸，非郎君来，壶子融化矣。"安闻女言，心始安妥，益德之。魂魄颠倒，丧所怀来。于是伪醉离席，女亦遂去。叟设裯褥，阖扉乃出。

安不寐，未曙，呼别。至家，即浼⑤交好者造庐求聘，终日而返，竟莫得其居里。安遂命仆马，寻途自往。至则绝壁巉岩，竟无村落，访诸近里，此姓绝少。失望而归，并忘寝食。由此得昏瞀⑥之疾，强啖汤粥，则唾嗈欲吐，溃乱中，辄呼花姑子。家人不解，但终夜环伺之，气势岌危。一夜，守者困怠并寐，生矇瞳中，觉有人揾而扰⑦之。略开眸，则花姑子立床下，不觉神气清醒。熟视女郎，潸潸涕堕。女倾头笑曰："痴儿何至此耶？"乃登榻，坐安股上，以两手为按太阳穴。安觉脑麝奇香，穿鼻沁骨。按数刻，忽觉汗满天庭，渐达肢体。小语曰："室中多人，我不便住。三日当复相望。"又于绣祛⑧中出数蒸饼置床头，悄然遂去。安至中夜，汗已思食，扪饼啖之。不知所苞何料，甘美非常，遂尽三枚。又以衣覆余饼，憴腾酣睡，辰分始醒，如释重负。三日饼尽，精神倍爽，乃遣散家人。又虑女来不得其门而入，潜出斋庭，悉脱扃键⑨。

未几，女果至，笑曰："痴郎子！不谢巫耶？"安喜极，抱与绸缪，恩爱甚至。已而曰："妾冒险蒙垢，所以故，来报重恩耳。实不能永谐琴瑟，幸早别图。"安默默良久，乃问曰："素昧生平，何处与卿家有旧？实所不忆。"女不言，但云："君自思之。"生固求永好。女曰："屡屡夜奔，固不可；常谐伉俪，亦不能。"安闻言，悒悒而悲。女曰："必欲相谐，明宵请临妾家。"安乃收悲以忻，问曰："道路辽远，卿纤纤之步，何遽能来？"曰："妾固未归。东头聋媪我姨行，为君故，淹留至今，家中恐所疑怪。"安与同衾，但觉气息肌肤，无处不香。问曰："熏何芗泽⑩，致侵肌骨？"女曰："妾生来便尔，非由熏饰。"安益奇

①濡猛：酒沸溢出。　②蜀(shǔ)心：高粱秆心。　③闼(tà)：门，此处指内室。　④接朦脑(jué hán)：接吻。　⑤浼(měi)：恳求，央求。　⑥昏瞀(mào)：头昏眼花，神志昏乱。　⑦扰(yǎn)：摇。　⑧祛：衣袖。　⑨扃(jiōng)键：门闩。　⑩芗泽：香泽。芗，通"香"。

之。女早起言别，安虑迷途，女约相候于路。安抵暮驰去，女果伺待，偕至旧所，叟媪欢逆。酒肴无佳品，杂具藜藿①。既而请安寝，女子殊不瞻顾，颇涉疑念。更既深，女始至，曰："父母絮絮不寝，致劳久待。"浃洽终夜，谓安曰："此宵之会，乃百年之别。"安惊问之，答曰："父以小村孤寂，故将远徙。与君好合，尽此夜耳。"安不忍释，俯仰悲怆。依恋之间，夜色渐曙。叟忽然闯入，骂曰："婢子玷我清门，使人愧怍欲死！"女失色，草草奔出。叟亦出，且行且詈。安惊孱愕怵，无以自容，潜奔而归。

数日徘徊，心景殆不可过。因思夜往，逾墙以观其便。叟固言有恩，即令事泄，当无大遣。遂乘夜窜往，蹀躞②山中；迷闷不知所往。大惧。方觅归途，见谷中隐有舍宇。喜诣之，则闬闳③高壮，似是世家，重门尚未扃也。安向门者讯章氏之居。有青衣人出，问："昏夜何人询章氏？"安曰："是吾亲好，偶迷居向。"青衣曰："男子无问章也。此是渠妗④家，花姑即今在此，容传白之。"入未几，即出邀安。才登廊舍，花姑趋出迎，谓青衣曰："安郎奔波中夜，想已困殆，可伺床寝。"少间，携手入帏。安问："妗家何别无人？"女曰："妗他出，留妾代守。幸与郎遇，岂非夙缘？"然偎傍之际，觉甚膻腥，心疑有异，女抱安颈，遽以舌舐鼻孔，彻脑如刺。安骇绝，急欲逃脱，而身若巨绠之缚，少时，闷然不觉矣。安不归，家中逐者穷人迹，或言暮遇于山径者。家人入山，则裸死危崖下。惊怪莫察其由，舁归。

众方聚哭，一女郎来吊，自门外嗷啕⑤而入。抚尸捺鼻，涕洟其中，呼曰："天乎，天乎！何愚冥至此！"痛哭声嘶，移时乃已。告家人曰："停以七日，勿殓也。"众不知何人，方将启问，女傲不为礼，含涕径出，留之不顾。尾其后，转眸已渺。群疑为神，谨遵所教。夜又来，哭如昨。至七夜，安忽苏，反侧以呻。家人尽骇。女子入，相向呜咽。安举手，挥众令去。女出青草一束，燂⑥汤升许，即床头进之，顷刻能言。叹曰："再杀之惟卿，再生之亦惟卿矣！"因述所遇。女曰："此蛇精冒妾也。前迷道时，所见灯光，即是物也。"安曰："卿何能起死人而肉白骨也？毋乃仙乎？"曰："久欲言之，恐致惊怪。君五年前，曾于华山道上买猎獐而放之否？"曰："然，其有之。"曰："是即妾父也。前言大德，盖以此故。君前日已生西村王主政家。妾与父讼诸阎摩王，阎摩王弗善也。父愿坏道代郎死，哀之七日，始得当。今之邂逅，幸耳。然君虽生，必且痿痹不仁，得蛇血合酒饮之，病乃可除。"生衔恨切齿，而虑其无术可以擒之。女曰："不难。但多残生命，累我百年不得飞升。其穴在老崖中，可于晡时⑦聚茅焚之，外以强弩戒备，妖物可得。"言已，别曰："妾不能终事，实所哀

①藜藿(lí huò)：野菜，此处指粗劣的饭菜。　②蹀躞：小步行走。　③闬闳(hàn hóng)：住宅大门。　④妗：舅母。　⑤嗷啕(jiào táo)：号哭。　⑥燂(tán)：煮，烧热。　⑦晡(bū)时：指申时，相当于下午3时至5时。

惨。然为君故，业行①已损其七，幸悯宥也。月来觉腹中微动，恐是孽根。男与女，岁后当相寄耳。"流涕而去。

安经宿，觉腰下尽死，爬搔无所痛痒。乃以女言告家人。家人往，如其言，炽火穴中，有巨白蛇冲焰而出。数弩齐发，射杀之。火熄入洞，蛇大小数百头，皆焦且死。家人归，以蛇血进。安服三日，两股渐能转侧，半年始起。

后独行谷中，遇老妪以绷席②抱婴儿授之，曰："吾女致意郎君。"方欲问讯，瞥不复见。启襁视之，男也。抱归，竟不复娶。

异史氏曰："人之所以异于禽兽者几希，此非定论也。蒙恩衔结，至于没齿，则人有惭于禽兽者矣。至于花姑，始而寄慧于憨，终而寄情于恝③。乃知憨者慧之极，恝者情之至也。仙乎，仙乎！"

武孝廉

武孝廉④石某，囊资赴都，将求铨叙。至德州，暴病，唾血不起，长卧舟中。仆篡金亡去，石大惧，病益加，资粮断绝，榜人⑤谋委弃之。会有女子乘船，夜来临泊，闻之，自愿以舟载石。榜人悦，扶石登女舟。石视之，妇四十余，被服灿丽，神采犹都。呻以感谢，妇临审曰："君夙有瘵根，今魂魄已游墟墓。"石闻之，嗷然哀哭。妇曰："我有丸药，能起死。苟病瘳，勿相忘。"石洒泣矢盟。妇乃以药饵石，半日，觉少瘥。妇即榻供甘旨，殷勤过于夫妇。石益德之。月余，病良已。石膝行而前，敬之如母。妇曰："妾茕独无依，如不以色衰见憎，愿侍巾栉⑥。"时石三十余，丧偶经年，闻之，喜惬过望，遂相燕好。妇乃出藏金，使入都营干，相约返与同归。石赴都夤缘⑦，选得本省司阃⑧，余金市鞍马，冠盖赫奕。因念妇腊已高，终非良偶，因以百金聘王氏女为继室。心中悚怯，恐妇闻知，遂避德州道，迂途履任。年余，不通音耗。有石中表，偶至德州，与妇为邻。妇知之，诣问石况，某以实对，妇大骂，因告以情。某亦代为不平，慰解曰："或署中务冗，尚未暇遑。乞修尺一书，为嫂寄之。"妇如其言。某敬以达石，石殊不置意。又年余，妇自往归石，止于旅舍，托官署司宾者通姓氏，石令绝之。一日，方燕饮，闻喧詈声，释杯凝听，则妇已搴帘入矣。石大骇，面色如土。妇指骂曰："薄情郎！安乐耶？试思富若贵何所自来？我与汝情分不薄，即欲置婢妾，相谋何妨？"石累足屏气，不能复作声。久之，长跪自投⑨，诡辞求宥，妇气稍平。石与王氏谋，使以妹礼见

---

①业行：修行的道业。　②绷席：婴儿的包被。　③恝(jiá)：淡然，无动于衷。　④武孝廉：武举人。　⑤榜(bàng)人：船家，船夫。　⑥侍巾栉：侍奉梳洗，此处是许婚的谦词。　⑦夤(yín)缘：拉拢关系。　⑧司阃(kǔn)：此处指地方军事长官。　⑨自投：磕头。

妇。王氏雅不欲，石固哀之，乃往。王拜，妇亦答拜。曰："妹勿惧，我非悍妒者。曩事，实人情所不堪，即妹亦不当愿有是郎。"遂为王缅述本末。王亦愤恨，因与交訾石。石不能自为地，惟求自赎，遂相安帖。

初，妇之未入也，石戒阍人①勿通。至此，怒阍人，阴诘让之。阍人固言管钥未发，无入者，不服。石疑之而不敢问妇。两虽言笑，而终非所好也。幸妇娴婉，不争夕。三餐后，掩闼早眠，并不问良人夜宿何所。王初犹自危，见其如此，益敬之。厌旦②往朝，如事姑嫜。妇御下宽和有体，而明察若神。一日，石失印绶，合署沸腾，屑屑还往，无所为计。妇笑言："勿忧，竭井可得。"石从之，果得。叩其故，辄笑不言。隐约间，似知盗者之姓名，然终不肯泄。居之终岁，察其行多异。石疑其非人，常于寝后使人瞷③听之，但闻床上终夜作振衣声，亦不知其何为。妇与王极相怜爱。

一夕，石以赴臬司未归，妇与王饮，不觉醉，就卧席间，化而为狐。王怜之，覆以锦褥。未几，石入，王告以异，石欲杀之。王曰："即狐，何负于君？"石不听，急觅佩刀。而妇已醒，骂曰："虺蝮④之行，而豺狼之性，必不可以久居！曩时啖药，乞赐还也！"即唾石面。石觉森寒如浇冰水，喉中习习作痒，呕出，则丸药如故。妇拾之，忿然径出，追之已杳。石中夜旧症复发，血嗽不止，半载而卒。

异史氏曰："石孝廉翩翩若书生，或言其折节能下士，语人如恐伤。壮年殂谢，士林悼之。至闻其负狐妇一事，则与李十郎何以少异？"

西湖主

陈生弼教，字明允，燕人也。家贫，从副将军贾绾作记室⑤。泊舟洞庭。适猪婆龙⑥浮水面，贾射之中背。有鱼衔龙尾不去，并获之。锁置楗间，奄存气息，而龙吻张翕，似求援拯。生恻然心动，请于贾而释之。携有金创药，戏敷患处，纵之水中，浮沉逾刻而没。

后年余，生北归，复经洞庭，大风覆舟。幸扳一竹簏，漂泊终夜，维木而止。援岸方升，有浮尸继至，则其僮仆。力引出之，已就毙矣。惨怛⑦无聊，坐对憩息。但见小山耸翠，细柳摇青，行人绝少，无可问途。自迟明以至辰后，怅怅靡之。忽僮仆肢体微动，喜而扪之，无何，呕水数斗，豁然顿苏。相与曝衣石上，近午始燥可着。而枵肠⑧辘辘，饥不可堪。于是越山疾行，冀有

①阍人：守门人。　②厌旦：黎明。　③瞷（jiàn）：窥视，偷看。　④虺蝮（huǐ fù）：蝮蛇类毒蛇。　⑤记室：古代官名，后代指掌管文书的官员。　⑥猪婆龙：扬子鳄。　⑦惨怛（dá）：悲痛忧伤。　⑧枵（xiāo）肠：腹中空虚，饿肚子。枵，空虚。

村落。才至半山，闻鸣镝声。方疑听间，有二女郎乘骏马来，骋如撒菽①。各以红绡抹额，髻插雉尾，着小袖紫衣，腰束绿锦；一挟弹，一臂青鞲②。度过岭头，则数十骑猎于榛莽，并皆姝丽，装束若一。生不敢前。有男子步驰，似是驭卒，因就问之。答曰："此西湖主猎首山也。"生述所来，且告之馁。驭卒解裹粮授之，嘱云："宜即远避，犯驾当死！"生惧，疾趋下山。

茂林中隐有殿阁，谓是兰若。近临之，粉垣围沓，溪水横流，朱门半启，石桥通焉。攀扉一望，则台榭环云，拟于上苑，又疑是贵家园亭。逡巡而入，横藤碍路，香花扑人。过数折曲栏，又是别一院宇，垂杨数十株，高拂朱檐。山鸟一鸣，则花片乱飞；深巷微风，则榆钱自落。怡目快心，殆非人世。穿过小亭，有秋千一架，上与云齐，而胃索③沉沉，杳无人迹。因疑地近闺阁，惼怯未敢深入。俄闻马腾于门，似有女子笑语。生与僮潜伏丛花中。未几，笑声渐近，闻一女子曰："今日猎兴不佳，获禽绝少。"又一女曰："非是公主射得雁落，几空劳仆马也。"无何，红妆数辈，拥一女郎至亭上坐。秃袖戎装，年可十四五。发多敛雾，腰细惊风，玉蕊琼英，未足方喻。诸女子献茗熏香，灿如堆锦。移时，女起，历阶而下。一女曰："公主鞍马劳顿，尚能秋千否？"公主笑诺。遂有驾肩者，捉臂者，褰裙者，挽扶而上。公主舒皓腕，踏利屣④，轻如飞燕，蹴入云霄。已而扶下，群曰："公主真仙人也！"嘻笑而去。

生睨良久，神志飞扬。迨人声既寂，出诣秋千下，徘徊凝想。见篱下有红巾，知为群美所遗，喜纳袖中。登其亭，见案上设有文具，遂题巾曰："雅戏何人拟半仙？分明琼女散金莲。广寒队里恐相妒，莫信凌波上九天。"题已，吟诵而出。复寻故径，则重门扃锢矣。踟蹰无计，返而楼阁亭台，涉历几尽。一女掩入，惊问："何得来此？"生揖之曰："失路之人，幸能垂救。"女问："拾得红巾否？"生曰："有之。然已玷染，如何？"因出之。女大惊曰："汝死无所矣！此公主所常御，涂鸦若此，何能为地？"生失色，哀求脱免。女曰："窃窥宫仪，罪已不赦。念汝儒冠，欲以私意相全，今孽乃自作，将何为计！"遂皇皇持巾去。生心悸肌栗，恨无翅翎，惟延颈俟死。迁久，女复来，潜贺曰："子有生望矣！公主看巾三四遍，展然⑤无怒容，或当放子去。宜姑耐守，勿得攀树钻垣，发觉不宥矣。"日已投暮，凶祥不能自必，而饿焰中烧，忧煎欲死。无何，女子挑灯至，一婢提壶榼，出酒食饷生。生急问消息，女云："适⑥我乘间言：'园中秀才，可恕则放之；不然，饿且死。'公主沉思云：'深夜教渠何之？'遂命馈君食。此非恶耗也。"生徊徨终夜，危不自安。辰刻向尽，女子又饷之。生哀求缓颊⑦，女曰："公主不言杀，亦不言放，我辈下人，何敢屑屑

---

①菽（shū）：豆类的总称。 ②鞲（gōu）：古代射箭时戴的皮质臂套。 ③胃（juàn）索：秋千，亦指秋千架上的绳索。 ④利屣：一种薄底舞鞋，鞋头小而尖。 ⑤展（chǎn）然：笑的样子。 ⑥适：刚才。 ⑦缓颊：代人求情。

渎告?"

既而斜日西转,眺望方殷,女子坌息①急奔而人,曰:"殆矣!多言者泄其事于王妃,妃展巾抵地,大骂狂伧,祸不远矣!"生大惊,面如灰土,长跽请教。忽闻人语纷拏,女摇手避去。数人持索,汹汹入户,内一婢熟视曰:"将谓何人,陈郎耶?"遂止持索者,曰:"且勿且勿,待白王妃来。"返身急去。少间来,曰:"王妃请陈郎入。"生战惕②从之。经数十门户,至一宫殿,碧箔银钩。即有美姬揭帘,唱:"陈生至。"上一丽者,袍服炫冶。生伏地稽首曰:"万里孤臣,幸恕生命。"妃急起抴之,曰:"我非君子,无以有今日。婢辈无知,致迕③佳客,罪何可赎!"即设筵,酌以镂杯。生茫然不解其故,妃曰:"再造之恩,恨无所报。息女蒙题巾之爱,当是天缘,今夕即遣奉侍。"生意出非望,神恍恍而无着。

日方暮,一婢前曰:"公主已严妆讫。"遂引生就帐。忽而笙管嘈嘈,阶上悉践花罽,门堂藩溷,处处皆笼烛。数十妖姬,扶公主交拜。麝兰之气,充溢殿庭。既而相将入帏,两相倾爱。生曰:"羁旅之臣,生平不省拜侍。点污芳巾,得免斧锧,幸矣,反赐姻好,实非所望。"公主曰:"妾母,湖君妃子,乃扬江王女。旧岁归宁,偶游湖上,为流矢所中。蒙君脱免,又赐刀圭之药④,一门戴佩,常不去心。郎勿以非类见疑。妾从龙君得长生诀,愿与郎共之。"生乃悟为神人,因问:"婢子何以相识?"曰:"尔日洞庭舟上,曾有小鱼衔尾,即此婢也。"又问:"既不见诛,何迟迟不赐纵脱?"笑曰:"实怜君才,但不得自主。颠倒终夜,他人不及知也。"生叹曰:"卿,我鲍叔也。馈食者谁?"曰:"阿念,亦妾腹心。"生曰:"何以报德?"笑曰:"侍君有日,徐图塞责未晚耳。"问:"大王何在?"曰:"从关圣征蚩尤未归。"

居数日,生虑家中无耗,悬念綦⑤切,乃先以平安书遣仆归。家中闻洞庭舟覆,妻子缞绖⑥已年余矣。仆归,始知不死,而音闻梗塞,终恐漂泊难返。又半载,生忽至,裘马甚都⑦,囊中宝玉充盈。由此富有巨万,声色豪奢,世家所不能及。七八年间,生子五人。日日宴集宾客,宫室饮馔之奉,穷极丰盛。或问所遇,言之无少讳。

有童稚之交梁子俊者,宦游南服十余年。归过洞庭,见一画舫:雕槛朱窗,笙歌幽细,缓荡烟波。时有美人推窗凭跳。梁目注舫中,见一少年丈夫,科头叠股其上,旁有二八姝丽,挼莎⑧交摩。念必楚襄贵官,而驺从⑨殊少。凝眸审谛,则陈明允也。不觉凭栏醋呼,生闻罢棹,出临鹢首⑩,邀梁过舟。见残肴满案,酒雾犹浓。生立命撤去。顷之,美婢三五,进酒烹茗,山海珍

---

①坌(bèn)息:喘着粗气。坌,涌出。　②战惕:惊悸,恐惧。　③迕:冒犯。　④刀圭之药:用刀圭称量的中药。刀圭,古时量取药末的用具。　⑤綦(qí):极,很。　⑥缞绖(cuī dié):丧服。缞,丧服,以麻布条披于胸前。绖,丧服所用的麻带。　⑦都:华美。　⑧挼(ruó)莎:揉搓,搓磨。　⑨驺(zōu)从:古代达官显贵出行时的骑马侍从。　⑩鹢(yì)首:船头。古人画鹢鸟于船头,故称。

错，目所未睹。梁惊曰："十年不见，何富贵一至于此！"笑曰："君小觑穷措大不能发迹耶？"问："适共饮何人？"曰："山荆①耳。"梁又异之。问："携家何往？"答："将西渡。"梁欲再诘，生遽命歌以侑酒。一言甫毕，旱雷聒耳，肉竹②嘈杂，不复可闻言笑。梁见佳丽满前，乘醉大言曰："明允公，能令我真个销魂否？"生笑云："足下醉矣！然有一美姜之资，可赠故人。"遂命侍儿进明珠一颗，曰："绿珠不难购，明我非吝惜。"乃趣别曰："小事忙迫，不及与故人久聚。"送梁归舟，开缆径去。

梁归，探诸其家，则生方与客饮，益疑。因问："昨在洞庭，何归之速？"答曰："无之。"梁乃追述所见，一座尽骇。生笑曰："君误矣，仆岂有分身术耶？"众异之，而究莫解其故。后八十一岁而终。追殡，讶其棺轻，开视，则空棺耳。

异史氏曰："竹篓不沉，红巾题句，此其中具有鬼神，要之皆恻隐之一念所通也。迨宫室妻姜，一身而两享其奉，则又不可解矣。昔有愿娇妻美姜、贵子贤孙，而兼长生不老者，仅得其半耳。岂仙人中亦有汾阳、季伦耶③？"

孝子

青州④东香山之前，有周顺亭者，事母至孝。母股生巨疽⑤，痛不可忍，昼夜嚬呻。周抚肌进药，至忘寝食。数月不痊，周忧煎无以为计。梦父告曰："母疾赖汝孝。然此疮非人膏⑥涂之不能愈，徒劳焦恻也。"醒而异之。乃起，以利刃割胁肉，肉脱落，觉不甚苦。急以布缠腰际，血亦不注。于是烹肉持膏，敷母患处，痛截然顿止。母喜问："何药而灵效如此？"周诡对之。母疮寻愈。周每掩护割处，即妻子亦不知也。既痊，有巨疤如掌，妻诘之，始得其详。

异史氏曰："封股伤生，君子不贵。然愚夫妇何知伤生为不孝哉？亦行其心之所不自己者而已。有斯人而知孝子之真，犹在天壤耳。"

狮子

暹逻⑦国贡狮，每止处，观者如堵。其形状与世所传绣画者迥异，毛黑黄

---

①山荆：旧时对人谦称自己的妻子。②肉竹：指声乐与管乐。③汾阳：指唐人郭子仪，封汾阳王。季伦：指西晋人石崇，字季伦。④青州：旧府名，治所在今山东省青州市。⑤疽（jū）：疮肿。⑥人膏：人的脂膏。⑦暹逻：泰国的古称。

色,长数寸。或投以鸡,先以爪抟而吹之。一吹,则毛尽落如扫,亦理之奇也。

阎王

李常久,临朐①人。壶榼②于野,见旋风蓬蓬而来,敬酹奠之。后以故他适,路旁有广第,殿阁弘丽。一青衣人自内出,邀李,李固辞。青衣人要遮③甚殷,李曰:"素不相识,得无误耶?"青衣云:"不误。"便言李姓字。问:"此谁家第?"云:"入自知之。"入,进一层门,见一女子手足钉扉上,近视之其嫂也,大骇。李有嫂,臂生恶疽,不起者年余矣。因自念何得至此。转疑招致意恶,畏沮却步,青衣促之,乃入。至殿下,上一人,冠带如王者,气象威猛。李跪伏,莫敢仰视。王者命曳起之,慰之曰:"勿惧。我以曩昔扰子杯酌,欲一见相谢,无他故也。"李心始安,然终不知故。王者又曰:"汝不忆田野酹奠时乎?"李顿悟,知其为神,顿首曰:"适见嫂氏,受此严刑,骨肉之情,实怆于怀。乞王怜宥!"王者曰:"此甚悍妒,宜得是罚。三年前,汝兄妾盘肠而产,彼阴以针刺肠上,俾至今脏腑常痛。此岂有人理者!"李固哀之,乃曰:"便以子故宥之。归当劝悍妇改行。"李谢而出,则扉上无人矣。

归视嫂,嫂卧榻上,创血殷席。时以妾拂意故,方致诟骂。李遽劝曰:"嫂勿复尔! 今日恶苦,皆平日忌嫉所致。"嫂怒曰:"小郎④若个好男儿,又房中娘子贤似孟姑姑⑤,任郎君东家眠,西家宿,不敢一作声。自当是小郎大乾纲,到不得代哥子降伏老媪!"李微哂曰:"嫂勿怒,若言其情,恐欲哭不暇矣。"嫂曰:"便曾不盗得王母筝中线,又未与玉皇案前吏一眨眼,中怀坦坦,何处可用哭者!"李小语曰:"针刺人肠,宜何罪?"嫂勃然色变,问此言之因,李告之故。嫂战惕不已,涕泗流离而哀鸣曰:"吾不敢矣!"啼泪未干,觉疼顿止,旬日而瘥⑥。由是立改前辙,遂称贤淑。后妾再产,肠复堕,针宛然在焉。拔去之,肠痛乃瘳。

异史氏曰:"或谓天下悍妒如某者,正复不少,恨阴网之漏多也。余曰不然。冥司之罚,未必无甚于钉扉者,但无回信耳。"

---

①临朐:旧县名,治所在今山东省临朐县。 ②壶榼(kē):为盛酒或茶水的容器,此处借指铺陈酒具饮酒。 ③要遮:拦截,此处指邀请。 ④小郎:称丈夫的弟弟。 ⑤孟姑姑:此处当指东汉孟光,梁鸿之妻。 ⑥瘥(chài):病愈。

土偶

沂水①马姓，娶妻王氏，琴瑟甚敦。马早逝，王父母欲夺其志，王矢不他。姑怜其少，亦劝之，王不听。母曰："汝志良佳，然齿太幼，儿又无出。每见有勉强于初，而贻羞于后者，固不如早嫁，犹恒情也。"王正容，以死自誓，母乃任之。女命塑工肖夫像，每日酹献如生时。

一夕将寝，忽见土偶人欠伸②而下。骇心愕顾，即已暴长如人，真其夫也。女惧呼母，鬼止之曰："勿尔。感卿情好，幽壤酸辛。一门有忠贞，数世祖宗皆有光荣。吾父生有损德，应无嗣，遂至促我茂龄③。冥司念尔苦节，故令我归，与汝生一子承祧绪④。"女亦沾襟，遂燕好如平生。鸡鸣，即下榻去。如此月余，觉腹微动。鬼乃泣曰："限期已满，从此永诀矣！"遂绝。

女初不言，即而腹渐大不能隐，阴告其母。母疑涉妄，然窥女无他，大惑不解。十月，果举一男。向人言之，闻者无不匿笑，女亦无以自伸，有里正故与马有隙，告诸邑令。今拘讯邻人，并无异言。今曰："闻鬼子无影，有影者伪也。"抱儿日中，影淡淡如轻烟然。又刺儿指血付土偶上，立入无痕，取他偶涂之，一拭便去。以此信之。长数岁，口鼻言动，无一不肖马者。群疑始解。

长治女子

陈欢乐，潞之长治⑤人，有女慧美。一道士行乞，睨之而去。由是日持钵近廛⑥间。适一瞽人自陈家出，道士追与同行，问何来。瞽云："适从陈家推造命。"道士曰："闻其家有女郎，我中表亲欲求姻好，但未知其甲子。"瞽为述之，道士乃别而去。居数日，女绣于房，忽觉足麻痹，渐至股，又渐至腰腹，俄而晕然倾仆。定逾刻，始恍惚能立，将寻告母。及出门，则见茫茫黑波中，一路如线，骇而却退，门舍居庐，已被黑水淹没。又视路上，行人绝少，惟道士缓步于前。遂遥尾之，翼见同乡以相告语。走数里，忽睹里舍，视之，则己家门。大骇曰："奔驰如许，固犹在村中。何向来迷惘若此！"欣然入门，父母尚未归。复至己房，所绣业履，犹在榻上。自觉奔波殆极，就榻憩坐。道士忽

---

①沂水：旧县名，治所在今山东省沂水县。 ②欠伸：打呵欠。 ③促：缩短。茂龄：壮年。
④祧（tiāo）绪：世代相承的统绪，即传宗接代。祧，远祖的庙。 ⑤长治：旧县名，属潞安府，治所在今山西省长治市。 ⑥廛：此处当指"廛里"，为古代城市平民住宅的通称。

入，女大惊欲遁。道士捉而掭之，女欲号，则喑不能声。道士急以利刃剖女心，女觉魂飘飘离壳而立，四顾家舍全非，惟有崩崖若覆。视道士以己心血点木人上，又复叠指诅咒，女觉木人遂与己合。道士嘱曰："自兹当听差遣，勿得违误！"遂佩戴之。

陈氏失女，举家惶惑。寻至牛头山，始闻村人传言，岭下一女子剖心而死。陈奔验，果其女也。泣以诉宰。宰拘岭下居人，拷掠几遍，讫无端绪。姑收群犯，以待覆勘。道士去数里外，坐路旁柳树下，忽谓女曰："今遣汝第一差，往侦邑中审狱状，去当隐身暖阁上。倘见官宰用印，即当趋避，切记勿忘！限汝辰去已来。迟一刻，则以一针刺汝心中，令作急痛；二刻，刺二针；至三针，则使汝魂魄销灭矣。"女闻之，四体惊悚，飘然遂去。瞬息至官廨，如言伏阁上。一时岭下人罗跪堂下，尚未讯诘。适将钤印①公牒，女未及避，而印已出匣。女觉身躯重软，纸格似不能胜，嚗然作响，满堂愕顾。宰命再举，响如前；三举，翻坠地下，众悉闻之。宰起祝曰："如是冤鬼，当便直陈，为汝昭雪。"女哽咽而前，历言道士杀己、遣己状。宰差役驰去，至柳树下，道士果在。捉还，一鞫②而服。人犯乃释。宰问女："冤雪何归？"女曰："将从大人。"宰曰："我署中无处可容，不如暂归汝家。"女良久曰："官署即吾家，我将入矣。"宰又问，音响已寂。退入宅中，则夫人生女矣。

义犬

潞安某甲，父陷狱将死，搜括囊蓄，得百金，将诣郡关说③。跨骡出，则所养黑犬从之。呵逐使退。既走，则又从之，鞭逐不返，从行数十里。某下骑，趋路侧私④焉。既，乃以石投犬，犬始奔去；某既行，则犬欻然复来，啮骡尾。某怒鞭之，犬鸣吠不已。忽跃在前，愤龁骡首，似欲阻其去路。某以为不祥，益怒，回骑驰逐之。视犬已远，乃返辔疾驰，抵郡已暮。及扪腰橐⑤，金亡其半，涔涔汗下，魂魄都失。辗转终夜，顿念犬吠有因。候关⑥出城，细审来途。又自计南北冲衢，行人如蚁，遗金宁有存理。逡巡至下骑所，见犬毙草间，毛汗湿如洗。提耳起视，则封金俨然。感其义，买棺葬之，人以为义犬冢云。

---

①钤(qián)印：此处指盖上官印。　②鞫(jū)：审问。　③关说：请托游说。　④私：小便。
⑤腰橐(tuó)：藏钱的袋子，多系于腰间。橐，口袋。　⑥候关：指等待城门开放。

鄱阳神

翟湛持,司理饶州①,道经鄱阳湖。湖上有神祠,停盖游瞻。内雕丁普郎死节神像,翟姓一神,最居末坐。翟曰:"吾家宗人,何得在下!"遂于上易一座。既而登舟,大风断帆,桅樯倾侧,一家哀号。俄一小舟,破浪而来,既近官舟,急挽翟登小舟,于是家人尽登。审视其人,与翟姓神无少异。无何,浪息,寻之已杳。

伍秋月

秦邮②王鼎字仙湖,为人慷慨有力,广交游。年十八,未娶,妻殒。每远游,恒经岁不返。兄鼐,江北名士,友于甚笃。劝弟勿游,将为择偶。生不听,命舟抵镇江访友,友他出,因税居于逆旅阁上③。江水澄波,金山在目,心甚快之。

次日,友人来,请生移居,辞不去。居半月余,夜梦女郎,年可十四五,容华端妙,上床与合,既寤而遗。颇怪之,亦以为偶然。入夜,又梦之;如是三四夜。心大异,不敢息烛,身虽偃卧,惕然自警。才交睫,梦女复来,方狎,忽自惊寤,急开目,则少女如仙,俨然犹在抱也。见生醒,顿自愧怯。生虽知非人,意亦甚得,无暇问讯,直与驰骤。女若不堪,曰:"狂暴如此,无怪人不敢明告也。"生始诘之,答云:"妾伍氏秋月。先父名儒,邃④于《易》数。常珍爱妾,但言不永寿,故不许字人。后十五岁果夭殒,即攒瘗⑤阁东,令与地平,亦无冢志,惟立片石于棺侧,曰:'女秋月,葬无冢,三十年,嫁王鼎。'今已三十年,君适至。心喜,亟欲自荐,寸心羞怯,故假之梦寐耳。"王亦喜,复求讫事。曰:"妾少须阳气,欲求复生,实不禁此风雨。后日好合无限,何必今宵?"遂起而去。次日复至,坐对笑谑,欢若平生。灭烛登床,无异生人,但女既起,则遗泄流离,沾染茵褥。

一夕,明月莹澈,小步庭中,问女:"冥中亦有城郭否?"答曰:"等耳。冥间城府,不在此处,去此可三四里。但以夜为昼。"问:"生人能见之否?"答云:"亦可。"生请往观,女诺之。乘月去,女飘忽若风,王极力追随,欻至一

<hr/>

①司理:此处指担任饶州推官。饶州:旧府名,治所在今江西省鄱阳县。 ②秦邮:高邮别称,即今江苏省高邮市。 ③税居:租赁房屋。逆旅:客舍,旅店。 ④邃:精通。 ⑤攒瘗(yì):暂时浅埋,以待迁葬。

处，女言："不远矣。"生瞻望殊无所见。女以唾涂其两眦，启之，明倍于常，视夜色不殊白昼。顿见雉堞①在杳霭中。路上行人，趋如墟市。俄二皂②絷三四人过，末一人怪类其兄；趋近视之，果兄，骇问："兄那得来？"兄见生，潸然零涕，言："自不知何事，强被拘囚。"王怒曰："我兄秉礼君子，何至缧绁③如此！"便请二皂，幸且宽释。皂不肯，殊大傲睨，生恚，欲与争，兄止之曰："此是官命，亦合奉法。但余乏用度，索贿良苦。弟归，宜措置。"生把兄臂，哭失声。皂怒，猛挚项索，兄顿颠蹶。生见之，忿火填胸，不能制止，即解佩刀，立决皂首。一皂喊嘶，生又决之。女大惊曰："杀官使，罪不宥！迟则祸及！请即觅舟北发，归家勿摘提幡④，杜门绝出入，七日保无虑也。"

王乃挽兄夜买小舟，火急北渡。归见吊客在门，知兄果死。闭门下钥，始入，视兄已渺，入室，则亡者已苏，便呼："饿死矣！可急备汤饼。"时死已二日，家人尽骇，生乃备言其故。七日启关，去丧幡，人始知其复苏。亲友集问，但伪对之。

转思秋月，想念颇烦，遂复南下至旧阁，秉烛久待，女竟不至。朦胧欲寝，见一妇人来，曰："秋月小娘子致意郎君：前以公役被杀，凶犯逃亡，捉得娘子去，见在监押，押役遇之虐。日日盼郎君，当谋作经纪。"王悲愤，便从妇去。至一城都，入西郭，指一门曰："小娘子暂寄此间。"王入，见房舍颇繁，寄顿囚犯甚多，并无秋月。又进一小扉，斗室中有灯火。王近窗以窥，则秋月在榻上，掩袖鸣泣。二役在侧，撮颐捉履，引以嘲戏，女啼益急。一役挽颈曰："既为罪犯，尚守贞耶？"王怒，不暇语，持刀直入，一役一刀，摧斩如麻，篡取女郎而出，幸无觉者。裁至旅舍，蘧然即醒。方怪幻梦之凶，见秋月含睇而立。生惊起曳坐，告之以梦。女曰："真也，非梦也。"生惊曰："且为奈何！"女叹曰："此有定数。妾待月尽，始是生期。今已如此，急何能待！当速发瘞处，载妾同归，日频唤妾名，三日可活。但未满时日，骨软足弱，不能为君任井臼⑤耳。"言已，草草欲出。又返身曰："妾几忘之，冥追若何？生时，父传我符书，言三十年后可佩夫妇。"乃索笔疾书两符，曰："一君自佩，一粘妾背。"

送之出，志其没处，掘尺许即见棺木，亦已败腐。侧有小碑，果如女言。发棺视之，女颜色如生。抱入房中，衣裳随风尽化。粘符已，以被褥严裹，负至江滨，呼拢泊舟，伪言妹急病，将送归其家。幸南风大竞，甫晓已达里门。抱女安置，始告兄嫂。一家惊顾，亦莫敢直言其惑。生启衾，长呼秋月，夜辄拥尸而寝。日渐温暖，三日竟苏，七日能步。更衣拜嫂，盈盈然神仙不殊。

①雉堞：古代在城墙上面修筑的矮而短的墙。　②皂：即"皂隶"，指旧时衙门里的差役。　③缧绁(léi xiè)：捆绑犯人的绳索。　④提幡：此处当指招魂幡。　⑤井臼：从井汲水，以臼舂米，泛指操持家务。

但十步之外，须人而行，不则随风摇曳，屡欲倾侧。见者以为身有此病，转更增媚。每劝生曰："君罪孽太深，宜积德诵经以忏之。不然，寿恐不永也。"生素不佞佛，至此皈依甚虔。后亦无恙。

异史氏曰："余欲上言定律，'凡杀公役者，罪减平人三等'。盖此辈无有不可杀者也。故能诛锄蠹役者，即为循良；即稍苛之，不可谓虐。况冥中原无定法，倘有恶人，刀锯鼎镬，不以为酷。若人心之所快，即冥王之所善也。岂罪致冥追，遂可幸而逃哉！"

莲花公主

胶州①窦旭，字晓晖。方昼寝，见一褐衣人立榻前，逡巡惶顾，似欲有言。生问之，答云："相公奉屈。"生问："相公何人？"曰："近在邻境。"从之而出。转过墙屋，导至一处，叠阁重楼，万椽相接，曲折而行，觉万户千门，迥非人世。又见宫人女官往来甚夥，都向褐衣人问曰："窦郎来乎？"褐衣人诺。俄，一贵官出，迎见生甚恭，既登堂，生启问曰："素②既不叙，遂疏参谒。过蒙爱接，颇注疑念。"贵官曰："寡君以先生清族世德，倾风结慕，深愿思晤焉。"生益骇，问："王何人？"答云："少间自悉。"

无何，二女官至，以双旌③导生行。入重门，见殿上一王者，见生入，降阶而迎，执宾主礼。礼已，践席④，列筵丰盛。仰视殿上一匾曰"桂府"。生局蹐不能致辞。王曰："忝近芳邻，缘即至深。便当畅怀，勿致疑畏。"生唯唯，酒数行，笙歌作于下，钲鼓不鸣，音声幽细。稍间，王忽左右顾曰："朕一言，烦卿等属对：'才人登桂府。'"四座方思，生即应云："君子爱莲花。"王大悦曰："奇哉！莲花乃公主小字，何适合如此？宁非凤分？传语公主，不可不出一晤君子。"移时，佩环声近，兰麝香浓，则公主至矣。年十六七，妙好无双。王命向生展拜，曰："此即莲花小女也。"拜已而去。生睹之，神情摇动，木坐凝思。王举觞劝饮，目竟罔睹。王似微察其意，乃曰："息女宜相匹敌，但自惭不类，如何？"生怅然若痴，即又不闻。近坐者蹴之曰："王揖君未见，王言君未闻耶？"生茫乎若失，愳愣⑤自惭，离席曰："臣蒙优渥，不觉过醉，仪节失次，幸能垂宥。然日旰君勤⑥，即告出也。"王起曰："既见君子，实惬心好，何仓卒而便言离也？卿既不住，亦无敢于强，若烦紫念，更当再邀。"遂命内官导之出。途中，内官语生曰："适王谓可匹敌，似欲附为婚姻，何默不一言？"

①胶州：旧州名，治所在今山东省胶州市。　②素：向来。　③双旌：此处泛指高官之仪仗。　④践席：步入座席。　⑤愳愣(mǒ luǒ)：羞惭。　⑥日旰(gàn)君勤：天色已晚，君王辛劳。旰：天色晚。

生顿足而悔，步步追恨，遂已至家。忽然醒痗，则返照①已残。冥坐观想，历历在目。晚斋灭烛，冀旧梦可以复寻，而邯郸路渺，悔叹而已。

一夕，与友人共榻，忽见前内官来，传王命相召。生喜，从夫，见王伏谒，王曳起，延止隅坐，曰："别后知劳思眷，谬以小女子奉裳衣，想不过嫌也。"生即拜谢。王命学士大臣，陪侍宴饮。酒阑，宫人前白："公主妆竟。"俄见数十宫人拥公主出，以红锦覆首，凌波微步，挽上氍毹②，与生交拜成礼。已而送归馆舍，洞房温清，穷极芳腻。生曰："有卿在目，真使人乐而忘死。但恐今日之遭，乃是梦耳。"公主掩口曰："明明妾与君，那得是梦？"诘旦方起，戏为公主匀铅黄③，已而以带围腰，布指度足。公主笑问曰："君颠耶？"曰："臣屡为梦误，故细志之。倘是梦时，亦足动悬想耳。"

调笑未已，一宫女驰入曰："妖入宫门，王避偏殿，凶祸不远矣！"生大惊，趋见王。王执手泣曰："君子不弃，方图永好。讵期孽降自天，国祚将覆，且复奈何！"生惊问何说。王以案上一章，授生启读。章曰："含香殿大学士臣黑翼，为非常怪异，祈早迁都，以存国脉事。据黄门④报称：自五月初六日，来一千丈巨蟒盘踞宫外，吞食内外臣民一万三千八百余口，所过宫殿尽成丘墟，等因。臣奋勇前窥，确见妖蟒：头如山岳，目等江海。昂首则殿阁齐吞，伸腰则楼垣尽覆。真千古未见之凶，万代不遭之祸！社稷宗庙，危在旦夕！乞皇上早率宫眷，速迁乐土"云云。生览毕，面如灰土。即有宫人奔奏："妖物至矣！"合殿哀呼，惨无天日。王仓遽不知所为，但泣顾曰："小女已累先生。"生怃然而返。公主方与左右抱首哀鸣，见生入，牵衿曰："郎焉置妾？"生怆恻欲绝，乃捉腕思曰："小生贫贱，惭无金屋。有茅庐三数间，姑同窀穸可乎？"公主含涕曰："急何能择，乞携速往。"生乃挽扶而出。未几至家，公主曰："此大安宅，胜故国多矣。然妾从君来，父母何依？请别筑一舍，当举国相从。"生难之。公主曰："不能急人之急，安用郎也！"生略慰解，即已入室。公主伏床悲啼，不可劝止。焦思无术，顿然而醒，始知梦也。而耳畔啼声，嘤嘤未绝，审听之，殊非人声，乃蜂子二三头，飞鸣枕上。大叫怪事。

友人诘之，乃以梦告，友人亦诧为异。共起视蜂，依依裳袂间，拂之不去。友人劝为营巢，生如所请，督工构造。方竖两堵，而群蜂自墙外来，络绎如绳，顶尖未合，飞集盈斗。迹所由来，则邻翁之旧圃也。圃中蜂一房，三十余年矣，生息颇繁。或以生事告翁，翁觇之，蜂户寂然。发其壁，则蛇据其中，长丈许，捉而杀之。乃知巨蟒即此物也。蜂入生家，滋息更盛，亦无他异。

---

①返照：夕阳，落日。　②氍毹(qú shū)：毛织的毡席或地毯。　③铅黄：铅粉与雌黄，古代女子的化妆品。　④黄门：宦官。

绿衣女

于生名璟,字小宋,益都①人,读书醴泉寺。夜方披诵,忽一女子在窗外赞曰:"于相公勤读哉!"因念深山何处得女子?方疑思间,女子已推扉笑入,曰:"勤读哉!"于惊起,视之,绿衣长裙,婉妙无比。于知非人,固诘里居。女曰:"君视妾当非能咋噬者,何劳穷问?"于心好之,遂与寝处。罗襦既解,腰细殆不盈掬②。更筹③方尽,翩然遂出。由此无夕不至。

一夕共酌,谈吐间妙解音律。于曰:"卿声娇细,倘度一曲,必能消魂。"女笑曰:"不敢度曲,恐销君魂耳。"于固请之。曰:"妾非吝惜,恐他人所闻。君必欲之,请便献丑,但只微声示意可耳"遂以莲钩轻点床足,歌云:"树上乌臼鸟,赚奴中夜散。不怨绣鞋湿,只恐郎无伴。"声细如蝇,裁可辨认。而静听之,宛转滑烈,动耳摇心。

歌已,启门窥曰:"防窗外有人。"绕屋周视,乃入。生曰:"卿何疑惧之深?"笑曰:"谚云:'偷生鬼子常畏人。'妾之谓矣。"既而就寝,惕然不喜,曰:"生平之分,殆止此乎?"于急问之,女曰:"妾心动,妾禄尽④矣。"于慰之曰:"心动眼瞤,盖是常也,何遽此云?"女稍释,复相绸缪。

更漏既歇,披衣下榻。方将启关,徘徊复返,曰:"不知何故,只是心怯。乞送我出门。"于果起,送诸门外。女曰:"君伫望我,我逾垣去,君方归。"于曰:"诺。"视女转过房廊,寂不复见。方欲归寝,闻女号救甚急。于奔往,四顾无迹,声在檐间。举首细视,则一蛛大如弹,抟捉一物,哀鸣声嘶。于破网挑下,去其缚缠,则一绿蜂,奄然将毙矣。捉归室中置案头,停苏移时⑤,始能行步。徐登砚池,自以身投墨汁,出伏几上,走作"谢"字。频展双翼,已乃穿窗而去。自此遂绝。

黎氏

龙门⑥谢中条者,佻达无行。三十余丧妻,遗二子一女,晨夕啼号,萦累甚苦。谋聘继室,低昂未就。暂雇佣媪抚子女。一日,翔步⑦山途,忽一妇人出其后。待以窥觇,是好女子,年二十许。心悦之,戏曰:"娘子独行,不畏怖

---

①益都:旧县名,治所在今山东省青州市。 ②盈掬(yíng jū):即"盈匊",即满捧,两手合捧曰"匊"。 ③更筹:古代夜间报更用的计时竹签,此处借指时间。 ④禄尽:此处指气运将尽。 ⑤移时:经历一段时间。 ⑥龙门:旧县名,治所在今山西省河津市。 ⑦翔步:安步,缓步。

耶?"妇走不对。又曰:"娘子纤步,山径殊难。"妇仍不顾,谢四望无人。近身侧,遽挚其腕。曳入幽谷,将以强合。妇怒呼曰:"何处强人,横来相侵!"谢夺挽而行,直不休止,妇步履蹰躇,困窘无计,乃曰:"燕婉之求,乃如此耶?缓我,当相就耳。"谢从之。偕入静壑,野合既已,遂相欣爱。

妇问其里居姓氏,谢以实告。既亦问妇,妇言:"妾黎氏。不幸早寡,姑又殒殁,块然①一身,无所依倚,故常至母家耳。"谢曰:"我亦鳏也,能相从乎?"妇问:"君有子女无也?"谢曰:"实不相欺,若论枕席之事,交好者亦颇不乏。只是儿啼女哭,令人不耐。"妇踟蹰曰:"此大难事,观君衣服袜履款样,亦只平平,我自谓能办。但继母难作,恐不胜诮让②也。"谢曰:"请毋疑阻。我自不言,人何干与?"妇亦微纳。转而虑曰:"肌肤已沾,有何不从。但有悍伯,每以我为奇货,恐不允谐,将复如何?"谢亦忧皇,谋与逃窜。妇曰:"我亦思之烂熟。所虑家人一泄,两非所便。"谢云:"此即细事。家中惟一孤媪,立便遣去。"妇喜,遂与同归。先匿外舍,即入遣媪讫,扫榻迎妇,倍极欢好。妇便操作,兼为儿女补缀,辛勤甚至。谢得妇,嬖爱③异常,日惟闭门相对,更不通客。

月余,适以公事出,反关④乃去。及归,则中门严闭,扣之不应。排闼⑤而入,渺无人迹。方至寝室,一巨狼冲门跃出,几惊绝。入视,子女皆无,鲜血殷地,惟三头存焉。返身追狼,已不知所之矣。

异史氏曰:"士则无行,报亦惨矣。再娶者,皆引狼入室耳;况将于野合逃窜中求贤妇哉!"

荷花三娘子

湖州⑥宗湘若,士人也。秋日巡视田垅,见禾稼茂密处,振摇甚动。疑之,越陌⑦往觇,则有男女野合。一笑将返。即见男子靦然⑧结带,草草径去。女子亦起。细审之。雅甚娟好。心悦之,欲就绸缪,实惭鄙恶。乃略近拂拭曰:"桑中之游乐乎?"女笑不语。宗近身启衣,肤腻如脂,于是挼莎⑨上下几遍,女笑曰:"腐秀才!要如何,便如何耳,狂探何为?"诘其姓氏。曰:"春风一度,即别东西,何劳审究?岂将留名字作贞坊耶?"宗曰:"野田草露中,乃山村牧猪奴所为,我不习惯。以卿丽质,即私约亦当自重,何至屑屑如此?"女闻言,极意嘉纳。宗言:"荒斋不远,请过留连。"女曰:"我出已久,恐

---

①块然:孤独。 ②诮让:责问。 ③嬖爱:宠爱。 ④反关:从外面将门关上。 ⑤排闼(tà):推门。 ⑥湖州:旧府名,治所在今浙江省湖州市。 ⑦陌:田间小路。 ⑧靦(tiǎn)然:惭愧的样子。 ⑨挼(ruó)莎:揉搓,搓摩。

人所疑,夜分可耳。"问宗门户物志甚悉,乃趋斜径,疾行而去。更初,果至宗斋。殢①雨尤云,备极亲爱。积有月日,密无知者。

会有番僧卓锡②村寺,见宗惊曰:"君身有邪气,曾何所遇?"答曰:"无之。"过数日,悄然忽病,女每夕携佳果饵之,殷勤抚问,如夫妻之好。然卧后必强宗与合。宗抱病,颇不耐之。心疑其非人,而亦无术暂绝使去。因曰:"曩和尚谓我妖惑,今果病,其言验矣。明日屈之来,便求符咒。"女惨然色变,宗益疑之。次日,遣人以情告僧。僧曰:"此狐也。其技尚浅,易就束缚。"乃书符二道,付嘱曰:"归以净坛一事置榻前,即以一符贴坛口。待狐窜入,急覆以盆,再以一符贴盆上。投釜汤烈火烹煮,少顷毙矣。"家人归,并如僧教。夜深,女始至,探袖中金橘,方将就榻问讯。忽坛口飕飕一声,女已吸入。家人暴起,覆口贴符,方欲就煮。宗见金橘散满地上,追念情好,怆然感动,遽命释之。揭符去覆,女子自坛中出,狼狈颇殆,稽首曰:"大道将成,一旦几为灰土!君,仁人也,誓必相报。"遂去。

数日,宗益沉绵,若将陨坠。家人趋市,为购材木。途中遇一女子,问曰:"汝是宗湘若纪纲③否?"答云:"是。"女曰:"宗郎是我表兄,闻病沉笃,将便省视,适有故不得去。灵药一裹,劳寄致之。"家人受归。宗念中表迄无姊妹,知是狐报。服其药,果大瘳,旬日平复。心德之,祷诸虚空,愿一再觏④。一夜,闭户独酌,忽闻弹指敲窗。拔关出视,则狐女也。大悦,把手称谢,延止共饮。女曰:"别来耿耿,思无以报高厚,今为君觅一良匹,聊足塞责否?"宗问:"何人?"曰:"非君所知。明日辰刻,早越南湖,如见有采菱女,着冰縠帔⑤者,当急趋之。苟迷所往,即视堤边有短干莲花隐叶底,便采归,以蜡火爇其蒂,当得美妇,兼致修龄⑥。"宗谨受教。既而告别,宗固挽之。女曰:"自遭厄劫,顿悟大道。奈何以衾裯之爱,取人仇怨?"厉声辞去。

宗如言,至南湖,见荷荡佳丽颇多,中一垂髫人衣冰縠,绝代也。促舟劘逼⑦,忽迷所往。即拨荷丛,果有红莲一枝,干不盈尺,折之而归。入门置几上,削蜡于旁,将以爇火。一回头,化为姝丽。宗惊喜伏拜。女曰:"痴生!我是妖狐,将为君祟矣!"宗不听。女曰:"谁教子者?"答曰:"小生自能识卿,何待教?"捉臂牵之,随手而下,化为怪石,高尺许,面面玲珑。乃携供案上,焚香再拜而祝之。入夜,杜门塞窦,惟恐其亡。平旦视之,即又非石,纱帔一袭,遥闻芗泽⑧,展视领衿,犹存余腻。宗覆衾拥之而卧。暮起挑灯,既返,则垂髫人在枕上。喜极,恐其复化,哀祝而后就之。女笑曰:"孽障哉!不知何人饶舌,遂教风狂儿屑碎死!"乃不复拒。而款洽间,若不胜任,屡乞

①殢(tì):沉溺。 ②卓锡:指僧人投宿。卓,悬挂。锡,锡杖。 ③纪纲:泛指仆人。 ④觏(gòu):见面。 ⑤冰縠(hú):用冰蚕丝织成的绉纱。帔(pèi):古代披在肩背上的服饰。 ⑥修龄:长寿。 ⑦劘(mó)逼:迫,逼近。 ⑧芗泽:香泽。芗,通"香"。

休止。宗不听，女曰："如此，我便化去！"宗惧而罢。由是两情甚谐。而金帛常盈箱箧，亦不知所自来。女见人喏喏，似口不能道辞，生亦讳言其异。怀孕十余月，计日当产。入室，嘱宗杜门禁款者，自乃以刀割脐下，取子出，令宗裂帛束之，过宿而愈。

又六七年，谓宗曰："夙业偿满，请告别也。"宗闻泣下，曰："卿归我时，贫苦不自立，赖卿小阜①，何忍遽离迤②？且卿又无邦族，他日儿不知母，亦一恨事。"女亦怅惘曰："聚必有散，固是常也。儿福相，君亦期颐③，更何求？妾本何氏。倘蒙思眷，抱妾旧物而呼曰：'荷花三娘子！'当有见耳。"言已解脱，曰："我去矣。"惊顾间，飞去已高于顶。宗跃起，急曳之，捉得履。履脱及地，化为石燕，色红于丹朱，内外莹彻，若水精然。拾而藏之。检视箱中，初来时所着冰縠帔尚在。每一忆念，抱呼"三娘子"，则宛然女郎，欢容笑黛。并肖生平，但不语耳。

骂鸭

邑西白家庄民某，盗邻鸭烹之。至夜，觉肤痒；天明视之，茸生鸭毛，触之则痛。大惧，无术可医。夜梦一人告之曰："汝病乃天罚。须得失者骂，毛乃可落。"而邻翁素雅量，生平失物，未尝征于声色。民诡告翁曰："鸭乃某甲所盗。彼深畏骂焉，骂之亦可警将来。"翁笑曰："谁有闲气骂恶人。"卒不骂。某益窘，因实告邻翁。翁乃骂，其病良已。

异史氏曰："甚矣，攘者之可惧也：一攘④而鸭毛生！甚矣，骂者之宜戒也：一骂而盗罪减！然为善有术，彼邻翁者，是以骂行其慈者也。"

柳氏子

胶州⑤柳西川，法内史之主计仆⑥也。年四十余，生一子，溺爱甚至。纵任之，惟恐拂。既长，荡侈逾检，翁囊积为空。无何，子病，翁故蓄善骡，子曰："骡肥可啖。杀啖我，我病可愈。"柳谋杀蹇劣⑦者。子闻之，大怒骂，疾益甚。柳惧，杀骡以进，子乃喜。然尝一脔，便弃去。病卒不减，寻死，柳悼叹欲绝。

①小阜：稍稍富裕。 ②离迤（tí）：亦作"离逖"，远去。 ③期颐：指百岁之寿。 ④攘：侵夺，偷窃。 ⑤胶州：旧州名，治所在今山东省胶州市。 ⑥主计仆：主管财务收支账目的仆人。 ⑦蹇劣：驽钝，拙劣。

后三四年,村人以香社登岱。至山半,见一人乘骡驶行而来,怪似柳子。比至,果是。下骡遍揖,各道寒暄。村人共骇,亦不敢诘其死。但问:"在此何作?"答云:"亦无甚事,东西奔驰而已。"便问逆旅主人姓名,众具告之。柳子拱手曰:"适有小故,不暇叙间阔,明日当相谒。"上骡遂去。众既归寓,亦谓其未必即来。厌旦①俟之,子果至,系骡厩柱,趋进笑言。众曰:"尊大人日切思慕,何不一归省侍?"子讶问:"言者何人?"众以柳对。子神色俱变,久之曰:"彼既见思,请归传语:我于四月七日,在此相候。"言讫,别去。

众归,以情致翁。翁大哭,如期而往,自以其故告主人。主人止之,曰:"曩见公子,情神冷落,似未必有嘉意。以我卜之,殆不可见。"柳啼泣不信。主人曰:"我非阻君,神鬼无常,恐遭不善。如必欲见,请伏楼中,察其词色,可见则出。"柳如其言。既而子来,问曰:"柳某来否?"主人曰:"无。"子盛气骂曰:"老畜产那便不来!"主人惊曰:"何骂父?"答曰:"彼是我何父!初与义为客侣,不意包藏祸心,隐我血赀②,悍不还。今愿得而甘心,何父之有!"言已出门,曰:"便宜他!"柳在楼,历历闻之,汗流接踵,不敢出气。主人呼之出,狼狈而归。

异史氏曰:"暴得多金,何如其乐?所难堪者偿耳。荡费殆尽,尚不忘于夜台③,怨毒之于人甚矣!"

上仙

癸亥三月,与高季文赴稷下,同居逆旅④。季文忽病。会高振美亦从念东先生至郡,因谋医药。闻袁鳞公言:南郭梁氏家有狐仙,善"长桑之术⑤"。遂共诣之。梁,四十以来女子也,致⑥绥绥有狐意。入其舍,复室中挂红幕。探幕一窥,壁间悬观音像。又两三轴,跨马操矛,驺从纷沓⑦。北壁下有案,案头小座,高不盈尺,贴小锦褥,云仙人至,则居此。众焚香列揖。妇击磬三。口中隐约有词。祝已,肃客就外榻坐。妇立帘下,理发支颐与客语,具道仙人灵迹。久之,日渐曛。众恐碍夜⑧难归,烦再祝请。妇乃击磬重祷,转身复立,曰:"上仙最爱夜谈,他时往往不得遇。昨宵有候试秀才,携酒肴来与上仙饮,上仙亦出良酝酬诸客,赋诗欢笑。散时,更漏向尽⑨矣。"

言未已,闻室中细细繁响,如蝙蝠飞鸣。方凝听间,忽案上若堕巨石,声甚厉。妇转身曰:"几惊怖煞人!"便闻案上作叹咤声,似一健叟。妇以蕉扇

---

①厌旦:黎明。 ②隐:吞没。血赀:犹言血本。 ③夜台:坟墓,借指阴间。 ④逆旅:客舍,旅店。 ⑤长桑之术:医术。长桑,战国良医名。 ⑥致:风致,风度品格。 ⑦驺(zōu)从:古代达官显贵出行时的骑马侍从。纷沓:纷冗繁杂。 ⑧碍夜:指深夜。 ⑨更漏向尽:指将近天明时分。更漏,即漏壶,古代夜间凭漏壶显示的时刻报更,故称。

隔小座。座上大言曰:"有缘哉!有缘哉!"抗声让坐,又似拱手为礼。已而问客:"何所谕教?"高振美尊念东先生意,问:"见菩萨否?"答云:"南海是我熟径,如何不见!""阎罗亦更代否?"曰:"与阳世等耳。""阎罗何姓?"曰:"姓曹。"已乃为季文求药。曰:"归当夜祀茶水,我与大士处讨药奉赠,何恙不已。"众各有问,悉为剖决。乃辞而归。过宿,季文少愈。余与振美治装先归,遂不暇造访矣。

侯静山

高少宰①念东先生云:"崇祯间,有猴仙,号静山。托神于河间之叟,与人谈诗文,决休咎,娓娓不倦。以肴核置案上,啖饮狼藉,但不能见之耳。"时先生祖寝疾。或致书云:"侯静山,百年人也,不可不晤。"遂以仆马往招叟。叟至经日,仙犹未来。焚香祠之,忽闻屋上大声叹赞曰:"好人家!"众惊顾。俄檐间又言之,叟起曰:"大仙至矣。"群从叟岸帻②出迎,又闻作拱致声。既入室,遂大笑纵谈。时少宰兄弟尚诸生,方入闱③归。仙言:"二公闱卷亦佳,但经不熟,再须勤勉,云路亦不远矣。"二公敬问祖病,曰:"生死事大,其理难明。"因共知其不祥。无何,太先生谢世。

旧有猴人,弄猴于村。猴断锁而逸,不可追,入山中。数十年,人犹见之。其走飘忽,见人则窜。后渐入村中,窃食果饵,人皆莫之见。一日,为村人所睹,逐诸野,射而杀之。而猴之鬼竟不自知其死也,但觉身轻如叶,一息④百里。遂往依河间叟,曰:"汝能奉我,我为汝致富。"因自号静山云。

钱流

沂水⑤刘宗玉云:其仆杜和,偶在园中,见钱流如水,深广二三尺许。杜惊喜,以两手满掬,复偃卧⑥其上。既而起视,则钱已尽去,惟握于手者尚存。

郭生

郭生,邑之东山人。少嗜读,但山村无所就正,年二十余,字画多讹。先

---

①少宰:官名,明清用为吏部侍郎别称。 ②岸帻(zé):推起头巾,露出前额。 ③入闱:参加科举考试。 ④一息:一呼一吸,比喻极短的时间。 ⑤沂水:旧县名,治所在今山东省沂水县。 ⑥偃卧:仰卧、睡卧。

是,家中患狐,服食器用,辄多亡失,深患苦之。一夜读,卷置案头,狐涂鸦甚,狼藉不辨行墨。因择其稍洁者辑读之,仅得六七十首,心恚愤而无如何。又积窗课①二十余篇,待质②名流。晨起,见翻摊案上,墨汁浓沘③殆尽。恨甚。

　　会王生者,以故至山,素与郭善,登门造访。见污本,问之。郭具言所苦,且出残课示王。王谛玩之,其所涂留,似有春秋④。又复视沘⑤卷,类冗杂可删。讶曰:"狐似有意。不惟勿患,当即以为师。"过数月,回视旧作,顿觉所涂良确。于是改作两题,置案上,以观其异。比晓,又涂之。积年余,不复涂,但以浓墨洒作巨点,淋漓满纸。郭异之,持以白王。王阅之曰:"狐真尔师也,佳幅可售矣。"是岁,果入邑庠。郭以是德狐,恒置鸡黍,备狐啖饮。每市房书名稿,不自选择,但决于狐。由是两试俱列前名,入闱中副车⑥。

　　时叶、缪诸公稿,风雅绝丽,家传而户诵之。郭有抄本,爱惜臻至。忽被倾浓墨碗许于上,污荫几无余字;又拟题构作,自觉快意,悉浪涂之:于是渐不信狐。无何,叶公以正文体被收,又稍稍服其先见。然每作一文,经营惨淡,辄被涂污。自以屡拔前茅,心气颇高,以是益疑狐妄。乃录向之洒点烦多者试之,狐又尽沘之。乃笑曰:"是真妄矣!何前是而今非也?"遂不为狐设馔,取读本锁箱簏中。且见封锢俨然,启视则卷面涂四画,粗于指,第一章画五,二章亦画五,后即无有矣。自是狐竟寂然。后郭一次四等,两次五等,始知其兆已寓意于画也。

　　异史氏曰:"满招损,谦受益,天道也。名小立,遂自以为是,执叶、缪之余习,狃⑦而不变,势不至大败涂地不止也。满之为害如是夫!"

金生色

　　金生色,晋宁⑧人也。娶同村木姓女。生一子,方周岁。金忽病,自分必死,谓妻曰:"我死,子必嫁,勿守也!"妻闻之,甘词厚誓,期以必死。金摇手呼母曰:"我死,劳看阿保,勿令守也。"母哭应之。既而金果死。

　　木媪来吊,哭已,谓金母曰:"天降凶忧,婿遽遭命。女太幼弱,将何为计?"母悲悼中,闻媪言,不胜愤激,盛气对曰:"必以守!"媪惭而罢。夜伴女寝,私谓女曰:"人尽夫也。以儿好手足,何患无良匹?小儿女不早作人家,眈眈⑨守此襁褓物,宁非痴子?倘必令守,不宜以面目好相向。"金母过,颇

---

　　①窗课:旧称私塾中学生习作的诗文。　②质:问明,就正。　③沘(cǐ):渍,蘸。　④春秋:此处指褒贬。　⑤沘(wò):污,弄脏。　⑥副车:清代称乡试的副榜贡生。　⑦狃(niǔ):习惯。　⑧晋宁:旧州名,治所在今云南省晋宁县。　⑨眈眈:形容眼睛注视。

闻絮语，益恚。明日，谓媪曰："亡人有遗嘱，本不教妇守也。今既急不能待，乃必以守！"媪怒而去。

母夜梦子来，涕泣相劝，心异之。使人言于木，约殡后听妇所适。而询诸术家①，本年墓向不利。妇思自衒②以售，缞绖③之中，不忘涂泽④。居家犹素妆，一归宁，则崭然新艳。母知之，心弗善也，以其将为他人妇，亦隐忍之。于是妇益肆。村中有无赖子董贵者，见而好之，以金啖金邻妪，求通殷勤于妇。夜分，由妪家逾墙以达妇所，因与会合。往来积有旬日，丑声四塞，所不知者惟母耳。妇室夜惟一小婢，妇腹心也。

一夕，两情方洽，闻棺木震响，声如爆竹。婢在外榻，见亡者自幛后出，带剑入寝室去。俄闻二人骇诧声，少顷，董裸奔出；无何，金捽妇发亦出。妇大噪，母惊起，见妇赤体走去，方将启关，问之不答。出门追视，寂不闻声，竟迷所往。入妇室，灯火犹亮。见男子履，呼婢，婢始战惕而出，具言其异，相与骇怪而已。

董窜过邻家，团伏墙隅，移时，闻人声渐息，始起。身无寸缕，苦寒战甚，将假衣于妪。视院中一室，双扉虚掩，因而暂入。暗摸榻上，触女子足，知为邻子妇。顿生淫心，乘其寝，潜就私之。妇醒，问："汝来乎？"应曰："诺。"妇竟不疑，狎亵备至。

先是，邻子以故赴北村，嘱妻掩户以待其归。既返，闻室内有声，疑而审听，音态绝秽。大怒，操戈入室。董惧，窜于床下，子就戮之。又欲杀妻；妻泣而告以误，乃释之。但不解床下何人，呼母起，共火之，仅能辨认。视之，奄有气息。诘其所来，犹自供吐。而刃伤数处，血溢不止，少顷已绝。妪仓皇失措，谓子曰："捉奸而单戮之，子且奈何？"子不得已，遂又杀妻。

是夜，木翁方寝，闻户外拉杂之声，出窥则火炽于檐，而纵火人犹彷徨未去。翁大呼，家人毕集，幸火初燃，尚易扑灭。命人操弓弩，逐搜纵火者，见一人趫捷⑤如猿，竟越垣去。垣外乃翁家桃园，园中四缭周墉⑥皆峻固。数人梯登以望，踪迹殊杳。惟墙下块然微动，问之不应，射之而软。启扉往验，则女子白身卧，矢贯胸脑。细烛之，则翁女而金妇也。骇告主人，翁媪惊怛欲绝，不解其故。女合眸，面色灰败，口气细于属丝⑦。使人拔脑矢，不可出，足踏顶项而后出之。女嘤然一声，血暴注，气亦遂绝。翁大惧，计无所出。

既曙，以实情白金母，长跽哀乞。而金母殊不怨怒，但告以故，令自营葬。金有叔兄生光，怒登翁门，诟数前非。翁惭沮，赂令罢归。而终不知妇所私者何人。俄邻子以执奸自首，既薄责逐释讫。而妇兄马彪素健讼，具词

①术家：此处指从事占验、阴阳等方术的人。　②自衒（xuàn）：自夸，炫耀自己。　③缞绖（cuī dié）：丧服。缞，丧服，以麻布条披于胸前。绖，丧服所用的麻带。　④涂泽：修饰容貌，化妆。　⑤趫（qiáo）捷：矫健敏捷。　⑥墉：高墙。　⑦属丝：连续而细微的丝，此处喻指气息微弱。

控妹冤。官拘妪，妪惧，悉供颠末。又唤金母，母托疾，令生光代质，具陈底里。于是前状并发，牵木翁夫妇尽出，一切廉得其情。木以诲女嫁，坐纵淫，笞；使自赎①，家产荡焉。邻妪导淫，杖之毙。案乃结。

异史氏曰："金氏子其神乎！谆嘱醮妇，抑何明也！一人不杀，而诸恨并雪，可不谓神乎！邻妪诱人妇，而反淫己妇；木媪爱女，而卒以杀女。呜呼！'欲知后日因，当前作者是'，报更速于来生矣！"

彭海秋

莱州②诸生彭好古，读书别业，离家颇远，中秋未归，岑寂③无偶。念村中无可共语。惟邱生者，是邑名士，而素有隐恶，彭常鄙之。月既上，倍益无聊，不得已，折简邀邱。饮次，有剥啄④者。斋僮出应门，则一书生，将谒主人。彭离席，肃客入。相揖环坐，便询族居。客曰："小生广陵人，与君同姓，字海秋。值此良夜，旅邸倍苦。闻君高雅，遂乃不介而见。"视其人，布衣洁整，谈笑风流。彭大喜曰："是我宗人。今夕何夕，遘此嘉客！"即命酌，款若夙好。察其意，似甚鄙邱。邱仰与攀谈，辄傲不为礼。彭代为之惭，因挠乱其词，请先以俚歌侑饮。乃仰天再咳，歌"扶风豪士之曲"，相与欢笑。

客曰："仆不能韵，莫报'阳春'。倩代⑤者可乎？"彭言："如教。"客问："莱城有名妓无也？"彭答云："无。"客默良久，谓斋僮曰："适唤一人，在门外，可导入之。"僮出，果见一女子逡巡户外。引之入，年二八已来，宛然若仙。彭惊绝，掖⑥坐。衣柳黄帔，香溢四座。客便慰问："千里颇烦跋涉也。"女含笑唯唯。彭异之，便致研诘。客曰："贵乡苦无佳人，适于西湖舟中唤得来。"谓女曰："适舟中所唱'薄幸郎曲'，大佳，请再反之。"女歌云："薄幸郎，牵马洗春沼⑦。人声远，马声杳；江天高，山月小。掉头去不归，庭中空白晓。不怨别离多，但愁欢会少。眠何处？勿作随风絮。便是不封侯，莫向临邛去！"客于袜中出玉笛，随声便串⑧；曲终笛止。

彭惊叹不已，曰："西湖至此。何止千里，咄嗟⑨招来，得非仙乎？"客曰："仙何敢言，但视万里犹庭户耳。今夕西湖风月，尤盛曩时，不可不一观也，能从游否？"彭留心以觇其异，诺曰："幸甚。"客问："舟乎，骑乎？"彭思舟坐为逸，答言："愿舟。"客曰："此处呼舟较远，天河中当有渡者。"乃以手向空中招曰："舡来！舡来！我等要西湖去，不吝偿也。"无何，彩船一只，自空飘

---

①自赎：此处指以资财入官赎罪。　②莱州：旧府名，治所在今山东省莱州市。③岑(cén)寂：寂寞，孤独冷清。　④剥啄：象声词，此处指敲门声。⑤倩代：请人代替。⑥掖：用手扶着别人的胳膊。　⑦春沼：春天的池水。　⑧串：演奏。　⑨咄嗟(duō jiē)：霎时。

落,烟云绕之。众俱登。见一人持短棹,棹末密排修翎,形类羽扇,一摇羽,清风习习。舟渐上入云霄,望南游行,其驶如箭。逾刻,舟落水中。但闻弦管敖嘈,鸣声嗳聒。出舟一望,月印烟波,游船成市。榜人①罢棹,仟其自流。细视,真西湖也。客于舱后,取异肴佳酿,欢然对酌。少间,一楼船渐近,相傍而行。隔窗以窥,中有三两人,围棋喧笑。客飞一觥向女曰:"引此送君行。"女饮间,彭依恋徘徊,惟恐其去,蹴之以足。女斜波送盼,彭益动,请要后期。女曰:"如相见爱,但问娟娘名字,无不知者。"客即以彭绫巾授女,曰:"我为若代订三年之约。"即起,托女子于掌中,曰:"仙乎,仙乎!"乃扳邻窗,捉女入,窗目如盘,女伏身蛇游而进,殊不觉隘。俄闻邻舟曰:"娟娘醒矣。"舟即荡去。遥见舟已就泊,舟中人纷纷并去,游兴顿消。遂与客言,欲一登崖,略同眺瞩。

才作商榷,舟已自拢。因而离舟翔步②,觉有里余。客后至,牵一马来,令彭捉之。即复去,曰:"待再假两骑来。"久之不至。行人亦稀,仰视斜月西转,天色向曙。邱亦不知何往。捉马营营,进退无主,振辔至泊舟所,则人船俱失。念腰囊③空匮,倍益忧皇。天大明,见马上有小错囊④;探之,得白金三四两。买食凝待,不觉向午。计不如暂访娟娘,可以徐察邱耗⑤。比询娟娘名字,并无知者,兴转萧索。次日遂行。马调良,幸不蹇劣,半月始归。

方三人之乘舟而上也,斋僮归白:"主人已仙去。"举家哀啼,谓其不返。彭归,系马而入,家人惊喜集问,彭始具白其异。因念独还乡井,恐邱家闻而致诘,戒家人勿播。语次,道马所由来。众以仙人所遗,便悉诣厩验视。及至,则马顿渺,但有邱生,以草缰絷枥边。骇极,呼彭出视。见邱垂首栈下,面色灰死,问之不言,两眸启闭而已。彭大不忍,解扶榻上,若丧魂魄,灌以汤酏⑥,稍稍能咽。中夜少苏,急欲登厕,扶掖而往,下马粪数枚。又少饮啜,始能言。彭就榻研问之,邱云:"下船后,彼引我闲语,至空处,戏拍项领,遂迷闷颠踣。伏定少刻,自顾已马。心亦醒悟,但不能言耳。是大耻辱,诚不可以告妻子,乞勿泄也!"彭诺之,命仆马驰送归。彭自是不能忘情于娟娘。

又三年,以姊丈判扬州,因往省视。州有梁公子,与彭通家,开筵邀饮。即席有歌姬数辈,俱来祗谒⑦。公子问娟娘,家人白以病。公子怒曰:"婢子声价自高,可将索子系之来!"彭闻娟娘名,惊问其谁。公子云:"此娼女,广陵第一人。缘有微名,遂倨而无礼。"彭疑名字偶同,然突突自急,极欲一见之。无何,娟娘至,公子盛气排数⑧。彭谛视,真中秋所见者也。谓公子曰:"是与仆有旧,幸垂原恕。"娟娘向彭审顾,似亦错愕。公子未遑深问,即命行

①榜(bàng)人:船家,船夫。 ②翔步:安步,缓步。 ③腰囊(tuó):藏钱的袋子,多系于腰间。囊,口袋。 ④错囊:金线绣成的袋子。 ⑤耗:音讯。 ⑥汤酏(yí):清粥。 ⑦祗谒:拜见。 ⑧排数:斥责,数落。

觞。彭问:"'薄幸郎曲'犹记之否?"娟娘更骇,目注移时,始度旧曲。听其声,宛似当年中秋时。酒阑,公子命侍客寝。彭捉手曰:"三年之约,今始践耶?"娟娘曰:"昔日从人泛西湖,饮不数卮,忽若醉。蒙胧间,被一人携去置一村中,一僮引妾入,席中三客,君其一焉。后乘船至西湖,送妾自窗棂归,把手殷殷。每所凝念,谓是幻梦,而绫巾宛在,今犹什袭①藏之。"彭告以故,相共叹咤。娟娘纵体入怀,哽咽而言曰:"仙人已作良媒,君勿以风尘可弃,遂舍念此苦海人。"彭曰:"舟中之约,未尝一日去心。卿倘有意,则泻囊货马,所不惜耳。"诘旦,告公子,又称贷于别驾,千金削其籍②,携之以归。偶至别业,犹能认当年饮处云。

异史氏曰:"马而人,必其为人而马者也;使为马,正恨其不为人耳。狮象鹤鹏,悉受鞭策,何可谓非神人之仁爱乎?即订三年约,亦度苦海也。"

堪舆

沂州③宋侍郎君楚家,素尚堪舆④,即闺阁中亦能读其书,解其理。宋公卒,两公子各立门户,为公卜兆。闻能善青乌之术⑤者,不惮千里争罗致之。于是两门术士,召致盈百。日日连骑遍郊野,东西分道出入,如两旅⑥。经月余,各得牛眠地⑦,此言封侯,彼言拜相。兄弟两不相下,因负气不为谋,并营寿域⑧,锦棚彩幢,两处俱备。灵舆至歧路,兄弟各率其属以争,自晨至于日昃,不能决。宾客尽引去。舁夫凡十易肩,困惫不举,相与委枢路侧。因止不葬,鸠工构庐,以蔽风雨。兄建舍于旁,留役居守,弟亦建舍如兄,兄再建之,弟又建之:三年而成村焉。

积多年兄弟继逝,嫂与娣⑨始合谋,力破前人水火之议,并车入野,视所择两地,并言不佳,遂同修聘贽,请术人另相之。每得一地,必具图呈闺闼⑩,判其可否。日进数图,悉疵摘之。旬余,始卜一域。嫂览图,喜曰:"可矣。"示娣。娣曰:"是地当先发一武孝廉。"葬后三年,公长孙果以武生领乡荐。

异史氏曰:"青乌之术,或有其理,而僻而信之则痴矣。况负气相争,委枢路侧,其于孝弟之道不讲,奈何冀以地理福儿孙哉!如闺中宛若⑪,真雅而可传者矣。"

---

①什袭:亦作"十袭",把物品重重包裹起来,形容珍贵。 ②削其籍:将其从乐籍中除名,此处指为其赎身。 ③沂州:旧府名,治所在今山东省临沂市。 ④堪舆:即风水。堪,天道;舆,地道。 ⑤青乌之术:即堪舆术。青乌,指古代传说中的堪舆家青乌子。 ⑥旅:古代军队编制单位,或说五百人为一旅,或说两千人为一旅。 ⑦牛眠地:风水好的墓地。 ⑧寿域:坟茔。 ⑨娣:古代称丈夫的弟妇。 ⑩闺闼(tà):妇女所居的内室。 ⑪宛若:妯娌的代称。

窦氏

南三复,晋阳①世家也。有别墅,去所居十余里,每驰骑日一诣之。适遇雨,中途有小村,见一农人家,门内宽敞,因投止焉。近村人固皆威重南。少顷,主人出邀,踽踽②甚恭,入其舍,斗如。客既坐,主人始操篲③,殷勤氾扫④;既而泼蜜为茶。命之坐,始敢坐。问其姓名,自言:"廷章,姓窦。"未几,进酒烹雏,给奉周至。有笄女行炙,时止户外,稍稍露其半体,年十五六,端妙无比,南心动。雨歇既归,系念綦切。

越日,具粟帛往酬,借此阶进。是后常一过窦,时携肴酒,相与留连。女渐稔,不甚避忌,辄奔走其前。眤之,则低鬟微笑。南益惑焉,无三日不往者。一日值窦不在,坐良久,女出应客。南捉臂狎之,女惭急,峻拒曰:"奴虽贫,要嫁,何贵倨凌人也!"时南失偶,便揖之曰:"倘获怜眷,定不他娶。"女要誓;南指矢天日,以坚永约,女乃允之。自此为始,瞰窦他出,即过缱绻。女促之曰:"桑中之约,不可长也。日在帡幪⑤之下,倘肯赐以姻好,父母必以为荣,当无不谐。宜速为计!"南诺之。转念农家岂堪匹偶,姑假其词以因循之。

会媒来议婚于大家,初尚踌躇,既闻貌美财丰,志遂决。女以体孕,催并益急,南遂绝迹不往。无何,女临蓐⑥,产一男。父怒挞女,女以情告,且言:"南要我矣。"窦乃释女,使人问南,南立却不承。窦乃弃儿,益扑女。女暗哀邻妇,告南以苦,南亦置之。女夜亡,视弃儿犹活,遂抱以奔南。款关而告阍者曰:"但得主人一言,我可不死。彼即不念我,宁不念儿耶?"阍人具以达南,南戒勿入。女倚户悲啼,五更始不复闻。至明视之,女抱儿坐僵矣。窦忿,讼之上官,悉以南不义,欲罪南。南惧,以千金行赂得免。

其大家梦女披发抱子而告曰:"必勿许负心郎;若许,我必杀之!"大家贪南富,卒许之。既亲迎,奁妆丰盛,新人亦娟好,然喜悲,终日未尝睹欢容,枕席之间,时复有涕洟⑦。问之,亦不言。过数日,妇翁至,入门便泪,南未遑问故,相将入室。见女而骇曰:"适于后园,见吾女缢死桃树上,今房中谁也?"女闻言,色暴变,仆然而死。视之,则窦女。急至后园,新妇果自经死。骇极,往报窦。窦发女冢,棺启尸亡。前忿未蠲⑧,倍益惨怒,复讼于官。官因其情幻,拟罪未决。南又厚饵窦,哀令休结;官亦受其赇嘱,乃罢。而南家自

---

①晋阳:旧县名,治所在今山西省太原市西南。 ②踽踽(jú jí):困顿窘迫而蜷曲的样子。 ③篲(huì):扫帚。 ④氾(fàn)扫:洒扫。 ⑤帡幪(píng méng):本指古代帐幕之类的物品。后亦引申为覆盖,此处指受庇护。 ⑥临蓐(rù):临产,分娩。 ⑦涕洟(tì yí):眼泪和鼻涕。 ⑧蠲(juān):消除,除去。

此稍替。又以异迹传播,数年无敢字①者。

南不得已,远于百里外聘曹进士女。未及成礼,会民间讹传,朝廷将选良家女充掖庭②,以故有女者,悉送归夫家去。一日,有妪导一舆至,自称曹家送女者。扶女入室,谓南曰:"选嫔之事已急,仓卒不能如礼,且送小娘子来。"问:"何无客?"曰:"薄有奁妆,相从在后耳。"妪草草径去。南视女亦风致,遂与谐笑。女俯颈引带,神情酷类窦女。心中作恶,第未敢言。女登榻,引被幪首而眠,亦谓新人常态,弗为意。日敛昏,曹人不至,始疑。捋被问女,而女亦奄然冰绝。惊怪莫知其故,驰伻③告曹,曹竟无送女之事。相传为异。时有姚孝廉女新葬,隔宿为盗所发,破材失尸。闻其异,诣南所征之,果其女。启衾一视,四体裸然。姚怒,质状于官,官因南屡行无理,恶之,坐发冢见尸,论死。

异史氏曰:"始乱之而终成之,非德也,况誓于初而绝于后乎?挞于室,听之;哭于门,仍听之;抑何其忍!而所以报之者,亦比李十郎惨矣!"

梁彦

徐州梁彦,患鼽嚏④,久而不已。一日方卧,觉鼻奇痒,遽起大嚏。有物突出落地,状类屋上瓦狗,约指顶大。又嚏,又一枚落。四嚏凡落四枚。蠢然而动,相聚互嗅。俄而强者啮弱者以食,食一枚则身顿长。瞬息吞并,止存其一,大于鼫鼠⑤矣。伸舌周匝,自舐其吻。梁大愕,踏之,物缘袜而上,渐至股际。捉衣而撼摆之,粘据不可下。顷入衿底,爬搔腰胁。大惧,急解衣掷地。扪之,物已贴伏腰间。推之不动,掐之则痛,竟成赘疣⑥,口眼已合,如伏鼠然。

龙肉

姜太史玉璇言:"龙堆之下,掘地数尺,有龙肉充牣⑦其中,任人割取,但勿言'龙'字。或言'此龙肉也',则霹雳震作,击人而死。"太史曾食其肉,实不谬也。

---

①字:许嫁。 ②掖庭:亦作"掖廷",宫中旁舍,通常为妃嫔所居。 ③伻(bēng):使者,此处指送信的仆人。 ④鼽嚏(qiú tì):鼻塞不通,打喷嚏。 ⑤鼫(shí)鼠:指鼫鼠一类的动物。 ⑥赘疣(yóu):肉瘤。 ⑦充牣(rèn):丰足。

第六卷

潞令

宋国英,东平①人,以教习授潞城②令。贪暴不仁,催科尤酷,毙杖下者狼藉于庭。余乡徐白山适过之,见其横,讽曰:"为民父母,威焰固至此乎?"宋洋洋作得意之词曰:"嘻!不敢!官虽小,莅任百日,诛五十八人矣。"后半年,方据案视事,忽瞪目而起,手足挠乱,似与人撑拒状,自言曰"我罪当死!我罪当死!"扶入署中,逾时寻卒。呜呼!幸阴曹兼摄阳政,不然,颠越③货多,则"卓异"声起矣,流毒安穷哉!

异史氏曰:"潞子故区,其人魂魄毅,故其为鬼雄。今有一官握篆于上,必有一二鄙流,风承而痔舐之。其方盛也,则竭攫未尽之膏脂,为之具锦屏;其将败也,则驱诛未尽之肢体,为之乞保留。官无贪廉,每莅一任,必有此两事。赫赫者一日未去,则蚩蚩者④不敢不从。积习相传,沿为成规,其亦取笑于潞城之鬼也已!"

马介甫

杨万石,大名⑤诸生也,生平有"季常之惧⑥"。妻尹氏,奇悍,少忤之,辄以鞭挞从事。杨父年六十余而鳏,尹以齿⑦奴隶数。杨与弟万钟常窃饵翁,不敢令妇知。然衣败絮,恐贻讪笑,不令见客。万石四十无子,纳妾王,且夕不敢通一语。

兄弟候试郡中,见一少年,容服都雅。与语,悦之,询其姓字,自云:"介

---

①东平:旧州名,治所在今山东省东平县。 ②潞城:旧县名,治所在今山东省潞城市。 ③颠越:使倒毙,杀人。 ④蚩蚩者:平民,百姓。 ⑤大名:旧府名,治所在今河北省大名县。 ⑥季常之惧:惧内。季常,指宋人陈慥,字季常。 ⑦齿:并列,视同。

甫,马姓。"由此交日密,焚香为昆季①之盟。既别,约半载,马忽携僮仆过杨。值杨翁在门外曝阳扪虱,疑为佣仆,通姓氏使达主人,翁披絮去。或告曰:"此即其翁也。"马方惊讶,杨兄弟岸帻②出迎。登堂一揖,便请朝父,万石辞以偶恙。促坐笑语,不觉向夕,万石屡言具食而终不见至。兄弟迭互出入,始有瘦奴持壶酒来,俄顷饮尽。坐伺良久,万石频起催呼,额颊间热汗蒸腾。俄瘦奴以馔具出,脱粟失饪③,殊不甘旨。食已,万石草草硬去。万钟襆被来伴客寝,马责之曰:"曩以伯仲高义,遂同盟好。今老父实不温饱,行道者羞之!"万钟泫然曰:"在心之情,卒难申致④。家门不吉,蹇遭悍嫂,尊长细弱,横被催残。非沥血之好,此丑不敢扬也。"马骇叹移时,曰:"我初欲早旦而行,今得此异闻,不可不一目见之。请假闲舍,就便自炊。"万钟从其教,即除室为马安顿。夜深窃馈蔬稻,惟恐妇知。马会其意,力却之,且请杨翁与同食寝。自诣城肆⑤布帛,为易袍裤,父子兄弟皆感泣。万钟有子喜儿方七岁,夜从翁眠。马抚之曰:"此儿福寿,过于其父,但少年孤苦耳。"妇闻老翁安饱,大怒,辄骂,谓马强预人家事。初恶声尚在闺闼,渐近马居,以示瑟歌之意⑥。杨兄弟汗体徘徊,不能制止;而马若弗闻也者。

妾王,体妊五月,妇始知之,褫⑦衣惨掠。已,乃唤万石跪受巾帼⑧,操鞭逐出。值马在外,惭懔不前,又追逼之,始出。妇亦随出,又手顿足,观者填溢。马指妇叱曰:"去,去!"妇即反奔,若被鬼逐,裤履俱脱,足缠萦绕于道上,徒跣⑨而归,面色灰死。少定,婢进袜履,着已,嗷啕大哭。家无敢问者。马曳万石为解巾帼,万石耸身定息,如恐脱落,马强脱之,而坐立不宁,犹惧以私脱加罪。探妇哭已,乃敢入,趑趄⑩而前。妇殊不发一语,遽起,入房自寝。万石意始舒,与弟窃奇焉。家人皆以为异,相聚偶语,妇微有闻,益羞怒,遍挞奴婢。呼妾,妾创剧不能起。妇以为伪,就榻搒之,崩注堕胎。万石于无人处,对马哀啼,马慰解之。呼僮具牢馔⑪,更筹再唱,不放万石去。

妇在闺房,恨夫不归,方大恚忿。闻撬扉声,急呼婢,则室门已辟。有巨人入,影蔽一室,狰狞如鬼;俄又有数人入,各执利刃。妇骇绝欲号,巨人以刀刺颈曰:"号便杀却!"妇急以金帛赎命。巨人曰:"我冥曹使者,不要钱,但取悍妇心耳!"妇益惧,自投败颡⑫。巨人乃以利刃画妇心而数之曰:"如某事,谓可杀否?"即以画。凡一切凶悍之事,责数殆尽,刀画肤革不啻数十。末乃曰:"妾生子,亦尔宗绪,何忍打堕? 此事必不可宥!"乃令数人反接其手,剖视悍妇心肠。妇叩头乞命,但言知悔。俄闻中门启闭,曰:"杨万石来矣。既已悔过,姑留余生。"纷然尽散。

---

①昆季:兄弟。 ②岸帻(zé):推起头巾,露出前额。 ③脱粟:糙米。失饪:生熟失宜。 ④申致:表达。 ⑤市:购买。 ⑥瑟歌之意:此处指不满之意。 ⑦褫(chǐ):剥去。 ⑧巾帼:女子的头巾与发饰。 ⑨徒跣:赤脚。 ⑩趑趄(zī jū):此处指疑惧不前。 ⑪牢馔(zhuàn):酒食。 ⑫自投:磕头。颡:额头。

　　无何，万石人，见妇赤身绷系，心头刀痕，纵横不可数。解而问之，得其故，大骇，窃疑马。明日，向马述之，马亦骇。由是妇威渐敛，经数月不敢出一恶语。马大喜，告万石曰："实告君，幸勿宣泄，前以小术惧之。既得好合，请暂别也。"遂去。妇每日暮，挽留万石作侣，欢笑而承迎之。万石生平不解此乐，遽遭之，觉坐立皆无所可。妇一夜忆巨人状，瑟缩摇战。万石思媚妇意，微露其假。妇遽起，苦致穷诘。万石自觉失言，而不能悔，遂实告之。妇勃然大骂，万石惧，长跽床下。妇不顾，哀至漏三下①，妇曰："欲得我恕，须以刀画汝心头如干数，此恨始消。"乃起捉厨刀。万石大惧而奔，妇逐之。犬吠鸡腾，家人尽起。万钟不知何故，但以身左右翼兄。妇乃诟詈，忽见翁来，睹袍服，倍益烈怒，即就翁身条条割裂，批颊而摘翁髭。万钟见之怒，以石击妇，中颅，颠踬而毙。万钟曰："我死而父兄得生，何憾！"遂投井中，救之已死。移时妇复苏，闻万钟死，怒亦遂解。

　　既殡，弟妇恋儿，矢不嫁。妇唾骂不与食，醮去之。遗孤儿，朝夕受鞭楚，俟家人食讫，始啖以冷块。积半岁，儿尪羸②，仅存气息。

　　一日，马忽至，万石嘱家人，勿以告妇。马见翁褴缕如故，大骇；又闻万钟殒谢，顿足悲哀。儿闻马至，便来依恋，前呼马叔。马不能识，审顾始辩，惊曰："儿何憔悴至此！"翁乃嗫嚅具道情事，马忿然谓万石曰："我曩道兄非人，果不谬。两人止此一线，杀之，将奈何？"万石不言，惟伏首帖耳而泣。

　　坐语数刻，妇已知之，不敢自出逐客，但呼万石入，批③使绝马。含涕而出，批痕俨然。马怒之曰："兄不能威，独不能断'出'耶？殴父杀弟，安然忍之，何以为人！"万石欠伸，似有动容。马又激之曰："如渠不去，理须杀；即便杀却勿惧。仆有二三知交，都居要地，必合极力，保无亏也。"万石诺，负气疾行，奔而入。适与妇遇，叱问："何为？"万石皇遽失色，以手据地曰："马生教余出妇。"妇益恚，顾寻刀杖，万石惧而却步。马唾之曰："兄真不可教也已！"遂开箧，出刀圭药④，合水授万石饮。曰："此丈夫再造散。所以不轻用者，以能病人故耳。今不得已，暂试之。"饮下，少顷，万石觉忿气填胸，如烈焰冲烧，刻不容忍，直抵闺闼，叫喊雷动。妇未及诘，万石以足腾起，妇颠去数尺有咫。即复握石成拳，擂击无算。妇体几无完肤，嘲哳⑤犹詈。万石于腰中出佩刀。妇骂曰："出刀子，敢杀我耶？"万石不语，割股上肉大如掌，掷地下。方欲再割，妇哀鸣乞恕。万石不听，又割之。家人见万石凶狂，相集，死力掖出。马迎去，捉臂相用慰劳。万石余怒未息，屡欲奔寻，马止之。少间，药力消，嗒若丧。马嘱曰："兄勿馁。乾纲⑥之振，在此一举。夫人之所以惧者，

────────────

　　①漏三下：三更，相当于晚11时至次日凌晨1时之间。漏，更漏，即古人计时所用漏壶。
　　②尪羸(wāng léi)：瘦弱。　③批：打耳光。　④刀圭药：用刀圭称量的中药。刀圭，古时量取药末的用具。　⑤嘲哳(zhāo zhā)：形容声音杂乱细碎。　⑥乾纲：夫纲。

非朝夕之故,其所由来者渐矣。譬之昨死而今生,须从此涤故更新。再一馁,则不可为矣。"遣万石入探入。妇股栗心憯①,倩婢扶起,将以膝行。止之,乃已。出语马生,父子交贺。马欲去,父子共挽之。马曰:"我适有东海之行,故便道相过,还时可复会耳。"

月余妇起,宾事良人②。久觉黔驴无技,渐狎,渐嘲,渐骂,居无何,旧态全作矣。翁不能堪,宵遁,至河南隶道士籍,万石亦不敢寻。年余马至,知其状,怫然责数已,立呼儿至,置驴子上,驱策径去。由此乡人皆不齿万石。学使案临,以劣行黜名。又四五年,遭回禄③,居室财物,悉为煨烬,延烧邻舍。村人执以告郡,罚锾④烦苦。于是家产渐尽,至无居庐,近村相戒,无以舍舍万石。尹氏兄弟,怒妇所为,亦绝拒之。万石既穷,质妾于贵家,偕妻南渡。至河南界,资斧⑤已绝。妇不肯从,聒夫再嫁。适有屠而鳏者,以钱三百货去。

万石一身,丐食于远村近郭间。至一朱门,阍人⑥诃拒不听前。少间一官人出,万石伏地啜泣。官人熟视久之,略诘姓名,惊曰:"是伯父也! 何一贫至此?"万石细审,知为喜儿,不觉大哭。从之入,见堂中金碧焕映。俄顷,父扶童子出,相对悲哽。万石始述所遭。初,马携喜儿至此,数日,即出寻杨翁来,使祖孙同居。又延师教读。十五岁入邑庠⑦,次年领乡荐⑧,始为完婚。乃别欲去,祖孙泣留之。马曰:"我非人,实狐仙耳。道侣相候已久。"遂去。孝廉言之,不觉恻楚。因念昔与庶伯母同受酷虐,倍益感伤。遂以舆马赍金赎王氏归。年余生一子,因以为嫡。

尹从屠半载,狂悖犹昔。夫怒,以屠刀孔其股,穿以毛绠⑨悬梁上,荷肉竟出。号极声嘶,邻人始知。解缚抽绠,一抽则呼痛之声,震动四邻。以是见屠来,则骨毛皆竖。后胫创虽愈,而断芒遗肉内,终不利于行,犹夙夜服役,无敢少懈。屠既横暴,每醉归,则挞詈不情。至此,始悟昔之施于人者,亦犹是也。一日,杨夫人及伯母烧香普陀寺,近村农妇并来参谒。尹在中帐立不前,王氏故问:"此伊谁?"家人进白:"张屠之妻。"便诃使前,与太夫人稽首。王笑曰:"此妇从屠,当不乏肉食,何羸瘠乃尔?"尹愧恨,归欲自经,绠弱不得死。屠益恶之。岁余,屠死。途遇万石,遥望之,以膝行,泪下如麻。万石碍仆,未通一言。归告侄,欲谋珠还,侄固不肯。妇为里人所唾弃,久无所归,依群乞以食。万石犹时就尹废寺中,侄以为玷,阴教群乞窘辱之,乃绝。

此事余不知其究竟,后数行,乃毕公权撰成之。

---

①心憯:害怕。憯,同"惨"。 ②良人:丈夫。 ③回禄:古代神话传说中的火神,此处指火灾。④罚锾(huán):罚金。锾,古代重量单位,亦为货币单位,标准不一。古代赎罪的罚金,用锾计算,故称。⑤资斧:路费。 ⑥阍人:守门人。 ⑦邑庠:县学。 ⑧领乡荐:乡试中式,考中举人。 ⑨绠(gěng):粗绳。

异史氏曰："惧内,天下之通病也。然不意天壤之间,乃有杨郎! 宁非变异? 余常作《妙音经》之续言,谨附录以博一噱。"

窃以天道化生万物,重赖坤成;男儿志在四方,尤须内助。同甘独苦,劳尔十月呻吟;就湿移干①,苦矣三年嚬笑②。此顾宗祧而动念,君子所以有伉俪之求;瞻井白③而怀思,古人所以有鱼水之爱也。第阴教之旗帜日立,遂乾纲之体统无存。始而不逊之声,或大施而小报;继则如宾之敬,竟有往而无来。只缘儿女深情,遂使英雄短气。床上夜叉坐,任金刚亦须低眉;釜底毒烟生,即铁汉无能强项。秋砧之杵可掬,不捣月夜之衣;麻姑之爪能搔,轻试莲花之面。小受大走,直将代孟母投梭;妇唱夫随,翻欲起周婆制礼。婆娑跳掷,停观满道行人;嘲哳鸡嘶,扑落一群娇鸟。

恶乎哉! 呼天吁地,忽尔披发向银床;丑矣夫! 转目摇头,猥欲投缳延玉颈。当是时也:地下已多碎胆,天外更有惊魂。北宫黝未必不逃,孟施舍焉能无惧? 将军气同雷电,一入中庭,顿归无何有之乡;大人面若冰霜,比到寝门,遂有不可问之处。岂果脂粉之气,不势而威? 胡乃肮脏④之身,不寒而栗? 犹可解者:魔女翘鬟来月下,何妨俯伏皈依? 最冤枉者:鸠盘蓬首到人间,也要香花供养。闻怒狮之吼,则双孔撩天;听牝鸡之鸣,则五体投地。登徒子淫而忘丑,"回波词"怜而成嘲。设为汾阳之婿,立致尊荣,媚卿卿良有故;若赘外黄之家,不免奴役,拜仆仆将何求? 彼穷鬼自觉无颜,任其斫树摧花,止求包荒于悍妇,如钱神可云有势,乃亦婴鳞犯制,不能借助于方兄。

岂缚游子之心,惟兹鸟道? 抑消霸王之气,恃此鸿沟? 然死同穴,生同衾,何尝教吟"白首"? 而朝行云,暮行雨,辄欲独占巫山。恨煞"池水清",空按红牙玉板;怜尔"妾命薄",独支永夜寒更。蝉壳⑤鹭滩,喜骊龙之方睡;犊车麈尾,恨驽马之不奔。榻上共卧之人,挞去方知为舅;床前久系之客,牵来已化为羊。需之殷者仅俄顷,毒之流者无尽藏。买笑缠头⑥,而成自作之孽,太甲必曰难违;俯首帖耳,而受无妄之刑,李阳亦谓不可。酸风⑦凛冽,吹残绮阁之春;酷海汪洋,淹断蓝桥之月。又或盛会忽逢,良朋即坐,斗酒藏而不设,且由房出逐客之书;故人疏而不来,遂自我广绝交之论。甚而雁影分飞,涕空沾于荆树;鸾胶再觅,变遂起于芦花。故饮酒阳城,一堂中惟有兄弟;吹竽商子,七旬余并无室家。古人为此,有隐痛矣。

呜呼! 百年鸳偶,竟成附骨之疽⑧;五两鹿皮,或买剥床之痛。譬如戕者如是,胆似斗者何人? 固不敢于马栈下断绝祸胎,又谁能向蚕室中斩除孽

---

①就湿移干:即"回干就湿",指母亲育儿时,让婴儿居干处,自己就湿处。 ②嚬(pín)笑:皱眉和欢笑。 ③井白:从井汲水,以白舂米,泛指操持家务。 ④肮脏:同"抗脏",高亢耿直。 ⑤蝉壳:即"蝉蜕",此处指解脱。 ⑥缠头:赠送妓女财物的通称。 ⑦酸风:醋意。 ⑧疽(jū):疮肿。

本？娘子军肆其横暴,苦疗妒之无方;胭脂虎①啖尽生灵,幸渡迷之有楫。天香夜爇,全澄汤镬②之波;花雨晨飞,尽灭剑轮之火。极乐之境,彩翼双栖;长舌之端,青莲并蒂。拔苦恼于优婆之国,立道场于爱河之滨。噫！愿此几章贝叶文③,洒为一滴杨枝水！

魁星

郓城④张济宇,卧而未寐,忽见光明满室。惊视之,一鬼执笔立,若魁星⑤状。急起拜叩,光亦寻灭。由此自负,以为元魁⑥之先兆也。后竟落拓无成,家亦凋落,骨肉相继死,惟生一人存焉。彼魁星者,何以不为福而为祸也？

厍将军

厍大有,字君实,汉中洋县⑦人,以武举隶祖述舜麾下。祖厚遇之,屡蒙拔擢,迁伪周⑧总戎。后觉大势既去,潜以兵乘⑨祖。祖格拒伤手,因就缚之,纳款⑩于总督蔡。至都梦至冥司,冥王怒其不义,命鬼以沸汤浇其足。既醒,足痛不可忍,后肿溃,指尽堕;又益之疟。辄呼曰:"我诚负义!"遂死。

异史氏曰:"事伪朝固不足言忠;然国士庸人,因知为报,贤豪之自命宜尔也。是诚可以惕天下之人臣而怀二心者矣。"

绛妃

癸亥岁,余馆于毕刺史公之绰然堂。公家花木最盛,暇辄从公杖履⑪,得恣游赏。

一日眺览既归,倦极思寝,解屦⑫登床。梦二女郎被服艳丽,近请曰:"有所奉托,敢屈移玉。"余愕然起,问:"谁相见召?"曰:"绛妃耳。"恍惚不解所谓,遽从之去。俄睹殿阁高接云汉,下有石阶层层而上,约尽百余级,始至

①胭脂虎:指悍妇。 ②汤镬(huò):用滚汤将人煮死的酷刑。 ③贝叶文:佛经。 ④郓城:旧县名,治所在今山东省郓城县。 ⑤魁星:古代传说中主宰文运兴衰之神。 ⑥元魁:殿试第一名,即状元。 ⑦洋县:旧县名,治所在今陕西省洋县。 ⑧伪周:此处指平西王吴三桂举兵叛清后建立的地方割据政权。 ⑨乘:突然袭击。 ⑩纳款:归顺。 ⑪杖履:老者所用的手杖和鞋子。 ⑫屦(jù):用麻葛等材料制成的鞋子。

颠头①。见朱门洞敞。又有二三丽者，趋入通客。无何，诣一殿外，金钩碧箔，光明射眼，内一妇人降阶出，环佩锵然，状若贵嫔。方思展拜，妇便先言："敬屈先生，理须首谢。"呼左右以毯贴地，若将行礼。余惶然无以为地，因启曰："草莽微贱，得辱宠召，已有余荣。况分敢庭抗礼，益臣之罪，折臣之福！"妃命撤毯设宴，对宴相向。酒数行，余辞曰："臣饮少辄醉，惧有愆仪②。教命云何？幸释疑虑。"妃不言，但以巨杯促饮。余屡请命，乃言："妾，花神也。合家细弱依栖于此，屡被封家婢子③横见摧残。今欲背城借一④，烦君属檄草⑤耳。"余惶然起奏："臣学陋不文，恐负重托；但承宠命，敢不竭肝膈之愚。"妃喜，即殿上赐笔札。诸姬者拭案拂坐，磨墨濡毫。又一垂髫人，折纸为范⑥置腕下。略写一两句，便二三辈叠背相窥。余素迟钝，此时觉文思若涌。少间稿脱，争持去启呈绛妃。妃展阅一过，颇谓不疵，遂复送余归。醒而忆之，情事宛然。但檄词强半遗忘，因足而成之：

谨按封氏，飞扬成性，忌嫉为心。济恶以才，妒同醉骨；射人于暗，奸类含沙。昔虞帝受其狐媚，英、皇不足解忧，反借渠以解愠；楚王蒙其蛊惑，贤才未能称意，惟得彼以称雄。沛上英雄⑦，云飞而思猛士；茂陵天子⑧，秋高而念佳人。从此怙宠日恣，因而肆狂无忌。怒号万窍，响碎玉于王宫；澎湃中宵，弄寒声于秋树。倏向山林丛里，假虎之威；时于滟滪⑨中，生江之浪。

且也帘钩频动，发高阁之清商；檐铁忽敲，破离人之幽梦。寻帏下榻，反同入幕之宾；排闼登堂，竟作翻书之客。不曾于生平识面，直开门户而来；若非是掌上留裙，几掠妃子而去。吐虹丝于碧落，乃敢因月成闱；翻柳浪于青郊，谬说为花寄信。赋归田者，归途才就，飘飘吹薜荔⑩之衣；登高台者，高兴方浓，轻轻落茱萸之帽。篷梗卷兮上下，三秋之羊角抟空⑪；筝声入乎云霄，百尺之鸢丝断系。不奉太后之诏，欲速花开；未绝坐客之缨，竟吹灯灭。

甚则扬尘播土，吹平李贺之山；叫雨呼云，卷破杜陵⑫之屋。冯夷起而击鼓，少女进而吹笙。荡漾以来，草皆成偃；叫奔而至，瓦欲为飞。未施抟水之威，浮水江豚时出拜；陡出障天之势，书天雁字不成行。助马当之轻帆，彼有取尔；牵瑶台之翠帐，于意云何？至于海鸟有灵，尚依鲁门以避；但使行人无恙，愿唤尤郎以归；古有贤豪，乘而破者万里；世无高士，御以行者几人？驾炮车之狂云，遂以夜郎自大；恃贪狼之逆气，漫以河伯为尊。姊妹俱受其摧

---

①颠头：顶端。②愆(qiān)仪：指失礼。愆，罪过，过失。③封家婢子：指"封姨"，又称"封夷"。古代传说中的风神，亦称"封家姨""十八姨""封十八姨"。④背城借一：背靠城墙，依仗最后一战决定存亡。借，借助，依仗。⑤属(zhǔ)檄草：撰写檄文。属，撰写。⑥折纸为范：将白纸折叠出竖格，以便书写时控制距离。范，式样。⑦沛上英雄：指汉高祖刘邦。⑧茂陵天子：指汉武帝刘彻。⑨滟滪(yàn yù)堆：长江瞿塘峡口的险滩，旧址在今四川省奉节县东。⑩薜荔(bì lì)：一种蔓生香草。⑪抟(tuán)空：盘旋于高空。⑫杜陵：指唐代诗人杜甫。

残，汇族悉为其蹂躏。纷红骇绿，掩苒何穷？擘柳鸣条，萧骚无际。雨零金谷，缀为藉客之裀①；露冷华林，去作沾泥之絮。埋香瘞玉，残妆卸而翻飞；朱榭雕阑，杂佩纷其零落。减春光于旦夕，万点正飘愁；觅残红于西东，五更非错恨。翻跹江汉女，弓鞋漫踏春园；寂寞玉楼人，珠勒徒嘶芳草。

斯时也：伤春者有难乎为情之怨，寻胜②者作无可奈何之歌。尔乃趾高气扬，发无端之踔厉③；催蒙振落，动不已之珊珊④。伤哉绿树犹存，欶欶者绕墙自落；久矣朱幡不竖，娟娟者霣涕⑤谁怜？堕溷⑥沾篱，毕芳魂于一日；朝容夕悴，免荼毒于何年？怨罗裳之易开，骂空闻于子夜；讼狂伯之肆虐，章未报于天庭。诞告芳邻，学作蛾眉之阵；凡属同气，群兴草木之兵。莫言蒲柳无能，但须藩篱有志。且看莺俦燕侣，公覆夺爱之仇；请与蝶友蜂媒，共发同心之誓。兰桡桂楫，可教战于昆明；桑盖柳旌，用观兵于上苑。东篱处士，亦出茅庐；大树将军，应怀义愤。杀其气焰，洗千年粉黛之冤；歼尔豪强，销万古风流之恨！

河间生

河间⑦某生，场中积麦穰⑧如丘，家人日取为薪，洞之。有狐居其中，常与主人相见，老翁也。一日屈⑨主人饮，拱生入洞，生难之，强而后入。入则廊舍华好。即坐，茶酒香烈；但日色苍皇，不辨中夕。筵罢既出，景物俱杳。翁每夜往夙归，人莫能迹，问之则言友朋招饮。生请与俱，翁不可；固请之，翁始诺。挽生臂，疾如乘风，可炊黍时⑩，至一城市。入酒肆，见坐客良多，聚饮颇哗，乃引生登楼上。下视饮者，几案柈⑪餐，可以指数。翁自下楼，任意取案上酒果，抔⑫来供生。筵中人曾莫之禁。移时，生视一朱衣人前列金橘，命翁取之。翁曰："此正人，不可近。"生默念：狐与我游，必我邪也。自今以往，我必正！方一注想，觉身不自主，眩堕楼下。饮者大骇，相哗以妖。生仰视，竟非楼，乃梁间耳。以实告众。众审其情确，赠而遣之。问其处，乃鱼台⑬，去河间千里云。

---

①裀(yīn)：古同"茵"，垫子，褥子。 ②寻胜：游览名胜。 ③踔厉：原指精神奋发，此处形容风势迅猛。 ④珊珊：消歇，消止。 ⑤霣(yǔn)涕：落泪。霣，通"陨"，降，落下。 ⑥溷(hùn)：厕所。 ⑦河间：旧府名，治所在今河北省河间市。 ⑧麦穰(ráng)：指麦子脱粒后的麦秆。 ⑨屈：请。 ⑩可炊黍时：大约做一顿饭的时间。可，大约。 ⑪柈(pán)：古同"盘"，盘子。 ⑫抔(póu)：用手捧东西。 ⑬鱼台：旧县名，治所在今山东省鱼台县。

云翠仙

梁有才，故晋①人，流寓于济②，作小负贩，无妻子田产。从村人登岱。当四月交，香侣杂沓，又有优婆夷塞③，率男子以百十，杂跪神座下，视香炷为度，名曰："跪香。"才视众中有女郎，年十七八而美，悦之，诈为香客，近女郎跪，又伪为膝困无力状，故以手据女郎足。女回首似嗔，膝行而远之。才亦膝行而近之，少间又据之。女郎觉，遽起，不跪，出门去。才亦起，亦出履其迹，不知其往，心无望，怏怏而行。途中见女郎从媪，似为女也母者，才趋之。

媪女行且语，媪云："汝能参礼娘娘，大好事！汝又无弟妹，但获娘娘冥加护，护汝得快婿。但能相孝顺，都不必贵公子、富王孙也。"才窃喜，渐渍④诘媪；媪自言为云氏，小女名翠仙，其出也。家西山四十里。才曰："山路濚，母如此蹜蹜⑤，妹如此纤纤，何能便至？"曰："日已晚，将寄舅家宿耳。"才曰："适言相婚，不以贫嫌，不以贱鄙，我又未婚，颇当母意否？"媪以问女，女不应；媪数问，女曰："渠寡福，又荡无行，轻薄之心，还易翻覆。儿不能为遏伎儿⑥作妇。"才闻，朴诚自表，切矢皦日。媪喜，竟诺之。女不乐，勃然而已。母又强拍咻之。

才殷勤，手于橐⑦，觅山兜二，舁⑧媪及女，己步从，若为仆。过隘，辄诃兜夫不得颠摇，意良殷。俄抵村舍，便邀才同入舅家。舅出翁，妗出媪也。云兄之嫂之，谓："才吾婿。日适良⑨，不须别择，便取今夕。"舅亦喜，出酒肴饵才。既，严妆翠仙出，拂榻促眠。女曰："我固知郎不义，迫母命，漫相随。郎若人也，当不须忧偕活。"才唯唯听受。

明日早起，母谓才："宜先去，我以女继至。"才归，扫户闼，媪果送女至。入视室中，虚无有，便云："似此何能自给？老身速归，当小助汝辛苦。"遂去。次日，即有男女数辈，各携服食器具，布一室满之。不饭俱去，但留一婢。

才由此坐温饱，惟日引里无赖朋饮竞赌，渐盗女郎簪珥⑩佐博。女劝之不听，颇不耐之，惟严守箱奁，如防寇。一日，博党款门访才，窥见女，适适然惊。戏谓才曰："子大富贵，何忧贫耶？"才问故，答曰："曩见夫人，真仙人也。适与子家道不相称。货为媵⑪，金可得百；为妓，可得千。千金在室，而听饮博无资耶？"才不言，而心然之。归，辄向女歔欷，时时言贫不可度。女不顾，才频频击桌，抛箸，骂婢，作诸态。

---

①晋：山西省的代称。　②济：指济南府，治所在今山东省济南市。　③优婆夷塞：指优婆夷、优婆塞，梵语音译，指在家奉佛的女子与男子。　④渐渍(jiān zì)：浸润，感化。　⑤蹜蹜(sù sù)：小步快走。　⑥遏伎儿：指举止轻佻的人。　⑦手于橐(tuó)：将手伸进钱袋里，指掏钱。　⑧舁(yú)：抬。　⑨日适良：今天恰好是吉日。　⑩簪珥：发簪与耳饰，均为古代女子的首饰。　⑪媵：妾。

一夕，女沽酒与饮，忽曰："郎以贫故，日焦心。我又不能御贫，分郎忧衷，岂不愧怍？但无长物，止有此婢，鬻之，可稍稍佐经营。"才摇首曰："其值几何！"又饮少时，女曰："妾于郎，有何不相承？但力竭耳。念一贫如此，便死相从，不过均此百年苦，有何发迹？不如以妾鬻贵家，两所便益，得值或较婢多。"才故愕言："何得至此！"女固言之，色作庄。才喜曰："容再计之。"遂缘中贵人①，货隶乐籍②。中贵人亲诣才，见女大悦，恐不能即得，立券八百缗③，事濒就矣。女曰："母以婿家贫，常常萦念，今意断矣，我将暂归省；且郎与妾绝，何得不告母？"才虑母阻，女曰："我顾自乐之，保无差贷④。"才从之。

夜将半，始抵母家。挝阖入，见楼舍华好，婢仆辈往来憧憧。才日与女居，每请诣母，女辄止之。故为甥馆⑤年余，曾未一临岳家。至此大骇，以其家巨，恐媵妓所不甘从也。女引才登楼上，媪惊问："夫妇何来？"女怨曰："我固道渠不义，今果然。"乃于衣底出黄金二铤，置几上，曰："幸不为小人赚脱，今仍以还母。"母骇问故，女曰："渠将鬻我，故藏金无用处。"乃指才骂曰："豺鼠子！曩日负肩担，面沾尘如鬼。初近我，熏熏作汗腥，肤垢欲倾塌，足手皲一寸厚，使人终夜恶。自我归汝家，安座餐饭，鬼皮始脱。母在前，我岂诬耶？"才垂首不敢少出气。女又曰："自顾无倾城姿，不堪奉贵人；似若辈男子，我自谓犹相匹，有何亏负，遂无一念香火情？我岂不能起楼宇、买良沃？念汝儇薄⑥骨、乞丐相，终不是白头侣！"言次，婢妪连袂臂，旋旋围绕之。闻女责数，便都唾骂，共言："不如杀却，何须复云云。"才大惧，据地自投，但言知悔。女又盛气曰："鬻妻子已大恶，犹未便是剧，何忍以同衾人赚作娼！"言未已，众眦裂，悉以锐簪、剪刀股攒刺胁膂。才号悲乞命，女止之，曰："可暂释却。渠便无仁义，我不忍觳觫⑦。"乃率众下楼去。

才坐听移时，语声俱寂，思欲潜遁。忽仰视，见星汉，东方已白，野色苍莽，灯亦寻灭。并无屋宇，身坐削壁上。俯瞰绝壑，深无底，骇绝，惧堕。身稍移，塌然一声，随石崩坠，壁半有枯横焉，胃⑧不得堕。以枯受腹，手足无着。下视茫茫，不知几何寻⑨丈。不敢转侧，嗥怖声嘶，一身尽肿，眼耳鼻舌身力俱竭。日渐高，始有樵人望见之；寻缒来，縋而下，取置崖上，奄将溘毙。舁归其家，至则门洞敞，家荒荒如败寺，床簏什器俱杳，惟有绳床败案，是己家旧物，零落犹存。嗒然自卧，饥时日一乞食于邻，既而肿溃为癞。里党薄其行，悉唾弃之。才无计，货屋而穴居，行乞于道，以刀自随。或劝以刀易饵，才不肯，曰："野居防虎狼，用自卫耳。"后遇向劝鬻妻者于途，近而哀语，

①中贵人：此处指显贵的侍从宦官。 ②乐籍：乐户的名籍。 ③缗(mín)：穿钱用的绳子，指成串的钱，一千文为一缗。 ④差贷：失误。 ⑤甥馆：女婿。 ⑥儇(xuān)薄：巧佞轻佻。 ⑦觳觫(hú sù)：恐惧得发抖。 ⑧胃(juàn)：悬挂。 ⑨寻：古代长度单位，八尺为一寻。

遽出刀擘而杀之，遂被收。官廉得其情，亦未忍酷虐之，系狱中，寻瘐死①。

异史氏曰："得远山芙蓉，与共四壁，与之南面王岂易哉！己则非人，而怨逢恶之友，故为友者不可不知戒也。凡狭邪子诱人淫博，为诸不义，其事不败，虽则不怨亦不德。迨于身无襦，妇无裤，千人所指，无疾将死，穷败之念，无时不萦于心；穷败之恨，无时不加于齿。清夜牛衣②中，辗转不寐。夫然后历历想未落时，历历想将落时，又历历想致落之故，而因以及发端致落之人。至于此，弱者起，拥絮坐诅，强者忍冻裸行，篝火索刀，霍霍磨之，不待终夜矣。故以善规人，如赠橄榄；以恶诱人，如馈漏脯③也。听者固当省，言者可勿戒哉！"

跳神

济④俗：民间有病者，闺中以神卜。倩老巫击铁环单面鼓，娑婆作态，名曰"跳神"。而此俗都中⑤尤盛。良家少妇，时自为之。堂中肉于案，酒于盆，甚设几上。烧巨烛，明于昼。妇束短幅裙，屈一足，作"商羊舞"。两人捉臂，左右扶掖之。妇刺刺琐絮，似歌又似祝，字多寡参差，无律带腔。室数鼓乱挝如雷，蓬蓬聒人耳。妇吻辟翕，杂鼓声，不甚辨了。既而首垂目斜睨，立全须人，失扶则仆。旋忽伸颈巨跃，离地尺有咫。室中诸女子，凛凛愕顾曰："祖宗来吃食矣。"便一嘘，吹灯灭，内外冥黑。人慑息⑥立暗中，无敢交一语，语亦不得闻，鼓声乱也。食顷，闻妇厉声呼翁姑及夫嫂小字，始共爇烛，伛偻问休咎。视樽中、盎中、案中，都空。望颜色，察嗔喜。肃肃罗问之，答若响。中有腹诽者，神已知，便指某姗笑⑦我，大不敬，将褫⑧汝裤。诽者自顾，莹然已裸，辄于门外树头觅得之。

满洲妇女，奉事尤虔。小有疑，必以决。时严妆，骑假虎、假马，执长兵，舞榻上，名"跳虎神"。马、虎势作威怒，尸者⑨声伧伧。或言关、张、元坛，不一号。赫气惨凛，尤能畏怖人。有丈夫穴窗来窥，辄被长兵破窗刺帽，挑入去。一家妪媳姊若⑩妹，森森蹐蹐，雁行立，无歧念，无懈骨。

---

①瘐(yǔ)死：指囚犯因受刑、冻饿或疾病死在狱中。 ②牛衣：用麻或草织的给牛保暖的护被。 ③漏脯：指隔宿之肉，古人认为此肉为漏水沾湿，有毒。 ④济：济南一带。 ⑤都中：京城。 ⑥慑(dié)息：因恐惧而屏息。 ⑦姗笑：讥笑，嘲笑。 ⑧褫(chǐ)：剥去。 ⑨尸者：此处指跳大神的巫者。 ⑩若：和，及。

铁布衫法

沙回子得铁布衫大力法,骈其指力斫之,可断牛项;横搠①之,可洞牛腹。曾在仇公子彭三家,悬木于空,遣两健仆极力撑去,猛反之,沙裸腹受木,砰然一声,木去远矣。又出其势②即石上,以木椎力击之,无少损。但畏刀耳。

大力将军

查伊璜,浙人,清明饮野寺中,见殿前有古钟,大于两石瓮,而上下土痕手迹,滑然如新。疑之。俯窥其下,有竹筐受八升许,不知所贮何物。使数人抠耳,力掀举之无少动,益骇。乃坐饮以伺其人;居无何,有乞儿入,携所得糗糒③,堆累钟下。乃以一手起钟,一手掬饵置筐内,往返数回始尽。已复合之乃去,移时复来,探取食之。食已复探,轻若启椟。一座尽骇。查问:"若个男儿胡行乞?"答以:"啖噉多,无佣者。"查以其健,劝投行伍,乞人愀然虑无阶④。查遂携归饵之,计其食,略倍五六人。为易衣履,又以五十金赠之行。

后十余年,查犹子⑤令于闽,有吴将军六一者,忽来通谒。款谈间,问:"伊璜是君何人?"答言:"为诸父行。与将军何处有素?"曰:"是我师也。十年之别,颇复忆念。烦致先生一赐临也。"漫应之。自念叔名贤⑥,何得武弟子?会伊璜至,因告之,伊璜茫不记忆。因其问讯之殷,即命仆马,投刺于门。将军趋出,逆⑦诸大门之外。视之,殊昧生平。窃疑将军误,而将军伛偻益恭。肃客入,深启三四关,忽见女子往来,知为私廨⑧,屏足立。将军又揖之。少间登堂,则卷帘者、移座者,并皆少姬。既坐,方拟展问,将军颐少动,一姬捧朝服至,将军遽起更衣,查不知其何为。众姬捉袖整衿讫,先命数人撩查座上不使动,而后朝拜,如觐君父。查大愕,莫解所以。拜已,以便服侍坐。笑曰:"先生不忆举钟之乞人耶?"查乃悟。既而华筵高列,家乐作于下。酒阑,群姬列侍。将军入室,请衽何趾⑨,乃去。

查醉起迟,将军已于寝门三问矣。查不自安,辞欲返,将军投辖⑩下钥,锢闭之。见将军日无别作,惟点数姬婢养厮卒,及骡马服用器具,督造记籍,

---

①搠(shuò):戳。 ②势:此处指男性外生殖器。 ③糗糒(qiǔ bèi):干粮。 ④无阶:指没有门径。 ⑤犹子:侄子。 ⑥名贤:著名的贤人。 ⑦逆:迎接。 ⑧私廨:官署的内舍。 ⑨请衽何趾:旧时待客,询问客人卧息习惯、足之朝向,然后为其设榻。衽,卧席。 ⑩投辖:殷勤留客,原指为留住客人,将客人车上的辖取下,投入井中。辖,车轴两端的键。

戒无亏漏。查以将军家政，故未深叩。一日，执籍谓查曰："不才得有今日，悉出高厚之赐。一婢一物，所不敢私，敢以半奉先生。"查愕然不受，将军不听。出藏镪数万，亦两置之。按籍点照，古玩床几，堂内外罗列几满。查固止之，将军不顾。稽婢仆姓名已，即令男为治装，女为敛器，且嘱敬事先生，百声悚应。又亲视姬婢登舆，厮卒捉马骡，阗咽①并发，乃返别查。

后查以修史一案，株连被收，卒得免，皆将军力也。

异史氏曰："厚施而不问其名，真侠烈古丈夫哉！而将军之报，其慷慨豪爽，尤千古所仅见。如此胸襟，自不应老于沟渎②，以是知两贤之相遇，非偶然也。"

白莲教

白莲盗首徐鸿儒，得左道之书，能役鬼神。小试之，观者尽骇，走门下者如鹜。于是阴怀不轨。因出一镜，言能鉴人终身。悬于庭，令人自照，或幞头，或纱帽，绣衣貂蝉，现形不一。人益怪愕。由是道路遥播，躄门求见者，挥汗相属③。徐乃宣言："凡镜中文武贵官，皆如来佛注定龙华会④中人。各宜努力，勿得退缩。"因以对众自照，则冕旒龙衮⑤，俨然王者。众相视而惊，大众齐伏。徐乃建旗秉钺，罔不欢跃相从，冀符所照。不数月，聚党以万计，滕、峄⑥一带，望风而靡。

后大兵进剿，有彭都司者，长山⑦人，艺勇绝伦，寇出二垂髫女与战。女俱双刃，利如霜；骑大马，喷嘶甚怒。飘忽盘旋，自晨达暮，彼不能伤彭，彭亦不能捷也。如此三日，彭觉筋力俱竭，哮喘卒。迨鸿儒既诛，捉贼党械问之，始知刃乃木刀，骑乃木凳也。假兵马死真将军，亦奇矣！

颜氏

顺天⑧某生，家贫，值岁饥，从父之洛⑨。性钝，年十七，裁能成幅。而丰仪秀美，能雅谑，善尺牍，见者不知其中之无有也。无何，父母继殁，孑然一身，受童蒙于洛汭⑩。

①阗(tián)咽：喧闹的样子。　②沟渎(dú)：田间水道，喻指困厄之境。　③相属：相接连、相继。　④龙华会：佛教语，度人出世的法会。　⑤冕旒龙衮：帝王冠服。冕旒，古代大夫以上所戴礼冠和礼冠前后的玉串，后世用以专称皇帝礼冠。　⑥滕：滕县，治所在今山东省滕州市。峄：峄县，治所在今山东省枣庄市。　⑦长山：旧县名，治所在今山东省邹平以东、淄川以北偏西。　⑧顺天：顺天府，治所在今北京市。　⑨洛：洛阳。　⑩洛汭：今河南省洛阳市一带地区。

时村中颜氏有孤女，名士裔也，少慧，父在时尝教之读，一过辄记不忘。十数岁，学父吟咏，父曰："吾家有女学士，惜不弁①耳。"钟爱之，期择贵婿。父卒，母执此志，三年不遂，而母又卒。或劝适佳士，女然之而未就也。适邻妇逾垣来，就与攀谈。以字纸裹绣线，女启视，则某手翰，寄邻生者，反复之似爱好焉。邻妇窥其意，私语曰："此翩翩一美少年，孤与卿等，年相若也。倘能垂意，妾嘱渠侬腪合②之。"女默默不语。妇归，以意授夫。邻生故与生善，告之，大悦。有母遗金鸦环，托委致焉。刻日成礼，鱼水甚欢。

及睹生文，笑曰："文与卿似是两人，如此，何日可成？"朝夕劝生研读，严如师友。敛昏，先挑烛据案自哦，为丈夫率，听漏三下，乃已。如是年余，生制艺③颇通，而再试再黜，身名塞落，饔飧不给，抚情寂漠，嗷嗷悲泣。女诃之曰："君非丈夫，负此弁④耳！使我易髻而冠，青紫直芥视④之！"生方懊丧，闻妻言，睒睗而怒曰："闺中人，身不到场屋⑤，便以功名富贵，似在厨下汲水炊白粥；若冠加于顶，恐亦犹人耳！"女笑曰："君勿怒。俟试期，妾请易装相代。倘落拓如君，当不敢复貌天下士矣。"生亦笑曰："卿自不知蘖苦，直宜使请尝试之。但恐绽露，为乡邻笑耳。"女曰："妾非戏语。君尝言燕有故庐，请男装从君归，伪为弟。君以襁褓出，谁得辨其非？"生从之。女入房，巾服而出，曰："视妾可作男儿否？"生视之，俨然一少年也。生喜，遍辞里社。交好者薄有馈遗，买一羸蹇⑥，御妻而归。

生叔兄尚在，见两弟如冠玉，甚喜，晨夕恤顾之。又见宵旰⑦攻苦，倍益爱敬。雇一剪发雏奴为供给使，暮后辄遣去之。乡中吊庆，兄自出周旋，弟惟下帷读。居半年，罕有睹其面者。客或请见，兄辄代辞。读其文，睒然⑧骇异。或排闼入而迫之，一揖便亡去。客见丰采，又共倾慕，由此名大噪，世家争愿赘焉。叔兄商之，惟辗然笑。再强之，则言："矢志青云，不及第，不婚也。"会学使案临，两人并出。兄又落；弟以冠军应试，中顺天第四。明年成进士，授桐城令，有吏治。寻迁河南道掌印御史，富埒⑨王侯。因托疾乞骸骨，赐归田里。宾客填门，讫谢不纳。

又自诸生以及显贵，并不言娶，人无不怪之者。归后渐置婢，或疑其私，嫂察之，殊无苟且。无何⑩，明鼎革⑪，天下大乱。乃告嫂曰："实相告：我小郎妇也。以男子阘茸⑫，不能自立，负气自为之。深恐播扬，致天子召问，贻笑海内耳。"嫂不信。脱靴而示之足，始愕，视靴中则絮满焉。于是使生承其衔，仍闭门而雌伏矣。而生平不孕，遂出资购妾。谓生曰："凡人置身通显，

---

①不弁(biàn)：不能像男子一样加冠。弁，古代男子穿礼服时所戴的一种冠。　②腪(ér)合：撮合。　③制艺：即八股文，又称"时文"。　④芥视：轻视。　⑤场屋：科举考场。　⑥羸蹇(léi jiǎn)：驽弱瘦瘠的驴。　⑦宵旰(gàn)：即"宵衣旰食"，天不亮就穿衣起床，天晚了才吃饭歇息，形容勤奋。　⑧睒(shǎn)然：形容惊讶地看着。　⑨埒(liè)：等同。　⑩无何：不久。　⑪鼎革：改朝换代，此处指由明入清。　⑫阘茸(tà)：此处指庸碌无能。

则买姬媵以自奉,我宦迹十年犹一身耳。君何福泽,坐享佳丽?"生曰:"面首三十人,请卿自置耳。"相传为笑。是时生父母,屡受覃恩①矣。搢绅拜往,尊生以侍御礼。生羞袭闺衔,惟以诸生自安,终身未尝与焉云。

异史氏曰:"翁姑受封于新妇,可谓奇矣。然侍御而夫人也者,何时无之?但夫人而侍御者少耳。天下冠儒冠、称丈夫者,皆愧死矣!"

杜翁

杜翁,沂水②人。偶自市中出,坐墙下,以候同游。觉少倦,忽若梦,见一人持牒摄去。至一府署,从来所未经。一人戴瓦垄冠③自内出,则青州张某,其故人也。见杜惊曰:"杜大哥何至此?"杜言:"不知何事,但有勾牒。"张疑其误,将为查验。乃嘱曰:"谨立此,勿他适。恐一迷失,将难救挽。"遂去,久之不出。

惟持牒人来,自认其误,释令归。别杜而行,途中遇六七女郎,容色美好,悦而尾之。下道,趋小径,行数十步,闻张在后大呼曰:"杜大哥,汝将何往?"杜迷恋不已。俄见诸女人入一圭窦④,心识为王氏卖酒之家。不觉探身门内,略一窥瞻,即觉身在苙⑤中,与诸小豭⑥同伏。豁然自悟,已化豕矣。而耳中犹闻张呼,大惧,急以首触壁。闻人言曰:"小豕颠痫矣。"还顾,已复为人。速出门,则张候于途。责曰:"固嘱勿他往,何不听言?几至坏事!"遂把手送至市门,乃去。杜忽醒,则身犹倚壁间。诣王氏问之,果有一豕自触死云。

小谢

渭南姜部郎⑦第,多鬼魅,常惑人,因徙去。留苍头门之而死,数易皆死,遂废之。里有陶生望三者,凤偶傥,好狎妓,酒阑辄去之。友人故使妓奔就之,亦笑内不拒,而实终夜无所沾染。常宿部郎家,有婢夜奔,生坚拒不乱,部郎以是契重之。家綦贫,又有"鼓盆之戚⑧";茅屋数椽,溽暑不堪其热,因

①覃(tán)恩:广施恩泽,此处指朝廷推恩臣下,对其父母的"封赠"。封赠,指朝廷赐予官员父母与妻室以爵位名号,存者称封,死者称赠。 ②沂水:旧县名,治所在今山东省沂水县。 ③瓦楞冠:即瓦楞帽,明代平民所戴的一种帽子,帽顶形似瓦楞,故称。 ④圭窦:形制如圭的墙洞,此处借指微贱之家的门户。 ⑤苙(lì):牲畜的栏圈。 ⑥豭(jiā):猪的别称。 ⑦渭南:旧县名,治所在今陕西省渭南市。部郎:旧时对在朝廷六部任职的郎官的统称。 ⑧鼓盆之戚:指丧妻之痛。

请部郎假废第。部郎以其凶故却之，生因作《续无鬼论》献部郎，且曰："鬼何能为!"部郎以其请之坚，诺之。

生往除厅事。薄暮，置书其中，返取他物，则书已亡。怪之，仰卧榻上，静息以伺其变。食顷，闻步履声，睨之，见二女自房中出，所亡书送还案上。一约二十，一可十七八，并皆姝丽。逡巡立榻下，相视而笑。生寂不动。长者翘一足踹生腹，少者掩口匿笑。生觉心摇摇若不自持，即急肃然端念，卒不顾。女近以左手捋髭，右手轻批颐颊作小响，少者益笑。生骤起，叱曰："鬼物敢尔!"二女骇奔而散。生恐夜为所苦，欲移归，又耻其言不掩，乃挑灯读。暗中鬼影憧憧，略不顾瞻。夜将半，烛而寝。始交睫，觉人以细物穿鼻，奇痒，大嚏，但闻暗处隐隐作笑声。生不语，假寐以俟之。俄见少女以纸条拈细股，鹤行鹭伏而至，生暴起诃之，飘窜而去。既寝，又穿其耳。终夜不堪其扰。鸡既鸣，乃寂无声，生始酣眠，终日无所睹闻。

日既下，恍惚出现。生遂夜炊，将以达旦。长者渐曲肱①几上观生读，既而掩生卷。生怒捉之，即已飘散；少间，又抚之。生以手按卷读。少者潜于脑后，交两手掩生目，瞥然去，远立以哂。生指骂曰："小鬼头!捉得便都杀却!"女子即又不惧。因戏之曰："房中纵送，我都不解，缠我无益。"二女微笑，转身向灶，析薪溲米，为生执爨②。生顾而奖之曰："两卿此为，不胜憨跳耶?"俄顷粥熟，争以匕、箸、陶碗置几上。生曰："感卿服役，何以报德?"女笑云："饭中溲合砒酖③矣。"生曰："与卿夙无嫌怨，何至以此相加。"啜已复盛，争为奔走。生乐之，习以为常。

日渐稔，接坐倾语，审其姓名。长者云："妾秋容乔氏，彼阮家小谢也。"又研问所由来，小谢笑曰："痴郎!尚不敢一呈身，谁要汝问门第，作嫁娶耶?"生正容曰："相对丽质，宁独无情；但阴冥之气，中人必死。不乐与居者，行可耳。乐与居者，安可耳。如不见爱，何必玷两佳人？如果见爱，何必死一狂生?"二女相顾动容，自此不甚虐弄之。然时而探手于怀，捋裤于地，亦置不为怪。

一日，录书未卒业而出，返则小谢伏案头，操管④代录。见生，掷笔睨笑。近视之，虽劣不成书，而行列疏整。生赞曰："卿雅人也!苟乐此，仆教卿为之。"乃拥诸怀，把腕而教之画。秋容自外入，色乍变，意似妒。小谢笑曰："童时尝从父学书，久不作，遂如梦寐。"秋容不语。生喻其意，伪为不觉者，遂抱而授以笔，曰："我视卿能此否?"作数字而起，曰："秋娘大好笔力!"秋容乃喜。生于是折两纸为范，俾共临摹，生另一灯读。窃喜其各有所事，不

①曲肱(gōng)：弯着胳膊做枕头。 ②执爨(cuàn)：烧火煮饭。 ③砒酖：指毒药。砒，砒霜。酖，用鸩的羽毛浸成的毒酒，鸩是传说中的一种毒鸟。 ④操管：执笔。

相侵扰。仿毕，祗立几前，听生月旦①。秋容素不解读，涂鸦不可辨认，花判②已，自顾不如小谢，有惭色。生奖慰之，颜始霁。二女由此师事生，坐为抓背，卧为按股，不惟不敢侮，争媚之。逾月，小谢书居然端好，生偶赞之。秋容大惭，粉黛淫淫③，泪痕如线，生百端慰解之乃已。因教之读，颖悟非常，指示一过，无再问者。与生竞读，常至终夜。小谢又引其弟三郎来拜生门下，年十五六，姿容秀美，以金如意一钩为贽。生令与秋容执一经，满堂咿唔，生于此设鬼帐焉。部郎闻之喜，以时给其薪水。

积数月，秋容与三郎皆能诗，时相酬唱。小谢阴嘱勿教秋容，生诺之；秋容阴嘱勿教小谢，生亦诺之。一日生将赴试，二女涕泪相别。三郎曰："此行可以托疾免；不然，恐履不吉。"生以告疾为辱，遂行。先是，生好以诗词讥切时事，获罪于邑贵介，日思中伤之。阴赂学使，诬以行简，淹禁狱中。资斧绝，乞食于囚人，自分已无生理。忽一人飘忽而入，则秋容也，以馔具馈生。相向悲咽，曰："三郎虑君不吉，今果不谬。三郎与妾同来，赴院申理矣。"数语而出，人不之睹。越日部院出，三郎遮道声屈，收之。秋容入狱报生，返身往侦之，三日不返。生愁饿无聊，度日如年。忽小谢至，怆惋欲绝，言："秋容归，经由城隍祠，被西廊黑判④强摄去，逼充御媵⑤。秋容不屈，今亦幽囚。妾驰百里，奔波颇殆；至北郭，被老棘刺吾足心，痛彻骨髓，恐不能再至矣。"因示之足，血殷凌波焉。出金三两，跛踦而没。部院勘三郎，素非瓜葛，无端代控，将杖之，扑地遂灭。异之。览其状，情词悲恻。提生面鞫⑥，问："三郎何人？"生伪为不知。部院悟其冤，释之。

既归，竟夕无一人。更阑，小谢始至，惨然曰："三郎在部院，被廨神⑦押赴冥司；冥王因三郎义，令托生富贵家。秋容久锢，妾以状投城隍，又被按阁不得入，且复奈何？"生忿然曰："黑老魅何敢如此！明日仆其像，践踏为泥，数城隍而责之。案下吏暴横如此，渠在醉梦中耶！"悲愤相对，不觉四漏将残，秋容飘然忽至。两人惊喜，急问。秋容泣下曰："今为郎万苦矣！判日以刀杖相逼，今夕忽放妾归，曰：'我无他意，原亦爱故；既不愿，固亦不曾污玷。烦告陶秋曹⑧，勿见谴责。'"生闻少欢，欲与同寝，曰："今日愿与卿死。"二女戚然曰："向受开导，颇知义理，何忍以爱君者杀君乎？"执不可。然俯颈倾头，情均伉俪。二女以遭难故，妒念全消。

会一道士途遇生，顾谓"身有鬼气"。生以其言异，具告之。道士曰："此鬼大好，不拟负他。"因书二符付生，曰："归授两鬼，任其福命。如闻门外有哭女者，吞符急出，先到者可活。"生拜受，归嘱二女。后月余，果闻有哭女

---

①月旦：即"月旦评"，原泛指品评人物，此处指评论临摹之作。 ②花判：原指旧时官吏用骈体文写成的语带滑稽的判词，此处指对临摹之作的评判。 ③淫淫：此处形容落泪的样子。 ④黑判：判官。 ⑤御媵：姬妾。 ⑥鞫(jū)：审问。 ⑦廨(xiè)神：保护官署的神。 ⑧秋曹：刑部的别称，此处预示陶生将来会在刑部任职。

者,二女争弃而去。小谢忙急,忘吞其符。见有丧舆过,秋容直出,入棺而没;小谢不得入,痛哭而返。生出视,则富室郝氏殡其女。共见一女子入棺而去,方共惊疑;俄闻棺中有声,息肩发验,女已顿苏。因暂寄生斋外,罗守之。忽开目问陶生,郝氏研诘之,答云:"我非汝女也。"遂以情告。郝未深信,欲舁①归,女不从,径入生斋,偃卧不起。郝乃识婿而去。

生就视之,面庞虽异,而光艳不减秋容,喜惬过望,殷叙平生。忽闻呜呜然鬼泣,则小谢哭于暗陬。心甚怜之,即移灯往,宽譬哀情,而衿袖淋浪,痛不可解,近晓始去。天明,郝以婢媪赍送香奁,居然翁婿矣。暮入帷房,则小谢又哭。如此六七夜。夫妇俱为惨动,不能成合卺之礼。生忧思无策,秋容曰:"道士,仙人也。再往求,倘得怜救。"生然之。迹道士所在,叩伏自陈。道士力言"无术",生哀不已。道士笑曰:"痴生好缠人。合与有缘,请竭吾术。"乃从生来,索静室,掩扉坐,戒勿相问,凡十余日,不饮不食。潜窥之,瞑若睡。一日晨兴,有少女搴帘入,明眸皓齿,光艳照人,微笑曰:"跋履终日,惫极矣!被汝纠缠不了,奔驰百里外,始得一好庐舍,道人载与俱来矣。待见其人,便相交付耳。"敛昏。小谢至,女遽起迎抱之,翕然合为一体,仆地而僵。道士自室中出,拱手径去。拜而送之。及返,则女已苏。扶置床上,气体渐舒,但把足呻言趾股酸痛,数日始能起。

后生应试得通籍②。有蔡子经者与同谱③,以事过生,留数日。小谢自邻舍归,蔡望见之,疾趋相蹑,小谢侧身敛避,心窃怒其轻薄。蔡告生曰:"一事深骇物听④,可相告否?"诘之,答曰:"三年前,少妹夭殒,经两夜而失其尸,至今疑念。适见夫人。何相似之深也!"生笑曰:"山荆陋劣,何足以方⑤君妹?然既系同谱,义即至切,何妨一献妻孥。"乃入内室,使小谢衣殉装⑥出。蔡大惊曰:"真吾妹也!"因而泣下。生乃具述其本末。蔡喜曰:"妹子未死,吾将速归,用慰严慈。"遂去。过数日,举家皆至。后往来如郝焉。

异史氏曰:"绝世佳人,求一而难之,何遽得两哉!事千古而一见,惟不私奔女者能遘之也。道士其仙耶?何术之神也!苟有其术,丑鬼可交耳。"

缢鬼

范生者,宿于旅,食后烛而假寐。忽一婢来,袱衣置椅上,又有镜奁掭箧⑦,一一列案头,乃去。俄一少妇自房中出,发箧开奁,对镜栉掠⑧;已而

---

①舁(yú):抬。 ②通籍:做官。 ③同谱:此处指科举考试中同榜录取者。 ④物听:众人的言论。 ⑤方:比拟。 ⑥殉装:此处指入殓时所穿的衣服。 ⑦镜奁:镜匣。掭(tì)箧:存放梳妆用具的匣子。掭,古代的一种发饰,可用于搔头。 ⑧栉(zhì)掠:梳妆。

髻，已而簪，顾影徘徊甚久。前婢来，进匜沃盥①。盥已捧帨②，既，持沐汤去。妇解襆出裙帔，炫然新制，就着之。掩衿提领，结束周至。范不语，中心疑怪，谓必奔妇，将严装以就客也。妇装讫，出长带，垂诸梁而结焉。讶之。妇从容跂双弯③，引颈受绫。方一着带，目即合，眉即竖，舌出吻二寸许，颜色惨变如鬼。大骇奔出，呼告主人，验之已渺。主人曰："曩子妇经于是，毋乃此乎？"异哉！即死犹作其状，此何说也？

异史氏曰："冤之极而至于自尽，苦矣！然前为人而不知，后为鬼而不觉，所最难堪者，束装结带时耳。故死后顿忘其他，而独于此际此境，犹历历一作，是其所极不忘者也。"

吴门画工

吴门④一画工，喜绘吕祖⑤，每想象神会，希幸一遇，虔结在念，靡刻不存。一日，有群丐饮郊郭间，内一人敝衣露肘，而神采轩豁。心疑吕祖，谛视，愈觉其确，遂捉其臂曰："君吕祖也。"丐者大笑。某坚执为是，伏拜不起。丐者曰："我即吕祖，汝将奈何？"某叩头，求指教。丐者曰："汝能相识，可谓有缘。然此处非语所，夜间当相见也。"转盼遂杳，骇叹而归。

至夜，果梦吕祖来，曰："念子志虑专凝，特来一见。但汝骨气贪吝，不能为仙。我使见一人可也。"即向空一招，遂有一丽人蹑空而下，服饰如贵嫔，容光袍仪，焕映一室。吕祖曰："此乃董娘娘，子谨志之。"既而又问："记得否？"答曰："已记之。"又曰："勿忘却。"俄而丽者去，吕祖亦去。醒而异之，即梦中所见，肖像而藏之，终亦不解所谓。

后数年偶游于都。会董妃卒，上念其贤，将为肖像。诸工群集，口授心拟，终不能似。某忽忆念梦中丽者，得无是耶？以图呈进。宫中传览，俱谓神肖。上大悦，授官中书⑥，辞不受；赐万金。名大噪。贵戚家争赍重币，求为先人传影⑦。凡悬空摹写，无不曲肖。浃辰⑧之间，累数万金。莱芜⑨朱拱奎曾见其人。

①进匜(yí)沃盥：侍奉盥洗。匜：古代盥器。 ②帨(shuì)：巾。 ③跂(qǐ)双弯：踮起双脚。双弯，此处指女子的一双小脚。 ④吴门：今江苏省苏州市一带。 ⑤吕祖：指吕洞宾，传说中的"八仙"之一。 ⑥中书：中书舍人，官名。 ⑦传影：画像。 ⑧浃辰(jiā chén)：十二天。古人以干支纪日，称自子至亥一周十二日为"浃辰"。 ⑨莱芜：旧县名，治所在今山东省莱芜市。

林氏

济南①戚安期,素佻达,喜狎妓,妻婉戒之不听。妻林氏,美而贤。会北兵入境被俘去,暮宿途中欲相犯,林伪许之。适兵佩刀系床头,急抽刀自刎死,兵举而委②诸野。次日,拔舍去。有人传林死,戚痛悼往。视之,有微息。负而归,目渐动,稍嚬呻,轻扶其项,以竹管滴沥灌饮,能咽。戚抚之曰:"卿万一能活,相负者必遭凶折!"半年,林平复如故;惟首为颈痕所牵,常苦左顾。戚不以为丑,爱恋逾于平昔,曲巷之游从此绝迹。林自觉形秽,将为置媵,戚执不可。

居数年,林不育,因劝纳婢,戚曰:"业誓不二,鬼神鉴之。即嗣续不承,亦吾命耳。若不应绝,卿岂老而不能生耶?"林乃托疾,使戚独宿,遣婢海棠卧其床下。既久,阴以宵情问婢。婢曰:"并无。"林不信。至夜,戒婢勿住,自诣婢所卧。少间,闻床上睡息已动。潜起,登床扪之。戚问谁,林耳语曰:"我海棠也。"戚拒却曰:"我有盟誓,不敢更也。若似曩年,尚须汝奔就耶?"林乃下床去。戚仍孤眠。林又使婢托已往就之。戚念妻生平从不肯作不速之客,疑而摸其项,无痕,知为婢,又叱之。婢惭而退。及明,以情告林,使速嫁婢。林笑曰:"君亦不必过执。倘得一丈夫子③,岂不幸甚。"戚曰:"倘背盟誓,鬼责将及,尚望延宗嗣乎?"

林一日笑语戚曰:"凡农家者流,苗与秀④不可知,播种常例不可违。晚间耕耨之期至矣。"戚笑会之。既夕,林灭烛呼婢,使卧己衾中。戚人就榻,戏曰:"佃人来矣。深愧钱镈⑤不利,负此良田。"婢不语。婢及举事,小语戚曰:"私处小肿,颠猛不任。"戚体意温恤之。事已,婢伪起溺,以林易之。从此时值落红,辄一为之,而戚不知也。未几,婢腹震,林氏每使静坐,不令给役于前。故谓戚曰:"妾劝内婢,而君弗听。设尔日冒妾时,君误信之。交而得孕,将复如何?"戚曰:"留犊觅母。"林不言。无何婢举一子,林暗买乳媪,抱养母家。积四五年,又产一子一女。长名长生已七岁,就外祖家读书。林半月辄托归宁,一往看视。婢年益长,戚时时促遣之。林辄诺。婢日思儿女,林乃窃为上鬓⑥,送诣母所。林谓戚曰:"日谓我不嫁海棠,母家有一义男,业配之。"又数年,子女俱长成。

值戚初度⑦,林先期治具,为候宾客。戚叹曰:"岁月驶过,忽已半世。

---

①济南:旧府名,治所在今山东省济南市。 ②委:抛弃、丢弃。 ③丈夫子:儿子。 ④苗与秀:庄稼出苗与吐穗开花。 ⑤钱镈(bó):钱、镈均为古农具名,此处泛指农具。 ⑥上鬓:挽上发髻,此处指做成已婚妇人装扮。 ⑦初度:生日。

幸各强健,家亦不至冻馁。所阙者,膝下一点耳。"林曰:"君执拗,不从妾言,夫谁怨?然欲得男,两亦甚易,何况一也?"戚解颜①曰:"既言不难,明日便索两男。"林曰:"易耳,易耳!"早起,命驾至母家,严妆子女,载与俱归。入门,令雁行立,呼父叩祝千秋。拜已而起,相顾嬉笑。戚骇怪不解。林曰:"君索两男,妾添一女。"始为详述本末。戚喜曰:"何不早告?"曰:"早告,恐绝其母。今子已成立,尚可绝其母乎?"戚感极涕泣。遂迎婢归,偕老焉。

异史氏曰:"女有存心如林氏者,可谓贤德矣。"

胡大姑

益都②岳于九,家有狐祟,布帛器具,辄被抛掷邻堵。蓄细葛,将取作服,见捆卷如故,解视,则边实而中虚,悉被剪去。诸如此类,不堪其苦。乱诟骂之,岳戒止曰:"恐狐闻。"狐在梁上曰:"我已闻之矣。"祟益甚。

一日,夫妻卧未起,狐摄衾服去,各白身蹲床上,望空哀祝之。忽见好女子自窗入,掷衣床头。视之,不甚修长;衣绛红,外袭雪花比甲③。岳着衣,揖之曰:"上仙有意垂顾,幸勿相扰。请以为女,何如?"狐曰:"我齿较汝长,何得妄自尊?"又请为姊妹,乃许之。于是命家人皆呼以胡大姑。时颜镇张八公子家,有狐居楼上,恒与人语。岳问:"识之否?"答云:"是吾家喜姨,何得不识?"岳曰:"彼喜姨曾不扰人,汝何不效之?"狐不听,扰如故。犹不甚祟他人。而专祟其子妇:履袜簪珥往往弃道上,每食,辄于粥碗中埋死鼠或粪秽。妇辄掷碗骂骚狐,并不祷免。岳祝曰:"儿女辈皆呼汝姑,何略无尊长体耶?"狐曰:"教汝子出若妇,我为汝媳,便相安矣。"子妇骂曰:"淫狐不自惭,欲与人争汉子耶?"时妇坐衣笥④上,忽见浓烟出尻⑤下,熏热如笼。启视,藏裳俱烬,剩一二事,皆姑服也。又使岳子出其妇,子不应。过数日,又促之,仍不应,狐怒以石击之,额破血流,几毙。岳益患之。

西山李成文,善符水,因币聘之。李以泥金写红绢作符,三日始成。又以镜缚梃⑥上,捉作柄,遍照宅中。使童子随视,有所见,即急告。至一处,童曰:"墙若犬伏。"李即载手书符其处。既而禹步庭中,咒移时,即见家中犬豕并来,帖耳戢尾,若听教诲。李挥曰:"去!"即纷然鱼贯而去。又咒,群鸭又来,又挥去之。已而鸡至。李指一鸡,大叱;他鸡俱去,此鸡独伏,交翼长鸣,曰:"余不敢矣"!李曰:"此物是家中所作紫姑⑦也。"家人并言不曾作。

①解颜:开颜欢笑。 ②益都:旧县名,治所在今山东省青州市。 ③比甲:古代的一种服装,形如背心。 ④衣笥(sì):一种盛衣物的方形竹器。 ⑤尻(kāo):脊椎骨末端。 ⑥梃(tǐng):木棍。 ⑦紫姑:古代传说中的司厕之神。

李曰："紫姑今尚在。"因共忆三年前，曾为此戏，怪异即自尔日始矣。遍搜之，见刍偶在厩梁上。李取投火中。乃出一酒甀①，三咒三叱，鸡起径去。闻甀口作人言曰："岳四狠哉！数年后当复来。"岳乞付之汤火；李不可，携去。或见其壁间挂数十瓶，塞口者皆狐也。言其以次纵之，出为祟，因此获聘金，居为奇货云。

细侯

昌化②满生，设帐余杭③。偶涉廛市④，经临街阁下，忽有荔壳坠肩头。仰视，一雏姬凭阁上，妖姿要妙，不觉注目发狂，姬俯哂而入。询之，知为娼楼贾氏女细侯也。其声价颇高，自顾不能适愿。归斋冥想，终宵不枕。明日，往投以刺，相见，言笑甚欢，心志益迷。托故假贷同人，敛金如干⑤，携以赴女，款洽臻至。即枕上口占一绝赠之云："膏腻铜盘夜未央，床头小语麝兰香。新鬟明日重妆凤，无复行云梦楚王。"细侯蹙然曰："妾虽污贱，每愿得同心而事之。君既无妇，视妾可当家否？"生大悦，即叮咛，坚相约。细侯亦喜曰："吟咏之事，妾自谓无难，每于无人处，欲效作一首，恐未能便佳，为观听所讥。倘得相从，幸以教妾。"因问生："家田产几何？"答曰："薄田半顷，破屋数椽而已。"细侯曰："妾归君后，当常相守，勿复设帐为也。四十亩聊足自给，十亩可以种黍，织五匹绢，纳太平之税有余矣。闭户相对，君读妾织，暇则诗酒可遣，千户侯何足贵！"生曰："卿身价约可几多？"曰："依媪贪志，何能盈也？多不过二百金足矣。可恨妾齿稚，不知重资财，得辄归母，所私者区区无多。君能办百金，过此即非所虑。"生曰："小生之落寞，卿所知也，百金何能自致，有同盟友令于湖南，屡相见招，仆因道远，故惮于行。今为卿故，当往谋之。计三四月，可以复归，幸耐相候。"细侯曰："诺。"生即弃馆南游，至则令已免官，以罣误⑥居民舍，宦囊空虚，不能为礼。生落魄难返，就邑中授徒焉。三年，莫能归。偶笞弟子，弟子自溺死。东翁⑦痛子而讼师，因被逮囹圄。幸有他门人，怜师无过，时致馈遗，得以无苦。

细侯自别生，杜门不交一客。母诘知故，而志不可夺，亦姑听之。有富贾慕细侯名，托媒于媪。务在必得，不靳⑧直。细侯不可，贾以负贩诣湖南，敬侦生耗。时狱已将解，贾以金略当事吏，使久锢之。归告媪云："生已瘐

死①。"细侯不信。媪曰:"无论满生已死,纵或不死,与其从穷措大以椎布②终也,何如衣锦而厌粱肉乎?"细侯曰:"满生虽贫,其骨清也;守龌龊商,诚非所愿。且道路之言,何足凭信!"贾又转嘱他商,假作满生绝命书寄细侯,以绝其望。细侯得书,朝夕哀哭,媪曰:"我自幼于汝,抚育良劬③。汝成人二三年,所得报日亦无多。既不愿隶籍④,又不肯嫁,何以能生活?"细侯不得已,遂嫁贾。贾衣服簪环,供给丰侈。年余,生一子。

无何,生得门人力,昭雪出狱,始知贾之锢己也。然念素无嫌隙,反复不得其由,门人义助资斧得归,既闻细侯已嫁,心甚激楚,因以所苦,托市媪卖浆者达细侯。细侯大悲,方悟前此多端,悉贾之诡谋。乘贾他出,杀抱中儿,携所有以归满;凡贾家服饰,一无所取。贾归,怒讼于官。官原其情,竟置不问。嘻!破镜重归,盟心不改,义实可嘉。然必杀子而行,未免太忍矣!

狼

有屠人货肉归,日已暮,欻⑤一狼来,瞰担上肉,似甚垂涎,随屠尾行数里。屠惧,示之以刃,少却;及走,又从之。屠思狼所欲者肉,不如悬诸树而早取之。遂钩肉,翘足挂树间,示以空担。狼乃止。屠归。昧爽⑥往取肉,遥望树上悬巨物,似人缢死状,大骇。逡巡近视,则死狼也。仰首细审,见狼口中含肉,钩刺狼腭,如鱼吞饵。时狼皮价昂,直十余金,屠小裕焉。缘木求鱼,狼则罹之,是可笑也!

一屠晚归,担中肉尽,止剩骨。途遇两狼,缀行甚远。屠惧,投以骨,一狼得骨止,一狼又从;复投之,后狼止而前狼又至;骨已尽,而两狼并驱如故。屠大窘,恐前后受其敌。顾野有麦场,场主以薪积其中,苫蔽成丘⑦。屠乃奔倚其下,弛担待刀。狼不敢前,眈眈相向。少时,一狼径去;其一犬坐⑧于前,久之,目似瞑,意暇甚。屠暴起,以刀劈狼首,又数刀毙之。转视积薪后,一狼洞其中,意将隧入以攻其后也。身已半入,露其尾,屠自后断其股,亦毙之。方悟前狼假寐,盖以诱敌。狼亦黠矣!而顷刻两毙,禽兽之变诈几何哉,止增笑耳!

一屠暮行,为狼所逼。道旁有夜耕者所遗行室⑨,奔入伏焉。狼自苫中探爪入,屠急捉之,令出不去,但思无计可以死之。惟有小刀不盈寸,遂割破狼爪下皮,以吹豕之法吹之。极力吹移时,觉狼不甚动,方缚以带。出视,则

①瘐(yǔ)死:指囚犯因受刑、冻饿或疾病死在狱中。 ②椎布:椎髻布衣,形容女子衣着简朴。 ③劬(qú):过分劳苦。 ④隶籍:此处指隶属乐籍为娼。 ⑤欻(xū):忽然。 ⑥昧爽:拂晓。 ⑦苫(shàn)蔽成丘:覆盖成小山似的。苫蔽,覆盖遮蔽。 ⑧犬坐:像狗一样蹲坐。 ⑨行室:指农人在田间所搭的草棚。

狼胀如牛,股直不能屈,口张不得合。遂负之以归。非屠,乌能作此谋也!三事皆出于屠;则屠人之残,杀狼亦可用也。

美人首

诸商寓居京舍,舍与邻屋相连,中隔板壁,板有松节脱处,穴如盏①。忽女子探首入,挽凤髻,绝美;旋伸一臂,洁白如玉。众骇其妖,欲捉,已缩去。少顷,又至,但隔壁不见其身。奔之,则又去之。一商操刀伏壁下,俄首出,暴决之,应手而落,血溅尘土。众惊告主人,主人惧,以其首首焉②。逮诸商鞫之,殊荒唐。淹系半年,迄无情词,亦未有一人送官者,乃释商,瘗③女首。

刘亮采

济南怀利仁曰:刘公亮采,狐之后身也。初,太翁居南山,有叟造其庐,自言胡姓。问所居,曰:"只在此山中。闲处人少,惟我两人,可与数晨夕,故来相拜识。"因与接谈,词旨便利,悦之。治酒相欢,醺醺而去。越日复来,更加款厚。刘云:"自蒙下交,分即最深。但不识家何里,焉所问兴居④?"胡曰:"不敢讳,某实山中之老狐也。与若有夙因,故敢内交门下。固不能为翁福,亦不敢为翁祸,幸相信勿骇。"刘亦不疑,更相契重。即叙年齿,胡作兄,往来如昆季⑤。有小休咎⑥亦以告。

时刘乏嗣,叟忽云:"公勿忧,我当为君后。"刘讶其言怪,胡曰:"仆算数已尽,投生有期矣。与其他适,何如生故人家?"刘曰:"仙寿万年,何遽及此?"叟摇首曰:"非汝所知。"遂去。夜果梦叟来,曰:"我今至矣。"既醒,夫人生男,是为刘公。公既长,身短,言词敏谐,绝类胡。少有才名,壬辰成进士。为人任侠,急人之急,以故秦、楚、燕、赵之客,趾踣于门;货酒卖饼者,门前成市焉。

蕙芳

马二混,居青州⑦东门内,以货面为业。家贫无妇,与母共作苦。一日,

---

①盏:小杯子。　②以其首首焉:拿着被斩下的美人首向官府出首。　③瘗:(yì):掩埋,埋葬。　④兴居:起居。　⑤昆季:兄弟。　⑥休咎:吉凶。　⑦青州:旧府名,治所在今山东省青州市。

媪独居,忽有美人来,年可十六七,椎布甚朴,光华照人。媪惊诘之,女笑曰:"我以贤郎诚笃,愿委身母家。"媪益惊曰:"娘子天人,有此一言,则折我母子数年寿!"女固请之,媪拒益力,女去。越三日复来,留连不去。问其姓氏,曰:"母肯纳我,我乃言;不然,无庸问。"媪曰:"贫贱佣保骨,得妇如此,不称亦不祥。"女笑坐床头,恋恋殊殷。媪辞之曰:"娘子宜速去,勿相祸。"女出门,媪窥之西去。

又数日,西巷中吕媪来,谓母曰:"邻女董蕙芳,孤而无依,自愿为贤郎妇,胡勿纳?"母以所疑为逃亡具白之。吕曰:"乌有是? 如有乖谬,咎在老身。"母大喜,诺之。吕去,媪扫室布席,将待子归往娶之。日将暮,女飘然自至,入室参母,起拜尽礼。告媪曰:"妾有两婢,未得母命,不敢进也。"媪曰:"我母子守穷庐,不解役婢仆。日得蝇头利,仅足自给。今增新妇一人,娇嫩坐食,尚恐不充饱;益之二婢,岂吸风所能活耶?"女笑曰:"婢来,亦不费母度支①,皆能自食。"问:"婢何在?"女乃呼:"秋月、秋松!"声未及已,忽如飞鸟堕,二婢已立于前,即令伏地叩母。

既而马归,母迎告之,马喜。入室,见翠栋雕梁,侔②于宫殿,几屏帘幕,光耀夺目。惊极,不敢入。女下床迎笑,睹之若仙,益骇,却退,女挽之,坐与温语。马喜出非分,形神若不相属。即起,欲出行沽,女曰:"勿须。"因命二婢治具。秋月出一革袋,执向扉后,搲搲撼摆之。已而以手探入,壶盛酒,柈③盛炙,触类熏腾。饮已而寝,则花厨锦裀④,温腻非常。

天明出门,则茅庐依旧。母子共奇之。媪诣吕所,将迹所由。入门,先谢其媒合之德,吕讶云:"久不拜访,何邻女之曾托乎?"媪益疑,具言端委。吕大骇,即同媪来视新妇。女笑迎之。极道作合之义。吕见其惠丽,愕眙⑤良久,即亦不辨,唯唯而已。女赠白木搔具一事,曰:"无以报德,姑奉此为姥姥爬背耳。"吕受以归,审视则化为白金。

马自得妇,顿更旧业,门户一新。箱中貂锦无数,任马取着,而出室门,则为布素,但轻暖耳。女所自衣亦然。积四五年,忽曰:"我谪降人间十余载,因与子有缘,遂暂留止。今别矣。"马苦留之,女曰:"请别择良偶以承庐墓⑥,我岁月当一至焉。"忽不见。马乃娶秦氏。后三年,七夕,夫妻方共语,女忽入,笑曰:"新偶良欢,不念故人耶?"马惊起,怆然曳坐,便道衷曲。女曰:"我适送织女渡河,乘间一相望耳。"两相依依,语勿休止。忽空际有人呼"蕙芳",女急起作别。马问其谁,曰:"余适同双成⑦姊来,彼不耐久伺矣。"马送之,女曰:"子寿八旬,至期,我来收尔骨。"言已遂逝。今马六十余矣。

---

①席支:指经费开支。 ②侔(móu):相等。 ③柈(pán):古同"盘",盘子。 ④厨(jì):一种毛织物,此处指毛毯。裀(yīn):古同"茵",垫子,褥子。 ⑤愕眙(è yí):惊视。 ⑥承庐墓:指生育后嗣,继承宗祧。庐墓,指古人于父母或师长死后,服丧期间在墓旁搭盖小屋居住,守护坟墓。⑦双成:指董双成,神话传说中西王母侍女。

其人但朴讷,无他长。

异史氏曰:"马生其名混,其业亵,蕙芳奚取哉?于此见仙人之贵朴讷诚笃也。余尝谓友人曰:若我与尔,鬼狐且弃之矣。所差不愧于仙人者,惟'混'耳。"

山神

益都①李会斗,偶山行,值数人籍地饮。见李至,欢然并起,曳入坐,竞觞之。视其梌馔,杂陈珍错。移时饮甚欢,但酒味薄濇②,忽遥有一人来,面狭长,可二三尺许;冠之高细称是③。众惊曰:"山神至矣!"即纷纷四去。李亦伏匿坎窞④中;既而起视,则肴酒一无所有,惟有破陶器贮溲浡,瓦片上盛晰蝎数枚而已。

萧七

徐继长,临淄⑤人,居城东之磨房庄。业儒未成,去而为吏。偶适姻家,道出于氏殡宫⑥。薄暮醉归,过其处,见楼阁繁丽,一叟当户坐。徐酒渴思饮,揖叟求浆。叟起邀客人,升堂授饮。饮已,叟曰:"曛暮难行,姑留宿,早旦而发,何如也?"徐亦疲殆,遂止宿焉。叟命家人具酒奉客,且谓徐曰:"老夫一言,勿嫌孟浪:君清门令望,可附婚姻。有幼女未字,欲充下陈,幸垂援拾。"徐踧踖不知所对。叟即遣伻⑦告其亲族,又传语令女郎妆束。顷之,峨冠博带者四五辈,先后并至。女郎亦炫妆出,姿容绝俗。于是交坐宴会。徐神魂眩乱,但欲速寝。酒数行,坚辞不任,乃使小鬟引夫妇入帏,馆同爱止。徐问其族姓,女曰:"萧姓,行七。"又细审门阀,女曰:"身虽陋贱,配吏胥当不辱寞⑧,何苦研穷?"徐溺其色,款昵备至,不复他疑。

女曰:"此处不可为家。审知汝家姊姊甚平善,或不拗阻,归除一舍,行将自至耳。"徐应之。既而加臂于身,奄忽就寐,及觉,则抱中已空。天色大明,松阴翳晓⑨,身下籍黍穰⑩尺许厚。骇叹而归,告妻。妻戏为除馆,设榻其中,阖门出,曰:"新娘子今夜至矣。"相与共笑。日既暮,妻戏曳徐启门,曰:"新人得毋已在室耶?"及入,则美人华妆坐榻上,见二人入,桥起⑪逆之,

①益都:旧县名,治所在今山东省青州市。 ②薄濇(sè):指味道淡薄而涩口。濇,同"涩"。 ③称是:指与之相称或相当。 ④坎窞(dàn):坑穴。 ⑤临淄:旧县名,治所在今山东省淄博市临淄区。 ⑥殡宫:坟墓。 ⑦遣伻:打发仆人。 ⑧辱寞:即"辱没"。 ⑨翳(yì)晓:遮蔽了晨光。 ⑩黍穰:黍秆。 ⑪桥起:此处指急忙起身。

夫妻大愕。女掩口局局而笑，参拜恭谨。妻乃治具，为之合欢。女早起操作，不待驱使。

一日曰："姊姨辈俱欲来吾家一望。"徐虑仓卒无以应客。女曰："都知吾家不饶，将先赍馔具来，但烦吾家姊姊烹任而已。"徐告妻，妻诺之。晨炊后，果有人荷酒胾①来，释担而去。妻为职庖人之役。晡后，六七女郎至，长者不过四十以来，围坐并饮，喧笑盈室。徐妻伏窗一窥，惟见夫与七姐相向坐，他客皆不可睹。北斗挂屋角，欢然始去，女送客未返。妻入视案上，杯柈俱空。笑曰："诸婢想俱饿，遂如狗舐砧。"少间女还，殷殷相劳，夺器自涤，促嫡安眠。妻曰："客临吾家，使自备饮馔，亦大笑话。明日合另邀致。"逾数日，徐从妻言，使女复召客。客至，恣意饮啖；惟留四簋②，不加匕箸。徐问之，群笑曰："夫人为吾辈恶，故留以待调人。"座间一女年十八九，素裛缟裳，云是新寡，女呼为六姊；情态妖艳，善笑能口。与徐渐洽，辄以谐语相嘲。行觞政③，徐为录事，禁笑谑。六姊频犯，连引十余爵，酡然④径醉，芳体娇懒，荏弱难持。无何亡去，徐烛而觅之，则醉寝暗帏中。近接其吻亦不觉，以手探裤，私处坟起。心旌方摇，席中纷唤徐郎，乃急理其衣，见袖中有绫巾，窃之而出。迨于夜央，众客离席。六姊未醒，七姐入摇之，始呵欠而起，系裙理发从众去。

徐拳拳怀念不释，将于空处展玩遗巾，而觅之已渺。疑送客时遗落途间。执灯细照阶除，都复乌有，意惝惝不自得。女问之，徐漫应之。女笑曰："勿诳语，巾子人已将去，徒劳心目。"徐惊，以实告，且言怀思。女曰："彼与君无宿分，缘止此耳。"问其故，曰："彼前身曲中女⑤，君为士人，见而悦之，为两亲所阻，志不得遂，感疾贴危。使人语之曰：'我已不起。但得若来获一扪其肌肤，死无憾！'彼感此意，允其所请。适以冗羁未遽往，过夕而至，则病者已殒，是前世与君有一扪之缘也。过此即非所望。"后设筵再招诸女，惟六姊不至。徐疑女妒，颇有怨怼。

女一日谓徐曰："君以六姊之故，妄相见罪。彼实不肯至，于我何尤？今八年之好，行相别矣，请为君极力一谋，用解前之惑。彼虽不来，宁禁我不往？登门就之，或人定胜天不可知。"徐喜从之，女握手飘然履虚，顷刻至其家。黄甓⑥广堂，门户曲折，与初见时无少异。岳父母并出，曰："拙女久蒙温煦，老身以残年衰惫，有疏省问，或当不怪耶？"即张筵作会。女便问诸姊妹。母云："各归其家，惟六姊在耳。"即唤婢请六娘子来，久之不出。女入曳之以至，俯首简默，不似前此之谐。少时，叟媪辞去。女谓六姊曰："姐姐高自重，使人怨我！"六姊微哂曰："轻薄郎何宜相近！"女执两人残卮，强使易

---

①胾（zì）：大块的肉。　②簋（guǐ）：一种古代食器，圆口，双耳。　③觞政：酒令。　④酡（tuó）然：饮酒后脸色变红的样子。　⑤曲中女：妓女。　⑥甓（pì）：砖。

饮，曰："吻已接矣，作态何为？"少时，七姐亡去，室中止余二人。徐遽起相逼，六姊宛转撑拒。徐牵衣长跽①而哀之，色渐和，相携入室。裁缓襦结，忽闻喊嘶动地，火光射闼。六姊大惊，推徐起曰："祸事忽临，奈何！"徐忙迫不知所为，而女郎已窜无迹矣。

徐怅然少坐，屋宇并失。猎者十余人，按鹰操刃而至，惊问："何人夜伏于此？"徐托言迷途，因告姓字。一人曰："适逐一狐见之否？"答曰："不见。"细认其处，乃于氏殡宫也。怏怏而归。尤冀七姊复至，晨占雀喜，夕卜灯花，而竟无消息矣。董玉弦谈。

乱离

学师②刘芳辉，京都人。有妹许聘戴生，出阁有日矣。值北兵入境，父兄恐细弱为累，谋妆送戴家。修饰未竟，乱兵纷入，父子分窜，女为牛录③俘去。从之数日，殊不少狎。夜则卧之别榻，饮食供奉甚殷。又掠一少年来，年与女相上下，仪采都雅。牛录谓之曰："我无子，将以汝继统绪，肯否？"少年唯唯。又指女谓曰："如肯，即以此女为汝妇。"少年喜，愿从所命。牛录乃使同榻，浃洽甚乐。及枕上各道姓氏，则少年即戴生也。

陕西某公任盐秩④，家累⑤不从。值姜瓖⑥之变，故里陷为盗薮，音信隔绝。后乱平，遣人探问，则百里绝烟，无处可询消息。会以复命入都，有老班役丧偶，贫不能娶，公赀数金使买妇。时大兵凯旋，俘获妇口无算，插标⑦市上，如卖牛马。遂携金就择之。自分金少，不敢问少艾。中一媪甚整洁，遂赎以归。媪坐床上细认曰："汝非某班投耶？"惊问所知，曰："汝从我儿服役，胡不识！"役大骇，急告公。公认之果母也，因而痛哭，倍偿之。班役以金多不屑谋媪。见一妇年三十余，风范超脱，因赎之。即行，妇且走且顾，曰："汝非某班役耶？"又惊问之，曰："汝从我夫服役，如何不识！"班役愈骇，导见公，公视之真其夫人，又悲失声。一日而母妻重聚，喜极，乃以百金为班役娶美妇焉。此必公有大德，故鬼神为之感应。惜言者忘其姓字，秦中或有能道之者。

异史氏曰："炎昆⑧之祸，玉石不分，诚然。若公一门，是以聚而传者也。董思白之后，仅有一孙，今亦不得奉其祭祀，亦朝士之责也。悲夫！"

---

①长跽(jì)：长跪。　②学师：教师，亦以称府、州、县学学官。　③牛录：满语音译，原称"牛录额真"，后改称"牛隶章京"，汉名"佐领"，是清八旗组织的基层单位"牛录"的长官。　④盐秩：巡盐御史。　⑤家累：家属。　⑥姜瓖：明末清初将领，始降李自成，旋又降清，后复叛清。　⑦插标：旧时在物品或人身上插草作为贩卖的标志。　⑧炎昆：喻指同归于尽。

蓊蛇

泗水①山中旧有禅院,四无村落,人迹罕到,有道士栖止其中。或言内多大蛇,故游人绝迹。一少年入山罗鹰,入既深,夜无归宿,遥见兰若②,趋投之。道士惊曰:"居士何来,幸不为儿辈所见!"即命坐,具饘粥③。食未已,一巨蛇入。粗十余围,昂首向客,怒目电瞤④。客大惧。道士以掌击其额,呵曰:"去!"蛇乃俯首入东室。蜿蜒移时,其躯始尽,盘旋其中,一室尽满。客大惧。道士曰:"此平时所豢养。有我在,不妨,所患客自遇之耳。"客甫坐,又一蛇入,较前略小,约可五六围。见客遽止,睒眨吐舌如前状。道士又叱之,亦入室去。室无卧处,半绕梁间,壁上土摇落有声。客益惧,终夜不眠。早起欲归,道士送之。出屋门见墙上阶下,大如盎盏者,行卧不一。见生人,皆有吞噬状。客依道士肘腋而行,使送出谷口,乃归。

余乡有客中州⑤者,寄居蛇佛寺。寺中僧人具晚餐,肉汤甚美,而段段皆圆,类鸡项。疑问寺僧:"杀鸡何乃得多项?"僧曰:"此蛇段耳。"客大惊,有出门而哇者。既寝,觉胸上蠕蠕,摸之,蛇也,顿起骇呼,僧起曰:"此常事,奚足怪!"因以火照壁间,大小满墙,榻上下皆是也。次日,僧引入佛殿。佛座下有巨井,井中有蛇,粗如巨瓮,探首井边而不出。爇火下视,则蛇子蛇孙以数百万计,族居其中。僧云:"昔蛇出为害,佛坐其上以镇之,其患始平"云。

雷公

亳州⑥民王从简,其母坐室中,值小雨冥晦,见雷公持锤振翼而入。大骇,急以器中便溺倾注之。雷公沾秽,若中刀斧,返身疾逃;极力展腾,不得去,颠倒庭际,噪声如牛。天上云渐低,渐与檐齐。云中萧萧如马鸣,与雷公相应。少时,雨暴澍⑦,身上恶浊尽洗,乃作霹雳而去。

---

①泗水:旧县名,治所在今山东省泗水县。 ②兰若:梵语"阿兰若"的省称,此处指寺院。③饘(zhān)粥:泛指稀饭。 ④电瞤(cōng):闪电。 ⑤中州:河南省的古称。 ⑥亳州:旧州名,治所在今安徽省亳州市。 ⑦澍(zhù):同"注",灌注。

菱角

胡大成,楚人,其母素奉佛。成从塾师读,道由观音祠,母嘱过必入叩。一日至祠,有少女挽儿邀戏其中,发裁①掩颈,而风致娟然。时成年十四,心好之。问其姓氏,女笑云:"我是祠西焦画工女菱角也。问将何为?"成又问:"有婿家否?"女酡然②曰:"无也。"成曰:"我为若婿,好否?"女惭云:"我不能自主。"而眉目澄澄,上下睨成,意似欣属焉。成乃出。女追而遥告曰:"崔尔诚,吾父所善,用为媒无不谐。"成曰:"诺。"因念其慧而多情,益倾慕之。归,向母实白心愿。母止此儿,恐拂其意,遂浼崔作冰③。焦责聘财奢,事几不就。崔极言成清族美才,焦始许之。

成有伯父,老而无子,授教职于湖北。妻卒任所,母遣成往奔其丧。数月将归,伯又病卒。淹留既久,适大寇据湖南,家耗遂隔。成窜民间,吊影孤惶。一日,有媪年四十八九,萦回村中,日昃④不去。自言:"乱无归,将以自鬻。"或问其价,曰:"不屑为人奴,亦不愿为人妇,但有母我者则从之,不较直。"闻者皆笑。成往视之,面目间有一二颇肖其母,触怀大悲。自念只身无缝纫者,遂邀归,执子礼焉。媪喜,便为炊饭织屦,劬劳若母。拂意辄谴之;少有疾苦,则濡煦过于所生。

忽谓曰:"此处太平,幸可无虞。然儿长矣,虽在羁旅,大伦不可废。三两日,当为儿娶之。"成泣曰:"儿自有妇,但间阻南北耳。"媪曰:"大乱时,人事翻覆,何可株待?"成又泣曰:"无论结发之盟不可背,且谁以娇女付萍梗⑤人?"媪不答,但为治帘幞衾枕,甚周备,亦不识所自来。一日,日既夕,戒成曰:"独坐勿寐,我往视新妇来也未。"遂出门去。三更既尽,媪不返,心大疑。俄闻门外喧哗,出视,则一女子坐庭中,篷首啜泣。惊问:"何人?"亦不语。良久,乃言曰:"娶我来,即亦非福,但有死耳!"成大惊,不知其故。女曰:"我少受聘于胡大成,不意湖北去,音信断绝。父母强以我归汝家。身可致,志不可夺也!"成闻而哭曰:"我便即是胡某。卿菱角耶?"女收涕而骇,不信。相将入室,就灯审顾,曰:"得无梦耶?"乃转悲为喜,相道离苦。先是乱后,湖南百里,涤地无类⑥。焦移家窜长沙之东,又受周生聘。乱中不能成礼。期是夕送诸其家。女泣不盥栉,家中强置车上。途次,女颠堕其下。遂有四人荷肩舆至,云是周家迎女者,即扶升舆,疾行若飞,至是始停。一老姥曳入,

①裁:才,略微。 ②酡(tuó)然:原指饮酒后脸色变红的样子,此处借指因害羞而脸红。
③作冰:做媒。 ④日昃(zè):太阳偏西。 ⑤萍梗:比喻像浮萍断梗一样漂泊不定。 ⑥涤地无类:荡涤无遗,此处指全部杀光。

曰:"此汝夫家,但入勿哭。汝家婆婆,且晚将至矣。"乃去,成诘知情事,始悟媪神人也。夫妻焚香共祷,愿得母子复聚。母自戎马戒严,同侪人①妇奔伏涧谷。一夜,噪言寇至,即并张皇四匿。有童子以骑授母,母急不暇问,扶肩而上,轻迅剽遫②,瞬息至湖上。马踏水奔腾,蹄下不波。无何,扶下,指一户云:"此中可居。"母将启谢。回视其马,化为金毛犼,高丈余,童子超乘而去。母以手挝门,豁然启扉。有人出问,怪其音熟,视之,成也。母子抱哭。妇亦惊起,一门欢慰。疑媪是观音大士现身,由此持观音经咒益虔。遂流寓湖北,治田庐焉。

饿鬼

　　齐人马永,贫面无赖、乡人戏名为饿鬼,年三十余,日益窭,衣百结鹑③,两手交其肩,在市上攫食。人尽弃之,不以齿④。

　　邑有朱叟者,少携妻居于五都之市,操业不雅;暮岁归其乡,大为士类所口,而朱洁行为善,人始稍稍礼貌之。一日,值马攫食不偿,为肆人所苦;怜之,代给其直。引归,赠以数百俾⑤作本。马去,不肯谋业,坐而食。无何资复匮,仍蹈故辙。而常惧与朱遇,去之临邑。

　　暮宿学宫,冬夜凛寒,辄摘圣贤头上旒而煨其板。学官知之,怒欲加刑。马哀免,愿为先生生财。学官喜,纵之去。马探其生殷富,登门强索资,故挑其怒,乃以刀自劙⑥,诬而控诸学。学官勒取重赂,始免申黜。诸生因而共愤,公质县尹。尹廉⑦得实,笞四十,梏其颈,三日毙焉。

　　是夜,朱叟梦马冠带而入,曰:"负公大德,今来相报。"即寤,妾生子。叟知为马,名以马儿。少不慧,喜其能读。二十余,竭力经纪,得入邑庠。后考试寓旅邸,昼卧床上,见壁间悉糊旧艺⑧,视之有"犬之性"四句题,心畏其难,读而志之。入场,适遇此题,录之,得优等,食饩⑨焉。六十余,补临邑训导。数年,曾无一道义交。惟袖中出青蚨⑩,则作鸲鹆笑⑪;不则睫毛一寸长,棱棱若不相识,偶大令以诸生小故,判令薄惩,辄酷烈如治盗贼。有讼士子者,即富来叩门矣。如此多端,诸生不复可耐。而年近七旬,臃肿聋瞆,每向人物色乌须药。有某生素狂,锉茜根绐之⑫。天明共视,如庙中所塑灵官

---

　　①侪人:众人。　②剽遫(sù):迅疾。　③百结鹑:形容衣衫褴褛的样子。因鹌鹑毛斑尾秃,故用以借喻破烂的衣服。百结,形容衣服上多有补缀。　④不以齿:不齿。　⑤俾:使。　⑥劙(lí):割。　⑦廉:察考,访查。　⑧艺:此处指"制艺",即八股文。　⑨食饩(xì):指成为廪膳生员。明清科举考试中,取得廪生资格的生员可以领取朝廷发放的饩廪(膳食津贴)。　⑩青蚨(fú):一种传说中的虫子,常喻指金钱。　⑪鸲鹆笑:形容自鸣得意的奸笑。　⑫茜根:茜草的根,可做红色染料。绐:(dài):欺骗。

状。大怒拘生，生已早夜亡去。因此愤气中结，数月而死。

考弊司

闻人生，河南人。抱病经日，见一秀才入伏谒床下，谦抑尽礼。已而请生少步，把臂长语，刺刺且行，数里外犹不言别。生伫足，拱手致辞。秀才云："更烦移趾，仆有一事相求。"生问之，答云："吾辈悉属考弊司辖。司主名虚肚鬼王。初见之，例应割髀肉，浼君一缓颊①耳。"生惊问："何罪而至于此？"曰："不必有罪，此是旧例。苦丰于贿者可赎也，然而我贫。"生曰："我素不稔鬼王，何能效力？"曰："君前世是伊大父行②，宜可听从。"

言次，已入城郭。至一府署，廨宇不甚弘敞，惟一堂高广，堂下两碣东西立，绿书大于栲栳③，一云"孝弟忠信"，一云"礼义廉耻"。躇阶而进，见堂上一匾，大书"考弊司"。楹间，板雕翠色一联云："曰校、曰序、曰庠，两字德行阴教化；上士、中士、下士，一堂礼乐鬼门生。"游览未已，官已出，鬒发鲐背④，若数百年人。而鼻孔撩天，唇外倾，不承其齿。从一主簿吏，虎首人身。有十余人列侍，半狞恶若山精。秀才曰："此鬼王也。"生骇极，欲退却；鬼王已睹，降阶揖生上，便问兴居。生但诺诺。又云："何事见临？"生以秀才意具白之。鬼王色变曰："此有成例、即父命所不敢承！"气象森凛，似不可入一词。生不敢言，骤起告别，鬼王侧行送之，至门外始返。生不归，潜入以观其变。至堂下，则秀才已与同辈数人，交臂历指⑤，俨然在徽纆⑥中。一狞人持刀来，裸其股，割片肉，可骈三指许。秀才大嗥欲嗄。

生少年负义，愤不自持，大呼曰："惨毒如此，成何世界！"鬼王惊起，暂命止割，跣履迎生。生忿然已出，遍告市人，将控上帝。或笑曰："迂哉！蓝蔚苍苍，何处觅上帝而诉之冤也？此辈与阎罗近，呼之或可应耳。"乃示之途。趋而往，果见殿陛威赫，阎罗方坐，伏阶号屈。王召诉已，立命诸鬼绾绁⑦提锤而去。少顷，鬼王及秀才并至，审其情确，大怒曰："怜尔凤世攻苦，暂委此任，候生贵家，今乃敢尔！其去若善筋，增若恶骨，罚令生生世世不得发迹也！"鬼乃楎之，仆地，颠落一齿。以刀割指端，抽筋出，亮白如丝。鬼王呼痛，声类斩豕。手足并抽讫，有二鬼押去。

生稽首而出，秀才从其后，感荷殷殷。挽送过市，见一户垂朱帘，帘内一女子露半面，容妆绝美。生问："谁家？"秀才曰："此曲巷⑧也。"既过，中低徊

---

①缓颊：代人求情。　②大父行（háng）：祖父辈。　③栲栳（kǎo lǎo）：一种用柳条编成，形制似斗的容器，亦称笆斗。　④鬒发鲐背：指老人。古人认为老人身上生斑如鲐鱼背之纹，是高寿之征。　⑤交臂：双手双绑。历指：拶指之刑。　⑥徽纆（mò）：绳索。　⑦绁：绳索。　⑧曲巷：妓院。

不能舍、遂坚止秀才。秀才曰:"君为仆来,而今踽踽而去,心何忍。"生固辞,乃去。生望秀才去远,急趋入帘内。女接见,喜形于色。入室促坐,相道姓名。女曰:"柳氏,小字秋华。"一妪出,为具肴酒。酒阑,入帷,欢爱殊浓,切切订婚嫁。妪入曰:"薪水告竭,要耗郎君金资,奈何!"生顿念腰橐①空虚,愧惶无声。久之,曰:"我实不曾携得一文,官署券保,归即奉酬。"妪变色曰:"曾闻夜度娘索逋欠②耶?"秋华蹙蹙,不作一语。生暂解衣为质,妪持笑曰:"此尚不能偿酒值耳。"呶呶不满志,与女俱入。生惭,移时,犹冀女出展别,再订前约。久候无音,潜入窥之,见妪与女,自肩以上化为牛鬼,目睒睒相对立。大惧,趋出,欲归,则百道岐出,莫知所从。问之市人,并无知其村名者。徘徊廛肆③之间,历两昏晓,凄意含酸,响肠鸣饿,进退不能自决。忽秀才过,望见之,惊曰:"何尚未归,而简亵若此?"生腼颜莫对。秀才曰:"有之矣!得毋为花夜叉所迷耶?"遂盛气而往,曰:"秋华母子,何遽不少施面目耶!"去少时,即以衣来付生曰:"淫婢无礼,已叱骂之矣。"送生至家,乃别而去。生暴绝三日而苏,历历为家人言之。

阎罗

沂州④徐公星自言夜作阎罗王。州有马生亦然。徐闻之,访诸其家,问马昨夕冥中处分何事? 马曰"无他事,但送左萝石升天。天上堕莲花,朵大如屋"云。

大人

长山李孝廉质君诣青州⑤,途中遇六七人,语音类燕。审视两颊俱有瘢,大如钱,异之,因问何病之同。客曰:旧岁客云南,日暮失道,入大山中,绝壑巉岩,不可得出。因共系马解装,傍树栖止。夜深,虎豹鸮鸱,次第嗥动,诸客抱膝相向,不能寐。忽见一大人来,高以丈许。客团伏莫敢息。大人至,以手攫马而食,六七匹顷刻都尽;既而折树上长条,捉人首穿腮,如贯鱼状,贯讫,提行数步,条毳⑥折有声。大人似恐坠落,乃屈条之两端,压以巨石而去。客觉其去远,出佩刀自断贯条,负痛疾走。见大人又导一人俱来,客惧,

---

①腰橐(tuó):藏钱的袋子,多系于腰间。橐,口袋。 ②夜度娘:娼妓的代称。逋欠:拖欠的债务。 ③廛(chán)肆:泛指街市。 ④沂州:旧州名,治所在今山东省临沂市。 ⑤长山:旧县名,治所在今山东省邹平以东、淄川以北偏西。青州:旧府名,治所在今山东省青州市。 ⑥毳(cuì):通"脆",脆弱,易碎。

伏丛莽中。见后来者更巨,至树下,往来巡视,似有所求而不得。已乃声啁啾,似巨鸟鸣,意甚怒,盖怒大人之绐①己也。因以掌批其颊。大人伛偻顺受,不敢少争。俄而俱去。

诸客始仓皇出,荒窜良久,遥见岭头有灯火,群趋之。至则一男子居石室中。客入环拜,兼告所苦。男子曳令坐曰:"此物殊可恨,然我亦不能钳制。待舍妹归,可与谋也。"无何②,一女子荷两虎自外入,问客何来,诸客叩伏而告以故。女子曰:"久知两个为孽,不图凶顽若此!当即除之。"于石室中出铜锤,重三四百斤,出门遂逝。男子煮虎肉饷客。肉未熟,女子已返,曰:"彼见我欲遁,追之数十里,断其一指而还。"因以指掷地,大于胫骨焉。众骇极,问其姓氏,不答。少间,肉熟,客创痛不食;女以药屑遍糁③之,痛顿止。天明,女子送客至树下,行李俱在。各负装行十余里,经昨夜斗处,女子指示之,石洼中残血尚存盆许。出山,女子始别而返。

向杲

向杲字初旦,太原④人,与庶兄⑤晟友于最敦。晟狎一妓,名波斯,有割臂之盟,以其母取直奢,所约不遂。适其母欲从良,愿先遣波斯。有庄公子者,素善波斯,请赎为妾。波斯谓母曰:"既愿同离水火,是欲出地狱而登天堂也。若妾媵之相去几何矣!肯从奴志,向生其可。"母诺之,以意达晟。时晟丧偶未婚,喜,竭资聘波斯以归。庄闻,怒夺所好,途中偶逢,大加诟骂;晟不服,遂嗾⑥从人折棰笞之,垂毙乃去。杲闻奔视,则兄已死,不胜哀愤。具造赴郡。庄广行贿赂,使其理不得伸。

杲隐忿中结,莫可控拆,惟思要路⑦刺杀庄,日怀利刃伏于山径之莽。久之,机渐泄。庄知其谋,出则戒备甚严。闻汾州有焦桐者,勇而善射,以多金聘为卫。杲无计可施,然犹日伺之。一日方伏,雨暴作,上下沾濡,寒战颇苦。既而烈风四塞,冰雹继至,身忽然痛痒不能复觉。岭上旧有山神祠,强起奔赴。既入庙,则所识道士在内焉。先是,道士尝行乞村中,杲辄饭之,道士以故识杲。见杲衣服濡湿,乃以布袍授之,曰:"姑易此。"杲易衣,忍冻蹲若犬,自视则毛革顿生,身化为虎。道士已失所在。心中惊恨,转念:得仇人而食其肉,计亦良得。下山伏旧处,见己尸卧丛莽中,始悟前身已死,犹恐葬于乌鸢⑧,时时逻守之。越日,庄始经此,虎暴出,于马上扑庄落,龁其首,咽

①绐(dài):欺骗。 ②无何:不久。 ③糁(sǎn):撒。 ④太原:旧府名,治所在今山西省太原市。 ⑤庶兄:庶出兄长,指由父亲妾室所生的兄长。 ⑥嗾(sǒu):指使。 ⑦要路:遮道,拦路。 ⑧葬于乌鸢(yuān):指尸身被乌鸦、老鹰啄食。鸢,老鹰。

之。焦桐返马而射，中虎腹，蹶然遂毙。

呆在错楚中，恍若梦醒；又经宵，始能行步，厌厌以归。家人以其连夕不返，方共骇疑，见之，喜相慰问。呆但卧，蹇涩不能语。少间，闻庄信，争即床头庆告之。呆乃自言："虎即我也。"遂述其异，由此传播。庄子痛父之死甚惨，闻而恶之，因讼呆，官以其诞而无据，置不理焉。

异史氏曰："壮士志酬，必不生返，此千古所悼恨也。借人之杀以为生，仙人之术亦神哉！然天下事足发指者多矣。使怨者常为人，恨不令暂作虎！"

董公子

青州①董尚书可畏，家庭严肃，内外男女，不敢通一语。一日，有婢仆调笑于中门之外，公子见而怒叱之，各奔去。

及夜公子偕僮卧斋中，时方盛暑，室门洞敞。更深时，僮闻床上有声甚厉，惊醒；月影中见前仆提一物出门去，以其家人故，弗深怪，遂复寐。忽闻靴声訇然②，一伟丈夫赤而修髯，似寿亭侯③像，捉一人头入。僮惧，蛇行入床下，闻床上支支格格如振衣，如摩腹，移时始罢。靴声又响，乃去。僮伸颈渐出，见窗棂上有晓色。以手扪床上，着手沾湿，嗅之血腥。大呼公子，公子方醒，告而火之，血盈枕席。大骇，不知其故。

忽有官役叩门，公子出见，役愕然，但言怪事。诘之，告曰："适衙前一人神色迷罔，大声曰：'我杀主人矣！'众见其衣有血污，执而白之官，审知为公子家人。渠言已杀公子，埋首于关庙之侧。往验之，穴土犹新，而首则并无。"公子骇异，趋赴公庭，见其人即前狎婢者也。因述其异。官甚惶惑，重责而释之。公子不欲结怨于小人，以前婢配之，令去。

积数日，其邻堵者，夜闻仆房中一声震响若崩裂，急起呼之，不应。排闼④入视，见夫妇及寝床，皆截然断而为两。木肉上俱有削痕，似一刀所断者。关公之灵迹最多，未有奇于此者也。

周三

泰安⑤张太华，富吏也。家有狐扰，不可堪，遣制罔效。陈其状于州尹，

---

①青州：旧府名，治所在今山东省青州市。　②訇(hōng)然：形容大声、响声。　③寿亭侯：此处当为汉寿亭侯，即关羽。　④排闼(tà)：推门。闼，小门。　⑤泰安：旧州名，治所在今山东省泰安。

尹亦不能为力。时州之东亦有狐居村民家,人共见为一白发叟,叟与居人通吊问,如世人礼。自云行二,都呼为胡二爷。适有诸生谒尹,间道①其异。尹为吏策,使往问叟,时东村人有作隶者,吏访之,果不诬,因与俱往。即隶家设筵招胡,胡至,揖让酬酢,无异常人。吏告所求,胡曰:"我固悉之,但不能为君效力。仆友人周三,侨居岳庙,宜可降伏,当代求之。"吏喜,申谢。胡临别与吏约,明日张筵于岳庙之东,吏领教。

胡果导周至。周虬髯铁面,服裤褶。饮数行,向吏曰:"适胡二弟致尊意,事已尽悉。但此辈实繁有徒,不可善谕,难免用武。请即假馆②君家,微劳所不敢辞。"吏转念去一狐,得一狐,是以暴易暴也,游移不敢即应。周已知之,曰:"无畏。我非他比,且与君有喜缘,请勿疑。"吏诺之。周又嘱:"明日偕家人阖户坐室中,幸勿哗。"吏归,悉遵所教。俄闻庭中攻击刺斗之声,逾时始定。启关出视,血点点盈阶上;墀中有小狐首数枚,大如碗盏焉;又视所除舍,则周危坐其中,拱手笑曰:"蒙重托,妖类已荡灭矣。"自是馆于其家,相见如主客焉。

鸽异

鸽类甚繁:晋有坤星,鲁有鹤秀,黔有腋蝶,梁有翻跳,越有诸尖,皆异种也。又有靴头、点子、大白、黑石、夫妇雀、花狗眼之类,名不可屈以指,惟好事者能辨之也。

邹平③张公子幼量癖好之,按经而求,务尽其种。其养之也,如保婴儿:冷则疗以粉草,热则投以盐颗。鸽善睡,睡太甚,有病麻痹而死者。张在广陵,以十金购一鸽,体最小,善走,置地上,盘旋无已时,不至于死不休也,故常须人把握之;夜置群中使惊诸鸽,可以免痹股之病,是名"夜游"。齐鲁养鸽家,无如公子最;公子亦以鸽自诩。

一夜坐斋中,忽一白衣少年叩扉入,殊不相识。问之,答曰:"漂泊之人,姓名何足道。遥闻畜鸽最盛,此亦生平所好,愿得寓目。"张乃尽出所有,五色俱备,灿若云锦。少年笑曰:"人言果不虚,公子可谓养鸽之能事矣。仆亦携有一两头,颇愿观之否?"张喜,从少年去。月色冥漠,旷野萧条,心窃疑惧。少年指曰:"请勉行,寓屋不远矣。"又数武④,见一道院仅两楹⑤,少年握手入,昧无灯火。少年立庭中,口中作鸽鸣。忽有两鸽出:状类常鸽而毛纯

① 间道:顺便说起。 ② 假馆:此处指借住。 ③ 邹平:旧县名,治所在今山东省邹平县。④ 数武:不远处,没有多远。武,半步。古代六尺为步,半步为武,泛指脚步。 ⑤ 楹:量词,古代计量房屋的单位,或说一列为一楹,或说一间为一楹。

白，飞与檐齐，且鸣且斗，每一扑，必作觔斗①。少年挥之以肱，连翼而去。复撮口作异声，又有两鸽出：大者如鹜，小者裁如拳，集阶上，学鹤舞。大者延颈立，张翼作屏，宛转鸣跳，若引之；小者上下飞鸣，时集其顶，翼翩翩如燕子落蒲叶上，声纸碎类鼗鼓②；大者伸颈不敢动。鸣愈急，声变如磬，两两相和，间杂中节。既而小者飞起，大者又颠倒引呼之。张嘉叹不已，自觉望洋可愧。遂揖少年，乞求分爱，少年不许。又固求之，少年乃叱鸽去，仍作前声，招二白鸽来，以手把之，曰："如不嫌憎，以此塞责。"接而玩之，睛映月作琥珀色，两目通透，若无隔阂，中黑珠圆于椒粒；启其翼，胁肉晶莹，脏腑可数。张甚奇之，而意犹未足，诡求不已。少年曰："尚有两种未献，今不敢复请观矣。"

方竞论间，家人燎麻炬③入寻主人。回视少年，化白鸽大如鸡，冲霄而去。又目前院宇都渺，盖一小墓，树二柏焉。与家人抱鸽，骇叹而归。试使飞，驯异如初，虽非其尤，人世亦绝少矣。于是爱惜臻至。

积二年，育雌雄各三。虽戚好求之，不得也。有父执④某公为贵官，一日见公子，问："畜鸽几许？"公子唯唯以退。疑某意爱好之也，思所以报而割爱良难。又念长者之求，不可重拂。且不敢以常鸽应，选二白鸽笼送之，自以千金之赠不啻也。他日见某公，颇有德色，而其殊无一申谢语。心不能忍，问："前禽佳否？"答云："亦肥美。"张惊曰："烹之乎？"曰："然。"张大惊曰："此非常鸽，乃俗所言'靼鞑'者也！"某回思曰："味亦殊无异处。"

张叹恨而返。至夜梦白衣少年至，责之曰："我以君能爱之，故遂托以子孙。何以明珠暗投，致残鼎镬！今率儿辈去矣。"言已化为鸽，所养白鸽皆从之，飞鸣径去。天明视之，果俱亡矣。心甚恨之，遂以所畜，分赠知交，数日而尽。

异史氏曰："物莫不聚于所好，故叶公好龙，则真龙入室，而况学士之于良友，贤君之于良臣乎？而独阿堵之物⑤，好者更多，而聚者特少，亦以见鬼神之怒贪，而不怒痴也。"

向有友人馈朱鲫⑥于孙公子禹年，家无慧仆，以老佣往。及门，倾水出鱼，索柈⑦而进之，及达主所，鱼已枯毙。公子笑而不言，以酒犒佣，即烹鱼以餍。既归，主人问："公子得鱼颇欢慰否？"答曰："欢甚。"问："何以知？"曰："公子见鱼便欣然有笑容，立命赐酒，且烹数尾以犒小人。"主人骇甚，自念所赠，颇不粗劣，何至烹赐下人。因责之曰："必汝蠢顽无礼，故公子迁怒耳。"佣扬手力辩曰："我固陋拙，遂以为非人也！登公子门，小心如许，犹恐笞

---

①觔(jīn)斗：跟斗。 ②鼗(táo)鼓：古代的一种摇鼓，俗称拨浪鼓。 ③燎麻炬：点着火把。麻炬，用麻秆扎制的火把。 ④父执：父亲的朋友。 ⑤阿堵之物：即"阿堵物"，指钱。 ⑥朱鲫：红色的金鱼。 ⑦柈(pán)：古同"盘"，盘子。

斗①不文，敬索柈出，一一匀排而后进之，有何不周详也？"主人骂而遣之。

灵隐寺僧某以茶得名，铛臼②皆精。然所蓄茶有数等，恒视客之贵贱以为烹献；其最上者，非贵客及知味者，不一奉也。一日有贵官至，僧伏谒甚恭，出佳茶，手自烹进，冀得称誉。贵官默然。僧惑甚，又以最上一等烹而进之。饮已将尽，并无赞语。僧急不能待，鞠躬曰："茶何如？"贵官执盏一拱曰："甚热。"

此两事，可与张公子之赠鸽同一笑也。

聂政

怀庆③潞王有昏德，时行民间，窥有好女子辄夺之。有王生妻，为王所睹，遣舆马直入其家。女子号泣不伏，强舁而出。王亡去，隐身聂政之墓，冀妻经过，得一遥诀。无何妻至，望见夫，大哭投地。王恻动心怀，不觉失声。从人知其王生，执之，将加榜掠。忽墓中一丈夫出，手握白刃，气象威猛，厉声曰："我聂政也！良家子岂可强占！念汝辈不能自由，姑且宥恕。寄语无道王：若不改行，不日将抉其首！"众大骇，弃车而走。丈夫亦入墓中而没。夫妻叩墓归，犹惧王命复临。过十余日，竟无消息，心始安。王自是淫威亦少杀云。

异史氏曰："余读刺客传，而独服膺于轵深井里④也。其锐身而报知己也，有豫⑤之义；白昼而屠卿相，有鱄⑥之勇；皮面自刑，不累骨肉，有曹之智。至于荆轲，力不足以谋无道秦，遂使绝裾而去，自取灭亡。轻借樊将军之头，何日可能还也？此千古之所恨，而聂政之所嗤者矣。闻之野史：其坟见掘于羊左⑦之鬼。果尔，则生不成名，死犹丧义，其视聂之抱义愤而惩荒淫者，为人之贤不肖何如哉！噫！聂之贤，于此益信。"

冷生

平城⑧冷生，少最钝，年二十余，未能通一经。忽有狐来与之燕处，每闻其终夜语，即兄弟诘之，亦不肯泄。如是多日，忽得狂易病，每得题为文，则

---

①筲(shāo)斗：即斗筲，指容量小的盛器。 ②铛臼：指茶铛与茶臼，泛指茶具。 ③怀庆：旧府名，治所在今河南省沁阳市。 ④轵(zhǐ)深井里：古地名，在今河南省济源市轵城镇，据载为战国时期著名刺客聂政的家乡。 ⑤豫：指春秋战国时期著名刺客豫让。 ⑥鱄(zhuān)：指春秋时期著名刺客鱄诸，通作"专诸"。 ⑦羊左：指战国时期的羊角哀与左伯桃。 ⑧平城：旧县名，约在今山西省大同市东北。

闭门枯坐，少时哗然大笑。窥之，则手不停草，而一艺成矣。脱稿又文思精妙。是年入泮①，明年食饩②。每逢场作笑，响彻堂壁，由此"笑生"之名大噪。幸学使退休，不闻。后值某学使规矩严肃，终日危坐堂上。忽闻笑声，怒执之，将以加责，执事官代白其颠。学使怒稍息，释之，而黜其名。从此佯狂诗酒。著有《颠草》四卷，超拔可诵。

异史氏曰："闭门一笑，与佛家顿悟时何殊间哉！大笑成文，亦一快事，何至以此褫革③？如此主司，宁非悠悠！"

学师孙景夏往访友人，至其窗外，不闻人语，但闻笑声嗤然，顷刻数作。意其与人戏耳。入视，则居之独也。怪之。始大笑曰："适无事，默熟笑谈耳。"

邑宫生家畜一驴，性蹇劣，每途中逢徒步客，拱手谢曰："适忙，不遑下骑，勿罪！"言未已，驴已蹶然伏道上，屡试不爽。宫大惭恨，因与妻谋，使伪作客。已乃跨驴周于庭，向妻拱手，作遇客语，驴果伏。便以利锥毒刺之。适有友人相访，方欲款关④，闻宫言于内曰："不遑下骑，勿罪！"少顷，又言之。心大怪异，叩扉问其故，以实告，相与捧腹。

此二则，可附冷生之笑并传矣。

狐惩淫

某生购新第，常患狐。一切服物，多为所毁，且时以尘土置汤饼中。

一日有友过访，值生出，至暮不归。生妻备馔供客，已而偕婢啜食余饵。生素不羁，好蓄媚药，不知何时狐以药置粥中，妇食之，觉有脑麝⑤气，问婢，婢云不知。食讫，觉欲焰上炽，不可暂忍，强自按抑，燥渴愈急。筹思家中无可奔者，惟有客在，遂往叩斋。客问其谁，实告之；问何作，不答。客谢曰："我与若夫道义交，不敢为此兽行。"妇尚流连，客叱骂曰："某兄文章品行，被汝丧尽矣！"隔窗唾之，妇大惭乃退。因自念我何为若此？忽忆碗中香，得毋媚药也？检包中药，果狼藉满案，盍盏中皆是也。稔知冷水可解，因就饮之。顷刻，心下清醒，愧耻无以自容。展转既久，更漏已残，愈恐天晓难以见人，乃解带自经。婢觉救之，气已渐绝；辰后始有微息。客夜间已遁。

生晡后方归，见妻卧，问之不语，但含清涕。婢以状告，大惊，苦诘之。妻遣婢去，始以实告。生叹曰："此我之淫报也，于卿何尤？幸有良友，不然，

①入泮：进入县学为生员。古代学宫前有泮水，故称泮宫。　②食饩(xì)：指成为廪膳生员。明清科举考试中，取得廪生资格的生员可以领取朝廷发放的饩廪（膳食补贴）。　③褫(chǐ)革：剥夺生员冠服，革除功名。　④款关：叩门。　⑤脑麝：指龙脑与麝香。

何以为人!"遂从此痛改往行,狐亦遂绝。

异史氏曰:"居家者相戒勿蓄砒鸩①,从无有相戒不蓄媚药者,亦犹人之畏兵刃而狎床第也。宁知其毒有甚于砒鸩者哉!顾蓄之不过以媚内耳!乃至见嫉于鬼神;况人之纵淫,有过于蓄药者乎?"

某生赴试,自郡中归,日已暮,携有莲实菱藕,入室,并置几上。又有藤津伪器一事,水浸盎中。诸邻人以生新归,携酒登堂,生仓卒置床下而出,令内子②经营供馔,与客薄饮。饮已入内,急烛床下,盎水已空。问妇,妇曰:"适与菱藕并出供客,何尚寻也?"生忆肴中有黑条杂错,举座不知何物。乃失笑曰:"痴婆子!此何物事,可供客耶?"妇亦疑曰:"我尚怨子不言烹法,其状可丑,又不知何名,只得糊涂脔切耳。"生乃告之,相与大笑。今某生贵矣,相狎者犹以为戏。

山市

奂山山市③,邑八景之一也,数年恒不一见。孙公子禹年,与同人饮楼上,忽见山头有孤塔耸起,高插青冥④。相顾惊疑,念近中无此禅院。无何,见宫殿数十所,碧瓦飞甍⑤,始悟为山市。未几高垣睥睨,连亘六七里,居然城郭矣。中有楼若者、堂若者、坊若者,历历在目,以亿万计。忽大风起,尘气莽莽然,城市依稀而已。既而风定天清,一切乌有;惟危楼⑥一座,直接霄汉。楼五架窗扉皆洞开,一行有五点明处,楼外天也。层层指数:楼愈高则明渐小;数至八层,裁如星点,又其上则黯然缥缈,不可计其层次矣。而楼上人往来屑屑,或凭或立,不一状。逾时楼渐低,可见其顶,又渐如常楼,又渐如高舍,倏忽如拳如豆,遂不可见。又闻有早行者,见山上人烟市肆,与世无别,故又名"鬼市"云。

江城

临江⑦高蕃,少慧,仪容秀美,十四岁入邑庠。富室争女之,生选择良苦,屡梗⑧父命。父仲鸿年六十,止此子,宠惜之,不忍少拂。

东村有樊翁者,授童蒙于市肆,携家僦屋。翁有女,小字江城,与生同

---

①砒鸩(zhèn):指毒药。砒,砒霜。鸩,传说中的一种毒鸟。 ②内子:妻子。 ③山市:指山中蜃景,与"海市蜃楼"相似,均为大气中因光线折射而生成的一种自然现象。 ④青冥:青天。 ⑤飞甍(méng):指飞檐,呈飞翘之势的屋檐。 ⑥危楼:高楼。 ⑦临江:旧府名,治所在今江西省樟树市。 ⑧梗:抗拒。

甲，时皆八九岁，两小无猜，日共嬉戏。后翁徙去，积四五年，不复闻问。一日，生于隘巷中，见一女郎，艳美绝俗，从以小鬟仅六七岁，不敢倾顾但斜睨之。女停睇若欲有言，细视之江城也。顿大惊喜。各无所言，相视呆立，移时始别，两情恋恋。生故以红巾遗地而去，小鬟拾之，喜以授女。女入袖中，易以己巾，伪谓鬟曰："高秀才非他人，勿得讳其遗物，可追还之。"小鬟果追付生，生得巾大喜。归见母，请与论婚。母曰："家无半间屋，南北流寓，何足匹偶？"生曰："我自欲之，固当无悔。"母不能决，以商仲鸿，鸿执不可。生闻之闷闷，嗌不容粒①。母忧之，谓高曰："樊氏虽贫，亦非狙侩无赖者比。我请过其家，倘其女可偶，当亦无害。"高曰："诺。"母托烧香黑帝祠，诣之。见女明眸秀齿，居然娟好，心大爱悦。遂以金帛厚赠之，实告以意。樊媪谦抑而后受盟。归述其情，生始解颜为笑。

逾岁择吉迎女归，夫妻相得甚欢。而女善怒，反眼若不相识，词舌嘲啁②，常聒于耳。生以爱故，悉含忍之。翁媪闻之，心弗善也，潜责其子。为女所闻，大恚，诟骂弥加。生稍稍反其恶声，女益怒，挞逐出户，阖其扉。生喔喔门外，不敢叩关，抱膝宿檐下。女从此视若仇。其初，长跪犹可以解，渐至屈膝无灵，而丈夫益苦矣。翁姑薄让③之，女抵牾不可言状。翁姑忿怒，逼令大归④。

樊惭惧，浼交好者请于仲鸿，仲鸿不许。年余，生出遇岳，岳邀归其家，谢罪不遑，妆女出见，夫妇相看，不觉恻楚。樊乃沽酒款婿，酬劝甚殷。日暮坚止留宿，扫别榻，使夫妇并寝。既曙辞归，不敢以情告父母，掩饰弥缝。自此三五日，暂一寄岳家宿，而父母不知也。樊一日自诣仲鸿。初不见，迫而后见之。樊膝行而请，高不承，诿诸其子。樊曰："婿昨夜宿仆家，不闻有异言。"高惊问："何时寄宿？"樊具以告。高赧谢曰："我固不知。彼爱之，我独何仇乎？"樊既去，高呼子而骂，生但俯首，不少出气。言间，樊已送女至。高曰："我不能为儿女任过，不如各立门户，即烦主析爨⑤之盟。"樊劝之，不听。遂别院居之，遣一婢给役焉。

月余，颇相安，翁妪窃慰。未几女渐肆，生面上时有指爪痕，父母明知之，亦忍不置问。一日生不堪挞楚，奔避父所，芒芒然如鸟雀之被鹯殴者。翁媪方怪问，女已横梃追入，竟即翁侧捉而棰之。翁姑涕洟，略不顾赡，挞至数十，始悻悻以去。高逐子曰："我惟避嚣，故析尔。尔固乐此，又焉逃乎？"

生被逐，徙倚无所归。母恐其折挫行死，令独居而给之食。又召樊来，使教其女。樊入室，开谕万端，女终不听，反以恶言相苦。樊拂衣去，誓相

①嗌不容粒：吃不下一点东西。嗌，咽喉。 ②词舌嘲啁（cháo zhōu）：形容话语细碎繁杂。③薄让：略微责备。 ④大归：指女子被夫家休弃。 ⑤析爨（cuàn）：分家。爨，烧火煮饭，此处指炉灶。

绝。无何樊翁愤生病，与妪相继死。女恨之，亦不临吊①，惟日隔壁噪骂，故使翁姑闻。高悉置不知。

生自独居，若离汤火，但觉凄寂。暗以金啖媒媪李氏，纳妓斋中，往来皆以夜。久之，女微闻之，诣斋嫚骂。生力白其诬，矢以天日，女始归。自此日伺生隙。李媪自斋中出，适相遇，急呼之；媪神色变异，女愈疑，谓媪曰："明告所作，或可宥免；若有隐秘，撮毛尽矣！"媪战而告曰："半月来，惟勾栏②李云娘过此两度耳。适公子言，曾于玉笥山见陶家妇，爱其双翘，嘱奴招致之。渠虽不贞，亦未便作夜度娘，成否故未必也。"女以其言诚，姑从宽恕。媪欲去，又强止之。日既昏，呵之曰："可先往灭其烛，便言陶家至矣。"媪如其言。女即速入。生喜极，挽臂促坐，具道饥渴。女默不语，生暗中索其足，曰："山上一觌仙容，介介独恋是耳。"女终不语。生曰："夙昔之愿，今始得遂，何可觌面而不识也？"躬自促火一照，则江城也。大惧失色，堕烛于地，长跪觳觫，若兵在颈。女摘耳提归，以针刺两股殆遍，乃卧以下床，醒则骂之。生以此畏若虎狼，即偶假以颜色，枕席之上，亦震慑不能为人。女批颊而叱去之，益厌弃不以人齿。生日在兰麝之乡，如犴狴③中人，仰狱吏之尊也。

女有两姊，俱适诸生。长姊平善，讷于口，常与女不相洽。二姊适葛氏，为人狡黠善辩，顾影弄姿，貌不及江城，而悍妒与埒。姊妹相逢无他语，惟各以阃④威自鸣得意。以故二人最善。生适戚友，女辄嗔怒；惟适葛所，知而不禁。一日饮葛所，既醉，葛嘲曰："子何畏之甚？"生笑曰："天下事颇多不解：我之畏，畏其美也，乃有美不及内人，而畏甚于仆者，惑不滋甚哉？"葛大惭，不能对。婢闻，以告二姊。二姊怒，操杖遽出，生见其凶，踟躇欲走。杖起，已中腰膂⑤，三杖三蹶而不能起。误中颅，血流如沈。二姊去，生蹒跚而归。

妻惊问之，初以连姨故，不敢遽告；再三研诘，始具陈之。女以帛束生首，忿然曰："人家男子，何烦他挞楚耶！"更短袖裳，怀木杵，携婢径去。抵葛家，二姊笑语承迎，女不语，以杵击之，仆；裂裤而痛楚焉。齿落唇缺，遗失溲便。女返，二姊羞愤，遣夫赴诉于高。生趋出，极意温恤，葛私语曰："仆此来，不得不尔。悍妇不仁，幸假手而惩创之，我两人何嫌焉。"女已闻之，遽出，指骂曰："龌龊贼！妻子亏苦，反窃窃与外人交好！此等男子，不宜打煞耶！"疾呼觅杖。葛大窘，夺门窜去。生由此往来全无一所。

同窗王子雅过之，宛转留饮。饮间，以闺阁相谑，频涉狎亵。女适窥客，伏听尽悉，暗以巴豆投汤中而进之。未几吐利⑥不可堪，奄存气息。女使婢问之曰："再敢无礼否？"始悟病之所自来，呻吟而哀之，则绿豆汤已储待矣，饮之乃止。从此同人相戒，不敢饮于其家。

---

① 临吊：临丧哭吊。　② 勾栏：妓院。　③ 犴狴（àn bì）：监狱。　④ 阃（kǔn）：内室，借指妇女。
⑤ 膂（lǚ）：脊背。　⑥ 吐利：上吐下泻。利，通"痢"，指痢疾。

王有酤肆①,肆中多红梅,设宴招其曹侣②。生托文社,禀白而往。日暮,既酣,王生曰:"适有南昌名妓,流寓此间,可以呼来共饮。"众大悦。惟生离席,兴辞,群曳之曰:"闻中耳目虽长,亦听睹不至于此。"因相矢缄口,生乃复坐。少间妓果出,年十七八,玉佩丁冬,云鬖掠削。问其姓,云:"谢氏,小字芳兰。"出词吐气,备极风雅,举座若狂。而芳兰犹属意生,屡以色授。为众所觉,故曳两人连肩坐。芳兰阴把生手,以指书掌作"宿"字。生于此时,欲去不忍,欲留不敢,心如乱丝,不可言喻。而倾头耳语,醉态益狂,榻上胭脂虎,亦并忘之。少选,听更漏已动,肆中酒客愈稀,惟遥座一美少年对烛独酌,有小僮捧巾侍焉;众窃议其高雅。无何,少年罢饮,出门去。僮返身入,向生曰:"主人相候一语。"众则茫然,惟生颜色惨变,不遑告别,匆匆便去。盖少年乃江城,僮即其家婢也。

生从至家,伏受鞭扑。从此禁锢益严,吊庆皆绝。文宗下学,生以误讲降为青。一日与婢语,女疑与私,以酒坛囊婢首而挞之。已而缚生及婢,以绣剪剪腹间肉互补之,释缚令其自束。月余,补处竟合为一云。女每以白足踏饼尘土中,叱生撅食之。如是种种,母以忆子故,偶至其家,见子柴瘠,归而痛哭欲死。夜梦一叟告之曰:"不须忧烦,此是前世因。江城原静业和尚所养长生鼠,公子前生为士人,偶游其地,误毙之。今作恶报,不可以人力回也。每早起,虔心诵观音咒一百遍,必当有效。"醒而述于仲鸿,异之,夫妻遵教。虔诵两月余,女横如故,益之狂纵。闻门外钲鼓,辄握发出,憨然引眺,千人指视,恬不为怪。翁姑共耻之,而不能禁,腹诽而已。

忽有老僧在门外宣佛果,观者如堵。僧吹鼓上革作牛鸣。女奔出,见人众无隙,命婢移行床,翘登其上。众目集视,女如弗觉。逾时,僧敷衍将毕,索清水一盂,持向女而宣言曰:"莫要嗔,莫要嗔! 前世也非假,今世也非真。咄! 鼠子缩头去,勿使猫儿寻。"宣已,吸水噀射女面,粉黛淫淫,下沾衿袖。众大骇,意女暴怒,女殊不语,拭面自归。僧亦遂去。女入室痴坐,嗒然若丧,终日不食,扫榻遽寝。中夜忽唤生醒,生疑其将遗,捧进溺盆。女却之,暗把生臂,曳入衾。生承命,四体惊悚,若奉丹诏。女慨然曰:"使君如此,何以为人!"乃以手抚扪生体,每至刀杖痕,嘤嘤啜泣,辄以爪甲自掐,恨不即死。生见其状,意良不忍,所以慰藉之良厚。女曰:"妾思和尚必是菩萨化身。清水一洒,若更腑肺。今回忆曩昔所为,都如隔世。妾向时得毋非人耶? 有夫妇而不能欢,有姑嫜③而不能事,是诚何心! 明日可移家去,仍与父母同居,庶便定省。"絮语终夜,如话十年之别。昧爽即起,折衣敛器,婢携篚,躬襆被,促生前往叩扉。母出骇问,告以意。母尚迟回有难色,女已偕婢入。女伏地哀泣,但求免死。母察其意诚,亦泣曰:"吾儿何遽如

---

①酤肆:酒店。 ②曹侣:同伴。 ③姑嫜:公婆。

此?"生为细述前状,始悟曩昔之梦验也。喜,唤厮仆为除旧舍。女自是承颜顺志过于孝子,见人,则觍如新妇;或戏述往事,则红涨于颊。且勤俭,又善居积,三年翁媪不问家计,而富称巨万矣。生是岁乡捷①。每谓生曰:"当日一见芳兰,今犹忆之。"生以不受荼毒,愿已至足,妄念所不敢萌,唯唯而已。会以应举入都,数月乃返。入室,见芳兰方与江城对弈。惊而问之,则女以数百金出其籍矣。此事浙中王子雅言之甚详。

异史氏曰:"人生业果,饮啄必报,而惟果报之在房中者,如附骨之疽,其毒尤惨。每见天下贤妇十之一,悍妇十之九,亦以见人世之能修善业者少也。观自在愿力宏大,何不将盂中水洒大千世界也?"

孙生

孙生娶故家②女辛氏,初入门,为穷裤③,多其带,浑身纠缠甚密,拒男子不与共榻,床头常设锥簪之器以自卫。孙屡被刺剟,因就别榻眠。月余,不敢问鼎。即白昼相逢,女未尝假以言笑。

同窗某知之,私谓孙曰:"夫人能饮否?"答云:"少饮。"某戏之曰:"仆有调停之法,善而可行。"问:"何法?"曰:"以迷药入酒,给使饮焉,则惟君所为矣。"孙笑之,而阴服其策良。询之医家,敬以酒煮乌头置案上。入夜,孙酾别酒,独酌数觥而寝。如此三夕,妻终不饮。一夜孙卧移时,视妻犹寂坐,孙故作鼽声,妻乃下榻,取酒煨炉上。孙窃喜。既而满饮一杯;又复酌,约尽半杯许,以其余仍内壶中,拂榻遂寝。久之无声,而灯惶煌尚未灭也。疑其尚醒,故大呼:"锡檠④熔化矣!"妻不应,再呼仍不应;自身往视,则醉睡如泥。启衾潜入,层层断其缚结。妻固觉之,不能动,亦不能言,任其轻薄而去。既醒,恶之,投缳自缢。孙梦中闻喘吼声,起而奔视,舌已出两寸许。大惊,断索,扶榻上,逾时始苏。孙自此殊厌恨之,夫妻避道而行,相逢则俯其首,积四五年不交一语。妻或在室中,与他人嬉笑,见夫至色则立变,凛如霜雪。孙尝寄宿斋中,经岁不归;即强之归,亦面壁移时,默然就枕而已。父母甚忧之。

一日有老尼至其家,见妇,亟加赞誉。母不言,但有浩叹⑤,尼诘其故,具以情告。尼曰:"此易事耳。"母喜曰:"倘能回妇意,当不靳⑥酬也。"尼窥室无人,耳语曰:"购春宫一帧,三日后为若厌之。"尼去,母即购以待之。三日尼果来,嘱曰:"此须甚密,勿令夫妇知。"乃剪下图中人,又针三枚、艾一撮,

---

①乡捷:乡试中举。 ②故家:世代仕宦之家。 ③穷裤:亦称"绲裆裤",即有裆裤。 ④檠(qíng):烛台,灯架。 ⑤浩叹:长叹。 ⑥靳:吝惜。

并以素纸包固,外绘数画如蚓状,使母赚妇出,窃取其枕,开其缝而投之;已而仍合之,返归故处。尼乃去。至晚,母强子归宿。媪往窃听。二更将残,闻妇呼孙小字,孙不答。少间,妇复语,孙厌气作恶声。质明①,母入其室,见夫妇面首相背,知尼之术诬也。呼子于无人处,委谕之。孙闻妻名便怒,切齿。母怒骂之,不顾而去。

越日尼来,告之罔效,尼大疑。媪因述所听,尼笑曰:"前言妇憎夫,故偏厌之。今妇意已转,所未转者男耳。请作两制之法,必有验。"母从之,索子枕如前缄置讫,又呼归寝。更余,犹闻两榻上皆有转侧声,时作咳,都若不能寐。久之,闻两人在一床上唧唧语,但隐约不可辨。将曙,犹闻嬉笑,吃吃不绝。媪以告母,母喜。尼来,厚馈之。孙由是琴瑟和好。生一男两女,十余年从无角口②之事。同人私问其故,笑曰:"前此顾影生怒,后此闻声而喜,自亦不解其何心也。"

异史氏曰:"移憎而爱,术亦神矣。然能令人喜者,亦能令人怒,术人之神,正术人之可畏也。先哲云:'六婆不入门。'有见矣夫!"

八大王

临洮③冯生,盖贵介裔而凌夷④矣。有渔鳖者负其债,不能偿,得鳖辄献之。一日献巨鳖,额有白点,生以其状异,放之。

后自婿家归,至恒河之侧,日已就昏,见一醉者从二三僮,颠踬而至,遥见生,便问:"何人?"生漫应:"行道者。"醉人怒曰:"宁无姓名,胡言行道者?"生驰驱心急,置不答,径过之。醉人益怒,捉袂使不得行,酒臭熏人。生更不耐,然力解不能脱。问:"汝何名?"吃然而对曰:"我南都旧令尹也。将何为?"生曰:"世间有此等令尹,辱寞世界矣!幸是旧令尹;假新令尹,将无杀尽途人耶?"醉人怒甚,势将用武。生大言曰:"我冯某非受人挝打者!"醉人闻之,变怒为欢,踉跄下拜曰:"是我恩主,唐突勿罪!"起唤从人,先归治具⑤。生辞之不得。握手行数里,见一小村。既入,则廊舍华好,似贵人家。醉人醒稍解,生始询其姓字。曰:"言之勿惊,我洮水八大王也。适西山青童招饮,不觉过醉,有犯尊颜,实切愧悚。"生知其妖,以其情辞殷渥,遂不畏怖。俄而设筵丰盛,促坐欢饮。八大王最豪,连举数觥。生恐其复醉,再作索扰,伪醉求寝。八大王已喻其意,笑曰:"君得无畏我狂耶?但请勿惧。凡醉人无行,谓隔夜不复记者,欺人耳。酒徒之不德,故犯者十之九。仆虽不齿于

①质明:天刚亮的时候。 ②角口:争吵。 ③临洮:旧府名,治所在今甘肃省临洮县。 ④凌夷:衰落,衰微。 ⑤治具:备办酒食。

侪偶①，顾未敢以无赖之行施之长者，何遂见拒如此？"生乃复坐，正容而谏曰："既自知之，何勿改行？"八大王曰："老夫为令尹时，沉湎尤过于今日。自触帝怒，谪归岛屿，力返前辙者十余年矣。今老将就木，潦倒不能横飞，故态复作，我自不解耳。兹敬闻命矣。"倾谈间远钟已动。八大王起，捉臂曰："相聚不久。蓄有一物，聊报厚德。此不可以久佩，如愿后，当见还也。"口中吐一小人，仅寸许，因以爪掐其臂，痛若肤裂；急以小人按捺其上，释手已入革里，甲痕尚在，而漫漫坟起，类痰核状。惊问之，笑而不答。但曰："君宜行矣。"送生出，八大王自返。回顾村舍全渺，惟一巨鳖，蠢蠢入水而没。

错愕久之，自念所获，必鳖宝也。由此目最明，凡有珠宝之处，黄泉下皆可见，即素所不知之物，亦随口而知其名。于寝室中，掘得藏镪②数百，用度颇充。后有货故宅者，生视其中有藏镪无算，遂以重金购居之。由此与王公埒富矣，火齐、木难③之类皆蓄焉。得一镜，背有凤纽，环水云湘妃之图，光射里余，须眉皆可数。佳人一照，则影留其中，磨之不能灭也；若改妆重照，或更一美人，则前影消矣。时肃府第三公主绝美，雅慕其名。会主游崆峒，乃往伏山中，伺其下舆，照之而归，设置案头。审视之，见美人在中，拈巾微笑，口欲言而波欲动，喜而藏之。

年余为妻所泄，闻之肃府。王怒收之，追镜去，拟斩。生大贿中贵人④，使言于王曰："王如见赦，天下之至宝，不难致也。不然，有死而已，于王诚无所益。"王欲籍其家而徙之。三公主曰："彼已窥我，十死亦不足解此玷，不如嫁之。"王不许，公主闭户不食。妃子大忧，力言于王。王乃释生囚，命中贵以意示生。生辞曰："糟糠之妻不下堂，宁死不敢承命。王如听臣自赎，倾家可也。"王怒，复逮之。妃召生妻入宫，将鸩之。既见，妻以珊瑚镜台纳妃，词意温恻。妃悦之，使参公主。公主亦悦之，订为姊妹，转使谕生。生告妻曰："王侯之女，不可以先后论嫡庶也。"妻不听，归修聘币纳王邸，赉⑤送者迨千人。珍石宝玉之属，王家不能知其名。王大喜，释生归，以公主嫔⑥焉。公主仍怀镜归。

生一夕独寝，梦八大王轩然入曰："所赠之物，当见还也。佩之若久，耗人精血，损人寿命。"生诺之，即留宴饮。八大王辞曰："自聆药石，戒杯中物，已三年矣。"乃以口啮生臂，痛极而醒。视之，则核块消矣。后此遂如常人。

异史氏曰："醒则犹人，而醉则犹鳖，此酒人之大都也。顾鳖虽日习于酒狂乎，而不敢忘恩，不敢无礼于长者，鳖不过人远哉？若夫己氏则醒不如人，而醉不如鳖矣。古人有龟鉴，盍以为鳖鉴乎？乃作《酒人赋》。赋曰：

有一物焉，陶情适口；饮之则醺醺腾腾，厥名为"酒"。其名最多，为功已

①侪（chái）偶：同类。　②镪：银钱。　③火齐、木难：均为珠宝之名，此处泛指珠宝。　④中贵人：此处指显贵的侍从宦官。　⑤赉（jī）：赠送。　⑥嫔：嫁。

久：以宴嘉宾，以速父舅，以促膝而为欢，以合卺而成偶；或以为"钓诗钩"，又以为"扫愁帚"。故麴生①频来，则骚客之金兰友；醉乡深处，则愁人之逋逃薮②。糟丘之台既成，鸱夷③之功不朽。齐臣遂能一石，学士亦称五斗。则酒固以人传，而人或以酒丑。若夫落帽之孟嘉，荷锸之伯伦，山公之倒其接䍦，彭泽之漉以葛巾。酣眠乎美人之侧也，或察其无心；濡首于墨汁之中也，自以为有神。井底卧乘船之士，槽边缚珥玉之臣。甚至效鳖囚而玩世，亦犹非害物而不仁。

至如雨宵雪夜，月旦花晨，风定尘短，客旧妓新，履舄交错，兰麝香沉，细批薄抹，低唱浅斟；忽清商兮一奏，则寂若兮无人。雅谑则飞花粲齿，高吟则戛玉敲金。总陶然而大醉，亦魂清而梦真。果尔，即一朝一醉，当亦名教之所不嗔。尔乃嘈杂不韵，俚词并进；坐起讙哗④，呶呶成阵。涓滴忿争，势将投刃；伸颈攒眉，引杯若鸩；倾湑⑤碎觥，拂灯灭烬。绿醑葡萄，狼藉不靳；病叶狂花，觞政⑥所禁。如此情怀，不如弗饮。

又有酒隔咽喉，间不盈寸；呐呐呢呢，犹讥主吝。坐不言行，饮复不任：酒客无品，于斯为甚。甚有狂药下，客气粗，努石棱，磔鬖⑦须；袒两臂，跌双跌。尘蒙蒙兮满面，哇浪浪兮沾裾；口猖猖兮乱吠，发蓬蓬兮若奴。其呼地而呼天也，似李郎之呕其肝脏；其扬手而掷足也，如苏相之裂于牛车。舌底生莲者，不能穷其状；灯前取影者，不能为之图。父母前而受忤，妻子弱而难扶。或以父执之良友，无端而受骂于灌夫。婉言以警，倍益眩瞑。

此名"酒凶"，不可救拯。惟有一术，可以解酲。厥术维何？只须一梃。縶其手足，与斩豕等。止困其臀⑧，勿伤其顶；捶至百余，豁然顿醒。

戏缢

邑人某佻挞无赖，偶游村外，见少妇乘马来，谓同游者曰："我能令其一笑。"众不信，约赌作筵。某遽奔去出马前，连声哗曰："我要死！"因于墙头抽梁黬一本⑨，横尺许，解带挂其上，引颈作缢状。妇果过而哂之，众亦粲然。妇去既远，某犹不动，众益笑之。近视则舌出目瞑，而气真绝矣。梁干自经，不亦奇哉？是可以为儇薄⑩者戒。

---

①麴生：酒的别称。　②逋逃薮：藏匿逃亡者的地方。　③鸱(chī)夷：指盛酒器。　④讙(huān)哗：喧哗。　⑤倾湑：指饮尽杯中最后一滴酒。　⑥觞政：酒令。　⑦磔鬖(níng)须：乱蓬蓬的胡须。　⑧困其臀：打屁股。　⑨本：量词，根。　⑩儇(xuān)薄：巧佞轻佻。

第七卷

罗祖

　　罗祖，即墨①人也，少贫。总族中应出一丁戍北边，即以罗往。罗居边数年，生一子。驻防守备雅厚遇之。会守备迁陕西参将，欲携与俱去，罗乃托妻子于其友李某者，遂西。自此三年不得返。

　　适参将欲致书北塞，罗乃自陈，请以便道省妻子，参将从之。罗至家，妻子无恙，良慰。然床下有男子遗舄，心疑之；即而至李申谢。李致酒殷勤，妻又道李恩义，罗感激不胜。明日谓妻曰："我往致主命，暮不能归，勿伺也。"出门跨马而去。匿身近处，更定却归。闻妻与李卧语，大怒，破扉。二人惧，膝行乞死。罗抽刃出，已，复韬之曰："我始以汝为人也，今如此，杀之污吾刀耳！与汝约：妻子而受之，籍名亦而充之，马匹械器具在。我逝矣！"遂去。乡人共闻于官，官笞李，李以实告。而事无验见，莫可质凭，远近搜罗，则绝匿名迹。官疑其因奸致杀，益械李及妻；逾年并桎梏以死。乃驿送其子归即墨。

　　后石匣营有樵人入山，见一道人坐洞中，未尝求食。众以为异，赍粮供之。或有识者盖即罗也。馈遗满洞。罗终不食，意似厌嚣②，以故来者渐寡。积数年，洞外蓬蒿成林。或潜窥之，则坐处不曾少移。又久之，见其出游山上，就之已杳；往瞰洞中，则衣上尘蒙如故。益奇之。更数日而往，则玉柱下垂，坐化已久。土人为之建庙，每三月间，香楮③相属于道。其子往，人皆呼以小罗祖，香税悉归之。今其后人犹岁一往，收税金焉。浙水刘宗玉向予言之甚详。予笑曰："今世诸檀越，不求为圣贤，但望成佛祖。请遍告之：若要立地成佛，须放下刀子去。"

---

　　①即墨：旧县名，治所在今山东省即墨市。　②厌嚣：厌恶喧嚣。　③香楮（chǔ）：祭鬼神用的香和纸钱。

刘姓

邑刘姓，虎而冠者①也。后去淄居沂②，习气不除，乡人咸畏恶之。有田数亩，与苗某连垄。苗勤，田畔多种桃。桃初实，子往攀摘，刘怒驱之，指为己有，子啼而告诸父。父方骇怪，刘已诟骂在门，且言将讼。苗笑慰之。怒不解，忿而去。时有同邑李翠石作典商③于沂，刘持状入城，适与之遇。以同乡故相熟，问："作何干？"刘以告，李笑曰："子声望众所共知；我素识苗甚平善，何敢占骗？将毋反言之也！"乃碎其词纸，曳入肆，将与调停。刘恨恨不已，窃肆中笔，复造状藏怀中，期以必告。未几苗至，细陈所以，因哀李为之解免，言："我农人，半世不见官长。但得罢讼，数株桃何敢执为己有。"李呼刘出，告以退让之意。刘又指天画地，呫骂不休，苗惟和色卑词，无敢少辩。

既罢，逾四五日，见其村中人传刘已死，李为惊叹。异日他适，见杖而来者俨然刘也。比至，殷殷问讯，且请顾临。李逡巡问曰："日前忽闻凶讣，一何妄也？"刘不答，但挽入村，至其家，罗浆酒焉。乃言："前日之传，非妄也。曩出门见二人来，捉见官府。问何事，但言不知。自思出入衙门数十年，非怯见官长者，亦不为怖。从去至公廨④，见南面者⑤有怒容曰：'汝即某耶？罪恶贯盈，不自悛悔；又以他人之物，占为己有。此等横暴，合置铛鼎！'一人稽簿曰：'此人有一善合不死。'南面者阅簿，其色稍霁，便云：'暂送他去。'数十人齐声呵逐。余曰：'因何事勾我来？又因何事遣我去？还祈明示。'吏持簿下，指一条示之。上记：崇祯十三年，用钱三百，救一人夫妇完聚。吏曰：'非此，则今日命当绝，宜堕畜生道⑥。'骇极，乃从二人出。二人索贿，怒告曰：'不知刘某出入公门二十年，专勒人财者，何得向老虎讨肉吃耶？'二人乃不复言。送至村，拱手曰：'此役不曾唻得一掬水。'二人既去，入门遂苏，时气绝已隔日矣。"

李闻而异之，因诘其善行颠末。初，崇祯十三年，岁大凶，人相食。刘时在淄，为主捕隶。适见男女哭甚哀，问之，答云："夫妇聚裁年余，今岁荒，不能两全，故悲耳。"少时，油肆前复见之，似有所争。近诘之，肆主马姓者便云："伊夫妇饿将死，日向我讨麻酱以为活；今又欲卖妇于我，我家中已买十余口矣。此何要紧？贱则售之，否则已耳。如此可笑，生来缠人！"男子因言："今粟如珠，自度非得三百数，不足供逃亡之费。本欲两生，若卖妻而不

①虎而冠者：穿戴衣帽的老虎，比喻凶残如虎狼之人。　②沂：指沂水县，治所在今山东省沂水县。　③典商：经营当铺的商人。　④公廨(xiè)：官署。　⑤南面者：此处指坐于正座的官员。古人以坐北朝南为尊位，故以"南面"泛指尊位、官位。　⑥畜生道：佛教轮回"六道"之一，即死后转生为畜生。

免于死,何敢焉?非敢言直,但求作阴骘行之耳。"刘怜之,便问马出几何。马言:"今日妇口,止直百许耳。"刘请勿短其数,且愿助以半价之资,马执不可。刘少负气,便谓男子:"彼鄙琐不足道,我请如数相赠。若能逃荒,又全夫妇,不更佳耶?"遂发囊与之。夫妻泣拜而去。刘述此事,李大加奖叹。

刘自此前行顿改,今七旬犹健。去年李诣周村,遇刘与人争,众围劝不能解,李笑呼曰:"汝又欲讼桃树耶?"刘茫然改容,呐呐敛手而退。

异史氏曰:"李翠石兄弟皆称素封①。然翠石又醇谨,喜为善,未尝以富自豪,抑然诚笃君子也。观其解纷劝善,其生平可知矣。古云:'为富不仁。'吾不知翠石先仁而后富者耶?抑先富而后仁者耶?"

邵九娘

柴廷宾,太平②人,妻金氏不育,又奇妒。柴百金买妾,金暴遇之,经岁而死。柴忿出,独宿数月,不践闺闼。

一日,柴初度③,金卑词庄礼为丈夫寿,柴不忍拒,始通言笑。金设筵内寝招柴,柴辞以醉。金华妆自诣柴所,曰:"妾竭诚终日,君即醉,请一盏而别。"柴乃入,酌酒话言。妻从容曰:"前日误杀婢子,今甚悔之。何便仇忌,遂无结发情耶?后请纳金钗十二,妾不汝瑕疵④也。"柴益喜,烛尽见跋,遂止宿焉。由此敬爱如初。

金便呼媒媪来,嘱为物色佳媵,而阴使迁延勿报,已则故督促之。如是年余。柴不能待,遍嘱戚好为之购致,得林氏之养女。金一见,喜形于色,饮食共之,脂泽花钿任其所取。然林固燕产⑤,不习女红,绣履之外须人而成。金曰:"我素勤俭,非似王侯家,买作画图看者。"于是授美锦,使学制,若严师诲弟子。初犹呵骂,继而鞭楚。柴痛切于心,不能为地。而金之怜爱林尤倍于昔,往往自为妆束,匀铅黄焉。但履跟稍有折痕,则以铁杖击双弯,发少乱则批两颊。林不堪其虐,自经死。柴悲惨心目,颇致怨怼。妻怒曰:"我代汝教娘子,有何罪过?"柴始悟其奸,因复反目,永绝琴瑟之好。阴于别业修房闼⑥,思购丽人而别居之。

荏苒半载,未得其人。偶会友人之葬,见二八女郎,光艳溢目,停睇神驰。女怪其狂顾,秋波斜转之。询诸人,知为邵氏。邵贫士,止此女,少聪慧,教之读,过目能了。尤喜读《内经》及冰鉴书⑦。父爱溺之,有议婚者,辄

---

①素封:无官爵封邑而富比封君的人。 ②太平:旧府名,治所在今安徽省当涂县。 ③初度:生日。 ④不汝瑕疵:即"不瑕疵汝",谓不把纳妾视为你的过失。 ⑤燕产:指出生于古燕地,相当于今河北省北部与辽宁省西部一带。 ⑥房闼:闺房。 ⑦冰鉴书:泛指相书。冰鉴,比喻鉴别人物的眼光。

令自择，而贫富皆少所可，故十七岁犹未字①也。柴得其端末，知不可图，然心低徊之。又冀其家贫，或可利动。谋之数媪，无敢媒者，遂亦灰心，无所复望。

忽有贾媪者，以货珠过柴，柴告所愿，赂以重金，曰："止求一通诚意，其成与否所勿责也。万一可图，千金不惜。"媪利其有，诺之，登门，故与邵妻絮语。睹女，惊赞曰："好个美姑姑！假到昭阳院，赵家姊妹②何足数得！"又问："婿家阿谁？"邵妻答："尚未。"媪言："若个娘子，何愁无王候作贵客也！"邵妻叹曰："王侯家所不敢望；只要个读书种子，便是佳耳。我家小孽冤，翻复遴选，十无一当，不解是何意向？"媪曰："夫人勿须烦恼。凭个丽人，不知前身修何福泽才能消受得！昨一大笑事，柴家郎君云：于某家茔边望见颜色，愿以千金为聘。此非饿鸥作天鹅想耶？早被老身呵斥去矣！"邵妻微笑不答。媪曰："便是秀才家难与较计，若在别个，失尺而得丈，宜若可为矣。"邵妻复笑不言。媪抚掌曰："果尔，则为老身计亦左矣。日蒙夫人爱，登堂便促膝赐浆酒；若得千金，出车马，入楼阁，老身再到门，则阍者呵叱及之矣。"邵妻沉吟良久，起而去与夫语；移时唤其女；又移时三人并出。邵妻笑曰："婢子奇特，多少良匹悉不就，闻为贱媵则就之。但恐为儒林笑也！"媪曰："倘入门得一小哥子，大夫人便如何耶！"言已，告以别居之谋。邵益喜，唤女曰："试同贾姥言之。此汝自主张，勿后悔，致怼父母。"女觍然曰："父母安享厚奉，则养有济矣。况自顾命薄，若得佳偶，必减寿数，少受折磨，未必非福。前见柴郎亦福相，子孙必有兴者。"媪大喜，奔告。柴喜出非望，即置千金，备舆马，娶女于别业，家人无敢言者。女谓柴曰："君之计，所谓燕巢于幕，不谋朝夕者也。塞口防舌以冀不漏，何可得宁？请不如早归，犹速发而祸小。"柴虑摧残，女曰："天下无不可化之人。我苟无过，怒何由起？"柴曰："不然。此非常之悍，不可情理动者。"女曰："身为贱婢，摧折亦自分耳。不然，买日为活，何可长也？"柴以为是，终踌躇而不敢决。

一日，柴他往，女青衣而出，命苍头控老牝马③，一妪携襆从之，竟诣嫡所，伏地而陈。妻始而怒，既念其自首可原，又见容饰兼卑，气亦稍平。乃命婢子出锦衣衣之，曰："彼薄幸人播恶于众，使我横被口语④。其实皆男子不义，诸婢无行，有以激之。汝试念背妻而立家室，此岂复是人矣？"女曰："细察渠似稍悔之，但不肯下气耳。谚云：'大者不伏小。'以礼论：妻之于夫，犹子之于父，庶之于嫡也。夫人若肯假以词色，则积怨可以尽捐。"妻云："彼自不来，我何与焉？"即命婢媪为之除舍。心虽不乐，亦暂安之。

柴闻女归，惊惕不已，窃意羊入虎群，狼藉已不堪矣。疾奔而至，见家中

---

①字：许嫁。②昭阳院：即昭阳殿，汉宫殿名。赵家姊妹：指汉成帝皇后赵飞燕及其妹昭仪赵合德。③苍头：仆人。牝马：母马，常指劣马。④横被口语：指无端受人非议。

寂然,心始稳贴。女迎门而劝,令诣嫡所,柴有难色。女泣下,柴意少纳。女往见妻曰:"郎适归,自惭无以见夫人,乞夫人往一姗笑①之也。"妻不肯行,女曰:"妾已言:夫之于妻,犹嫡之于庶。孟光举案,而人不以为诮,何哉?分在则然②耳。"妻乃从之,见柴曰:"汝狡兔三窟,何归为?"柴俯不对。女肘之,柴始强颜笑。妻色稍霁,将返。女推柴从之,又嘱庖人备酌。自是夫妻复和。女早起青衣往朝,盥已授帨,执婢礼甚恭。柴入其室,苦辞之,十余夕始肯一纳。妻亦心贤之,然自愧弗如,积惭成忌。但女奉侍谨,无可蹈瑕③,或薄施呵谴,女惟顺受。

一夜夫妇少有反唇,晓妆犹含盛怒。女捧镜,镜堕,破之。妻益恚,握发裂眦。女惧,长跪哀免。怒不解,鞭之至数十。柴不能忍,盛气奔入,曳女出,妻呶呶逐击之。柴怒,夺鞭反扑,面肤绽裂,始退。由是夫妻若仇。柴禁女无往,女弗听,早起,膝行伺幕外。妻捶床怒骂,叱去,不听前。日夜切齿,将伺柴出而后泄愤于女。柴知之,谢绝人事,杜门不通吊庆。妻无如何,惟日挞婢媪以寄其恨,下人皆不可堪。

自夫妻绝好,女亦莫敢当夕,柴于是孤眠。妻闻之,意不稍安,有大婢素狡黠,偶与柴语,妻疑其私,暴之尤苦。婢辄于无人处,疾首怨骂。一夕轮婢值宿,女嘱柴,禁无往,曰:"婢面有杀机,叵测也。"柴如其言,招之来,诈问:"何作?"婢惊惧,无所措词。柴益疑,检其衣得利刃焉。婢无言,惟伏地乞死。柴欲挞之,女止之曰:"恐夫人所闻,此婢必无生理。彼罪固不赦,然不如鬻之,既全其生,我亦得直焉。"柴然之。会有买妾者急货。妻以其不谋故,罪柴,益迁怒女,诟骂益毒。柴忿,顾女曰:"皆汝自取。前此杀却,乌有今日?"言已而走。妻怪其言,遍诘左右并无知者,问女,女亦不言。心益闷怒,捉裾浪骂。柴乃返,以实告。妻大惊,向女温语,而心转恨其言之不早。

柴以为嫌隙尽释,不复作防。适远出,妻乃召女而数之曰:"杀主者罪不赦,汝纵之何心?"女造次不能以词自达。妻烧赤铁烙女面欲毁其容,婢媪皆为之不平。每号痛一声,则家人皆哭,愿代受死。妻乃不烙,以针刺胁二十余下,始挥去之。柴归,见面创,大怒,欲往寻之。女捉襟曰:"妾明知火坑而固蹈之。当嫁君时,岂以君家为天堂耶?亦自顾薄命,聊以泄造化之怒耳。安心忍受,尚有满时,若再触焉,是坎已填而复掘之也。"遂以药糁④患处,数日寻愈。忽揽镜喜曰:"君今日宜为妾贺,彼烙断我晦纹矣!"朝夕事嫡。一如往日。

金前见众哭,自知身同独夫,略有愧悔之萌,时时呼女共事,词色平善。月余忽病逆,害饮食。柴恨其不死,略不顾问。数日腹胀如鼓,日夜寝困。

---

①姗笑:讥笑,嘲笑。 ②分在则然:名分所在,理当如此。 ③蹈瑕:利用过失。 ④糁(sǎn):撒。

女侍伺不遑眠食，金益德之。女以医理自陈；金自觉畴昔过惨，疑其怨报，故谢①之。金为人持家严整，婢仆悉就约束；自病后，皆散诞无操作者。柴躬自经理，劬劳②甚苦，而家中米盐，不食自尽。由是慨然兴中馈③之思，聘医药之。金对人辄自言为"气蛊④"，以故医脉之，无不指为气郁者。凡易数医，卒罔效，亦滨危⑤矣。又将烹药，女进曰："此等药百裹无益，只增剧耳。"金不信。女暗撮别剂易之。药下，食顷三遗，病若失。遂益笑女言妄，呻而呼之曰："女华陀，今如何也？"女及群婢皆笑。金问故，始实告之。泣曰："妾日受子之覆载⑥而不知也！今而后，请惟家政，听子而行。"

无何病痊，柴整设为贺。女捧壶侍侧，金自起夺壶，曳与连臂，爱异常情。更阑⑦女托故离席，金遣二婢曳还之，强与连榻。自此，事必商，食必偕，即姊妹无其和也。无何，女产一男。产后多病，金亲为调视，若奉老母。

后金患心痎⑧，痛起则面目皆青，但欲觅死。女急取银针数枚，比至，则气息濒尽，按穴刺之，画然痛止。十余日复发，复刺；过六七日又发。虽应手奏效，不至大苦，然心常惴惴，恐其复萌。夜梦至一处，似庙宇，殿中鬼神皆动。神问："汝金氏耶？汝罪过多端，寿数合尽：念汝改悔，故仅降灾以示微谴。前杀两姬，此其宿报。至邵氏何罪，而惨毒如此？鞭打之刑，已有柴生代报，可以相准；所欠一烙、二十三针，今三次止偿零数，便望病根除耶？明日又当作矣！"醒而大惧，犹冀为妖梦之诬。食后果病，其痛倍苦。女至刺之，随手而瘳。疑曰："技止此类，病本⑨何以不拔？请再灼之。此非烂烧不可，但恐夫人不能忍受。"金忆梦中语，以故无难色。然呻吟忍受之际，默思欠此十九针，不知作何变症，不如一朝受尽，庶免后苦。炷尽，求女再针，女笑曰："针岂可以泛常施用耶？"金曰："不必论穴，但烦十九刺。"女笑不可。金请益坚，起跪榻上，女终不忍。实以梦告，女乃约略经络刺之如数。自此平复，果不复病。弥自忏悔，临下亦无戾色。子名曰俊，秀惠绝伦。女每曰："此子翰苑相也。"八岁有神童之目，十五岁以进士授翰林。是时柴夫妇年四十，如夫人三十有二三耳。舆马归宁，乡里荣之。邵翁自鬻女后，家暴富，而士林⑩羞与为伍，至是始有通往来者。

异史氏曰："女子狡妒，其天性然也。而为妾媵者，又复炫美弄机以增其怒。呜呼！祸所由来矣。若以命自安，以分自守，百折而不移其志，此岂梃刃⑪所能加乎？乃至于再拯其死，而始有悔悟之萌。呜呼！岂人也哉！如数以偿，而不增之息，亦造物之恕矣。顾以仁术作恶报，不亦慎⑫乎！每见愚夫妇抱痾⑬终日，即招无知之巫，任其刺肌灼肤而不敢呻，心尝怪之，至此

---

①谢：婉言拒绝。　②劬（qú）劳：过分劳苦。　③中馈：古时称妇女在家主持家务为"主中馈"。④气蛊：亦称"气臌"，中医指由于气不通而引起的腹部鼓胀。⑤滨危：同"濒危"。⑥覆载：覆盖与承载，此处指包容。⑦更阑：更深夜残。⑧痎（mèi）：病。⑨病本：病根。⑩士林：指文人士大夫阶层。⑪梃刃：棍棒与刀。⑫慎：同"颠"，颠倒。⑬抱痾（kē）：抱病。

始悟。"

闽人有纳妾者,夕入妻房,不敢便去,伪解屦作登榻状。妻曰:"去休!勿作态!"夫尚徘徊,妻正色曰:"我非似他家妒忌者,何必尔尔。"夫乃去。妻独卧,辗转不得寐,遂起,往伏门外潜听之。但闻妾声隐约,不甚了了,惟"郎罢"二字略可辨识。郎罢,闽人呼父也。妻听逾刻,痰厥而踣①,首触扉作声。夫惊起启户,尸倒入。呼妾火之,则其妻也。急扶灌之。目略开,即呻曰:"谁家郎罢被汝呼!"妒情可哂。

巩仙

巩道人,无名字,亦不知何里人。尝求见鲁王,阍人②不为通。有中贵人③出,揖求之,中贵见其鄙陋,逐去之;已而复来。中贵怒,且逐且扑。至无人处,道人笑出黄金二百两,烦逐者覆中贵:"为言我亦不要见王;但闻后苑花木楼台,极人间佳胜,若能导我一游,生平足矣。"又以白金赂逐者。其人喜,反命④;中贵亦喜,引道人自后宰门入,诸景俱历。又从登楼上,中贵方凭窗,道人一推,但觉身堕楼外,有细葛绷⑤腰,悬于空际;下视则高深晕目,葛隐隐作断声。惧极,大号。无何数监至,骇极。见其去地绝远,登楼共视,则葛端系棂⑥上,欲解援之,则葛细不堪用力。遍索道人,已杳矣。束手无计,奏之鲁王,王诣视大奇之,命楼下藉茅铺絮,将因而断之。甫毕,葛崩然自绝,去地乃不咫耳。相与失笑。

王命访道士所在。闻馆⑦于尚秀才家,往问之,则出游未复。既,遇于途,遂引见王。王赐宴坐,便请作剧,道士曰:"臣草野之夫,无他庸能。既承优宠,敢献女乐为大王寿。"遂探袖中出美人置地上,向王稽拜已。道士命扮"瑶池宴"本,祝王万年。女子吊场⑧数语。道士又出一人,自白"王母"。少间,董双成、许飞琼,一切仙姬次第俱出。末有织女来谒,献天衣一袭,金彩绚烂,光映一室。王意其伪,索观之,道士急言:"不可!"王不听,卒观之,果无缝之衣,非人工所能制也。道士不乐曰:"臣竭诚以奉大王,暂而假诸天孙⑨,今则浊气所染,何以还故主乎?"王又意歌者必仙姬,思欲留其一二,细视之,则皆宫中乐伎耳。转疑此曲非所夙谙,问之,果茫然不自知。道士以衣置火烧之,然后纳诸袖中,再搜之,则已无矣。

---

①痰厥(jué):中医病症名,指因痰盛气闭而引起四肢厥冷,甚至昏厥的病症。踣(bó):仆倒,向前跌倒。 ②阍(hūn)人:守门人。 ③中贵人:此处指显贵的侍从宦官。 ④反命:复命,回报。 ⑤葛:一种藤本植物。绷:捆束、缠缚。 ⑥棂(líng):旧时房室的窗格。 ⑦馆:寓居。 ⑧吊场:戏曲术语,指戏曲前后场之间,于其他演员下台后,留一些演员念下场诗或几句说白,以吊出后场,故称。 ⑨天孙:星名,即织女星,此处指神话传说中的织女。

　　王于是深重道士，留居府内。道士曰："野人之性，视宫殿如藩笼，不如秀才家得自由也。"每至中夜，必还其所，时而坚留，亦遂宿止。辄于筵间，颠倒四时花木为戏。王问曰："闻仙人亦不能忘情，果否？"对曰："或仙人然耳；臣非仙人，故心如枯木矣。"一夜宿府中，王遣少妓往试之。入其室，数呼不应，烛之，则瞑坐榻上。摇之，目一闪即复合；再摇之，齁声①作矣。推之，则遂手而倒，酣卧如雷；弹其额，逆指作铁釜声。返以白王。王使刺一针，针弗入。推之，重不可摇；加十余人举掷床下，若千斤石堕地者。旦而窥之，仍眠地上。醒而笑曰："一场恶睡，堕床下不觉耶！"后女子辈每于其坐卧时，按之为戏，初按犹软，再按则铁石矣。

　　道士舍秀才家，恒中夜不归。尚锁其户，及旦启扉，道士已卧室中。初，尚与曲妓惠哥善，矢志嫁娶。惠雅善歌，弦索②倾一时。鲁王闻其名，召入供奉，遂绝情好。每系念之，苦无由通。一夕问道士："见惠哥否？"答言："诸姬皆见，但不知其惠哥为谁。"尚述其貌，道其年，道士乃忆之。尚求转寄一语，道士笑曰："我世外人，不能为君塞鸿③。"尚哀之不已。道士展其袖曰："必欲一见，请人此。"尚窥之中大如屋。伏身入，则光明洞彻，宽若厅堂；几案床榻，无物不有。居其内，殊无闷苦。道士入府，与王对弈。望惠哥至，阳以袍袖拂尘，惠哥已纳袖中，而他人不之睹也。尚方独坐凝想时，忽有美人自檐间堕，视之惠哥也。两相惊喜，绸缪臻至。尚曰："今日奇缘，不可不志。请与卿联之。"书壁上曰："侯门似海久无踪。"惠续云："谁识萧郎今又逢。"尚曰："袖里乾坤真个大。"惠曰："离人思妇尽包容。"书甫毕，忽有五人入，八角冠，淡红衣，认之都与无素④。默然不言，捉惠哥去。尚惊骇，不知所由。道士既归，呼之出，问其情事，隐讳不以尽言。道士微笑，解衣反袂示之。尚审视，隐隐有字迹，细裁如虮⑤，盖即所题句也。后十数日，又求一人。前后凡三人。

　　惠哥谓尚曰："腹中震动，妾甚忧之，常以紧帛束腰际。府中耳目较多，倘一朝临蓐，何处可容儿啼？烦与巩仙谋，见妾三叉腰时，便一拯救。"尚诺之。归见道士，伏地不起。道士曳之曰："所言，予已了了。但请勿忧。君宗祧赖此一线，何敢不竭绵薄。但自此不必复入。我所以报君者，原不在情私也。"后数月，道士自外入，笑曰："携得公子至矣。可速把褓襁来！"尚妻最贤，年近三十，数胎而存一子；适生女，盈月而殇。闻尚言，惊喜自出。道士探袖出婴儿，酣然若寐，脐梗⑥犹未断也。尚妻接抱，始呱呱而泣。

　　道士解衣曰："产血溅衣，道家最忌。今为君故，二十年故物，一旦弃之。"尚为易衣。道士嘱曰："旧物勿弃却，烧钱许，可疗难产，堕死胎。"尚从

---

①齁(hōu)声：指打鼾声。　②弦索：弦乐器上的弦，代指弦乐器。　③塞鸿：信使。　④无素：平素没有交往。　⑤虮(jǐ)：虱的卵。　⑥脐梗：脐带。

其言。居之又久,忽告尚曰:"所藏旧衲,当留少许自用,我死后亦勿忘也。"尚谓其言不祥。道士不言而去,入见王曰:"臣欲死!"王惊问之,曰:"此有定数,亦复何言。"王不信,强留之;手谈一局急起,王又止之。请就外舍,从之。道士趋卧,视之已死。王具棺木,以礼葬之。尚临哭尽哀,如悟曩言盖先告之也。遗衲①用催生,应如响,求者踵接于门。始犹以污袖与之;既而剪领衿,罔不效。及闻所嘱,疑妻必有产厄②,断血布如掌,珍藏之。会鲁王有爱妃临盆,三日不下,医穷于术,或有以尚生告者,立召入,一剂而产。王大喜,赠白金、彩缎良厚,尚悉辞不受。王问所欲,曰:"臣不敢言。"再请之,顿首曰:"如推天惠,但赐旧妓惠哥足矣。"王召之来,问其年,曰:"妾十八入府,今十四年矣。"王以其齿加长,命遍呼群妓,任尚自择,尚一无所好。王笑曰:"痴哉书生!十年前定婚嫁耶?"尚以实对。乃盛备舆马,仍以所辞彩缎为惠哥作妆,送之出。惠所生子,名之秀生。秀者,袖也。是时年十一矣。日念仙人之恩,清明则上其墓。有久客川中者,逢道人于途,出书一卷曰:"此府中物,来时仓卒,未暇璧返③,烦寄去。"客归,闻道人已死,不敢达王,尚代奏之。王展视,果道士所借。疑之,发其冢,空棺耳。后尚子少殇,赖秀生承继,益服巩之先知云。

异史氏曰:"袖里乾坤,古人之寓言耳,岂真有之耶?抑何其奇也!中有天地、有日月,可以娶妻生子,而又元催科④之苦,人事之烦,则袖中蚍虱,何殊桃源鸡犬哉!设容人常住,老于是乡可耳。"

二商

莒⑤人商姓者,兄富而弟贫,邻垣而居。康熙间,岁大凶⑥,弟朝夕不自给。一日,日向午,尚未举火,枵腹蹀躞⑦,无以为计。妻令往告兄,商曰:"无益。脱兄怜我贫也,当早有以处此矣。"妻固强之,商便使其子往,少顷空手而返。商曰:"何如哉!"妻详问阿伯云何,子曰:"伯踟蹰目视伯母,伯母告我曰:'兄弟析居⑧,有饭各食,谁复能相顾也。'"夫妻无言,暂以残盎败榻,少易糠秕而生。

里中三四恶少,窥大商饶足,夜逾坦入。夫妻警寤,鸣盥器而号。邻人共嫉之,无援者。不得已疾呼二商,商闻嫂鸣欲趋救,妻止之,大声对嫂曰:"兄弟析居,有祸各受,谁复能相顾也!"俄,盗破扉,执大商及妇炮烙之,呼声

①衲(nà):僧衣,此处指道袍。 ②产厄:难产。 ③璧返:敬词,指归还借物。 ④催科:催收租税。 ⑤莒(jǔ):莒州,治所在今山东省莒县。 ⑥岁大凶:灾荒之年。 ⑦枵(xiāo)腹:空腹,指饿肚子。 蹀躞:小步徘徊。 ⑧析居:分家。

綦①惨。二商曰:"彼固无情,焉有坐视兄死而不救者!"率子越垣,大声疾呼。二商父子故武勇,人所畏惧,又恐惊致他援,盗乃去。视兄嫂两股焦灼,扶榻上,招集婢仆,乃归。

大商虽被创,而金帛无所亡失,谓妻曰:"今所遗留,悉出弟赐,宜分给之。"妻曰:"汝有好兄弟,不受此苦矣!"商乃不言。二商家绝食,谓兄必有一报,久之寂不闻。妇不能待,使子捉囊往从贷,得斗粟而返。妇怒其少欲反之,二商止之。逾两月,贫馁愈不可支。二商曰:"今无术可以谋生,不如鬻宅于兄。兄恐我他去,或不受券②而恤焉,未可知;纵或不然,得十余金,亦可存活。"妻以为然,遣子操券诣大商。大商告之妇,且曰:"弟即不仁,我手足也。彼去则我孤立,不如反其券而周之。"妻曰:"不然、彼言去,挟我也;果尔,则适堕其谋。世间无兄弟者,便都死却耶?我高茸墙垣,亦足自固。不如受其券,从所适,亦可以广吾宅。"计定,令二商押署券尾,付直而去。二商于是徙居邻村。

乡中不逞之徒,闻二商去,又攻之。复执大商,榜楚并兼,梏毒惨至,所有金资,悉以赎命。盗临去,开廪呼村中贫者,恣所取,顷刻都尽。次日二商始闻,及奔视,则兄已昏愦不能语,开目见弟,但以手抓床席而已。少顷遂死。二商忿诉邑宰。盗首逃窜,莫可缉获。盗粟者百余人,皆里中贫民,州守亦莫如何。

大商遗幼子,才五岁,家既贫,往往自投叔所,数日不归;送之归,则啼不止。二商妇颇不加青眼。二商曰:"渠父不义,其子何罪?"因市蒸饼数枚,自送之。过数日,又避妻子,阴负斗粟于嫂,使养儿。如此以为常。又数年,大商卖其田宅,母得直足自给,二商乃不复至。后岁大饥,道殣相望③,二商食指④益繁,不能他顾。侄年十五,荏弱不能操业,使携篮从兄货胡饼。一夜梦兄至,颜色惨戚曰:"余惑于妇言,遂失手足之义。弟不念前嫌,增我汗羞。所卖故宅,今尚空闲,宜僦居之。屋后篷颗下,藏有窖金,发之可以小阜。使丑儿相从,长舌妇余甚恨之,勿顾也。"既醒,异之。以重直唉⑤第主,始得就,果得五百金。从此弃贱业,使兄弟设肆廛间⑥。侄颇慧,记算无讹,又诚悫⑦,凡出入一锱铢必告。二商益爱之。一日泣为母请粟,商妻欲勿与,二商念其孝,按月廪给之。数年家益富。大商妇病死,二商亦老,乃析侄,家资割半与之。

异史氏曰:"闻大商一介不轻取与,亦狷洁自好者也。然妇言是听,愦愦不置一词,恝情骨肉,卒以吝死。呜呼! 亦何怪哉! 二商以贫始,以素封终。

---

①綦(qí):极,很。 ②券:此处指房契。 ③道殣(jìn)相望:随处可见饿死在路上的人。④食指:指人口,一人十指,为一口。此处喻指家中人口。 ⑤唉:利诱。 ⑥设肆廛(chán)间:在街市上开店。 ⑦诚悫(què):诚朴。

为人何所长？但不甚遵阃①教耳。呜呼！一行不同，而人品遂异。”

沂水秀才

沂水②某秀才，课业山中。夜有二美人入，含笑不言，各以长袖拂榻，相将坐，衣软无声。少间一美人起，以白绫巾展几上，上有草书三四行，亦未尝审其何词。一美人置白金一铤，可三四两许，秀才掇内袖中。美人取巾，握手笑出，曰："俗不可耐！"秀才扪金则乌有矣。丽人在坐，投以芳泽③，置不顾，而金是取，是乞儿相也，尚可耐哉！狐子可儿，雅态可想。

友人言此，并思不可耐事，附志之：对酸俗客。市井人作文语。富贵态状。秀才装名士。旁观诌态。信口谎言不倦。揖坐苦让上下。歪诗文强人观听。财奴哭穷。醉人歪缠。作满洲调。体气若逼人语。市井恶谑。任憨儿登筵抓肴果。假人余威装模样。歪科甲谈诗文。语次④频称贵戚。

梅女

封云亭，太行人。偶至郡，昼卧寓屋。时年少丧偶，岑寂之下，颇有所思。凝视间，见墙上有女子影依稀如画，念必意想所致，而久之不动，亦不灭，异之。起视转真；再近之，俨然少女，容蹙舌伸，索环秀领，惊顾未已，冉冉欲下。知为缢鬼，然以白昼壮胆，不大畏怯。语曰："娘子如有奇冤，小生可以极力。"影居然下，曰："萍水之人，何敢遽以重务浼⑤君子。但泉下槁骸，舌不得缩，索不得除，求断屋梁而焚之，恩同山岳矣。"诺之，遂灭。呼主人来，问所见状，主人言："此十年前梅氏故宅，夜有小偷入室，为梅所执，送诣典史。典史受盗钱五百，诬其女与通，将拘审验，女闻自经⑥。后梅夫妻相继卒，宅归于余。客往往见怪异，而无术可以靖⑦之。"封以鬼言告主人。计毁舍易楹，费不资，故难之，封乃协力助作。

既就而复居之。梅女夜至，展谢已，喜气充溢，姿态嫣然。封爱悦之，欲与为欢。瞒然而惭曰："阴惨之气，非但不为君利，若此之为，则生前之垢，西江不可濯矣。会合有时，今日尚未。"问："何时？"但笑不言。封问："饮乎？"答曰："不饮。"封曰："坐对佳人，闷眼相看，亦复何味？"女曰："妾生平戏技，

①阃(kǔn)：内室，借指妇女。　②沂水：旧县名，治所在今山东省沂水县。　③芳泽：原指女子润发的香油，此处指写有美人手迹的白绫巾。　④语次：言语之间。　⑤浼(měi)：恳求，央求。　⑥自经：上吊自杀。　⑦靖：平定，平息。

惟谙打马①。但两人寥落，夜深又苦无局。今长夜莫遣，聊与君为交线之戏②。"封从之，促膝戟指，翻变良久，封迷乱不知所从，女辄口道而颐指之，愈出愈幻，不穷十术。封笑曰："此闺房之绝技。"女曰："此妾自悟，但有双线，即可成文③，人自不之察耳。"更阑颇怠，强使就寝，曰："我阴人不寐，请自休。妾少解按摩之术，愿尽技能，以侑清梦。"封从其请。女叠掌为之轻按，自顶及踵皆遍；手所经，骨若醉。既而握指细擂，如以团絮相触状，体畅舒不可言；擂至腰，口目皆慵；至股，则沉沉睡去矣。

及醒，日已向午，觉骨节轻和，殊于往日。心益爱慕，绕屋而呼之，并无响应。日夕女始至，封曰："卿居何所，使我呼欲遍?"曰："鬼无所，要在地下。"问："地下有隙可容身乎?"曰："鬼不见地，犹鱼不见水也。"封握腕曰："使卿而活，当破产购致之。"女笑曰："无须破产。"戏至半夜，封苦逼之。女曰："君勿缠我。有浙娼爱卿者，新寓北邻，颇极风致。明夕招与俱来，聊以自代，若何?"封允之。次夕，果与一少妇同至，年近三十已来，眉目流转，隐含荡意。三人狎坐，打马为戏。局终，女起曰："嘉会方殷，我且去。"封欲挽之，飘然已逝。两人登榻，于飞④甚乐。诘其家世，则含糊不以尽道，但曰："郎如爱妾，当以指弹北壁，微呼曰：'壶卢子'，即至。三呼不应，可知不暇，勿更招也。"天晓，入北壁隙中而去。次日女来，封问爱卿，女曰："被高公子招去侑酒⑤，以故不得来。"因而剪烛共话。女每欲有所言，吻已启而辄止；固诘之，终不肯言，欷嘘而已。封强与作戏，四漏始去。自此二女频来，笑声彻宵旦，因而城社悉闻。

典史某，亦浙之世族，嫡室以私仆⑥被黜。继娶顾氏，深相爱好，期月夭姐，心甚悼之。闻封有灵鬼，欲以问冥世之缘，遂跨马造封。封初不肯承，某力求不已。封设筵与坐，诺为招鬼妓。日及曛，叩壁而呼，三声未已，爱卿即入。举头见客，色变欲走；封以身横阻之。某审视，大怒，投以巨碗，溘然而灭。封大惊，不解其故，方将致诘。俄暗室中一老妪出，大骂曰："贪鄙贼！坏我家钱树子！三十贯索⑦要偿也！"以杖击某，中颅。某抱首而哀曰："此顾氏，我妻也！少年而殒，方切哀痛，不图为鬼不贞。于姥乎何与?"妪怒曰："汝本浙江一无赖贼，买得条乌角带⑧，鼻骨倒竖⑨矣！汝居官有何黑白？袖有三百钱便而翁也！神怒人怨，死期已迫。汝父母代哀冥司，愿以爱媳入青楼，代汝偿贪债，不知耶?"言已又击，某宛转哀鸣。方惊诧无从救解，旋见梅女自房中出，张目吐舌，颜色变异，近以长簪刺其耳。封惊极，以身障客。女愤不已，封劝曰："某即有罪，倘死于寓所，则咎在小生。请少存投鼠之忌。"

①打马：古代博戏名。　②交线之戏：一种游戏，俗称"翻线"。　③文：此处指翻线的花样。
④于飞：此处指男女欢会，恩爱和合。　⑤侑酒：劝酒，为饮酒者助兴。　⑥私仆：与仆人私通。
⑦贯索：钱串。　⑧乌角带：泛指官服上的腰带。　⑨鼻骨倒竖：形容鼻孔朝天、目空一切的形象。

女乃曳妪曰:"暂假余息,为我顾封郎也。"某张皇鼠窜而去。至署患脑痛,中夜遂毙。

次夜,女出笑曰:"痛快!恶气出矣!"问:"何仇怨?"女曰:"曩已言之:受贿诬奸,衔恨已久。每欲浼君一为昭雪,自愧无纤毫之德,故将言而辄止。适闻纷拏,窃以伺听,不意其仇人也。"封讶曰:"此即诬卿者耶?"曰:"彼典史于此十有八年,妾冤殁十六寒暑矣。"问:"妪为谁?"曰:"老娼也。"又问爱卿,曰:"卧病耳。"因赧然①曰:"妾昔谓会合有期,今真不远矣。君尝愿破家相赎,犹记否?"封曰:"今日犹此心也。"女曰:"实告君:妾殁日,已投生延安展孝廉家。徒以大怨未伸,故迁延于是。请以新帛作鬼囊,俾妾得附君以往,就展氏求婚,计必允谐。"封虑势分悬殊,恐将不遂。女曰:"但去无忧。"封从其言。女嘱曰:"途中慎勿相唤;待合卺之夕,以囊挂新人首,急呼曰:'勿忘勿忘!'"封诺之。才启囊,女跳身已入。

携至延安,访之,果有展孝廉,生一女,貌极端好,但病痴,又常以舌出唇外,类犬喘日。年十六岁无问名②者,父母忧念成痗③。封到门投刺,具通族阀。既退,托媒。展喜,赘封于家。女痴绝,不知为礼,使两婢扶曳归所。群婢既去,女解衿露乳,对封憨笑。封覆囊呼之,女停眸审顾,似有疑思。封笑曰:"卿不识小生耶?"举之囊而示之。女乃悟,急掩衿,喜共燕笑。诘旦,封入谒岳。展慰之曰:"痴女无知,既承青眷,君倘有意,家中慧婢不乏,仆不靳相赠。"封力辨其不痴,展疑之。无何女至,举止皆佳,因大惊异。女但掩口微笑。展细诘之,封进退而惭于言,封为略述梗概。展大喜,爱悦逾于平时。使子大成与婿同学,供给丰备。年余,大成渐厌薄之,因而郎舅不相能,厮仆亦刻疵其短。展惑于浸润,礼稍懈。女觉之,谓封曰:"岳家不可久居;凡久居者,尽阘茸④也。及今未大决裂,宜速归!"封然之,告展。展欲留女,女不可。父兄尽怒,不给舆马,女自出妆资贳马归。后展招令归宁,女固辞不往。后封举孝廉,始通庆好。

异史氏曰:"官卑者愈贪,其常情然乎? 三百诬奸,夜气之牿亡⑤尽矣。夺嘉偶,入青楼,卒用暴死。吁! 可畏哉!"

康熙甲子,贝丘典史最贪诈,民咸怨之。忽其妻被狡者诱与偕亡。或代悬招状⑥云:"某官因自己不慎,走失夫人一名。身无余物,止有红绫七尺,包裹元宝一枚,翘边细纹,并无阙坏。"亦风流之小报。

---

①赧(chǎn)然:笑的样子。 ②问名:古代婚礼"六礼"之一,此处指议婚、提亲。 ③痗(mèi):病。 ④阘(tà)茸:此处指庸碌无能。 ⑤夜气:夜间静思所产生的良知善念。牿(gù)亡:受遏制而消亡。 ⑥招状:寻人招贴。

郭秀才

东粤①士人郭某,暮自友人归,入山迷路,窜榛莽中。约更许,闻山头笑语,急趋之,见十余人藉地饮。望见郭,哄然曰:"坐中正欠一客,大佳,大佳!"郭既坐,见诸客半儒巾,便请指迷。一人笑曰:"君真酸腐!舍此明月不赏,何求道路?"即飞一觥来。郭饮之,芳香射鼻,一引遂尽。又一人持壶倾注。郭故善饮,又复奔驰吻燥,一举十觞。众人大赞曰:"豪哉!真吾友也!"郭放达喜谑,能学禽语,无不酷肖。离坐起溲②,窃作燕子鸣。众疑曰:"半夜何得此耶?"又效杜鹃,众益疑。郭坐,但笑不言。方纷议问,郭回首为鹦鹉鸣曰:"郭秀才醉矣,送他归也!"众惊听,寂不复闻;少顷又作之。既而悟其为郭,始大笑。皆撮口从学,无一能者。

一人曰:"或惜青娘子未至。"又一人曰:"中秋还集于此,郭先生不可不来。"郭敬诺。一人起曰:"客有绝技,我等亦献踏肩之戏,若何?"于是哗然并起。前一人挺身矗立;即有一人飞登肩上,亦矗立;累至四人,高不可登;继至者,攀肩踏臂如缘梯状。十余人顷刻都尽,望之可接霄汉。方惊顾间,挺然倒地,化为修道③一线。郭骇立良久,遵道得归。

翼日腹大痛,溺绿色似铜青,着物能染,亦无潮气,三日乃已。往验故处,则兽骨狼藉,四围丛莽,并无道路。至中秋郭欲赴约,朋友谏止之。设斗胆再往一会青娘子,必更有异,惜乎其见之摇也!

死僧

某道士云游日暮,投止野寺。见僧房局闭,遂藉蒲团,趺坐廊下。夜既静,闻启阖声,旋见一僧来,浑身血污,目中若不见道士,道士亦若不见之。僧直入殿登佛座,抱佛头而笑,久之乃去。及明视室,门局如故。怪之,入村道所见。众如寺发局验之,则僧杀死在地,室中席箧掀腾,知为盗劫。疑鬼笑有因;共验佛首,见脑后有微痕,刳④之,内藏三十余金。遂用以葬之。

异史氏曰:"谚有之:'财连于命。'不虚哉!夫人俭啬封殖⑤,以予所不知谁何之人,亦已痴矣;况僧并不知谁何之人而无之哉!生不肯享,死犹顾而笑之,财奴之可叹如此。佛云:'一文将不去,惟有孽随身。'其僧之谓夫!"

①东粤:今广东省一带。 ②起溲:小便。 ③修道:长长的道路。 ④刳(wán):挖。 ⑤封殖:敛财。

阿英

甘玉,字璧人,庐陵①人,父母早丧。遗弟珏,字双璧,始五岁从兄鞠养。玉性友爱,抚弟如子。后珏渐长,丰姿秀出,又惠能文。玉益爱之,每曰:"吾弟表表②,不可以无良匹。"然简拔过刻,姻卒不就。

适读书匡山僧寺,夜初就枕,闻窗外有女子声。窥之,见三四女郎席地坐,数婢陈肴酒,皆殊色也。一女曰:"秦娘子,阿英何不来?"下坐者曰:"昨自函谷来,被恶人伤右臂,不能同游,方用恨恨。"一女曰:"前宵一梦大恶,今犹汗悸。"下坐者摇手曰:"莫道,莫道!今宵姊妹欢会,言之吓人不快。"女笑曰:"婢子何胆怯尔尔!便有虎狼衔去耶?若要勿言,须歌一曲,为娘行侑酒。"女低吟曰:"闲阶桃花取次开,昨日踏青小约未应乖。付嘱东邻女伴少待莫相催,着得凤头鞋子即当来。"吟罢,一座无不叹赏。

谈笑间,忽一伟丈夫岸然自外人,鹘睛③荧荧,其貌狞丑。众啼曰:"妖至矣!"仓卒哄然,殆如鸟散。惟歌者婀娜不前,被执哀啼,强与支撑。丈夫吼怒,龁手断指,就便嚼食。女郎蹐地若死。玉怜恻不可复忍,乃急袖剑拔关出,挥之中股;股落,负痛逃去。扶女入室,面如尘土,血淋衿袖,验其手则右拇断矣,裂帛代裹之。女始呻曰:"拯命之德,将何以报?"玉自初窥时,心已隐为弟谋,因告以意。女曰:"狼疾④之人,不能操箕帚矣。当别为贤仲图之。"诘其姓氏,答言:"秦氏。"玉乃展衾,俾暂休养,自乃襆被他所。晓而视之,则床已空,意其自归。而访察近村,殊少此姓;广托戚朋,并无确耗。归与弟言,悔恨若失。

珏一日偶游涂野,遇一二八女郎,姿致娟娟,顾之微笑,似将有言。因以秋波四顾而后问曰:"君甘家二郎否?"曰:"然。"曰:"君家尊曾与妾有婚姻之约,何今日欲背前盟,另订秦家?"珏云:"小生幼孤,凤好都不曾闻,请言族阀⑤,归当问兄。"女曰:"无须细道,但得一言,妾当自至。"珏以未禀兄命为辞,女笑曰:"骇郎君!遂如此怕哥子耶?妾陆氏,居东山望村。三日内当候玉音。"乃别而去。珏归,述诸兄嫂。兄曰:"此大谬语!父殁时,我二十余岁,倘有是说,那得不闻?"又以其独行旷野,遂与男儿交语,愈益鄙之。因问其貌,珏红彻面颈不出一言。嫂笑曰:"想是佳人。"玉曰:"童子何辨妍媸?纵美,必不及秦;待秦氏不谐,图之未晚。"珏默然而退。

逾数日,玉在途,见一女子零涕前行,垂鞭按辔而微睨之,人世殆无其

---

①庐陵:旧县名,治所在今江西省吉安市。 ②表表:特立,特异。 ③鹘(hú)睛:指像鹰一样的眼睛。 ④狼疾:此处指身有残疾。 ⑤族阀:家世。

匹。使仆诘焉，答曰："我旧许甘家二郎；因家贫远徙，遂绝耗问。近方归，复闻郎家二三其德①，背弃前盟。往问伯伯甘璧人，焉置妾也？"玉惊喜曰"甘璧人，即我是也。先人曩约，实所不知。去家不远，请即归谋。"乃下骑授辔，步御以归。女自言："小字阿英，家无昆季，惟外姊②秦氏同居。"始悟丽者即其人也。玉欲告诸其家，女固止之。窃喜弟得佳妇，然恐其佻达招议。久之，女殊矜庄，又娇婉善言。母事嫂，嫂亦雅爱慕之。

值中秋，夫妻方狎宴，嫂招之，珏意怅惘。女遣招者先行，约以继至；而端坐笑言良久，殊无去志。珏恐嫂待久，故连促之。女但笑，卒不复去。质旦，晨妆甫竟，嫂自来抚问："夜来相对，何尔怏怏？"玉微哂之。珏觉有异，质对参差，嫂大骇："苟非妖物，何得有分身术？"玉亦惧，隔帘而告之曰："家世积德，曾无怨仇。如其妖也，请速行，幸勿杀吾弟！"女靦然曰："妾本非人，只以阿翁凤盟，故秦家姊以此劝驾。自分不能育男女，尝欲辞去，所以恋恋者，为兄嫂待我不薄耳。今既见疑，请从此诀。"转眼化为鹦鹉，翩然逝矣。

初，甘翁在时，蓄一鹦鹉甚慧，尝自投饵。时珏四五岁，问："饲鸟何为？"父戏曰："将以为汝妇。"间鹦鹉乏食，则呼珏云："不将饵去，饿煞媳妇矣！"家人亦皆以此为戏。后断锁亡去。始悟旧约云即此也。然珏明知非人，而思之不置；嫂悬情犹切，且夕啜泣。玉悔之而无如何。

后二年为弟聘姜氏女，意终不自得。有表兄为粤司李③，玉往省之，久不归。适上寇为乱，近村里落，半为丘墟。珏大惧，率家人避山谷。山上男女颇杂，都不知其谁何。忽闻女子小语，绝类英，嫂促珏近验之，果英。珏喜极，捉臂不释，女乃谓同行者曰："姊且去，我望嫂嫂来。"既至，嫂望见悲哽。女慰劝再三，又谓："此非乐土。"因劝令归。众惧寇至，女固言："不妨。"乃相将俱归。女撮土拦户，嘱安居勿出，坐数语，反身欲去。嫂急握其腕，又令两婢捉左右足，女不得已，止焉。然不甚归私室；珏订之三四，始为之一往。嫂每谓新妇不能当叔意。女遂早起为姜理妆，梳竟，细匀铅黄，人视之，艳增数倍；如此三日，居然丽人。嫂奇之，因言："我又无子。欲购一妾，姑未遑暇。不知婢辈可涂泽④否？"女曰："无人不可转移，但质美者易为力耳。"遂遍相诸婢，惟一黑丑者，有宜男相。乃唤与洗濯，已而以浓粉杂药末涂之，如是三日，面色渐黄；四七日，脂泽沁入肌理，居然可观。日惟闭门作笑，并不计及兵火。

一夜，噪声四起，举家不知所谋。俄闻门外人马鸣动，纷纷俱去。既明，始知村中焚掠殆尽；盗纵群队穷搜，凡伏匿岸穴者悉被杀掳。遂益德女，目之以神。女忽谓嫂曰："妾此来，徒以嫂义难忘，聊分离乱之忧。阿伯行至，

①二三其德：不专一，形容三心两意。 ②外姊：表姐。 ③司李：即"司理"，宋代各州掌狱讼的官员。明清两代用以称各府推官。 ④涂泽：修饰容貌，化妆。

妾在此,如谚所云,非李非桃①,可笑人也。我姑去,当乘间一相望耳。"嫂问:"行人无恙乎?"曰:"近中有大难。此无与他人事,秦家姊受恩奢,意必报之,固当无妨。"嫂挽之过宿,未明已去。

玉自东粤归,闻乱,兼程进。途遇寇,主仆弃马,各以金束腰间,潜身丛棘中。一秦吉了②飞集棘上,展翼覆之。视其足,缺一指,心异之。俄而群盗四合,绕莽殆遍,似寻之。二人气不敢息。盗既散,鸟始翔去。既归,各道所见。始知秦吉了即所救丽者也。

后值玉他出不归,英必暮至;计玉将归而早出。珏或会于嫂所,间邀之,则诺而不赴。一夕玉他往,珏意英必至;潜伏候之。未几英果来,暴起,要遮而归于室。女曰:"妾与君情缘已尽,强合之,恐为造物所忌。少留有余,时作一面之会,如何?"珏不听,卒与狎。天明诣嫂,嫂怪之。女笑云:"中途为强寇所劫,劳嫂悬望③矣。"数语趋出。

居无何,有巨狸衔鹦鹉经寝门过。嫂骇绝,固疑是英。时方沐,辍洗急号,群起噪击,始得之。左翼沾血,奄存余息。把置膝头,抚摩良久,始渐醒。自以喙理其翼。少选,飞绕中室,呼曰:"嫂嫂,别矣! 吾怨珏也!"振翼遂去,不复来。

橘树

陕西刘公为兴化④令,有道士来献盆树,视之,则小橘细裁如指,摈弗受。刘有幼女,时六七岁,适值初度⑤。道士云:"此不足供大人清玩,聊祝女公子福寿耳。"乃受之。女一见,不胜爱悦,置诸闺闼,朝夕护之惟恐伤。刘任满,橘盈把矣,是年初结实。简装将行,以橘重赘,谋弃之。女抱树娇啼。家人绐之曰:"暂去,且将复来。"女信之,涕始止。又恐为大力者负之而去,立视家人移栽墀下,乃行。

女归,受庄氏聘。庄丙戌登进士,释褐⑥为兴化令,夫人大喜。窃意十余年,橘不复存;及至,则橘已十围,实累累以千计。问之故役,皆云:"刘公去后,橘甚茂而不实,此其初结也。"更奇之。庄任三年,繁实不懈;第四年,憔悴无少华。夫人曰:"君任此不久矣。"至秋,果解任。

异史氏曰:"橘其有夙缘于女与? 何遇之巧也。其实也似感恩,其不华也似伤离。物犹如此,而况于人乎?"

---

①非李非桃:非亲非故,处境尴尬。 ②秦吉了:鸟名,即八哥。 ③悬望:盼望。 ④兴化:旧县名,治所在今江苏省兴化市。 ⑤初度:生日。 ⑥释褐:脱去平民服装,指做官。

赤字

顺治乙未冬夜，天上赤字如火。其文云："白苕代靖否复议朝冶驰。"

牛成章

牛成章，江西之布商也。娶郑氏，生子、女各一。牛三十三岁病死。子名忠。时方十二；女八九岁而已。母不能贞，货产①入囊，改醮②而去，遗两孤难以存济。有牛从嫂，年已六秩，贫寡无归，送与居处。数年妪死，家益替。而忠渐长，思继父业而苦无资。妹适毛姓，毛富贾也，女哀婿假数十金付兄。兄从人适金陵，途中遇寇，资斧尽丧，飘荡不能归。

偶趋典肆③，见主肆者绝类其父，出而潜察之，姓字皆符，骇异不谕其故。惟日流连其旁，以窥意旨，而其人亦略不顾问。如此三日，觇其言笑举止，真父无讹。即又不敢拜识，乃自陈于群小，求以同乡之故，进身为佣。立券已，主人视其里居、姓氏，似有所动，问所从来。忠泣诉父名，主人怅然若失，久之，问："而母无恙乎？"忠又不敢谓父死，婉应曰："我父六年前经商不返，母醮而去。幸有伯母抚育，不然，葬沟渎久矣。"主人惨然曰："我即是汝父也。"于是握手悲哀。又导入参其后母。后母姬，年三十余，无出，得忠喜，设宴寝门④。

牛终欷歔不乐，即欲一归故里。妻虑肆中乏人，故止之。牛乃率子纪理肆务。居之三月，乃以诸籍委子，取装西归。既别，忠实以父死告母，姬乃大惊，言："彼负贩于此，曩所与交好者留作当商，娶我已六年矣，何言死耶？"忠又细述之。相与疑念，不谕其由。逾一昼夜而牛已返，携一妇人，头如蓬葆⑤，忠视之则其所生母也。牛摘耳顿骂："何弃吾儿！"妇慑伏不敢少动。牛以口龁其项，妇呼忠曰："儿救吾！儿救吾！"忠大不忍，横身蔽鬲其间。牛犹忿怒，妇已不见。众大惊，相哗以鬼。旋视牛，颜色惨变，委衣于地，化为黑气，亦寻灭矣。母子骇叹，举衣冠而瘗之。忠席父业，富有万金。后归家问之，则嫁母于是日死，一家皆见牛成章云。

---

①货产：典卖家产。　②改醮(jiào)：改嫁。　③典肆：当铺。　④寝门：内室之门。　⑤头如蓬葆：形容头发散乱。

青娥

霍桓,字匡九,晋人也。父官县尉,早卒。遗生最幼,聪惠绝人,十一岁以神童入泮①。而母过于爱惜,禁不令出庭户,年十三尚不能辨叔伯甥舅焉。

同里有武评事者,好道,入山不返。有女青娥,年十四,美异常伦。幼时窃读父书,慕何仙姑之为人,父既隐,立志不嫁,母无奈之。一日,生于门外瞥见之。童子虽无知,只觉爱之极,而不能言;直告母,使委禽②焉。母知其不可故难之,生郁郁不自得。母恐拂儿意,遂托往来者致意武,果不谐。

生行思坐筹,无以为计。会有一道士在门,手握小镵③长裁尺许,生借阅一过,问:"将何用?"答云:"此劚④药之具,物虽微,坚石可入。"生未深信。道士即以斫墙上石,应手落如腐。生大异之,把玩不释于手,道士笑曰:"公子爱之,即以奉赠。"生大喜,酬之以钱,不受而去。持归,历试砖石,略无隔阂。顿念穴墙则美人可见,而不知其非法也。更定逾垣而出,直至武第,凡穴两重垣,始达中庭。见小厢中尚有灯火,伏窥之,则青娥卸晚装矣。少顷烛灭寂无声,穿堵⑤入,女已熟眠。轻解双履,悄然登榻,又恐女郎惊觉,必遭呵逐,遂潜伏绣褶之侧,略闻香息,心愿窃慰。而半夜经营,疲殆颇甚,少一合眸,不觉睡去。女醒,闻鼻气休休,开目见穴隙亮入。大骇,暗中拔关轻出,敲窗唤家人妇,共爇火操杖以往。则见一总角⑥书生酣眠绣榻,细审识为霍生。推之始觉,遽起,目灼灼如流星,似亦不大畏惧,但腼然不作一语。众指为贼,恐呵之。始出涕曰:"我非贼,实以爱娘子故,愿以近芳泽耳。"众又疑穴数重垣,非童子所能者。生出镵以言异,共试之,骇绝,讶为神授。将共告诸夫人,女俯首沉思,意似不以为可。众窥知女意,因曰:"此子声名门第,殊不辱玷。不如纵之使去,俾复求媒焉。诘旦⑦,假盗以告夫人,如何也?"女不答。众乃促生行。生索镵,共笑曰:"騃⑧儿童!犹不忘凶器耶?"生觑枕边,有凤钗一股。阴纳袖中。已为婢子所窥,急白之,女不言亦不怒。一媪拍颈曰:"莫道他騃,若意念乖绝也。"乃曳之,仍自窦中出。

既归,不敢实告母,但嘱母复媒致之。母不忍显拒,惟遍托媒氏,急为别觅良姻。青娥知之,中情皇急,阴使腹心者风示媪。媪悦,托媒往。会小婢漏泄前事,武夫人辱之,不胜恚⑨愤。媒至,益触其怒,以杖画地,骂生并及其母。媒惧窜归,具述其状。生母亦怒曰:"不肖儿所为,我都懵懵。何遂以无

---

①入泮:进入县学为生员。古代学宫前有泮水,故称泮官。 ②委禽:下聘礼。 ③镵(chán):古代的一种铁质掘土工具,形制似铲。 ④劚(zhú):挖,掘。 ⑤穿堵:穿墙。 ⑥总角:指童年。 ⑦诘旦:平明,清晨。 ⑧騃(ái):愚,呆。 ⑨恚(huì):恨,怒。

礼相加！当交股时，何不将荡儿淫女一并杀却？"由是见其亲属，辄便披诉。
女闻愧欲死，武夫人大悔，而不能禁之使勿言也。女阴使人婉致生母，且矢
之以不他①，其词悲切。母感之乃不复言，而论亲之媒，亦遂辍矣。

　　会秦中欧公宰是邑，见生文，深器之，时召入内署，极意优宠。一日问
生："婚乎？"答言："未。"细诘之，对曰："夙与故武评事女小有盟约，后以微
嫌，遂致中寝。"问："犹愿之否？"生腼然不言。公笑曰："我当为子成之。"即
委县尉教谕，纳币于武。夫人喜，婚乃定，逾岁娶女归。女入门，乃以镜掷地
曰："此寇盗物，可将去！"生笑曰："勿忘媒约。"珍佩之，恒不去身。女为人
温良寡默，一日三朝其母，余惟闭门寂坐，不甚留心家务。母或以吊庆他往，
则事事经纪，罔不井井。年余生一子孟仙，一切委之乳保，似亦不甚顾惜。
又四五年，忽谓生曰："欢爱之缘，于兹八载。今离长会短，可将奈何！"生惊
问之，即已默默，盛妆拜母，返身入室。追而诘之，则仰眠榻上而气绝矣。母
子痛悼，购良材而葬之。母已衰迈，每每抱子思母，如摧肺肝，由是遘病，遂
惫不起。逆害饮食，但思鱼羹，而近地则无，百里外始可购致。时厮骑皆被
差遣，生性纯孝，急不可待，怀资独往，昼夜无停趾。返至山中，日已沉冥，两
足跛踦，步不能咫。后一叟至，问曰："足得毋泡乎？"生唯唯。叟便曳坐路
隅，敲石取火，以纸裹药末熏生两足讫。试使行，不惟痛止，兼益矫健。感极
申谢，叟问："何事汲汲？"答以母病，因历道所由。叟问："何不另娶？"答云：
"未得佳者。"叟遥指山村曰："此处有一佳人，倘能从我去，仆当为君作伐。"
生辞以母病待鱼，姑不遑暇。叟乃拱手，约以异日入村但问老王，乃别而去。

　　生归烹鱼献母，母略进，数日寻瘳。乃命仆马往寻叟，至旧处迷村所在。
周章逾时，夕暾渐坠，山谷甚杂，又不可极望。乃与仆上山头，以瞻里落；
而山径崎岖，苦不可复骑，跋履②而上，昧色笼烟矣。蹀躞③四望，更无村落。
方将下山，而归路已迷，心中燥火如烧。荒窜间，冥堕绝壁，幸数尺下有一线
荒台，坠卧其上，阔仅容身，下视黑不见底。惧极不敢少动。又幸崖边皆生
小树，约体如栏。

　　移时，见足傍有小洞口，心窃喜，以背着石，蠕行④而入。意稍稳，冀天明
可以呼救。少顷，深处有光如星点。渐近之，约三四里许，忽睹廊舍，并无釭
烛，而光明若昼。一丽人自房中出，视之则青娥也。见生，惊曰："郎何能
来？"生不暇陈，抱祛呜恻。女劝止之，问母及儿，生悉述苦况，女亦惨然。生
曰："卿死年余，此得无冥间耶？"女曰："非也，此乃仙府。曩时非死，所瘞⑤
一竹杖耳。郎今来，仙缘有分也。"因导令朝父，则一修髯丈夫坐堂上，生趋
拜。女曰："霍郎来。"翁惊起，握手略道平素。曰："婿来大好，分当留此。"

---

　　①矢之以不他：发誓不另嫁他人。　②跋履：跋涉。　③蹀躞：小步行走。　④蠕行：形容像蚑蟠
一样曲背蠕动前行。　⑤瘞(yì)：掩埋，埋葬。

生辞以母望，不能久留。翁曰："我亦知之。但迟三数日，即亦何伤。"乃饵以肴酒，即令婢设榻于西堂，施锦裍焉。生既退，约女同榻寝，女却之曰："此何处，可容狎亵？"生捉臂不舍。窗外婢子笑声嗤然，女益惭。方争拒间，翁入叱曰："俗骨污吾洞府！宜即去！"生素负气，愧不能忍，作色曰："儿女之情，人所不免，长者何当伺我？无难即去，但令女须便将去。"翁无辞，招女随之，启后户送之，赚生离门，父子阖扉去。

回首峭壁镜岩，无少隙缝，只影茕茕，罔所归适。视天上斜月高揭，星斗已稀。怅怅良久，悲已而恨，面壁叫号，迄无应者。愤极，腰中出镵，凿石攻进，瞬息洞入三四尺许。隐隐闻人语曰："孽障哉！"生奋力凿益急。忽洞底豁开二扉，推娥出曰："可去，可去！"壁即复合。女怨曰："既爱我为妇，岂有待丈人如此者？是何处老道士授汝凶器，将人缠混欲死？"生得女，意愿已慰，不复置辩，但忧路险难归。女折两枝，各跨其一即化为马，行且驶，俄顷至家。时失生已七日矣。初，生之与仆相失也，觅之不得，归而告母。母遣人穷搜山谷，并无踪绪。正忧惶所，闻子自归，欢喜承迎。举首见妇，几骇绝。生略述之，母益忻慰。女以形迹诡异，虑骇物听，求即播迁①，母从之。异郡有别业，刻期徙往，人莫之知。

偕居十八年，生一女，适同邑李氏。后母寿终。女谓生曰："吾家茅田中有雉抱八卵，其地可葬，汝父子扶榇归窆②。儿已成立，宜即留守庐墓，无庸复来。"生从其言，葬后自返。月余孟仙往省之，而父母俱杳。问之老奴，则云："赴葬未还。"心知其异，浩叹而已。

孟仙文名甚噪，而困于场屋③，四旬不售。后以拔贡入北闱④，遇同号生，年可十七八，神采俊逸，爱之。视其卷，注顺天廪生霍仲仙。瞪目大骇，因自道姓名。仲仙亦异之，便问乡贯，孟悉告之。仲仙喜曰："弟赴都时，父嘱文场中如逢山右霍姓者，吾族也，宜与款接，今果然矣。顾何以名字相同如此？"孟因诘高、曾，并严、慈姓讳，已而惊曰："是我父母也！"仲仙疑年齿之不类。孟仙曰："我父母皆仙人，何可以貌信其年岁乎？"因述往迹，仲仙始信。

场后不暇休息，命驾同归。才到门，家人迎告，是夜失太翁及夫人所在。两人大惊。仲仙入而询诸妇，妇言："昨夕尚共杯酒，母谓：'汝夫妇少不更事。明日大哥来，吾无虑矣。'早旦入室，则阒⑤无人类。"兄弟闻之，顿足悲哀。仲仙犹欲追觅，孟仙以为无益，乃止。是科仲领乡荐。以晋中祖墓所在，从兄而归。犹冀父母尚在人间，随在探访，而终无踪迹矣。

①播迁：迁徙。 ②扶榇：扶柩，护送灵柩。归窆(biǎn)：归葬。 ③场屋：科举考场。 ④拔贡入北闱：以拔贡的资格参加顺天府乡试。拔贡，科举制度中选拔贡入国子监的生员的一种。 ⑤阒(qù)：寂静。

异史氏曰："钻穴眠榻,其意则痴;凿壁骂翁,其行则狂;仙人之撮合之者,惟欲以长生报其孝耳。然既混迹人间,狎生子女,则居而终焉,亦何不可?乃三十年而屡弃其子,抑独何哉?异已!"

镜听①

益都②郑氏兄弟,皆文学士。大郑早知名,父母尝过爱之,又因子并及其妇;二郑落拓,不甚为父母所欢,遂恶次妇,至不齿礼。冷暖相形,颇存芥蒂。次妇每谓二郑:"等男子耳,何遂不能为妻子争气?"遂摈弗与同宿。于是二郑感愤,勤心锐思,亦遂知名。父母稍稍优顾之,然终杀于兄。

次妇望夫甚切,是岁大比,窃于除夜以镜听卜。有二人初起,相推为戏,云:"汝也凉凉去!"妇归,凶吉不可解,亦置之。闱后,兄弟皆归。时暑气犹盛,两妇在厨下炊饭饷耕,其热正苦。忽有报骑登门,报大郑捷,母入厨唤大妇曰:"大男中式矣!汝可凉凉去。"次妇忿恻,泣且炊。俄又有报二郑捷者,次妇力掷饼杖而起,曰:"侬也凉凉去!"此时中情所激,不觉出之于口;既而思之,始知镜听之验也。

异史氏曰:"贫穷则父母不子,有以也哉!庭帏之中,固非愤激之地;然二郑妇激发男儿,亦与怨望无赖者殊不同科。投杖而起,真千古之快事也!"

牛癀③

陈华封,蒙山④人。以盛暑烦热,枕藉野树下。忽一人奔波而来,首着围领,疾趋树阴,掬石而座,挥扇不停,汗下如流沈。陈起座,笑曰:"若除围领,不扇可凉。"客曰:"脱之易,再着难也。"就与倾谈,颇极蕴藉。既而曰:"此时无他想,但得冰浸良酝,一道冷芳,度下十二重楼⑤,暑气可消一半。"陈笑曰:"此愿易遂,仆当为君偿之。"因握手曰:"寒舍伊迩⑥,请即迁步⑦。"客笑而从之。

至家,出藏酒于石洞,其凉震齿。客大悦,一举十觞。日已就暮,天忽雨,于是张灯于室,客乃解除领巾,相与磅礴。语次,见客脑后时漏灯光,疑之。无何,客酩酊眠榻上。陈移灯窃窥之,见耳后有巨穴如盏大,数道厚膜

---

①镜听:古代占卜法之一,占者于除夕或岁首,怀镜于胸前,出门听人言,以占吉凶休咎。
②益都:旧县名,治所在今山东省青州市。 ③癀:同"癀",指牛马等家畜的炭疽病。 ④蒙山:山名,在今山东省中部,临沂市蒙阴县西南。 ⑤十二重楼:此处指人的喉咙管。 ⑥伊迩:不远。
⑦迁步:屈驾,移步。

间鬲如椟;椟外软革垂蔽,中似空空。骇极,潜抽髻簪,拨膜觇之,有一物状类小牛,随手飞出,破窗而去。益骇不敢复拨。方欲转步,而客已醒。惊曰:"子窥见吾隐矣!放牛瘟出,将为奈何?"陈拜诘其故,客曰:"今已若此,尚复何讳。实相告:我六畜瘟神耳。适所纵者牛瘟,恐百里内牛无种矣。"陈故以养牛为业,闻之大恐,拜求术解。客曰:"余且不免于罪,其何术之能解?惟苦参散①最效,其广传此方,勿存私念可也。"言已谢别出门,又掬土堆壁龛中,曰:"每用一合亦效。"拱不复见。居无何,牛果病,瘟疫大作。陈欲专利,秘其方不肯传,惟传其弟。弟试之神验。而陈自锉啖牛,殊罔所效。有牛两百蹄躈,倒毙殆尽;遗老牝牛四五头,亦逡巡就死。中心懊恼,无所用力。忽忆龛中掬土,念未必效,姑妄投之,经夜牛乃尽起。始悟药之不灵,乃神罚其私也。后数年,牝牛繁育,渐复其故。

金姑夫

会稽有梅姑祠。神故马姓,族居东莞,未嫁而夫早死,遂矢志不醮②,三旬而卒。族人祠之,谓之梅姑。

丙申,上虞金生赴试经此,入庙徘徊,颇涉冥想。至夜梦青衣来,传梅姑命招之。从去,入祠,梅姑立候檐下,笑曰:"蒙君宠顾,实切依恋。不嫌陋拙,愿以身为姬侍。"金唯唯。梅姑送之曰:"君且去。设座成,当相迓③耳。"醒而恶之。是夜,居人梦梅姑曰:"上虞金生今为吾婿,宜塑其像。"诘村人语梦悉同。族长恐玷其贞,以故不从,未几一家俱病。大惧,为肖像于左。既成,金生告妻子曰:"梅姑迎我矣。"衣冠而死。妻痛恨,诣祠指女像秽骂;又升座批颊数四,乃去。今马氏呼为金姑夫。

异史氏曰:"未嫁而守,不可谓不贞矣。为鬼数百年,而始易其操,抑何其无耻也?大抵贞魂烈魄,未必即依于土偶;其庙貌有灵,惊世而骇俗者,皆鬼狐凭之耳。"

梓潼④令

常进士大忠,太原人。候选在都。前一夜梦文昌⑤投刺,拔签⑥得梓潼

①苦参散:用苦参制成的散剂方药。 ②醮(jiào):出嫁。 ③相迓:相迎。 ④梓潼:旧县名,治所在今四川省梓潼县。 ⑤文昌:即"文昌帝君",亦称"梓潼帝君",道教神名,民间尊其为掌管士人功名禄位之神。 ⑥拔签:指通过抽签选授官员。

令,奇之。后丁艰①归,服阕②候补,又梦如前。默思岂复任梓潼乎？已而果然。

鬼津

李某昼卧,见一妇人自墙中出,蓬首如筐,发垂蔽面,至床前,始以手自分,露面出,肥黑绝丑。某大惧,欲奔。妇猝然登床,力抱其首,便与接唇,以舌度津,冷如冰块,浸浸入喉。欲不咽而气不得息,咽之稠粘塞喉。才一呼吸,而口中又满,气急复咽之。如此良久,气闭不可复忍。闻门外有人行声,妇始释手去。由此腹胀喘满,数十日不食。或教以参芦汤探吐之,吐出物如卵清,病乃瘥。

仙人岛

王勉字黾斋,灵山人。有才思,屡冠文场,心气颇高,善诮骂,多所凌折。偶遇一道士,视之曰:"子相极贵,然被'轻薄孽'折除几尽矣。以子智慧,若反身修道,尚可登仙籍。"王嗤曰:"福泽诚不可知,然世上岂有仙人!"道士曰:"子何见之卑？无他求,即我便是仙耳。"王乃益笑其诬。

道士曰:"我何足异。能从我去,真仙数十,可立见之。"问:"在何处？"曰:"咫尺耳。"遂以杖夹股间,即以一头授生,令如己状。嘱合眼,呵曰:"起!"觉杖粗如五斗囊,凌空翕飞,潜扪之,鳞甲齿齿焉。骇惧,不敢复动。移时,又呵曰:"止!"即抽杖去,落巨宅中,重楼延阁,类帝王居。有台高丈余,台上殿十一楹,弘丽无比。道士曳客上,即命童子设筵招宾。殿上列数十筵,铺张炫目。道士易盛服以伺。

少顷,诸客自空中来,所骑或龙,或虎,或鸾凤,不一类。又各携乐器。有女子,有丈夫,有赤其两足。中独一丽者跨彩凤,宫样妆束,有侍儿代抱乐具,长五尺以来,非琴非瑟,不知其名。酒既行,珍肴杂错,入口甘芳,并异常馔。王默然寂坐,惟目注丽者,然心爱其人,而又欲闻其乐,窃恐其终不一弹。酒阑,一叟倡言曰:"蒙崔真人雅召,今日可云盛会,自宜尽欢。请以器之同者,共队为曲。"于是各合配旅。丝竹之声,响彻云汉。独有跨凤者,乐伎无偶。群声既歇,侍儿始启绣囊横陈几上。女乃舒玉腕,如搊③筝状,其亮

---

①丁艰:即"丁忧",此处指官员遭逢父母的丧事须离职居丧。　②服阕:守孝期满除服。
③搊(chōu):弹拨。

数倍于琴,烈足开胸,柔可荡魄。弹半炊①许,合殿寂然,无有咳者。既阕,铿尔一声,如击清磬。并赞曰:"云和夫人绝技哉!"大众皆起告别,鹤唳龙吟,一时并散。

道士设宝榻锦衾,备生寝处。王初睹丽人心情已动,闻乐之后涉想犹劳;念己才调,自合芥拾青紫②,富贵后何求弗得;顷刻百绪,乱如蓬麻。道士似已知之,谓曰:"子前身与我同学,后缘意念不坚,遂坠尘网。仆不自他于君,实欲拔出恶浊;不料迷晦已深,梦梦不可提悟。今当送君行。未必无复见之期,然作天仙须再劫矣。"遂指阶下长石,令闭目坐,坚嘱无视。已,乃以鞭驱石。石飞起,风声灌耳,不知所行几许。忽念下方景界未审何似,隐将两眸微开一线,则见大海茫茫,浑无边际。大惧,即复合,而身已随石俱堕,砰然一响,汩没③若鸥。

幸夙近海,略诸泅浮。闻人鼓掌曰:"美哉跌乎!"危殆方急,一女子援登舟上,且曰:"吉利,吉利,秀才'中湿'矣!"视之,年可十六七,颜色艳丽。王出水寒栗,求火燎之。女子言:"从我至家,当为处置。苟适意,勿相忘。"王曰:"是何言哉!我中原才子,偶遭狼狈,过此图以身报,何但不忘!"女子以棹催艇,疾如风雨,俄已近岸。于舱中携所采莲花一握,导与俱去。

半里许入村,见朱户南开,进历数重门,女子先驰入。少间,一丈夫出,是四十许人,揖王升阶,命侍者取冠袍袜履,为王更衣。既,询邦族。王曰:"某非相欺,才名略可听闻。崔真人切切眷恋,招升天阙。自分功名反掌,以故不愿栖隐。"丈夫起敬曰:"此名仙人岛,远绝人世。文若姓桓,世居幽僻,何幸得近名流。"因而殷勤置酒。又从容而言曰:"仆有二女,长者芳云年十六矣,只今未遭良匹,欲以奉侍高人,如何?"王意必采莲人,离席称谢。桓命于邻党中,招二三齿德来。顾左右,立唤女郎。无何,异香浓射,美姝十余辈,拥芳云出,光艳明媚,若芙蕖之映朝日。拜已即坐,群姝列侍,则采莲人亦在焉。

酒数行,一垂髫女自内出,仅十余龄,而姿态秀曼,笑依芳云肘下,秋波流动。桓曰:"女子不在闺中,出作何务?"乃顾客曰:"此绿云,即仆幼女。颇惠,能记典坟矣④。"因令对客吟诗,遂诵《竹枝词》三章,娇婉可听,便令傍姊隅坐。桓因谓:"王郎天才,宿构⑤必富,可使鄙人得闻教乎?"王即慨然诵近体一作,顾盼自雄,中二句云:"一身剩有须眉在,小饮能令块磊消。"邻叟再三诵之。芳云低告曰:"上句是孙行者离火云洞,下句是猪八戒过子母河也。"一座抚掌。桓请其他,王述《水鸟》诗云:"潴头鸣格磔⑥,……"忽忘下

───────────────

①半炊:煮半顿饭的工夫,指时间不长。 ②芥拾青紫:比喻获取高官像拾取芥草一样容易。青紫,古代高官服色,借指高官显爵。 ③汩(gǔ)没:沉潜。 ④典坟:即"三坟五典",泛指各种古籍。 ⑤宿构:指预先构思、草拟的诗文,此处指旧作。 ⑥潴(zhū)头:水停积之处。格磔(zhé):鸟鸣声。

句。甫一沉吟，芳云向妹咕咕耳语，遂掩口而笑。绿云告父曰："渠为姊夫续下句矣。云：'狗腔响弼巴。'"合席粲然。王有惭色。桓顾芳云，怒之以目。

王色稍定，桓复请其文艺。王意世外人必不知八股业，乃炫其冠军之作，题为"孝哉闵子骞"二句，破云："圣人赞大贤之孝……"绿云顾父曰："圣人无字门人者，'孝哉……'一句，即是人言。"王闻之，意兴索然。桓笑曰："童子何知！不在此，只论文耳。"王乃复诵，每数句，姊妹必相耳语，似是月旦①之词，但嗫嚅不可辨。王诵至佳处，兼述文宗评语，有云："字字痛切。"绿云告父曰："姊云：'宜删"切"字。'"众都不解。桓恐其语嫚，不敢研诘。王诵毕，又述总评，有云："羯鼓一挝，则万花齐落。"芳云又掩口语妹，两人皆笑不可仰。绿云又告曰："姊云：'羯鼓当是四挝。'"众又不解。绿云启口欲言。芳云忍笑诃之曰："婢子敢言，打煞矣！"众大疑，互有猜论。绿云不能忍，乃曰："去'切'字，言'痛'则'不通'。鼓四挝，其声云'不通又不通'也。"众大笑。桓怒诃之，因而自起泛卮②，谢过不遑。

王初以才名自诩，目中实无千古，至此神气沮丧，徒有汗淫③。桓谀而慰之曰："适有一言，请席中属对焉：'王子身边，无有一点不似玉。'"众未措想，绿云应声曰："黾翁头上，再着半夕即成龟。"芳云失笑，呵手扭胁肉数四。绿云解脱而走，回顾曰："何预汝事！汝骂之频频不以为非，宁他人一句便不许耶？"桓咄之，始笑而去。邻叟辞别。

诸婢导夫妻入内寝，灯烛屏榻，陈设精备。又视洞房中，牙签④满架，靡书不有。略致问难，响应无穷。王至此，始觉望洋堪羞。女唤"明珰"，则采莲者趋应，由是始识其名。屡受诮辱，自恐不见重于闺阃；幸芳云语言虽虐，而房帏之内，犹相爱好。王安居无事，辄复吟哦。女曰："妾有良言，不知肯嘉纳否？"问："何言？"曰："从此不作诗，亦藏拙之一道也。"王大惭，遂绝笔。

久之，与明珰渐狎，告芳云曰："明珰与小生有拯命之德，愿少假以辞色。"芳云乃即许之。每作房中之戏，招与共事，两情益笃，时色授而手语之。芳云微觉，责词重叠，王惟喋喋，强自解免。一夕对酌，王以为寂，劝招明珰。芳云不许，王曰："卿无书不读，何不记'独乐乐'数语？"芳云曰："我言君不通，今益验矣。句读尚不知耶？'独要，乃乐于人要；问乐，孰要乎？曰：不。'"一笑而罢。适芳云姊妹赴邻女之约，王得间，急引明珰，绸缪备至。当晚，觉小腹微痛，痛已而前阴尽肿。大惧，以告芳云。云笑曰："必明珰之恩报矣！"王不敢隐，实供之。芳云曰："自作之殃，实无可以方略。既非痛痒，听之可矣。"数日不瘳⑤，忧闷寡欢。芳云知其意，亦不问讯，但凝视之，秋水

---

①月旦：即"月旦评"，原泛指品评人物，此处指评论王生诗文。②泛卮：将酒杯翻过来，此处指干杯。③汗淫：形容汗流不止的样子。④牙签：用象牙等材料制成的图书签牌，此处指代书函。⑤瘳（chōu）：病愈。

盈盈,朗若曙星。王曰:"卿所谓'胸中正,则眸子瞭焉'。"芳云笑曰:"卿所谓'胸中不正,则瞭子眸焉'。"盖"没有"之"没",俗读似"眸",故以此戏之也。王失笑,哀求方剂。曰:"君不听良言,前此未必不疑妾为妒意。不知此婢,原不可近。曩实相爱,而君若东风之吹马耳,故唾弃不相怜。无已,为若治之。然医师必审患处。"乃探衣而咒曰:"'黄鸟黄鸟,无止于楚!'"王不觉大笑,笑已而瘳。

逾数月,王以亲老子幼,每切怀忆,以意告女。女曰:"归即不难,但会合无日耳。"王涕下交颐,哀与同归,女筹思再三,始许之,桓翁张筵祖饯①。绿云提篮入,曰:"姊姊远别,莫可持赠。恐至海南,无以为家,夙夜代营宫室,勿嫌草创。"芳云拜而受之。近而审谛,则用细草制为楼阁,大如橼,小如橘,约二十余座,每座梁栋榱题历历可数,其中供帐床榻类麻粒焉。王儿戏视之,而心窃叹其工。芳云曰:"实于君言:我等皆是地仙。因有夙分,遂得陪从。本不欲践红尘,徒以君有老父,故不忍违。待父天年,须复还也。"王敬诺。桓乃问:"陆耶?舟耶?"王以风涛险,愿陆。出则车马已候于门。

谢别而迈,行踪骛驶。俄至海岸,王心虑其无途。芳云出素练一匹,望南抛去,化为长堤,其阔盈丈。瞬息驰过,堤亦渐收。至一处,潮水所经,四望辽邈。芳云止勿行,下车取篮中草具,偕明珰数辈,布置如法,转眼化为巨第。并入解装,则与岛中居无稍差殊,洞房内几榻宛然。时已昏暮,因止宿焉。

早旦,命王迎养。王命骑趋诣故里,至则居宅已属他姓。问之里人,始知母及妻皆已物故,惟老父尚存。子善博②,田产并尽,祖孙莫可栖止,暂僦居③于西村。王初归时,尚有功名之念,不恝于怀;及闻此况,沉痛大悲,自念富贵纵可携取,与空花何异。驱马至西村见父,衣服滓敝,衰老堪怜。相见,各器失声;问不肖子,则出赌未归。王乃载父而还。芳云朝拜已毕,爇汤请浴,进以锦裳,寝以香舍。又遥致故老与谈宴,享奉过于世家。子一日寻至其处,王绝之不听入,但予以廿金,使人传语曰:"可持此买妇,以图生业。再来,则鞭打立毙矣!"子泣而去。王自归,不甚与人通礼;然故人偶至,必延接盘桓,撝抑④过于平时。独有黄子介,夙与同门学,亦名士之坎坷者,王留之甚久,时与秘语,赂遗甚厚。居三四年,王翁卒,王万钱卜兆⑤,营葬尽礼。时子已娶妇,妇束男子严,子赌亦少间矣;是日临丧,始得拜识姑嫜⑥。芳云一见,许其能家,赐三百金为田产之费。翼日,黄及子同往省视,则舍宇全渺,不知所在。

异史氏曰:"佳丽所在,人且于地狱中求之,况享受无穷乎?地仙许携妹

---

①祖饯:饯行。 ②博:指赌博。 ③僦(jiù)居:租屋而居。 ④撝(huī)抑:谦逊。 ⑤卜兆:占卜选择墓地。 ⑥姑嫜:公婆。

丽,恐帝阙下虚无人矣。轻薄减其禄籍①,理固宜然,岂仙人遂不之忌哉? 彼妇之口,抑何其虐也!”

阎罗薨

巡抚某公父,先为南服②总督,殂谢已久。公一夜梦父来,颜色惨栗,告曰:“我生平无多孽愆,只有镇师一旅,不应调而误调之,途逢海寇,全军尽覆。今讼于阎君,刑狱酷毒,实可畏凛。阎罗非他,明日有经历解粮③至,魏姓者是也。当代哀之,勿忘!”醒而异之,意未深信。既寐,又梦父让之曰:“父罹厄难,尚弗镂心④,犹妖梦置之耶?”公大异之。

明日,留心审阅,果有魏经历,转运初至,即刻传入,使两人捺坐⑤,而后起拜,如朝参礼。拜已,长跽⑥涟涟而告以故。魏不自任,公伏地不起。魏乃云:“然,其有之。但阴曹之法,非若阳世懵懵⑦,可以上下其手,即恐不能为力。”公哀之益切,魏不得已诺之。公又求其速理,魏筹回⑧虑无静所,公请为粪除宾廨⑨,许之。公乃起。又求一往窥听,魏不可。强之再四,嘱曰:“去即勿声。且冥刑虽惨,与世不同,暂置若死,其实非死。如有所见,无庸骇怪。”

至夜潜伏廨侧,见阶下囚人,断头折臂者纷杂无数。墀中置火锴油镬,数人炽薪其下。俄见魏冠带出,升座,气象威猛,迥与曩殊。群鬼一时都伏,齐鸣冤苦。魏曰:“汝等命戕于寇,冤自有主,何得妄告官长?”众鬼哗言曰:“例不应调,乃被妄檄⑩前来,遂遭凶害,谁贻之冤?”魏又曲为解脱,众鬼噪冤,其声讻动。魏乃唤鬼役:“可将某官赴油鼎,略入一爁⑪,于理亦当。”察其意似欲借此以泄众忿。言一出,即有牛首阿旁执公父至,即以利叉刺入油鼎。公见之,中心惨怛⑫,痛不可忍,不觉失声一号,庭中寂然,万形俱灭矣。

公叹咤而归。及明视魏,则已死于廨中。松江张禹定言之。以非佳名,故讳其人。

颠道人

颠道人,不知姓名,寓蒙山寺。歌哭不常,人莫之测,或见其煮石为

---

①禄籍:记载福禄的簿册。 ②南服:南方。 ③解粮:押送粮草。 ④镂心:铭刻在心。 ⑤捺坐:强行按在座位上。 ⑥长跽(jì):长跪。 ⑦懵(měng)懵:昏暗不明。 ⑧筹回:谋划思虑。 ⑨粪除:打扫。宾廨:官署中接待宾客的房舍。 ⑩檄:此处指传递军令的文书。 ⑪爁(zhá):同“炸”。 ⑫惨怛(dá):悲痛。

饭者。

会重阳，有邑贵①载酒登临，舆盖而往，宴毕过寺，甫及门，则道人赤足着破衲，自张黄盖，作謦欬声而出，意近玩弄。邑贵乃惭怒，挥仆辈逐骂之。道人笑而却走。逐急，弃盖，共毁裂之，片片化为鹰隼，四散群飞。众始骇。盖柄转成巨蟒，赤鳞耀目，众哗欲奔，有同游者止之曰："此不过翳眼之幻术耳，乌能噬人！"遂操刃直前。蟒张吻怒逆，吞客咽之。众骇，拥贵人急奔，息于三里之外。使数人逡巡往探，渐入寺，则人蟒俱无。方将返报，闻老槐内喘急如驴，骇甚。初不敢前，潜踪移近之，见树朽中空有窍如盘。试一攀窥，则斗蟒者倒植其中，而孔大仅容两手，无术可以出之。急以刀劈树，比树开而人已死，逾时少苏，异归。道人不知所之矣。

异史氏曰："张盖游山，厌气②浃于骨髓。仙人游戏三昧，一何可笑！余乡殷生文屏，毕司农之妹夫也，为人玩世不恭。章丘有周生者，以寒贱起家，出必驾肩③而行。亦与司农有瓜葛之旧。值太夫人寿，殷料其必来，先候于道，着猪皮靴，公服持手本。俟周至，鞠躬道左，唱曰：'淄川生员，接章丘生员！'周惭，下舆，略致数语而别。少间，同聚于司农之堂，冠裳满座，视其服色，无不窃笑；殷傲睨自若。既而筵终出门，各命舆马。殷亦大声呼：'殷老爷独龙车何在？'有二健仆，横扁杖于前，腾身跨之。致声拜谢，飞驰而去。殷亦仙人之亚也。"

胡四娘

程孝思，剑南④人，少惠能文。父母俱早丧，家赤贫，无衣食业，求佣为胡银台司笔札。胡公试使文，大悦之，曰："此不长贫，可妻也。"

银台有三子四女，皆襁中论亲于大家；止有少女四娘孽出⑤，母早亡，笄年未字⑥，遂赘程。或非笑，以为惛耄⑦之乱命，而公弗之顾也，除馆馆生⑧，供备丰隆。群公子鄙不与同食，婢仆咸揶揄焉。生默默不较短长，研读甚苦，众从旁厌讥之，程读弗辍，群又以鸣钲锽聒⑨其侧，程携卷去读于闺中。初，四娘之未字也，有神巫知人贵贱，遍观之，都无谀词，惟四娘至，乃曰："此真贵人也！"及赘程，诸姊妹皆呼之"贵人"以嘲笑之，而四娘端重寡言，若罔闻之。渐至婢媪，亦率相呼。四娘有婢名桂儿，意颇不平，大言曰："何知吾

---

①邑贵：指本县中有权势者。 ②厌气：令人憎恶的俗气。 ③驾肩：车驾和肩舆。 ④剑南：唐代剑南道，治所在今四川省成都市。 ⑤孽出：庶出，由姬妾所生的子女。 ⑥笄年未字：年已及笄，尚未许配人家。笄，及笄，旧时女子年满十五成年，束发及笄。 ⑦惛耄：即"惛眊""惛耄"，年老昏庸。 ⑧除馆馆生：打扫馆舍，让程生居住。 ⑨鸣钲锽聒：犹言敲锣。钲，一种铜质古代乐器。锽：钟鼓声。聒：嘈杂。

家郎君，便不作贵官耶？"二姊闻而嗤之曰："程郎如作贵官，当抉我眸子去！"桂儿怒而言曰："到尔时，恐不舍得眸子也！"二姊婢春香曰："二娘食言，我以两睛代之。"桂儿益恚，击掌为誓曰："管教两丁盲也！"二姊忿其语侵，立批之，桂儿号哗。夫人闻知，即亦无所可否，但微哂焉。桂儿噪诉四娘，四娘方绩①，不怒亦不言，绩自若。

会公初度②，诸婿皆至，寿仪充庭。大妇嘲四娘曰："汝家祝仪何物？"二妇曰："两肩荷一口！"四娘坦然，殊无惭怍。人见其事事类痴，愈益狎之。独有公爱妾李氏，三姊所自出也，恒礼重四娘，往往相顾恤。每谓三娘曰："四娘内慧外朴，聪明浑而不露，诸婢子皆在其包罗中而不自知。况程郎昼夜攻苦，夫岂久为人下者？汝勿效尤，宜善之，他日好相见也。"故三娘每归宁，辄加意相欢。

是年，程以公力得入邑庠。明年，学使科试士，而公适薨，程缞哀如子，未得与试。既离苦块③，四娘赠以金，使趋入"遗才"籍。嘱曰："曩久居，所不被呵逐者，徒以有老父在，今万分不可矣！倘能吐气，庶回时尚有家耳。"临别，李氏、三娘赂遗优厚。程入闱，砥志研思，以求必售。无何放榜，竟被黜。愿乖气结，难于旋里，幸囊资小泰，携卷入都。时妻党多任京秩④，恐见诮讪，乃易旧名，诡托里居，求潜身于大人之门。东海李兰台见而器之，收诸幕中，资以膏火，为之纳贡，使应顺天举，连战皆捷，授庶吉士。自乃实言其故。李公假千金，先使纪纲赴剑南，为之治第。时胡大郎以父亡空匮，货其沃墅，因购焉。既成，然后贷舆马往迎四娘。

先是，程擢第后，有邮报者，举宅皆恶闻之；又审其名字不符，叱去之。适三郎完婚，戚眷登堂为餪⑤，姊妹诸姑咸在，惟四娘不见招于兄嫂，忽一人驰入，呈程寄四娘函信，兄弟发视，相顾失色。筵中诸眷客始请见四娘，姊妹惴惴，惟恐四娘衔恨不至。无何，翩然竟来。申贺者，捉坐者，寒暄者，喧杂满屋。耳有听，听四娘；目有视，视四娘；口有道，道四娘也。而四娘凝重如故。众见其靡所短长，稍就安帖，于是争把盏酌四娘。方宴笑间，门外啼号甚急，群致怪问。俄见春香奔入，面血沾染，共诘之，哭不能对。二娘呵之，始泣曰："桂儿逼索眼睛，非解脱，几抉去矣！"二娘大惭，汗粉交下。四娘漠然；合坐寂无一语，各始告别。四娘盛妆，独拜李夫人及三姊，出门登车而去。众始知买墅者，即程也。四娘初至墅，什物多阙。夫人及诸郎各以婢仆、器具相赠遗，四娘一无所受；惟李夫人赠一婢受之。居无何，程假归展墓，车马扈从如云。诣岳家，礼公枢，次参李夫人。诸郎衣冠既竟，已升舆

①绩：捻接麻线。　②初度：生日。　③既离苦(shān)块：指守孝期满除服。苦块，指孝子守丧时所睡的草席、所枕的土块。　④京秩：在京城做官。　⑤餪(nuǎn)：古代的一种礼仪，女儿嫁后三日，娘家或亲友送食物给女儿。

矣。胡公殁,群公子日竞资财,柩之弗顾。数年,灵寝漏败,渐将以华屋作山丘矣。程睹之悲,竟不谋于诸郎,刻期营葬,事事尽礼。殡日,冠盖相属,里中咸嘉叹焉。

程十余年历秩清显,凡遇乡党厄急罔不极力。二郎适以人命被逮,直指巡方①者,为程同谱,风规甚烈。大郎浼妇翁王观察函致之,殊无裁答,益惧。欲往求妹,而自觉无颜,乃持李夫人手书往。至都,不敢遽进。觇程入朝,而后诣之。冀四娘念手足之义,而忘睚眦之嫌。阍人②既通,即有旧媪出,导入厅事,具酒馔,亦颇草草。食毕,四娘出,颜温霁,问:"大哥人事大忙,万里何暇枉顾?"大郎五体投地,泣述所来。四娘扶而笑曰:"大哥好男子,此何大事,直复尔尔?妹子一女流,几曾见呜呜向人?"大郎乃出李夫人书。四娘曰:"诸兄家娘子都是天人,各求父兄即可了矣,何至奔波到此?"大郎无词,但顾哀之。四娘作色曰:"我以为跋涉来省妹子,乃以大讼求贵人耶!"拂袖径入。大郎惭愤而出。归家详述,大小无不诟詈,李夫人亦谓其忍。逾数日二郎释放宁家,众大喜,方笑四娘之徒取怨谤也。俄而四娘遣价③候李夫人。唤入,仆陈金币,言:"夫人为二舅事,遣发甚急,未遑字覆④。聊寄微仪,以代函信。"众始知二郎之归,乃程力也。后三娘家渐贫,程施报逾于常格。又以李夫人无子,迎养若母焉。

僧术

黄生,故家子,才情颇赡⑤,夙志高骞。村外兰若⑥有居僧某,素与分深,既而僧云游,去十余年复归。见黄,叹曰:"谓君腾达已久,今尚白纻⑦耶?想福命固薄耳。请为君赂冥中主者。能置十千否?"答言:"不能。"僧曰:"请勉办其半,余当代假之。三日为约。"黄诺之。竭力典质如数。

三日,僧果以五千来付黄。黄家旧有汲水井,深不竭,云通河海。僧命束置井边,戒曰:"约我到寺,即推堕井中。候半炊时,有一钱泛起,当拜之。"乃去。黄不解何术,转念效否未定,而十千可惜。乃匿其九,而以一千投之。少间巨泡突起,铿然而破,即有一钱浮出,大如车轮。黄大骇,既拜,又取四千投焉。落下击触有声,为大钱所隔不得沉。日暮僧至,谯让之曰:"胡不尽投?"黄云:"已尽投矣。"僧曰:"冥中使者止将一千去,何乃妄言?"黄实告之,僧叹曰:"鄙吝者必非大器。此子之命合以明经⑧终,不然甲科⑨立致

---

①直指巡方:指受朝廷委派,巡视各地政务的官员,此处当指巡按御史。 ②阍(hūn)人:守门人。 ③遣价:派遣仆人。 ④未遑字覆:来不及写回信。 ⑤赡:富,富足。 ⑥兰若:梵语"阿兰若"的省称,此处指寺院。 ⑦白纻:白色苎麻所织的夏布,此处喻指布衣。 ⑧明经:明清时代对贡生的敬称。 ⑨甲科:明清时代对进士的通称。

矣。"黄大悔,求再禳之,僧固辞而去。黄视井中钱犹浮,以缏钓上,大钱乃沉。是岁,黄以副榜准贡,卒如僧言。

异史氏曰:"岂冥中亦开捐纳①之科耶? 十干而得一第,直亦廉矣。然一千准贡,犹昂贵耳。明经不第,何值一钱!"

禄数

某显者多为不道,夫人每以果报劝谏之,殊不听信。适有方士能知人禄数,诣之。方士熟视曰:"君再食米二十石、面四十石,天禄乃终。"归语夫人。计一人终年仅食面二石,尚有二十余年天禄,岂不善所能绝耶? 横如故。逾年,忽病"除中②",食甚多而旋饥,一昼夜十余餐。未及周岁,死矣。

柳生

周生,顺天③宦裔也,与柳生善。柳得异人之传,精袁许之术④。尝谓周曰:"子功名无分,万锺之资尚可以人谋,然尊阃薄相,恐不能佐君成业。"未几妇果亡,家室萧条,不可聊赖。

因诣柳,将以卜姻。入客舍坐良久,柳归内不出。呼之再三,始方出,曰:"我日为君物色佳偶,今始得之。适在内作小术,求月老系赤绳耳。"周喜问之,答曰:"甫有一人携囊出,遇之否?"曰:"遇之。褴褛若丐。"曰:"此君岳翁,宜敬礼之。"周曰:"缘相交好,遂谋隐密,何相戏之甚也! 仆即式微,犹是世裔,何至下昏于市侩?"柳曰:"不然。犁牛尚有子⑤,何害?"周问:"曾见其女耶?"答曰:"未也。我素与无旧,姓名亦问讯知之。"周笑曰:"尚未知犁牛,何知其子?"柳曰:"我以数信之,其人凶而贱,然当生厚福之女。但强合之必有大厄,容复禳之。"周既归,未肯以其言为信,诸方觅之,迄无一成。

一日柳生忽至,曰:"有一客,我已代折简矣。"问:"为谁?"曰:"且勿问,宜速作黍。"周不谕其故,如命治具。俄客至,盖傅姓营卒⑥也。心内不合,阳浮道誉之;而柳生承应甚恭。少间酒肴既陈,杂恶草具进。柳起告客:"公子向慕已久,每托某代访,曩夕始得晤。又闻不日远征,立刻相邀,可谓仓卒

---

①捐纳:此处指捐纳钱财而得到科举功名。 ②除中:即"消渴疾",中医学病名,症状有口渴、善饥、尿多、消瘦等。包括现代医学所谓糖尿病、尿崩症等。 ③顺天:顺天府,治所在今北京市。 ④袁许之术:相人之术。袁许,指唐代袁天纲和汉代许负,皆擅相术。 ⑤犁牛尚有子:耕牛所生之子倘若够得上祭祀时作牺牲的条件,山川之神也一定会享用,不会拒绝。此处喻指其父虽不低贱,其子却未必不好。 ⑥营卒:指清代驻防京城的营兵。

主人矣。"饮间傅忧马病不可骑,柳亦俯首为之筹思。既而客去,柳让①周曰:"千金不能买此友,何乃视之漠漠?"借马骑归,归,因假命周,登门持赠傅。周既知,稍稍不快,已无如何。

过岁将如江西,投臬司②幕。诣柳问卜,柳言:"大吉!"周笑曰:"我意无他,但薄有所猎,当购佳妇,几幸前言之不验也,能否?"柳云:"并如君愿。"及至江西,值大寇叛乱,三年不得归。后稍平,选日遵路,中途为土寇所掠,同难人七八位,皆劫其金资释令去,惟周被掳至巢。盗首诘其家世,因曰:"我有息女,欲奉箕帚③,当即无辞。"周不答,盗怒,立命枭斩。周惧,思不如暂从其请,因从容而弃之。遂告曰:"小生所以踟蹰者,以文弱不能从戎,恐益为丈人累耳。如使夫妇得相将俱去,恩莫厚焉。"盗曰:"我方忧女子累人,此何不可从也。"引入内,妆女出见,年可十八九,盖天人也。当夕合卺,深过所望。细审姓氏,乃知其父即当年荷囊人也。因述柳言,为之感叹。

过三四日,将送之行,忽大军掩至,全家皆就执缚。有将官三员监视,已将妇翁斩讫,寻次及周。周自分已无生理,一员审视曰:"此非周某耶?"盖傅卒已军功授副将军矣。谓僚曰:"此吾乡世家名士,安得为贼!"解其缚,问所从来。周诡曰:"适从江臬娶妇而归,不意途陷盗窟,幸蒙拯救,德戴二天④!但室人离散,求借洪威,更赐瓦全。"傅命列诸俘,令其自认,得之。饷以酒食,助以资斧,曰:"曩受解骖之惠⑤,旦夕不忘。但抢攘间,不遑修礼,请以马二匹、金五十两,助君北旋。"又遣二骑持信矢护送之。

途中,女告周曰:"痴父不听忠告,母氏死之。知有今日久矣,所以偷生旦暮者,以少时曾为相者所许,冀他日能收亲骨耳。某所窖藏巨金,可以发赎父骨,余者携归,尚足谋生产。"嘱骑者候于路,两人至旧处,庐舍已烬,于灰火中取佩刀掘尺许,果得金,尽装入囊,乃返。以百金赂骑者,使瘗翁尸,又引拜母家,始行。至直隶界,厚赐骑者而去。周久不归,家人谓其已死,恣意侵冒,粟帛器具,荡无存者。闻主人归,大惧,哄然尽逃;只有一妪、一婢、一老奴在焉。周以出死得生,不复追问。及访柳,则不知所适矣。

女持家逾于男子,择醇笃者,授以资本而均其息。每诸商会计于檐下,女垂帘听之,盘中误下一珠,辄指其讹。内外无敢欺。数年伙商盈百,家数十巨万矣。乃遣人移亲骨厚葬之。

异史氏曰:"月老可以贿嘱,无怪媒妁之同于牙侩矣。乃盗也而有是女耶?培娄⑥无松柏,此鄙人之论耳。妇人女子犹失之,况以相天下士哉!"

---

①让:责备。　②臬司:按察使的别称。　③奉箕帚:拿着簸箕和笤帚,此处喻指做妻妾。　④二天:恩人,感恩之词。　⑤解骖之惠:以马相赠的恩惠。　⑥培娄:小土块。

冤狱

朱生,阳谷人,少年佻达,喜诙谐。因丧偶往求媒妪,遇其邻人之妻,睨之美,戏谓妪曰:"适睹尊邻,雅少丽,若为我求凰,渠可也。"妪亦戏曰:"请杀其男子,我为若图之。"朱笑曰:"诺。"

更月余,邻人出讨负①,被杀于野。邑令拘邻保,血肤取实②,究无端绪,惟媒妪述相谑之词,以此疑朱。捕至,百口不承。令又疑邻妇与私,拷掠之,五毒参至,妇不能堪,诬伏③。又讯朱,朱曰:"细嫩不任苦刑,所言皆妄。既是冤死,而又加以不节之名,纵鬼神无知,予心何忍乎?我实供之可矣:欲杀夫而娶其妇皆我之为,妇不知之也。"问:"何凭?"答言:"血衣可证。"及使人搜诸其家,竟不可得。又掠之,死而复苏者再。朱乃云:"此母不忍出证据死我耳,待自取之。"因押归告母曰:"予我衣,死也;即不予,亦死也;均之死,故迟也不如其速也。"母泣,入室移时,取衣出付之。令审其迹确,拟斩。再驳再审,无异词。经年余,决有日矣。

令方虑囚④,忽一人直上公堂,怒目视令而大骂曰:"如此愦愦,何足临民!"隶役数十辈,将共执之。其人振臂一挥,颓然并仆。令惧欲逃,其人大言曰:"我关帝前周将军也!昏官若动,即便诛却!"令战惧悚听。其人曰:"杀人者乃宫标也,于朱某何与?"言已倒地,气若绝。少顷而醒,面无人色。及问其人,则宫标也,拷之尽服其罪。

盖宫素不逞,知某讨负而归,意腰囊必富,及杀之竟无所得。闻朱诬服,窃自幸,是日身入公门,殊不自知。令问朱血衣所自来,朱亦不知之。唤其母鞠之,则割臂所染,验其左臂,刀痕犹未平也。令亦愕然。后以此被参揭⑤免官,罚赎羁留而死。年余,邻母欲嫁其妇,妇感朱义,遂嫁之。

异史氏曰:"讼狱乃居官之首务,培阴骘⑥,灭天理,皆在于此,不可不慎也。躁急污暴,固乖天和;淹滞因循,亦伤民命。一人兴讼则数农违时⑦,一案既成则十家荡产,岂故之细哉!余尝谓为官者不滥受词讼,即是盛德。且非重大之情,不必羁候;若无疑难之事,何用徘徊?即或乡里愚民,山村豪气,偶因鹅鸭之争,致起雀角之忿,此不过借官宰之一言,以为平定而已,无用全人,只须两造,笞杖⑧立加,葛藤悉断。所谓神明之宰非耶?每见今之听讼者矣:一票既出,若故忘之。摄牒者入手未盈,不令消见官之票;承刑者润

---

①讨负:讨债。 ②血肤取实:以严刑拷打获取口供。 ③诬伏:即诬服,无辜而服罪。 ④虑囚:讯查记录囚犯的罪状。 ⑤参揭:弹劾。 ⑥阴骘(zhì):阴德。 ⑦违时:此处指贻误农家耕种或收获的时机。 ⑧笞(chī)杖:古代笞刑与杖刑。

笔不饱,不肯悬听审之牌。蒙蔽因循,动经岁月,不及登长吏①之庭,而皮骨已将尽矣!而俨然而民上也者,偃息在床,漠若无事。宁知水火狱中有无数冤魂,伸颈延息以望拔救耶!然在奸民之凶顽,固无足惜;而在良民株累,亦复何堪?况且无辜之干连,往往奸民少而良民多;而良民之受害,且更倍于奸民。何以故?奸民难虐,而良民易欺也。皂隶②之所殴骂,胥徒③之所需索,皆相良者而施之暴。自入公门,如蹈汤火。早结一日之案,则早安一日之生,有何大事,而顾奄奄堂上若死人,似恐溪壑之不遽饱,而故假之以岁时也者!虽非酷暴,而其实厥罪维均矣。尝见一词之中,其急要不可少者,不过三数人;其余皆无辜之赤子,妄被罗织者也。或平昔以睚眦开嫌,或当前以怀璧致罪,故兴讼者以其全力谋正案,而以其余毒寥小仇,带一名于纸尾,遂成附骨之疽;受万罪于公门,竟属切肤之痛。人跪亦跪,状若乌集;人出亦出,还同猱④系。而究之官问不及,吏诘不至,其实一无所用,只足以破产倾家,饱蠹役⑤之贪囊;鬻子典妻,泄小人之私愤而已。深愿为官者,每投到时,略一审诘:当逐逐之,不当逐芟之。不过一濡毫、一动腕之间耳,便保全多少身家,培养多少元气。从政者曾不一念及于此,又何必桁杨⑥刀锯能杀人哉!"

鬼令

教谕⑦展先生,洒脱有名士风。然酒狂不持仪节,每醉归,辄驰马殿阶⑧。阶上多古柏。一日纵马入,触树头裂,自言:"子路⑨怒我无礼,击脑破矣!"中夜遂卒。

邑中某乙者,负贩其乡,夜宿古刹。更静人稀,忽见四五人携酒入饮,展亦在焉。酒数行,或以字为令曰:"田字不透风,十字在当中;十字推上去,古字赢一锺。"一人曰:"回字不透风,口字在当中;口字推上去,吕字赢一锺。"一人曰:"图字不透风,令字在当中;令字推上去,含字赢一锺。"又一人曰:"困字不透风,木字在当中;木字推上去,杏字赢一锺。"末至展,凝思不得。众笑曰:"既不能令,须当受命。"飞一觥⑩来。展即云:"我得之矣:曰字不透风,一字在当中;……"众又笑曰:"推作何物?"展吸尽曰:"一字推上去,一口一大锺!"相与大笑,未几出门去。某不知展死,窃疑其罢官归也。及归问

---

①长吏:此处指地位较高的知县属官。 ②皂隶:指旧时衙门里的差役。 ③胥徒:本指民服徭役者,此处指衙役。 ④猱(náo):猿类。 ⑤蠹(dù)役:害民的差役。 ⑥桁(háng)杨:古代用于套在囚犯脚或颈的一种刑枷。 ⑦教谕:县学学官。 ⑧殿:此处指"学宫"中的大成殿,供奉孔子及其门徒。 ⑨子路:仲由,字子路,孔门弟子。 ⑩飞一觥(gōng):即"飞觥",指酒席间频频传递酒杯,劝酒。飞,传递。

之，则展死已久，始悟所遇者鬼耳。

甄后①

洛城刘仲堪，少钝而淫②于典籍。恒杜门攻苦，不与世通。一日方读，忽闻异香满室，少间佩声甚繁。惊顾之，有美人入，簪珥光采，从者皆宫妆。刘惊伏地下，美人扶之曰："子何前倨而后恭也？"刘益惶恐，曰："何处天仙，未曾拜识。前此几时有侮？"美人笑曰："相别几何，遂尔懵懵！危坐磨砖者非子耶？"乃展锦荐，设瑶浆，捉坐对饮，与论古今事，博洽非常。刘茫茫不知所对。美人曰："我止赴瑶池一回宴耳，子历几生，聪明顿尽矣！"遂命侍者，以汤沃水晶膏进之。刘受饮讫，忽觉心神澄彻。既而曛黑③，从者尽去，息烛解襦，曲尽欢好。

未曙，诸姬已复集。美人起，妆容如故，鬓发修整，不再理也。刘依依苦诘姓字，答曰："告郎不妨，恐益君疑耳。妾，甄氏；君，公干④后身。当日以妾故罹罪，心实不忍，今日之会，亦聊以报情痴也。"问："魏文安在？"曰："丕，不过贼父之庸子耳。妾偶从游嬉富贵者数载，过即不复置念。彼曩以阿瞒⑤故，久滞幽冥，今未闻知。反是陈思⑥为帝典籍，时一见之。"旋见龙舆止于庭中，乃以玉脂合赠刘，作别登车，云推而去。

刘自是文思大进。然追念美人，凝思若痴，历数月渐近羸殆。母不知其故，忧之。家一老姬，忽谓刘曰："郎君意颇有思否？"刘以言隐中情告之，姬曰："郎试作尺一书，我能邮致之。"刘惊喜曰："子有异术，向日昧于物色。果能之，不敢忘也。"乃折柬为函，付姬便去。半夜而返曰："幸不误事。初至门，门者以我为妖，欲加缚絷。我遂出郎君书，乃将去。少顷唤入，夫人亦欷歔，自言不能复会。便欲裁答⑦。我言：'郎君羸惫，非一字所能瘳⑧。'夫人沉思久，乃释笔云：'烦先报刘郎，当即送一佳妇去。'濒行，又嘱：'适所言乃百年计，但无泄，便可永久矣。'"刘喜，伺之。

明日，果一老姥率女郎诣母所，容色绝世，自言陈氏，女其所出，名司香，愿求作妇。母爱之，议聘，更不索资，坐待成礼而去。惟刘心知其异，阴问女："系夫人何人？"答云："妾铜雀故妓也。"刘疑为鬼，女曰："非也。妾与夫人俱隶仙籍，偶以罪过谪人间。夫人已复旧位；妾谪限未满，夫人请之天曹，

---

①甄后：指魏文帝曹丕之妻甄氏，初嫁袁绍之子袁熙，再嫁曹丕，失宠被赐死，其子曹叡继位为魏明帝，谥其为文昭皇后。②淫：沉浸，沉湎。③曛黑：日暮天黑。④公干：指刘桢，字公干，东汉末年"建安七子"之一。⑤阿瞒：魏武帝曹操，字孟德，小字阿瞒。⑥陈思：指曹操之子、曹丕之弟曹植，封陈王，谥思，世称陈思王。⑦裁答：作书答复。⑧瘳（chōu）：病愈。

暂使给役，去留皆在夫人。故得长侍床箦①耳。"

一日，有瞽媪牵黄犬丐食其家，拍板俚歌。女出窥，立未定，犬断索咋女，女骇走，罗衿断。刘急以杖击犬。犬犹怒，龁断幅，顷刻碎如麻，嚼吞之。瞽媪捉领毛，缚以去。刘入视女，惊颜未定，曰："卿仙人，何乃畏犬？"女曰："君自不知，犬乃老瞒所化，盖怒妾不守分香戒②也。"刘欲买犬杖毙，女不可，曰："上帝所罚，何得擅诛？"

居二年，见者皆惊其艳，而审所从来，殊恍惚，于是共疑为妖。母诘刘，刘亦微道其异。母大惧，戒使绝之，刘不听。母阴觅术士来，作法于庭。方规地为坛，女惨然曰："本期白首，今老母见疑，分义绝矣。要我去亦复非难，但恐非禁咒可遣耳！"乃束薪爇火，抛阶下。瞬息烟蔽房屋，对面相失。忽有声震如雷，已而烟灭，见术士七窍流血死矣。入室，女已渺。呼妪问之，妪亦不知所去。刘始告母："妪盖狐也。"

异史氏曰："始于袁，终于曹，而后注意于公干，仙人不应若是。然平心而论：奸瞒之篡子，何必有贞妇哉？犬睹故妓，应大悟分香卖履之痴，固犹然妒之耶？呜呼！奸雄不暇自哀，而后人哀之已！"

宦娘

温如春，秦之世家也。少癖嗜琴，虽逆旅③未尝暂舍。客晋，经由古寺，系马门外，暂憩止。入则有布衲道人，趺坐④廊间，筇杖⑤倚壁，花布囊琴。温触所好，因问："亦善此乎？"道人云："顾不能工，愿就善者学之耳。"遂脱囊授温，视之，纹理佳妙，略一勾拨，清越异常。喜为抚一短曲，道人微笑，似未许可。温乃竭尽所长，道人哂曰："亦佳，亦佳！但未足为贫道师也。"温以其言夸，转请之。道人接置膝上，裁拨动，觉和风自来；又顷之，百鸟群集，庭树为满。温惊极，拜请受业。道人三复之，温侧耳倾心，稍稍会其节奏。道人试使弹，点正疏节，曰："此尘间已无对矣。"温由是精心刻画，遂称绝技。

后归程，离家数十里，日已暮，暴雨莫可投止。路旁有小村，趋之，不遑审择，见一门匆匆遽入。登其堂，阒⑥无人；俄一女郎出，年十七八，貌类神仙。举首见客，惊而走入。温时未偶，系情殊深。俄一老妪出问客，温道姓名，兼求寄宿。妪言："宿当不妨，但少床榻；不嫌屈体，便可藉藁⑦。"少旋以烛来，展草铺地，意良殷。问其姓氏，答云："赵姓。"又问："女郎何人？"曰：

①箦(zé)：竹编卧席。 ②分香戒：即"分香卖履"，指曹操令姬妾为其守节的遗愿。 ③逆旅：客舍，旅店。 ④趺(fū)坐：结跏趺坐，俗谓盘腿打坐。 ⑤筇(qióng)杖：筇竹制成的手杖。 ⑥阒(qù)：寂静。 ⑦藉藁(gǎo)：铺草代床。藁，干草。

"此宦娘,老身之犹子①也。"温曰:"不揣寒陋,欲求援系,如何?"妪颦蹙曰:"此即不敢应命。"温诘其故,但云难言,怅然遂罢。妪既去,温视藉草腐湿,不堪卧处,因危坐鼓琴,以消永夜。雨既歇,冒夜遂归。

邑有林下部郎葛公喜文士,温偶诣之,受命弹琴。帘内隐约有眷客窥听,忽风动帘开,见一及笄人,丽绝一世。盖公有一女,小字良工,善词赋,有艳名。温心动,归与母言,媒通之,而葛以温势式微②不许。然女自闻琴以后,心窃倾慕,每冀再聆雅奏;而温以姻事不谐,志乖意沮,绝迹于葛氏之门矣。一日,女于园中拾得旧笺一折,上书《惜余春词》云:"因恨成痴,转思作想,日日为情颠倒。海棠带醉,杨柳伤春,同是一般怀抱。甚得新愁旧愁,铲尽还生,便如青草。自别离,只在奈何天里,度将昏晓。今日个蹙损春山,望穿秋水,道弃已拚弃了!芳衾妒梦,玉漏惊魂,要睡何能睡好?漫说长宵似年,依视一年,比更犹少:过三更已是三年,更有何人不老!"女吟咏数四,心悦好之。怀归,出锦笺,庄书一通③置案间,逾时索之不可得,窃意为风飘去。适葛经闺门过,拾之;谓良工作,恶其词荡,火之而未忍言,欲急醮之。临邑刘方伯之公子,适来问名,心善之,而犹欲一睹其人。公子盛服而至,仪容秀美。葛大悦,款延优渥。既而告别,坐下遗女舄一钩。心顿恶其儇薄,因呼媒而告以故。公子亟辩其诬,葛弗听,卒绝之。

先是,葛有绿菊种,吝不传,良工以植闺中。温庭菊忽有一二株化为绿,同人闻之,辄造庐观赏,温亦宝之。凌晨趋视,于畦畔得笺写《惜余春词》,反覆披读,不知其所自至。以"春"为己名益惑之,即案头细加丹黄④,评语亵嫚⑤。适葛闻温菊变绿,讶之,躬诣其斋,见词便取展读。温以其评亵,夺而挼莎⑥之。葛仅读一两句,盖即闺门所拾者也。大疑,并绿菊之种,亦猜良工所赠。归告夫人,使逼诘良工。良工涕欲死,而事无验见,莫有取实。夫人恐其迹益彰,计不如以女归温。葛然之,遥致温,温喜极。是日招客为绿菊之宴,焚香弹琴,良夜方罢。既归寝,斋童闻琴自作声,初以为僚仆之戏也,既知其非人,始白温。温自诣之,果不妄。其声梗涩,似将效己而未能者。爇火暴入,杳无所见。温携琴去,则终夜寂然。因意为狐,固知其愿拜门墙也者,遂每夕为奏一曲,而设弦任操若师,夜夜潜伏听之。至六七夜,居然成曲,雅足听闻。

温既亲迎,各述曩词,始知缔好之由,而终不知所由来。良工闻琴鸣之异,往听之,曰:"此非狐也,调凄楚,有鬼声。"温未深信。良工因言其家有古镜,可鉴魑魅。翌日遣人取至,伺琴声既作,握镜遽入;火之,果有女子在,仓

---

①犹子:此处指侄女。 ②式微:衰落、衰微。 ③庄书一通:工工整整地书写了一遍。 ④细加丹黄:详细地加上一些批语。丹黄,指丹砂和雌黄,古时点校书籍所用的两种颜色。 ⑤亵嫚(màn):轻慢,不庄重。 ⑥挼(ruó)莎:揉搓。

皇室隅,莫能复隐,细审之赵氏之宦娘也。大骇,穷诘之。泫然曰:"代作蹇修①,不为无德,何相逼之甚也?"温请去镜,约勿避;诺之。乃囊镜。女遥坐曰:"妾太守之女,死百年矣。少喜琴筝,筝已颇能谙之,独此技未能嫡传,重泉犹以为憾。惠顾时,得聆雅奏,倾心向往;又恨以异物不能奉裳衣,阴为君脶合②佳偶,以报眷顾之情。刘公子之女乌,《惜余春》之俚词,皆妾为之也。酬师者不可谓不劳矣。"夫妻咸拜谢之。宦娘曰:"君之业,妾思过半矣,但未尽其神理,请为妾再鼓之。"温如其请,又曲陈其法。宦娘大悦曰:"妾已尽得之矣!"乃起辞欲去。良工故善筝,闻其所长,愿以披聆③。宦娘不辞,其调其谱,并非尘世所能。良工击节,转请受业。女命笔为给谱十八章,又起告别。夫妻挽之良苦,宦娘凄然曰:"君琴瑟之好,自相知音;薄命人乌有此福。如有缘,再世可相聚耳。"因以一卷授温曰:"此妾小像。如不忘媒妁,当悬之卧室,快意时焚香一炷,对鼓一曲,则儿身受之矣。"出门遂没。

阿绣

海州④刘子固,十五岁时,至盖⑤省其舅。见杂货肆中一女子,姣丽无双,心爱好之。潜至其肆,托言买扇。女子便呼父,父出,刘意沮,故折阅之而退。遥睹其父他往,又诣之,女将觅父,刘止之曰:"无须,但言其价,我不靳直耳。"女如言,固昂之,刘不忍争,脱贯⑥竟去。明日复往,又如之。行数武,女追呼曰:"返来! 适伪言耳,价奢过当。"因以半价返。刘益感其诚,蹊隙辄往,由是日熟。女问:"郎居何所?"以实对。转诘之,自言:"姚氏。"临行,所市物,女以纸代裹完好,已而以舌舐粘之。刘怀归不敢复动,恐乱其舌痕也。积半月,为仆所窥,阴与舅力要之归。意惓惓不自得。以所市香帕脂粉等类,密置一箧,无人时,辄阖户自捡一过,触类凝想。

次年,复至盖,装甫解,即趋女所,至则肆宇阒焉,失望而返。犹意偶出未返,早又诣之,阒如故。问诸邻,始知姚原广宁⑦人,以贸易无重息,故暂归去,又不审何时可复来。神志乖丧。居数日,怏怏而归。母为议婚,屡梗之,母怪且怒。仆私以曩事告母,母益防闲之,盖之途由是绝。刘忽忽遂减眠食。母忧思无计,念不如从其志。于是刻日办装,使如盖,转寄语舅,媒合之。舅即承命诣姚。逾时而返,谓刘曰:"事不谐矣! 阿绣已字广宁人。"刘低头丧气,心灰绝望。既归,捧箧啜泣,而徘徊顾念,冀天下有似之者。

①蹇修:媒人。 ②脶(ér)合:撮合。 ③披聆:诚心聆听。 ④海州:明代置海州卫,清代改海城县,治所在今辽宁省海城市。 ⑤盖:明代置盖州卫,清代改盖平县,治所在今辽宁省盖州市。 ⑥脱贯:付钱。 ⑦广宁:明代置广宁卫,清代改广宁县,治所在今辽宁省北镇市。

适媒来，艳称①复州黄氏女。刘恐不确，命驾至复。入西门，见北向一家，两扉半开，内一女郎怪似阿绣。再属目之，且行且盼而入，真是无讹。刘大动，因僦其东邻居，细诘知为李氏。反复疑念，天卜宁有此酷肖者耶？居数日，莫可夤缘，惟目眈眈候其门，以冀女或复出。一日日方西，女果出，忽见刘，即返身走，以手指其后；又复掌及额，而入。刘喜极，但不能解。凝思移时，信步诣舍后，见荒园寥廓，西有短垣，略可及肩。豁然顿悟，遂蹲伏露草中。久之，有人自墙上露其首，小语曰："来乎？"刘诺而起，细视，真阿绣也。因大恸，涕堕如绠。女隔堵探身，以巾拭其泪，深慰之。刘曰："百计不遂，自谓今生已矣，何期复有今夕？顾卿何以至此？"曰："李氏，妾表叔也。"刘请逾垣。女曰："君先归，遣从人他宿，妾当自至。"刘如言，坐伺之。少间，女悄然入，妆饰不甚炫丽，袍裤犹昔。刘挽坐，备道艰苦，因问："卿已字，何未醮也？"女曰："言妾受聘者，妄也。家君以道里赊远②，不愿附公子婚，此或托舅氏诡词，以绝君望耳。"既就枕席，宛转万态，款接之欢，不可言喻。四更遽起，过墙而去。刘自是不复措意黄氏矣。旅居忘返，经月不归。

一夜，仆起饲马，见室中灯犹明，窥之，见阿绣，大骇。顾不敢言主人，且起，访市肆，始返而诘刘曰："夜与还往者，何人也？"刘初讳之，仆曰："此第岑寂，狐鬼之薮，公子宜自爱。彼姚家女郎，何为而至此？"刘始腼然曰："西邻是其表叔，有何疑沮？"仆言："我已访之审：东邻止一孤媪，西家一子尚幼，别无密戚。所遇当是鬼魅；不然，焉有数年之衣，尚未易者？且其面色过白，两颊少瘦，笑处无微涡，不如阿绣美。"刘反复思，乃大惧曰："然且奈何？"仆谋伺其来，操兵入共击之。至暮女至，谓刘曰："知君见疑，然妾亦无他，不过了凤分③耳。"言未已，仆排闼入。女呵之曰："可弃兵！速具酒来，当与若主别。"仆便自投④，若或夺焉。刘益恐，强设酒馔。女谈笑如常，举手向刘曰："君心事，方将图效绵薄，何竟伏戎？妾虽非阿绣，颇自谓不亚，君视之犹昔否耶？"刘毛发俱竖，噤不语。女听漏三下，把盏一呷，起立曰："我且去，待花烛后，再与新妇较优劣也。"转身遂杳。

刘信狐言，竟如盖。怨舅之诳己也，不舍其家；寓近姚氏，托媒自通，啖⑤以重赂。姚妻乃言："小郎⑥为觅婿广宁，若翁以是故去，就否未可知。须旋日方可计校。"刘闻之，彷徨无以自主，惟坚守以伺其归。逾十余日，忽闻兵警，犹疑讹传；久之，信益急，乃趣装行。中途遇乱，主仆相失，为侦者所掠。以刘文弱疏其防，盗马亡去。至海州界见一女子，蓬鬓垢耳，出履蹉跌，不可堪。刘驰过之，女遽呼曰："马上人非刘郎乎？"刘停鞭审顾，则阿绣也。心仍讶其为狐，曰："汝真阿绣耶？"女问："何为出此言？"刘述所遇。女曰："妾真

①艳称：夸赞，称赞。②赊远：遥远。③凤分：旧缘。④自投：磕头。⑤啖：利诱。⑥小郎：称丈夫的弟弟。

阿绣也。父携妾自广宁归,遇兵被俘,授马屡堕。忽一女子握腕趣遁①,荒窜军中,亦无诘者。女子健步若飞隼,苦不能从,百步而屡屡裰焉。久之,闻号嘶渐远,乃释手曰:'别矣!前皆坦途可缓行,爱汝者将至,宜与同归。'"刘知其狐,感之。因述其留盖之故。女言其叔为择婿于方氏,未委禽②而乱始作。刘始知舅言非妄。携女马上,叠骑归。入门则老母无恙,大喜。系马入,俱道所以。母亦喜,为女盥濯,竟妆,容光焕发。母抚掌曰:"无怪痴儿魂梦不置也!"遂设裀褥,使从己宿。又遣人赴盖,寓书于姚。不数日姚夫妇俱至,卜吉成礼乃去。

刘出藏箧,封识俨然。有粉一函,启之,化为赤土。刘异之。女掩口曰:"数年之盗,今始发觉矣。尔日见郎任妾包裹,更不及审真伪,故以此相戏耳。"方嬉笑间,一人搴③帘入曰:"快意如此,当谢蹇修否?"刘视之,又一阿绣也,急呼母。母及家人悉集,无有能辨识者。刘回眸亦迷,注目移时,始撝而谢之。女子索镜自照,赧然趋出,寻之已杳。夫妇感其义,为位于室而祀之。一夕刘醉归,室暗无人,方自挑灯,而阿绣至。刘挽问:"何之?"笑曰:"醉臭熏人,使人不耐!如此盘诘,谁作桑中逃耶?"刘笑捧其颊,女曰:"郎视妾与狐姊孰胜?"刘曰:"卿过之。然皮相者不辨也。"已而合扉相狎。俄有叩门者,女起笑曰:"君亦皮相者也。"刘不解,趋启门,则阿绣入,大愕。始悟适与语者,狐也。暗中又闻笑声。夫妻望空而祷,祈求现像。狐曰:"我不愿见阿绣。"问:"何不另化一貌?"曰:"我不能。"问:"何故不能?"曰:"阿绣,吾妹也,前世不幸夭殂。生时,与余从母至天宫见西王母,心窃爱慕,归则刻意效之。妹较我慧,一月神似;我学三月而后成,然终不及妹。今已隔世。自谓过之,不意犹昔耳。我感汝两人诚,故时复一至,今去矣。"遂不复言。自此三五日辄一来,一切疑难悉决。值阿绣归宁,来常数日住,家人皆惧避之。每有亡失,则华妆端坐,插玳瑁簪长数寸,朝④家人而庄语之:"所窃物,夜当送至某所;不然,头痛大作,悔无及!"天明,果于某所获之。三年后,绝不复来。偶失金帛,阿绣效其装吓家人,亦屡效焉。

杨疤眼

一猎人夜伏山中,见一小人,长二尺已来,踽踽⑤行涧底。少间又一人来,高亦如之。适相值,交问何之?前者曰:"我将往望杨疤眼。前见其气色晦黯,多罹不吉。"后人曰:"我亦为此,汝言不谬。"猎者知其非人,厉声大叱,

---

①趣通:催促逃跑。　②委禽:下聘礼。　③搴:掀开。　④朝:会聚。　⑤踽踽(jǔ jǔ):形容独自走路孤零零的样子。

二人并无有矣。夜获一狐，左目上有瘢痕，大如钱。

小翠

王太常①，越人。总角时，昼卧榻上。忽阴晦，巨霆暴作，一物大于猫，来伏身下，展转不离。移时晴霁，物即径出。视之非猫，始怖，隔房呼兄。兄闻，喜曰："弟必大贵，此狐来避雷霆劫也。"后果少年登进士，以县令入为侍御。

生一子名元丰，绝痴，十六岁不能知牝牡②，因而乡党无于为婚。王忧之。适有妇人率少女登门，自请为妇。视其女，嫣然展笑，真仙品也。喜问姓名。自言："虞氏。女小翠，年二八矣。"与议聘金。曰："是从我糠覈③不得饱，一旦置身广厦，役婢仆，厌膏粱，彼意适，我愿慰矣，岂卖菜也而索直乎！"夫人大悦，优厚之。妇即命女拜王及夫人，嘱曰："此尔翁姑④，奉侍宜谨。我大忙，且去，三数日当复来。"王命仆马送之，妇言："里巷不远，无烦多事。"遂出门去。小翠殊不悲恋，便即奁中翻取花样。夫人亦爱乐之。

数日，妇不至，以居里问女，女亦憨然不能言其道路。遂治别院，使夫妇成礼。诸戚闻拾得贫家儿作新妇，共笑姗之；见女皆惊，群议始息。女又甚慧，能窥翁姑喜怒。王公夫妇，宠惜过于常情，然惕惕⑤焉，惟恐其憎子痴，而女殊欢笑不为嫌。第⑥善谑，剪布作圆，蹴蹴⑦为笑。着小皮靴，蹴去数十步，绐公子奔拾之，公子及婢恒流汗相属。一日，王偶过，圆碢然来，直中面目。女与婢俱敛迹去，公子犹踊跃奔逐之。王怒，投之以石，始伏而啼。王以告夫人，夫人往责女，女俯首微笑，以手刓床。既退，憨跳如故，以脂粉涂公子，作花面如鬼。夫人见之，怒甚，呼女诟骂。女倚几弄带，不惧亦不言。夫人无奈之，因杖其子。元丰大号，女始色变，屈膝乞宥。夫人怒顿解，释杖去。女笑拉公子入室，代扑衣上尘，拭眼泪，摩挲杖痕，饵以枣栗。公子乃收涕以忻。女阖庭户，复装公子作霸王，作沙漠人；已乃艳服，束细腰，婆婆作帐下舞；或髻插雉尾，拨琵琶，丁丁缕缕然，喧笑一室，日以为常。王公以子痴，不忍过责妇，即微闻焉，亦若置之。

同巷有王给谏⑧者，相隔十余户，然素不相能；时值三年大计吏⑨，忌公握河南道篆⑩，思中伤之。公知其谋，忧虑无所为计。一夕早寝，女冠带饰冢宰⑪状，剪素丝作浓髭，又以青衣饰两婢为虞候⑫，窃跨厩马而出，戏云："将

---

①太常：官名，专掌祭祀礼乐。　②牝牡：雌雄，此处指男女性别。　③糠覈：粗劣的饭食。
④翁姑：公婆。　⑤惕惕：担忧。　⑥第：但是。　⑦蹴蹴(cù)：踢球。　⑧给谏：官名，给事中的别称。
⑨大计吏：指明清两代考核外官的制度，三年一次。　⑩篆：官印。　⑪冢宰：此处指吏部尚书。
⑫虞候：此处指随员，侍从。

谒王先生。"驰至给谏之门，即又鞭挝从人，大言曰："我谒侍御王，宁谒给谏王耶！"回辔而归。比至家门，门者误以为真，奔白王公。公急起承迎，方知为子妇之戏。怒甚，谓夫人曰："人方蹈我之瑕①，反以闺阁之丑登门而告之，余祸不远矣！"夫人怒，奔女室，诟让之。女惟憨笑，并不一置词。挞之不忍，出②之则无家，夫妻懊怨，终夜不寝。时冢宰某公赫甚，其仪采服从，与女伪装无少殊别，王给谏亦误为真。屡侦公门，中夜而客未出，疑冢宰与公有阴谋。次日早期，见而问曰："夜相公至君家耶？"公疑其相讥，惭言唯唯，不甚响答。给谏愈疑，谋遂寝，由此益交欢公。公探知其情窃喜，而阴嘱夫人劝女改行，女笑应之。

逾岁，首相免，适有以私函致公者，误投给谏。给谏大喜，先托善公者往假万金，公拒之。给谏自诣公所。公觅巾袍，并不可得；给谏伺候久，怒公慢，愤将行。忽见公子衮衣旒冕③，有女子自门内推之以出，大骇；已而笑抚之，脱其服冕而去。公急出，则客去远。闻其故，惊颜如土，大哭曰："此祸水也！指日赤吾族④矣！"与夫人操杖往。女已知之，阖扉任其诟厉。公怒，斧其门，女在内含笑而告之曰："翁无烦怒。有新妇在，刀锯斧钺妇自受之，必不令贻害双亲。翁若此，是欲杀妇以灭口耶？"公乃止。给谏归，果抗疏揭王不轨，衮冕作据。上惊验之，其旒冕乃梁黍心所制，袍则败布黄袱也。上怒其诬。又召元丰至，见其憨状可掬，笑曰："此可以作天子耶？"乃下之法司。给谏又讼公家有妖人，法司严诘臧获，并言无他，惟颠妇痴儿日事戏笑，邻里亦无异词。案乃定，以给谏充云南军。

王由是奇女。又以母久不至，意其非人，使夫人探诘之，女但笑不言。再复穷问，则掩口曰："儿玉皇女，母不知耶？"无何，公擢京卿。五十余，每患无孙。女居三年，夜夜与公子异寝，似未尝有所私。夫人异榻去，嘱公子与妇同寝。过数日，公子告母曰："借榻去，悍不还！小翠夜夜以足股加腹上，喘气不得，又惯掐人股里。"婢妪无不粲然。夫人呵拍令去。一日女浴于室，公子见之，欲与偕；女笑止之，谕使姑待。既去，乃更泻热汤于瓮，解其袍裤，与婢扶之入。公子觉蒸闷，大呼欲出。女不听，以衾蒙之。少时无声，启视已绝⑤。女坦笑不惊，曳置床上，拭体干洁，加复被焉。夫人闻之，哭而入，骂曰："狂婢何杀吾儿！"女䜩然⑥曰："如此痴儿，不如勿有。"夫人益恚，以首触女；婢辈争曳劝之。方纷嘈间，一婢告曰："公子呻矣！"辍涕抚之，则气息休休，而大汗浸淫，沾浃裀褥。食顷汗已，忽开目四顾遍视家人，似不相识，曰："我今回忆往昔，都如梦寐，何也？"夫人以其言语不痴，大异之。携参其父，

①蹈我之瑕：即"蹈瑕"，指利用过失。　②出：休弃。　③衮衣旒冕：帝王冠服。旒冕，即"冕旒"，古代大夫以上所戴礼冠和礼冠前后的玉串，后世用以专称皇帝礼冠。　④赤吾族：诛死全族。　⑤绝：气绝身亡。　⑥䜩(chǎn)然：笑的样子。

屡试之果不痴,大喜,如获异宝。至晚,还榻故处,更设衾枕以觇之。公子入室,尽遣婢去。早窥之,则榻虚设。自此痴颠皆不复作,而琴瑟静好如形影焉。

年余,公为给谏之党奏劾免官,小有罣误①。旧有广西中丞所赠玉瓶,价累千金,将出以贿当路。女爱而把玩之,失手堕碎,惭而自投。公夫妇方以免官不快,闻之,怒,交口呵骂。女忿而出,谓公子曰:"我在汝家,所保全者不止一瓶,何遂不少存面目?实与君言:我非人也。以母遭雷霆之劫,深受而翁庇翼;又以我两人有五年夙分,故以我来报囊恩、了夙愿耳。身受唾骂、擢发不足以数,所以不即行者,五年之爱未盈。今何可以暂止乎!"盛气而出,追之已杳。公爽然自失,而悔无及矣。公子入室,睹其剩粉遗钩,恸哭欲死;寝食不甘,日就羸瘁。公大忧,急为胶续②以解之,而公子不乐。惟求良工画小翠像,日夜浇祷其下,几二年。

偶以故自他里归,明月已皎,村外有公家亭园,骑马墙外过,闻笑语声,停辔,使厮卒捉鞚③,登鞍一望,则二女郎游戏其中。云月昏蒙,不甚可辨,但闻一翠衣者曰:"婢子当逐出门!"一红衣者曰:"汝在吾家园亭,反逐阿谁?"翠衣人曰:"婢子不羞!不能作妇,被人驱遣,犹冒认物产也?"红衣者曰:"索胜老大婢无主顾者!"听其音酷类小翠,疾呼之。翠衣人去曰:"姑不与若争,汝汉子来矣。"既而红衣人来,果小翠。喜极。女令登垣承接而下之,曰:"二年不见,骨瘦一把矣!"公子握手泣下,具道相思。女言:"妾亦知之,但无颜复见家人。今与大姊游戏,又相邂逅,足知前因不可逃也。"请与同归,不可;请止园中,许之。公子遣仆奔白夫人。夫人惊起,驾肩舆而往,启钥入亭。女即趋下迎拜;夫人捉臂流涕,力白前过,几不自容,曰:"若不少记榛梗④,请偕归慰我迟暮。"女峻辞不可。夫人虑野亭荒寂,谋以多人服役。女曰:"我诸人悉不愿见,惟前两婢朝夕相从,不能无眷注耳;外惟一老仆应门,余都无所复须。"夫人悉如其言。托公子养疴⑤园中,日供食用而已。

女每劝公子别婚,公子不从。后年余,女眉目音声渐与曩异,出像质之,迥若两人。大怪之。女曰:"视妾今日何如畴昔美?"公子曰:"今日美则美矣,然较畴昔则似不如。"女曰:"意妾老矣!"公子曰:"二十余岁何得速老!"女笑而焚图,救之已烬。一日谓公子曰:"昔在家时,阿翁谓妾抵死不作茧,今亲老君孤,妾实不能产,恐误君宗嗣。请娶妇于家,旦晚侍奉公姑,君往来于两间,亦无所不便。"公子然之,纳币于钟太史之家。吉期将近,女为新人制衣履,赍送母所。及新人入门,则言貌举止,与小翠无毫发之异。大奇之。往至园亭,则女亦不知所在。问婢,婢出红巾曰:"娘子暂归宁,留此贻公

---

①罣(guà)误:指官吏因过失或被人牵连而受到贬黜责罚。 ②胶续:续娶。 ③厮卒:马夫。捉鞚:抓住马络头。 ④榛梗:隔阂、嫌怨。 ⑤养疴(kē):养病。

子。"展巾，则结玉玦①一枚，心知其不返，遂携婢俱归。虽顷刻不忘小翠，幸而对新人如觌②旧好焉。始悟钟氏之姻，女预知之，故先化其貌，以慰他日之思云。

异史氏曰："一狐也，以无心之德，而犹思所报；而身受再造之福者，顾失声于破甑，何其鄙哉！月缺重圆，从容而去，始知仙人之情亦更深于流俗也！"

金和尚

金和尚，诸城③人，父无赖，以数百钱鬻于五莲山寺。少顽钝，不能肄清业④，牧猪赴市，若佣保。后本师死，稍有遗金，卷怀离寺，作负贩去。饮羊登垄⑤，计最工。数年暴富，买田宅于水坡里。

弟子繁有徒，食指⑥日千计。绕里膏田千百亩。里中起第数十处，皆僧无人；即有亦贫无业，携妻子，僦⑦屋佃田者也。每一门内，四缭连屋，皆此辈列而居。僧舍其中，前有厅事，梁楹节棁⑧，绘金碧，射人眼。堂上几屏，晶光可鉴。又其后为内寝，朱帘绣幕，兰麝充溢喷人。螺钿雕檀为床，床上锦茵褥，褶叠大尺有咫。壁上美人、山水诸名迹，悬粘几无隙处。一声长呼，门外数十人轰应如雷，细缨革靴⑨者皆乌集鹄立，受命皆掩口语，侧耳以听。客仓卒至，十余筵可咄嗟办，肥醴⑩蒸薰，纷纷狼藉如雾霈。但不敢公然蓄歌妓，而狡童十数辈，皆慧黠能媚人，皂纱缠头，唱艳曲，听睹亦颇不恶。金若一出，前后数十骑，腰弓矢相摩戛。奴辈呼之皆以"爷"；即邑人之若民，或"祖"之，"伯、叔"之，不以"师"，不以"上人"，不以禅号也。其徒出，稍稍杀⑪于金，而风鬃云辔，亦略于贵公子等。金又广结纳，即千里外呼吸亦可通，以此挟方面⑫短长，偶气触之，辄惕自惧。而其为人，鄙不文，顶趾无雅骨。生平不奉一经持一咒，迹不履寺院，室中亦未尝蓄铙鼓，此等物门人辈弗及见，并弗及闻。凡僦屋者，妇女浮丽如京都，脂泽金粉，皆取给于僧；僧亦不之靳，以故里中不田而农者以百数。时而恶佃决僧首瘗床下，亦不甚穷诘，但逐去之，其积习然也。

---

①玉玦(jué)：一种形如环状而有缺口的玉饰，因"玦""决"同音，故而古人常用以表示决断或决绝之意。　②觌(dí)：相见。　③诸城：旧县名，治所在今山东省诸城市。　④清业：脱离世俗的修行，此处指僧人诵经、打坐等。　⑤饮羊登垄：此处泛指在经商时欺诈牟利、欺行霸市等行为。饮羊，让羊喝饱水以增其重量，指经商时以欺诈手段牟利。登垄，原指站在市集的高地上操纵贸易，后泛指依靠操纵、独占市场来牟取暴利。　⑥食指：指人口，一人十指，为一口。　⑦僦(jiù)：租赁。　⑧梁：房梁。楹：楹柱。节：斗拱。棁：梁上短柱。　⑨细缨革靴：指仆役。　⑩醴(lǐ)：甜酒。　⑪杀：消减。　⑫方面：主持一方军政事务的官员。

金又买异姓儿，私子之。延儒师，教帖括业。儿聪慧能文，因令入邑庠；旋援例作太学生；未几赴北闱①，领乡荐②。由是金之名以"太公"噪。向之"爷"之者"太"之，膝席者皆垂手执儿孙礼。

无何，太公僧薨。孝廉缞绖卧苫块③，北面称孤④；诸门人释杖满床榻；而灵帏后嘤嘤细泣，惟孝廉夫人一而已。士大夫妇咸华妆来，挛帏吊唁，冠盖舆马塞道路。殡日，棚阁云连，幡幢⑤翳日。殉葬刍灵⑥，饰以金帛，舆盖仪仗数十事，马千匹，美人百袂，皆如生。方弼方相⑦，以纸壳制巨人，皂帕金铠，空中而横以木架，纳活人内负之行。设机转动，须眉飞舞，目光铄闪，如将叱咤。观者惊怪，或小儿女遥望之，辄啼走。冥宅壮丽如宫阙，楼阁房廊连垣数十亩，千门万户，入者迷不可出。祭品象物，多难指名。会葬者盖相摩，上自方面，皆伛偻入，起拜如朝仪；下至贡监⑧簿史，则手据地以叩，不敢劳公子，劳诸师叔也。当是时，倾国瞻仰，男女喘汗属⑨于道，携妇褓儿，呼兄觅妹者声鼎沸。杂以鼓乐喧阗，百戏鞺鞳⑩，人语都不可闻。观者自肩以下皆隐不见，惟万顶攒动而已。有孕妇痛急欲产，诸女伴张裙为幄罗守之；但闻儿啼，不暇问雌雄，断幅绷怀中，或扶之，或曳之，蹩躠以去。奇观哉！

葬后，以金所遗贸产，瓜分而二之：子一，门人一。孝廉得半，而居第之南、之北、之东西，尽缁党⑪；然皆兄弟叙，痛痒又相关云。

异史氏曰："此一派也，两宗未有，六祖无传，可谓独辟法门者矣。抑闻之：五蕴皆空，六尘不染，是谓'和尚'；口中说法，座上参禅，是谓'和样'；鞋香楚地，笠重吴天，是谓'和撞'；鼓钲锽聒，笙管敖曹，是谓'和唱'；狗苟钻缘，蝇营淫赌，是谓'和幛'。金也者，'尚'耶？'样'耶？'唱'耶？'撞'耶？抑地狱之'幛'耶？"

龙戏蛛

徐公为齐东⑫令。署中有楼，用藏肴饵，往往被物窃食，狼藉于地。家人屡受谴责，因伏伺之。见一蜘蛛大如斗，骇走白⑬公。公以为异，日遣婢辈投饵焉。蛛益驯，饥辄出依人，饱而后去。积年余，公偶阅案牍，蛛忽来伏几上。疑其饥，方呼家人取饵，旋见两蛇夹蛛卧，细裁如箸，蛛爪蜷腹缩，若不

---

①北闱：此处指顺天府乡试。　②领乡荐：乡试中举。　③缞绖(cuī dié)：丧服。苫块：居孝守丧时所睡的草席、所枕的土块。　④北面称孤：面朝北跪于灵前，自称"孤子"。　⑤幡幢(chuáng)：丧礼所用的各种旌旗。　⑥刍灵：古时送葬所扎的草人。　⑦方弼方相：传说中祛疫避邪的神像，亦称"开路神"。　⑧贡监：明清时代以"贡生"资格入国子监者。　⑨属(zhǔ)：连缀，接续。　⑩鞺鞳(tāng tà)：钟鼓声。　⑪缁党：指僧人。　⑫齐东：旧县名，治所在今山东省邹平县西北。　⑬白：禀报。

胜惧。转瞬间，蛇暴长，粗于卵。大骇欲走。巨霆大作，合家震毙。移时公苏，夫人及婢仆击死者七人。公病月余，寻卒。公为人廉正爱民，柩发之日，民敛钱以送，哭声满野。

异史氏曰："龙戏蛛，每意是里巷之讹言耳，乃真有之乎？闻雷霆之击，必于凶人，奈何以循良之吏，罹此惨毒？天公之愦愦①，不已多乎！"

商妇

天津商人某，将贾远方，往从富人贷资数百。为偷儿所窥，及夕，预匿室中以俟其归。而商以是日良②，负资竟发。偷儿伏久，但闻商人妇转侧床上，似不成眠。既而壁上一小门开，一室尽亮。门内有女子出，容齿少好，手引长带一条，近榻授妇，妇以手却之。女固授之；妇乃受带，起悬梁上，引颈自缢。女遂去，壁扉亦阖。偷儿大惊，拔关遁去。

既明，家人见妇死，质诸官。官拘邻人而锻炼之，诬服成狱，不日就决。偷儿愤其冤，自首于堂，告以是夜所见。鞫之情真，邻人遂免。问其里人，言宅之故主曾有少妇经死，年齿容貌，与盗言悉符，因知是其鬼也。欲传暴死者必求代替，其然欤？

阎罗宴

静海③邵生，家贫。值母初度④，备牲酒祀于庭，拜已而起，则案上肴馔皆空。甚骇，以情告母。母疑其困乏不能为寿，故诡言之，邵默然无以自白。

无何，学使案临，苦无资斧⑤，薄贷而往。途遇一人，伏候道左，邀请甚殷。从去，见殿阁楼台，弥亘街路。既入，一王者坐殿上，邵伏拜。王者霁颜命坐，即赐宴饮，因曰："前过华居，厮仆辈道路饥渴，有叨盛馔。"邵愕然不解。王者曰："我忤官王⑥也。不记尊堂设帨之辰⑦乎？"筵终，出白镪一裹，曰："豚蹄之扰，聊以相报。"受之而出，则宫殿人物一时都渺，惟有大树数章，萧然道侧。视所赠则真金，秤之得五两。考终，止耗其半，犹怀归以奉母焉。

---

①愦愦(kuì kuì)：昏庸，糊涂。　②良：吉祥。　③静海：旧县名，今属天津市。　④初度：生日。　⑤资斧：路费。　⑥忤官王：亦作"仵官王"，传说为阎王之一。　⑦尊堂：对他人母亲的敬称。设帨之辰：指女子生日。

役鬼

山西杨医，善针灸之术，又能役鬼。一出门，则捉骡操鞭者皆鬼物也。尝夜自他归，与友人同行。途中见二人来，修伟异常。友人大骇，杨便问："何人?"答云："长脚王，大头李，敬迓①主人。"杨曰："为我前驱。"二人旋踵而行，蹇缓则立候之，若奴隶然。

细柳

细柳娘，中都之士人女也。或以其腰嫖嫋可爱，戏呼之"细柳"云。柳少慧，解文字，喜读相人书。而生平简默，未尝言人臧否;但有问名者，必求一亲窥其人。阅人甚多，俱未可，而年十九矣。父母怒之曰："天下迄无良匹，汝将以丫角老耶?"女曰："我实欲以人胜天，顾久而不就，亦吾命也。今而后，请惟父母之命是听。"

时有高生者，世家名士，闻细柳之名，委禽②焉。既醮③，夫妇甚得。生前室遗孤，小字长福，时五岁，女抚养周至。女或归宁，福辄号啼从之，呵遣所不能止。年余女产一子，名之长怙。生问名字之义，答言："无他，但望其长依膝下耳。"女于女红疏略，常不留意;而于亩之东南④，税之多寡，按籍而问，惟恐不详。久之，谓生曰："家中事请置勿顾，待妾自为之，不知可当家否?"生如言，半载而家无废事，生亦贤之。

一日，生赴邻村饮酒，适有追逋赋⑤者，打门而诟。遣奴慰之，弗去。乃趣童召生归。隶既去，生笑曰："细柳，今始知慧女不若痴男耶?"女闻之，俯首而哭。生惊挽而劝之，女终不乐。生不忍以家政累之，仍欲自任，女又不肯。晨兴夜寐，经纪弥勤。每先一年，即储来岁之赋，以故终岁未尝见催租者一至其门;又以此法计衣食，由此用度益纡。于是生乃大喜，尝戏之曰："细柳何细哉:眉细、腰细、凌波细，且喜心思更细。"女对曰："高郎诚高矣:品高、志高、文字高，但愿寿数尤高。"

村中有货美材⑥者，女不惜重直致之。价不能足，又多方乞贷于戚里。生以其不急之物，固止之，卒弗听。蓄之年余，富室有丧者，以倍资赎诸其门。生因利而谋诸女，女不可。问其故，不语;再问之，荧荧欲涕。心异之，

---

①迓(yà):迎接。　②委禽:下聘礼。　③醮(jiào):出嫁。　④亩之东南:指田地耕作之事。　⑤逋(bū)赋:拖欠的赋税。　⑥美材:此处指优质的棺材。

然不忍重拂焉,乃罢。

又逾岁,生年二十有五,女禁不令远游,归稍晚,僮仆招请者,相属于道。于是同人咸戏谤之。一日生如友人饮,觉体不快而归,至中途堕马,遂卒。时方溽暑,幸衣衾皆所夙备。里中始共服细娘智。

福年十岁,始学为文。父既殁,娇情不肯读,辄亡去从牧儿遨。谯诃不改,继以夏楚,而顽冥如故。母无奈之,因呼而谕之曰:"既不愿读,亦复何能相强?但贫家无冗人,便更若衣,使与僮仆共操作。不然,鞭挞勿悔!"于是衣以败絮,使牧豕;归则自掇陶器,与诸仆啖饭粥。数日,苦之,泣跪庭下,愿仍读。母返身向壁置不闻,不得已执鞭啜泣而出。残秋向尽,桁①无衣,足无履,冷雨沾濡,缩头如丐。里人见而怜之,纳继室者皆引细娘为戒,啧有烦言。女亦稍稍闻之,而漠不为意。福不堪其苦,弃豕逃去,女亦任之,殊不追问。积数月,乞食无所,憔悴自归,不敢遽入,哀求邻媪往白母。女曰:"若能受百杖可来见,不然,早复去。"福闻之,骤入,痛哭愿受杖。母问:"今知改悔乎?"曰:"悔矣。"曰:"既知悔,无须挞楚,可安分牧豕,再犯不宥!"福大哭曰:"愿受百杖,请复读。"女不听。邻媪怂恿之,始纳焉。濯发授衣,令与弟怙同师。勤身锐虑,大异往昔,三年游泮②。中丞③杨公,见其文而器之,月给常廪④,以助灯火。

怙最钝,读数年不能记姓名。母令弃卷而农。怙游闲惮于作苦,母怒曰:"四民各有本业,既不能读,又不能耕,宁不沟瘠死耶?"立杖之。由是率奴辈耕作,一朝晏起,则诟骂从之;而衣服饮食,母辄以美者归兄。怙虽不敢言,而心窃不能平。农工既毕,母出资使学负贩。怙淫赌,入手丧败,诡托盗贼运数,以欺其母。母觉之,杖责濒死。福长跪哀乞,愿以身代,怒始解。自是一出门,母辄探察之。怙行稍敛,而非其心之所得已也。

一日请母,将从诸贾入洛;实借远游,以快所欲,而中心惕惕,惟恐不遂所请。母闻之,殊无疑虑,即出碎金三十两为之具装;末又以铤金一枚付之,曰:"此乃祖宦囊⑤之遗,不可用去,聊以压装,备急可耳。且汝初学跋涉,亦不敢望重息,只此三十金得无亏负足矣。"临又嘱之。怙诺而出,欣欣意自得。至洛,谢绝客侣,宿名娼李姬之家。凡十余夕,散金渐尽,自以巨金在囊,初不意空匮在虑,及取而所之则伪金耳。大骇,失色。李媪见其状,冷语侵客。怙心不自安,然囊空无所向往,犹冀姬念夙好,不即绝之。俄有二人握索入,骤絷项领,惊惧不知所为。哀问其故,则姬已窃伪金去首公庭矣。至官不能置辞,梏掠几死。收狱中,又无资斧,大为狱吏所虐,乞食于囚,苟

---

①桁(háng):衣架。 ②游泮(pàn):明清时,指考取生员。泮,古代学官前的水池。 ③中丞:巡抚的别称。 ④月给常廪:使其成为廪膳生员,每月由国家给以膳食补助。 ⑤宦囊:做官所得财物。

延余息。

初，怙之行也，母谓福曰："记取廿日后，当遣汝之洛。我事烦，恐忽忘之。"福不知所谓，黯然欲悲，不敢复请而退。过二十日而问之，叹曰："汝弟今日之浮荡，犹汝昔日之废学也。我不冒恶名，汝何以有今日？人皆谓我忍，但泪浮枕簟，而人不知耳！"因泣下。福侍立敬听，不敢研诘。泣已，乃曰："汝弟荡心不死，故授之伪金以挫折之，今度已在缧绁①中矣。中丞待汝厚，汝往求焉，可以脱其死难，而生其愧悔也。"福立刻而发。比入洛，则弟被逮三日矣。即狱中而望之，怙奄然面目如鬼，见兄涕不可仰。福亦哭。时福为中丞所宠异，故遐迩皆知其名。邑宰知为怙兄，急释之。

怙至家，犹恐母怒，膝行而前。母顾曰："汝愿遂耶？"怙零涕不敢复作声，福亦同跪，母始叱之起。由是痛自悔，家中诸务，经理维勤；即偶惰，母亦不呵问之。凡数月，并不与言商贾，意欲自请而不敢，以意告兄。母闻而喜，并力质贷而付之，半载而息倍焉。是年福秋捷，又三年登第；弟货殖累巨万矣。邑有客洛者，窥见太夫人，年四旬犹若三十许人，而衣妆朴素，类常家云。

异史氏曰："黑心符②出，芦花变生③，古与今如一丘之貉，良可哀也！或有避其谤者，又每矫枉过正，至坐视儿女之放纵而不一置问，其视虐遇者几何哉？独是日挞所生，而人不以为暴；施之异腹儿，则指摘从之矣。夫细柳固非独忍于前子也；然使所出贤，亦何能出此心以自白于天下？而乃不引嫌，不辞谤，卒使二子一富一贵，表表于世。此无论闺闼，当亦丈夫之铮铮者矣！"

---

①缧绁（léi xiè）：捆绑犯人的绳索，此处借指牢狱。　②黑心符：书名，唐代于义方撰，叙述续娶继室之害。　③芦花变生：指孔门弟子闵子骞被继母虐待，以芦花代替棉絮为衣的故事。

第八卷

画马

临清①崔生家屡贫，围垣不修，每晨起。辄见一马卧露草间，黑质白章；惟尾毛不整，似火燎断者。逐去，夜又复来，不知所自。崔有好友官于晋②，欲往就之，苦无健步，遂捉马施勒乘去，嘱家人曰："倘有寻马者，当如以告。"既就途，马骛驶，瞬息百里。夜不甚餤刍豆③，意其病。次日紧衔不令驰，而马蹄嘶喷沫，健怒如昨。复纵之，午已达晋。时骑入市廛，观者无不称叹。晋王闻之，以重直购之。崔恐为失者所寻，不敢售。居半年，无耗④，遂以八百金货于晋邸，乃自市健骡归。

后王以急务，遣校尉骑赴临清。马逸，追至崔之东邻，入门不见。索诸主人，主曾姓，实莫之睹。及入室，见壁间挂子昂画马一帧，内一匹毛色浑似，尾处为香炷所烧，始知马，画妖也。校尉难复王命，因讼曾。时崔得马资，居积盈万，自愿以直贷曾，付校尉去。曾甚德之，不知崔即当年之售主也。

局诈

某御史家人，偶立市间，有一人衣冠华好，近与攀谈。渐问主人姓字、官阀，家人并告之。其人自言："王姓，贵主家之内使也。"语渐款洽，因曰："宦途险恶，显者皆附贵戚之门，尊主人所托何人也？"答曰："无之。"王曰："此所谓惜小费而忘大祸者也。"家人曰："何托而可？"王曰："公主待人以礼，能覆翼人。某侍郎系仆阶进。倘不惜千金赘，见公主当亦不难。"家人喜，问其

①临清：旧州名，治所在今山东省临清市。 ②晋：山西省的代称。 ③餤(dàn)：同"啖"。刍豆：饲料。 ④耗：音讯。

居止。便指其门户曰："日同巷不知耶?"家人归告侍御。侍御喜,即张盛筵,使家人往邀王。王欣然来。筵间道公主情性及起居琐事甚悉,且言:"非同巷之谊,即赐百金赏,不肯效牛马。"御史益佩戴之。临别订约,王曰:"公但备物,仆乘间言之,且晚当有报命。"

越数日始至,骑骏马甚都①,谓侍御曰:"可速治装行。公主事大烦,投谒者踵相接,自晨及夕,不得一间。今得一间,宜急往,误则相见无期矣。"侍御乃出兼金重币②,从之去。曲折十余里,始至公主第,下骑祗候。王先持贽入。久之,出,宣言:"公主召某御史。"即有数人接递传呼。侍御伛偻而入,见高堂上坐丽人,姿貌如仙,服饰炳耀;侍姬皆着锦绣,罗列成行。侍御伏谒尽礼,传命赐坐檐下,金碗进茗。主略致温旨,侍御肃而退。自内传赐缎靴、貂帽。

既归,深德③王,持刺④谒谢,则门阃无人,疑其侍主未复。三日三诣,终不复见。使人询诸贵主之门,则高扉扃锢。访之居人,并言:"此间曾无贵主。前有数人僦⑤屋而居,今去已三日矣。"使反命,主仆丧气而已。

副将军某,负资入都,将图握篆⑥,苦无阶。一日有裘马者谒之,自言:"内兄为天子近侍。"茶已,请间云:"目下有某处将军缺,倘不吝重金,仆嘱内兄游扬圣主之前,此任可致,大力者不能夺也。"某疑其妄。其人曰:"此无须踟蹰。某不过欲抽小数于内兄,于将军锱铢无所望。言定如干数,署券为信。待召见后方求实给,不效则汝金尚在,谁从怀中而攫之耶?"某乃喜,诺之。

次日复来引某去,见其内兄云:"姓田。"煊赫如侯家。某参谒,殊傲睨不甚为礼。其人持券向某曰:"适与内兄议,率非万金不可,请即署尾⑦。"某从之。田曰:"人心叵测,事后虑有反复。"其人笑曰:"兄虑之过矣。既能予之,宁不能夺之耶?且朝中将相,有愿纳交而不可得者。将军前程方远,应不丧心至此。"某亦力矢而去。其人送之,曰:"三日即复公命。"

逾两日,日方西,数人吼奔而入,曰:"圣上坐待矣!"某惊甚,疾趋入朝。见天子坐殿上,爪牙⑧森立。某拜舞已。上命赐坐,慰问殷勤,顾左右曰:"闻某武烈非常,今见之,真将军才也!"因曰:"某处险要地,今以委卿,勿负朕意,侯封有日耳。"某拜恩出。即有前日裘马者从至客邸,依券兑付而去。于是高枕待绶,日夸荣于亲友。过数日探访之,则前缺已有人矣。大怒,忿争于兵部之堂,曰:"某承帝简,何得授之他人?"司马怪之。及述宠遇,半如梦境。司马怒,执下廷尉。始供其引见者之姓名,则朝中并无此人。又耗万

---

①都:华美。 ②兼金重币:指金帛厚礼。兼金,价值倍于常金的好金子。重币,厚礼。 ③德:感激。 ④刺:名帖。 ⑤僦(jiù):租赁。 ⑥握篆:执掌官印,此处指升任主将。 ⑦署尾:在文书末尾签字画押。 ⑧爪牙:侍卫。

金,始得革职而去。

异哉！武弁虽駷①,岂朝门亦可假耶？疑其中有幻术存焉,所谓"大盗不操矛弧②"者也。

嘉祥③李生,善琴。偶适东郊,见工人掘土得古琴,遂以贱直得之。拭之有异光,安弦而操,清烈非常。喜极,若获拱璧,贮以锦囊,藏之密室,虽至戚不以示也。

邑丞程氏新莅任,投刺谒李。李故寡交游,以其先施故,报之。过数日又招饮,固请乃往。程为人风雅绝伦,议论潇洒,李悦焉。越日折柬酬之,欢笑益洽。从此月夕花晨,未尝不相共也。年余,偶于丞廨中,见绣囊裹琴置几上,李便展玩。程问："亦谙此否？"李曰："生平最好。"程讶曰："知交非一日,绝技胡不一闻？"拨炉爇沉香,请为小奏。李敬如教。程曰："大高手！愿献薄技,勿笑小巫也。"遂鼓《御风曲》,其声泠泠,有绝世出尘之意。李更倾倒,愿师事之。自此二人以琴交,情分益笃。

年余,尽传其技。然程每诣李,李以常琴供之,未肯泄所藏也。一夕薄醉,丞曰："某新肄一曲,亦愿闻之乎？"为奏《湘妃》,幽怨若泣。李亟赞之。丞曰："所恨无良琴；若得良琴,音调益胜。"李欣然曰："仆蓄一琴,颇异凡品。今遇钟期,何敢终密？"乃启椟负囊而出。程以袍袂拂尘,凭几再鼓,刚柔应节,工妙入神。李击节不置。丞曰："区区拙技,负此良琴。若得荆人一奏,当有一两声可听者。"李惊曰："公闺中亦精之耶？"丞笑曰："适此操乃传自细君④者。"李曰："恨在闺阁,小生不得闻耳。"丞曰："我辈通家,原不以形迹相限。明日请携琴去,当使隔帘为君奏之。"李悦。

次日抱琴而往。丞即治具欢饮。少间将琴入,旋出即坐。俄见帘内隐隐有丽妆,顷之,香流户外。又少时弦声细作,听之,不知何曲；但觉荡心媚骨,令人魂魄飞越。曲终便来窥帘,竟二十余绝代之姝也。丞以巨白劝釂⑤,内复改弦为《闲情之赋》,李形神益惑。倾饮过醉,离席兴辞,索琴。丞曰："醉后防有磋跌。明日复临,当令闺人尽其所长。"李归。次日诣之,则廨舍寂然,惟一老隶应门。问之,云："五更携眷去,不知何作,言往复可三日耳。"如期往伺之,日暮,并无音耗。吏皂皆疑,白令破扃而窥其室,室尽空,惟几榻犹存耳。达之上台,并不测其何故。

李丧琴,寝食俱废。不远数千里访诸其家。程故楚产,三年前,捐资受嘉祥。执其姓名,询其居里,楚中并无其人。或云："有程道士者善鼓琴,又传其有点金术。三年前,忽去不复见。"疑即其人。又细审其年甲、容貌,吻合不谬。乃知道士之纳官皆为琴也。知交年余,并不言及音律；渐而出琴,

---

①駷(dǎi)：愚,呆。②矛弧：矛和弓。③嘉祥：旧县名,治所在今山东省嘉祥县。④细君：古代诸侯之妻称小君,亦称细君,后用为妻子的通称。⑤巨白：大酒杯。釂(jiào)：饮尽杯中酒。

渐而献技,又渐而惑以佳丽;浸渍三年,得琴而去。道士之癖,更甚于李生也。天下之骗机多端,若道士,骗中之风雅者矣。

放蝶

长山①王进士斞生为令时,每听讼,按律之轻重,罚令纳蝶自赎;堂上千百齐放,如风飘碎锦,王乃拍案大笑。一夜梦一女子,衣裳华好,从容而入,曰:"遭君虐政,姊妹多物故。当使君先受风流之小谴耳。"言已化为蝶,回翔而去。明日,方独酌署中,忽报直指使②至,皇遽而出,闱中戏以素花簪冠上,忘除之。直指见之,以为不恭,大受诟骂而返。由是罚蝶之令遂止。

青城③于重寅,性放诞。为司理时,元夕以火花爆竹缚驴上,首尾并满,牵登太守之门,击柝而请,自白:"某献火驴,幸出一览。"时太守有爱子患痘,心绪方恶,辞之。于固请之。太守不得已,使阍人启钥。门甫辟,开火发机,推驴入。爆震驴惊,蹏趹④狂奔,又飞火射人,人莫敢近。驴穿堂入室,破瓯毁甑,火触成尘,窗纱都烬。家人大哗。痘儿惊陷,终夜而死。太守痛恨,将揭劾之。于浼诸司道⑤,登堂负荆,乃免。

男生子

福建总兵杨辅有娈童,腹震动。十月既满,梦神人剖其两胁去之。及醒,两男夹左右啼。起视胁下,剖痕俨然。儿名之天舍、地舍云。

异史氏曰:"按此吴藩未叛前事也。吴既叛,闽抚蔡公疑杨欲图之,而恐其为乱,以他故召之。杨妻夙智勇,疑之,沮杨行,杨不听。妻涕而送之。归则传齐诸将,披坚执锐,以待消息。少间闻夫被诛,遂反攻蔡。蔡仓皇不知所为,幸标卒固守,不克乃去。去既远,蔡始戎装突出,率众大噪。人传为笑焉。后数年,盗乃就抚。未几蔡暴亡;临卒见杨操兵入,左右亦皆见之。呜呼!其鬼虽雄,而头不可复续类!生子之妖,其兆于此耶?"

---

①长山:旧县名,治所在今山东省邹平以东、淄川以北偏西。 ②直指使:即"直指使者",专司巡视地方的官员,明清时指巡按御史。 ③青城:旧县名,治所在今山东省高青县青城镇。 ④蹏趹(dì guì):用蹄踢。 ⑤浼:恳求,央求。司道:此处指布政使司、按察使司官员以及道员。

钟生

钟庆余,辽东名士,应济南乡试。闻藩邸有道士知人休咎,心向往之。二场后至趵突泉,适相值。年六十余,须长过胸,一幡①然道人也。集间灾祥者如堵,道士悉以微词授之。于众中见生,忻然握手,曰:"君心术德行,可敬也!"挽登阁上,屏人语,因问:"莫欲知将来否?"曰:"然。"曰:"子福命至薄,然今科乡举可望。但荣归后,恐不复见尊堂矣。"生至孝,闻之泣下,遂欲不试而归。道士曰:"若过此已往,一榜亦不可得矣。"生云:"母死不见,且不可复为人,贵为卿相何加焉?"道士曰:"某夙世与君有缘,今日必合尽力。"乃以一丸授之曰:"可遣人夙夜将去,服之可延七日。场毕而行,母子犹及见也。"

生藏之,匆匆而出,神志丧失。因计终天有期,早归一日,则多得一日之奉养,携仆贳②驴,即刻东迈。驱里许,驴忽返奔,下之不驯,控之则蹶。生无计,躁汗如雨。仆劝止之,生不听。又贳他驴,亦如之。日已衔山,莫知为计。仆又劝曰:"明日即完场矣,何争此一朝夕乎?请即先主而行,计亦良得。"不得已,从之。次日草草竣事,立时遂发,不遑啜息,星驰而归。则母病绵惙,下丹药,渐就痊可。入视之,就榻泫泣。母摇首止之,执手喜曰:"适梦之阴司,见王者颜色和霁。谓稽尔生平,无大罪恶;今念汝子纯孝,赐寿一纪。"生亦喜。历数日,果平健如故。

未几闻捷,辞母如济。因赂内监,致意道士。道士欣然出,生便伏谒。道士曰:"君既高捷,太夫人又增寿数,此皆盛德所致。道人何力焉!"生又讶其先知,因而拜问终身。道士云:"君无大贵,但得耄耋足矣。君前身与我为僧侣,以石投犬,误毙一蛙,今已投生为驴。论前定数,君当横折③;今孝德感神,已有解星入命,固当无恙。但夫人前世为妇不贞,数应少寡。今君以德延寿,非其所偶,恐岁后瑶台倾④也。"生恻然良久,问继室所在。曰:"在中州,今十四岁矣。"临别嘱曰:"倘遇危急,宜奔东南。"

后年余,妻病果死。钟舅令于西江,母遣往省,以便途过中州,将应继室之谶。偶适一村。值临河优戏,士女甚杂。方欲整辔趋过,有一失勒牡驴,随之而行,致骡蹄趺。生回首以鞭击驴耳,驴惊大奔。时有王世子⑤方六七岁,乳媪抱坐堤上;驴冲过,扈从皆不及防,挤堕河中。众大哗,欲执之。生纵骡绝驰,顿忆道士言,极力趋东南。

约三十余里,入一山村,有叟在门,下骑揖之。叟邀入,自言"方姓",便

①幡(pó):形容白色,此处指白发。 ②贳(shì):租赁。 ③横折:横死,意外死亡。 ④瑶台倾:妻子去世。 ⑤王世子:此处指藩王嫡子。

诘所来。生叩伏在地，具以情告，叟言："不妨。请即寄居此间，当使微者去。"至晚得耗，始知为世子，叟大骇曰："他家可以为力。此真爱莫能助矣！"生哀不已。叟筹思曰："不可为也。请过一宵，听其缓急，倘可再谋。"生愁怖，终夜不枕。次日侦听，则已行牒讥察，收藏者弃市①。叟有难色，无言而入。生疑惧，无以自安。中夜叟来，入坐便问："夫人年几何矣？"生以鳏对。叟喜曰："吾谋济矣。"问之，答云："余姊夫慕道，挂锡②南山；姊又谢世。遗有孤女，从仆鞠养，亦颇慧。以奉箕帚如何？"生喜符道士之言，而又冀亲戚密迩，可以得其周谋，曰："小生诚幸矣。但远方罪人，深恐贻累丈人。"叟曰："此为君谋也。姊夫道术颇神，但久不与人事矣。合卺后，自与甥女筹之，必合有计。"生喜极，赘焉。

女十六岁，艳绝无双。生每对之欷歔。女云："妾即陋，何遂遽见嫌恶？"生谢曰："娘子仙人，相偶为幸。但有祸患，恐致乖违。"因以实告。女怨曰："舅乃非人！此弥天之祸，不可为谋，乃不明言，而陷我于坎窞③！"生长跪曰："是小生以死命哀舅，舅慈悲而穷于术，知卿能生死人而肉白骨也。某诚不足称好逑，然家门幸不辱寞。倘得再生，香花供养有日耳。"女叹曰："事已至此，夫复何辞？然父自削发招提④，儿女之爱已绝。无已同往哀之，恐担挫辱不浅也。"乃一夜不寐，以毡绵厚作蔽膝，各以隐着衣底。然后唤肩舆，入南山十余里。山径拗折绝险，不复可乘。下舆，女跬步甚艰，生挽臂拽扶之，竭蹶始得上达。不远，即见山门，共坐少憩。女喘汗淫淫，粉黛交下。生见之，情不可忍，曰："为某事，遂使卿罹此苦！"女愀然曰："恐此尚未是苦！"困少苏，相将入兰若，礼佛而进。曲折入禅堂，见老僧跌坐⑤，目若瞑，一僮执拂侍之。方丈中，扫除光洁，而坐前悉布沙砾，密如星宿。女不敢择，入跪其上，生亦从诸其后。僧开目一瞻，即复合去。女参曰："久不定省，今女已嫁，故偕婿来。"僧久之，启视曰："妮子大累人！"即不复言。夫妻跪良久，筋力俱殆，沙石将压入骨，痛不可支。又移时，乃言曰："将骡来未？"女答曰："未。"曰："夫妻即去，可速将来。"二人拜而起，狼狈而行。

既归，如命，不解其意，但伏听之。过数日，相传罪人已得，伏诛讫。夫妻相庆。无何，山中遣僮来，以断杖付生云："代死者，此君也。"便嘱瘗⑥葬致祭，以解竹木之冤。生视之，断处有血痕焉。乃祝而葬之。夫妻不敢久居，星夜归辽阳。

①弃市：执行死刑。 ②挂锡：此处指出家为僧。 ③坎窞(dàn)：坑穴，喻指险境。 ④招提：寺院的别称。 ⑤跌(fū)坐：结跏趺坐，俗谓盘腿打坐。 ⑥瘗(yì)：掩埋，埋葬。

鬼妻

泰安①聂鹏云,与妻某,鱼水甚谐。妻遘疾卒,聂坐卧悲思,忽忽若失。一夕独坐,妻忽排扉入,聂惊问:"何来?"笑云:"妾已鬼矣。感君悼念,哀白地下主者,聊与作幽会。"聂喜,携就床寝,一切无异于常。从此星离月会,积有年余。聂亦不复言娶。伯叔兄弟惧堕宗主,私谋于族,劝聂鸾续,聂从之,聘于良家。然恐妻不乐,秘之。未几,吉期逼迩,鬼知其情,责之曰:"我以君义,故冒幽冥之谴。今乃质盟②不卒,钟情者固如是乎?"聂述宗党之意,鬼终不悦,谢绝而去。聂虽怜之,而计亦得也。

迨合卺之夕,夫妇俱寝,鬼忽至,就床上挝新妇,大骂:"何得占我床寝!"新妇起,方与挡拒。聂惕然赤蹲,并无敢左右袒③。无何,鸡鸣,鬼乃去。新妇疑聂妻故尔未死,谓其赚④己,投缳欲自缢。聂为之缕述,新妇始知为鬼。日夕复来,新妇惧避之。鬼亦不与聂寝,但以指掐肤肉;已乃对烛目怒相视,默默不语。如是数夕,聂患之。近村有良于术者,削桃为杙⑤,钉墓四隅,其怪始绝。

黄将军

黄靖南得功微时⑥,与二孝廉赴都,途遇响寇。孝廉惧,长跪献资。黄怒甚,手无寸铁,即以两手握骡足,举而投之。寇不及防,马倒人堕。黄拳之臂断,搜橐而归孝廉。孝廉服其勇,资劝从军。后屡建奇功,遂腰蟒玉。

三朝元老

某中堂⑦,故明相也。曾降流寇,世论非之。老归林下,享堂⑧落成,数人直宿其中。天明,见堂上一匾云:"三朝元老。"一联云:"一二三四五六七,孝弟忠信礼义廉。"不知何时所悬。怪之,不解其义。或测之云:"首句隐亡八,次句隐无耻也。"

---

①泰安:旧州名,治所在今山东省泰安市。 ②质盟:订盟,立誓。 ③左右袒:偏袒。 ④赚:哄骗。 ⑤杙(yì):小木桩。 ⑥微时:卑贱而未显达的时候。 ⑦中堂:明清时指内阁大学士。 ⑧享堂:供奉祖先的祠堂。

洪经略①南征,凯旋,至金陵,醵荐阵亡将士。有旧门人谒见,拜已,即呈文艺。洪久厌文事,辞以昏眊②,其人云:"但烦坐听,容某诵达上闻。"遂探袖出文,抗声朗读,乃故明思宗③御制祭洪辽阳死难文也。读毕,大哭而去。

医术

张氏者,沂之贫民。途中遇一道士,善风鉴,相之曰:"子当以术业富。"张曰:"宜何从?"又顾之,曰:"医可也。"张曰:"我仅识'之无'耳,乌能是?"道士笑曰:"迂哉!名医何必多识字乎?但行之耳。"

既归,贫无业,乃捷拾海上方④,即市廛⑤中除地作肆,设鱼牙蜂房,谋升斗于口舌之间,而人亦未之奇也。会青州太守病嗽,牒檄所属征医。沂故山僻,少医工,而令惧无以塞责,又责里中使自报。于是共举张,令立召之。张方痰喘,不能自疗,闻命大惧,固辞。令弗听,卒邮送之去。路经深山,渴极,咳愈甚。入村求水,而出中水价与玉液等,遍乞之,无与者。见一妇漉⑥野菜,菜多水寡,盎中浓浊如涎。张燥急难堪,便乞余沈饮之。少间渴解,嗽亦顿止。阴念:殆良方也。

比至郡,诸邑医工,已先施治,并未痊减。张入,求密所,伪作药目,传示内外;复遣人于民间索诸藜藿,如法淘汰讫,以汁进太守。一服病良已,太守大悦,赐赉甚厚,旌以金匾。

由此名大噪,门常如市,应手无不悉效。有病伤寒者,言症求方。张适醉,误以疟剂予之。醒而悟,不敢以告人。三日后有盛仪造门而谢者,问之,则伤寒之人,大吐大下而愈矣。此类甚多。张由此称素封⑦,益以声价自重,聘者非重资安舆不至焉。

益都韩翁,名医也。其未著时,货药于四方。暮无所宿,投止一家,则其子伤寒将死,因请施治。韩思不治则去此莫适,而治之诚无术。往复趑趄,以手搓体,而汗垢成片,捻之如丸。顿思以此绐之,当亦无所害。晓而不愈,已赚得寝食安饱矣。遂付之。中夜主人挝门甚急,意其子死,恐被侵辱,惊起,逾垣疾遁。主人追之数里,韩无所逃始止。乃知病者汗出而愈矣。挽回,款宴丰隆;临行,厚赠之。

①洪经略:指洪承畴,字彦演,明万历四十四年(1616)进士,曾任兵部尚书,后降清。 ②昏眊(mào):眼睛昏花。 ③明思宗:明崇祯帝朱由检。 ④海上方:此处当指各地流传的偏方。 ⑤市廛(chán):集市,店铺集中的市区。 ⑥漉(lù):此处指淘洗过滤。 ⑦素封:无官爵封邑而富比封君的人。

藏虱

乡人某者,偶坐树下,扪得一虱,片纸裹之,塞树孔中而去。后二三年,复经其处,忽忆之,视孔中纸裹宛然。发而验之,虱薄如麸。置掌中审顾之。少顷,觉掌中奇痒,而虱腹渐盈矣。置之而归。痒处核起,肿数日,死焉。

梦狼

白翁,直隶人。长子甲,筮仕南服①,二年无耗。适有瓜葛丁姓造谒,翁款之。丁素走无常。谈次,翁辄问以冥事,丁对语涉幻;翁不深信,但微哂之。

别后数日,翁方卧,见丁又来,邀与同游。从之去,入一城阙,移时,丁指一门曰:"此间君家甥也。"时翁有姊子为晋令,讶曰:"乌在此?"丁曰:"倘不信,入便知之。"翁入,果见甥,蝉冠豸绣②生堂上,戟幢行列,无人可通。丁曳之出,曰:"公子衙署,去此不远,亦愿见之否?"翁诺。少间至一第,丁曰:"入之。"窥其门,见一巨狼当道,大惧不敢进。丁又曰:"入之。"又入一门,见堂上、堂下,坐者、卧者,皆狼也。又视墀中,白骨如山,益惧。丁乃以身翼翁而进。公子甲方自内出,见父及丁良喜。少坐,唤侍者治肴蔌。忽一巨狼,衔死人入。翁战惕而起,曰:"此胡为者?"甲曰:"聊充庖厨。"翁急止之。心怔忡不宁,辞欲出,而群狼阻道。进退方无所主,忽见诸狼纷然嗥避,或窜床下,或伏几底。错愕不解其故,俄有两金甲猛士努目入,出黑索索甲。甲扑地化为虎,牙齿巉巉③,一人出利剑,欲枭其首④。一人曰:"且勿,且勿,此明年四月间事,不如姑敲齿去。"乃出巨锤锤齿,齿零落堕地。虎大吼,声震山岳。翁大惧,忽醒,乃知其梦。心异之,遣人招丁,丁辞不至。

翁志其梦,使次子诣甲,函戒哀切。既至,见兄门齿尽脱;骇而问之,醉中坠马所折,考其时,则父梦之日也。益骇。出父书。甲读之变色,间曰:"此幻梦之适符耳,何足怪?"时方赂当路者,得首荐,故不以妖梦为意。弟居数日,见其蠹役满堂,纳贿关说⑤者中夜不绝,流涕谏止之。甲曰:"弟日居衡茅,故不知仕途之关窍耳。黜陟之权,在上台⑥不在百姓。上台喜,便是好

---

①筮(shì)仕南服:在南方地区做官。 ②蝉冠:汉代侍从官所戴的冠,上有蝉饰,并插貂尾,故亦称貂蝉冠。豸(zhì)绣:古时监察、执法官所穿的绣有獬豸图案的官服。豸,传说中的一种异兽。 ③巉(chán)巉:形容牙齿长而尖利的样子。 ④枭其首:将其斩首。 ⑤关说:请托游说。 ⑥上台:上司,上官。

官；爱百姓，何术能令上台喜也？"弟知不可劝止，遂归告父，翁闻之大哭。无可如何，惟捐家济贫，日祷于神，但求逆子之报，不累妻孥。

次年，报甲以荐举作吏部，贺者盈门；翁惟欷歔，伏枕托疾不出。未几，闻子归途遇寇，主仆殒命。翁乃起，谓人曰："鬼神之怒，止及其身，祐我家者不可谓不厚也。"因焚香而报谢之。慰藉翁者，咸以为道路讹传，惟翁则深信不疑，刻日为之营兆①。而甲固未死。

先是，四月间，甲解任，甫离境，即遭寇，甲倾装以献之。诸寇曰："我等来，为一邑之民泄冤愤耳，宁专为此哉！"遂决其首。又问家人："有司大成者，谁是？"司故甲之腹心，助纣为虐者。家人共指之，贼亦杀之。更有蠹役四人，甲聚敛臣也，将携入都。——并搜决讫，始分资入囊，骛驰而去。

甲魂伏道旁，见一宰官过，问："杀者何人？"前驱者曰："某县白知县也。"宰官曰："此白某之子，不宜使老后见此凶惨，宜续其头。"即有一人掇头置腔上，曰："邪人不宜使正，以肩承领可也。"遂去。移时复苏。妻子往收其尸，见有余息，载之以行；从容灌之，亦受饮。但寄旅邸，贫不能归。半年许，翁始得确耗，遣次子致之而归。甲虽复生，而目能自顾其背，不复齿人数矣。翁姊子有政声，是年行取为御史，悉符所梦。

异史氏曰："窃叹天下之官虎而吏狼者，比比也。即官不为虎，而吏且将为狼，况有猛于虎者耶！夫人患不能自顾其后耳；苏而使之自顾，鬼神之教微矣哉！"

邹平②李进士匡九，居官颇廉明。常有富民为人罗织③，门役吓之曰："官索汝二百金，宜速办；不然，败矣！"富民惧，诺备半数。役摇手不可，富民苦哀之，役曰："我无不极力，但恐不允耳。待听鞫时，汝目睹我为若白之，其允与否，亦可明我意之无他也。"少间，公按是事。役知李戒烟，近问："饮烟否？"李摇其首。役即趋下曰："适言其数，官摇首不许，汝见之耶？"富民信之，惧，许如数。役知李嗜茶，近问："饮茶否？"李颔之。役托烹茶，趋下曰："谐矣！适首肯，汝见之耶？"既而审结，富民果获免，役即收其苞苴④，且索谢金。呜呼！官自以为廉，而骂其贪者载道焉。此又纵狼而不自知者矣。世之如此类者更多，可为居官者备一鉴也。

又，邑宰杨公，性刚鲠，撄其怒者必死；尤恶隶皂，小过不宥。每凛坐堂上，胥吏之属无敢咳者。此属间有所白，必反而用之。适有邑人犯重罪，惧死。一吏索重赂，为之缓颊⑤。邑人不信，且曰："若能之，我何靳⑥报焉！"乃与要盟。少顷，公鞫是事。邑人不肯服。吏在侧呵语曰："不速实供，大人械

---

①营兆：营葬。 ②邹平：旧县名，治所在今山东省邹平县。 ③罗织：虚构罪名，进行诬陷。
④苞苴(bāo jū)：此处指贿赂。 ⑤缓颊：代人求情。 ⑥靳：吝惜。

梏①死矣!"公怒曰:"何知我必械梏之耶?想其赂未到耳。"遂责吏,释邑人。邑人乃以百金报吏。要知狼诈多端,此辈败我阴骘,甚至丧我身家。不知居官者作何心腑,偏要以赤子饲麻胡也!

夜明

有贾客泛于南海。三更时,舟中大亮似晓。起视,见一巨物,半身出水上,俨若山岳;目如两日初升,光明四射,大地皆明。骇问舟人,并无知者。共伏瞻之。移时渐缩入水,乃复晦。后至闽中,俱言某夜明而复昏,相传为异。计其时,则舟中见怪之夜也。

夏雪

丁亥年②七月初六日,苏州大雪。百姓皇骇,共祷诸大王之庙。大王忽附人而言曰:"如今称老爷者皆增一大字;其以我神为小,消不得③一大字耶?"众悚然,齐呼"大老爷",雪立止。由此观之,神亦喜谄,宜乎治下部者之得车多④矣。

异史氏曰:"世风之变也,下者益谄,上者益骄。即康熙四十余年中,称谓之不古,甚可笑也。举人称爷,二十年始;进士称老爷,三十年始;司、院称大老爷,二十五年始。昔者大令谒中丞,亦不过老大人而止;今则此称久废矣。即有君子,亦素谄媚行乎诡媚,莫敢有异词也。若缙绅之妻呼太太,裁数年耳。昔惟缙绅之母,始有此称;以妻而得此称者,惟淫史中有乔林耳,他未之见也。唐时上欲加张说大学士,说辞曰:'学士从无大名,臣不敢称。'今之大,谁大之?初由于小人之谄,而因得贵倨者之悦,居之不疑,而纷纷者遂遍天下矣。窃意数年以后,称爷者必进而老,称老者必进而大,但不知大上造何尊称?匪夷所思已!"

丁亥年六月初三日,河南归德府大雪尺余,禾皆冻死,惜乎其未知媚大王之术也。悲夫!

①械梏:泛指刑具,此处指用刑具拷掠。 ②丁亥年:此处当指康熙四十六年(1707)。 ③消不得:消受不起。 ④治下部者之得车多:语本《庄子·列御寇》,讥讽谄媚者品格越低劣,所获取的好处越多。

化男

苏州木渎镇,有民女夜坐庭中,忽星陨中颅,仆地而死。其父母老而无子,止此女,哀呼急救。移时始苏,笑曰:"我今为男子矣!"验之果然。其家不以为妖,而窃喜其得丈夫子也。此丁亥间事。

禽侠

天津某寺,鹳鸟巢于鸱尾①。殿承尘②上,藏大蛇如盆,每至鹳雏团翼时,辄出吞食净尽。鹳悲鸣数日乃去。如是三年,人料其必不复至,而次岁巢如故。约雏长成,即径去,三日始还,入巢哑哑,哺子如初。蛇又蜿蜒而上。甫近巢,两鹳惊,飞鸣哀急,直上青冥。俄闻风声蓬蓬,一瞬间,天地似晦。众骇异,共视一大鸟翼蔽天日,从空疾下,骤如风雨,以爪击蛇,蛇首立堕,连催殿角数尺许,振翼而去。鹳从其后,若将送之。巢既倾,两雏俱堕,一生一死。僧取生者置钟楼上。少顷,鹳返,仍就哺之,翼成而去。

异史氏曰:"次年复至,盖不料其祸之复也;三年而巢不移,则报仇之计已决;三日不返,其去作秦庭之哭③,可知矣。大鸟必羽族之剑仙也,飘然而来,一击而去,妙手空空儿④何以加此?"

济南有营卒,见鹳鸟过,射之,应弦而落。喙中衔鱼,将哺子也。或劝拔矢放之,卒不听。少顷,带矢飞去。后往来郭间,两年余,贯矢如故。一日,卒坐辕门下,鹳过,矢坠地。卒拾视曰:"矢固无恙耶?"耳适痒,因以矢搔耳。忽大风催门,门骤阖,触矢贯脑而死。

鸿

天津弋人⑤得一鸿,其雄者随至其家,哀鸣翱翔,抵暮始去。次日,弋人早出,则鸿已至,飞号从之;既而集其足下。弋人将并捉之。见其伸颈俯仰,吐出黄金半铤。弋人悟其意,乃曰:"是将以赎妇也。"遂释雌。两鸿徘徊,若

①鸱尾:古代建筑屋脊两端的装饰性构件,以外形略似鸱尾,故称。 ②承尘:天花板。 ③秦庭之哭:指哀求救援,引用楚人申包胥哭秦庭求救兵的故事。 ④妙手空空儿:唐传奇中的人物,为知名剑客,出自唐人裴铏《传奇·聂隐娘》。 ⑤弋(yì)人:射鸟的人。

有悲喜,遂双飞而去。弋人称金,得二两六钱强。噫! 禽鸟何知,而钟情若此! 悲莫悲于生别离,物亦然耶?

象

粤中有猎兽者,挟矢如①山。偶卧憩息,不觉沉睡,被象来鼻摄而去。自分必遭残害。未几,释置树下,顿首一鸣,群象纷至,四面旋绕,若有所求。前象伏树下,仰视树而俯视人,似欲其登。猎者会意,即足踏象背,攀援而升。虽至树巅,亦不知其意向所存。少时,有狻猊来,众象皆伏。狻猊②择一肥者,意将搏噬,象战栗,无敢逃者,惟共仰树上,似求怜拯。猎者会意,因望狻猊发一弩,狻猊立殪。诸象瞻空,意若拜舞,猎者乃下,象复伏,以鼻牵衣,似欲其乘,猎者随跨身其上。象乃行至一处,以蹄穴地,得脱牙无算③。猎人下,束治置象背。象乃负送出山,始返。

负尸

有樵夫赴市,荷杖而归,忽觉杖头如有重负。回顾见一无头人悬系其上,大惊。脱杖乱击之,遂不复见。骇奔,至一村,时已昏暮,有数人爇火照地,似有所寻。近问讯,盖众适聚坐,忽空中堕一人头,须发蓬然,倏忽已渺。樵人亦言所见,合之适成一人,究不解其何来。后有人荷篮而行,忽见其中有人头,人讶诘之,始大惊,倾诸地上,宛转而没。

紫花和尚

诸城丁生,野鹤公之孙也。少年名士,沉病而死,隔夜复苏,曰:"我悟道矣。"时有僧善参玄,遣人邀至,使就榻前讲《楞严》。生每听一节,都言非是,乃曰:"使吾病痊,证道何难。惟某生可愈吾疾,宜虔请之。"盖邑有某生者,精岐黄④而不以术行,三聘始至,疏方⑤下药,病愈。既归,一女子自外入,曰:"我董尚书府中侍儿也。紫花和尚与妾有夙冤,今得追报,君又活之耶? 再往,祸将及。"言已遂没。某惧,辞丁。丁病复作,固要之,乃以实告。丁叹

---

①如:往。 ②狻猊(suān ní):古代传说中的神兽,形似狮子。 ③无算:无计其数。 ④岐黄:岐伯与黄帝,相传为医家之祖,借指医家、医术及医书。 ⑤疏方:开药方。

曰:"孽自前生,死吾分耳。"寻卒。后寻诸人,果有紫花和尚,高僧也,青州董尚书夫人尝供养家中;亦无有知其冤之所自结者。

周克昌

淮上①贡生周天仪,年五旬,止一子,名克昌,爱昵之。至十三四岁,丰姿益秀;而性不喜读,辄逃塾从群儿戏,恒终日不返。周亦听之。一日既暮不归,始寻之,殊竟乌有。夫妻号啕,几不欲生。

年余昌忽自至,言:"为道士迷去,幸不见害。值其他出,得逃而归。"周喜极,亦不追问。及教以读,慧悟倍于曩畴②。逾年文思大进,既入郡庠试,遂知名。世族争婚,昌颇不愿。赵进士女有姿,周强为娶之。既入门,夫妻调笑甚欢;而昌恒独宿,若无所私。逾年秋战而捷,周益慰。然年渐暮,日望抱孙,故尝隐讽昌,昌漠若不解。母不能忍,朝夕多絮语。昌变色出曰:"我久欲亡去,所不遽舍者,顾复③之情耳。实不能探讨房帏以慰所望。请仍去,彼顺志者且复来矣。"媪追曳之,已踣,衣冠如蜕。大骇,疑昌已死,是必其鬼也。悲叹而已。

次日昌忽仆马而至,举家惶骇。近诘之,亦言:为恶人略卖于富商之家,商无子,子焉。得昌后,忽生一子。昌思家,遂送之归。问所学,则顽钝如昔。乃知此为昌;其入泮、乡捷者,鬼之假也。然窃喜其事未泄,即使袭孝廉之名。入房,妇甚狎熟;而昌腼然有怍色,似新婚者。甫周年,生子矣。

异史氏曰:"古言庸福人,必鼻口眉目间具有少庸,而后福随之;其精光陆离者,鬼所弃也。庸之所在,桂籍可以不入闱④而通,佳丽可以不亲迎而致;而况少有凭借,益之以钻窥者乎!"

嫦娥

太原⑤宗子美,从父游学,流寓广陵⑥。父与红桥下林姬有素。一日父子过红桥,遇之,固请过诸其家,沦茗⑦共话。有女在旁,殊色也。翁亟赞之,姬顾宗曰:"大郎温婉如处子,福相也。若不鄙弃,便奉箕帚⑧,如何?"翁笑,促子离席,使拜媪曰:"一言千金矣!"先是姬独居,女忽自至,告诉孤苦。问

---

①淮上:指淮河中游地区。 ②曩畴:从前。 ③顾复:父母养育之恩。 ④桂籍:科举及第者的名籍。入闱:参加科举考试。 ⑤太原:旧府名,治所在今山西省太原市。 ⑥广陵:扬州府,治所在今江苏省扬州市。 ⑦沦茗:煮茶。 ⑧奉箕帚:拿着簸箕和笤帚,此处喻指做妻妾。

其小字,则名嫦娥。妪爱而留之,实将奇货居之也。

时宗年十四,睨女窃喜,意翁必媒定之,而翁归若忘,心灼热,隐以白母。翁笑曰:"曩与贪婆子戏耳。彼不知将卖黄金几何矣,此何可易言!"逾年翁媪并卒。子美不能忘情嫦娥,服将阕①,托人示意林妪。妪初不承,宗忿曰:"我生平不轻折腰,何媪视之不值一钱?若负前盟,须见还也!"妪乃云:"曩或与而翁戏约,容有之。但无成言,遂都忘却。今既云云,我岂留嫁天王耶?要日日装束,实望易千金,今请半焉可乎?"宗自度难办,亦遂置之。

适有寡媪僦②居西邻,有女及笄,小名颠当。偶窥之,雅丽不减嫦娥。向慕之,每以馈遗阶进;久而渐熟,往往送情以目,而欲语无间。一夕逾垣乞火,宗喜挽之,遂相燕好。约为嫁娶,辞以兄负贩未归。由此蹈隙往来,形迹周密。

一日偶经红桥,见嫦娥适在门内,疾趋过之。嫦娥望见,招之以手,宗驻足;女又招之,遂入。女以背约让宗,宗述其故。女入室,取黄金一铤付之,宗不受,辞曰:"自分永与卿绝,遂他有所约。受金而为卿谋,是负人也;受金而不为卿谋,是负卿也:诚不敢有所负。"女良久曰:"君所约,妾颇知之。其事必无成;即成之,妾不怨君之负心也。其速行,媪将至矣。"宗仓卒无以自主,受之而归。

隔夜告之颠当,颠当深然其言,但劝宗专心嫦娥。宗不语。颠当愿下之,而宗乃悦。即遣媒纳金林妪,妪无辞,以嫦娥归宗。入门后,悉述颠当言,嫦娥微笑,阳③怂恿之。宗喜,急欲一白颠当,而颠当迹久绝。嫦娥知其为己,因暂归宁,故予之间,嘱宗窃其佩囊。已而颠当果至,与商所谋,但言勿急。及解衿狎笑,胁下有紫荷囊,将便摘取。颠当变色起曰:"君与人一心,而与妾二!负心郎!请从此绝。"宗曲意挽解,不听竟去。一日过其门探察之,已另有吴客僦居其中,颠当子母迁去已久,影灭迹绝,莫可问讯。

宗自娶嫦娥,家暴富,连阁长廊,弥亘街路。嫦娥善谐谑,适见美人画卷,宗曰:"吾自谓如卿天下无两,但不曾见飞燕、杨妃耳。"女笑曰:"若欲见之,此亦何难。"乃执卷细审一过,便趋入室,对镜修妆,效飞燕舞风,又学杨妃带醉。长短肥瘦,随时变更;风情态度,对卷逼真。方作态时,有婢自外至,不复能识,惊问其僚④;复向审注,恍然始笑。宗喜曰:"吾得一美人,而千古之美人,皆在床闼矣!"

一夜方熟寝,数人撬扉而入,火光射壁。女急起,惊言:"盗入!"宗初醒,即欲鸣呼。一人以白刃加颈,惧不敢喘。又一人掠嫦娥负背上,哄然而去。宗始号,家役毕集,室中珍玩,无少亡者。宗大悲,恦然失图⑤,无复情地。告

①服将阕:丧期将满。 ②僦:租赁。 ③阳:假装。 ④僚:此处指其他婢女。 ⑤失图:没了主意。

官追捕，殊无音息。

荏苒三四年，郁郁无聊，因假赴试入都。居半载，占验询察，无计不施。偶过姚巷，值一女子，垢面敝衣，偟儴①如丐。停趾相之，乃颠当也。骇曰："卿何憔悴至此？"答云："别后南迁，老母即世，为恶人掠卖旗下②，挞辱冻馁，所不忍言。"宗泣下，问："可赎否？"曰："难矣。耗费烦多，不能为力。"宗曰："实告卿：年来颇称小有，惜客中资斧有限，倾装货马，所不敢辞。如所需过奢，当归家营办之。"女约明日出西城，相会丛柳下，嘱独往，勿以人从。宗曰："诺。"次日早往，则女先在，袿衣③鲜明，大非前状。惊问之，笑曰："曩试君心耳，幸绨袍之意④犹存。请至敝庐，宜必得当以报。"北行数武，即至其家，遂出肴酒，相与谈宴。宗约与俱归，女曰："妾多俗累，不能从。嫦娥消息，固颇闻之。"宗急询其何所，女曰："其行踪缥缈，妾亦不能深悉。西山有老尼，一目眇，问之当自知。"遂止宿其家。

天明示以径。宗至其处，有古寺周垣尽颓，丛竹内有茅屋半间，老尼缀衲其中。见客至，漫不为礼。宗揖之，尼始举头致问。因告姓氏，即白所求。尼曰："八十老瞽，与世暌绝，何处知佳人消息？"宗固求之。乃曰："我实不知。有二三戚属，来夕相过，或小女子辈识之，未可知。汝明夕可来。"宗乃出。次日再至，则尼他出，败扉扃焉。伺之既久，更漏已催，明月高揭，徘徊无计，遥见二三女郎自外入，则嫦娥在焉。宗喜极，突起，急揽其袪。嫦娥曰："莽郎君！吓煞妾矣！可恨颠当饶舌，乃教情欲缠人。"宗曳坐，执手款曲，历诉艰难，不觉恻楚。女曰："实相告：妾实姮娥⑤被谪，浮沉俗间，其限已满；托为寇劫，所以绝君望耳。尼亦王母守府者，妾初谪时，蒙其收恤，故暇时常一临存。君如释妾，当为代致颠当。"宗不听，垂首陨涕。女遥顾曰："姊妹辈来矣。"宗方四顾，而嫦娥已杳。宗大哭失声，不欲复活，因解带自缢。恍惚觉魂已出舍，怅怅靡适。俄见嫦娥来，捉而提之，足离于地；入寺，取树上尸推挤之，唤曰："痴郎，痴郎！嫦娥在此。"忽若梦醒。少定，女恚曰："颠当贱婢！害妾而杀郎君，我不能恕之也！"下山赁舆而归。既命家人治装，乃返身而出西城，诣谢颠当，至则舍宇全非，愕叹而返。窃幸嫦娥不知。入门，嫦娥迎笑曰："君见颠当耶？"宗愕然不能答。女曰："君背嫦娥，乌得颠当？请坐待之，当自至。"未几颠当果至，仓皇伏榻下。嫦娥叠指弹之，曰："小鬼头陷人不浅！"颠当叩头，但求赊死⑥。嫦娥曰："推人坑中，而欲脱身天外耶？广寒十一姑不日下嫁，须绣枕百幅、履百双，可从我去，相共操作。"颠当恭白："但求分工，按时赍送。"女不许，谓宗曰："君若缓颊⑦，即便放却。"颠当目宗，宗笑不语，颠当目怒之。乃乞还告家人，许之，遂去。宗问其

----

①偟儴(kuāng ráng)：惶急不安的样子。　②旗下：旗人驻地。　③袿(guī)衣：古代女子的袍服。　④绨袍之意：顾念故人的情意。　⑤姮娥：嫦娥。　⑥赊死：缓死。　⑦缓颊：代人求情。

生平,乃知其西山狐也。买舆待之。

次日果来,遂俱归。然嫦娥重来,恒持重不轻谐笑。宗强使狎戏,惟密教颠当为之。颠当慧绝,工媚。嫦娥乐独宿,每辞不当夕。一夜,漏三下,犹闻颠当房中,吃吃不绝。使婢窃听之,婢还,不以告,但请夫人自往。伏窗窥之,则见颠当凝妆作己状,宗拥抱,呼以嫦娥。女哂而退。未几,颠当心暴痛,急披衣,曳宗诣嫦娥所,入门便伏。嫦娥曰:“我岂医巫厌胜者?汝欲自捧心效西子耳。”颠当顿首,但言知罪。女曰:“愈矣。”遂起,失笑而去。颠当私谓宗:“吾能使娘子学观音。”宗不信,因戏相赌。嫦娥每趺坐①,眸含若瞑。颠当悄以玉瓶插柳置几上;自乃垂发合掌,侍立其侧,樱唇半启,瓠犀②微露,睛不少瞬。宗笑之。嫦娥开目问之,颠当曰:“我学龙女侍观音耳。”嫦娥笑骂之,罚使学童子拜。颠当束发,遂四面朝参之,伏地翻转,逞诸变态,左右侧折,袜能磨乎其耳。嫦娥解颐,坐而蹴③之。颠当仰首,口衔凤钩④,微触以齿。嫦娥方嬉笑间,忽觉媚情一缕,自足趾而上直达心舍,意荡思淫,若不自主。乃急敛神,呵曰:“狐奴当死!不择人而惑之耶?”颠当惧,释口投地。嫦娥又厉责之,众不解。嫦娥谓宗曰:“颠当狐性不改,适间几为所愚。若非凤根深者,堕落何难!”自是见颠当,每严御之。颠当惭惧,告宗曰:“妾于娘子一肢一体,无不亲爱;爱之极,不觉媚之甚。谓妾有异心,不惟不敢,亦不忍。”宗因以告嫦娥,嫦娥遇之如初。然以狎戏无节,数戒宗,宗不听;因而大小婢妇,竞相狎戏。一日,二人扶一婢效作杨妃。二人以目会意,赚婢懈骨作醺态,两手遽释,婢暴颠墀下,声如倾堵。众方大哗;近抚之,而妃子已作马嵬鬼矣。众大惧,急白主人。嫦娥惊曰:“祸作矣!我言如何哉!”往验之,不可救。使人告其父。父某甲,素无行,号奔而至,负尸入厅事,叫骂万端。宗闭户惴恐,莫知所措。嫦娥自出责之,曰:“主即虐婢至死,律无偿法;且邂逅暴殂,焉知其不再苏?”甲噪言:“四支已冰,焉有生理!”嫦娥曰:“勿哗。纵不活,自有官在。”乃入厅事抚尸,而婢已苏,抚之随手而起。嫦娥返身怒曰:“婢幸不死,贼奴何得无状!可以草索絷⑤送官府!”甲无词,长跪哀免。嫦娥曰:“汝既知罪,姑免究处。但小人无赖,反复何常,留汝女终为祸胎,宜即将去。原价如干数,当速措置来。”遣人押出,俾浼二三村老,券证署尾⑥。已,乃唤婢至前,使甲自问之:“无恙乎?”答曰:“无恙。”乃付之去。已,遂召诸婢,数责遍扑。又呼颠当,为之厉禁。谓宗曰:“今而知为人上者,一笑颦亦不可轻。谴端开之自妾,而流弊遂不可止。凡哀者属阴,乐者属阳;阳极阴生,此循环之定数。婢子之祸,是鬼神告之以渐也。荒迷不悟,则倾覆及之矣。”宗敬听之。颠当泣求拔脱。嫦娥乃掐其耳,逾刻释手,颠当怃

①趺(fū)坐:结跏趺坐,俗谓盘腿打坐。 ②瓠犀:瓠瓜的子,喻指美女的牙齿。 ③蹴:踢。
④凤钩:女子之足。 ⑤絷(zhí):拴捆。 ⑥署尾:在文书末尾签字画押。

然为间，忽若梦醒，据地自投，欢喜欲舞。由此闺阁清肃，无敢哗者。婢至其家，无疾暴死。甲以赎金莫偿，浼①村老代求怜恕，许之；又以服役之情，施以材木而去。宗常患无了。嫦娥腹中忽闻儿啼，遂以刃破左胁出之，果男；无何，复有身，又破右胁而出一女。男酷类父，女酷类母，皆论昏②于世家。

异史氏曰："阳极阴生，至言哉！然室有仙人，幸能极我之乐，消我之灾，长我之生，而不我之死。是乡乐，老焉可矣，而仙人顾忧之耶？天运循环之数，理固宜然；而世之长困而不亨者，又何以为解哉？昔宋人有求仙不得者，每曰：'作一日仙人，而死亦无憾。'我不复能笑之也。"

鞠乐如

鞠乐如，青州人。妻死，弃家而去。后数年，道服荷蒲团至。经宿欲去，戚族强留其衣杖。鞠托闲步至村外，室中服具，皆冉冉飞出，随之而去。

褚生

顺天③陈孝廉，十六七岁时，尝从塾师读于僧寺，徒侣甚繁。内有褚生，自言山东人，攻苦讲求，略不暇息；且寄宿斋中，未尝一见其归。陈与最善，因诘之，答曰："仆家贫，办束金不易，即不能惜寸阴，而加以夜半，则我之二日，可当人三日。"陈感其言，欲携榻来与共寝。褚止之曰："且勿，且勿！我视先生，学非吾师也。阜城门有吕先生，年虽耄，可师，请与俱迁之。"盖都中设帐者多以月计，月终束金④完，任其留止。于是两生同诣吕。吕，越之宿儒，落魄不能归，因授童蒙，实非其志也。得两生甚喜，而褚又甚慧，过目辄了，故尤器重之。两人情好款密，昼同几，夜同榻。

月既终，褚忽假归，十余日不复至。共疑之。一日陈以故至天宁寺，遇褚廊下，劈茼淬硫⑤，作火具焉。见陈，忸怩不安，陈问："何遽废读？"褚握手请间，戚然曰："贫无以遗先生，必半月贩，始能一月读。"陈感慨良久，曰："但往读，自合极力。"命从人收其业，同归塾。戒陈勿泄，但托故以告先生。陈父固肆贾，居物致富，陈辄窃父金，代褚遗师。父以亡金责陈，陈实告之。父以为痴，遂使废学。褚大惭，别师欲去。吕知其故，让之曰："子既贫，胡不早

①浼(měi)：恳求，央求。　②论昏：谈论婚事，提亲。　③顺天：顺天府，治所在今北京市。　④束金：束脩之金，即入塾的学费。　⑤劈茼(qǐng)淬硫：将茼劈成细缕，再淬上硫黄，用于引火。茼，即茼麻，一年生草本植物。

告?"乃悉以金返陈父,止褚读如故,与共饔飧①,若子焉。陈虽不入馆,每邀褚过酒家饮。褚固以避嫌不往,而陈要之弥坚,往往泣下,褚不忍绝,遂与往来无间。逾二年陈父死,复求受业。吕感其诚纳之,而废学既久,较褚悬绝矣。

居半年,吕长子自越来,丐食寻父。门人辈敛金助装,褚惟洒涕依恋而已。吕临别,嘱陈师事褚。陈从之,馆褚于家。未几,入邑庠,以"遗才"应试。陈虑不能终幅②,褚请代之。至期,褚偕一人来,云是表兄刘天若,嘱陈暂从去。陈方出,褚忽自后曳之,身欲踣,刘急挽之而去。览眺一过,相携宿于其家。家无妇女,即馆客于内舍。

居数日,忽已中秋。刘曰:"今日李皇亲园中,游人甚夥,当往一豁积闷,相便送君归。"使人荷茶鼎、酒具而往。但见水肆梅亭,喧啾不得入。过水关,则老柳之下,横一画桡,相将登舟。酒数行,苦寂。刘顾僮曰:"梅花馆近有新姬,不知在家否?"僮去少时,与姬俱至,盖勾栏李遏云也。李,都中名妓,工诗善歌,陈曾与友人饮其家,故识之。相见,略道温凉。姬戚戚有忧容。刘命之歌,为歌《蒿里》。陈不悦,曰:"主客即不当卿意,何至对生人歌死曲?"姬起谢,强颜欢笑,乃歌艳曲。陈喜,捉腕曰:"卿向日《浣溪纱》读之数过,今并忘之。"姬吟曰:"泪眼盈盈对镜台,开帘忽见小姑来,低头转侧看弓鞋。强解绿蛾开笑面,频将红袖拭香腮,小心犹恐被人猜。"陈反复数四。已而泊舟,过长廊,见壁上题咏甚多,即命笔记词其上。日已薄暮,刘曰:"闱中人③将出矣。"遂送陈归,入门即别去。

陈见室暗无人,俄延间,褚已入门;细审之,却非褚生。方疑,客遽近身而仆。家人曰:"公子惫矣!"共扶掖之。转觉仆者非他,即己也。既起,见褚生在旁,惚惚若梦。屏人而研究之。褚曰:"告之勿惊:我实鬼也。久当投生,所以因循于此者,高谊所不能忘,故附君体,以代捉刀④;三场毕,此愿了矣。"陈复求赴春闱,曰:"君先世福薄,悭吝之骨,诰赠所不堪也。"问:"将何适?"曰:"吕先生与仆有父子之分,系念常不能置。表兄为冥司典簿,求白地府主者,或当有说。"遂别而去。陈异之;天明访李姬,将问以泛舟之事,则姬死数日矣。又至皇亲园,见题句犹存,而淡墨依稀,若将磨灭。始悟题者为魂,作者为鬼。

至夕,褚喜而至,曰:"所谋幸成,敬与君别。"遂伸两掌,命陈书褚字于上以志之。陈将置酒为饯,摇首曰:"勿须。君如不忘旧好,放榜后,勿惮修阻⑤。"陈挥涕送之。见一人伺候于门,褚方依依,其人以手按其项,随手而匾,掬入囊,负之而去。过数日,陈果捷。于是治装如越。吕妻断育几十年,

---

①饔飧(yōng sūn):饭食。饔,早饭。飧,晚饭。 ②终幅:即"终篇",此处指完成整篇的八股文。 ③闱中人:考场中的人。 ④捉刀:代人作文。 ⑤修阻:路途遥远,阻滞隔绝。

五旬余忽生一子,两手握固不可开。陈至,请相见,便谓掌中当有文曰"褚"。吕不深信。儿见陈,十指自开,视之果然。惊问其故,具告之。共相欢异。陈厚贻之,乃返。后吕以岁贡廷试入都,舍于陈①;则儿十三岁入泮矣。

异史氏曰:"吕老教门人,而不知自教其子。呜呼!作善于人,而降祥于己,一间也哉!褚生者,未以身报师,先以魂报友,其志其行,可贯日月,岂以其鬼故奇之与!"

盗户

顺治间,滕峄②之区,十人而七盗,官不敢捕。后受抚③,邑宰别之为"盗户"。凡值与良民争,则曲意左袒之,盖恐其复叛也。后讼者辄冒称盗户,而怨家则力攻其伪。每两造具陈,曲直且置不辨,而先以盗之真伪,反复相苦,烦有司稽籍焉。适官署多狐,宰有女为所惑,聘术士来,符捉入瓶,将炽以火。狐在瓶内大呼曰:"我盗户也!"闻者无不匿笑。异史氏曰:"今有明火劫人者,官不以为盗而以为奸;逾墙行淫者,每不自认奸而自认盗:世局又一变矣。设今日官署有狐,亦必大呼'吾盗'无疑也。"

章丘漕粮④徭役,以及征收火耗⑤,小民尝数倍于绅衿⑥,故有田者争求托焉。虽于国课无伤,而实于官橐有损。邑令钟,牒请厘弊,得可。初使自首。既而奸民以此要上,数十年鬻去之产,皆诬托诡挂,以讼售主。令悉左袒之。故良懦者多丧其产。有李生亦为某甲所讼,同赴质审。甲呼之"秀才",李厉声争辩,不居秀才之名。喧不已。令诘左右,共指为真秀才,令问:"何故不承?"李曰:"秀才且置高阁,待争地后再作之不晚也。"噫!以盗之名则争冒之;以秀才之名则争辞之,变异矣哉!有人投匿名状云:"告状人原壤,为抗法吞产事:身以年老不能当差。有负郭田⑦五十亩,于隐公元年,暂挂恶衿颜渊名下。今功令森严,理合自首。讵恶久假不归,霸为己有。身往理说,被伊师率恶党七十二人,毒杖交加,伤残胫股;又将身锁置陋巷,日给箪食瓢饮,囚饿几死。互乡约地证,叩乞革顶⑧严究,俾血产归主,上告。"此可以继柳跖之告夷、齐矣。

---

①舍于陈:住在陈孝廉家。 ②滕峄:指今山东省滕州市、枣庄市一带。 ③受抚:接受官府招抚。 ④章丘:旧县名,治所在今山东省章丘市。漕粮:指由水道运送税粮。 ⑤火耗:此处指地方官征收赋税时,以铸银耗损为由多征收的银钱。 ⑥绅衿:泛指地方上有身份者。绅,绅士,有官职而退居在乡者;衿,青衿,生员所服,指生员。 ⑦负郭田:近郊良田。负郭,靠近城郭。 ⑧革顶:革去功名。

某乙

邑西某乙，故梁上君子也。其妻深以为惧，屡劝止之；乙遂翻然自改。居二三年，贫窭不能自堪，思欲一作冯妇①而后已之。乃托贸易，就善卜者以决趋向。术者曰："东南吉，利小人，不利君子。"兆隐与心合，窃喜。遂南行抵苏、松间，日游村郭几数月。偶入一寺，见墙隅堆石子二三枚，心知其异，亦以一石投之，径趋龛后卧。日既暮，寺中聚语，似有十余人。忽一人数石，讶其多，因共搜之，龛后得乙，问："投石者汝耶？"乙诺。诘里居、姓名，乙诡对之。乃授以兵，率与共去。至一巨第，出软梯，争逾垣入。以乙远至，径不熟，俾伏墙外，司传递、守囊橐焉。少顷掷一裹下，又少顷缒一篓下。乙举篓知有物，乃破篓，以手揣取，凡沉重物，悉纳一囊，负之疾走，竟取道归。由此建楼阁、买良田，为子纳粟②。邑令匾其门曰"善士"。后大案发，群寇悉获；惟乙无名籍，莫可查诘，得免。事寝既久，乙醉后时自述之。

曹③有大寇某，得重资归，肆然安寝。有二三小盗逾垣入，捉之，索金。某不与；棰灼④并施，罄所有乃去。某向人曰："吾不知炮烙之苦如此！"遂深恨盗，投充马捕，捕邑寇殆尽。获囊寇，亦以所施者施之。

霍女

朱大兴，彰德⑤人。家富有而吝啬已甚，非儿女婚嫁，座无宾、厨无肉。然佻达喜渔色，色所在，冗费不惜。每夜，逾垣过村，从荡妇眠。一夜遇少妇独行，知为亡者，强胁之，引与俱归。烛之，美绝。自言"霍氏"。细致研诘，女不悦，曰："既加收齿⑥，何必复盘察？如恐相累，不如早去。"朱不敢问，留与寝处。顾女不能安粗粝，又厌见肉臛⑦，必燕窝、鸡心、鱼肚白作羹汤，始能餍饱。朱无奈，竭力奉之。又善病，日须参汤一碗。朱初不肯。女呻吟垂绝，不得已投之，病若失，遂以为常。女衣必锦绣，数日即厌其故。如是月余，计费不资，朱渐不供。女啜泣不食，求去；朱惧，又委曲承顺之。每苦闷，辄令十数日一招优伶为戏；戏时，朱设凳帘外，抱儿坐观之。女亦无喜容，数相诮骂，朱亦不甚分解。居二年，家渐落，向女婉言求少减；女许之，用度皆

①一作冯妇：指再做一次窃贼。②纳粟：明清科举制度准许通过捐纳钱财的方式成为国子监监生，谓之"纳粟"。③曹：曹州府，治所在今山东省菏泽市。④棰灼：笞打与烧灼。⑤彰德：旧府名，治所在今河南省安阳市。⑥收齿：接纳。⑦肉臛（huò）：肉羹。

损其半。久之仍不给,女亦以肉糜相安;又渐而不珍亦御矣。朱窃喜。忽一夜,启后扉亡去。朱怊怅若失,遍访之,乃知在邻村何氏家。何大姓,世胄也,豪纵好客,灯火达旦。忽有丽人,半夜入闺闼。诘之,则朱家之逃妾也。朱为人,何素藐之;又悦女美,竟纳焉。绸缪数日,益惑之,穷极奢欲,供奉一如朱。朱得耗,坐索之,何殊不为意。朱质于官。官以其姓名来历不明,置不理。朱货产行赇①,乃准拘质。女谓何曰:"妾在朱家,原非采礼媒定者,胡畏之?"何喜,将与质成。座客顾生谏曰:"收纳逋逃,已干国纪;况此女入门,日费无度,即千金之家,何能久也?"何大悟,罢讼,以女归朱。过一二日,女又逃。

有黄生者,故贫士,无偶。女叩扉入,自言所来。黄见艳丽忽投,惊惧不知所为。黄素怀刑②,固却之,女不去。应对间,娇婉无那。黄心动,留之,而虑其不能安贫。女早起,躬操家苦,劬劳过旧室③焉。黄为人蕴藉潇洒,工于内媚,因恨相得之晚,止恐风声漏泄,为欢不久。而朱自讼后,家益贫;又度女不能安,遂置不究。女从黄数岁,亲爱甚笃。

一日忽欲归宁,要黄御送之。黄曰:"向言无家,何前后之舛?"曰:"曩漫言之。妾镇江人。昔从荡子流落江湖,遂至于此。妾家颇裕,君竭资而往,必无相亏。"黄从其言,赁舆同去。至扬州境,泊舟江际。女适凭窗,有巨商子过,惊其绝,反舟缀之,而黄不知也。女忽曰:"君家綦④贫,今有一疗贫之法,不知能从否?"黄诘之,女曰:"妾相从数年,未能为君育男女,亦一不了事。妾虽陋,幸未老耄,有能以千金相赠者,便鬻妾去,此中妻室、田庐皆备焉。此计如何?"黄失色,不知何故。女笑曰:"君勿急,天下固多佳人,谁肯以千金买妾者? 其戏言于外,以觇其有无。卖不卖,固自在君耳。"黄不肯。女自与榜⑤人妇言之,妇目黄,黄漫应焉。妇去无几,返言:"邻舟有商人子,愿出八百。"黄故摇首以难之。未几复来,便言如命,即请过船交兑。黄微哂,女曰:"教渠姑待,我嘱黄郎,即令去。"女谓黄曰:"妾日以千金之躯事君,今始知耶?"黄问:"以何词遣之?"女曰:"请即往署券,去不去固自在我耳。"黄不可。女逼促之,黄不得已诣焉。立刻兑付。黄令封志之⑥,曰:"遂以贫故,竟果如此,遽相割舍。倘室人必不肯从,仍以原金璧赵。"方运金至舟,女已从榜人妇从船尾登商舟,遥顾作别,并无凄恋。黄惊魂离舍,嗌不能言。俄商舟解缆,去如箭激。黄大号,欲追傍之,榜人不从,开舟南渡矣。

瞬息达镇江,运资上岸,榜人急解舟去。黄守装闷坐,无所适归,望江水之滔滔,如万镝之丛体⑦。方掩泣间,忽闻姣声呼"黄郎"。愕然回顾,则女

---

①货产行赇(qiú):变卖家产向官府行贿。 ②怀刑②:畏惧刑律而守法。 ③劬(qú)劳:勤劳、劳苦。旧室:指成婚为年的妻子。 ④綦(qí):极,很。 ⑤榜(bàng)人:船家,船夫。 ⑥封志之:将兑金封缄并加上印记。 ⑦万镝之丛体:犹言万箭穿心。镝,箭。

已在前途。喜极,负装从之,问:"卿何遽得来?"女笑曰:"再迟数刻,则君有疑心矣。"黄乃疑其非常,固诘其情。女笑曰:"妾生平于吝者则破之,于邪者则诳之也。若实与君谋,君必不肯,何处可致千金者?错囊充牣①,而合浦珠还,君幸足矣,穷问何为?"乃雇役荷囊,相将俱去。

至水门内,一宅南向,径入。俄而翁媪男妇,纷出相迎,皆曰:"黄郎来也!"黄入参公姥。有两少年揖坐与语,是女兄弟大郎、三郎也。筵间味无多品,玉柈四枚②,方几已满。鸡蟹鹅鱼,皆脔切为个。少年以巨碗行酒,谈吐豪放。已而导入别院,俾夫妇同处。衾枕滑软,而床则以熟革代棕藤焉。日有婢媪馈致三餐,女或时竟日不出。黄独居闷苦,屡言归,女固止之。一日谓黄曰:"今为君谋:请买一人为子嗣计。然买婢媵则价奢;当伪为妾也兄者,使父与论婚,良家子不难致。"黄不可,女弗听。有张贡士之女新寡,议聘金百缗,女强为娶之。新妇小名阿美,颇婉妙。女嫂呼之;黄瑟踧不安,女殊坦坦。他日,谓黄曰:"妾将与大姊至南海一省阿姨,月余可返,请夫妇安居。"遂去。

夫妻独居一院,按时给饮食,亦甚隆备。然自入门后,曾无一人复至其室。每晨,阿美入觐媪,一两言辄退。娣姒③在旁,惟相视一笑。既流连久坐,亦不款曲,黄见翁亦如之。偶值诸郎聚语,黄至,既都寂然。黄疑闷莫可告语,阿美觉之,诘曰:"君既与诸郎伯仲,何以月来都如生客?"黄仓卒不能对,吃吃而言曰:"我十年于外,今始归耳。"美又细审翁姑阀阅,及妯娌里居。黄大窘,不能复隐,底里尽露。女泣曰:"妾家虽贫,无作贱媵者,无怪诸宛若鄙不齿数矣!"黄惶怖莫知筹计,惟长跪一听女命。美收涕挽之,转请所处。黄曰:"仆何敢他谋,计惟孑身自去耳。"女曰:"既嫁复归,于情何忍?渠虽先从,私也;妾虽后至,公也。不如姑俟其归,问彼既出此谋,将何以置妾也?"

居数月,女竟不返。一夜闻客舍喧饮,黄潜往窥之,见二客戎装上座:一人裹豹皮巾,凛若天神;东首一人,以虎头革作兜牟④,虎口衔额,鼻耳悉具焉。惊异而返,以告阿美,竟莫测霍父子何人。夫妻疑惧,谋欲僦寓他所,又恐生其猜度。黄曰:"实告卿:即南海人还,折证已定,仆亦不能家此也。今欲携卿去,又恐尊大人别有异言。不如姑别,二年中当复至。卿能待,待之;如欲他适,亦自任也。"阿美欲告父母而从之,黄不可。阿美流涕,要以信誓,乃别而归。黄入辞翁姑。时诸郎皆他出,翁挽留以待其归,黄不听而行。登舟凄然,形神丧失。至瓜州,忽回首见片帆来驶如飞;渐近,则船头按剑而坐者霍大郎也。遥谓曰:"君欲遄返⑤,胡再不谋?遗夫人去,二三年谁能相待也?"言次,舟已逼近。阿美自舟中出,大郎挽登黄舟,跳身径去。先是,阿美

---

①错囊:钱袋。充牣:丰足。 ②柈(pán):古同"盘",盘子。 ③娣姒(dì sì):妯娌。 ④兜牟:亦作"兜鍪",头盔。 ⑤遄(chuán)返:急归。

既归，方向父母泣诉，忽大郎将舆登门，按剑相胁，逼女风走。一家慑息，莫敢遮问。女述其状，黄不解何意，而得美良喜，开舟遂发。

至家，出资营业，颇称富有。阿美常悬念父母，欲黄一往探之，又恐以霍女来，嫡庶复有参差。居无何，张翁访至，见屋宇修整，心颇慰，谓女曰："汝出门后，遂诣霍家探问，见门户已扃，第主亦不之知，半年竟无消息。汝母日夜零涕，谓被奸人赚去，不知流离何所。今幸无恙耶？"黄实告以情，因相猜为神。

后阿美生子，取名仙赐。至十余岁，母遣诣镇江，至扬州界，休于旅舍，从者皆出。有女子来，挽儿入他室，下帘，抱诸膝上，笑问何名。儿告之。问："取名何义？"答云："不知。"女曰："归问汝父当自知。"乃为挽髻，自摘髻上花代簪之；出金钏束腕上。又以黄金内袖，曰："将去买书读。"儿问其谁，曰："儿不知更有一母耶？归告汝父：朱大兴死无棺木，当助之，勿忘也。"老仆归舍，失少主，寻至他室，闻与人语，窥之，则故主母。帘外微嗽，将有咨白①。女推儿榻上，恍惚已杳。问之舍主，并无知者。

数日，自镇江归，语黄，又出所赠。黄感叹不已。及询朱，则死裁三日，露尸未葬，厚恤之。

异史氏曰："女其仙耶？三易其主不为贞。然为吝者破其悭②，为淫者速其荡，女非无心者也。然破之则不必其怜之矣，贪淫鄙吝之骨，沟壑何惜焉？"

司文郎

平阳③王平子，赴试北闱④，赁居报国寺。寺中有余杭生先在，王以比屋居，投刺⑤焉，生不之答；朝夕遇之多无状。王怒其狂悖，交往遂绝。

一日，有少年游寺中，白服裙帽，望之傀然⑥。近与接谈，言语谐妙，心爱敬之。展问邦族，云："登州宋姓。"因命苍头⑦设座，相对喔谈。余杭生适过，共起逊坐。生居然上座，更不挢挹⑧。卒然问宋："亦入闱者耶？"答曰："非也。驽骀之才，无志腾骧久矣。"又问："何省？"宋告之。生曰："竟不进取，足知高明。山左、右并无一字通者。"宋曰："北人固少通者，而不通者未必是小生；南人固多通者，然通者亦未必是足下。"言已，鼓掌，王和之，因而哄堂。生惭忿，轩眉攘腕而大言曰："敢当前命题，一校文艺乎？"宋他顾而哂

①咨白：禀告，陈说。 ②悭(qiān)：吝啬，小气。 ③平阳：旧府名，治所在今山西省临汾市。 ④北闱：此处指顺天府乡试。 ⑤投刺：投递名帖。 ⑥傀(guī)然：魁梧的样子。 ⑦苍头：仆人。 ⑧挢挹(huī yì)：谦让，谦逊。

曰:"有何不敢!"便趋寓所,出经授王。王随手一翻,指曰:"'阙党童子将命。'"生起,求笔札。宋曳之曰:"口占可也。我破①已成:'于宾客往来之地,而见一无所知之人焉。'"王捧腹大笑。生怒曰:"全不能文,徒事嫚骂,何以为人!"王力为排难②,请另命佳题。又翻曰:"'殷有三仁焉。'"宋立应曰:"三子者不同道,其趋一也。夫一者何也? 曰:仁也。君子亦仁而已矣,何必同?"生遂不作,起曰:"其为人也小有才。"遂去。

王以此益重宋。邀入寓室,款言移晷③,尽出所作质宋。宋流览绝疾,逾刻已尽百首,曰:"君亦沉深于此道者? 然命笔时,无求必得之念,而尚有冀幸得之心,即此已落下乘。"遂取阅过者一一诠说。王大悦,师事之;使庖人以蔗糖作水角④。宋啖而甘之,曰:"生平未解此味,烦异日更一作也。"从此相得甚欢。宋三五日辄一至,王必为之设水角焉。余杭生时一遇之,虽不甚倾谈,而傲睨之气顿减。一日以窗艺示宋,宋见诸友圈赞⑤已浓,目一过,推置案头,不作一语。生疑其未阅,复请之,答已览竟。生又疑其不解,宋曰:"有何难解? 但不佳耳!"生曰:"一览丹黄⑥,何知不佳?"宋便诵其文,如夙读者,且诵且訾。生跼蹐汗流,不言而去。移时宋去,生入,坚请王作,王拒之。生强搜得,见文多圈点,笑曰:"此大似水角子!"王故朴讷,觍然而已。次日宋至,王具以告。宋怒曰:"我谓'南人不复反矣',伧楚何敢乃尔! 必当有以报之!"王力陈轻薄之戒以劝之,宋深感佩。

既而场后以文示宋,宋颇相许。偶与涉历殿阁,见一瞽僧坐廊下,设药卖医。宋讶曰:"此奇人也! 最能知文,不可不一请教。"因命归寓取文。遇余杭生,遂与俱来。王呼师而参之。僧疑其问医者,便诘症候。王具白请教之意,僧笑曰:"是谁多口? 无目何以论文?"王请以耳代目。僧曰:"三作两千余言,谁耐久听! 不如焚之,我视以鼻可也。"王从之。每焚一作,僧嗅而颔之曰:"君初法大家,虽未逼真,亦近似矣。我适受之以脾。"问:"可中否?"曰:"亦中得。"余杭生未深信,先以古大家文烧试之。僧再嗅曰:"妙哉! 此文我心受之矣,非归胡⑦何解办此!"生大骇,始焚己作。僧曰:"适领一艺,未窥全豹,何忽另易一人来也?"生托言:"朋友之作,止此一首;此乃小生作也。"僧嗅其余灰,咳逆数声,曰:"勿再投矣! 格格而不能下,强受之以膈,再焚则作恶矣。"生惭而退。

数日榜放,生竟领荐;王下第。生与王走告僧。僧叹曰:"仆虽盲于目,而不盲于鼻;帘中人⑧并鼻盲矣。"俄余杭生至,意气发舒,曰:"盲和尚,汝亦啖人水角耶? 今竟何如?"僧曰:"我所论者文耳,不谋与君论命。君试寻诸

---

①破:即"破题",八股文的第一股,用一两句话点破文题的要义。 ②排难:调解纠纷。 ③移晷:日影移动,指时间很长。 ④水角:水饺。 ⑤圈赞:在文章字句旁加圈,表示称赏。 ⑥丹黄:指丹砂和雌黄,为古时点校书籍所用的两种颜色,此处指上文所言之"圈赞"。 ⑦归胡:指明代归有光、胡友信,皆为八股文名家。 ⑧帘中人:此处指乡试阅卷试官。

试官之文，各取一首焚之，我便知孰为尔师。”生与王并搜之，止得八九人。生曰：“如有舛错，以何为罚？”僧愤曰：“剜我盲瞳去！”生焚之，每一首，都言非是；至第六篇，忽向壁大呕，下气如雷。众皆粲然。僧拭目向生曰：“此真汝师也！初不知而骤嗅之，刺于鼻，棘于腹，膀胱所不能容，直自下部出矣！”生大怒，去，曰：“明日自见！勿悔！勿悔！”

越二二日竟不至；视之已移去矣。乃知即某门生也。宋慰王曰：“凡吾辈读书人，不当尤人，但当克己；不尤人则德益弘，能克己则学益进。当前蹶落①，固是数之不偶；平心而论，文亦未便登峰，其由此砥砺，天下自有不盲之人。”王肃然起敬。又闻次年再行乡试，遂不归，止而受教。宋曰：“都中薪桂米珠②，勿忧资斧。舍后有窖镪③，可以发用。”即示之处。王谢曰：“昔窦范④贫而能廉，今某幸能自给，敢自污乎？”王一日醉眠，仆及庖人窃发之。王忽觉，闻舍后有声，出窥则金堆地上。情见事露，并相慑伏。方诃责间，见有金爵，类多镌款，审视皆大父⑤字讳。盖王祖曾为南部郎，入都寓此，暴病而卒，金其所遗也。王乃喜，称得金八百余两。明日告宋，且示之爵，欲与瓜分，固辞乃已。以百金往赠瞽僧，僧已去。积数月，敦习益苦。及试，宋曰：“此战不捷，始真是命矣！”俄以犯规被黜。王尚无言，宋大哭不能止，王反慰解之。宋曰：“仆为造物所忌，困顿至于终身，今又累及良友。其命也夫！其命也夫！”王曰：“万事固有数在。如先生乃无志进取，非命也。”宋拭泪曰：“久欲有言，恐相惊怪。某非生人，乃飘泊之游魂也。少负才名，不得志于场屋。佯狂至都，冀得知我者传诸著作。甲申之年，竟罹于难，岁岁飘蓬。幸相知爱，故极力为‘他山’之攻，生平未酬之愿，实欲借良朋一快之耳。今文字之厄若此，谁复能漠然哉！”王亦感泣，问：“何淹滞？”曰：“去年上帝有命，委宣圣⑥及阎罗王核查劫鬼，上者备诸曹任用，余者即俾转轮。贱名已录，所未投到者，欲一见飞黄⑦之快耳。今请别矣！”王问：“所考何职？”曰：“梓潼府⑧中缺一司文郎，暂令聋僮署篆，文运所以颠倒。万一幸得此秩，当使圣教昌明。”

明日，忻忻而至，曰：“愿遂矣！宣圣命作《性道论》，视之色喜，谓可司文。阎罗穆簿，欲以‘口孽’见弃。宣圣争之乃得就。某伏谢已，又呼近案下，嘱云：‘今以怜才，拔充清要；宜洗心供职，勿蹈前愆。’此可知冥中重德行更甚于文学也。君必修行未至，但积善勿懈可耳。”王曰：“果尔，余杭其德行何在？”曰：“不知。要冥司赏罚，皆无少爽。即前日瞽僧亦一鬼也，是前朝名家。以生前抛弃字纸过多，罚作瞽。彼自欲医人疾苦，以赎前愆，故托游廛

①蹴（cù）落：失意。②薪桂米珠：薪贵如桂，米贵如珠，比喻物价昂贵。③窖镪（qiǎng）：藏在地窖的银钱。④窦范：当指五代窦禹钧、宋代范仲淹。⑤大父：祖父。⑥宣圣：孔子。⑦飞黄：传说之神马名，此处喻指乡试中举。⑧梓潼府：指传说中掌管士人功名禄位之神“梓潼帝君”的官府。

肆耳。"王命置酒,宋曰:"无须。终岁之扰,尽此一刻,再为我设水角足矣。"王悲怆不食,坐令自啖。顷刻,已过三盛,捧腹曰:"此餐可饱三日,吾以志君德耳。向所食都在舍后,已成菌矣。藏作药饵,可益儿慧。"王问后会,曰:"既有官责,当引嫌也。"又问:"梓潼祠中,一相酹祝,可能达否?"曰:"此都无益。九天甚远,但洁身力行,自有地司牒报,则某必与知之。"言已,作别而没。王视舍后,果生紫菌,采而藏之。旁有新土坟起,则水角宛然在焉。

王归,弥自刻厉①。一夜,梦宋舆盖而至,曰:"君向以小忿误杀一婢,削去禄籍,今笃行已折除矣。然命薄不足任仕进也。"是年捷于乡,明年春闱又捷。遂不复仕。生二子,其一绝钝,啖以菌,遂大慧。后以故诣金陵,遇余杭生于旅次,极道契阔②,深自降抑,然鬓毛斑矣。

异史氏曰:"余杭生公然自诩,意其为文,未必尽无可观;而骄诈之意态颜色,遂使人顷刻不可复忍。天人之厌弃已久,故鬼神皆玩弄之。脱能增修厥德,则帘内之'刺鼻棘心'者,遇之正易,何所遭之仅也。"

丑狐

穆生,长沙③人,家清贫,冬无絮衣。一夕枯坐,有女子入,衣服炫丽而颜色黑丑,笑曰:"得毋寒乎?"生惊问之,曰:"我狐仙也。怜君枯寂,聊与共温冷榻耳。"生惧其狐,而厌其丑,大号。女以元宝置几上,曰:"若相谐好,以此相赠。"生悦而从之。床无裯褥,女代以袍。将晓,起而嘱曰:"所赠可急市软帛作卧具,余者絮衣作馔足矣。倘得永好,勿忧贫也。"遂去。

生告妻,妻亦喜,即市帛为之缝纫。女夜至,见卧具一新,喜曰:"君家娘子勤劳④哉!"留金以酬之。从此至无虚夕。每去,必有所遗。年余,屋庐修洁,内外皆衣文锦绣,居然素封⑤。女赂贻渐少,生由此心厌之,聘术士至,画符于门。女啮折而弃之,入指生曰:"背德负心,至君已极!然此奈何我!若相厌薄,我自去耳。但情义既绝,受于我者须要偿也!"忿然而去。

生惧,告术士。术士作坛,陈设未已,忽颠地下,血流满颊;视之,割去一耳。众大惧奔散,术士亦掩耳窜去。室中掷石如盆,门窗釜甑,无复全者。生伏床下,蓄缩汗耸。俄见女抱一物入,猫首獇⑥尾,置床前,嗾之曰:"嘻嘻!可嚼奸人足。"物即龁履,齿利于刃。生大惧,将屈藏之,四肢不能动。物嚼指爽脆有声。生痛极哀祝,女曰:"所有金珠,尽出勿隐。"生应之。女曰:"呵呵!"物乃止。生不能起,但告以处。女自往搜括,珠钿衣服之外,止

---

①弥自刻厉:更加刻苦自励。　②契阔:久别的情怀。　③长沙:旧府名,治所在今湖南省长沙市。　④勤(qú)劳:勤劳、劳苦。　⑤素封:无官爵封邑而富比封君的人。　⑥獇(wō):小狗。

得二百余金。女少之，又曰："嘻嘻！"物复嚼。生哀鸣求恕。女限十日偿金六百，生诺之，女乃抱物去。

久之，家人渐聚，从床下曳生出，足血淋漓，丧其二指。视室中财物尽空，惟当年破被存焉；遂以覆生令卧。又惧十日复来，乃货婢鬻衣，以足其数。至期女果至，急付之，无言而去。自此遂绝。生足创，医药半年始愈，而家清贫如初矣。

狐适近村于氏。于业农，家不中资①，三年间援例纳粟，夏屋连蔓，所衣华服半生家物。主见之，亦不敢问。偶适野，遇女于途，长跪道左。女无言，但以素巾裹五六金，遥掷之，反身径去。后于氏早卒，女犹时至其家，家中金帛辄亡去。于子睹其来，拜参之，遥祝："父即去世，儿辈皆若子，纵不抚恤，何忍坐令贫也？"女去，遂不复至。

异史氏曰："邪物之来，杀之亦壮；而既受其德，即鬼物不可负也。既贵而杀赵盾②，则贤豪非之矣。夫人非其心之所好，即万钟何动焉。观其见金色喜，其亦利之所在，丧身辱行而不惜者欤？伤哉贪人，卒取残败！"

吕无病

洛阳孙公子，名麒，娶蒋太守女，甚相得。二十夭殂，悲不自胜。离家，居山中别业。

适阴雨昼卧，室无人，忽见复室帘下，露妇人足，疑而问之。有女子褰帘入，年约十八九，衣服朴洁，而微黑多麻，类贫家女。意必村中僦屋者，呵曰："所须宜白家人，何得轻入！"女微笑曰："妾非村中人，祖籍山东，吕姓。父文学士。妾小字无病。从父客迁，早离顾复。慕公子世家名士，愿为康成③文婢。"孙笑曰："卿意良佳。但仆辈杂居，实所不便，容旋里后，当舆聘之。"女次且曰："自揣陋劣，何敢遂望敌体④？聊备案前驱使，当不至倒捧册卷。"孙曰："纳婢亦须吉日。"乃指架上，使取《通书》第四卷，盖试之也。女翻检得之。先自涉览，而后进之，笑曰："今日河魁不曾在房。"孙意少动，留匿室中。女闲居无事，为之拂几整书，焚香拭鼎，满室光洁。孙悦之。

至夕，遣仆他宿。女俯眉承睫，殷勤臻至。命之寝，始持烛去。中夜睡醒，则床头似有卧人；以手探之知为女，捉而撼焉。女惊起，立榻下，孙曰："何不别寝，床头岂汝卧处也？"女曰："妾善惧。"孙怜之，俾施枕床内。忽闻

①家不中资：指家中的资财没有达到中等人家的程度。②赵盾：指春秋时代晋国大夫赵盾，字孟。此处引用晋灵公刺杀赵盾的故事，引喻富贵而忘恩。③康成：指东汉郑玄，字康成，据载其家奴婢皆读书。④敌体：此处指正妻。

气息之来，清如莲蕊，异之；呼与共枕，不觉心荡；渐于同衾，大悦之。念避匿非策，又恐同归招议。孙有母姨，近隔十余门，谋令遁诸其家，而后再致之。女称善，便言："阿姨，妾熟识之，无容先达，请即去。"孙送之，逾垣而去。孙母姨，寡媪也。凌晨起户，女掩入。媪诘之，答云："若甥遣问阿姨。公子欲归，路赊乏骑，留奴暂寄此耳。"媪信之，遂止焉。孙归，矫谓姨家有婢，欲相赠，遣人舁①之而还，坐卧皆以从。久益嬖之，纳为妾。世家论婚皆勿许，殆有终焉之志。女知之，苦劝令娶；乃娶于许，而终嬖爱无病。许甚贤，略不争夕，无病事许益恭，以此嫡庶偕好。许举一子阿坚，无病爱抱如己出。儿甫三岁，辄离乳媪，从无病宿，许唤不去。无何许病卒，临诀，嘱孙曰："无病最爱儿，即令子之可也，即正位②焉亦可也。"既葬，孙将践其言，告诸宗党，佥谓不可；女亦固辞，遂止。

邑有王天官③女新寡，来求婚。孙雅不欲娶，王再请之。媒道其美，宗族仰其势，共怂恿之。孙惑焉，又娶之。色果艳；而骄已甚，衣服器用多厌嫌，辄加毁弃。孙以爱敬故，不忍有所拂。入门数月，擅宠专房，而无病至前，笑啼皆罪。时怒迁夫婿，数相闹斗。孙患苦之，以多独宿。妇又怒。孙不能堪，托故之都，逃妇难也。妇以远游咎无病。无病鞠躬屏气，承望颜色，而妇终不快。夜使直宿床下，儿奔与俱。每唤起给使，儿辄啼，妇厌骂之。无病急呼乳媪来，抱之不去，强之益号。妇怒起，毒挞无算，始从乳媪去。儿以是病悸，不食。妇禁无病不令见之。儿终日啼，妇叱媪，使弃诸地。儿气竭声嘶，呼而求饮，妇戒勿与。日既暮，无病窥妇不在，潜饮儿。儿见之，弃水捉衿，号咷不止。妇闻之，意气汹汹而出。儿闻声辍涕，一跃遂绝。无病大哭。妇怒曰："贱婢丑态！岂以儿死胁我耶！无论孙家褓襁物；即杀王府世子，王天官女亦能任之！"无病乃抽息忍涕，请为葬具。妇不许，立命弃之。

妇去，窃抚儿，四体犹温，隐语媪曰："可速将去，少待于野，我当继至。其死也共弃之，活也共抚之。"媪曰："诺。"无病入室，携簪珥出，追及之。共视儿，已苏。二人喜，谋趋别业，往依姨。媪虑其纤步为累，无病乃先趋以俟之，疾若飘风，媪力奔始能及。约二更许，儿病危不复可前。遂斜行入村，至田叟家，倚门侍晓，叩扉借室，出簪珥易资，巫医并致，病卒不瘳④。女掩泣曰："媪好视儿，我往寻其父也。"媪方惊其谬妄，而女已杳矣，骇诧不已。

是日，孙在都，方憩息床上，女悄然入。孙惊起曰："才眠已入梦耶！"女握手哽咽，顿足不能出声。久之久之，方失声而言曰："妾历千辛，与儿逃于杨……"句未终，纵声大哭，倒地而灭。孙骇绝，犹疑为梦；唤从人共视之，衣履宛然，大异不解。即刻趣装，星驰而归。既闻儿死妾遁，抚膺大悲。语侵

---

①舁(yú)：抬。　②正位：即"扶正"，指妻子去世后，以妾为妻。　③天官：官名，明清时多用为吏部尚书的别称。　④瘳(chōu)：病愈。

妇,妇反唇相稽。孙忿,出白刃;婢妪遮救不得近,遥掷之。刀脊中额,额破血流,披发嗥叫而出,将以奔告其家。孙捉还,杖挞无数,衣皆若缕,伤痛不可转侧。孙命舁诸房中护养之,将待其瘥而后出之。妇兄弟闻之,怒,率多骑登门,孙亦集健仆械御之。两相叫骂,竟日始散。王未快意,讼之。孙捍卫入城,自诣质审,诉妇恶状。宰不能屈,送广文①惩戒以悦王。广文朱先生,世家子,刚正不阿。廉得情。怒曰:"堂上公以我为天下之龌龊教官,勒索伤天害理之钱,以吮人痈痔者耶! 此等乞丐相,我所不能!"竟不受命。孙公然归。王无奈之,乃示意朋好,为之调停,欲生谢过其家。孙不肯,十反不能决。妇创渐平,欲出之,又恐王氏不受,因循而安之。

姜亡子死,夙夜伤心,思得乳媪,一问其情。因忆无病言"逃于杨",近村有杨家疃,疑其在是;往问之并无知者。或言五十里外有杨谷,遣骑诣讯,果得之。儿渐平复,相见各喜,载与俱归。儿望见父,嗷然大啼,孙亦泪下。妇闻儿尚存,盛气奔出,将致诮骂。儿方啼,开目见妇,惊投父怀,若求藏匿。抱而视之,气已绝矣。急呼之,移时始苏。孙恚曰:"不知如何酷虐,遂使吾儿至此!"乃立离婚书,送妇归。王果不受,又舁还孙。孙不得已,父子别居一院,不与妇通。乳媪乃备述无病情状,孙始悟其为鬼。感其义,葬其衣履,题碑曰"鬼妻吕无病之墓"。无何,妇产一男,交手于项而死之。孙益忿,复出妇;王又舁还之。孙乃具状控诸上台,皆以天官故置不理。后天官卒,孙控不已,乃判令大归②。孙由此不复娶,纳婢焉。

妇既归,悍名噪甚,三四年无问名③者。妇顿悔,而已不可复挽。有孙家旧媪,适至其家。妇优待之,对之流涕;揣其情,似念故夫。媪归告孙,孙笑置之。又年余妇母又卒,孤无所依,诸娣姒④颇厌嫉之,妇益失所,日辄涕零。一贫士丧偶,兄议厚其奁妆而遣之,妇不肯。每阴托往来者致意孙,泣告以悔,孙不听。一日妇率一婢,窃驴跨之,竟奔孙。孙方自内出,迎跪阶下,泣不可止。孙欲去之,妇牵衣复跪之。孙固辞曰:"如复相聚,常无间言⑤则已耳;一朝有他,汝兄弟如虎狼,再求离逖⑥,岂可复得!"妇曰:"妾窃奔而来,万无还理。留则留之,否则死之! 且妾自二十一岁从君,二十三岁被出,诚有十分恶,宁无一分情?"乃脱一腕钏,并两足而束之,袖覆其上,曰:"此时香火之誓,君宁不忆之耶?"孙乃荧眦欲泪,使人挽扶入室;而犹疑王氏诈谖,欲得其兄弟一言为证据。妇曰:"妾私出,何颜复求兄弟? 如不相信,妾藏有死具在此,请断指以自明。"遂于腰间出利刃,就床边伸左手一指断之,血溢如涌。孙大骇,急为束裹。妇容色痛变,而更不呻吟,笑曰:"妾今日黄粱之梦已醒,特借斗室为出家计,何用相猜?"孙乃使子及妾另居一所,而己朝夕往

---

①广文:此处指儒学教官。 ②大归:妇人被夫家休弃,回归母家。 ③问名:古代婚礼"六礼"之一,此处指求亲。 ④娣姒:妯娌。 ⑤间言:非议。 ⑥离逖:远离,此处指夫妇离异。

来于两间。又日求良药医指创,月余寻愈。

　　妇由此不茹荤酒,闭户诵佛而已。居久,见家政废弛,谓孙曰:"妾此来,本欲置他事于不问,今见如此用度,恐子孙有饿莩①者矣。无已,再腆颜一经纪之。"乃集婢媪,按日责其绩织。家人以其自投也,慢之,窃相诮讪,妇若不闻。既而课工,惰者鞭挞不贷,众始惧之。又垂帘课主计仆,综理微密。孙乃大喜,使儿及妾皆朝见之。阿坚已九岁,妇加意温恤,朝入塾,常留甘饵以待其归,儿亦渐亲爱之。一日,儿以石投雀,妇适过,中颅而仆,逾刻不语。孙大怒,挞儿;妇苏,力止之,且喜曰:"妾昔虐儿,中心每不自释,今幸销一罪案矣。"孙益嬖爱之,妇每拒,使就妾宿。居数年,屡产屡殇,曰:"此昔日杀儿之报也。"阿坚既娶,遂以外事委儿,内事委媳。一日曰:"妾某日当死。"孙不信。妇自理葬具,至日更衣入棺而卒。颜色如生,异香满室;既殓,香始渐灭。

　　异史氏曰:"心之所好,原不在妍媸也。毛嫱、西施,焉知非自爱之者美之乎?然不遭悍妒,其贤不彰,几令人与嗜痂者并笑矣。至锦屏之人②,其夙根原厚,故豁然一悟,立证菩提;若地狱道中,皆富贵而不经艰难者矣。"

钱卜巫

　　夏商,河间③人。其父东陵,豪富侈汰,每食包子,辄弃其角,狼藉满地。人以其肥重,呼之"丢角太尉"。暮年,家甚贫,日不给餐,两肱④瘦垂革如囊,人又呼"募庄僧",谓其挂袋也。临终谓商曰:"余生平暴殄天物,上干天怒,遂至冻饿以死。汝当惜福力行,以盖父愆。"

　　商恪遵治命,诚朴无二,躬耕自给,乡人咸爱敬之。富人某翁哀其贫,假以资使学负贩,辄亏其母⑤。愧无以偿,请为佣,翁不肯。商瞿然不自安,尽货其田宅,往酬翁。翁诘得情,益怜之。强为赎还旧业;又益贷以重金,俾作贾。商辞曰:"十数金尚不能偿,奈何结来生驴马债耶?"翁乃招他贾与偕。数月而返,仅能不亏;翁不收其息,使复之。年余贷资盈辈,归至江,遭飓,舟几覆,物半丧失。归计所有,略可偿主,遂语贾曰:"天之所贫,谁能救之?此皆我累君也!"乃稽簿付贾,奉身而退。翁再强之,必不可,躬耕如故。每自叹曰:"人生世上,皆有数年之享,何遂落魄如此?"

　　会有外来巫,以钱卜,悉知人运数。敬诣之。巫,老妪也。寓室精洁,中设神座,香气常熏。商人朝拜讫,巫便索资。商授百钱,巫尽纳木筒中,执跪

---

①饿莩(piǎo):饿死的人。　②锦屏之人:深闺女子,此处指王天官女。　③河间:旧府名,治所在今河北省河间市。　④肱(gōng):手臂。　⑤母:本钱。

座下,摇响如祈签状。已而起,倾钱入手,而后于案上次第摆之。其法以字为否,幕为亨;数至五十八皆字,以后则尽幕矣。遂问:"庚甲①几何?"答:"二十八岁。"巫摇首曰:"早矣!官人现行者先人运,非身运。五十八岁方交本身运,始无盘错也。"问:"何谓先人运?"曰:"先人有善,其福未尽,则后人享之;先人有不善,其祸未尽,则后人亦受之。"商屈指曰:"再三十年,齿已老耄,行就木矣。"巫曰:"五十八以前,便有回闰,略可营谋;然仅免饥寒耳。五十八之年,当有巨金自来,不须力求。官人生无过行,再世享之不尽也。"别巫而返,疑信半焉。然安贫自守,不敢妄求。后至五十三岁,留意验之。时方东作②,病痁③不能耕。既瘥,天大旱,早禾尽枯。近秋方雨,家无别种,田数亩悉以种谷。既而又旱,荞菽半死,惟谷无恙;后得雨勃发,其丰倍焉。来春大饥,得以无馁。商以此信巫,从翁贷资,小权子母④,辄小获;或劝作大贾,商不肯。迨五十七岁,偶葺墙垣,掘地得铁釜;揭之,白气如絮,惧不敢发。移时,气尽,白镪满瓮。夫妻共运之,称计一千三百二十五两。窃议巫术小舛⑤。邻人妻入商家,窥见之,归告夫。夫忌焉,潜告邑宰。宰最贪,拘商索金。妻欲隐其半,商曰:"非所宜得,留之贾祸。"尽献之。宰得金,恐其漏匿,又追贮器,以金实之,满焉,乃释商。居无何,宰迁南昌同知。逾岁,商以懋迁⑥至南昌,则宰已死。妻子将归,货其粗重;有桐油如干篓,商以直贱,买之以归。既抵家,器有渗漏,泻注他器,则内有白金二铤;遍探皆然。兑之,适得前掘镪之数。

商由此暴富,益赡贫穷,慷慨不吝。妻劝积遗子孙,商曰:"此即所以遗子孙也。"邻人赤贫至为丐,欲有所求,而心自愧。商闻而告之曰:"昔日事,乃我时数未至,故鬼神假子手以败之,于汝何尤?"遂周给之。邻人感泣。后商寿八十,子孙承继,数世不衰。

异史氏曰:"汏侈已甚,王侯不免,况庶人乎!生暴天物,死无饭含,可哀矣哉!幸而鸟死鸣哀,子能干蛊,穷败七十年,卒以中兴;不然,父孽累子,子复累孙,不至乞丐相传不止矣。何物老巫,遂宣天之秘?呜呼!怪哉!"

姚安

姚安,临洮⑦人,美丰标⑧。同里宫姓,有女子字绿娥,艳而知书,择偶不嫁。母语人曰:"门族风采,必如姚某始字⑨之。"姚闻,绐⑩妻窥井,挤堕之,

①庚甲:年岁。 ②东作:春耕。 ③痁(shān):疟疾。 ④权子母:国家铸钱,以重币为母,轻币为子,权其轻重而使行,有利于民。后世遂称资本经营或借贷生息为"权子母"。 ⑤舛(chuǎn):差错。 ⑥懋迁:贸易。 ⑦临洮:旧府名,治所在今甘肃省临洮县。 ⑧丰标:风度仪态。 ⑨字:许嫁。 ⑩绐(dài):欺骗。

遂娶绿娥。雅甚亲爱。然以其美也，故疑之。闭户相守，步辄缀焉；女欲归宁，则以两肘支袍，覆翼以出，入舆封志①，而后驰随其后，越宿，促与俱归。女心不能善，忿曰："若有桑中约②，岂琐琐所能止耶！"姚以故他往，则扃女室中，女益厌之，俟其去，故以他钥置门外以疑之。姚见大怒，问所自来。女愤言："不知！"姚愈疑，伺察弥严。

一日自外至，潜听久之，乃开锁启扉，惟恐其响，悄然掩入。见一男子貂冠卧床上，忿怒，取刀奔入，力斩之。近视，则女昼眠畏寒，以貂覆面上。大骇，顿足自悔。宫翁忿质于官。官收姚，褫衿苦械③。姚破产，以具金赂上下，得不死。由此精神迷惘，若有所失。适独坐，见女与髯丈夫狎亵榻上，恶之，操刃而往，则没矣；反坐又见之。怒甚，以刀击榻，席褥断裂。愤然执刃，近榻以伺之，见女面立，视之而笑。速斫之，立断其首；既坐，女不移处，而笑如故。夜间灭烛，则闻淫溺之声，亵不可言。日日如是，不复可忍，于是鬻其田宅，将卜居他所。至夜偷儿穴壁入，劫金而去。自此贫无立锥，忿恚而死。里人藁葬之。

异史氏曰："爱新而杀其旧，忍乎哉！人止知新鬼为厉，而不知故鬼之夺其魄也。呜呼！截指而适其屦，不亡何待！"

采薇翁

明鼎革④，干戈蜂起。於陵⑤刘芝生先生聚众数万，将南渡。忽一肥男子诣栅门⑥，敞衣露腹，请见兵主。先生延入与语，大悦之。问其姓名，自号采薇翁。刘留参帷幄，赠以刃。翁言："我自有利兵，无须矛戟。"问："兵所在？"翁乃捋衣露腹，脐大可容鸡子；忍气鼓之，忽脐中塞肤，嗤然突出剑跗；握而抽之，白刃如霜。刘大惊，问："止此乎？"笑指腹曰："此武库也，何所不有。"命取弓矢，又如前状，出雕弓一具；略一闭息，则一矢飞堕，其出不穷。已而剑插脐中，既都不见。刘神之，与同寝处，敬礼甚备。

时营中号令虽严，而乌合之群，时出剽掠。翁曰："兵贵纪律；今统数万之众，而不能镇慑人心，此败亡之道。"刘喜之，于是纠察卒伍，有掠取妇女财物者，枭以示众。军中稍肃，而终不能绝。翁不时乘马出，遨游部伍之间，而军中悍将骄卒，辄首自堕地，不知其何因。因共疑翁。前进严饬之策，兵士已畏恶之；至此益相憾怨。诸部领谮于刘曰："采薇翁，妖术也。自古名将，

①入舆封志：此处指姚安待绿娥坐入轿中后，在轿门上加上封条。　②桑中约：指男女私会之约。③褫衿苦械：褫夺生员资格，施以酷刑。　④鼎革：改朝换代，此处指由明入清。　⑤於陵：古地名，在今山东省邹平县东南。　⑥栅门：军营之门。

止闻以智,不闻以术。浮云、白雀之徒,终致灭亡。今无辜将士,往往自失其首,人情汹惧;将军与处,亦危道也,不如图之。"刘从其言,谋俟其寝而诛之。使觇翁,翁坦腹方卧,鼻息如雷。众大喜,以兵绕舍,两人持刀入断其头;及举刀,头已复合,息如故,大惊。又斫其腹;腹裂无血,其中戈矛森聚,尽露其颖。众益骇,不敢近;遥拨以稍①,而铁弩大发,射中数人。众惊散,白刘。刘急诣之,已杳矣。

崔猛

崔猛,字勿猛,建昌②世家子。性刚毅,幼在塾中,诸童稍有所犯,辄奋拳殴击,师屡戒不悛,名、字皆先生所赐也。至十六七,强武绝伦。又能持长竿跃登夏屋③。喜雪不平,以是乡人共服之,求诉禀白④者盈阶满室。崔抑强扶弱,不避怨嫌;稍逆之,石杖交加,支体为残。每盛怒,无敢劝者。惟事母孝,母至则解。母遣责备至,崔唯唯听命,出门辄忘。比邻有悍妇,日虐其姑。姑饿濒死,子窃啖之;妇知,诟厉万端,声闻四院。崔怒,逾垣而过,鼻耳唇舌尽割之,立毙。母闻大骇,呼邻子极意温恤,配以少婢,事乃寝。母愤泣不食。崔惧,跪请受杖,且告以悔,母泣不顾。崔妻周,亦与并跪。母乃杖子,而又针刺其臂,作十字纹,朱涂之,俾勿灭。崔并受之,母乃食。

母喜饭僧道,往往餍饱之。适一道士在门,崔过之。道士目之曰:"郎君多凶横之气,恐难保其令终。积善之家,不宜有此。"崔新受母戒,闻之,起敬曰:"某亦自知;但一见不平,苦不自禁。力改之,或可免否?"道士笑曰:"姑勿问可免不可免,请先自问能改不能改。但当痛自抑;如有万分之一,我告君以解死之术。"崔生平不信厌禳⑤,笑而不言。道士曰:"我固知君不信。但我所言,不类巫觋⑥,行之亦盛德;即或不效,亦无妨碍。"崔请教,乃曰:"适门外一后生,宜厚结之,即犯死罪,彼亦能活之也。"呼崔出,指示其人。盖赵氏儿,名僧哥。赵,南昌人,以岁祲饥⑦,侨寓建昌。崔由是深相结,请赵馆于其家,供给优厚。僧哥年十二,登堂拜母,约为弟昆。逾岁东作⑧,赵携家去,音问遂绝。

崔母自邻妇死,戒子益切,有赴诉者,辄摈斥之。一日崔母弟卒,从母往吊,途遇数人絷一男子,呵骂促步,加以捶扑。观者塞途,舆不得进。崔问之,识崔者竞相拥告。先是,有巨绅子某甲者豪横一乡,窥李申妻有色欲夺

①稍(shuò):古同"槊",长矛。　②建昌:旧府名,治所在今江西省南城县。　③夏屋:大屋。　④求诉禀白:诉说冤情,禀报事情。　⑤厌禳:指用巫术祈祷鬼神除灾降福,或致灾祸于人,或降伏某物。　⑥巫觋(xí):古代称女巫为巫,男巫为觋,合称"巫觋"。　⑦祲(jìn)饥:饥荒。　⑧东作:春耕。

之，道无由。因命家人诱与博赌，贷以资而重其息，要使署妻于券，资尽复给。终夜负债数千，积半年，计子母三十余千。申不能偿，强以多人篡取其妻。申哭诸其门，某怒，拉系树上，榜笞刺剟，逼立"无悔状"。崔闻之，气涌如山，鞭马前向，意将用武。母搴帘而呼曰："嘻！又欲尔耶！"崔乃止。既吊而归，不语亦不食，兀坐直视，若有所嗅。妻诘之，不答。至夜，和衣卧榻上，辗转达旦，次夜复然。忽启户出，辄又还卧。如此三四，妻不敢诘，惟惵息以听之。既而迟久乃返，掩扉熟寝矣。

是夜，有人某甲于床上，刳腹流肠；申妻亦裸尸床下。官疑申，捕治之。横被残梏，踝骨皆见，卒无词。积年余不堪刑，诬服，论辟①。会崔母死，既殡，告妻曰："杀人者实我也，徒以有老母故不敢泄。今大事已了，奈何以一身之罪殃他人？我将赴有司死耳！"妻惊挽之，绝裾而去，自首于庭。官愕然，械送狱，释申。申不可，坚以自承。官不能决，两收之。戚属皆诮让申，申曰："公子所为，是我欲为而不能者。彼代我为之，而忍坐视其死乎？今日即谓公子未出也可。"执不异词，固与崔争。久之，衙门皆知其故，强出之，以崔抵罪，濒就决矣。会恤刑官②赵部郎，案临阅囚，至崔名，屏人而唤之。崔入，仰视堂上，僧哥也。悲喜实诉。赵徘徊良久，仍令下狱，嘱狱卒善视之。寻以自首减等，充云南军，申为服役而去，未期年援赦而归。皆赵力也。

既归，申终从不去，代为纪理生业。予之资，不受。缘橦技击之术，颇以关怀。崔厚遇之，买妇授田焉。崔由此力改前行，每抚臂上刺痕，泫然流涕，以故乡邻有事，申辄矫命排解，不相禀白。

有王监生者家豪富，四方无赖不仁之辈，出入其门。邑中殷实者，多被劫掠；或迕之，辄遣盗杀诸途。子亦淫暴。王有寡婶，父子俱烝之。妻仇氏屡沮王，王缢杀之。仇兄弟质诸官，王赇嘱，以告者坐诬。兄弟冤愤莫伸，诣崔求诉。申绝之使去。过数日，客至，适无仆，使申渝茗。申默然出，告人曰："我与崔猛朋友耳，从徙③万里，不可谓不至矣；曾无廪给④，而役同厮养，所不甘也！"遂忿而去。或以告崔，崔讶其改节，而亦未之奇也。申忽讼于官，谓崔三年不给佣值。崔大异之，亲与对状，申忿相争。官不直之，责逐而去。又数日，申忽夜入王家，将其父子婶妇并杀之，粘纸于壁，自书姓名，及追捕之，则亡命无迹。王家疑崔主使，官不信。崔始悟前此之讼，盖恐杀人之累己也。关行附近州邑，追捕甚急。会闯贼犯顺⑤，其事遂寝。及明鼎革，申携家归，仍与崔善如初。

时土寇啸聚，王有从子得仁，集叔所招无赖，据山为盗，焚掠村疃。一夜，倾巢而至，以报仇为名。崔适他出，申破扉始觉，越墙伏暗中。贼搜崔、

---

①论辟：判决死刑。　②恤刑官：指派往各地审讯刑犯、清理冤滞的官员。　③徙：流放。　④廪给：俸禄，薪给，此处指工钱。　⑤闯贼犯顺：指闯王李自成起兵反明。

李不得，据崔妻，括财物而去。申归，止有一仆，忿极，乃断绳数十段，以短者付仆，长者自怀之。嘱仆越贼巢，登半山，以火爇绳，散挂荆棘，即反勿顾。仆应而去。申窥贼皆腰束红带，帽系红绢，遂效其装。有老牝马初生驹，贼弃诸门外。申乃缚驹跨马，衔枚①而出，直至贼穴。贼据一大村，申絷马村外，逾垣入。见贼众纷纭，操戈未释。申窃问诸贼，知崔妻在王某所。俄闻传令，俾各休息，轰然嗷应。忽一人报东山有火，众贼共望之：初犹一二点，既而多类星宿。申坌息急呼东山有警。王大惊，束装率众而出。申乘间漏出其右，返身入内。见两贼守帐，绐之曰："王将军遗佩刀。"两贼竞觅。申自后刺之，一贼踣；其一回顾，申又斩之。竟负崔妻越垣而出。解马授辔，曰："娘子不知途，纵马可也。"马恋驹奔驶，申从之。出一隘口，申灼火于绳，遍悬之，乃归。

次日崔还，以为大辱，形神跳蹴，欲单骑往平贼。申谏止之。集村人共谋，众惴怯莫敢应。解谕再四，得敢往二十余人，又苦无兵②。适于得仁族姓家获奸细二，崔欲杀之，申不可；命二十人各持白梃，具列于前，乃割其耳而纵之。众怨曰："此等兵旅，方惧贼知，而反示之。脱其倾队而来，阖村不保矣！"申曰："吾正欲其来也。"执匪盗者诛之。遣人四出，各假弓矢火铳，又诣邑借巨炮二。日暮，率壮士至隘口，置炮当其冲；使二人匿火而伏，嘱见贼乃发。又至谷东口，伐树置崖上。已而与崔各率十余人，分岸伏之。一更向尽，遥闻马嘶，贼果大至，缰属不绝③。俟尽入谷，乃推堕树木，断其归路。俄而炮发，喧腾号叫之声震动山谷。贼骤退，自相践踏；至东口，不得出，集无隙地。两岸铳矢夹攻，势如风雨，断头折足者枕藉沟中。遗二十余人，长跪乞命。乃遣人絷送以归。乘胜直抵其巢。守巢者闻风奔窜，揣其辎重而还。崔大喜，问其设火之谋。曰："设火于东，恐其西追也；短，欲其速尽，恐侦知其无人也；既而设于谷口，口甚隘，一夫可以断之，彼即追来，见火必惧：皆一时犯险之下策也。"取贼鞫之，果追入谷，见火惊退。二十余贼，尽劓刖④而放之。由此威声大震，远近避乱者从之如市，得土团三百余人。各处强寇无敢犯，一方赖以安。

异史氏曰："快牛必能破车，崔之谓哉！志意慷慨，盖鲜俪⑤矣。然欲天下无不平之事，宁非意过其通者与？李申，一介细民，遂能济美。缘橦飞入，剪禽兽于深闺；断路夹攻，荡幺魔于隘谷。使得假五丈之旗⑥，为国效命，乌在不南面而王哉！"

---

①衔枚：古代行军时口中衔枚，以防出声，此处形容悄声前行。 ②兵：兵器。 ③缰（qiāng）属不绝：形容连续不断。 ④劓刖（yì yuè）：割鼻断足之刑。 ⑤鲜俪：罕见其匹。 ⑥五丈之旗：杆高五丈的旗，帅旗。

诗谳

青州①居民范小山，贩笔为业，行贾未归。四月间，妻贺氏独居，夜为盗所杀。是夜微雨，泥中遗诗扇一柄，乃王晟之赠吴蜚卿者。晟，不知何人；吴，益都之素封②，与范同里，平日颇有佻达之行，故里党共信之。郡县拘质，坚不伏，惨被械梏③，诬以成案；驳解往复，历十余官，更无异议。

吴亦自分必死，嘱其妻罄竭所有，以济茕独④。有向其门诵佛千者，给以絮裤；至万者絮袄。于是乞丐如市，佛号声闻十余里。因而家骤贫，惟日货田产以给资斧。阴赂监者使市鸩⑤，夜梦神人告之曰："子勿死，曩日'外边凶'，目下'里边吉'矣。"再睡，又言，以是不果死。

未几，周元亮先生分守是道，录囚⑥至吴，若有所思。因问："吴某杀人，有何确据？"范以扇对。先生熟视扇，便问："王晟何人？"并云不知。又将爱书细阅一过，立命脱其死械，自监移之仓⑦。范力争之，怒曰："尔欲妄杀一人便了却耶？抑将得仇人而甘心耶？"众疑先生私吴，俱莫敢言。

先生标朱签，立拘南郭某肆主人。主人惧，莫知所以。至则问曰："肆壁有东莞李秀诗，何时题耶？"答云："旧岁提学案临，有日照二三秀才，饮醉留题，不知所居何里。"遂遣役至日照，坐拘李秀。数日秀至，怒曰："既作秀才，奈何谋杀人？"秀顿首错愕，曰："无之！"先生掷扇下，令其自视，曰："明系尔作，何诡托王晟？"秀审视，曰："诗真某作，字实非某书。"曰："既知汝诗，当即汝友。谁书者？"秀曰："迹似沂州王佐。"乃遣役赍拘王佐。佐至，呵问如秀状。佐供："此益都铁商张成索某书者，云晟其表兄也。"先生曰："盗在此矣。"执成至，一讯遂伏。

先是，成窥贺美，欲挑之，恐不谐。念托于吴，必人所共信，故伪为吴扇，执而往。谐则自认，不谐则嫁名于吴，而实不期至于杀也。逾垣入逼妇；妇因独居，常以刃自卫。既觉，捉成衣，操刀而起。成惧夺其刀。妇力挽。令不得脱，且号。成益窘，遂杀之，委⑧扇而去。

三年冤狱，一朝而雪，无不诵神明者。吴始语"里边吉"乃"周"字也。然终莫解其故。后邑绅乘间请之，笑曰："此最易知。细阅爱书，贺被杀在四月上旬，是夜阴雨，天气犹寒，扇乃不急之物，岂有忙迫之时，反携此以增累者，其嫁祸可知。向避雨南郭，见题壁诗与簁⑨头之作，口角相类，故妄度李

①青州：旧府名，治所在今山东省青州市。 ②素封：无官爵封邑而富比封君的人。 ③械梏：泛指刑具，此处指用刑具拷掠。 ④济：救济。茕(qióng)独：指孤独无依者。 ⑤市鸩：购买毒酒。 ⑥录囚：指检阅查看在押囚犯。 ⑦自监移之仓：从内监移至外监。监，内监。仓，外监。 ⑧委：丢弃。 ⑨簁(shù)：扇子。

生,果因是而得真盗。"闻者叹服。

异史氏曰:"人之深者,当其无有有之用。词赋文章,华国之具也,而先生以相天下士,称孙阳焉。岂非入其中深乎？而不谓相士之道,移于折狱。《易》曰:'知几其神。'先生有之矣。"

鹿衔草

关外①山中多鹿。土人戴鹿首,伏草中,卷叶作声,鹿即群至。然牡少而牝多。牡交群牝,千百必遍,既遍遂死。众牝嗅之,知其死,分走谷中,衔异草置吻旁以熏之,顷刻复苏。急鸣金施铳,群鹿惊走。因取其草,可以回生。

小棺

天津②有舟人某,夜梦一人教之曰:"明日有载竹笥③赁舟者,索之千金;不然,勿渡也。"某醒不信。既寐复梦,且书"顾顝顝"三字于壁,嘱云:"倘渠吝价,当即书此示之。"某异之。但不识其字,亦不解何意。

次日,留心行旅;日向西,果有一人驱骡载笥来,问舟。某如梦索价,其人笑之。反复良久,某牵其手,以指书前字。其人大愕,即刻而灭。搜其装载,则小棺数万余,每具仅长指许,各贮滴血而已。某以三字传示遐迩,并无知者。未几吴逆叛谋既露,党羽尽诛,陈尸几如棺数焉。徐白山说。

邢子仪

滕④有杨某,从白莲教党,得左道之术。徐鸿儒诛后,杨幸漏脱,遂挟术以遨。家中田园楼阁,颇称富有。至泗上⑤某绅家,幻法为戏,妇女出窥。杨睨其女美,归谋摄取之。其继室朱氏亦风韵,饰以华妆,伪作仙姬;又授木鸟,教之作用;乃自楼头推堕之。朱觉身轻如叶,飘飘然凌云而行。无何至一处,云止不前,知已至矣。是夜,月明清洁,俯视甚了。取木鸟投之,鸟振翼飞去,直达女室。女见彩禽翔入,唤婢扑之,鸟已冲帘出。女追之,鸟堕地作鼓翼声;近逼之,扑入裙底;展转间,负女飞腾,直冲霄汉。婢大号。朱在

①关外:此处指山海关以东地区。　②天津:明置天津卫,治所在今天津市。　③笥(sì):一种方形竹器,多用于盛饭或衣物。　④滕:旧县名,治所在今山东省滕州市。　⑤泗上:泗水之滨。

云中言曰："下界人勿须惊怖,我月府姮娥也。渠是王母第九女偶谪尘世。王母日切怀念,暂招去一相会聚,即送还耳。"遂与结襟而行。

方及泗水之界,适有放飞爆者,斜触鸟翼;鸟惊堕,牵朱亦堕,落一秀才家。秀才邢子仪,家赤贫而性方鲠。曾有邻妇夜奔,拒不纳。妇衔愤去,谮诸其夫,诬以挑引。夫固无赖,晨夕登门诟辱之,邢因货产僦居别村。有相者顾某善决人福寿,踵门叩之。顾望见笑曰："君富足千钟,何着败絮见人?岂谓某无瞳耶?"邢噱妄之。顾细审曰："是矣。固虽萧索,然金穴不远矣。"邢又妄之。顾曰："不惟暴富,且得丽人。"邢终不以为信。顾推之出,曰:"且去且去,验后方索谢耳。"是夜,独坐月下,忽二女自天降,视之皆丽姝。诧为妖,诘问之,初不肯言。邢将号召乡里,朱惧,始以实告,且嘱勿泄,愿终从焉。邢思世家女不与妖人妇等,遂遣人告其家。其父母自女飞升,零涕惶惑;忽得报书,惊喜过望,立刻命舆马星驰而去。报邢百金,携女归。邢得艳妻,方忧四壁,得金甚慰。往谢顾,顾又审曰:"尚未尚未。泰运①已交,百金何足言!"遂不受谢。

先是,绅归,请于上官捕杨。杨预遁不知所之,遂籍②其家,发牒追朱。朱惧,牵邢饮泣。邢亦计窘,始赂承牒者,赁车骑携朱诣绅,哀求解脱。绅感其义,为竭力营谋,得赎免;留夫妻于别馆,欢如戚好。绅女幼受刘聘;刘,显秩也,闻女寄邢家信宿,以为辱,反婚书与女绝姻。绅将议姻他族,女告父母誓从邢。邢闻之喜;朱亦喜,自愿下之。绅忧邢无家,时杨居宅从官货,因代购之。夫妻遂归,出橐金,粗治器具,蓄婢仆,旬日耗费已尽。但冀女来,当复得其资助。一夕,朱谓邢曰:"孽夫杨某,曾以千金埋楼下,惟妾知之。适视其处,砖石依然,或窖藏无恙。"往共发之,果得金。因信顾术之神,厚报之。后女于归,妆资丰盛,不数年,富甲一郡矣。

异史氏曰:"白莲奸灭而杨独不死,又附益之,几疑恢恢者疏而且漏矣。孰知天留之,盖为邢也。不然,邢即否极而泰,亦恶能仓卒起楼阁、累巨金哉?不爱一色,而天报之以两。呜呼!造物无言,而意可知矣。"

李生

商河③李生,好道。村外里余,有兰若④,筑精舍三楹,趺坐其中。游食缁黄,往来寄宿,辄与倾谈,供给不厌。一日,大雪严寒,有老僧担囊借榻,其词玄妙。信宿将行,固挽之,留数日。适生以他故归,僧嘱早至,意将别生。

---

①泰运:好运。 ②籍:抄没家产。 ③商河:旧县名,治所在今山东省商河县。 ④兰若:梵语"阿兰若"的省称,此处指寺院。

鸡鸣而往，叩关不应。逾垣入，见室中灯火荧荧，疑其有作，潜窥之。僧趣装①矣，一瘦驴縶灯檠②上，细审，不类真驴，颇似殉葬物；然耳尾时动，气咻咻然。俄而装成，启户牵出。生潜尾之。门外原有大池，僧系驴池树，裸入水中，遍体掬濯已；着衣牵驴入，亦濯之。既而加装超乘③，行绝驶。生始呼之。僧但遥拱致谢，语不及闻，去已远矣。王梅屋言：李其友人。曾至其家，见堂上额书"待死堂"，亦达士也。

陆押官

赵公，湖广武陵④人，官宫詹⑤，致仕⑥归。有少年伺门下，求司笔札。公召入，见其人秀雅，诘其姓名，自言陆押官，不索佣值。公留之，慧过凡仆。往来笺奏，任意裁答，无不工妙。主人与客弈，陆睨之，指点辄胜。赵益优宠之。

诸僚仆见其得主人青目，戏索作筵。押官许之，问："僚属几何？"会别业主计者⑦约三十余人，众悉告之数以难之。押官曰："此大易。但客多，仓卒不能遽办，肆中可也。"遂遍邀诸侣，赴临街店。皆坐。酒甫行，有按壶起者曰："诸君姑勿酌，请问今日谁作东道主？宜先出资为质，始可放情饮啖；不然，一举数千，哄然都散，向何取偿也？"众目押官。押官笑曰："得无谓我无钱耶？我固有钱。"乃起，向盆中捻湿面如拳，碎掐置几上，随掷遂化为鼠，窜动满案。押官任捉一头裂之，啾然腹破，得小金；再捉，亦如之。顷刻鼠尽，碎金满前，乃告众曰："是不足供饮耶？"众异之，乃共恣饮。既毕，会直三两余，众秤金，适符其数。

众索一枚怀归，白其异于主人。主人命取金，搜之已亡。反质肆主，则偿资悉化蒺藜⑧。仆白赵，赵诘之。押官曰："朋辈逼索酒食，囊空无资。少年学作小剧，故试之耳。"众复责偿。押官曰："某村麦穗中，再一簸扬，可得麦二石，足偿酒价有余也。"因浼一人同去。某村主计者将归，遂与偕往。至则净麦数斛，已堆场中矣。众以此益奇押官。

一日赵赴友筵，堂中有盆兰甚茂，爱之。归犹赞叹之。押官曰："诚爱此兰，无难致者。"赵犹未信。凌晨至斋，忽闻异香蓬勃，则有兰花一盆，箭叶多寡，宛如所见。因疑其窃，审之。押官曰："臣家所蓄，不下千百，何须窃焉？"赵不信。适某友至，见兰惊曰："何酷肖寒家物！"赵曰："余适购之，亦不识所

---

①趣装：速整行装。　②灯檠（qíng）：灯架。　③超乘：此处指跃身跨上驴背。　④武陵：旧县名，治所在今湖南省常德市。　⑤官詹：即太子詹事，属东宫詹事府。　⑥致仕：一般指年老辞官。　⑦主计者：即"主计仆"，主管财务收支账目的仆人。　⑧蒺藜（jí lí）：一年生草本植物，茎横生在地，开黄色小花。此处当指其果实。

自来。但君出门时,见兰花尚在否?"某曰:"我实不曾至斋,有无固不可知。然何以至此?"赵视押官,押官曰:"此无难辨:公家盆破有补缀处,此盆无也。"验之始信。夜告主人曰:"向言某家花卉颇多,今屈玉趾,乘月往观。但诸人皆不可从,惟阿鸭无害。"鸭,宫詹僮也。遂如所请。公出,已有四人荷肩舆,伏候道左。赵乘之,疾于奔马。俄顷入山,但闻奇香沁骨。至一洞府,见舍宇华耀迥异人间,随处皆设花石,精盆佳卉,流光散馥,即兰一种约有数十余盆,无不茂盛。观已,如前命驾归。

押官从赵十余年,后赵无疾卒,遂与阿鸭俱出,不知所往。

蒋太史

蒋太史超,记前世为峨嵋僧,数梦至故居庵前潭边濯足。为人笃嗜内典①,一意台宗②,虽早登禁林,常有出世之想。假归江南,抵秦邮,不欲归。子哭挽之,弗听。遂入蜀,居成都金沙寺;久之,又之峨嵋,居伏虎寺,示疾怛化③。自书偈云:"翛然猿鹤自来亲,老衲无端堕业尘。妄向镬汤求避热,那从大海去翻身。功名傀儡场中物,妻子骷髅队里人。只有君亲无报答,生生常自祝能仁。"

邵士梅

邵进士,名士梅,济宁④人。初授登州教授,有二老秀才投刺,睹其名,似甚熟识;凝思良久,忽悟前身。便问斋夫:"某生居某村否?"又言其丰范,一一吻合。俄两生入,执手倾语,欢若平生。谈次,问高东海况。二生曰:"狱死二十余年矣,今一子尚存。此乡中细民,何以见知?"邵笑云:"我旧戚也。"先是,高东海素无赖,然性豪爽,轻财好义。有负租而鬻⑤女者,倾囊代赎之。私一媪,媪坐隐盗,官捕甚急,逃匿高家。官知之,收高,备极搒掠,终不服,寻死狱中。其死之日,即邵生辰。后邵至某村,恤其妻子,远近皆知其异。此高少宰言之,即高公子冀良同年也。

①内典:佛教经典。 ②台宗:指佛教天台宗。 ③示疾:佛教语,谓佛菩萨及高僧得病。怛(dá)化:逝世。 ④济宁:指济宁州,治所在今山东省济宁市。 ⑤鬻(yù):卖。

顾生

江南顾生，客稷下①，眼暴肿，昼夜呻吟，罔所医药。十余日痛少减。乃合眼时辄睹巨宅，凡四五进，门皆洞辟；最深处有人往来，但遥睹不可细认。

一日方凝神注之，忽觉身入宅中，三历门户，绝无人迹。有南北厅事②，内以红毡贴地。略窥之，见满屋婴儿，坐者、卧者、膝行者，不可数计。愕疑间，一人自舍后出，见之曰："小王子谓有远客在门，果然。"便邀之。顾不敢入，强之乃入。问："此何所？"曰："九王世子居。世子痁疾新瘥，今日亲宾作贺，先生有缘也。"言未已，有奔至者督促速行。俄至一处，雕榭朱栏，一殿北向，凡九楹。历阶而升，则客已满座，见一少年北面坐，知是王子，便伏堂下。满堂尽起。王子曳顾东向坐。酒既行，鼓乐暴作，诸妓升堂，演《华封祝》。才过三折，逆旅③主人及仆唤进午餐，就床头频呼之。耳闻甚真，心恐王子知，遂托更衣而出。仰视日中夕，则见仆立床前，始悟未离旅邸。

心欲急返，因遣仆阖扉去。甫交睫，见宫舍依然，急循故道而入。路经前婴儿处并无婴儿，有数十媪蓬首驼背，坐卧其中。望见顾，出恶声曰："谁家无赖子，来此窥伺！"顾惊惧，不敢置辩，疾趋后庭，升殿即坐。见王子颔下添髭尺余矣。见顾，笑问："何往？剧本过七折矣。"因以巨觥示罚。移时曲终，又呈出目。顾点《彭祖娶妇》。妓即以椰瓢行酒，可容五斗许。顾离席辞曰："臣目疾，不敢过醉。"王子曰："君患目，有太医在此，便合诊视。"东座一客，即离坐来，两指启双眦，以玉簪点白膏如脂，嘱合目少睡。王子命侍儿导入复室，令卧；卧片时，觉床帐香软，因而熟眠。

居无何，忽闻鸣钲锽聒④，即复惊醒。疑是优戏未毕，开目视之，则旅舍中狗舐油铛⑤也。然目疾若失。再闭眼，一无所睹矣。

陈锡九

陈锡九，邳⑥人。父子言，邑名士。富室周某，仰其声望，订为婚姻。陈累举不第，家业萧条，游学于秦，数年无信。周阴有悔心。以少女适王孝廉为继室，王聘仪丰盛，仆马甚都⑦。以此愈憎锡九贫，坚意绝婚；问女，女不

---

①稷下：战国齐国国都临淄(今山东淄博市)稷门附近。 ②厅事：私人住宅的堂屋。 ③逆旅：客舍，旅店。 ④鸣钲锽聒：犹言敲锣。钲，一种铜质古代乐器。锽：钟鼓声。聒：嘈杂。 ⑤油铛(chēng)：沾有油脂的锅，此处指烧菜的锅。 ⑥邳：旧州名，治所在今江苏省邳州市。 ⑦都：华美。

从。怒,以恶服饰遣归锡九。日不举火,周全不顾恤。

一日使佣媪以榼①饷女,入门向母曰:"主人使某视小姑姑饿死否。"女恐母惭,强笑以乱其词。因出榼中肴饵,列母前。媪止之曰:"无须尔!自小姑入人家,何曾交换出一杯温凉水?吾家物,料姥姥亦无颜啖噉得。"母大恚,声色俱变。媪不服,恶语相侵。纷纭间锡九自外入,讯知大怒,撮毛批颊,挞逐出门而去。次日周来逆②女,女不肯归;明日又来,增其人数,众口哓哓,如将寻斗。母强劝女去。女潸然拜母,登车而去。过数日,又使人来逼索离婚书,母强锡九与之。惟望子言归,以图别处。

周家有人自西安来,知子言已死,陈母哀愤成疾而卒。锡九哀迫中,尚望妻归;久而渺然,悲愤益切。薄田数亩,鬻治葬具。葬毕,乞食赴秦,以求父骨。至西安遍访居人,或言数年前有书生死于逆旅,葬之东郊,今冢已没。锡九无策,惟朝丐市廛③,暮宿野寺,冀有知者。

会晚经丛葬处,有数人遮道,逼索饭价。锡九曰:"我异乡人,乞食城郭,何处少人饭价?"共怒,捽之仆地,以埋儿败絮塞其口。力尽声嘶,渐就危殆。忽共惊曰:"何处官府至矣!"释手寂然。俄有车马至,便问:"卧者何人?"即有数人扶至车下。车中人曰:"是吾儿也。孽鬼何敢尔!可悉缚来,勿致漏脱。"锡九觉人去其塞,少定,细认,真其父也。大哭曰:"儿为父骨良苦。今固尚在人间耶!"父曰:"我非人,太行总管也。此来亦为吾儿。"锡九哭益哀。父慰谕之。锡九泣述岳家离婚,父曰:"无忧,今新妇亦在母所。母念儿甚,可暂一往。"遂与同车,驰如风雨。

移时至一官署,下车入重门,则母在焉。锡九痛欲绝,父止之。锡九啜泣听命。见妻在母侧,问母曰:"儿妇在此,得毋亦泉下耶?"母曰:"非也,是汝父接来,待汝归家,当便送去。"锡九曰:"儿侍父母,不愿归矣。"母曰:"辛苦跋涉而来,为父骨耳。汝不归;初志为何也?况汝孝行已达天帝,赐汝金万斤,夫妻享受正远,何言不归?"锡九垂泣。父数数促行,锡九哭失声。父怒曰:"汝不行耶!"锡九惧,收声,始询葬所。父挽之曰:"子行,我告之:去丛葬处百余步,有子母白榆是也。"挽之甚急、竟不遑别母。门外有健仆,捉马待之。既超乘④,父嘱曰:"日所宿处,有少资斧⑤,可速办装归,向岳索妇;不得妇,勿休也。"锡九诺而行。马绝驶,鸡鸣至西安。仆扶下,方将拜致父母,而人马已杳。寻至旧宿处,倚壁假寐,以待天明。坐处有拳石碍股,晓而视之,白金也。市棺赁舆,寻双榆下,得父骨而归。

合厝⑥既毕,家徒四壁。幸里中怜其孝,共饭之。将往索妇,自度不能用武,与族兄十九往。及门,门者绝之。十九素无赖,出语秽亵。周使人劝锡

①榼(kē):食盒。 ②逆:迎接。 ③市廛(chán):集市,店铺集中的市区。 ④超乘:跃身上马。
⑤资斧:路费。 ⑥合厝(cuò):合葬。

367

九归，愿即送女去，锡九还。初，女之归也，周对之骂婿及母，女不语，但向壁零涕。陈母死，亦不使闻。得离书，掷向女曰："陈家出汝矣！"女曰："我不曾悍逆，何为出我？"欲归质其故，又禁闭之。后锡九如西安，遂造凶讣以绝女志。此信一播，遂有杜中翰来议姻，竟许之。亲迎有日，女始知，遂泣不食，以被韬面，气如游丝。周正无法，忽闻锡九至，发语不逊，意料女必死，遂异归锡九，意将待女死以泄其愤。锡九归，而送女者已至；犹恐锡九见其病而不内，甫入门委之而去。邻里代忧，共谋异①还；锡九不听，扶置榻上，而气已绝。始大恐。正遑迫间，周子率数人持械入，门窗尽毁。锡九逃匿，苦搜之。乡人尽为不平；十九纠十余人锐身急难，周子兄弟皆被夷伤，始鼠窜而去。周益怒，讼于官，捕锡九、十九等。锡九将行，以女尸嘱邻媪，忽闻榻上若息，近视之，秋波微动矣，少时已能转侧。大喜，诣官自陈。宰怒周讼诬。周惧，赂以重赂始得免。锡九归，夫妻相见，悲喜交并。

先是，女绝食奄卧，自矢必死。忽有人捉起曰："我陈家人也，速从我去，夫妻可以相见，不然无及矣！"不觉身已出门，两人扶登肩舆。顷刻至官廨②，见公姑俱在，问："此何所？"母曰："不必问，容当送汝归。"日见锡九至，甚喜。一见遽别，心颇疑怪。公不知何事，恒数日不归。昨夕忽归，曰："我在武夷，迟归二日，难为保儿矣，可速送儿归去。"遂以舆马送女。忽见家门，遂如梦醒。女与锡九共述曩事，相与惊喜。从此夫妻相聚，但朝夕无以自给。锡九于村中设童蒙帐，兼自攻苦，每私语曰："父言天赐黄金，今四堵空空，岂训读所能发迹耶？"

一日自塾中归，遇二人问之曰："君陈某耶？"锡九曰："然"。二人即出铁索絷之，锡九不解其故。少间村人毕集，共诘之，始知郡盗所牵。众怜其冤，酿钱③赂役，途中得无苦。至郡见太守，历述家世。太守愕然曰："此名士之子，温文尔雅，乌能作贼！"命脱缧绁，取盗严桎之，始供为周某贿嘱，锡九又诉翁婿反面④之由，太守更怒，立刻拘提。即延锡九至署，与论世好，盖太守旧邠宰韩公之子，即子言受业门人也。赠灯火之费⑤以百金；又以二骡代步，使不时趋郡，以课文艺。转于各上官游扬其孝，自总制而下皆有馈遗。锡九乘骡而归，夫妻慰甚。

一日妻母哭至，见女伏地不起。女骇问之，始知周已被械有狱矣。女哀哭自咎，但欲觅死。锡九不得已，诣郡为之缓颊。太守释令自赎，罚谷一百石，批赐孝子陈锡九。放归出仓粟，杂糠秕而辇运之，锡九谓女曰："尔翁以小人之心度君子矣。乌知我必受之，而琐琐杂糠覈耶？"因笑却之。锡九家虽小有，而垣墙陋蔽。一夜群盗入，仆觉大号，止窃两骡而去。后半年余，锡

---

①舁(yú)：抬。　②官廨(xiè)：官署。　③酿(jù)钱：凑钱。　④反面：犹言"翻脸"。　⑤灯火之费：求学的费用。

九夜读,闻挝门声,问之寂然。呼仆起视,则门一启,两骡跃入,乃向所亡也。直奔枥下,咻咻汗喘。烛之,各负革囊,解视则白镪满中。大异,不知其所自来。后闻是夜大盗劫周,盈装出,适防兵追急,委其捆载而去。骡认故主,径奔至家。

周自狱中归,刑创犹剧;又遭盗劫,大病而死。女夜梦父囚系而至,曰:"吾生平所为,悔已无及。今受冥谴,非若翁莫能解脱,为我代求婿,致一函焉。"醒而呜泣。诘之,具以告。锡九久欲一诣太行,即日遂发。既至,备牲物酹祝之,即露宿其处,冀有所见,终夜无异,遂归。周死,母子逾贫,仰给于次婿。王孝廉考补县尹①,以墨②败,举家徙沈阳,益无所归。锡九时顾恤之。

异史氏曰:"善莫大于孝,鬼神通之,理固宜然。使为尚德之达人也者,即终贫,犹将取之,乌论后此之必昌哉?或以膝下之娇女,付诸颁白③之叟,而扬扬曰:'某贵官,吾东床也。'呜呼!宛宛婴婴者如故,而金龟婿以谕葬归,其惨已甚矣;而况以少妇从军乎?"

---

①县尹:知县。 ②墨:贪墨,贪污。 ③颁白:指须发斑白。颁,通"斑"。

第九卷

邵临淄

临淄①某翁之女,太学李生妻也。未嫁时,有术士推其造②,决其必受官刑。翁怒之,既而笑曰:"妄言一至于此!无论世家女必不至公庭,岂一监生不能庇一妇乎?"既嫁,悍甚,指骂夫婿以为常。李不堪其虐,愬鸣于官。邑宰邵公准其词,签役立勾。翁闻之大骇,率子弟登堂,哀求寝息,弗许。李亦自悔,求罢。公怒曰:"公门内岂作辍尽由尔耶?必拘审!"既到,略诘一二言,便曰:"真悍妇!"杖责三十,臀肉尽脱。

异史氏曰:"公岂有伤心于闺阃耶?何怒之暴也!然邑有贤宰,里无悍妇矣。志之,以补《循吏传》之所不及者。"

于去恶

北平陶圣俞,名下士③。顺治间赴乡试,寓居郊郭。偶出户,见一人负笈佢偟④,似卜居未就者。略诘之,遂释负于道,相与倾语,言论有名士风。陶大说之,请与同居。客喜,携囊入,遂同栖止。客自言:"顺天人,姓于,字去恶。"以陶差长⑤,兄之。

于性不喜游瞩,常独坐一室,而案头无书卷。陶不与谈,则默卧而已。陶疑之,搜其囊箧,则笔研之外更无长物。怪而问之,笑曰:"吾辈读书,岂临渴始掘井耶?"一日就陶借书去,闭户抄甚疾,终日五十余纸,亦不见其折迭成卷。窃窥之,则每一稿脱,则烧灰吞之。愈益怪焉,诘其故,曰:"我以此代读耳。"便诵所抄书,顷刻数篇,一字无讹。陶悦,欲传其术,于以为不可。陶

①临淄:旧县名,治所在今山东省淄博市临淄区。 ②推其造:即"推造",推算命相。 ③名下士:享有盛名之士。 ④佢偟(kuāng ráng):惶急不安的样子。 ⑤差长:年纪略大。

370

疑其吝,词涉诮让,于曰:"兄诚不谅我之深矣。欲不言,则此心无以自剖;骤言之,又恐惊为异怪。奈何?"陶固谓:"不妨。"于曰:"我非人,实鬼耳。今冥中以科目授官,七月十四日奉诏考帘官①,十五日士子入闱,月尽榜放矣。"陶问:"考帘官为何?"曰:"此上帝慎重之意,无论乌吏鳖官,皆考之。能文者以内帘用,不通者不得与焉。盖阴之有诸神,犹阳之有守令也。得志诸公,目不睹坟典,不过少年持敲门砖,猎取功名,门既开则弃去,再司簿书十数年,即文学士,胸中尚有字耶!阳世所以陋劣幸进,而英雄失志者,惟少此一考耳。"陶深然之,由是益加敬畏。

一日,自外来,有忧色,叹曰:"仆生而贫贱,自谓死后可免;不谓迍邅先生②相从地下。"陶请其故,曰:"文昌③奉命都罗国封王,帘官之考遂罢。数十年游神耗鬼,杂入衡文,吾辈宁有望耶?"陶问:"此辈皆谁何人?"曰:"即言之,君亦不识。略举一二人,大概可知:乐正师旷、司库和峤是也。仆自念命不可凭,文不可恃,不如休耳。"言已怏怏,遂将治任④。陶挽而慰之,乃止。

至中元之夕,谓陶曰:"我将入闱。烦于昧爽⑤时,持香炷于东野。三呼去恶,我便至。"乃出门去。陶沽酒烹鲜以待之。东方既白,敬如所嘱。无何,于偕一少年来。问其姓字,于曰:"此方子晋,是我良友,适于场中相邂逅。闻兄盛名,深欲拜识。"同至寓,秉烛为礼。少年亭亭似玉,意度谦婉。陶甚爱之,便问:"子晋佳作,当大快意。"于曰:"言之可笑!闱中七则,作过半矣,细审主司姓名,裹具⑥径出。奇人也!"陶扇炉进酒,因问:"闱中何题?去恶魁解⑦否?"于曰:"书艺、经论各一,夫人而能之。策问:'自古邪僻固多,而世风至今日,奸情丑态,愈不可名,不惟十八狱所不得尽,抑非十八狱所能容。是果何术而可?或谓宜量加一二狱,然殊失上帝好生之心。其宜增与、否与,或别有道以清其源,尔多士其悉言勿隐。'弟策虽不佳,颇为痛快。表:'拟天魔殄灭,赐群臣龙马天衣有差。'次则《瑶台应制诗》、《西池桃花赋》。此三种,自谓场中无两矣!"言已鼓掌。方笑曰:"此时快心,放⑧兄独步矣;数辰后,不痛哭始为男子也。"天明,方欲辞去。陶留与同寓,方不可,但期暮至。三日,竟不复来,陶使于往寻之。于曰:"无须。子晋拳拳,非无意者。"日既西,方果来。出一卷授陶,曰:"三日失约。敬录旧艺百余作,求一品题。"陶捧读大喜,一句一赞,略尽一二首,遂藏诸笥。谈至更深,方遂留,与于共榻寝。自此为常。方无夕不至,陶亦无方不欢也。

一夕仓皇而入,向陶曰:"地榜已揭,于五兄落第矣!"于方卧,闻言惊起,泫然流涕。二人极意慰藉,涕始止。然相对默默,殊不可堪。方曰:"适闻大

---

①帘官:指科举考试中的内帘官与外帘官。此处指内帘官,为主管阅卷的试官。 ②迍邅(zhūn zhān)先生:犹言"倒霉鬼",为拟人化的说法。迍邅,困顿,处境不利。 ③文昌:即"文昌帝君",亦称"梓潼帝君",道教神名,民间尊其为掌管士人功名禄位之神。 ④治任:整理行装。 ⑤昧爽:拂晓。 ⑥裹具:包裹起文具。 ⑦魁解:即解元,乡试中举的第一名。 ⑧放:任凭。

巡环张桓侯将至①,恐失志者之造言也;不然,文场尚有翻覆。"于闻之色喜。陶询其故,曰:"桓侯翼德,三十年一巡阴曹,三十五年一巡阳世,两间之不平,待此老而一消也。"乃起,拉方俱去。两夜始返,方喜谓陶曰:"君不贺五兄耶?桓侯前夕至,裂碎地榜,榜上名字,止存三之一。遍阅遗卷,得五兄甚喜,荐作交南巡海使,且晚与马可到。"陶大喜,置酒称贺。酒数行,于问陶曰:"君家有闲舍否?"问:"将何为?"曰:"子晋孤无乡土,又不忍恝然②于兄。弟意欲假馆相依。"陶喜曰:"如此,为幸多矣。即无多屋宇,同榻何碍。但有严君,须先关白③。"于曰:"审知尊大人慈厚可依。兄场闱有日,子晋如不能待,先归何如?"陶留伴逆旅,以待同归。

次日,方暮,有车马至门,接于莅任。于起,握手曰:"从此别矣。一言欲告,又恐阻锐进之志。"问:"何言?"曰:"君命淹蹇,生非其时。此科之分十之一;后科桓侯临世,公道初彰,十之三;三科始可望也。"陶闻欲中止。于曰:"不然,此皆天数。即明知不可,而注定之艰若,亦要历尽耳。"又顾方曰:"勿淹滞,今朝年、月、日、时皆良,即以舆盖送君归。仆驰马自去。"方忻然拜别。陶中心迷乱,不知所嘱,但挥涕送之。见舆马分途,顷刻都散。始悔子晋北旋,未致一字,而已无及矣。

三场毕,不甚满志,奔波而归。入门问子晋,家中并无知者。因为父述之,父喜曰:"若然,则客至久矣。"先是陶翁昼卧,梦舆盖止于其门,一美少年自车中出,登堂展拜。讶问所来,答云:"大哥许假一舍,以入闱不得偕来。我先至矣。"言已,请入拜母。翁方谦却,适家媪入曰:"夫人产公子矣。"恍然而醒,大奇之。是日陶言,适与梦符,乃知儿即子晋后身也。父子各喜,名之小晋。儿初生,善夜啼,母苦之。陶曰:"倘是子晋,我见之,啼当止。"俗忌客忤④,故不令陶见。母患啼不可耐,乃呼陶入。陶鸣之曰:"子晋勿尔!我来矣!"儿啼正急,闻声辍止,停睇不瞬,如审顾状。陶摩顶而去。自是竟不复啼。数月后,陶不敢见之,一见则折腰索抱,走去则啼不可止。陶亦狎爱之。四岁离母,辄就兄眠;兄他出,则假寐以俟其归。兄于枕上教毛诗,诵声呢喃,夜尽四十余行。以子晋遗文授之,欣然乐读,过口成诵;试之他文不能也。八九岁眉目朗彻,宛然一子晋矣。

陶两入闱,皆不第。丁酉,文场事发⑤,帘官多遭诛遣,贡举之途一肃,乃张巡环力也。陶下科中副车,寻贡。遂灰志前途,隐居教弟。尝语人曰:"吾有此乐,翰苑不易也。"

异史氏曰:"余每至张夫子庙堂,瞻其须眉,凛凛有生气。又其生平喑哑

---

①张桓侯:即张飞,字益德,三国时蜀汉大将,谥桓侯。 ②恝(jiá)然:冷淡,淡漠。 ③关白:禀告。 ④客忤:旧俗以婴儿见生客而患病为"客忤"。 ⑤文场事发:指清顺治十四年(1657)的顺天科场案、江南科场案。

如霹雳声,矛马所至,无不大快,出人意表。世以将军好武,遂置与绛、灌伍①,宁知文昌事繁,须侯固多哉! 呜呼! 三十五年,来何暮也!"

狂生

刘学师言:济宁②有狂生某,善饮;家无儋石③,而得钱辄沽,殊不以穷厄为意。值新刺史莅任,善饮无对。闻生名,招与饮而悦之,时共谈宴。生恃其狎,凡有小讼求直者,辄受薄贿为之缓颊;刺史每可其请。生习为常,刺史心厌之。一日早衙,持刺登堂,刺史览之微笑,生厉声曰:"公如所请可之;不如所请否之,何笑也! 闻之:士可杀而不可辱。他固不能相报,岂一笑不能报耶?"言已大笑,声震堂壁。刺史怒曰:"何敢无礼! 宁不闻灭门令尹耶!"生掉臂④竟下,大声曰:"生员无门之可灭!"刺史益怒,执之。访其家居,则并无田宅,惟携妻在城堞⑤上住。刺史闻而释之,但逐不令居城垣。朋友怜其狂,为买数尺地,购斗室焉。人而居之,叹曰:"今而后畏今尹矣!"

异史氏曰:"士君子奉法守礼,不敢劫人于市,南面者奈我何哉! 然仇之犹得而加者,徒以有门在耳;夫至无门可灭,则怒者更无以加之矣。噫嘻! 此所谓'贫贱骄人'者耶! 独是君子虽贫,不轻干⑥人,乃以口腹之累,喋喋公堂,品斯下矣。虽然,其狂不可及。"

澂俗

澂人多化物类,出院求食。有客寓旅邸时,见群鼠入米盎,驱之即遁。客伺其入,骤覆之,瓢水灌注其中,顷之尽毙。主人全家暴卒,惟一子在。讼官,官原而宥之。

凤仙

刘赤水,平乐⑦人,少颖秀,十五入郡庠。父母早亡,遂以游荡自废。家不中资,而性好修饰,衾榻皆精美。一夕被人招饮,忘灭烛而去。酒数行始

---

①置与绛、灌伍:将其与西汉绛侯周勃、名将灌婴同列。 ②济宁:指济宁州,治所在今山东省济宁市。 ③家无儋(dàn)石:形容家中没有存粮。儋,石罋,一种小口大腹陶器,用以计量谷物。 ④掉臂:甩动双臂。 ⑤城堞:城上的矮墙,泛指城墙。 ⑥干:求。 ⑦平乐:旧府名,治所在今广西壮族自治区平乐县。

忆之，急返。闻室中小语，伏窥之，见少年拥丽者眠榻上。宅临贵家废第，恒多怪异，心知其狐，亦不恐，入而叱曰："卧榻岂容鼾睡！"二人遑遽，抱衣赤身遁去。遗紫绔裤一，带上系针囊。大悦，恐其窃去，藏衾中而抱之。俄一逢头婢自门罅入，向刘索取。刘笑要偿。婢请遗以酒，不应；赠以金，又不应。婢笑而去。旋返曰："大姑言：如赐还，当以佳偶为报。"刘问："伊谁？"曰："吾家皮姓，大姑小字八仙，共卧者胡郎也；二姑水仙，适富川丁官人；三姑凤仙，较两姑尤美，自无不当意者。"刘恐失信，请坐待好音。婢去复返曰："大姑寄语官人：好事岂能猝合？适与之言，反遭诟厉；但缓时日以待之，吾家非轻诺寡信者。"刘付之。

过数日，渺无信息。薄暮自外归，闭门甫坐，忽双扉自启，两人以被承女郎，手捉四角而入，曰："送新人至矣！"笑置榻上而去。近视之，酣睡未醒，酒气犹芳，赪颜①醉态，倾绝人寰。喜极，为之捉足解袜，抱体缓裳。而女已微醒，开目见刘，四肢不能自主，但恨曰："八仙淫婢卖我矣！"刘狎抱之。女嫌肤冰，微笑曰："今夕何夕，见此凉人！"刘曰："子兮子兮，如此凉人何！"遂相欢爱。既而曰："婢子无耻，钻人床寝，而以妾换裤耶！必小报之！"

从此无夕不至，绸缪甚殷。袖中出金钏一枚，曰："此八仙物也。"又数日，怀绣履一双来，珠嵌金绣，工巧殊绝，且嘱刘暴扬之。刘出夸示亲宾，求观者皆以资酒为贽，由此奇货居之。女夜来，作别语。怪问之，答云："姊以履故恨妾，欲携家远去，隔绝我好。"刘惧，愿还之。女云："不必，彼方以此挟妾，如还之，中其机矣。"刘问："何不独留？"曰："父母远去，一家十余口，俱托胡郎经纪，若不从去，恐长舌妇造黑白也。"从此不复至。

逾二年，思念纂切。偶在途中，遇女郎骑款段马，老仆鞚之，摩肩过；反启障纱相窥，丰姿艳艳。顷，一少年后至。曰："女子何人？似颇佳丽。"刘亟赞之。少年拱手笑曰："太过奖矣！此即山荆②也。"刘惶愧谢过。少年曰："何妨。但南阳三葛，君得其龙③，区区者又何足道！"刘疑其言。少年曰："君不认窃眠卧榻者耶？"刘始悟为胡。叙僚婿之谊，嘲谑甚欢。少年曰："岳新归，将以省觐，可同行否？"刘喜，从入紫山。

山上故有邑人避乱之宅，女下马入。少间，数人出望，曰："刘官人亦来矣。"入门谒见翁姬。又一少年先在，靴袍炫美。翁曰："此富川丁婿。"并揖就坐。少时，酒灸纷纶，谈笑颇洽。翁曰："今日三婿并临。可称佳集。又无他人，可唤儿辈来。作一团圞之会。"俄，姊妹俱出，翁命设坐，各傍其婿。八仙见刘，惟掩口而笑；凤仙辄与嘲弄；水仙貌少亚，而沉重温克，满座倾谈，惟

---

①赪(chēng)颜：脸红。　②山荆：旧时对人谦称自己的妻子。　③"南阳"二句：指皮氏三女中，刘赤水得到了最美者。南阳三葛，指三国时南阳诸葛瑾、诸葛亮、诸葛诞兄弟，《世说新语·品藻》曰："于时以为'蜀得其龙，吴得其虎，魏得其狗'。"

把酒含笑而已。于是履舄交错,兰麝熏人,饮酒乐甚。刘视床头乐具毕备,遂取玉笛,请为翁寿。翁喜,命善者各执一艺,因而合座争取,惟丁与凤仙不取。八仙曰:"丁郎不谙可也,汝宁指屈不伸者?"因以拍板掷凤仙怀中,便串繁响。翁悦曰:"家人之乐极矣!儿辈俱能歌舞,何不各尽所长?"八仙起,捉水仙曰:"凤仙从来金玉其音,不敢相劳;我二人可歌《洛妃》一曲。"二人歌舞方已,适婢以金盘进果,都不知其何名。翁曰:"此自真腊①携来,所谓'田婆罗②'也。"因掬数枚送丁前。凤仙不悦曰:"婿岂以贫富为爱憎耶?"翁微哂不言。八仙曰:"阿爹以丁郎异县,故是客耳。若论长幼,岂独凤妹妹有拳大酸婿耶?"凤仙终不快,解华妆,以鼓拍授婢,唱《破窑》一折,声泪俱下;既阕,拂袖径去,一座为之不欢。八仙曰:"婢子乔性犹昔。"乃追之,不知所往。

刘无颜,亦辞而归。至半途见凤仙坐路旁,呼与并坐,曰:"君一丈夫,不能为床头人吐气耶?黄金屋自在书中,愿好为之。"举足云:"出门匆遽,棘刺破复履矣,所赠物,在身边否?"刘出之,女取而易之。刘乞其敝者,觍然③曰:"君亦大无赖矣!几见自己衾枕之物,亦要怀藏者?如相见爱,一物可以相赠。"旋出一镜付之曰:"欲见妾,当于书卷中觅之;不然,相见无期矣。"言已不见。

怊怅而归。视镜,则凤仙背立其中,如望去人于百步之外者。因念所嘱,谢客下帷。一日见镜中人忽现正面,盈盈欲笑,益重爱之。无人时,辄以共对。月余锐志渐衰,游恒忘返。归见镜影,惨然若涕;隔日再视,则背立如初矣:始悟为己之废学也。乃闭户研读,昼夜不辍;月余则影复向外。自此验之:每有事荒废,则其容戚;数日攻苦,则其容笑。于是朝夕悬之,如对师保④。如此二年,一举而捷。喜曰:"今可以对我凤仙矣!"揽镜视之,见画黛弯长,瓠犀⑤微露,喜容可掬,宛在目前。爱极,停睇不已。忽镜中人笑曰:"'影里情郎,画中爱宠',今之谓矣。"惊喜四顾,则凤仙已在座右。握手问翁媪起居,曰:"妾别后不曾归家,伏处岩穴,聊与君分苦耳。"刘赴宴郡中,女请与俱;共乘而往,人对面不相窥。既而将归,阴与刘谋,伪为娶于郡也者。女既归,始出见客,经理家政。人皆惊其美,而不知其狐也。

刘属富川令门人,往谒之。遇丁,殷殷邀至其家,款礼优渥,言:"岳父母近又他徙。内人归宁,将复。当寄信往,并诣申贺。"刘初疑丁亦狐,及细审邦族,始知富川大贾子也。初,丁自别业暮归,遇水仙独步,见其美,微睨之。女请附骥以行。丁喜,载至斋,与同寝处。棂隙可入,始知为狐。女言:"郎勿见疑。妾以君诚笃,故愿托之。"丁嬖⑥之。竟不复娶。

---

①真腊:古国名,今柬埔寨。 ②田婆罗:一种热带水果,今名菠萝蜜。 ③觍(chǎn)然:笑的样子。 ④师保:古代教导王族读书的官员,有师有保,统称"师保",此处指老师。 ⑤瓠犀:瓠瓜的籽,喻指美女的牙齿。 ⑥嬖:宠爱。

刘归,假贵家广宅,备客燕寝①,洒扫光洁,而苦无供帐;隔夜视之,则陈设焕然矣。过数日,果有三十余人,赍旗采酒礼而至,舆马缤纷,填溢阶巷。刘揖翁及丁、胡入客舍,凤仙逆②姬及两姨入内寝。八仙曰:"婢子今贵,不怨冰人③矣。钏履犹存否?"女搜付之,曰:"履则犹是也,而被千人看破矣。"八仙以履击背,曰:"挞汝寄于刘郎。"乃投诸火,祝曰:"新时如花开,旧时如花谢;珍重不曾着,姮娥来相借。"水仙亦代祝曰:"曾经笼玉笋,着出万人称;若使姮娥见,应怜太瘦生。"凤仙拨火曰:"夜夜上青天,一朝去所欢;留得纤纤影,遍与世人看。"遂以灰捻桦④中,堆作十余分,望见刘来,托以赠之。但见绣履满桦,悉如故款。八仙急出,推桦堕地;地上犹有一二只存者,又伏吹之,其迹始灭。次日,丁以道远,夫妇先归。八仙贪与妹戏,翁及胡屡督促之,亭午⑤始出,与众俱去。

初来,仪从过盛,观者如市,有两寇窥见丽人,魂魄丧失,因谋劫诸途。侦其离村,尾之而去。相隔不盈一尺,马极奔不能及。至一处,两崖夹道,舆行稍缓;追及之,持刀吼咤,人众都奔。下马启帘,则老妪坐焉。方疑误掠其母;才他顾,而兵伤右臂,顷已被缚。凝视之,崖并非崖,乃平乐城门也;舆中则李进士母,自乡中归耳。一寇后至,亦被断马足而絷之。门丁执送太守,一讯而伏。时有大盗未获,诘之,即其人也。

明春,刘及第。凤仙以招祸,故悉辞内戚之贺。刘亦更不他娶。及为郎官,纳妾,生二子。

异史氏曰:"嗟乎!冷暖之态,仙凡固无殊哉!'少不努力,老大徒伤'。惜无好胜佳人,作镜影悲笑耳。吾愿恒河沙数⑥仙人,并遣娇女婚嫁人间,则贫穷海中,少苦众生矣。"

佟客

董生,徐州⑦人,好击剑,每慷慨自负。偶于途中遇一客,跨蹇⑧同行。与之语,谈吐豪迈;诘其姓字,云:"辽阳佟姓。"问:"何往?"曰:"余出门二十年,适自海外归耳。"董曰:"君遨游四海,阅人綦多,曾见异人否?"佟曰:"异人何等?"董乃自述所好,恨不得异人之传。佟曰:"异人何地无之,要必忠臣孝子,始得传其术也。"董又毅然自许;即出佩剑弹之而歌,又斩路侧小树以矜其利。佟掀髯微笑,因便借观。董授之。展玩一过,曰:"此甲铁⑨所铸,

①燕寝:休息,睡眠。 ②逆:迎接。 ③冰人:媒人。 ④桦(pán):古同"盘",盘子。 ⑤亭午:正午。 ⑥恒河沙数:如恒河中的沙砾一般无法计算,形容数量很多。 ⑦徐州:旧州名,治所在今江苏省徐州市。 ⑧跨蹇:骑驴。 ⑨甲铁:铠甲之铁。

为汗臭所蒸,最为下品。仆虽未闻剑术,然有一剑颇可用。"遂于衣底出短刃尺许,以削董剑,脆如瓜瓠,应手斜断如马蹄。董骇极,亦请过手,再三拂拭而后返之。邀佟至家,坚留信宿。叩以剑法,谢不知。董按膝雄谈,惟敬听而已。

更既深,忽闻隔院纷挐。隔院为生父居,心惊疑。近壁凝听,但闻人作怒声曰:"教汝子速出即刑,便赦汝!"少顷,似加榜掠,呻吟不绝者,真其父也。生捉戈欲往,佟止之曰:"此去恐无生理,宜审万全。"生皇然请教,佟曰:"盗坐名相索,必将甘心焉。君无他骨肉,宜嘱后事于妻子;我启户为君警厮仆。"生诺,入告其妻。妻牵衣泣。生壮念顿消,遂共登楼上,寻弓觅矢,以备盗攻。仓皇未已,闻佟在楼檐上笑曰:"贼幸去矣。"烛之已杳。逡巡出,则见翁赴邻饮,笼烛方归;惟庭前多编菅①遗灰焉。乃知佟异人也。

异史氏曰:"忠孝,人之血性;古来臣子而不能死君父者,其初岂遂无提戈壮往时哉,要皆一转念误之耳。昔解缙与方孝儒相约以死,而卒食其言;安知矢约归后,不听床头人呜泣哉?"

邑有快役②某,每数日不归,妻遂与里中无赖通。一日归,值少年自房中出,大疑,苦诘妻。妻不服。既于床头得少年遗物,妻窘无词,惟长跪哀乞。某怒甚,掷以绳,逼令自缢。妻请妆服而死,许之。妻乃入室理妆;某自酌以待之,呵叱频催。俄妻炫服出,含涕拜曰:"君果忍令奴死耶?"某盛气咄之,妻返走入房,方将结带,某掷盏呼曰:"咍③,返矣!一顶绿头巾,或不能压人死耳。"遂为夫妇如初。此亦大绅者类也,一笑。

辽阳军

沂水④某,明季充辽阳军。会辽城陷,为乱兵所杀;头虽断,犹不甚死。至夜一人执簿来,按点诸鬼。至某,谓其不宜死,使左右续其头而送之。遂共取头按项上,群扶之,风声簌簌,行移时,置之而去。视其地则故里也。沂令闻之,疑其窃逃。拘讯而得其情,颇不信;又审其颈无少断痕,将刑之。某曰:"言无可凭信,但请寄狱中。断头可假,陷城不可假。设辽城无恙,然后受刑未晚也。"令从之。数日辽信至,时日一如所言,遂释之。

---

①编菅(jiān):用茅草编的草苫。 ②快役:即"捕快",指旧时官署里承担缉捕等职事的差役。③咍(hāi):叹词,表示感叹。 ④沂水:旧县名,治所在今山东省沂水县。

张贡士

安丘张贡士，寝疾①，仰卧床头。忽见心头有小人出，长仅半尺；儒冠儒服，作俳优状。唱昆山曲，音调清彻，说白、自道名贯②，一与己同；所唱节末，皆其生平所遭。四折既毕，吟诗而没。张犹记其梗概，为人述之。

高西园云："向读渔洋先生《池北偶谈》，见有记心头小人者，为安丘张某事。余素善安丘张卯君，意必其宗属也。一日晤间问及，始知即卯君事。询其本末，云：当病起时，所记昆山曲者，无一字遗，皆手录成册。后其嫂夫人以为不祥语，焚弃之。每从酒边茶余，犹能记其尾声，常举以诵客。今并识之，以广异闻。其词云："诗云子曰都休讲，不过是'都都平丈'（相传一村塾师训童子读论语，字多讹谬。其尤堪笑者，读'郁郁乎文哉'为'都都平丈我'）。全凭着佛留一百二十行（村塾中有训蒙要书，名《庄农杂字》。其开章云：'佛留一百二十行，惟有庄农打头强，最为鄙俚)。"玩其语意，似自道其生平寥落，晚为农家作塾师，主人慢之，而为是曲。意者：夙世老儒，其卯君前身乎？卯君名在辛，善汉隶篆印。

爱奴

河间③徐生，设教于恩④。腊初归，途遇一叟，审视曰："徐先生撤帐⑤矣。明岁授教何所？"答曰："仍旧。"叟曰："敝业姓施。有舍甥延求明师，适托某至东瞳聘吕子廉，渠已受赀稷门。君如苟就，束仪⑥请倍于恩。"徐以成约为辞。叟曰："信行君子也。然去新岁尚远，敬以黄金一两为赀，暂留教之，明岁另议何如？"徐可之。叟下骑呈礼函，且曰："敝里不遥矣。宅綦隘，饲畜为艰，请即遣仆马去，散步亦佳。"徐从之，以行李寄叟马上。

行三四里许，日既暮，始抵其宅，沤钉兽环，宛然世家。呼甥出拜，十三四岁童子也。叟曰："妹夫蒋南川，旧为指挥使。止遗此儿，颇不钝，但娇惯耳。得先生一月善诱，当胜十年。"未几设筵，备极丰美，而行酒下食，皆以婢媪。一婢执壶侍立，年约十五六，风致韵绝，心窃动之。席既终，叟命安置床寝，始辞而去。

①寝疾：卧病。②自道名贯：即"自报家门"，为传统戏曲中介绍人物的一种手法。③河间：旧府名，治所在今河北省河间市。④恩：旧县名，治所在今山东省平原县恩城镇。⑤撤帐：旧时指塾师停止授课。⑥束仪：即束脩之金，指送给教师的酬金。

378

天未明。儿出就学。徐方起，即有婢来捧巾侍盥，即执壶人也。日给三餐悉此婢，至夕又来扫榻。徐问："何无僮仆？"婢笑不言，布衾径去。次夕复至。入以游语，婢笑不拒，遂与狎。因告曰："吾家并无男子，外事则托施舅。妾名爱奴。夫人雅敬先生，恐诸婢不洁，故以妾来。今日但须缄密，恐发觉，两无颜也。"一夜共寝忘晓，为公子所遭，徐惭作不自安。至夕婢来曰："幸夫人重君，不然败矣！公子入告，夫人急掩其口，若恐君闻。但戒妾勿得久留斋馆而已。"言已遂去。徐甚德之。

然公子不善读，诃责之，则夫人辄为缓颊①。初犹遣婢传言；渐亲出，隔户与先生语，往往零涕。顾每晚必问公子日课。徐颇不耐，作色曰："既从儿懒，又责儿工，此等师我不惯作！请辞。"夫人遣婢谢过，徐乃止。自入馆以来，每欲一出登眺，辄锢闭之。一日醉中怏闷，呼婢问故。婢言："无他，恐废学耳。如必欲出，但请以夜。"徐怒曰："受人数金，便当淹禁死耶！教我夜审何之乎？久以素食②为耻，赀固犹在囊耳。"遂出金置几上，治装欲行。夫人出，脉脉不语，惟掩袂哽咽，使婢返金，启钥送之。徐觉门户逼侧；走数步，目光射入，则身自陷冢中出，四望荒凉，一古墓也。大骇。然心感其义，乃卖所赐金，封堆植树而去。

过岁，复经其处，展拜而行。遥见施叟，笑致温凉，邀之殷切。心知其鬼，而欲一问夫人起居，遂相将入村，沽酒共酌。不觉日暮，叟起偿酒价，便言："寒舍不远，舍妹亦适归宁，望移玉趾，为老夫袚除③不祥。"出村数武④，又一里落，叩扉入，秉烛向客。俄，蒋夫人自内出，始审视之，盖四十许丽人也。拜谢曰："式微之族，门户零落，先生泽及枯骨，真无计可以偿之。"言已泣下。既而呼爱奴，向徐曰："此婢，妾所怜爱，今以相赠，聊慰客中寂寞。凡有所须，渠亦略能解意。"徐唯唯。少问兄妹俱去，婢留侍寝。鸡初鸣，叟即来促装送行；夫人亦出，嘱婢善事先生。又谓徐曰："从此尤宜谨秘，彼此遭逢诡异，恐好事者造言也。"徐诺而别，与婢共骑。至馆独处一室，与同栖止。或客至，婢不避，人亦不之见也。偶有所欲，意一萌而婢已致之。又善巫，一挼莎⑤而疴立愈。清明归，至墓所，婢辞而下。徐嘱代谢夫人。曰："诺。"遂没。数日返，方拟展墓，见婢华妆坐树下，因与俱发。终岁往还，如此为常。欲携同归，执不可。岁杪⑥，辞馆归，相订后期。婢送至前坐处，指石堆曰："此妾墓也。夫人未出阁时，便从服役，夭殂瘗⑦此。如再过以炷香相吊，当得复会。"

别归，怀思颇苦，敬往祝之，殊无影响。乃市椟发冢，意将载骨归葬，以

①缓颊：代人求情。②素食：指不做事白吃饭。③袚除(fú chú)：除灾去邪之祭。④数武：不远处，没有多远。武，半步。古代六尺为步，半步为武。⑤挼(ruó)莎：揉搓，搓磨。⑥岁杪：年底。⑦瘗(yì)：掩埋，埋葬。

寄恋慕。穴开自入，则见颜色如生。肤虽未朽，衣败若灭；头上玉饰金钏都如新制。又视腰间，裹黄金数链，卷怀之。始解袍覆尸，抱入材内，赁舆载归；停诸别第，饰以绣裳，独宿其旁，冀有灵应。忽爱奴自外入，笑曰："劫坟贼在此耶！"徐惊喜慰问。婢曰："向从夫人往东昌①，三日既归，则舍宇已空。频蒙相邀，所以不肯相从者，以少受夫人重恩，不忍离逖耳。今既劫我来，即速瘗葬便见厚德。"徐问："有百年复生者，今芳体如故，何不效之？"叹曰："此有定数。世传灵迹，半涉幻妄。要欲复起动履，亦复何难？但不能类生人，故不必也。"乃启棺入，尸即自起，亭亭可爱。探其怀，则冷若冰雪。遂将入棺复卧，徐强止之，婢曰："妾过蒙夫人宠，主人自异域来，得黄金数万，妾窃取之，亦不甚追问。后濒危，又无戚属，遂藏以自殉。夫人痛妾夭谢，又以宝饰入殓。身所以不朽者，不过得金宝之余气耳。若在人世，岂能久乎？必欲如此，切勿强以饮食；若使灵气一散，则游魂亦消矣。"徐乃构精舍，与共寝处。笑语一如常人；但不食不息，不见生人。年余徐饮薄醉，执残沥②强灌之，立刻倒地，口中血水流溢，终日面尸已变。哀悔无及，厚葬之。

异史氏曰："夫人教子，无异人世，而所以待师者何厚也！不亦贤乎！余谓艳尸不如雅鬼，乃以措大之俗莽，致灵物不享其长年，惜哉！"

章丘朱生，素刚鲠，设帐于某贡士家。每谴弟子，内辄遣婢为乞免，不听。一日亲诣窗外，与朱关说。朱怒，执界方③，大骂而出。妇惧而奔；朱迫之，自后横击臀股，铿然作皮肉声。令人笑绝！

长山某，每延师，必以一年束金，合终岁之虚盈④，计每日得如干数；又以师离斋、归斋之日，详记为籍，岁终，则公同按日而乘除之。马生馆其家，初见操珠盘来，得故甚骇；既而暗生一术，反嗔为喜，听其复算不少校。翁大悦，坚订来岁之约。马辞以故。遂荐一生乖谬者自代。及就馆，动辄诟骂，翁无奈，悉含忍之。岁杪携珠盘至，生勃然忿极，姑听其算。翁又以途中日尽归于西⑤，生不受，拨珠归东⑥。两争不决，操戈相向，两人破头烂额而赴公庭焉。

单父宰

青州⑦民某，五旬余，继娶少妇。二子恐其复育，乘父醉，潜割睾丸而药糁之。父觉，托病不言，久之创渐平。忽入室，刀缝绽裂，血溢不止，寻毙。

---

①东昌：旧府名，治所在今山东省聊城市。②残沥：杯中剩酒。③界方：亦称"戒尺""戒方"，可用于镇纸，旧时塾师用以体罚学童。④虚盈：即"盈虚"，指月大月小。⑤途中日：指塾师赴馆时在路上耗费的时日。西：即"西席"，指塾师。⑥东：东家，塾师对雇主的称呼。⑦青州：旧府名，治所在今山东省青州市。

妻知其故,讼于官。官械其子,果伏。骇曰:"余今为'单父宰'矣!"并诛之。

邑有王生者,娶月余而出其妻。妻父讼之。时淄宰辛公,问王何故出妻。答云:"不可说。"固诘之,曰:"以其不能产育耳。"公曰:"妄哉!月余新妇,何知不产?"忸怩久之,告曰:"其阴甚偏。"公笑曰:"是则偏之为害,而家之所以不齐也。"此可与"单父宰"并传一笑。

孙必振

孙必振渡江,值大风雷,舟船荡摇,同舟大恐。忽见金甲神立云中,手持金字牌下示;诸人共仰视之,上书"孙必振"三字,甚真。众谓孙:"必汝有犯天谴,请自为一舟,勿相累。"孙尚无言,众不待其肯可,视旁有小舟,共推置其上。孙既登舟,回首,则前舟覆矣。

邑人

邑有乡人,索无赖。一日晨起,有二人摄之去。至市头①,见屠人以半猪悬架上,二人便极力推挤之,遂觉身与肉合,二人亦径去。少间屠人卖肉,操刀断割,遂觉一刀一痛,彻于骨髓。后有邻翁来市肉,苦争低昂,添脂搭肉,片片碎割,其苦更惨。肉尽,乃寻途归;归时日已向辰②。家人谓其晏起,乃细述所遭。呼邻问之,则市肉方归,言其片数、斤数,毫发不爽。崇朝③之间,已受凌迟一度,不亦奇哉!

元宝

广东临江山崖巉岩④,常有元宝嵌石上。崖下波涌,舟不可泊。或荡桨近摘之,则牢不可动;若其人数应得此,则一摘即落,回首已复生矣。

①市头:市场。 ②辰:辰时,约为早7时至9时。 ③崇朝:即"终朝",从天亮到早饭时,犹言一个早晨。 ④巉岩:形容险峻陡峭的山石。

研石

王仲超言：洞庭君山间有石洞，高可容舟，深暗不测，湖水出入其中。尝秉烛泛舟而入，见两壁皆黑石，其色如漆，按之而软；出刀割之，如切硬腐。随意制为研①。既出，见风则坚凝过于他石。试之墨，大佳。估舟游楫，往来甚众，中有佳石，不知取用，亦赖好奇者之品题也。

武夷

武夷山有削壁千仞，人每于下拾沉香玉块焉。太守闻之，督数百人作云梯，将造顶以觇其异，三年始成。太守登之，将及巅，见大足伸下，一拇指粗于捣衣杵②，大声曰："不下，将堕矣！"大惊，疾下。才至地，则架木朽折，崩坠无遗。

大鼠

万历间，宫中有鼠，大与猫等，为害甚剧。遍求民间佳猫捕制之，辄被啖食。适异国来贡狮猫，毛白如雪。抱投鼠屋，阖其扉，潜窥之。猫蹲良久，鼠逡巡自穴中出，见猫怒奔之。猫避登几上，鼠亦登，猫则跃下。如此往复，不啻百次。众咸谓猫怯，以为是无能为者。既而鼠跳掷渐迟，硕腹似喘，蹲地上少休。猫即疾下，爪掬顶毛，口龁首领③，辗转争持，猫声呜呜，鼠声啾啾。启扉急视，则鼠首已嚼碎矣。然后知猫之避非怯也，待其惰也。彼出则归，彼归则复，用此智耳。噫！匹夫按剑何异鼠乎！

张不量

贾人④某至直隶界，忽大雨雹，伏禾中。闻空中云："此张不量田，勿伤其稼。"贾私意张氏既云"不良"，何反祐护？雹止，入村，访问其人，且问取名

---

①研：通"砚"，指砚台。②捣衣杵：捣衣所用的棒槌。③龁(hé)：用牙齿咬。首领：头和脖子。④贾人：商人。

之义。盖张素封①，积粟甚富。每春贫民就贷，偿时多寡不校，悉内②之，未尝执概取盈③，故名"不量"，非"不良"也。众趋田中，见棵穗摧折如麻，独张氏诸田无恙。

牧竖

两牧竖④入山至狼穴，穴有小狼二，谋分捉之。各登一树，相去数十步。少顷大狼至，入穴失子，意甚仓皇。竖于树上扭小狼蹄耳故令嗥；大狼闻声仰视，怒奔树下，号且爬抓。其一竖又在彼树致小狼鸣急；狼辍声四顾，始望见之，乃舍此趋彼，跑号如前状。前树又鸣，又转奔之。口无停声，足无停趾，数十往复，奔渐迟，声渐弱；既而奄奄僵卧，久之不动。竖下视之，气已绝矣。

今有豪强子，怒目按剑，若将搏噬⑤；为所怒者，乃阖扇去。豪力尽声嘶，更无敌者，岂不畅然自雄？不知此禽兽之威，人故弄之以为戏耳。

富翁

富翁某，商贾多贷其资。一日出，有少年从马后，问之，亦假本⑥者。翁诺之。至家，适几上有钱数十，少年即以手叠钱，高下堆垒之。翁谢去，竟不与资。或问故，翁曰："此人必善博⑦，非端人⑧也，所熟之技，不觉形于手足矣。"访之果然。

王司马

新城王大司马霁宇镇北边时⑨，常使匠人铸一大杆刀，阔盈尺，重百钧。每按边⑩，辄使四人扛之。卤簿⑪所止，则置地上，故令北人捉之，力撼不可少动。司马阴以桐木依样为刀，宽狭大小无异，贴以银箔，时于马上舞动，诸部落望见，无不震悚。又于边外埋苇薄⑫为界，横斜十余里，状若藩篱，扬言

---

①素封：无官爵封邑而富比封君的人。　②内：纳。　③概：量取谷物时刮平斗斛的尺状工具，俗称"斗趟子"。取盈：取足分量。　④牧竖：牧童。　⑤搏噬：攫而食之。　⑥假本：借本钱。　⑦博：赌博。　⑧端人：正派人。　⑨新城：旧县名，治所在今山东省桓台县。王大司马霁宇：指王象乾，字子廓，一字霁宇，新城人，明隆庆五年(1571)进士，官至兵部尚书。司马，官名，此处为兵部尚书别称。　⑩按边：巡视边防。　⑪卤簿：旧时官员的仪仗。　⑫苇薄：苇席。

曰："此吾长城也。"北兵至，悉拔而火之。司马又置之。既而三火，乃以炮石伏机其下，北兵焚薄，药石尽发，死伤甚众。既遁去，司马设薄如前。北兵遥望皆却走，以故帖服若神。后司马乞骸归，塞上复警。召再起；司马时年八十有三，力疾陛辞。上慰之曰："但烦卿卧治耳。"于是司马复至边。每止处，辄卧幨中。北人闻司马至皆不信，因假议和，将验真伪。启帷，见司马坦卧，皆望榻伏拜，挢舌①而退。

岳神

扬州提同知，夜梦岳神②召之，词色愤怒。仰见一人侍神侧，少为缓颊。醒而恶之。早诣岳庙，默作祈禳③。既出见药肆一人，绝肖所见。问之知为医生，及归暴病，特遣人聘之。至则出方为剂，暮服之，中夜而卒。或言：阎罗王与东岳天子，日遣侍者男女十万八千众，分布天下作巫医，名"勾魂使者"。用药者不可不察也！

小梅

蒙阴④王慕贞，世家子也。偶游江浙，见媪哭于途，诘之。言："先夫止遗一子，今犯死刑，谁有能出之者？"王素慷慨，志其姓名，出橐中金为之斡旋，竟释其罪。

其人出，闻王之救己也，茫然不解其故；访诣旅邸，感泣谢问。王曰："无他，怜汝母老耳。"其人大骇曰："母故已久，"王亦异之。抵暮媪来申谢，王咎其谬诬，媪曰："实相告：我东山老狐也。二十年前，曾与儿父有一夕之好，故不忍其鬼之馁⑤也。"王悚然起敬，再欲诘之，已杳。

先是，王妻贤而好佛，不茹荤酒，治洁室，悬观音像，以无子，日日焚祷其中。而神又最灵，辄示梦，教人趋避，以故家中事皆取决焉。后有疾綦笃，移榻其中；又别设锦裯于内室而扃其户，若有所伺。王以为惑，而以其疾势昏瞀⑥，不忍伤之。卧病二年，恶嚣，常屏人独寝。潜听之似与人语，启门视之又寂然。病中他无所虑，有女十四岁，惟日催治装遣嫁。既醮，呼王至榻前，执手曰："今诀矣！初病时，菩萨告我，命当速死；念不了者，幼女未嫁，因赐

---

①挢(jiǎo)舌：舌头翘起，不能出声，形容畏惧或惊讶。②岳神：指泰山神东岳大帝。③祈禳：指向神灵祈祷以求福除灾。④蒙阴：旧县名，治所在今山东省蒙阴县。⑤鬼之馁：鬼魂挨饿，指因子嗣断绝而无人祭祀。⑥昏瞀(mào)：头昏眼花，神志昏乱。

少药，俾延息以待。去岁，菩萨将回南海，留案前侍女小梅，为妾服役。今将死，薄命人又无所出。保儿，专所怜爱，恐娶悍怒之妇，令其子母失所。小梅姿容秀美，又温淑，即以为继室可也。"盖王有妾生一子，名保儿。王以其言荒唐，曰："卿素敬者神，今出此言，不已亵乎？"答云："小梅事我年余，相忘形骸，我已婉求之矣。"问："小梅何处？"曰："室中非耶？"方欲再诘，闭目已逝。

王夜守灵帏，闻室中隐隐啜泣，大骇，疑为鬼。唤诸婢妾启钥视之，则二八丽者缞①服在室。众以为神，共罗拜之，女敛涕扶掖。王凝注之，俯首而已。王曰："如果亡室之言非妄，请即上堂，受儿女朝谒；如其不可，仆亦不敢妄想，以取罪过。"女觍然出，竟登北堂，王使婢为设坐南向，王先拜，女亦答拜；下而长幼卑贱，以次伏叩，女庄容坐受，惟妾至，则挽之。自夫人卧病，婢惰奴偷，家久替。众参已，肃肃列侍。女曰："我感夫人盛意，羁留人间，又以大事相委，汝辈宜各洗心，为主效力，从前愆尤，悉不计较。不然，莫谓室无人也！"共视座上，真如悬观音图像，时被微风吹动。闻言悚惕，哄然并诺。女乃排拨丧务，一切井井，由是大小无敢懈者。女终日经纪内外，王将有作，亦禀白而行；然虽一夕数见，并不交一私语。

既殡，王欲申前约，不敢径告，嘱妾微示意。女曰："妾受夫人谆嘱，义不容辞；但匹配大礼，不得草草。年伯黄先生位尊德重，求使主秦晋之盟②，则惟命是听。"时沂水黄太仆，致仕闲居，于王为父执，往来最善。王即亲诣，以实告。黄奇之，即与同来。女闻，即出展拜。黄一见，惊为天人，逊谢不敢当礼；既而助妆③优厚，成礼乃去。女馈遗枕履，若奉舅姑，由此交益亲。

合卺后，王终以神故，衾中带肃，时研诘菩萨起居。女笑曰："君亦太愚，焉有正直之神，而下婚尘世者？"王力审所自。女曰："不必研穷，既以为神，朝夕供养，自无殃咎。"女御下常宽，非笑不语；然婢贱戏狎时，遥见之，则默默无声。女笑谕曰："岂尔辈尚以我为神耶？我何神哉！实为夫人姨妹，少相交好；姊病见思，阴使南村王姥招我来。第以日近姊夫，有男女之嫌，故托为神道，闭内室中，其实何神！"众犹不信。而日侍边旁，见其举动，不少异于常人，浮言渐息。然即顽奴钝婢，王素挞楚所不能化者，女一言无不乐于奉命。皆云："并不自知。实非畏之；但睹其貌，则心自柔，故不忍拂其意耳。"以此百废具举。数年中，田地连阡，仓廪万石矣。

又数年，妾产一女。女生一子——子生，左臂有朱点，因字小红。弥月，女使王盛筵招黄。黄贺仪丰渥，但辞以耄，不能远涉；女遣两媪强邀之，黄始至。抱儿出，袒其左臂，以示命名之意。又再三问其吉凶。黄笑曰："此喜红也，可增一字，名喜红。"王大悦，更出展叩。是日，鼓乐充庭，贵戚如市。

---

①缞（cuī）：丧服。　②秦晋之盟：结婚。　③助妆：即"添妆"，指向新娘赠送财物礼品。

黄留三日始去。忽门外有舆马来，逆女归宁①。向十余年，并无瓜葛，共议之，而女若不闻。理妆竟，抱子于怀，要王相送，王从之。至二三十里许，寂无行人，女停舆，呼王下骑，屏人与语，曰："王郎王郎，会短离长，谓可悲否？"王惊问故，女曰："君谓妾何人也？"答曰："不知。"女曰："江南拯一死罪，有之乎？"曰："有。"曰："哭于路者吾母也，感义而思所报。乃因夫人好佛，附为神道，实将以妾报君也。今幸生此褓褓物，此愿已慰。妾视君晦运将来，此儿在家，恐不能育，故借归宁，解儿危难。君记取家有死口时，当于晨鸡初唱，诣西河柳堤上，见有挑葵花灯来者，遮道②苦求，可免灾难。"王曰："诺。"因讯归期，女云："不可预定。要当牢记吾言，后会亦不远也。"临别，执手怆然交涕。俄登舆，疾若风。王望之不见，始返。

经六七年，绝无音问。忽四乡瘟疫流行，死者甚众，一婢病三日死，王念曩嘱，颇以关心。是日与客饮，大醉而睡。既醒闻鸡鸣，急起至堤头，见灯光闪烁，适已过去。急追之，止隔百步许，愈追愈远，渐不可见，懊恨而返。数日暴病，寻卒。

王族多无赖，共凭陵③其孤寡，田禾树木，公然伐取，家日陵替④。逾岁，保儿又殇，一家更无所主。族人益横，割裂田产，厩中牛马俱空；又欲瓜分第宅。以妾居故，遂将数人来，强夺鬻之。妾恋幼女，母子环泣，惨动邻里。方危难间，俄闻门外有肩舆入，共觇，则女引小郎自车中出。四顾人纷如市，问："此何人？"妾哭诉其由。女颜色惨变，便唤从来仆投，关门下钥。众欲抗拒，而手足若痿。女令一一收缚，系诸廊柱，日与薄粥三瓯。即遣老仆奔告黄公，然后入室哀泣。泣已，谓妾曰："此天数也。已期前月来，适以母病耽延，遂至于今。不谓转盼间已成丘墟！"问旧时婢媪，则皆被族人掠去，又益欷歔。越日，婢仆闻女至，皆自遁归，相见无不流涕。所絷族人，共噪儿非慕贞体胤⑤，女亦不置辩，既而黄公至，女引儿出迎。黄握儿臂，便挦左袂，见朱记宛然，因袒示众人以证其确。乃细审失物，登簿记名，亲诣邑令。令拘无赖辈，各笞四十，械禁严迫；不数日，田地马牛悉归故主。黄将归，女引儿泣拜曰："妾非世间人，叔父所知也。今以此子委叔父矣。"黄曰："老夫一息尚在，无不为区处⑥。"黄去，女盘查就绪，托儿于妾，乃具馔为夫祭扫，半日不返。视之，则杯馔犹陈，而人杳矣。

异史氏曰："不绝人嗣者，人亦不绝其嗣，此人也而实天也。至座有良朋，车裘可共，迨宿莽既滋，妻子陵夷，则车中人望望然去之矣。死友而不忍忘，感恩而思所报，独何人哉！狐乎！倘尔多财，吾为尔宰。"

---

①逆：迎接。归宁：多指已嫁女子回娘家看望父母。　②遮道：拦路。　③凭陵：欺凌，欺侮。　④陵替：衰败。　⑤体胤：亲生的后代。　⑥区处：处理，筹划安排。

药僧

济宁①某，偶于野寺外，见一游僧，向阳扪虱，杖挂葫芦，似卖药者。因戏曰："和尚亦卖房中丹否？"僧曰："有。弱者可强，微者可巨，立刻见效，不俟经宿。"某喜求之。僧解衲角，出药一丸如黍大，令吞之。约半炊时，下部暴长；逾刻自扪，增于旧者三之一。心犹未足，窥僧起遗，窃解衲，拈二三丸并吞之。俄觉肤若裂，筋若抽，项缩腰橐②，而阴长不已。大惧，无法。僧返见其状，惊曰："子必窃吾药矣！"急与一丸，始觉休止。解衣自视，则几与两股鼎足而三矣。缩颈蹒跚而归。父母皆不能识。从此为废物，日卧街上，多见之者。

于中丞

于中丞③成龙，按部④至高邮。适巨绅家将嫁女，装奁甚富，夜被穿窬⑤席卷而去。刺史无术。公令诸门尽闭，止留一门放行人出入，吏目守之，严搜装载。又出示谕阖城户口，各归第宅，候次日查点搜掘，务得赃物所在。乃阴嘱吏目：设有城门中出入至再者，捉之。过午得二人，一身之外，并无行装。公曰："此真盗也。"二人诡辩不已。公令解衣搜之，见袍服内着女衣二袭，皆奁中物也。盖恐次日大搜，急于移置，而物多难携，故密着而屡出之也。

又公为宰时，至邻邑。早旦经郭外，见二人以床昇病人，覆大被；枕上露发，发上簪凤钗一股，侧眠床上。有三四健男夹随之，时更番以手拥被，令压身底，似恐风入。少顷息肩路侧，又使二人更相为荷。于公过，遣隶回问之，云是妹子垂危，将送归夫家。公行二三里，又遣隶回，视其所入何村。隶尾之，至一村舍，两男子迎之而入，还以白公。公谓其邑宰："城中得无有劫寇否？"宰曰："无之。"时功令⑥严，上下讳盗，故即被盗贼劫杀，亦隐忍而不敢言。公就馆舍，嘱家人细访之，果有富室被强寇入室，炮烙而死。公唤其子来诘其状，子固不承。公曰："我已代捕大盗在此，非有他也。"子乃顿首哀泣，求为死者雪恨。公叩关往见邑宰，差健役四鼓出城，直至村舍，捕得八人，一鞫而伏。诘其病妇何人，盗供："是夜同在勾栏，故与妓女合谋，置金床

①济宁：指济宁州，治所在今山东省济宁市。 ②橐：通"驼"，谓腰背弯曲。 ③中丞：巡抚的别称。 ④按部：巡视属下州县。 ⑤窬(yú)：翻墙。 ⑥功令：法律、命令。

上,今抱卧至窝处始瓜分耳。"共服于公之神。或问所以能知之故,公曰:"此甚易解,但人不关心耳。岂有少妇在床,而容人手衾底者?且易肩而行,其势甚重,交手护之,则知其中必有物矣。若病妇昏愦而至,必有妇人倚门而迎;止见男子,并不惊问一言,是以确知其为盗也。"

皂隶

万历间,历城①令梦城隍索人服役,即以皂隶八人书姓名于牒,焚庙中;至夜八人皆死。庙东有酒肆,肆主故与一隶有素。会夜来沽酒,问:"款何客?"答云:"僚友甚多,沽一尊少叙姓名耳。"质明,见他役,始知其人已死。入庙启扉,则瓶在焉,贮酒如故。归视所与钱皆纸灰也。令肖八像于庙,诸役得差,皆先酬之乃行;不然,必遭答谴。

绩女

绍兴②有寡媪夜绩③,忽一少女推扉入,笑曰:"老姥无乃劳乎?"视之年十八九,仪容秀美,袍服炫丽。媪惊问:"何来?"女曰:"怜媪独居,故来相伴。"媪疑为侯门亡人④,苦相诘,女曰:"媪勿惧,妾之孤亦犹媪也。我爱媪洁,故相就,两免岑寂,固不佳耶?"媪又疑为狐,默然犹豫。女竟升床代绩。曰:"媪无忧,此等生活,妾优为之,定不以口腹相累。"媪见其温婉可爱,遂安之。

夜深,谓媪曰:"携来衾枕,尚在门外,出溲⑤时,烦捉之。"媪出,果得衣一裹。女解陈榻上,不知是何等锦绣,香滑无比,媪亦设布被,与女同榻。罗衫甫解,异香满室。既寝,媪私念遇此佳人,可惜身非男子。女子枕边笑曰:"姥七旬犹妄想耶?"媪曰:"无之。"女曰:"既不妄想,奈何欲作男子?"媪愈知为狐,大惧。女又笑曰:"愿作男子,何心而又惧我耶?"媪益恐,股战摇床。女曰:"嗟乎!胆如此大,还欲作男子!实相告:我真仙人,然非祸汝者。但须谨言,衣食自足。"媪早起拜于床下,女出臂挽之,臂腻如脂,热香喷溢;肌一着人,觉皮肤松快。媪心动,复涉遐想。女哂曰:"婆子战栗才止,心又何处去矣!使作丈夫,当为情死。"媪曰:"使是丈夫,今夜那得不死!"由是两心浃洽,日同操作。视所绩,匀细生光,织为布,晶莹如锦,价较常三倍。媪出

---

①历城:旧县名,为济南府治,即今山东省济南市。 ②绍兴:旧府名,治所在今浙江省绍兴市。 ③绩:指析理丝麻,捻接成线。 ④侯门亡人:指从显贵人家出逃的婢妾。 ⑤出溲:外出小便。

则扃其户,有访媪者,辄于他室应之。居半载,无知者。

后媪渐泄于所亲,里中姊妹行皆托媪以求见。女让①曰:"汝言不慎,我将不能久居矣。"媪悔失言,深自责;而求见者日益众,至有以势迫媪者。媪涕泣自陈。女曰:"若诸女伴,见亦无妨;恐有轻薄儿,将见狎侮。"媪复哀恳,始许之。越日,老媪少女,香烟相属于道。女厌其烦,无贵贱,悉不交语,惟默然端坐,以听朝参而已。乡中少年闻其美,神魂倾动,媪悉绝之。

有费生者,邑之名士,倾其产以重金啖②媪,媪诺为之请。女已知之,责曰:"汝卖我耶?"媪伏地自投。女曰:"汝贪其赂,我感其痴,可以一见。然而缘分尽矣。"媪又伏叩。女约以明日。生闻之,喜,具香烛而往,入门长揖。女帘内与语,问:"君破产相见,将何以教妾也?"生曰:"实不敢他有所干,只以王嫱、西子,徒得传闻,如不以冥顽见弃,俾得一阔眼界,不愿已足。若休咎自有定数,非所乐闻。"忽见布幕之中,容光射露,翠黛朱樱,无不毕现,似无帘幌之隔者。生意炫神驰,不觉倾拜。拜已而起,则厚幕沉沉,闻声不见矣。悒怅间,窃恨未睹下体;俄见帘下绣履双翘,瘦不盈指。生又拜。帘中语曰:"君归休!妾体惰矣!"媪延生别室,烹茶为供。生题《南乡子》一调于壁云:"隐约画帘前,三寸凌波玉笋尖;点地分明莲瓣落,纤纤,再着重台更可怜。花衬凤头弯,入握应知软似绵;但愿化为蝴蝶去,裙边,一嗅余香死亦甜。"题毕而去。

女览题不悦,谓媪曰:"我言缘分已尽,今不妄矣。"媪伏地请罪。女曰:"罪不尽在汝。我偶堕情障,以色身示人,遂被淫词污亵,此皆自取,于汝何尤。若不速迁,恐陷身情窟,转劫难出矣。"遂襆被③出。媪追挽之,转瞬已失。

红毛毡

红毛国,旧许与中国相贸易。边帅见其众,不许登岸。红毛人固请:"赐一毡地足矣。"帅思一毡所容无几,许之。其人置毡岸上仅容二人;拉之容四五人;且拉且登,顷刻毡大亩许,已数百人矣。短刃并发,出于不意,被掠数里而去。

---

①让:责备。 ②啖:利诱。 ③襆被:用包袱包裹衣被。

抽肠

莱阳①民某昼卧，见一男子与妇人握手入。妇黄肿，腰粗欲仰，意象愁苦。男子促之曰："来，来!"某意其苟合者，因假睡以窥所为。既入，似不见榻上有人。又促曰："速之!"妇便自坦胸怀，露其腹，腹大如鼓。男子出屠刀一把，用力刺入，从心下直剖至脐，蛊蛊有声。某大俱，不敢喘息。而妇人攒眉忍受，未尝少呻。男子口衔刀，入手于腹，捉肠挂肘际;且挂且抽，顷刻满臂。乃以刀断之，举置几上，还复抽之。几既满，悬椅上;椅又满，乃肘数十盘，如渔人举网状，望某首边一掷。觉一阵热腥，面目喉膈②覆压无缝。某不能复忍，以手推肠，大号起奔。肠堕榻前，两足被絷，冥然而倒。家人趋视，但见身绕猪脏;既入审顾，则初无所有。众各自谓目眩，未尝骇异。及某述所见，始共奇之。而室中并无痕迹，惟数日血腥不散。

张鸿渐

张鸿渐，永平③人。年十八，为郡名士。时卢龙令赵某贪暴，人民共苦之。有范生被杖毙，同学忿其冤，将鸣部院，求张为刀笔之词④，约其共事。张许之。妻方氏美而贤，闻其谋，谏曰："大凡秀才作事，可以共胜，而不可以共败:胜则人人贪天功，一败则纷然瓦解，不能成聚。今势力世界，曲直难以理定;君又孤，脱有翻覆，急难者谁也!"张服其言，悔之，乃宛谢诸生，但为创词而去。

质审一过，无所可否。赵以巨金纳大僚，诸生坐结党被收，又追捉刀人。张惧亡去，至凤翔界，资斧⑤断绝。日既暮，踟蹰旷野，无所归宿。欻睹小村，趋之。老妪方出阖扉，见生，问所欲为。张以实告，妪曰："饮食床榻，此都细事;但家无男子，不便留客。"张曰："仆亦不敢过望，但容寄宿门内，得避虎狼足矣。"妪乃令入，闭门，授以草荐⑥，嘱曰："我怜客无归，私容止宿，未明宜早去，恐吾家小娘子闻知，将便怪罪。"

妪去，张倚壁假寐。忽有笼灯晃耀，见妪导一女郎出。张急避暗处，微窥之，二十许丽人也。及门见草荐，诘妪。妪实告之，女怒曰："一门细弱，何

①莱阳:旧县名，治所在山东省莱阳市。　②膈:胸腔与腹腔之间的膈膜，此处借指胸腹。
③永平:旧府名，治所在今河北省卢龙县。　④刀笔之词:此处指诉讼的文书。　⑤资斧:路费。
⑥草荐:草席。

得容纳罪人!"即问:"其人焉往?"张惧出伏阶下。女审诘邦族,色稍霁,曰:
"幸是风雅士,不妨相留。然老奴竟不关白①,此等草草,岂所以待君子。"命
妪引客入舍。俄顷罗酒浆,品物精洁;既而设锦裯于榻。张甚德之。因私询
其姓氏。妪曰:"吾家施氏,太翁夫人俱谢世,止遗三女。适所见长姑舜华
也。"妪去。张视几上有《南华经注》,因取就枕上伏榻翻阅,忽舜华推扉入。
张释卷,搜觅冠履。女即榻捷坐曰:"无须,无须!"因近榻坐,腆然曰:"妾以
君风流才士,欲以门户相托,遂犯瓜李之嫌。得不相遐弃否?"张皇然不知所
对,但云:"不相诳,小生家中固有妻耳。"女笑曰:"此亦见君诚笃,顾亦不妨。
既不嫌憎,明日当烦媒妁。"言已欲去。张探身挽之,女亦遂留。未曙即起,
以金赠张曰:"君持作临眺②之资;向暮,宜晚来。恐旁人所窥。"张如其言,
早出晏归,半年以为常。

　　一日,归颇早,至其处,村舍全无,不胜惊怪。方徘徊间,闻妪云:"来何
早也!"一转盼间,则院落如故,身固已在室中矣,益异之。舜华自内出,笑
曰:"君疑妾耶?实对君言:妾,狐仙也,与君固有夙缘。如必见怪,请即别。"
张恋其美,亦安之。夜谓女曰:"卿既仙人,当千里一息耳。小生离家三年,
念妻孥③不去心,能携我一归乎?"女似不悦,曰:"琴瑟之情,妾自分于君为
笃;君守此念彼,是相对绸缪者皆妄也!"张谢曰:"卿何出此言。谚云:'一日
夫妻,百日恩义。'后日归念卿时,亦犹今日之念彼也。设得新忘故,卿何取
焉?"女乃笑曰:"妾有褊心;于妾,愿君之不忘;于人,愿君之忘之也。然欲暂
归,此复何难?君家咫尺耳!"遂把袂出门,见道路昏暗,张逡巡不前。女曳
之走,无几时,曰:"至矣。君归,妾且去。"张停足细认,果见家门。逾堁垣④
入,见室中灯火犹荧,近以两指弹扉,内问为谁,张具道所来。内秉烛启关,
真方氏也。两相惊喜。握手入帏。见儿卧床上,慨然曰:"我去时儿才及膝,
今身长如许矣!"夫妇依倚,恍如梦寐。张历述所遭。问及讼狱,始知诸生有
瘐死者,有远徙者,益服妻之远见。方纵体入怀,曰:"君有佳偶,想不复念孤
衾中有零涕人矣!"张曰:"不念,胡以来也?我与彼虽云情好,终非同类;独
其恩义难忘耳。"方曰:"君以我何人也!"张审视竟非方氏,乃舜华也。以手
探儿,一竹夫人⑤耳。大惭无语。女曰:"君心可知矣!分当自此绝矣,犹幸
未忘恩义,差足自赎。"

　　过二三日,忽曰:"妾思痴情恋人,终无意味。君日怨我不相送,今适欲
至都,便道可以同去。"乃向床头取竹夫人共跨之,令闭两眸,觉离地不远,风
声飕飕。移时寻落,女曰:"从此别矣。"方将订嘱,女去已渺。怅立少时,闻
村犬鸣吠,苍茫中见树木屋庐,皆故里景物,循途而归。逾垣叩户,宛若前

---

①关白:禀告。　②临眺:登高远望,此处指登临游赏。　③妻孥:妻子儿女。　④堁垣:坏墙。
⑤竹夫人:一种圆柱形的竹制品,为古代消暑用品。

状。方氏惊起，不信夫归；诘证确实，始挑灯呜咽而出。既相见，涕不可仰。张犹疑舜华之幻弄也；又见床卧一儿如昨夕，因笑曰："竹夫人又携耶？"方氏不解，变色曰："妾望君如岁，枕上啼痕固在也。甫能相见，全无悲恋之情，何以为心矣！"张察其情真，始执臂欷歔，具言其详。问讼案所结，并如舜华言。方相感慨，闻门外有履声，问之不应。盖里中有恶少甲，久窥方艳，是夜自别村归，遥见一人逾垣去，谓必赴淫约者，尾之入。甲故不甚识张，但伏听之。及方氏亟问，乃曰："室中何人也？"方讳言："无之。"甲言："窃听已久，敬将以执奸也。"方不得已以实告，甲曰："张鸿渐大案未消，即使归家，亦当缚送官府。"方苦哀之，甲词益狎逼。张忿火中烧；把刀直出，剁甲中颅。甲踣①犹号，又连剁之，遂死。方曰："事已至此，罪益加重。君速逃，妾请任其辜。"张曰："丈夫死则死耳，焉肯辱妻累子以求活耶！卿无顾虑，但令此子勿断书香，目即瞑矣。"

天明，赴县自首。赵以钦案中人，姑薄惩之。寻由郡解都，械禁颇苦。途中遇女子跨马过，一老妪捉鞚，盖舜华也。张呼妪欲语，泪随声堕。女返辔，手启障纱，讶曰："表兄也，何至此？"张略述之。女曰："依兄平昔，便当掉头不顾，然予不忍也。寒舍不远，即邀公役同临，亦可少助资斧。"从去二三里，见一山村，楼阁高整。女下马入，令妪启舍延客。既而酒炙丰美，似所夙备。又使妪出曰："家中适无男子，张官人即向公役多劝数觞，前途倚赖多矣。遣人措办数十金为官人作费，兼酬两客，尚未至也。"二役窃喜，纵饮，不复言行。日渐暮，二役径醉矣。女出以手指械，械立脱。曳张共跨一马，驶如龙。少时促下，曰："君止此。妾与妹有青海之约，又为君逗留一晌，久劳盼注矣。"张问："后会何时？"女不答，再问之，推堕马下而去。

既晓问其地，太原也。遂至郡，赁屋授徒焉。托名宫子迁。居十年，访知捕亡寝怠，乃复逡巡东向。既近里门，不敢遽入，俟夜深而后入。及门，则墙垣高固，不复可越，只得以鞭挝门。久之妻始出问，张低语之。喜极纳入，作呵叱声，曰："都中少用度，即当早归，何得遣汝半夜来？"入室，各道情事，始知二役逃亡未返。言次，帘外一少妇频来，张问伊谁，曰："儿妇耳。"问："儿安在？"曰："赴郡大比未归。"张涕下曰："流离数年，儿已成立，不谓能继书香，卿心血殆尽矣！"话未已，子妇已温酒炊饭，罗列满几。张喜慰过望。居数日，隐匿屋榻，惟恐人知。夜方卧，忽闻人语腾沸，捶门甚厉。大惧，并起。闻人言曰："有后门否？"益惧，急以门扇代梯，送张夜度垣而出，然后诣门问故，乃报新贵者也。方大喜，深悔张遁，不可追挽。

张是夜越莽穿榛，急不择途，及明，困殆已极。初念本欲向西，问之途人，则去京都通衢不远矣。遂入乡村，意将质衣而食。见一高门，有报条粘

---

①踣(bó)：仆倒，向前跌倒。

壁上，近视知为许姓，新孝廉也。顷之，一翁自内出，张迎揖而告以情。翁见仪容都雅，知非赚食者，延入相款。因诘所往，张托言："设帐都门，归途遇寇。"翁留诲其少子。张略问官阀，乃京堂林下①者；孝廉其犹子②也。月余，孝廉偕一同榜归，云是永平张姓，十八九少年也。张以乡谱俱同，暗中疑是其子；然邑中此姓良多，姑默之。至晚解装，出"齿录③"，急借披读，真子也。不觉泪下。共惊问之，乃指名曰："张鸿渐，即我是也。"备言其由。张孝廉抱父大哭。许叔侄慰劝，始收悲以喜。许即以金帛函字，致告宪台，父子乃同归。

方自闻报，日以张在亡为悲；忽白孝廉归，感伤益痛。少时，父子并入，骇如天降，询知其故，始共悲喜。甲父见其子贵，祸心不敢复萌。张益厚遇之，又历述当年情状，甲父感愧，遂相交好。

太医

万历间，孙评事少孤，母十九岁守节。孙举进士，而母已死。尝语人曰："我必博诰命以光泉壤，始不负萱堂④苦节。"忽得暴病，綦⑤笃。素与太医善，使人招之，使者出门，而疾益剧。张目曰："生不能扬名显亲，何以见老母地下乎！"遂卒，目不瞑。无何太医至，闻哭声，即入临吊。见其状异之。家人告以故，太医曰："欲得诰赠，即亦不难。今皇后旦晚临盆矣，但活十余日，诰命可得。"立命取艾灸尸一十八处。炷将尽，床上已呻；急灌以药，居然复生。嘱曰："切记勿食熊虎肉。"共志之。然以此物不常有，颇不关意。

既而三日平复，仍从朝贺。过六七日果生太子，召赐群臣宴。中使⑥出异品，遍赐文武，白片朱丝，甘美无比。孙啖之，不知何物。次日访诸同僚，曰："熊膰也。"大惊失色，即刻而病，至家遂卒。

牛飞

邑人某，购一牛，颇健。夜梦牛生两翼飞去，以为不祥，疑有丧失。牵入市损价售之，以巾裹金，缠臂上。归至半途，见有鹰食残兔，近之甚驯。遂以巾头縶股，臂之。鹰屡摆扑，把捉稍懈，带巾腾去。此虽定数，然不疑梦，不

---

①京堂林下：退休家居的京官。清代都察院、通政司及诸卿寺的堂官，均称京堂。　②犹子：侄子。　③齿录：亦称"同年录"。科举时代，凡同科登榜者，各具姓名、年龄、籍贯及三代，汇刻成册，称"齿录"。　④萱堂：母亲。　⑤綦（qí）：极，很。　⑥中使：宦官。

贪拾遗,则走者何遽能飞哉?

王子安

王子安,东昌①名士,困于场屋。入闱后,期望甚切。近放榜时,痛饮大醉,归卧内室。忽有人白:"报马来。"王踉跄起曰:"赏钱十千!"家人因其醉,诳而安之曰:"但请睡,已赏矣。"王乃眠。俄又有人者曰:"汝中进士矣!"王自言:"尚未赴都,何得及第?"其人曰:"汝忘之耶?三场毕矣。"王大喜,起而呼曰:"赏钱十千!"家人又诳之如前。又移时,一人急入曰"汝殿试翰林,长班②在此。"果见二人拜床下,衣冠修洁。王呼赐酒食,家人又绐③之,暗笑其醉而已。久之,王自念不可不出耀乡里,大呼长班,凡数十呼无应者。家人笑曰:"暂卧候,寻他去。"又久之,长班果复来。王捶床顿足,大骂:"钝奴焉往!"长班怒曰:"措大无赖!向与尔戏耳,而真骂耶?"王怒,骤起扑之,落其帽。王亦倾跌。

妻入,扶之曰:"何醉至此!"王曰:"长班可恶,我故惩之,何醉也?"妻笑曰:"家中止有一媪,昼为汝炊,夜为汝温足耳。何处长班,伺汝穷骨?"子女皆笑。王醉亦稍解,忽如梦醒,始知前此之妄。然犹记长班帽落。寻至门后,得一缨帽如盏大,共疑之。自笑曰:"昔人为鬼揶揄,吾今为狐奚落矣。"

异史氏曰:"秀才入闱,有七似焉:初入时,白足④提篮似丐。唱名时,官呵隶骂似囚。其归号舍⑤也,孔孔伸头,房房露脚,似秋末之冷蜂。其出场也,神情惝怳⑥,天地异色,似出笼之病鸟。迨望报也,草木皆惊,梦想亦幻。时作一得志想,则顷刻而楼阁俱成;作一失志想,则瞬息而骸骨已朽。此际行坐难安,则似被絷之猱。忽然而飞骑传人,报条无我,此时神色猝变,嗒然若死,则似饵毒之蝇,弄之亦不觉也。初失志,心灰意败,大骂司衡⑦无目,笔墨无灵,势必举案头物而尽炬之;炬之不已,而碎踏之;踏之不已,而投之浊流。从此披发入山,面向石壁,再有以'且夫''尝谓'⑧之文进我者,定当操戈逐之。无何日渐远,气渐平,技又渐痒,遂似破卵之鸠,只得衔木营巢,从新另抱矣。如此情况,当局者痛哭欲死,而自旁观者视之,其可笑孰甚焉。王子安方寸之中,顷刻万绪,想鬼狐窃笑已久,故乘其醉而玩弄之。床头人醒,宁不哑然失笑哉?顾得志之况味,不过须臾;词林⑨诸公,不过经两三须臾耳,子安一朝而尽尝之,则狐之恩与荐师等。"

①东昌:旧府名,治所在今山东省聊城市。 ②长班:即"长随",明清时官员随身使唤的公役。③绐(dài):欺骗。 ④白足:光脚。 ⑤号舍:科举考试中供考生答卷及食宿之所,人各一间,极其狭小。 ⑥惝怳(chǎng huǎng):形容心神不安的样子。 ⑦司衡:负责阅卷的试官。 ⑧且夫、尝谓:均为八股文常用过渡语,此处代指八股文。 ⑨词林:翰林院的别称。

刁姓

有刁姓者,家无生产,每出卖许负之术①——实无术也——数月一归,则金帛盈囊。共异之。会里人有客于外者,遥见高门内一人,冠华阳巾,言语啁嗻,众妇丛绕之。近视,则刁也。因微窥所为,见有问者曰:"吾等众人中有一夫人在,能辨之乎?"盖有一贵人妇微服其中,将以验其术也。里人代为刁窘。刁从容望空横指曰:"此何难辨。试观贵人顶上,自有云气环绕。"众目不觉集视一人,觇其云气,刁乃指其人曰:"此真贵人!"众惊以为神。里人归述其诈慧,乃知虽小道,亦必有过人之才;不然,乌能欺耳目、赚金钱,无本而殖哉!

农妇

邑西磁窑坞有农人妇,勇健如男子,辄为乡中排难解纷。与夫异县而居。夫家高苑,距淄百余里;偶一来,信宿②便去。妇自赴颜山,贩陶器为业。有赢余,则施丐者,一夕与邻妇语,忽起曰"腹少微痛,想孽障欲离身也。"遂去。天明往探之,则见其肩荷酿酒巨瓮二,方将入门。随至其室,则有婴儿绷③卧,骇问之,盖娩后已负重百里矣。故与北庵尼善,订为姊妹。后闻尼有秽行,忿然操杖,将往挞楚,众苦劝乃止。一日,遇尼于途,遽批之。问:"何罪?"亦不答。拳石交施,至不能号,乃释而去。

异史氏曰:"世言女中丈夫,犹自知非丈夫也,妇并忘其为巾帼矣。其豪爽自快,与古剑仙无殊,毋亦其夫亦磨镜者④流耶?"

金陵乙

金陵卖酒人某乙,每酿成,投水而置毒⑤焉,即善饮者,不过数盏,便醉如泥。以此得"中山⑥"之名,富致巨金。

早起,见一狐醉卧槽边,缚其四肢。方将觅刃,狐已醒,哀曰:"忽见害,

---

①许负之术:指相面术。传说汉代老妇许负,擅长相术。　②信宿:连宿两夜。　③绷:婴儿的包被。　④磨镜者:指唐人小说中女剑客聂隐娘的丈夫,事见唐裴铏《传奇·聂隐娘》。　⑤置毒:放入一些有害的药物。　⑥中山:美酒的代称。

诸如所求。"遂释之，辗转已化为人。时巷中孙氏，其长妇患狐为祟，因问之，答云："是即我也。"乙窥妇娣①尤美，求狐携往。狐难之，乙固求之。狐邀乙去，入一洞中，取褐衣授之，曰："此先兄所遗，着之当可去。"既服而归，家人皆不之见，袭衣裳而出，始见之。大喜，与狐同诣孙氏家。见墙上贴巨符，画蜿蜒如龙，狐惧曰："和尚大恶，我不往矣！"遂去。乙逡巡近之，则真龙盘壁上，昂首欲飞，大惧亦出。盖孙觅一异域僧，为之厌胜②，授符先归，僧犹未至也。

次日僧来，设坛作法。邻人共观之，乙亦杂处其中。忽变色急奔，状如被捉；至门外踣地，化为狐，四体犹着人衣。将杀之，妻子叩请。僧命牵去，日给饮食，数月寻毙。

郭安

孙五粒，有僮仆独宿一室，恍惚被人摄去。至一宫殿，见阎罗在上，视之曰："误矣，此非是。"因遣送还。既归，大惧，移宿他所。遂有僚仆郭安者，见榻空闲，因就寝焉。又一仆李禄，与僮有夙怨，久将甘心，是夜操刀入，扪之，以为僮也，竟杀之。郭父鸣于官。时陈其善为邑宰，殊不苦之。郭哀号，言："半生止此子，今将何以聊生！"陈即以李禄为之子。郭含冤而退。此不奇于僮之见鬼，而奇于陈之折狱也。

济之西邑有杀人者，其妇讼之。令怒，立拘凶犯至，拍案骂曰："人家好好夫妇，直令寡耶！即以汝配之，亦令汝妻寡守。"遂判合之。此等明决皆是甲榜所为，他途不能也。而陈亦尔尔，何途无才！

折狱

邑之西崖庄，有贾某被人杀于途，隔夜，其妻亦自经③死。贾弟鸣于官，时浙江费公祎祉令淄，亲诣验之。见布袄裹银五钱余，尚在腰中，知非为财也者。拘两村邻保审质一过，殊少端绪，并未搒掠，释散归农，但命地约细察，十日一关白④而已，逾半年，事渐懈。贾弟怨公仁柔，上堂屡聒。公怒曰："汝既不能指名，欲我以桎梏加良民耶！"呵逐而出。贾弟无所伸诉，愤葬兄嫂。

---

①妇娣：长妇丈夫的弟媳。　②厌胜：古代迷信，谓能以诅咒制胜，压服人或物。　③自经：上吊自杀。　④关白：禀告。

一日，以逋赋①故，逮数人至，内一人周成，惧责，上言钱粮措办已足，即于腰中出银袱，禀公验视。验已，便问："汝家何里?"答云："某村。"又问："去西崖几里?"答云："五六里。""去年被杀贾某，系汝何人?"答曰："不识其人。"公勃然曰："汝杀之，尚云不识耶!"周力辩不听，严梏之，果伏其罪。先是，贾妻王氏，将诣姻家，惭无钗饰，聒夫使假于邻。夫不肯，妻自假之，颇甚珍重。归途卸而裹诸袱，内袖中；既至家，探之已亡。不敢告夫，又无力偿邻，懊恼欲死。是日周适拾之，知为贾妻所遗，窥贾他出，半夜逾垣，将执以求合。时溽暑，王氏卧庭中，周潜就淫之。王氏觉大号。周急止之，留袱纳钗。事已，妇嘱曰："后勿来，吾家男子恶，犯恐俱死!"周怒曰："我挟勾栏数宿之赀，宁一度可偿耶?"妇慰之曰："我非不愿相交，渠常善病，不如从容以待其死。"周乃去，于是杀贾，夜诣妇曰："今某已被人杀，请如所约。"妇闻大哭，周惧而逃，天明则妇死矣。

公廉得情，以周抵罪。共服其神，而不知所以能察之故。公曰："事无难辨，要在随处留心耳。初验尸时，见银袱刺万字文，周袱亦然，是出一手也。及诘之，又云无旧，词貌诡变，是以确知其真凶也。"

异史氏曰："世之折狱②者，非悠悠置之，则缧系数十人而狼藉之耳。堂上肉鼓吹，喧阗旁午，遂謇蹙曰：'我劳心民事也。'云板三敲③，则声色并进，难决之词，不复置念，专待升堂时，祸桑树以烹老龟耳。呜呼! 民情何由得哉! 余每曰：'智者不必仁，而仁者则必智；盖用心苦则机关出也。''随在留心'之言，可以教天下之宰民社者④矣。"

邑人胡成，与冯安同里，世有隙。胡父子强，冯屈意交欢，胡终猜之。一日，共饮薄醉，颇倾肝胆。胡大言："勿忧贫，百金之产不难致也。"冯以其家不丰，故嗤之。胡正色曰："实相告：昨途遇大商，载厚装来，我颠越于南山眢井中矣。"冯又笑之。时胡有妹夫郑伦，托为说合田产，寄数百金于胡家，遂尽出以炫冯。冯信之。既散，阴以状报邑。公拘胡对勘，胡言其实，问郑及产主皆不讹。乃共验诸眢井。一役缒下，则果有无首之尸在焉。胡大骇，莫可置辩，但称冤苦。公怒，击喙数十，曰："确有证据，尚叫屈耶!"以死囚具禁制之。尸戒勿出，惟晓示诸村，使尸主投状。

逾日有妇人抱状，自言为亡者妻，言："夫何甲，揭数百金作贸易，被胡杀死。"公曰："井有死人，恐未必即是汝夫。"妇执言甚坚。公乃命出尸于井，视之果不妄。妇不敢近，却立而号。公曰："真犯已得，但骸躯未全。汝暂归，待得死者首，即招报令其抵偿。"遂自狱中唤胡出，呵曰："明日不将头至，当

---

①逋(bū)赋：拖欠赋税。逋，拖欠，拖延。 ②折狱：断案。 ③云板三敲：指官署击云板退堂。云板，俗称"点"，是一种云形铁质响器，上系绳，悬而用槌击板发声，常用于报事。 ④宰民社者：此处指治理百姓的府、州、县地方长官。

械折股!"押去终日而返,诘之,但有号泣。乃以桎具置前作刑势,却又不刑,曰:"想汝当夜扛尸忙迫,不知坠落何处,奈何不细寻之?"胡哀祈容急觅。公乃问妇:"子女几何?"答曰:"无。"问:"甲有何戚属?""但有堂叔一人。"慨然曰:"少年丧夫,伶仃如此,其何以为生矣!"妇乃哭,叩求怜悯。公曰:"杀人之罪已定,但得全尸,此案即结;结案后速醮可也。汝少妇勿复出入公门。"妇感泣,叩头而下。公即票示里人,代觅其首。

经宿,即有同村王五,报称已获。问验既明,赏以千钱。唤甲叔至,曰:"大案已成;然人命重大,非积岁不能成结。佺既无出,少妇亦难存活,早令适人。此后亦无他务,但有上台检驳,止须汝应声耳。"甲叔不肯,飞两签下;再辩,又一签下。甲叔惧,应之而出。妇闻,诣谢公恩。公极意慰谕之。又谕:"有买妇者,当堂关白。"既下,即有投婚状者,盖即报人头之王五也。公唤妇上,曰:"杀人之真犯,汝知之乎?"答曰:"胡成。"公曰:"非也。汝与王五乃真犯耳。"二人大骇,力辩冤枉。公曰:"我久知其情,所以迟迟而发者,恐有万一之屈耳。尸未出井,何以确信为汝夫?盖先知其死矣。且甲死犹衣败絮,数百金何所自来?"又谓王五曰:"头之所在,汝何知之熟也!所以如此其急者,意在速合耳。"两人惊,颜如土,不能强置一词。并械之,果吐其实。盖王五与妇私已久,谋杀其夫,而适值胡成之戏也。

乃释胡。冯以诬告重笞,徒三年。事结,并未妄刑一人。

异史氏曰:"我夫子①有仁爱名,即此一事,亦以见仁人之用心苦矣。方宰淄时,松裁②弱冠,过蒙器许,而驽钝不才,竟以不舞之鹤③为羊公辱。是我夫子生平有不暂之一事,则松实贻之也。悲夫!"

义犬

周村有贾某,贸易芜湖,获重资,赁舟将归,见堤上有屠人缚犬,倍价赎之,养豢舟上。舟上固积寇④也,窥客装,荡舟入莽,操刀欲杀。贾哀赐以全尸,盗乃以毡裹置江中。犬见之,哀嗥投水;口衔裹具,与共浮沉。流荡不知几里,达浅搁乃止。犬泅出,至有人处,猎猎⑤哀吠。或以为异,从之而往,见毡束水中,引出断其绳。客固未死,始言其情。复哀舟人载还芜湖,将以伺盗船之归。登舟失犬,心甚悼焉。抵关三四日,估楫⑥如林,而盗船不见。适有同乡估客将携俱归,忽犬自来,望客大嗥,唤之却走。客下舟趁之。犬奔

---

①夫子:此处指文中的淄川县令费祎祉。 ②松:蒲松龄自称。裁:通"才"。 ③不舞之鹤:形容自己无能,科举受挫,有负费祎祉的器许。事本《世说新语·排调》:"昔羊叔子有鹤善舞,尝向客称之。客试使驱来,氃氋而不肯舞。" ④积寇:惯匪。 ⑤猎猎(yín yín):犬吠声。 ⑥估楫:商船。

上一舟,啮人胫股,挞之不解。客近呵之,则所啮即前盗也。衣服与舟皆易,故不得而认之矣。缚而搜之,则裹金犹在,呜呼!一犬也,而报恩如是,世无心肝者,其亦愧此犬也夫!

杨大洪①

大洪杨先生涟,微时为楚名儒,自命不凡。科试后,闻报优等者,时方食,含哺出问:"有杨某否?"答云:"无。"不觉嗒然自丧,咽食入鬲②,遂成病块,噎阻甚苦。众劝令录遗才③;公患无资,众醵④十金送之行,乃强就道。

夜梦人告之云:"前途有人能愈君疾,宜苦求之。"临去赠以诗,有"江边柳下三弄笛,抛向江心莫叹息"之句。明日途次,果见道士坐柳下,因便叩请。道士笑曰:"子误矣,我何能疗病?请为三弄可也。"因出笛吹之。公触所梦,拜求益切,且倾囊献之。道士接金掷诸江流。公以所来不易,哑然惊惜。道士曰:"君未能恝然⑤耶?金在江边,请自取之。"公诣视果然。又益奇之,呼为仙。道士漫指曰:"我非仙,彼处仙人来矣。"赚公回顾,力拍其项曰:"俗哉!"公受拍,张吻作声,喉中呕出一物,堕地塇然⑥,俯而破之,赤丝中裹饭犹存,病若失。回视道士已杳。

异史氏曰:"公生为河岳,没为日星,何必长生乃为不死哉!或以未能免俗,不作天仙,因而为公悼惜;余谓天上多一仙人,不如世上多一圣贤,解者必不议予说之偾⑦也。"

查牙山洞

章丘⑧查牙山,有石窟如井,深数尺许。北壁有洞门,伏而引领望见之。会近村数辈,九日⑨登临饮其处,共谋入探之。三人受灯,缒而下。洞高敞与夏屋等,入数武稍狭,即忽见底。底际一窦,蛇行可入。烛之,漆漆然暗深不测。

两人馁而却退;一人夺火而嗤之,锐身塞而进。幸隘处仅厚于堵,即又顿高顿阔,乃立,乃行。顶上石参差危耸,将坠不坠。两壁嶙嶙峋峋然,类寺

---

①杨大洪:即杨涟,字文孺,号大洪,明万历三十五年(1607)进士。 ②鬲(gé):通"膈",胸腔与腹腔之间的膈膜,此处借指胸腔。 ③遗才:即"录遗"试。明清科举考试制度,凡生员参加科考、录科未取,或因故未参加科考、录科者,可在乡试前补考一次,名为"录遗"。经录遗录取者亦可参加乡试。 ④醵(jù):集资,凑钱。 ⑤恝(jiá)然:冷淡,淡漠。 ⑥塇(bì)然:形容物品着地的声音。 ⑦偾:同"颠"。 ⑧章丘:旧县名,治所在今山东省章丘市。 ⑨九日:九月初九重阳节。

庙中塑,都成鸟兽人鬼形:鸟若飞,兽若走,人若坐若立,鬼魅魍魉,示现忿怒;奇奇怪怪,类多丑少妍。心凛然作怖畏。喜径夷①,无少陂②。逡巡几百步,西壁开石室,门左一怪石,鬼面人身而立,目眥口箕张,齿舌狞恶,左手作拳触腰际,右手叉五指欲扑人。心大恐,毛森森以立。遥望门中有爇灰,知有人曾至者,胆乃稍壮,强入之。见地上列碗盏,泥垢其中,然皆近今物,非古窑也。旁置锡壶四,心利之,解带缚项系腰间。即又旁瞩,一尸卧西隅,两肱及股四布以横。骇极。渐审之,足蹑锐履,梅花刻底③犹存,知是少妇。人不知何里,毙不知何年。衣色黯败,莫辨青红;发蓬蓬,似筐许乱丝粘着髑髅上;目、鼻孔各二,瓠犀④两行白巉巉⑤,意是口也。存想首颠当有金珠饰,以火近脑,似有口气嘘灯,灯摇摇无定,焰纁黄,衣动掀掀。复大惧,手摇颤。灯顿灭。忆路急奔,不敢手索壁,恐触鬼者物也。头触石,仆,即复起;冷湿浸颔颊,知是血,不觉痛,抑不敢呻;垄息奔至窦,方将伏,似有人捉发住,晕然遂绝。众坐井上俟久,疑之,又缒二人下。探身入窦,见发罥⑥石上,血淫淫已僵。二人失色,不敢入,坐愁叹。俄井上又使二人下;中有勇者,始健进,曳之以出。置山上,半日方醒,言之缕缕。所恨未穷其底;极穷之,必更有佳境。后章令闻之,以丸泥封窦,不可复入矣。

　　康熙二十六七年间,养母峪之南石崖崩,现洞口,望之钟乳林,林如密笋。然深险无人敢入。忽有道士至,自称钟离弟子,言:"师遣先至,粪除⑦洞府。"居人供以膏火,道士携之而下,坠石笋上,贯腹而死。报令,令封其洞。其中必有奇境,惜道士尸解,无回音耳。

安期岛

　　长山刘中堂鸿训,同武弁⑧某使朝鲜。闻安期岛神仙所居,欲命舟往游。国中臣僚佥⑨谓不可,令待小张。盖安期不与世通,惟有弟子小张,岁辄一两至。欲至岛者,须先自白。如以为可,则一帆可至,否则飓风覆舟。

　　逾一二日,国王召见。入朝,见一人佩剑,冠棕笠,坐殿上;年三十许,仪容修洁。问之即小张也。刘因自述向往之意,小张许之。但言:"副使不可行。"又出遍视从人,惟二人可以从游。遂命舟导刘俱往。水程不知远近,但觉习习如驾云雾,移时已抵其境。时方严寒,既至则气候温煦,山花遍岩谷。导人洞府,见三叟趺坐。东西者见客入,漠若罔知;惟中坐者起迎客,相为

---

　　①径夷:道路平坦。　②陂(bēi):斜坡。　③梅花刻底:鞋底用粗线绣有梅花图案。　④瓠犀:瓠瓜的子,喻指美女的牙齿。　⑤巉巉(chán chán):形容锋利尖锐。　⑥罥(juàn):悬挂。　⑦粪除:清扫。　⑧武弁(biàn):武官。　⑨佥(qiān):都,皆。

礼。既坐,呼茶。有僮将盘去。洞外石壁上有铁锥,锐没石中;僮拔锥,水即溢射,以盏承之;满,复塞之。既而托至,其色淡碧。试之,其凉震齿。刘畏寒不饮。叟顾僮颐视之。僮取盏去,呷其残者;仍于故处拔锥,溢取而返,则芳烈蒸腾,如初出于鼎。窃异之。问以休咎①,笑曰:"世外人岁月不知,何解人事?"问以却老术,曰:"此非富贵人所能为者?"刘兴辞,小张仍送之归。

既至朝鲜,备述其异。国王叹曰:"惜未饮其冷者。此先天之玉液,一盏可延百龄。"刘将归,王赠一物,纸帛重裹,嘱近海勿开视。既离海,急取拆视,去尽数百重,始见一镜;审之,则鲛宫龙族,历历在目。方凝注间,忽见潮头高于楼阁,汹汹已近。大骇,极驰;潮从之,疾若风雨。大惧,以镜投之,潮乃顿落。

沅俗

李季霖摄篆②沅江,初莅任,见猫犬盈堂,讶之。僚属曰:"此乡中百姓,瞻仰风采也。"少间,人畜已半;移时,都复为人,纷纷并去。一日,出谒客,肩舆在途。忽一舆夫急呼曰:"小人吃害③矣!"即倩役代荷,伏地乞假。怒呵之,役不听,疾奔而去。遣人尾之。役奔入市,觅得一叟,便求按视。叟相之曰:"是汝吃害矣。"乃以手揣其肤肉,自上而下力推之,推至少股,见皮内坟起,以利刃破之,取出石子一枚,曰:"愈矣。"乃奔而返。后闻其俗有身卧室中,手即飞出,入人房闼,窃取财物。设被主觉,縶不令去,则此人一臂不用矣。

云萝公主

安大业,卢龙④人。生而能言,母饮以犬血,始止。既长,韶秀,顾影无俦⑤,慧而能读。世家争婚之。母梦曰:"儿当尚主⑥。"信之。至十五六,迄无验,亦渐自悔。

一日安独坐,忽闻异香。俄一美婢奔入。曰:"公主至。"即以长毡贴地,自门外直至榻前。方骇疑间,一女郎扶婢肩入;服色容光,映照四堵。婢即以绣垫设榻上,扶女郎坐。安仓皇不知所为,鞠躬便问:"何处神仙,劳降玉趾?"女郎微笑,以袍袖掩口。婢曰:"此圣后府中云萝公主也。圣后属意郎

---

①休咎:吉凶。 ②摄篆:指代理官职,掌其印信。 ③吃害:被害。 ④卢龙:旧县名,治所在今河北省卢龙县。 ⑤无俦:无人能比。 ⑥尚主:娶公主为妻。

君，欲以公主下嫁，故使自来相宅。"安惊喜不知置词，女亦俯首，相对寂然。

安故好棋，揪枰①尝置坐侧。一婢以红巾拂尘，移诸案上，曰："主日耽此，不知与粉侯②孰胜？"安移坐近案，主笑从之。甫三十余着，婢竟乱之，曰："驸马负矣！"敛子入盒，曰："驸马当是俗间高手，主仅能让六子。"乃以六黑子实局中，主亦从之。主坐次，辄使婢伏座下，以背受足；左足踏地，则更一婢右伏。又两小鬟夹侍之；每值安凝思时，辄曲一肘伏肩上。局阑未结，小鬟笑云："驸马负一子。"进曰："主惰，宜且退。"女乃倾身与婢耳语。

婢出，少顷而还，以千金置榻上，告生曰："适主言居宅湫隘③，烦以此少致修饰，落成相会也。"一婢曰："此月犯天刑④，不宜建造；月后吉。"女起；生遮止，闭门。婢出一物，状类皮排⑤，就地鼓之；云气突出，俄顷四合，冥不见物，索之已杳。

母知之，疑以为妖。而生神驰梦想，不能复舍。急于落成，无暇禁忌；刻日敦迫，廊舍一新。

先是，有滦州⑥生袁大用，侨寓邻坊，投刺于门；生素寡交，托他出，又窥其亡⑦而报之。后月余，门外适相值，二十许少年也。宫绢单衣，丝履乌带，意甚都雅。略与顷谈，颇甚温谨。喜，揖而入。请与对弈，互有赢亏。已而设席流连，谈笑大欢。明日邀生至其寓所，珍肴杂进，相待殷渥。有小僮十二三许，拍板清歌，又跳掷作剧。生大醉不能行，便令负之，生以其纤弱恐不胜，袁强之。僮绰有余力，荷送而归。生奇之。明日犒以金，再辞乃受。由此交情款密，三数日辄一过从。袁为人简默，而慷慨好施。市有负债鬻女者，解囊代赎，无吝色。生以此益重之。过数日，诣生作别，赠象箸、楠珠等十余事，白金五百，用助兴作。生反金受物，报以束帛。

后月余，乐亭⑧有仕宦而归者，囊资充牣。盗夜入，执主人，烧铁钳灼，劫掠一空。家人识袁，行牒追捕。邻院屠氏，与生家积不相能，因其土木大兴，阴怀疑忌。适有小仆窃象箸，卖诸其家，知袁所赠，因报大尹。尹以兵绕舍，值生主仆他出，执母而去。母衰迈受惊，仅存气息，二三日不复饮食。尹释之。生闻母耗，急奔而归，则母病已笃，越宿遂卒。收殓甫毕，为捕役执去。尹见其少年温文，窃疑诬枉，故恐喝之。生实述其交往之由。尹问："其何以暴富？"生曰："母有藏镪，因欲亲迎，故治昏⑨室耳。"尹信之，具牒解郡。邻人知其无事，以重金赂监者，使杀诸途。路经深山，被曳近削壁，将推堕。计逼情危，时方急难，忽一虎自丛莽中出，啗二役皆死，衔生去。至一处，重楼叠阁，虎入，置之。见云萝扶婢出，凄然慰吊曰："妾欲留君，但母丧未卜窆

①揪枰：棋盘。 ②粉侯：对公主夫婿的美称。 ③湫（jiǎo）隘：低下狭小。 ④犯天刑：星相家术语，主凶险。天刑，本指上天的法则。 ⑤皮排：古代用皮革制成的鼓风器具。 ⑥滦州：旧州名，治所在今河北省滦县。 ⑦亡：外出。 ⑧乐亭：旧县名，治所在今河北省乐亭县。 ⑨昏：同"婚"。

穸①。可怀牒去,到郡自投,保无恙也。"因取生胸前带,连结十余扣,嘱云:"见官时,拈此结而解之,可以弭祸。"生如其教,诣郡自投。太守喜其诚信,又稽牒知其冤,销名令归。

至中途,遇袁,下骑执手,备言情况。袁愤然作色,默然无语。生曰:"以君风采,何自污也?"袁曰:"某所杀皆不义之人,所取皆非义之财。不然,即遗于路者不拾也。君教我固自佳,然如君家邻,岂可留在人间耶!"言已超乘而去。生归,殡母已,杜门谢客。忽一日盗入邻家,父子十余口尽行杀戮,止留一婢。席卷资物,与僮分携之。临去,执灯谓婢:"汝认明:杀人者我也,与人无涉。"并不启关,飞檐越壁而去。明日告官。疑生知情,又捉生去。邑宰词色甚厉,生上堂握带,且辨且解。宰不能诘,又释之。既归,益自韬晦,读书不出,一跛妪执炊而已。服既阕②,日扫阶庭,以待好音。一日异香满院。登阁视之,内外陈设焕然矣。悄揭画帘,则公主凝妆坐,急拜之。女挽手曰:"君不信数,遂使土木为灾;又以苦块③之戚,迟我三年琴瑟:是急之而反以得缓,天下事大抵然也。"生将出资治具。女曰:"勿复须。"婢探椟,有肴羹热如新出于鼎,酒亦芳烈。酌移时,日已投暮,足下所踏婢,渐都亡去。女四肢娇惰,足股屈伸,似无所着,生狎抱之。女曰:"君暂释手。今有两道,请君择之。"生揽项问故,曰:"若为棋酒之交,可得三十年聚首;若作床笫之欢,可六年谐合耳。君焉取?"生曰:"六年后再商之。"女乃默然,遂相燕好。

女曰:"妾固知君不免俗道,此亦数也。"因使生蓄婢媪,别居南院,炊爨④纺织以作生计。北院中并无烟火,惟棋枰、酒具而已。户常阖,生推之则自开,他人不得入也。然南院人作事勤惰,女辄知之,每使生往遣责,无不具服。女无繁言,无响笑,与有所谈,但俯首微哂。每骈肩坐,喜斜倚人。生举而加诸膝,轻如抱婴。生曰:"卿轻若此,可作掌上舞。"曰:"此何难!但婢子之为,所不屑耳。飞燕原九姊侍儿,屡以轻佻获罪,怒谪尘间,又不守女子之贞;今已幽之。"

阁上以锦裀布满,冬未尝寒,夏未尝热。女严冬皆着轻縠⑤,生为制鲜衣,强使着之。逾时解去,曰:"尘浊之物,几于压骨成劳!"一日抱诸膝上,忽觉沉倍曩昔,异之。笑指腹曰:"此中有俗种矣。"过数日,颦黛不食,曰:"近病恶阻⑥,颇思烟火之味。"生乃为具甘旨。从此饮食遂不异于常人。一日曰:"妾质单弱,不任生产。婢子樊英颇健,可使代之。"乃脱衷服⑦衣英,闭诸室。少顷闻儿啼声,启扉视之,男也。喜曰:"此儿福相,大器也!"因名大器。绷⑧纳主怀,俾付乳媪,养诸南院。女自免身⑨,腰细如初,不食烟火矣。

---

①卜窀穸(zhūn xī):选择墓穴,即安葬。窀穸,墓穴。 ②服既阕:即"服阕",指守孝期满除服。 ③苦(shān)块:指孝子守丧时所睡的草席、所枕的土块。 ④爨(cuàn):烧火煮饭。 ⑤縠(hú):用细纱织成的丝织物,质地轻细。 ⑥恶阻:中医术语,此处指怀孕厌食。 ⑦衷服:贴身的内衣。 ⑧绷:此处指包裹好婴儿。 ⑨免身:分娩。

忽辞生，欲暂归宁。问返期，答以"三日"。鼓皮排如前状，遂不见。至期不来；积年余音信全渺，亦已绝望。生键户下帏，遂领乡荐。终不肯娶；每独宿北院，沐其余芳。一夜辗转在榻，忽见灯火射窗，门亦自辟，群婢拥公主入。生喜，起问爽约之罪。女曰："妾未愆期，天上二日半耳。"生得意自诩，告以秋捷①，意主必喜。女愀然曰："乌用是悦来者为！无足荣辱，止折人寿数耳。三日不见，入俗幛又深一层矣。"生由是不复进取。过数月又欲归宁，生殊凄恋，女曰："此去定早还，无烦穿望。且人生合离，皆有定数，撙节之则长，恣纵之则短也。"既去，月余即返。从此一年半载辄一行，往往数月始还，生习为常，亦不之怪。

又生一子。女举之曰："豺狼也！"立命弃之。生不忍而止，名曰可弃。甫周岁，急为卜婚。诸媒接踵，问其甲子，皆谓不合。曰："吾欲为狼子治一深圈，竟不可得，当今倾败六七年，亦数也。"嘱生曰："记取四年后，侯氏生女，左胁有小赘疣，乃此儿妇。当婚之，勿较其门第也。"即令书而志之。后又归宁，竟不复返。生每以所嘱告亲友。果有侯氏女，生有赘疣，侯贱而行恶，众咸不齿，生竟媒定焉。

大器十七岁及第，娶云氏，夫妻皆孝友。父钟爱之。可弃渐长，不喜读，辄偷与无赖博赌，恒盗物偿戏债。父怒挞之，而卒不改。相戒提防，不使有所得。遂夜出，小为穿窬②。为主所觉，缚送邑宰。宰审其姓氏，以名刺送之归。父兄共絷之，楚掠惨棘，几于绝气。兄代哀免，始释之。父忿恚得疾，食锐减。乃为二子立析产书，楼阁沃田，尽归大器。可弃怨怒，夜持刀入室将杀兄，误中嫂。先是，主有遗裤绝轻软，云拾作寝衣。可弃斫之，火星四射，大惧奔出。父知病益剧，数月寻卒。可弃闻父死，始归。兄善视之，而可弃益肆。年余所分田产略尽，赴郡讼兄。官审知其人，斥逐之。兄弟之好遂绝。

又逾年可弃二十有三，侯女十五矣。兄忆母言，欲急为完婚。召至家，除佳宅与居；迎妇入门，以父遗良田，悉登籍交之，曰："数顷薄田，为若蒙死③守之，今悉相付。吾弟无行，寸草与之皆弃也。此后成败，在于新妇。能令改行，无忧冻馁；不然，兄亦不能填无底壑也。"

侯虽小家女，然固慧丽，可弃雅畏爱之，所言无敢违。每出限以晷刻，过期则诉厉不与饮食，可弃以此少敛。年余生一子，妇曰："我以后无求于人矣。膏腴数顷，母子何患不温饱？无夫焉，亦可也。"会可弃盗粟出赌，妇知之，弯弓于门以拒之。大惧避去。窥妇入，逡巡亦入。妇操刀起，可弃反奔，妇逐斫之，断幅伤臀，血沾袜履。忿极往诉兄，兄不礼焉，冤惭而去。过宿复至，跪嫂哀泣，乞求先容于妇，妇决绝不纳。

①秋捷：指乡试中举。　②窬(yú)：翻墙。　③若：你。蒙死：冒死。

可弃怒，将往杀妇，兄不语。可弃忿起，操戈直出。嫂愕然，欲止之；兄目禁之。俟其去，乃曰："彼固作此态，实不敢归也。"使人觇之，已入家门。兄始色动，将奔赴之，而可弃已坌息①入。

盖可弃入家，妇方弄儿，望见之，掷儿床上，觅得厨刀；可弃惧，曳戈反走，妇逐出门外始返。兄已得其情，故诘之。可弃不言，惟向隅泣，目尽肿。兄怜之，亲率之去，妇乃内之。俟兄出，罚使长跪，要以重誓，而后以瓦盆赐之食。自此改行为善。妇持筹握算，日致丰盈，可弃仰成而已。后年七旬，子孙满前，妇犹时捋白须，使膝行焉。

异史氏曰："悍妻妒妇，遭之者如疽②附于骨，死而后已，岂不毒哉！然砒附③，天下之至毒也，苟得其用，瞑眩大瘳④，非参苓⑤所能及矣。而非仙人洞见脏腑，又乌敢以毒药贻子孙哉！"

章丘⑥李孝廉善迁，少倜傥不泥，丝竹词曲之属皆精之。两兄皆登甲榜，而孝廉益佻脱。娶夫人谢，稍稍禁制之。遂亡去，三年不返，遍觅不得。后得之临清勾栏中。家人入，见其南向坐，少姬十数左右侍，盖皆学音艺而拜门墙者也。临行，积衣累笥，悉诸姬所贻。既归，夫人闭置一室，投书满案。以长绳系榻足，引其端自棂内出，贯以巨铃，系诸厨下。凡有所需则蹴绳，绳动铃响则应之。夫人躬设典肆⑦，垂帘纳物而估其直；左持筹⑧，右握管⑨；老仆供奔走而已。由此居积致富。每耻不及诸姒⑩贵。锢闭三年，而孝廉捷。喜曰："三卵两成，吾亦改为鷇⑪矣，今亦尔耶？"

又耿进士崧生，章丘人。夫人每以绩火⑫佐读：绩者不辍，读者不敢息也。或朋旧相诣，辄窃听之：论文则沁著作栗，若恣谐谑，则恶声逐客矣。每试得平等，不敢入室门；超等始笑迎之。设帐得金悉内献，丝毫不敢匿。故东主馈遗，恒面较锱铢。人或非笑之，而不知其销算良难也。后为妇翁延教内弟。是年游泮，翁谢仪十金，耿受盒返金。夫人知之曰："彼虽固亲，然舌耕为何也？"追之返而受之。耿不敢争，而心终歉焉，思暗偿之。于是每岁馆金，皆短其数以报夫人。积二年余得若干数。忽梦一人告之曰："明日登高，金数即满。"次日试一临眺，果拾遗金，恰符缺数，遂偿岳。后成进士，夫人犹呵谴之。耿曰："今一行作吏⑬，何得复尔？"夫人曰："谚云：'水长则船亦高。'即为宰相，宁便大耶？"

①坌(bèn)息：喘气。坌，涌出。　②疽(jū)：疮肿。　③砒附：砒霜、附子，皆有剧毒。　④瞑眩：头晕目眩。瘳(chōu)：病愈。　⑤参苓：人参、茯苓，均为滋补药材。　⑥章丘：旧县名，治所在今山东省章丘市。　⑦躬设典肆：亲自开当铺。　⑧筹：算筹，此处借指算盘。　⑨管：毛笔。　⑩姒：女子称丈夫的嫂子。　⑪鷇：指不能孵化出雏鸟的卵。　⑫绩火：夜间纺织时照明的灯火。　⑬一行作吏：一经为官。

鸟语

中州①境有道士，募食乡村。食已，闻鹏鸣，因告主人使慎火。问故，答曰："鸟云：'大火难救，可怕！'"众笑之，竟不备。明日果火，延烧数家，始惊其神。好事者追及之，称为仙。道士曰："我不过知鸟语耳，何仙乎！"适有皂花雀鸣树上，众问何语。曰："雀言：'初六养之，初六养之；十四、十六殇之。'想其家双生矣。今日为初十，不出五六日，当俱死也。"询之果生二子，无何并死，其日悉符。

邑令闻其奇，招之，延为客。时群鸭过，因问之。对曰："明公内室必相争也。鸭曰：'罢罢！偏向他！'"令大服，盖妻妾反唇，令适被喧聒而出也。因留居署中，优礼之。时辨鸟言，多奇中。而道士朴野多肆言，辄无顾忌。令最贪，一切供用诸物，皆折为钱以入之。一日方坐，群鸭复来，令又诘之。答曰："今日所言，不与前同，乃为明公会计耳。"问："何计？"曰："彼云：'蜡烛一百八，银朱一千八。'"令惭，疑其相讥。道士求去，不许。逾数日宴客，忽闻杜宇②。客问之，答云："鸟曰：'丢官而去。'"众愕然失色。令大怒，立逐而出。未几令果以墨③败。呜呼！此仙人儆戒之，惜乎危厉熏心者，不之悟也！

齐俗呼蝉曰"稍迁"，其绿色者曰"都了"。邑有父子，俱青社生④，将赴岁试，忽有蝉落襟上。父喜曰："稍迁，吉兆也。"一僮视之，曰："何物稍迁，都了而已。"父子不悦。已而果皆被黜。

天宫

郭生京都人，年二十余，仪容修美。一日薄暮，有老妪贻尊酒，怪其无因，妪笑曰："无须问。但饮之，自有佳境。"遂径去。揭尊微嗅，冽香四射，遂饮之。忽大醉，冥然罔觉。及醒，则与一人并枕卧。抚之肤腻如脂，麝兰喷溢，盖女子也。问之不答，遂与交。交已，以手扪壁，壁皆石，阴阴有土气，酷类坟冢。大惊，疑为鬼迷，因问女子："卿何神也？"女曰："我非神，乃仙耳。此是洞府。与有凤缘，勿相讶，但耐居之。再入一重门，有漏光处，可以溲

---

①中州：河南省的古称。　②杜宇：杜鹃。　③墨：贪墨，贪污。　④青社生：指明清科举中"青衣""发社"等生员名目，均为对岁试劣等生员的惩罚措施。

便。”既而女起,闭户而去。久之腹馁①,遂有女僮来,饷以面饼、鸭臛②,使扪索而啖之。黑漆不知昏晓。无何女子来寝,始知夜矣。郭曰:“昼无天日,夜无灯火,食炙不知口处;常常如此,则姮娥何殊于罗刹,天堂何别于地狱哉!”女笑曰:“为尔俗中人,多言喜泄,故不欲以形色相见。且暗中摸索,妍媸亦当有别,何必灯烛!”

居数日,幽闷异常,屡请暂归。女曰:“来夕当与君一游天宫,便即为别。”次日忽有小鬟笼灯入,曰:“娘子伺郎久矣。”从之出。星斗光中,但见楼阁无数。经几曲画廊,始至一处,堂上垂珠帘,烧巨烛如昼。入,则美人华妆南向坐,年约二十许,锦袍炫目,头上明珠,翘颤四垂;地下皆设短烛,裙底皆照,诚天人也。郭迷乱失次③,不觉屈膝。女令婢扶曳入坐。俄顷八珍罗列。女行酒曰:“饮此以送君行。”郭鞠躬曰:“向觌面不识仙人,实所惶悔;如容自赎,愿收为没齿不二之臣。”女顾婢微笑,便命移席卧室。室中流苏绣帐,衾褥香软。使郭就榻坐。饮次,女屡言:“君离家久,暂归亦无妨。”更尽一筹④,郭不言别。女唤婢笼烛送之。郭仍不言,伪醉眠榻上,扤之不动。女使诸婢扶裸之。一婢排私处曰:“个男子容貌温雅,此物何不文也!”举置床上,大笑而去。

女亦寝,郭乃转侧。女问:“醉乎?”曰:“小生何醉!甫见仙人,神志颠倒耳。”女曰:“此是天宫。未明宜早去。如嫌洞中快闷,不如早别。”郭曰:“今有人夜得名花,闻香扪干,而苦无灯火,此情何以能堪?”女笑,允给灯火。漏下四点,呼婢笼烛抱衣而送之。入洞,见丹垩⑤精工,寝处褥革棕毡尺许厚。郭解履拥衾,婢徘徊不去。郭凝视之,风致娟好,戏曰:“谓我不文者卿耶?”婢笑,以足蹴枕曰:“子宜僵矣!勿复多言。”视履端嵌珠如巨菽⑥。捉而曳之,婢仆于怀,遂相狎,而呻楚不胜。郭问:“年几何矣?”答云:“十七。”问:“处子亦知情否?”曰:“妾非处子,然荒疏已三年矣。”郭研诘仙人姓氏,及其清贯、尊行⑦。婢曰:“勿问!即非天上,亦异人间。若必知其确耗,恐觅死无地矣。”郭遂不敢复问。次夕女果以烛来,相就寝食,以此为常。

一夜,女入曰:“期以永好;不意人情乖阻,今将粪除⑧天宫,不能复相容矣。请以卮酒为别。”郭泣下,请得脂泽为爱。女不许,赠以黄金一斤、珠百颗。三盏既尽,忽已昏醉。

既醒,觉四体如缚,纠缠甚密,股不得伸,首不得出。极力转侧,晕堕床下。出手摸之,则锦被囊裹,细绳束焉。起坐凝思,略见床棂,始知为己斋中。时离家已三月,家人谓其已死。郭初不敢明言,惧被仙谴,然心疑怪之。

---

①馁(něi):饥饿。②臛(huò):肉羹。③失次:失常。④更尽一筹:指一更已尽。一更,约为晚7时至9时。筹,即“更筹”,古代夜间报更用的计时竹签。⑤丹垩:泛指油漆粉刷。丹,朱漆。垩,白土。⑥菽(shū):豆类的总称。⑦清贯:指乡籍。尊行:称对方行辈的敬词。⑧粪除:清扫。

窃间以告知交,莫有测其故者。被置床头,香盈一室;拆视,则湖绵杂香屑为之,因珍藏焉。后某达官闻而诘之,笑曰:"此贾后①之故智也。仙人乌得如此? 虽然,此亦宜甚秘,泄之,族矣!"有巫尝出入贵家,言其楼阁形状,绝似严东楼②家。郭闻之大惧,携家亡去。未几严伏诛,始归。

异史氏曰:"高阁迷离,香盈绣帐;雏奴蹀躞,履缀明珠:非权奸之淫纵,豪势之骄奢,乌有此哉? 顾淫筹一掷,金屋变而长门;唾壶③未干,情田鞠为茂草。空床伤意,暗烛销魂。含颦玉台之前,凝眸宝幄之内。遂使糟丘台上,路入天宫;温柔乡中,人疑仙子。伧楚之帷薄④固不足羞,而广田自荒者,亦足戒已!"

乔女

平原⑤乔生有女黑丑,窳一鼻⑥,跛一足。年二十五六,无问名者。邑有穆生四十余,妻死,贫不能续,因聘焉。三年生一子。未几穆生卒,家益索,大困,则乞怜其母。母颇不耐之。女亦愤不复返,惟以纺织自给。

有孟生丧偶,遗一子乌头,裁周岁,以乳哺乏人,急于求配;然媒数言,辄不当意。忽见女,大悦之,阴使人风示⑦女。女辞焉,曰:"饥冻若此,从官人得温饱,夫宁不愿? 然残丑不如人,所可自信者,德耳。又事二夫,官人何取焉!"孟益贤之,使媒者函金加币而悦其母。母悦,自诣女所固要之,女志终不夺。母惭,愿以少女字孟,家人皆喜,而孟殊不愿。居无何,孟暴疾卒,女往临哭尽哀。孟故无戚党,死后,村中无赖悉凭陵之,家具携取一空。方谋瓜分其田产,家人又各草窃以去,惟一妪抱儿哭帏中。女问得故,大不平。闻林生与孟善,乃踵门而告曰:"夫妇、朋友,人之大伦也。妾以奇丑为世不齿,独孟生能知我。前虽固拒之,然固已心许之矣。今身死子幼,自当有以报知己。然存孤易,御侮难,若无兄弟父母,遂坐视其子死家灭而不一救,则五伦可以无朋友矣。妾无所多须于君,但以片纸告邑宰;抚孤,则妾不敢辞。"林曰:"诺。"女别而归。林将如其所教;无赖辈怒,咸欲以白刃相仇。林大惧,闭户不敢复行。女见数日寂无音,问之,则孟氏田产已尽矣。

女忿甚,挺身自诣官。官诘女属孟何人,曰:"公宰一邑,所凭者理耳。如其言妄,即至戚无所逃罪;如非妄,则道路之人可听也。"官怒其言戆⑧,呵逐而出。女冤愤无伸,哭诉于搢绅之门。某先生闻而义之,代剖于宰。宰按

---

①贾后:指晋惠帝皇后贾南风,史载其曾与小吏私通。 ②严东楼:即严世蕃,号东楼,明嘉靖年间权臣严嵩之子。 ③唾壶:旧时一种小口巨腹的吐痰器皿。 ④帷薄:指"帷薄不修",喻指家门淫乱。 ⑤平原:旧县名,治所在今山东省平原县。 ⑥窳一鼻:即"豁鼻",鼻尖一侧有缺损。 ⑦风示:暗示。 ⑧戆(zhuàng):刚直而愚。

之果真,穷治诸无赖,尽返所取。

或议留女居孟第,抚其孤;女不肯。扃其户,使媪抱乌头从与俱归,另舍之。凡乌头日用所需,辄同妪启户出粟,为之营辨;己锱铢无所沾染,抱子食贫,一如曩昔。积数年乌头渐长,为延师教读;己子则使学操作。妪劝使并读,女曰:"乌头之费,其所自有;我耗人之财以教己子,此心何以自明?"又数年,为乌头积粟数百石,乃聘于名族,治其第宅,析令归。乌头泣要同居,女从之;然纺绩如故。乌头夫妇夺其具,女曰:"我母子坐食,心甚不安。"遂早暮为之纪理,使其子巡行阡陌,若为佣然。乌头夫妻有小过,辄斥谴不少贷①;稍不悛,则怫然欲去。夫妻跪道悔词始止。未几乌头入泮,又辞欲归。乌头不可,捐聘币,为穆子完婚。女乃析子令归。乌头留之不得,阴使人于近村为市②恒产百亩而后遗之。后女疾求归。乌头不听。病益笃,嘱曰:"必以我归葬!"乌头诺。既卒,阴以金唅穆子,俾合葬于孟。及期,棺重,三十人不能举。穆子忽仆,七孔血出,自言曰:"不肖儿,何得遂卖汝母!"乌头惧,拜祝之,始愈。乃复停数日,修治穆墓已,始合厝③之。

异史氏曰:"知己之感,许之以身,此烈男子之所为也。彼女子何知,而奇伟如是?若遇九方皋④,直牡⑤视之矣。"

蛤

东海有蛤,饥时浮岸边,两壳开张;中有小蟹出,赤线系之,离壳数尺,猎食既饱乃归,壳始合。或潜断其线,两物皆死。

刘夫人

廉生者,彰德⑥人。少笃学;然早孤,家甚贫。一日他出,暮归失途。入一村,有媪来谓曰:"廉公子何之?夜得毋深乎?"生方皇惧,更不暇问其谁何,便求假榻⑦。媪引去,入一大第。有双鬟笼灯,导一妇人出,年四十余,举止大家。媪迎曰:"廉公子至。"生趋拜。妇喜曰:"公子秀发,何但作富家翁乎!"即设筵,妇侧坐,劝酹甚殷,而自己举杯未尝饮,举箸亦未尝食。生惶惑,屡审阀阅。笑曰:"再尽三爵告君知。"生如命饮。妇曰:"亡夫刘氏,客江

---

①贷:宽恕。 ②市:购买。 ③合厝(cuò):合葬。 ④九方皋:春秋时人,善相马。 ⑤牡:鸟兽的雄性,此处喻男子。 ⑥彰德:旧府名,治所在今河南省安阳市。 ⑦假榻:借宿。

右，遭变遽殂。未亡人独居荒僻，日就零落。虽有两孙，非鸱鸮即驽骀①耳。公子虽异姓，亦三生骨肉也；且至性纯笃，故遂觍然相见。无他烦，薄藏数金，欲倩公子持泛江湖，分其赢余，亦胜案头萤枯死也。"生辞曰："少年书痴，恐负重托。"妇曰："读书之计，先于谋生。公子聪明，何之不可？"遣婢运资出，交兑八百余两。生惶恐固辞，妇曰："妾亦知公子未惯懋迁②，但试为之，当无不利。"生虑重金非一人可任，谋合商侣。妇曰："勿须。但觅一朴悫③谙练之仆，为公子服役足矣。"遂轮纤指以卜之曰："伍姓者吉。"命仆马囊金送生出，曰："腊尽涤盏④，候洗宝装⑤矣。"又顾仆曰："此马调良，可以乘御，即赠公子，勿须将回。"生归，夜才四鼓，仆系马自去。

明日多方觅役，果得伍姓，因厚价招之。伍老于行旅，又为人悫拙不苟，资财悉倚付之。往涉荆襄，岁杪⑥始得归，计利三倍。生以得伍力多，于常格外，另有馈赏，谋同飞洒⑦，不令主知。甫抵家，妇已遣人将迎，遂与俱去。见堂上华筵已设；妇出，备极慰劳。生纳资讫，即呈簿；妇置不顾。少顷即席，歌舞鞚鞚，伍亦赐筵外舍，尽醉方归。因生无家室，留守新岁。次日又求稽盘，妇曰："后无须尔，妾会计久矣。"乃出册示生，登志甚悉，并给仆者亦载其上。生曰："夫人真神人也！"过数日，馆谷⑧丰盛，待若子侄。一日堂上设席，一东面，一南面；堂下设一筵西向。谓生曰："明日财星临照，宜可远行。今为主价粗设祖帐，以壮行色。"少间伍亦呼至，赐坐堂下。一时鼓钲鸣聒，女优进呈曲目，生命唱《陶朱富》。妇曰："此先兆也，当得西施作内助矣。"宴罢，仍以全金付生，曰："此行不可以岁月计，非获巨万勿归也。妾与公子，所凭者在福命，所信者在腹心。勿劳计算，远方之盈绌，妾自知之。"生唯唯而退。

往客淮上，进身为艖贾⑨，逾年利又数倍。然生嗜读，操筹不忘书卷，所与游皆文士；所获既盈，隐思止之，渐谢任于伍。桃源薛生与最善，适过访之，薛一门俱适别业，昏暮无所复之，阍人延生入，扫榻作炊。细诘主人起居，盖是时方讹传朝廷欲选良家女，牍边庭，民间骚动。闻有少年无妇者，不通媒约，竟以女送诸其家，至有一夕而得两妇者。薛亦新婚于大姓，犹恐舆马喧动，为大令所闻，故暂迁于乡。生既留，初更向尽，方将拂榻就寝，忽闻数人排闼入。阍人不知何语，但闻一人云："官人既不在家，秉烛者何人？"阍人答："是廉公子，远客也。"俄而问者已入，袍帽光洁，略一举手，即诘邦族。生告之。喜曰："吾同乡也。岳家谁氏？"答云："无之。"益喜，趋出，即招一少年同入，敬与为礼。卒然曰："实告公子：某慕姓。今夕此来，将送舍妹于

①鸱鸮（chī xiāo）：猫头鹰。驽骀（tái）：劣马。 ②懋迁：贸易。 ③朴悫（què）：诚实谨慎。 ④腊尽涤盏：年底洗涤杯盘，喻指准备酒宴。 ⑤洗宝装：即"洗尘"。 ⑥岁杪：年底。 ⑦飞洒：此处指将额外赏给伍姓仆人的款项，分摊于其他各项支出中向刘夫人报账。 ⑧馆谷：指招待客人的起居饮食。 ⑨艖（cuó）贾：盐商。

薛官人,至此方知无益。进退维谷之际,适逢公子,宁非数乎!"生以未悉其人,故踌躇不敢应。慕竟不听其致辞,急呼送女者。少间二媪扶女郎入,坐生榻上。睨之年十五六,佳妙无双。生喜,始整巾向慕展谢;又嘱阍人行沽①,略尽款洽。

慕言:"先世彰德人;母族亦世家,今陵夷矣。闻外祖遗有两孙,不知家况何似。"生问:"伊谁?"曰:"外祖刘,字晖若,闻在郡北三十里。"生曰:"仆郡城东南人,去北里颇远;年又最少,无多交知。郡中此姓最繁,止知郡北有刘荆卿,亦文学士,未审是否? 然贫矣!"慕曰:"某祖墓尚在彰郡,每欲扶两榇②归葬故里,以资斧未办,姑犹迟迟。今妹子从去,归计益决矣。"生闻之,锐然自任。二慕俱喜。酒数行辞去。生却仆移灯,琴瑟之爱,不可胜言。次日薛已知之,趋入城,除别院馆生。生诣淮,交盘已,留伍居肆,装资返桃源,同二慕启岳父母骸骨,两家细小,载与俱归。入门安置已,囊金诣主。前仆已候于途。

从去,妇逆见,色喜曰:"陶朱公载得西子来矣! 前日为客,今日吾甥婿也。"置酒迎尘,倍益亲爱。生服其先知,因问:"夫人与岳母远近?"妇云:"勿问,久自知之。"乃堆金案上,瓜分为五;自取其二,曰:"吾无用处,聊贻长孙。"生以过多,辞不受。凄然曰:"吾家零落,宅中乔木被人伐作薪;孙子去此颇远,门户萧条,烦公子一营办之。"生诺,而金止收其半,妇强纳之。送生出,挥涕而返。生疑怪间,回视第宅,则为墟墓。始悟妇即妻之外祖母也。

既归,赎墓田一顷,封植伟丽。刘有二孙,长即荆卿;次玉卿,饮博无赖,皆贫。兄弟诣生申谢,生悉厚赠之。由此往来最稔。生颇道其经商之由,玉卿窃意家中多金,夜合博徒数辈,发墓搜之,剖棺露胔③,竟无少获,失望而散。生知墓被发,以告荆卿。诣同验之,入圹,前案上累累,前所分金具在。荆卿欲与生共取之。生曰:"夫人原留此以待兄也。"荆卿乃囊运而归,告诸邑宰,访缉甚严。

后一人卖坟中玉簪,获之,穷讯其党,始知玉卿为首。宰将治以极刑,荆卿代哀,仅得赊死④。墓内外两家并力营缮,较前益坚美。由此廉、刘皆富,惟玉卿如故。生及荆卿常河润⑤之,而终不足供其赌博。一夜盗入生家,执索金资。生所藏金皆以千五百为个,发示之。盗取其二,止有鬼马在厩,用以运之而去。使生送诸野,乃释之。村众望盗火未远,噪逐之。贼惊遁。共至其处,则金委路侧,马已成灰烬。始知马亦鬼也。是夜止失金钏一枚而已。先是盗执生妻,悦其美,将欲淫。一盗带面具,力呵止之,声似玉卿。盗释生妻,但脱腕钏而去。生以是疑玉卿,然心窃德之。后盗以钏质赌,为捕

①阍人:守门人。 行沽:买酒。 ②榇:棺材。 ③胔(zì):带有腐肉的尸骨。 ④赊死:缓死。 ⑤河润:此处指对人施以恩惠。

役所获,诘其党,果有玉卿。宰怒,备极五毒①。兄与生谋,欲为贿脱,谋未成而玉卿已死。生狱时恤其妻子。生后登贤书②,数世皆素封③焉。呜呼!"贪"字之点画形象,甚近乎"贫"。如玉卿者,可以鉴矣!

陵县狐

陵县④李太史家,每见瓶鼎古玩之物,移列案边,势危将堕。疑厮仆所为,辄怒谴之。仆辈称冤,而亦不知其由,乃严扃斋扉,天明复然。心知其异,暗觇之。一夜光明满室,讶为盗。两仆近窥,则一狐卧楼上,光自两眸出,晶莹四射。恐其遁,急入捉之。狐啮腕肉欲脱,仆持益坚,因共缚之。举视则四足皆无骨,随手摇摇若带垂焉。太史念其通灵,不忍杀;覆以柳器⑤,狐不能出,戴器而走。乃数其罪而放之,怪遂绝。

---

①五毒:此处指古代的五种酷刑。 ②登贤书:指乡试中举。 ③素封:无官爵封邑而富比封君的人。 ④陵县:旧县名,治所在今山东省陵县。 ⑤柳器:柳条编成的器具。

第十卷

王货郎

济南业酒人某翁,遣子小二,如齐河索赊①价。出西门,见兄阿大。时大死已久,二惊问:"哥那得来?"答云:"冥府一疑案,须弟一证之。"二作色怨讪。大指后一人如皂状者②,曰:"官役在此,我岂自由耶!"但引手招之,不觉从去,尽夜狂奔,至泰山下。忽见官衙,方将并入,见群众纷出。皂问:"所事何如矣?"一人曰:"勿须复入,结③矣。"皂乃释令归。大忧弟无资斧④。皂思良久,即引二去,走二三十里,入村至一家檐下,嘱云:"如有人出,便使相送;如其不肯,便道王货郎言之矣。"遂去。二冥然而僵。既晓第主出,见人死门外大骇。守移时微苏,扶入饵之,始言里居,即求资送,主人难之,二如皂言。主人惊绝,急雇骑送之归。偿之不受,问其故亦不言,别而去。

疲龙

胶州王侍御出使琉球⑤。舟行海中,忽自云际堕一巨龙,激水高数丈。龙半浮半沉,仰其首,以舟承颔;睛半含,嗒然若丧。阖舟大恐,停桡不敢少动。舟人曰:"此天上行雨之疲龙也。"王悬敕于上。焚香共祝之,移时悠然遂逝。舟方行,又一龙堕如前状。日凡三四。又逾日,舟人命多备白米,戒曰:"去清水潭不远矣。如有所见,但糁⑥米于水,寂无哗。"俄至一处,水清澈底。下有群龙,五色,如盆如瓮,条条尽伏。有蜿蜒者,鳞鬣爪牙,历历可数。众神魂俱丧,闭息含眸,不惟不敢窥,并不能动。惟舟人握米自撒。久

①齐河:旧县名,治所在今山东省齐河县。赊(shì):赊欠。 ②如皂状者:像衙门差役模样的人。 ③结:结案。 ④资斧:路费。 ⑤胶州:旧州名,治所在今山东省胶州市。琉球:古国名,今称琉球群岛,日本改其名为冲绳县。 ⑥糁(sǎn):撒。

则见海波深黑,始有呻者。因问掷米之故,答曰:"龙畏蛆,恐入其甲。白米类蛆,故龙见辄伏,舟行其上,可无害也。"

真生

长安①士人贾子龙,偶过邻巷,见一客风度洒如,问之则真生,咸阳僦②寓者也。心慕之。明日往投刺③,适值其出;凡三谒皆不遇。乃阴使人窥其在舍而后过之,真走避不出;贾搜之始出。促膝倾谈,大相知悦。贾就逆旅④,遣僮行沽。真又善饮,能雅谑,乐甚。酒欲尽,真搜箧出饮器,玉卮无当⑤,注杯酒其中,盎然已满;以小盏挹取入壶,并无少减。贾异之,坚求其术。真曰:"我不愿相见者,君无他短,但贪心未净耳。此乃仙家隐术,何能相授。"贾曰:"冤哉!我何贪?间萌奢想者徒以贫耳!"一笑而散。由此往来无间,形骸尽忘。每值乏窘,真辄出黑石一块,吹咒其上,以磨瓦砾,立刻化为白金,便以赠生;仅足所用,未尝赢余。贾每求益,真曰:"我言君贪,如何,如何!"贾思明告必不可得,将乘其醉睡,窃石而要之。一日饮既卧,贾潜起,搜诸衣底。真觉之,曰:"子真丧心,不可处也!"遂辞别,移居而去。

后年余,贾游河干,见一石莹洁,绝类真生物。拾之,珍藏若宝。过数日真忽至,眺然若有所失。贾慰问之,真曰:"君前所见,乃仙人点金石也。曩从抱真子游,彼怜我介,以此相贻。醉后失去,隐卜当在君所。如有还带之恩,不敢忘报。"贾笑曰:"仆生平不敢欺友朋,诚如所卜。但知管仲之贫者,莫如鲍叔,君且奈何?"真请以百金为赠。贾曰:"百金非少,但授我口诀,一亲试之无憾矣。"真恐其寡信。贾曰:"君自仙人,岂不知贾某宁失信于朋友者乎!"直授其诀。贾顾砌石上有巨石,将试之。真掣其肘,不听前。贾乃俯掬半砖置砌上曰:"若此者非多耶?"真乃听之。贾不磨砖而磨砌;真变色欲与争,而砌已化为浑金。反石于真。真叹曰:"业如此,复何言。然妄以福禄加人,必遭天谴。如逭⑥我罪,施材⑦百具、絮衣百领,肯之乎?"贾曰:"仆所欲得钱者,原非欲窖藏之也。君尚视我为守钱虏耶?"真喜而去。

贾得金,且施且贾,不三年施数已满。真忽至,握手曰:"君信义人也!别后被福神奏帝,削去仙籍;蒙君博施,今幸以功德消罪。愿勉之,勿替也。"贾问真:"系天上何曹?"曰:"我乃有道之狐耳。出身綦微。不堪孽累⑧,故生平自爱,一毫不敢妄作。"贾为设酒,遂与欢饮如初。贾至九十余,狐犹时

①长安:旧地名,即今陕西省西安市。 ②僦(jiù):租赁。 ③投刺:投递名帖。 ④逆旅:客舍,旅店。 ⑤玉卮无当:没有杯底的玉质酒杯。 ⑥逭(huàn):逃避。 ⑦材:棺材。 ⑧不堪孽累:承受不起罪孽的牵累。

至其家。

　　长山某卖解砒药,即垂危灌之无不活。然秘其方,不传人。一日以株连被逮。妻弟饷狱食,隐置砒霜。坐待食已乃告之,不信。少顷腹中溃动,始大惊,骂曰:"畜生!速向城中物色薜荔①爪为末,清水一盏,将来!"妻弟如言。觅至,某已呕泻欲死,急服之,立刻而愈。其方始传。此亦犹狐之秘其石也。

布商

　　布商某至青州②境,偶入废寺,见其院宇零落,叹悼不已。僧在侧曰:"今如有善信,暂起山门,亦佛面之光。"客慨然自任。僧喜,邀入方丈③,款待殷勤。僧又举内外殿阁,并请装修;客辞不能。僧固强之,词色悍怒。客惧,请倾囊倒装,悉以授僧。欲出,僧止之曰:"君竭资实非所愿,得毋甘心于我乎?不如先之。"遂握刀相向。客哀求切,不听。请自经,许之。逼置暗室,且迫促之。适有防海将军经寺外,遥自缺墙外望见一红裳女子入僧舍,疑之。下马入寺,遍搜不得。至暗室所,严扃双扉,僧不肯开,托有妖异。将军怒,斩关入,则见客缢梁上。救之,复苏,诘得其情。又械问僧女子所在,实为乌有,盖神佛现化④也。杀僧,财物仍以归客。客重募修庙宇,从此香火大盛。赵孝廉丰原言之最悉。

彭二挣

　　禹城⑤韩公甫言:与邑人彭二挣并行于途,忽回首不见之,惟空蹇⑥随行,但闻号救甚急,细听则在被囊中。近视囊内累然,虽偏重不得堕。欲出之,而囊口缝纫甚密;以刀断线,始见彭犬卧其中,出而问之,亦不自知其何以入。盖其家有狐为祟,乃狐之所为也。

---

　　①薜荔:一种常绿藤本植物,又名木莲。　②青州:旧府名,治所在今山东省青州市。　③方丈:此处指佛寺中住持所住的房间。　④现化:佛教所称佛或菩萨在人间显现的化身。　⑤禹城:旧县名,治所在今山东省禹城市。　⑥蹇:驴。

何仙

　　长山①王公子瑞亭，能以乩卜②。乩神自称何仙，乃纯阳③弟子，或云是吕祖所跨鹤云。每降，辄与人论文作诗。李太史质君师事之，丹黄课艺④，理绪明切；太史揣摹成，何仙力居多焉，故文学士多皈依之。每为人决疑难事，多凭理，不甚言休咎。

　　辛未，朱文宗案临济南，试后，诸友请决第等。何仙索试艺，悉月旦之。有乐陵李忭，乃好学深思之士，其相好友在座，出其文代为之请。乩批云："一等。"少间，又批云："适评李生，据文为断。然此生运气大晦，应犯夏楚⑤。异哉！文与数适不相符，岂文宗不论文耶？诸公少待，试往探之。"少顷，又书云："适至提学署中，见文宗公事旁午，所焦虑者殊不在文也。一切付幕客，客六七人，粟生、例监都在其中，前生全无根气，大半饿鬼道中游魂，乞食于四方者也。曾在黑暗狱中八百年，损其目之精气，如人久在洞中，乍出则天地异色，无正明也。中有一二为人身所化者，阅卷分曹，恐不能适相值耳。"众问挽回之术，书云："其术至实，人所共晓，何必问？"众会其意以告李。李惧，以文质孙太史子未，且诉以兆。太史赞其文，为解其惑。李心益壮，乩语不复置怀。案发，竟居四等。太史大骇，取其文复阅之，殊无疵摘⑥。评云："石门公祖素有文名，必不悠谬⑦至此。此必幕中醉汉，不识句读者所为。"于是众益服何仙之神，共焚香祝谢之。乩又批云："李生勿以暂时之屈，遂怀惭怍。当多写试卷，益暴之，明岁可得优等。"李如言布之。久而署中亦闻，悬牌特慰之。科试果列前名，其灵应如此。

　　异史氏曰："幕中多此辈客，无怪京中丑妇巷中，至夕无闲床也。"

牛同人

　　（前缺）⑧牛过父室，则翁卧床上未醒，以此知为狐。怒曰："狐可忍也，胡败我伦！关圣号为'伏魔'，今何在，而任此类横行！"因作表上玉帝，内微诉关帝之不职。

---

　　①长山：旧县名，治所在今山东省邹平以东、淄川以北偏西。　②乩卜：即"扶乩"，民间信仰中的一种占卜方法，又称"扶鸾"。　③纯阳：即吕洞宾，号纯阳子，神话传说中的"八仙"之一。　④丹黄：指丹砂和雌黄，为古时点校书籍所用的两种颜色，此处当指评阅、批订。课艺：八股文。　⑤夏（jiǎ）楚：此处指使用棍棒等对生员进行体罚。夏，同"榎"。楚，荆条。　⑥疵摘：指出缺点、错误。　⑦悠谬：荒谬。　⑧按，此篇为残篇，篇首文字已佚。

久之，忽闻空中喊嘶声，则关帝也。怒叱曰："书生何得无礼！我岂专掌为汝家驱狐耶？若禀诉不行，咎怨何辞矣。"即令杖牛二十，股肉几脱。少间，有黑面将军获一狐至，牵之而去，其怪遂绝。后三年，济南游击女为狐所惑，百术不能遣。狐语女曰："我生平所畏惟牛同人而已。"游击亦不知牛何里，无可物色。适提学按临，牛赴试，在省偶被营兵连辱，忿诉游击之门，游击一闻其名，不胜惊喜，伛偻甚恭。立捉兵至，捆责尽法。已，乃实告以情，牛不得已，为之呈告关帝。俄顷，见金甲神降于其家。狐方在室，颜猝变，现形如犬，绕屋噑窜。旋出自投阶下。神言："前帝不忍诛，今再犯不赦矣！"縻系马颈而去。

神女

米生，闽①人，偶入郡，饮醉过市，闻高门中有箫声。询知为开寿筵者，然门庭殊清寂。醉中雅爱笙歌，因就街头写晚生刺②，封祝寿仪投焉。人问："君系此翁何亲？"米云："并非。"人又云："此流寓于此，不审何官，甚属骄倨。既非亲属，又将何求？"生悔之，而刺已投矣。

未几两少年出迎，华裳炫目，丰采都雅，揖生入。见一叟南向坐，东西列数筵，客六七人，皆似贵胄；见生至，俱起为礼，叟亦杖杖而起。生久立，待与周旋，叟殊不离席。两少年致词曰："家君衰迈，起拜良难，予兄弟代谢高贤之枉驾也。"生逊谢。遂增一筵于上，与叟接席。未几女乐作于下。座后设琉璃屏，以幛内眷。鼓吹大作，座客无哗。筵将终，两少年起，各以巨杯劝客，杯可容三斗；生有难色，然见客受，亦受。顷刻四顾，主客尽醲，生不得已亦强尽之。少年复斟；生觉急甚，起而告退。少年强挽其裾。生大醉邈③地，但觉有人以冷水洒面，恍然若寤。起视，宾客尽散，惟一少年捉臂送之，遂别而归。后再过其门，则已迁去矣。

自郡归，偶适市，一人自肆中出招之饮。并不识；姑从之入，则座上先有里人鲍庄在焉。问其人，乃诸姓，市中磨镜者④也。问："何相识？"曰："前日上寿者，君识之否？"生曰："不识。"诸曰："予出入其门最稔。翁，傅姓，不知其何籍、何官。先生上寿时，我方在墀下，故识之也。"日暮饮散。鲍庄夜死于途。鲍父不识诸，执名讼生。检得鲍庄体有重伤，生以谋杀论死，备历械梏；以诸未获，罪无申证⑤，颂系⑥之。年余直指⑦巡方，廉⑧知其冤，释之。

---

①闽：福建省的代称。 ②晚生刺：以"晚生"自称的名帖。晚生，谦辞，旧时读书人在前辈面前的谦称。 ③邈(dàng)：跌倒。 ④磨镜者：磨制铜镜的人。古时所用铜镜，须经常磨光方能照影。 ⑤申证：确证，明白的证据。 ⑥颂(róng)系：指关押入狱，但不加刑具。颂，宽容。 ⑦直指：即"直指使者"，专司巡视地方的官员。 ⑧廉：察考，访查。

　　家中田产荡尽，衣巾革褫①，冀其可以辨复，于是携囊入郡。日将暮，休憩路侧。遥见小车来，二青衣夹随之。既过忽命停舆，车中命一青衣问生："君非米姓乎？"生曰："诺。"问："何贫窭若此？"生告以故。问："安往？"又告之。青衣向车中语；复返，请生至车前。车中以纤手搴帘，微睨之，乃绝代佳人也。谓生曰："君不幸得无妄之祸，甚为太息。今日学使署非白手可以出入者，途中无可为赠……"乃于髻上摘珠花一朵授生，曰："此物可鬻百金，请缄藏之。"生下拜，欲问官阀，车发已远，不解何人。执花悬想，上缀明珠，非凡物也。珍藏而行。至郡投状，上下勒索甚苦；生又不忍货花，遂归依于兄嫂，幸兄贤，为之经纪，贫不废读。

　　过岁赴郡应试，误入深山。时值清明，游人甚众。有数女骑来，内一女郎，即向年车中人也。见生停骖，问："何往？"生具对。女惊曰："君衣顶尚未复耶？"生惨然出珠花，曰："不忍弃此，故未复也。"女郎晕红上颊，嘱云："且坐待路隅。"款段而去。久之一婢驰马来，以裹物授生，曰："娘子说：如今学使之门如市，赠白金二百，为进取之资。"生辞曰："娘子惠我多矣！自分掇芹②不难，重赐所不敢受。但告以姓名，绘一小像，焚香供之，足矣。"婢不顾，委金于地，上马而去。生得金，终不屑夤缘。旋入邑庠③第一。乃以金授兄；兄善行运，三年旧业尽复。适有巡抚于闽者乃生祖门人，优恤甚厚。然生素清鲠，虽属通家，不肯少有干谒。

　　一日有客裘马至门，家人不识。生出视，则傅公子也。揖入，各道间阔④。治具相款，肴酒既陈，公子起而请间⑤；相将入内，公子拜伏于地。生惊问故，则怆然曰："家君适罹大祸，欲有求于抚台，非兄不可。"生力辞曰："渠虽世谊，而以私干人，生平从不为也。"公子伏地哀泣。生厉色曰："小生与公子，一饮之知交耳，何遂以丧节强人！"公子大惭，起而别去。越日，方独坐，有青衣人人，视之即山中赠金者。生方惊起，青衣曰："君忘珠花耶？"生曰："不敢忘。"曰："昨公子，即娘子胞兄也。"生闻之窃喜，伪曰："此难相信。若得娘子亲见一言，则油鼎可蹈耳；不然，不敢奉命。"青衣乃驰马去。更半复返，扣扉入曰："娘子来矣。"言未几，女郎惨然入，向壁而哭，不出一语。生拜曰："小生非娘子，无以有今日。但有驱策，敢不惟命！"女曰："受人求者常骄，求人者常畏人。中夜奔波，生平何解此苦，只以畏人故耳，亦复何言！"生慰之曰："小生所以不遽诺者，恐过此一见为难耳。使卿夙夜蒙露，吾知罪矣！"因挽其袪⑥。隐抑搔之。女怒曰："子诚敝人也！不念畴昔⑦之义，而欲乘人之厄。予过矣！予过分！"忿然而出，登车欲去。生追出谢过，长跪而要遮之。青衣亦为缓颊，女意稍解，就车中谓生曰："实告君：妾非人，乃神女

----

　　①衣巾革褫：即"褫革"，指剥夺冠服，革除功名。　②掇芹：指考取生员。　③邑庠：县学。　④间阔：久别之情。　⑤请间：请求避开旁人，单独谈话。　⑥袪：衣袖。　⑦畴昔：从前。

也。家君为南岳都理司，偶失礼于地官，将达帝庭；非本地都人官①印信不可解也。君如不忘旧义，以黄纸一幅为妾求之。"言已，车发遂去。

生归，悚惧不已。乃假驱祟言于巡抚。巡抚以事近巫盅，不许。生以厚金赂其心腹，诺之，而未得其便。乃归，青衣候门，生具告之，默然遂去，意似怨其不忠。生追送之曰："归告娘子：如事不谐，我以身命殉之！"归而终夜思维，计无所出。适院署有宠姬购珠，生乃以珠花献之。姬大悦，窃印为生嵌之。怀归，青衣适至。笑曰："幸不辱命。然数年来贫贱乞食所不忍鬻者，今仍为主人弃之矣！"因告以情。且曰："黄金抛置，我都不惜，寄语娘子：珠花须要偿也。"逾数日，博公子登堂申谢，纳黄金百两。生作色曰："所以然者，为令妹之惠我无私耳；不然，即万金岂足以易名节哉！"再强之，生色益厉。公子惭退，曰："此事殊未了！"翼日青衣奉女郎命，进明珠百颗，曰："此足以偿珠花否耶？"生曰："重花者非贵珠也。设当日赠我万镒②之宝，直须卖作富家翁耳；什袭而甘贫贱何为乎？娘子神人，小生何敢他望，幸得报洪恩于万一，死无憾矣！"青衣置珠案间，生朝拜而后却之。

越数日公子又至。生命治酒。公子使从人入厨下，自行烹调，相对纵饮，欢若一家。有客馈苦糯，公子饮而美，引尽百盏，面颊微赪。乃谓生曰："君贞介士，愚兄弟不能早知君，有愧裙钗多矣。家君感大德，无以相报，欲以妹子附为婚姻，恐以幽明见嫌也。"生喜出非常，不知所对。公子辞出，曰："明夜七月初九，新月钩辰，天孙有少女下嫁，吉期也，可备青庐③。"次夕果送女郎至，一切无异常人。三日后，女自兄嫂以及仆妇，皆有馈赏。又最贤，事嫂如姑。数年不育，劝纳妾，生不肯。

适兄贾于江淮，为买少姬而归。姬，姓顾，小字博士，貌亦清婉，夫妇皆喜。见髻上插珠花，酷似当年故物；摘视，果然。异而诘之，答云："昔有巡抚爱妾死，其婢盗出鬻于市，先人廉其值，买归。妾爱之。先父止生妾，故与妾。后父死家落，妾寄养于顾媪家。顾，妾姨行④，见珠屡欲售去，妾死不肯，故得存也。"夫妇叹曰："十年之物，复归故主，岂非数哉。"女另出珠花一朵，曰："此物久无偶矣！"因并赐之，亲为簪于髻上。姬退，问女郎家世甚悉，家人皆讳言之。阴语生曰："妾视娘子非人间人也，其眉目间有神气。昨簪花时得近视，其美丽出于肌里，非若凡人以黑白位置中见长耳。"生笑之。姬曰："君勿言，妾将试之；如其神，但有所须，无人处焚香以求，彼当自知。"女郎绣袜精工，博士爱之而未敢言，乃即闺中焚香祝之。女早起，忽检箧中出袜，遣婢赠博士。生见而笑。女问故，以实告。女曰："黠哉婢乎！"因其慧益怜爱之；然博士益恭，昧爽⑤时必薰沐以朝。

---

①本地都人官：人间的本地地方长官，此处指该省巡抚。 ②镒：古代重量单位，合二十两，一说二十四两。 ③青庐：此处指洞房。 ④姨行：姨母辈。 ⑤昧爽：拂晓。

后博士一举两男,两人分字①之。生年八十,女貌犹如处子。生病,女置材②,倍加宽大。及死,女不哭;男女他适,女已入材中死矣。因合葬之。至今传为"大材冢"云。

异史氏曰:"女则神矣,博士而能知之,是遵何术欤?乃知人之慧,固有灵于神者矣!"

湘裙

晏仲,陕西延安③人。与兄伯同居,友爱敦笃。伯三十而卒,无嗣;嫂亦继亡。仲痛悼之,每思生二子,则以一继兄后。甫举④一男,而仲妻又死。仲恐继室不恤其子,将购一妾。邻村有货婢者,仲往相之,略不称意,被友人留酌醉归。途中遇故窗友梁生,握手殷殷,邀至其家。竟忘其已死,随之而去。入其门,并非旧第,疑而问之。曰:"新移于此。"入谋酒,又告竭,嘱仲坐待,挈瓶往沽。仲出立门外以俟之。忽见一妇人控驴而过,有八九岁童子随之,其面目神色,绝类⑤其兄。心恻然动,急委缀之,便问:"意子何姓?"童曰:"姓晏。"仲惊,又问其父名。曰:"不知。"叙问间,已至其家,妇人下驴入。仲执童子曰:"汝父在家否?"童入问。少顷一媪出窥,则其嫂也。讶叔何来。仲大悲,随之而入。见庐落整顿,问:"兄何在?"嫂曰:"责负⑥未归。"问:"骑驴者何人?曰:"此汝兄妾甘氏,生两男矣。长阿大赴市未返;汝所见者阿小。"坐久酒渐醒,始悟所见皆鬼。然以兄弟情切,亦不甚惧。嫂治酒饭。仲急欲见兄,促阿小觅之。良久哭而归,云:"李家负欠不还,反与父闹。"仲闻之,与阿小奔去,见两人方摔兄地上。仲怒,奋拳直入,当者尽踣。急救兄起,敌已俱奔。追捉一人,捶楚无算,始起。执兄手,顿足哀泣。兄亦泣。既归,举家慰问,乃具酒食,兄弟相庆。忽一少年入,年约十六七。伯呼阿大,令拜叔。仲挽之,哭向兄曰:"大哥地下有两子,而坟墓不扫;弟又无妻子,奈何?"伯亦凄恻。嫂曰:"遣阿小从叔去,亦得。"阿小闻言,依叔肘下,眷恋不去。仲抚之,问:"汝乐从否?"答云:"乐从。"仲念鬼虽非人,慰情亦胜无也,因为解颜。伯曰:"从去但勿娇惯,宜啖以血肉,驱向日中曝之,午过乃已。六七岁儿,历春及夏,骨肉更生,可以娶妻育子;但恐不寿耳。"

言间有少女在门外窥听,意致温婉。仲疑为兄女,因问兄。兄曰:"此名湘裙,吾妾妹也。孤而无归,寄食十年矣。"问:"已字否?"伯曰:"尚未。近有媒议东村田家。"女在窗外小语曰:"我不嫁田家牧牛子。"仲颇心动,未便

①字:养育。 ②材:棺材。 ③延安:旧府名,治所在今陕西省延安市。 ④举:生育。 ⑤类:相似。 ⑥责负:讨债。

明言。既而伯起,设榻于斋,止弟宿。仲本不欲留,意恋湘裙,将探兄意,遂别兄就寝。时方初春,天气尚寒,斋中夐无烟火,森然冷坐。思得小饮,俄见阿小推扉入,以杯羹斗酒置案上。仲问:"谁为?"答曰:"湘姨。"酒将尽,又以灰覆盆火置床下。仲问:"爹娘睡乎?"曰:"睡已久矣。""汝寝何所?"曰:"与湘姨同榻耳。"阿小俟叔步眠,乃掩门去。仲念湘裙慧而解意,愈爱慕之;且能抚阿小,欲得之心更坚,辗转床头,终夜不寐。

早起,告兄曰:"弟孑然无偶,愿大哥留意。"伯曰:"吾家非一瓢一担者,物色当自有人。地下即有佳丽,恐于弟无所利益。"仲曰:"古人亦有鬼妻,何害?"伯会意,曰:"湘裙亦佳。但以巨针刺人迎①,血出不止者,便可为生人妻,何得草草。"仲曰:"得湘裙抚阿小,亦得。"伯但摇首。仲求不已,嫂曰:"试捉湘裙强刺验之,不可乃已。"遂握针出门外,遇湘裙急捉其腕,则血痕犹湿。盖闻伯言时,已自试之矣。嫂释手而笑,反告伯曰:"渠作有意乔才久矣,尚为之代虑耶?"妾闻之怒,趋近湘裙,以指刺睚而骂曰:"淫婢不羞!欲从阿叔奔②走耶?我定不如其愿!"湘裙愧愤,哭欲觅死,举家腾沸。仲乃大惭,别兄嫂,率阿小而出。兄曰:"弟姑去;阿小勿使复来,恐损其生气也。"仲曰:"诺。"

既归,伪增其年,托言兄卖婢之遗腹子。众以其貌酷肖,亦信为伯遗体③。仲教之读,辄遣抱书就日中诵之。初以为苦,久而渐安。六月中,几案灼人,而儿戏且读,殊无少怨。儿甚慧,日尽半卷,夜与叔抵足,恒背诵之。叔甚慰。又以不忘湘裙,故不复作"燕楼"想④矣。

一日双媒来为阿小议姻,中馈无人,心甚躁急。忽甘嫂自外入曰:"阿叔勿怪,吾送湘裙至矣。缘婢子不识羞,我故挫辱之。叔如此表表而不相从,更欲从何人者?"见湘裙立其后,心甚欢悦。肃嫂坐;具述有客在堂,乃趋出。少间复入,则甘氏已去。湘裙卸妆入厨下,刀砧盈耳矣。俄而肴载⑤罗列,烹饪得宜。客去,仲入,见凝妆坐室中,遂与交拜成礼。至晚,女仍欲与阿小共宿。仲曰:"我欲以阳气温之,不可离也。"因置女别室,惟晚间杯酒一往欢会而已。湘裙抚前子如己出,仲益贤之。

一夕夫妻款洽,仲戏问:"阴世有佳人否?"女思良久,答曰:"未见。惟邻女葳灵仙,群以为美;顾貌亦犹人,要善修饰耳。与妾往还最久,心中窃鄙其激荡也。如欲见之,顷刻可致。但此等人,未可招惹。"仲急欲一见。女把笔似欲作书,既而掷管曰:"不可,不可!"强之再四,乃曰:"勿为所惑。"仲诺之。遂裂纸作数画若符,于门外焚之。少时帘动钩鸣,吃吃作笑声。女起曳

---

①人迎:中医术语,此处指中医切脉部位,在左手寸部。 ②奔:私奔。 ③遗体:此处指儿女。 ④"燕楼"想:指纳妾的打算。燕楼,即"燕子楼",相传为唐人张建封爱妾关盼盼的居所。 ⑤载(zǐ):大块的肉。

入,高髻云翘,殆类画图。扶坐床头,酌酒相叙间阔。初见仲,犹以红袖掩口,不甚纵谈;数盏后,嬉狎无忌,渐伸一足压仲衣。仲心迷乱,魄荡魂飞。目前唯碍湘裙;湘裙又故防之,顷刻不离于侧。葳灵仙忽起搴帘而出;湘裙从之,仲亦从之。葳灵仙握仲趋入他室。湘裙甚恨,然而无可如何,愤愤归室,听其所为而已。既而仲入,湘裙责之曰:"不听我言,后恐却之不得耳。"仲疑其妒,不乐而散。次夕葳灵仙不召自来。湘裙甚厌见之,傲不为礼;仙竟与仲相将而去。如此数夕。女望其来则诟辱之,而亦不能却也。月余仲病不能起,始大悔,唤湘裙与共寝处,冀可避之;昼夜之防稍懈,则人鬼已在阳台①。湘裙操杖逐之,鬼忿与争,湘裙荏弱②,手足皆为所伤。仲寖以沉困。湘裙泣曰:"吾何以见吾姊乎!"

又数日,仲冥然遂死。初见二隶执牒入,不觉从去。至途患无资斧,邀隶便道过兄所。兄见之,惊骇失色,问:"弟近何作?"仲曰:"无他,但有鬼病耳。"实告之。兄曰:"是矣。"乃出白金一裹,谓隶曰:"姑笑纳之。吾弟罪不应死,请释归,我使豚子从去,或无不谐。"便唤阿大陪隶饮。返身入家,便告以故。乃令甘氏隔壁唤葳灵仙。俄至见仲欲遁,伯揪返骂曰:"淫婢!生为荡妇,死为贱鬼,不齿群众久矣;又祟吾弟耶!"立批之,云鬓蓬飞,妖容顿减。久之一妪来,伏地哀恳。伯又责妪纵女宣淫,呵詈移时,始令与女俱去。

伯乃送仲出,飘忽间已抵家门,直至卧室,豁然若寤,始知适间之已死也。伯责湘裙曰:"我与若姊谓汝贤能,故使从吾弟,反欲促吾弟死耶!设非名分之嫌,便当挞楚!"湘裙惭惧啜泣,望伯伏谢。伯顾阿小喜曰:"儿居然生人矣!"湘裙欲出作黍,伯曰:"弟事未办,我不遑暇。"阿小年十三,渐知恋父;见父出,零涕从之。伯曰:"从叔最乐,我行复来耳。"转身便逝,从此不复相闻问矣。

后阿小娶妇,生一子,亦三十而卒。仲抚其孤如侄生时。仲年八十,其子二十余矣,乃析③之。湘裙无出。一日谓仲曰:"我先驱狐狸于地下④可乎?"盛妆上床而殁。仲亦不哀,半年亦殁。

异史氏曰:"天下之友爱如仲,几人哉!宜其不死而益之以年也。阳绝⑤阴嗣,此皆不忍死兄之诚心所格;在人无此理,在天宁有此数乎?地下生子,愿承前业者,想亦不少;恐承绝产之贤兄贤弟,不肯收恤耳!"

---

①在阳台:此处喻指男女欢会。 ②荏弱:柔弱,怯弱。 ③析:析产,即分家。 ④先驱狐狸于地下:先进入坟墓,赶走寄居在内的狐狸,即先死。 ⑤绝:绝嗣。

三生

湖南某,能记前生三世。一世为令尹,闱场入帘①。有名士兴于唐被黜落,愤懑而卒,至阴司执卷讼之。此状一投,其同病死者以千万计,推兴为首,聚散成群。某被摄去对质。阎王问曰:"尔既衡文,何得黜佳士而进凡庸?"某辨曰:"上有总裁,某不过奉行之耳。"阎罗即发一签,往拘主司。勾至,阎罗即述某言。主司曰:"某不过总其大成;虽有佳章,而房官不荐,吾何由见之?"阎罗曰:"此不得相诿,其失一也,例合答。"方将施刑,兴不满志,戛然大号;两墀诸鬼,万声鸣和。阎罗问故,兴抗言曰:"答罪太轻,是必掘其双睛,以为不识文字之报。"阎罗不肯,众呼益厉。阎罗曰:"彼非不欲得佳文,特其所见鄙耳。"众又请剖其心。阎罗不得已,使人褫去袍服,以白刃剚②胸,两人沥血鸣嘶。众始大快,皆曰:"吾辈抑郁泉下,未有能一伸此气者;今得兴先生,怨气都消矣。"哄然而散。

某受剖已,押投陕西为庶人子。年二十余,值土寇大作,陷入盗中。有兵巡道往平贼,俘掳其众,某亦在中。心犹自揣非贼,冀可辩释。及见堂上官亦年二十余,细视则兴也。惊曰:"吾合休矣!"既而俘者尽释,惟某后至,不容置辨,立斩之。某至阴司投状讼兴。阎罗不即拘,待其禄尽。

迟之三十年兴方至,面质之。兴以草菅人命罚作畜。稽某所为,曾挞其父母,其罪维均。某恐后世再报,请为大畜。阎罗判为大犬,兴为小犬。某生于顺天府市肆中。一日卧街头,适有客自南携金毛犬来,大如狸。某视之,兴也。心易其小,龁之。小犬咬其喉下,系缀如铃。大犬摆扑嗥窜,市人解之不得。两犬俱毙。

并至阴司,互有争论。阎罗曰:"冤冤相报,何时可已?今为若解之。"乃判兴来世为某婿。某生庆云,二十八举于乡。生一女,娴静娟好,世族争委禽③焉;皆不许。过临郡,值学使发落诸生,其第一卷李生;即兴也。遂挽至旅舍优待之。问其家适无偶,遂订姻好。人皆谓怜才,而不知其有夙因也。及完娶,相得甚欢。然婿恃才辄侮翁,恒隔岁不一至其门。翁亦耐之。后婿中岁淹蹇④,苦不得售⑤,翁为百计营谋,始得连捷。从此和好如父子焉。

异史氏曰:"一被黜而三世不解,怨毒之甚至此哉!阎罗之调停固善;然墀下千万众,如此纷纷,毋亦天下之爱婿,皆冥中之悲鸣号动者耶?"

---

①闱:科举考试。入帘:此处指担任乡试同考官。 ②剚(zì):割。 ③委禽:下聘礼。 ④淹蹇:困顿。 ⑤售:指科举考试中式。

长亭

石太璞，泰山人，好厌禳①之术。有道士遇之，喜其慧，纳为弟子。启牙签②，出二卷，上卷驱狐，下卷驱鬼，乃以下卷授之曰："虔奉此书，衣食佳丽皆有之。"问其姓名，曰："吾汴城北村玄帝观王赤城也。"留数日，尽传其诀。石由此精于符箓，委贽③者接踵于门。

一日有叟来自称翁姓，炫陈币帛，谓其女鬼病已殆，必求亲诣。石闻病危，辞不受贽，姑与俱往。十余里入山村，至其家，廊舍华好。入室，见少女卧縠幛④中，婢以钩挂帐。望之年十四五许，支缀于床，形容已槁。近临之，忽开目云："良医至矣。"举家皆喜，谓其不语已数日矣。石乃出，因诘病状。叟曰："白昼见少年来，与共寝处，捉之已杳；少间复至，意其为鬼。"石曰："其鬼也驱之不难；恐余狐，则非余所敢知矣。"叟曰："必非必非。"石授以符，是夕宿于其家。夜分有少年入，衣冠整肃。石疑是主人眷属，起而问之。曰："我鬼也。翁家尽狐。偶悦其女红亭，姑止焉。鬼为狐祟，阴骘无伤，君何必离人之缘而护之也？女之姊长亭，光艳尤绝。敬留全璧⑤，以待高贤。彼如许字，方可为之施治；尔时我当自去。"石诺之。是夜少年不复至，女顿醒。天明，叟喜告石，请石入视。石焚旧符，坐诊之。见绣幕有女郎，丽如天人，心知其长亭也。诊已，索水洒幛。女郎急以碗水付之，蹀躞之间，意动神流。石生此际，心殊不在鬼矣。出辞叟，托制药去，数日不返。鬼益肆，除长亭外，子妇婢女俱被淫惑。又以仆马招石，石托疾不赴。

明日，叟自至。石故作病股状，扶杖而出。叟问故，曰："此鳏之难也！曩夜婢子登榻，倾跌，堕汤夫人⑥泡两足耳。"叟问："何久不续？"石曰："恨不得清门如翁者。"叟默而出。石送嘱曰："病瘥当自至，无烦玉趾也。"又数日叟复来，石跛而见之。叟慰问曰："顷与荆人言，君如驱鬼去，使举家安枕，小女长亭，年十七矣，愿遣奉事君子。"石喜，顿首于地。乃曰："雅意若此，病躯何敢复爱。"立刻出门，并骑而去。入视祟者既毕，石恐负约，请与媪盟。媪出曰："先生何见疑也？"随拔长亭所插金簪，授石为信。石喜拜受，乃遍集家人，悉为被除。惟长亭深匿不出，遂写一佩符，使持赠之。是夜寂然，惟红亭呻吟未已，投以法水，所患若失。石起辞，叟挽留殷恳。至晚，肴核罗列，劝酬殊切。漏二下，主人辞去。石方就枕，闻叩扉甚急；起视，则长亭掩入，仓

①厌禳：指用巫术祈祷鬼神除灾降福，或致灾祸于人，或降伏某物。 ②牙签：用象牙等材料制成的图书签牌，此处指代书函。 ③委贽：此处指送礼。 ④縠(hú)：用细纱织成的丝织物，质地轻细。幛：通"帐"。 ⑤全璧：即"完璧"，喻女子贞洁。 ⑥汤夫人：即"汤婆子"，一种铜锡等材料制成的扁壶，充以热水，放入被中取暖。

皇告曰："吾家欲以白刃相仇①,可急走!"言已径返身去。石战惧失色,越垣急窜。遥见火光,疾奔而往,则里人夜猎者也。喜,待猎已,从与俱归。心怀怨愤,无路可伸,欲往汴城寻师治之。奈家有老父,病废在床,日夜筹思,进退莫决。

忽一日双舆至门,则翁媪送长亭至,谓石曰："曩夜之归,胡再不谋?"石见长亭,怨恨都消,故隐不发。媪促两人庭拜讫。石欲设筵,媪曰："我非闲人,不能坐享甘旨。我家老子昏耄,倘有不悉,郎肯为长亭一念老身,为幸多矣。"登车遂去。盖杀婿之谋,媪不与闻;及追之不得而返,媪始知之。心不能平,与叟日相诟谇。长亭亦涕泣不食。媪强送女来,非翁意也。长亭入门,诘之,始知其故。过两三月,翁家取女归宁。石料其不返,禁止之。女自此时一涕零。年余生一子,名慧儿,雇乳媪哺之。儿好啼,夜必归母。一日翁家又以舆来,言媪思女甚。长亭益悲,石不忍复留之。欲抱子去,石不可,长亭乃自归。别时以一月为期,既而半载无耗。遣人往探之,则向所僦②宅久空。

又二年余,望想都绝;而儿啼终夜,寸心如割。既而父又病卒,倍益哀伤;因而病惫,苦次③弥留,不能受宾朋之吊。方昏愦间,忽闻妇人哭入。视之,则缞绖④者长亭也。石大悲,一恸遂绝。婢惊呼,女始啜泣,抚之良久渐苏。曰："我疑已死,与汝相聚于冥中。"女曰："非也。妾不孝,不得严父心,尼归⑤三载,诚所负心。适家人由东海过此,得翁凶信。妾遵严命而绝儿女之情,不敢循乱命而失翁媪之礼。妾来时,母知而父不知也。"言间,儿投怀中。言已,始抚而泣曰:"我有父,儿无母矣!"儿亦嗷咷,一室掩泣。女起,经理家政,柩前牲盛洁备,石乃大慰。然病久,急切不能起。女乃请石外兄⑥款洽吊唁。丧既闭,石始能杖而起,相与营谋斋葬。葬已,女欲辞归,以受背父之谴。夫挽儿号,隐忍而止。未几,有人来言母病,乃谓石曰:"妾为君父来,君不为妾母放令归耶?"石许之。女使乳媪抱儿他适,涕洟出门而去。去后数年不返。石父子渐亦忘之。

一日,昧爽⑦启扉,则长亭飘入。石方骇问,女戚然坐榻上,叹曰:"生长闺阁,视一里为遥;今一日夜而奔千里,殆矣!"细诘之,女欲言复止。固诘之,乃哭曰:"今为君言,恐妾之所悲,而君之所快也。迩年徙居晋界,僦居赵缙绅之第。主客交最善,以红亭妻其公子。公子数逋荡⑧,家庭颇不相安。妹归告父;父留之半年不令还。公子忿恨,不知何处聘一恶人来,遣神缧锁缚老父去。一门大骇,顷刻四散矣。"石闻之,笑不自禁。女怒曰:"彼虽不

①以白刃相仇:指加害。 ②僦:租赁。 ③苦次:居丧期间。 ④缞绖(cuī dié):丧服。缞,丧服,以麻布条披于胸前。绖,丧服所用的麻带。 ⑤尼归:因受阻而不能归来。 ⑥外兄:表兄。 ⑦昧爽:拂晓。 ⑧数:屡次。逋荡:散漫游荡。

仁,妾之父也。妾与君琴瑟数年,止有相好而无相尤。今日人亡家败,百口流离,即不为父伤,宁不为妾吊乎!闻之忭舞①,更无片语相慰藉,何不义也!"拂袖而出。石追谢之,亦已渺矣。怅然自悔,拚②已决绝。

过二三日,媪与女俱来,石喜慰问。母女俱伏。惊问其故,又俱哭。女曰:"妾负气而去,今不能自坚,又要求人复何颜面!"石曰:"岳固非人;母之惠,卿之情,所不敢忘。然闻祸而乐,亦犹人情,卿何不能暂忍?"女曰:"顷于途中遇母,始知絷吾父者,乃君师也。"石曰:"果尔,亦大易。然翁不归,则卿之父子离散;恐翁归,则卿之夫泣儿悲也。"媪矢以自明,女亦誓以相报。石乃即刻治任如汴,询至玄帝观,则赤城归未久。入而参拜,师问:"何来?"石视厨下一老狐,孔前股③而系之,笑曰:"弟子之来,为此老魅。"赤城诘之,曰:"是吾岳也。"因以实告。道士谓其狡诈不肯轻释;固请,始许之。石因备述其诈,狐闻之,塞身入灶,似有惭状。道士笑曰:"彼羞恶之心未尽亡也。"石起,牵之而出,以刀断索抽之。狐痛极,齿龈龈然。石不遽抽,而顿挫之,笑问之曰:"翁痛乎?勿抽可耶!"狐睛睒闪,似有愠色。既释,摇尾出观而去。石辞归。

三日前,已有人报叟信,媪先去,留女待石。石至,女逆④而伏。石挽之曰:"卿如不忘琴瑟之情,不在感激也。"女曰:"今复迁还故居矣,村舍邻迩,音问可以不梗。妾欲归省,三日可旋,君信之否?"曰:"儿生而无母,未便殇折。我日日鳏居,习已成惯。今不似赵公子,而反德报之,所以为卿者尽矣。如其不还,在卿为负义,道里虽近,当亦不复过问,何不信之与有?"女去,二日即返。问:"何速?"曰:"父以君在汴曾相戏弄,未能忘怀,言之絮明;妾不欲复闻,故早来也。"自此闺中之往来无间,而翁婿间尚不通吊庆云。

异史氏曰:"狐情反复,谲诈已甚。悔婚之事,两女而一辙,诡可知矣。然要⑤而婚之,是启其悔者犹在初也。且婿既爱女而救其父,止宜置昔怨而仁化之;乃复狎弄于危急之中,何怪其没齿不忘也!天下之有冰玉而不相能者,类如此。"

席方平

席方平,东安人。其父名廉,性戆拙。因与里中富室羊姓有隙,羊先死;数年,廉病垂危,谓人曰:"羊某今贿嘱冥使挞⑥我矣。"俄而身赤肿,号呼遂死,席惨怛不食,曰:"我父朴讷,今见凌于强鬼;我将赴冥,代伸冤气矣。"自

①忭(biàn)舞:高兴得手舞足蹈。 ②拚(pàn):舍弃,不顾惜。 ③孔前股:把狐狸的小腿穿透。 ④逆:迎接。 ⑤要:要挟。 ⑥冥使:阴间的差役。挞:拷打。

此不复言,时坐时立,状类痴,盖魂已离舍。

席觉初出门,莫知所往,但见路有行人,便问城邑。少选,入城。其父已收狱中。至狱门,遥见父卧檐下,似甚狼狈。举目见子,潸然流涕,曰:"狱吏悉受赇嘱,日夜搒掠,胫股摧残甚矣!"席怒,大骂狱吏:"父如有罪,自有王章,岂汝等死魅所能操耶!"遂出,写状。趁城隍早衙,喊冤投之。羊惧,内外贿通,始出质理。城隍以所告无据,颇不直席①。席愤气无伸,冥行百余里至郡,以官役私状,告诸郡司。迟至半月始得质理。郡司扑席,仍批城隍赴案。席至邑,备受械梏,惨冤不能自舒。城隍恐其再讼,遣役押送归家。投至门辞去。

席不肯入,遁赴冥府,诉郡邑之酷贪。冥王立拘质对。二官密遣腹心与席关说,许以千金。席不听。过数日,逆旅②主人告曰:"君负气已甚,官府求和而执不从,今闻于王前各有函进,恐事殆矣。"席犹未信。俄有皂衣人唤入。升堂,见冥王有怒色,不容置词,命笞二十。席厉声问:"小人何罪?"冥王漠若不闻。席受笞,喊曰:"受笞允当,谁教我无钱也!"冥王益怒,命置火床。两鬼捽席下,见东墀③有铁床,炽火其下,床面通赤。鬼脱席衣,掬置其上,反复揉捺之。痛极,骨肉焦黑,苦不得死。约一时许,鬼曰:"可矣。"遂扶起,促使下床着衣,犹幸跛而能行。复至堂上,冥王问:"敢再讼乎?"席曰:"大冤未伸,寸心不死,若言不讼,是欺王也。必讼!"王曰:"讼何词?"席曰:"身所受者,皆言之耳。"冥王又怒,命以锯解其体。二鬼拉去,见立木高八九尺许,有木板二仰置其上,上下凝血模糊。方将就缚,忽堂上大呼"席某",二鬼即复押回。冥王又问:"尚敢讼否?"答曰:"必讼!"冥王命捉去速解。既下,鬼乃以二板夹席缚木上。锯方下,觉顶脑渐辟,痛不可忍,顾亦忍而不号。闻鬼曰:"壮哉此汉!"锯隆隆然寻至胸下。又闻一鬼云:"此人大孝无辜,锯令稍偏,勿损其心。"遂觉锯锋曲折而下,其痛倍苦。俄顷半身辟矣;板解,两身俱仆。鬼上堂大声以报,堂上传呼,令合身来见。二鬼即推令复合,曳使行。席觉锯缝一道,痛欲复裂,半步而踣。一鬼于腰间出丝带一条授之,曰:"赠此以报汝孝。"受而束之,一身顿健,殊无少苦。遂升堂而伏。冥王复问如前;席恐再罹酷毒,便答:"不讼矣。"冥王立命送还阳界。隶率出北门,指示归途,反身遂去。

席念阴曹之昧暗尤甚于阳间,奈无路可达帝听。世传灌口二郎④为帝勋戚,其神聪明正直,诉之当有灵异。窃喜二隶已去,遂转身南向。奔驰间,有二人追至,曰:"王疑汝不归,今果然矣。"捽回复见冥王。窃疑冥王益怒,祸必更惨;而王殊无厉容,谓席曰:"汝志诚孝。但汝父冤,我已为若雪之矣。

---

①颇不直席:不认为席方平有理。 ②逆旅:客舍,旅店。 ③墀(chí):台阶上面的空地,亦指台阶。 ④灌口二郎:即传说中的二郎神杨戬。

今已往生富贵家,何用汝鸣呼为。今送汝归,予以千金之产、期颐之寿①,于愿足乎?"乃注籍中,嵌以巨印,使亲视之。席谢而下。鬼与俱出,至途,驱而骂曰:"奸猾贼!频频反复,使人奔波欲死!再犯,当捉入大磨中细细研之!"席张目叱曰:"鬼子胡为者!我性耐刀锯,不耐挞楚耶!请反见王,王如令我自归,亦复何劳相送。"乃返奔。二鬼惧,温语劝回。席故蹇缓,行数步辄憩路侧。鬼含怒不敢复言。约半日至一村,一门半开,鬼引与共坐;席便据门阈,二鬼乘其不备,推入门中。

惊定自视,身已生为婴儿。愤啼不乳,三日遂殇。魂摇摇不忘灌口,约奔数十里,忽见羽葆②来,幡戟横路。越道避之,因犯卤簿③,为前马所执,絷送车前。仰见车中一少年,丰仪瑰玮。问席:"何人?"席冤愤正无所出,且意是必巨官,或当能作威福,因缅诉毒痛。车中人命释其缚,使随车行。俄至一处,官府十余员,迎谒道左,车中人各有问讯。已而指席谓一官曰:"此下方人,正欲往诉,宜即为之剖决。"席询之从者,始知车中即上帝殿下九王,所嘱即二郎也。席视二郎,修躯多髯,不类世间所传。九王既去,席从二郎至一官廨,则其父与羊姓并衙隶俱在。少顷,槛车中有囚人出,则冥王及郡司、城隍也。当堂对勘,席所言皆不妄。三官战栗,状若伏鼠。二郎援笔立判;顷刻,传下判语,令案中人共视之。判云:

"勘得冥王者:职膺王爵,身受帝恩。自应贞洁以率臣僚,不当贪墨以速官谤。而乃繁缨棨戟④,徒夸品秩之尊;羊狠狼贪,竟玷人臣之节。斧敲斵,斵入木,妇子之皮骨皆空;鲸吞鱼,鱼食虾,蝼蚁之微生可悯。当掬江西之水,为尔湔⑤肠;即烧东壁之床,请君入瓮。城隍、郡司,为小民父母之官,司上帝牛羊之牧。虽则职居下列,而尽瘁者不辞折腰;即或势逼大僚,而有志者亦应强项⑥。乃上下其鹰鸷之手,既罔念夫民贫;且飞扬其狙狯之奸,更不嫌乎鬼瘦。惟受赃而枉法,真人面而兽心!是宜剔髓伐毛,暂罚冥死;所当脱皮换革,仍令胎生。隶役者:既在鬼曹,便非人类。只宜公门修行,庶还落蓐⑦之身;何得苦海生波,益造弥天之孽?飞扬跋扈,狗脸生六月之霜;隳突⑧叫号,虎威断九衢之路。肆淫威于冥界,咸知狱吏为尊;助酷虐于昏官,共以屠伯是惧。当以法场之内,剁其四肢;更向汤镬之中,捞其筋骨。羊某:富而不仁,狡而多诈。金光盖地,因使阎摩殿上尽是阴霾;铜臭熏天,遂教枉死城中全无日月。余腥犹能役鬼,大力直可通神。宜籍⑨羊氏之家,以偿席生之孝。即押赴东岳施行。"

又谓席廉:"念汝子孝义,汝性良懦,可再赐阳寿三纪⑩。"使两人送之归

①期颐之寿:百岁之寿。 ②羽葆:以鸟羽连缀为饰的仪仗。 ③卤簿:旧时官员的仪仗。 ④繁缨棨戟:古时天子、诸侯的马饰。棨(qǐ)戟:有缯衣或涂漆的木戟,用为仪仗。 ⑤湔(jiān):清洗。 ⑥强项:刚直不阿。 ⑦落蓐:指婴儿出生。 ⑧隳(huī)突:冲撞,破坏。 ⑨籍:指"籍没",登记并没收家产。 ⑩三纪:三十六年。古代以十二年为一纪。

里。席乃抄其判词,途中父子共读之。既至家,席先苏:令家人启棺视父,僵尸犹冰,俟之终日,渐温而活。又索抄词,则已无矣。

自此,家道日丰,三年良沃遍野;而羊氏子孙微矣;楼阁田产尽为席有。即有置其田者,必梦神人叱之曰:"此席家物,汝乌得有之!"初未深信;既而种作,则终年升斗无所获,于是复鬻于席。席父九十余岁而卒。

异史氏曰:"人人言净土,而不知生死隔世,意念都迷,且不知其所以来,又乌知其所以去;而况死而又死,生而复生者乎?忠孝志定,万劫不移,异哉席生,何其伟也!"

素秋

俞慎,字谨庵,顺天旧家子。赴试入都,舍于郊郭。时见对户一少年,美如冠玉。心好之,渐近与语,风雅尤绝。大悦,捉臂邀至寓所,相与款宴。问其姓氏,则金陵俞士忱也,字恂九。公子闻与同姓,更加浃洽,订为昆仲①;少年遂减名字为忱。

明日过其家,书舍光洁;然门庭蹴落②,更无厮仆。引公子入内,呼妹出拜,年约十三四,肌肤莹澈,粉玉无其白也。少顷托茗献客,家中似无臧获③。公子异之,数语遂出。自后友爱如胞。恂九无日不来,或留共宿,则以弱妹无伴为辞。公子曰:"吾弟流寓千里,曾无应门之僮,兄妹纤弱,何以为生?计不如从我去,有斗舍可共栖止,如何?"恂九喜,约以场后。试毕,恂九邀公子去,曰:"中秋月明如昼,妹子素秋具有蔬酒,勿违其意。"竟挽入内。素秋出,略道温凉,便入复室,下帘治具。少间自出行炙。公子起曰:"妹子奔波,情何以忍!"素秋笑入。顷之搴帘出,则一青衣婢捧壶;又一媪托枠进烹鱼。公子讶曰:"此辈何来?不早从事而烦妹子?"恂九微笑曰:"妹子又弄怪矣。"但闻帘内吃吃作笑声,公子不解其故。既而筵终,婢媪撤器,公子适嗽,误咳婢衣;婢随唾而倒,碎碗流炙。视婢,则帛剪小人,仅四寸许。恂九大笑。素秋笑出,拾之而去。俄而婢复出,奔走如故,公子大异之。恂九曰:"此不过妹子幼时,卜紫姑之小技耳。"公子因问:"弟妹都已长成,何未婚姻?"答云:"先人即世,去留尚无定所,故此迟迟。"遂与商定行期,鬻宅,携妹与公子俱西。既归,除舍舍之;又遣一婢为之服役。

公子妻,韩侍郎之犹女也,尤怜爱素秋,饮食共之。公子与恂九亦然。而恂九又最慧,目下十行,试作一艺,老宿不能及之。公子劝赴童试,恂九曰:"姑为此业者,聊与君分苦耳。自审福薄,不堪仕进;且一入此途,遂不能

---

①昆仲:兄弟。　②蹴落:窘迫,困窘。　③臧获:古代对奴婢的贱称。

不戚戚于得失，故不为也。"居三年，公子又下第。恂九大为扼腕，奋然曰："榜上一名，何遂艰难若此！我初不欲为成败所惑，故宁寂寂耳。今见大哥不能发舒，不觉中热，十九岁老童当效驹驰也。"公子喜，试期送入场，邑、郡、道皆第一。益与公子下帷攻苦。逾年科试，并为郡、邑冠军。恂九名大噪，远近争婚之，恂九悉却去。公子力劝之，乃以场后①为解。

无何，试毕，倾慕者争录其文，相与传颂；恂九亦自觉第二人不屑居也。及榜发，兄弟皆黜。时方对饮，公子尚强作噱；恂九失色，酒盏倾堕，身仆案下。扶置榻上，病已困殆。急呼妹至，张目谓公子曰："吾两人情虽如胞，实非同族。弟自分已登鬼箓②。衔恩无可相报，素秋已长成，既蒙嫂抚爱，媵之③可也。"公子作色曰："是真吾弟之乱命也！其将谓我人头畜鸣者耶！"恂九泣下。公子即以重金为购良材④。恂九命舁至，力疾而入，嘱妹曰："我没后即阖棺，无令一人开视。"公子尚欲有言，而目已瞑矣。公子哀伤，如丧手足。然窃疑其嘱异，俟素秋他出，启而视之，则棺中袍服如蜕；揭之，有蠹鱼⑤径尺僵卧其中。骇异间，素秋促入，惨然曰："兄弟何所隔阂？所以然者非避兄也；但恐传布飞扬，妾亦不能久居耳。"公子曰："礼缘情制，情之所在，异族何殊焉？妹宁不知我心乎？即中馈⑥当无漏言，请勿虑。"遂速卜吉期，厚葬之。初，公子欲以素秋论婚于世家，恂九不欲。既殁，公子商于素秋，素秋不应。公子曰："妹子年已二十，长而不嫁，人其谓我何？"对曰："若然，但惟兄命。然自顾无福相，不愿入侯门，寒士而可。"公子曰："诺。"不数日，冰媒相属，卒无所可。先是，公子妻弟韩荃来吊，得窥素秋，心爱悦之，欲购作小妻。谋之姊，姊急戒勿言，恐公子知。韩心不释，托媒风示⑦公子，许为买乡场关节。公子闻之，大怒诟骂，将致意者批逐出门，自此交往遂绝。又有故尚书孙某甲，将娶而妇卒，亦遣冰来。其甲第人所素识，公子欲一见其人，因使媒约，使甲躬谒。及期。垂帘于内，令素秋自相之。甲至，裘马驺从，炫耀闾里；人又秀雅如处子。公子大悦，而素秋殊不乐。公子竟许之，盛备装奁。素秋固止之；公子亦不听，卒厚赠焉。既嫁，琴瑟甚敦。然兄嫂系念，月辄归宁。来时，奁中珠绣，必携数事付嫂收贮。嫂不解其意，亦姑听之。

甲少孤，寡母溺爱太过，日近匪人，引诱嫖赌，家传书画鼎彝，皆以鬻偿戏债⑧。韩荃与有瓜葛，日招甲饮而窃探之，愿以两姬及五百金易素秋。甲初不肯；韩固求之，甲意摇动，恐公子不甘。韩曰："彼与我至戚，此又非其支系，若事已成，彼亦无如我何；万一有他，我身任之。有家君在，何畏一俞谨庵哉！"遂盛妆两姬出行酒，且曰："果如所约，此即君家人矣。"甲惑之，约期

①场后：指乡试以后。　②鬼箓：阴间死人的名册。　③媵之：纳为姬妾。　④材：棺材。　⑤蠹(dù)鱼：蛀蚀书籍的小虫。　⑥中馈：代指妻子。　⑦风示：暗示。　⑧戏债：赌债。

而去。至日，虑韩诈谖①，夜候于途，果有舆来，启帘验照不虚，乃导去，姑置斋中。韩仆以五百金交兑明白。甲奔入，诳素秋曰："公子暴病相呼。"素秋未遑理妆，草草遂出。舆既发，夜迷不知何所，逴行良远，殊不可到。忽见二巨烛来，众窃喜其可以问路。及至前，则巨蟒两目如灯。众大骇，人马俱窜，委舆路侧；将曙复集则空舆存焉。意必葬于蛇腹，归告主人，垂首丧气而已。

数日后，公子遣人诣妹，始知为恶人赚去，初不疑其婿之伪也。陪娶婢归，细诘情迹，微窥其变，忿极，遍诉都邑。某甲惧，求救于韩。韩以金姜两亡，正复懊丧，斥绝不为力。甲呆憃无所复计，各处勾牒至，俱以赂嘱免行。月余，金珠服饰典货一空。公子于宪府究理甚急，邑官皆奉严令，甲知不能复匿，始出，至公堂实情尽吐。宪票拘韩对质。韩惧，以情告父。父时已休职，怒其所为不法，执付隶。及见官府，言及遇蟒之变，悉谓其词支吾；家人拷掠殆遍，甲亦屡被敲楚。幸母日鬻田产，上下营求，刑轻得不死，而韩仆已瘐毙②矣。韩久困囹圄，愿助甲赂公子千金，哀求罢讼。公子不许。甲母又请益以二姬，但求姑存疑案以待寻访；妻又承叔母命，朝夕解免，公子乃许之。甲家甚贫，货宅办金，而急切不能得售，因先送姬来，乞其延缓。

逾数日，公子夜坐斋中，素秋偕一媪，蓦然忽入。公子骇问："妹固无恙耶？"笑曰："蟒变乃妹之小术耳。当夜窜入一秀才家，依于其母。彼亦识兄，今在门外。"公子倒屣③出迎，则宛平名士周生也，素相善。把臂入斋，款洽臻至。倾谈既久，始知颠末。初，素秋昧爽款④生门，母纳入，诘之，知为公子妹，便欲驰报。素秋止之，因与母居。甚得母欢，以子无妇，窃属意素秋，微言之。素秋以未奉兄命为辞。生亦以公子交契，故不肯作无媒之合，但频频侦听。知讼事已有关说，素秋乃告母欲归。母遣生率一媪送之，即嘱媪为媒。公子以素秋居生家久，亦有此心；及闻媪言大喜，即与生面订姻好。先是，素秋夜归，欲使公子得金而后宣之。公子不可，曰："向愤无所泄，故索金以败之耳。今复见妹，万金何能易哉！"即遣人告诸两家罢之。又念生家故不甚丰，道又远，亲迎殊难，因移生母来，居以恂九旧第；生亦备币帛鼓乐，婚嫁成礼。

一日，嫂戏素秋曰："今得新婿，从前枕席之爱犹忆之否？"素秋笑顾婢曰："忆之否？"嫂不解，研问之，盖三年床第皆以婢代。每夕以笔画其两眉，驱之去，即对烛独坐，婿亦不之辨也。盖奇之，求其术，但笑不言。次年大比，生将与公子偕往。素秋曰："不必。"公子强挽而去。是科，公子中式，生落第归。逾年母卒，遂不复言进取矣。一日，素秋谓嫂曰："向求我术，固未

---

①诈谖(xuān)：欺诈。　②瘐(yǔ)毙：指囚犯因受刑、冻饿或疾病死在狱中。　③倒屣：因急于出迎而将鞋子倒穿，形容热情欢迎。　④款：敲，叩。

肯以此骇物听也。今将远别,请秘授之,亦可以避兵燹①。"嫂惊问故,答曰:"三年后此处当无人烟。妾荏弱②不堪惊恐,将蹈海滨而隐。大哥富贵中人,不可以偕,故言别也。"乃以术悉授嫂。数日又告别,公子留之不得,至泣下,问:"何往?"又不言。鸡鸣早起,携一白须奴,控双卫③而去。公子阴使人尾送之,至胶莱之界,尘雾幛天,既晴,已迷所住。

三年后闯寇④犯顺,村舍为墟。韩夫人剪帛置门内,寇至,见云绕韦驮⑤高丈余,遂骇走,以是得保无恙。后村中有贾客至海上,遇一叟似老奴,而髭发尽黑,猝不能认。叟停足笑曰:"我家公子尚健耶?借口寄语:秋姑亦甚安乐。"问其居何里,曰:"远矣,远矣!"匆匆遂去。公子闻之,使人于所在遍访之,竟无踪迹。

异史氏曰:"管城子⑥无食肉相,其来旧矣。初念甚明,而乃持之不坚。宁如糊眼主司,固衡命不衡文耶?一击不中,冥然遂死,蠹鱼之痴,一何可怜!伤哉雄飞,不如雌伏。"

贾奉雉

贾奉雉,平凉⑦人。才名冠世,而试辄不售。一日途中遇一秀才,自言姓郎,风格飘洒,谈言微中。因邀俱归,出课艺⑧就正。郎读之,不甚称许,曰:"足下文,小试⑨取第一则有余,大场⑩取榜尾亦不足。"贾曰:"奈何?"郎曰:"天下事,仰而跂⑪之则难,俯而就之甚易,此何须鄙人言哉!"遂指一二人、一二篇以为标准,大率贾所鄙弃而不屑道者。贾笑曰:"学者立言,贵乎不朽,即味列八珍,当使天下不以为泰⑫耳。如此猎取功名,虽登台阁,犹为贱也。"郎曰:"不然。文章虽美,贱则弗传。君将抱卷以终也则已;不然,帘内诸官,皆以此等物事进身,恐不能因阅君文,另换一副眼睛肺肠也。"贾终默然。郎起笑曰:"少年盛气哉!"遂别去。

是秋入闱复落,邑邑不得志,颇思郎言,遂取前所指示者强读之。未至终篇,昏昏欲睡,心惶惑无以自主。又三年,场期将近,郎忽至,相见甚欢。出拟题七使贾作文。越日,索文而阅,不以为可,又令复作;作已,又訾之。贾戏于落卷中,集其阘茸⑬泛滥,不可告人之句,连缀成文,示之。郎喜曰:"得之矣!"因使熟记,坚嘱勿忘。贾笑曰:"实相告:此言不由中,转瞬即去,

---

①兵燹(xiǎn):形容因战乱而造成的焚毁破坏等灾难。 ②荏弱:柔弱,怯弱。 ③双卫:两头驴子。 ④闯寇:对明末闯王李自成之农民军的蔑称。 ⑤韦驮:佛教护法天神,相传为南方增长天王的八名神将之一。 ⑥管城子:毛笔的别称,代指读书人。 ⑦平凉:旧府名,治所在今甘肃省平凉市。 ⑧课艺:八股文习作。 ⑨小试:指生员参加的岁试或科试。 ⑩大场:指乡试或会试。 ⑪跂(qǐ):踮起脚尖。 ⑫泰:过分,奢侈。 ⑬阘(tà)茸:庸碌。

便受夏楚①，不能复忆之也。"郎坐案头，强令自诵一遍；因使袒背，以笔写符而去，曰："只此已足，可以束阁群书矣。"验其符，濯之不下，深入肌理。

入场七题无一遗者。回思诸作，茫不记忆，惟戏缀之文，历历在心。然把笔终以为羞；欲少窜易，而颠倒苦思，更不能复易一字。日已西坠，直录而出。郎候之已久，问："何暮也？"贾以实告，即求拭符；视之已漫灭矣。回忆场中文，浑如隔世。大奇之，因问："何不自谋？"笑曰："某惟不作此等想，故不能读此等文也。"遂约明日过其寓。贾曰："诺。"郎去，贾复取文自阅，大非本怀，快快自失，不复访郎，嗒丧而归。榜发，竟中经魁。复阅旧稿，汗透重衣，自言曰："此文一出，何以见天下士矣！"正惭怍间，郎忽至曰："求中即中矣，何其闷也？"曰："仆适自念，以金盆玉碗贮狗矢，真无颜出见同人。行将遁迹山林，与世长辞矣。"郎曰："此论亦高，但恐不能耳。若果能，仆引见一人，长生可得，并千载之名，亦不足恋，况傥来之富贵乎！"贾悦，留与共宿，曰："容某思之。"天明，谓郎曰："吾志决矣！"不告妻子，飘然遂去。

渐入深山，至一洞府，其中别有天地。有叟坐堂上，郎使参之，呼以师。叟曰："来何早也？"郎曰："此人道念已坚，望加收齿。"叟曰："汝既来，须将此身并置度外，始得。"贾唯唯听命。郎送至一院，安其寝处，又投以饵②，始去。房亦精洁；但户无扉，窗无棂，内惟一几一榻。贾解履登榻，月明穿射；觉微饥，取饵啖之，甘而易饱。因即寂坐，但觉清香满室，脏腑空明，脉络皆可指数。忽闻有声甚厉，似猫抓痒，自牖窥之，则虎蹲檐下。乍见甚惊；因忆师言，收神凝坐。虎似知有其人，寻入近榻，气咻咻遍嗅足股。少间闻庭中嗥动，如鸡受缚，虎即趋出。

又坐少时，一美人入，兰麝扑人，悄然登榻，附耳小言曰："我来矣。"一言之间，口脂散馥。贾瞑然不少动。又低声曰："睡乎？"声音颇类其妻，心微动。又念曰："此皆师相试之幻术也。"瞑如故。美人曰："鼠子动矣！"初，夫妻与婢同室，狎亵惟恐婢闻，私约一谜曰："鼠子动，则相欢好。"忽闻是语，不觉大动，开目凝视，真其妻也。问："何能来？"答云："郎生恐君岑寂思归，遣一妪导我来。"言次，因贾出门不相告语，偎傍之际，颇有怨怼。贾慰藉良久，始得嬉笑为欢。既毕，夜已向晨，闻叟谯呵声，渐近庭院。妻急起，无地自匿，遂越短墙而去。俄顷郎从叟入。叟对贾杖郎，便令逐客。郎亦引贾自短墙出，曰："仆望君奢，不免躁进；不图情缘未断，累受扑责。从此暂别，相见行有日矣。"指示归途，拱手遂别。

贾俯视故村，故在目中。意妻弱步③，必滞途间。疾趋里余，已至家门，但见房垣零落，旧景全非，村中老幼，竟无一相识者，心始骇异。忽念刘、阮

①夏(jiǎ)楚：同"檟楚"，此处指用棍棒等进行体罚。②饵：泛指食物。③弱步：此处指行走缓慢。

返自天台①,情景真似。不敢入门,于对户憩坐。良久,有老翁曳杖出。贾揖之,问:"贾某家何所?"翁指其第曰:"此即是也。得无欲闻奇事耶?仆悉知之。相传此公闻捷即遁;遁时其子才七八岁。后至十四五岁,母忽大睡不醒。子在时,寒暑为之易衣;迨后穷蹙②,房舍拆毁,惟以木架苫覆蔽之。月前夫人忽醒,屈指百余年矣。远近闻其异,皆来访视,近日稍稀矣。"贾豁然顿悟,曰:"翁不知贾奉雉即某是也。"翁大骇,走报其家。

时长孙已死;次孙祥,至五十余矣。以贾年少,疑有诈伪。少间夫人出,始识之。双涕霪霪,呼与俱去。苦无屋宇,暂入孙舍。大小男妇,奔来盈侧,皆其曾、玄,率陋劣少文。长孙妇吴氏,沽酒具藜藿③;又使少子果及妇,与己同室,除舍舍祖翁姑。贾入舍,烟埃儿溺,杂气熏人。居数日,懊惋殊不可耐。两孙家分供餐饮,调饪尤乖。里中以贾新归,日日招饮;而夫人恒不得一饱。吴氏故士人女,颇娴闺训,承顺不衰。祥家给奉渐疏,或呼而与之。贾怒,携夫人去,设帐东里。每谓夫人曰:"吾甚悔此一返,而已无及矣。不得已,复理旧业,若心无愧耻,富贵不难致也。"居年余,吴氏犹时馈赠,而祥父子绝迹矣。是岁试入邑痒。宰重其文,厚赠之,由此家稍裕。祥稍稍来近就之。贾唤入,计囊所耗费出金偿之,斥绝令去。遂买新第,移吴氏共居之,吴二子,长者留守旧业;次杲颇慧,使与门人辈共笔砚。

贾自山中归,心思益明澈,遂连捷登进士。又数年,以侍御出巡两浙,声名赫奕,歌舞楼台,一时称盛。贾为人鲠峭,不避权贵,朝中大僚思中伤之。贾屡疏恬退,未蒙俞允,未几而祸作矣。先是,祥六子皆无赖,贾虽摈斥不齿,然皆窃余势以作威福,横占田宅,乡人共患之。有某乙娶新妇,祥次子篡娶为妾。乙故狙诈,乡人敛金助讼,以此闻于都。当道交章劾贾。贾殊无以自剖④,被收经年。祥及次子皆瘐死⑤。贾奉旨充辽阳军。

时杲入泮已久,人颇仁厚,有贤声。夫人生一子,年十六,遂以嘱杲,夫妻携一仆一媪而去。贾曰:"十余年之富贵,曾不如一梦之久。今始知荣华之场,皆地狱境界,悔比刘晨、阮肇,多造一重孽案耳。"数日抵海岸,遥见巨舟来,鼓乐殷作,虞候皆如天神。既近,舟中一人出,笑请侍御过舟少憩。贾见惊喜,踊身而过,押吏不敢禁。夫人急欲相从,而相去已远,遂愤投海中。漂泊数步,见一人垂练于水引救而去。隶命篙师⑥荡舟,且追且号,但闻鼓声如雷,与轰涛相间,瞬间遂杳。仆识其人,盖郎生也。

异史氏曰:"世传陈大士在闱中,书艺既成,吟诵数四,叹曰:'亦复谁人识得!'遂弃而更作,以故闱墨不及诸稿。贾生羞而遁去,盖亦有仙骨焉。乃

①天台:山名,在今浙江省天台县北。此处引用东汉刘晨、阮肇遇仙天台山的故事。 ②穷蹙(cù):窘迫,困厄。 ③藜藿(lí huò):野菜,此处指粗劣的饭菜。 ④自剖:自明心迹。 ⑤瘐(yǔ)死:指囚犯因受刑、冻饿或疾病死在狱中。 ⑥篙师:船夫。

再返人世,遂以口腹自贬,贫贱之中人甚矣哉!"

胭脂

东昌①卞氏,业牛医者,有女小字胭脂,才姿惠丽。父宝爱之,欲占凤②于清门,而世族鄙其寒贱,不屑缔盟,所以及笄未字③。对户庞姓之妻王氏,佻脱善谑,女闺中谈友也。一日送至门,见一少年过,白服裙帽,丰采甚都。女意动,秋波萦转之。少年俯首趋去。去既远,女犹凝眺。王窥其意,戏谓曰:"以娘子才貌,得配若人,庶可无憾。"女晕红上颊,脉脉不作一语。王问:"识得此郎否?"女曰:"不识。"曰:"此南巷鄂秀才秋隼,故孝廉之子。妾向与同里,故识之,世间男子无其温婉。近以妻服未阕④,故衣素。娘子如有意,当寄语使委冰焉。"女无语,王笑而去。

数日无耗,女疑王氏未往,又疑宦裔不肯俯就。邑邑徘徊,渐废饮食;萦念颇苦,寝疾惙顿⑤。王氏适来省视,研诘病由。女曰:"自亦不知。但尔日别后,渐觉不快,延命假息,朝暮人也。"王小语曰:"我家男子负贩未归,尚无人致声鄂郎。芳体违和,莫非为此?"女赪颜良久。王戏曰:"果为此,病已至是,尚何顾忌? 先令其夜来一聚,彼岂不肯可?"女叹气曰:"事至此,已不能羞。若渠不嫌寒贱,即遣冰来,病当愈;若私约,则断断不可!"王领之而去。

王幼时与邻生宿介通,既嫁,宿侦夫他出,辄寻旧好。是夜宿适来,因述女言为笑,戏嘱致意鄂生。宿久知女美,闻之窃喜其有机可乘。欲与妇谋,又恐其妒,乃假无心之词,问女家闺闼甚悉。次夜逾垣入,直达女所,以指叩窗。女问:"谁何?"答曰:"鄂生。"女曰:"妾所以念君者,为百年,不为一夕。郎果爱妾,但当速遣冰人;若言私合,不敢从命。"宿姑诺之,苦求一握玉腕为信。女不忍过拒,力疾启扉。宿遽入,抱求欢。女无力撑拒,仆地上,气息不续。宿急曳之。女曰:"何来恶少,必非鄂郎;果是鄂郎,其人温驯,知妾病由,当相怜恤,何遂狂暴若此! 若复尔尔,便当鸣呼,品行亏损,两无所益!"宿恐假迹败露,不敢复强,但请后会。女以亲迎⑥为期。宿以为远,又请。女厌纠缠,约待病愈。宿求信物,女不许;宿捉足解绣履而出。女呼之返,曰:"身已许君,复何吝惜? 但恐'画虎成狗',致贻污谤。今亵物⑦已入君手,料不可反。君如负心,但有一死!"宿既出,又投宿王所。既卧,心不忘履,阴摸衣袂,竟已乌有。急起篝灯,振衣冥索。诘王,不应。疑其藏匿,妇故笑以疑

①东昌:旧府名,治所在今山东省聊城市。 ②占凤:择婿。 ③字:许嫁。 ④妻服未阕:指丈夫为亡妻服丧期未满。 ⑤寝疾:卧病。惙(chuò)顿:委顿,疲乏。 ⑥亲迎:古代婚礼"六礼"之一,即新郎至女家迎娶新娘。 ⑦亵物:贴身衣物。

之。宿不能隐，实以情告。言已遍烛门外，竟不可得。懊恨归寝，犹意深夜无人，遗落当犹在途也。早起寻，亦复杳然。

先是巷中有毛大者，游手无籍。尝挑王氏不得，知宿与洽，思掩执以胁之。是夜过其门，推之未扃，潜入。方至窗下，踏一物软若絮缩，拾视，则巾裹女舄。伏听之，闻宿自述甚悉，喜极，抽息而出。逾数夕，越墙入女家，门户不悉，误诣翁舍。翁窥窗见男子，察其音迹，知为女来。大怒，操刀直出。毛大骇，反走。方欲攀垣，而卞追已近，急无所逃，反身夺刃；媪起大呼，毛不得脱，因而杀翁。女稍痊，闻喧始起。共烛之，翁脑裂不能言，俄顷已绝。于墙下得绣履，媪视之，胭脂物也。逼女，女哭而实告之；不忍贻累王氏，言鄂生之自至而已。天明讼于邑。

官拘鄂。鄂为人谨讷，年十九岁，见人羞涩如童子。被执骇绝。上堂不能置词，惟有战栗。宰益信其情实，横加梏械。生不堪痛楚，遂诬服①。及解郡，敲扑如邑。生冤气填塞，每欲与女面质；及相见，女辄诟詈②，遂结舌不能自伸，由是论死。经数官复讯无异。

后委济南府复审。时吴公南岱守济南，一见鄂生，疑其不类杀人者，阴使人从容私问之，俾尽得其词。公以是益知鄂生冤。筹思数日始鞫之。先问胭脂："订约后有知者否？"曰："无之。""遇鄂生时别有人否？"亦曰："无之。"乃唤生上，温语慰问。生曰："曾过其门，但见旧邻王氏同一少女出，某即趋避，过此并无一言。"吴公叱女曰："适言侧无他人，何以有邻妇也？"欲刑之。女惧曰："虽有王氏，与彼实无关涉。"公罢质，命拘王氏。拘到，禁不与女通，立刻出审，便问王："杀人者谁？"王曰："不知。"公诈之曰："胭脂供杀卞某汝悉知之，何得不招？"妇呼曰："冤哉！淫婢自思男子，我虽有媒合之言，特戏之耳。彼自引奸夫入院，我何知焉！"公细诘之，始述其前后相戏之词。公呼女上，怒曰："汝言彼不知情，今何以自供撮合哉？"女流涕曰："自己不肖，致父惨死，讼结不知何年，又累他人，诚不忍耳。"公问王氏："既戏后，曾语何人？"王供："无之。"公怒曰："夫妻在床应无不言者，何得云无？"王曰："丈夫久客未归。"公曰："虽然，凡戏人者，皆笑人之愚，以炫已之慧，更不向一人言，将谁欺？"命梏十指③。妇不得已，实供："曾与宿言。"公于是释鄂拘宿。宿至，自供："不知。"公曰："宿妓者必非良士！"严械之。宿供曰："赚女是真。自失履后，未敢复往，杀人实不知情。"公曰："逾墙者何所不至！"又械之。宿不任凌藉，遂亦诬承。招成报上，咸称吴公之神。铁案如山，宿遂延颈以待秋决矣。然宿虽放纵无行，实亦东国名士。闻学使施公愚山④贤能称最，且又怜才恤士，宿因以一词控其冤枉，语言怆恻。公乃讨其招供，反复

---

①诬服：无辜而服罪。 ②詈(lì)：骂。 ③梏十指：即拶刑，将拶子套入十指，再用力紧收。
④施公愚山：施闰章，号愚山，顺治年间进士，曾任山东学政。

凝思之，拍案曰："此生冤也！"遂请于院、司，移案再鞫。问宿生："鞋遗何所？"供曰："忘之。但叩妇门时，犹在袖中。"转诘王氏："宿介之外，奸夫有几？"供言："无有。"公曰："淫妇岂得专私一人？"又供曰："身与宿介稚齿交合，故未能谢绝；后非无见挑者，身实未敢相从。"因使指其挑者，供云："同里毛大，屡挑屡拒之矣。"公曰："何忽贞白①如此？"命榜②之。妇顿首出血，力辨无有，乃释之。又诘："汝夫远出，宁无有托故而来者？"曰："有之。某甲、某乙，皆以借贷馈赠，曾一二次入小人家。"

盖甲、乙皆巷中游荡之子，有心于妇而未发者也。公悉籍其名，并拘之。既齐，公赴城隍庙，使尽伏案前。讯曰："曩梦神告，杀人者不出汝等四五人中。今对神明，不得有妄言。如肯自首，尚可原宥；虚者廉③得无赦！"同声言无杀人之事。公以三木置地，将并夹之。括发④裸身，齐鸣冤苦。公命释之，谓曰："既不自招，当使鬼神指之。"使人以毡褥悉障殿窗，令无少隙；袒诸囚背，驱入暗中，始投盆水，一一命自盥讫；系诸壁下，戒令"面壁勿动，杀人者当有神书其背"。少间，唤出验视，指毛曰："此真杀人贼也！"盖公先使人以灰涂壁，又以烟煤濯其手：杀人者恐神来书，故匿背于壁而有灰色；临出以手护背，而有烟色也。公固疑是毛，至此益信。施以毒刑，尽吐其实。判曰：

"宿介：蹈盆成括杀身之道⑤，成登徒子好色之名。只缘两小无猜，遂野鹜如家鸡之恋；为因一言有漏，致得陇兴望蜀之心。将仲子而逾园墙，便如鸟堕；冒刘郎而至洞口，竟赚门开。感帨惊龙⑥，鼠有皮胡若此？攀花折树，士无行其谓何！幸而听病燕之娇啼，犹为玉惜；怜弱柳之憔悴，未似莺狂。而释幺凤于罗中，尚有文人之意；乃劫香盟于袜底，宁非无赖之尤：蝴蝶过墙，隔窗有耳；莲花瓣卸，堕地无踪。假中之假以生，冤外之冤谁信？天降祸起，酷械至于垂亡；自作孽盈，断头几于不续。彼逾墙钻隙，固有玷夫儒冠；而僵李代桃，诚难消其冤气。是宜稍宽笞扑，折其已受之惨；姑降青衣⑦，开彼自新之路。

"若毛大者：刁猾无籍，市井凶徒。被邻女之投梭，淫心不死；伺狂童之入巷，贼智忽生。开户迎风，喜得履张生之迹；求浆值酒，妄思偷韩掾之香⑧。何意魄夺自天，魂摄于鬼。浪乘槎木⑨，直入广寒之宫；径泛渔舟，错认桃源之路。遂使情火息焰，欲海生波。刀横直前，投鼠无他顾之意；寇穷安往，急兔起反噬之心。越壁入人家，止期张有冠而李借；夺兵遗绣履，遂教鱼脱网而鸿罹。风流道乃生此恶魔，温柔乡何有此鬼蜮哉！即断首领，以快人心。

---

①贞白：清白。 ②榜：拷打。 ③廉：察考，访查。 ④括发：束发。 ⑤蹈盆成括杀身之道：重蹈战国盆成括被杀的覆辙。 ⑥感帨惊龙（máng）：形容男子对女子非礼。帨，此处指女子的佩巾。龙，多毛的狗。 ⑦青衣：明清科举中生员有"青衣"名目，是对生员的一种惩罚措施。 ⑧偷韩掾之香：此处指冒充他人与女子暗中相会。韩掾，指韩寿，事见《世说新语·惑溺》。 ⑨槎木：指"天槎"，神话传说中可往来于天地之间的木筏。

"胭脂;身犹未字,岁已及笄。以月殿之仙人,自应有郎似玉;原霓裳之旧队,何愁贮屋无金?而乃感关睢而念好逑,竟绕春婆之梦;怨摽梅①而思吉士,遂离倩女之魂。为因一线缠萦,致使群魔交至。争妇女之颜色,恐失'胭脂';惹鸳鸯之纷飞,并托'秋隼'。莲钩摘去,难保一瓣之香;铁限敲来,几破连城之玉。嵌红豆于骰子,相思骨竟作厉阶②;丧乔木于斧斤,可憎才真成祸水!葳蕤自守,幸白壁之无瑕;缧绁③苦争,喜锦衾之可覆。嘉其入门之拒,犹洁白之情人;遂其掷果之心,亦风流之雅事。仰彼邑令,作尔冰人④。"

案既结,遐迩传颂焉。

自吴公鞫后,女始知鄂生冤。堂下相遇,觍然含涕,似有痛惜之词,而未可言也。生感其眷恋之情,爱慕殊切;而又念其出身微贱,日登公堂,为千人所窥指,恐娶之为人姗笑,日夜萦回,无以自主。判牒既下,意始安贴。邑宰为之委禽⑤,送鼓吹焉。

异史氏曰:"甚哉!听讼之不可以不慎也!纵能知李代为冤,谁复思桃僵亦屈?然事虽暗昧,必有其间,要非审思研察,不能得也。呜呼!人皆服哲人之折狱明,而不知良工之用心苦矣。世之居民上者,棋局消日,绸被放衙⑥,下情民艰,更不肯一劳方寸⑦。至鼓动衙开,巍然坐堂上,彼哓哓者直以桎梏靖之,何怪覆盆之下多沉冤哉!"

愚山先生吾师也。方见知时,余犹童子。窃见其奖进士子,拳拳如恐不尽;小有冤抑,必委曲呵护之,曾不肯作威学校,以媚权要。真宣圣⑧之护法,不止一代宗匠,衡文无屈士已也。而爱才如命,尤非后世学使虚应故事者所及。尝有名士入场,作"宝藏兴焉"文,误记"水下";录毕而后悟之,料无不黜之理。因作词文后云:"宝藏在山间,误认却在水边。山头盖起水晶殿。瑚长峰尖,珠结树颠。这一回崖中跌死撑船汉!告苍天:留点蒂儿,好与友朋看。"先生阅而和之曰:"宝藏将山夸,忽然见在水涯。樵夫漫说渔翁话。题目虽差,文字却佳,怎肯放在他人下。尝见他,登高怕险;那曾见,会水淹杀?"此亦风雅之一斑,怜才之一事也。

阿纤

奚山者,高密⑨人。贸贩为业,常客蒙沂⑩间。一日途中阻雨,至歇处,

---

①摽梅:指未能成婚的适婚女子。 ②厉阶:指祸端,祸患的来由。 ③缧绁(léi xiè):捆绑犯人的绳索,此处借指牢狱。 ④冰人:媒人。 ⑤委禽:下聘礼。 ⑥绸被放衙:指因好逸贪睡而不理政事。绸,粗绸。 ⑦方寸:心。 ⑧宣圣:孔子。 ⑨高密:旧县名,治所在今山东省高密市。 ⑩蒙沂:指蒙阴与沂水,均为旧县名。蒙阴,治所在今山东省蒙阴县。沂水,治所在今山东省沂水县。

夜已深,遍叩无应。徘徊底下。忽二扉豁开,一叟出,邀客入,山喜从之。縶骞登客,堂上并无几榻。叟曰:"我怜客无归,故相容纳。我实非卖食沽饮者。家下止有老荆弱女,已眠熟矣。虽有宿肴,苦少烹鬵①,勿嫌冷啜也。"言已,便入。少顷,以足床来置地上,促客坐;又携一短足几至:往来蹀躞②。山起坐不自安,叟令暂息。

少间,一女郎出行酒。叟顾曰:"我家阿纤兴③矣。"视之,年十六七,窈窕秀弱,风致嫣然。山有少弟未婚,窃属意焉。因问叟清贯尊阀,答云:"士虚,姓古。子孙夭折,剩有此女。适不忍搅其酣睡,想老荆唤起矣。"问:"婿家阿谁?"答云:"未字。"山窃喜。既而品味杂陈,似所宿具。食已,致谢曰:"萍水之人,遂蒙宠惠,没齿所不敢忘。缘翁盛德,乃敢遽陈朴鲁④:仆有弟三郎,十七岁矣。读书肄业,颇不冥顽。欲求援系,不嫌寒贱否?"叟喜曰:"老夫在此,亦是侨寓。倘得相托,便假一庐,移家而往,庶免悬念。"山都应之,遂启展谢。叟殷勤安置而去。鸡既鸣,叟出,呼客盥沐。束装已,酬以饭金。固辞曰:"留客一饭,万无受金之理;矧⑤附为婚姻乎?"既别,客月余乃返。去村里余,遇老媪率一女郎,冠服尽素。既近,疑似阿纤。女郎亦频转顾,因把媪袂,附耳不知何辞。媪便停步,向山曰:"君奚姓乎?"山曰:"然。"媪惨容曰:"不幸老翁压于败堵,今将上墓。家虚无人,请少待路侧,行即还也。"遂入林去,移时始来。途已昏冥,遂与偕行。道其孤弱,不觉哀啼,山亦酸恻。媪曰:"此处人情大不平善,孤孀难以过度⑥。阿纤既为君家妇,过此恐迟时日,不如早夜同归。"山可之。

既至家,媪挑灯供客已,谓山曰:"意君将至,储粟都已粜⑦去;尚存二十余石,远莫致之。北去四五里,村中第一门有谈二泉者,是吾售主。君勿惮劳,先以尊乘运一囊去,叩门而告之,但道南村中古姥有数石粟,粜作路用,烦驱蹄躈⑧一致之也。"即以囊粟付山。山策骞去,叩门,一硕腹男子出,告以故,倾囊先归。俄有两夫以五骡至。媪引山至粟所,乃在窖中。山下为操量执概⑨,母放女收,顷刻盈装,付之以去。凡四返而粟始尽。既而以金授媪。媪留其一人二畜,治任遂东。行二十里,天始曙。至一市,市头赁骑,谈仆乃返。既归,山以情告父母。相见甚喜,再以别第馆媪,卜吉为三郎完婚。媪治奁装甚备。阿纤寡言少怒,或与言,但有微笑,昼夜绩织无停晷⑩,以是上下俱怜悦之。嘱三郎曰:"寄语大伯:再过西道,勿言吾母子也。"居三四年,奚家益富,三郎入泮矣。

一日山宿古之旧邻,偶及曩年无归,投宿翁媪之事。主人曰:"客误矣。

---

①烹鬵(xín):泛指烹煮用具。　②蹀躞:小步行走。　③兴:起床。　④朴鲁:此处用为谦词,指朴直的心意。　⑤矧(shěn):况且。　⑥过度:度日。　⑦粜(tiào):卖出。　⑧蹄躈(qiào):牲畜。⑨操量执概:指用斗或斛量粟。量,指斗。概,量取谷物时刮平斗斛的尺状工具,俗称"斗趟子"。⑩无停晷:没有停止的时间。

东邻为阿伯别第,三年前居者辄睹怪异,故空废甚久,有何翁媪相留?"山讶之,而未深信。主人又曰:"此宅向空十年无敢入者。一日第后墙倾,伯往视之,则石压巨鼠如猫,尾在外犹摇。急归,呼众往视,则已渺矣。群疑是物为妖。后十余日复入试,寂无形声;又年余始有居人。"山益奇之。归家私语,窃疑新妇非人,阴为三郎虑;而三郎笃爱如常。久之,家人竞相猜议。女微察之,至夜语三郎曰:"妾从君数年,未尝少失妇德;今置之不以人齿,请赐离婚书,听君自择良偶。"因泣下。三郎曰:"区区寸心,宜所夙知。自卿入门,家日益丰,咸以福泽归卿,乌得有异言?"女曰:"君无二心,妾岂不知;但众口纷纭,恐不免秋扇之捐①。"三郎再四慰解,乃已。

山终不释,日求善扑之猫以觇其异。女虽不惧,然蹙蹙不快。一夕谓媪小恙,辞三郎省侍之。天明三郎往讯。则室已空矣。骇极,使人四途踪迹,并无消息。中心营营,寝食都废。而父兄皆以为幸,将为续婚;而三郎殊不怿。又年余,音问已绝。父兄辄相诮责,不得已,勉买一妾,然思阿纤不衰。又数年,奚家日渐贫,由是咸忆阿纤。

有叔弟②岚以事至胶,迂道宿表戚陆生家。夜闻邻哭甚哀,未遑诘问。及返,又闻之,因问主人。答云:"数年前有寡母孤女,僦居于此。月前姥死,女独处无一线之亲,是以哀耳。"问:"何姓?"曰:"姓古。尝闭户不与里社通,故未悉其家世。"岚惊曰:"是吾嫂也!"遂往款③扉。有人挥涕出,隔扉问曰:"客何人?我家故无男子。"岚隙窥而遥审之,果嫂,便曰:"嫂启关,我是叔家阿遂。"女拔关纳入,诉其孤苦、凄怆悲怀。岚曰:"三兄忆念颇苦,夫妻即有乖迕,何遂远遁至此?"即欲赁舆同归。女怆然曰:"我以人不齿数故,遂与母偕隐;今又返而依人,谁不加白眼?如欲复还,当与大兄分炊;不然,行乳药④求死耳!"

岚归以告三郎。三郎星夜驰去,夫妻相见,各有涕洟。次日告其屋主。屋主谢监生,窥女美,阴欲图致为妾,数年不取屋直,频风示媪,媪绝之。媪死,窃幸可媒,而三郎忽至。通计房租以留难之。三郎家故不丰,闻金多,有忧色。女曰:"不妨。"引三郎视仓储,约粟三十余石,偿租有余。三郎喜以告谢,谢不受粟,故索金。女叹曰:"此皆妾身之恶幛⑤也!"遂以其情告三郎。三郎怒,将讼于邑。陆氏止之,为散粟与里党,敛资偿谢,以车送两人归。

三郎实告父母,与兄析居。阿纤出私金,日建仓廪,而家中尚无儋石,共奇之。年余验视,则仓中满矣。又不数年,家中大富;而山苦贫。女请翁姑自养之;辄以金粟周⑥兄,狃⑦以为常。三郎喜曰:"聊可谓不念旧恶矣。"女

①秋扇之捐:比喻妇女年老色衰而见弃。捐,舍弃,抛弃。 ②叔弟:叔叔的儿子。 ③款:敲,叩。 ④乳药:饮药,指服食毒药。 ⑤恶幛:亦作"恶障",犹言魔障,此处指造成的恶果。原为佛教语,指人世间的贪欲、杀害等罪孽。 ⑥周:周济,接济。 ⑦狃(niǔ):习惯。

曰:"彼自爱弟耳。且非兄,妾何缘识三郎哉?"后亦无甚怪异。

瑞云

瑞云,杭之名妓,色艺无双。年十四。其母蔡媪,将使出应客。瑞云曰:"此奴终身发轫①之始,不可草草。价由母定,客则听奴自择之。"媪曰:"诺。"乃定价十五金,逐日见客。客求见者必贽②:贽厚者接以弈,酬以画;薄者一茶而已。瑞云名噪已久,富商贵介,接踵于门。

馀杭③贺生,才名夙著,而家仅中资。素仰瑞云,固未敢拟同鸳梦,亦竭微贽,冀得一睹芳泽,窃恐其阅人既多,不以寒酸在意;及至相见一谈,而款接殊殷。坐语良久,眉目含情,作诗赠生曰:"何事求浆者,蓝桥叩晓关?有心寻玉杵,端只在人间。"生得诗狂喜,更欲有言,忽小鬟来白"客至",生仓卒遂别。既归,吟玩诗意,梦魂萦扰。过一二日,情不自已,修贽复往。瑞云接见良欢。移坐近生,悄然曰:"能图一宵之聚否?"生曰:"穷踧④之士,惟有痴情可献知己。一丝之贽,已竭绵薄。得近芳容,私愿已足;若肌肤之亲,何敢作此梦想。"瑞云闻之,戚然不乐,相对遂无一语。生久坐不出,媪频唤瑞云以促之,生乃归。心甚怏怏,思欲罄家以博一次,而更尽而别,此情复何可耐?筹思及此,热念都消,由是音息遂绝。

瑞云择婿数月,不得一当,媪患,将强夺之。一日有秀才投贽,坐语少时,便起,以一指按女额曰:"可惜,可惜!"遂去。瑞云送客返,共视额上有指印黑如墨,濯之益真;过数日墨痕益阔;年余连颧彻准⑤矣,见者辄笑,而车马之迹以绝。媪斥去妆饰,使与婢辈伍。瑞云又荏弱,不任驱使,日益憔悴。贺闻而过之,见蓬首厨下,丑状类鬼。举目见生,面壁自隐。贺怜之,便与媪言愿赎作妇。媪许之。贺货田倾装⑥,买之以归。入门,牵衣揽涕,不敢以伉俪自居,愿备妾媵,以俟来者。贺曰:"人生所重者知己:卿盛时犹能知我,我岂以衰故忘卿哉!"遂不复娶。闻者又姗笑之,而生情益笃。居年余偶至苏,有和生与同主人⑦,忽问:"杭有名妓瑞云,近如何矣?"贺曰:"适人矣。"问:"何人?"曰:"其人率与仆等。"和曰:"若能如君,可谓得人矣。不知其价几何?"贺曰:"缘有奇疾,姑从贱售耳。不然,如仆者,何能于勾栏中买佳丽哉!"又问:"其人果能如君否?"贺以其问之异,因反诘之。和笑曰:"实不相欺:昔曾一觐其芳仪,甚惜其以绝世之姿,而流落不偶,故以小术晦其光而保

①发轫:事情的开端,此处指妓女第一次接客。 ②贽(zhì):见面礼。 ③馀杭:旧县名,治所在今浙江省杭州市馀杭区。 ④穷踧(cù):窘迫,困厄。 ⑤连颧彻准:指墨痕从颧骨蔓延至鼻子。准,鼻梁。 ⑥货田:变卖田地。倾装:倾囊。 ⑦同主人:同住一家旅店。主人,指旅店的主人。

其璞，留待怜才者之真赏耳。"贺急问曰："君能点之，亦能涤之否？"和笑曰："乌得不能？但须其人一诚求耳！"贺起拜曰："瑞云之婿，即某是也。"和喜曰："天下惟真才人为能多情，不以妍媸易念也。请从君归，便赠一佳人。"遂同返杭。

抵家，贺将命酒。和止之曰："先行吾法，当先令治具者①有欢心也。"即令以盥器贮水，戟指而书之，曰："濯之当愈。然须亲出一谢医人也。"贺喜谢，笑捧而去，立俟瑞云自靧之，随手光洁，艳丽一如当年。夫妇共德之，同出展谢，而客已渺，遍觅之不得，意者其仙欤？

仇大娘

仇仲，晋人也。值大乱，为寇俘去。二子福、禄俱幼；继室邵氏，抚双孤，遗业能温饱。而岁屡祲②，豪强者复凌藉之，遂至食息不保。仲叔尚廉利其嫁，屡劝驾，邵氏矢志不摇。廉阴券③于大姓，欲强夺之；关说已成，并无人知。里人魏名凤狡狯，与仲家积不相能，事事思中伤之。因邵寡，伪造浮言以相败辱。大姓闻之，恶其不德而止。久之，廉之阴谋与外之飞语，邵渐闻之，冤结胸怀，朝岁陨涕，四体渐以不仁，委身床榻。福甫十六岁，因缝纫无人，遂急为毕姻。妇，姜秀才屺瞻之女，颇贤能，百事赖以经纪。由此用渐裕，仍使禄从师读。

魏忌嫉之，而阳与善，频招福饮，福倚为心腹交。魏乘间告曰："尊堂病废，不能理家人生产，弟坐食一无所操作，贤夫妇何为作牛马哉！且弟买妇，将大耗金钱。为君计不如早析，则贫在弟而富在君也。"福归谋诸妇，妇咄之。奈魏日以微言相渐渍，福惑焉，直以己意告母，母怒，诟骂之。福益恚，辄视金粟为他人物而委弃之。魏乘机诱赌，仓粟渐空，妇知而未敢言。及粮绝，被母骇问，始以实告。母怒，遂析之。幸姜女贤，旦夕为母执炊，奉事一如平日。福既析，无顾忌，大肆淫赌，数月间田屋悉偿赌债，而母与妻皆不知。福资既罄，无所为计，因券妻代资，苦无受者。邑人赵阎罗，原系漏网大盗，武断一乡④，竟不畏福言之食，慨然假资。福持去，数日复空。意踟蹰，将背券盟。赵横目相加。福惧，赚妻付之。魏闻窃喜，急奔告姜，实将倾败仇也。姜怒，讼兴；福惧甚，亡去。

姜女至赵家，方知为婿所卖，大哭，但欲觅死。赵初慰谕之，不听；既而威逼之，愈骂；大怒，鞭挞之，终不肯服。因拔笄自刺其喉，急救，已透食管，

---

①治具者：备具酒食的人，此处指瑞云。 ②岁：指年成，农业收成。祲(jìn)：天灾。 ③阴券：私下订下契约。 ④武断一乡：利用权势在乡里横行霸道。

血溢出。赵急以帛束其项，犹冀从容而挫折焉。明日拘票已至，赵行行①不置意。官验女伤，命重笞之，隶相顾不敢用刑。官久知其横暴，至此益信，大怒，唤家人出，立毙之。姜遂舁②女归。自姜之讼也，邵氏始知福不肖状，一号几绝，冥然大渐③。禄时年十五，茕茕无主。

先是，仲有前室④女大娘，嫁于远郡，性刚猛，每归宁，馈赠不满其志，辄迁父母，往往以愤去，仲以是怒恶之；数载已不往置问。邵氏垂危，魏欲使招之来而启其争。适有贸贩者与大娘同里，便托寄信大娘，且歆以家之可图。数日大娘果与少子至。入门，见幼弟侍病母，景象凄惨，不觉恻然。因问弟福，禄实告之。大娘闻之，忿气塞吭，曰："家无成人，遂任人蹂躏至此！吾家田产，诸贼何得赚去！"因入厨下，爇火炊糜，先供母，而后呼弟及子啖之。啖已，忿出，诣邑投状，讼诸博徒。众惧，敛金赂大娘。大娘受其金而仍讼之。官拘甲、乙等，各加杖责，田产殊置不问。大娘率子赴郡讼之。郡守最恶赌博。大娘力陈孤苦，及诸恶局骗⑤之状，情词慷慨。守为之动，判令知县追田给主；仍惩仇福以儆不肖。到县，邑令奉命敲逼，于是故产尽反。

大娘已寡，乃遣少子归，且嘱从兄务业，勿得复来。大娘从此止母家，养母教弟，内外井然。母大慰，病渐瘥，家务悉委大娘。里中豪强少见陵暴⑥，辄握刀登门，侃侃争论，罔不屈服。居年余，田产日增。时市药饵珍肴，馈遗姜女。见禄渐长成，嘱媒谋姻。魏告人曰："仇家产业，悉属大娘，恐将来不可复返矣。"人咸信之，故无肯与论婚者。

有范公子子文，家中名园为晋第一。园中名花夹路，直通内室。或不知而误入之，公子怒，执为盗，杖几死。会清明，禄自塾中归，魏引与遨游，遂至范园。魏故与园丁相熟，放令入，周历亭榭。俄至一处，溪水汹涌，有画桥朱栏，通一漆门；遥望门内，繁花如锦，盖即公子内斋也，魏绐禄曰："君请先入，我适欲私⑦焉。"禄信之，寻桥入户，至一院落，闻女子笑声。方停步间，一婢出，窥见之，旋踵即返。禄始骇奔。无何公子出，叱家人绪索逐之。禄大窘，自投溪中。公子反怒为笑，命仆引出。见其容裳都雅，便令易其衣履，曳入一亭，诘其姓氏。蔼颜温语，意甚亲昵。俄趋入内；旋出，笑握禄手，过桥渐达曩所。禄不解其意，逡巡不敢。公子强曳之入，见花篱内隐隐有美人窥伺。既坐，则群婢行酒。禄辞曰："童子无知，误践闺闼，得蒙赦宥，已出非望。但求释令早归，受恩匪浅。"公子不听。俄顷，肴炙纷纭。禄又起，辞以醉饱，公子捺坐，笑曰："仆有一乐拍名，若能对之，即放君行。"禄请教。公子曰："拍名'浑不似'。"禄默思良久，对曰："银成'没奈何⑧'。"公子大喜曰："真石崇也！"禄殊不解。

①行行：形容倔强的样子。 ②舁(yú)：抬。 ③大渐：病危。 ④前室：前妻。 ⑤局骗：设圈套行骗。 ⑥少：稍。陵暴：欺侮。 ⑦私：小便。 ⑧没奈何：旧指难以偷窥的特大银块。

盖公子有女名蕙娘，美而知书，日择良偶。夜梦一人告之曰："石崇，汝婿也。"问："何在？"曰："明日落水矣。"早告父母，共以为异。禄适符梦兆，故邀入内舍，使夫人女婢共觇之也。公子闻对而喜，乃曰："拍名乃小女所拟，屡思而无其偶，今得属对，亦有天缘。仆欲以息女奉箕帚①；寒舍不乏第宅，更无烦亲迎耳。"禄惶然逊谢，且以母病不能入赘为辞。公子姑令归谋，遂遣园人负湿衣，送之以马。既归告母，母惊不详。于是始知魏氏险；然因凶得吉，办置不仇，但戒子远绝而已。逾数日公子又使人致意母，母终不敢应。大娘应之，即倩双媒纳采焉。未几禄赘入公子家。年余游泮，才名籍甚。妻弟长成，敬少弛；禄怒，携妇而归，母已杖而能行。频岁赖大娘经纪，第宅完好。新妇既归，仆从如云，宛然大家矣。

魏既见绝，嫉妒益深，恨无瑕之可蹈②，乃引旗下逃人诬禄寄资③。国初立法最严，禄依令徙口外。范公子上下贿托，仅以蕙娘免行；田产尽没入官。幸大娘执析产书，锐身告理，新增良沃若干顷，悉挂福名，母女始得安居。禄自分④不返，遂写离书付岳家，伶仃自去。

行数日至都北，饭于旅肆。有丐子怔营⑤户外，貌绝类兄；亲往讯诘，果兄。禄因自述，兄弟悲惨。禄解复衣，分数金，嘱令归。福泣受而别。禄至关外，寄将军帐下为奴。因禄文弱，俾主文籍，与诸仆同栖止。仆辈研问家世，禄悉告之。内一人惊曰："是吾儿也！"盖仇仲初为寇家牧马，后寇投诚，卖仲旗下，时从主屯关外。向禄缅述，始知真为父子，抱头大哭，一室俱为酸辛。已而愤曰："何物逃东⑥，遂诈吾儿！"因泣告将军。将军即令禄摄书记；函致亲王，付仲诣都。仲伺车驾出，先投冤状。亲王为之婉转，遂得昭雪，命地方官赎业归仇。仲返，父子各喜。禄细问家口，为赎身计。乃知仲入旗下，两易配⑦而无所出，时方鳏居。禄遂治任归。

初，福别弟归，匍匐投大娘。大娘奉母坐堂上，操杖问之："汝愿受扑责，便可姑留；不然，汝田产既尽，亦无汝啖饭之所，请仍去。"福涕泣伏地，愿受笞。大娘投杖曰："卖妇之人，亦不足惩。但宿案未消，再犯首官可耳。"即使人往告姜，姜女骂曰："我是仇家何人，而相告耶！"大娘频述告福而揶揄之，福惭愧不敢出气。居半年，大娘虽给奉周备，而役同厮养。福操作无怨词，托以金钱辄不苟。大娘察其无他，乃白母，求姜女复归，母意其不可复挽，大娘曰："不然。渠如肯事二主，楚毒岂肯自罹⑧？要不能不有此忿耳。"率弟躬往负荆。岳父母诮让良切。大娘叱使长跪，然后请见姜女。请之再四，坚避不出；大娘搜捉以出。女乃指福唾骂，福惭汗无地自容。姜母始曳令起。

①奉箕帚：拿着簸箕和笤帚，此处喻指做妻妾。　②无瑕之可蹈：无可蹈瑕，没有利用过失的机会。蹈瑕，指利用过失。　③旗下逃人：清代指因被八旗官兵掠为奴而逃亡者。寄资：窝藏钱财。　④自分：自以为。　⑤怔营：惶恐不安的样子。　⑥逃东：指上文中的"旗下逃人"。　⑦配：配偶。　⑧楚毒：痛苦。罹(lí)：遭受。

大娘请问归期,女曰:"向受姊惠綦多,今承尊命,岂复敢有异言?但恐不能保其不再卖也!且恩义已绝,更何颜与黑心无赖子共生活哉?请别营一室,妾往奉事老母,较胜披削①足矣。"大娘代白其悔,为翌日之约而别。

次日,以乘舆取归,母逆于门而跪拜之。女伏地大哭。大娘劝止,置酒为欢,命福坐案侧,乃执爵而言曰:"我苦争者非自利也。今弟悔过,贞妇复还,请以簿籍交纳;我以一身来,仍以一身去耳。"夫妇皆兴席改容②。罗拜哀泣,大娘乃止。居无何,昭雪命下,不数日,田宅悉还故主。魏大骇,不知其故,自恨无术可以复施。适西邻有回禄之变③,魏托救焚而往,暗以编菅④爇禄第,风又暴作,延烧几尽;止余福居两三屋,举家依聚其中。未几禄至,相见悲喜。初,范公子得离书,持商蕙娘。蕙娘痛哭,碎而投诸地。父从其志,不复强。禄归闻其未嫁,喜如岳所。公子知其灾,欲留之;禄不可,遂辞而退。大娘幸有藏金,出葺败堵。福负锸⑤营筑,掘见窖镪,夜与弟共发之,石池盈丈,满中皆不动尊⑥也。由是鸠工大作,楼舍群起,壮丽拟于世胄。禄感将军义,备千金往赎父。福请行,因遣健仆辅之以去。禄乃迎蕙娘归。未几父兄同归,一门欢腾。大娘自居母家,禁子省视,恐人议其私也。父既归,坚辞欲去。兄弟不忍。父乃析产而三之:子得二,女得一也。大娘固辞。兄弟皆泣曰:"吾等非姊,乌有今日!"大娘乃安之,遣人招子移家共居焉。或问大娘:"异母兄弟,何遂关切如此?"大娘曰:"知有母而不知有父者,惟禽兽如此耳,岂以人而效之?"福禄闻之皆流涕,使工人治其第,皆与己等。魏自计十余年,祸之而益福之,深自愧悔。又仰其富,思交欢之,因以贺仲阶进⑦,备物而往。福欲却之;仲不忍拂,受鸡酒焉。鸡以布缕缚足,逸入灶;灶火燃布,往栖积薪,僮婢不察。俄而薪焚灾舍,一家惶骇。幸手指众多,一时扑灭,而厨中已百物俱空矣。兄弟皆谓其物不祥。后值父寿,魏复馈牵羊。却之不得,系羊庭树。夜有僮被仆殴,忿趋树下,解羊索自经⑧死。兄弟叹曰:"其福之不如其祸之也!"自是魏虽殷勤,竟不敢受其寸缕,宁厚酬之而已。后魏老,贫而作丐,仇每周以布粟而德报之。

异史氏曰:"嘻嘻!造物之殊不由人也!益仇之而益福之,彼机诈者无谓甚矣。顾受其爱敬;而反以得祸,不更奇哉?此可知盗泉之水,一掬亦污也。"

---

①披削:披缁削发,指出家为尼。 ②兴席:离席。改容:即"动容"。 ③回禄之变:火灾。④编菅(jiān):用茅草编的草苫。 ⑤锸(chā):铁锹,掘土的工具。 ⑥不动尊:银钱的俗称。 ⑦阶进:作为进见的因由或凭借。 ⑧自经:上吊自杀。

曹操冢

许城外有河水汹涌，近崖深黯。盛夏时有人入浴，忽然若敲刀斧，尸断浮出；后一人亦如之。转相惊怪。邑宰闻之，遣多人闸断上流，竭其水。见崖下有深洞，中置转轮，轮上排利刃如霜。去轮攻入，中有小碑，字皆汉篆。细视之，则曹孟德墓也。破棺散骨，所殉金宝尽取之。

异史氏曰："后贤诗云：'尽掘七十二疑冢，必有一冢葬君尸。'宁知竟在七十二冢之外乎？奸哉瞒也！然千余年而朽骨不保，变诈亦复何益？呜呼，瞒之智正瞒之愚也！"

龙飞相公

安庆戴生，少薄行，无检幅。一日醉归，途中遇故表兄季生。醉后昏眊，竟忘其死，问："向在何所？"季曰："仆已异物①，君忘之耶？"戴始恍然，而醉亦不惧，问："冥间何作？"答曰："近在转轮王殿下司录。"戴曰："人世祸福当必知之？"季曰："此仆职也，乌得不知？但过繁不甚关切，不能尽记耳。三日前偶稽册，尚睹君名。"戴急问其何词，季曰："不敢相欺，尊名在黑暗狱②中。"戴大惧，酒亦醒，苦求拯拔。季曰："此非仆所能效力，惟善可以已之。然君恶籍盈指，非大善不可复挽。穷秀才有何大力？即日行一善，非年余不能相准，今已晚矣。但从此砥行，则地狱或有出时。"戴闻之泣下，伏地哀恳；及仰首而季已杳矣。悒悒而归。由此洗心改行，不敢差跌。

先是，戴私其邻妇，邻人闻之而不肯发，思掩执之。而戴自改行，永与妇绝；邻人伺之不得，以为恨。一日遇于田间，阳与语，绐窥眢井③，因而堕之。井深数丈，计必死。而戴中夜苏，坐井中大号，殊无知者。邻人恐其复上，过宿往听之；闻其声，急投石。戴移避洞中，不敢复作声。邻人知其不死，劚④土填井，几满之。

洞中冥黑真与地狱无异。况空洞无所得食，计无生理。匍匐渐入，则三步外皆水，无所复之，还坐故处。初觉腹馁，久竟忘之。因思重泉下无善可行，惟长宣佛号而已。既见磷火浮游，荧荧满洞，因而祝之曰："闻青磷悉为冤鬼；我虽暂生，固亦难返，如可共话，亦慰寂寞。"但见诸磷渐浮水来；磷中

①异物：已死之人。　②黑暗狱：地狱。　③眢（yuān）井：废井，枯井。　④劚（zhú）：此处指锄类农具，引申为挖土。

有一人，高约人身之半。诘所自来，答云："此古煤井。主人攻煤，震动古墓，被龙飞相公决地海之水，溺死四十三人。我皆鬼也。"问："相公何人？"曰："不知也。但相公文学士，今为城隍幕客，彼亦怜我等无辜，三五日辄一施水粥。思我辈冷水浸骨，超拔①无日。君倘再履人世，祈捞残骨葬一义冢，则惠及泉下者多矣。"戴曰："如有万分之一，此更何难。但深在九地，安望重睹天日乎！"因教诸鬼使念佛，捻块代珠②，记其藏数③。不知时之昏晓：倦则眠，醒则坐而已。

忽见深处有笼灯，众喜曰："龙飞相公施食矣！"邀戴同往。戴虑水沮，众强曳扶以行，飘若履虚。曲折半里许，至一处，众释令自行；步益上，如升数仞之阶。阶尽，睹房廊，堂上烧明烛一支，大如臂。戴久不见火光，喜极趋上。上坐一叟，儒服儒巾。戴辍步不敢前，叟已睹见，讶问："生人何来？"戴上，伏地自陈。叟曰："我耳孙④也。"因令起，赐之坐。自言："戴潜，字龙飞。向因不肖孙堂，连结匪类，近墓作井，使老夫不安于夜室，故以海水投之。今其后续如何矣？"盖戴近宗凡五支，堂居长。初，邑中大姓赂堂，攻煤于其祖茔之侧。诸弟畏其强莫敢争。无何地水暴至，采煤人尽死井中。诸死者家群兴大讼，堂及大姓皆以此贫；堂子孙至无立锥。戴乃堂弟裔也。曾闻先人传其事，因告翁。翁曰："此等不肖，其后焉得昌！汝既来此，当勿废读。"因饷以酒馔，遂置卷案头，皆成洪制艺⑤，迫使研读。又命题课文，如师教徒。堂上烛常明，不剪亦不灭。倦时辄眠，莫辨晨夕。翁时出，则以一僮给役。历时觉有数年之久，然幸无苦。但无别书可读，惟制艺百首，首四千余遍矣。翁一日谓曰："子孽报已满，合还人世。余冢邻煤洞，阴风刺骨，得志后当迁我于东原。"戴敬诺。翁乃唤集群鬼，仍送至旧坐处。群鬼罗拜再嘱。戴亦不知何计可出。

先是，家中失戴，搜访既穷，母告官，系缧多人，杳无踪迹。积三四年，官离任，缉察亦弛。戴妻不安于室，遣嫁去。会里中人复治旧井，入洞见戴，抚之未死。大骇，报诸其家。舁⑥归经日，始能言其底里。自戴入井，邻人殴杀其妻，为妻翁所讼，驳审年余，仅存皮骨而归。闻戴复生，大惧亡去。宗人议究治之。戴不许；且谓曩时实所自取，此冥中之谴，于彼何与焉。邻人察其意无他，始逡巡而归。井水既涸，戴买人入洞拾骨，俾各为具，市棺设地，葬丛冢焉。又稽宗谱名潜，字龙飞，先设品物祭诸冢。学使闻其异，又赏其文，是科以优等入闱，遂捷于乡⑦。既归，营兆⑧东原，迁龙飞厚葬之；春秋上墓，岁岁不衰。

①超拔：超度。　②捻块代珠：用泥块代替佛珠。　③藏数：指诵念佛号的次数。　④耳孙：即"远孙"，远代的子孙。　⑤成洪制艺：指明代成化、弘治年间的八股文。　⑥舁（yú）：抬。　⑦捷于乡：乡试中式，考中举人。　⑧营兆：营建坟墓。

异史氏曰:"余乡有攻煤者,洞没于水,十余人沉溺其中。竭水求尸,两月余始得涸,而十余人并无死者。盖水大至时,共泅高处,得不溺。缒而上之,见风始绝,一昼夜乃渐苏。始知人在地下,如蛇鸟之蛰,急切未能死也。然未有至数年者。苟非至善,三年地狱中,乌复有生人哉!"

珊瑚

安生大成,重庆①人。父孝廉,早卒。弟二成,幼。生娶陈氏,小字珊瑚,性娴淑。而生母沈,悍谬②不仁,遇之虐,珊瑚无怨色。每早旦靓妆往朝。值生疾,母谓其诲淫,诟责之。珊瑚退,毁妆以进。母益怒,投颡自挝③。生素孝,鞭妇,母少解。自此益憎妇。妇虽奉事惟谨,终不与一语。生知母怒,亦寄宿他所,示与妇绝。久之母终不快,触物类而骂之,意总在珊瑚。生曰:"娶妻以奉姑嫜,今若此,何以妻为!"遂出珊瑚,使老妪送归母家。

方出里门,珊瑚泣曰:"为女子不能作妇,归何以见双亲?不如死!"袖中出剪刀刺喉。急救之,血溢沾襟。扶归生族婶家。婶王氏,寡居无偶,遂止焉。妪归,生嘱隐其情,而心窃恐母知。过数日探知珊瑚创渐平,登王氏门,使勿留珊瑚。王召生入;不入,但盛气逐珊瑚。无何,王乃率珊瑚出见生,问:"珊瑚何罪?"生责其不能事母。珊瑚默默不作一语,惟俯首呜泣,泪皆赤,素衫尽染;生惨恻不能尽词而退。又数日母已闻之,怒诣王,恶言诮让。王傲不相下,反述其恶,且曰:"妇已出,尚属安家何人?我自留陈氏女,非留安氏妇也,何烦强与他家事!"母怒甚而穷于词,又见王意气讻讻,惭沮大哭而返。

珊瑚意不自安,思他适。先是生有母姨于媪,即沈姊也。年六十余,子死,止一幼孙及寡媳;又尝善视珊瑚。遂辞王,往投媪。媪诘得故,极道妹子昏暴,即欲送之还。珊瑚力言其不可,兼嘱勿言,乃与于媪居,如姑妇焉。珊瑚有两兄,闻而怜之,欲移归另嫁。珊瑚执不肯,惟从于媪纺绩以自度。生自出妇,母多方为生谋婚,而悍声流播,远近无与为偶。积三四年,二成渐长,遂先为毕姻。二成妻臧姑,骄悍戾沓,尤倍于母。母或怒以色,则臧姑怒以声。二成又儒,不敢为左右袒。于是母威顿减,莫敢撄④,反望色笑而承迎之,犹不能得臧姑欢。臧姑役母若婢;生不敢言,惟身代母操作,涤器洒扫之事皆与焉。母子恒于无人处,相对饮泣。无何,母以郁抑成病,委顿在床,便溺转侧皆须生;生昼夜不得寐,两目尽赤。呼弟代役,甫入门,臧姑辄唤去。

①重庆:旧府名,治所在今重庆市。 ②悍谬:凶暴乖戾。 ③投颡(sǎng)自挝:以头碰地,自打耳光。 ④撄:触犯。

生于是奔告于媪，冀媪临存①。入门泣且诉；诉未毕，珊瑚自帏中出。生大惭，禁声欲出。珊瑚以两手叉扉。生窘极，自肘下冲出而归，亦不敢以告母。无何于媪至，母喜止之。从此媪家无日不有人来，来必以甘旨饷媪。媪寄语寡媳："此处不饿，后无复尔。"而家中馈遗卒无少间。媪不肯少尝食，缄留以待病者。母病亦渐瘥。媪幼孙又以母命将佳饵来问病。沈叹曰："贤哉妇乎！姊何修者！"媪曰："妹以去妇②何如人？"曰："嘻！诚不至夫臧氏之甚也！然乌如甥妇贤。"媪曰："妇在，汝不知劳；汝怒，妇不知怨，恶乎弗如？"沈乃泣下，且告之悔，曰："珊瑚嫁也未者？"答云："不知，请访之。"又数日病愈，媪欲别。沈泣曰："恐姊去，我仍死耳！"媪乃与生谋，析二成居。二成告臧姑。臧姑不乐，语侵兄，兼及媪。生愿以良田悉归二成，臧姑乃喜。立析产书已，媪始去。

明日以车来迎沈。沈至其家，先求见甥妇，亟道甥妇德。媪曰："小女子百善，何遂无一疵？余固能容之。子即有妇如吾妇，恐亦不能享也。"沈曰："冤哉！谓我木石鹿豕耶！具有口鼻，岂有触香臭而不知者？"媪曰："被出如珊瑚，不知念子作何语？"曰："骂之耳。"媪曰："诚反躬无可骂，亦恶乎而骂之？"曰："瑕疵人所时有，惟其不能贤，是以知其骂也。"媪曰："当怨者不怨，则德焉者可知；当去者不去，则抚焉者可知。向之所馈遗而奉事者，固非予妇也，尔妇也。"沈惊曰："如何？"曰："珊瑚寄此久矣。向之所供，皆渠夜绩之所贻也。"沈闻之，泣数行下，曰："我何以见我妇矣！"媪乃呼珊瑚。珊瑚含涕而出，伏地下。母惭痛自挞，媪力劝始止，遂为姑媳如初。

十余日偕归，家中薄田数亩，不足自给，惟恃生以笔耕，妇以针黹。二成称饶，然兄不之求，弟亦不之顾也。臧姑以嫂之出也鄙之；嫂亦恶其悍置不齿。兄弟各院居。臧姑时有凌虐，一家尽掩其耳。臧姑无所用虐，虐夫及婢。婢一日自经死。婢父讼臧姑，二成代妇质理，大受扑责，仍坐拘臧姑。生上下为之营脱，卒不免。臧姑械十指③肉尽脱。官贪暴，索望良奢。二成质田贷资，如数纳入，姑释归。而债家责负日亟，不得已，悉以良田鬻于村中任翁。翁以田半属大成所让，要生署券。生往，翁忽自言："我安孝廉也。任某何人，敢市吾业！"又顾生曰："冥中感汝夫妻孝，故使我暂归一面。"生出涕曰："父有灵，急救吾弟！"曰："逆子悍妇不足惜也！归家速办金，赎吾血产。"生曰："母子仅自存活，安得多金？"曰："紫薇树下有藏金，可以取用。"欲再问之，翁已不语；少时而醒，茫不自知。

生归告母，亦未深信。臧姑已率人往发窖，坎地④四五尺，止见砖石，并无金，失意而去。生闻其掘藏，戒母及妻勿往视。后知其无所获，母窃往窥

---

①临存：亲临省问。　②去妇：被休弃的媳妇。　③械十指：即拶刑，将拶子套入十指，再用力紧收。　④坎地：掘地。

之，见砖石杂土中，遂返。珊瑚继至，则见土内悉白镪；呼生往验之，果然。生以先人所遗，不忍私，召二成均分之。数适得揭取之二，各囊归。二成与臧姑共验之，启囊则瓦砾满中，大骇。疑二成为兄所愚，使二成往窥兄，兄方陈金几上，与母相庆。因实告兄，兄亦骇，而心甚怜之，举金而并赐之。二成乃喜，往酬债讫，甚德兄。臧姑曰："即此益知兄诈。若非自愧于心，谁肯以瓜分者复让人乎？"二成疑信半之。次日债主遣仆来，言所偿皆伪金，将执以首官。夫妻皆失色。臧姑曰："何如！我固谓兄贤不至于此，是将以杀汝也！"二成惧，往哀债主，主怒不释。二成乃券田于主，听其自售，始得原金而归。细视之，见断金二锭，仅裹真金一韭叶许，中尽铜耳。臧姑因与二成谋：留其断者，余仍反诸兄以觇之。且教之言曰："屡承让德①，实所不忍。薄留二锭，以见推施之义。所存物产，尚与兄等。余无庸多田也，业已弃之，赎否在兄。"生不知其意，固让之。二成辞甚决，生乃受。称之少五两，命珊瑚质奁妆以满其数，携付债主。主疑似旧金，以剪刀夹验之，纹色俱足，无少差谬，遂收金，与生易券。

二成还金后，意其必有参差；既闻旧业已赎，大奇之。臧姑疑发掘时，兄先隐其真金，忿诣兄所，责数诟厉。生乃悟反金之故。珊瑚逆②而笑曰："产固在耳，何怒为？"使生出券付之。二成一夜梦父责之曰："汝不孝不弟③，冥限已迫，寸土皆非己有，占赖将以奚为！"醒告臧姑，欲以田归兄。臧姑嗤其愚。是时二成有两男，长七岁，次三岁。未几长男病痘死。臧姑始惧，使二成退券于兄，言之再三，生不受。无何次男又死。臧姑益惧，自以券置嫂所。春将尽，田芜秽不耕，生不得已种治之。

臧姑自此改行，定省如孝子，敬嫂亦至。半年母病卒。臧姑哭之恸，至勺饮不入口。向人曰："姑早死，使我不得事，是天不许我自赎也！"育十胎皆不存，遂以兄子为子。夫妻皆寿终。生养二子皆举进士。人以为孝友之报云。

异史氏曰："不遭跋扈之恶，不知靖献④之忠，家与国有同情哉。逆妇化而母死，盖一堂孝顺，无德以戡⑤之也。臧姑自克，谓天不许其自赎，非悟道者何能为此言乎？然应迫死，而以寿终，天固已恕之矣。生于忧患，有以矣夫！"

---

①让德：谦让的恩惠。　②逆：迎接。　③弟：通"悌"，指敬爱兄长。　④靖献：指臣下尽忠于君。　⑤戡：通"堪"，承受。

五通

南有五通①,犹北之有狐也。然北方狐祟、尚可驱遣;而江浙五通,则民家美妇辄被淫占,父母兄弟皆莫敢息,为害尤烈。

有赵弘者吴之典商②也,妻阎氏颇风格③。一夜有丈夫岸然自外入,按剑四顾,婢媪尽奔。阎欲出,丈夫横阻之,曰:"勿相畏,我五通神四郎也。我爱汝,不为汝祸。"为抱腰举之,如举婴儿,置床上,裙带自开,遂狎之。而伟岸甚不可堪,迷惘中呻楚欲绝。四郎亦怜惜,不尽其器。既而下床,曰:"我五日当复来。"乃去。弘于门外设典肆,是夜婢奔告之。弘知其五通,不敢问。质明视之,妻惫不起,心甚羞恨,戒家人勿播。妇三四日始就平复,惧其复至。婢媪不敢宿内室,悉避外舍;惟妇对烛含愁以伺之。无何四郎偕两人入,皆少年蕴藉。有僮列肴酒,与妇共饮。妇羞缩低头,强之饮亦不饮;心惕惕然,恐更番为淫,则命合尽矣。三人互相劝酬,或呼大兄,或呼三弟。饮至中夜,上坐二客并起,曰:"今日四郎以美人见招,会当邀二郎、五郎酿酒为贺。"遂辞而去。四郎挽妇入帏,妇哀免;四郎强合之,鲜血流离,昏不知人,四郎始去。妇奄卧床榻,不胜羞愤,思欲自尽,而投缳则带自绝,屡试皆然,苦不得死。幸四郎不常至,约妇痊可始一来。积两三月,一家俱不聊生。

有会稽④万生者,赵之表弟,刚猛善射。一日过赵,时已暮,赵以客舍为家人所集,遂宿赵内院。万久不寐,闻庭中有人行声,伏窗窥之,见一男子入妇室。疑之,捉刀而潜视之,见男子与阎氏并肩坐,肴陈几上矣。忿火中腾,奔而入。男子惊起,急觅剑;刀已中颅,颅裂而踣。视之则一小马,大如驴。愕问妇;妇具道之,且曰:"诸神将至,为之奈何!"万摇手,禁勿声。灭烛取弓矢,伏暗中。未几有四五人自空飞堕,万急发一矢,首者殪。三人吼怒,拔剑搜射者。万握刀依扉后,寂不动。人入,剁颈亦殪⑤。仍倚扉后,久之无声,乃出,叩关告赵。赵大惊,共烛之,一马两豕死室中。举家相庆。犹恐二物复仇,留万于家,炰豕⑥烹马而供之,味美异于常馔。万生之名,由是大噪。

居月余,其怪竟绝,乃辞欲去。有木商某苦要之。先是,木有女未嫁,忽五通昼降,是二十余美丈夫,言将聘作妇,委金百两,约吉期而去。计期已迫,合家惶惧。闻万生名,坚请过诸其家。恐万有难词,隐不以告。盛筵既罢,妆女出拜客,年十六七,是好女子。万错愕不解其故,离席伛偻,某捺坐

---

①五通:即"五通神",旧时民间传说中作祟于人的妖鬼,为兄弟五人。 ②典商:经营当铺的商人。 ③颇风格:颇有风韵。 ④会稽:旧县名,治所在今浙江省绍兴市。 ⑤殪(yì):死。 ⑥炰(páo)豕:烤猪肉。

而实告之。万生平意气自豪,遂亦不辞。至日某乃悬彩于门,使万坐室中。日昃不至,疑新郎已在诛数。未几见檐间忽如鸟坠,则一少年盛服入,见万,返身而奔。万追出,但见黑气欲飞,以刀跃挥之,断其一足,大嗥而去。俯视,则巨爪大如手,不知何物;寻其血迹,入于江中。某大喜,闻万无偶,是夕即以所备床寝,使与女合卺①焉。

于是素患五通者,皆拜请一宿其家。居年余始携妻而去。从此吴中止有一通,不敢公然为害矣。

异史氏曰:"五通、青蛙,惑俗已久,遂至任其淫乱,无人敢私议一语。万生真天下之快人也!"

金生字王孙,苏州人。设帐②于淮,馆缙绅园。园中屋宇无多,花木丛杂。夜既深,僮仆尽散,辄吊孤影。

一夜三漏③将残,忽有人以指弹扉。急问之,对以"乞火",声类馆僮。启户则二八佳丽,一婢从之。生意妖魅,穷诘甚悉。女曰:"妾以君风雅之士,枯寂可怜,不畏多露,相与遣此良宵。恐言其故,妾不敢来,君亦不敢纳也。"生又以为邻之奔女,惧丧行检④,敬谢之。女横波一顾,生觉神魂都迷,忽颠倒不能自主。婢已知之,便云:"霞姑,我且去。"女颔之。既而呵之曰:"去则去耳,甚得云耶、霞耶!"婢既去,女笑曰:"适室中无人,遂偕婢从来。无知如此,遂以小字令君闻矣。"生曰:"卿深细如此,故仆惧有祸机。"女曰:"久当自知,但不败君行止,勿忧也。"上榻缓其装束。见臂上腕钏,以条金贯火齐⑤,衔明珠二粒;烛既灭,光照一室。生益骇,终莫测其所自至。生于女去时遥尾之,女似已觉,遽蔽其光,树浓茂,昏不见掌而返。

一日生诣河北,笠带断绝,风吹欲落,辄于马上以手自按。至河,坐扁舟上,飘风堕笠,随波竟去。意颇自失。既渡,见大风飘笠,团转空际;渐落,以手承之,则带已续矣。异之。归斋向女缕述;女不言,但微笑之。生疑女所为,曰:"卿果神人,当相明告,以祛烦惑。"女曰:"岑寂之中,得此痴情人为君破闷,妾自谓不恶。纵令妾能为此,亦相爱耳。苦致诘难,欲相绝耶?"生不敢复言。

先是生有甥女既嫁,为五通所惑,心忧之而未以告人。缘与女狎昵既久,肺膈无不倾吐。女曰:"此等物事,家君能驱除之。顾何敢以情人之私告诸严君?"生苦哀求计。女沉思曰:"此亦易除,但须亲往。若辈皆我奴隶,若令一指着于肌肤,则此耻西江不能濯也。"生哀求不已,女曰:"当即图之。"次夕至,告曰:"妾为君遣婢南下矣。婢子弱,恐不能便诛却耳。"次夜方寝,婢

---

①合卺(jǐn):旧时婚礼的一种仪式,剖瓠为瓢,新郎、新娘各执一瓢饮酒。卺,一种瓠瓜。此处指成婚。　②设帐:设馆授徒。　③三漏:三更,约为晚11时至次日凌晨1时。　④行检:操行。　⑤贯:串连,此处指串饰。火齐:即"火齐珠",一种宝珠。

来叩户,生急内入,女问:"何如?"答曰:"力不能擒,已宫之矣。"笑问其状,曰:"初以为郎家也;既到始知其非。比至婿家,灯火已张,入见娘子坐灯下,隐几若寐,我敛魂覆瓿中。少时物至,入室急退,曰:'何得寓生人!'审视无他,乃复入。我阳若迷。彼启衾入,又惊曰:'何得有兵气!'本不欲以秽物污指,奈恐缓而生变,遂急捉而阉之。物惊嗥遁去。乃起启瓿①,娘子若醒,而婢子行矣。"生喜谢之,女与俱去。

后半月余,女不复至,亦已绝望。岁暮解馆欲归,女复至。生喜逆之,曰:"卿久见弃,念必有获罪处;幸不终绝耶?"女曰:"终岁之好,分手未有一言,终属缺事。闻君卷帐,故窃来一告别耳。"生请偕归,女叹曰:"难言之矣!今将别,情不忍昧。妾实金龙大王之女,缘与君有夙分,故来相就。不合遣婢江南,致江湖流传,言妾为君阉割五通。家君闻之,以为大辱,忿欲赐死。幸婢以身自任,怒乃稍解;杖婢以百数。妾一跬步②,必使保母从之,投隙一至,不能尽此衷曲,奈何!"言已欲别,生挽之而泣。女曰:"君勿尔,后三十年可复相聚。"生曰:"仆年三十矣;又三十年,皤然一老,何颜复见?"女曰:"不然,龙宫无白叟也。且人生寿夭,不在容貌,如徒求驻颜,固亦大易。"乃书一方于卷头而去。

生旋里③,甥女始言其异,云:"当晚若梦,觉一人捉塞盎中;既醒,则血殷床褥而怪绝矣。"生曰:"我曩祷河伯耳。"群疑始解。

后生六十余,貌犹类三十许人。一日渡河,遥见上流浮莲叶大如席,一丽人坐其上,近视则神女也。生跃从之,人随荷叶俱小,渐渐如钱而灭。此事与赵弘一则,俱明季事,不知孰前孰后。若在万生用武之后,则吴下仅遗半通,宜其不为害也。

申氏

泾河之间,有士人子申氏者,家窭贫,竟日恒不举火。夫妻相对,无以为计。妻曰:"无已,子其盗乎!"申曰:"士人子不能亢宗④而辱门户、羞先人,跖而生,不如夷而死⑤!"妻忿曰:"子欲活而恶辱耶?世不田而食者,止两途:汝既不能盗,我无宁⑥娼乎!"申怒,与妻语相侵。妻含愤而眠。

申念:为男子不能谋两餐,至使妻欲娼,固不如死!潜起,投缳庭树间。但见父来,惊曰:"痴儿,何至于此!"断其绳,嘱曰:"盗可以为,须择禾黍深处

---

①瓿(bù):古代的一种小瓮,青铜或陶制,用以盛酒或水。 ②跬步:半步,跨一脚。 ③旋里:返回故乡。 ④亢宗:光耀门楣。 ⑤跖:盗跖,相传为春秋时大盗。夷:伯夷,商末孤竹君之子,被目为高洁之士。 ⑥无宁:不如。

伏之。此行可富，无庸再矣。"妻闻堕地声，惊痦：呼夫不应，爇火觅之，见树上缳绝，申死其下。大骇。抚捺之，移时而苏，扶卧床上。妻忿气少平。既明托夫病，乞邻得稀酏①饵申。申啜已，出而去。至午负一囊米至。妻问所从来，曰："余父执②皆世家，向以摇尾羞，故不屑相求也。古人云：'不遭者可无不为。'今且将作盗，何顾焉！可速炊，我将从卿言往行劫。"妻疑其未忘前言不忿，含忍之。因淅米作糜③。申饱食讫，急寻坚木，斧作梃，持之欲夫。妻察其意似真，曳而止之。申曰："子教我为，事败相累，当无悔！"绝裾而出。

日暮抵邻村，违村里许伏焉。忽暴雨上下淋湿，遥望浓树，将以投止。而电光一照，已近村垣。远外似有行人，恐为所窥，见垣下有禾黍蒙密，疾趋而入，蹲避其中。无何一男子来，躯甚壮伟，亦投禾中。申惧不敢少动，幸男子斜行去。微窥之，入于垣中。默忆垣内为富室亢氏第，此必梁上君子，伺其重获而出，当合有分。又念其人雄健，倘善取不予，必至用武。自度力不敌，不如乘其无备而颠之。计已定，伏伺良专。直将鸡鸣，始越垣出，足未至地，申暴起，挺中腰膂，踣然倾跌，则一巨龟，喙张如盆。大惊，又连击之，遂毙。

先是亢翁有女绝惠美，父母甚怜爱之。一夜有丈夫入室，狎逼为欢。欲号则舌已入口，昏不知人，听其所为而去。羞以告人，惟多集婢媪，严肩门户而尺。夜既寝，更不知扉何自而开，入室则群众皆迷，婢媪遍淫之。于是相告各骇，以告翁；翁戒家人操兵环绣闼，室中人烛而坐。约近夜半，内外人一时都眠，忽若梦醒，见女白身卧，状类痴，良久始痦。翁甚恨之，而无如何。积数月女柴瘠颇殆，每语人："有能驱遣者，谢金三百。"申平时亦悉闻之。是夜得龟，因悟祟翁女者，必是物也。遂叩门求赏。翁喜，筵之上座，使人舁龟于庭甃割之。留申过夜，其怪果绝，乃如数赠之。

负金而归。妻以其隔夜不还，方且忧盼；见申入，急问之。申不言，以金置榻上。妻开视，几骇绝，曰："子真为盗耶！"申曰："汝逼我为此，又作是言！"妻泣曰："前特以相戏耳。今犯断头之罪，我不能为贼人累也。请先死！"乃奔。申逐出，笑曳而返之，具以实告，妻乃喜。自此谋生产，称素封④焉。

异史氏曰："人不患贫，患无行耳。其行端者，虽饿不死；不为人怜，亦有鬼祐也。世之贫者，利所在忘义，食所在忘耻，人且不敢以一文相托，而何以见谅于鬼神乎！"

邑有贫民某乙，残腊⑤向尽，身无完衣。自念何以卒岁？不敢与妻言，暗操白梃⑥，出伏墓中，冀有孤身而过者，劫其所有。悬望甚苦，渺无人迹；而松

---

①稀酏（yí）：清粥。　②父执：父亲的朋友。　③淅米：淘米。糜：粥。　④素封：无官爵封邑而富比封君的人。　⑤腊：腊月，年底。　⑥白梃：大木棍。

风刺骨，不可复耐。意濒绝矣，忽见一人伛偻来。心窃喜，持梃遽出。则一叟负囊道左，哀曰："一身实无长物。家绝食，适于婿家乞得五升米耳。"乙夺米，复欲褫其絮袄，叟苦哀求，乙怜其老，释之，负米而归。妻诘其自，诡以"赌债"对。

阴念此策良佳，次夜复往。居无几时，见一人荷梃来，亦投墓中，蹲居眺望，意似同道。乙乃逡巡自冢后出。其人惊问："谁何？"答云："行道者。"问："何不行？"曰："待君耳。"其人失笑。各以意会，并道饥寒之苦。夜既深，无所猎获。乙欲归，其人曰："子虽作此道，然犹雏也。前村有嫁女者，营办中夜，举家必殆。从我去，得当均之。"乙喜从之。至一门，隔壁闻炊饼声，知未寝，伏伺之。无何，一人启关荷杖出行汲①，二人乘间掩入。见灯辉北舍，他屋皆暗黑。闻一媪曰："大姐，可向东舍一瞩，汝奁妆悉在椟中，忘扃镝未也。"闻少女作娇惰声。二人窃喜，潜趋东舍，暗中摸索得卧椟；启复探之，深不见底。其人谓乙曰："入之！"乙果入，得一裹传递而出。其人问："尽矣乎？"曰："尽矣。"又绐②之曰："再索之。"乃闭椟，加锁而去。乙在其中，窘急无计。未几灯火亮入，先照椟。闻媪云："谁已扃矣。"于是母及女上榻息烛。乙急甚，乃作鼠啮物声。女曰："椟中有鼠！"媪曰："勿坏尔衣。我疲顿已极，汝宜自觇之。"女振衣起，发肩启椟。乙突出，女惊仆。乙拔关奔去，虽无所得，而窃幸获免。

嫁女家被盗，四方流播。或议乙。乙惧，东遁百里，为逆旅③主人赁作佣。年余浮言稍息，始取妻同居，不业白梃矣。此其自述，因类申氏，故附志之。

恒娘

都中洪大业，妻朱氏，姿致颇佳，两相爱悦。后洪纳婢宝带为妾，貌远逊朱，而洪嬖之。朱不平，遂致反目。洪虽不敢公然宿妾所，然益嬖妾，疏朱。

后徙居，与帛商狄姓为邻。狄妻恒娘，先过院谒朱。恒娘三十许，姿仅中人，言词轻倩。朱悦之。次日答拜，见其室亦有小妾，年二十许，甚娟好。邻居几半年，并不闻其诟谇一语；而狄独钟爱恒娘，副室则虚位而已。朱一日问恒娘曰："予向谓良人之爱妾，为其为妾也，每欲易妻之名呼作妾。今乃知不然。夫人何术？如可授，愿北面为弟子。"恒娘曰："嘻！子则自疏，而尤男子乎？朝夕而絮聒之，是为丛驱雀④，其离滋甚耳！其归益纵之，即男子自

---

①启关：开门。荷杖：扛着扁担。汲：从井里打水，此处指挑水。　②绐(dài)：欺骗。　③逆旅：客舍，旅店。　④为丛驱雀：意谓猛禽将鸟雀赶向丛林，喻指因行为不当而事与愿违。

来,勿纳也。一月后当再为子谋之。"朱从其谋,益饰宝带,使从丈夫寝。洪一饮食,亦使宝带共之。洪时以周旋朱,朱拒之益力,于是共称朱氏贤。

如是月余朱往见恒娘,恒娘喜曰:"得之矣!子归毁若妆,勿华服,勿脂泽,垢面敝履,杂家人操作。一月后可复来。"朱从之。衣敝补衣,故为不洁清,而纺绩外无他问。洪怜之,使宝带分其劳;朱不受,辄叱去之。

如是者一月,又往见恒娘。恒娘曰:"孺子真可教也!后日为上巳节,欲招子踏春园。子当尽去敝衣,袍裤袜履,崭然一新,早过我。"朱曰:"诺。"至日,揽镜细匀铅黄①,一如恒娘教。妆竟,过恒娘,恒娘喜曰:"可矣!"又代换凤髻,光可鉴影。袍袖不合时制,拆其线更作之;谓其履样拙,更于笥中出业履②,共成之,讫,即令易着。临别饮以酒,嘱曰:"归去一见男子,即早闭户寝,渠来叩关勿听也。三度呼可一度纳。口索舌,手索足,皆吝之。半月后当复来。"朱归,炫妆见洪,洪上下凝睇之,欢笑异于平时。朱少话游览,便支颐作情态;日未昏,即起入房,阖扉眠矣。未几洪果来款关,朱坚卧不起,洪始去。次夕复然。明日洪让之,朱曰:"独眠习惯,不堪复扰。"日既西,洪入闺坐守之。灭烛登床,如调新妇,绸缪甚欢。更为次夜之约;朱不可长,与洪约以三日为率。

半月许,复诣恒娘,恒娘阖门与语曰:"从此可以擅专房矣。然子虽美,不媚也。子之姿,一媚可夺西施之宠,况下者乎!"于是试使貌,曰:"非也!病在外眦③。"试使笑,又曰:"非也!病在左颐④。"乃以秋波送娇,又辗然瓠犀⑤微露,使朱效之。凡数十作,始略得其仿佛。恒娘曰:"子归矣,揽镜而娴习之,术无余矣。至于床笫之间,随机而动之,因所好而投之,此非可以言传者也。"

朱归,一如恒娘教。洪大悦,形神俱惑,惟恐见拒。日将暮,则相对调笑,跬步不离闺闼,日以为常,竟不能推之使去。朱益善遇宝带,每房中之宴,辄呼与共榻坐;而洪视宝带益丑,不终席,遣去之。朱赚夫入宝带房,扃闭之,洪终夜无所沾染。于是宝带恨洪,对人辄怨谤。洪益厌怒之,渐施鞭楚。宝带忿,不自修,拖敝垢履,头类蓬葆⑥,更不复可言人矣。

恒媪一日谓朱曰:"我之术何如?"朱曰:"道则至妙;然弟子能由之,而终不能知之也。纵之,何也?"曰:"子不闻乎?人情厌故而喜新,重难而轻易?丈夫之爱妾,非必其美也,甘其所乍获,而幸其所难遘也。纵而饱之,则珍错⑦亦厌,况藜羹⑧乎!""毁之而复炫之,何也?"曰:"置不留目,则似久别;忽睹艳妆,则如新至,譬贫人骤得粱肉,则视脱粟非味矣。而又不易与之,则

---

①铅黄:铅粉与雌黄,古代女子的化妆品。　②业履:正在制作中的绣鞋。　③眦:眼角。　④颐:下巴。　⑤瓠犀:瓠瓜的子,喻指美女的牙齿。　⑥头类蓬葆:形容头发散乱。　⑦珍错:即"山珍海错",犹言山珍海味。　⑧藜羹:泛指粗劣的饮食。

彼故而我新,彼易而我难,此即子易妻为妾之法也。"朱大悦,遂为闺中密友。

积数年,忽谓朱曰:"我两人情若一体,自当不昧生平。向欲言而恐疑之也;行相别,敢以实告:妾乃狐也。幼遭继母之变,鬻妾都中。良人遇我厚,故不忍遽绝,恋恋以至于今。明日老父尸解①,妾往省觐,不复还矣。"朱把手唏嘘。早旦往视,则举家惶骇,恒娘已杳。

异史氏曰:"买珠者不贵珠而贵椟:新旧易难之情,千古不能破其惑;而变憎为爱之术,遂得以行乎其间矣。古佞臣事君,勿令见人,勿使窥书。乃知容身固宠,皆有心传也。"

葛巾

常大用,洛②人,癖好牡丹。闻曹州③牡丹甲齐、鲁,心向往之。适以他事如曹,因假缙绅之园居焉。时方二月,牡丹未华,惟徘徊园中,目注句萌④,以望其拆。作《怀牡丹》诗百绝。未几花渐含苞,而资斧⑤将匮;寻典⑥春衣,流连忘返。一日凌晨趋花所,则一女郎及老妪在焉。疑是贵家宅眷,遂逡返。暮往又见之,从容避去;微窥之,宫妆艳绝。眩迷之中,忽转一想:此必仙人,世上岂有此女子乎!急返身而搜之,骤遇假山,适与媪遇。女郎方坐石上,相顾失惊。妪以身幛女,叱曰:"狂生何为!"生长跪曰:"娘子必是仙人!"妪咄之曰:"如此妄言,自当縶送令尹!"生大惧,女郎微笑曰:"去之!"过山而去。

生返,复不能徒步。意女郎归告父兄,必有诟辱相加。偃卧空斋,甚悔孟浪。窃幸女郎无怒容,或当不复置念。悔惧交集,终夜而病。日已向辰,喜无问罪之师,心渐宁帖。回忆声容,转惧为想。如是三日,憔悴欲死。秉烛夜分,仆已熟眠。妪入,持瓯而进曰:"吾家葛巾娘子,手合鸩⑦汤,其速饮!"生骇然曰:"仆与娘子,夙无怨嫌,何至赐死?既为娘子手调,与其相思而病,不如仰药而死!"遂引而尽之。妪笑接瓯而去。生觉药气香冷,似非毒者。俄觉肺膈宽舒,头颅清爽,酣然睡去。既醒红日满窗。试起,病若失,心益信其为仙。无可夤缘,但于无人时,虔拜而默祷之。

一日行去,忽于深树内,觌面⑧遇女郎,幸无他人,大喜投地。女郎近曳之,忽闻异香竟体,即以手握玉腕而起,指肤软腻,使人骨节欲酥。正欲有言,老妪忽至。女令隐身石后,南指曰:"夜以花梯度墙,四面红窗者即妾居

①尸解:道家用语,指得道者死后,魂魄离开形骸成仙而去。 ②洛:今洛阳市。 ③曹州:旧地名,治所在今山东省曹县。 ④句萌:指草木的嫩芽,幼苗,弯的叫"句",直的叫"萌"。 ⑤资斧:路费。 ⑥典:抵押。 ⑦鸩(zhèn):指毒药。 ⑧觌(dí)面:迎面,当面。

也。"匆匆而去。生怅然,魂魄飞散,莫知所往。至夜移梯登南垣,则垣下已有梯在,喜而下,果有红窗。室中闻敲棋声、伫立不敢复前,姑逾垣归。少间再过之,子声犹繁;渐近窥之,则女郎与一素衣美人相对弈,老妪亦在坐,一婢侍焉。又返。凡三往复,漏已三催。生伏梯上,闻妪出云:"梯也,谁置此?"呼婢共移去之。生登垣,欲下无阶,恨悒而返。

次夕复往,梯先设矣。幸寂无人,入,则女郎兀坐若有思者,见生惊起,斜立含羞。生揖曰:"自分福薄,恐于天人无分,亦有今夕也!"遂狎抱之。纤腰盈掬,吹气如兰,撑拒曰:"何遽尔!"生曰:"好事多磨,迟为鬼妒。"言未已,遥闻人语。女急曰:"玉版妹子来矣!君可姑伏床下。"生从之。无何,一女子入,笑曰:"败军之将,尚可复言战否?业已烹茗,敢邀为长夜之欢。"女郎辞以困惰,玉版固请之,女郎坚坐不行。玉版曰:"如此恋恋,岂藏有男子在室耶?"强拉出门而去。生出恨极,遂搜枕簟。室内并无香奁①,惟床头有一水精②如意,上结紫巾,芳洁可爱。怀之,越垣归。自理衿袖,体香犹凝,倾慕益切。然因伏床之恐,遂有怀刑之惧,筹思不敢复往,但珍藏如意,以冀其寻。

隔夕女郎果至,笑曰:"妾向以君为君子,不知其为寇盗也,"生曰:"有之。所以偶不君子者,第望其如意耳。"乃揽体入怀,代解裙结。玉肌乍露,热香四流,偎抱之间,觉鼻息汗熏,无气不馥。因曰:"仆固意卿为仙人,今益知不妄。幸蒙垂盼,缘在三生。但恐杜兰香之下嫁,终成离恨耳。"女笑曰:"君虑亦过。妾不过离魂之倩女,偶为情动耳。此事宜要慎秘,恐是非之口捏造黑白,君不能生翼,妾不能乘风,则祸离更惨于好别矣。"生然之,而终疑为仙,固诘姓氏,女曰:"既以妾为仙,仙人何必以姓名传。"问:"妪何人?"曰:"此桑姥。妾少时尝其露覆③,故不与婢辈等。"遂起欲去,曰:"妾处耳目多,不可久羁,蹈隙当复来。"临别,索如意,曰:"此非妾物,乃玉版所遗。"问:"玉版为谁?"曰:"妾叔妹也。"付钩乃去。

去后,衾枕皆染异香。从此三两夜辄一至。生惑之不复思归,而囊橐既空欲货马,女知之,曰:"君以妾故,泻囊质衣,情所不忍。又去代步,千余里将何以归?妾有私蓄,卿可助装。"生辞曰:"感卿情好,抚臆誓肌④,不足论报;而又贪鄙以耗卿财,何以为人乎!"女固强之,曰:"姑假君。"遂捉生臂至一桑树下,指一石曰:"转之!"生从之。又拔头上簪,刺土数十下,又曰:"爬之。"生又从之。则瓮口已见。女探入,出白镪近五十余两,生把臂止之,不听,又出数十铤,生强分其半而后掩之。

一夕谓生曰:"近日微有浮言,势不可长,此不可不预谋也。"生惊曰:"且

---
①奁(lián):古代汉族女子存放梳妆用品的镜箱。 ②水精:水晶。 ③露覆:庇覆,庇护。 ④抚臆:按着胸口。誓肌:犹言刻骨铭心。

为奈何！小生素迂谨，今为卿故，如寡妇之失守，不复能自主矣。一惟卿命，刀锯斧钺，亦所不遑顾耳！"女谋偕亡，命生先归，约会于洛。生治任旋里①，拟先归而后迎之；比至，则女郎车适已至门。登堂朝家人，四邻惊贺，而并不知其窃而逃也。生窃自危，女殊坦然，谓生曰："无论千里外非逻察所及，即或知之，妾世家女，卓王孙当无如长卿何也②。"

生弟大器，年十七，女顾之曰："是有慧根，前程尤胜于君。"完婚有期，妻忽夭殒。女曰："妾妹玉版，君固尝窥见之，貌颇不恶，年亦相若，作夫妇可称佳偶。"生请作伐，女曰："是亦何难。"生曰："何术？"曰："妹与妾最相善。两马驾轻车，费一妪之往返耳。"生恐前情发，不敢从其谋，女曰："不妨。"即命桑妪遣车去。数日至曹。将近里门，婢下车，使御者止而候于途，乘夜入里。良久偕女子来，登车遂发。昏暮即宿车中，五更复行。女郎计其时日，使大器盛服而迎之。五十里许乃相遇，御轮③而归；鼓吹花烛，起拜成礼。由此兄弟皆得美妇，而家又日富。

一日有大寇数十骑突入第。生知有变，举家登楼。寇入围楼。生俯问："有仇否？"答云："无仇。但有两事相求：一则闻两夫人世间所无，请赐一见；一则五十八人，各乞金五百。"聚薪楼下，为纵火计以胁之。生允其索金之请，寇不满志，欲焚楼，家人大恐。女欲与玉版下楼，止之不听。炫妆下阶，未尽者三级，谓寇曰："我姊妹皆仙媛，暂时一履尘世，何畏寇盗！欲赐汝万金，恐汝不敢受也。"寇众一齐仰拜，嗫声"不敢"。姊妹欲退，一寇曰："此诈也！"女闻之，反身伫立，曰："意欲何作，便早图之！尚未晚也。"诸寇相顾，默无一言。姊妹从容上楼而去。寇仰望无迹，哄然始散。

后二年，姊妹各举一子，始渐自言："魏姓，母封曹国夫人。"生疑曹无魏姓世家，又且大姓失女，何得置之不问？未敢穷诘，心窃怪之。遂托故复诣曹，入境谘访，世族并无魏姓。于是仍假馆旧主人，忽见壁上有赠曹国夫人诗，颇涉骇异，因诘主人。主人笑，即请往观曹夫人，至则牡丹一本，高与檐等。问所由名，则以其花为曹第一，故同人戏封之。问其"何种"？曰："葛巾紫④也。"愈骇，遂疑女为花妖。既归不敢质言⑤，但述赠夫人诗以觇之。女蹙然变色，遽出呼玉版抱儿至，谓生曰："三年前感君见思，遂呈身相报；今见猜疑，何可复聚！"因与玉版皆举儿遥掷之，儿堕地并没。生方惊顾，则二女俱渺矣。悔恨不已。后数日，堕儿处生牡丹二株，一夜径尺，当年而花，一紫一白，朵大如盘，较寻常之葛巾、玉版⑥，瓣尤繁碎。数年茂荫成丛，移分他所，更变异种，莫能识其名。自此牡丹之盛，洛下无双焉。

①治任：整理行装。旋里：返回故乡。②长卿：指西汉司马相如，字长卿。此处引用司马相如与卓王孙之女卓文君私奔故事。③御轮：即"亲迎"，古代婚礼"六礼"之一，新郎至女家迎娶新娘。④葛巾紫：牡丹品种之一。⑤质言：如实而言，直言。⑥玉版：牡丹品种之一。

异史氏曰："怀之专一，鬼神可通，偏反者①亦不可谓无情也。少府寂寞，以花当夫人；况真能解语，何必力穷其原哉？惜常生之未达也！"

---

①偏反者：此处指花。

第十一卷

冯木匠

抚军①周有德,改创故藩邸为部院衙署。时方鸠工②,有木作匠冯明寰直宿③其中。夜方就寝,忽见纹窗半开,月明如昼。遥望短垣上立一红鸡,注目间,鸡已飞抢至地。俄一少女,露半身来相窥。冯疑为同辈所私;静听之,众已熟眠。私心怔忡,窃望其误投也。少间,女果越窗过,径已入怀。冯喜,默不一言。欢毕,女亦遂去。自此夜夜至。初犹自隐,后遂明告。女曰:"我非误就,敬相投耳。"两人情日密。既而工满,冯欲归,女已候于旷野。冯所居村离郡固不甚远,女遂从去。既入室,家人皆莫之睹,冯始知其非人。迨数月,精神渐减,心益惧,延师④镇驱,卒无少验。一夜女艳妆来,向冯曰:"世缘俱有定数:当来推不去,当去亦挽不住。今与子别矣。"遂去。

黄英

马子才,顺天⑤人。世好菊,至才尤甚,闻有佳种,必购之,千里不惮⑥。一日,有金陵客寓其家,自言其中表亲有一二种,为北方所无。马欣动,即刻治装,从客至金陵。客多方为之营求,得两芽,裹藏如宝。

归至中途,遇一少年,跨蹇从油碧车⑦,丰姿洒落。渐近与语,少年自言:"陶姓。"谈言骚雅。因问马所自来,实告之。少年曰:"种无不佳,培溉在人。"因与论艺菊之法。马大悦,问:"将何往?"答云:"姊厌金陵,欲卜居于河朔耳。"马欣然曰:"仆虽固贫,茅庐可以寄榻。不嫌荒陋,无烦他适。"陶趋

---

①抚军:巡抚的别称。 ②鸠(jiū)工:聚集工匠。 ③直宿:值宿。直,当值。 ④师:此处指巫师。 ⑤顺天:顺天府,治所在今北京市。 ⑥惮:畏惧。 ⑦蹇:驴。油碧车:亦作"油壁车",因车壁以油涂饰得名。

车前向姊咨禀,车中人推帷语,乃二十许绝世美人也。顾弟言:"屋不厌卑,而院宜得广。"马代诺之,遂与俱归。第南有荒圃,仅小室三四椽①,陶喜居之。日过北院为马治菊,菊已枯,拔根再植之,无不活。然家清贫,陶日与马共饮食,而察其家似不举火。马妻吕,亦爱陶姊,不时以升斗馈恤之。陶姊小字黄英,雅善谈,辄过吕所,与共纫绩②。陶一日谓马曰:"君家固不丰,仆日以口腹累知交,胡可为常!为今计,卖菊亦足谋生。"马素介③,闻陶言,甚鄙之,曰:"仆以君风流雅士,当能安贫;今作是论,则以东篱④为市井,有辱黄花矣。"陶笑曰:"自食其力不为贪,贩花为业不为俗。人固不可苟求富,然亦不必务求贫也。"马不语,陶起而出。自是马所弃残枝劣种,陶悉掇拾而去。由此不复就马寝食,招之始一至。未几菊将开,闻其门嚣喧如市。怪之,过而窥焉,见市人买花者,车载肩负,道相属也。其花皆异种,目所未睹。心厌其贪,欲与绝;而又恨其私秘佳本⑤,遂款其扉,将就诮让⑥。陶出,握手曳入。见荒庭半亩皆菊畦,数椽之外无旷土。劚⑦去者,则折别枝插补之;其蓓蕾在畦者,罔不佳妙,而细认之,尽皆向所拔弃也。陶入室,出酒馔,设席畦侧,曰:"仆贫不能守清戒,连朝幸得微资,颇足供醉。"少间,房中呼"三郎",陶诺而去。俄献佳肴,烹饪良精。因问:"贵姊胡以不字?"答云:"时未至。"问:"何时?"曰:"四十三月。"又诘:"何说?"但笑不言,尽欢始散。过宿又诣之,新插者已盈尺矣。大奇之,苦求其术,陶曰:"此固非可言传;且君不以谋生,焉用此?"又数日,门庭略寂,陶乃以蒲席包菊,捆载数车而去。逾岁,春将半,始载南中⑧异卉而归,于都中设花肆,十日尽售,复归艺菊。问之去年买花者,留其根,次年尽变而劣,乃复购于陶。

陶由此日富。一年增舍,二年起夏屋。兴作从心,更不谋诸主人。渐而旧日花畦,尽为廊舍。更于墙外买田一区,筑墉四周,悉种菊。至秋载花去,春尽不归。而马妻病卒。意属黄英,微使人风示⑨之。黄英微笑,意似允许,惟专候陶归而已。年余陶竟不至。黄英课仆种菊,一如陶。得金益合商贾,村外治膏田二十顷,甲第益壮。忽有客自东粤来,寄陶生函信,发之,则嘱姊归⑩马。考其寄书之日,即马妻死之日;回忆园中之饮,适四十三月也,大奇之。以书示英,请问"致聘何所"。英辞不受采⑪。又以故居陋,欲使就南第居,若赘焉。马不可,择日行亲迎礼。

黄英既适马,于间壁开扉通南第,日过课其仆。马耻以妻富,恒嘱黄英作南北籍⑫,以防淆乱。而家所需,黄英辄取诸南第。不半岁,家中触类皆陶

---

①椽(chuán):古代房屋间数的代称。 ②纫绩:缝纫、捻线,此处指女红针线。 ③素介:素来耿介。 ④东篱:指种菊的场所,语出晋陶渊明诗句"采菊东篱下"(《饮酒》其五)。 ⑤佳本:此处指优良的品种。 ⑥诮让:责问。 ⑦劚(zhú):挖掘。 ⑧南中:泛指南方地区。 ⑨风示:暗示。 ⑩归:即"于归",出嫁。 ⑪采:彩礼。 ⑫作南北籍:指南北两宅各立账簿,分开记账。

家物。马立遣人一一赍还之，戒勿复取。未浃旬①又杂之。凡数更，马不胜烦。黄英笑曰："陈仲子②毋乃劳乎？"马惭，不复稽，一切听诸黄英。鸠工庀料③，土木大作，马不能禁。经数月，楼舍连垣，两第竟合为一，不分疆界矣。然遵马教，闭门不复业菊，而享用过于世家。马不自安，曰："仆三十年清德，为卿所累。今视息人间，徒依裙带而食，真无一毫丈夫气矣。人皆祝富，我但祝穷耳！"黄英曰："妾非贪鄙；但不少致丰盈，遂令千载下人，谓渊明贫贱骨，百世不能发迹，故聊为我家彭泽④解嘲耳。然贫者愿富为难，富者求贫固亦甚易。床头金任君挥去之，妾不靳也。"马曰："捐他人之金，抑亦良丑。"英曰："君不愿富，妾亦不能贫也。无已，析君居：清者自清，浊者自浊，何害？"乃于园中筑茅茨，择美婢往侍马。马安之。然过数日，苦念黄英。招之不肯至，不得已反就之。隔宿辄至以为常。黄英笑曰："东食西宿⑤，廉者当不如是。"马亦自笑无以对，遂复合居如初。

会马以事客金陵，适逢菊秋。早过花肆，见肆中盆列甚繁，款朵佳胜，心动，疑类陶制。少间主人出，果陶也。喜极，具道契阔，遂止宿焉。要之归，陶曰："金陵吾故土，将婚于是。积有薄资，烦寄吾姊。我岁杪⑥当暂去。"马不听，请之益苦。且曰："家幸充盈，但可坐享，无须复贾。"坐肆中，使仆代论价，廉其直，数日尽售。逼促囊装，赁舟遂北，入门，则姊已除舍，床榻裀褥皆设，若预知弟也归者。陶自归，解装课役，大修亭园，惟日与马共棋酒，更不复结一客。为之择婚，辞不愿。姊遣二婢侍其寝处，居三四年，生一女。陶饮素豪，从不见其沉醉。有友人曾生，量亦无对。适过马，马使与陶相较饮。二人纵饮甚欢，相得恨晚。自辰以迄四漏，计各尽百壶。曾烂醉如泥，沉睡座间。陶起归寝，出门践菊畦，玉山倾倒，委衣于侧，即地化为菊，高如人；花十余朵，皆大如拳。马骇绝，告黄英。英急往，拔置地上，曰："胡醉至此！"覆以衣，要马俱去，戒勿视。既明而往，则陶卧畦边。马乃悟姊弟皆菊精也，益敬爱之。而陶自露迹，饮益放，恒自折柬招曾，因与莫逆。值花朝，曾乃造访，以两仆舁药浸白酒一坛，约与共尽。坛将竭，二人犹未甚醉。马潜以一瓶续入之，二人又尽。曾醉已惫，诸仆负之以去。陶卧地，又化为菊。马见惯不惊，如法拔之，守其旁以观其变。久之，叶益憔悴。大惧，始告黄英。英闻骇曰："杀吾弟矣！"奔视之，根株已枯。痛绝，掐其梗，埋盆中，携入闺中，日灌溉之。马悔恨欲绝，甚怨曾。越数日，闻曾已醉死矣。盆中花渐萌，九月既开，短干粉朵，嗅之有酒香，名之"醉陶"，浇以酒则茂。后女长成，嫁于世家。黄英终老，亦无他异。

①浃(jiá)旬：一旬，即十天。 ②陈仲子：战国时齐人，以廉洁自律著称。 ③鸠(jiū)工：聚集工匠。庀(pǐ)料：备办材料。 ④我家彭泽：指晋人陶渊明，字元亮，又名潜，私谥"靖节"。陶渊明曾为彭泽令，黄英与其同姓，故称其为"我家彭泽"。 ⑤东食西宿：此处喻指兼得两利，用为调侃语。 ⑥岁杪(miǎo)：年底。

异史氏曰:"青山白云人①,遂以醉死,世尽惜之,而未必不自以为快也。植此种于庭中,如见良友,如见丽人,不可不物色之也。"

书痴

彭城②郎玉柱,其先世官至太守,居官廉,得俸不治生产,积书盈屋。至玉柱尤痴。家苦贫,无物不鬻③,惟父藏书,一卷不忍置④。父在时,曾书《劝学篇》⑤粘其座右,郎日讽诵;又幛以素纱,惟恐磨灭。非为干禄⑥,实信书中真有金粟。昼夜研读,无问寒暑。年二十余,不求婚配,冀卷中丽人自至。见宾亲不知温凉,三数语后,则诵声大作,客逡巡自去。每文宗临试⑦,辄首拔之,而苦不得售⑧。

一日方读,忽大风飘卷去。急逐之,踏地陷足;探之,穴有腐草;掘之,乃古人窖粟,朽败已成粪土。虽不可食,而益信"千钟⑨"之说不妄,读益力。一日梯登高架,于乱卷中得金辇⑩径尺,大喜,以为"金屋⑪"之验。出以示人,则镀金而非真金。心窃怨古人之诳己也。居无何,有父同年,观察是道⑫,性好佛。或劝郎献辇为佛龛。观察大悦,赠金三百、马二匹。郎喜,以为金屋、车马皆有验,因益刻苦。然行年已三十矣。或劝其娶,曰:"'书中自有颜如玉',我何忧无美妻乎?"又读二三年,迄无效,人咸揶揄之。时民间讹言天上织女私逃。或戏郎:"天孙窃奔,盖为君也。"郎知其戏,置不辩。

一夕读《汉书》至八卷,卷将半,见纱剪美人夹藏其中。骇曰:"书中颜如玉,其以此验之耶?"心怅然自失。而细视美人,眉目如生;背隐隐有细字云:"织女。"大异之。日置卷上,反复瞻玩,至忘食寝。一日方注目间,美人忽折腰起,坐卷上微笑。郎惊绝,伏拜案下。既起,已盈尺矣。益骇,又叩之。下几亭亭,宛然绝代之姝。拜问:"何神?"美人笑曰:"妾颜氏,字如玉,君固知已久。日垂青盼⑬,脱不一至,恐千载下无复有笃信古人者。"郎喜,遂与寝处。然枕席间亲爱倍至,而不知为人⑭。

①青山白云人:用唐人傅奕因酒醉事之典,喻指陶生。 ②彭城:旧县名,治所在今江苏省徐州市。 ③鬻(yù):卖。 ④置:弃置,舍弃。 ⑤《劝学篇》:传为宋真宗赵恒所作。文曰:"富家不用买良田,书中自有千钟粟。安居不用架高堂,书中自有黄金屋。出门莫恨无人随,书中车马多如簇。娶妻莫恨无良媒,书中自有颜如玉。男儿欲遂平生志,六经勤向窗前读。" ⑥干禄:追求仕进。 ⑦文宗临试:即"案临",指由各省提督学政按期至所属府县主持的考试。 ⑧不得售:指乡试不中。旧时称科举考试中式为"售"。 ⑨千钟:即《劝学文》中"书中自有千钟粟"。 ⑩金辇:饰金之车,后泛指帝王所乘之车。辇车车盖如屋,故称其为"金屋"之验。 ⑪金屋:即《劝学文》中"书中自有黄金屋"。 ⑫观察是道:担任彭城这个地方的观察使。清代分一省为数道,设使守巡各道。"观察"则为守巡各道者的专称。 ⑬日垂青盼:指天天承蒙见爱。青盼,青眼,垂青。 ⑭为人:指男女交媾。

每读必使女坐其侧。女戒勿读,不听;女曰:"君所以不能腾达者,徒以读耳。试观春秋榜①上,读如君者几人? 若不听,妾行去矣。"郎暂从之。少顷忘其教,吟诵复起。逾刻索女,不知所在。神志丧失,嘱而祷之,殊无影迹。忽忆女所隐处,取《汉书》细检之,直至旧处,果得之。呼之不动,伏以哀祝。女乃下曰:"君再不听,当相永绝!"因使治棋枰、樗蒲②之具,日与遨戏。而郎意殊不属。觑女不在,则窃卷流览。恐为女觉,阴取《汉书》第八卷,杂混他所以迷之。一日读酣,女至竟不之觉;忽睹之,急掩卷而女已亡矣。大惧,冥搜诸卷、渺不可得;既,仍于《汉书》八卷中得之,页数不爽。因再拜祝,矢不复读。女乃下,与之弈,曰:"三日不工③,当复去。"至三日,忽一局赢女二子。女乃喜,授以弦索,限五日工一曲。郎手营目注,无暇他及;久之随手应节,不觉鼓舞。女乃日与饮博,郎遂乐而忘读,女又纵之出门,使结客,由此倜傥之名暴著。女曰:"子可以出而试矣。"

郎一夜谓女曰:"凡人男女同居则生子;今与卿居久,何不然也?"女笑曰:"君日读书,妾固谓无益。今即夫妇一章,尚未了悟,枕席二字有工夫。"郎惊问:"何工夫?"女笑不言。少间潜迎就之。郎乐极曰:"我不意夫妇之乐,有不可言传者。"于是逢人辄道,无有不掩口者。女知而责之,郎曰:"钻穴逾隙者始不可以告人,天伦之乐人所皆有,何讳焉?"过八九月,女果举一男,买媪抚字④之。

一日,谓郎曰:"妾从君二年,业生子,可以别矣。久恐为君祸,悔之已晚。"郎闻言泣下,伏不起,曰:"卿不念呱呱者耶?"女亦凄然,良久曰:"必欲妾留,当举架上书尽散之。"郎曰:"此卿故乡,乃仆性命,何出此言!"女不之强,曰:"妾亦知其有数,不得不预告耳。"先是,亲族或窥见女,无不骇绝,而又未闻其缔姻何家,共诘之。郎不能作伪语,但默不言。人益疑,邮传几遍,闻于邑宰史公。史,闽人,少年进士。闻声倾动,窃欲一睹丽容,因而拘郎与女。女闻知遁匿无迹。宰怒,收郎,斥革衣衿,桎梏备加,务得女所自往。郎垂死无一言。械其婢,略得道其仿佛。宰以为妖,命驾亲临其家。见书卷盈屋,多不胜搜,乃焚之庭中,烟结不散,瞑若阴霾。

郎既释,远求父门人书,得从辨复。是年秋捷,次年举进士。而衔恨切于骨髓。为颜如玉之位⑤,朝夕而祝曰:"卿如有灵,当佑我官于闽。"后果以直指⑥巡闽。居三月,访史恶款,籍其家。时有中表为司理⑦,逼纳爱妾,托言买婢寄署中。案既结,郎即日自劾⑧,取妾而归。

异史氏曰:"天下之物,积则招妒,好则生魔,女之妖书之魔也。事近怪

---

①春秋榜:科举考试的春榜与秋榜。春榜,指会试、殿试之榜。秋榜,指乡试之榜。 ②棋枰(píng):棋盘。樗(chū)蒲:古代博戏的一种,此处泛指赌具。 ③工:精通。 ④抚字:抚育。 ⑤位:灵位。 ⑥直指:即"直指使者",专司巡视地方的官员,明清时指巡按御史。 ⑦司理:宋代各州掌狱讼的官员。明清两代用以称各府推官。 ⑧自劾:上疏检举自己的过失。

诞,治之未为不可;而祖龙之虐不已惨乎! 其存心之私,更宜得怨毒之报也。呜呼! 何怪哉!"

齐天大圣

许盛,兖①人。从兄成贾于闽,货未居积。客言大圣灵著,将祷诸祠。盛未知大圣何神,与兄俱往。至则殿阁连蔓,穷极弘丽。入殿瞻仰,神猴首人身,盖齐天大圣孙悟空云。诸客肃然起敬,无敢有惰容。盛素刚直,窃笑世俗之陋。众焚奠叩祝,盛潜去之。既归,兄责其慢。盛曰:"孙悟空乃丘翁②之寓言,何遂诚信如此? 如其有神,刀槊雷霆,余自受之!"逆旅主人闻呼大圣名,皆摇手失色,若恐大圣闻。盛见其状,益哗辨之,听者皆掩耳而走。

至夜盛果病,头痛大作。或劝诣祠谢,盛不听。未几头小愈,股又痛,竟夜生巨疽③,连足尽肿,寝食俱废。兄代祷迄无验;或言:神谴须自祝,盛卒不信。月余疮渐敛,而又一疽生,其痛倍苦。医来,以刀割腐肉,血溢盈碗;恐人神其词,故忍而不呻。又月余始就平复。而兄又大病。盛曰:"何如矣! 敬神者亦复如是,足征余之疾非由悟空也。"兄闻其言,益恚,谓神迁怒,责弟不为代祷。盛曰:"兄弟犹手足。前日支体糜烂而不之祷;今岂以手足之病,而易吾守乎?"但为延医锉药,而不从其祷。药下,兄暴毙。盛惨痛结于心腹,买棺殓兄已,投祠指神而数之曰:"兄病,谓汝迁怒,使我不能自白。倘尔有神,当令死者复生。余即北面称弟子,不敢有异词;不然,当以汝处三清之法④,还处汝身,亦以破吾兄地下之惑。"至夜梦一人招之去,入大圣祠,仰见大圣有怒色,责之曰:"因汝无状,以菩萨刀穿汝胫股;犹不自悔,啧有烦言。本宜送拔舌狱,念汝一念刚鲠,姑置宥赦。汝兄病,乃汝以庸医夭其寿数,与人何尤? 今不少施法力,益令狂妄者引为口实。"乃命青衣使请命于阎罗。青衣曰:"三日后鬼籍已报天庭,恐难为力。"神取方版,命笔不知何词,使青衣执之而去。良久乃返。成与俱来,并跪堂上。神问:"何迟?"青衣曰:"阎魔不敢擅专,又持大圣旨上咨斗宿⑤,是以来迟。"盛趋上拜谢神恩。神曰:"可速与兄俱去。若能向善,当为汝福。"兄弟悲喜,相将俱归。醒而异之。急起,启材视之,兄果已苏,扶出,极感大圣力。盛由此诚服信奉,更倍于流俗。而兄弟资本,病中已耗其半;兄又未健,相对长愁。

一日偶游郊郭,忽一褐衣人相之曰:"子何忧也?"盛方苦无所诉,因而备

---

①兖:旧府名,治所在今山东省兖州市。 ②丘翁:指金元时道士丘处机,号长春子。 ③疽(jū):疮肿。 ④汝处三清之法:以你处置三清圣像的办法来处置你。指《西游记》里,孙悟空在车迟国三清殿内,令猪八戒将元始天尊、灵宝道君、太上老君的塑像投入茅厕。 ⑤斗宿:此处指南斗星、北斗星。神话传说中,南斗为注生之神,北斗为注死之神。

述其遭。褐衣人曰："有一佳境,暂往瞻瞩,亦足破闷。"问:"何所?"但云:"不远。"从之。出郭半里许,褐衣人曰："予有小术,顷刻可到。"因命以两手抱腰,略一点头,遂觉云生足下,腾踔而上,不知几百由旬①。盛大惧,闭目不敢少启。顷之曰："至矣。"忽见琉璃世界,光明异色,讶问:"何处?"曰："天宫也。"信步而行,上上益高。遥见一叟,喜曰："适遇此老,子之福也!"举手相揖。叟邀过诣其所,烹茗献客;止两盏,殊不及盛。褐衣人曰："此吾弟子,千里行贾,敬造仙署,求少赠馈。"叟命僮出白石一柈②,状类雀卵,莹澈如冰,使盛自取之。盛念携归可作酒枚③,遂取其六。褐衣人以为过廉,代取六枚付盛并裹之。嘱纳腰囊,拱手曰："足矣。"辞叟出,仍令附体而下,俄顷及地。盛稽首请示仙号,笑曰："适即所谓斗斤云也。"盛恍然悟为大圣,又求祐护。曰："适所会财星,赐利十二分,何须多求。"盛又拜之,起视已渺。

既归,喜而告兄。解取共视,则融入腰囊矣。后辇货而归,其利倍蓰④。自此屡至闽必祷大圣。他人之祷时不甚验,盛所求无不应者。

异史氏曰："昔士人过寺,画琵琶于壁而去;比返,则其灵大著,香火相属焉。天下事固不必实有其人,人灵之则既灵焉矣。何以故?人心所聚,而物或托焉耳。若盛之方鲠,固宜得神明之祐,岂真耳内绣针,毫毛能变,足下觔斗,碧落可升哉!卒为邪惑,亦其见之不真也。"

青蛙神

江汉之间,俗事蛙神最虔。祠中蛙不知几百千万,有大如笼者。或犯神怒,家中辄有异兆;蛙游几榻,甚或攀缘滑壁,其状不一,此家当凶。人则大恐,斩牲禳祷之,神喜则已。

楚有薛昆生者,幼惠,美姿容。六七岁时,有青衣媪至其家,自称神使,坐致神意,愿以女下嫁昆生。薛翁性朴拙,雅不欲,辞以儿幼。虽固却之,而亦未敢议婚他姓。迟数年昆生渐长,委禽⑤于姜氏。神告姜曰："薛昆生吾婿也,何得近禁脔⑥!"姜惧,反其仪⑦。薛翁忧之,洁牲往祷,自言不敢与神相匹偶。祝已,见肴酒中皆有巨蛆浮出,蠢然扰动,倾弃谢罪而归。心益惧,亦姑听之。

一日昆生在途,有使者迎宣神命,苦邀移趾。不得已,从与俱往。入一朱门,楼阁华好。有叟坐堂上,类七八十岁人。昆生伏谒,叟命曳起之,赐坐

---

①由旬:梵语音译,古印度长度单位。一由旬的长度,我国古有八十里、六十里、四十里诸说。②柈(pán):古同"盘",盘子。③酒枚:即"酒筹",古代筵席上饮酒一轮谓之一巡,用筹子记巡数,称之酒筹,后亦用于行酒令。④倍蓰(xǐ):加倍。蓰,五倍。⑤委禽:下聘礼。⑥禁脔:喻指独自占有,不容别人分享的东西。⑦反其仪:退还聘礼。

案旁。少间婢媪集视，纷纭满侧。叟顾曰："人言薛郎至矣。"数婢奔去。移时一媪率女郎出，年十六七，丽绝无俦。叟指曰："此小女十娘，自谓与君可称佳偶，君家尊乃以异类见拒。此自百年事，父母止主其半，是在君耳。"昆生目注十娘，心爱好之，默然不言。媪曰："我固知郎意良佳。请先归，当即送十娘往也。"昆生曰："诺。"趋归告翁。翁仓遽无所为计，乃授之词，使返谢之，昆生不肯行。方消让①间，舆已在门，青衣成群，而十娘入矣。上堂朝见翁姑，见之皆喜。即夕合卺②，琴瑟甚谐。由此神翁神媪时降其家。视其衣，赤为喜，白为财，必见，以故家日兴。自婚于神，门堂藩溷③皆蛙，人无敢诉踏之。惟昆生少年任性，喜则忌，怒则践毙，不甚爱惜。十娘虽谦驯，但含怒，颇不善昆生所为；而昆生不以十娘故敛抑之。十娘语侵昆生，昆生怒曰："岂以汝家翁媪能祸人耶？大丈夫何畏蛙也！"十娘甚讳言"蛙"，闻之恚甚，曰："自妾入门为汝妇，田增粟，贾增价，亦复不少。今老幼皆已温饱，遂于鸮鸟生翼，欲啄母睛耶！"昆生益愤曰："吾正嫌所增污秽，不堪贻子孙。请不如早别，"遂逐十娘，翁媪既闻之，十娘已去。呵昆生，使急往追复之。昆生盛气不屈。至夜母子俱病，郁冒④不食。翁惧，负荆于祠，词义殷切。过三日病寻愈。十娘已自至，夫妻欢好如初。

十娘日辄凝妆坐，不操女红，昆生衣履一委诸母。母一日忿曰："儿既娶，仍累媪！人家妇事姑，我家姑事妇！"十娘适闻之，负气登堂曰："儿妇朝侍食，暮问寝，事姑者，其道如何？所短者，不能吝佣钱自作苦耳。"母无言，惭沮自哭。昆生入见母涕痕，诘得故，怒责十娘。十娘执辩不相屈。昆生曰："娶妻不能承欢，不如勿有！便触老蛙怒，不过横灾死耳！"复出十娘。十娘亦怒，出门径去。次日居舍灾，延烧数屋，几案床榻，悉为煨烬。昆生怒，诣祠责数曰："养女不能奉翁姑，略无庭训⑤，而曲护其短！神者至公，有教人畏妇者耶！且盎盂相敲⑥，皆臣所为，无所涉于父母。刀锯斧钺，即加臣身；如其不然，我亦焚汝居室，聊以相报。"言已，负薪殿下，爇火欲举。居人集而哀之，始愤而归。父母闻之，大惧失色。至夜神示梦于近村，使为婿家营宅。及明赍材鸠工⑦，共为昆生建造，辞之不肯；日数百人相属于道，不数日第舍一新，床幕器具悉备焉。修除甫竟，十娘已至，登堂谢过，言词温婉。转身向昆生展笑，举家变怨为喜。自此十娘性益和，居二年无间言。

十娘最恶蛇，昆生戏函小蛇，绐⑧使启之。十娘变色，诟昆生。昆生亦转笑生嗔，恶相抵。十娘曰："今番不待相迫逐，请自此绝。"遂出门去。薛翁大恐，杖昆生，请罪于神。幸不祸之，亦寂无音。积有年余，昆生怀念十娘，颇

---

①诮让：责问。　②合卺(jǐn)：旧时婚礼的一种仪式，此处借指成婚。　③藩溷(hùn)：篱笆与厕所。　④郁冒：中医术语，指昏冒神志不清的病症。　⑤庭训：父教。　⑥盎盂相敲：喻指家人之间的争吵。　⑦赍(jī)材：携带木材。鸠(jiū)工：聚集工匠。　⑧绐(dài)：欺骗。

自悔，窃诣神所哀十娘，迄无声应。未几，闻神以十娘字袁氏，中心失望，因亦求婚他族；而历相数家，并无如十娘者，于是益思十娘。往探袁氏，则已垩壁涤庭①，候鱼轩②矣。心愧愤不能自已，废食成疾。父母忧皇，不知所处。

忽昏愦中有人抚之曰："大丈夫频欲断绝，又作此态！"开目则十娘也。喜极，跃起曰："卿何来？"十娘曰："以轻薄人相待之礼，止宜从父命，另醮而去。固久受袁家采币，妾千思万思而不忍也。卜吉③已在今夕，父又无颜反币，妾亲携而置之矣。适出门，父走送曰：'痴婢！不听吾言，后受薛家凌虐，纵死亦勿归也！'"昆生感其义，为之流涕。家人皆喜，奔告翁媪。媪闻之，不待往朝，奔入子舍，执手呜泣。由此昆生亦老成，不作恶虐，于是情好益笃。十娘曰："妾向以君儇薄④，未必遂能相白首，故不欲留孽根于人世；今已靡他，妾将生子。"居无何，神翁神媪着朱袍，降临其家。次日十娘临蓐，一举两男。

由此往来无间。居民或犯神怒，辄先求昆生；乃使妇女辈盛妆入闺，朝拜十娘，十娘笑则解。薛氏苗裔甚繁，人名之"薛蛙子家"。近人不敢呼，远人则呼之。

青蛙神，往往托诸巫以为言。巫能察神嗔喜：告诸信士曰"喜矣"，神则至；"怒矣"，妇子坐愁叹，有废餐者。流俗然哉？抑神实灵，非尽妄也？

有富贾周某性吝啬。会居人敛金修关圣祠，贫富皆与有力，独周一毛所不肯拔。久之工不就，首事者无所为谋。适众赛⑤蛙神，巫忽言："周将军仓命小神司募政，其取簿籍来。"众从之。巫曰："已捐者不复强，未捐者量力自注。"众唯唯敬听，各注已。巫视曰："周某在此否？"周方混迹其后，惟恐神知，闻之失色，次且而前。巫指籍曰："注金百。"周益窘，巫怒曰："淫债尚酬二百，况好事耶！"盖周私一妇，为夫掩执⑥，以金二百自赎，故讦之也。周益惭惧，不得已，如命注之。

既归告妻，妻曰："此巫之诈耳。"巫屡索，卒不与。一日方昼寝，忽闻门外如牛喘。视之则巨蛙，室门仅容其身，步履塞缓，塞两扉而入。既入转身卧，以阈⑦承颔，举家尽惊。周曰："此必讨募金也。"焚香而祝，愿先纳三十，其余以次鬻送，蛙不动；请纳五十，身忽一缩小尺许；又加二十益缩如斗；请全纳，缩如拳，从容出，入墙罅而去。周急以五十金送监造所，人皆异之，周亦不言其故。积数日，巫又言："周某欠金五十，何不催并？"周闻之，惧，又送十金，意将以次完结。一日夫妇方食，蛙又至，如前状，目作怒。少间登其床，床摇撼欲倾；加喙于枕而眠，腹隆起如卧牛，四隅皆满。周惧，即完百数

---

①垩(è)壁涤庭：粉刷墙壁，打扫庭院。 ②鱼轩：古代贵族妇女所乘的车，以兽皮为饰。 ③卜吉：卜定的吉日，此处指婚期。 ④儇(xuān)薄：巧佞轻佻。 ⑤赛：此处指酬神，祭神。 ⑥掩执：突然捉住。 ⑦阈(yù)：门槛。

与之。验之，仍不少动。半日间小蛙渐集，次日益多，穴仓登榻，无处不至；大于碗者，升灶啜蝇，糜烂釜中，以致秽不可食；至三日庭中蠢蠢，更无隙地。一家皇骇，不知计之所出。不得已，请教于巫。巫曰："此必少之也。"遂祝之，益以二十首始举；又益之起一足；直至百金，四足尽起，下床出门，狼犹数步，复返身卧门内。周惧，问巫。巫揣其意，欲周即解囊。周无奈何，如数付巫，蛙乃行，数步外身暴缩，杂众蛙中，不可辨认，纷纷然亦渐散矣。

祠既成，开光祭赛，更有所需。巫忽指首事者曰："某宜出如干数。共十五人，止遗二人。众祝曰："吾等与某某，已同捐过。"巫曰："我不以贫富为有无，但以汝等所侵渔之数为多寡。此等金钱，不可自肥，恐有横灾飞祸。念汝等首事勤劳，故代汝消之也。除某某廉正无苟且外，即我家巫，我亦不少私之，便令先出，以为众倡。"即奔入家，搜括箱椟。妻问之亦不答，尽卷囊蓄而出，告众曰："某私克银八两，今使倾囊。"与众衡之，秤得六两余，使人志之。众愕然，不敢置辩，悉如数纳入。巫过此茫不自知；或告之，大惭，质衣以盈之。惟二人亏其数，事既毕，一人病月余，一人患疔疮①，医药之费，浮于所欠，人以为私克之报云。

异史氏曰："老蛙司募，无不可与为善之人，其胜刺钉拖索者不既多乎？又发监守之盗而消其灾，则其现威猛，正其行慈悲也。神矣！"

任秀

任建之，鱼台②人，贩毡裘为业，竭资赴陕。途中逢一人。自言："申竹亭，宿迁③人。"话言投契，盟为昆弟，行止与俱。至陕，任病不起，申善视之，积十余日，疾大渐。谓申曰："吾家故无恒产，八口衣食皆恃一人犯霜露。今不幸殂谢异域。君，我手足也，两千里外，更有谁何！囊金二百余金，一半君自取之，为我小备殓具，剩者可助资斧；其半寄吾妻子，俾辇吾榇④而归。如肯携残骸旋故里，则装资勿计矣。"乃扶枕为书付申，至夕而卒。申以五六金为市薄材，殓已。主人催其移榇⑤，申托寻寺观，竟遁不返。任家年余方得确耗。

任子秀，年十七，方从师读，由此废学，欲往寻父柩。母怜其幼，秀哀涕欲死，遂典资治任⑥，俾老仆佐之行，半年始还。殡后家贫如洗。幸秀聪颖，释服⑦，入鱼台泮⑧。而佻达喜博⑨，母教戒綦严，卒不改。一日文宗案临，试

---

①疔(dīng)疮：脚疔。　②鱼台：旧县名，治所在今山东省济宁市鱼台县。　③宿迁：旧县名，治所在今江苏省宿迁市。　④榇：棺材。　⑤槥(huì)：小棺材。　⑥治任：整理行装。　⑦释服：指守孝期满除服。　⑧入鱼台泮：考入鱼台县学，为县学生员。　⑨博：赌博。

居四等。母愤泣不食，秀惭惧，对母自矢。于是闭户年余，遂以优等食饩①。母劝令设帐，而人终以其荡无检幅，咸诮薄之。

有表叔张某贾京师，劝赴都，愿携与俱，不耗其资。秀喜从之。至临清，泊舟关外。时盐航舣集，帆樯如林。卧后，闻水声人声，聒耳不寐。更既静，忽闻邻舟骰声清越，入耳萦心，不觉旧技复痒。窃听诸客，皆已酣寝，囊中自备千文，思欲过舟一戏。潜起解囊，捉钱踟蹰，回思母训，即复束置。既睡，心怔忡苦不得眠；又起又解，如是者三。兴勃发，不可复忍，携钱径去。至邻舟，则见两人对赌，钱注丰美。置钱几上，即求入局。二人喜，即与共掷。秀大胜。一客钱尽，即以巨金质舟主，渐以十余贯作孤注。赌方酣，又有一人登舟来，眈视良久，亦倾囊出百金质主人，入局共博。张中夜醒，觉秀不在舟，闻骰声，心知之，因诣邻舟，欲挠沮之。至，则秀胯侧积资如山，乃不复言，负钱数千而返。呼诸客并起，往来移运，尚存十余千。未几三客俱败，一舟之钱尽空。客欲赌金，而秀欲已盈，故托非钱不博以难之。张在侧，又促逼令归。三客燥急。舟主利其盆头，转贷他舟，得百余千。客得钱，赌更豪，无何又尽归秀。

天已曙，放晓关矣，共运资而返。三客已去。主人视所质二百余金，尽箔灰耳。大惊，寻至秀舟，告以故，欲取偿于秀，及问里居、姓名，知为建之之子，缩颈羞汗而退。过访榜人②，乃知主人即申竹亭也。秀至陕时，亦颇闻其姓字；至此鬼已报之，故不复追其前郤③矣。乃以资与张合业而北，终岁获息倍蓰④。遂援例入监⑤。益权子母⑥，十年间财雄一方。

晚霞

五月五日，吴越有斗龙舟之戏：刳木为龙，绘鳞甲，饰以金碧；上为雕甍⑦朱槛，帆旌皆以锦绣。舟末为龙尾高丈余，以布索引木板下垂。有童坐板上，颠倒滚跌，作诸巧剧。下临江水，险危欲堕。故其购是童也，先以金啖其父母，预调驯之，堕水而死勿悔也。吴门则载美姬，较不同耳。

镇江有蒋氏童阿端，方七岁。便捷奇巧莫能过，声价益起，十六岁犹用之。至金山下堕水死。蒋媪止此子，哀鸣而已。阿端不自知死，有两人导去，见水中别有天地；回视则流波四绕，屹如壁立。俄入宫殿，见一人兜牟⑧

---

①食饩(xì)：指成为廪膳生员。明清科举考试中，取得廪生资格的生员可以领取朝廷发放的饩廪(膳食补贴)。　②榜人：船家，船夫。　③前郤：以前的嫌隙。郤，通"隙"。　④倍蓰(xǐ)：加倍。蓰，五倍。　⑤援例入监：即"例贡生"，指通过捐纳钱财的方式成为国子监监生。　⑥权子母：国家铸钱，以重币为母，轻币为子，权其轻重而使行，有利于民。后世遂称资本经营或借贷生息为"权子母"。　⑦甍(méng)：房屋、屋脊。　⑧兜牟：头盔。

坐。两人曰："此龙窝君也。"便使拜伏,龙窝君颜色和霁,曰:"阿端伎巧可入柳条部。"遂引至一所,广殿四合。趋上东廊,有诸少年出与为礼,率十三四岁。即有老妪来,众呼解姥。坐令献技。已,乃教以"钱塘飞霆"之舞,"洞庭和风"之乐。但闻鼓钲①喤聒,诸院皆响;既而诸院皆息。姥恐阿端不能即娴,独絮絮调拨之;而阿端一过殊已了了。姥喜曰:"得此儿,不让晚霞矣!"

明日龙窝君按部,诸部毕集。首按"夜叉部",鬼面鱼服,鸣大钲,围四尺许,鼓可四人合抱之,声如巨霆,叫噪不复可闻。舞起则巨涛汹涌,横流空际,时堕一点大如盆,着地消灭。龙窝君急止之,命进"乳莺部",皆二八姝丽,笙乐细作,一时清风习习,波声俱静,水渐凝如水晶世界,上下通明。按毕,俱退立西墀下。次按"燕子部",皆垂髫人。内一女郎,年十四五已来,振袖倾鬟,作"散花舞";翩翩翔起,衿袖袜履间,皆出五色花朵,随风飏下,飘泊满庭。舞毕,随其部亦下西墀。阿端旁眄,雅爱好之,问之同部,即晚霞也。无何,唤"柳条部"。龙窝君特试阿端。端作前舞,喜怒随腔,俯仰中节。龙窝君嘉其惠悟,赐五文裤褶②,鱼须金束发,上嵌夜光珠。阿端拜赐下,亦趋西墀,各守其伍。端于众中遥注晚霞,晚霞亦遥注之。少间,端逡巡出部而北,晚霞亦渐出部而南,相去数武,而法严不敢乱部,相视神驰而已。既按"蛱蝶部",童男女皆双舞,身长短、年大小、服色黄白,皆取诸同。诸部按毕,鱼贯而出。"柳条"在"燕子部"后,端疾出部前,而晚霞已缓滞在后。回首见端,故遗珊瑚钗,端急内袖中。

既归,凝思成疾,眠餐顿废。解姥辄进甘旨③,日三四省,抚摩殷切,病不少瘥。姥忧之,罔所为计,曰:"吴江王寿期已促,且为奈何!"薄暮一童子来,坐榻上与语,自言:"隶蛱蝶部。"从容问曰:"君病为晚霞否?"端惊问:"何知?"笑曰:"晚霞亦如君耳。"端凄然起坐,便求方计。童问:"尚能步否?"答云:"勉强尚能自力。"童挽出,南启一户,折而西,又辟双扉。见莲花数十亩,皆生平地上,叶大如席,花大如盖,落瓣堆梗下盈尺。童引入其中,曰:"姑坐此。"遂去。少时,一美人拨莲花而入,则晚霞也。相见惊喜,各道相思,略述生平。遂以石压荷盖令侧,雅可幛蔽;又匀铺莲瓣而藉之,忻④与狎寝。既订后约,日以夕阳为候,乃别。端归,病亦寻愈。由此两人日以会于莲亩。

过数日,随龙窝君往寿吴江王。称寿已,诸部悉归,独留晚霞及乳莺部一人在宫中教舞。数月更无音耗,端怅望若失。惟解姥日往来吴江府,端托晚霞为外妹,求携去,冀一见之。留吴江门下数日,宫禁严森,晚霞苦不得出,怏怏而返。积月余,痴想欲绝。一日解姥入,戚然相吊曰:"惜乎!晚霞投江矣!"端大骇,涕下不能自止。因毁冠裂服,藏金珠而出,意欲相从俱死。但见江水若壁,以首力触不得入。念欲复还,惧问冠服,罪将增重。意计穷

---

①钲:一种铜质古代乐器。　②五文裤褶:五彩的戎服。　③甘旨:美味的食物。　④忻:欣喜。

塞,汗流浃踵。忽睹壁下有大树一章,乃猱攀而上,渐至端杪①,猛力跃堕,幸不沾濡,而竟已浮水上。不意之中,恍睹人世,遂飘然洄去。移时得岸,少坐江滨,顿思老母,遂趁舟而去。

抵里,四顾居庐,忽如隔世。次且至家,忽闻窗中有女子曰:"汝子来矣。"音声甚似晚霞。俄,与母俱出,果霞。斯时两人喜胜于悲;而媪则悲疑惊喜,万状俱作矣。初,晚霞在吴江,觉腹中震动,龙宫法禁严,恐旦夕身娩,横遭挞楚,又不得一见阿端,但欲求死,遂潜投江水。身泛起,沉浮波中,有客舟拯之,问其居里。晚霞故吴名妓,溺水不得其尸,自念衖院②不可复投,遂曰:"镇江蒋氏,吾婿也。"客因代赁③扁舟,送诸其家。蒋媪疑其错误,女自言不误,因以其情详告媪。媪以其风格婉妙,颇爱悦之。第虑年太少,必非肯终寡也者。而女孝谨,顾家中贫,便脱珍饰售数万。媪察其志无他,良喜。然无子,恐一旦临蓐,不见信于戚里,以谋女。女曰:"母但得真孙,何必求人知。"媪亦安之。

会端至,女喜不自已。媪亦疑儿不死;阴发儿冢,骸骨俱存,因以此诘端。端始爽然自悟;然恐晚霞恶其非人,嘱母勿复言。母然之。遂告同里,以为当日所得非儿尸,然终虑其不能生子。未几竟举一男,捉之无异常儿,始悦。久之,女渐觉阿端非人,乃曰:"胡不早言!凡鬼衣龙宫衣,七七魂魄坚凝,生人不殊矣。若得宫中龙角胶,可以续骨节而生肌肤,惜不早购之也。"

端货其珠,有贾胡④出资百万,家由此巨富。值母寿,夫妻歌舞称觞,遂传闻王邸。王欲强夺晚霞。端惧,见王自陈:"夫妇皆鬼。"验之无影而信,遂不之夺。但遣宫人就别院传其技。女以龟溺⑤毁容,而后见之。教三月,终不能尽其技而去。

白秋练

直隶有慕生,小字蟾宫,商人慕小寰之子。聪惠喜读。年十六,翁以文业迂,使去而学贾,从父至楚。每舟中无事,辄便吟诵。抵武昌,父留居逆旅⑥,守其居积。生乘父出,执卷哦诗,音节铿锵。辄见窗影憧憧,似有人窃听之,而亦未之异也。

一夕翁赴饮,久不归,生吟益苦。有人徘徊窗外,月映甚悉。怪之,遽出窥觇,则十五六倾城之姝。望见生,急避去。又二三日,载货北旋,暮泊湖

---

①端杪(miǎo):树梢。　②衖(yuàn)院:妓院。　③赁(shì):租赁。　④贾胡:经商的胡人。
⑤龟溺:龟尿。　⑥逆旅:旅店,客舍。

滨。父适他出,有媪入曰:"郎君杀吾女矣!"生惊问之,答云:"妾白姓。有息女秋练,颇解文字。言在郡城,得听清吟,于今结念,至绝眠餐。意欲附为婚姻,不得复拒。"生心实爱好,第虑父嗔,因直以情告。媪不实信,务要盟约。生不肯,媪怒曰:"人世姻好,有求委禽①而不得者。今老身自媒,反不见纳,耻孰甚焉!请勿想北渡矣!"遂去。少间父归,善其词以告之,隐冀垂纳。而父以涉远,又薄女子之怀春也,笑置之。

泊舟处水深没棹;夜忽沙碛拥起,舟滞不得动。湖中每岁客舟必有留住守洲者,至次年桃花水溢,他货未至,舟中物当百倍于原直也,以故翁未甚忧怪。独计明岁南来,尚须揭资,于是留子自归。生窃喜,悔不诘媪居里。日既暮,媪与一婢扶女郎至,展衣卧诸榻上,向生曰:"人病至此,莫高枕作无事者!"遂去。生初闻而惊;移灯视女,则病态含娇,秋波自流。略致讯诘,嫣然微笑。生强其一语,曰:"'为郎憔悴却羞郎',可为妾咏。"生狂喜,欲近就之,而怜其荏弱②。探手于怀,接脰③为戏。女不觉欢然展谑,乃曰:"君为妾三吟王建'罗衣叶叶'之作,病当愈。"生从其言。甫两过,女揽衣起曰:"妾愈矣!"再读,则娇颤相和。生神志益飞,遂灭烛共寝。女未曙已起,曰:"老母将至矣。"未几媪果至。见女凝妆欢坐,不觉欣慰;邀女去,女俯首不语。媪即自去,曰:"汝乐与郎君戏,亦自任也。"于是生始研问居止。女曰:"妾与君不过倾盖之交④,婚嫁尚未可必,何须令知家门。"然两人互相爱悦,要誓良坚。

女一夜早起挑灯,忽开卷凄然泪莹,生起急问之。女曰:"阿翁行且至。我两人事,妾适以卷卜,展之得李益《江南曲》,词意非祥。"生慰解之,曰:"首句'嫁得瞿塘贾',即已大吉,何不祥之与有!"女乃少欢,起身作别曰:"暂请分手,天明则千人指视矣。"生把臂哽咽,问:"好事如谐,何处可以相报?"曰:"妾常使人侦探之,谐否无不闻也。"生将下舟送之,女力辞而去。无何翁果至。生渐吐其情,父疑其招妓,怒加诟厉。细审舟中财物,并无亏损,谯呵乃已。一夕翁不在舟,女忽至,相见依依,莫知决策。女曰:"低昂有数⑤,且图目前。姑留君两月,再商行止。"临别,以吟声作为相会之约。由此值翁他出,遂高吟,则女自至。四月行尽,物价失时,诸贾无策,敛资祷湖神之庙。端阳后,雨水大至,舟始通。

生既归,凝思成疾。慕忧之,巫医并进。生私告母曰:"病非药禳可痊,惟有秋练至耳。"翁初怒之;久之支离益惫,始惧,赁车载子复入楚,泊舟故处。访居人,并无知白媪者。会有媪操柁⑥湖滨,即出自任。翁登其舟,窥见秋练,心窃喜,而审诘邦族,则浮家泛宅⑦而已。因实告子病由,冀女登舟,姑

---

①委禽:下聘礼。 ②荏弱:柔弱,怯弱。 ③接脰:接吻。 ④倾盖之交:指一见如故的朋友。
⑤低昂有数:一切皆有定数。 ⑥操柁:驾船。 ⑦浮家泛宅:指漂泊江湖的水上人家。

以解其沉痼。媪以婚无成约，弗许。女露半面，殷殷窥听，闻两人言，眦泪欲望。媪视女面，因翁哀请，即亦许之。至夜翁出，女果至，就榻呜泣曰："昔年妾状今到君耶！此中况味，要不可不使君知。然羸顿如此，急切何能便瘳①？妾请为君一吟。"生亦喜。女亦吟王建前作。生曰："此卿心事，医二人何得效？然闻卿声，神已爽矣。试为我吟'杨柳千条尽向西'。"女从之。生赞曰："快哉！卿昔诵诗余，有《采莲子》云：'菡萏香莲十顷陂。'心尚未忘，烦一曼声度之。"女又从之。甫阕，生跃起曰："小生何尝病哉！"遂相狎抱，沉痼若失。既而问："父见媪何词？事得谐否？"女已察知翁意，直对"不谐"。

既而女去，父来，见生已起，喜甚，但慰勉之。因曰："女子良佳。然自总角时把柁棹歌②，无论微贱，抑亦不贞。"生不语。翁既出，女复来，生述父意。女曰："妾窥之审矣：天下事，愈急则愈远，愈迎则愈拒。当使意自转，反相求。"生问计，女曰："凡商贾之志在于利耳。妾有术知物价。适视舟中物，并无少息。为我告翁：居某物利三之；某物十之。归家，妾言验，则妾为佳妇矣。再来时君十八，妾十七，相欢有日，何忧为！"生以所言物价告父。父颇不信，姑以余资半从其教。既归，所自买货，资本大亏；幸少从女言，得厚息，略相准。以是服秋练之神。生益夸张之，谓女自夸，能使己富。翁于是益揭资而南。至湖，数日不见白媪；过数日，始见其泊舟柳下，因委禽焉。媪悉不受，但涓吉③送女过舟。翁另赁一舟，为子合卺。

女乃使翁益南，所应居货，悉籍付之。媪乃邀婿去，家于其舟。翁三月而返。物至楚，价已倍蓰④。将归，女求载湖水；既归，每食必加少许，如用醯⑤酱焉。由是每南行，必为致数坛而归。后三四年，举一子。

一日涕泣思归。翁乃偕子及妇俱入楚。至湖，不知媪之所在。女扣舷呼母，神形丧失。促生沿湖问讯。会有钓鲟鳇⑥者，得白骥⑦。生近视之，巨物也，形全类人，乳阴毕具。奇之，归以告女。女大骇，谓凤有放生愿，嘱生赎放之。生往商钓者，钓者索直昂。女曰："妾在君家，谋金不下巨万，区区者何遂靳直也！如必不从，妾即投湖水死耳！"生惧，不敢告父，盗金赎放之。既返不见女。搜之不得，更尽始至。问："何往？"曰："适至母所。"问："母何在？"腆然曰："今不得不实告矣：适所赎，即妾母也。向在洞庭，龙君命司行旅。近宫中欲选嫔妃，妾被浮言者所称道，遂敕妾母，坐相索。妾母实奏之。龙君不听，放母于南滨，饿欲死，故罹前难。今难虽免，而罚未释。君如爱妾，代祷真君可免。如以异类见憎，请以儿掷还君。妾自去，龙宫之奉，未必不百倍君家也。"生大惊，虑真君不可得见。女曰："明日未刻⑧，真君当至。

────────

①瘳(chōu)：病愈。　②棹歌：行船时所唱之歌。棹，船桨。　③涓吉：选择吉日。　④倍蓰(xǐ)：加倍。蓰，五倍。　⑤醯(xī)：醋。　⑥鲟鳇：鱼名，又名"鳣"，状似鲟鱼。　⑦白骥：指白鳍豚。　⑧未刻：约为下午1时至3时。

见有跛道士，急拜之，入水亦从之。真君喜文士，必合怜允。"乃出鱼腹绫一方，曰："如问所求，即出此，求书一'免'字。"生如言候之。果有道士蹩躠①而至，生伏拜之。道士急走，生从其后。道士以杖投水，跃登其上。生竟从之而登，则非杖也，舟也。又拜之，道士问："何求？"生出罗求书。道士展视曰："此白骥翼也，子何遇之？"蟾宫不敢隐，详陈始末。道士笑曰："此物殊风流，老龙何得荒淫！"遂出笔草书"免"字如符形，返舟令下。则见道士踏杖浮行，顷刻已渺。归舟女喜，但嘱勿泄于父母。

归后二三年，翁南游，数月不归。湖水俱罄，久待不至。女遂病，日夜喘急，嘱曰："如妾死，勿瘗②，当于卯、午、酉三时③，一吟杜甫《梦李白》诗，死当不朽。待水至，倾注盆内，闭门缓妾衣，抱入浸之，宜得活。"喘息数日，奄然遂毙。后半月，慕翁至，生急如其教，浸一时许，渐苏。自是每思南旋。后翁死，生从其意，迁于楚。

王者

湖南巡抚某公，遣州佐④押解饷六十万赴京。途中被雨，日暮愆程⑤，无所投宿，远见古刹，因诣栖止。天明视所解金，荡然无存。众骇怪莫可取咎。回白抚公，公以为妄，将置之法；及诘众役，并无异词。公责令仍反故处，缉察端绪。

至庙前见一瞽者，形貌奇异，自榜云："能知心事。"因求卜筮。瞽曰："是为失金者。"州佐曰："然。"因诉前苦。瞽者便索肩舆，云："但从我去当自知。"遂如其言，官役皆从之。瞽曰："东。"东之。瞽曰："北。"北之。凡五日，入深山，忽睹城郭，居人辐辏⑥。入城走移时，瞽曰："止。"因下舆，以手南指："见有高门西向，可款关自问之。"拱手自去。州佐如其教，果见高门，渐入之。一人出，衣冠汉制，不言姓名。州佐述所自来，其人云："请留数日，当与君谒当事者。"遂导去，令独居一所，给以食饮。暇时闲步至第后，见一园亭，入涉之。老松翳日，细草如毡。数转廊榭，又一高亭，历阶而入，见壁上挂人皮数张，五官俱备，腥气流熏。不觉毛骨森竖，疾退归舍。自分留鞹异域⑦，已无生望，因念进退一死，亦姑听之。

明日，衣冠者召之去，曰："今日可见矣。"州佐唯唯。衣冠者乘怒马甚

---

①蹩躠(bié xiè)：形容跛足前行的样子。　②瘗(yì)：掩埋，埋葬。　③卯：卯时，约为上午5时至7时。午：午时，约为上午11时至下午1时。酉：酉时，约为下午5时至7时。　④州佐：辅佐州郡长官的副职。清代用以泛称知州以下的州同、州判之类的官员。　⑤愆(qiān)程：耽误了行程。　⑥辐辏：形容人或物聚集，像车轮的辐条集中于车毂一样。　⑦留鞹(kuò)异域：犹言"客死他乡"。鞹，兽皮，此处指人皮。

驶，州佐步驰从之。俄，至一辕门，俨如制府①衙署，皂衣人罗列左右，规模凛肃。衣冠者下马导入。又一重门，见有王者，珠冠绣绂南面坐。州佐趋上伏谒。王者问："汝湖南解官耶？"州佐诺。王者曰："银俱在此。是区区者，汝抚军即慨然见赠，未为不可。"州佐泣诉："限期已满，归必就刑，禀白何所申证？"王者曰："此即不难。"遂付以巨函云："以此复之，可保无恙。"又遣力士送之。州佐慑息不敢辨，受函而返。山川道路，悉非来时所经。既出山，送者乃去。

数日抵长沙，敬白抚公。公益妄之，怒不容辨，命左右者飞索以缧。州佐解襆出函，公拆视未竟，面如灰土。命释其缚，但云："银亦细事，汝姑出。"于是急檄属官，设法补解讫。数日公疾，寻卒。先是公与爱姬共寝，既醒，而姬发尽失。阖署惊怪，莫测其由。盖函中即其发也。外有书云："汝自起家守令，位极人臣。赇②贿贪婪，不可悉数。前银六十万，业已验收在库。当自发贪囊，补充旧额。解官无罪，不得加谴责。前取姬发，略示微警。如复不遵教令，旦晚取汝首领。姬发附还，以作明信。"公卒后，家人始传其书。后属员遣人寻其处，则皆重岩绝壑，更无径路矣。

异史氏曰："红线金合③，以儆贪婪，良亦快异。然桃源仙人，不事劫掠；即剑客所集。乌得有城郭衙署哉？呜呼！是何神欤？苟得其地，恐天下之赴诉者无已时矣。"

某甲

某甲私其仆妇，因杀仆纳妇，生二子一女。阅④十九年，巨寇破城，劫掠一空。一少年贼，持刀入甲家。甲视之，酷类死仆。自叹曰："吾今休矣！"倾囊赎命。迄不顾，亦不一言，但搜人而杀，共杀一家二十七口而去。甲头未断，寇去少苏，犹能言之。三日寻毙。呜呼！果报不爽，可畏也哉！

衢州三怪

张握仲从戎衢州⑤，言："衢州夜静时，人莫敢独行。钟楼上有鬼，头上一角，象貌狞恶，闻人行声即下。人驰而奔，鬼亦遂去。然见之辄病，且多死者。又城中一塘，夜出白布一匹，如匹练横地。过者拾之，即卷入水。又有

---

①制府：总督府。 ②赇（qiú）贿：贿赂。 ③红线金合：引处化用唐传奇中侠女红线盗盒、以示警告的故事，喻指王者寄函警告贪官。 ④阅：经历。 ⑤衢州：旧府名，治所在今浙江省衢州市。

鸭鬼,夜既静,塘边并寂无一物,若闻鸭声,人即病。"

拆楼人

何冏卿,平阴①人。初令秦中,一卖油者有薄罪,其言戆,何怒,杖杀之。后仕至铨司,家资富饶。建一楼,上梁日,亲宾称觞②为贺。忽见卖油者入,阴自骇疑。俄报妾生子,愀然曰:"楼工未成,拆楼人已至矣!"人谓其戏,而不知其实有所见也。后子既长,最顽,荡其家。佣为人役,每得钱数文,辄买香油食之。

异史氏曰:"常见富贵家数第连亘,死后,再过已墟。此必有拆楼人降生其家也。身居人上,乌可不早自惕哉!"

大蝎

明彭将军宏,征寇入蜀。至深山中,有大禅院,云已百年无僧。询之土人,则曰:"寺中有妖,入者辄死。"彭恐伏寇,率兵斩茅而入。前殿中有皂雕③夺门飞去;中殿无异;又进之,则佛阁,周视亦无所见,但入者皆头痛不能禁。彭亲入,亦然。少顷,有大蝎如琵琶,自板上蠢蠢而下,一军惊走,彭遂火其寺。

陈云栖

真毓生,楚夷陵④人,孝廉之子。能文,美丰姿,弱冠知名。儿时,相者曰:"后当娶女道士为妻。"父母共以为笑。而为之论婚,低昂苦不能就。生母臧夫人,祖居黄冈,生以故诣外祖母。闻时人语曰:"黄州'四云',少者无论。"盖郡有吕祖庵,庵中女道士皆美,故云。

庵去臧氏村仅十余里,生因窃往。扣其关,果有女道士三四人,谦喜承迎,仪度皆洁。中一最少者,旷世真无其俦,心好而目注之。女以手支颐但他顾。诸道士觅盏烹茶。生乘间问姓字,答云:"云栖,姓陈。"生戏曰:"奇矣! 小生适姓潘。"陈赪颜发颊,低头不语,起而去。少间沦茗⑤,进佳果,各

①平阴:旧县名,治所在今山东省平阴县。 ②称觞:举杯祝酒。 ③皂雕:亦作"皂雕",一种黑色大型猛禽。 ④夷陵:旧州名,治所在今湖北省宜昌市。 ⑤沦(yuè)茗:煮茶。

道姓字：一白云深，年三十许；一盛云眠，二十已来；一梁云栋，约二十有四五，却为弟。而云栖不至，生殊怅惘，因问之。白曰："此婢惧生人。"生乃起别，白力挽之，不留而出。白曰："而欲见云栖，明日可复来。"

生归，思恋綦①切。次日又诣之。诸道士俱在，独少云栖，未便遽问。诸道士治具留餐，生力辞，不听。白拆饼授箸，劝进良殷。既问："云栖何在？"答云："自至。"久之，日势已晚，生欲归。白捉腕留之，曰："姑止此，我捉婢子来奉见。"生乃止。俄，挑灯具酒，云眠亦去。酒数行，生辞已醉。白曰："饮三觥，则云栖出矣。"生果饮如数。梁亦以此挟劝，生又尽之，覆盏告辞。白顾梁曰："吾等面薄，不能劝饮，汝往曳陈婢来，便道潘郎待妙常已久。"梁去，少时而返，具言："云栖不至。"生欲去，而夜已深，乃伴醉仰卧。两人代裸之，迭就淫焉。终夜不堪其扰。天既明，不睡而别，数日不敢复往，而心念云栖不忘也，但不时于近侧探侦之。

一日既暮，白出门与少年去。生喜，不甚畏梁，急往款关。云眠出应门，问之，则梁亦他适。因问云栖，盛导去，又入一院。呼曰："云栖！客至矣。"但见室门阗然而合。盛笑曰："闭扉矣。"生立窗外，似将有言，盛乃去。云栖隔窗曰："人皆以妾为饵钓君也。频来则身命殆矣。妾不能终守清规，亦不敢遂乖②廉耻，欲得如潘郎者事之耳。"生乃以白头相约。云栖曰："妾师抚养，即亦非易，果相见爱，当以二十金赎妾身。妾候君三年。如望为桑中之约③，所不能也。"生诺之。方欲自陈，而盛复至，从与俱出，遂别归。

中心怊怅，思欲委曲贪缘，再一亲其娇范，适有家人报父病，遂星夜而还。无何，孝廉卒。夫人庭训最严，心事不敢使知，但刻减金资日积之。有议婚者，辄以服阕为辞。母不听。生婉告曰："曩在黄冈，外祖母欲以婚陈氏，诚心所愿。今遭大故，音耗遂梗，久不如黄省问；旦夕一往，如不果谐，从母所命。"夫人许之。乃携所积而去。

至黄诣庵中，则院宇荒凉，大异畴昔。渐入之，惟一老尼炊灶下，因就问。尼曰："前年老道士死，'四云'星散矣。"问："何之？"曰："云深、云栋，从恶少去；向闻云栖寓居郡北；云眠消息不知也。"生闻之悲叹。命驾即诣郡北，遇观辄询，并少踪迹。怅恨而归，伪告母曰："舅言：陈翁如岳州，待其归，当遣伻④来。"

逾半年夫人归宁，以事问母，母殊茫然。夫人怒子诳；媪疑甥与舅谋，而未以问也。幸舅出莫从稽其妄。夫人以香愿⑤登莲峰。斋宿山下。既卧，逆旅主人扣扉，送一女道士寄宿同舍，自言："陈云栖。"闻夫人家夷陵，移坐就榻，告诉坎坷，词旨悲恻。末言："有表兄潘生，与夫人同籍，烦嘱子侄辈一传

①綦（qí）：极，很。　②乖：违背。　③桑中之约：指男女幽会。　④伻（bēng）：此处指仆人。
⑤香愿：指对神佛祈求时许下的烧香心愿。

口语,但道其寄栖鹤观师叔王道成所。朝夕厄苦,度日如岁。令早一临存①;恐过此以往,未之或知也。"夫人审名字,即又不知。但云:"既在学宫,秀才辈想无不闻也。"未明早别,殷殷再嘱。

夫人既归,向生言及。生长跪曰:"实告母:所谓潘生即儿也。"夫人既知其故,怒曰:"不肖儿!宣淫寺观,以道士为妇,何颜见亲宾乎!"生垂头,不敢出词。会生以赴试入郡,窃命舟访王道成。至,则云栖半月前出游不返。既归,悒悒而病。

适臧媪卒,夫人往奔丧,殡后迷途,至京氏家,问之,则族妹也。相便邀入。见有少女在堂,年可十八九,姿容曼妙,目所未睹。夫人每思得一佳妇,俾子不恼,心动,因诘生平。妹云:"此王氏女也,京氏甥也。怙恃②俱失,暂寄此耳。"问:"婿家谁?"曰:"无之。"把手与语,意致娇婉,母大悦,为之过宿,私以己意告妹。妹曰:"良佳。但其人高自位置,不然,胡蹉跎至今也。容商之。"夫人招与同榻,谈笑甚欢,自愿母夫人。夫人悦,请同归荆州,女益喜。

次日同舟而还。既至,则生病未起,母慰其沉疴,使婢阴告曰:"夫人为公子载丽人至矣。"生未信,伏窗窥之,较云栖尤艳绝也。因念:三年之约已过,出游不返,则玉容必已有主。得此佳丽,心怀颇慰。于是辗然动色,病亦寻瘳③。母乃招两人相拜见。生出,夫人谓女:"亦知我同归之意乎?"女微笑曰:"妾已知之。但妾所以同归之初志,母不知也。妾少字④夷陵潘氏,音耗阔绝,必已另有良匹。果尔,则为母也妇;不尔,则终为母也女,报母有日也。"夫人曰:"既有成约,即亦不强。但前在五祖山时,有女冠问潘氏,今又潘氏,固知夷陵世族无此姓也。"女惊曰:"卧莲峰下者母耶?询潘氏者即我是也。"母始恍然悟,笑曰:"若然,则潘生固在此矣。"女问:"何在?"夫人命婢导去问生,生惊曰:"卿云栖耶?"女问:"何如?"生言其情,始知以潘郎为戏。女知为生,羞与终谈,急返告母。母问其。"何复姓王"。答云:"妾本姓王。道师见爱,遂以为女,从其姓耳。"夫人亦喜,涓吉⑤为之成礼。先是,女与云眠俱依王道成。道成居隘,云眠遂去之汉口。女娇痴不能作苦,又羞出操道士业,道成颇不善之。会京氏如黄冈,女遇之流涕,因与俱去,俾改女子装,将论婚士族,故讳其曾隶道士籍。而问名者女辄不愿,舅及姑姊皆不知意向,心厌嫌之。是日从夫人归,得所托,如释重负焉。合卺⑥后各述所遭,喜极而泣。女孝谨,夫人雅怜爱之;而弹琴好弈,不知理家人生业,夫人颇以为忧。

---

①临存:亲临省问。 ②怙恃(hù shì):父母的合称。 ③瘳(chōu):病愈。 ④字:许嫁。
⑤涓吉:选择吉日。 ⑥合卺(jǐn):旧时婚礼的一种仪式,剖瓠为瓢,新郎、新娘各执一瓢饮酒。卺,一种瓠瓜。此处借指成婚。

积月余，母遣两人如京氏，留数日而归，泛舟江流，欸一舟过，中一女冠，近之则云眠也。云眠独与女善。女喜，招与同舟，相对酸辛。问："将何之？"盛云："久切悬念。远至栖鹤观。则闻依京舅矣。故将诣黄冈一奉探耳。竟不知意中人已得相聚。今视之如仙，剩此漂泊人，不知何时已矣！"因而歃歔。女设一谋，令易道装，伪作姊，携伴夫人，徐择佳偶。盛从之。

既归，女先白夫人，盛乃入。举止大家；谈笑间，练达世故。母既寡苦寂，得盛良欢，惟恐其去。盛早起代母劬劳①，不自作客。母益喜，阴思纳女姊，以掩女冠之名，而未敢言也。一日忘某事未作，急问之，则盛代备已久。因谓女曰："画中人不能作家，亦复何为。新妇若大姊者，吾不忧也。"不知女存心久，但恐母嗔。闻母言，笑对曰："母既爱之，新妇欲效英皇②，何如？"母不言，亦赧然笑。女退，告生曰："老母首肯矣。"乃另洁一室，告曰："昔在观中共枕时，姊言：'但得一能知亲爱之人，我两人当共事之。'犹忆之否？"盛不觉双眦荧荧，曰："妾所谓亲爱者非他，如日日经营，曾无一人知其苦甘；数日来，略有微芳，即烦老母恤念，则中心冷暖顿殊矣。若不下逐客令，俾得长伴老母，于愿斯足，亦不望前言之践也。"女告母。母今姊妹焚香，各矢无悔词，乃使生与行夫妇礼。将寝，告生曰："妾乃二十三岁老处女也。"生犹未信。既而落红殷褥，始奇之。盛曰："妾所以乐得良人者，非不能甘苓寂也；诚以闺阁之身，觍然酬应如勾栏，所不堪耳。借此一度，挂名君籍，当为君奉事老母，作内纪纲，若房闱之乐，请别与人探讨之。"三日后，襆被③从母，遣之不去。女早诣母所，占其床寝，不得已，乃从生去。由是三两日辄一更代，习为常。

夫人故善弈，自宴居，不暇为之。自得盛，经理井井，昼日无事，辄与女弈。挑灯瀹茗，听两妇弹琴，夜分始散。每与人曰："儿父在时，亦未能有此乐也。"盛司出纳，每纪籍报母。母疑曰："儿辈常言幼孤，作字弹棋，谁教之？"女笑以实告。母亦笑曰："我初不俗为儿娶一道士，今竟得两矣。"忽忆童时所卜，始信定数不可逃也。生再试不第。夫人曰："吾家虽不丰，簿田三百亩，幸得云眠纪理，日益温饱。儿但在膝下，率两妇与老身共乐，不愿汝求富贵也。"生从之。后云眠生男女各一，云栖女一男三。母八十余岁而终。孙皆入泮；长孙，云眠所出，已中乡选矣。

①劬（qú）劳：勤劳、劳苦。 ②效英皇：效法女英、娥皇，指二女共侍一夫。 ③襆被：用包袱包裹衣被。

司札吏

游击官某,妻妾甚多。最讳其小字①,呼年曰岁,生曰硬,马曰大驴;又讳败曰胜,安为放。虽简札往来,不甚避忌,而家人道之,则怒。一日司札吏②白事,误犯;大怒,以研击之立毙。三日后醉卧,见吏持刺入,问:"何为?"曰:"'马子安'来拜。"忽悟其鬼,急起,拔刀挥之。吏微笑,掷刺几上,泯然而没。取刺视之,书云:"岁家眷硬大驴子放胜。"暴谬之夫,为鬼揶揄,可笑甚已!

牛首山一僧,自名铁汉,又名铁屎。有诗四十首,见者无不绝倒。自镂印章二:一曰"混帐行子",一曰"老实泼皮"。秀水③王司直梓其诗,名曰:《牛山四十屁》。款云:"混帐行子,老实泼皮放。"不必读其诗。标名已足解颐④。

蚰蜒

学使朱矞三家门限下有蚰蜒⑤,长数尺。每遇风雨即出,盘旋地上如白练。按蚰蜒形若蜈蚣,昼不能见,夜则出,闻腥辄集。或云:蜈蚣无目而多贪也。

司训

教官某甚聋,而与一狐善,狐耳语之亦能闻。每见上官,亦与狐俱,人不知其重听⑥也。积五六年,狐别而去,嘱曰:"君如傀儡,非挑弄之,则五官俱废。与其以聋取罪,不如早自高也。"某恋禄,不能从其言,应对屡乖。学使欲逐之,某又求当道者为之缓颊。一日执事文场,唱名毕,学使退与诸教官燕坐。教官各扪籍靴中,呈进关说⑦。已而学使笑问:"贵学何独无所呈进?"某茫然不解。近坐者肘之,以手入靴,示之势。某为亲戚寄卖房中伪器,辄藏靴中,随在求售。因学使笑语,疑索此物,鞠躬起对曰:"有八钱者最

---

①小字:小名。 ②司札吏:官署中主管书信文墨的小吏。 ③秀水:旧县名,治所在今浙江省嘉兴市。 ④解颐:开颜欢笑。 ⑤蚰蜒(yóu yán):百足虫的一种,黄褐色,形似蜈蚣,但体形比普通蜈蚣小。 ⑥重听:听觉不灵敏。 ⑦关说:请托游说。

佳,下官不敢呈进。"一座匿笑。学使叱出之,遂免官。

异史氏曰:"平原独无,亦中流之砥柱也。学使而求呈进,固当奉之以此。由是得免。冤哉!"

朱公子子青《耳录》云:"东莱一明经①迟,司训沂水②。性颠痴,凡同人咸集时,皆默不语;迟坐片时,不觉五官俱动,笑啼并作,旁若无人焉者。若闻人笑声,顿止。日俭鄙自奉,积金百余两,自埋斋房,妻子亦不使知。一日独坐,忽手足动,少刻云:'作恶结怨,受冻忍饥,好容易积蓄者,今在斋房。倘有人知,竟如何?'如此再四。一门斗③在旁,殊亦不觉。次日迟出,门斗入,掘取而去。过二三日,心不自宁,发穴验视,则已空空,顿足拊膺,叹恨欲死。"教职中可云千态百状矣。

黑鬼

胶州④李总镇,买二黑鬼,其黑如漆。足革粗厚,立刃为途,往来其上,毫无所损,总镇配以娟,生子而白,僚仆戏之,谓非其种。黑鬼亦疑,因杀其子,检骨尽黑,始悔焉。公每令两鬼对舞,神情亦可观也。

织成

洞庭湖中,往往有水神借舟。遇有空船,缆忽自解,飘然游行。但闻空中音乐并作,舟人蹲伏一隅,瞑目听之,莫敢仰视,任所往。游毕仍泊旧处。

有柳生落第归,醉卧舟上。笙乐忽作。舟人摇生不得醒,急匿艎⑤下。俄有人捽⑥生。生醉甚,随手堕地,眠如故,即亦置之,少间,鼓吹鸣聒。生微醒,闻兰麝充盈,睨之,见满船皆佳丽。心知其异,目若瞑。少间传呼织成,即有侍儿来,立近颊际,翠袜紫舄⑦,细瘦如指。心好之,隐以齿嚙其袜。少间,女子移动,牵曳倾踣⑧。上问之,因白其故。在上者怒,命即行诛。遂有武士入,捉缚而起。

见南面一人,冠类王者,因行且语,曰:"闻洞庭君为柳氏,臣亦柳氏;昔洞庭落第,今臣亦落第;洞庭得遇龙女而仙,今臣醉戏一姬而死,何幸不幸之悬殊也!"王者闻之,唤回,问:"汝秀才下第者乎?"生诺。便授笔札,令赋

①东莱:汉代郡名,即明清掖县,治所在今山东省莱州市。明经:对贡生的尊称。 ②沂水:旧县名,治所在今山东省沂水县。 ③门斗:官学里的仆役。 ④胶州:旧州名,治所在今山东省胶州市。 ⑤艎(huáng):船舱。 ⑥捽(zuó):抓,揪。 ⑦舄(xì):鞋子。 ⑧踣(bó):跌倒。

《风鬟雾鬓》。生固襄阳名士，而构思颇迟，捉笔良久。上诮让①曰："名士何得尔？"生释笔自白："昔《三都赋》十稔而成，以是知文贵工不贵速也。"王者笑听之。自辰至午，稿始脱。王者览之，大悦曰："真名士也！"遂赐以酒。顷刻，异馔纷纶。方问对间，一吏捧簿进白："溺籍②告成矣。"问："人数几何？"曰："一百二十八人。"问："签差何人矣？"答云："毛、南二尉。"生起拜辞，王者赠黄金十斤，又水晶界方一握，曰："湖中小有劫数，持此可免。"忽见羽葆人马，纷立水面，王者下舟登舆，遂不复见，久之寂然。舟人始自舱下出，荡舟北渡，风逆不得前。忽见水中有铁猫浮出，舟人骇曰："毛将军出现矣！"各舟商人俱伏。又无何，湖中一木直立，筑筑摇动。益惧曰："南将军又出矣！"少时，波浪大作，上翳天日，四顾湖舟，一时尽覆。生举界方危坐舟中，万丈洪涛至舟顿灭，以是得全。

既归，每向人语其异，言："舟中侍儿，虽未悉其容貌，而裙下双钩，亦人世所无。"后以故至武昌，有崔媪卖女，千金不售；蓄一水晶界方，言有能配此者，嫁之。生异之，怀界方而往。媪忻然承接，呼女出见，年十五六已来，媚曼风流，更无伦比，略一展拜，反身入帏。生一见魂魄动摇，曰："小生亦蓄一物，不知与老姥家藏颇相称否？"因各出相较，长短不爽毫厘。媪喜，便问寓所，请生即归命舆，界方留作信。生不肯留，媪笑曰："官人亦太小心！老身岂为一界方抽身窜去耶？"生不得已，留之。出则赁舆急返，而媪室已空，大骇。遍问居人，迄无知者。

日已向西，形神懊丧，邑邑而返。中途，值一舆过，忽搴帘曰："柳郎何迟也？"视之，则崔媪，喜问："何之？"媪笑曰："必将疑老身拐骗者矣。别后，适有便舆，顷念官人亦侨寓，措办良艰，故遂送女归舟耳。"生邀回车，媪必不可。生仓皇不能确信，急奔入舟，女果及一婢在焉。见生入，含笑承迎。生见翠袜紫履，与舟中侍儿妆饰，更无少别。心异之，徘徊凝注，女笑曰："眈眈注目，生平所未见耶？"生益俯窥之，则袜后齿痕宛然，惊曰："卿织成耶？"女掩口微哂。生长揖曰："卿果神人，早请直言，以祛烦惑。"女曰："实告君：前舟中所遇，即洞庭君也。仰慕鸿才，便欲以妾相赠；因妾过为王妃所爱，故归谋之。妾之来从妃命也。"生喜，沐手焚香，望湖朝拜。乃归。

后诣武昌，女求同去，将便归宁。既至洞庭，女拔钗掷水，忽见一小舟自湖中出，女跃登如飞鸟集，转瞬已杳。生坐船头，于没处凝盼之。遥遥一楼船至，既近窗开，忽如一彩禽翔过，则织成至矣。一人自窗中递掷金珠珍物甚多，皆妃赐也。自是，岁一两觐③以为常。故生家富有珠宝，每出一物，世家所不识焉。

相传唐柳毅遇龙女，洞庭君以为婿。后逊位于毅。又以毅貌文，不能摄

服水怪，付以鬼面，昼戴夜除；久之渐习忘除，遂与面合而为一。毅览镜自惭。故行人泛湖，或以手指物，则疑为指己也；以手覆额，则疑其窥己也；风波辄起，舟多覆。故初登舟，舟人必以此告戒之。不则设牲牢①祭享乃得渡。许真君②偶至湖，浪阻不得行。真君怒，执毅付郡狱。狱吏检囚，恒多一人，莫测其故。一夕毅示梦郡伯，哀求拔救。伯以幽明异路，谢辞之。毅云："真君于某日临境，但为求恳，必合有济。"既而真君果至，因代求之，遂得释。嗣后湖禁稍平。

竹青

　　鱼客，湖南人，忘其郡邑。家贫，下第③归，资斧④断绝。羞于行乞，饿甚，暂憩吴王庙中，拜祷神座。出卧廊下，忽一人引去见王，跪白曰："黑衣队尚缺一卒，可使补缺。"王曰："可。"即授黑衣。既着身，化为乌，振翼而出。见乌友群集，相将俱去，分集帆樯。舟上客旅，争以肉向上抛掷。群于空中接食之。因亦尤效，须臾果腹。翔栖树杪，意亦甚得。逾二三日，吴王怜其无偶，配以雌，呼之"竹青"。雅相爱乐。鱼每取食，辄驯无机⑤，竹青恒劝谏之，卒不能听。一日有满兵过，弹之中胸。幸竹青衔去之，得不被擒。群乌怒，鼓翼扇波，波涌起，舟尽覆。竹青仍投饵哺鱼。鱼伤甚，终日而毙。忽如梦醒，则身卧庙中。先是，居人见鱼死，不知谁何，抚之未冷，故不时令人逻察之。至是讯知其由，敛资送归。后三年，复过故所，参谒吴王。设食，唤乌下集群啖，祝曰："竹青如在，当止。"食已并飞去。后领荐⑥归，复谒吴王庙，荐以少牢。已，乃大设以飨乌友，又祝之。是夜宿于湖村，秉烛方坐，忽几前如飞鸟飘落；视之则二十许丽人，嫣然曰："别来无恙乎？"鱼惊问之，曰："君不识竹青耶？"鱼喜，诘所来。曰："妾今为汉江神女，返故乡时常少。前乌使两道君情，故来一相聚也。"鱼益欣感，宛如夫妻之久别，不胜欢恋。生将偕与俱南，女欲邀与俱西，两谋不决。寝初醒，则女已起。开目，见高堂中巨烛荧煌，竟非舟中。惊起，问："此何所？"女笑曰："此汉阳也。妾家即君家，何必南！"天渐晓，婢媪纷集，酒炙并进。就广床上设矮几，夫妇对酌。鱼问："仆何在？"答："在舟上。"生虑舟人不能久待，女言："不妨，妾当助君报之。"于是日夜谈宴，乐而忘归。

　　舟人梦醒，忽见汉阳，骇绝。仆访主人，杳无音信。舟人欲他适，而缆结不解，遂共守之。积两月余，生忽忆归，谓女曰："仆在此，亲戚断绝。且卿与

---

　　①牲牢：牲畜。　②许真君：即许逊，传为东晋道士。　③下第：即落第，科举考试落榜。　④资斧：路费。　⑤驯无机：驯良和善而不机警。　⑥领荐：即"领乡荐"，乡试中举。

仆,名为琴瑟,而不一认家门,奈何?"女曰:"无论妾不能往;纵往,君家自有妇,将何以处妾乎? 不如置妾于此,为君别院可耳。"生恨道远不能时至,女出黑衣,曰:"君向所著旧衣尚在。如念妾时,衣此可至,至时为君解之。"乃大设肴珍,为生祖饯①。即醉而寝,醒则身在舟中,视之洞庭旧泊处也。舟人及仆俱在,相视大骇,诘其所往,生故怅然自惊。枕边一襆,检视,则女赠新衣袜履,黑衣亦折置其中。又有绣橐维絷腰际,探之,则金资充牣②焉。于是南发,达岸,厚酬舟人而去。

归家数月,苦忆汉水,因潜出黑衣着之,两胁生翼,翕然凌空,经两时许,已达汉水。回翔下视,见孤屿中有楼舍一簇,遂飞堕。有婢子已望见之,呼曰:"官人至矣!"无何,竹青出,命众手为缓结,觉羽毛划然尽脱。握手入舍,曰:"郎来恰好,妾旦夕临蓐③矣。"生戏问曰:"胎生乎? 卵生乎?"女曰:"妾今为神,则皮骨已硬,应与曩异。"越数日果产,胎衣厚裹如巨卵然,破之男也。生喜,名之"汉产"。三日后,汉水神女皆登堂,以服食珍物相贺。并皆佳妙,无三十以上人。俱入室就榻,以拇指按儿鼻,名曰:"增寿。"既去,生问:"适来者皆谁何?"女曰:"此皆妾辈。其末后着藕白者,所谓'汉皋解珮④',即其人也。"居数月,女以舟送之,不用帆楫,飘然自行。抵陆,已有人絷马道左,遂归。由此往来不绝。

积数年,汉产益秀美,生珍爱之。妻和氏苦不育,每思一见汉产。生以情告女。女乃治任,送儿从父归,约以三月。既归,和爱之过于己出,过十余月不忍令返。一日暴病而殇,和氏悼痛欲死。生乃诣汉告女。入门,则汉产赤足卧床上,喜以问女。女曰:"君久负约。妾思儿,故招之也。"生因述和氏爱儿之故。女曰:"待妾再育,令汉产归。"

又年余,女双生男女各一:男名"汉生",女名"玉珮"。生遂携汉产归,然岁恒三四往,不以为便,因移家汉阳。汉产十二岁入郡庠。女以人间无美质,招去,为之娶妇,始遣归。妇名"厄娘",亦神女产也。后和氏卒,汉生及妹皆来擗踊⑤。葬毕,汉产遂留;生携汉生、玉珮去,自此不返。

段氏

段瑞环,大名⑥富翁也。四十无子。妻连氏最妒,欲买妾而不敢。私一婢,连觉之,挞婢数百,鬻⑦诸河间栾氏之家。段日益老,诸侄朝夕乞贷,一言

---

①祖饯:饯行。 ②充牣:丰足。 ③临蓐:临产,分娩。 ④汉皋解珮:传说周代郑交甫在汉皋台下,遇到二名女子解佩珠相赠。 ⑤擗踊:捶胸顿地,形容极度悲哀,此处指送葬。 ⑥大名:旧府名,治所在今河北省大名县。 ⑦鬻(yù):卖。

不相应,怒征声色。段思不能给其求,而欲嗣一侄,则群侄阻挠之,连之悍亦无所施,始大悔。愤曰:"翁年六十余,安见不能生男!"遂买两妾,听夫临幸,不之问。居年余,二妾皆有身,举家皆喜。于是气息渐舒,凡诸侄有所强取,辄恶声梗拒之。无何,一妾生女,一妾生男而殇。夫妻失望。又将年余,段中风不起,诸侄益肆,牛马什物竞自取去。连诟斥之,辄反唇相稽。无所为计,朝夕鸣哭。段病益剧,寻死。诸侄集枢前议析遗产,连虽痛切,然不能禁止之。但留沃墅一所,赡养老稚,侄辈不肯。连曰:"汝等寸土不留,将令老妪及呱呱者饿死耶!"日不决,惟恣哭自挝。

忽有客入吊,直趋灵所,俯仰尽哀。哀已,便就苫次①。众诘为谁,客曰:"亡者吾父也。"众益骇。客从容自陈。先是,婢嫁栾氏,逾五六月,生子怀,栾抚之等诸男。十八岁入泮。后栾卒,诸兄析产置不与诸栾齿②。怀问母,始知其故,曰:"既属两姓,各有宗祧,何必在此承人百亩田哉!"乃命骑诣段,而段已死。言之凿凿,确可信据。连方忿痛,闻之大喜,直出曰:"我今亦复有儿!诸所假去牛马什物,可好自送还;不然,有讼兴也!"诸侄相顾失色,渐引去。怀乃携妻来,共居父忧。诸段不平,共谋逐怀。怀知之,曰:"栾不以为栾,段复不以为段,我安适归乎!"忿欲质官,诸戚党为之排解,群谋亦寝。

而连以牛马故不肯已,怀劝置之,连曰:"我非为牛马也,杂气集满胸,汝父以愤死,我所以吞声忍泣者,为无儿耳。今有儿,何畏哉!前事汝不知状,待予自质审。"怀固止之,不听,具词赴宰控。宰拘诸段,审状,连气直词侧,吐陈泉涌。宰为动容,并惩诸段,追物给主。既归,其兄弟之子有不与党谋者,招之来,以所追物尽散给之。

连七十余岁,将死,呼女及孙媳嘱曰:"汝等志之:如三十不育,便当典质钗珥,为夫纳妾。无子之情状实难堪也!"异史氏曰:"连氏虽妒,而能疾转,宜天以有后伸其气也。观其慷慨激发,吁!亦杰矣哉!"

济南③蒋稼,其妻毛氏不育而妒。嫂每劝谏,不听,曰:"宁绝嗣,不令送眼流眉者④恣气人也!"年近四旬,颇以嗣续为念。欲继兄子,兄嫂俱诺,而故悠忽之。儿每至叔所,夫妻饵以甘脆⑤,问曰:"肯来吾家乎?"儿亦应之。兄私嘱儿曰:"倘彼再问,答以不肯。如问何故不肯,答云:'待汝死后,何愁田产不为吾有。'"一日稼出远贾,儿复来。毛又问,儿即以父言对。毛大怒曰:"妻孥在家,固日日盘算吾田产耶!其计左矣!"逐儿出,立招媒妪为夫买妾。

及夫归,时有卖婢者其价昂,倾资不能取盈,势将难成。其兄恐迟而变

---

①苫(shān)次:此处指居丧的地方。苫,指孝子守丧时所睡的草席。 ②齿:并列。 ③济南:旧府名,治所在今山东省济南市。 ④送眼流眉者:眉目传情者,指姬妾。 ⑤甘脆:美食,佳肴。脆,同"膬"。

悔,遂暗以金付媪,伪称为媪转贷者玉成之。毛大喜,遂买婢归。毛以情告夫,夫怒,与兄绝。年余妾生子。夫妻大喜。

毛曰:"媪不知假贷何人,年余竟不置问,此德不可忘。今子已生,尚不偿母价也!"稼乃囊金诣媪,媪笑曰:"当大谢大官人。老身一贫如洗,谁敢贷一金者。"具以实告。稼感悟,归告其妻,相为感泣。遂治具①邀兄嫂至,夫妇皆膝行,出金偿兄,兄不受,尽欢而散。后稼生三子。

狐女

伊衮,九江②人。夜有女来相与寝处。心知为狐,而爱其美,秘不告人,父母亦不知也。久而形体支离③。父母穷诘,始实告之。父母大忧,使人更代伴寝,兼施救勒,卒不能禁。翁自与同衾,则狐不至;易人则又至。伊问狐,狐曰:"世俗符咒何能制我。然俱有伦理,岂有对翁行淫者!"翁闻之,益伴子不去,狐遂绝。后值叛寇横恣,村人尽窜,一家相失。伊奔入昆仑山,四顾荒凉。日既暮,心恐甚。忽见一女子来,近视之,则狐女也。离乱之中,相见忻慰。女曰:"日已西下,君姑止此。我相佳地,暂创一室以避虎狼。"乃北行数武④,遂蹲莽中,不知何作。少顷返,拉伊南去,约十余步,又曳之回。忽见大木千章,绕一高亭,铜墙铁柱,顶类金箔;近视则墙可及肩,四围并无门户,而墙上密排坎窞⑤,女以足踏之而过,伊亦从之。既入,疑金屋非人工可造,问所自来。女笑曰:"君子居之,明日即以相赠。金铁各千万,计半生吃着不尽矣。"既而告别。伊苦留之,乃止。曰:"被人厌弃,已拚永绝;今又不能自坚矣。"及醒,狐女不知何时已去。天明,逾垣而出。回视卧处并无亭屋,惟四针插指环⑥内,覆脂合⑦其上;大树则丛荆老棘也。

张氏妇

凡大兵所至,其害甚于盗贼,盖盗贼人犹得而仇之,兵则人所不敢仇也。其少异于盗者,特不敢轻于杀人耳。甲寅岁⑧,三藩作反,南征之士,养马兖郡⑨,鸡犬庐舍一空,妇女皆被淫污。时遭霪雨,田中潴水⑩为湖,民无所匿,

---

①治具:备办酒食。②九江:旧府名,治所在今江西省九江市。③支离:瘦弱,衰弱。④数武:不远处,没有多远。武,半步。古代六尺为步,半步为武。⑤坎窞(dàn):坎穴。⑥指环:即"顶针",民间常用的缝纫用品之一。⑦合:通"盒"。⑧甲寅岁:指康熙十三年(1674)。是年平西王吴三桂、靖南王耿精忠、平南王尚可喜相继反清,即下文所称"三藩作乱"。⑨兖(yǎn)郡:指兖州,旧府名,治所在今山东省兖州市。⑩潴(zhū)水:积水。

遂乘桴入高粱丛中。兵知之，裸体乘马，入水搜淫，鲜有遗脱。

惟张氏妇不伏，公然在家。有厨舍一所，夜与夫掘坎深数尺，积茅焉；覆以薄①，加席其上，若可寝处。自炊灶下。有兵至，则出门应给之。二蒙古兵强与淫，妇曰："此等事，岂可对人行者？"其一微笑，唧嘈②而出。妇与入室，指席使先登。薄折，兵陷。妇又另取席及薄覆其上，故立坎边，以诱来者。少间，其一复入。闻坎中号，不知何处，妇以手笑招之曰："在此处。"兵踏席，又陷。妇乃益投以薪，掷火其中。火大炽，屋焚。妇乃呼救。火既熄，燔③尸焦臭。人问之，妇曰："两猪恐害于兵，故纳坎中耳。"

由此离村数里，于大道旁并无树木处，携女红往坐烈日中。村去郡远，兵来率乘马，顷刻数至。笑语唧嘈，虽多不解，大约调弄之语。然去道不远，无一物可以蔽身，辄去，数日无患。一日一兵至，甚无耻，就烈日中欲淫妇。妇含笑不甚拒。隐以针刺其马，马辄喷嘶，兵遂絷马股际，然后拥妇。妇出巨锥猛刺马项，马负痛奔骇。缰系股不得脱，曳驰数十里，同伍始代捉之。首躯不知处，缰上一股，俨然在焉。

异史氏曰："巧计六出，不失身于悍兵。贤哉妇乎，慧而能贞！"

于子游

海滨人说：一日海中忽有高山出，居人大骇。一秀才寄宿渔舟，沽酒独酌。夜阑，一少年人，儒服儒冠，自称："于子游。"言词风雅。秀才悦，便与欢饮。饮至中夜，离席言别，秀才曰："君家何处？玄夜④茫茫，亦太自苦。"答云："仆非土著，以序近清明，将随大王上墓。眷口先行，大王姑留憩息，明日辰刻发矣。宜归早治任也。"秀才亦不知大王何人。送至鹢首，跃身入水，拨剌而去，乃知为鱼妖也。次日，见山峰浮动，顷刻已没。始知山为大鱼，即所云大王也。俗传清明前，海中大鱼携儿女往拜其墓，信有之乎？

康熙初年，莱郡潮出大鱼，鸣号数日，其声如牛。既死，荷担割肉者一道相属。鱼大盈亩，翅尾皆具；独无目珠。眶深如井，水满之。割肉者误堕其中辄溺死。或云，"海中贬⑤大鱼则去其目，以目即夜光珠"云。

---

①薄：通"箔"，帘子。　②唧嘈：啰嗦多言。　③燔：焚烧。　④玄夜：黑夜。　⑤贬：贬谪。

男妾

一官绅在扬州买妾,连相①数家,悉不当意。惟一媪寄居卖女,女十四五,丰姿姣好,又善诸艺。大悦,以重价购之。至夜入衾,肤腻如脂。喜扪私处,则男子也。骇极,方致穷诘。盖买好僮,加意修饰,设局以骗人耳。黎明,遣家人寻媪,则已遁去无踪。中心懊丧,进退莫决。适浙中同年某来访,因为告诉。某便索观,一见大悦,以原价赎之而去。

异史氏白:"苟遇知音,即与以南威②不易。何事无知婆子多作一伪境哉!"

汪可受

湖广黄梅县汪可受③能记三生:一世为秀才,读书僧寺。僧有牝马产骡驹,爱而夺之。后死,冥王稽籍,怒其贪暴,罚使为骡偿寺僧。既生,僧爱护之,欲死无间④。稍长,辄思投身涧谷,又恐负豢养之恩,冥罚益甚,遂安之。数年孽满自毙。生一农人家。堕蓐能言,父母以为不祥,杀之,乃生汪秀才家。秀才近五旬,得男甚喜。汪生而了了,但忆前生以早言死,遂不敢言,至三四岁人皆以为哑。一日父方为文,适有友人过访,投笔出应客。汪入见父作,不觉技痒,代成之。父返见之,问:"何人来?"家人曰:"无之。"父大疑。次日故书一题置几上,旋出;少间即返,翳行悄步而入。则见儿伏案间,稿已数行,忽睹父至,不觉出声,跪求免死。父喜,握手曰:"吾家止汝一人,既能文,家门之幸也,何自匿为?"由是益教之读。少年成进士,官至大同巡抚。

牛犊

楚中一农人赴市归,暂休于途。有术人后至,止与倾谈。忽瞻农人曰:"子气色不祥,三日内当退财⑤,受官刑。"农人曰:"某官税已完,生平不解争斗,刑何从至?"术人曰:"仆亦不知。但气色如此,不可不慎之也!"农人颇不

①相:相看。 ②南威:春秋时晋国美女。 ③湖广:湖广布政使司,辖境约为今湖北、湖南两省。黄梅县:治所在今湖北省黄梅县。汪可受:字以虚,明万历八年(1580)进士。 ④无间:没有机会。 ⑤退财:破财。

深信,拱别而归。次日牧犊于野,有驿马过,犊望见误以为虎,直前触之,马毙。役报农人至官,官薄惩之,使偿其马。盖水牛见虎必斗,故贩牛者露宿,辄以牛自卫;遥见马过,急驱避之,恐其误也。

王大

李信,博徒①也。昼卧,忽见昔年博友王大、冯九来邀与敖戏②,李亦忘其为鬼,忻然从之。既出,王大往邀村中周子明,冯乃导李先行,入村东庙中。少顷周果同王至,冯出叶子戏与撩零③,李曰:"仓卒无博资,辜负盛邀,奈何?"周亦云然。王云:"燕子谷黄八官人放利债,同往贷之,宜必诺允。"于是四人并去。

飘忽间至一大村,村中甲第连垣,王指一门,曰:"此黄公子家。"内一者仆出,王告以意,仆即入白。旋出,奉公子命请王、李相会。入见公子,年十八九,笑语蔼然。便以大钱一提付李,曰:"知君悫直,无妨假贷;周子明我不能信之也。"王委曲代为请。公子要李署保④,李不肯。王从旁怂恿之,李乃诺。亦授一千而出。便以付周,且述公子之意,以激其必偿。

出谷,见一妇人来,则村中赵氏妻,素喜争善骂。冯曰:"此处无人,悍妇宜小崇之。"遂与捉返入谷。妇大号,冯掬土塞其口。周赞曰:"此等妇,只宜椓杙⑤阴中!"冯乃捋裤,以长石强纳之,妇若死。众乃散去,复入庙,相与赌博。

自午至夜分,李大胜,冯、周资皆空。李因以厚资增息悉付王,使代偿黄公子;王又分给周、冯,局复合。居无何闻人声纷拏,一人奔入曰:"城隍老爷亲捉博者,今至矣!"众失色。李舍钱逾垣而逃。众顾赀,皆被缚。既出,果见一神人坐马上,马后絷博徒二十余人。天未明已至邑城,门启而入。至衙署,城隍南面坐,唤人犯上,执籍呼名。呼已,并令以利斧斫去将指⑥,乃以墨朱各涂两目,游市三周讫。押者索贿而后去其墨朱,众皆赂之。独周不肯,辞以囊空;押者约送至家而后酬之,亦不许。押者指之曰:"汝真铁豆,炒之不能爆也!"遂拱手去。周出城,以唾湿袖,且行且拭。及河自照,墨朱未去,掬水盥之,坚不可下,悔恨而归。

先是,赵氏妇以故至母家,日暮不归,夫往迎之,至谷口,见妇卧道周。睹状,知其遇鬼,去其泥塞,负之而归。渐醒能言,始知阴中有物,宛转抽拔而出。乃述其遭。赵怒,遽赴邑宰,讼李及周。牒下,李初醒;周尚沉睡,状

---

①博徒:赌徒。 ②敖戏:指嬉戏。 ③叶子戏:此处指马吊牌。撩零:赌博争胜。 ④署保:署名作保。 ⑤椓杙(zhuó yì):捶钉木桩。 ⑥将指:此处指手的中指。

类死。宰以其诬控,笞赵械妇,夫妻皆无理以自申。

越日周醒,目眶忽变一赤一黑,大呼指痛。视之筋骨已断,惟皮连之,数日寻堕。目上墨朱,深入肌理。见者无不掩笑。一日见工人来索负。周历声但言无钱,王忿而去。家人问之,始知其故。共以神鬼无情,劝偿之。周龂龂①不可,且曰:"今日官宰皆左袒②赖债者,阴阳应无二理,况赌债耶!"次日有二鬼来,谓黄公子具呈在邑,拘赴质审;李信亦见隶来取作间证,二人一时并死。至村外相见,王、冯俱在。李谓周曰:"君尚带赤墨眼,敢见官耶?"周仍以前言告。李知其吝,乃曰:"汝既昧心,我请见黄八官人,为汝还之。"遂共诣公子所。李入而告以故,公子不可,曰:"负欠者谁,而取偿于子?"出以告周,因谋出资,假周进之。周益忿,语侵公子。

鬼乃拘与俱行。无何至邑,入见城隍。城隍呵曰:"无赖贼!涂眼犹在,又赖债耶!"周曰:"黄公子出利债诱某博赌,遂被惩创。"城隍唤黄家仆上,怒曰:"汝主人开场诱赌,尚讨债耶?"仆曰:"取资时,公子不知其赌。公子家燕子谷,捉获博徒在观音庙,相去十余里。公子从无设局场之事。"城隍顾周曰:"取资悍不还,反被捏造!人之无良,至汝而极!"欲笞之。周又诉其息重,城隍曰:"偿几分矣?"答云:"实尚未有所偿。"城隍怒曰:"本资尚欠,而论息耶?"笞三十,立押偿主。二鬼押至家,索贿,不令即活,缚诸厕内,令示梦家人。家人焚楮锭③二十提,火既灭,化为金二两、钱二千。周乃以金酬债,以钱赂押者,遂释令归。

既苏,臀疮坟起,脓血崩溃,数月始痊。后赵氏妇不敢复骂;而周以四指带赤墨眼,赌如故。此以知博徒之非人矣!

异史氏曰:"世事之不平,皆由为官者矫枉之过正也。昔日富豪以倍称之息④折夺良家子女,人无敢言者;不然,函刺一投,则官以三尺法左袒之。故昔之民社官,皆为势家役耳。迨后贤者鉴其弊,又悉举而大反之。有举人重资作巨商者,衣锦厌粱肉,家中起楼阁、买良沃。而竟忘所自来。一取偿则怒目相向。质诸官,官则曰:'我不为人役也。'呜呼!是何异懒残和尚,无工夫为俗人拭泪哉!余尝谓昔之官谄,今之官谬;谄者固可诛,谬者亦可恨也。放资而薄其息,何尝专有益于富人乎?"

张石年宰淄川,最恶博。其涂面游城亦如冥法,刑不至堕指,而赌以绝。盖其为官甚得钩距⑤法。方簿书旁午⑥时,每一人上堂,公偏暇、里居、年齿、家口、生业,无不絮絮问。问已,始劝勉令去,有一人完税一缴单,自分无事,呈单欲下。公止之。细问一过,曰:"汝何博也?"其人力辩生平不解博。公

---

①龂龂(yín yín):形容争辩的样子。 ②左袒:偏袒。 ③楮锭:纸锭,纸钱。 ④倍称之息:借一还二的债款利息,即加倍偿还。 ⑤钩距:辗转推问,究得情实。 ⑥簿书:官署中的文书簿册。旁午:交错,纷繁。

笑曰:"腰中尚有博具。"搜之果然。人以为神,而并不知其何术。

乐仲

乐仲,西安①人。父早丧,母遗腹生仲。母好佛,不茹荤酒。仲既长,嗜饮善啖,窃腹诽母,每以肥甘劝进,母咄之。后母病,弥留,苦思肉。仲急无所得肉,刲左股献之。病稍瘥②,悔破戒,不食而死。

仲哀悼益切,以利刃益刲③右股见骨。家人共救之,裹帛敷药,寻愈。心念母苦节,又恸母愚,遂焚所供佛像,立主祀母,醉后辄对哀哭,年二十始娶,身犹童子。娶三日,谓人曰:"男女居室,天下之至秽,我实不为乐!"遂去妻④。妻父顾文渊,浼戚求返,请之三四,仲必不可。迟半年,顾遂醮⑤女。

仲鳏居二十年,行益不羁,奴隶优伶皆与饮,里党乞求不靳与;有言嫁女无釜者,揭灶头举赠之。自乃从邻借釜炊。诸无行者知其性,朝夕骗赚之。或以赌博无资,故对之欷歔,言追呼急,将鬻其子。仲措税金如数,倾囊遗之;及租吏登门,自始典质营办。以故,家日益落。先是仲殷饶,同堂子弟争奉事之,家中所有任其取携,亦莫之较;及仲衰落,存问绝少,仲旷达不为意。值母忌辰,仲适病,不能上墓,欲遣子弟代祀,诸子弟皆谢以故,仲乃酹诸室中,对主号痛,无嗣之戚,颇萦怀抱。因而病益剧。昏乱中觉有人抚摩之,目微启,则母也。惊问:"何来?"母曰:"缘家中无人上墓,故来就享,即视汝病。"问:"母向居何所?"母曰:"南海。"抚摩既已,遍体生凉。开目四顾,渺无一人。

病瘥既起,思朝南海。会邻村有结香社⑥者,即卖田十亩,挟资求偕。社人嫌其不洁,共摈绝之。乃随从同行。途中牛酒薤蒜不戒,众更恶之,乘其醉睡,不告而去。仲即独行。至闽,遇友人邀饮,有名妓琼华在座。适言南海之游,琼华愿附以行。仲喜,即待趋装,遂与俱发,虽寝食与共,而毫无所私。及至南海,社中人见其载妓而至,更非笑之,鄙不与同朝,仲与琼华知其意,乃俟其先拜而后拜之。众拜时,恨无现示。及二人拜,方投地,忽见遍海皆莲花,花上璎珞垂珠;琼华见为菩萨,仲见花朵上皆其母。因急呼奔母,跃入从之。众见万朵莲花,悉变霞彩,障海如锦。少间云静波澄,一切都杳,而仲犹身在海岸。亦不自解其何以得出,衣履并无沾濡。望海大哭,声震岛屿。琼华挽劝之,怆然下刹,命舟北渡。途中有豪家招琼华去,仲独憩

---

①西安:旧府名,治所在今陕西省西安市。 ②瘥(chài):病愈。 ③刲(kuī):割。 ④去妻:休妻。 ⑤醮(jiào):此处指"改醮",即女子改嫁。 ⑥结香社:指信奉神佛者结伴进香。

逆旅①。

有童子方八九岁,丐食肆中,貌不类乞儿。细诘之,则被逐于继母,心怜之,儿依依左右,苦求拔拯,仲遂携与俱归。问其姓氏,则曰:"阿辛,姓雍,母顾氏。尝闻母言:"适雍六月,遂生余。余本乐姓。"仲大惊。自疑生平一度②,不应有子。因问乐居何乡,答云:"不知。但母没时,付一函书,嘱勿遗失。"仲急索书。视之,则当年与顾家离婚书也。惊曰:"真吾儿也!"审其年月良确,颜慰心愿。然家计日疏,居二年,割亩渐尽,竟不能畜僮仆。

一日父子方自炊,忽有丽人入,视之则琼华也,惊问:"何来?"笑曰:"业作假夫妻,何又问也?向不即从者,徒以有老妪在;今已死。顾念不从人无以自庇;从人则又无以自洁。计两全者,无如从君,是以不惮千里。"遂解装代儿炊。仲良喜。至夜父子同寝如故,另治一室居琼华。儿母之,琼华亦善抚儿。戚党闻之,皆餪③仲,两人皆乐受之。客至,琼华悉为治具,仲亦不问所自来。琼华渐出金珠赎故产,广置婢仆牛马,日益繁盛。仲每谓琼华曰:"我醉时,卿当避匿,勿使我见。"华笑诺之。一日大醉,急唤琼华。华艳妆出;仲睨之良久,大喜,蹈舞若狂,曰:"吾悟矣!"顿醒。觉世界光明,所居庐舍尽为琼楼玉宇,移时始已。从此不复饮市上,惟日对琼华饮。华茹素,以茶茗侍。一日微醺,命琼华按股,见股上刲痕,化为两朵赤菡萏④,隐起肉际。奇之。仲笑曰:"卿视此花放后,二十年假夫妻分手矣。"琼华信之。

既为阿辛完婚,琼华渐以家付新妇,与仲别院居。子妇三日一朝,事非疑难不以告。役二婢:一温酒,一瀹茗而已。一日琼华至儿所,儿媳咨白⑤良久,共往见父。入门,见父白足坐榻上。闻声,开眸微笑曰:"母子来大好!"即复瞑。琼华大惊曰:"君欲何为?"视其股上,莲花大放。试之,气已绝。即以两手捻合其花,且祝曰:"妾千里从君,大非容易。为君教子训妇,亦有微劳。即差二三年,何不一少待也?"移时,仲忽开眸笑曰:"卿自有卿事,何必又牵一人作伴也?无已,姑为卿留。"琼华释手,则花已复合。于是言笑如初。积三年余,琼华年近四旬,犹如二十许人。忽谓仲曰:

"凡人死后,被人捉头舁⑥足,殊不雅洁。"遂命工治双槥⑦。辛骇问之,答云:"非汝所知。"工既竣,沐浴妆竟,命子及妇曰:"我将死矣。"辛泣曰:"数年赖母经纪,始不冻馁。母尚未得一享安逸,何遂舍儿而去?"曰:"父种福而子享,奴婢牛马,皆骗债者填偿尔父,我无功焉。我本散花天女,偶涉凡念,遂谪人间三十余年,今限已满。"遂登木自入。再呼之,双目已含。辛哭告父,父不知何时已僵,衣冠俨然。号恸欲绝。入棺,并停堂中,数日未殓,

---

①逆旅:旅店,客舍。 ②生平一度:指仅与妻子同房一次。 ③餪(nuǎn):古代的一种礼仪,女儿嫁后三日,娘家或亲友送食物给女儿。 ④菡萏(hàn dàn):荷叶。 ⑤咨白:禀告,陈说。 ⑥舁(yú):抬。 ⑦槥(huì):小棺材。

冀其复返。光明生于股际,照彻四壁。琼华棺内则香雾喷溢,近舍皆闻。棺既合,香光遂渐减。

既殡,乐氏诸子弟觊觎其有,共谋逐辛,讼诸官。官莫能辨,拟以田产半给诸乐。辛不服,以词质郡,久不决。初,顾嫁女于雍,经年余,雍流寓于闽,音耗遂绝。顾老无子,苦忆女,诣婿,则女死甥逐。告官。雍惧,赂顾,不受,必欲得甥。穷觅不得。一日顾偶于途中,见彩舆过,避道左。舆中一美人呼曰:"若非顾翁耶?"顾诺。女子曰:"汝甥即吾子,现在乐家,勿讼也。甥方有难,宜急往。"顾欲详诘,舆已去远。顾乃受赂入西安。至,则讼方沸腾。顾自投官,言女大归①日、再醮日,及生子年月,历历甚悉。诸乐皆被杖逐,案遂结。及归,述其见美人之日,即琼华没日也。辛为顾移家,授庐赠婢。六十余生一子,辛顾恤之。

异史氏曰:"断荤远室,佛之似也。烂熳天真,佛之真也。乐仲对丽人,直视之为香洁道伴,不作温柔乡观也。寝处三十年,若有情,若无情,此为菩萨真面目,世中人乌得而测之哉!"

香玉

劳山②下清宫,耐冬③高二丈,大数十围,牡丹高丈余,花时璀璨似锦。胶州黄生舍读其中。一日自窗中见女郎,素衣掩映花间。心疑观中焉得此,趋出已遁去。自此屡见之。遂隐身丛树中以伺其至。未几,女郎又偕一红裳者来,遥望之,艳丽双绝。行渐近,红裳者却退,曰:"此处有生人!"生暴起。二女惊奔,袖裙飘拂,香风洋溢,追过短墙,寂然已杳,爱慕弥切,因题句树下云:"无限相思苦,含情对短窗。恐归沙吒利④,何处觅无双?"归斋冥思。女郎忽入,惊喜承迎。女笑曰:"君汹汹似强寇,令人恐怖;不知君乃骚雅士,无妨相见。"生略叩生平,曰:"妾小字香玉,隶籍平康巷⑤。被道士闭置山中,实非所愿。"生问:"道士何名? 当为卿一涤此垢。"女曰:"不必,彼亦未敢相通。借此与风流士长作幽会,亦佳。"问:"红衣者谁?"曰:"此名绛雪,乃妾义姊。"遂相狎。及醒,曙色已红。女急起,曰:"贪欢忘晓矣。"着衣易履,且曰:"妾酬君作,勿笑:'良夜更易尽,朝暾⑥已上窗。愿如梁上燕,栖处自成双。'"生握腕曰:"卿秀外惠中,令人爱而忘死。顾一日之去,如千里之别。卿乘间当来,勿待夜也。"女诺之。由此夙夜必偕。每使邀绛雪来,辄

---

①大归:妇人被夫家休弃,回归母家。 ②劳山:即"崂山",今山东省青岛市崂山区。③耐冬:山茶花的别名。 ④沙吒利:唐人许尧佐《柳氏传》中强占他人姬妾的番将名,后泛指强占他人妻室或强娶民妇的权贵。 ⑤平康巷:妓院的代称。 ⑥朝暾(tūn):朝阳。

不至,生以为恨。女曰:"绛姐性殊落落,不似妾情痴也。当从容对驾,不必过急。"一夕,女惨然入曰:"君陇不能守,尚望蜀耶?今长别矣。"问:"何之?"以袖拭泪,曰:"此有定数,难为君言。昔日佳作,今成谶语矣。'佳人已属沙咤利,义士今无古押衙①',可为妾咏。"诘之不言,但有呜咽。竟夜不眠,早旦而去。生怪之。

次日有即墨蓝氏,入官游瞩,见白牡丹,悦之,掘移径去。生始悟香玉乃花妖也,怅惋不已。过数日闻蓝氏移花至家,日就萎悴。恨极,作《哭花》诗五十首,日日临穴涕洟。

一日凭吊方返,遥见红衣人挥涕穴侧。从容近就,女亦不避。生因把袂,相向汍澜②。已而挽请入室,女亦从之。叹曰:"童稚姊妹,一朝断绝!闻君哀伤,弥增妾怆。泪堕九泉,或当感诚再作;然死者神气已散,仓卒何能与吾两人共谈笑也。"生曰:"小生薄命,妨害情人,当亦无福可消双美。曩频烦香玉道达微忱,胡再不临?"女曰:"妾以年少书生,什九薄幸;不知君固至情人也。然妾与君交,以情不以淫。若昼夜狎昵,则妾所不能矣。"言已告别。生曰:"香玉长离,使人寝食俱废。赖卿少留,慰此怀思,何决绝如此!"女乃止,过宿而去。数日不复至。冷雨幽窗,苦怀香玉,辗转床头,泪凝枕席。揽衣更起,挑灯复踵前韵:"山院黄昏雨,垂帘坐小窗。相思人不见,中夜泪双双。"诗成自吟。忽窗外有人曰:"作者不可无和③。"听之,绛雪也。启户内之。女视诗,即续其后曰:"连袂人何处?孤灯照晚窗。空山人一个,对影自成双。"生读之泪下,因怨相见之疏。女曰:"妾不能如香玉之热,但可少慰君寂寞耳。"生欲与狎。曰:"相见之欢,何必在此。"

于是至无聊时,女辄一至。至则宴饮唱酬,有时不寝遂去,生亦听之。谓曰:"香玉吾爱妻,绛雪吾良友也。"每欲相问:"卿是院中第几株?乞早见示,仆将抱植家中,免似香玉被恶人夺去,贻恨百年。"女曰:"故土难移,告君亦无益也。妻尚不能终从,况友乎!"生不听,捉臂而出,每至牡丹下,辄问:"此是卿否?"女不言,掩口笑之。旋生以腊归过岁。至二月间,忽梦绛雪至,愀然曰:"妾有大难!君急往尚得相见;迟无及矣。"醒而异之,急命仆马,星驰至山。则道士将建屋,有一耐冬,碍其营造,工师将纵斤④矣。生急止之。入夜,绛雪来谢。生笑曰:"向不实告,宜遭此厄!今已知卿;如卿不至,当以艾炷相灸。"女曰:"妾固知君如此,曩故不敢相告也。"坐移时,生曰:"今对良友,益思艳妻。久不哭香玉,卿能从我哭乎?"二人乃往,临穴洒涕。更余,绛雪收泪劝止。

①古押衙:指唐人薛调《无双传》中成人之美的古姓押衙。押衙,官名,管领皇家仪仗侍卫。
②汍澜:形容流泪的样子。 ③和(hè):唱和,和答。此处指依照原诗的体裁、韵脚作诗。 ④斤:斧。

又数夕，生方寂坐，绛雪笑入曰："报君喜信：花神感君至情，俾香玉复降宫中。"生问："何时？"答曰："不知，约不远耳。"天明下榻，生嘱曰："仆为卿来。勿长使人孤寂。"女笑诺。两夜不至。生往抱树，摇动抚摩，频唤无声。乃返，对灯团艾，将往灼树。女遽入，夺艾弃之，曰："君恶作剧，使人创痏①，当与君绝矣！"生笑拥之。坐未定，香玉盈盈而入。生望见，泣下流离，急起把握香玉。以一手握绛雪，相对悲哽。及坐，生把之觉虚，如手自握，惊问之，香玉泫然曰："昔，妾花之神，故凝；今，妾花之鬼，故散也。今虽相聚，勿以为真，但作梦寐观可耳。"绛雪曰："妹来大好！我被汝家男子纠缠死矣。"遂去。

香玉款笑如前；但偎傍之间，仿佛以身就影。生悒悒不乐。香玉亦俯仰自恨，乃曰："君以白蔹②屑，少杂硫黄，日酹③妾一杯水，明年此日报君恩。"别去。明日往观故处，则牡丹萌生矣。生乃日加培植，又作雕栏以护之。香玉来，感激倍至。生谋移植其家，女不可，曰："妾弱质，不堪复戕。且物生各有定处，妾来原不拟生君家，违之反促年寿。但相怜爱，合好自有日耳。"生恨绛雪不至。香玉曰："必欲强之使来，妾能致之。"乃与君挑灯至树下，取草一茎，布掌作度④，以度树本，自下而上至四尺六寸，按其处，使生以两爪齐搔之。俄见绛雪从背后出，笑骂曰："婢子来，助桀为虐耶！"牵挽并入。香玉曰："姊勿怪！暂烦陪侍郎君，一年后不相扰矣。"从此遂以为常。

生视花芽，日益肥茂，春尽，盈二尺许。归后，以金遗道士，嘱令朝夕培养之。次年四月至宫，则花一朵含苞未放；方流连间，花摇摇欲拆；少时已开，花大如盘，俨然有小美人坐蕊中，裁三四指许；转瞬飘然欲下，则香玉也。笑曰："妾忍风雨以待君，君来何迟也！"遂入室。绛雪亦至，笑曰："日日代人作妇，今幸退而为友。"遂相谈宴。至中夜，绛雪乃去，二人同寝，款洽一如从前。后生妻卒，生遂入山不归。是时牡丹已大如臂。生每指之曰："我他日寄魂于此，当生卿之左。"二女笑曰："君勿忘之。"

后十余年，忽病。其子至，对之而哀。生笑曰："此我生期，非死期也，何哀为！"谓道士曰："他日牡丹下有赤芽怒生，一放五叶者，即我也。"遂不复言。子舆之归家。即卒。次年，果有肥芽突出，叶如其数。道士以为异，益灌溉之。三年，高数尺，大拱把，但不花。老道士死，其弟子不知爱惜，斫去之。白牡丹亦憔悴死；无何耐冬亦死。

异史氏曰："情之至者，鬼神可通。花以鬼从，而人以魂寄，非其结于情者深耶？一去而两殉之，即非坚贞，亦为情死矣。人不能贞，亦其情之不笃

---

①创痏（chuàng wěi）：疮伤，受伤。　②白蔹（liǎn）：攀缘藤本植物，块根纺锤形，可入药。③酹（lèi）：原指洒酒于地以祭鬼神，指处指用水浇灌。　④布掌作度：用手掌比量，作为计量尺寸的标准。

耳。仲尼读《唐棣》而曰'未思'①,信矣哉!"

三仙

一士人赴试金陵②,经宿迁③,遇三秀才,谈论超旷,遂与沽酒款洽。各表姓字:一介秋衡,一常丰林,一麻西池。纵饮甚乐,不觉日暮。介曰:"未修地主之仪,忽叨盛馔,于理不当。茅茨④不远,可便下榻。"常、麻并起捉裾,唤仆相将俱去。至邑北山,忽睹庭院,门绕清流。既入,舍宇清洁,呼童张灯,又命安置从人。麻曰:"昔日以文会友,今场期伊迩,不可虚此良夜。请拟四题,命阄各拈其一,文成方饮。"众从之。各拟一题,写置几上,拾得者就案构思。二更未尽,皆已脱稿,迭相传视。士人读三作,深为倾倒,草录而怀藏之。主人进良酝,巨杯促酹⑤,不觉醺醉。主人乃导客就别院寝。客醉,不暇解履,和衣而卧。及醒,红日已高,四顾并无院宇,主仆卧山谷中。大骇。见旁有一洞,水涓涓流,自讶迷惘。探怀中则三作俱存。下问土人,始知为"三仙洞"。中有蟹、蛇、虾蟆三物最灵,时出游,人常见之。士人入闱,三题即仙作,以是擢解。

鬼隶

历城⑥县二隶,奉邑令韩承宣命,营干他郡,岁暮方归。途遇二人,装饰亦类公役,同行话言。二人自称郡役。隶曰:"济城快皂,相识十有八九,二君殊昧生平。"二人云:"实相告:我城隍鬼隶也。今将以公文投东岳⑦。"隶问:"公文何事?"答云:"济南大劫,所报者,杀人之名数也。"惊问其数。曰:"亦不甚悉,约近百万。"隶问其期,答以"正朔⑧"。二隶惊顾,计到郡正值岁除,恐罹于难;迟留恐贻遣责。鬼曰:"违误限期罪小,入遭劫数祸大。宜他避,姑勿归。"隶从之。未几北兵大至,屠济南,扛尸百万。二人亡匿得免。

---

①"仲尼读《唐棣》"句:引用《论语·子罕》"'唐棣之华,偏其反而。岂不尔思?室是远而。'子曰:'未之思也,夫何远之有'"之句,感叹若有情意,什么也阻碍不了相爱的人。 ②金陵:今江苏省南京市的别称。 ③宿迁:旧县名,治所在今江苏省宿迁市。 ④茅茨(cí):茅屋,谦指自己的住所。 ⑤酹(lèi):洒酒于地以祭鬼神。 ⑥历城:旧县名,为济南府治,即今山东省济南市。 ⑦东岳:泰山神东岳大帝。 ⑧正朔:农历正月初一。

王十

高苑①民王十,负②盐于博兴③,夜为二人所获。意为土商④之逻卒也,舍盐欲遁;足苦不前,遂被缚。哀之。二人曰:"我非盐肆中人,乃鬼卒也。"十惧,乞一至家别妻子。不许,曰:"此去亦未便即死,不过暂役耳。"十问:"何事?"曰:"冥中新阎王到任,见奈河⑤淤平,十八狱坑厕俱满,故捉三等人淘河:小偷、私铸、私盐;又一等人使涤厕,乐户也。"

十从去,入城郭,至一官署,见阎罗在上,方稽名籍。鬼禀曰:"捉一私贩王十至。"阎罗视之,怒曰:"私盐者,上漏国税,下蠹⑥民生者也。若世之暴官奸商所指为私盐者,皆天下之良民。贫人揭锱铢之本,求升斗之息,何为私哉!"罚二鬼市盐四斗,并十所负,代运至家。留十,授以蒺藜骨朵⑦,令随诸鬼督河工。鬼引十去,至奈河边,见河内人夫,缧续如蚁。又视河水浑赤,臭不可闻。淘河者皆赤体持畚锸⑧,出没其中。朽骨腐尸,盈筐负舁⑨而出;深处则灭顶求之。惰者辄以骨朵攻背股。同监者以香绵丸如巨菽,使含口中,乃近岸。见高苑肆商亦在其中,十独苛遇之,入河楚背,上岸敲股。商惧,常没身水中,十乃已。经三昼夜,河夫半死,河工亦竣。前二鬼仍送至家,豁然而苏。

先是,十负盐未归,天明妻启户,则盐两囊置庭中,而十久不至。使人遍觅之,则死途中。舁之而归,奄有微息,不解其故。及醒,始言之。肆商亦于前日死,至是始苏。骨朵击处,皆成巨疽,浑身腐溃,臭不可近。十故诣之。望见十,犹缩首衾中,如在奈河状。一年始愈,不复为商矣。

异史氏曰:"盐之一道,朝廷之所谓私,乃不从乎公者也;官与商之所谓私,乃不从其私者也。近日齐、鲁新规,土商随在设肆,各限疆域。不惟此邑之民,不得去之彼邑;即此肆之民,不得去之彼肆。而肆中则潜设饵以钓他邑之民:其售于他邑,则廉其直;而售诸土人,则倍其价以昂之。而又设逻于道,使境内之人,皆不得逃吾网。其有境内冒他邑以来者,法不宥。彼此之相钓,而越肆假冒之愚民益多。一被逻获,则先以刀杖残其胫股,而后送诸官;官则桎梏之,是名'私盐'。呜呼!冤哉!漏数万之税非私,而负升斗之盐则私之;本境售诸他境非私,而本境买诸本境则私之,冤矣!律中'盐法'最严,而独于贫难军民⑩,背负易食者不之禁,今则一切不禁,而专杀此贫难

①高苑:旧县名,治所在今山东省高青县。 ②负:贩运。 ③博兴:旧县名,治所在今山东省博兴县。 ④土商:本地盐商。 ⑤奈河:民间传说地狱中之河名。 ⑥蠹(dù):蛀蚀。 ⑦蒺藜骨朵:一种古代兵器,用铁或硬木制成。一头装柄,一头长圆形,上面装有铁刺。 ⑧畚锸(běn chā):泛指挖土、运土的工具。 ⑨舁(yú):抬。 ⑩军民:指户籍中的军户与民户。

军民！且夫贫难军民，妻子嗷嗷，上守法而不盗，下知耻而不倡；不得已，而揭十母而求一子①。使邑尽此民，即'夜不闭户'可也。非天下之良民乎哉！彼肆商者，不但使之淘奈河，直当使涤狱厕耳！而官于春秋节②，受其斯须之润，遂以三尺法助使杀吾良民。然则为贫民计，莫若为盗及私铸耳：盗者白昼劫人而官若聋，铸者炉火亘天而官若瞽，即异日淘河，尚不至如负贩者所得无几，而官刑立至也。呜呼！上无慈惠之师，而听奸商之法，日变日诡，奈何不顽民日生，而良民日死哉！"

各邑肆商，旧例以若干石盐资，岁奉本县，名曰"食盐"。又逢节序具厚仪。商以事谒官，官则礼貌之，坐与语，或茶焉。送盐贩至，重惩不遑。张石宰令淄川，肆商来见，循旧规但揖不拜。公怒曰："前令受汝贿，故不得不隆汝礼；我市盐而食，何物商人，敢公堂抗礼乎！"捋裤将笞。商叩头谢过，乃释之，后肆中获二负贩者，其一逃去，其一被执到官。公问："贩者二人，其一焉往？"贩者曰："逃去矣。"公曰："汝腿病不能奔耶？"曰："能奔。"公曰："既被捉，必不能奔；果能，可起试奔，验汝能否？"其人奔数步欲止。公曰："奔勿止！"其人疾奔，竟出公门而去。见者皆笑。公爱民之事不一，此其闲情，邑人犹乐诵之。

大男

奚成列，成都③士人也。有一妻一妾。妾何氏，小字昭容。妻早没，继娶申氏，性妒，虐遇何，且并及奚；终日晓聒④，恒不聊生。奚怒亡去；去后何生一子大男。奚去不返，申摈何不与同炊，计日授粟。大男渐长，用不给，何纺绩佐食。大男见塾中诸儿吟诵，亦欲读。母以其太稚，姑送诣读。大男慧，所读倍诸儿。师奇之，愿不索束脩⑤。何乃使从师，薄相酬。积二三年，经书全通。

一日归，谓母曰："塾中五六人，皆从父乞钱买饼，我何独无？"母曰："待汝长，告汝知。"大男曰："今方七八岁，何时长也？"母曰："汝往塾，路经关帝庙，当拜之，祐汝速长。"大男信之，每过必入拜。母知之，问曰："汝所祝何词？"笑云："但祝明年便使我十六七岁。"母笑之。然大男学与躯长并速：至十岁，便如十三四岁者；其所为文竟成章。一日谓母曰："昔谓我壮大，当告父处，今可矣。"母曰："尚未，尚未。"又年余居然成人，研诘益频，母乃缅述之。大男悲不自胜，欲往寻父。母曰："儿太幼，汝父存亡未知，何遽可寻？"

---

①揭十母而求一子：持十本而博一利，比喻利润微薄。　②春秋节：指岁时节序。　③成都：旧府名，治所在今四川省成都市。　④晓聒（xiāo guō）：吵闹。　⑤束脩：即"束修"，指入塾的学费。

大男无言而去,至午不归。往塾问师,则辰餐未复。母大惊,出资佣役,到处冥搜,杳无踪迹。

大男出门,循途奔去,茫然不知何往。适遇一人将如夔州,言姓钱。大男丐食相从。钱病其缓,为赁代步,资斧①耗竭。至夔同食,钱阴投毒食中,大男瞑不觉。钱载至大刹,托为己子,偶病绝资,卖诸僧。僧见其丰姿秀异,争购之。钱得金竟去。僧饮之,略醒。长老知而诣视,奇其相,研诘始得颠末。甚怜之,赠资使去。有泸州②蒋秀才下第归,途中问得故,嘉其孝,携与同行。至泸,主其家③。月余,遍加谘访。或言闽商有奚姓者,乃辞蒋,欲之闽。蒋赠以衣履,里党皆敛资助之。途遇二布客,欲往福清,邀与同侣。行数程,客窥囊金,引至空所,挚其手足,解夺而去。适有永福④陈翁过其地,脱其缚,载归其家。翁豪富,诸路商贾,多出其门,翁嘱南北客代访奚耗。留大男伴诸儿读。大男遂住翁家,不复游。然去家愈远,音梗矣。

何昭容孤居三四年,申氏减其费,抑勒令嫁。何志不摇。申强卖于重庆贾,贾劫取而去。至夜,以刀自劅⑤。贾不敢逼,俟创瘥⑥,又转鬻于盐亭贾。至盐亭,自刺心头,洞见脏腑。贾大惧,敷以药,创平,求为尼。贾曰:"我有商侣,身无淫具,每欲得一人主缝纫。此与作尼无异,亦可少偿吾值。"何诺。贾舆送去。入门,主人趋出,则奚生也。盖奚已弃儒为商,贾以其无妇,故赠之也。相见悲骇,各述苦况,始知有儿寻父未归。奚乃嘱诸客旅,侦察大男。而昭容遂以妾为妻矣。

然自历艰苦,疴痛多疾,不能操作,劝奚纳妾。奚鉴前祸,不从所请。何曰:"妾如争床第者,数年来固已从人生子,尚得与君有今日耶?且人加我者,隐痛在心,岂及诸身而自蹈之?"奚乃嘱客侣,为买三十余老妾。逾半年客果为买妾归,入门则妻申氏。各相骇异。先是申独居年余,兄苞劝令再适。申从之,惟田产为子侄所阻不得售。鬻诸所有,积数百金,携归兄家。有保宁贾,闻其富有夜资,以多金唵苞赚娶之。而贾老废不能人。申怨兄,不安于室,悬梁投井,不堪其扰。贾怒,搜括其资,将卖作妾。闻者皆嫌其老。贾将适夔,乃载与俱去。遇奚同肆,适中其意,遂货之而去。既见奚,惭惧不出一语。奚问同肆商,略知梗概,因曰:"使遇健男,则在保宁,无再见之期,此亦数也。然今日我买妾,非娶妻,可先拜昭容,修嫡庶礼。"申耻之。奚曰:"昔日汝作嫡,何如哉!"何劝止之。奚不可,操杖临逼,申不得已,拜之。然终不屑承奉,但操作别室,何悉优容之,亦不忍课其勤惰。奚每与昭容谈宴,辄使役使其侧;何更代以婢,不听前。

会陈公祠宗宰盐亭。奚与里人有小争,里人以逼妻作妾揭讼⑦奚。公不

①资斧:路费。 ②泸州:旧州名,治所在今四川省泸州市。 ③主其家:寓居其家。 ④永福:旧县名,治所在今福建省福清市。 ⑤劅(lì):割。 ⑥瘥(chài):病愈。 ⑦揭讼:告发。

准理,叱逐之。奚喜,方与何窃颂公德。一漏既尽,僮呼叩扉,入报曰:"邑令公至。"奚骇极,急觅衣履,则公已至寝门;益骇,不知所为。何审之,急出曰:"是吾儿也!"遂哭。公乃伏地悲咽。盖大男从陈公姓,业为官矣。初、公至自都,迂道过故里,始知两母皆醮,伏膺哀痛。族人知大男已贵,反其田庐。公留仆营造,冀父复还。既而授任盐亭,又欲弃官寻父,陈翁苦劝止之。会有卜者,使筮焉。卜者曰:"小者居大,少者为长;求雄得雌,求一得两,为官吉。"公乃之任。为不得亲,居官不茹荤酒。是日得里人状,睹奚姓名,疑之。阴遣内使①细访,果父。乘夜微行②而出。见母,益信卜者之神。临去嘱勿播,出金二百,启父办装归里。

父抵家,门户一新,广畜仆马,居然大家矣。申见大男贵盛,益自敛。兄苞不愤,讼官,为妹争嫡。官廉得其情,怒曰:"贪资劝嫁,已更二夫,尚何颜争昔年嫡庶耶!"重笞苞。由此名分益定。而申妹何,何姊之。衣服饮食,悉不自私。申初惧其复仇,今益愧悔。奚亦忘其旧恶,俾内外皆呼以太母,但诰命不及耳。

异史氏曰:"颠倒众生,不可思议,何造物之巧也!奚生不能自立于妻妾之间,一碌碌庸人耳。苟非孝子贤母,乌能有此奇合,坐享富贵以终身哉!"

外国人

己巳秋,岭南从外洋飘一巨艘来。上有十一人,衣鸟羽,文采璀璨。自言曰:"吕宋国③人。遇风覆舟,数十人皆死;惟十一人附巨木,飘至大岛得免。凡五年,日攫鸟虫而食;夜伏石洞中,织羽为帆。忽又飘一舟至,橹帆皆无,盖亦海中碎于风者,于是附之将返。又被大风引至澳门。"巡抚题疏,送之还国。

韦公子

韦公子,咸阳④世家。放纵好淫,婢妇有色,无不私者。尝载金数千,欲尽觅天下名妓,凡繁丽之区无不至。其不甚佳者信宿⑤即去,当意则作百日留。叔亦名宦,休致⑥归,怒其行,延明师置别业,使与诸公子键户读。公子

①内使:随身伺候的仆役。 ②微行:微服出行。 ③吕宋国:是菲律宾群岛的古国之一,即今菲律宾之吕宋岛。 ④咸阳:旧县名,治所在今陕西省咸阳市。 ⑤信宿:连宿两夜。 ⑥休致:官吏年老去职。

夜伺师寝,逾垣归,迟明而返。一夜失足折肱,师始知之。告公,公益施夏楚①,俾不能起而始药之。及愈,公与之约:能读倍诸弟,文字佳,出勿禁;若私逸,挞如前。然公子最慧,读常过程。数年中乡榜②。欲自败约,公钳制之。赴都,以老仆从,授日记籍,使志其言动。故数年无过行。后成进士,公乃稍弛其禁。

公子或将有作,惟恐公闻,入曲巷③中辄托姓魏。一日过西安,见优僮罗惠卿,年十六七,秀丽如好女,悦之。夜留缱绻,赠贻丰隆。闻其新娶妇尤韵妙,私示意惠卿。惠卿无难色,夜果携妇至,三人共一榻。留数日眷爱臻至。谋与俱归。问其家口,答云:"母早丧,父存。某原非罗姓。母少服役于咸阳韦氏,卖至罗家,四月即生余。倘得从公子去,亦可察其音耗。"公子惊问母姓,曰:"姓吕。"生骇极,汗下浃体,盖其母即生家婢也。生无言。时天已明,厚赠之,劝令改业。伪托他适,约归时召致之,遂别去。

后令④苏州,有乐伎沈韦娘,雅丽绝伦,爱留与狎。戏曰:"卿小字取'春风一曲杜韦娘'耶?"答曰:"非也。妾母十七为名妓,有咸阳公子与公同姓,留三月,订盟婚娶。公子去,八月生妾,因名韦,实妾姓也。公子临别时,赠黄金鸳鸯今尚在。一去竟无音耗,妾母以是愤悒死。妾三岁,受抚于沈媪,故从其姓。"公子闻言,愧恨无以自容。默移时,顿生一策。忽起挑灯,唤韦娘饮,暗置鸩毒杯中。韦娘才下咽,溃乱呻嘶。众集视则已毙矣。呼优人至,付以尸,重赂之。而韦娘所与交好者尽势家,闻之皆不平,贿激优人讼于上官。生惧,泻橐弥缝⑤,卒以浮躁免官。

归家年才三十八,颇悔前行。而妻妾五六人,皆无子。欲继公孙;公以门无内行,恐儿染习气,虽许过嗣,必待其老而后归之。公子愤欲招惠卿,家人皆以为不可,乃止。又数年忽病,辄挝心曰:"淫婢宿妓者非人也!"公闻而叹曰:"是殆将死矣!"乃以次子之子,送诣其家,使定省之。月余果死。

异史氏曰:"盗婢私娼,其流弊殆不可问。然以己之骨血,而谓他人父,亦已羞矣。乃鬼神又侮弄之,诱使自食便液。尚不自剖其心,自断其首,而徒流汗投鸩,非人头而畜鸣者耶!虽然,风流公子所生子女,即在风尘中亦皆擅场。"

石清虚

邢云飞,顺天⑥人。好石,见佳不惜重直。偶渔于河,有物挂网,沉而取

---

①夏(jiǎ)楚:同"檟楚",此处指用棍棒等进行体罚。　②中乡榜:乡试中式,考中举人。　③曲巷:妓院。　④令:出任县令。　⑤泻橐:倾囊。弥缝:设法遮掩以免暴露。　⑥顺天:顺天府,治所在今北京市。

之,则石径尺,四面玲珑,峰峦叠秀。喜极如获异珍。既归,雕紫檀为座,供诸案头。每值天欲雨,则孔孔生云,遥望如塞新絮。

有势豪某踵门①求观。既见,举付健仆,策马径去。邢无奈,顿足悲愤而已。仆负石至河滨,息肩桥上,忽失手堕诸河。豪怒,鞭仆。即出金雇善泅者,百计冥搜,竟不可见。乃悬金署约而去。由是寻石者日盈于河,迄无获者。后邢至落石处,临流於悒,但见河水清澈,则石固在水中。邢大喜,解衣入水,抱之而出。携归,不敢设诸厅所,洁治内室供之。一日有老叟款门而请,邢托言石失已久。叟笑曰:"客舍非耶?"邢便请入舍以实其无,及入,则石果陈几上。愕不能言。叟抚石曰:"此吾家故物,失去已久,今固在此耶。既见之,请即赐还。"邢窘甚,遂与争作石主。叟笑曰:"既汝家物,有何验证?"邢不能答。叟曰:"仆则故识之。前后九十二窍,孔中五字云:'清虚天石供。'"邢审视,孔中果有小字,细如粟米,竭目力才可辨认;又数其窍,果如所言。邢无以对,但执不与。叟笑曰:"谁家物而凭君作主耶!"拱手而出。邢送至门外;既还,已失石所在。邢急追叟,则叟缓步未远。奔牵其袂而哀之。叟曰:"奇哉!经尺之石,岂可以手握袂藏者耶?"邢知其神,强曳之归,长跽②请之。叟乃曰:"石果君家者耶、仆家者耶?"答曰:"诚属君家,但求割爱耳。"叟曰:"既然,石固在是。"入室,则石已在故处。叟曰:"天下之宝,当与爱惜之人。此石能自择主,仆亦喜之。然彼急于自见,其出也早,则魔劫未除。实将携去,待三年后始以奉赠。既欲留之,当减三年寿数,乃可与君相终始。君愿之乎?"曰:"愿。"叟乃以两指捏一窍,窍软如泥,随手而闭。闭三窍,已,曰:"石上窍数,即君寿也。"作别欲去。邢苦留之,辞甚坚;问其姓字亦不言,遂去。

积年余,邢以故他出,夜有贼入室,诸无所失,惟窃石而去。邢归,悼丧欲死。访察购求,全无踪迹。积有数年,偶入报国寺,见卖石者,则故物也,将便认取。卖者不服,因负石至官。官问:"何所质验?"卖石者能言窍数。邢问其他,则茫然矣。邢乃言窍中五字及三指痕,理遂得伸。官欲杖责卖石者,卖石者自言以二十金买诸市,遂释之。

邢得石归,裹以锦,藏椟中,时出一赏,先焚异香而后出之。有尚书某购以百金,邢曰:"虽万金不易也。"尚书怒,阴以他事中伤之。邢被收,典质田产。尚书托他人风示③其子。子告邢,邢愿以死殉石。妻窃与子谋,献石尚书家。邢出狱始知,骂妻殴子,屡欲自经④,皆以家人觉救得不死。夜梦一丈夫来,自言:"石清虚。"戒邢勿戚:"特与君年余别耳。明年八月二十日昧爽⑤时,可诣海岱门以两贯⑥相赎。"邢得梦,喜,谨志其日。其石在尚书家,

①踵门:登门。 ②长跽(jì):长跪。 ③风示:暗示。 ④自经:上吊自杀。 ⑤昧爽:拂晓。
⑥贯:古代穿铜钱的绳索,千钱为一贯。

更无出云之异,久亦不甚贵重之。明年,尚书以罪削职,寻死,邢如期至海岱门①,则其家人窃石出售,因以两贯市归。

后邢至八十九岁,自治葬具,又嘱子必以石殉,及卒,子遵遗教,瘗石墓中。半年许,贼发墓劫石去。子知之,莫可追诘。越二三日,同仆在道,忽见两人奔踬②汗流,望空投拜,曰:"邢先生,勿相逼!我二人将石去,不过卖四两银耳。"遂絷送到官,一讯即伏。问石,则鬻宫氏。取石至,官爱玩欲得之,命寄诸库。吏举石,石忽堕地,碎为数十余片。皆失色。官乃重械两盗论死。邢子拾碎石出,仍瘗墓中。

异史氏曰:"物之尤者祸之府。至欲以身殉石亦痴甚矣!而卒之石与人相终始,谁谓石无情哉?古语云:'士为知己者死。'非过也!石犹如此,何况于人!"

曾友于

曾翁,昆阳③故家也。翁初死未殓,两眶中泪出如渖④,有子六,莫解所以。次子悌,字友于,邑名士,以为不祥,戒诸兄弟各自惕,勿贻痛于先人;而兄弟半迂笑之。

先是翁嫡配生长子成,至七八岁,母子为强寇掳去。娶继室,生三子:曰孝,曰忠,曰信。妾生三子:曰悌,曰仁,曰义。孝以悌等出身贱,鄙不齿,因连结忠、信为党。即与客饮,悌等过堂下,亦傲不为礼。仁、义皆忿,与友于谋欲相仇。友于百词宽譬,不从所谋;而仁、义年最少,因兄言亦遂止。

孝有女适邑周氏,病死。纠悌等往挞其姑,悌不从。孝愤然,令忠、信合族中无赖子、往捉周妻,搒掠⑤无算,抛粟毁器,盎盂无存。周告官。官怒,拘孝等囚系之,将行申黜。友于惧,见宰自投。友于品行,素为宰重,诸兄弟以是得无苦。友于乃诣周所负荆,周亦器重友于,讼遂止。

孝归,终不德友于。无何,友于母张夫人卒,孝等不为服,宴饮如故。仁、义益忿。友于曰:"此彼之无礼,于我何损焉。"及葬,把持墓门,不使合厝⑥。友于乃瘗⑦母隧道中。未几孝妻亡,友于招仁、义同往奔丧。二人曰:"'期⑧'且不论,'功⑨'于何有!"再劝之,哄然散去。友于乃自往,临哭尽哀。隔墙闻仁、义鼓且吹,孝怒,纠诸弟往殴之。友于操杖先从。入其家,仁觉先逃。兴方逾垣,友于自后击仆之。孝等拳杖交加,殴不止。友于横身障

---

①海岱门:北京崇文门的别称。 ②踬(zhì):跌倒。 ③昆阳:旧州名,治所在今云南省晋宁县。 ④渖(shěn):汁液。 ⑤搒掠:拷打。 ⑥合厝(cuò):合葬。 ⑦瘗(yì):掩埋,埋葬。 ⑧期:即"期服",齐衰服丧一年。文中孝、忠、信兄弟当为庶母服"期服"之丧。 ⑨功:即"功服",分大功、小功,大功服丧九月,小功服丧五月。文中悌、仁、义兄弟当为其嫂服"小功"之丧。

阻之。孝怒,让友于。友于曰:"责之者以其无礼也,然罪固不至死。我不怙弟恶,亦不助兄暴。如怒不解,愿以身代之。"孝遂反杖挞友于,忠、信亦相助殴兄,声震里党,群集劝解,乃散去。友于即扶杖诣兄请罪。孝逐去之,不令居丧次①。而义创甚,不复食饮。仁代具词讼官,诉其不为庶母行服。官签拘孝、忠、信,而令友于陈状。友于以面目损伤,不能诣署,但作词禀白,哀求寝息,宰遂消案。义亦寻愈。由是仇怨益深。仁、义皆幼弱,辄被敲楚。怨友于曰:"人皆有兄弟,我独无!"友于曰:"此两语,我宜言之,两弟何云!"因苦劝之,卒不听。友于遂扃户,携妻子借寓他所,离家五十余里,冀不相闻。

友于在家虽不助弟,而孝等尚稍有顾忌;既去,诸兄一不当,辄叫骂其门,辱侵母讳。仁、义度不能抗,惟杜门思乘间刺杀之,行则怀刀。

一日寇所掠长兄成,忽携妇亡归。诸兄弟以家久析,聚谋三日,竟无处可以置之。仁、义窃喜,招去共养之。往告友于。友于喜,归,共出田宅居成。诸兄怒其市惠②,登门窘辱。而成久在寇中,习于威猛,大怒曰:"我归,更无人肯置一屋;幸三弟念手足,又罪责之。是欲逐我耶!"以石投孝,孝仆。仁、义各以杖出,捉忠、信,挞无数。成乃讼宰,宰又使人请教友于。友于诣宰,俯首不言,但有流涕。宰问之,曰:"惟求公断。"宰乃判孝等各出田产归成,使七分相准。自此仁、义与成倍加爱敬,谈及葬母事,因并泣下。成恚曰:"如此不仁,真禽兽也!"遂欲启圹更为改葬。仁奔告友于,友于急归谏止。成不听,刻期发墓,作斋于茔。以刀削树,谓诸弟曰:"所不衰麻③相从者,有如此树!"众唯唯。于是一门皆哭临,安厝尽礼。自此兄弟相安。

而成性刚烈,辄批挞诸弟,于孝尤甚。惟重友于,虽盛怒,友于至,一言即解。孝有所行,成辄不平之,故孝无一日不至友于所,潜对友于诟诅。友于婉谏,卒不纳。友于不堪其扰,又迁居三泊,去家益远,音迹遂疏。又二年,诸弟皆畏成,久亦相习。

而孝年四十六,生五子:长继业,三继德,嫡出;次继功,四继绩,庶出;又婢生继祖。皆成立。效父旧行,各为党,日相竞,孝亦不能呵止。惟祖无兄弟,年又最幼,诸兄皆得而诟厉之。岳家近三泊④,会诣岳,迂道诣叔。入门见叔家两兄一弟,弦诵怡怡,乐之,久居不言归。叔促之,哀求寄居。叔曰:"汝父母皆不知,我岂惜瓯饭瓢饮乎!"乃归。过数月夫妻往寿岳母,告父曰:"儿此行不归矣。"父诘之,因吐微隐。父虑与叔有夙隙,计难久居。祖曰:"父虑过矣。二叔圣贤也。"遂去,携妻之三泊。友于除舍⑤居之,以齿⑥儿行,使执卷从长子继善。祖最慧,寄籍三泊年余,入去南郡庠。与善闭户研读,祖又讽诵最苦。友于甚爱之。

①丧次:停灵治丧的地方。 ②市惠:卖人情。 ③衰麻:丧服。 ④三泊:旧县名,治所在今云南省安宁市。 ⑤除舍:打扫房舍。 ⑥齿:列。

自祖居三泊，家中兄弟益不相能。一日微反唇，业诟辱庶母。功怒，刺杀业。官收功，重械之，数日死狱中。业妻冯氏，犹日以骂代哭。功妻刘闻之，怒曰："汝家男子死，谁家男子活耶！"操刀入，击杀冯，自投井死。冯父大立，悼女死惨，率诸子弟，藏兵衣底，往捉孝妾，裸挞道上以辱之。成怒曰："我家死人如麻，冯氏何得复尔！"吼奔而出，诸曾从之，诸冯尽靡。成首捉大立，割其两耳。其子护救，绩、续以铁杖横击，折其两股。诸冯各被夷伤，哄然尽散。惟冯子犹卧道周。成夹之以肘，置诸冯村而还。遂呼绩诣官自首。冯状亦至。于是诸曾被收。

惟忠亡去，至三泊，徘徊门外。适友于率一子一侄乡试归，见忠，惊曰："弟何来？"忠未语先泪，长跪道左。友于握手拽入，诘得其情，大惊曰："似此奈何！然一门乖戾，逆知①奇祸久矣；不然，我何以窜迹至此。但我离家久，与大令无声气之通，今即匍伏以往，徒取辱耳。但得冯父子伤重不死，吾三人中幸有捷者，则此祸或可少解。"乃留之，昼与同餐，夜与共寝。忠颇感愧。居十余日，见其叔侄如父子，兄弟如同胞，凄然下泪曰："今始知从前非人也。"友于喜其悔悟，相对酸恻。俄报友于父子同科，祖亦副榜②，大喜。不赴鹿鸣③，先归展墓④。明季科甲最重，诸冯皆为敛息。友于乃托亲友赂以金粟，资其医药，讼乃息。举家泣感友于，求其复归。友于乃与兄弟焚香约誓，俾各涤虑自新，遂移家还。

祖从叔不愿归其家。孝乃谓友于曰："我不德，不应有亢宗⑤之子；弟又善教，俾姑为汝子。有寸进时，可赐还也。"友于从之。又三年，祖果举于乡。使移家，夫妻皆痛哭而去。不数日，祖有子方三岁，亡归友于家，藏伯继善室，不肯返。捉去辄逃。孝乃令祖异居，与友于邻。祖开户通叔家。两间定省如一焉。时成渐老，家事皆取决于友于。从此门庭雍穆，称孝友焉。

异史氏曰："天下惟禽兽止知母而不知父，奈何诗书之家往往蹈之也！夫门内之行，其渐溃子孙者，直入骨髓。古云：其父盗，子必行劫，其流弊然也。孝虽不仁，其报亦惨，而卒能自知乏德，托子于弟，宜其有操心虑患之子也。若论果报犹迂也。"

嘉平公子

嘉平⑥某公子，风仪秀美。年十七八，入郡赴童子试。偶过许娟之门，见

---

①逆知：预料。 ②副榜：此处指名列乡试副榜，选为贡生。 ③鹿鸣：即"鹿鸣宴"，于乡试放榜次日，宴请新科举人和主考以下各官。 ④展墓：省视坟墓。 ⑤亢宗：光耀门楣。 ⑥嘉平：旧县名，治所在今安徽省全椒县西南。

内有二八丽人，因目注之。女微笑点首，公子近就与语。女问："寓居何处？"具告之，问："寓中有人否？"曰："无。"女云："妾晚间奉访，勿使人知。"公子归，及暮，屏去僮仆。女果至，自言："小字温姬。"且云："妾慕公子风流，故背媪而来。区区之意，愿奉终身。"公子亦喜。自此三两夜辄一至。

一夕冒雨来，入门解去湿衣，冒诸椸上①，又脱足上小靴，求公子代去泥涂。遂上床以被自覆。公子视其靴，乃五文新锦，沾濡殆尽，惜之。女曰："妾非敢以贱物相役，欲使公子知妾之痴于情也。"听窗外雨声不止，遂吟曰："凄风冷雨满江城。"求公子续之。公子辞以不解。女曰："公子如此一人，何乃不知风雅！使妾清兴消矣！"因劝肆习，公子诺之。往来既频，仆辈皆知。公子姊夫宋氏亦世家子，闻之，窃求公子一见温姬。公子言之，女必不可。宋隐身仆舍，伺女至，伏窗窥之，颠倒欲狂。急排闼②，女起，逾垣而去。宋向往甚殷，乃修赘见许媪，指名求之。媪曰："果有温姬，但死已久。"宋愕然退，告公子，公子始知为鬼。至夜因以宋言告女，女曰："诚然。顾君欲得美女子，妾亦欲得美丈夫。各遂所愿足矣，人鬼何论焉？"公子以为然。试毕而归，女亦从之。他人不见，惟公子见之。至家，寄诸斋中。公子独宿不归，父母疑之。女归宁，始隐以告母，母大惊，戒公子绝之，公子不能听。父母深以为忧，百术驱之不能去。一日，公子有谕仆帖置案上，中多错谬："椒"讹"菽"，"姜"讹"江"，"可恨"讹"可浪"。女见之，书其后："何事'可浪'？'花菽生江。'有婿如此，不如为娼！"遂告公子曰："妾初以公子世家文人，故蒙羞自荐。不图虚有其表！以貌取人，毋乃为天下笑乎！"言已而没。公子虽愧恨，犹不知所题，折帖示仆。闻者传为笑谈。

异史氏曰："温姬可儿！翩翩公子，何乃苛其中之所有哉！遂至悔不如娼，则妻妾羞泣矣。顾百计遣之不去，而见帖浩然，则'花菽生江'，何殊于杜甫之'子章髑髅'哉！"《耳录》云：道旁设浆者，榜云："施'恭③'结缘。"亦可一笑。

有故家子，既贫，榜于门曰："卖古淫器。"讹磁为淫云："有要宣淫、定淫④者，大小皆有，入内看物论价。"崔卢之子孙如此其众，何独"花菽生江"哉！

---

①冒(juàn)：悬挂。椸(yí)：衣架。 ②排闼(tà)：推门。 ③恭：俗谓上厕所为"出恭"，此处指大小便。 ④宣淫："宣窑"的误书。定淫："定窑"的误书。

第十二卷

二班

殷元礼,云南人,善针灸之术。遇寇乱,窜入深山。日既暮,村舍尚远,惧遭虎狼。遥见前途有两人,疾趁①之。既至,两人问客何来,殷乃自陈族贯②。两人拱敬③曰:"是良医殷先生也,仰山斗久矣!"殷转诘之。二人自言班姓,一为班爪,一为班牙。便谓:"先生,予亦避难石室,幸可栖宿,敢屈玉趾,且有所求。"殷喜从之。俄至一处,室傍岩谷。爇柴代烛:始见二班容躯威猛,似非良善。计无所之,亦即听之。又闻榻上呻吟,细审,则一老妪僵卧,似有所苦。问:"何恙?"牙曰:"以此故,敬求先生。"乃束火照榻,请客逼视。见鼻下口角有两赘瘤,皆大如碗,且云:"痛不可触,妨碍饮食。"殷曰:"易耳。"出艾团之,为灸数十壮④,曰:"隔夜愈矣。"二班喜,烧鹿饷客;并无酒饭,惟肉一品。爪曰:"仓卒不知客至,望勿以辒亵⑤为怪。"殷饱餐而眠,枕以石块。二班虽诚朴,而粗莽可惧,殷转侧不敢熟眠。天未明便呼妪,问所患。妪初醒,自扪,则瘤破为创。殷促二班起,以火就照,敷以药屑,曰:"愈矣。"拱手遂别。班又以烧鹿一肘赠之。

后三年无耗⑥。殷适以故入山,遇二狼当道,阻不得行。日既西。狼又群至,前后受敌。狼扑之,仆;数狼争啮,衣尽碎。自分必死。忽两虎骤至,诸狼四散。虎怒大吼,狼惧尽伏。虎悉扑杀之,竟去。殷狼狈而行,惧无投止。遇一媪来,睹其状,曰:"殷先生吃苦矣!"殷戚然诉状,问何见识⑦。媪曰:"余即石室中灸瘤之病妪也。"殷始恍然,便求寄宿。媪引去,入一院落,灯火已张,曰:"老身伺先生久矣。"遂出袍裤,易其敝败。罗浆具酒,酬劝谆切。媪亦以陶碗自酌,谈饮俱豪,不类巾帼。殷问:"前日两男子,系老姥何

---

①趁:追赶。 ②族贯:家族籍贯。 ③拱敬:拱手致敬。拱手,两手相合以示敬意,相见或感谢时的一种常见礼节。 ④壮:中医术语,艾灸一灼为一壮。 ⑤辒亵(yóu xiè):轻简亵渎,此处指招待不周,谦词。 ⑥耗:音讯。 ⑦见识:认识。见,助词,表示被动或对我如何。

人？胡以不见？"媪曰："两儿遣逆①先生，尚未归复，必迷途矣。"殷感其义，纵饮不觉沉醉，酣眠座间。既醒，已曙，四顾竟无庐，孤坐岩上。闻岩下喘息如牛，近视，则老虎方睡未醒。喙间有二瘢痕，皆大如拳。骇极，惟恐其觉，潜踪而遁。始悟两虎即二班也。

车夫

有车夫载重登坡，方极力时，一狼来啮其臀。欲释手，则货敝②身压，忍痛推之。既上，则狼已龁③片肉而去。乘其不能为力之际，窃尝一脔，亦黠而可笑也。

乩仙

章丘米步云，善以乩④卜。每同人雅集，辄召仙相与赓和⑤。一日友人见天上微云，得句，请以属对，曰："羊脂白玉天。"乩批云："问城南老董。"众疑其妄。后以故偶适城南，至一处，土如丹砂，异之。见一叟牧豕其侧，因问之。叟曰："此猪血红泥地也。"忽忆乩词，大骇。问其姓，答云："我老董也。"属对不奇，而预知遇城南老董，斯亦神矣！

苗生

龚生，岷州⑥人。赴试西安，憩于旅舍，沽酒自酌。一伟丈夫入，坐与语。生举卮劝饮，客亦不辞。自言苗姓，言喙粗豪。生以其不文，偃蹇遇之⑦。酒尽不复沽。苗生曰："措大⑧饮酒，使人闷损！"起向垆头沽，提巨甀⑨而入。生辞不饮，苗捉臂劝醮⑩，臂痛欲折。生不得已，为尽数觥。苗以羹碗自吸，笑曰："仆不善劝客，行止惟君所便。"生即治装行。

约数里，马病卧于途，坐待路侧。行李重累，正无方计，苗寻⑪至。诘知其故，遂谢装付仆，己乃以肩承马腹而荷之，趋二十余里，始至逆旅⑫，释马就

---

① 遣逆：派去迎接。　② 敝：损坏。　③ 龁(hé)：用牙齿咬。　④ 乩(jī)：占卜问疑，通过占卜问吉凶。　⑤ 赓和(gēng hè)：续用他人原韵或题意唱和。　⑥ 岷州：旧州名，治所在今甘肃省岷县。　⑦ 偃蹇(yǎn jiǎn)遇之：傲慢地对待他。偃蹇，骄横，傲慢。遇，对待。　⑧ 措大：对贫寒读书人的侮称。　⑨ 甀(chī)：古代陶质酒器。　⑩ 醮(jiào)：饮尽杯中酒。　⑪ 寻：随即。　⑫ 逆旅：客舍，旅店。

枥①。移时生主仆方至。生乃惊为神，相待优渥，沽酒市饭，与共餐饮。苗曰："仆善饭，非君所能饱，饫饮②可也。"引尽一瓻，乃起而别曰："君医马尚须时日，余不能待，行矣。"遂去。

后生场事毕，三四友人邀登华山，藉地作筵。方共宴笑，苗忽至，左携巨尊，右提豚肘掷地曰："闻诸君登临，敬附骥尾③。"众起为礼，相并杂坐，豪饮甚欢。众欲联句，苗争曰："纵饮甚乐，何苦愁思。"众不听，设"金谷之罚"。苗曰："不佳者，当以军法从事！"众笑曰："罪不至此。"苗曰："如不见诛，仆武夫亦能之也。"首座靳生曰："绝巘④凭临眼界空。"苗信口续曰："唾壶击缺⑤剑光红。"下座沉吟既久，苗遂引壶自倾。移时，以次属句，渐涉鄙俚。苗呼曰："只此已足，如赦我者，勿作矣！"众弗听。苗不可复忍，遽效作龙吟，山谷响应；又起俯仰作狮子舞。诗思既乱，众乃罢吟，因而飞觞再酌。时已半酣，客又互诵闱中作⑥，迭相赞赏。苗不欲听，牵生豁拳。胜负屡分，而诸客诵赞未已。苗厉声曰："仆听之已悉。此等文只宜向床头对婆子读耳，广众中刺刺⑦者可厌也！"众有惭色，更恶其粗莽，遂益高吟。苗怒甚，伏地大吼，立化为虎，扑杀诸客，咆哮而去。所存者，惟生及靳。靳是科领荐⑧。

后三年再经华阴，忽见靳生，亦山上被噬者。大恐欲驰，靳捉鞚⑨使不得行。靳乃下马，问其何为。答曰："我今为苗氏之伥⑩，从役良苦。必再杀一士人，始可相代。三日后，应有儒服儒冠者见噬于虎，然必在苍龙岭下，始是代某者。君于是日，多邀文士于此，即为故人谋也。"靳不敢辨，敬诺而别。至寓筹思终夜，莫知为谋，自拚背约，以听鬼责。适有表戚蒋生来，靳述其异。蒋名下士⑪，邑尤生考居其上，窃怀忌嫉。闻靳言，阴欲陷之。折简邀尤与共登临，自乃着白衣⑫而往，尤亦不解其意。至岭半，肴酒并陈，敬礼臻至。会郡守登岭上，与蒋为通家，闻蒋在下，遣人召之。蒋不敢以白衣往，遂与尤易冠服。交着⑬未完，虎骤至，衔蒋而去。

异史氏曰："得意津津者，捉衿袖，强人听闻；闻者欠伸⑭屡作，欲睡欲遁，而诵者足蹈手舞，茫不自觉。知交者亦当从旁肘之蹑之，恐座中有不耐事之苗生在也。然嫉忌者易服而毙，则知苗亦无心者耳。故厌怒者苗也——非苗也。"

①枥：马槽。 ②饫(yù)饮：畅饮。 ③附骥尾：蚊蝇附在千里马的尾巴上，喻指依附名士而得到荣耀，此处用作谦词。 ④绝巘(yǎn)：极高的山峰。 ⑤唾壶击缺：用如意击打唾壶，形容心情忧愤或感情激昂，语出《世说新语》。唾壶，旧时一种小口大肚的吐痰器具。 ⑥闱中作：科举考场中所作的文字，此指八股文。 ⑦刺刺：形容说话连续不断。 ⑧领荐：即"领乡荐"，指乡试中举。 ⑨鞚(kòng)：带嚼子的马笼头。 ⑩伥：即"伥鬼"，古人传说人被虎咬死以后，其鬼魂受虎役使。 ⑪名下士：享有盛名之士。 ⑫白衣：此处指平民便服，与生员冠服有别。 ⑬交着：互换冠服。 ⑭欠伸：打呵欠。

蝎客

南商贩蝎者,岁至临朐①,收买甚多。土人持木钳入山,探穴发石搜捉之。一岁商复来,寓客肆。忽觉心动,毛发森悚,急告主人曰:"伤生既多,今见怒于虿②鬼,将杀我矣!急垂拯救!"主人顾室中有巨瓮,乃使蹲伏,以瓮覆之。移时一人奔入,黄发狞丑,问主人:"南客安在?"答曰:"他出。"其人入室四顾,鼻作嗅声者三,遂出门去。主人曰:"可幸无恙矣。"及启瓮视客,客已化为血水。

杜小雷

杜小雷,益都③之西山人。母双盲。杜事之孝,家虽贫,甘旨④无缺。一日将他适,市肉付妻,令作馎饦⑤。妻最忤逆,切肉时杂蜣螂⑥其中。母觉臭恶不可食,藏以待子。杜归,问:"馎饦美乎?"母摇首,出示子。杜裂视,见蜣螂,怒甚。入室欲挞妻,又恐母闻。上榻筹思,妻问之,不语。妻自馁,彷徨榻下。久之喘息有声。杜叱曰:"不睡待敲扑耶!"亦觉寂然。起而烛之,但见一豕,细视,则两足犹人,始知为妻所化。邑令闻之,縻去,使游四门,以戒众人。谭薇臣曾亲见之。

毛大福

太行毛大福,疡医⑦也。一日行术归,道遇一狼,吐裹物,蹲道左。毛拾视,则布裹金饰数事⑧。方怪异间,狼前欢跃,略曳袍服即去。毛行又曳之。察其意不恶,因从之去。未几至穴,见一狼病卧,视顶上有巨疮,溃腐生蛆。毛悟其意,拨剔净尽,敷药如法,乃行。日既晚,狼遥送之。行三四里,又遇数狼,咆哮相侵,惧甚。前狼急入其群,若相告语,从狼悉散去。毛乃归。

先是,邑有银商宁泰,被盗杀于途,莫可追诘。会毛货⑨金饰,为宁所认,执赴公庭。毛诉所从来,官不信,械之。毛冤极不能自伸,惟求宽释,请问诸

①临朐:旧县名,治所在今山东省临朐县。 ②虿(chài):蛇、蝎类毒虫的古称。 ③益都:旧县名,治所在今山东省青州市。 ④甘旨:美味的食物。 ⑤馎饦(bó tuō):汤饼的别名。古代一种水煮的面食。 ⑥蜣螂(qiāng láng):俗名屎壳郎。 ⑦疡(yáng)医:专治疮伤毒肿的外科医生。 ⑧金饰:金银饰物。数事:数件。 ⑨货:卖。

狼。官遣两役押入山，直抵狼穴。值狼未归，及暮不至，三人遂反。至半途遇二狼，其一疮痕犹在，毛识之，向揖而祝曰：“前蒙馈赠，今遂以此被屈。君不为我昭雪，回去搒掠①死矣！”狼见毛被絷，怒奔隶。隶拔刀相向。狼以喙拄地大嗥；嗥两三声，山中百狼群集，围旋隶。隶大窘。狼竟前啮絷索，隶悟其意，解毛缚，狼乃俱去。归述其状，官异之，未遽释毛。后数日，官出行。一狼衔敝屦②委道上。官过之，狼又衔屦奔前置于道。官命收屦，狼乃去。官归，阴遣人访屦主。或传某村有丛薪者，被二狼迫逐，衔其屦而去。拘来认之，果其屦也。遂疑杀宁者必薪，鞫之果然。盖薪杀宁，取其巨金，衣底藏饰，未遑搜括，被狼衔去也。

昔一稳婆出归，遇一狼阻道，牵衣若欲召之。乃从去，见雌狼方娩不下。妪为用力按捺，产下放归。明日，狼衔鹿肉置其家以报之。可知此事从来多有。

雹神

唐太史济武③，适日照会安氏葬。道经雹神李左车祠，入游眺。祠前有池，池水清澈，有朱鱼数尾游泳其中。内一斜尾鱼唼呷④水面，见人不惊。太史拾小石将戏击之。道士急止勿击。问其故，言：“池鳞皆龙族，触之必致风雹。”太史笑其附会之诬，竟掷之。既而升车东行，则有黑云如盖，随之以行。簌簌雹落，大如绵子。又行里余，始霁。太史弟凉武在后，追及与语，则竟不知有雹也。问之前行者亦云。太史笑曰：“此岂广武君作怪耶！”犹未深异。

安村外有关圣祠⑤，适有稗贩客⑥，释肩门外，忽弃双簏⑦，趋祠中，拔架上大刀旋舞，曰：“我李左车也。明日将陪从淄川唐太史一助执绋⑧，敬先告主人。”数语而醒，不自知其所言，亦不识唐为何人。安氏闻之，大惧。村去祠四十余里，敬修楮帛祭具，诣祠哀祷，但求怜悯，不敢枉驾⑨。太史怪其敬信之深，问诸主人。主人曰：“雹神灵迹最著，常托生人以为言，应验无虚语。若不虔祝以尼其行，则明日风雹立至矣。”

异史氏曰：“广武君在当年，亦老谋壮事者流也。即司雹于东，或亦其不磨之气，受职于天。然业已神矣，何必翘然自异哉！唐太史道义文章，天人之钦瞩已久，此鬼神之所以必求信于君子也。”

---

①搒掠：拷打。　②敝屦：破旧的鞋子。　③唐太史济武：指唐梦赉，字济武，淄川（今山东省淄博市淄川区）人，顺治六年（1649）进士，曾授翰林院庶吉士，翰林院检讨，故以“太史”称之。　④唼呷（shà xiā）：鱼儿吃食的声音。　⑤关圣祠：关帝庙。　⑥稗（bài）贩客：小商贩。稗，小。　⑦簏（lù）：竹箱。　⑧执绋：此处指送葬，原指丧葬时手执牵引灵车的绳索以助行进。　⑨枉驾：屈驾。

李八缸

太学①李月生,升宇翁之次子也。翁最富,以缸贮金,里人称之"八缸"。翁寝疾②,呼子分金:兄八之,弟二之。月生觖望③。翁曰:"我非偏有爱憎,藏有窖镪④,必待无多人时,方以畀⑤汝,勿急也。"过数日,翁益弥留。月生虑一旦不虞,觑无人就床头秘讯之,翁曰:"人生苦乐皆有定数。汝方享妻贤之福,故不宜再助多金,以增汝过。"盖月生妻车氏,最贤,有桓孟⑥之德,故云。月生固哀之,怒曰:"汝尚有二十余年坎壈⑦未历,即予千金,亦立尽耳。苟不至山穷水尽时,勿望给与也!"月生孝友敦笃,亦即不敢复言。犹冀父复瘥,且夕可以婉告。无何,翁大渐⑧,寻卒。幸兄贤,斋葬之谋,勿与校计。

月生又天真烂漫,不较锱铢,且好客善饮,炊黍治具,日促妻三四作,不甚理家人生产。里中无赖窥其懦,辄鱼肉⑨之。逾数年家渐落。窘急时,赖兄小周给,不至大困。无何兄以老病卒,益失所助,至绝粮食。春贷秋偿,田所出登场辄尽。乃割亩⑩为活,业益消减。又数年妻及长子相继殂谢,无聊益甚。寻⑪买贩羊之妻徐,翼得其小阜⑫;而徐性刚烈,日凌藉之,至不敢与亲朋通吊庆礼。忽一夜梦父曰:"今汝所遭,可谓山穷水尽矣。尝许汝窖金,今其可矣。"问:"何在?"曰:"明日畀汝。"醒而异之,犹谓是贫中之积想也。次日发土葺墉⑬,掘得巨金,始悟向言"无多人",乃死亡将半也。

异史氏曰:"月生,余杵臼交⑭,为人朴诚无伪。余兄弟与交,哀乐辄相共。数年来村隔十余里,老死竟不相闻。余偶过其居里,因亦不敢过问之。则月生之苦况,盖有不可明言者矣。忽闻暴得千金,不觉为之鼓舞。呜呼!翁临终之治命,昔习闻之,而不意其言皆谶也。抑何其神哉!"

老龙船户

朱公徽荫⑮巡抚粤东时,往来商旅,多告无头冤状。千里行人,死不见

---

①太学:明清两代称国子监为太学。 ②寝疾:卧病。 ③觖(jué)望:因不满而心生怨恨。 ④窖镪(qiǎng):藏在地窖的银钱。 ⑤畀(bì):给予。 ⑥桓孟:汉代鲍宣之妻桓少君和梁鸿之妻孟光的并称,旧时被视为贤妻的典范。 ⑦坎壈(lǎn):困顿,不顺利。 ⑧大渐:病危。 ⑨鱼肉:此处喻指欺凌。 ⑩割亩:卖田地。 ⑪寻:不久。 ⑫小阜:稍稍富裕。阜,财物,财富。 ⑬葺(qì)墉:修整墙垣。葺,原指用茅草覆盖房子,后泛指修整房屋。 ⑭杵臼(chǔ jiù)交:不计贫贱的交谊。杵、臼,为舂捣用具。 ⑮朱公徽荫:朱宏祚,字徽荫,顺治五年(1648)举人,今山东省高唐县人,曾出任广东巡抚。

尸,数客同游,全无音信,积案累累,莫可究诘。初告,有司尚发牒行缉①;迨投状既多,竟置不问。公莅任,历稽旧案,状中称死者不下百余,其千里无主,更不知凡几。公骇异恻悯,筹思废寝。遍访僚属,迄少方略。于是洁诚熏沐,致檄城隍之神。已而斋寝,恍惚见一官僚搢笏②而入。问:"何官?"答云:"城隍刘某。""将何言?"曰:"鬓边垂雪,天际生云,水中漂木,壁上安门。"言已而退。既醒,隐谜不解。辗转终宵,忽悟曰:"垂雪者,老也;生云者,龙也;水上木为船;壁上门为户:岂非'老龙船户'耶!"盖省之东北,曰小岭,曰蓝关,源自老龙津以达南海,每由此入粤。公遣武弁③,密授机谋,捉龙津驾舟者,次第擒获五十余名,皆不械而服。盖此等贼以舟渡为名,赚客登舟,或投蒙药④,或烧闷香⑤,致客沉迷不醒,而后剖腹纳石以沉水底。冤惨极矣!自昭雪后,遐迩⑥欢腾,谣涌成集焉。

异史氏曰:"剖腹沉石,惨冤已甚,而木雕之有司,绝不少关痛痒,岂特粤东之暗无天日哉!公至则鬼神效灵,覆盆俱照,何其异哉!然公非有四目两口,不过痌瘝之念⑦,积于中者至耳。彼巍巍然,出则刀戟横路,入则兰麝熏心,尊优虽至,究何异于老龙船户哉!"

青城妇

费邑⑧高梦说为成都守,有一奇狱。先是有西商客成都,娶青城山寡妇。既而以故西归,年余复返。夫妻一聚,而商暴卒。同商疑而告官,官亦疑妇有私⑨,苦讯之。横加酷掠,卒无词。牒解上司,并少实情,淹系狱底,积有时日。

后高署有患病者,延一老医,适相言及。医闻之,遽曰:"妇尖嘴否?"问:"何说?"初不言,诘再三,始曰:"此处绕青城山有数村落,其中妇女多为蛇交,则生女尖喙,阴中有物类蛇舌。至淫纵时则舌或出,一入阴管,男子阳脱立死。"高闻之骇,尚未深信。医曰:"此处有巫媪,能内药使妇意荡,舌自出,是否可以验见。"高即如言,使媪治之,舌果出,疑始解。牒报郡。上官皆如法验之,乃释妇罪。

---

①牒:公文。行缉:缉捕。 ②搢笏(hù):此处指身着官服。搢,插。古代官员着官服时,将记事所用的笏板插在腰带上。 ③武弁(biàn):武官。弁,古代的一种冠。 ④蒙药:蒙汗药。 ⑤闷香:迷魂香。 ⑥遐迩:远近。 ⑦痌瘝(tōng guān)之念:视百姓疾苦如病痛在身。痌瘝,病痛。⑧费邑:即费县,治所在今山东省临沂市费县。 ⑨私:通奸。

鸮鸟

长山①杨令，性奇贪。康熙乙亥间，西塞用兵，市②民间骡马运粮。杨假此搜括，地方头畜一空。周村为商贾所集，趁墟者车马辐辏③。杨率健丁悉篡夺之，不下数百余头。四方估客，无处控告。

时诸令皆以公务在省。适益都令董、莱芜令范、新城令孙，会集旅舍。有山西二商迎门号诉，盖有健骡四头，俱被抢掠，道远失业不能归，哀求诸公为缓颊也。三公怜其情，许之。遂共诣杨。杨治具相款。酒既行，众言来意，杨不听。众言之益切。杨举酒促醷以乱之，曰："某有一令，不能者罚。须一天上、一地下、一古人，左右问所执何物，口道何词，随问答之。"便倡云："天上有月轮，地下有昆仑，有一古人刘伯伦。左问所执何物，答云：'手执酒杯。'右问口道何词，答云：'道是酒杯之外不须提。'"范公云："天上有广寒宫，地下有乾清宫，有一古人姜太公。手执钓鱼竿，道是'愿者上钩'。"孙云："天上有天河，地下有黄河，有一古人是萧何。手执一本《大清律》，他道是'赃官赃吏'。"杨有惭色，沉吟久之，曰："某又有之。天上有灵山，地下有太山，有一古人是寒山。手执一帚，道是'各人自扫门前雪'。"众相视觍然。忽一少年傲岸而入，袍服华整，举手作礼。共挽坐，酌以大斗。少年笑曰："酒且勿饮。闻诸公雅令，愿献刍荛。"众请之，少年曰："天上有玉帝，地下有皇帝，有一古人洪武朱皇帝。手执三尺剑，道是'贪官剥皮'。"众大笑。杨恚④骂曰："何处狂生敢尔！"命隶执之。少年跃登几上，化为鸮⑤，冲帘飞出，集庭树间，四顾室中作笑声。主人击之，且飞且笑而去。

异史氏曰："市马之役，诸大令⑥健畜盈庭者十之七，而千百为群，作骡马贾者，长山外不数数见也。圣明天子爱惜民力，取一物必偿其值，焉知奉行者流毒若此哉！鸮所至，人最厌其笑，儿女共唾之，以为不祥。此一笑则何异于凤鸣哉！"

古瓶

淄邑北村井湮，村人甲、乙缒入淘之。掘尺余，得髑髅。误破之，口含黄

---

①长山：旧县名，治所在今山东省邹平以东、淄川以北偏西。②市：购买。③趁墟：赶集。辐辏：集中，聚集。④恚(huì)：恨，怒。⑤鸮：猫头鹰。⑥大令：县令。

金,喜纳腰橐①。复掘,又得髑髅六七枚。冀得含金,悉破之,而一无所有。其旁有磁瓶二、铜器一。器大可合抱,重数十斤,侧有双环,不知何用,斑驳陆离。瓶亦古制,非近款。既出井,甲、乙皆死。移时乙苏,曰:"我乃汉人。遭新莽之乱②,全家投井中。适有少金,因内口中,实非含敛③之物,人人都有也。奈何遍碎头颅? 情殊可恨!"众香楮④共祝之,许为殡葬,乙乃愈;甲则不能复生矣。

颜镇孙生闻其异,购铜器而去。袁孝廉宣四得一瓶,可验阴晴:见有一点润处,初如粟米,渐阔渐满,未几雨至;润退则云开天霁。其一入张秀才家,可志朔望⑤:朔则黑点起如豆,与日俱长;望则一瓶遍满;既望又以次而退,至晦则复其初。以埋土中久,瓶口有小石粘口上,刷剔不可下。敲去之,石落而口微缺,亦一憾事。浸花其中,落花结实,与在树者无异云。

元少先生

韩元少⑥先生为诸生时,有吏突至,白主人欲延作师,而殊无名刺。问其家阀,含糊对之。束帛缄贽⑦,仪礼优渥,先生许之,约期而去。至日果以舆来。迤逦而往,道路皆所未经。忽睹殿阁,下车入,气象类藩邸⑧。既就馆,酒炙纷罗,劝客自进,并无主人。筵既撤,则公子出拜;年十五六,姿表秀异。展礼罢,趋就他舍,请业始至师所。公子甚慧,闻义辄通。

先生以不知家世,颇怀疑闷。馆有二僮给役,私诘之,皆不对。问:"主人何在?"答以事忙。先生求导窥之,僮不可。屡求之,乃导至一处,闻拷楚声。自门隙目注之,见一王者坐殿上,阶下剑树刀山皆冥中事。大骇。方将却步,内已知之,因罢政,叱退诸鬼,疾呼僮。僮变色曰:"我为先生,祸及身矣!"战惕奔入。王者怒曰:"何敢引人私窥!"即以巨鞭重笞讫。乃召先生入,曰:"所以不见者,以幽明异路。今已知之,势难再聚。"因赠束金⑨使行,曰:"君天下第一人,但坎壈未尽耳。"使青衣捉骑送之。先生疑身已死,青衣曰:"何得便尔! 先生食御一切置自俗间,非冥中物也。"既归,坎坷数年,中会、状,其言皆验。

---

①腰橐(tuó):藏钱的袋子,多系于腰间。橐,口袋。 ②新莽之乱:指公元 8 年王莽篡汉自立,改国号为"新"。 ③含敛:古时葬仪,将珠宝放于死者口中。 ④香楮(chǔ):祭鬼神用的香和纸钱。 ⑤志:记录。朔望:朔日与望日,即农历每月初一、十五。 ⑥韩元少:韩菼,字元少,苏州人,康熙十三年(1674)会试第一,殿试第一。 ⑦束帛缄贽:聘请老师的礼物。束帛,捆为一束的五匹帛。缄,封。贽,初次拜见尊长所送的礼物。 ⑧藩邸:藩王的府第。 ⑨束金:束修之金,送给教师的酬金。

薛慰娘

丰玉桂,聊城①儒生也,贫无生业。万历间,岁大祲②,孑然南遁。及归,至沂而病。力疾行数里,至城南丛葬处,益惫,因傍冢卧。忽如梦,至一村,有叟自门中出,邀生入。屋两楹,亦殊草草。室内一女子,年十六七,仪容慧雅。叟使瀹③柏枝汤,以陶器供客。因诘生里居、年齿,既已,乃曰:"洪都姓李,平阳族。流寓此间今三十二年矣。君志此门户,余家子孙如见探访,即烦指示之。老夫不敢忘义。义女慰娘颇不丑,可配君子。三豚儿④到日,即遣主盟⑤。"生喜,拜曰:"犬马齿二十有二,尚少良配。惠以眷好固佳;但何处得翁之家人而告诉也?"叟曰:"君但住北村中,相待月余,自有来者,止求不惮烦耳。"生恐其言不信,要⑥之曰:"实告翁:仆故家徒四壁,恐后日不如所望,中道之弃,人所难堪。即无姻好,亦不敢不守季路之诺⑦,即何妨质言之也?"叟笑曰:"君欲老夫旦旦耶?我稔知君贫。此订非专为君,慰娘孤而无倚,相托已久,不忍听其流落,故以奉君子耳。何见疑!"即捉臂送生出,拱手合扉而去。

生觉,则身卧冢边,日已将午。渐起,次且入村,村人见之皆惊,谓其已死道旁经日矣。顿悟叟即冢中人也,隐而不言,但求寄寓。村人恐其复死,莫敢留。村有秀才与同姓,闻之,趋诘家世,盖生缌服叔⑧也。喜导至家,饵治之,数日寻愈。因述所遇,叔亦惊异,遂坐待以觇其变。居无何,果有官人至村,访父墓址,自言平阳进士李叔向。先是其父李洪都,与同乡某甲行贾,死于沂,某因瘗诸丛葬处。既归某亦死。是时翁三子皆幼。长伯仁,举进士,令淮南。数遣人寻父墓,迄无知者。次仲道,举孝廉。叔向最少,亦登第⑨。于是亲求父骨,至沂遍访。

是日至,村人皆莫识。生乃引至墓所,指示之。叔向未敢信,生为具陈所遇,叔向奇之。审视两坟相接,或言三年前有宦者,葬少妾于此。叔向恐误发他冢,生遂以所卧处示之。叔向命舁材⑩其侧,始发冢。冢开,则见女尸,服妆黯败,而粉黛如生。叔向知其误,骇极,莫知所为。而女已顿起,四顾曰:"三哥来耶?"叔向惊,就问之,则慰娘也。乃解衣蔽覆,舁归逆旅。急发旁冢,冀父复活。既发,则肤革犹存,抚之僵燥,悲哀不已。装敛入村,清

①聊城:旧县名,治所在今山东省聊城市。 ②祲(jìn):天灾。 ③瀹(yuè):煮。 ④豚儿:谦称自己的儿子。 ⑤主盟:做媒。 ⑥要(yāo):要盟,约定。 ⑦季路之诺:此处指联姻的诺言。季路,字子路,孔子弟子,以守信著称。 ⑧缌(sī)服叔:远房族叔。缌服,古代丧服名,五种丧服中最轻者,代指远亲。 ⑨登第:考中进士。 ⑩舁(yú):抬。材:棺材。

醮七日；女亦缞绖①若女。忽告叔向曰："曩阿翁有黄金二锭，曾分一为妾作奁。妾以孤弱无藏所，仅以丝线絷腰，而未将去，兄得之否？"叔向不知，乃使生反求诸圹，果得之，一如女言。叔向仍以线志者分赠慰娘。暇乃审其家世。

先是，女父薛寅侯无子，止生慰娘，甚钟爱之。一日女自金陵舅氏归，将媪问渡。操舟者乃金陵媒也。适有宦者任满赴都，遣觅美妾，凡历数家，无当意者，将为扁舟诣广陵。忽遇女，隐生诡谋，急招附渡。媪素识之，遂与共济。中途投毒食中，女妪皆迷。推妪堕江，载女而返，以重金卖诸宦者。入门嫡②始知，怒甚。女又惘然，莫知为礼，遂挞楚而囚禁之。北渡三日，女方醒。婢言始末，女大泣。一夜宿于沂，自经死，乃瘗诸乱冢中。女在墓，为群鬼所凌，李翁时呵护之，女乃父事翁。翁曰："汝命合不死，当为择一快婿③。"前生既见而出，反谓女曰："此生谊可托。待汝三兄至，为汝主婚。"一日曰："汝可归候，汝三兄将来矣。"盖即发墓之日也。女于丧次，为叔向缅述之。

叔向叹息良久，乃以慰娘为妹，俾从李姓。略买衣妆，遣归生，且曰："资斧无多，不能为妹子办妆。意将偕归，以慰母心，何如？"女亦欣然。于是夫妻从叔向，轜枢④并发。及归，母诘得其故，爱逾所生，馆⑤诸别院。丧次，女哀悼过于儿孙。母益怜之，不令东归，嘱诸子为之买宅。

适有冯氏卖宅，直六百金，仓卒未能取盈，暂收契券，约日交兑。及期冯早至，适女亦从别院入省母，突见之，绝似当年操舟人，冯见亦惊。女趋过之。两兄亦以母小恙，俱集母所。女问："厅前踡跼⑥者为谁？"仲道曰："此必前日卖宅者也。"即起欲出。女止之，告以所疑，使诘难之。仲道诺而出，则冯已去，而巷南塾师薛先生在焉。因问："何来？"曰："昨夕冯某浼早登堂，一署券保⑦。适途遇之，云偶有所忘，暂归便返，使仆坐以待之。"少间，生及叔向皆至，遂相攀谈。慰娘以冯故，潜来屏后窥客，细视之，则其父也。突出，持抱大哭。翁惊涕曰："吾儿何来！"众始知薛即寅侯也。仲道虽与街头常遇，初未悉其名字。至是共喜，为述前因，设酒相庆。因留信宿，自道行踪。盖失女后，妻以悲死，鳏居无依，故游学至此也。生约买宅后，迎与同居。翁次日往探，冯则举家遁去，乃知杀媪卖女者即其人也。冯初至平阳，贸易成家；比年赌博，日就消乏，故货居宅，卖女之资，亦濒尽矣。慰娘得所，亦不甚仇之，但择日徙居，更不追其所往。李母馈遗不绝，一切日用皆供给之。生遂家于平阳，但归试甚苦。幸于是科得举孝廉。

①缞绖(cuī dié)：丧服。缞，丧服，以麻布条披于胸前。绖，丧服所用的麻带。 ②嫡：正妻。 ③快婿：称心的夫婿。 ④轜枢：用车载送灵枢。 ⑤馆：安排居住。 ⑥踡跼：形容走路忽进忽退的样子。 ⑦券保：房产交易的保人。

慰娘富贵,每念媪为己死,思报其子。媪夫姓殷,一子名富,好博,贫无立锥。一日博局争注①,殴杀人命,亡归平阳,远投慰娘。生遂留之门下。研诘所杀姓名,盖即操舟冯某也。骇叹久之,因为道破,乃知冯即杀母仇人也。益喜,遂役生家。薛寅侯就养于婿,婿为买妇,生子女各一焉。

田子成

江宁②田子成,过洞庭舟覆而没。子良耜,明季进士,时在抱中。妻杜氏闻讣,仰药③而死。良耜受庶祖母抚养成立,筮仕④湖北。年余,奉宪命⑤营务湖南,至洞庭痛哭而返。自告才力不及,降县丞,隶汉阳⑥,辞不就。院司强督促之乃就。辄放荡江湖间,不以官职自守。

一夕舣舟⑦江岸,闻洞箫声,抑扬可听。乘月步去,约半里许,见旷野中茅屋数椽,荧荧灯火。近窗窥之,有三人对酌其中,上座一秀才年三十许;下座一叟;侧座吹箫者年最少。吹竟,叟击节赞佳。秀才面壁吟思,若罔闻。叟曰:"卢十兄必有佳作,请长吟,俾得共赏之。"秀才乃吟曰:"满江风月冷凄凄,瘦草零花化作泥。千里云山飞不到,梦魂夜夜竹桥西。"吟声怆恻。叟笑曰:"卢十兄故态作矣!"因酹以巨觥,曰:"老夫不能属和,请歌以侑酒。"乃歌"兰陵美酒"之什。歌已,一座解颐⑧。

少年起曰:"我视月斜何度矣。"突出见客,拍手曰:"窗外有人,我等狂态尽露也!"遂挽客入,共一举手。叟使与少年相对坐。试其杯皆冷酒,辞不饮。少年知其意,即起,以苇炬⑨燎壶而进之。良耜亦命从者出钱行沽,叟固止之。因讯邦族,良耜具道生平。叟致敬曰:"吾乡父母也。少君姓江,此间土著。"指少年曰:"此江西杜野侯。"又指秀才:"此卢十兄,与公同乡。"卢自见良耜,殊偃蹇⑩不甚为礼。良耜因问:"家居何里?如此清才,殊早不闻。"答曰:"流寓已久,亲族恒不相识,可叹人也!"言之哀楚。叟摇手乱之曰:"好客相逢,不理觞政⑪,聒絮如此,厌人听闻!"遂把杯自饮,曰:"一令请共行之,不能者罚。每掷三色,以相逢为率⑫,须一古典相合。"乃掷得幺二三,唱曰:"三加幺二点相同,鸡黍三年约范公:朋友喜相逢。"次少年,掷得双二单四,曰:"不读书人,但见俚典,勿以为笑。四加双二点相同,四人聚义古城中:兄弟喜相逢。"卢得双幺单二,曰:"二加双幺点相同,吕向两手抱老翁:父

---

①注:赌博时所下的赌注。　②江宁:旧县名,属应天府,治所在今江苏省南京市。　③仰药:服毒药。　④筮(shì)仕:此处指初出做官。古人将出为官,卜问吉凶。筮,用蓍草占卜。　⑤宪命:上司的命令。　⑥汉阳:旧府名,治所在今湖北省武汉市。　⑦舣(yǐ)舟:停船。　⑧解颐:开颜欢笑。　⑨苇炬:芦苇束成的火把。　⑩偃蹇(yǎn jiǎn):骄横,傲慢。　⑪觞政:酒令。　⑫相逢为率:此处指所掷三个色子的点数,其中一个色子的点数与另外两个色子的点数之和相同。率,标准。

子喜相逢。"良耜掷,复与卢同,曰:"二加双幺点相同,茅容二篡款林宗:主客喜相逢。"

令毕,良耜兴辞。卢始起,曰:"故乡之谊,未遑倾吐,何别之遽?将有所问,愿少留也。"良耜复坐,问:"何言?"曰:"仆有老友某,没于洞庭,与君同族否?"良耜曰:"是先君也,何以相识?"曰:"少时相善。没日惟仆见之,因收其骨,葬江边耳。"良耜出涕下拜,求指墓所。卢曰:"明日来此,当指示之。要亦易辨,去此数武,但见坟上有丛芦十茎者是也。"良耜洒涕,与众拱别。

至舟终夜不寝,念卢情词似皆有因。不能待旦,昧爽①而往,则舍宇全无,益骇。因遵所指处寻墓,果得之。丛芦其上,数之,适符其数。恍然悟卢十兄之称,皆其寓言;所遇乃其父之鬼也。细问土人,则二十年前,有高翁富而好善,溺水者皆拯其尸而埋之,故有数坟在焉。遂发冢负骨,弃官而返。归告祖母,质其状貌皆确。江西杜野侯,乃其表兄,年十九,溺于江;后其父流寓江西。又悟杜夫人殁后,葬竹桥之西,故诗中忆之也。但不知叟何人耳。

王桂庵

王樨,字桂庵,大名②世家子。适南游。泊舟江岸。临舟有榜人③女绣履其中,风姿韶绝。王窥既久,女若不觉。王朗吟"洛阳女儿对门居",故使女闻。女似解其为己者,略举首一斜瞬之,俯首绣如故。王神志益驰,以金一锭投之,堕女襟上;女拾弃之,金落岸边。王拾归,益怪之,又以金钏掷之,堕足下;女操业不顾。无何榜人自他归,王恐其见钏研诘,心急甚;女从容以双钩④覆蔽之。榜人解缆径去。

王心情丧惘,痴坐凝思。时王方丧偶,悔不即媒定之。乃询舟人,皆不识其何姓。返舟急追之,杳不知其所往。不得已返舟而南。务毕北旋,又沿江细访,并无音耗。抵家,寝食皆萦念之。逾年复南,买舟江际若家焉。日日细数行舟,往来者帆樯皆熟,而曩舟殊杳。居半年资罄而归。行思坐想,不能少置。一夜梦至江村,过数门,见一家柴扉南向,门内疏竹为篱,意是亭园,径入。有夜合一株,红丝满树。隐念:诗中"门前一树马缨花",此其是矣。过数武,苇笆光洁。又入之,见北舍三楹,双扉阖焉。南有小舍,红蕉蔽窗。探身一窥,则椸架⑤当门,胃⑥画裙其上,知为女子闺闼,愕然却退;而内亦觉之,有奔出瞰⑦客者,粉黛微呈,则舟中人也。喜出望外,曰:"亦有相逢

---

①昧爽:拂晓。 ②大名:旧府名,隶属直隶,治所在今河北省邯郸市大名县。③榜(bàng)人:船家,船夫。 ④双钩:女子双足。 ⑤椸(yí)架:衣架。 ⑥胃(juàn):悬挂。 ⑦瞰(kàn):窥望。

之期乎!"方将狎就,女父适归,倏然惊觉,始知是梦。景物历历,如在目前。秘之,恐与人言,破此佳梦。

又年余再适镇江。郡南有徐太仆①,与有世谊,招饮。信马而去,误入小村,道途景象,仿佛平生所历。一门内,马缨一树,梦境宛然。骇极,投鞭而入。种种物色,与梦无别。再入,则房舍一如其数。梦既验,不复疑虑,直趋南舍,舟中人果在其中。遥见王,惊起,以扉自幛,叱问:"何处男子?"王逡巡间,犹疑是梦。女见步趋甚近,阖然扃户②。王曰:"卿不忆掷钏者耶?"备述相思之苦,且言梦征。女隔窗审其家世,王具道之。女曰:"既属宦裔,中馈必有佳人,焉用妾?"王曰:"非以卿故,婚娶固已久矣!"女曰:"果如所云,足知君心。妾此情难告父母,然亦方命③而绝数家。金钏犹在,料钟情者必有耗问耳。父母偶适外戚,行且至。君姑退,倩冰委禽④,计无不遂;若望以非礼成耦⑤,则用心左⑥矣。"王仓卒欲出。女遥呼王郎曰:"妾芸娘,姓孟氏。父字江蓠。"王记而出。罢筵早返,谒江蓠。江迎入,设坐篱下。王自道家阀,即致来意,兼纳百金为聘。翁曰:"息女已字⑦矣。"王曰:"讯之甚确,固待聘耳,何见绝之深?"翁曰:"适间所说,不敢为诳。"王神情俱失,拱别而返。当夜辗转,无人可媒。向欲以情告太仆,恐娶榜人女为先生笑;今情急无可为媒,质明诣太仆,实告之。太仆曰:"此翁与有瓜葛,是祖母嫡孙,何不早言?"王始吐隐情。太仆疑曰:"江蓠固贫,素不以操舟为业,得毋误乎?"乃遣子大郎诣孟,孟曰:"仆虽空匮,非卖婚者。曩公子以金自媒,谅仆必为利动,故不敢附为婚姻。既承先生命,必无错谬。但顽女颇恃娇爱,好门户辄便拗却,不得不与商榷,免他日怨婚也。"遂起,少入而返,拱手一如尊命,约期乃别。大郎复命,王乃盛备禽妆,纳采于孟,假馆太仆之家,亲迎成礼。

居三日,辞岳北归。夜宿舟中,问芸娘曰:"向于此处遇卿,固疑不类舟人子。当日泛舟何之?"答云:"妾叔家江北,偶借扁舟一省视耳。妾家仅可自给,然傥来物⑧颇不贵视之。笑君双瞳如豆,屡以金资动人。初闻吟声,知为风雅士,又疑为儇薄子⑨作荡妇挑之也。使父见金钏,君死无地矣。妾怜才心切否?"王笑曰:"卿固黠甚,然亦堕吾术矣!"女问:"何事?"王止而不言。又固诘之,乃曰:"家门日近,此亦不能终秘。实告卿:我家中固有妻在,吴尚书女也。"芸娘不信,王故壮其词以实之。芸娘色变,默移时,遽起,奔出;王蹴履追之,则已投江中矣。王大呼,诸船惊闹,夜色昏蒙,惟有满江星点而已。王悼痛终夜,沿江而下,以重价觅其骸骨,亦无见者。

邑邑⑩而归,忧痛交集。又恐翁来视女,无词可对。有姊丈官河南,遂命

①太仆:官名,指太仆寺卿。 ②阖然:关门声。扃(jiōng)户:关门。 ③方命:违命;抗命。 ④倩冰:请媒人说媒。倩,请托。冰,冰人,即媒人。委禽:下聘礼。 ⑤耦:配偶。 ⑥左:差错,不当。 ⑦字:许嫁。 ⑧傥来物:意外偶得之物。 ⑨儇(xuān)薄子:轻薄少年。 ⑩邑邑:同"悒悒",形容忧郁不乐的样子。

驾造之,年余始归。途中遇雨,休装民舍,见房廊清洁,有老妪弄儿厦间。儿见王入,即扑求抱,王怪之。又视儿秀婉可爱,揽置膝头,妪唤之不去。少顷雨霁,王举儿付妪,下堂趣装。儿啼曰:"阿爹去矣!"妪耻之,呵之不止,强抱而去。王坐待治任,忽有丽者自屏后抱儿出,则芸娘也。方诧异间,芸娘骂曰:"负心郎!遗此一块肉,焉置之?"王乃知为己子。酸来刺心,不暇问其往迹,先以前言之戏,矢日①自白。芸娘始反怒为悲。相向涕零。先是,第主②莫翁,六旬无子,携媪往朝南海③。归途泊江际,芸娘随波下,适触翁舟。翁命从人拯出之,疗控④终夜始渐苏。翁媪视之,是好女子,甚喜,以为己女,携归。居数月,欲为择婿,女不可。逾十月,生一子,名曰寄生。王避雨其家,寄生方周岁也。王于是解装,入拜翁媪,遂为岳婿。居数日,始举家归。至,则孟翁坐待已两月矣。翁初至,见仆辈情词恍惚,心颇疑怪;既见始共欢慰。历述所遭,乃知其枝梧者有由也。

寄生(附)

寄生字王孙,郡中名士。父母以其襁褓认父,谓有凤惠,钟爱之。长益秀美,八九岁能文,十四入郡庠。每自择偶。父桂庵有妹二娘,适郑秀才子侨,生女闺秀,慧艳绝伦。王孙见之,心切爱慕,积久寝食俱废。父母大忧,苦研诘之,遂以实告。父遣冰⑤于郑;郑性方谨,以中表⑥为嫌却之。王孙愈病,母计无所出,阴婉致二娘,但求闺秀一临存⑦之。郑闻益怒,出恶声焉。父母既绝望,听之而已。

郡有大姓张氏,五女皆美;幼者名五可,尤冠诸姊,择婿未字。一日上墓,途遇王孙,自舆中窥见,归以白母。母沈知其意,见媒妪于氏,微示之。妪遂诣王所。时王孙方病,讯知笑曰:"此病老身能医之。"芸娘问故。妪述张氏意,极道五可之美。芸娘喜,使妪往候王孙。妪入,抚王孙而告之。王孙摇首曰:"医不对症,奈何!"妪笑曰:"但问医良否耳:其良也,召和而缓至⑧,可矣;执其人以求之,守死而待之,不亦痴乎?"王孙欷歔曰:"但天下之医无愈和者。"妪曰:"何见之不广也?"遂以五可之容颜发肤,神情态度,口写而手状之。王孙又摇首曰:"妪休矣!此余愿所不及也。"反身向壁,不复听矣。妪见其志不移,遂去。

一日王孙沉痼中,忽一婢入曰:"所思之人至矣!"喜极,跃然而起。急出

---

①矢日:指着天上的太阳发誓。 ②第主:宅第的主人。 ③南海:此处特指今浙江省舟山市普陀山,相传为观音菩萨道场。 ④疗控:指对溺水之人的急救措施。控,覆身曲体,使其吐水。 ⑤遣冰:派遣媒人。 ⑥中表:表亲。 ⑦临存:亲临省问。 ⑧召和而缓至:同是良医,请谁来治病都一样。和、缓,皆为春秋时秦国名医。

舍，则丽人已在庭中。细认之，却非闺秀，着松花色细褶绣裙，双钩微露，神仙不啻也。拜问姓名，答曰："妾，五可也。君深于情者，而独锺闺秀，使人不平。"王孙谢曰："生平未见颜色，故目中止一闺秀。今知罪矣！"遂与要誓①。方握手殷殷，适母来抚摩，遽然而觉，则一梦也。回思声容笑貌，宛在目中。阴念：五可果如所梦，何必求所难遘，因而以梦告母。母喜其念少夺，急欲媒之。

王孙恐梦见不的，托邻妪素识张氏者，伪以他故诣之，嘱其潜相②五可。妪至其家，五可方病，靠枕支颐，婀娜之态，倾绝一世。近问："何恙？"女默然弄带，不作一语。母代答曰："非病也。连日与爹娘负气耳！"妪问故。曰："诸家问名③，皆不愿，必如王家寄生者方嫁。是为母者劝之急，遂作意不食数日矣。"妪笑曰："娘子若配王郎，真是玉人成双也。渠若见五娘，恐又憔悴死矣！我归即令情冰，如何？"五可止之曰："姥勿尔！恐其不谐，益增笑耳！"妪锐然以必成自任，五可方微笑。妪归复命，一如媒媪言。王孙详问衣履，亦与梦合，大悦。意虽稍舒，然终不以人言为信。过数日渐瘳④，秘招于媪来，谋以亲见五可。媪难之，姑应而去。久之不至。方欲觅问，媪忽忻然来曰："机幸可图。五娘向有小恙，因令婢辈将扶⑤，移过对院。公子往伏伺之，五娘行缓涩，委曲可以尽睹矣。"王孙喜，明日，命驾早往，媪先在焉。即令萦马村树。引入临路舍，设座掩扉而去。少间五可果扶婢出，王孙自门隙目注之。女从门外过，媪故指挥云树以迟纤步，王孙窥觇尽悉，意颤不能自持。未几媪至，曰："可以代闺秀否？"王孙申谢而返，始告父母，遣媒要盟。及媒往，则五可已别字矣。

王孙失意，悔闷欲死，即刻复病。父母忧甚，责其自误。王孙无词，惟日饮米汁一合⑥。积数日，鸡骨支床⑦，较前尤甚。媪忽至，惊曰："何愈之甚？"王孙涕下，以情告。媪笑曰："痴公子！前日人趁汝来，而故却之；今日汝求人，而能必遂耶？虽然，尚可为力。早与老身谋，即许京都皇子，能夺还也。"王孙大悦，求策。媪命函启遣伻⑧，约次日候于张所。桂庵恐以唐突见拒，媪曰："前与张公业有成言，延数日而遽悔之；且彼字他家，尚无函信。谚云：'先炊者先餐。'何疑也！"桂庵从之。次日二仆往，并无异词，厚犒而归。王孙病顿起。由此闺秀之想遂绝。

初，郑子侨却聘⑨，闺秀颇不怿；及闻张氏婚成，心愈抑郁，遂病，日就支离。父母诘之不肯言。婢窥其意，隐以告母。郑闻之，怒不医，以听其死。二娘怼曰："吾侄亦殊不恶，何守头巾戒⑩，杀吾娇女！"郑恚曰："若所生女，

---

①要（yāo）誓：订立盟誓。　②潜相：暗中相看。　③问名：古代婚礼"六礼"之一，此处指求亲。　④瘳（chōu）：病愈。　⑤将扶：搀扶。　⑥合（gě）：量词，十分之一升。　⑦鸡骨支床：形容身体瘦弱。　⑧伻（bēng）：此处指仆人。　⑨却聘：拒婚。　⑩头巾戒：指儒生的迂腐观点。头巾，明清儒生的儒巾，后代指迂腐儒生。

不如早亡,免贻笑柄!"以此夫妻反目。二娘故与女言,将使仍归王孙若为媵①。女俯首不言,意若甚愿。二娘商郑,郑更怒,一付二娘,置女度外,不复预闻。二娘爱女切,欲实其言。女乃喜,病渐瘳。窃探王孙,亲迎②有日矣。及期以俟完婚,伪欲归宁,昧旦,使人求仆舆于兄。兄最友爱,又以居村邻近,遂以所备亲迎车马,先迎二娘。既至,则妆女入车,使两仆两媪护送之。到门,以毡贴地而入。时鼓乐已集,从仆叱令吹擂,一时人声沸聒。王孙奔视,则女子以红帕蒙首,骇极欲奔;郑仆夹扶,便令交拜。王孙不知何由,即便拜讫。二媪扶女,径坐青庐③,始知其闺秀也。举家皇乱,莫知所为。

时渐濒暮,王孙不复敢行亲迎之礼。桂庵遣仆以情告张;张怒,遂欲断绝。五可不肯,曰:"彼虽先至,未受雁采④;不如仍使亲迎。"父纳其言,以对来使。使归,桂庵终不敢从。相对筹思,喜怒俱无所施。张待之既久,知其不行,遂亦以舆马送五可至,因另设青帐于别室。

王孙周旋两间,蹀躞⑤无以自处。母乃调停于中,使序行以齿,二女皆诺。及五可闻闺秀差长,称"姊"有难色。母甚虑之。比三朝⑥公会,五可见闺秀风致宜人,不觉右之⑦,自是始定。然父母恐其积久不相能,而二女却无间言,衣履易着,相爱如姊妹焉。

王孙始问五可却媒之故,笑曰:"无他,聊报君之却于媪耳。尚未见妾,意中止有闺秀;即见妾,亦略靳之,以觇君之视妾,较闺秀何如也。使君以伊病,而不为妾病,则亦不必强求容矣。"王孙笑曰:"报亦惨矣!然非于媪,何得一觑芳容。"五可曰:"是妾自欲见君,媪何能为。过舍门时,岂不知眈眈者在内耶。梦中业相要,何尚未知信耶?"王孙惊问:"何知?"曰:"妾病中梦至君家,以为妄;后闻君亦梦,妾乃知魂魄真到此也。"王孙异之,遂述所梦,时日悉符。父子之良缘,皆以梦成,亦奇情也。故并志之。

异史氏曰:"父痴于情,子遂几为情死。所谓情种,其王孙之谓欤?不有善梦之父,何生离情之子哉!"

周生

周生,淄邑之幕客⑧。令公出,夫人徐,有朝碧霞元君之愿,以道远故,将遣仆赍仪⑨代往。使周为祝文。周作骈词⑩,历叙平生,颇涉狎谑。中有云:

①媵:妾。 ②亲迎:古代婚礼"六礼"之一,即新郎至女家迎娶新娘。 ③青庐:此处指洞房。 ④雁采:即"纳采",古代婚礼"六礼"之一,男方向女方赠送求婚礼物。 ⑤蹀躞:小步行走,此处指因犹豫而往来徘徊。 ⑥三朝:婚后第三天。 ⑦右之:以其为尊。古人以右为尊,故称。 ⑧幕客:又称"幕友",俗称"师爷"。 ⑨赍(jī)仪:携带祭祀礼品。 ⑩骈词:骈文,又称"四六文"。

"栽般阳满县之花，偏怜断袖①；置夹谷弥山之草，惟爱余桃②。"此诉夫人所愤也，类此甚多。脱稿，示同幕凌生。凌以为亵，戒勿用。弗听，付仆而去。未几，周主卒于署；既而仆亦死；徐夫人产后，亦病卒。人犹未之异也。

周生子自都来迎父榇③，夜与凌生同宿。梦父戒之曰："文字不可不慎也！我不听凌君言，遂以亵词致干神怒，遭夭天年；又贻累徐夫人，且殃及焚文之仆，恐冥罚尤不免也！"醒而告凌，凌亦梦同，因述其文。周子为之惕然。

异史氏曰："恣情纵笔，辄洒洒自快，此文客之常也。然淫嫚④之词，何敢以告神明哉！狂生无知，冥谴其所应尔。但使贤夫人及千里之仆，骈死而不知其罪，不亦与刑律中分首从⑤者，殊多愦愦耶？冤已！"

褚遂良

长山赵某，税屋⑥大姓。病症结⑦，又孤贫，奄然就毙。一日力疾就凉，移卧檐下。及醒，见绝代丽人坐其旁，因诘问之，女曰："我特来为汝作妇。"某惊曰："无论贫人不敢有妄想；且奄奄一息，有妇何为！"女曰："我能治之。"某曰："我病非仓卒可除，纵有良方，其如无资买药何！"女曰："我医疾不用药也。"遂以手按赵腹，力摩之。觉其掌热如火。移时腹中痞块，隐隐作解坼⑧声。又少时欲登厕。急起走数武，解衣大下，胶液流离，结块尽出，觉通体爽快。

返卧故处，谓女曰："娘子何人？祈告姓氏，以便尸祝⑨。"答云："我狐仙也。君乃唐朝褚遂良，曾有恩于妾家，每铭心欲一图报。日相寻觅，今始得见，夙愿可酬矣。"某自惭形秽，又虑茅屋灶煤，沾染华裳。女但请行。赵乃导入家，土莝⑩无席，灶冷无烟，曰："无论光景如此，不堪相辱；即卿能甘之，请视瓮底空空，又何以养妻子？"女但言："无虑。"言次⑪，一回头，见榻上毡席衾褥已设；方将致诘，又转瞬，见满室皆银光纸裱贴如镜，诸物已悉变易，几案精洁，肴酒并陈矣。遂相欢饮。日暮与同狎寝，如夫妇。

主人闻其异，请一见之，女即出见无难色。由此四方传播，造门者甚夥。女并不拒绝。或设筵招之，女必与夫俱。一日，座中一孝廉，阴萌淫念。女已知之，忽加诮让⑫。即以手推其首；首过棂外，而身犹在室，出入转侧，皆所不能。因共哀免，方曳出之。积年余，造请者日益烦，女颇厌之。被拒者辄骂赵。

①断袖：指宠爱男色。　②余桃：即"分桃"，亦指宠爱男色。　③榇(chèn)：棺木。　④淫嫚：同"淫曼"，指亵渎。　⑤首从：首恶与从恶。　⑥税屋：租赁房屋。　⑦症结：中医指腹中结块的病。　⑧解坼(chè)：化解开裂。　⑨尸祝：祭祀。　⑩土莝(cuò)：土炕上铺着碎草。莝，铡碎的草。　⑪言次：交谈之间。　⑫诮(qiào)让：责问。

值端阳,饮酒高会,忽一白兔跃入。女起曰:"舂药翁①来见召矣!"谓兔曰:"请先行。"兔趋出,径去。女命赵取梯。赵于舍后负长梯来,高数丈。庭有大树一章,便倚其上;梯更高于树杪②。女先登,赵亦随之。女回首曰:"亲宾有愿从者,当即移步。"众相视不敢登。惟主人一僮,踊跃从其后,上上益高,梯尽云接,不可见矣。共视其梯,则多年破扉③,去其白板耳。群入其室,灰壁败灶依然,他无一物。犹意僮返可问,竟终杳已。

刘全

邹平④牛医侯某,荷饭饷⑤耕者。至野,有风旋其前,侯即以杓掬浆⑥祝奠之。尽数杓,风始去。一日适城隍庙,闲步廊下,见内塑刘全⑦献瓜像,被鸟雀遗粪,糊蔽目睛。侯曰:"刘大哥何遂受此玷污!"因以爪甲为除去之。

后数年病卧,被二皂摄去。至官衙前,逼索财贿甚苦。侯方无所为计,忽自内一绿衣人出,见之,讶曰:"侯翁何来?"侯便告诉。绿衣人责二皂曰:"此汝侯大爷,何得无礼!"二皂喏喏,逊谢不知。俄闻鼓声如雷。绿衣人曰:"早衙⑧矣。"遂与俱入,令立墀⑨下,曰:"姑立此,我为汝问之。遂上堂点手,招一吏人下,略道数语。吏人见侯,拱手曰:"侯大哥来耶?汝亦无甚大事,有一马相讼,一质便可复返。"遂别而去。少间堂上呼侯名,侯上跪,一马亦跪。官问侯:"马言被汝药死,有诸?"侯曰:"彼得瘟症,某以瘟方治之。既药不瘳⑩,隔日而死,与某何涉?"马作人言,两相苦。官命稽籍,籍注马寿若干,应死于某年月日,数确符。因呵曰:"此汝天数已尽,何得妄控!"叱之而去。因谓侯曰:"汝存心方便,可以不死。"仍命二皂送回。前二人亦与俱出,又嘱途中善相视。侯曰:"今日虽蒙覆庇,生平实未识荆⑪。乞示姓字,以图衔报。"绿衣人曰:"三年前,仆从泰山来,焦渴欲死。经君村外,蒙以杓浆见饮,至今不忘。"吏人曰:"某即刘全。曩被雀粪之污,闷不可耐,君手为涤除,是以耿耿。奈冥间酒馔,不可以奉宾客,请即别矣。"侯始悟,乃归。

既至家,款留二皂,皂并不敢饮其杯水。侯苏,盖死已逾两日矣。从此益修善。每逢节序,必以浆酒酬刘全。年八旬,尚强健,能超乘驰走。一日途间见刘全骑马来,若将远行。拱手道温凉毕,刘曰:"君数已尽,勾牒⑫出

①舂(chōng)药翁:指月宫玉兔。古代神话中,月中有玉兔捣药。舂,把东西放在石臼或乳钵里捣掉皮壳或捣碎。 ②树杪(miǎo):树梢。 ③扉:门扇。 ④邹平:旧县名,治所在今山东省邹平县。 ⑤饷:给在田间劳动的人送饭。 ⑥掬浆:舀浆水。 ⑦刘全:传说中的人物,曾代替唐太宗李世民向阴间进奉瓜果。 ⑧早衙:旧时官府早晚坐衙治事,早上卯时的一次称"早衙"。 ⑨墀(chí):台阶上面的空地,亦指台阶。 ⑩瘳(chōu):病愈。 ⑪识荆:相识,用作敬词。 ⑫勾牒:官府签发的拘捕文书。

矣。勾役欲相招,我禁使弗须。君可归治后事。三日后,我来同君行。地下代买小缺①,亦无苦也。"遂去。侯归告妻子,招别戚友,棺衾俱备。第四日日暮,对众曰:"刘大哥来矣。"入棺焉遂殁。

土化兔

靖逆侯张勇镇兰州②时,出猎获兔甚多,中有半身或两股尚为土质。一时秦中③争传土能化兔。此亦物理之不可解者。

鸟使

苑城④史乌程家居,忽有鸟集屋上,香色⑤类鸦。史见之,告家人曰:"夫人遣鸟使召我矣。急备后事,某日当死。"至日果卒。殡日⑥鸦复至,随櫘⑦缓飞,由苑之新⑧。及殡,鸦始不见。长山吴木欣目睹之。

姬生

南阳⑨鄂氏患狐,金钱什物,辄被窃去。迓之祟益甚。鄂有甥姬生,名士不羁,焚香代为祷免,卒不应;又祝舍外祖使临己家,亦不应。众笑之,生曰:"彼能幻变,必有人心。我固将引之俾入正果。"数日辄一往祝之。虽不见验,然生所至狐遂不扰,以故鄂常止生宿。生夜望空请见,邀益坚。一日生归,独坐斋中,忽房门缓缓自开。生起,致敬曰:"狐兄来耶?"殊寂无声。又一夜门自开,生曰:"倘是狐兄降临,固小生所祷祝而求者,何妨即赐光霁⑩?"却又寂然。案头有钱二百,及明失之。生至夜增以数百。中宵闻布幄铿然,生曰:"来耶?敬具时铜⑪数百备用。仆虽不充裕,然非鄙吝者。若缓急有需,无妨质言,何必盗窃?"少间视钱,脱去二百。生仍置故处,数夜不复失。有熟鸡,欲供客而失之。生至夕又益以酒,而狐从此绝迹矣。

鄂家祟如故。生又往祝曰:"仆设钱而子不取,设酒而子不饮;我外祖衰

①小缺:小官的职位。 ②兰州:旧府名,治所在今甘肃省兰州市。 ③秦中:即"关中",指今陕西中部。 ④苑城:集市名,在长山县北。 ⑤香色:义同"声色"。 ⑥殡日:下葬之日。 ⑦櫘(huì):小棺材。 ⑧新:此处指新城,与苑城相邻。新城,旧县名,治所在今山东省桓台县。 ⑨南阳:旧府名,治所在今河南省南阳市。 ⑩光霁:即"光风霁月",此处用为对人容貌的美称。 ⑪时铜:铜钱。

迈,无为久祟之。仆备有不腆之物,夜当凭汝自取。"乃以钱十千、酒一樽,两鸡皆聂切,陈几上。生卧其旁,终夜无声,钱物如故。狐怪从此亦绝。生一日晚归,启斋门,见案上酒一壶,燂鸡盈盘;钱四百,以赤绳贯之,即前日所失物也。知狐之报。嗅酒而香,酌之色碧绿,饮之甚醇。壶尽半酣,觉心中贪念顿生,暮然欲作贼,便启户出。思村中一富室,遂往越其墙。墙虽高,一跃上下,如有翅翎。入其斋,窃取貂裘、金鼎①而出,归置床头,始就枕眠。

天明携入内室,妻惊问之,生嗫嚅而告,有喜色。妻骇曰:"君素刚直,何忽作贼!"生恬然不为怪,因述狐之有情。妻恍然悟曰:"是必酒中之狐毒也。"因念丹砂可以却邪,遂研入酒,饮生,少顷,生忽失声曰:"我奈何做贼!"妻代解其故,爽然自失。又闻富室被盗,噪传里党。生终日不食,莫知所处。妻为之谋,使乘夜抛其墙内。生从之。富室复得故物,事亦遂寝。

生岁试②冠军,又举行优,应受倍赏。及发落③之期,道署④梁上粘一帖云:"姬某作贼,偷某家裘、鼎,何为行优?"梁最高,非跂足可粘。文宗⑤疑之,执帖问生。生愕然,思此事除妻外无知者;况署中深密,何由而至?因悟曰:"此必狐之为也。"遂缅述⑥无讳,文宗赏礼有加焉。生每自念无取罪于狐,所以屡陷之者,亦小人之耻独为小人耳。

异史氏曰:"生欲引邪入正,而反为邪惑。狐意未必大恶,或生以谐引之,狐亦以戏弄之耳。然非身有凤根,室有贤助,几何不如原涉所云,家人寡妇,一为盗污遂行淫哉!吁!可惧也!"

吴木欣云:"康熙甲戌,一乡科⑦令浙中,点稽囚犯,有窃盗已刺字⑧讫,例应逐释。令嫌'窃'字减笔从俗,非官板⑨正字,使刮去之;候创平,依字汇中点画形象另刺之。盗口占一绝云:'手把菱花仔细看,淋漓鲜血旧痕斑。早知面上重为苦,窃物先防识字官。'禁卒笑之曰:"诗人不求功名,而乃为盗?'盗又口占答之云:'少年学道志功名,只为家贫误一生。冀得资财权子母⑩,囊游燕市博恩荣。'"即此观之,秀才为盗,亦仕进之志也。狐授姬生以进取之资,而返悔为所误,迂哉!一笑。

①金鼎:金香炉。 ②岁试:即科举时代的"岁考"。 ③发落:发榜。 ④道署:此处指学道的衙署。 ⑤文宗:此处指本省学政,岁试的主持者。 ⑥缅述:备叙。 ⑦乡科:举人。 ⑧刺字:即"墨刑",刺字于受刑者臂膊或面颊上。 ⑨官板:官方刻板刊印的书籍。 ⑩权子母:国家铸钱,以重币为母,轻币为子,权其轻重而使行,有利于民。后世遂称资本经营或借贷生息为"权子母"。

果报

安丘①某生通卜筮②之术，其为人邪荡不检，每有钻穴逾隙③之行，则卜之。一日忽病，药之不愈，曰："吾实有所见。冥中怒我狎亵天数，将重谴矣，药何能为！"亡何④，目暴瞽⑤，两手无故自折。

某甲者，伯无嗣，甲利其有，愿为之后。伯既死，田产悉为所有，遂背前盟。又有叔家颇裕，亦无子，甲又父之，死，又背之。于是并三家之产，富甲一乡。一日暴病若狂，自言曰："汝欲享富厚而生耶！"遂以利刃自割肉，片片掷地。又曰："汝绝人后，尚欲有后耶！"剖腹流肠，遂毙。未几子亦死，产业归人矣。果报⑥如此，可畏也夫！

公孙夏

保定有国学生⑦某，将入都纳资⑧，谋得县尹。方趣装⑨而病，月余不起。忽有僮入曰："客至。"某亦忘其疾，趋出逆⑩客。客华服类贵者。三揖入舍，叩所自来。客曰："仆，公孙夏，十一皇子坐客也。闻治装将图县秩，既有是志，太守不更佳耶？"某逊谢，但言："资薄，不敢有奢愿。"客请效力，俾出半资，约于任所取盈。某喜求策，客曰："督抚皆某昆季⑪之交，暂得五千缗，其事济矣。目前真定⑫缺员，便可急图。"某讶其本省，客笑曰："君迂矣！但有孔方在，何问吴、越桑梓耶？"某终踌蹰，疑其不经，客曰："无须疑惑。实相告：此冥中城隍缺也。君寿终已注死籍。乘此营办，尚可以致冥贵。"即起告别，曰："君且自谋，三日当复会。"遂出门跨马去，某忽开眸，与妻子永诀。命出藏镪，市楮锭⑬万提，郡中是物为空。堆积庭中，杂刍灵鬼马，日夜焚之，灰高如山。

三日客果至。某出资交兑，客即导至部署，见贵官坐殿上，某便伏拜。贵官略审姓名，便勉以"清廉谨慎"等语。乃取凭文，唤至案前与之。某稽首出署。自念监生卑贱，非车服炫耀，不足震慑曹属。于是益市舆马，又遣鬼

---

①安丘：旧府名，治所在今山东省安丘市。　②卜筮(shì)：古时占卜吉凶，用龟甲称卜，用蓍草称筮。　③钻穴逾隙：此处泛指偷情、私奔、偷窃等行为。　④亡何：不久。　⑤暴瞽(gǔ)：突然失明。　⑥果报：因果报应。　⑦保定：旧府名，治所在今河北省保定市。国学生：此处当指国子监生。　⑧纳资：即"捐纳"，指捐纳钱财而得官。　⑨趣(cù)装：速整行装。　⑩逆：迎接。　⑪昆季：兄弟。长为兄，幼为弟。　⑫真定：即正定，治所在今河北省正定县。　⑬楮锭：纸钱。

役以彩舆迓其美妾。区画方已，真定卤簿①已至。途百里余，一道相属，意甚得。忽前导者钲息旗靡，惊疑间骑者尽下，悉伏道周；人小径尺②，马大如狸。车前者骇曰："关帝至矣！"某惧，下车亦伏，遥见帝君从四五骑，缓辔而至。须多绕颊，不似世所模肖者；而神采威猛，目长几近耳际。马上问："此何官？"从者答："真定守。"帝君曰："区区一郡，何直得如此张皇！"某闻之，洒然毛悚；身暴缩，自顾如六七岁儿。帝君令起，使随马踪行。道旁有殿宇，帝君入，南向坐，命以笔札，俾自书乡贯姓名。某书已，呈进；帝君视之，怒曰："字讹误不成形象！此市侩耳，何足以任民社③！"又命稽其德籍。旁一人跪奏，不知何词。帝君厉声曰："干进罪小，卖爵罪重！"旋见金甲神缣锁去。遂有二人捉某，褫④去冠服，笞五十，臀肉几脱，逐出门外。四顾车马尽空，痛不能步，偃息草间。细认其处，离家尚不甚远。幸身轻如叶，一昼夜始抵家。

豁若梦醒，床上呻吟。家人集问，但言股痛。盖瞑然若死者已七日矣，至是始寤。便问："阿怜何不来。"盖妾小字也。先是，阿怜方坐谈，忽曰："彼为真定太守，差役来接我矣。"乃入室丽妆，妆竟而卒，才隔夜耳。家人述其异。某悔恨爬胸，命停尸勿葬，冀其复还。数日杳然，乃葬之。某病渐瘳，但股疮大剧，半年始起。每自曰："官资尽耗，而横被冥刑，此尚可忍；但爱妾不知异向何所，清夜所难堪耳。"

异史氏曰："嗟夫！市侩固不足南面⑤哉！冥中既有线索，恐夫子马踪所不及到，作威福者正不胜诛耳。吾乡郭华野先生传有一事，与此颇类，亦人中之神也。先生以清鲠受主知，再起总制荆楚。行李萧然，惟四五人从之，衣履皆敝陋，途中人皆不知为贵官也。适有新令赴任，道与相值。驼车二十余乘，前驱数十骑，驺从百计。先生亦不知其何官，时先之，时后之，时以数骑杂其伍。彼前马者怒其扰，辄呵却之。先生亦不顾瞻。亡何，至一巨镇，两俱休止。乃使人潜访之，则一国学生，加纳赴任湖南者也。乃遣一价召之使来。令闻呼骇疑；及诘官阀，始知为先生，悚惧无以为地，冠带匍伏而前。先生问：'汝即某县县尹耶？'答曰：'然。'先生曰：'蕞尔一邑，何能养如许驺从？履任，则一方涂炭矣！不可使殃民社，可即旋归，勿前矣。'令叩首曰：'下官尚有文凭。'先生即令取凭，审验已，曰：'此亦细事，代若缴之可耳。'令伏拜而出，归途不知何以为情，而先生行矣。世有未莅任而已受考成⑥者，实所创闻⑦。盖先生奇人，故信其有此快事耳。"

_____

①卤簿：旧时官员的仪仗。　②人小径尺：人变小，身高仅一尺。　③民社：此处指府、州、县等地方长官。　④褫(chǐ)：剥去。　⑤南面：此处指做官。古人以坐北朝南为尊位，故以"南面"泛指尊位、官位。　⑥考成：指在一定期限内考核官吏的政事成绩。　⑦创闻：罕闻，罕见。

韩方

明季①，济郡②以北数州县，邪疫大作，比户皆然。齐东农民韩方，性至孝。父母皆病，因具楮帛③，哭祷于孤石大夫④之庙。归途零涕，遇一人衣冠清洁，问："何悲？"韩具以告，其人曰："孤石之神不在于此，祷之何益？仆有小术，可以一试。"韩喜，诘其姓字。其人曰："我不求报，何必通乡贯乎？"韩敦请临其家。其人曰："无须。但归，以黄纸置床上，厉声言：'我明日赴都，告诸岳帝⑤！'病当已。"韩恐不验，坚求移趾。其人曰："实告子：我非人也。巡环使者以我诚笃，俾为南县土地⑥。感君孝，指授此术。目前岳帝举枉死之鬼⑦，其有功人民，或正直不作邪祟者，以城隍、土地用。今日殃人者，皆郡城北兵所杀之鬼，急欲赴都自投，故沿途索赂，以谋口食耳，言告岳帝，则彼必惧，故当已。"韩悚然起敬，伏地叩谢，及起，其人已渺。惊叹而归。遵其教，父母皆愈。以传邻村，无不验者。

异史氏曰："沿途祟人而往，以求不作邪祟之用，此与策马应'不求闻达之科'者何殊哉！天下事大率类此。犹忆甲戌、乙亥之间，当事者⑧使民捐谷，具疏谓民乐输。于是各州县如数取盈，甚费敲扑。时郡北七邑被水，岁祲⑨，催办尤难。唐太史偶至利津，见系逮者十余人。因问：'为何事？'答曰：'官祀吾等赴城，比追⑩乐输耳。'农民不知'乐输'二字作何解，遂以为徭役敲比之名，岂不可叹而可笑哉！"

纫针

虞小思，东昌⑪人。居积⑫为业。妻夏，归宁返，见门外一妪，偕少女哭甚哀。夏诘之。妪挥泪相告。乃知其夫王心斋，亦宦裔也。家中落无衣食业，浼中保⑬贷富室黄氏金作贾。中途遭寇，丧资，幸不死。至家，黄索偿，计子母⑭不下三十金，实无可准抵。黄窥其女纫针美，将谋作妾。使中保质告之：如肯，可折债外，仍以廿金压券。王谋诸妻，妻泣曰："我虽贫，固簪缨之

---

①明季：明末。　②济郡：济南府，治所在今山东省济南市。　③楮帛（chǔ bó）：祭祀时焚化的纸钱。　④孤石大夫：又称"石大夫""十大夫"等，民间传说中由石化人的神医，可治病驱邪。　⑤岳帝：泰山神东岳大帝。　⑥土地：土地神。　⑦枉死之鬼：冤死的鬼魂。　⑧当事者：地方官。　⑨祲（jìn）：天灾。　⑩比追：即"追比"，旧时官府限期催逼缴纳、交差等，过期则打板子以示警惩。　⑪东昌：旧府名，治所在今山东省聊城市。　⑫居积：囤积。　⑬浼中保：托人作保。　⑭子母：利息和本金。

胄①。彼以执鞭发迹，何敢遂媵吾女！况纫针固自有婿，汝何得擅作主！"先是，同邑傅孝廉之子，与王投契，生男阿卯，与襁中论婚。后孝廉官于闽，年余而卒。妻子不能归，音耗俱绝。以故纫针十五尚未字也。妻言及此，王无词，但谋所以为计。妻曰："不得已，其试谋诸两弟。"盖妻范氏，其祖曾任京职，两孙田产尚多也。次日妻携女归告两弟，两弟任其涕泪，并无一词肯为设处。范乃号啼而归。适逢夏诘，且诉且哭。

夏怜之；视其女绰约可爱，益为哀楚。遂邀入其家，款以酒食，慰之曰："母子勿戚：妾当竭力。"范未遑谢，女已哭伏在地，益加惋惜。筹思曰："虽有薄蓄，然三十金亦复大难。当典质相付。"母女拜谢。夏以三日为约。别后百计为之营谋，亦未敢告诸其夫。三日未满其数，又使人假诸其母。范母女已至，因以实告。又订次日。抵暮假金至，合裹并置床头。

至夜有盗穴壁以火入，夏觉，睨之，见一人臂跨短刀，状貌凶恶。大惧，不敢作声，伪为睡者。盗近箱，意将发扃。回顾，夏枕边有裹物，探身攫去，就灯解视；乃入腰橐②，不复胠箧③而去。夏乃起呼。家中唯一小婢，隔墙呼邻，邻人集而盗已远。夏乃对灯啜泣。见婢睡熟，乃引带自经④于桭间。天曙婢觉，呼人解救，四肢冰冷。虞闻奔至，诘婢始得其由，惊涕营葬。时方夏，尸不僵，亦不腐。过七日乃殓之。

既葬。纫针潜出，哭于其墓。暴雨忽集，霹雳大作，发墓，纫针震死。虞闻奔验，则棺木已启，妻呻嘶其中，抱出之。见女尸，不知为谁。夏审视，始辨之。方相骇怪。未几范至，见女已死，哭曰："固疑其在此，今果然矣！闻夫人自缢，日夜不绝声。今夜语我，欲哭于殡宫，我未之应也。"夏感其义，遂与夫言，即以所葬材穴葬之。范拜谢。虞负妻归，范亦归告其夫。

闻村北一人被雷击死于途，身有朱字云："偷夏氏金贼。"俄闻邻妇哭声，乃知雷击者即其夫马大也。村人白于官，官拘妇械鞠⑤，则范氏以夏之措金赎女，对人感泣，马大赌博无赖，闻之而盗心遂生也。官押妇搜赃，则止存二十数；又检马尸得四数。官判卖妇偿补责还虞。夏益喜，全金悉仍付范，俾偿债主。

葬女三日，夜大雷电以风，坟复发，女亦顿活。不归其家，往扣夏氏之门。夏惊起，隔扉问之。女曰："夫人果生耶！我纫针耳。"夏骇为鬼，呼邻媪诘之，知其复活，喜内入室。女自言："愿从夫人服役，不复归矣。"夏曰："得无谓我损金为买婢耶？汝葬后，债已代偿，可勿见猜。"女益感泣，愿以母事。夏不允，女曰："儿能操作，亦不坐食。"天明告范，范喜，急至。母女相见，哭失声。亦从女意，即以属夏。范去，夏强送女归。女啼思夏。王心斋自负女

①簪缨之胄：官宦人家的后代。簪缨，古代官员的冠饰。 ②腰橐(tuó)：藏钱的袋子，多系于腰间。橐，口袋。 ③胠箧(qū qiè)：撬开箱子，泛指盗窃。 ④自经：上吊自杀。 ⑤鞠(jū)：审问。

533

来,委诸门内而去。夏见惊问,始知其故,遂亦安之。女见虞至,急下拜,呼以父。虞固无子女,又见女依依怜人,颇以为欢。女纺绩缝纫,勤劳臻至。夏偶病剧,女昼夜给役①。见夏不食亦不食;面上时有啼痕,向人曰:"母有万一,我誓不复生!"夏少瘳,始解颜为欢。夏闻流涕,曰:"我四十无子,但得生一女如纫针亦足矣。"夏从不育;逾年忽生一男,人以为行善之报。

居二年女益长。虞与王谋,不能坚守旧盟。王曰:"女在君家,婚姻惟君所命。"女十七,惠美无双。此言出,问名②者趾错于门,夫妻为拣富室。黄某亦遣媒来。虞恶其富不仁,力却之。为择于冯氏。冯,邑名士,子慧而能文。将告于王;王出负贩未归,遂径诺之。黄以不得于虞,亦托作贾,迹王所在,设馔相邀,更复助以资本,渐渍习洽。因自言其子慧以自媒。王感其情,又仰其富,遂与订盟。既归诣虞,则虞昨日已受冯氏婚书。闻王所言不悦,呼女出,告以情。女怫然曰:"债主,吾仇也!以我事仇,但有一死!"王无颜,托人告黄以冯氏之盟。黄怒曰:"女姓王,不姓虞。我约在先,彼约在后,何得背盟!"遂控于邑宰,宰意以先约判归黄。冯曰:"王某以女付虞,固言婚嫁不复预闻,且某有定婚书,彼不过杯酒之谈耳。"宰不能断,将惟女愿从之。黄又以金赂官,求其左祖③,以此月余不决。

一日有孝廉北上,公车过东昌,使人问王心斋。适问于虞,虞转诘之,盖孝廉姓傅,即阿卯也。入闽籍,十八已乡荐矣。以前约未婚。其母嘱令便道访王,问女曾否另字也。虞大喜,邀傅至家,历述所遭,然婿远来数千里,患无凭据。傅启箧,出王当日允婚书。虞招王至,验之果真,乃共喜。是日当官覆审,傅投刺谒宰,其案始销。涓吉约期④乃去。会试后,市币帛而还,居其旧第,行亲迎礼。进士报已到闽,又报至东,傅又捷南宫⑤。复入都观政⑥而返。女不乐南渡,傅亦以庐墓在,遂独往扶父枢,载母俱归。又数年虞卒,子才七八岁,女抚之过于其弟。使读书,得入邑庠,家称素封⑦,皆傅力也。

异史氏曰:"神龙中亦有游侠耶?彰善瘅⑧恶,生死皆以雷霆,此'钱塘破阵舞'也。轰轰屡击,皆为一人,焉知纫针非龙女谪降⑨者耶?"

桓侯

荆州⑩彭好士,友家饮归。下马溲便,马龁草路旁。有细草一丛,蒙茸可爱,初放黄花,艳光夺目,马食已过半矣。彭拔其余茎,嗅之有异香,因纳诸

---

①给役:供应服侍。 ②问名:古代婚礼"六礼"之一,此指议婚。 ③左袒:偏袒。 ④涓吉约期:选择吉日,约定婚期。涓,选择。 ⑤捷南宫:考中进士。南宫,此指礼部会试。 ⑥观政:新进士被派遣至六部九卿等衙门见习政事。 ⑦素封:无官爵封邑而富比封君的人。 ⑧瘅(dàn):憎恨。 ⑨谪降:此处指仙人贬降、托生人世。 ⑩荆州:旧府名,治所在今湖北省荆州市。

怀。超乘①复行，马骛驶绝驰，颇觉快意，竟不计算归途，纵马所之。

忽见夕阳在山，始将旋辔。但望乱山丛沓，并不知其何所。一青衣人来，见马方喷嘶，代为捉衔②，曰："天已近暮，吾家主人便请宿止。"彭问："此属何地？"曰："阆中③也。"彭大骇，盖半日已千余里矣，因问："主人为谁？"曰："到彼自知。"又问："何在？"曰："咫尺耳。"遂代鞚④疾行，人马若飞。过一山头，见半山中屋宇重叠，杂以屏幔，遥睹衣冠一簇，若有所伺。彭至下马，相向拱敬。俄主人出，气象刚猛，巾服都异人世。拱手向客，曰："今日客莫远于彭君。"因揖彭，请先行。彭谦谢，不肯遽先。主人捉臂行之。彭觉捉处如被械梏，痛欲折，不敢复争，遂行。下此者犹相推让，主人或推之，或挽之，客皆呻吟倾跌，似不能堪，一依主命而行。登堂则陈设炫丽，两客一筵。彭暗问接坐者："主人何人？"答云："此张桓侯⑤也。"彭愕然，不敢复咳。合座寂然。酒既行，桓侯曰："岁岁叨扰亲宾，聊设薄酌，尽此区区之意。值远客辱临，亦属幸遇。仆窃妄有干求，如少存爱恋，即亦不强。"彭起问："何物？"曰："尊乘已有仙骨，非尘世所能驱策。欲市马相易如何？"彭曰："敬以奉献，不敢易也。"桓侯曰："当报以良马，且将赐以万金。"彭离席伏谢。桓侯命人曳起之。俄顷酒馔纷纶，日落命烛。众起辞，彭亦告别。桓侯曰："君远来焉归？"彭顾同席者曰："已求此公作居停主人⑥矣。"桓侯乃遍以巨觥酹客，谓彭曰："所怀香草，鲜者可以成仙，枯者可以点金；草七茎，得金一万。"即命僮出方授彭，彭又拜谢。桓侯曰："明日造市，请于马群中任意择其良者，不必与之论价，吾自给之。"又告众曰："远客归家，可少助以资斧⑦。"众唯唯。觥尽，谢别而出。

途中始诘姓字，同座者为刘子翚。同行二三里，越岭即睹村舍。众客陪彭并至刘所，始述其异。先是，村中岁岁赛社⑧于桓侯之庙，斩牲优戏⑨以为成规，刘其首善者也。三日前赛社方毕。是午，各家皆有一人邀请过山。问之，言殊恍惚，但敦促甚急，过山见亭舍，相共骇疑。将至门，使者始实告之；众亦不敢却退。使者曰："姑集此，邀一远客行至矣。"盖即彭也。众述之惊怪。其中被把握者，皆患臂痛；解衣烛之，肤肉青黑。彭自视亦然。众散，刘即襆被供寝。既明，村中争延客；又伴彭入市相马。十余日相数十匹，苦无佳者；彭亦拚⑩苟就之。又入市见一马骨相似佳；骑试之，神骏无比。径骑入村，以待鬻⑪者；再往寻之，其人已去。遂别村人欲归。村人各馈金资，遂归。

马一日行五百里。抵家，述所自来，人不之信，囊中出蜀物，始共怪之。

①超乘：跃身上马。 ②衔：马嚼子，马口中所含之铁链，用以控马。 ③阆（làng）中：旧县名，治所在今四川省阆中市。 ④代鞚：代为牵马。鞚，带嚼子的马笼头，亦指驾驭。 ⑤张桓侯：即张飞，字益德，三国时蜀汉大将，谥桓侯。 ⑥居停主人：指寄宿处的主人。 ⑦资斧：路费。 ⑧赛社：旧俗，秋收后备酒食以祭田神。 ⑨斩牲优戏：斩杀牲畜为祭品，请优人来演戏。 ⑩拚（pàn）：豁出去，下决心。 ⑪鬻（yù）：卖。

香草久枯,恰得七茎,遵方点化,家以暴富。遂敬诣故处,独祀桓侯之祠,优戏三日而返。

异史氏曰:"观桓侯燕宾,而后信武夷幔亭①非诞也。然主人肃客,遂使蒙爱者几欲折肱,则当年之勇力可想。"

吴木欣言:"有李生者,唇不掩其门齿,露于外盈指。一日于某所宴集,二客逊上下,其争甚苦。一力挽使前,一力却向后。力猛肘脱,李适立其后,肘过触喙,双齿并堕,血下如涌。众愕然,其争乃息。"此与桓侯之握臂折肱,同一笑也。

粉蝶

阳曰旦,琼州②土人也。偶自他郡归,泛舟于海,遭飓风,舟将覆;忽飘一虚舟③来,急跃登之。回视则同舟尽没。风愈狂,瞑然任其所吹。亡何风定,开眸忽见岛屿,舍宇连亘。把棹近岸,直抵村门。村中寂然,行坐良久,鸡犬无声。见一门北向,松竹掩蔼。时已初冬,墙内不知何花,蓓蕾满树。心爱悦之,逡巡④遂入。遥闻琴声,步少停。有婢自内出,年约十四五,飘洒艳丽。睹阳,返身遽入。俄闻琴声歇,一少年出,讶问客所自来,阳具告之。转诘邦族,阳又告。少年喜曰:"我姻亲也。"遂揖请入院。

院中精舍华好,又闻琴声。既入舍,则一少妇危坐,朱弦方调,年可十八九,风采焕映。见客入,推琴欲逝,少年止之曰:"勿遁,此正卿家瓜葛。"因代溯所由。少妇曰:"是吾侄也。"因问其"祖母尚健否?父母年几何矣?"阳曰:"父母四十余,都各无恙;惟祖母六旬,得疾沉痼⑤,一步履须人耳。侄实不省姑系何房,望祈明告,以便归述。"少妇曰:"道途辽阔,音问梗塞久矣。归时但告而父,'十姑问讯矣',渠⑥自知之。"阳问:"姑丈何族?"少年曰:"海屿姓晏。此名神仙岛,离琼三千里,仆流寓亦不久也。"十娘趋入,使婢以酒食饷客,鲜蔬香美,亦不知其何名。饭已,引与瞻眺,见园中桃杏含苞,颇以为怪。晏曰:"此处夏无大暑,冬无大寒,花无断时。"阳喜曰:"此乃仙乡。归告父母,可以移家作邻。"晏但微笑。

还斋炳烛,见琴横案上,请一聆其雅操⑦。晏乃抚弦捻柱。十娘自内出,晏曰:"来,来!卿为若侄鼓之。"十娘即坐,问侄:"愿何闻?"阳曰:"侄素不读《琴操》,实无所愿。"十娘曰:"但随意命题,皆可成调。"阳笑曰:"海风引

---

①武夷幔亭:古代传说武夷君在武夷山置幔亭,大会乡人饮宴。 ②琼州:旧府名,治所在今海南省海口市琼山区。 ③虚舟:此处指无人驾驭的船只。 ④逡巡(qūn xún):徘徊。 ⑤沉痼(gù):积久难治的重疾。 ⑥渠:他。 ⑦雅操:雅正的乐曲。

舟,亦可作一调否?"十娘曰:"可。"即按弦挑动,若有旧谱,意调崩腾;静会之,如身仍在舟中,为飓风之所摆簸。阳惊叹欲绝,问:"可学否?"十娘授琴,试使勾拨①,曰:"可教也。欲何学?"曰:"适所奏《飓风操》,不知可得几日学? 请先录其曲,吟诵之。"十娘曰:"此无文字,我以意谱之耳。"乃别取一琴,作勾剔②之势,使阳效之。阳习至更余,音节粗合,夫妻始别去。阳目注心鼓,对烛自鼓;久之顿得妙悟,不觉起舞。举首忽见婢立灯下,惊曰:"卿固犹未去耶?"婢笑曰:"十姑命待安寝,掩户移檠耳。"审顾之,秋水澄澄,意态媚绝。阳心动,微挑之;婢俯首含笑。阳益惑之,遽起挽颈。婢曰:"勿尔!夜已四漏,主人将起,彼此有心,来宵未晚。"方狎抱间,闻晏唤"粉蝶"。婢作色曰:"殆③矣!"急奔而去。阳潜往听之,但闻晏曰:"我固谓婢子尘缘未灭,汝必欲收录之。今如何矣? 宜鞭三百!"十娘曰:"此心一萌,不可给使,不如为吾侄遗之。"阳甚惭惧,返斋灭烛自寝。天明,有童子来侍盥沐,不复见粉蝶矣。心惴惴恐见谴逐。俄晏与十姑并出,似无所介于怀,便考所业④。阳为一鼓。十娘曰:"虽未入神,已得什九,肆熟可以臻妙。"阳复求别传。晏教以《天女谪降》之曲,指法拗折,习之三日,始能成曲。晏曰:"梗概已尽,此后但须熟耳。娴此两曲,琴中无梗调矣。"

阳颇忆家,告十娘曰:"吾居此,蒙姑抚养甚乐;顾家中悬念。离家三千里,何日可能还也!"十娘曰:"此即不难。故舟尚在,当助一帆风,子无家室,我已遣粉蝶矣。"乃赠以琴,又授以药曰:"归医祖母,不惟却病,亦可延年。"遂送至海岸,俾登舟。阳觅楫,十娘曰:"无须此物。"因解裙作帆,为之萦系。阳虑迷途,十娘曰:"勿忧,但听帆漾耳。"系已下舟。阳凄然,方欲拜辞别,而南风竞起,离岸已远矣。视舟中糗粮⑤已具,然止足供一日之餐,心怨其吝。腹馁不敢多食,惟恐遽尽,但啖胡饼⑥一枚,觉表里甘芳。余六七枚,珍而存之,即亦不复饥矣。俄见夕阳欲下,方悔来时未索膏烛。瞬息遥见人烟,细审则琼州也。喜极。旋已近岸,解裙裹饼而归。

入门,举家惊喜,盖离家已十六年矣,始知其遇仙。视祖母老病益惫,出药投之,沉疴立除。共怪问之,因述所见。祖母泫然曰:"是汝姑也。"初,老夫人有少女名十娘,生有仙姿,许字晏氏。婿十六岁入山不返,十娘待至二十余,忽无疾自殂⑦,葬已三十余年。闻旦言,共疑其未死。出其裙,则犹在家所素着也。饼分啖之,一枚终日不饥,而精神倍生。老夫人命发冢验视,则空棺存焉。

且初聘吴氏女,未娶,且数年不还,遂他适。共信十娘言,以俟粉蝶之至;既而年余无音,始议他图。临邑⑧钱秀才,有女名荷生,艳名远播。年十

---

①勾拨:弹奏古琴。 ②勾剔:古琴弹奏的两种指法。 ③殆:危险。 ④业:此处指学习弹琴的课业。 ⑤糗(qiǔ)粮:干粮。 ⑥胡饼:烧饼。 ⑦殂(cú):死亡。 ⑧临邑:指邻县。

六,未嫁而三丧其婿。遂媒定之,涓吉①成礼。既入门,光艳绝代,且视之则粉蝶也。惊问曩事,女茫乎不知。盖被逐时,即降生之辰也。每为之鼓《天女谪降》之操,辄支颐凝想,若有所会。

李檀斯

长山②李檀斯,国学生也。其村中有媪走无常③,谓人曰:"今夜与一人舁④檀老,投生淄川柏家庄一新门中,身躯重赘,几被压死。"时李方与客欢饮,悉以媪言为妄。至夜,无疾而卒。天明,如所言往问之,则其家夜生女矣。

锦瑟

沂⑤人王生,少孤,自为族⑥。家清贫;然风标⑦修洁,洒然裙屐少年⑧也。富翁兰氏,见而悦之,妻以女,许为起屋治产。娶未几而翁死。妻兄弟鄙不齿数,妇尤骄倨,常佣奴其夫;自享馐馔,生至则脱粟瓢饮,折稊为匕⑨置其前。王悉隐忍之。年十九往应童试被黜。自郡中归,妇适不在室,釜中烹羊臛⑩熟,就啖之。妇入不语,移釜去。生大惭,抵箸地上,曰:"所遭如此,不如死!"妇恚,问死期,即授索为自经之具。生忿投羹碗败妇颡⑪。

生含愤出,自念良不如死,遂怀带入深壑。至丛树下,方择枝系带,忽见土崖间微露裙幅,瞬息一婢出,睹生急返,如影就灭,土壁亦无绽痕。固知妖异,然欲觅死,故无畏怖,释带坐觇之。少间复露半面,一窥即缩去。念此鬼物,从之必有死乐,因抓石叩壁曰:"地如可入,幸示一途! 我非求欢,乃求死者。"久之无声。王又言之,内云:"求死请姑退,可以夜来。"音声清锐,细如游蜂。生曰:"诺。"遂退以待夕。未几星宿已繁,崖间忽成高第,静敞双扉。生拾级而入。才数武,有横流涌注,气类温泉。以手探之,热如沸汤,不知其深几许。疑即鬼神示以死所,遂踊身入。热透重衣,肤痛欲糜,幸浮不沉。泅没良久,热渐可忍,极力爬抓,始登南岸,一身幸不泡伤。行次⑫,遥见厦屋

①涓吉:选择吉祥的日子。 ②长山:旧县名,治所在今山东省邹平以东、淄川以北偏西。 ③走无常:旧时指阳世之人到冥间当差。 ④舁(yú):抬。 ⑤沂:指沂水县,治所在今山东省沂水县。 ⑥自为族:指当地王姓家族仅此一人。 ⑦风标:风度,仪容。 ⑧裙屐(jī)少年:衣着时髦的富家子弟。裙屐,原指六朝贵族子弟的衣着,后泛指富家子弟的时髦装束。 ⑨折稊(tí)为匕:折断草茎当筷子。稊,稗子一类的草。匕,古代食具,形似羹匙,此处指筷子。 ⑩羊臛(huò):羊肉羹。 ⑪败妇颡(sǎng):砸破了妻子的额头。颡,人的额头。 ⑫行次:行进中。

中有灯火,趋之。有猛犬暴出,龁衣败袜。摸石以投,犬稍却。又有群犬要吠,皆大如犊。危急间婢出叱退,曰:"求死郎来耶?吾家娘子悯君厄穷,使妾送君入安乐窝,从此无灾矣。"挑灯导之。启后门,黯然行去。

入一家,明烛射窗,曰:"君自入,妾去矣。"生入室四瞻,盖已入己家矣。反奔而出,遇妇所役老媪曰:"终日相觅,又焉往!"反曳入。妇帕裹伤处,下床笑逆,曰:"夫妻年余,狎谑顾不识耶?我知罪矣。君受虚诮,我被实伤,怒亦可以少解。"乃于床头取巨金二铤置生怀,曰:"以后衣食,一惟君命可乎?"生不语,抛金夺门而奔,仍将入壑,以叩高第之门。

既至野,则婢行缓弱,挑灯尤遥望之。生急奔且呼,灯乃止。既至,婢曰:"君又来,负娘子苦心矣。"王曰:"我求死,不谋与卿复求活。娘子巨家,地下亦应需人。我愿服役,实不以有生为乐。"婢曰:"乐死不如苦生,君设想何左也!吾家无他务。惟淘河、粪除、饲犬、负尸;作不如程①,则刵耳劓鼻②、敲肘刭趾③。君能之乎?"答曰:"能之。"又入后门,生问:"诸役何也?适言负尸,何处得如许死人?"婢曰:"娘子慈悲,设'给孤园',收养九幽横死无归之鬼。鬼以千计,日有死亡,须负瘗④之耳。请一过观之。"移时入一门,署"给孤园⑤"。入,见屋宇错杂,秽臭熏人。园中鬼见烛群集,皆断头缺足,不堪入目。回首欲行,见尸横墙下;近视之,血肉狼藉,曰:"半日未负,已被狗咋⑥。"即使生移去之。生有难色,婢曰:"君如不能,请仍归享安乐。"生不得已,负置秘处。乃求婢缓颊⑦,幸免尸污。婢诺。

行近一舍,曰:"姑坐此,妾入言之。饲狗之役较轻,当代图之,庶几得当以报。"去少顷,奔出,曰:"来,来!娘子出矣。"生从入。见堂上笼烛四悬,有女郎近户坐,乃二十许天人也。生伏阶下,女郎命曳起之,曰:"此一儒生乌能饲犬?可使居西堂主簿。"生喜伏谢,女曰:"汝以朴诚,可敬乃事。如有舛错,罪责不轻也!"生唯唯。婢导至西堂,见栋壁清洁,喜甚,谢婢。始问娘子官阀,婢曰:"小字锦瑟,东海薛侯⑧女也。妾名春燕。旦夕所需,幸相闻。"婢去,旋以衣履衾褥来,置床上。生喜得所。

黎明早起视事,录鬼籍。一门仆役尽来参谒,馈酒送脯甚多。生引嫌⑨,悉却之。日两餐皆自内出。娘子察其廉谨,特赐儒巾鲜衣。凡有赍赉⑩,皆遣春燕。婢颇风格,既熟,颇以眉目送情。生斤斤自守,不敢少致差跌⑪,但伪作骏钝⑫。积二年余赏给倍于常廪⑬,而生谨抑如故。

---

①作不如程:劳作不能完成规定的数额。程,定额,定限。 ②刵(èr)耳劓(yì)鼻:指古代割耳、割鼻的刑罚。 ③敲肘刭(jǐng)趾:敲碎手肘,砍断脚趾。刭,砍。 ④瘗(yì):掩埋,埋葬。⑤给孤园:即佛家所谓"给孤独园",此处指收容孤魂野鬼的处所。 ⑥咋(zé):咬,啃。 ⑦缓颊:代人求情。⑧东海:东海郡,治所在今山东省郯城县北。薛侯:此指古薛国国君,薛地与东海郡相邻。 ⑨引嫌:避嫌。 ⑩赍赉(jī lài):赠送。⑪差跌:差错。⑫骏(ái)钝:呆笨。⑬常廪(lǐn):此处指固定的薪俸。

一夜方寝，闻内第喊噪。急起捉刀出，见炬火光天。入窥之，则群盗充庭，厮仆骇窜。一仆促与偕遁，生不肯，涂面束腰杂盗中呼曰："勿惊薛娘子！但当分括财物，勿使遗漏。"时诸舍群贼方搜锦瑟不得，生知未为所获，潜入第后独觅之。遇一伏妪，始知女与春燕皆越墙矣。生亦过墙，见主婢伏于暗陬①，生曰："此处乌可自匿？"女曰："吾不能复行矣！"生弃刀负之。奔二三里许，汗流竟体，始入深谷，释肩令坐。欻一虎来，生大骇，欲迎当之，虎已衔女。生急捉虎耳，极力伸臂入虎口，以代锦瑟。虎怒释女，嚼生臂，脆然有声。臂断落地，虎亦返去。女泣曰："苦汝矣！苦汝矣！"生忙遽未知痛楚，但觉血溢如水，使婢裂衿裹断处。女止之，俯觅断臂，自为续之；乃裹之。东方渐白，始缓步归，登堂如墟。天既明，仆媪始渐集。女亲诣西堂，问生所苦。解裹，则臂骨已续；又出药糁②其创，始去。由此益重生，使一切享用悉与己等。

臂愈，女置酒内室以劳之。赐之坐，三让而后隅坐③。女举爵如让宾客。久之，曰："妾身已附君体，意欲效楚王女之于臣建④。但无媒，羞自荐耳。"生惶恐曰："某受恩重，杀身不足酬。所为非分，惧遭雷殛，不敢从命。苟怜无室，赐婢已过。"一日，女长姊瑶台至，四十许佳人也。至夕招生入，瑶台命坐，曰："我千里来为妹主婚，今夕可配君子。"生又起辞。瑶台遽命酒，使两人易盏。生固辞，瑶台夺易之。生乃伏地谢罪，受饮之。瑶台出，女曰："实告君：妾乃仙姬，以罪被谪。自愿居地下收养冤魂，以赎帝谴。适遭天魔之劫，遂与君有附体之缘。远邀大姊来，固主婚嫁，亦使代摄家政，以便从君归耳。"生起敬曰："地下最乐！某家有悍妇；且屋宇隘陋，势不能员圆⑤委曲，以每⑥其生。"女笑曰："不妨。"既醉，归寝，欢恋臻至。

过数日，谓生曰："冥会不可长，请郎归。君干理家事毕，妾当自至。"以马授生，启扉自出，壁复合矣。生骑马入村，村人尽骇。至家门则高庐焕映矣。先是，生去，妻召两兄至，将箠楚⑦报之；至暮不归，始去。或于沟中得生履，疑其已死。既而年余无耗，有陕中贾某，媒通兰氏，遂就生第与妇合。半年中，修建连亘。贾出经商，又买妾归，自此不安其室。贾亦恒数月不归。生讯得其故，怒，系马而入。见旧媪，媪惊伏地。生叱骂久，使导诣妇所，寻之已遁，既于舍后得之，已自经死。遂使人舁归兰氏。呼妾出，年十八九，风致亦佳，遂与寝处。贾托村人，求反其妾，妾哀号不肯去。生乃具状⑧，将讼其霸产占妻之罪，贾不敢复言，收肆西去。

方疑锦瑟负约；一夕正与妾饮，则车马扣门而女至矣。女但留春燕，余

①暗陬(zōu)：昏暗的角落。陬，角落。 ②糁(sǎn)：撒。 ③隅坐：此处指坐在偏座。④臣建：此处指春秋时楚国大夫钟建，据《左传》记载，钟建曾背负楚王女季芈逃难，后季芈感恩下嫁。 ⑤员圆：圆滑。 ⑥每：贪。 ⑦箠(chuí)楚：即"棰楚"，古代打人用具，引申为杖刑拷打。棰，木棍。楚，荆杖。 ⑧具状：写下诉状。

即遣归。入室,妾朝拜之,女曰:"此有宜男相,可以代妾苦矣。"即赐以锦裳珠饰。妾拜受,立侍之;女挽坐,言笑甚欢。久之,曰:"我醉欲眠。"生亦解履登床,妾始出;入房则生卧榻上;异而反窥之,烛已灭矣。生无夜不宿妾室。一夜妾起,潜窥女所,则生及女方共笑语。大怪之。急反告生,则床上无人矣。天明阴告生;生亦不自知,但觉时留女所、时寄妾宿耳。生嘱隐其异。久之,婢亦私生,女若不知之。婢忽临蓐①难产,但呼"娘子"。女入,胎即下;举之,男也。为断脐置婢怀,笑曰:"婢子勿复尔!业②多,则割爱难矣。"自此,婢不复产。妾出五男二女。居三十年,女时返其家,往来皆以夜。一日携婢去,不复来。生年八十,忽携老仆夜出,亦不返。

太原狱

太原③有民家,姑妇④皆寡。姑中年不能自洁,村无赖频频就之。妇不善其行,阴于门户墙垣阻拒之。姑惭,借端出妇;妇不去,颇有勃豀⑤,姑益恚,反相诬告诸官。官问奸夫姓名,媪曰:"夜来宵去,实不知其阿谁,鞫妇自知。"因唤妇。妇果知之,而以奸情归媪,苦相抵。拘无赖至,又哗辨:"两无所私,彼姑妇不相能,故妄言相诋毁耳。"官曰:"一村百人何独诬汝?"重笞之。无赖叩乞免责,自认与妇通。械妇,妇终不承。逐去之。妇忿告宪院⑥,仍如前,久不决。

时淄邑孙进士柳下令临晋⑦,推折狱才⑧,遂下其案于临晋。人犯到,公略讯一过,寄监讫,便命隶人备砖石刀锥,质理听用。共疑曰:"严刑自有桎梏,何将以非刑折狱耶?"不解其意,姑备之。明日升堂,问知诸具已备,命悉置堂上。乃唤犯者,又一一略鞫之。乃谓姑妇:"此事亦不必甚求清析。淫妇虽未定,而奸夫则确。汝家本清门,不过一时为匪人所诱,罪全在某。堂上刀石具在,可自取击杀之。"姑妇趑趄⑨,恐邂逅抵偿⑩,公曰:"无虑,有我在。"于是媪妇并起,掇石交投。妇衔恨已久,两手举巨石,恨不即立毙之,媪惟以小石击臀腿而已。又命用刀。妇把刀贯胸膺,媪犹逡巡未下。公止之曰:"淫妇我知之矣。"命执媪严梏之,遂得其情。笞无赖三十,其案始结。

附记:公一日遣役催租,租户他出,妇应之。投不得贿,拘妇至。公怒曰:"男子自有归时,何得扰人家室!"遂笞役,遣妇去。乃命匠多备手械,以

---

①临蓐(rù):分娩。蓐,草垫,草席。　②业:佛教语,此处当指生子。　③太原:旧府名,治所在今山西省太原市。　④姑妇:婆媳。　⑤勃豀(bó xī):争吵。　⑥宪院:此处当指主管一省刑狱司法的按察使司。　⑦孙进士柳下:孙宪元,字柳下,淄川(今山东省淄博市淄川区)人,顺治十二年(1655)进士。临晋:旧县名,治所在今山西省运城市临猗县。　⑧推折狱才:被公认为有断狱之才。　⑨趑趄(zī jū):此处指疑惧不前。　⑩邂逅:此处指奸夫意外被打死。抵偿:此处指抵偿人命。

备敲比①。明日，合邑传颂公仁。欠赋者闻之，皆使妻出应，公尽拘而械之。余尝谓：孙公才非所短，然如得其情，则喜而不暇哀矜矣。

新郑讼

长山石进士宗玉②，为新郑③令。适有远客张某经商于外，因病思归，不能骑步，凭禾车一辆，携资五千，两夫挽载以行。至新郑，两夫往市饮食，张守资独卧车中。有某甲过，睨之，见旁无人，夺资去。张不能御④，力疾起，遥尾缀之，入一村中；又从之，入一门内。张不敢入，但自短垣窥觇之。甲释所负，回首见窥者，怒执为贼，缚见石公，因言情状。问张，备述其冤。公以无质实，叱去之。二人下，皆以官无皂白。公置若不闻。

颇忆甲久有逋赋⑤，遣役严追之。逾日即以银三两投纳。石公问金所自来，甲云："质衣鬻⑥物。"皆指名以实之。石公遣役令视纳税人，有与甲同村者否。适甲邻人在，唤入问之："汝既为某甲近邻，金所从来。尔当知之。"邻曰："不知。"公曰："邻家不知，其来暧昧。"甲惧，顾邻曰："我质某物、鬻某器，汝岂不知？"邻急曰："然，固有之矣。"公怒曰："尔必与甲同盗，非刑询不可！"命取梏械。邻人惧曰："吾以邻故，不敢招怨；今刑及己身，何讳乎，彼实劫张某钱所市也。"遂释之。时张以丧资未归，乃责甲押偿⑦之。此亦见石之能实心为政也。

异史氏曰："石公为诸生时，恂恂雅饬⑧，意其人翰苑则优，簿书⑨则诎。乃一行作吏，神君⑩之名，噪于河朔⑪。谁谓文章无经济哉！故志之以风有位者。"

李象先

李象先⑫，寿光之闻人⑬也。前世为某寺执爨⑭僧，无疾而化。魂出栖坊上，下见市上行人，皆有火光出颠⑮上，盖体中阳气也。夜既昏，念坊上不可

---

①敲比：杖击威逼。②长山：旧县名，治所在今山东省邹平以东、淄川以北偏西。石进士宗玉：石曰琮，字宗玉，长山人，康熙三十年(1691)进士。③新郑：旧县名，治所在今河南省新郑市。④御：抵挡。⑤逋(bū)赋：拖欠赋税。逋，拖欠，拖延。⑥质：抵押。鬻(yù)：卖。⑦押偿：此处当画押偿还。⑧雅饬(chì)：言行合礼制。⑨簿书：官置文书，此处指居官理政。⑩神君：旧称贤明官吏为神君。⑪河朔：泛指黄河以北地区。⑫李象先：李焕章，字象先，乐安(今山东省东营市广饶县)人，明诸生，入清，不应科举。⑬寿光：旧县名，治所在今山东省寿光市。闻人：有名望的人。⑭执爨(cuàn)：烧火。⑮颠：头顶。

久居，但诸舍暗黑，不知所之。唯一家灯火犹明，飘赴之。及门则身已婴儿。母乳之。见乳恐惧；腹不胜饥，闭目强吮。逾三月余，即不复乳；乳之则惊惧而啼。母以米渖①间枣栗哺之，得长成。是为象先。儿时至某寺，见寺僧，皆能呼其名。至老犹畏乳。

异史氏曰："象先学问渊博，海岱②清士。子早贵，身仅以文学终③，此佛家所谓福业未修者耶？弟亦名士。生有隐疾，数月始一动；动时急起，不顾宾客，自外呼而入，于是婢媪尽避；适及门复痿④，则不入室而反。兄弟皆奇人也。"

房文淑

开封邓成德，游学至兖⑤，寓败寺中，佣为造齿籍者⑥缮写。岁暮，僚役各归家，邓独炊庙中。黎明，有少妇叩门而入，艳绝，至佛前焚香叩拜而去。次日又如之。至夜邓起挑灯，适有所作，女至益早。邓曰："来何早也？"女曰："明则人杂，故不如夜。太早，又恐扰君清睡。适望见灯光，知君已起，故至耳。"生戏曰："寺中无人，寄宿可免奔波。"女哂曰："寺中无人，君是鬼耶？"邓见其可狎，俟拜毕，曳坐求欢。女曰："佛前岂可作此。身无片椽⑦，尚作妄想！"邓固求不已。女曰："去此三十里某村，有六七童子延师未就。君往访李前川，可以得之。托言携有家室，令别给一舍，妾便为君执炊，此长策也。"邓虑事发获罪，女曰："无妨。妾房氏，小名文淑，并无亲属，恒终岁寄居舅家，有谁知？"邓喜。既别女，即至某村，谒见李前川，谋果遂。约岁前即携家至。既反，告女。女约候于途中。邓告别同党，借骑而去。女果待于半途，乃下骑以辔授女，御之而行。至斋，相得甚欢。

积六七年，居然琴瑟，并无追捕逃者。女忽生一子。邓以妻不育，得之甚喜，名曰"兖生。"女曰："伪配终难作真。妾将辞君而去，又生此累人物何为！"邓曰："命好，倘得余钱，拟与卿遁归乡里，何出此言？"女曰："多谢，多谢！我不能胁肩谄笑⑧，仰大妇眉睫，为人作乳媪，呱呱者难堪也！"邓代妻明不妒，女亦不言。月余邓解馆，谋与前川子同出经商，告女曰："我思先生设帐，必无富有之期。今学负贩，庶有归时。"女亦不答。至夜，女忽抱子起。邓问："何作？"女曰："妾欲去。"邓急起追问之，门未启，而女已杳。骇极，始悟其非人也。邓以形迹可疑，故亦不敢告人，托之归宁而已。初，邓离家与

①米渖(shěn)：米汤。 ②海岱：东海至泰山间的地区。岱，泰山。 ③以文学终：此处指以生员终老。文学，生员的誉称。 ④痿(wěi)：阳痿。 ⑤兖(yǎn)：指兖州，旧府名，治所在今山东省兖州市。 ⑥造齿籍者：为官府编制户口册簿的人。 ⑦身无片椽：指无房屋居处。椽，梁上承瓦的木条。 ⑧胁肩谄笑：形容为了奉承人，缩起肩膀装出笑脸。

妻娄约，年终必返；既而数年无音，传其已死。兄以其无子，欲改醮①之。娄更以三年为期，日惟以纺绩自给。一日既暮，往扃外户，一女子掩入，怀中绷②儿，曰："自母家归，适晚。知姊独居，故求寄宿。"娄内③之。至房中，视之，二十余丽者也。喜与共榻，同弄其儿，儿白如瓠。叹曰："未亡人④遂无此物！"女曰："我正嫌其累人，即嗣为姊后，何如？"娄曰："无论娘子不忍割爱；即忍之，妒亦无乳能活之也。"女曰："不难。当儿生时，患无乳，服药半剂而效。今余药尚存，即以奉赠。"遂出一裹，置窗间。娄漫应之，未遽怪也。既寝，及醒呼之，则儿在而女已启门去矣。骇极。日向辰，儿啼饥，娄不得已，饲其药，移时湩流⑤，遂哺儿。积年余，儿益丰肥，渐学语言，爱之不啻己出，由是再醮之心遂绝。但早起抱儿，不能操作谋衣食，益窘。

一日女忽至。娄恐其索儿，先问其不谋而去之罪，后叙其鞠养之苦。女笑曰："姊告诉艰难，我遂置儿不索耶？"遂招儿。儿啼入娄怀，女曰："犊子不认其母矣！此百金不能易，可将金来，署立券保。"娄以为真，颜作赪⑥，女笑曰："姊勿惧，妾来正为儿也。别后虑姊无鞠养之资，因多方措十余金来。"乃出金授娄。娄恐受其金，索儿有词，坚却之。女置床上，出门径去。抱子追之，其去已远，呼亦不顾。疑其意恶。然得金，少权子母⑦，家以饶足。

又三年邓贾有赢余，治装归。方共慰藉，睹儿问谁氏子。妻告以故，问："何名？"曰："渠母呼之兖生。"邓惊曰："此真吾子也！"问其时日，即夜别之日。邓乃历叙与房文淑离合之情，益共欣慰。犹望女至。而终渺矣。

秦桧

青州冯中堂家杀一豕⑧，燖去毛鬣⑨，肉内有字，云："秦桧七世身。"烹而啖之，其肉臭恶，因投诸犬。呜呼！桧之肉，恐犬亦不当食之矣！

闻益都人说：中堂之祖，前身在宋朝为桧所害，故生平最敬岳武穆。于青州城北通衢旁建岳王殿，秦桧、万俟卨伏跪地下。往来行人瞻礼岳王，则投石桧、卨，香火不绝。后大兵征于七⑩之年，冯氏子孙毁岳王像。数里外有俗祠"子孙娘娘"，因舁桧、卨其中，使朝跪焉。百世下必有杜十姨、伍髭须之

①改醮(jiào)：改嫁。②绷：婴儿的包被。③内：同"纳"，此处指收留。④未亡人：旧时寡妇的自称。⑤湩(dòng)流：乳汁流出。湩，乳汁。⑥赪(chēng)：红。⑦权子母：国家铸钱，以重币为母，轻币为子，权其轻重而使行，有利于民。后世遂称资本经营或借贷生息为"权子母"。⑧青州：旧府名，治所在今山东省青州市。冯中堂：冯博，字孔博，顺治三年(1646)进士，康熙年间曾授文华殿大学士，故以"中堂"称之。⑨毛鬣(liè)：鬃毛。⑩大兵：清军。于七：清顺治年间山东抗清起义的首领。

544

误,甚可笑也。

又青州城内旧有"澹台子羽①祠"。当魏珰②烜赫时,世家中有媚之者,就子羽毁冠去须,改作魏监。此亦骇人听闻者也。

浙东生

浙东生房某客于陕,教授生徒。尝以胆力自诩。一夜裸卧,忽有毛物从空堕下,击胸有声。觉大如犬,气咻咻然,四足挠动。大惧欲起,物以两足扑倒之,恐极而死。经一时许,觉有人以尖物穿鼻,大嚏乃苏。见室中灯火荧荧,床边坐一美人,笑曰:"好男子!胆气固如此耶!"生知为狐,益惧。女渐与戏,胆始放,遂共狎昵。积半年,如琴瑟之好。一日女卧床头,生潜以猎网蒙之。女醒不敢动,但哀乞。生笑不前。女忽化白气从床下出,恚③曰:"终非好相识!可送我去。"以手曳之,身不觉自行。出门,凌空翕飞。食顷,女释手,生晕然坠落。

适世家园中有虎阱,揉木为圈,结绳作网,以覆其口。生坠网上,网为之侧,以腹受网,身半倒悬。下视,虎蹲阱中,仰见卧人,跃上,近不盈尺,心胆俱碎。园丁来饲虎,见而怪之,扶上,已死。移时渐苏,备言其故。其地乃浙界,离家已四百余里矣。主人赠以资遣归。归告人:"虽得两次死,然非狐则贫不能归也。"

博兴女

博兴④民王某,有女及笄⑤。势豪某窥其姿,伺女出,掠去,无知者。至家逼淫,女号嘶撑拒,某缢杀之。门外故有深渊,遂以石系尸沉其中。王觅女不得,计无所施。天忽雨,雷电绕豪家,霹雳一声,龙下攫豪首去。天晴,渊中女尸浮出,一手捉人头,审视则豪头也。官知,鞫⑥其家人,始得其情。龙其女之所化与?不然,何以能尔也?奇哉!

---

①澹台子羽:即澹台灭明,字子羽,孔子弟子。 ②魏珰:指魏忠贤,明代宦官,有"九千岁"之称。珰,原为汉代武职宦官帽子的装饰品,后借指宦官。 ③恚(huì):恨,怒。 ④博兴:旧县名,治所在今山东省博兴县。 ⑤及笄:旧时女子年满十五成年,束发及笄。 ⑥鞫(jū):审问。

一员官

济南同知吴公，刚正不阿。时有陋规：凡贪墨者亏空犯赃罪，上官辄庇之，以赃分摊属僚，无敢梗①者。以命公，不受，强之不得，怒加叱骂。公亦恶声还报之曰："某官虽微？亦受君命。可以参处，不可以骂詈②也！要死便死，不能损朝廷之禄，代人偿枉法赃耳！"上官乃改颜温慰之。人皆言斯世不可以行直道，人自无直道耳，何反咎斯世之不可行哉！会高苑③有穆情怀者，狐附之，辄慷慨与人谈论，音响在坐上，但不见其人。适至郡，宾客谈次，或诘之曰："仙固无不知，请问郡中官共几员？"应声答曰："一员。"共笑之。复诘其故。曰："通郡官僚虽七十有二，其实可称为官者，吴同知一人而已。"是时泰安知州张公，人以其木强，号之"橛子"。凡贵官大僚登岱④者，夫马兜舆⑤之类，需索烦多，州民苦于供亿。公一切罢之。或索羊豕，公曰："我即一羊也，一豕也，请杀之以犒驺从⑥。"大僚亦无奈之。公自远宦，别妻子者十二年。初莅泰安，夫人及公子自都中来省之，相见甚欢。逾六七日，夫人从容曰："君尘甑⑦犹昔，何老悖不念子孙耶？"公怒大骂，呼杖，逼夫人伏受。公子覆母，号泣求代。公横施挞楚，乃已。夫人即偕公子命驾归，矢曰："渠即死于是，吾亦不复来矣！"逾年公卒。此不可谓非今之强项令也。然以久离之琴瑟，何至以一言而躁怒至此，岂人情哉！而威福能行床第⑧，事更奇于鬼神矣。

---

①梗：抗拒。 ②詈(lì)：骂。 ③高苑：旧县名，治所在今山东省高青县。 ④岱：泰山。 ⑤兜舆：山轿。 ⑥驺(zōu)从：古代达官显贵出行时的骑马侍从。 ⑦尘甑(zèng)：甑中生尘，形容清贫。甑，古代里煮饭的瓦器。 ⑧床第(zǐ)：原指枕席之间，闺房之内，此处指夫妻。

附录

丐仙

　　高玉成,故家子,居金城之广里。善针灸,不择贫富辄医之。里中来一丐者,胫有废疮,卧于道。脓血狼藉,臭不可近。居人恐其死,日一饷之。高见而怜焉,遣人扶归,置于耳舍。家人恶其臭,掩鼻遥立。高出艾亲为之灸,日饷以蔬食。数日,丐者索汤饼,仆怒诃之。高闻,即命仆赐以汤饼。未几,又乞酒肉,仆走告曰:"乞人可笑之甚! 方其卧于道也,日求一餐不可得,今三饭犹嫌粗粝,既与汤饼,又乞酒肉。此等贪饕,只宜仍弃之道上耳。"高问其疮,曰:"痂渐脱落,似能步履,故假呻嘎作呻楚状。"高曰:"所费几何,即以酒肉馈之,待其健,或不吾仇也。"仆伪诺之而竟不与。且与诸曹①嗫语,共笑主人痴。次日。高亲诣视丐,丐跛而起,谢曰:"蒙君高义,生死人而肉白骨,惠深覆载。但新瘥未健,妄思馋嚼耳。"高知前命不行,呼仆痛笞之,立命持酒炙饵丐者。仆衔之,夜分纵火焚耳舍,乃故呼号。高起视,舍已烬。叹曰:"丐者休矣!"督众救灭。见丐者酣卧火中,齁声雷动。唤之起,故惊曰:"屋何往?"群始惊其异。高弥重之,卧以客舍,衣以新衣,日与同坐处。问其姓名,自言:"陈九。"居数日,容益光泽。言论多风格,又善手谈②。高与对局辄败。乃日从之学,颇得其奥秘。如此半年,丐者不言去,高亦一时少之不乐也。即有贵客来,亦必偕之同饮。或掷骰为令,陈每代高呼采,雉卢③无不如意。高大奇之。每求作剧,辄辞不知。

　　一日,语高曰:"我欲告别,向受君惠且深,今薄设相邀,勿以人从也。"高曰:"相得甚欢,何遽决绝? 且君杖头空虚,亦不敢烦作东道主。"陈固邀之曰:"杯酒耳,亦无所费。"高曰:"何处?"答云:"园中。"时方严冬,高虑园亭苦寒,陈固言:"不妨。"乃从至园中,觉气候顿暖似三月初旬。又至亭中,见

---

①诸曹:众仆人。　②手谈:下围棋。　③雉卢:雉、卢,均为博戏胜采名。

异鸟成群,乱哢①清味,仿佛暮春景象。亭中几案皆镶以瑙玉。有一水晶屏莹澈可鉴,中有花树摇曳开落不一,又有白禽似雪,往来勾辀②于其上,以手抚之,殊无一物。高愕然良久。坐,见鸲鹆③栖架上,呼曰:"茶来!"俄见朝阳丹凤衔一赤玉盘,上有玻璃盏二盛香茗,伸颈屹立。饮已,置盏其中,凤衔之振翼而去。鸲鹆又呼曰:"酒来!"即有青鸾黄鹤翩翩自日中来,衔壶衔杯,纷置案上。顷之,则诸鸟进馔,往来无停翅,珍错杂陈,瞬息满案,肴香酒洌,都非常品。陈见高饮甚豪,乃曰:"君宏量,是得大爵。"鸲鹆又呼曰:"取大爵来!"忽见日边闪闪,有巨蝶攫鹦鹉杯,受斗许,翔集案间。高视蝶大于雁,两翼绰约,文采灿丽,亟加赞叹。陈唤曰:"蝶子劝酒!"蝶展然一飞化为丽人,绣衣蹁跹,前席进酒。陈曰:"不可无以佐觞。"女乃仙仙而舞,舞到酣际,足离于地者尺余,辄仰折其首,直与足齐,倒翻身而起立,身未尝着于尘埃。且歌曰:"连翩笑语踏芳丛,低亚花枝拂面红。曲折不知金钿落,更随蝴蝶过篱东。"余音袅袅,不啻绕梁。高大喜,拉与同饮。陈命之坐,亦饮之酒。高酒后心摇意动,遽起狎抱,视之则变为夜叉:睛突于眦,牙出于喙,黑肉凹凸,怪恶不可言状。高惊释手,伏几战栗。陈以箸击其喙,诃曰:"速去!"随击而化叉为蝴蝶,飘然飏去。高惊定,辞出。见月色如洗,漫语陈曰:"君旨酒佳肴来自空中,君家当在天上,盍④携故人一游?"陈曰:"可。"即与携手跃起,遂觉身在空冥。渐与天近,见有高门口圆如井,入,则光明似昼,阶路皆苍石砌成,滑洁无纤翳。有大树一株高数丈,上开赤花大如莲,纷纭满树。下一女子,捣绛红之衣于砧上,艳丽无双。高木立睛停,竟忘行步。女子见之,怒曰:"何处狂郎妄来此处!"辄以杵投之,中其背。陈急曳于虚所⑤,切责之。高被杵,酒亦顿醒,殊觉汗愧,乃从陈出,有白云接于足下。陈曰:"从此别矣,有所嘱,慎志勿忘:君寿不永,明日速避西山中,当可免。"高欲挽之,返身竟去。高觉云渐低,身落园中,则景物大非。

　　归与妻子言,共相骇异。视衣上着杵处,异红如锦,有奇香。早起,从陈言,裹粮入山。大雾障天,茫茫然不辨径路。蹑荒急奔,忽失足堕云窟中,觉深不可测,而身幸不损。定醒良久,仰见云气如笼。乃自叹曰:"仙人令我逃避大数,终不能免。何时出此窟耶?"又坐移时,见深处隐隐有光,遂起而渐入,则别有天地。有三老方对弈,见高至,亦不顾问,弈不辍。高蹲而观焉。局终,敛子入盒。方问:"客何得至此?"高言:"迷堕失路。"老者曰:"此非人间,不宜久淹,我送君归。"乃导至窟下。觉云气拥之以升,遂履平地,见山中树色深黄,萧萧木落,似是秋杪⑥。大惊曰:"我以冬来,何变暮秋?"奔赴家中,妻、子尽惊,相聚而泣。高讶问之,妻曰:"君去三年不返,皆以为异物

----

①哢(lòng):形容鸟鸣声。　②勾辀:形容鸟鸣声。　③鸲鹆(qú yù):鸟名,即八哥。　④盍(hé):何不。　⑤虚所:没人的地方。　⑥秋杪:暮秋。

矣。"高曰:"异哉,才顷刻耳。"于腰中出其糗粮①,已若灰烬,相与诧异。妻曰:"君行后,我梦二人,皂衣闪带,似谇赋②者,汹汹然入室张顾曰:'彼何往?'我诃之曰:'彼已外出。尔即官差,何得入人闺闼?'二人乃出。且行且语曰'怪事怪事'而去。"高乃悟已所遇者仙也,妻所遇者鬼也。高每对客,衷③袜衣于内,满座皆香,非麝非兰,著汗弥盛云。

人妖

马生万宝者,东昌④人,疏狂不羁。妻田氏亦放诞风流。伉俪甚敦。有女子来,寄居邻人某媪家,言为翁姑所虐,暂出亡。其缝纫绝巧,便为媪操作。媪喜而留之。逾数日,自言能于宵分⑤按摩,愈女子瘵蛊⑥。媪常至生家游扬其术,田亦未尝着意。生一日于墙隙窥见女,年十八九已来,颇风格。心窃好之,私与妻谋,托疾以招之。媪先来,就榻抚问已,言:"蒙娘子招,便将来。但渠畏见男子,请勿以郎君入。"妻曰:"家中无广舍,渠依时复出入,可复奈何?"已又沉思曰:"晚间西村阿舅家招渠饮,即嘱令勿归,亦大易。"媪诺而去。妻与生用拔赵帜易汉帜计,笑而行之。

日曛黑⑦,媪引女子至,曰:"郎君晚回家否?"田曰:"不回矣。"女子喜曰:"如此方好。"数语,媪别去。田便燃烛展衾,让女先上床,己亦脱衣隐烛。忽曰:"几忘却厨舍门未关,防狗子偷吃也。"便下床启门易生。生窸窣入,上床与女共枕卧。女颤声曰:"我为娘子医清恙也。"间以昵词,生不语。女即抚生腹,渐至脐下,停手不摩,遽探其私,触腕崩腾。女惊怖之状,不啻误捉蛇蝎,急起欲遁。生沮之,以手入其股际。则擂垂盈掬,亦伟器也。大骇呼火。生妻谓事决裂,急燃灯至,欲为调停,则见女赤身投地乞命。妻羞惧趋出。生诘之,云是谷城人王二喜。以兄大喜为桑冲⑧门人,因得转传其术。又问:"玷几人矣?"曰:"身出行道不久,只得十六人耳。"生以其行可诛,思欲告郡;而怜其美,遂反接而宫⑨之。血溢阴绝,食顷复苏。卧之榻,覆之衾,而嘱曰:"我以药医汝,创瘥平,从我终焉可也;不然,事发不赦!"王诺之。明日媪来,生约之曰:"伊是我表侄女王二姐也。以天阉⑩为夫家所逐,夜为我家言其由,始知之。忽小不康,将为市药饵,兼请诸其家,留与荆人作伴。"媪入室视王,见其面色败如尘土。即榻问之。曰:"隐所暴肿,恐是恶疽。"媪信之去。生饵以汤,糁以散,日就平复。夜辄引与狎处;早起,则为田提汲补

---

①糗(qiǔ)粮:干粮。 ②谇(suì)赋:追讨赋税。 ③衷:贴身穿着。 ④东昌:旧府名,治所在今山东省聊城市。 ⑤宵分:夜半。 ⑥瘵蛊(zhài gǔ):久治不愈的病。 ⑦曛黑:日暮天黑。 ⑧桑冲:明代石州人,以男饰女、奸污妇女。 ⑨宫:官刑,又称腐刑,为古代阉割生殖机能的一种酷刑。 ⑩天阉:此处指女子天生没有生育能力。

缀,洒扫执炊,如媵婢然。

居无何,桑冲伏诛①,同恶者七人并弃市②;惟二喜漏网,檄各属严缉。村人窃共疑之,集村媪隔裳而探其隐,群疑乃释。王自是德生,遂从马以终焉。后卒,即葬府西马氏墓侧,今依稀在焉。

异史氏曰:"马万宝可云善于用人者矣。儿童喜蟹可把玩,而又畏其钳,因断其钳而畜之。呜呼!苟得此意,以治天下可也。"

蛰蛇

予邑郭生,设帐于东山之和庄,童蒙五六人皆初入馆者也。书室之南为厕所,乃一牛栏;靠山石壁,壁上多杂草荽莽。童子入厕,多历时刻而后返。郭责之,则曰:"予在厕中腾云。"郭疑之。童子入厕,从旁睨之,见其起空中二三尺,倏起倏坠,移时不动。郭进而细审,见壁缝中一蛇,昂首大于盆,吸气而上。遂遍告庄人,共视之,以炬火焚壁,蛇死壁裂。蛇不甚长,而粗则如巨桶。盖蛰于内而不能出,已历多年者也。

晋人

晋人某有勇力,不屑格拒之术,而搏技家当之尽靡。过中州,有少林弟子受其辱,忿告其师,群谋设席相邀,将以困之。既至,先陈茗果。胡桃连壳,坚不可食。某取就案边,伸食指敲之,应手而碎。寺众大骇,优礼而散。

龙

博邑有乡民王茂才,早赴田,田畔拾一小儿,四五岁,貌丰美而言笑巧妙。归家子之,灵通非常。至四五年后,有一僧至其家,儿见之惊避无踪。僧告乡民曰:"此儿乃华山池中五百小龙之一,窃逃于此。"遂出一钵,注水其中,宛一小白蛇游衍③于内,袖钵而去。

---

①伏诛:被处以死刑。　②弃市:执行死刑。　③游衍:畅游。

爱才

　　仕宦中有妹养宫中而字①贵人者,有将官某代作启,中警句云:"令弟从长,奕世②近龙光,貂珥③曾参于画室;舍妹夫人,十年陪凤辇④,霓裳遂灿于朝霞。寒砧之杵⑤可掬,不捣夜月之霜;御沟⑥之水可托,无劳云英⑦之咏。"当事者奇其才,遂以文阶换武阶,后至通政使⑧。

---

　　①字:许嫁。　②奕世:累世,代代。　③貂珥:指侍中、常侍之冠,因插貂尾为饰,故称。此处借指帝王近臣。　④凤辇:皇帝的车驾。　⑤砧:捣衣石。杵:此处指捣衣所用的棒槌。　⑥御沟:化用唐代卢渥在御沟得"红叶题诗"而与宫人结成良缘的故事。　⑦云英:化用"云英未嫁"之典。云英乃唐代钟陵歌姬,唐代诗人罗隐作有《嘲钟陵妓云英》。　⑧通政使:官名,清代通政使司长官。